ECOS DEL PASADO

DIANA GABALDON

ECOS DEL PASADO

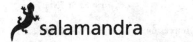

Traducción del inglés de
Mireia Carol Gres

Título original: *An Echo in the Bone*

Ilustración de cubierta: Vesna Armstrong / Trevillion Images

Copyright © Diana Gabaldon, 2009
Publicado por acuerdo con la autora c/o BAROR INTERNATIONAL, INC.,
Armonk, New York, U.S.A.
Copyright de la edición en castellano © Ediciones Salamandra, 2016

Publicaciones y Ediciones Salamandra, S.A.
Almogàvers, 56, 7º 2ª - 08018 Barcelona - Tel. 93 215 11 99
www.salamandra.info

ISBN: 978-84-9838-741-4
Depósito legal: B-12.810-2016

1ª edición, julio de 2016
Printed in Spain

Impresión: Liberdúplex, S.L. Sant Llorenç d'Hortons

A todos mis buenos perros:

Penny Louise
Tipper John
John
Flip
Archie *y* Ed
Tippy
Spots
Emily
Ajax
Molly
Gus
Homer *y* J. J.

El cuerpo es asombrosamente plástico. El alma, más aún.
Pero hay ciertas cosas de las que no te recuperas.
¿Eso crees, a nighean? *Cierto, es fácil que el cuerpo*
resulte mutilado y el alma tullida; sin embargo,
en el hombre hay algo que es indestructible.

Índice

PRIMERA PARTE
Aguas revueltas 15

1. *A veces están muertos de verdad* 17
2. *Y otras, no* 38
3. *Una vida por otra* 57
4. *Todavía no* 64
5. *Moralidad para los viajeros en el tiempo* 80

SEGUNDA PARTE
Sangre, sudor y encurtidos 91

6. *Long Island* 93
7. *Un futuro incierto* 121
8. *El deshielo primaveral* 128
9. *Un cuchillo que conoce mi mano* 149
10. *El brulote* 153
11. *Posición transversal* 164
12. *Lo bastante* 186
13. *Malestar* 189
14. *Asuntos delicados* 193
15. *La Cámara Negra* 202
16. *Un conflicto sin armas* 215
17. *Diablillos* 233
18. *Sacando muelas* 247
19. *Un dulce beso* 275
20. *Lamento...* 299
21. *El gato del pastor* 319
22. *Una mariposa* 348

TERCERA PARTE
El corsario 351

23. *Correspondencia del frente* 353
24. Joyeux Noël 359
25. *Las entrañas del mar* 378
26. *Un ciervo acorralado* 385
27. *Los tigres del túnel* 404
28. *Las cimas de las colinas* 410
29. *Conversación con un director de escuela* 416
30. *Barcos que pasan en medio de la noche* 421
31. *Una visita guiada a las cámaras del corazón* 447

CUARTA PARTE
Conjunción 501

32. *Una oleada de sospecha* 503
33. *La cosa se complica* 509
34. *Salmos, 30* 517
35. *Ticonderoga* 534
36. *El Great Dismal* 542
37. *Purgatorio* 556
38. *El habla normal de los cuáqueros* 584
39. *Una cuestión de conciencia* 592
40. *Las bendiciones de Brígida y Miguel* 604
41. *Al abrigo de la tormenta* 615

QUINTA PARTE
Al precipicio 631

42. *Encrucijada* 633
43. *La cuenta atrás* 639
44. *Los Amigos* 643
45. *Tres flechas* 653
46. *Líneas telúricas* 658
47. *Las alturas* 673
48. *Henry* 681
49. *Reservas* 685
50. *Éxodo* 688
51. *Llegan los ingleses* 699
52. *Conflagración* 702
53. *Monte Independencia* 712

54. El regreso de los nativos 715
55. Retirada 717
56. Mientras sigamos vivos 719
57. El juego del desertor 734
58. El día de la Independencia 747
59. La batalla de Bennington 759
60. El juego del desertor, segundo asalto 765
61. No hay mejor compañero que el rifle 776
62. Un hombre justo 788
63. Separado para siempre de mis amigos y parientes . 811
64. Un caballero me visita 819
65. El truco del sombrero 825
66. En el lecho de muerte 836
67. Más graso que la grasa 848
68. El chantajista 871
69. Condiciones de rendición 884
70. Amparo 889

SEXTA PARTE
La vuelta a casa 891

71. Un estado de conflicto 893
72. El día de Todos los Santos 897
73. Un cordero regresa al redil 916
74. Agudeza visual 922
75. Sic transit gloria mundi 945
76. Azotados por el viento 952
77. Memorarae 961
78. Antiguas deudas 965
79. La cueva 981
80. Enomancia 995
81. Purgatorio, II 1002
82. Disposiciones 1012
83. Contando ovejas 1021
84. Toda la razón 1025

SÉPTIMA PARTE
Cosecha tempestades 1031

85. Hijo de bruja 1033
86. Valley Forge 1049
87. Separación y reunión 1067

88. *Bastante sucio* 1081
89. *Un pobre desgraciado manchado de tinta* 1090
90. *Armados de diamantes y acero* 1100
91. *Pasos* 1103
92. *El día de la Independencia, II* 1106
93. *Una serie de breves y grandes sobresaltos* 1109
94. *Los caminos de la muerte* 1116
95. *Insensibilidad* 1120
96. *La luciérnaga* 1131
97. *Nexo* 1134
98. Mischianza 1144
99. *Una mariposa en el patio de un carnicero* 1150
100. *Una dama a la espera* 1151
101. Redivivus 1157
102. *En la sangre* 1168
103. *La hora del lobo* 1172

Notas de la autora 1176
Agradecimientos 1179
Sobre la autora 1182

PRIMERA PARTE

Aguas revueltas

1

A veces están muertos de verdad

Wilmington, colonia de Carolina del Norte
Julio de 1776

La cabeza del pirata había desaparecido. William oyó en el muelle próximo a un grupo de hombres ociosos que se preguntaban si volverían a verlo.

—Nooo, se ha ido para siempre —dijo un tipo andrajoso de sangre mestiza al tiempo que negaba con la cabeza—. Si no se lo llevan los caimanes, el agua lo hará.

Un leñador trasladó el tabaco que estaba mascando de un lado a otro de la boca y escupió en el agua en señal de desacuerdo.

—No, durará un día más, tal vez dos. Las partes cartilaginosas que sujetan la cabeza al cuerpo se secan al entrar en contacto con el sol. Se ponen duras como si fueran de hierro. Lo he visto muchas veces en ciervos muertos.

William vio a la señora MacKenzie echar una mirada rápida al puerto y luego apartar los ojos. Parecía pálida, pensó, y se desplazó ligeramente para ocultarle a los hombres y el flujo marrón de la fuerte marea, aunque, como es natural, al haber marea alta, el cuerpo atado a la estaca no quedaba a la vista. Aun así, la estaca era un espantoso recuerdo del precio del crimen. Habían amarrado a ella al pirata varios días antes para que muriera en las marismas, y su cuerpo putrefacto era un tema constante de conversación en la comunidad.

—¡Jem! —gritó el señor MacKenzie en tono cortante, y pasó corriendo junto a William en persecución de su hijo.

El chiquillo, pelirrojo como su madre, se había alejado para escuchar la charla de los hombres, y ahora se asomaba peligrosamente sobre el agua, agarrándose a un bolardo para intentar ver al pirata muerto.

El señor MacKenzie agarró al chico por el cuello de la camisa, lo arrastró hacia dentro y lo cogió en brazos, a pesar de que el crío se debatía estirándose hacia atrás en dirección al puerto pantanoso.

—¡Quiero ver cómo el lagarto se come al pirata, papi!

Los hombres se echaron a reír, e incluso MacKenzie esbozó una ligera sonrisa, aunque ésta desapareció cuando miró a su esposa. Al instante estaba junto a ella, sujetándola por el codo con una mano.

—Creo que deberíamos irnos —dijo cambiándose a su hijo de brazo con el fin de sostener mejor a su esposa, cuyo malestar era evidente—. Estoy seguro de que el teniente Ransom... quiero decir, lord Ellesmere —se corrigió dirigiéndole a William una sonrisa de disculpa— debe de tener otros compromisos.

Era cierto. William había quedado con su padre para cenar. Sin embargo, debían encontrarse en la taberna situada justo al otro lado del muelle. No había ningún riesgo de que se marchara. William así lo manifestó, e insistió en que se quedaran, pues estaba disfrutando con su compañía, en particular con la de la señora MacKenzie, pero ella sonrió con pesar, aunque ahora tenía mejor color, y dio unas palmaditas a la cabecita abrigada con un gorro del bebé que llevaba en brazos.

—No, de verdad tenemos que irnos. —Ella miró a su hijo, que aún se debatía por bajarse, y William vio cómo sus ojos lanzaban una rápida ojeada en dirección al puerto y al horrible poste que se erguía por encima del agua. Apartó la vista, decidida, y en su lugar fijó los ojos en el rostro de William—. El bebé se está despertando. Tendrá hambre. Sin embargo, ha sido muy agradable conocerlo. Ojalá pudiéramos hablar más. —Hizo este último comentario con gran sinceridad y le tocó ligeramente el brazo a William, lo que le provocó una agradable sensación en la boca del estómago.

Ahora, los haraganes hacían apuestas sobre la reaparición del pirata ahogado, aunque ninguno de ellos tenía pinta de guardar un centavo en el bolsillo.

—Apuesto dos a uno a que sigue ahí cuando baje la marea.

—Cinco a uno a que el cuerpo está aún ahí, pero la cabeza ha desaparecido. Digas lo que digas sobre las partes cartilaginosas, Lem, esa cabeza colgaba de un hilo cuando subió la última marea. La próxima se la llevará, estoy seguro.

Con la esperanza de sofocar esa conversación, William se embarcó en una elaborada despedida. Llegó incluso a besarle la mano a la señora MacKenzie con la mayor galantería, y besó también, llevado por la inspiración, la mano del bebé, lo que hizo reír a todo el mundo. El señor MacKenzie le dirigió una mirada bastante extraña, aunque no parecía ofendido, y le estrechó la mano con gesto republicano siguiéndole la broma. Dejó a su hijo en el suelo e hizo que le estrechase la mano a su vez.

—¿Has matado a alguien? —preguntó el niño con interés, mirando la espada de ceremonia de William.

—No, aún no —respondió él, con una sonrisa.

—¡Mi abuelo mató a dos docenas de hombres!

—¡Jemmy! —dijeron sus padres al unísono, y el chiquillo levantó los hombros por encima de las orejas.

—Bueno, ¡es verdad!

—Estoy seguro de que tu abuelo es un hombre valiente y temible —aseguró William, muy serio—. El rey siempre necesita hombres así.

—Mi abuelo dice que el rey puede irse al carajo —repuso el chico como si tal cosa.

—¡JEMMY!

El señor MacKenzie se apresuró a taparle la boca con la mano a su sincero retoño.

—¡Sabes muy bien que el abuelo no ha dicho eso! —lo reprendió la señora MacKenzie.

El niño asintió con la cabeza y su padre retiró la mano que lo amordazaba.

—No. Pero la abuela sí.

—Bueno, eso es más probable —murmuró el señor Mac-Kenzie, intentando no echarse a reír de manera evidente—. Pero, con todo, no hay que decirles esas cosas a los soldados. Ellos trabajan para el rey.

—Ah —dijo Jemmy, perdiendo claramente el interés—. ¿Ahora está bajando la marea? —preguntó, esperanzado, a la vez que volvía a estirar el cuello en dirección al puerto.

—No —contestó su padre, rotundo—. No bajará hasta dentro de unas horas. Tú ya estarás en la cama.

La señora MacKenzie sonrió a William a modo de disculpa, con las mejillas encantadoramente arreboladas, y la familia se marchó con cierta prisa, dejándolo en pleno debate entre la risa y la consternación.

—¡Eh, Ransom!

Se volvió al oír su nombre y descubrió a Harry Dobson y a Colin Osborn, dos subtenientes de su regimiento que, evidentemente, habían escapado a sus deberes y ardían en deseos de ir a indagar en los pocos antros de perdición de Wilmington.

—¿Quiénes son? —Dobson miró al grupo que se alejaba, interesado.

—El señor y la señora MacKenzie. Amigos de mi padre.

—Ah, casada, ¿no? —Dobson hundió los carrillos sin dejar de mirar a la mujer—. Bueno, eso complica un poco más las cosas, supongo, pero ¿qué sería la vida sin un reto?

—¿Reto? —William le lanzó a su diminuto amigo una mirada agria—. Su marido es tres veces más grande que tú, por si no te habías dado cuenta.

Osborn profirió una carcajada, y se puso colorado.

—¡Ella es dos veces él! Te aplastará, Dobby.

—¿Y qué te hace pensar que quiero estar debajo? —repuso Dobson con dignidad.

Osborn soltó una risotada.

—¿Por qué tienes esa obsesión con las mujeres grandes? —le preguntó William. Miró a la pequeña familia, que ahora casi se había perdido de vista al final de la calle—. ¡Esa mujer es casi tan alta como yo!

—Eso, restriégaselo por las narices.

Osborn, que superaba el metro y medio de Dobson, pero que seguía siendo una cabeza más bajo que William, fingió que le propinaba un puntapié en la rodilla. William lo esquivó y le soltó un bofetón a Osborn, quien lo evitó y lo empujó contra Dobson.

—¡Caballeros! —El amenazador acento *cockney* del sargento Cutter les hizo recuperar la compostura al instante.

Tal vez el rango de los tres jóvenes fuera superior al del sargento, pero ninguno de ellos iba a tener la desfachatez de hacérselo notar. Todo el batallón temía al sargento Cutter, que era más viejo que Matusalén y casi tan alto como Dobson, pero contenía en su físico diminuto la furia desbocada de un volcán en erupción.

—¡Sargento! —El teniente William Ransom, conde de Ellesmere y el mayor del grupo, se puso firme, con la barbilla hundida en el pecho.

Osborn y Dobson siguieron apresuradamente su ejemplo, temblando dentro de sus botas.

Cutter comenzó a andar arriba y abajo por delante de ellos, tal como lo haría un leopardo al acecho. No era difícil imaginarlo dando latigazos con la cola y empezando a lamer los pedazos, pensó William. Esperar a que te asestara el mordisco era casi peor que recibirlo en el culo.

—¿Puede saberse dónde están sus tropas, señores? —gruñó Cutter.

Osborn y Dobson comenzaron a farfullar explicaciones al unísono, pero, por una vez, los ángeles estaban de parte del teniente Ransom.

—Mis hombres están haciendo guardia en el palacio del gobernador, bajo el mando del teniente Colson. Yo estoy de permiso, sargento, para cenar con mi padre —añadió respetuosamente—. Me lo ha autorizado sir Peter.

Sir Peter Packer era una persona muy influyente, y Cutter se moderó al oírlo. Pero para sorpresa de William, no fue el nombre de sir Peter lo que ocasionó esa reacción.

—¿Su padre? —repuso Cutter, entornando los ojos—. Es lord John Grey, ¿verdad?

—Eh... sí —contestó William con cautela—. ¿Lo... conoce?

Antes de que Cutter pudiera responder, se abrió la puerta de una taberna próxima y salió el padre de William. Éste sonrió encantado ante tan oportuna aparición, pero pronto se esfumó su sonrisa cuando la penetrante mirada del sargento se posó en él.

—Deje de sonreírme como un mico peludo —comenzó el sargento en tono peligroso, pero lord John lo interrumpió palmoteándole el hombro con familiaridad, algo que ninguno de los tres jóvenes tenientes habría hecho ni siquiera a cambio de una considerable suma de dinero.

—¡Cutter! —exclamó lord John con una cálida sonrisa—. He oído esa voz tan dulce y me he dicho: ¡que me aspen si no es el sargento Aloysius Cutter! No puede haber ningún otro hombre vivo en el mundo cuya voz recuerde tanto a un bulldog que se ha tragado un gato y ha vivido para contarlo.

—¿Aloysius? —le dijo Dobson en voz baja a William, pero éste se limitó a mascullar un breve gruñido, incapaz de encogerse de hombros, pues su padre había vuelto ahora su atención hacia él.

—William —afirmó con un gesto cordial—. Qué puntual eres. Te pido disculpas por llegar tan tarde. Me han retenido.

Antes de que William pudiera responder o presentarle a los demás, lord John se había embarcado ya en la evocación de lejanos recuerdos con el sargento Cutter, reviviendo los buenos viejos tiempos transcurridos en las Llanuras de Abraham con el general Wolfe.

Eso permitió a los tres jóvenes oficiales relajarse un poco, lo que en el caso de Dobson supuso regresar al curso anterior de sus pensamientos.

—¿Dijiste que esa preciosidad de pelo rojo era amiga de tu padre? —le susurró a William—. A ver si le preguntas dónde vive, ¿eh?

—Idiota —siseó Osborn—. ¡Si ni siquiera es bonita! Tiene la nariz tan larga como... como... como Willie!

—Mi vista no alcanza tan arriba como para verle la cara —repuso Dobson sonriendo con afectación—. Pero tenía sus tetas al nivel de los ojos, y esos...

—¡Imbécil!

—¡Chsss! —Osborn le propinó a Dobson un pisotón para que callara mientras lord John se volvía hacia los jóvenes.

—¿No me presentas a tus amigos, William? —preguntó, cortés.

Ruborizado —tenía motivos para saber que su padre poseía un oído muy fino a pesar de sus experiencias con la artillería—, William procedió a hacer las presentaciones, y tanto Osborn como Dobson lo saludaron con una reverencia y aire de admiración. No se habían percatado de quién era su padre, y William se sentía a la vez orgulloso de que estuvieran impresionados, y ligeramente consternado por el hecho de que hubieran descubierto la identidad de lord John: al día siguiente antes de cenar lo sabría todo el batallón. No es que sir Peter no lo supiera, por supuesto, pero...

Recobró la serenidad al reparar en que su padre se estaba despidiendo ya de ellos dos, y le devolvió al sargento un saludo apresurado aun cuando correcto, antes de correr tras su padre, dejando que Dobby y Osborn se enfrentaran a su destino.

—Te he visto hablando con los MacKenzie —observó lord John en tono despreocupado—. ¿Están bien? —Miró hacia el muelle, pero la familia se había perdido de vista hacía rato.

—Eso parecía —respondió Willie.

No iba a preguntarle dónde se alojaban, pero la joven le había causado una profunda impresión. No sabía decir si era bonita o no. Sin embargo, sus ojos lo habían impactado. Unos ojos de un azul profundo maravilloso y de largas pestañas cobrizas; lo miraban con una halagadora intensidad, que había hecho que le vibrara el corazón. Por supuesto, era grotescamente alta, pero... ¿qué estaba pensando? Estaba casada... ¡tenía hijos! Y, para colmo, era pelirroja.

—¿Hace... eh... hace mucho que los conoces? —inquirió pensando en los perversos sentimientos políticos que, por lo visto, reinaban en la familia.

—Bastante. Ella es hija de uno de mis más viejos amigos, el señor James Fraser. ¿Te acuerdas de él por casualidad?

William frunció el ceño, sin conseguir ubicar el nombre. Su padre tenía cientos de amigos, ¿cómo iba él a...?

—¡Aaah! —repuso—. No te refieres a un amigo inglés. ¿No era un tal señor Fraser aquel que visitamos en las montañas cuando caíste enfermo de... de sarampión?

El estómago le dio un pequeño vuelco al recordar el profundo terror que había sentido en aquella ocasión. Había viajado a través de las montañas aturdido de tristeza. Su madre había muerto hacía tan sólo un mes. Entonces, lord John había enfermado de sarampión, y William se había convencido de que su padre iba a morir también, de que lo iba a dejar completamente solo en las tierras vírgenes. En su cabeza no había cabida para nada que no fuera el miedo y el dolor, y no conservaba de la visita más que un montón de impresiones confusas. Recordaba vagamente que el señor Fraser lo había llevado de pesca y había sido amable con él.

—Sí —contestó su padre con una sonrisa de oreja a oreja—. Me ha llegado al alma, Willie. Pensé que tal vez recordarías esa visita más a causa de tu propia desventura que de la mía.

—Desven... —El recuerdo lo asaltó, seguido de una oleada de calor, más caliente que el húmedo aire veraniego—. ¡Muchas gracias! ¡Había logrado expulsarlo de mi memoria hasta que lo has mencionado!

Su padre se reía sin disimulo. De hecho, se estaba desternillando de la risa.

—Lo siento, Willie —se disculpó entrecortadamente mientras se enjugaba los ojos con un extremo de su pañuelo—. No puedo evitarlo. Fue lo más... lo más... Dios mío, ¡nunca olvidaré tu aspecto cuando te sacamos de aquel retrete!

—Sabes que fue un accidente —señaló William, envarado. Le ardían las mejillas al recordar la vergüenza pasada. Menos mal que la hija de Fraser no se encontraba allí en aquel momento para presenciar su humillación.

—Sí, claro. Pero... —Su padre presionó el pañuelo contra la boca mientras sus hombros se agitaban en silencio.

—Puedes dejar de reírte cuando quieras —dijo William con frialdad—. Por cierto, ¿adónde vamos?

Habían llegado al final del muelle y su padre se encaminaba, resoplando aún como una orca, hacia una de las tranquilas calles flanqueadas de árboles, lejos de las tabernas y las posadas próximas al puerto.

—Vamos a cenar con el capitán Richardson —respondió su padre, controlándose con evidente esfuerzo. Tosió, se sonó la nariz y se guardó el pañuelo en el bolsillo—. En casa de un tal señor Bell.

La casa del señor Bell era blanca, bonita y próspera, sin ser por ello ostentosa. El capitán Richardson daba más o menos la misma impresión: de mediana edad, acicalado y bien vestido, sin un estilo particular, y con una cara que, dos minutos después de haberla visto, uno no podría distinguir entre mil.

Las dos señoritas Bell eran mucho más impresionantes, en especial la más joven, Miriam, que tenía unos rizos color miel que se le escapaban de la cofia y unos ojos grandes y redondos que no se apartaron de William durante toda la cena. Estaba sentada demasiado lejos para que él pudiera conversar con ella directamente, pero suponía que el lenguaje ocular bastaba para indicarle que la fascinación era mutua, y que si más tarde se presentaba una oportunidad para comunicarse de un modo más personal... Ella respondió con una sonrisa y un coqueto parpadeo, seguidos de una rápida mirada hacia una puerta abierta en el porche lateral para dejar entrar el aire. Él le devolvió la sonrisa.

—¿No lo crees así, William? —inquirió su padre en un tono lo bastante alto como para indicarle que era la segunda vez que le preguntaba.

—Oh, sí, claro. Esto... ¿creer qué? —preguntó, pues, al fin y al cabo, se trataba de papá, y no de su comandante.

Su padre le lanzó aquella mirada que indicaba que, de no haber estado en público, habría puesto los ojos en blanco, pero le respondió con paciencia.

—El señor Bell preguntaba si sir Peter tenía intención de quedarse en Wilmington.

A la cabecera de la mesa, el señor Bell se inclinó con gracia, aunque William observó que entornaba levemente los ojos mirando a Miriam. Tal vez sería mejor que regresara para verla al día siguiente, pensó, cuando el señor Bell estuviera en su lugar de trabajo.

—Bueno, no creo que nos quedemos mucho tiempo aquí, señor —respondió respetuosamente al señor Bell—. Según tengo entendido, el problema principal está en el interior, así que sin duda nos marcharemos para reprimirlo sin demora.

El señor Bell parecía complacido, aunque, con el rabillo del ojo, William vio que Miriam componía un encantador mohín ante la idea de su inminente partida.

—Bien, bien —repuso Bell alegremente—. Seguro que cientos de lealistas acudirán en tropel a unirse a ustedes durante su marcha.

—Indudablemente, señor —murmuró William, y tomó otra cucharada de sopa.

Dudaba que el señor Bell se contara entre ellos. No tenía pinta de ser de los que marchan. En cualquier caso, la ayuda de muchos provincianos inexpertos armados con palas no iba a ser de gran utilidad, pero eso no podía decirlo.

En un intento de ver a Miriam sin mirarla directamente, William interceptó el parpadeo de una mirada entre su padre y el capitán Richardson y, por primera vez, comenzó a hacerse preguntas. Su padre le había dicho con toda claridad que iban a cenar con el capitán Richardson; eso indicaba que reunirse con él era el motivo de la velada. ¿Por qué?

Entonces captó una mirada de la señorita Lillian Bell, que estaba sentada frente a él, al lado de su padre, y dejó de pensar en el capitán Richardson. Era morena, más alta y más delgada que su hermana, pero era una chica en verdad muy guapa, observó ahora.

Cuando la señora Bell y sus hijas se pusieron en pie y los hombres se retiraron al porche después de la cena, a William no le sorprendió encontrarse en uno de sus extremos con el capitán Richardson mientras su padre, en el extremo opuesto, distraía al señor Bell con una animada conversación sobre los precios de la brea. Papá podía hablar con cualquiera de cualquier cosa.

—Tengo una propuesta que hacerle, teniente —dijo Richardson una vez que hubieron intercambiado las formalidades de rigor.

—Sí, señor —repuso William con corrección. Se le estaba despertando la curiosidad.

Richardson era capitán de la caballería ligera, pero ahora no estaba con su regimiento. Lo había revelado durante la cena, al decir de pasada que se hallaba desplazado en una misión. ¿Desplazado para hacer qué?

—No sé cuánto le habrá contado su padre acerca de mi misión.

—Nada, señor.

—Ah. Me han encargado que recabe información en el Departamento del Sur. No es que yo esté al mando de tales operaciones, ¿entiende? —el capitán sonrió con modestia—, sólo de una pequeña parte de ellas.

—Yo... me doy cuenta del gran valor de esas operaciones, señor —respondió William procurando ser diplomático—, pero... por lo que a mí respecta, es decir...

—No tiene usted ningún interés en espiar. No, por supuesto que no. —El porche estaba a oscuras, pero el tono seco del capitán era evidente—. Pocos hombres que se consideren a sí mismos soldados lo tienen.

—No pretendía ofenderlo, señor.

—No me ha ofendido. Sin embargo, no lo estoy reclutando como espía (ésa es una ocupación delicada, que, además, entraña cierto peligro), sino más bien como mensajero. Aunque si tuviera ocasión de actuar, de paso, como agente de inteligencia... bueno, sería una contribución adicional que apreciaríamos muchísimo.

William sintió que la sangre acudía a su rostro ante la insinuación de que no era capaz ni de actuar con delicadeza ni de vivir situaciones de peligro, pero mantuvo la compostura y sólo dijo:

—¡Ah!

Al parecer, el capitán había conseguido información importante acerca de las condiciones locales en las Carolinas y ahora necesitaba enviársela al comandante del Departamento del Norte, el general Howe, que en ese momento se encontraba en Halifax.

—Por supuesto, mandaré a más de un mensajero —observó Richardson—. Por barco es algo más rápido, como es natural, pero quiero que al menos un mensajero viaje por tierra, tanto por motivos de seguridad como para que realice observaciones *en route*. Su padre habla maravillas de sus capacidades, teniente —¿había un leve deje de ironía en aquella voz seca como el serrín?—, y tengo entendido que ha viajado usted extensamente por Carolina del Norte y Virginia. Ésa es una valiosa característica. Comprenderá que no desee que mi mensajero desaparezca para siempre en el área pantanosa del Dismal Swamp.

—Ja, ja —rió William, cortés, al advertir que el capitán pretendía hacer un chiste.

Estaba claro que Richardson nunca había estado cerca del Great Dismal. William, sí, a pesar de que no creía que nadie en su sano juicio pasara por allí a propósito, salvo para ir de caza.

También tenía serias dudas acerca de la sugerencia del capitán, aunque, a pesar de que se decía que no debía ni considerar dejar a sus hombres, a su regimiento... empezaba a formarse una visión romántica de sí mismo solo en el vasto desierto, portando importantes noticias a través de peligros y tormentas.

Sin embargo, lo que lo esperaba al final del viaje era más que una consideración.

Richardson se anticipó a su pregunta y le dio una respuesta antes de que pudiera formularla.

—Una vez en el norte, si le parece bien, se uniría al Estado Mayor del general Howe.

Bueno, pensó. Allí estaba la manzana, y era roja y jugosa. Era consciente de que «si le parece bien» se refería más al general Howe que a él, pero confiaba en sus propias capacidades y pensaba que podía resultar de utilidad.

Sólo había estado unos días en Carolina del Norte, pero con ello le bastaba para hacer una evaluación precisa de las posibilidades de avance entre el Departamento del Norte y el del Sur. Todo el ejército continental se encontraba con Washington en el norte. La rebelión sureña parecía consistir en grupúsculos problemáticos de aldeanos y milicias improvisadas que apenas suponían una amenaza. Y en lo tocante al estatus relativo de sir Peter y el general Howe como comandantes...

—Si es posible, me gustaría reflexionar sobre su propuesta, capitán. —Confiaba en que el tono de su voz no revelara su entusiasmo—. ¿Puedo darle la respuesta mañana?

—Por supuesto. Imagino que deseará comentar las perspectivas con su padre. Puede hacerlo.

Luego Richardson cambió deliberadamente de tema y, al cabo de unos instantes, lord John y el señor Bell se habían unido a ellos y la conversación adoptó un tono general.

William no estaba muy atento a lo que se decía, pues la imagen de dos delgadas figuras blancas, inmóviles como fantasmas entre los arbustos al otro extremo del jardín, distraía su atención. Dos cabezas blancas con cofia que se juntaban y se separaban. De vez en cuando, una de ellas se volvía brevemente hacia el porche con aire especulativo.

—Por lo que respecta a la ropa, le dan mucha —murmuraba su padre meneando la cabeza.

—¿Eh?

—No importa. —Su padre sonrió y se volvió hacia el capitán Richardson, que acababa de decir algo sobre el tiempo.

Las luciérnagas iluminaban el jardín, flotando como chispas verdes entre la vegetación húmeda y exuberante. Era agradable volver a ver luciérnagas. Las había echado de menos en Inglaterra, y también aquella peculiar suavidad del aire del sur que le pegaba la ropa al cuerpo y le hacía palpitar la sangre en la punta de los dedos. Los grillos chirriaban a su alrededor y, por unos instantes, su canto pareció ahogarlo todo, salvo el latido de su corazón.

—El café está listo, caballeros. —La suave voz del esclavo de los Bell atravesó la ligera agitación de su sangre, y tras lanzar una única mirada hacia el jardín, William entró en la casa con los demás hombres. Las figuras blancas habían desaparecido, pero una impresión de promesa permanecía en el aire suave y tibio.

Una hora después, regresaba a su alojamiento con las ideas agradablemente confusas y con su padre caminando en silencio a su lado.

La señorita Lillian Bell le había concedido un beso entre las luciérnagas al final de la velada, casto y fugaz, pero en los labios, y el denso aire estival parecía saber a café y a fresas maduras, a pesar del intenso y omnipresente hedor del puerto.

—El capitán Richardson me ha hablado de la propuesta que te ha hecho —dijo lord John en tono informal—. ¿Piensas aceptar?

—No lo sé —respondió William con idéntica despreocupación—. Echaría de menos a mis hombres, por supuesto, pero...

—La señora Bell le había insistido en que fuera a tomar el té más adelante esa misma semana.

—La vida militar supone tener que desplazarse a menudo —señaló su padre mientras negaba apenas con la cabeza—. Te lo advertí.

William le dirigió un breve gruñido de asentimiento, sin escucharlo de veras.

—Es una buena oportunidad para ascender —le estaba diciendo su padre, a lo que añadió sin miramientos—: aunque está claro que la propuesta no deja de entrañar cierto peligro.

—¿Qué? —saltó William al oírlo decir eso—. ¿Cabalgar de Wilmington a Nueva York para coger un barco? ¡Casi todo el camino es carretera!

—Y con buen número de continentales en ella —señaló lord John—. Todo el ejército del general Washington se encuentra a este lado de Filadelfia, si las noticias que he recibido son correctas.

William se encogió de hombros.

—Richardson ha dicho que me quería a mí porque conocía el terreno. Puedo arreglármelas bastante bien sin carreteras.

—¿Estás seguro? Llevas casi cuatro años sin pisar Virginia.

El tono dubitativo en que lo dijo molestó a William.

—¿No me crees capaz de encontrar el camino?

—No, no es eso, en absoluto —respondió su padre, aún con una nota de duda en la voz—. Pero la propuesta sigue comportando cierto riesgo. No querría verte aceptarla sin pensarlo como es debido.

—Bueno, ya lo he pensado —replicó William, ofendido—. Aceptaré.

Lord John anduvo unos cuantos pasos en silencio, luego asintió con la cabeza de mala gana.

—La decisión es tuya, Willie —dijo en voz baja—. Sin embargo, personalmente, te agradecería que tuvieras cuidado.

La irritación de William se desvaneció al instante.

—Claro que tendré cuidado —repuso con brusquedad.

Siguieron andando bajo el oscuro dosel de arces y nogales en silencio, tan cerca que sus hombros se rozaban de vez en cuando.

En la posada, William le dio a lord John las buenas noches, pero no regresó enseguida a su propia habitación. En su lugar, dio un paseo por el muelle, inquieto, sin ganas de dormir todavía.

La marea había cambiado y estaba muy baja, observó. El olor a peces muertos y algas en estado de putrefacción era más intenso ahora, aunque una fina capa de agua cubría aún las marismas, silenciosas bajo la luz de un cuarto de luna.

Tardó un momento en localizar la estaca. Por unos segundos pensó que había desaparecido, pero no, allí estaba, una línea fina y oscura contra el brillo trémulo del agua. Vacía.

La estaca ya no permanecía derecha, sino que presentaba una pronunciada inclinación, como si estuviera a punto de caer, y un fino pedazo de cuerda colgaba de ella flotando como el dogal de un ahorcado en la marea baja. William se percató de cierto desasosiego visceral. La marea por sí sola no se habría llevado todo el cuerpo. Algunos decían que allí había cocodrilos o caimanes, aunque él todavía no había visto ninguno. De manera involuntaria miró hacia abajo, como si uno de aquellos reptiles pudiera surgir de repente del agua a sus pies. El aire continuaba cálido, pero lo recorrió un leve escalofrío.

Lo ignoró y dio media vuelta para regresar a la posada. Aún tardaría en marcharse uno o dos días, pensó, y se preguntó si, antes de irse, volvería a ver los ojos azules de la señora MacKenzie.

Lord John permaneció un momento en el porche de la posada, observando cómo su hijo desaparecía en las sombras bajo los árboles. Tenía algunas dudas. La cuestión se había decidido con mayor premura de la que le habría gustado, pero confiaba en las capacidades de William. Y, aunque el plan entrañaba sus riesgos, la vida de un soldado era así. Con todo, algunas situaciones eran más arriesgadas que otras.

Al oír el rumor de la conversación del interior, en el bodegón, titubeó, pero ya había tenido suficiente compañía por esa noche, y la idea de revolverse de un lado a otro con el bajo techo de su habitación encima, ahogándose en el calor acumulado durante todo el día, hizo que decidiera caminar hasta que el agotamiento corporal le garantizara el sueño.

No era sólo el calor, reflexionó mientras salía del porche y echaba a andar en dirección contraria a la que Willie había tomado. Se conocía lo bastante bien a sí mismo como para darse cuenta de que ni siquiera el éxito aparente de su plan le habría ahorrado permanecer despierto en la cama, preocupándose por él como un perro con un hueso, comprobando que no tuviera puntos débiles, buscando maneras de mejorarlo. Al fin y al cabo, William no iba a marcharse enseguida. Quedaba algo de tiempo para pensar, para hacer cambios, si fuera necesario.

El general Howe, por ejemplo. ¿Había sido la mejor elección? Tal vez Clinton... pero no. Henry Clinton era como una vieja quisquillosa que no movía un dedo sin recibir antes órdenes por triplicado.

La zafiedad de los hermanos Howe —uno, general; el otro, almirante— era célebre; ambos tenían los modales, el aspecto y el olor de los cerdos en celo. Sin embargo, ninguno de los dos era estúpido, sabía Dios que no eran tímidos, y Grey consideraba a Willie absolutamente capaz de sobrevivir a la grosería y a la falta de amabilidad. Por otro lado, quizá fuera más fácil para un joven subalterno lidiar con un comandante dado a escupir en el suelo —Richard Howe había escupido sobre el propio Grey en una ocasión, aunque podría decirse que había sido sin querer, pues el viento había cambiado sin previo aviso— que tener que hacer frente a las rarezas de otros militares que Grey conocía.

Aun así, incluso los miembros más peculiares de la hermandad de la espada eran preferibles a los diplomáticos. Se preguntó en vano cuál podía ser el nombre colectivo correspondiente a un grupo de diplomáticos. Si los escritores formaban la hermandad de la pluma, y un grupo de zorros se llamaba jauría... ¿una puñalada de diplomáticos, tal vez? ¿Los hermanos del estilete? No, decidió. Demasiado directo. Una opiata de diplomáticos era mejor. La hermandad de los aburridos. Aunque, a veces, los que no eran aburridos podían ser peligrosos.

Sir George Germain pertenecía a uno de los tipos menos corrientes: aburrido y peligroso.

Anduvo un rato arriba y abajo por las calles de la ciudad con la esperanza de quedar agotado antes de regresar a su pequeña y mal ventilada habitación. El cielo estaba encapotado y plomizo, con relámpagos que se filtraban entre las nubes, y el ambiente estaba tan impregnado de humedad como una esponja de baño. En esos momentos debería encontrarse en Albany, no menos húmedo y lleno de bichos, pero algo más fresco y próximo a los preciosos bosques oscuros de las montañas de Adirondack.

Con todo, no lamentaba su precipitado viaje a Wilmington. La cuestión de Willie estaba resuelta, eso era lo importante. Y la hermana de Willie, Brianna... Se detuvo en seco un segundo con los ojos cerrados, rememorando el instante, trascendente y angustioso, que había vivido aquella tarde al verlos juntos a los dos durante el que sería su único encuentro en toda su vida. Apenas si había podido respirar, con los ojos fijos en aquellas dos figuras altas, aquellos rostros bellos y enérgicos, tan parecidos, y ambos tan similares al hombre que se hallaba en aquel momento a su lado, inmóvil, pero que, a diferencia de Grey, aspiraba grandes y frenéticas bocanadas de aire, como si temiera la posibilidad de no volver a respirar.

Distraído, Grey se frotó el dedo anular de la mano izquierda. Todavía no se acostumbraba a hallarlo desnudo. Jamie Fraser y él habían hecho todo lo posible para proteger a sus seres queridos y, a pesar de su melancolía, pensar que estaban unidos en esa relación de responsabilidad lo reconfortaba.

Se preguntó si volvería a ver alguna vez a Brianna Fraser MacKenzie. Ella había dicho que no, y parecía tan triste por ello como él.

—Que Dios te bendiga, niña —murmuró meneando la cabeza mientras regresaba al puerto.

La echaría mucho de menos, pero, igual que en el caso de Willie, el alivio que sentía porque pronto se hallaría lejos de Wilmington y del peligro superaba su sensación personal de pérdida.

Miró sin querer al agua cuando subía al muelle y profirió un profundo suspiro de alivio al ver la estaca vacía, inclinada en la marea. No había comprendido los motivos por los que ella había hecho lo que había hecho, pero había tratado a su padre —y, lo que es más, a su hermano— durante el tiempo suficiente como para no confundir la tenaz convicción que había visto en aquellos ojos azules de gata. Así que le había conseguido la barquita que ella le había pedido y se había quedado en el muelle con el corazón en un puño, dispuesto a inventar una distracción, si era necesario, mientras su marido la llevaba remando hacia el pirata amarrado.

Había visto morir a muchos hombres, por lo general de mala gana, de vez en cuando con resignación. Nunca había visto a uno morir con tan apasionada expresión de gratitud en los ojos. Grey únicamente conocía a Roger MacKenzie de modo superficial, pero sospechaba que era un hombre extraordinario, pues no sólo había sobrevivido al matrimonio con aquella fabulosa criatura, sino que incluso había tenido hijos con ella.

Negó con la cabeza, dio media vuelta y regresó a la posada. Pensó que podía esperar sin peligro otras dos semanas antes de contestar a la carta de Germain, que había hecho desaparecer con mano hábil de la bolsa del diplomático tras ver en ella el nombre de William. Para entonces podría decir que, por desgracia, cuando llegó la carta, lord Ellesmere se encontraba en algún lugar en medio del desierto entre Carolina del Norte y Nueva York y que, por tanto, no le pudo informar de que lo habían vuelto a llamar a Inglaterra, aunque él (Grey) estaba seguro de que, cuando se enterara de ello varios meses más tarde, Ellesmere lamentaría muchísimo haber perdido la oportunidad de unirse a los hombres de sir George. ¡Qué pena!

Se puso a silbar *Lillibulero* y regresó andando a la posada de buen humor.

Se detuvo en la taberna y pidió que le llevaran una botella de vino a la habitación, tras lo cual la camarera lo informó de que el «caballero» ya se había subido una botella.

—Y dos copas —añadió dirigiéndole una sonrisa—. Así que no creo que vaya a bebérsela toda él solo.

Grey sintió que algo parecido a un ciempiés le recorría la columna vertebral.

—Perdone —dijo—. ¿Ha dicho que hay un caballero en mi habitación?

—Sí, señor —le aseguró ella—. Dijo que como era un viejo amigo suyo... Veamos, mencionó su nombre... —Su frente se arrugó por unos instantes, luego se relajó—. *Bow-shaw*, dijo, o algo por el estilo. Un nombre franchute —aclaró—. Y el caballero también era franchute. ¿Querrá algo de comer, señor?

—No, gracias. —Le hizo un gesto con la mano a modo de despedida y subió escaleras arriba pensando con rapidez si había dejado en su habitación algo que no debiera.

Un francés llamado *Bow-shaw*... «Beauchamp.» El nombre irrumpió en su cabeza como el destello de un relámpago. Se detuvo un instante en seco en medio de la escalera y luego reanudó el ascenso más despacio. Seguro que no... pero ¿quién si no podía ser? Tras abandonar la vida militar algunos años antes, había comenzado a trabajar en la diplomacia como miembro de la Cámara Negra inglesa, aquella oscura organización de personas encargadas de interceptar y descifrar el correo diplomático oficial que circulaba entre los gobiernos de Europa, además de otros mensajes mucho menos oficiales. Cada uno de esos gobiernos tenía su propia Cámara Negra, y no era inusual que los miembros de una de esas cámaras tuvieran conocimiento de quiénes ocupaban un puesto equivalente en el otro lado, nunca de manera personal, pero sí a través de sus firmas, sus iniciales, sus notas al margen sin firmar.

Beauchamp había sido uno de los agentes franceses más activos. Grey se lo había cruzado en su camino varias veces en los años transcurridos, a pesar de que sus propios tiempos en la Cámara Negra habían quedado muy atrás. Dado que él conocía a Beauchamp de nombre, era absolutamente razonable que éste también lo conociera a él, y para que semejante encuentro tuviera lugar allí... Palpó el bolsillo secreto de su abrigo y el leve crujido del papel lo tranquilizó.

Al llegar a lo alto de la escalera titubeó, pero el sigilo no tenía razón de ser. Estaba claro que lo esperaban. Con paso firme, avanzó por el pasillo e hizo girar el pomo de porcelana de su puerta, suave y frío bajo sus dedos.

Una oleada de calor lo engulló y boqueó involuntariamente en busca de aire, lo que fue muy oportuno, pues le impidió pronunciar la blasfemia que había saltado a sus labios.

El caballero que ocupaba la única silla de la habitación era desde luego «franchute»: su traje maravillosamente cortado estaba ornamentado con cascadas de encaje blanco inmaculado en el cuello y los puños, y sus zapatos se abrochaban con una hebilla de plata que hacía juego con el cabello de sus sienes.

—Señor Beauchamp —dijo cerrando despacio la puerta tras de sí. Tenía la ropa empapada adherida al cuerpo, y sentía latir el pulso en las sienes—. Me temo que me coge usted algo desprevenido.

Perseverance Wainwright esbozó una sonrisa, aunque levísima.

—Me alegro de verte, John —dijo.

* * *

Grey se mordió la lengua para evitar decir cualquier disparate, descripción que se ajustaba prácticamente a cuanto pudiera decir, pensó, a excepción de «buenas noches».

—Buenas noches —respondió. Alzó una ceja con gesto interrogativo—. ¿Monsieur Beauchamp?

—Ah, sí. —Percy recogió los pies bajo su cuerpo haciendo ademán de levantarse, pero Grey le indicó con la mano que volviera a sentarse y se volvió para coger un taburete, esperando que los segundos ganados con el movimiento le permitieran recuperar la compostura.

Al descubrir que no era así, dedicó otro instante a abrir la ventana y se quedó junto a ella para aspirar un par de bocanadas del aire denso, húmedo y malsano, antes de volverse y tomar asiento a su vez.

—¿Cómo fue? —inquirió fingiendo despreocupación—. Me refiero a Beauchamp. ¿O es tan sólo un *nom de guerre*?

—Oh, no. —Percy sacó su pañuelo guarnecido de encaje y se enjugó delicadamente el sudor del nacimiento del pelo, que estaba comenzando a retroceder, observó Grey—. Me casé con una de las hermanas del barón Amandine. El apellido de la familia es Beauchamp. Lo adopté. Ese parentesco me facilitó cierta *entrée* en círculos políticos, desde los cuales... —Se encogió de hombros con finura e hizo un gesto lleno de gracia que abarcaba toda su carrera en la Cámara Negra, y, sin duda, en otras esferas, pensó Grey con gravedad.

—Mi enhorabuena por tu matrimonio —dijo Grey sin molestarse en ocultar la ironía de su tono—. ¿Con quién duermes, con el barón o con su hermana?

Percy parecía divertido.

—Con ambos, de cuando en cuando.

—¿A la vez?

La sonrisa se ensanchó. Sus dientes se conservaban bien, observó Grey, aunque estaban un poco manchados por el vino.

—A veces. Aunque Cécile, mi esposa, prefiere en realidad las atenciones de su prima Lucianne, y yo, personalmente, siento predilección por las del ayudante de jardinero, un hombre encantador llamado Émile. Me recuerda a ti... cuando eras más joven: delgado, rubio y brutal.

Consternado, Grey descubrió que tenía ganas de echarse a reír.

—Parece extremadamente francés —dijo, en cambio, con sequedad—. Estoy seguro de que es muy apropiado para ti. ¿Qué quieres?

—Se trata más bien de lo que quieres tú, creo. —Percy todavía no había tocado el vino. Cogió la botella y sirvió cuidadosamente el líquido rojo, que salpicó de oscuro las copas—. O quizá debería decir... lo que quiere Inglaterra. —Le tendió una copa a Grey con una sonrisa—. Pues uno a duras penas puede separar sus propios intereses de los de su país, ¿no es así? De hecho, confieso que siempre me ha parecido que tú eras Inglaterra, John.

Grey quiso prohibirle que utilizara su nombre de pila, pero hacerlo sólo habría enfatizado el recuerdo de su intimidad, que era, por supuesto, lo que Percy pretendía. Decidió ignorarlo y tomó un trago de vino, que estaba bueno. Se preguntó si lo estaría pagando y, de ser así, cómo.

—Lo que quiere Inglaterra —repitió, escéptico—. ¿Y qué te parece a ti que quiere Inglaterra?

Percy tomó un sorbo de vino y lo retuvo en la boca, evidentemente saboreándolo antes de tragárselo.

—Eso no es ningún secreto, amigo mío, ¿verdad?

Grey suspiró y lo miró de hito en hito.

—¿Has visto esa «Declaración de Independencia» que el llamado Congreso Continental ha promulgado? —preguntó Percy.

Se volvió y, tras rebuscar en una bolsa de cuero que había colgada del respaldo de la silla, sacó un fajo de papeles doblados que le entregó.

De hecho, Grey no había visto el documento en cuestión, aunque, claro está, había oído hablar de él. Lo habían publicado hacía sólo dos semanas, en Filadelfia. Sin embargo, las copias se habían extendido por las colonias como matojos arrastrados por el viento. Arqueando las cejas, lo desdobló y lo ojeó rápidamente.

—¿El rey es un tirano? —preguntó medio riendo ante lo escandaloso de algunos de los sentimientos más extremos expresados en el documento. Volvió a doblar las hojas y las arrojó sobre la mesa—. Y si soy Inglaterra, supongo que tú eres la personificación de Francia a efectos de esta conversación, ¿no es así?

—Represento ciertos intereses allí —contestó Percy con suavidad—. Y en Canadá.

Eso hizo sonar algunas campanas de alarma. Grey había luchado en Canadá con Wolfe y era consciente de que, aunque los franceses habían perdido gran parte de sus posesiones en Norteamérica en aquella guerra, seguían ferozmente atrincherados en las regiones del norte, desde el valle del Ohio hasta Quebec. ¿Lo bastante cerca como para causar problemas ahora? No lo creía, pero de los franceses no le habría extrañado nada. Ni de Percy tampoco.

—Inglaterra quiere que este disparate termine deprisa, así de claro. —Una mano larga y nudosa señaló el documento—. El ejército continental, como lo llaman, es una débil asociación de hombres inexpertos y de ideas en conflicto. ¿Y si estuviéramos dispuestos a proporcionarte información que pudiera utilizarse para... hacer que uno de los altos mandos de Washington fuera desleal?

—¿Y si lo estuvierais, qué? —replicó Grey sin hacer el menor esfuerzo por disimular el escepticismo de su tono—. ¿En qué beneficiaría eso a Francia, o a tus propios intereses, que me permito pensar que posiblemente no sean del todo idénticos?

—Veo que el tiempo no ha suavizado tu cinismo natural, John. Uno de tus rasgos menos atractivos... no sé si te lo mencioné alguna vez.

Grey lo miró abriendo un poco más los ojos, y Percy suspiró.

—Tierras —señaló—. El Territorio del Noroeste. Queremos que nos lo devolváis.

Grey soltó una risita.

—Apuesto a que sí.

Francia había cedido a Inglaterra el territorio en cuestión, una extensa zona al noroeste del valle del Ohio, al término de la guerra franco-india. Sin embargo, Inglaterra no había ocupado el territorio, y había impedido que los colonos se expandieran en él debido a la resistencia armada por parte de los nativos y a la continua negociación de tratados con ellos. Tenía entendido que los colonos estaban disgustados por ese motivo. El propio Grey se había tropezado con algunos de dichos nativos y se inclinaba por considerar la postura del gobierno británico tanto lógica como honorable.

—Los traficantes franceses tenían fuertes vínculos con los aborígenes de la zona. Vosotros no tenéis ninguno.

—¿Los traficantes de pieles son algunos de los... intereses... que representas?

Percy sonrió de oreja a oreja al escuchar eso.

—No el más importante. Pero una parte.

Grey no se molestó en preguntar por qué Percy acudía con ese tema a él, un diplomático ostensiblemente retirado y sin ninguna influencia en particular. Percy conocía el poder de la familia Grey y sus conexiones desde la época en que mantenían una relación de tipo personal, y «monsieur Beauchamp» sabía mucho más aún acerca de sus actuales conexiones personales por el nexo de información que alimentaba las Cámaras Negras de Europa. Grey no podía intervenir en el asunto, por supuesto, pero estaba bien situado para presentar la oferta sin hacer ruido a quienes sí podían hacerlo. Sentía como si cada pelo de su cuerpo estuviera enhiesto como las antenas de un insecto, alertas ante cualquier peligro.

—Querríamos algo más que una insinuación, por supuesto —indicó con gran frialdad—. El nombre del oficial en cuestión, por ejemplo.

—Ahora mismo no estoy autorizado a revelarlo. Pero una vez se haya abierto una negociación de buena fe...

Grey se estaba preguntando ya a quién debía presentar esa oferta. A sir George Germain, no. ¿A la oficina de lord North? Sin embargo, eso podía esperar.

—¿Y tus propios intereses? —preguntó, incisivo. Conocía a Percy Wainwright lo suficiente como para saber que algún aspecto del asunto lo beneficiaría personalmente.

—Ah, eso. —Percy tomó un sorbo de vino, luego bajó la copa y dirigió a Grey una mirada límpida a través del cristal—. En realidad, se trata de algo muy sencillo. Me han encargado que encuentre a un hombre. ¿Conoces a un caballero escocés llamado James Fraser?

Grey notó que el pie de su copa se rompía. Aun así, siguió sujetándolo y tomó con cuidado un trago de vino mientras le daba gracias a Dios, en primer lugar, por no haberle mencionado nunca a Percy el nombre de Jamie Fraser y, en segundo, por que Fraser se hubiera marchado de Wilmington esa misma tarde.

—No —repuso con calma—. ¿Qué quieres de ese tal señor Fraser?

Percy se encogió de hombros y sonrió.

—Sólo un par de cosas.

Grey sentía brotar la sangre de la palma lacerada de su mano. Juntando cuidadosamente los dos trozos de cristal roto, se bebió el resto del vino. Percy guardaba silencio, bebiendo con él.

—Mis condolencias por la pérdida de tu esposa —dijo entonces Percy en voz baja—. Sé que ella...

—Tú no sabes nada —espetó Grey con aspereza. Se inclinó hacia delante y dejó el cristal roto sobre la mesa. La copa rodó de un lado a otro, con los posos del vino ensuciando el cristal—. Nada en absoluto. Ni sobre mi mujer, ni sobre mí.

Percy elevó los hombros en el más imperceptible de los encogimientos galos. «Como quieras», decía. Y, sin embargo, sus ojos —eran todavía bellos, maldita sea, oscuros y cálidos— seguían fijos en Grey con lo que parecía una compasión genuina. Grey suspiró. Sin duda era genuina. No se podía confiar en Percy, jamás, pero lo que había hecho lo había hecho por debilidad, no por malevolencia, ni siquiera por falta de sentimientos.

—¿Qué quieres? —repitió.

—Tu hijo... —comenzó Percy, y Grey se volvió de repente hacia él.

Lo agarró del hombro con fuerza suficiente como para que el hombre soltara un grito sofocado y se pusiera rígido.

Grey se agachó, mirando a la cara a Wainwright —perdón, a Beauchamp—, tan cerca que sintió el calor de su aliento en la mejilla y olió su agua de colonia. Estaba manchando el abrigo de Wainwright de sangre.

—La última vez que te vi —dijo Grey en voz baja—, estuve a un centímetro de meterte una bala en la cabeza. No me des motivos para lamentar haberme contenido. —Lo soltó y se irguió—. Mantente alejado de mi hijo... mantente alejado de mí. Y si quieres un consejo bienintencionado... regresa a Francia. Deprisa.

Dio media vuelta y salió, cerrando firmemente la puerta tras de sí. Había recorrido la mitad de la calle antes de darse cuenta de que había dejado a Percy en su propia habitación.

—¡Al diablo con todo! —dijo entre dientes.

Y se fue, airado, a rogarle al sargento Cutter que lo alojara esa noche. Por la mañana se aseguraría de que la familia Fraser y William estuvieran todos a salvo lejos de Wilmington.

2

Y otras, no

Lallybroch
Inverness-shire, Escocia
Septiembre de 1980

—«Estamos vivos»... —repetía Brianna MacKenzie con voz trémula. Miró a Roger, oprimiendo el papel contra su pecho con ambas manos. Las lágrimas se deslizaban por su rostro, pero una luz maravillosa brillaba en sus ojos azules—. ¡Vivos!

—Déjame ver.

El corazón le martilleaba con tanta fuerza en el pecho que casi le impedía oír sus propias palabras. Estiró una mano y ella, de mala gana, le entregó la hoja al tiempo que apretaba su cuerpo contra él, aferrándose a su brazo mientras leía, incapaz de apartar los ojos de aquel pedazo de papel antiguo.

Era agradablemente áspero al tacto de sus dedos, papel hecho a mano, con pedacitos de hojas y flores prensados entre sus fibras. Amarillo por el tiempo, pero aún resistente y asombrosamente flexible. Lo había hecho la propia Bree, más de doscientos años antes.

Roger se dio cuenta de que le temblaban las manos, pues el papel se agitaba tanto que le costaba leer la escritura difícil y de trazos desgarbados, de tan desvaída que estaba la tinta.

31 de diciembre de 1776

Querida hija:
    Como verás si un día recibes esta carta, estamos vivos...

Incluso a él se le nubló la vista y se frotó los ojos con el dorso de la mano al tiempo que se decía que no tenía importancia, pues ahora Jamie Fraser y su mujer, Claire, estaban muertos con toda seguridad, pero sentía tanta alegría por las palabras escritas en aquella página que era como si tuviese a los dos delante sonriendo.

Además, descubrió que la carta era de ambos. Aunque comenzaba con la caligrafía —y la voz— de Jamie, la segunda página continuaba con la letra primorosa e inclinada de Claire.

    La mano de tu padre no podría soportar ya mucho más. Y es una historia condenadamente larga. Ha estado cortando leña todo el día y apenas si puede doblar los dedos, pero ha insistido en decirte él mismo que todavía no nos han reducido a cenizas, que no es más que lo que podríamos ser en cualquier momento. Hay catorce personas hacinadas en la vieja cabaña, y te escribo esta carta más o menos sentada en el hogar mientras la vieja abuela MacLeod respira con dificultad en su jergón a mis pies, de modo, que si de repente empieza a agonizar, pueda echarle más whisky en la garganta.

—Dios mío, es como si la oyera —dijo, asombrado.

—Yo también. —Las lágrimas seguían rodando por la cara de Bree, pero era un chaparrón pasajero. Se las enjugó, riendo y sorbiendo por la nariz—. Sigue leyendo. ¿Por qué están en nuestra cabaña? ¿Qué le ha pasado a la Casa Grande?

Roger recorrió las líneas con el dedo al tiempo que iba bajando por la página hasta encontrar el lugar donde lo había dejado, y prosiguió la lectura.

—¡Dios santo! —exclamó.

¿Os acordáis del idiota de Donner?

Se le puso la carne de gallina al pronunciar ese nombre. Donner era un viajero en el tiempo, y uno de los individuos más irreflexivos que hubiera conocido o de los que hubiera oído hablar, pero no por ello menos peligroso.

Bueno, pues se superó a sí mismo juntando a una banda de criminales de Brownsville para que vinieran y robaran el tesoro en gemas que los había convencido de que teníamos. Sólo que no lo teníamos, por supuesto.

No lo tenían, porque él, Brianna, Jemmy y Amanda se habían llevado el montoncito de piedras preciosas que quedaban para proteger su viaje a través de las piedras.

Nos tomaron como rehenes y redujeron la casa a escombros, malditos sean, al romper, entre otras cosas, la bombona de éter de mi consultorio. Los vapores estuvieron a punto de gasearnos a todos en el acto...

Leyó rápidamente el resto de la carta mientras Brianna miraba por encima de su hombro y profería pequeños gritos de alarma y consternación. Cuando hubo terminado, dejó las hojas y se volvió hacia ella, con las tripas temblando.

—Así que lo hiciste —dijo Roger, a sabiendas de que no debía decirlo, pero incapaz de contenerse, incapaz de no resoplar de risa—. Tú y tus malditas cerillas... ¡Fuiste tú quien quemó la casa hasta los cimientos!

El rostro de ella era todo un poema mientras su expresión pasaba del horror a la indignación y a... sí, a una hilaridad histérica que hacía juego con la suya.

—¡No, no fui yo! Fue el éter de mamá. Cualquier chispa habría provocado la explosión...

—Pero no fue una chispa cualquiera —señaló Roger—. Tu primo Ian encendió una de tus cerillas.

—¡Bueno, en tal caso, fue culpa de Ian!

—No, fuisteis tu madre y tú. Científicas... —repuso Roger meneando la cabeza—. El siglo XVIII tiene suerte de haber sobrevivido a vosotras.

Ella se ofendió un poco.

—¡Bueno, nada de esto habría pasado de no haber sido por ese imbécil de Donner!

—Cierto —admitió Roger—. Pero él era también un gamberro del futuro, ¿no es así? Aunque es verdad que no era ni mujer ni demasiado científico.

—Mmmm. —Ella cogió la carta, manejándola con cuidado pero incapaz de abstenerse de acariciar las páginas entre los dedos—. Bueno, no sobrevivió al siglo XVIII, ¿no? —Tenía los ojos bajos, los párpados aún enrojecidos.

—No estarás sintiendo lástima por él, ¿verdad? —inquirió Roger, incrédulo.

Ella negó con la cabeza, pero sus dedos seguían moviéndose ligeramente sobre el papel suave y grueso.

—No... por él, no, no mucho. Es sólo que... la idea de que alguien muera así. Solo, quiero decir. Tan lejos de casa.

No, no era en Donner en quien estaba pensando. Roger la rodeó con el brazo y apoyó su cabeza contra la de ella. Olía a champú Prell y a coles frescas. Había estado en el huerto. Las palabras escritas en el papel se aclaraban y se oscurecían con el volumen de tinta de la pluma que las había escrito, pero, a pesar de ello, estaban bien definidas y claras... Era la caligrafía de un médico.

—No está sola —susurró, y estirando un dedo resiguió la posdata, escrita de nuevo con la letra de Jamie—. Ninguno de ellos lo está. Y tengan o no un techo sobre la cabeza, ambos están en casa.

Dejé la carta. Pensé que habría tiempo suficiente para terminarla más tarde. Durante los últimos días había estado centrada en ella siempre que el tiempo me lo permitía. Al fin y al cabo, no es que hubiera ninguna prisa para que saliera en el siguiente correo. Esbocé una pequeña sonrisa al pensarlo, doblé cuidadosamente las hojas y las metí por seguridad en mi nueva bolsa de labor. Sequé la pluma y la guardé, y luego me froté los doloridos dedos, paladeando un poco más la dulce sensación de estar en contacto que la escritura me proporcionaba. Yo podía escribir con mucha mayor facilidad que Jamie, pero la carne y la sangre tenían sus límites, y había sido un día muy largo.

Miré hacia el jergón situado al otro lado del fuego, como había estado haciéndolo cada pocos minutos, pero seguía tranquila. Oía su respiración, un resuello sibilante que sonaba a intervalos tan largos que entre uno y otro habría jurado que había muerto. No era así, sin embargo, y estimaba que viviría aún algún tiempo. Esperaba que muriera antes de que mis limitadas existencias de láudano se acabaran.

No sabía su edad. Parecía tener unos cien años, pero quizá fuera más joven que yo. Sus dos nietos, unos muchachos adolescentes, la habían traído a mi consulta hacía dos días. Habían viajado desde las montañas con la idea de dejar a su abuela con unos parientes en Cross Creek antes de dirigirse a Wilmington para unirse allí a la milicia, pero la abuela «se había puesto mala», como dijeron ellos, y alguien les había dicho que había una curandera cerca, en el Cerro. Así que me la habían traído.

La abuelita MacLeod... No tenía otro nombre para ella. A los chicos no se les había ocurrido decírmelo antes de marcharse, y ella no estaba en condiciones de hacerlo por sí misma, pues se hallaba casi con seguridad en la fase terminal de algún tipo de cáncer. Tenía la carne consumida, su rostro mostraba una expresión de dolor incluso estando inconsciente, y lo veía en el tono grisáceo de su piel.

El fuego se estaba apagando, debía atizarlo y añadir otra rama de pino. Pero la cabeza de Jamie descansaba contra mi rodilla. ¿Podría llegar hasta el montón de leña sin molestarlo? Apoyé ligeramente una mano en su hombro para mantener el equilibrio, me estiré y alcancé con los dedos el extremo de un pequeño tronco. Lo liberé con cuidado, presionándome el labio inferior con los dientes, e, inclinándome, logré introducirlo en el hogar, dividiendo los montones de ascuas rojas y negras y levantando nubes de chispas.

Jamie se agitó bajo mi mano y murmuró algo ininteligible, pero cuando hube arrojado el tronco al fuego reavivado y me hube recostado en la silla, suspiró, se revolvió hasta encontrarse cómodo y de nuevo se quedó dormido.

Miré en dirección a la puerta, escuchando, aunque no oí más que el rumor de los árboles mecidos por el viento. Claro que no oiría nada, pensé, pues a quien esperaba era al joven Ian.

Jamie y él habían estado turnándose para vigilar, ocultos entre los árboles sobre las ruinas quemadas de la Casa Grande. Ian llevaba fuera más de dos horas. Era casi hora de que volviera a comer y a sentarse junto al fuego.

—Alguien ha intentado matar a la cerda blanca —había anunciado tres días antes durante el desayuno, con aire confuso.

—¿Qué? —Le había tendido una escudilla de gachas de avena, adornada con una nuez de mantequilla medio derretida y un chorrito de miel (por suerte, mis barriletes de miel y mis colmenas se encontraban en el invernadero cuando se produjo el incendio)—. ¿Estás seguro?

Él había asentido al tiempo que tomaba la escudilla y aspiraba su aroma con gesto beatífico.

—Sí, tiene un corte en el costado. Pero no es profundo, y se está curando, tía —había añadido haciéndome un gesto; obviamente creía que consideraría el bienestar médico de la cerda con el mismo interés que el de cualquier otro habitante del Cerro.

—¿Ah, sí? Estupendo —le había respondido yo, aunque poco era lo que podría haber hecho en caso de que no estuviera sanando. Podía curar, y a decir verdad curaba, caballos, vacas, cabras, armiños, e incluso la gallina ocasional que no ponía huevos, pero aquella cerda en particular no era de nadie.

Amy Higgins se había persignado al oír mencionar al animal.

—Lo más probable es que haya sido un oso —había señalado—. Nadie más se hubiera atrevido. ¡Aidan, presta atención a lo que dice Ian! No te alejes de aquí y vigila a tu hermano cuando estéis fuera.

—Los osos duermen durante el invierno, mami —había contestado Aidan, distraído. Tenía puesta toda su atención en una peonza nueva que Bobby, su nuevo padrastro, había tallado para él y que todavía no había conseguido hacer girar como Dios manda. Lanzándole una mirada de enojo, la había puesto con tiento sobre la mesa, había sujetado un segundo la cuerdecilla y le había dado un tirón. La peonza había salido disparada por encima de la mesa, había rebotado en el frasco de la miel con un fuerte ¡crac! y se había dirigido hacia la leche a toda velocidad.

Ian había alargado el brazo y atrapado la peonza justo a tiempo. Masticando su tostada, se había acercado a Aidan para coger el cordel, lo había vuelto a enrollar y, con un experto giro de muñeca, había mandado silbando la peonza directamente al centro de la mesa. Aidan se había quedado mirándola, boquiabierto, y luego había desaparecido bajo la mesa cuando la peonza cayó por el extremo.

—No, no fue un animal —había replicado Ian, tras tragar por fin—. Era un corte limpio. Alguien fue a por ella con un cuchillo o una espada.

Jamie había apartado la vista del pedazo de tostada quemado que había estado examinando.

—¿Encontraste su cuerpo?

Ian había esbozado una breve sonrisa, pero había negado con la cabeza.

—No. Si lo mató, se lo comió... y no encontré resto alguno.

—Los cerdos son muy sucios comiendo —había observado Jamie. Luego había probado con cautela un trozo de tostada quemada y había hecho una mueca, pero se la había comido de todos modos.

—¿Crees que pudo ser un indio? —había inquirido Bobby.

El pequeño Orrie batallaba por bajarse del regazo de Bobby. Su nuevo padrastro lo había dejado amablemente en su lugar favorito bajo la mesa.

Jamie e Ian intercambiaron una mirada, y yo sentí que se me erizaba ligeramente el pelo de la nuca.

—No —había contestado Ian—. Todos los cherokee de por aquí la conocen bien, y no la tocarían ni con una lanza de tres metros. Creen que es un demonio, ¿verdad?

—Y los indios que vienen del norte habrían utilizado flechas o tomahawks —había zanjado Jamie.

—¿Estás seguro de que no fue un puma? —había interrogado Amy, dudosa—. Ellos sí cazan en invierno, ¿no?

—Sí —había asentido Jamie—. Ayer vi huellas de zarpas cerca de Green Spring. ¿Me oís, vosotros? —había dicho agachándose para hablar con los niños por debajo de la mesa—. Tendréis cuidado, ¿verdad? Pero no es posible —había añadido, irguiéndose de nuevo—. Creo que Ian conoce la diferencia entre las marcas de unas garras y el corte de un cuchillo.

Le había dirigido una sonrisa a Ian, quien se abstuvo, cortés, de poner los ojos en blanco y simplemente había hecho un gesto afirmativo con la cabeza, con los ojos fijos con expresión dubitativa en el cestillo de las tostadas.

Nadie había sugerido que algún residente del Cerro o de Brownsville pudiera haber estado cazando a la cerda blanca. Los presbiterianos del lugar no habrían coincidido en absoluto con los cherokee en ninguna otra cuestión espiritual, pero estaban decididamente de acuerdo con ellos en relación con el carácter demoníaco de la cerda. En cuanto a mí, no tenía la seguridad de que no estuvieran en lo cierto. Aquella cosa había salido ilesa incluso del incendio de la Casa Grande, emergiendo de la madriguera que tenía bajo los cimientos del edificio en medio de una lluvia de madera en llamas, seguida de su última camada de jabatos a medio criar.

—¡Moby Dick! —dije ahora en voz alta, inspirada.

Rollo levantó la cabeza con un «¿guau?» sobresaltado, me miró con sus ojos amarillos y volvió a descansarla en el suelo con un suspiro.

—¿Dick qué? —preguntó Jamie, soñoliento. Se sentó, estirándose y gruñendo, se restregó la cara con una mano y me guiñó un ojo.

—Simplemente estaba pensando en qué me recordaba la cerda —expliqué—. Es una larga historia. Sobre una ballena. Te la contaré mañana.

—Si es que vivo hasta entonces —repuso con un bostezo que casi le dislocó la mandíbula—. ¿Dónde está el whisky... o lo necesitas para esa pobre vieja tuya? —Jamie señaló con un gesto la forma envuelta en una manta de la abuela MacLeod.

—Todavía no. Toma. —Me agaché, rebusqué en el cesto que había bajo mi silla y saqué una botella con tapón de corcho.

Le quitó el tapón y bebió al tiempo que el color volvía gradualmente a su rostro. Entre que se pasaba los días cazando o cortando leña y la mitad de las noches al acecho en un bosque helado, incluso la gran vitalidad de Jamie estaba dando muestras de flaqueza.

—¿Hasta cuándo seguirás haciendo esto? —le pregunté bajando la voz para no despertar a los Higgins: Bobby, Amy, los dos chiquillos y las cuñadas de Amy de su primer matrimonio, que habían venido para asistir a la boda unos días antes, acompañadas de un total de cinco niños menores de diez años, que dormían todos en el dormitorio pequeño.

La partida de los muchachos MacLeod había aligerado levemente la congestión en la cabaña, pero con Jamie, Ian, el perro de Ian, *Rollo*, y la anciana que dormía en el suelo de la habitación principal, yo y las posesiones que logramos salvar del fuego amontonadas contra las paredes, a veces sentía una clara oleada de claustrofobia. No era de extrañar que Jamie e Ian se dedicaran a patrullar los bosques, tanto para tomar una bocanada de aire como porque estaban convencidos de que había algo allí fuera.

—No mucho tiempo más —me aseguró, estremeciéndose ligeramente al tragar un gran sorbo de whisky—. Si no vemos nada esta noche... —Se interrumpió mientras volvía de golpe la cabeza hacia la puerta.

Yo no había oído nada, pero vi moverse el picaporte y, un segundo después, una ráfaga helada de aire irrumpió en la habitación, introduciendo sus fríos dedos bajo mis faldas y levantando una lluvia de chispas del fuego.

Agarré una alfombra y las apagué antes de que pudieran prender el cabello o el jergón de la abuela MacLeod. Una vez controlado el fuego, Jamie estaba ya colgándose del cinturón la pistola, la bolsa de la munición y el cebador mientras hablaba con Ian en voz baja junto a la puerta. El propio Ian tenía las mejillas rojas a causa del frío y de la clara excitación que sentía por algo. *Rollo* también estaba despierto y olfateaba las piernas de Ian al tiempo que meneaba la cola de entusiasmo ante una helada aventura.

—Será mejor que te quedes aquí, *a cù* —le dijo Ian frotándose las orejas con sus fríos dedos—. *Sheas.*

Rollo emitió un gruñido malhumorado e intentó evitar a Ian de un empujón, pero una pierna le bloqueó hábilmente el paso. Jamie se volvió conforme se ponía encima el abrigo, se inclinó y me besó a toda prisa.

—Echa el cerrojo a la puerta, *a nighean* —susurró—. No abras a nadie salvo a Ian o a mí.

—¿Qué...? —comencé a decir, pero ya se habían ido.

La noche era fría y limpia. Jamie respiraba hondo y se estremecía, dejando que el frío lo penetrara, le arrancara la calidez de su esposa, el humo y el olor de su hogar. Cristales de hielo relucían en sus pulmones, escarchándole la sangre. Volvió la cabeza de un lado a otro, como un lobo husmeando, respirando la noche. Casi no hacía viento, pero el aire venía del este, impregnado del olor amargo de las cenizas de la Casa Grande... además de un débil regusto que le pareció sangre.

Miró a su sobrino, le dirigió un gesto interrogativo y vio a Ian asentir, oscuro contra el brillo lavanda del cielo.

—Hay un cerdo muerto justo al otro lado del jardín de la tía —respondió en voz baja.

—¿Ah, sí? No te refieres a la cerda blanca, ¿no? —Por un instante se sintió preocupado ante la idea, y se preguntó si la lloraría o bailaría sobre sus huesos.

Pero no. Ian negó con la cabeza, con un movimiento más intuido que visto.

—No, esa bestia salvaje, no. Uno joven, tal vez de la camada del año pasado. Alguien lo ha abierto en canal, pero no se ha llevado más que uno o dos pedazos de las ancas. Y una buena parte de lo que se han llevado lo han desperdigado a pedazos por el camino.

Jamie se volvió a mirarlo, sorprendido.

—¿Qué?

Ian se encogió de hombros.

—Sí. Y una cosa más, tío: lo han matado y lo han descuartizado con un hacha.

Los cristales de hielo de su sangre se solidificaron tan de repente que casi se le detuvo el corazón.

—Santo Dios —dijo, pero no era tanto una manifestación de asombro como la admisión desganada de algo que sabía desde hacía largo tiempo—. Entonces, es él.

—Sí.

Ambos lo sabían ya, aunque ninguno de los dos había estado dispuesto a hablar de ello. Sin consultarse, se alejaron de la cabaña y se internaron entre los árboles.

—Bueno... —Jamie respiró hondo y profirió un suspiro cuyo vaho destacó, blanco, en la oscuridad.

Había albergado la esperanza de que aquel hombre hubiera agarrado su oro y a su mujer y se hubiera ido del Cerro, pero nunca había sido más que una esperanza. Arch Bug llevaba la sangre de los Grant, y el clan Grant era muy vengativo.

Los Fraser de Glenhelm habían pillado a Arch Bug en sus tierras unos cincuenta años antes, le habían dado a elegir entre perder un ojo o los dos primeros dedos de la mano derecha. El hombre había aceptado la idea de tener una mano lisiada, y había cambiado ese arco que ya no podría volver a tensar por un hacha, que blandía y lanzaba con la habilidad propia de un mohawk, a pesar de su edad.

Lo que no había podido aceptar era la pérdida de la causa de los Estuardo y del oro jacobita, enviado desde Francia demasiado tarde, rescatado —o robado, según el punto de vista— por Hector Cameron, quien se llevó a Carolina del Norte una tercera parte del botín, que sería posteriormente sustraído a su vez a la viuda de Cameron —o recuperado— por Arch Bug.

Arch Bug tampoco había podido aceptar a Jamie Fraser.

—¿Crees que es una amenaza? —inquirió Ian.

Se habían alejado de la cabaña, pero seguían entre los árboles, rodeando el gran claro donde había estado la Casa Grande. La chimenea y la mitad de un muro permanecían en pie, ennegrecidos y oscuros contra la nieve sucia.

—No lo creo. Si quería amenazarme, ¿por qué esperar hasta ahora? —No obstante, agradeció en silencio que su hija y sus niños se hubieran marchado y estuvieran a salvo. Había amenazas peores que un cerdo muerto, y pensó que Arch Bug no dudaría en cumplirlas.

—Tal vez se marchó para dejar instalada a su mujer y ahora haya regresado —sugirió Ian.

Era una idea razonable. Si una cosa había en el mundo que Arch Bug amara era su mujer, Murdina, su compañera durante más de cincuenta años.

—Tal vez —repuso Jamie. Y, sin embargo... Y, sin embargo, más de una vez, en las semanas transcurridas desde la marcha de los Bug, había tenido la impresión de que alguien lo observaba. Había sentido en el bosque un silencio que no era el silencio de los árboles y de las piedras.

No preguntó si Ian había buscado el rastro del portador del hacha. Si hubiera sido posible hallar algún rastro, Ian lo habría encontrado. Pero llevaba sin nevar más de una semana, y lo que había quedado en el suelo estaba sucio y pisoteado por infinidad de personas. Miró al cielo. Volvería a nevar, y pronto.

Avanzó con precaución entre el hielo por un pequeño afloramiento del terreno. La nieve se fundía durante el día, pero el agua volvía a helarse por la noche y colgaba de los aleros de la cabaña y de cada rama formando relucientes carámbanos que llenaban el bosque con la luz azul del alba y después goteaban oro y diamantes bajo el sol naciente. Ahora eran incoloros, y tintinearon como el cristal cuando, con la manga, rozó las ramitas de un arbusto cubierto de hielo. Al llegar a lo alto de la cresta, se detuvo y se agazapó al tiempo que miraba al otro lado del claro.

Muy bien. La certidumbre de que Arch Bug estaba allí había provocado una cadena de deducciones medio conscientes, cuya conclusión se imponía ahora a cualquier otro pensamiento.

—Arch volvería por una de dos razones —le explicó a Ian—. O para hacerme daño o para llevarse el oro. Todo el oro.

Le había dado a Bug un pedazo de oro cuando los había echado a él y a su mujer al descubrir su traición. La mitad de un lingote francés, que habría permitido a una pareja anciana vivir con modesta comodidad el resto de su vida. Pero Arch Bug no era un hombre modesto. Él había sido arrendatario de los Grant de Leoch y, aunque había ocultado su orgullo durante algún tiempo, no está en la naturaleza del orgullo permanecer enterrado.

Ian lo miró con interés.

—Todo el oro —repitió—. Así que crees que, cuando lo obligaste a marcharse, lo escondió aquí, pero en un lugar donde pudiera recuperarlo con facilidad.

Jamie alzó un hombro mientras observaba el claro. Ahora que la casa ya no se hallaba allí, podía ver el empinado sendero que conducía, por la parte posterior, al lugar donde había estado el jardín de su mujer, seguro tras su empalizada a prueba de ciervos. Algunas de las estacas seguían allí, negras contra la nieve desigual. Algún día, Dios mediante, haría otro jardín para ella.

—Si su objetivo era sólo hacer daño, ha tenido ocasión.

Desde allí, podía ver el cerdo muerto, una forma oscura en el camino sombreada por un amplio charco de sangre. Alejó de su mente un súbito recuerdo de Malva Christie y se obligó a volver a sus reflexiones.

—Sí, lo ha escondido aquí —repitió, ahora más seguro de sí mismo—. Si lo tuviera todo, se habría marchado hace tiempo. Está esperando, intentando hallar la manera de hacerse con él. Pero no ha podido hacerlo en secreto, así que ahora está probando algo distinto.

—Sí, pero ¿qué? Eso... —Ian señaló con la cabeza el bulto amorfo del camino—. Pensé que era un lazo o algún tipo de trampa, pero no lo es. Estuve mirándolo.

—¿Un señuelo, tal vez?

El olor de la sangre era obvio incluso para Jamie. Sería una clara llamada para cualquier depredador. En el preciso momento en que estaba pensando eso, sus ojos captaron un movimiento cerca del cerdo, por lo que le puso a Ian una mano en el brazo.

Un parpadeo indeciso de movimiento; luego, una forma pequeña y sinuosa surgió de repente y desapareció detrás del cuerpo del cerdo.

—Un zorro —dijeron ambos hombres a una y, acto seguido, se echaron a reír sin hacer ruido.

—Está ese puma en el bosque que hay sobre Green Spring —señaló Ian, dubitativo—. Vi las huellas ayer. ¿Crees que querrá atraerlo con el cerdo esperando que salgamos corriendo a enfrentarnos a él y poder llegar hasta el oro mientras estamos ocupados?

Jamie frunció el ceño al oír eso y echó una ojeada en dirección a la cabaña. Sí, era posible que un puma hiciera salir a los hombres, pero no a las mujeres y a los niños. ¿Dónde podía haber ocultado el oro en un espacio tan deshabitado? Sus ojos se posaron en la silueta del horno de Brianna, situado a cierta distancia de la casa, que no se había utilizado desde que ella se marchó, y un arranque de excitación lo hizo ponerse en pie. Ése sería... pero no. Arch le había robado el oro a Yocasta Cameron lingote a lingote, llevándolo al Cerro a escondidas, y había comenzado a robarlo mucho antes de que Brianna se marchara. Pero tal vez...

Ian se envaró de repente y Jamie volvió de inmediato la cabeza para ver qué sucedía. No pudo ver nada, pero entonces captó el sonido que Ian había oído. Un gruñido profundo de cerdo, un susurro, un crujido. A continuación, una visible agitación entre las vigas chamuscadas de la casa en ruinas, y una intensa luz.

—¡Dios mío! —exclamó, y agarró a Ian del brazo con tanta fuerza que su sobrino lanzó un grito, sobresaltado—. ¡Está debajo de la Casa Grande!

La cerda blanca surgió de debajo de las ruinas, una enorme mancha color crema en mitad de la noche, y permaneció inmóvil moviendo la cabeza de un lado al otro, olisqueando el aire. Luego se puso en movimiento, como una imponente amenaza que subía con decisión colina arriba.

A Jamie le entraron ganas de reír ante su tremenda belleza.

Arch Bug había escondido astutamente su oro bajo los cimientos de la Casa Grande, aprovechando las ocasiones en que la cerda estaba fuera ocupándose de sus cosas. A nadie se le habría ocurrido invadir sus dominios. Era la guardiana perfecta. Y, sin duda, tenía intención de recuperar el oro del mismo modo cuando estuviera listo para irse: con cautela, llevándose los lingotes de uno en uno.

Pero, entonces, la casa se había quemado y las vigas habían caído sobre los cimientos, haciendo imposible recuperar el oro sin una buena dosis de esfuerzo y dificultades, lo que habría llamado sin lugar a dudas la atención. Sólo ahora que los hombres habían retirado la mayor parte de los escombros y esparcido hollín y carbón por encima del claro mientras trabajaban en ello, podría alguien hacerse con parte de lo escondido sin que nadie se diera cuenta.

Pero era invierno, y la cerda blanca, aunque no hibernaba como los osos, sólo salía de su acogedor cubil cuando había algo que comer.

Ian profirió una breve exclamación de repugnancia al oír babear y mascar en el camino.

—Los cerdos no tienen un paladar muy delicado —murmuró Jamie—. Comen cualquier cosa siempre que esté muerta.

—Sí, pero ¡es probable que sea su propio hijo!

—De cuando en cuando se come vivas a sus crías. Dudo que le haga ascos a comérselas muertas.

—¡Chsss!

Calló en el acto, con los ojos fijos en la sombra negra que antaño había sido la casa más bonita del condado. En efecto, una figura oscura surgió de detrás del invernadero, deslizándose con precaución por el resbaladizo camino. La cerda, ocupada con su truculento festín, ignoró al hombre, que parecía vestir una capa oscura y llevar algo parecido a un saco.

No corrí el cerrojo enseguida, sino que salí unos instantes al exterior para respirar aire fresco, tras encerrar a *Rollo* detrás de mí. En cuestión de segundos, Jamie e Ian desaparecieron entre los árboles. Observé el claro intranquila, miré en dirección a la masa oscura del bosque, pero no vi nada extraño. Nada se movía y en la noche reinaba el silencio. Me pregunté qué podría haber encontrado Ian. ¿Huellas desconocidas, tal vez? Eso explicaría sus prisas. Era obvio que estaba a punto de nevar.

La luna no se veía, pero el cielo presentaba un profundo color gris rosado, y el suelo, aunque pisoteado e irregular, seguía cubierto de nieve vieja. El resultado era un extraño brillo lechoso en el que los objetos parecían flotar como pintados sobre el cristal, adimensionales y confusos. Los restos quemados de la Casa Grande se encontraban al otro lado del claro, y a esa distancia no parecían más que una mancha, como si un pulgar gigante y cubierto de hollín hubiera hecho presión allí. Sentí la pesadez de la nieve inminente en el aire, la oí en el murmullo sofocado de los pinos.

Los chicos MacLeod habían cruzado la montaña con su abuela. Dijeron que les había resultado muy difícil atravesar los puertos altos. Otra gran tormenta probablemente nos dejaría aislados hasta marzo o incluso abril.

Aquello me trajo a la memoria a mi paciente, le eché otra ojeada al claro y puse la mano en el picaporte. *Rollo* gemía arañando la puerta, y, al abrirla, le di sin ceremonias un empujón en el morro con la rodilla.

—Quédate ahí, perro —ordené—. No te preocupes, volverán pronto.

Él emitió un sonido ansioso y fuerte con la garganta, y se agitó adelante y atrás, mientras empujaba mis piernas en un intento de salir.

—¡No! —le dije apartándolo con el fin de echar el cerrojo a la puerta.

El cerrojo encajó en su lugar con un sonido tranquilizador y me puse de cara al fuego, al tiempo que me frotaba las manos. *Rollo* inclinó la cabeza hacia atrás y dejó escapar un aullido grave y triste que hizo que se me erizasen los pelos de la nuca.

—¿Qué pasa? —pregunté, alarmada—. ¡Cállate!

El ruido había hecho que uno de los pequeños que dormían en la habitación se despertara y se pusiera a llorar. Oí un susurro de sábanas y de soñolientos murmullos maternales, por lo que me puse rápidamente de rodillas y agarré el morro de *Rollo* antes de que volviera a aullar.

—Chsss —le dije, y miré para averiguar si el sonido había molestado a la abuela MacLeod.

Seguía inmóvil, con el rostro pálido como la cera y los ojos cerrados. Esperé, contando de forma automática los segundos antes del siguiente movimiento superficial de su pecho.

«... seis... siete...»

—Oh, demonios —exclamé, apercibiéndome de lo sucedido. Me persigné a toda prisa. Me desplacé hasta ella de rodillas, pero, al examinarla con mayor atención, no descubrí nada que no hubiera visto ya. Modesta hasta el final, había aprovechado mi momento de distracción para morir sin llamar la atención.

Rollo deambulaba arriba y abajo, sin aullar, pero inquieto. Coloqué suavemente una mano sobre el pecho hundido, sin buscar ya un diagnóstico ni ofrecer ningún tipo de ayuda, sólo como... comprobación necesaria del fallecimiento de una mujer cuyo nombre desconocía.

—Bueno... Que Dios te tenga en su gloria, pobrecita —murmuré, y me senté sobre los talones intentando pensar qué hacer a continuación.

El protocolo de las Highlands para esas ocasiones establecía que, después de una muerte, había que abrir la puerta para permitir que el alma se marchara. Me restregué dubitativa un nudillo contra los labios. ¿No se habría marchado a toda velocidad el alma cuando abrí la puerta para entrar? Probablemente no.

Uno pensaría que en un clima tan inhóspito como el de Escocia habría un poco de tolerancia climatológica en relación con esas cuestiones, pero yo sabía que no era así. Con lluvia, nieve, cellisca o viento... los habitantes de las Highlands siempre abrían la puerta y la dejaban abierta durante horas, tanto porque estaban impacientes por liberar al alma que se marchaba, como por la preocupación de que el espíritu, de no permitírsele salir, pudiera tomar residencia permanente en la casa como fantasma. La mayoría de las granjas eran demasiado pequeñas como para que ésa fuera una perspectiva tolerable.

Ahora el pequeño Orrie estaba despierto. Lo oía cantar feliz para sí una canción que consistía en el nombre de su padre.

—Baaaaah-bi, baaah-bi, BAAAH-bi...

Oí una leve risita somnolienta y el murmullo de Bobby como respuesta.

—Ése es mi hombrecito. ¿Necesitas el orinal, *acooshla*?

El apelativo gaélico cariñoso, *a chuisle*, «latido de mi corazón», me hizo sonreír tanto por la palabra en sí como por lo extraño que se me hacía oírla con el acento de Dorset de Bobby. Pero *Rollo* emitió un ruido nervioso con la garganta, recordándome que era necesario hacer algo.

Si los Higgins y sus parientes políticos se levantaban dentro de unas horas y descubrían el cuerpo en el suelo, se sentirían muy molestos, ofendidos en su sentido de la rectitud, e intranquilos ante la posibilidad de que una forastera muerta estuviese aferrándose a su hogar. Un presagio siniestro para el nuevo matrimonio y para el nuevo año. Al mismo tiempo, su presencia estaba perturbando innegablemente a *Rollo*, y la perspectiva de que los despertase a todos enseguida me estaba poniendo nerviosa.

—Muy bien —dije en voz baja—. Venga, perro.

Como siempre, había pedazos de arnés por arreglar colgados de un gancho junto a la puerta. Liberé un largo trozo de rienda y confeccioné una correa improvisada con la que até a *Rollo*. Se mostró muy contento de salir conmigo, embistiendo hacia delante mientras yo abría la puerta, aunque se sintió algo menos entusiasmado cuando lo arrastré a la despensa, donde anudé la correa provisional alrededor del montante de una estantería, antes de regresar a la cabaña a buscar el cadáver de la abuela MacLeod.

Miré con cautela a mi alrededor antes de aventurarme a salir de nuevo, recordando las advertencias de Jamie, pero la noche estaba tan silenciosa como una iglesia. Incluso los árboles habían callado.

La pobre mujer no debía de pesar más de treinta kilos, pensé. Las clavículas le asomaban a través de la piel, y sus dedos eran tan frágiles como ramitas secas. Sin embargo, treinta kilos de peso literalmente muerto era algo más de lo que yo podía cargar, así que me vi obligada a desdoblar la manta en la que estaba envuelta y utilizarla como un trineo improvisado, sobre el que la arrastré al exterior murmurando una mezcla de oraciones y disculpas en voz baja.

A pesar del frío, cuando la introduje en la despensa estaba jadeante y empapada de sudor.

—Bueno, por lo menos tu alma ha tenido un montón de tiempo para escapar —susurré mientras me arrodillaba para examinar el cuerpo antes de volver a colocarlo en su apresurada mortaja—. Y, en cualquier caso, no creo que desees rondar una despensa.

Tenía los párpados algo entreabiertos, mostrando una rajita blanca, como si hubiera intentado abrirlos para echar un último vistazo al mundo, o tal vez para buscar un rostro familiar.

—*Benedicite* —murmuré, y le cerré los ojos con ternura, preguntándome mientras lo hacía si algún extraño haría lo mismo por mí algún día. Las probabilidades eran altas. A menos que...

Jamie había manifestado su intención de regresar a Escocia, ir a buscar su imprenta, y luego volver para luchar. Pero, decía cobardemente una vocecita dentro de mí, ¿y si no volvemos? ¿Y si nos vamos a Lallybroch y nos quedamos allí?

Incluso cuando pensaba en esa perspectiva, con sus implicaciones color de rosa acerca de estar rodeados de familia, de poder vivir en paz, de envejecer despacio sin el miedo constante a que la vida se viera trastornada, a morir de hambre y a la violencia, sabía que no funcionaría. No sabía si Thomas Wolfe estaba en lo cierto acerca de no poder volver a casa... bueno, eso yo no lo sabía, pensé con cierta amargura. No había tenido una casa a la que volver... pero conocía bien a Jamie. Idealismos aparte —y Jamie era bastante idealista, aunque muy pragmático—, lo cierto es que era un hombre como es debido y, por consiguiente, debía tener un trabajo como es debido. No sólo trabajar en el campo, no sólo una ocupación para ganarse la vida. Un trabajo. Yo comprendía la diferencia entre una cosa y otra.

Y, aunque estaba segura de que la familia de Jamie lo recibiría con alegría, no tenía tan claro cómo me recibirían a mí, aunque suponía que no llegarían a llamar al cura para que me practicara un exorcismo. De hecho, Jamie no era ya un hacendado de Lallybroch, y nunca lo sería.

—... y allí nadie lo conocerá ya —murmuré mientras, con un trapo húmedo, lavaba las partes íntimas de la anciana, cubiertas de un vello sorprendentemente oscuro; quizá fuera más joven de lo que había pensado.

La mujer no había comido nada durante días. Ni siquiera la relajación de la muerte había surtido mucho efecto. Pero todo el mundo merece irse limpio a la tumba. Me detuve. Ésa era una consideración. ¿Podríamos enterrarla? ¿O quizá simplemente descansaría en paz bajo la mermelada de arándanos y los sacos de judías secas hasta que llegara la primavera?

Le arreglé la ropa respirando con la boca abierta, intentando estimar la temperatura por el vapor de mi aliento. Ésa sería tan sólo la segunda gran nevada del invierno, y aún no habíamos tenido una helada realmente intensa. Eso solía suceder entre mediados y finales de enero. Si la tierra no se había helado aún, probablemente podríamos enterrarla, siempre y cuando los hombres estuvieran dispuestos a apartar la nieve con la pala.

Rollo se había tumbado, resignado, mientras yo me ocupaba de mis cosas, pero en ese preciso momento irguió de golpe la cabeza, con las orejas enhiestas.

—¿Qué? —pregunté, sobresaltada, y me volví sobre las rodillas para mirar hacia la puerta de la despensa—. ¿Qué pasa?

—¿Vamos a por él ahora? —murmuró Ian. Llevaba el arco sobre un hombro. Dejó caer el brazo y el arco se deslizó en silencio hasta su mano, listo para utilizarlo.

—No. Deja que primero lo encuentre —respondió Jamie despacio, intentando decidir qué debía hacer con aquel hombre que había reaparecido de forma tan inesperada en su vida.

Matarlo, no. Él y su mujer les habían causado considerables problemas con su traición, cierto, pero no tenían intención de hacer daño a su familia, al menos no al principio. ¿Era Arch Bug siquiera realmente un ladrón, a su entender? Estaba claro que la tía de Jamie, Yocasta, no tenía más derecho al oro que él, si es que no tenía menos.

Suspiró y se llevó una mano al cinto, del que colgaban su puñal y su pistola. Con todo, no podía permitir que Bug se largara con el oro, ni podía limitarse a llevarlo lejos de allí y dejarlo en libertad para que les amargara más la vida. En cuanto a qué diablos hacer con él una vez preso... sería como tener una serpiente en un saco. Pero ahora sólo podía asegurarse de atraparlo y después ya se preocuparía de qué hacer con el saco. Tal vez pudieran llegar a un acuerdo...

La figura había alcanzado la mancha negra de los cimientos y trepaba con dificultad entre las piedras y las vigas carbonizadas que quedaban, mientras la capa oscura que llevaba se hinchaba y ondulaba con las ráfagas de aire.

Comenzó a nevar, de repente y en silencio, con copos grandes y perezosos que no parecían tanto caer del cielo como sencillamente brotar del aire, arremolinándose. Le rozaban la cara y formaban una gruesa capa sobre sus pestañas. Se los limpió y le hizo una seña a Ian.

—Ve tras él —susurró—. Si echa a correr, lanza una flecha por delante de su nariz para detenerlo. Y no te acerques mucho, ¿de acuerdo?

—No te acerques tú, tío —le respondió Ian en un susurro—. Si estás a tiro decente de pistola de él, puede romperte la crisma con su hacha. Y no estoy dispuesto a contarle eso a la tía Claire.

Jamie dejó escapar un breve bufido y despidió a Ian con un gesto. Cargó y cebó su pistola y avanzó con decisión en medio de la tormenta de nieve rumbo a las ruinas de su casa.

Lo había visto abatir a un pavo con su hacha a seis metros. Y era cierto que la mayoría de las pistolas no eran precisas a una distancia mucho mayor que ésa. Pero, al fin y al cabo, él no quería matarlo. Sacó la pistola y la sostuvo en la mano, lista para disparar.

—¡Arch! —llamó.

La figura le daba la espalda, encorvada mientras rebuscaba entre las cenizas. Al oír el grito, dio la impresión de ponerse tensa, pese a seguir agachada.

—¡Arch Bug! —gritó—. ¡Sal de ahí, quiero hablar contigo!

Como respuesta, la figura se incorporó de golpe, se volvió, y una llamarada iluminó la nieve que caía. En ese preciso instante, la llama le alcanzó el muslo y Jamie se tambaleó.

Estaba, sobre todo, sorprendido. No sabía que Arch Bug usara pistola, y estaba impresionado de que tuviera tan buena puntería con la mano izquierda.

Había caído en la nieve sobre una de sus rodillas, pero mientras levantaba su propia arma para disparar se dio cuenta de dos cosas: la figura negra le estaba apuntando con una segunda pistola... pero no con la mano izquierda. Lo que quería decir...

—¡Dios mío! ¡Ian! —Pero Ian lo había visto caer, y también había visto la segunda pistola.

Jamie no oyó volar la flecha por encima del rumor del viento y de la nieve. Apareció como por arte de magia, clavada en la espalda de la sombra. La silueta se puso tiesa y rígida y, acto seguido, cayó dando un respingo. Casi antes de que diera en tierra, Jamie echó a correr, cojeando mientras la pierna derecha se le torcía bajo el peso de su cuerpo a cada paso.

—Dios mío, no... Dios mío, no... —decía, y su voz no parecía la suya.

Un grito surcó la nieve y la noche, impregnado de desesperación. Entonces, *Rollo* pasó corriendo junto a él como una mancha —¿quién lo había dejado salir?—, y desde los árboles sonó el disparo de un rifle.

Cerca de él, Ian rugió llamando al perro, pero Jamie no tenía tiempo de mirar mientras avanzaba con dificultad, sin pensar, sobre las piedras quemadas, resbalando sobre la fina capa de nieve recién caída, dando traspiés, con la pierna fría y caliente al mismo tiempo, pero eso no tenía importancia.

«Oh, Dios mío, por favor, no...»

Llegó hasta la figura negra y se arrojó de rodillas junto a ella, con esfuerzo.

Lo supo de inmediato. Lo había sabido en el preciso instante en que la vio sujetar la pistola con la mano derecha. Al faltarle varios dedos, Arch no podía disparar con la derecha. «Pero, Dios mío, Dios mío, no...»

Se la echó sobre los hombros sintiendo el pequeño cuerpo, pesado, flojo y difícil de manejar, como un ciervo recién muerto. Le deslizó hacia atrás la capucha de la capa y pasó la mano, tierna, impotente, por la cara suave y redonda de Murdina Bug. Sintió su aliento en la mano, tal vez... pero también sintió contra su palma el astil de la flecha. Le había atravesado la garganta, y su aliento húmedo burbujeaba. También la mano de Jamie estaba húmeda, y caliente.

—¿Arch? —llamó ella con voz ronca—. Quiero a Arch.

—Y expiró.

3

Una vida por otra

Llevé a Jamie a la despensa. Estaba oscura y fría, sobre todo para un hombre sin pantalones, pero no quería arriesgarme a que alguno de los Higgins se despertara. Dios santo, ahora no. Saltarían de su sanctasanctórum como una bandada de codornices asustadas, y, personalmente, temblaba ante la idea de tener que enfrentarme a ellos antes de lo debido. Ya sería bastante horrible tener que decirles lo que había sucedido cuando fuera de día. No podía hacer frente a semejante perspectiva ahora.

A falta de una alternativa mejor, Jamie e Ian habían dejado a la señora Bug en la despensa junto a la abuela MacLeod, oculta bajo la estantería más baja, con la capa cubriéndole el rostro. Podía ver sobresalir sus pies, con sus botas gastadas y rotas y sus medias de rayas. Imaginé de repente a la Bruja Mala del Oeste, y me tapé la boca con la mano antes de que ningún comentario histérico pudiera escapar de ella.

Jamie volvió la cabeza hacia mí, pero tenía la mirada ausente y su cara presentaba ojeras y unas profundas arrugas a la luz de la vela que llevaba en la mano.

—¿Eh? —preguntó en tono distraído.

—Nada —respondí con voz trémula—. Nada de nada. Siéntate... siéntate.

Dejé en el suelo el taburete y mi botiquín, cogí de sus manos la vela y un recipiente de lata con agua caliente e intenté no pensar absolutamente en nada más que en la tarea que tenía delante. No en los pies. No, por el amor de Dios, en Arch Bug.

Jamie llevaba una manta alrededor de los hombros, pero sus piernas estaban necesariamente desnudas, y sentí que tenía los pelos erizados y la carne de gallina al rozárselos con la mano. El bajo de su camisa estaba empapado de sangre medio seca y adherido a su pierna, aunque no se quejó cuando tiré de él para soltarlo y le separé las piernas. Había estado moviéndose como si se hallara en medio de una pesadilla, pero la proximidad de la vela encendida a sus testículos lo reanimó.

—Ten cuidado con esa vela, Sassenach, ¿vale? —dijo cubriéndose los genitales con una mano protectora.

Al ver que tenía razón, le di la vela para que la sostuviera y, con la breve advertencia de que procurara no verter cera caliente, reanudé mi inspección.

La herida sangraba, mas no revestía ninguna gravedad, así que sumergí un trapo en el agua caliente y empecé a trabajar. Tenía la carne helada y el frío sofocaba incluso los intensos olores de la despensa pero, aun así, podía olerlo, su habitual olor seco a almizcle mezclado con el de la sangre y un sudor frenético.

Era un corte profundo que surcaba diez centímetros de la carne del muslo, bien arriba. Pero era un corte limpio.

—Un John Wayne especial —bromeé, intentando hablar en un tono despreocupado y seco.

Los ojos de Jamie, que habían estado fijos en la llama de la vela, cambiaron de enfoque y se posaron en mí.

—¿Qué? —inquirió con voz ronca.

—Nada serio —contesté—. La bala sólo te ha rozado. Tal vez camines un poco raro durante un par de días, pero el héroe vivirá para seguir luchando.

De hecho, la bala le había pasado entre las piernas, causando una profunda brecha en la cara interior del muslo, cerca tanto de los testículos como de la arteria femoral. Un par de centímetros hacia la derecha, y estaría muerto. Un par de centímetros más arriba...

—Eso no me sirve de mucho consuelo, Sassenach —señaló, aunque un atisbo de sonrisa asomó a sus ojos.

—No —admití—. Pero ¿un poco sí?

—Un poco sí —repuso, y me tocó brevemente la cara.

Tenía la mano muy fría y temblaba. Le corría cera caliente por los nudillos de la otra mano, pero no parecía sentirla. Le quité la vela con suavidad y la dejé en la estantería. Advertí que la tristeza y la autocrítica fluían de él a oleadas y me esforcé por contenerme. Si sucumbía ante lo tremendo de la situación, no podría ayudarlo. En cualquier caso, no estaba segura de poder hacerlo, aunque lo intentaría.

—Dios santo —dijo en voz tan baja que casi no lo oí—. ¿Por qué no he dejado que se lo llevara? ¿Qué importancia tenía? —Se golpeó la rodilla con el puño, sin hacer ruido—. Por Dios, ¿por qué simplemente no he dejado que se lo llevara?

—No sabías quién era ni qué pretendía —indiqué en voz igual de baja, poniéndole una mano en el hombro—. Ha sido un accidente.

Tenía los músculos tensos, duros a causa de la angustia. También yo lo sentía, un nudo duro de protesta y rechazo en la garganta. «No, no puede ser verdad, ¡no puede haber sucedido!» Pero había trabajo que hacer. Me enfrentaría a lo inevitable más tarde.

Se cubrió la cara con una mano meneando la cabeza despacio de un lado a otro, y ninguno de los dos hablamos ni nos movimos mientras yo terminaba de limpiar y vendar la herida.

—¿Puedes hacer algo por Ian? —inquirió cuando hube terminado. Retiró la mano que cubría sus ojos y, mientras yo me ponía en pie, me miró con el rostro estragado por la tristeza y el agotamiento, pero de nuevo tranquilo—. Está... —Tragó saliva y miró hacia la puerta—. Está mal, Sassenach.

Miré el whisky que había traído conmigo: un cuarto de botella. Jamie siguió la dirección de mi mirada y negó con la cabeza.

—No bastará.

—Entonces, bébetelo tú.

Hizo un gesto negativo, pero le puse la botella en la mano y apreté sus dedos en torno a ella.

—Es una orden —le dije en tono suave pero firme—. Estás conmocionado. —Se resistió, hizo ademán de dejar la botella, y yo aumenté la presión de mi mano sobre la suya—. Lo sé —señalé—. Jamie, lo sé. Pero no puedes hundirte. Ahora no.

Me miró unos instantes y luego asintió, aceptándolo porque no tenía más remedio, y los músculos de su brazo se relajaron. Yo misma tenía los dedos tiesos, helados a causa del agua y del aire glacial, pero, con todo, más calientes que los suyos. Rodeé su mano libre con las mías y se la apreté con fuerza.

—Hay una razón por la que el héroe nunca muere, ¿sabes? —le dije, e intenté sonreír, una sonrisa rígida y forzada—. Cuando sucede lo peor, alguien tiene que decidir qué hacer. Ahora métete en casa y entra en calor. —Miré afuera, al cielo nocturno color lavanda en el que la nieve se arremolinaba con violencia—. Yo... encontraré a Ian.

¿Adónde habría ido? No muy lejos, no con ese tiempo. Pensé que, dado su estado de ánimo cuando él y Jamie habían regresado con el cuerpo de la señora Bug, era posible que se hubiera internado en el bosque, sin preocuparse de adónde iba ni de lo que pudiera sucederle. Pero tenía al perro consigo. Por muy mal que se encontrara, nunca se llevaría a *Rollo* en mitad de una ventisca aulladora. Y aquello se estaba convirtiendo precisamente en una ventisca. Avancé a paso lento cuesta arriba rumbo a los edificios anexos, protegiendo mi linterna bajo un pliegue de la capa. Me pregunté, de repente, si cabía la posibilidad de que Arch Bug se hubiera refugiado en el invernadero o en el ahumadero. Y si... oh, Dios mío, ¿lo sabría? Permanecí inmóvil en medio del camino por unos instantes, dejando que la densa nevada se me posara como un velo sobre la cabeza y los hombros.

Había estado tan conmocionada por lo sucedido que no se me había ocurrido preguntarme si Arch Bug sabría que su mujer estaba muerta. Jamie dijo que había gritado, que había llamado a Arch para que se acercara, pero no había obtenido respuesta. Tal vez sospechara que era una trampa. Quizá sencillamente había huido al ver a Jamie y a Ian, suponiendo que, sin duda, no iban a hacerle daño a su mujer, en cuyo caso...

—Maldita sea —dije en voz baja, anonadada.

Sin embargo, no podía hacer nada al respecto. Esperaba poder ayudar a Ian. Me restregué la cara con el antebrazo, parpadeé para sacudirme la nieve de las pestañas y seguí caminando, despacio, mientras el vórtice de remolinos de nieve se tragaba la luz de la linterna. Si me topaba con Arch... Aprisioné con los dedos el mango de la linterna. Tendría que decírselo, llevarlo de vuelta a la cabaña, dejarle ver... Dios mío. Si regresaba con Arch, ¿podrían Jamie e Ian entretenerlo lo suficiente como para que yo pudiera sacar a la señora Bug de la despensa y mostrarla de manera más decorosa? No había tenido tiempo de extraer la flecha ni de colocar el cuerpo decentemente. Me clavé las uñas en la palma de la mano libre, en un intento por controlarme.

—Jesús, no dejes que me lo encuentre —murmuré—. Por favor, no dejes que me lo encuentre.

Pero el invernadero, el ahumadero y el granero del maíz estaban vacíos, gracias a Dios, y nadie podría haberse escondido en el gallinero sin que los pollos armaran alboroto. Guardaban silencio, durmiendo en medio de la tormenta. Sin embargo, la idea del gallinero me hizo pensar de repente en la señora Bug. La vi esparciendo el maíz recogido en el delantal, canturreándoles a aquellos estúpidos animales. Les había puesto nombre a todos. A mí me importaba un comino si nos estábamos comiendo a *Isobeaìl* o a *Alasdair* para cenar, pero, en ese preciso momento, el hecho de que ya nadie sería capaz de distinguirlos a unos de otros, o de alegrarse de que *Elspeth* hubiera tenido diez pollitos, me parecía terriblemente desgarrador.

Encontré por fin a Ian en el granero, una forma oscura acurrucada en la paja a los pies de la mula *Clarence*, cuyas orejas se irguieron cuando me vio aparecer. Rebuznó encantada ante la perspectiva de tener más compañía, y las cabras balaron histéricas, al pensar que yo era un lobo. Los caballos, sorprendidos, agitaron la cabeza entre resoplidos y relinchos, dubitativos. *Rollo*, hecho un ovillo en el heno junto a su amo, profirió un breve y penetrante ladrido de disgusto ante el jaleo.

—Menuda arca de Noé tenemos aquí montada —observé mientras me sacudía la nieve de la capa y colgaba la linterna de un gancho—. Sólo falta un par de elefantes. ¡Cállate, *Clarence*!

Ian volvió el rostro hacia mí, pero, por su expresión ausente, me di cuenta de que no había entendido lo que le había dicho. Me puse en cuclillas a su lado y le coloqué la mano en la mejilla. Estaba fría y erizada de barba reciente.

—No ha sido culpa tuya —le dije con cariño.

—Lo sé —respondió, y tragó saliva—. Pero no sé cómo voy a seguir viviendo. —No estaba intentando dramatizar en absoluto. Su voz parecía por completo abrumada.

Rollo le lamió la mano y él hundió sus dedos en el cuello del perro, como buscando apoyo.

—¿Qué puedo hacer, tía? —Me miró, impotente—. No puedo hacer nada, ¿verdad? No puedo volver atrás ni deshacerlo. Y, sin embargo, no hago sino buscar la manera de lograrlo. Algo que pueda hacer para enderezar las cosas. Pero no hay... nada.

Me senté en la paja junto a él y le rodeé los hombros con el brazo, atrayendo su cabeza contra mí. Se acercó, de mala gana, aunque yo sentía leves estremecimientos de cansancio y sufrimiento que recorrían su cuerpo sin cesar, como un escalofrío.

—Yo la quería —dijo en voz tan baja que apenas lo oí—. Era como mi abuela, y...

—Y ella te quería a ti —susurré—. No te culparía.

Había estado reprimiendo mis propias emociones como si me fuera la vida en ello, pero ahora... Ian tenía razón. No había nada que hacer, y las lágrimas empezaron a deslizarse por mi rostro de pura impotencia. No es que estuviera llorando, era que la pena y la consternación sencillamente me habían desbordado. No podía contenerlas.

No sé si Ian sintió mis lágrimas en su piel o sólo las vibraciones de mi dolor pero, de repente, se desmoronó a su vez y se echó a llorar en mis brazos, temblando.

Deseé con todas mis fuerzas que fuera un niño pequeño y que la tormenta del dolor pudiera arrastrar su culpa y dejarlo limpio y en paz. Pero Ian estaba mucho más allá de esas cosas tan simples. Cuanto yo podía hacer era abrazarlo y darle palmaditas en la espalda, emitiendo, a mi vez, ruiditos impotentes. Entonces, *Clarence* nos ofreció su propio apoyo, respirando con fuerza sobre la cabeza de Ian y mordisqueando, pensativo, un mechón de su cabello. Ian soltó un grito y le propinó a la mula un manotazo en el morro.

—¡Ay, déjame!

Se atragantó, le entró una risa nerviosa, lloró otro poco más y, acto seguido, se incorporó y se secó la nariz con la manga. Permaneció un rato sentado en silencio, recobrando la compostura, y yo lo dejé tranquilo.

—Cuando maté a aquel hombre en Edimburgo —dijo por fin con la voz pastosa pero controlada—, el tío Jamie me confesó y me dijo la oración que uno reza cuando ha matado a alguien. Para encomendar a esa persona a Dios. ¿Quieres rezarla conmigo, tía?

No había pensado —y mucho menos rezado— la «Bendición de la muerte» en mucho tiempo, así que la dije tropezando con las palabras. Ian, en cambio, la rezó sin titubear, y me pregunté cuán a menudo la habría rezado a lo largo de esos años. Las palabras parecían insignificantes e ineficaces, sofocadas entre los sonidos de la paja removida y del rumiar de las bestias. Pero sentí un poco de consuelo por haberlas pronunciado. Tal vez sea sólo que la sensación de agarrarse a algo más grande que uno mismo te produce la impresión de que en efecto hay algo más grande, y en verdad tiene que haberlo, porque es obvio que uno no está a la altura de la situación. Yo, ciertamente, no lo estaba.

Ian se quedó un tiempo sentado con los párpados cerrados. Al final los abrió y me miró, con los ojos negros de conocimiento y el rostro muy pálido bajo el pelo de su barba.

—Y, después —dijo—, uno vive con ello —concluyó en voz baja. Se restregó la cara con una mano—. Pero no creo que yo pueda. —Sólo constataba un hecho, por lo que me asustó mucho.

Ya no me quedaban lágrimas, aunque me sentía como si estuviera mirando un agujero negro y sin fondo y no pudiera apartar la vista. Respiré profundamente mientras trataba de pensar en algo que decir, me saqué un pañuelo del bolsillo y se lo di.

—¿Estás respirando, Ian?

Su boca apenas se contrajo.

—Sí, creo que sí.

—Eso es cuanto debes hacer, por ahora. —Me levanté, me sacudí la paja de la falda y le tendí una mano—. Ven. Tenemos que regresar a la cabaña antes de que nos quedemos aquí bloqueados por la nieve.

Ahora nevaba con mayor intensidad, y una ráfaga de viento apagó la vela de mi linterna. No importaba, habría encontrado la cabaña con los ojos vendados. Ian se me adelantó sin decir nada, abriendo un camino en la nieve recién caída. Llevaba la cabeza baja para hacer frente a la tormenta, los estrechos hombros encorvados.

Esperaba que la oración le hubiera sido de ayuda, al menos un poco, y me pregunté si los mohawk tendrían una manera de enfrentarse a una muerte injusta mejor que la de la Iglesia católica. Entonces me di cuenta de que sabía exactamente lo que harían los mohawk en semejante situación. También Ian lo sabía. Lo había hecho. Me envolví mejor en la capa con la sensación de que me había tragado una gran bola de hielo.

4

Todavía no

Después de mucho discutirlo, sacamos los dos cuerpos afuera con cuidado y los colocamos al final del porche. Sencillamente no había espacio dentro para disponerlos de manera adecuada, y dadas las circunstancias...

—No podemos dejar que a Arch le quepa ninguna duda más de las necesarias —había dicho Jamie poniendo punto final a las discusiones—. Si el cuerpo está a plena vista, es posible que salga, o tal vez no, pero sabrá que su mujer ha muerto.

—Lo sabrá —repuso Bobby Higgins lanzando una mirada intranquila a los árboles—. ¿Y qué crees que hará entonces?

Jamie se quedó un momento inmóvil, mirando hacia el bosque, y después negó con la cabeza.

—Llorémoslas —dijo con voz queda—. Por la mañana veremos lo que hay que hacer.

No fue un velatorio corriente, pero se llevó a cabo con toda la ceremonia que pudimos. Amy había donado para la señora Bug su propia mortaja —confeccionada después de su primera boda y cuidadosamente guardada—, y a la abuela MacLeod la envolvimos con unos retales de mi camisa de recambio y un par de delantales cosidos para darles un aspecto respetable. Las colocamos una a cada lado del porche, pie con pie, con un platito de sal y una rebanada de pan sobre el pecho, aunque no había ningún comedor de pecados disponible.[1] Yo había llenado de ascuas un pequeño bra-

---

[1] Sacerdote que «ingiere» los pecados del cuerpo del difunto para que éste vaya al cielo libre de culpas. *(N. de la t.)*

sero y lo había colocado cerca de los cuerpos, y acordamos que nos turnaríamos durante la noche para velar a las difuntas, pues el porche no podía albergar a más de dos o tres personas.

—«La luna sobre el pecho de la nieve recién caída les dio a los objetos el brillo de mediodía» —recité en voz baja.

Y así fue. Tras la tormenta, los tres cuartos de luna arrojaron una luz pura y fría que hizo que destacara cada árbol cubierto de nieve, claro y delicado como una pintura realizada en tinta japonesa. Entretanto, en las ruinas distantes de la Casa Grande, el revoltijo de vigas carbonizadas ocultaba lo que fuera que se encontrara debajo.

Jamie y yo íbamos a hacer el primer turno. Cuando él lo anunció nadie discutió la decisión. Nadie lo mencionó, pero la imagen de Arch Bug acechando en el bosque estaba en la mente de todos.

—¿Crees que estará ahí? —le pregunté a Jamie en voz baja. Señalé con la cabeza en dirección a los oscuros árboles, tranquilos en sus blandas mortajas.

—Si fueras tú la que está ahí tendida, *a nighean* —respondió Jamie mirando las inmóviles figuras blancas al final del porche—, querría estar a tu lado, vivo o muerto. Ven y siéntate.

Tomé asiento junto a él, con el brasero cerca de nuestras rodillas arropadas en la capa.

—Pobres... —dije al cabo de un rato—. Estamos muy lejos de Escocia.

—Es cierto —contestó él, y me tomó la mano. Sus dedos estaban tan fríos como los míos, mas aun así, su tamaño y su fuerza eran un consuelo—. Pero recibirán sepultura entre personas que conocen sus costumbres, aunque no se trate de su familia.

—Tienes razón.

Si los nietos de la abuela MacLeod regresaban alguna vez, encontrarían, por lo menos, una inscripción sobre su tumba y sabrían que la habían tratado con respeto. La señora Bug no tenía ningún pariente a excepción de Arch, nadie que fuera a venir y buscar la lápida. Sin embargo, estaría entre personas que la conocían y la querían. Pero ¿y Arch? Si tenía familia en Escocia, nunca lo había mencionado. Su esposa lo había sido todo para él, al igual que él para ella.

—¿Crees que... hum... crees que Arch podría... poner fin a su vida? —inquirí con delicadeza—. ¿Cuando lo sepa?

Jamie negó con la cabeza, categórico.

—No —respondió—. No es su estilo.

Hasta cierto punto me sentí aliviada al oírlo. A otro nivel, inferior y menos compasivo, no podía evitar preguntarme con inquietud lo que un hombre apasionado como Arch sería capaz de hacer después de encajar ese golpe mortal, privado de la mujer que había sido su ancla y su refugio durante la mayor parte de su vida.

Me preguntaba qué haría un hombre así. ¿Navegar viento en popa hasta chocar contra un arrecife y hundirse? ¿O amarrar su vida al ancla provisional de la furia y adoptar la venganza como nueva brújula? Había visto lo culpables que se sentían Jamie e Ian. ¿Cuánto más culpable se sentiría Arch? ¿Podía algún hombre cargar con semejante culpa? ¿O debía librarse de ella por una mera cuestión de supervivencia?

Jamie no había hecho comentario alguno acerca de sus propias especulaciones, pero observé que llevaba la pistola y el puñal en el cinturón, y que la pistola estaba cargada y cebada. Percibía el olorcillo a pólvora negra bajo el aroma de las píceas y los abetos. Por supuesto, era posible que la llevara para ahuyentar a algún lobo errante o a los zorros...

Permanecimos un rato sentados en silencio, mirando el brillo cambiante de las ascuas en el brasero y el parpadeo de la luz en los pliegues de las mortajas.

—Deberíamos rezar, ¿no crees? —susurré.

—No he parado de rezar desde que sucedió, Sassenach.

—Sé lo que quieres decir.

Lo sabía: la oración apasionada para que no fuera cierto y la oración desesperada para saber qué hacer a continuación; la necesidad de hacer algo cuando, en realidad, no se podía hacer nada. Y, por supuesto, la oración por el descanso de las que acababan de dejarnos. Al menos, la abuela esperaba la muerte, y debía de haberla agradecido, pensé. En cambio, la señora Bug debía de haberse llevado una terrible sorpresa al morir tan de repente. Se me representó en una desconcertante visión, de pie en la nieve justo al lado del porche, mirando su propio cadáver, con las manos sobre las anchas caderas y los labios fruncidos de disgusto por que le hubieran arrebatado el cuerpo con tanta violencia.

—Ha sido un golpe considerable —le dije a su sombra a modo de disculpa.

—Sí, así es.

Jamie rebuscó bajo su capa y sacó su petaca. La abrió y, con cuidado, vertió unas cuantas gotas de whisky sobre la cabeza de cada una de las mujeres muertas, luego levantó la petaca y brindó en silencio por la abuela MacLeod y después por la señora Bug.

—Murdina, esposa de Archibald, eras una gran cocinera —afirmó sin florituras—. Recordaré tus galletas toda mi vida, y pensaré en ti cuando me coma mis gachas por la mañana.

—Amén —dije con voz temblorosa entre la risa y el llanto. Acepté la petaca y tomé un sorbo. Sentí el ardor del whisky a través del nudo que tenía en la garganta y me puse a toser.

—Conozco su receta para hacer *piccalilli*. No debería perderse. Me la apuntaré.

La idea de escribir me recordó de pronto la carta inacabada, aún doblada dentro de mi bolsa de labor. Jamie notó que me ponía ligeramente más tensa y volvió la cabeza hacia mí con expresión interrogativa.

—Sólo pensaba en esa carta —expliqué, carraspeando—. Quiero decir que, aunque Roger y Bree sepan que la casa se quemó hasta los cimientos, se alegrarán de saber que aún estamos vivos, siempre en el supuesto de que acabe llegando a sus manos.

Conscientes tanto de la precariedad de los tiempos como de la supervivencia incierta de los documentos históricos, Jamie y Roger habían ideado varios esquemas para el paso de información, desde la publicación de mensajes en clave en varios periódicos hasta un sistema elaborado que implicaba a la Iglesia de Escocia y al Banco de Inglaterra. Todos ellos dependían, claro está, del hecho básico de que la familia MacKenzie hubiera logrado pasar a través de las piedras sin novedad y hubiera llegado más o menos al tiempo oportuno, pero, por mi propia paz de espíritu, estaba obligada a asumir que así había sido.

—Pero no quiero terminarla teniendo que contarles todo esto —señalé con la cabeza las figuras amortajadas—. Querían a la señora Bug... y Bree lo sentiría muchísimo por Ian.

—Sí, tienes razón —respondió Jamie, pensativo—. Y lo más probable es que Roger Mac se pusiera a reflexionar sobre ello y se diera cuenta de lo de Arch. Saberlo y no poder hacer nada al respecto... sí, se preocuparían, hasta que encontraran otra carta diciéndoles cómo terminó todo, y sabe Dios cuánto tiempo pasará antes de que termine.

—Y si no recibieran la carta siguiente...

«O si no sobreviviéramos el tiempo suficiente para escribirla», pensé.

—Sí, mejor no se lo cuentes. Aún no.

Me acerqué un poco más, apoyándome contra él, y Jamie me rodeó con el brazo. Permanecimos un rato en silencio, aún preocupados y tristes, pero reconfortados al pensar en Roger, Bree y los niños.

Oí ruidos en la cabaña detrás de mí. Todos habían permanecido en silencio, trastornados, pero ahora la normalidad iba regresando con rapidez. Era imposible mantener a los niños callados por mucho tiempo, de modo que a través del sonido metálico de los cacharros de cocina y los ruidos de los preparativos de la cena, oía cómo sus vocecillas agudas preguntaban y pedían comida, y el parloteo de los pequeños, emocionados por estar en pie hasta tan tarde. Habría pan de maíz y empanada para la parte siguiente del velatorio. La señora Bug se sentiría complacida.

Una repentina lluvia de chispas voló desde la chimenea y cayó en torno al porche como una cascada de estrellas, brillantes contra la noche oscura y la nieve blanca y reciente.

Jamie me apretó con más fuerza con el brazo y emitió un pequeño sonido de placer ante el espectáculo.

—Eso... que dijiste sobre el pecho de la nieve recién caída —pronunció la palabra *pecho* con su suave acento de las Highlands— es un poema, ¿verdad?

—Sí. Aunque no es que sea muy apropiado para un velatorio: es un poema navideño cómico que se titula «Una visita de san Nicolás».

Jamie soltó un bufido, lanzando una vaharada blanca.

—No creo que la palabra *apropiado* tenga mucho que ver con un velatorio como Dios manda, Sassenach. Dales a los dolientes bebida suficiente y todos arrancarán a cantar *O thoir a-nall am Botul*,[2] y los críos se pondrán a bailar en corro frente a la puerta principal a la luz de la luna.

No me reí, pero no me resultaba difícil imaginarlo. De hecho, había bebida suficiente. En la despensa había una cuba fresca de cerveza recién hecha, y Bobby había ido a buscar el barrilete de whisky de emergencia a su escondite del granero. Me llevé la mano de Jamie a los labios y le besé los fríos nudillos. El trauma y la sensación de confusión habían empezado a desvanecerse con la creciente toma de conciencia de que la vida latía detrás de nosotros. La cabaña era una pequeña isla vibrante de vida que flotaba en el frío de la noche negra y blanca.

—«Nadie es una isla, completo en sí mismo» —recitó Jamie en voz baja recogiendo la idea que yo no había expresado.

---

[2] *Oh, pasa la botella*, es una canción tradicional de las Highlands escocesas. *(N. de la t.)*

—Ése sí que es apropiado —repuse un poco seca—. Quizá demasiado.

—¿Sí? ¿Por qué?

—«Nunca mandes a nadie a preguntar por quién doblan las campanas: doblan por ti.» No puedo oír «Nadie es una isla» sin que este último verso llegue tañendo inmediatamente detrás.

—Mmfm. Te los sabes todos, ¿verdad? —Sin esperar a que le contestara, se inclinó hacia delante y removió las brasas con un palo, levantando un montón de silenciosas chispas—. No es realmente un poema, ¿sabes? Por lo menos, el autor no quería que lo fuera.

—¿Ah, no? —respondí, sorprendida—. Entonces, ¿qué es? ¿O qué era?

—Una meditación, algo entre un sermón y una oración. John Donne lo escribió como parte de sus *Meditaciones en tiempos de crisis*. Es bastante apropiado, ¿no? —añadió con un extraño deje de humor.

—No pueden ser mucho más críticas que ésta, es verdad. ¿Qué es lo que se me escapa, entonces?

—Hum. —Me atrajo más hacia sí e inclinó la cabeza para dejarla descansar sobre la mía—. Déjame recordar lo que pueda. No me lo sé todo, pero hay partes que me llamaron la atención, así que me acuerdo de ellas.

Mientras se concentraba, podía oír su respiración, lenta y pausada.

—«La humanidad en su conjunto pertenece a un solo autor y es un solo libro; cuando un hombre muere, no se arranca un capítulo del libro, sino que se traduce a un idioma mejor, y todos los capítulos han de traducirse de este modo» —dijo despacio—. Luego hay fragmentos que no me sé de memoria, pero me gustaba éste: «La campana dobla por quien cree que dobla por él —su mano presionó suavemente la mía—, y que aunque calle de nuevo, desde el preciso instante en que dobló por él, está unido a Dios.»

—Hum. —Medité sobre ello unos instantes—. Tienes razón. Es menos poético, pero un poco más... ¿optimista?

Lo sentí sonreír.

—Siempre me lo ha parecido, sí.

—¿De dónde lo has sacado?

—John Grey me prestó un libro diminuto de poemas de Donne cuando estaba preso en Helwater. Éste era uno de ellos.

—Un caballero muy culto —dije algo molesta por ese recordatorio del sustancial pedazo de la vida de Jamie que John Grey había compartido y yo no, pero alegrándome a regañadientes de que hubiera tenido un amigo durante aquellos tiempos tan duros. ¿Cuán a menudo, me pregunté de repente, había oído Jamie tañer esa campana?

Me incorporé, estiré el brazo para alcanzar la petaca y tomé un trago purificador. El olor a comida horneada, cebolla y carne que se cocía a fuego lento se filtraba a través de la puerta, y mi estómago rugía de modo indecente. Jamie no se daba cuenta. Con los ojos entornados, miraba al oeste, donde yacía el bulto de la montaña oculto por las nubes.

—Los chicos MacLeod dijeron que, cuando bajaron, en los puertos la nieve llegaba ya a la altura de la cadera —observó—. Si aquí hay treinta centímetros de nieve nueva en el suelo, en los puertos altos debe de haber noventa. No iremos a ninguna parte hasta el deshielo de primavera, Sassenach. Tiempo suficiente para grabar unas lápidas como es debido, por lo menos —añadió con una mirada a nuestras silenciosas invitadas.

—Entonces, ¿todavía quieres ir a Escocia?

Lo había mencionado después de que la Casa Grande se quemase, pero no había vuelto a sacarlo a colación desde entonces. Yo no estaba segura de si lo había dicho en serio o había sido simplemente una reacción a la presión de los acontecimientos de aquella época.

—Sí, quiero ir. Me parece que no podemos quedarnos aquí —respondió con cierto pesar—. Cuando llegue la primavera, las tierras del interior volverán a estar en ebullición. Ya nos hemos acercado bastante al fuego. —Levantó la barbilla en dirección a los restos carbonizados de la Casa Grande—. No tengo interés en que me asen la próxima vez.

—Bueno... sí.

Tenía razón, sabía que tenía razón. Podíamos construir otra casa, pero era poco probable que nos permitieran vivir en ella en paz. Entre otras cosas, Jamie era, o al menos había sido, coronel de la milicia. Como no sufría ninguna incapacidad física ni estaba ausente, no podía abandonar esa responsabilidad. Además, en las montañas, el sentimiento general no era en modo alguno favorable a la rebelión. Sabía de muchas personas a las que habían golpeado, quemado y llevado a los bosques o a los pantanos, o a las que habían matado en el acto como consecuencia directa de haber expresado imprudentemente sus sentimientos políticos.

El mal tiempo nos impedía partir, pero también suponía un obstáculo para el movimiento de las milicias, o de las bandas errantes de bandidos. Esa idea me produjo un súbito escalofrío, y me estremecí.

—¿Por qué no entras, *a nighean*? —preguntó Jamie al darse cuenta—. Podré soportar vigilar solo un rato.

—Claro. Y saldremos con el pan de maíz y la miel y te encontraremos tumbado junto a las viejas señoras con un hacha en la cabeza. Estoy bien.

Tomé otro sorbo de whisky y le tendí la petaca.

—Pero no tendríamos por qué ir necesariamente a Escocia —señalé observándolo mientras bebía—. Podríamos ir a New Bern. Allí, podrías unirte a Fergus en el negocio de la imprenta.

Eso era lo que había dicho que deseaba hacer: viajar a Escocia, ir a buscar la prensa que había dejado en Edimburgo y luego volver para unirse a la lucha, armado de plomo en forma de tipos de imprenta en lugar de balas de mosquete. Yo no estaba segura de cuál de ambos métodos sería más peligroso.

—No supondrás que tu presencia impediría que Arch intentara abrirme la cabeza, si es eso lo que tiene en mente... —Jamie esbozó una breve sonrisa ante la idea, con los ojos rasgados reducidos a triángulos—. No. Fergus tiene derecho a ponerse en peligro, si quiere. Pero yo no tengo derecho a arrastrarlos conmigo a él y a su familia cuando el riesgo sea mío.

—Lo que me dice cuanto necesito saber acerca del tipo de cosas que tienes intención de publicar. Y tal vez mi presencia no podría impedir que Arch fuera a por ti, pero al menos podría gritar «¡Cuidado!» si lo viera acercársete sigilosamente por detrás.

—Siempre te querré detrás de mí, Sassenach —me aseguró, muy serio—. Ya sabes lo que quiero hacer, ¿verdad?

—Sí —repuse con un suspiro—. De vez en cuando tengo la vana esperanza de equivocarme por lo que a ti respecta, pero nunca lo hago.

Eso hizo que se echara a reír de improviso.

—No, no te equivocas —admitió—. Pero sigues aquí, ¿no? —Levantó la petaca para beber a mi salud y tomó un trago—. Es agradable saber que alguien me echará de menos cuando caiga.

—No me ha pasado desapercibido ese «cuando» en lugar de «si» —espeté con frialdad.

—Siempre ha sido «cuando», Sassenach —repuso con ternura—. «Todos los capítulos han de traducirse de ese modo», ¿no?

Respiré hondo y observé cómo brotaba mi aliento como un penacho de vaho.

—Espero sinceramente no tener que hacerlo —señalé—, pero, de darse el caso, ¿querrías que te enterraran aquí o que te llevaran de vuelta a Escocia?

Estaba acordándome de una lápida matrimonial de granito que había en el cementerio de St. Kilda, con su nombre grabado, y también el mío... Aquella maldita cosa casi me había provocado un ataque al corazón cuando la vi, y no estaba segura de haber perdonado a Frank por ello, a pesar de que con ella había logrado lo que se había propuesto.

Jamie lanzó un leve bufido que no llegaba a ser una risa.

—Tendré suerte si me entierran, Sassenach. Es mucho más probable que me ahogue, que me queme o que dejen que me pudra en algún campo de batalla. No te preocupes. Si tienes que deshacerte de mi cadáver, simplemente déjalo fuera para que se lo coman los cuervos.

—Tomaré nota —contesté.

—¿Te disgustará ir a Escocia? —preguntó arqueando las cejas.

Suspiré. A pesar de que sabía que no iba a descansar bajo aquella lápida en cuestión, no podía librarme de la idea de que en algún momento moriría allí.

—No. Me disgustará abandonar las montañas. Me disgustará ver que te pones verde y echas las tripas en el barco, y quizá me disguste lo que te pase por el camino hasta dicho barco, pero... Edimburgo y prensas aparte, tú quieres ir a Lallybroch, ¿no es así?

Asintió, con los ojos fijos en las brillantes ascuas. El brasero arrojaba una luz débil, pero cálida, sobre el arco rojizo de sus cejas y describía una línea brillante que bajaba por el largo y recto puente de su nariz.

—Hice una promesa, ¿verdad? —afirmó con sencillez—. Dije que llevaría al joven Ian de vuelta junto a su madre. Y después de esto... será mejor que vaya.

Asentí en silencio. Más de cinco mil kilómetros de océano tal vez no bastarían para que Ian escapase de sus recuerdos, pero aquello no le iría mal. Y quizá la alegría de ver a sus padres, a sus hermanos y a sus hermanas, las Highlands... quizá lo ayudara a curarse.

Jamie tosió y se frotó los labios con un nudillo.

—Y hay una cosa más —dijo con cierta timidez—. Otra promesa, podríamos decir.

—¿Qué?

Entonces volvió la cabeza y me miró a los ojos con los suyos, oscuros y serios.

—Me he jurado a mí mismo —declaró— que nunca me pondré frente a mi hijo desde el otro lado del cañón de una pistola.

Respiré profundamente y asentí. Tras unos momentos de silencio, aparté la vista de las mujeres amortajadas.

—No me has preguntado qué quieres que hagan con mi cuerpo. —Lo dije al menos medio en broma, para animarlo, pero sus dedos se cerraron de manera tan brusca sobre los míos que lancé un grito sofocado.

—No —respondió en voz baja—. Y nunca lo haré. —No me miraba a mí, sino la blancura que teníamos delante—. No puedo pensar en ti muerta, Claire. Cualquier cosa... pero eso no. No puedo.

Se puso en pie de pronto. Un golpeteo de madera, el sonido de un plato de peltre al caer y unas voces implorantes que se alzaron en el interior de la cabaña me ahorraron tener que contestar. Tan sólo asentí con un gesto y dejé que me ayudara a levantarme mientras la puerta se abría derramando luz.

La mañana amaneció clara y brillante, con treinta centímetros escasos de nieve en el suelo. A mediodía, los carámbanos que colgaban de los aleros de la cabaña habían empezado a desprenderse, cayendo como dagas sin orden ni concierto, con un sonido intermitente, seco y apagado. Jamie e Ian habían ido al pequeño cementerio situado en lo alto de la colina para ver si se podía cavar lo suficiente en la tierra como para abrir dos tumbas decentes.

—Llevaos a Aidan y a uno o dos de los otros chicos —les había indicado durante el desayuno—. Aquí sólo serán un estorbo.

Jamie me había lanzado una mirada penetrante, pero había asentido. Sabía de sobra lo que estaba pensando. Si Arch Bug no sabía aún que su mujer había muerto, si los veía cavar una tumba, sin duda sacaría conclusiones.

—Sería mejor que viniera a hablar conmigo —me había dicho Jamie en voz baja, amparándose en el ruido que hacían los muchachos, que se preparaban para irse, sus madres, que empaquetaban la comida para que se la llevaran a lo alto de la colina, y los niños más pequeños, que jugaban al corro en la habitación interior.

—Sí —respondí—, y los chicos no le impedirán hacerlo. Pero si no decide ir a hablar contigo...

Ian me había mencionado que había oído el disparo de un rifle durante el encuentro de la noche anterior. Sin embargo, Arch Bug no era un tirador muy bueno, y era de presumir que dudaría en disparar sobre un grupo en el que hubiera niños pequeños.

Jamie había asentido en silencio y había mandado a Aidan a buscar a sus dos primos mayores.

Bobby y la mula *Clarence* habían subido con los que iban a cavar las sepulturas. Allí, un poco más arriba en la ladera de la montaña, donde Jamie había declarado que un día se alzaría nuestra nueva casa, había una provisión de tablas de pino recién cortadas. Si era posible cavar las tumbas, Bobby iría a por unos cuantos tablones para hacer ataúdes.

Ahora, desde el lugar donde me encontraba en el porche delantero, veía a *Clarence*, muy cargada, pero descendiendo la colina a pasos menudos con la gracia de una bailarina, y apuntando a uno y otro lado con las orejas, como para ayudarse a mantener el equilibrio. Vislumbré a Bobby caminando del otro lado de la mula, sujetando la carga con la mano de vez en cuando con el fin de evitar que resbalara. Me vio y me saludó con la mano, sonriendo. La «A» marcada a fuego en su mejilla era visible incluso a esa distancia, lívida comparada con su piel colorada por el frío. Lo saludé, a mi vez, y volví a entrar en la casa para decirles a las mujeres que sí habría funeral.

Nos abrimos paso por el sinuoso camino hasta el pequeño cementerio la mañana siguiente. Las dos ancianas, insólitas compañeras en la muerte, yacían una junto a otra en sus ataúdes sobre un trineo tirado por *Clarence* y una de las mulas de las mujeres McCallum, una burrita negra llamada *Puddin*.

No llevábamos nuestras mejores galas. De hecho, nadie tenía «galas», con la excepción de Amy McCallum Higgins, que se había puesto su pañuelo de boda con encajes en señal de respeto. Sin embargo, la mayoría íbamos limpios, y al menos los adultos teníamos un aspecto sobrio y atento. Muy atento.

—¿Cuál de ellas será la nueva guardiana, mamá? —le preguntó Aidan a su madre, mirando los dos ataúdes mientras el trineo crujía colina arriba por delante de nosotros—. ¿Quién murió primero?

—Pues... No lo sé, Aidan —contestó Amy con un aire ligeramente desconcertado. Miró los ataúdes con el ceño fruncido y luego me miró a mí—. ¿Lo sabe usted, señora Fraser?

La pregunta me cayó encima como una piedra, y parpadeé. Lo sabía, por supuesto, pero... con cierto esfuerzo, evité mirar los árboles que flanqueaban el camino. No tenía ni idea de dónde se encontraba Arch exactamente, pero estaba cerca, no me cabía la menor duda. Y si estaba lo bastante cerca como para oír esa conversación...

Una de las supersticiones de las Highlands sostenía que la última persona enterrada en un cementerio se convertía en su guardián, y debía defender de todo mal a las almas que descansaban en él hasta que otra persona muriera y ocupara su lugar, tras lo cual el primer guardián quedaba libre y podía subir al cielo. No creía que a Arch le hiciese feliz la idea de que su mujer estuviera atrapada en la tierra protegiendo las tumbas de presbiterianos y pecadores como Malva Christie.

Sentí un ligero estremecimiento en el corazón al recordar a Malva, quien, ahora que lo pensaba, era presumiblemente la actual guardiana del cementerio. «Presumiblemente» porque, aunque sabía que otras personas habían muerto en el Cerro después de Malva, ella había sido la última a quien habían dado sepultura en el cementerio. Su hermano, Allan, estaba enterrado cerca de allí, en una tumba secreta y sin lápida, medio metida en el bosque. No sabía si estaba lo bastante cerca como para que contara. Y su padre...

Tosí cubriéndome la boca con el puño, y, carraspeando, contesté:

—Oh, la señora MacLeod. Estaba muerta cuando volvimos a la cabaña con la señora Bug. —Lo que era estrictamente cierto. Me pareció mejor no mencionar que ya estaba muerta cuando salí de la cabaña.

Había estado mirando a Amy mientras hablaba. Volví la cabeza hacia el camino, y allí estaba él, frente a mí. Arch Bug, con su capa negra manchada de óxido, la blanca cabeza descubierta y baja, siguiendo el trineo a través de la nieve, lento como un cuervo incapaz de volar. Un débil estremecimiento recorrió a los dolientes.

En ese momento volvió la cabeza y me vio.

—¿Le importaría cantar, señora Fraser? —inquirió en tono quedo y cortés—. Me gustaría enterrarla con los ritos debidos.

—Yo... sí, por supuesto.

Muy nerviosa, busqué a ciegas algo apropiado. Sencillamente no estaba a la altura del desafío de elaborar un *caithris*, un lamento por los muertos, y menos aún de componer las lamentaciones formales que tendría un auténtico funeral de primera clase en las Highlands.

Me decidí a la carrera por un salmo gaélico que Roger me había enseñado: *Is e Dia fèin a's buachaill dhomh*. Se trataba de un salmo cantado, cada uno de cuyos versos había de ser entonado por un chantre y repetido después por la congregación. Sin embargo, era sencillo y, aunque mi voz sonaba fina e insustancial en la montaña, los que me acompañaban lograron sostenerla, de modo que, cuando llegamos al camposanto, habíamos alcanzado un nivel respetable de volumen y fervor.

El trineo se detuvo al borde del claro cercado de pinos. A través de la nieve medio derretida, asomaban unas cuantas cruces de madera y algunos montones de piedras, y las dos tumbas recién excavadas en el centro tenían un aspecto fangoso y brutal. La vista hizo cesar el canto tan de repente como un jarro de agua fría.

El sol se filtraba pálido y brillante a través de los árboles y había un montón de trepadores gorjeando en las ramas, al borde de la explanada, incongruentemente alegres. Jamie había estado guiando a las mulas y no se había vuelto a mirar cuando apareció Arch. Ahora, sin embargo, se volvió hacia él, al tiempo que le indicaba con un leve gesto el ataúd más próximo, y le preguntaba en voz baja:

—¿Quieres volver a ver a tu mujer?

Sólo entonces, cuando Arch asintió y se situó a un lado del trineo, me di cuenta de que, aunque los hombres habían sujetado con clavos la tapa del ataúd de la señora MacLeod, habían dejado suelta la de la señora Bug. Bobby e Ian la levantaron, con la vista fija en el suelo.

Arch se había soltado el pelo en señal de duelo. Nunca se lo había visto suelto antes. Era un cabello fino, de un blanco puro, y se agitó sobre su rostro como una nube de humo cuando él se inclinó y retiró con suavidad la mortaja del rostro de Murdina.

Tragué saliva con fuerza apretando los puños. Le había extraído la flecha —no había sido una tarea agradable— y, después, le había envuelto con esmero el cuello con una venda limpia antes de peinarla. Tenía buen aspecto, aunque estaba terriblemente cambiada. Creo que no la había visto nunca sin cofia, y el vendaje de la garganta le confería el aire severo y formal de un pastor presbiteriano. Vi que Arch se encogía, muy ligeramente, y que su garganta se movía. Recobró casi de inmediato el control de su rostro, pero observé las arrugas que le surcaban la cara de la nariz a la barbilla, como branquias sobre arcilla blanda, y el modo en que abría y cerraba las manos, una y otra vez, buscando agarrarse a algo que no estaba allí.

Se quedó mirando largo rato hacia el interior del féretro y luego rebuscó dentro de su escarcela y sacó algo. Cuando volvió a colocarse la capa, vi que su cinturón estaba vacío. Había venido desarmado.

El objeto que tenía en la mano era pequeño y brillante. Se inclinó e intentó sujetarlo en el sudario, pero, al faltarle los dedos, no lo logró. Siguió intentándolo con torpeza, murmuró algo en gaélico y, acto seguido, me miró con algo parecido al pánico en los ojos. Acudí de inmediato junto a él y tomé el objeto de su mano.

Era un broche, una joya muy delicada con la forma de una golondrina en pleno vuelo. Era de oro y parecía nueva. La cogí y, tras retirar la mortaja, prendí el broche en el pañuelo de la señora Bug. No conocía ese broche. Ni se lo había visto puesto a la señora Bug ni lo había visto entre sus cosas, y pensé que probablemente Arch lo había mandado hacer con el oro de Yocasta Cameron, quizá cuando empezó a llevarse los lingotes, uno a uno, o tal vez más tarde. Una promesa hecha a su esposa de que sus años de penuria y dependencia habían terminado. Bueno... de hecho, así era. Miré a Arch y, a un gesto suyo, cubrí cuidadosamente el rostro frío de su mujer con la mortaja y alargué de manera impulsiva una mano para cogerlo del brazo a él, pero se apartó y dio unos pasos atrás, observando impasible mientras Bobby clavaba la tapa del ataúd. En cierto momento levantó la vista y sus ojos pasaron muy despacio sobre Jamie, y luego sobre Ian, uno detrás de otro.

Apreté los labios con fuerza mirando a Jamie mientras me colocaba a su lado, viendo la pena claramente grabada en su rostro. ¡Qué tremendo sentimiento de culpa! La situación era para eso y mucho más, y era evidente que también Arch se sentía responsable. Pero... ¿no se le ocurría a ninguno de ellos que la propia señora Bug había tenido que ver con lo sucedido? Si no le hubiera disparado a Jamie... aunque las personas no siempre actúan de manera inteligente, o correcta, y el hecho de que alguien haya contribuido a su propia muerte no la hace menos trágica.

Vislumbré la piedra que señalaba la tumba de Malva y de su hijo, de la que sólo se veía la parte superior entre la nieve, redonda, mojada y oscura, como la cabeza de un bebé que corona en el parto.

«Descansa en paz —pensé, y sentí que la tensión a la que había estado sometida durante los dos últimos días cedía ligeramente—. Ahora ya puedes irte.»

Me dije que lo que les había contado a Amy y a Aidan no afectaba a la veracidad de quién había muerto primero. Sin embargo, teniendo en cuenta la personalidad de la señora Bug, pensé que a ella tal vez sí le gustaría estar al mando, cloqueando y preocupándose por las almas residentes como si se tratara de su bandada de queridísimos pollos, ahuyentando a los malos espíritus con una palabra incisiva y blandiendo una salchicha.

Pensando en ello, logré superar la breve lectura de la Biblia, los rezos, el llanto —de mujeres y niños, la mayoría de los cuales no tenían ni idea de por qué lloraban—, el descenso de los ataúdes del trineo y el rezo, bastante inconexo, del padrenuestro. Eché mucho de menos a Roger y la impresión de orden tranquilo y de compasión genuina que transmitía cuando oficiaba un funeral. Además, él tal vez habría sabido qué decir en elogio de Murdina Bug. De modo que nadie habló al terminar la oración y se produjo una larga e incómoda pausa durante la cual la gente cambió, incómoda, de postura, pues nos hallábamos sobre treinta centímetros de nieve y las enaguas de las mujeres estaban empapadas hasta las rodillas.

Vi a Jamie sacudir ligeramente los hombros, como si el abrigo le estuviera demasiado estrecho, y mirar el trineo, donde se encontraban las palas ocultas bajo una manta. Pero antes de que pudiera hacerles un gesto a Ian y a Bobby, el primero inspiró hondo y dio un paso adelante.

Se acercó a donde aguardaba el ataúd de la señora Bug, frente a su afligido cónyuge, y se detuvo con la evidente intención de hablar. Arch lo ignoró durante largo rato, mirando a la fosa, pero al final levantó la cara impasible, a la espera.

—Fue mi mano la que causó la muerte de esta... —Ian tragó saliva— de esta mujer de gran valía. No le quité la vida por maldad ni a propósito, y lo siento mucho. Pero fue mi mano la que la mató.

Rollo gimió con suavidad junto a su amo intuyendo su tristeza, pero Ian le puso una mano en la cabeza y se tranquilizó. Sacó el cuchillo de su cinturón y lo dejó sobre el ataúd, delante de Arch Bug. A continuación se irguió y lo miró a los ojos.

—Una vez, en una época terrible, le hizo usted un juramento a mi tío y le ofreció una vida por otra, por esta mujer. Yo juro por mi arma, y le ofrezco lo mismo. —Apretó los labios con fuerza por unos instantes y su garganta se movió mientras sus ojos permanecían oscuros y serenos—. Pienso que tal vez usted no lo dijera en serio, señor. Pero yo sí.

Me di cuenta de que estaba conteniendo el aliento y me forcé a respirar. Me pregunté si eso sería parte del plan de Jamie. Ian estaba claramente convencido de lo que decía. Sin embargo, la probabilidad de que Arch aceptase en el acto aquella oferta y le cortara a Ian el cuello delante de una docena de testigos era muy pequeña, por intensos que fueran sus sentimientos. Pero si declinaba en público la oferta, se abría la posibilidad de una recompensa más formal y menos sangrienta, aunque el joven Ian quedaría liberado de por lo menos parte de la culpa. «Maldito escocés de las Highlands», pensé mirando a Jamie, no sin cierta admiración.

Aun así, sentía que, con escasos segundos de diferencia, lo recorrían pequeñas descargas de energía y que las reprimía todas y cada una. No interferiría en la tentativa de expiación de Ian, pero tampoco consentiría que le hicieran daño si, por una casualidad, Arch optaba por la sangre. Y era evidente que lo consideraba una posibilidad. Miré a Arch y yo también lo pensé.

El anciano miró un momento a Ian con las espesas cejas hechas un revoltijo de rizados pelos grises y, debajo, los ojos también grises y fríos como el acero.

—Sería demasiado fácil, muchacho —dijo por fin en un tono como de hierro oxidado.

Miró a *Rollo*, que permanecía junto a Ian con las orejas erguidas y cautos ojos de lobo.

—¿Me das a tu perro para que lo mate?

La máscara de Ian se rompió en un segundo, la consternación y el horror hicieron que pareciera joven de repente. Oí cómo cogía aire y se serenaba, pero respondió con voz quebrada.

—No —contestó—. Él no ha hecho nada. El crimen lo he cometido yo, no él.

Entonces, Arch sonrió muy levemente, aunque la sonrisa no asomó a sus ojos.

—Sí, es verdad. Además, sólo es una bestia llena de pulgas. No una esposa. —Pronunció la palabra *esposa* apenas en un susurro. Su garganta se movió al tiempo que carraspeaba. Luego desplazó despacio la mirada de Ian a Jamie, y a continuación me miró a mí—. No una esposa —repitió con suavidad.

Creí que la sangre corría ya fría por mis venas. Se me había helado el corazón.

Sin prisas, Arch miró lentamente a ambos hombres, uno tras otro. Primero a Jamie, luego a Ian, a quien observó por un instante que pareció toda una vida.

—Cuando tengas algo que valga la pena coger, muchacho, volverás a verme —dijo sin levantar la voz y, acto seguido, dio media vuelta y se perdió entre los árboles.

5

Moralidad para los viajeros en el tiempo

En su estudio había una lámpara de mesa eléctrica, pero, a menudo, Roger prefería trabajar por la noche a la luz de las velas. Cogió una cerilla de la caja y la encendió raspándola con suavidad. Tras leer la carta de Claire creyó que no volvería a encender nunca más una cerilla sin pensar en la historia del incendio de la Casa Grande. Dios santo, ojalá hubiera estado allí.

La llama de la cerilla se encogió al ponerla en contacto con la mecha, y la cera traslúcida de la vela adquirió por un instante un apagado y fantástico color azul y luego volvió a lucir con su brillo habitual. Miró a Mandy, que estaba cantando a un montón de animales de peluche dispuestos sobre el sofá. La habían bañado ya, con la intención de que no se metiera en líos mientras Jem se bañaba a su vez. Sin perderla de vista, se sentó ante el escritorio y abrió su cuaderno.

Había empezado a escribir medio en broma, medio en serio, como la única cosa que se le ocurría para combatir el miedo que lo paralizaba.

—Puedes enseñarles a los niños a no cruzar la calle solos —había observado Bree—. Y seguro que también a mantenerse alejados de las malditas piedras.

Él había estado conforme, pero con importantes reservas. A los niños pequeños, sí, se les podía inculcar que no metieran tenedores en los enchufes. Pero ¿y cuando se convertían en adolescentes, con ese deseo incontrolado de descubrir las cosas por sí mismos y esa pasión por lo desconocido? Recordaba su propio yo adolescente con enorme claridad. Dile a un adolescente que no meta tenedores en el enchufe y, en cuanto le des la espalda, saldrá disparado al cajón de la cubertería. Las chicas tal vez fueran diferentes, aunque lo dudaba. Volvió a mirar al sofá, donde ahora Amanda estaba tumbada panza arriba con las piernas en el aire, sosteniendo en equilibrio sobre sus pies un gran oso de peluche de aspecto ajado al que le estaba cantando *Frère Jacques*. Mandy era muy pequeña entonces, y no se acordaría. Jem, sí. Roger era consciente de ello cada vez que el chiquillo se despertaba en medio de una pesadilla, con los ojos abiertos de par en par y mirando al vacío, y no lograba recordar qué había soñado. Gracias a Dios, no sucedía a menudo.

También a él lo invadía un sudor frío siempre que lo recordaba. Aquella última travesía. Había abrazado a Jemmy contra su pecho y se había adentrado en... Señor. No tenía nombre, porque la humanidad en general no lo había experimentado nunca, y tenía suerte de no haberlo hecho. Ni siquiera se parecía a nada con lo que pudiera compararse.

Allí, ninguno de los sentidos funcionaba, y, al mismo tiempo, todos lo hacían, con tal hipersensibilidad que, si durara un segundo más de lo que duraba, uno no podría sobrevivir. Un vacío ensordecedor en el que el sonido parecía apalearte atravesando tu cuerpo con su latido, intentando separar cada célula de la siguiente. Una ceguera absoluta, pero como la que uno experimenta al mirar al sol. Y el impacto de... ¿cuerpos?, ¿fantasmas? De seres invisibles que te rozaban al pasar como alas de polilla o que parecían pasar como un rayo a través de ti con un impacto de huesos que se enredaban. Una sensación constante de gritos.

¿Y olía? Se detuvo un momento a pensar con el ceño fruncido, intentando recordar. Sí, maldita sea, sí olía. Y, por extraño que parezca, era un olor indescriptible: el olor del aire quemado por un rayo, olor a ozono.

«Huele intensamente a ozono», escribió, sintiéndose bastante aliviado por disponer siquiera de ese pequeño asidero de referencia al mundo normal.

Sin embargo, el alivio se desvaneció al instante siguiente, cuando volvió a la batalla que libraba con los recuerdos.

Se había sentido como si nada, salvo su propia voluntad, los mantuviera juntos, como si nada, salvo su determinación pura y dura a sobrevivir, lo mantuviera de una pieza. El hecho de saber qué esperar no lo había ayudado lo más mínimo. Había sido distinto y mucho peor que sus experiencias anteriores.

Sí sabía no mirarlos. A los fantasmas, si es que era eso lo que eran. *Mirar* no era la palabra correcta... ¿prestarles atención? De nuevo no había ninguna palabra que lo definiera, y suspiró exasperado.

—«Sonnez le matines, sonnez le matines...»

—«*Din, dan, don* —cantó suavemente a coro con ella—. *Din, dan, don.*»

Tamborileó con la pluma en el papel durante un minuto, pensativo, y, acto seguido, meneó la cabeza y volvió a inclinarse sobre el papel, intentando explicar su primera tentativa, la ocasión en que había estado a... ¿momentos?, ¿centímetros? A un mínimo grado de separación impensable de encontrarse con su padre, y de la destrucción.

«Creo que uno no puede cruzar la cronología de su propia vida», escribió despacio. Tanto Bree como Claire —las científicas— le habían asegurado que dos objetos no podían existir en el mismo espacio, ya fueran partículas subatómicas o elefantes. De ser cierto, eso explicaría por qué uno no podía existir dos veces en el mismo período de tiempo, se dijo.

Daba por sentado que había sido ese fenómeno lo que casi lo había matado en su primer intento. Cuando entró en las piedras estaba pensando en su padre, y, presumiblemente, estaba pensando en su padre tal como él, Roger, lo había conocido, lo que, por supuesto, había sucedido durante el período de su propia vida.

Volvió a tamborilear con la pluma en la hoja de papel, pero no pudo forzarse a escribir sobre ese encuentro. Más adelante. En su lugar, volvió al rudimentario esquema que encabezaba el libro.

> *Una guía práctica para viajeros en el tiempo*
> *I. Fenómenos físicos*
>   *A. Enclaves conocidos (¿líneas telúricas?)*
>   *B. Herencia genética*
>   *C. Mortalidad*
>   *D. La influencia y las propiedades de las gemas*
>   *E. ¿Sangre?*

Había tachado este último punto, pero, mientras lo miraba, vaciló. ¿Tenía obligación de contar todo lo que sabía, creía o sospechaba? Claire pensaba que la idea de que un sacrificio de sangre fuera necesario o útil era una tontería, una superstición pagana sin validez real. Tal vez tuviera razón. Al fin y al cabo, la científica era ella. Pero él tenía el turbador recuerdo de la noche en que Geillis Duncan había cruzado las piedras.

Unos largos cabellos rubios que revoloteaban arrastrados por las ráfagas de aire cada vez más violentas de un fuego, y las guedejas ondulantes que se recortaban unos instantes contra el frente de un monolito. El asfixiante olor a petróleo mezclado con el de la carne que se quemaba, y aquel tronco que no era un tronco, carbonizado en medio del círculo. Además, Geillis Duncan había ido demasiado lejos.

—En los viejos cuentos de hadas sucede siempre cada doscientos años —le había explicado Claire.

Cuentos de hadas literales. Historias de personas secuestradas por las hadas, «arrastradas al otro lado de las piedras» de las colinas del país de las hadas. «Érase una vez, hace doscientos años», solían comenzar esos cuentos. O devolvían a la gente a su lugar, pero doscientos años después del momento en que desaparecieron. Doscientos años.

Siempre que Claire, Bree o él mismo habían viajado, el período de tiempo había sido idéntico: doscientos dos años, lo bastante cerca de los doscientos años de los viejos cuentos. Pero Geillis Duncan había ido demasiado lejos.

Con desgana, volvió a escribir despacio «Sangre» y añadió entre paréntesis «¿Fuego?», pero nada debajo. Ahora no. Más adelante.

Por tranquilidad, miró al lugar de la estantería donde se encontraba la carta, bajo una pequeña serpiente tallada en madera de cerezo. «Estamos vivos»...

De repente sintió deseos de ir a buscar la caja de madera, sacar las demás cartas, abrirlas y leer. Por curiosidad, claro, pero también por algo más... Quería tocarlos, a Claire y a Jamie, presionar contra su rostro, contra su corazón, la evidencia de que vivían; eliminar el espacio y el tiempo que los separaba.

Sin embargo, reprimió su impulso. Lo habían decidido así o, mejor dicho, Bree lo había decidido, y se trataba de sus padres.

—No quiero leerlas todas de golpe —había dicho revolviendo el contenido de la caja con sus dedos largos y ligeros—. Es... es como si, una vez las haya leído, fueran... a desaparecer realmente por completo.

Roger lo comprendía. Mientras quedara alguna carta por leer, estaban vivos. A pesar de su curiosidad de historiador, compartía sus sentimientos. Además...

Los padres de Brianna no habían escrito aquellas cartas como entradas de un diario para los posibles ojos de una posteridad vagamente imaginada. Las habían redactado con la intención clara y específica de comunicarse con Bree y con él. Lo que significaba que podían muy bien contener cosas preocupantes. Sus suegros tenían ambos talento para ese tipo de revelaciones.

A su pesar, se puso en pie, cogió la carta de la estantería, la desdobló y leyó la posdata una vez más sólo para asegurarse de que no la había imaginado.

No la había imaginado. Con la palabra *sangre* resonando débilmente en sus oídos, volvió a sentarse. «Un caballero italiano.» Se trataba de Carlos Estuardo. No podía ser nadie más. Dios santo. Después de quedarse mirando al vacío unos instantes —ahora Mandy se había puesto a cantar *Navidad*—, se despabiló, volvió unas cuantas páginas y se puso de nuevo manos a la obra con tenacidad.

II. Moralidad
    A. Asesinato y una muerte injusta
    Naturalmente, asumimos que matar a alguien por cualquier otro motivo que no sea en defensa propia, la protección de otra persona o el uso legítimo de la fuerza en tiempo de guerra es completamente indefendible.

Se quedó mirando lo que había escrito, murmuró «imbécil pomposo», arrancó la página del cuaderno y la estrujó.

Ignorando la versión en tono atiplado de Mandy —«¡Navidad, Navidad, *Bamman* huele mal, *Bobin* es aún peor, hueeele fatal»—, recogió rápidamente el cuaderno y cruzó a grandes pasos el recibidor en dirección al estudio de Brianna.

—¿Quién soy yo para dar charlas de moralidad? —inquirió.

Ella levantó la vista de una hoja de papel que mostraba las piezas desmontadas de una turbina hidroeléctrica, con la mirada más bien ausente que indicaba que era consciente de que le estaban hablando, pero que no había desconectado su mente lo bastante del tema como para saber quién le hablaba o qué le estaba diciendo. Como ya estaba familiarizado con ese fenómeno, esperó con impaciencia a que su pensamiento soltara la turbina y se concentrara en él.

—¿... dar charlas de...? —preguntó frunciendo el ceño. Parpadeó y su mirada se volvió más penetrante—. ¿A quién le das charlas?

—Bueno... —Le mostró el cuaderno lleno de garabatos, sintiéndose repentinamente cohibido—. A los críos, más o menos.

—Se supone que debes charlar con tus hijos de moralidad —repuso ella con sensatez—. Eres su padre. Es tu trabajo.

—Ya —contestó Roger, sin saber muy bien qué decir—. Pero es que yo he hecho muchas de las cosas que les estoy diciendo que no hagan. —«Sangre.» Sí, tal vez sirviera de protección. Tal vez no.

Ella lo miró arqueando una ceja gruesa y rojiza.

—¿No has oído hablar nunca de la hipocresía piadosa? Creía que cuando uno estudiaba en el seminario le enseñaban cosas de ese tipo. Ya que mencionas charlar de moralidad, eso también forma parte de las tareas de un pastor, ¿no?

Se lo quedó mirando con sus ojos azules, a la espera. Roger inspiró hondo. «Seguro que ahora Bree irá y cogerá el toro por los cuernos», pensó con ironía. Desde que habían regresado, ella no había dicho ni una palabra acerca del hecho de que no hubiera llegado a ordenarse ni sobre lo que pensaba hacer con su vocación. Ni una palabra durante el año que pasaron en América, cuando operaron a Mandy, cuando tomaron la decisión de trasladarse a Escocia, durante los meses que estuvieron haciendo reformas tras comprar Lallybroch, ni una palabra hasta que él abrió la puerta. Una vez abierta, por supuesto, la había cruzado sin vacilar, lo había tirado al suelo y le había plantado un pie sobre el pecho.

—Sí —respondió sin alterarse—. Lo es. —Y le devolvió la mirada.

—Muy bien. —Brianna le sonrió cariñosamente—. ¿Cuál es el problema, entonces?

—Bree —dijo él, y sintió que el corazón se le clavaba en la garganta llena de cicatrices.

Ella se puso en pie y le colocó la mano sobre el brazo, pero antes de que ninguno de los dos pudiera seguir hablando, se oyeron los pasos de unos piececitos desnudos que cruzaban el vestíbulo saltando y, a continuación, la voz de Jem, que, desde la puerta del estudio de Roger, decía:

—¿Papi?

—Aquí estoy, compañero —respondió él, pero Brianna se acercaba ya a la puerta.

Roger la siguió y halló a Jem, con el pijama azul de Superman y el húmedo cabello de punta, de pie junto a su escritorio, examinando la carta con interés.

—¿Qué es esto? —inquirió.

—¿Qué *eto*? —repitió Mandy, acercándose a la carrera y subiéndose a toda prisa a una silla para ver.

—Es una carta de tu abuelo —respondió Brianna sin vacilar. Aparentando despreocupación, puso una mano sobre la carta para ocultar la posdata, y, con la otra, señaló el último párrafo—. Os manda un beso, ¿veis?

Una enorme sonrisa iluminó el rostro de Jem.

—Dijo que no nos olvidaría —recordó, satisfecho.

—Un besito, abuelo —exclamó Mandy e, inclinándose hacia delante de tal modo que su cascada de rizos negros le cubrió la cara, plantó un fuerte «¡Mua!» sobre el papel. Entre divertida y horrorizada, Bree cogió la carta y la secó, pero el papel, a pesar de ser tan viejo, era resistente.

—No ha pasado nada —declaró, y le tendió la carta a Roger con un gesto desenfadado—. Venga, ¿qué cuento vamos a leer esta noche?

—¡*Mis amigos los* aminales!

—A-ni-ma-les —corrigió Jem, inclinándose con el fin de que su hermana pudiera ver bien cómo articulaba las palabras con claridad—. *Mis amigos los a-ni-ma-les.*

—Vaaale —replicó ella, amistosa—. ¡Yo primero! —Y salió corriendo por la puerta, riendo a carcajadas y seguida muy de cerca por su hermano.

Brianna tardó tres segundos en agarrar a Roger por las orejas y besarlo con fuerza en la boca, luego lo soltó y salió tras su prole.

Sintiéndose más feliz, Roger se sentó mientras escuchaba el alboroto que armaban arriba al lavarse los dientes y la cara. Entre suspiros, volvió a guardar el cuaderno en el cajón. «Queda mucho tiempo —pensó—. Pasarán años antes de que lo necesiten. Montones de años.»

Dobló la carta con cuidado y, poniéndose de puntillas, la dejó en el estante más alto de la librería, desplazando la pequeña serpiente para no estropearla. Luego apagó la vela y fue a unirse a su familia.

Posdata: Veo que voy a tener la última palabra, un extraño privilegio para un hombre que vive en una casa que alberga (en el último recuento) a ocho mujeres. Tenemos intención de irnos del Cerro en cuanto deshiele y marcharnos a Escocia para recuperar mi prensa y regresar con ella. Viajar en estos tiempos no es seguro, y no puedo prever cuándo o si será posible volver a escribir. (Tampoco sé si podréis hacerlo vosotros.) Quería hablaros del traslado de los bienes propiedad de un caballero italiano que los Cameron tenían en fideicomiso. No creo sensato llevarlos con nosotros, y, por consiguiente, los hemos dejado en un lugar seguro. Jem sabe dónde. Si en algún momento los necesitáis, decidle que el español los está guardando. En tal caso, haced que un cura los bendiga. Están manchados de sangre.

Algunas veces desearía poder ver el futuro. Mucho más a menudo, doy gracias a Dios por no poder hacerlo. Pero siempre veré vuestros rostros. Besa a los niños por mí.

Tu padre, que te quiere,

J. F.

Una vez los niños se hubieron lavado los dientes y después de besarlos y meterlos en la cama, sus padres regresaron a la biblioteca con un vaso de whisky y la carta.

—¿Un caballero italiano? —Bree miró a Roger alzando una ceja con un gesto que a éste le recordó tan de inmediato a Jamie Fraser que dirigió involuntariamente la mirada a la hoja de papel—. ¿Se refiere a...?

—¿Carlos Estuardo? No puede referirse a nadie más.

Ella cogió la carta y volvió a leer la posdata, quizá por duodécima vez.

—Y si de verdad se refiere a Carlos Estuardo, entonces los bienes...

—Ha encontrado el oro. ¿Y Jem sabe dónde está? —Roger no pudo evitar decir esto último en tono interrogativo al tiempo que levantaba los ojos hacia el techo, encima del cual era de suponer que sus hijos dormían como angelitos arrebujados en pijamas con personajes de dibujos animados.

Bree frunció el ceño.

—¿Tú crees? Eso no es exactamente lo que dijo papá, y si lo sabía... es un secreto de una importancia tremenda para confiárselo a un chiquillo de ocho años.

—Es cierto.

Aunque sólo tuviera ocho años, Jem era muy bueno guardando secretos, pensó Roger. Pero Bree tenía razón, su padre nunca cargaría a nadie con el peso de una información peligrosa, y menos aún a su queridísimo nieto. Desde luego, no sin una buena razón, y la posdata dejaba bien claro que aportaba esos detalles sólo por si eran útiles en caso de necesidad.

—Tienes razón. Jem no sabe nada del oro, ni tampoco de ese español, sea lo que sea. ¿Te ha mencionado algo parecido alguna vez?

Bree negó con la cabeza y, acto seguido, se volvió, justo cuando una repentina ráfaga de viento entraba por la ventana abierta a través de las cortinas, impregnada de lluvia. Se puso en pie y corrió a cerrarla y, luego, subió a toda prisa la escalera para cerrar las ventanas de arriba, tras hacerle a Roger un gesto con la mano para que fuera a comprobar las de la planta baja. Lallybroch era una casa grande y curiosamente bien provista de ventanas. Los niños se pasaban el día contándolas, pero nunca obtenían el mismo resultado dos veces seguidas.

Roger pensó que podría contarlas él mismo algún día y dejar así el asunto zanjado, pero era reacio a hacerlo. La casa, como la mayoría de las construcciones viejas, tenía una personalidad bien definida. Lallybroch era acogedora, eso sí; grande y elegante, construida de modo que resultaba más bien cómoda que imponente, con los ecos de múltiples generaciones murmurando en sus paredes. No obstante, era un lugar que tenía también sus secretos, sin duda alguna. Y ocultar el número de ventanas que tenía suponía mantener la impresión de que era una casa bastante traviesa.

Las ventanas de la cocina, ahora equipada con una nevera moderna, unos fogones Aga y tuberías decentes, aunque conservaba sus antiguas encimeras de granito manchadas de jugo de arándanos y de la sangre de piezas de caza y aves de corral, estaban todas cerradas. Las comprobó a pesar de todo, del mismo modo que las de la trascocina. La luz del recibidor de atrás estaba apagada, pero podía ver el enrejado que había en el suelo, cerca de la pared, que proporcionaba ventilación a la cámara secreta que había debajo, el hoyo del cura.

Su suegro se había ocultado allí una breve temporada durante los días que siguieron al Alzamiento, antes de que lo encerraran en la cárcel de Ardsmuir. Roger había bajado allí en una ocasión, un rato, tras comprar la casa, y había abandonado aquel espacio húmedo y fétido entendiendo a la perfección por qué Jamie Fraser había decidido vivir en medio de la naturaleza en la remota cima de una montaña, donde no había límites en ninguna dirección.

Años ocultándose, sometido a presión, en la cárcel... Jamie Fraser no era un político, y sabía mejor que la mayoría cuál era el precio de la guerra, fuera cual fuese su presunto propósito. Pero Roger había visto de vez en cuando a su suegro frotarse distraído las muñecas, de las que habían desaparecido hacía mucho las marcas de los grilletes, aunque no el recuerdo de su peso. A Roger no le cabía la más mínima duda de que Jamie Fraser o vivía libre o moría. Y, por unos instantes, deseó, con una intensidad que le royó los huesos, poder estar con él para luchar a su lado.

Había empezado a llover. Oyó el golpeteo de la lluvia sobre los tejados de pizarra de los edificios adyacentes y, luego, cuando arreció, la acometida que envolvió la casa en niebla y agua.

—Por nosotros... y por nuestra prosperidad —dijo en voz alta pero serena. Era un pacto entre los dos, tácito pero absolutamente entendido.

Lo único que importaba era conservar la familia, proteger a los niños. Y si el precio que había que pagar era la sangre, el sudor o el alma, lo pagarían.

—*Oidche mhath* —dijo con un leve gesto en dirección al hoyo del cura. «Buenas noches.»

Permaneció un rato más en la vieja cocina sintiendo el abrazo del edificio, su sólida protección frente a la tormenta. La cocina había sido siempre el corazón de la casa, pensó, y el calor de los fogones le pareció tan reconfortante como lo había sido el fuego del hogar, ahora vacío.

Encontró a Brianna al pie de la escalera. Se había cambiado para irse a la cama, que no era lo mismo que irse a dormir. En la casa siempre hacía frío y, además, la temperatura había bajado varios grados con el chaparrón. Sin embargo, no llevaba su ropa de lana, sino un fino camisón de algodón blanco de aspecto engañosamente inocente, con una pequeña cinta roja entrelazada. La tela blanca se adhería a la forma de sus pechos como una nube al pico de una montaña.

Roger se lo mencionó y ella se echó a reír, pero no hizo ninguna objeción cuando él los tomó en sus manos, sintiendo sus pezones contra la palma, redondos como guijarros a través del fino tejido.

—¿Subimos? —susurró Brianna e, inclinándose hacia delante, recorrió el labio inferior de él con la punta de la lengua.

—No —respondió Roger, y la besó con fuerza, sobreponiéndose al cosquilleo del tacto de su lengua—. En la cocina. Ahí todavía no lo hemos hecho.

La tomó, inclinada sobre la vieja encimera con sus misteriosas manchas, puntuando con el sonido de sus leves gemidos el aullido del viento y el ruido de la lluvia sobre las viejas contraventanas. La sintió estremecerse y licuarse, y se abandonó él también, con las rodillas temblando de placer, cayendo lentamente sobre ella, agarrándola de los hombros, hundiendo el rostro en las ondas de su cabello fragantes de champú y sintiendo el viejo granito suave y frío bajo su mejilla. El corazón le latía despacio y con fuerza, tan regular como el bombo de una batería.

Estaba desnudo, por lo que una ráfaga fría de aire llegada de algún lugar hizo que se le pusiera la carne de gallina en la espalda y las piernas. Brianna lo sintió temblar y volvió el rostro hacia él.

—¿Tienes frío? —susurró.

Ella no tenía. Resplandecía como una brasa encendida, y Roger sólo deseaba meterse en la cama junto a ella y dejar pasar la tormenta cómodo y calentito.

—Estoy bien —se agachó y recogió rápidamente la ropa que había tirado al suelo—. Vámonos a la cama.

Arriba, la lluvia sonaba con más fuerza.

—«Oh, los animales entraron de dos en dos —canturreó Bree en voz baja mientras subían la escalera—, los elefantes y los canguros...»

Roger sonrió. Uno podía imaginarse que la casa era un arca que flotaba sobre un rugiente mundo de agua, pero cómoda y agradable en el interior. De dos en dos, dos padres, dos niños... tal vez más algún día. Al fin y al cabo, había mucho sitio.

Con la luz apagada y el golpeteo de la lluvia en las contraventanas, Roger se demoró al borde del sueño, reacio a renunciar al placer del momento.

—No se lo preguntaremos, ¿verdad? —murmuró Bree. Tenía voz de sueño, y Roger sentía su peso cálido y blando contra su costado—. A Jem.

—¿A Jem? No, claro que no. No es preciso.

Sintió el aguijón de la curiosidad. ¿Quién sería el español? Además, la idea de un tesoro enterrado era siempre muy atractiva, pero no lo necesitaban. Tenían dinero suficiente, por ahora. Siempre suponiendo que el oro estuviera aún donde Jamie lo había dejado, lo que era en sí mismo poco probable.

Tampoco había olvidado el último requerimiento de la posdata de Jamie:

«Haced que un cura los bendiga. Están manchados de sangre.» Las palabras se fundían mientras las pensaba, y lo que veía en el interior de sus párpados no eran lingotes de oro, sino la vieja encimera de la cocina, llena de manchas oscuras, tan impregnadas en la piedra que se habían convertido en parte de ella, de modo que ni frotándolas con todo el vigor del mundo era posible eliminarlas, y menos aún con una invocación.

Pero no tenía importancia. El español, quienquiera que fuese, podía quedarse con su oro. La familia estaba a salvo.

SEGUNDA PARTE

Sangre, sudor y encurtidos

6

Long Island

El 4 de julio de 1776 se firmó en Filadelfia la Declaración de Independencia.

El 24 de julio, el teniente general sir William Howe llegó a Staten Island, donde estableció su cuartel general en la taberna Rose and Crown de New Dorp.

El 13 de agosto, el teniente general George Washington llegó a Nueva York para reforzar las fortificaciones de la ciudad, en poder de los americanos.

El 21 de agosto, William Ransom, teniente lord Ellesmere, llegó a la taberna Rose and Crown de New Dorp, presentándose, con algo de retraso, para incorporarse como el último y más joven miembro del Estado Mayor del general Howe.

El 22 de agosto...

El teniente Edward Markham, marqués de Clarewell, miró a William a la cara, escrutándolo, y ofreciéndole un repugnante primer plano de una jugosa espinilla a punto de reventar que tenía en la frente.

—¿Está usted bien, Ellesmere?

—Estupendamente —logró pronunciar William entre sus dientes apretados.

—Me parece que está usted bastante... verde. —Clarewell, con aire preocupado, rebuscó y rebuscó en su bolsillo—. ¿Quiere darle una chupada a mi pepinillo?

William consiguió llegar a la borda justo a tiempo. A su espalda, los hombres bromeaban sobre el pepinillo de Clarewell, quién iba a chuparlo y cuánto tendría que pagar su propietario por el servicio. Todo ello entremezclado con las protestas de Clarewell, quien afirmaba que su anciana abuela juraba que los pepinillos en vinagre evitaban el mal de mar, y estaba claro que, en su caso, funcionaba a las mil maravillas...

William guiñó sus ojos lagrimosos y fijó la vista en la orilla que se acercaba. El agua no estaba particularmente agitada, aunque el tiempo amenazaba tormenta, no cabía la menor duda. Sin embargo, eso no tenía la menor importancia. Hasta con el más leve sube y baja del agua, incluso si el viaje era corto, su estómago intentaba al instante volverse del revés. ¡Cada maldita vez!

Ahora seguía intentándolo, pero como no le quedaba nada dentro, podía fingir que no era así. Se limpió la boca sintiendo frío y humedad a pesar del calor del día, y enderezó los hombros.

Echarían el ancla en cualquier momento. Era hora de que bajara y fuera a imponer cierto orden entre las compañías a su mando antes de que subieran a los botes. Aventuró una breve ojeada por encima de la borda y vio el *River* y el *Phoenix* a popa. El *Phoenix* era el buque insignia del almirante Howe, y su hermano, el general, se hallaba a bordo. Se preguntaba si tendrían que esperar bailando como corchos en medio de las olas cada vez más picadas a que el general Howe y el capitán Pickering, su edecán, hubieran bajado a la orilla. ¡Dios santo! Esperaba que no.

Dadas las circunstancias, permitieron a los hombres desembarcar de inmediato.

—¡Lo más rápido posible, caballeros! Vamos a atrapar a esos rebeldes hijos de puta allá arriba, ¡eso haremos! —les informó el sargento Cutter a voz en grito—. ¡Y ay del hombre al que vea perder el tiempo! ¡Eh, usted...!

Se marchó dando grandes zancadas, tan potente como una tableta de tabaco negro, para clavarle las espuelas a un subteniente infractor, con lo que William se sintió un poco más aliviado. Estaba claro que nada realmente grave podía suceder en un mundo que incluyera al sargento Cutter.

Bajó por la escala y subió al bote tras sus hombres olvidándose de su estómago, embargado por la emoción. Su primera batalla de verdad lo estaba esperando en algún lugar de las llanuras de Long Island.

Ochenta y ocho fragatas. Eso era lo que había oído decir que había traído consigo el almirante Howe, y no lo ponía en duda. Un bosque de velas llenaba la bahía de Gravesend, y el agua estaba atestada de pequeños botes que trasladaban a las tropas a la playa. El propio William casi se ahogaba de la emoción. Sentía cómo ésta crecía entre los hombres mientras los sargentos recogían a sus compañías de los botes e iban partiendo en orden, dejando sitio para la siguiente oleada de tropas.

A los caballos de los oficiales los llevaban a la orilla a nado en lugar de en bote, pues la distancia era relativamente pequeña. William se apartó cuando un gran bayo surgió de entre las olas cerca de él y se sacudió, lanzando una ducha de agua salada que empapó a todo el mundo en un radio de tres metros. El mozo de cuadra que lo sujetaba de las riendas parecía una rata mojada, pero se sacudió el agua del mismo modo y le dirigió a William una sonrisa, con la tez pálida de frío, pero viva de entusiasmo.

También William tenía un caballo en alguna parte. El capitán Griswold, un miembro de más edad del Estado Mayor de Howe, iba a prestarle una montura, pues no había habido tiempo suficiente para organizar otra cosa. Supuso que quien fuera que estuviera ocupándose del caballo lo encontraría, aunque no sabía cómo.

Reinaba una confusión organizada. Había marea baja, y montones de casacas rojas hormigueaban entre las algas como bandadas de aves marinas mientras los gritos de los sargentos servían de contrapunto a los chillidos de las gaviotas que los sobrevolaban.

Con cierta dificultad, pues le habían presentado a los sargentos esa misma mañana y todavía no había memorizado bien sus caras, William localizó a sus cuatro compañías y las condujo playa arriba a unas dunas arenosas densamente cubiertas de una especie de hierba fina y fuerte. Hacía un día caluroso, sofocante si uno llevaba un grueso uniforme y todo el equipo, así que dejó que sus hombres se pusieran cómodos, bebieran agua o cerveza de sus cantimploras y comieran un poco de queso y galletas. Pronto estarían en marcha.

¿Hacia dónde? Ésa era la pregunta que todo el mundo se hacía en esos momentos. En una reunión del Estado Mayor celebrada la noche anterior, su primera reunión, se habían reiterado los puntos básicos del plan de invasión. Desde la bahía de Gravesend, la mitad del ejército se encaminaría a las tierras del interior, girando hacia el norte, rumbo a las colinas de Brooklyn, donde se creía que estaban atrincheradas las fuerzas rebeldes. El resto de las tropas se distribuiría hacia el exterior, a lo largo de la costa, en dirección a Montauk, formando una línea de defensa que pudiera desplazarse hacia el interior a través de Long Island y forzase a los rebeldes a retroceder y caer en una emboscada, si era necesario.

Con una intensidad que le atenazaba la columna vertebral, William deseaba estar en vanguardia, atacando. Desde una perspectiva realista, sabía que era poco probable. No estaba en modo alguno familiarizado con sus tropas, y su aspecto tampoco le daba buena impresión. Ningún mando sensato pondría a unas compañías como ésas en primera línea, a menos que fueran a servir de carne de cañón. Esa idea hizo que dudara unos instantes, pero sólo unos instantes. Howe no era un despilfarrador de hombres. Tenía fama de precavido, a veces en exceso. Se lo había dicho su padre. Lord John no le había mencionado que esa consideración era el principal motivo por el que consentía en que se uniera al Estado Mayor de Howe, pero William lo sabía de todos modos. Le daba igual. Había calculado que las posibilidades de ver cierta acción de importancia seguían siendo mucho mayores con Howe que si se quedaba en los pantanos de Carolina del Norte perdiendo el tiempo con sir Peter Packer.

Y al fin y al cabo... Se volvió despacio, de un lado a otro. El mar era una masa de barcos ingleses, la tierra que tenía delante bullía de soldados. Jamás habría admitido en voz alta que estaba impresionado por lo que estaba viendo, pero el gorjal le oprimía la garganta. Se dio cuenta de que estaba conteniendo la respiración y, de forma deliberada, soltó el aire.

La artillería estaba llegando a la costa: flotaba peligrosamente en barcazas de fondo plano manejadas por soldados que no cesaban de proferir tacos. Los armones, los cajones de munición y los caballos de tiro y los bueyes necesarios para arrastrarlos, que habían llegado a la costa un poco más al sur, estaban causando revuelo en lo alto de la playa, formando un rebaño agitado y manchado de arena que relinchaba y mugía en señal de protesta. Era el mayor ejército que hubiera visto nunca.

—¡Señor, señor!

Miró hacia abajo y vio a un soldado raso de baja estatura, no mayor que el propio William, de mejillas rollizas y muy nervioso.

—¿Sí?

—Su espontón, señor. Y ha llegado su caballo —añadió el soldado al tiempo que señalaba el robusto bayo castrado de color claro que traía de las riendas—. Con los saludos del capitán Griswold, señor.

William cogió el espontón, de unos dos metros de largo, cuya bruñida hoja de acero emitía un brillo apagado incluso bajo el cielo cubierto de nubes, y sintió su peso a través del brazo.

—Gracias. ¿Y usted es...?

—Ah, Perkins, señor. —El soldado se llevó apresuradamente la mano a la frente en señal de saludo—. Tercera compañía, señor. Los Tajadores, nos llaman.

—¿Ah, sí? Bueno, esperemos que tengan muchas oportunidades de justificar su nombre.

El soldado no dio muestras de comprender.

—Gracias, Perkins. —William lo despidió con un gesto de la mano. Cogió la brida del caballo con el corazón henchido de alegría. Era el ejército más grande que hubiera visto nunca, y formaba parte de él.

Había tenido mejor fortuna de la que pensaba que tendría, si bien no tanta como había deseado. Sus compañías iban a ir en la segunda oleada, siguiendo a la vanguardia a pie, protegiendo a la artillería. No tenían ninguna garantía de intervenir, pero sí una probabilidad bastante elevada, si los americanos eran la mitad de buenos combatientes de lo que se decía.

Era más de mediodía cuando levantó su espontón y gritó:

—Adelante, ¡marchen! —El mal tiempo había estallado en forma de chaparrón, un bienvenido alivio del calor.

Al otro lado de la playa, una franja de bosque cedía el paso a una bonita llanura. Tenían ante sí una vasta extensión de hierba ondulante, salpicada de flores silvestres cuyos colores lucían vivos bajo la luz aplacada por la lluvia. A lo lejos veía bandadas de pájaros —¿palomas?, ¿codornices?... estaban demasiado lejos para distinguirlos— que alzaban el vuelo, a pesar de la lluvia, cuando los soldados, al marchar, los hacían salir de su escondite.

Sus propias compañías marchaban cerca del centro de la línea de avance, serpenteando en ordenadas columnas tras él. William pensó agradecido en el general Howe. Como oficial de menor edad, en justicia, deberían haberle confiado tareas de mensajero, ir de una compañía a otra por el campo de batalla, entregando órdenes del cuartel general de Howe, llevando información a los otros dos generales, sir Henry Clinton y lord Cornwallis, y regresando con la que éstos le confiaran a su vez.

Sin embargo, dado que había llegado tarde, no conocía a ninguno de los demás oficiales ni la disposición del ejército. Ignoraba por completo quién era quién y, ni que decir tiene, dónde iban a estar en cada momento. Como mensajero, habría sido inútil.

Tras encontrar, quién sabe cómo, un momento en medio de la inminente invasión, el general Howe no sólo le había dado la bienvenida con gran cortesía, sino que también le había dado a elegir: o acompañar al capitán Griswold y servir como éste dispusiera, o estar al mando de unas cuantas compañías que se habían quedado huérfanas de su propio teniente, enfermo de malaria.

Había saltado de alegría al concederle esa oportunidad y ahora montaba orgulloso, con el espontón sujeto a su correa, mientras conducía a sus hombres a la guerra. Cambió ligeramente de posición, disfrutando del roce de la chaqueta nueva de lana roja sobre los hombros, del cabello recogido en una pulcra coleta en la nuca, de la rígida gorguera de cuero que le rodeaba el cuello, el ligero peso de su gorjal de oficial, esa pequeña pieza de plata, reminiscencia de la armadura romana. Había ido sin uniforme durante casi dos meses, por lo que, empapado de lluvia o no, volver a llevarlo era para él una apoteosis gloriosa.

Una compañía de caballería ligera avanzaba cerca de ellos. Oía los gritos de su oficial y los vio adelantarse y girar en dirección a un macizo boscoso algo distante. ¿Habrían visto algo? No. Una nube tremenda de mirlos salió en desbandada de entre la vegetación, con tal algarabía que muchos de los caballos se asustaron y se encabritaron. Los soldados de caballería se pusieron a buscar, metiéndose entre los árboles con los sables desenvainados, lanzando tajos a las ramas en un despliegue fingido. Si alguien se había ocultado allí, se había marchado ya, por lo que la caballería regresó con el fin de volver a unirse a la avanzada, silbándose unos a otros.

William volvió a relajarse en la silla, aflojando la mano que sujetaba el espontón.

No había americanos a la vista, pero los habría. Había visto y oído lo suficiente mientras realizaba tareas de inteligencia como para saber que sólo los continentales[3] auténticos podían luchar de manera organizada. Había visto milicias adiestrándose en las plazas de los pueblos, había compartido la comida con hombres que pertenecían a ellas. Ninguno de ellos era soldado, cuando se entrenaban en grupo daban risa, apenas si lograban marchar en fila, y mucho menos mantener el paso, pero casi todos eran diestros cazadores y había visto a demasiados cazar gansos salvajes

---

[3] El ejército continental fue el que constituyeron las trece colonias que más tarde se convertirían en los Estados Unidos de América tras estallar la guerra de la Independencia. Dicho ejército se organizó el 14 de junio de 1775 por una resolución del Congreso Continental, creado para coordinar los actos militares de las trece colonias en su lucha contra Gran Bretaña. El general George Washington fue el comandante en jefe del ejército continental durante la guerra. *(N. de la t.)*

y pavos al vuelo como para compartir el desprecio que sentía hacia ellos la mayoría de los soldados británicos.

No, si hubiera habido americanos en los alrededores, la primera advertencia habría sido, con toda probabilidad, ver caer hombres muertos. Dirigió una seña a Perkins e hizo llevar a los cabos la orden de mantener a los hombres alerta, con las armas cargadas y cebadas. Vio que uno de los cabos envaraba los hombros al recibir el mensaje —era obvio que le parecía un insulto—, pero en cualquier caso el hombre hizo lo que se le ordenaba, y la sensación de tensión de William se aligeró un poco.

Sus pensamientos volvieron a centrarse en su reciente viaje, y se preguntó cuándo y dónde podría reunirse con el capitán Richardson para darle a conocer los resultados de sus tareas de espionaje.

Mientras iba de camino, había confiado la mayor parte de sus observaciones a su memoria, anotando tan sólo lo que debía, y esto último codificado en un pequeño ejemplar del Nuevo Testamento que le había dado su abuela. Lo tenía aún en el bolsillo de su abrigo de civil, en Staten Island. Se preguntaba si, ahora que había regresado sano y salvo al seno del ejército, debería tal vez poner sus observaciones por escrito y redactar unos informes como era debido. Podría...

Algo lo arrancó de sus ensoñaciones justo a tiempo de captar el destello y el chasquido de un disparo de mortero que partía de los bosques de la izquierda.

—¡Un momento! —gritó al ver que sus hombres empezaban a bajar las armas—. ¡Esperen!

Estaban demasiado lejos, y había otra columna de infantería más cerca del bosque. Esta última se colocó en posición de abrir fuego y soltó una descarga contra la arboleda. La primera fila se arrodilló y la segunda disparó por encima de sus cabezas. Desde el bosque, devolvieron los disparos. Vio caer a uno o dos soldados y tambalearse a otros varios, pero los hombres aunaron esfuerzos.

Se produjeron otras dos descargas, seguidas de las chispas del fuego enemigo, pero ahora más esporádicas. Percibió movimiento con el rabillo del ojo, se volvió en la silla y vio a un grupo de leñadores con camisa de cazador que corrían al otro lado de la arboleda.

La compañía que tenía delante los vio también. A un grito de su sargento, calaron bayonetas y echaron a correr, aunque William tenía muy claro que nunca atraparían a los fugitivos.

Durante toda la tarde se sucedieron escaramuzas de ese tipo mientras el ejército avanzaba. A los caídos los recogían y los llevaban a la retaguardia, pero eran muy pocos. En un momento dado, una de las compañías de William fue objeto de una descarga, y él se sintió como Dios cuando dio orden de atacar y sus hombres se desperdigaron por el bosque como un enjambre de avispones con las bayonetas caladas y lograron matar a un rebelde, cuyo cuerpo sacaron a rastras a la llanura. El cabo sugirió que podían colgarlo de un árbol para disuadir a los rebeldes, pero William declinó firmemente su sugerencia por no ser honorable, e hizo que dejaran al hombre en el margen del bosque, donde sus amigos pudieran encontrarlo.

Hacia la noche llegaron órdenes del general Clinton a la línea de marcha. No se detendrían a acampar. Harían una breve pausa para tomar unas raciones frías y seguirían avanzando.

Entre las filas se levantaron murmullos de sorpresa, pero no hubo protestas. Habían ido allí a luchar, y la marcha se reanudó con una mayor sensación de urgencia.

Llovía esporádicamente, y el acoso de los escaramuzadores disminuyó de intensidad con la luz plomiza. No hacía frío y, a pesar de que su ropa estaba cada vez más mojada, William prefería el frío y la humedad a la opresión del bochorno del día anterior. Al menos la lluvia calmaba los bríos a su caballo, cosa que no estaba mal. Era una criatura nerviosa y asustadiza, y tenía motivos para dudar de la buena voluntad del capitán Griswold al prestárselo. Sin embargo, cansado por la larga jornada, el caballo había dejado de asustarse con las ramas que agitaba el viento y de tirar bruscamente de las riendas, y ahora avanzaba con las orejas caídas hacia los lados con fatigada resignación.

Las primeras horas de marcha nocturna transcurrieron sin muchos problemas. Aun así, después de medianoche, el ejercicio realizado y la falta de sueño comenzaron a pesar en los hombres. Los soldados empezaron a dar traspiés y a reducir el paso, y la percepción del largo período de oscuridad y esfuerzo hasta el amanecer les hizo mella.

William hizo ir a Perkins hasta donde él se encontraba. El soldado de redondos carrillos apareció bostezando y guiñando los ojos, y caminó a su lado sujetándose con una mano a la correa del estribo de William mientras éste le explicaba lo que quería.

—¿Cantar? —repuso Perkins, dubitativo—. Bueno, supongo que sí, sí, señor. Claro. Pero himnos.

—No era en eso exactamente en lo que estaba pensando —aclaró William—. Vaya a preguntarle al sargento... Millikin, ¿no es así? ¿El irlandés? Que cante lo que quiera, siempre que sea fuerte y alegre.

Al fin y al cabo, no estaban intentando ocultar su presencia. Los americanos sabían exactamente dónde se encontraban.

—Sí, señor —dijo Perkins, extrañado, y soltó el estribo, para desaparecer de inmediato en la noche.

William siguió avanzando durante unos minutos, y luego oyó la fortísima voz irlandesa de Patrick Millikin cantar, bien potente, una canción muy grosera. Estalló un coro de risas entre los hombres. Cuando Millikin entonó el primer estribillo, unos cuantos se habían unido ya a él. Dos frases más y lo acompañaban todos, rugiendo a pleno pulmón, William incluido.

Por supuesto, no podían cantar durante horas mientras marchaban a buen paso con todo el equipo, pero cuando hubieron agotado sus canciones favoritas y se hubieron quedado sin aliento, todos volvían a estar despiertos y optimistas.

Justo antes del alba, William percibió el olor del mar y el fuerte tufo a lodo de una marisma en medio de la lluvia. Los hombres, ya mojados, se pusieron a chapotear en una serie de pequeños entrantes y calas creados por la marea.

Unos minutos después, el estampido de un cañón rasgó la noche, y los pájaros de los marjales invadieron el cielo del alba lanzando chillidos de alarma.

Durante los dos días siguientes, William no tuvo nunca la menor idea de dónde se encontraba. Nombres como «Jamaica Pass», «Flatbush» y «Gowanus Creek» aparecían de vez en cuando en los despachos y mensajes apresurados que recorrían el ejército, pero, para el caso, podrían haber dicho «Júpiter» o «la otra cara de la luna».

Al final sí vio continentales. Hordas de ellos, que salían como un enjambre de los pantanos. Los primeros enfrentamientos fueron feroces, pero las compañías de William se mantuvieron en la retaguardia, apoyando. Sólo en una ocasión estuvieron a punto de abrir fuego con el fin de repeler a un grupo de americanos que se acercaba. No obstante, se hallaba en un continuo estado de excitación, intentando oírlo y verlo todo enseguida, intoxicado con el olor del humo de la pólvora, incluso cuando su carne se estremecía con el estruendo del cañón. Cuando cesó el fuego al ponerse el sol, cogió un poco de queso y galletas, pero no los probó, y se quedó momentáneamente dormido, de puro agotamiento.

A última hora de la tarde del segundo día, se encontraban a escasa distancia de una enorme granja de piedra que los británicos y algunas tropas de mercenarios alemanes habían tomado como enclave para la artillería. Los cañones sobresalían por las ventanas superiores y resplandecían bajo la incesante lluvia.

Ahora, la pólvora mojada constituía un problema. Los cartuchos estaban bien, pero si la pólvora con la que se cebaban los cañones se dejaba más allá de unos pocos minutos, empezaba a cocerse y no se encendía. Por tanto, la orden de cargar tenía que partir lo más tarde posible antes de disparar. William descubrió que estaba rechinando los dientes de ansiedad pensando en cuándo habría que dar la orden.

En cambio, otras veces no cabía duda alguna. Con roncos gritos, un montón de americanos cargó desde los árboles próximos a la parte frontal de la casa y puso rumbo a las puertas y las ventanas. El fuego de mosquete de las tropas que se hallaban en el interior alcanzó a varios de ellos, pero algunos consiguieron llegar hasta la mismísima casa, donde comenzaron a introducirse por las ventanas rotas. William montó con gesto mecánico en su caballo y se dirigió hacia la derecha, a una distancia suficiente como para divisar la parte posterior de la casa.

En efecto, un grupo mayor de soldados se encontraba ya allí, trepando por el muro gracias a la hiedra que cubría la parte trasera del edificio.

—¡Por aquí! —gritó, haciendo girar a su caballo y blandiendo su espontón—. ¡Olson, Jeffries, la parte de atrás! ¡Carguen y disparen en cuanto los tengan a tiro!

Dos de sus compañías echaron a correr, al tiempo que rompían la punta de los cartuchos con los dientes, pero un grupo de soldados alemanes vestidos de verde llegó antes que él, agarraron a los americanos de las piernas, los arrancaron de la hiedra y les propinaron una paliza en el suelo.

Dio media vuelta y corrió en dirección contraria para ver qué estaba sucediendo en la parte delantera, y llegó justo a tiempo de ver cómo un artillero británico salía volando por una de las ventanas superiores abiertas. El hombre aterrizó en el suelo con una pierna doblada bajo el cuerpo y quedó allí tendido, gritando. Uno de los hombres de William, que se encontraba bastante cerca, se precipitó hacia él y agarró al artillero de los hombros, pero lo alcanzó un disparo procedente del interior de la casa. Se dobló en dos, cayó al suelo y su sombrero se perdió rodando entre los arbustos.

Pasaron el resto del día en la granja de piedra. Los americanos atacaron en cuatro ocasiones. En dos de ellas lograron imponerse a los habitantes y hacerse por breve tiempo con los cañones, pero las dos veccs fueron aplastados por oleadas frescas de tropas británicas que los hicieron batirse en retirada o los mataron. William no se acercó nunca a menos de unos doscientos metros de la casa, pero, una de las veces, logró interponer una de sus compañías entre la granja y un grupo de americanos desesperados que vestían como indios y gritaban como *banshees*. Uno de ellos levantó un enorme rifle y le disparó directamente a él, pero una bala llegada de quién sabe dónde alcanzó al tirador y lo hizo caer rodando por la ladera de un pequeño montículo.

William se acercó en su montura para ver si el hombre había muerto. Sus compañeros ya habían doblado la esquina del otro lado de la casa, a la fuga, perseguidos por soldados británicos. El caballo estaba fuera de sí. Habituado al ruido del fuego de mosquete, la artillería lo asustaba, por lo que, cuando en ese preciso momento tronó el cañón, abatió por completo las orejas y echó a correr.

William tenía aún la espada en una mano y las riendas flojamente enrolladas en la otra. La repentina sacudida lo derribó de la silla, y el caballo saltó hacia la izquierda, desprendiendo de un tirón su pie derecho del estribo y tirándolo al suelo. Apenas si tuvo presencia de ánimo para soltar la espada mientras caía, y aterrizó rodando sobre un hombro.

Mientras daba gracias a Dios por que su pie izquierdo no hubiera quedado preso en el estribo y maldecía al mismo tiempo al caballo, se puso rápidamente a cuatro patas, manchado de hierba y barro, con el corazón en la boca.

Los cañones de la casa habían dejado de disparar. Los americanos debían de estar dentro otra vez, enzarzados en una lucha cuerpo a cuerpo con los artilleros. Escupió barro y empezó a retirarse con cautela, pensando que estaba a tiro de las ventanas superiores.

Sin embargo, a su izquierda, divisó al americano que había intentado dispararle, aún tendido sobre la hierba mojada. Mientras dirigía una mirada llena de recelo hacia la casa, gateó hasta el hombre, que yacía boca abajo, inmóvil. Quería verle la cara, no sabía por qué. Se irguió sobre las rodillas, cogió al soldado por ambos hombros y le dio media vuelta.

Era evidente que estaba muerto, con un balazo en la cabeza. Tenía la boca y los ojos entreabiertos, y el cuerpo extraño, pesado y flojo. Llevaba un uniforme que parecía de la milicia. William se fijó en los botones de madera con las letras «PUT» grabadas a fuego. Significaban algo, pero su cabeza aturdida no acertó a encontrarle el sentido. Tras dejar de nuevo al hombre con cuidado sobre la hierba, se puso en pie y fue a recoger su espada. Tenía una sensación extraña en las rodillas.

Había recorrido la mitad de la distancia que lo separaba del lugar donde había caído la espada cuando se volvió y regresó. Arrodillándose, con los dedos fríos y un vacío en el estómago, le cerró al hombre los ojos bajo la lluvia.

Esa noche acamparon, con gran placer de los hombres. Excavaron las cocinas, llevaron allí los carros del cocinero, y el olor a carne asada y pan recién hecho impregnó el aire húmedo. William acababa de sentarse a comer cuando Perkins, aquel presagio de desastre, apareció a su lado deshaciéndose en excusas con un mensaje: debía presentarse de inmediato en el cuartel general. William agarró un pedazo de pan y una tajada humeante de cerdo asado para meterla dentro y se marchó, masticando.

Halló reunidos a los tres generales y a todos los oficiales de su Estado Mayor, discutiendo, absortos, los resultados del día. Los generales estaban sentados a una mesita llena de despachos y mapas trazados a toda prisa. William encontró un sitio entre los oficiales, manteniéndose respetuosamente tras ellos contra la lona de la gran tienda.

Sir Henry defendía atacar las colinas de Brooklyn cuando se hiciera de día.

—Los desalojaríamos fácilmente —dijo Clinton señalando los despachos con un gesto de la mano—. Han perdido a la mitad de sus hombres, si no más. Y no eran muchos, para empezar.

—Pero no sería fácil —repuso lord Cornwallis frunciendo sus gruesos labios—. Ya los ha visto. Sí, podríamos echarlos de ahí, pero con cierto coste. ¿Qué dice usted, señor? —añadió mientras se volvía con deferencia hacia Howe.

Los labios de Howe casi habían desaparecido y sólo una línea blanca señalaba su antigua existencia.

—No puedo permitirme otra victoria como la última —espetó—. Y, aunque me la pudiera permitir, no la querría. —Sus ojos se apartaron de la mesa y pasaron sobre los oficiales de menor graduación que se encontraban de pie al fondo de la tienda—. Perdí a todos los hombres de mi Estado Mayor en aquella maldita colina de Boston —añadió, más sereno—. Veintiocho hombres. Todos. —Sus ojos se demoraron en William, el más joven de los oficiales de menor graduación presentes, y negó con la cabeza, ensimismado. Acto seguido, se volvió hacia sir Henry—. Detenga la lucha —dijo.

Sir Henry estaba disgustado, William lo advirtió, pero asintió sin decir palabra.

—¿Les ofrecemos condiciones?

—No —respondió Howe con concisión—. Han perdido casi la mitad de sus hombres, como bien ha dicho usted. Sólo un loco seguiría luchando sin motivo. Ellos... Usted, señor. ¿Quería hacer alguna observación?

Sobresaltado, William se percató de que Howe le estaba formulando la pregunta directamente a él. Sus ojos redondos le perforaban el pecho como perdigones.

—Yo... —comenzó, pero enseguida recuperó la compostura y se puso firme—. Sí, señor. Quien está al mando es el general Putnam. Allí, en la playa. Tal vez... tal vez no sea un loco, señor —añadió con prudencia—, pero dicen que es un hombre testarudo.

Howe guardó silencio durante unos instantes, entornando los ojos.

—Un hombre testarudo —repitió—. Sí, yo diría que lo es.

—Era uno de los generales al mando en Breed's Hill, ¿no es así? —objetó lord Cornwallis—. Los americanos salieron corriendo de allí bastante deprisa.

—Sí, pero... —William calló en seco, paralizado al sentir las miradas de los tres generales fijas en él al mismo tiempo.

Howe lo instó con impaciencia a que prosiguiera.

—Con todos los respetos, milord —continuó, y se alegró de que no le temblara la voz—, tengo... tengo entendido que en Boston los americanos no huyeron hasta haber agotado el último cartucho de munición. Creo... que aquí no es ése el caso. Y, por lo que respecta al general Putnam, en Breed's Hill no tenía nada detrás.

—Y usted piensa que aquí sí lo tiene. —No era una pregunta.

—Sí, señor. —Intentó no mirar directamente el montón de despachos que había sobre la mesa de sir William—. Estoy seguro de ello, señor. Creo que casi todos los continentales se encuentran en la isla, señor. —Procuró no decirlo en tono interrogativo. Se lo había oído decir el día antes a un mayor que pasaba, pero tal vez no fuera verdad—. Si Putnam está al mando aquí...

—¿Cómo sabe que se trata de Putnam, teniente? —lo interrumpió Clinton mirando a William con frialdad.

—Acabo de regresar de una... una expedición de inteligencia, señor, que me hizo cruzar Connecticut. Allí oí decir a mucha gente que la milicia se estaba concentrando para acompañar al general Putnam, que iba a unirse a las fuerzas del general Washington cerca de Nueva York. Y vi los botones de uno de los hombres muertos cerca de la playa esta tarde, señor, con las letras «PUT» grabadas. Así es como lo llaman, señor... al general Putnam: «el Viejo Put».

El general Howe se enderezó antes de que Clinton o Cornwallis pudieran volver a interrumpir.

—Un hombre testarudo —repitió—. Bueno, tal vez lo sea. En cualquier caso... suspenderemos la lucha. Se encuentra en una posición insostenible, y debe de saberlo. Démosle la oportunidad de pensarlo, de consultar con Washington, si así lo desea. Quizá Washington sea un comandante más sensato. Y si pudiéramos lograr la rendición de todo el ejército continental sin más derramamiento de sangre... Creo que vale la pena correr el riesgo, caballeros. No ofreceremos condiciones.

Lo que significaba que, si los americanos tenían sentido común, sería una rendición incondicional. Pero ¿y si no lo tenían? William había oído anécdotas sobre la batalla de Breed's Hill, anécdotas contadas por americanos, claro, y, en consecuencia, las tomaba con pinzas. Pero, por lo que decían, los rebeldes habían quitado los clavos de los cercados de sus fortificaciones —incluso los de los tacones de sus zapatos—, y habían disparado con ellos contra los británicos cuando se quedaron sin balas. Se habían batido en retirada sólo al verse obligados a tener que lanzar piedras.

—Pero si Putnam está aguardando que Washington le mande refuerzos, se sentará a esperar —repuso Clinton frunciendo el ceño—. Y entonces tendremos aquí a todo el hervidero. ¿No sería mejor...?

—Eso no es lo que él quería decir —lo interrumpió Howe—. ¿No es así, Ellesmere? ¿Cuando dijo que no tenía nada detrás en Breed's Hill?

—No, señor —respondió William, agradecido—. Quise decir... que tiene algo que proteger. Detrás. No creo que esté esperando a que el resto del ejército acuda en su ayuda. Creo que está cubriendo su retirada.

Las arqueadas cejas de lord Cornwallis se elevaron de golpe al oír eso. Clinton le puso mala cara a William, quien recordó demasiado tarde que él era el comandante en jefe cuando la pírrica victoria de Breed's Hill, y que probablemente el tema de Israel Putnam despertaría en él susceptibilidades.

—Y ¿por qué le estamos pidiendo consejo a un muchacho que está aún tan verde? ¿Ha entrado usted alguna vez en combate, señor? —interrogó a William, que se sonrojó intensamente.

—¡Estaría luchando en estos momentos, señor, de no estar retenido aquí! —contestó.

Lord Cornwallis se echó a reír, y una breve sonrisa revoloteó sobre el rostro de Howe.

—Nos aseguraremos de cubrirlo debidamente de sangre, teniente —dijo con sequedad—. Pero no hoy. ¿Capitán Ramsay? —Se volvió hacia uno de los oficiales de alta graduación, un hombre de escasa estatura y hombros muy cuadrados, que dio un paso al frente y saludó—. Llévese a Ellesmere y haga que le informe de los resultados de sus... labores de espionaje. Comuníqueme cualquier cosa que le parezca de interés. Mientras tanto... —se volvió de nuevo hacia sus dos generales—, suspendan las hostilidades hasta nueva orden.

William no oyó nada más de las deliberaciones de los generales, pues el capitán Ramsay se lo llevó de allí.

¿Se habría metido donde no lo llamaban?, se preguntaba. El general Howe le había hecho una pregunta directa, estaba claro. Había tenido que contestar. Pero oponer el insignificante mes que había dedicado a tareas de espionaje al conocimiento conjunto de tantos altos oficiales experimentados...

Le comentó algunas de sus dudas al capitán Ramsay, que parecía una persona poco habladora aunque bastante amistosa.

—Bueno, no tenía usted más elección que hablar —le aseguró él—. Sin embargo...

William rodeó un montón de excrementos de mulo para no quedarse rezagado.

—¿Sin embargo? —inquirió.

Ramsay no respondió enseguida, sino que lo guio a través del campamento, entre pulcras hileras de tiendas de lona, saludando de vez en cuando a alguno de los hombres sentados alrededor de las hogueras que lo llamaban.

Llegaron por fin a la tienda del propio Ramsay, quien retiró el pedazo de lona que cubría la entrada y le indicó a William con un gesto que accediera al interior.

—¿Ha oído hablar alguna vez de una dama llamada Casandra? —dijo Ramsay por fin—. Era griega, creo. No fue muy popular.

El ejército durmió profundamente tras el enorme esfuerzo, y William también.

—Su té, señor.

Guiñó los ojos, desorientado y aún soñando que caminaba por el zoo privado del duque de Devonshire de la mano de un orangután, pero lo primero que vio al abrirlos fue la cara redonda y ansiosa del soldado Perkins, no la del orangután.

—¿Qué? —preguntó, atontado.

Perkins parecía nadar en una especie de bruma, pero ésta no se desvaneció al parpadear y, cuando se sentó para coger la taza humeante, William descubrió que ello se debía a que una densa niebla impregnaba el aire.

Todos los ruidos sonaban apagados. Aunque deberían haberse oído los sonidos habituales de un campamento que despierta, éstos parecían lejanos, suavizados. Por consiguiente, cuando asomó la cabeza fuera de la tienda unos minutos después, no le extrañó hallar la tierra cubierta de una neblina flotante que se había arrastrado hasta allí desde las marismas.

No es que tuviera mucha importancia. El ejército no iba a marcharse a ningún sitio. Un despacho del cuartel general de Howe había anunciado oficialmente la suspensión de las hostilidades. No había nada que hacer salvo esperar a que los americanos entraran en razón y se rindieran.

Las tropas se desperezaban, bostezaban y buscaban distracción. William estaba jugando a un emocionante juego de azar con los cabos Yarnell y Jeffries cuando volvió a aparecer Perkins, sin aliento.

—Saludos del coronel Spencer, señor. Además, tiene que presentarse al general Clinton.

—¿Sí? ¿Para qué? —inquirió William.

Perkins parecía confundido. No se le había ocurrido preguntarle los motivos al mensajero.

—Sólo... supongo que quiere verlo —contestó, esforzándose por ser útil.

—Muchas gracias, soldado Perkins —repuso William, con un sarcasmo que a Perkins le pasó desapercibido: resplandeció aliviado y se retiró sin que le dieran permiso—. ¡Perkins! —bramó William, y el soldado se volvió con expresión asustada—. ¿Por dónde?

—¿Qué? Eh... quiero decir, ¿qué, señor?

—¿En qué dirección cae el cuartel general del general Clinton? —preguntó William con premeditada paciencia.

—¡Oh! El húsar... vino de... —Perkins giró despacio sobre sí mismo, como una veleta, frunciendo concentrado el ceño—. ¡De allí! —Señaló—. Vi ese trocito de montículo por detrás de él.

La niebla continuaba densa a ras de suelo, pero las crestas de las colinas y los árboles altos eran visibles de vez en cuando, por lo que William no tuvo problema en localizar el montículo al que Perkins se refería. Tenía un extraño aspecto aterronado.

—Gracias, Perkins. Puede irse —añadió rápidamente antes de que el soldado pudiera retirarse otra vez. Observó al hombre desaparecer entre la masa móvil de bruma y cuerpos, meneó la cabeza y fue a darle órdenes al cabo Evans.

Al caballo no le gustaba la niebla. A William tampoco. Le causaba una sensación extraña, como si alguien estuviera echándole el aliento en la nuca.

Sin embargo, era una niebla marina: densa, húmeda y fría, pero no sofocante. Había áreas más claras y otras más densas, lo que causaba la impresión de que se movía. Podía ver unos cuantos metros por delante de él y distinguía vagamente la figura difuminada del montículo que Perkins le había indicado, aunque la cima no cesaba de aparecer y desaparecer como un conjuro fantástico de un cuento de hadas.

Se preguntaba qué podía querer de él sir Henry. ¿Lo había mandado a buscar sólo a él, o se trataba de una reunión para advertir a los oficiales de algún cambio de estrategia?

Tal vez las tropas de Putnam se hubieran rendido. Seguramente lo habían hecho. No tenían la menor esperanza de ganar en esas circunstancias, y debían de tenerlo bien claro.

No obstante, supuso que Putnam quizá necesitaría consultárselo a Washington. Durante el combate que había tenido lugar en la vieja granja de piedra, había visto un grupito de jinetes en la cresta de una colina lejana entre los que ondeaba una bandera desconocida. Entonces, alguien la había señalado y había dicho: «Allí está, es Washington. Qué pena que no tengamos aquí un veinticuatro, ¡le enseñaríamos a papar moscas!», y se había echado a reír.

El sentido común decía que se rendirían, pero William experimentaba un nerviosismo que no tenía nada que ver con la niebla. Durante el mes que había estado viajando, había tenido ocasión de escuchar a muchísimos americanos. La mayoría compartía su inquietud, pues no deseaba un conflicto con Inglaterra y, en particular, no quería en modo alguno verse cerca de una contienda armada, algo de lo más sensato. Pero los que estaban decididos a rebelarse... estaban, de hecho, muy decididos.

A lo mejor Ramsay había mencionado esto último a los generales. No se había mostrado nada impresionado con la información que William le había proporcionado, y menos aún con sus opiniones, pero tal vez...

Su montura tropezó, y él se tambaleó en la silla, tirando sin querer de las riendas. El caballo, molesto, volvió la cabeza con rapidez y le mordió, arañándole la bota con sus grandes dientes.

—¡Malnacido! —Golpeó al caballo en la nariz con el extremo de las riendas e hizo que el animal volviera la cabeza por la fuerza hasta que prácticamente puso los ojos en blanco y apoyó los curvos labios en su regazo.

Después, tras haberle puesto los puntos sobre las íes, redujo despacio la presión. El caballo bufó y sacudió las crines con violencia, pero reanudó la marcha sin protestar.

Tenía la impresión de llevar un buen rato cabalgando, mas el tiempo, como la distancia, engañaba en medio de la niebla. Miró hacia el montículo al que se dirigía, pero descubrió que había desaparecido una vez más. Bueno, sin duda volvería a aparecer. Sin embargo, no lo hizo.

La niebla siguió moviéndose a su alrededor, y oyó el sonido del agua que goteaba de las hojas de los árboles, que parecía que de repente llegara hasta él y, de pronto, volviera a alejarse. Pero el montículo permanecía tercamente oculto a la vista.

Entonces se apercibió de que llevaba cierto tiempo sin oír ningún ruido de hombres.

Debería estar oyéndolos.

Si estuviera aproximándose al cuartel general de Clinton, no sólo estaría oyendo los sonidos de un campamento, sino que habría encontrado hombres, caballos, fuegos, carros, tiendas...

No se oía ningún ruido en las proximidades, sólo el rumor de agua que corría. ¡Demonios! Había rodeado el campamento.

—Maldito seas, Perkins —murmuró.

110

Se detuvo unos instantes y comprobó la carga de su pistola, oliendo la pólvora de la cazoleta. Cuando se mojaba, olía de un modo diferente. Aún estaba bien, pensó. Olía fuerte y cosquilleaba en la nariz, no tenía el olor a huevo podrido de la pólvora mojada.

Conservó la pistola en la mano, aunque hasta el momento no había visto nada que supusiera una amenaza. Sin embargo, la niebla era demasiado densa como para poder ver más allá de un metro escaso. Alguien podía aparecer de repente, y en un segundo tendría que decidir si dispararle o no.

Todo estaba tranquilo. Su propia artillería guardaba silencio. No había fuego de mosquete al azar como el día anterior. El enemigo se estaba retirando, no cabía la menor duda. Pero, si se cruzaba con un continental extraviado, perdido en la niebla como él, ¿debía disparar? La idea hizo que le sudaran las manos, aunque decidió que sí. Seguro que el continental no dudaría en dispararle a él en cuanto viera el uniforme rojo.

Estaba algo más preocupado por la humillación de que le dispararan sus propias tropas que por la perspectiva real de morir, aunque tampoco ignoraba ese riesgo.

La maldita niebla se había vuelto más espesa, en todo caso. Buscó en vano el sol con el fin de orientarse un poco, pero no se veía el cielo.

Combatió el ligero escalofrío de pánico que le recorrió la columna vertebral. Muy bien, en esa condenada isla había treinta y cuatro mil soldados británicos. Debía de estar a tiro de pistola de un número indefinido de ellos en esos momentos. «Y basta con que estés a tiro de pistola de un solo americano», se recordó, avanzando inexorable a través de un grupo de alerces.

Oyó susurros y el crujido de unas ramas no muy lejos. El bosque estaba habitado, no había duda. Pero ¿por quién?

Las tropas británicas no andarían moviéndose en medio de esa niebla, eso estaba claro. «¡Maldito Perkins!» Así pues, si oía movimiento, como de un grupo de hombres, se detendría y se ocultaría. Y, de lo contrario... cuanto podía esperar era toparse con un grupo de soldados u oír algo de carácter inequívocamente militar, a alguien gritando unas órdenes, tal vez...

Siguió avanzando despacio durante algún tiempo y acabó enfundando de nuevo la pistola, pues el peso lo cansaba. Dios santo, ¿cuánto llevaba fuera? ¿Una hora? ¿Dos? ¿Debía dar media vuelta? Pero no tenía modo de saber qué era «media vuelta»... quizá estuviera moviéndose en círculos. El terreno le parecía siempre igual, una mancha gris de árboles, piedras y hierbas. El día anterior había pasado cada minuto exaltado al máximo, listo para atacar. Hoy, su entusiasmo por luchar había mermado sustancialmente.

Alguien surgió delante de él y el caballo se encabritó, tan de repente que William sólo distinguió al hombre con vaguedad. Aunque le bastó para saber que no vestía el uniforme británico, y habría desenfundado su pistola de no haber tenido ambas manos ocupadas en controlar su montura.

El caballo, que se había dejado dominar por la histeria, saltaba en círculos como loco, sacudiendo a William de parte a parte con cada aterrizaje. Cuanto lo rodeaba giraba a su alrededor en una mezcla confusa de gris y verde, aunque era medio consciente de unas voces que gritaban de tal modo que podían estar tanto animándolo como burlándose de él.

Después de lo que a William le pareció un año, pero que debió de ser sólo un minuto, más o menos, logró detener a la maldita bestia, que jadeaba y resoplaba mientras volvía aún la cabeza de un lado a otro, mostrando el blanco de los ojos, brillante de sudor.

—¡Maldito pedazo de carne! —le dijo William tirando con fuerza de su cabeza.

El aliento del caballo penetraba húmedo y caliente a través del ante de sus pantalones de montar, y sus ijares subían y bajaban bajo su cuerpo.

—He visto caballos con mejor carácter —corroboró una voz, y apareció una mano que cogió las riendas—. Aunque parece muy sano.

William acertó a ver a un hombre con traje de caza, corpulento y de tez oscura, y, en ese preciso instante, otra persona lo agarró desde detrás por la cintura y lo levantó, derribándolo del caballo.

Cayó de espaldas contra el suelo con un fuerte golpe que lo dejó sin aliento, pero intentó con esfuerzo sacar la pistola. Una rodilla le presionó el pecho y una mano enorme le arrebató el arma. Una cara barbuda le sonrió.

—No es usted muy sociable —lo reprendió el hombre—. Creía que ustedes, los ingleses, tenían fama de ser civilizados.

—Si lo dejaras ponerse en pie y acercarse, Harry, me imagino que él te civilizaría a ti, desde luego. —El que hablaba era otro hombre, más bajo y de complexión ligera, con una voz suave y educada como la de un maestro de escuela, que miraba por encima del hombro del que estaba arrodillado sobre el pecho de William—. Aunque podrías dejarlo respirar, al menos.

La presión sobre el pecho de William se relajó y logró introducir un poco de aire en los pulmones, pero lo expulsó de inmediato cuando el hombre que lo había retenido en el suelo le propinó un puñetazo en el estómago. Unas manos comenzaron enseguida a registrarle los bolsillos y le quitaron de un tirón el gorjal por encima de la cabeza; le hizo daño al arañarle la parte inferior de la nariz. Alguien lo rodeó con los brazos, le desabrochó la hebilla del cinturón y se lo quitó limpiamente con un silbido de placer al ver los instrumentos que llevaba colgando.

—Muy bonito —manifestó el segundo hombre con aprobación. Miró a William, que estaba tirado en el suelo boqueando como un pez fuera del agua—. Gracias, señor. Le estamos muy agradecidos. ¿Todo bien, Allan? —inquirió volviéndose hacia el hombre que sujetaba el caballo.

—Sí, lo tengo —dijo una voz nasal con acento escocés—. ¡Vámonos ya!

Los hombres se alejaron y William pensó, por un momento, que se habían ido. Entonces, una mano gruesa lo cogió por el hombro y le dio media vuelta. Él se retorció y se puso de rodillas por voluntad propia y, acto seguido, la misma mano lo agarró de la coleta y le tiró de la cabeza hacia atrás, dejándole la garganta al descubierto. William percibió el brillo de una navaja y la amplia sonrisa del hombre, pero no tenía ni aliento ni tiempo para rezos ni maldiciones. El cuchillo dio un tajo, y él sintió un tirón en la parte de atrás de la cabeza que le hizo asomar lágrimas a los ojos. El hombre gruñó, disgustado, y le propinó otros dos violentos cortes más, apartándose por fin triunfante mientras sostenía en alto la coleta de William con una mano del tamaño de un jamón.

—De recuerdo —le dijo a William con una sonrisa y, después de dar media vuelta, se marchó tras sus amigos. El relincho del caballo se arrastró hasta William entre la niebla, burlón.

Deseó con todo su ser haber conseguido matar por lo menos a uno de ellos. Pero ¡lo habían atrapado con tanta facilidad como a un niño, lo habían desplumado como a un ganso y lo habían dejado tirado en el suelo como una maldita boñiga! Estaba tan lleno de rabia que tuvo que detenerse y darle un puñetazo al tronco de un árbol. El dolor lo dejó jadeante, aún furioso, pero sin aliento.

Se apretó la mano herida con los muslos, silbando entre dientes hasta que el dolor se calmó. Ahora la consternación se mez-

113

claba con la furia. Se sentía más desorientado que nunca, la cabeza le daba vueltas. Con el pecho agitado, se llevó la mano sana a la nuca y palpó el claro de pelos erizados que le había quedado. Preso de nueva rabia, le propinó una patada al árbol con todas sus fuerzas.

Se puso a saltar en círculos a la pata coja, soltando palabrotas, y acabó derrumbándose sobre una roca y enterrando la cabeza entre las rodillas mientras respiraba de manera entrecortada.

Poco a poco, su respiración fue serenándose y comenzó a recuperar su capacidad de pensar de forma racional.

Muy bien. Seguía perdido en las llanuras desiertas de Long Island, sólo que ahora sin caballo, comida ni armas. Ni pelo. Esa idea hizo que se enderezara de nuevo, con los puños apretados, y refrenó la furia con cierta dificultad. Muy bien. Ahora no tenía tiempo de enfadarse. Si alguna vez volvía a ver a Harry, a Allan o al hombrecillo de la voz educada... bueno, ya habría tiempo para eso cuando sucediera.

Ahora, lo importante era localizar a parte de las tropas. Su impulso era desertar en el acto, coger un barco con destino a Francia y no volver jamás, dejando que el ejército presumiera que lo habían matado. Pero no podía hacerlo por múltiples razones, sobre todo por su padre, quien probablemente preferiría que lo mataran a que huyera como un cobarde.

Tendría que arreglárselas. Se levantó con resignación, intentando sentir gratitud hacia los bandidos que, por lo menos, le habían dejado el abrigo. La niebla se estaba levantando un poco aquí y allá, pero seguía cubriendo el suelo, húmeda y fría. No es que le molestara. Todavía le hervía la sangre.

Miró las formas confusas de rocas y árboles a su alrededor. Parecían idénticas a todas las demás malditas rocas y árboles con que se había cruzado a lo largo de aquel maldito día.

—Muy bien —dijo en voz alta, y levantó un dedo en el aire girando sobre sí mismo—. Pito, pito, gorgorito, adónde vas, tú, tan bonito... ¡Joder! ¡Al carajo!

Cojeando levemente, se puso en marcha. No tenía ni idea de adónde se dirigía, pero tenía que moverse, o reventar.

Se entretuvo durante algún tiempo rememorando el último encuentro, imaginando, satisfecho, que agarraba al gordo llamado Harry y reducía su nariz a una pulpa sanguinolenta antes de aplastarle la cabeza contra una roca. Le quitaba el cuchillo y destripaba a aquel cabrón arrogante... le arrancaba los pulmones... Había algo llamado «águila de sangre» que las tribus germánicas

114

solían hacer. Practicaban unos cortes en la espalda de un hombre con un cuchillo y le sacaban los pulmones por los huecos, de modo que ondeaban como si fueran alas mientras ellos morían...

Se fue calmando poco a poco, pero sólo porque era imposible mantener tales niveles de furia.

Ya no le dolía tanto el pie. Tenía los nudillos despellejados, pero ya no le latían tanto de dolor, y sus fantasías de venganza empezaron a parecerle bastante absurdas. Se preguntó si sería eso la furia de la batalla. Claro que querías disparar y acuchillar, porque matar era tu deber, pero ¿te gustaba? ¿Lo deseabas como se desea a una mujer? ¿Te sentías como un imbécil después de haberlo hecho?

Había reflexionado sobre el hecho de matar en combate. No constantemente, pero sí de vez en cuando. Había hecho un gran esfuerzo por visualizarlo al decidir unirse al ejército y se había dado cuenta de que era posible sentir pesar por haber cometido semejante acto. Su padre le había hablado —sin rodeos ni hacer el menor esfuerzo por justificarse— de las circunstancias en que había matado a su primer hombre. No había sido durante la lucha, sino después de ella. La ejecución a quemarropa de un escocés, herido y abandonado en el campo de batalla en Culloden.

—Obedecía órdenes —le había explicado su padre—. Sin cuartel, ésas fueron las órdenes recibidas por escrito, firmadas por Cumberland.

Los ojos de su padre habían permanecido fijos en los estantes de la librería mientras narraba la experiencia, pero, en ese momento, había mirado directamente a William.

—Órdenes —había repetido—. Obedeces órdenes, por supuesto. Tienes que hacerlo. Pero habrá veces en que no tendrás órdenes o te encontrarás en una situación que ha cambiado de improviso. Y habrá veces, habrá veces, William, en que tu propio honor te dictará que no puedes obedecer una orden. En tales circunstancias debes seguir tu propio juicio, y estar dispuesto a vivir con las consecuencias.

William había asentido con gesto solemne. Acababa de llevarle a su padre los documentos para su ingreso en el ejército con el fin de que los examinara, pues se requería la firma de lord John, al ser su tutor. Sin embargo, William había pensado que la firma era una mera formalidad. No se esperaba ni una confesión ni un sermón, si es que de eso se trataba.

—No debería haberlo hecho —había declarado su padre de pronto—. No debería haberlo matado.

—Pero tus órdenes...

—No me afectaban a mí, no de manera directa. Todavía no estaba en servicio activo. Había hecho la campaña con mi hermano, pero aún no era soldado. No me hallaba bajo la autoridad del ejército. Podría haberme negado.

—Pero si lo hubieras hecho, ¿no lo habría matado otro? —había preguntado William, pragmático.

Su padre había sonreído, aunque sin ganas.

—Sí, lo habría matado otro. Pero ésa no es la cuestión. Y es cierto que no se me ocurrió en ningún momento que tuviera otra alternativa, pero ése es el tema. Siempre tienes otra alternativa, William. ¿Lo recordarás?

Sin esperar una respuesta por su parte, se había inclinado a coger una pluma del frasco chino azul y blanco que había sobre su escritorio y había abierto su tintero de cristal de roca.

—¿Estás seguro? —le había preguntado, mirándolo muy serio, y cuando él asintió, firmó con una rúbrica. Luego lo había mirado sonriente—. Estoy orgulloso de ti, William —había declarado con voz suave—. Siempre lo estaré.

William suspiró. No tenía la más mínima duda de que su padre lo querría siempre, pero en lo tocante a llenarlo de orgullo... esa expedición en concreto no parecía que fuera a cubrirlo de gloria. Tendría suerte si regresaba con sus propias tropas antes de que alguien se diera cuenta de que llevaba tanto tiempo fuera y diera la voz de alarma. Dios santo, ¡qué ignominia que su primera hazaña hubiera sido perderse y que le robaran!

Sin embargo, eso era mejor que distinguirse por vez primera al ser asesinado por unos bandidos.

Continuó avanzando con cautela por los bosques envueltos en niebla. El suelo no estaba mal, aunque había zonas empantanadas en las que la lluvia había formado charcos donde el terreno era más bajo. En una ocasión oyó el chasquido irregular de un disparo de mosquete y corrió hacia él, pero se detuvo antes de quedar a la vista de quien fuera que había disparado. Siguió caminando con tenacidad, preguntándose cuánto tardaría en cruzar toda la maldita isla a pie, y cuánto le faltaría aún. La pendiente había aumentado de forma considerable. Ahora iba trepando mientras el sudor se deslizaba libremente por su rostro. Le dio la impresión de que, a medida que ascendía, la niebla se iba volviendo más ligera y, en efecto, en cierto momento emergió en un pequeño promontorio rocoso y echó un breve vistazo al terreno que había debajo, cubierto por completo de retazos de niebla gris. Sintió vértigo y se vio obligado a sentarse unos minutos en una piedra con los ojos cerrados antes de proseguir.

En dos ocasiones oyó ruidos de hombres y caballos, pero el sonido no era exactamente el que esperaba. Las voces tenían ritmos distintos de los del ejército, por lo que William se alejó de ellas, avanzando con cautela en dirección contraria.

Observó que el terreno cambiaba de repente, convirtiéndose en una especie de bosquecillo de matorrales lleno de árboles atrofiados que nacían de un suelo color claro que rechinaba bajo sus botas. Entonces, oyó rumor de agua, olas que morían en una playa. ¡El mar! «Bueno, gracias a Dios», pensó, y apresuró el paso en dirección al ruido. Sin embargo, mientras caminaba hacia el lugar donde batían las olas, percibió de pronto otros sonidos.

Barcos. El roce de unas quillas —de más de una— sobre la arena, el ruido de unos remos que chapoteaban. Y voces. Voces sofocadas pero nerviosas. «¡Mierda!» Se ocultó bajo las ramas de un pino enano, esperando que se abriera un hueco en la niebla que empujaba el aire.

Un movimiento súbito hizo que se arrojara a un lado, conforme buscaba la pistola con la mano. Casi no le dio tiempo a recordar que ya no la tenía consigo antes de apercibirse de que su adversario era una gran garza azul, que le dirigió una feroz mirada amarilla para lanzarse, acto seguido, hacia el cielo graznando por la afrenta. A no más de tres metros de distancia, un grito de alarma sonó entre los arbustos junto al bramido de un mosquete, y la garza estalló en medio de una lluvia de plumas directamente sobre su cabeza. Sintió caer sobre su piel gotas de sangre del ave, mucho más calientes que el sudor frío que le bañaba la cara, y se sentó de golpe mientras veía puntos negros bailar ante sus ojos.

No se atrevía a moverse, y mucho menos a gritar. Oyó voces apagadas procedentes de los arbustos, pero no hablaban lo bastante fuerte como para poder distinguir las palabras. No obstante, al cabo de un momento, percibió un sigiloso susurro que se iba alejando poco a poco. Haciendo el menor ruido posible, se puso a cuatro patas y gateó un trecho en dirección contraria hasta que le pareció seguro volver a ponerse de pie.

Creyó oír voces de nuevo. Se acercó con cuidado, moviéndose despacio, con el corazón aporreándole el pecho. Olió a tabaco y se detuvo en seco.

A su alrededor, todo estaba tranquilo. Aún podía oír las voces, pero se encontraban a considerable distancia. Husmeó con

117

precaución, mas el olor se había desvanecido. Tal vez estuviera imaginándose cosas. Siguió avanzando hacia los sonidos.

Ahora los oía con claridad. Llamadas apremiantes en voz baja, el golpeteo de los remos y el chapoteo de unos pies en la orilla. El movimiento y el murmullo de unos hombres que prácticamente se mezclaba con los susurros de la hierba y del mar. Lanzó una última mirada desesperada al cielo, pero el sol seguía invisible. Debía de estar en el lado occidental de la isla. Estaba seguro. Casi seguro. Y si así era...

Si así era, los sonidos que estaba oyendo debían de ser los de las tropas americanas, que abandonaban la isla para dirigirse a Manhattan.

—No. No te muevas. —El susurro que oyó a su espalda coincidió con el momento exacto en que el cañón de una pistola se hincaba en sus riñones lo bastante fuerte como para dejarlo clavado en el sitio.

La presión se retiró un segundo y regresó, con tanta fuerza que a William se le nubló la vista. Profirió un sonido gutural y arqueó la espalda, pero antes de que pudiera abrir la boca, una persona de manos callosas le había agarrado ya las muñecas y se las había sujetado a la espalda.

—No es necesario —dijo la voz, profunda, cascada y quejumbrosa—. Apártate y le disparé un tiro.

—No, no lo hagas —repuso otra voz igualmente profunda pero menos enojada—. No es más que un chiquillo. Y muy guapo.

Una de las manos callosas le dio una palmadita en la mejilla y William se puso tenso, pero quienquiera que fuese ya le había atado con fuerza las manos.

—Además, si tenías intención de dispararle, podrías haberlo hecho ya, hermana —añadió la voz—. Date la vuelta, muchacho.

William se volvió, lentamente, y vio que lo habían capturado un par de ancianas, bajas y achaparradas como troles. Una, la que sostenía la pistola, estaba fumando una pipa. El tabaco que William había olido era el suyo. La mujer, al ver la sorpresa y el asco en su rostro, curvó hacia arriba la esquina de una boca llena de arrugas mientras mantenía el cañón de la pipa firmemente sujeto con los raigones de unos dientes manchados de marrón.

—La belleza está en el interior —le dijo mirándolo de arriba abajo—. De todos modos, no es preciso malgastar una bala.

—Señora —dijo William recuperando la compostura e intentando parecer encantador—. Creo que me han confundido. Soy un soldado del rey, y...

Las dos estallaron en carcajadas, chirriando como un par de bisagras oxidadas.

—No lo habría adivinado en la vida —repuso la fumadora, sonriendo alrededor del cañón de su pipa—. ¡Estaba segura de que eras un limpiador de letrinas!

—Cállate, hijito —lo interrumpió la hermana cuando se disponía a seguir hablando—. No te haremos daño siempre y cuando estés calladito y mantengas la boca cerrada.

Lo escudriñó, fijándose en sus heridas.

—Has estado en la guerra, ¿eh? —inquirió, no sin compasión.

Sin esperar una respuesta, de un empujón hizo que se sentara en una roca cubierta de una gruesa capa de mejillones y algas chorreantes, de lo que William dedujo que se hallaba muy cerca de la costa.

No dijo nada. No por miedo a las viejas, sino porque no había nada que decir.

Permaneció sentado, escuchando los sonidos del éxodo. No tenía la menor idea de a cuántos hombres implicaba, del mismo modo que no sabía cuándo había comenzado. Nadie decía nada que fuera de utilidad. Sólo se oía el intercambio jadeante de palabras de hombres que trabajaban, los murmullos de la espera y, aquí y allá, esas risas sofocadas fruto de los nervios.

La niebla se estaba levantando sobre el agua. Ahora podía verlos, a no más de diez metros de distancia: una pequeña flota de botes de remos, barquitas livianas, un queche de pesca aquí y allá, que se movían despacio por el agua lisa como el cristal, y una multitud de hombres que no cesaban de disminuir en la orilla, con las manos en las pistolas, mirando continuamente por encima del hombro, alerta por si los perseguían.

Claro que no se lo esperaban, reflexionó William con bastante amargura.

En esos momentos no le preocupaba en absoluto su propio futuro. La humillación de ser testigo impotente mientras todo el ejército americano escapaba delante de sus narices, así como la idea de tener que regresar y contarle lo sucedido al general Howe, resultaba tan mortificante que le daba igual si las viejas tenían pensado echarlo a la olla y comérselo con patatas.

Estaba tan concentrado en la escena que se desarrollaba en la playa que, al principio, no se le ocurrió que, si podía ver a los americanos, también él era visible para ellos. De hecho, los continentales y los hombres de la milicia estaban tan atentos a su retirada que ninguno de ellos reparó en su presencia, hasta que

119

un hombre se apartó de las tropas que se replegaban, al parecer buscando algo en la parte superior de la orilla.

El hombre se puso rígido y, acto seguido, tras lanzar una breve ojeada a sus compañeros, ajenos a lo que sucedía, se acercó cruzando, decidido, la playa de guijarros, con los ojos fijos en William.

—¿Qué ocurre, madre? —inquirió.

Llevaba un uniforme de oficial continental, era bajo y ancho, muy parecido a las dos mujeres, pero bastante más corpulento y, aunque su rostro mostraba una expresión tranquila, su mente discurría tras sus ojos inyectados en sangre.

—Hemos estado pescando —dijo la fumadora de pipa—. Hemos cogido este pececito, pero nos parece que vamos a volver a echarlo al agua.

—¿Sí? Quizá todavía no.

William se había enderezado al aparecer el hombre, y lo miraba manteniendo su propio rostro lo más ceñudo posible.

El tipo levantó la vista para observar la niebla que se iba desvaneciendo detrás de él.

—Hay más como tú rondando, ¿verdad, muchacho?

William siguió sentado en silencio. El hombre suspiró, preparó el puño y lo golpeó en el estómago. William se dobló por la mitad, cayó de la roca y quedó tendido en la arena boqueando. El hombre lo agarró por el cuello y lo levantó como si no pesara lo más mínimo.

—Contéstame, chico. No tengo mucho tiempo y no te conviene que me impaciente. —Habló con voz pacífica, pero tocó el cuchillo que llevaba en el cinturón.

William se limpió lo mejor que pudo la boca con el hombro y miró al hombre a la cara con ojos ardientes. «Muy bien —se dijo, y sintió que lo invadía cierta calma—. Si es aquí donde voy a morir, al menos moriré por algo.» Pensó que era casi un alivio.

Sin embargo, la hermana de la fumadora de pipa impidió el drama clavándole a su interrogador el mosquete en las costillas.

—Si hubiera más, mi hermana y yo los habríamos oído hace rato —replicó, algo molesta—. Los soldados meten mucho ruido.

—Eso es verdad —corroboró la fumadora, e hizo una pausa lo bastante larga para sacarse la pipa de la boca y escupir—. Éste se ha perdido, puedes verlo tú mismo. También puedes ver que tampoco te dirá nada. —Le sonrió a William con familiaridad, mostrando el único colmillo amarillento que le quedaba—. Antes morir que hablar, ¿eh, muchacho?

William inclinó la cabeza unos centímetros de mala gana, y a las mujeres les entró la risa floja. No había otra forma de decirlo: se carcajearon de él.

—Vete —le dijo la tía al hombre, señalando con un gesto de la mano la playa que se extendía tras él—. Se marcharán sin ti.

El hombre no la miró, no le quitaba a William los ojos de encima. No obstante, al cabo de unos segundos, asintió brevemente con la cabeza y dio media vuelta.

William notó que una de las mujeres estaba detrás de él. Algo afilado le tocó la muñeca y el cordel con el que lo habían atado cayó. Deseaba frotarse las muñecas, pero se contuvo.

—Márchate, muchacho —dijo la fumadora casi con amabilidad—. Antes de que alguien más te vea y se le ocurran malas ideas.

William obedeció.

Al llegar a lo alto de la playa se detuvo y miró hacia atrás. Las viejas habían desaparecido, pero el hombre estaba sentado en la popa de un bote de remos que se alejaba rápidamente de la orilla, ahora desierta. Lo miraba.

William se volvió. Por fin se veía el sol, un pálido círculo naranja que lucía a través de la bruma. En esos momentos, a primera hora de la tarde, comenzaba a descender por el cielo. Se dirigió hacia el interior y giró hacia el sureste, pero mucho tiempo después de que la orilla se hubo perdido de vista tras él aún sentía unos ojos clavados en la espalda.

Le dolía el estómago, y lo único que tenía en la cabeza era lo que le había dicho el capitán Ramsay: «¿Ha oído hablar alguna vez de una dama llamada Casandra?»

7

Un futuro incierto

*Lallybroch
Inverness-shire, Escocia
Septiembre de 1980*

No todas las cartas estaban fechadas, pero algunas sí. Bree separó y examinó con cuidado la media docena de encima de todo y, con la impresión de que estaba columpiándose en lo alto de una montaña rusa, eligió una que tenía escrito en la solapa «2 de marzo, Anno Domini 1777».

—Creo que ésta es la que sigue. —Le costó hacer una inspiración profunda—. Es... fina. Corta.

Lo era, sólo una página y media, pero el motivo de su brevedad estaba claro. Su padre la había escrito de principio a fin. Su caligrafía desgarbada y resuelta hizo que se le encogiera el corazón.

—No permitiremos nunca que ningún maestro intente enseñarle a Jemmy a escribir con la mano derecha —le dijo a Roger con fiereza—. ¡Nunca!

—Tranquila, todo saldrá a derechas —repuso él, sorprendido y algo divertido por su explosión—. O a izquierdas, si lo prefieres.

2 de marzo, Anno Domini 1777
Cerro de Fraser, colonia de Carolina del Norte

Queridísima hija:

Nos estamos preparando para irnos a Escocia. No para siempre, ni siquiera durante mucho tiempo. Mi vida, nuestra vida, está aquí, en América. Y, con toda honestidad, preferiría mil veces que los avispones me picaran hasta matarme que volver a poner los pies a bordo de otro barco. Intento no pensar mucho en esa perspectiva, pero hay dos consideraciones importantes que me fuerzan a tomar esa decisión.

Si no tuviera el don del conocimiento que tú, tu madre y Roger Mac me habéis aportado, probablemente pensaría, como piensa la mayoría en la colonia, que el Congreso Continental no durará ni seis meses, y que el ejército de Washington durará menos aún. He estado hablando con un hombre de Cross Creek, licenciado (honorablemente) del ejército continental a causa de una herida ulcerada en el brazo —por supuesto, tu madre se ocupó de ella: el hombre gritaba mucho y ella me pidió que me sentara encima de él—, que me ha dicho que Washington sólo tiene unos cuantos miles de soldados regulares, todos ellos con muy poco equipo, ropa y armas, y que a todos se les debe dinero, una cantidad que probablemente no cobrarán nunca. La mayoría de sus hombres son milicianos, enrolados con contratos breves de dos o tres meses, y que ya se están dispersando, pues tienen que volver a casa para la siembra.

Pero yo sé lo que va a suceder. Sin embargo, al mismo tiempo, no puedo estar seguro de cómo pasarán las cosas que sé. ¿Se supone que voy a formar de algún modo parte de eso? Si no me marcho, ¿mi decisión perjudicará o impedirá de alguna forma que se cumplan nuestros deseos? A menudo querría poder hablar de esas cuestiones con tu marido. Aunque sea presbiteriano, creo que las encontraría más inquietantes que yo. Y, al final, no tiene importancia. Soy como me ha hecho Dios y debo lidiar con los tiempos en los que me ha situado.

Aunque todavía no he perdido las facultades de la vista ni del oído, ni tampoco el control de los intestinos, ya no soy un hombre joven. Tengo una espada y un rifle, y sé usar ambos, pero también tengo una imprenta y puedo utilizarla con mucho mayor efecto. Entiendo que la espada o el mosquete puedes utilizarlos contra un único enemigo, mientras que con las palabras puedes atacar a un número indefinido de ellos.

Tu madre, sin duda contemplando la perspectiva de que me maree en el mar durante semanas en sus proximidades inmediatas, sugiere que me asocie con Fergus y que utilice la imprenta de *L'Oignon* en lugar de viajar a Escocia para recuperar la mía.

Estuve pensando en esa posibilidad, pero, en conciencia, no puedo poner en peligro a Fergus y a su familia utilizando su imprenta para los fines que tengo en mente. La suya es una de las pocas imprentas activas entre Charleston y Norfolk; aunque yo trabajara en el mayor secreto, las sospechas se centrarían en ellos enseguida. New Bern es un semillero de sentimientos lealistas, por lo que el lugar de origen de mis panfletos se conocería casi de inmediato.

Aparte de mi consideración por Fergus y su familia, creo que visitar Edimburgo para recuperar mi imprenta podría ser beneficioso. Tenía allí varios conocidos. Algunos tal vez hayan escapado a la cárcel o a la horca.

Sin embargo, la segunda consideración —y la más importante— que me obliga a ir a Escocia es tu primo Ian. Hace años le juré a su madre —por la memoria de nuestra propia madre— que se lo llevaría de vuelta a casa, y tengo intención de hacerlo, aunque el hombre que llevo de regreso a Lallybroch no es el muchacho que se marchó de allí. Sólo Dios sabe qué harán el uno del otro, Ian y Lallybroch, y Dios tiene un sentido del humor muy peculiar. Pero si ha de volver alguna vez, tiene que ser ahora.

La nieve se está derritiendo. El agua gotea de los aleros todos los días y, por la mañana, los carámbanos que se forman en el tejado de la cabaña llegan casi hasta el suelo. Dentro de unas semanas, las carreteras estarán lo bastante limpias como para viajar. Me produce una sensación extraña pedirte que ruegues por la seguridad de un viaje que, para bien o para mal, hará mucho que habrá terminado cuando sepas de él, pero te lo pido a pesar de todo. Dile a Roger Mac que creo que Dios no tiene el tiempo en cuenta. Y besa a los niños por mí.

Tu padre, que te quiere muchísimo,

J. F.

Roger se recostó ligeramente en la silla con las cejas arqueadas y la miró.

—¿Crees que se trata de la conexión francesa?

—¿De la qué? —Ella miró por encima de su hombro frunciendo el ceño y vio el fragmento de texto que él señalaba con el dedo—. ¿Donde habla de sus amigos de Edimburgo?

—Sí. ¿No eran contrabandistas muchos de sus amigos de Edimburgo?

—Eso decía mamá.

—De ahí la observación sobre la horca. ¿De dónde traían mayormente las cosas de contrabando?

Brianna sintió que el estómago le daba un vuelco.

—Bromeas. ¿Crees que planea mezclarse con contrabandistas franceses?

—Bueno, no necesariamente con contrabandistas. Al parecer también conocía a un buen número de sediciosos, ladrones y prostitutas. —Roger esbozó una breve sonrisa, aunque luego volvió a ponerse serio—. Pero le conté todo lo que sabía sobre la forma de la Revolución (admito que no con mucho detalle, pues no es mi período), y desde luego le mencioné lo importante que Francia llegaría a ser para los americanos. Estoy pensando que... —se interrumpió, algo incómodo, y luego la miró— no se marcha a Escocia para evitar tener que luchar. Eso lo deja muy claro.

—¿Así que piensas que podría estar buscando conexiones políticas? —preguntó ella, despacio—. ¿Que no va a limitarse a recoger su imprenta, dejar a Ian en Lallybroch y volver enseguida a América?

Eso le reportó cierto alivio. La idea de que sus padres estuvieran intrigando en Edimburgo y París le parecía mucho menos espeluznante que las visiones que tenía de ellos en medio de explosiones y campos de batalla. Además, fue consciente de que eso implicaba que estarían juntos. Allí adonde su padre fuera, su madre iría también.

Roger se encogió de hombros.

—¿Y esa observación que no viene a cuento acerca de que es como Dios lo ha hecho? ¿Sabes qué quiere decir con eso?

—Que es un hombre maldito —respondió ella en voz baja, y se acercó más a Roger mientras le ponía una mano en el hombro como para asegurarse de que no iba a desaparecer de repente—. Me dijo que era un hombre maldito. Que rara vez había elegido luchar, pero que se sabía nacido para ello.

—Ah, sí —repuso Roger en voz igualmente baja—. Pero ya no es el joven terrateniente que empuñó su espada, condujo a treinta pequeños granjeros a una batalla funesta y los trajo de vuelta a casa. Ahora sabe mucho más acerca de lo que un hombre puede hacer. Creo que tiene toda la intención de hacerlo.

—Yo también. —Brianna sentía una opresión en la garganta, tanto de orgullo como de miedo.

Roger alargó el brazo y le puso una mano sobre la suya, apretándola.

—Recuerdo... —comenzó con lentitud— una cosa que tu madre dijo cuando nos habló acerca de... acerca de cuando regresó, y de cómo se convirtió en médico. Una cosa que tu... que Frank... le había dicho. Algo acerca de que el hecho de que ella supiera cuál era su papel en la vida era un maldito inconveniente para quienes la rodeaban, pero, para ella, resultaba una gran bendición. Creo que en eso tenía razón. Y Jamie lo sabe.

Brianna asintió. Probablemente no debería decirlo, pensó, pero no pudo seguir callando las palabras.

—¿Lo sabes tú?

Roger permaneció largo tiempo en silencio mirando las hojas que había encima de la mesa, pero, al final, negó con la cabeza, con un movimiento tan leve que ella, más que verlo, lo intuyó.

—Antes, sí —dijo en voz baja, y le soltó la mano.

Su primer impulso fue darle un pescozón; el segundo, agarrarlo por los hombros, inclinarse hasta tener los ojos a cinco centímetros de los suyos y decirle tranquilamente, pero con claridad: «¿Qué demonios quieres decir con eso?»

Se abstuvo de hacer tanto una cosa como la otra porque quizá ambas darían lugar a una larga conversación de esas por completo inapropiadas para los niños, y sus dos retoños se encontraban en el vestíbulo, a menos de un metro de la puerta del estudio. Podía oírlos hablar.

—¿Ves esto? —decía Jemmy.

—Ajá.

—Unos hombres muy malos vinieron aquí, hace mucho tiempo, buscando al abuelo. Unos ingleses malos. Fueron ellos los que lo hicieron.

Roger volvió la cabeza al oír lo que Jemmy estaba diciendo, y atrajo la atención de Brianna con una media sonrisa.

—¡*Ingueses* malos! —repitió Mandy diligentemente—. ¡Se lo haremos *mimpiar*!

A pesar de su enojo, Brianna no pudo evitar compartir la sonrisa de Roger, aunque sintió un ligero temblor en la boca del estómago al recordar cuando su tío Ian, un hombre muy tranquilo y bueno, le mostró las muescas de sable en los paneles de madera del vestíbulo y le dijo: «Lo mantenemos así para enseñárselo a los niños y decirles que esto es lo que son los ingleses.» Al decirlo, su voz había sonado como el acero y, ahora, al oír un eco débil y absurdamente infantil de aquella dureza en la voz de Jemmy, le asaltaron las primeras dudas acerca de si sería sensato mantener esa puntillosa tradición familiar.

—¿Se lo contaste tú? —le preguntó a Roger mientras las voces de los niños se alejaban en dirección a la cocina—. Yo no fui.

—Annie le había contado una parte. Pensé que sería mejor explicarle el resto. —Roger arqueó las cejas—. ¿Debería haberle dicho que te lo preguntara a ti?

—Oh, no. No —repitió ella dubitativa—. Pero... ¿crees que debemos enseñarle a odiar a los ingleses?

Roger sonrió al oírla.

—Hablar de «odio» tal vez sea ir un poco demasiado lejos. Además, lo que dijo fue ingleses *malos*. Los que lo hicieron *eran* ingleses malos. Por otro lado, si va a crecer en las Highlands, probablemente oirá bastantes comentarios envenenados acerca de los *sassenachs*. Los pondrá en perspectiva contrastándolos con los recuerdos de tu madre. Al fin y al cabo, tu padre siempre la llamaba Sassenach.

Roger miró la carta que estaba sobre la mesa, echó una rápida ojeada al reloj de pared y se puso en pie de repente.

—Dios mío, llego tarde. Pasaré por el banco mientras esté en la ciudad. ¿Necesitas algo de Farm and Household?

—Sí —respondió ella con sequedad—. Una bomba nueva para la desnatadora de leche.

—Muy bien —contestó Roger y, besándola apresuradamente, salió con la chaqueta a medio poner.

Brianna abrió la boca para gritarle que era una broma, pero lo pensó mejor y la cerró. Podía ser que en Farm and Household tuvieran desnatadoras. Los almacenes, un gran edificio atiborrado hasta reventar, situado en las afueras de Inverness, vendían todo lo que se pudiera necesitar en una granja, incluyendo horcas, cubos de goma para incendios, alambre para hacer balas de paja, y lavadoras, así como vajilla, tarros para preparar conservas y no pocos utensilios misteriosos cuyo uso uno sólo podía intentar adivinar.

Asomó la cabeza al pasillo, pero los niños estaban en la cocina con Annie MacDonald, la muchacha que habían contratado. Unas risas y el *¡clong!* metálico de la vieja tostadora —venía con la casa— llegaban flotando a través de la raída puerta acolchada de color verde junto con el tentador aroma de tostadas con mantequilla. El olor y las risas la atrajeron como un imán, y la inundó el calor del hogar, dorado como la miel.

Se detuvo, no obstante, a doblar la carta antes de ir a reunirse con ellos, y el recuerdo del último comentario de Roger hizo que apretara los labios.

«Antes, sí.»

Bufando con rabia, volvió a meter la carta en la caja y salió al vestíbulo, pero se detuvo al ver un sobre grande sobre una mesa cercana a la puerta, donde se dejaba todos los días el correo diario (además del contenido de los bolsillos de Roger y Jemmy).

Cogió el sobre de entre el montón de circulares, piedrecitas, puntas de lápices, eslabones de cadena de bicicleta... y ¿eso era un ratón muerto? Sí que lo era. Aplastado y seco, pero adornado con un rizo tieso de cola rosa. Lo cogió con tiento y, con el sobre apretado contra su pecho, se encaminó hacia el té y las tostadas.

Con toda honestidad, pensó, Roger no era el único que se guardaba las cosas para sí. La diferencia era que ella pensaba contarle lo que estaba pensando... una vez estuviera decidido.

8

El deshielo primaveral

Cerro de Fraser, colonia de Carolina del Norte
Marzo de 1777

Un incendio devastador tenía algo positivo, reflexioné. Lograba que hacer el equipaje fuera más fácil. Ahora contaba con un vestido, una camisa, tres enaguas —una de lana y dos de muselina—, dos pares de medias (llevaba un par puesto cuando la casa se quemó; el otro lo había dejado secándose de cualquier manera en un arbusto unas cuantas semanas antes y lo descubrimos más adelante, estropeado, pero aún en condiciones de utilizarlo), un chal y un par de zapatos. Jamie me había conseguido una capa horrorosa en alguna parte —yo no sabía dónde y no quería preguntar—; era de lana del color de la lepra y olía como si alguien se hubiera muerto con ella puesta y no lo hubieran descubierto hasta al cabo de un par de días. La había hervido con jabón de sosa, pero el fantasma de su ocupante anterior se resistía a marcharse.

En cualquier caso, no me iba a helar.

Mi botiquín resultó casi igual de fácil de empaquetar. Con un suspiro de pesar por mi bonito maletín de farmacéutico, con sus elegantes instrumentos y sus numerosas botellas, volqué el montón de restos rescatados de mi consulta. El tubo dentado de mi microscopio; tres frascos de cerámica chamuscados, uno sin tapa, otro agrietado; una lata grande de grasa de ganso mezclada con alcanfor —ahora casi vacía después de un invierno de catarros y resfriados—; un puñado de páginas ennegrecidas, arrancadas del registro de casos que Daniel Rawlings había comenzado y que yo misma había seguido manteniendo, aunque me animé un poco al descubrir que las páginas salvadas incluían una con la receta especial del doctor Rawlings para las adherencias intestinales.

Era la única de sus recetas que me parecía efectiva y, aunque hacía mucho que me había aprendido la verdadera fórmula de memoria, el hecho de tenerla a mano me ayudaba a conservar la impresión de que seguía vivo. No había conocido a Daniel Rawlings en vida, pero había sido mi amigo desde el día en que Jamie me regaló su maletín y su libro de registros. Doblé el papel con cuidado y me lo guardé en el bolsillo.

La mayoría de mis hierbas y de mis fórmulas magistrales habían sido pasto de las llamas, junto con las botijas, las ampollitas de cristal, los grandes cuencos en los que incubaba caldo de penicilina y mis sierras quirúrgicas. Todavía tenía un escalpelo y la hoja oscurecida de una pequeña sierra de amputar. El asa se había carbonizado, pero Jamie pudo hacerme otra nueva.

Los habitantes del Cerro habían sido generosos (tanto como podían serlo al final del invierno unas personas que no tenían prácticamente de nada). Disponíamos de comida para el viaje, y muchas de las mujeres me habían traído una pequeña parte de las hierbas medicinales que guardaban en casa. Tenía frasquitos de lavanda, romero, consuelda y semillas de mostaza, dos preciosas agujas de acero, una madejita de hilo de seda para utilizarla como sutura e hilo dental (aunque no les mencioné este último uso a las señoras, pues se habrían sentido profundamente ofendidas ante la idea), y una pequeña provisión de vendas y gasa para curas.

Algo que sí tenía en abundancia era alcohol. El granero del maíz se había salvado de las llamas, y también el alambique. Como había grano más que suficiente tanto para los animales como para el uso doméstico, Jamie había transformado ahorrativamente el resto en un licor muy poco refinado, pero potente, que nos íbamos a llevar para cambiarlo por los artículos que fuéramos necesitando por el camino. Sin embargo, conservábamos un pequeño barril para mi uso particular. Yo misma había escrito en el costado la leyenda «Sauerkraut» con el fin de disuadir a los posibles ladrones durante el viaje.

—¿Y qué pasaría si nos topáramos con bandidos analfabetos? —me había preguntado Jamie, divertido con la ocurrencia.

—Ya he pensado en eso —le informé, mostrándole una botellita con tapón de corcho llena de un líquido turbio—. *Eau de sauerkraut*. La echaré por encima del barril en cuanto vea a alguien sospechoso.

—En tal caso, supongo que será mejor esperar que no se trate de bandidos alemanes.

—¿Has conocido alguna vez a un bandido alemán? —inquirí.

Con la excepción de algún borracho o de algún marido que pegaba a su mujer, casi todos los alemanes que conocíamos eran honestos, trabajadores y virtuosos en extremo. No era en absoluto de extrañar, pues muchísimos de ellos habían llegado a la colonia como parte de un movimiento religioso.

—No como tal —admitió—. Pero te acuerdas de los Mueller, ¿verdad? Y de lo que les hicieron a tus amigos. Ellos no se habrían considerado a sí mismos bandidos, pero los tuscarora probablemente no harían la misma distinción.

Era la pura verdad, y sentí una fría opresión en la base del cráneo. A los Mueller, unos vecinos alemanes, se les habían muerto de sarampión su queridísima hija y su hijito recién nacido, y habían culpado de la infección a los indios de una tribu vecina. Trastornado por el dolor, el viejo herr Mueller había liderado a un grupo formado por hijos y yernos suyos para tomar venganza, y cabelleras. Mis entrañas recordaban todavía el horror que sentí al ver el cabello mechado de blanco de mi amiga Nayawenne caer de un hatillo en mi regazo.

—¿Crees que se me está poniendo el pelo blanco? —pregunté de pronto.

Jamie arqueó las cejas, pero se acercó y me examinó la parte superior de la cabeza, pasándome el dedo entre el cabello con suavidad.

—Tal vez un pelo de cada cincuenta se haya vuelto blanco. Uno de cada veinticinco es plateado. ¿Por qué?

—Entonces, supongo que no me queda mucho tiempo. Nayawenne... —Llevaba varios años sin pronunciar su nombre en voz alta y hallé un extraño consuelo al decirlo, como si la hubiera conjurado—. Me dijo que, cuando se me hubiera vuelto el pelo blanco, habría alcanzado todo mi poder.

—Ésa sí que es una idea aterradora —repuso él, sonriendo.

—Sin duda. Aunque, como todavía no ha sucedido, imagino que, si nos tropezamos con un nido de ladrones de *sauerkraut* por el camino, tendré que defender el barril con el bisturí —le dije.

Me dirigió una mirada algo extraña al oírme decir eso, pero luego se echó a reír y meneó la cabeza.

Su equipaje costó un poco más de preparar. La noche después del funeral de la señora Bug, el joven Ian y él habían sacado el oro de los cimientos de la casa, un proceso delicado, antes del cual procedí a colocar un barreño rebosante de pan duro empapado en licor de maíz y a gritar «¡Cerditaaaaa!» con toda la potencia de mis pulmones desde el pie del sendero del jardín.

Tras un momento de silencio, la cerda blanca había salido de su guarida como una mancha pálida comparada con las piedras tiznadas de los cimientos de la casa. A pesar de saber exactamente lo que era, la imagen de aquella forma blanca que se movía con rapidez me puso los pelos de punta. Había vuelto a nevar —una de las razones por las que Jamie había decidido actuar enseguida—, y el animal irrumpió entre ráfagas de copos grandes y suaves con tal velocidad que parecía el espíritu de la propia tormenta guiando al viento.

Por unos instantes pensé que iba a cargar contra mí. La vi balancear la cabeza en mi dirección y la oí lanzar un fuerte resoplido al captar mi olor. Pero olió también la comida, y se desvió. Un segundo después, los repugnantes ruidos de un cerdo en éxtasis sonaron a través del susurro de la nieve, y Jamie e Ian salieron corriendo de entre los árboles para ponerse manos a la obra.

Les llevó más de dos semanas trasladar el oro. Trabajaban sólo de noche, y sólo cuando estaba nevando o a punto de nevar, de modo que la nieve recién caída cubriera sus huellas. Mientras tanto, se turnaban para vigilar los restos de la Casa Grande, manteniendo los ojos bien abiertos, atentos a cualquier indicio de la presencia de Arch Bug.

—¿Crees que todavía le interesa el oro? —le pregunté a Jamie en medio de esa tarea, mientras le frotaba las manos para hacer que entraran suficientemente en calor como para que pudiera sujetar la cuchara.

Había entrado a desayunar, helado y exhausto después de pasarse la larga noche caminando alrededor de la casa quemada con el fin de que no se le congelase la sangre.

—No hay mucho más que pueda interesarle, ¿no es así? —Habló en voz baja para evitar despertar a la familia Higgins—. Aparte de Ian.

Me estremecí, tanto por la idea del viejo Arch viviendo míseramente en el bosque, sobreviviendo gracias al calor de su odio, como a causa del frío que había entrado con Jamie. Se había dejado crecer la barba para estar más caliente —en invierno, en las montañas, todos los hombres lo hacían—, y el hielo brillaba en su bigote y le llenaba las cejas de escarcha.

—Pareces el mismísimo Gran Padre Invierno —murmuré al tiempo que le ofrecía un cuenco de gachas calientes.

—Así es como me siento —repuso con voz ronca. Se colocó el cuenco bajo la nariz, inhalando el vapor y cerrando los ojos con placidez—. ¿Me pasas el whisky, por favor?

—¿Tienes intención de echártelo sobre las gachas? Ya tienen mantequilla y sal. —Sin embargo, cogí la botella del estante de encima de la chimenea y se la pasé.

—No, voy a descongelarme la garganta lo suficiente como para poder comérmelas. Estoy hecho un bloque de hielo del cuello para abajo.

Nadie había visto ni rastro de Arch Bug, ni siquiera unas huellas errantes en la nieve, desde que apareció en el funeral. Quizá se hubiera refugiado en algún escondrijo para pasar el invierno. Quizá se hubiera ido a los pueblos indios. Quizá estuviera muerto, y yo más bien confiaba en ello, por poco caritativa que fuera la idea.

Así lo manifesté, y Jamie negó con la cabeza. El hielo que había en sus cabellos se había derretido y las llamas del hogar brillaban como diamantes en las gotitas de agua de su barba.

—Si está muerto y nunca llegamos a saberlo, Ian no tendrá un momento de paz... jamás. ¿Quieres que se pase su boda mirando por encima del hombro, temiendo que una bala atraviese el corazón de su mujer mientras pronuncia los votos? ¿O que se case y tenga familia y tema dejar su casa y a sus hijos por miedo a lo que pueda encontrar a su regreso?

—Estoy impresionada por el alcance y lo morboso de tu imaginación, pero estás en lo cierto. Muy bien, no espero que esté muerto... no, a menos que encontremos su cuerpo.

Sin embargo, nadie encontró su cuerpo, y el oro se trasladó, lingote a lingote, a su nuevo escondite.

Esa cuestión había supuesto mucho pensar y largas deliberaciones en privado para Jamie e Ian. En la cueva del whisky, no. No es que la conocieran muchos, pero algunos sí. Joseph Wemyss, su hija Lizzie y sus dos maridos —me maravillaba haber llegado al punto de poder pensar en Lizzie y los Beardsley sin aturdirme— lo sabían por necesidad, y habría que mostrarles su emplazamiento a Bobby y Amy Higgins antes de irnos, pues ellos harían whisky en nuestra ausencia. A Arch Bug nadie le había dicho dónde estaba la cueva, pero muy probablemente lo sabía.

Jamie fue categórico acerca de que nadie en el Cerro debía saber siquiera de la existencia del oro, y menos aún dónde estaba oculto.

—Si corriera el más mínimo rumor, aquí todo el mundo estaría en peligro —había dicho—. Ya sabes lo que sucedió cuando ese Donner le contó a la gente que aquí teníamos joyas.

Lo sabía, conforme. Todavía me despertaba en medio de pesadillas oyendo el sonido apagado de los gases de éter que estallaban, oyendo el ruido del cristal al romperse y de la madera que se hacía pedazos mientras los asaltantes destrozaban la casa.

En algunos de esos sueños, corría en vano arriba y abajo, intentando rescatar a alguien —¿a quién?—, pero encontraba siempre puertas cerradas, paredes vacías o habitaciones envueltas en llamas. En otros, me quedaba pegada al suelo, incapaz de mover un músculo, mientras el fuego subía por las paredes, alimentándose con delicada glotonería de la ropa y los cuerpos que yacían a mis pies, prendía con violencia en el cabello de un cadáver, hacía presa de mis faldas y trepaba con rapidez por mi cuerpo y envolvía mis piernas en una telaraña ardiente.

Experimentaba aún una tristeza abrumadora —y una rabia profunda y purificadora— al contemplar la mancha ennegrecida en el claro que había sido mi casa, pero, por la mañana, después de uno de esos sueños, siempre tenía que salir e ir a verlo a pesar de todo: caminar alrededor de las frías ruinas y sentir el olor de las cenizas muertas, con el fin de sofocar las llamas que ardían tras mis ojos.

—Muy bien —dije, y enrollé el chal más estrechamente en torno a mi cuerpo. Estábamos junto al invernadero, mirando las ruinas mientras hablábamos, y el frío iba penetrando en mis huesos—. Entonces... ¿dónde?

—En la cueva del español —respondió, y yo le hice un guiño.

—¿La qué?

—Te la mostraré, *a nighean* —repuso dirigiéndome una sonrisa—. Cuando se funda la nieve.

La primavera había llegado de repente. El nivel del riachuelo estaba subiendo, crecido con la nieve que se derretía y alimentado por cientos de cascadas diminutas que goteaban y saltaban ladera abajo y rugían junto a mis pies, salpicando exuberantes. Sentía el frío en el rostro y sabía que estaría calada hasta las rodillas en cuestión de minutos, pero no me importaba. El fresco verdor de la sarga y de la pontederia bordeaba las orillas. El agua crecida tiraba de algunas plantas, como queriendo arrancarlas del suelo, y éstas ondulaban en la dirección de la corriente, aferrándose a la tierra con las raíces de puro apego a la vida mientras sus hojas ondeaban arrastradas por el río. Oscuras extensiones de berros ondulaban bajo el agua, cerca de las orillas que les ofrecían refugio. Y lo que yo quería eran verduras frescas.

Tenía el cesto medio lleno de brotes de helechos y de ajos silvestres. Una hermosa cosecha de berros nuevos tiernos, crujientes y fríos, recién cogidos en el arroyo, compensaría a la perfección la deficiencia de vitamina C del invierno. Me quité los zapatos y las medias y, tras titubear por unos instantes, me quité también el vestido y el chal y los colgué de la rama de un árbol. El aire estaba helado bajo la sombra de los abedules plateados que colgaban sobre el arroyo en esa zona, y me estremecí ligeramente, pero ignoré el frío y me recogí la camisa antes de internarme en el riachuelo.

Ese frío fue más difícil de ignorar. Proferí un grito sofocado y casi solté la cesta, pero logré mantener el equilibrio entre las piedras resbaladizas y me dirigí al núcleo de tentador verde oscuro más próximo. En cuestión de segundos se me habían entumecido las piernas y había dejado de sentir el frío en medio del entusiasmo que me provocaba mi frenesí de forrajeadora y el ansia de ensalada.

Una buena parte de la comida que teníamos almacenada se había salvado del fuego, pues la guardábamos en los edificios anexos: el invernadero, el granero del maíz y el ahumadero. Sin embargo, el sótano donde guardábamos los tubérculos había quedado destruido y, con él, no sólo las zanahorias, las cebollas, los ajos y las patatas, sino también la mayor parte de la provisión de manzanas secas y boniatos que había reunido, así como los grandes racimos colgantes de uvas pasas que habían de mantenernos a salvo de los estragos del escorbuto. Las hierbas, por supuesto, se habían deshecho en humo junto con el resto de mi consulta. Cierto que una gran cantidad de calabazas y cucúrbitas se habían salvado, pues estaban amontonadas en el granero, pero, al cabo de un par de meses, uno se cansa de tomar tarta de calabaza y *succotash* (bueno, personalmente yo ya estoy cansada al cabo de un par de días).

No era la primera vez que echaba de menos las habilidades culinarias de la señora Bug, aunque, por supuesto, la echaba de menos por ella misma. Amy McCallum Higgins se había criado en una granja de las Highlands escocesas y era, como ella decía, «una buena cocinera sencilla», lo que significaba, en pocas palabras, que sabía hornear pan, hervir gachas y freír pescado al mismo tiempo sin quemar ninguna de las tres cosas. No es que estuviera mal, pero resultaba un pelín monótono en términos de dieta.

Mi plato fuerte era el estofado, que, al carecer de cebollas, ajos, zanahorias y patatas, se había convertido en una especie de potaje consistente en corzo o pavo estofados con maíz cascado, cebada y probablemente pedazos de pan duro. Para mi sorpresa, Ian había resultado ser un cocinero pasable. El *succotash* y la tarta de calabaza eran sus aportaciones al menú comunitario. Tenía curiosidad por saber quién le habría enseñado a prepararlos, pero consideré más prudente no preguntar.

Hasta el momento, nadie se había muerto de hambre ni había perdido ningún diente, pero hacia mediados de marzo estaba dispuesta a sumergirme hasta el cuello en torrentes helados con el fin de conseguir algo verde y comestible.

Gracias a Dios, Ian había seguido respirando. Y, al cabo de más o menos una semana, había dejado de actuar de forma tan neurótica y había recuperado en parte su actitud habitual. No obstante, observé que Jamie lo seguía con los ojos de vez en cuando, y que *Rollo* había adoptado la nueva costumbre de dormir con la cabeza sobre el pecho de Ian. Me pregunté si realmente intuía el dolor que latía en el pecho de su amo o si se trataba simplemente de una respuesta a la escasez de espacio en la cabaña a la hora de dormir.

Estiré la espalda, oyendo los pequeños chasquidos entre mis vértebras. Ahora que había llegado el deshielo, estaba impaciente por partir. Echaría de menos el Cerro y a todos los que allí vivían (bueno, a casi todos). Puede que no mucho a Hiram Crombie, ni a los Chisholm, ni a... Concluí la lista antes de que se volviera despiadada.

«Aunque, por otro lado —me dije firmemente—, piensa en las camas.» Estaba claro que íbamos a pasar muchas noches por el camino, durmiendo mal, pero acabaríamos llegando a la civilización. Posadas. Con comida. Y camas. Cerré por un segundo los ojos mientras visualizaba la gloria absoluta de un colchón. Ni siquiera aspiraba a un lecho de plumas. Cualquier cosa que prometiera más que unos centímetros de relleno entre mi cuerpo y el suelo sería paradisíaco. Y, por supuesto, si iba acompañado de un mínimo de privacidad, mejor aún.

Jamie y yo no habíamos sido del todo célibes desde diciembre. Lujuria aparte, y no se trataba de eso, necesitábamos el uno el calor y el consuelo del cuerpo del otro. Sin embargo, el sexo furtivo bajo un edredón no era ni mucho menos ideal, incluso suponiendo que el joven Ian estuviera invariablemente dormido, cosa que yo no creía, aunque era lo bastante delicado como para fingir que lo estaba.

Un grito espantoso hendió el aire y di un respingo al tiempo que soltaba el cesto. Me lancé tras él, agarrando el asa por los pelos antes de que la corriente lo arrastrara, y me puse en pie, chorreante y temblando, con el corazón golpeándome el pecho mientras esperaba a ver si el grito se repetía.

Se repitió, seguido a breves intervalos de un chillido igualmente penetrante, pero de timbre más profundo y que mis bien entrenados oídos reconocieron como el tipo de sonido que emitiría un escocés de las Highlands al sumergirse de repente en agua helada. Otros chillidos agudos, aunque más débiles, y un «¡Joder!» pronunciado con acento de Dorset me indicaron que los hombres de la casa estaban dándose su baño primaveral.

Escurrí el agua del bajo de mi camisa y, desprendiendo el chal de la rama donde lo había dejado, me puse a toda prisa los zapatos y me dirigí al lugar del que provenían los gritos.

Pocas cosas hay más agradables que sentarse relativamente cómoda y calentita a observar cómo otros seres humanos se zambullen en agua fría. Y si tales seres humanos ofrecen un desnudo integral de la anatomía masculina, mucho mejor. Me abrí camino entre un grupito de sauces en plena gemación y extendí el faldón empapado de mi camisa, disfrutando del calor sobre los hombros, del intenso aroma de los amentos cubiertos de pelusilla y de la vista que tenía ante mis ojos.

Jamie estaba de pie en la charca con el agua casi hasta los hombros y el cabello liso y brillante echado hacia atrás como un lacre rojizo. Bobby se encontraba en la orilla y, tras agarrar a Aidan con un gruñido, se lo lanzó a Jamie hecho un molinete de miembros que se agitaban, entre fuertes chillidos de gozosa resistencia.

—¡Yo-yo-yo-yo! —Orrie bailoteaba en torno a las piernas de su padrastro, con su culito regordete saltando arriba y abajo entre las cañas como un globito rosa.

Bobby se echó a reír, se agachó y lo levantó en brazos, sosteniéndolo unos instantes por encima de su cabeza mientras chillaba como un cerdo degollado, y luego lo tiró al agua describiendo una leve curva por encima de la charca.

Orrie aterrizó con un chapoteo tremendo y Jamie lo atrapó, riéndose, y lo arrastró a la superficie, donde emergió boquiabierto con una expresión estupefacta que los hizo desternillarse a todos de risa. Aidan y *Rollo* nadaban ambos en círculos estilo perro, gritando y ladrando. Miré al lado opuesto de la charca y vi que Ian descendía corriendo desnudo la pequeña colina y saltaba al agua como un salmón, lanzando uno de sus mejores gritos de guerra mohawk. El agua fría interrumpió de golpe su alarido e Ian desapareció sin apenas levantar salpicaduras.

Esperé —al igual que los demás— a que asomara la cabeza, pero no lo hizo. Jamie miró con desconfianza tras de sí, por si Ian lo atacaba por sorpresa, pero un instante después éste surgió de pronto del agua justo frente a Bobby con un grito que helaba la sangre, lo agarró de una pierna y lo arrastró bajo el líquido elemento.

A continuación, las cosas se pusieron bastante caóticas, con montones de salpicaduras por doquier, aullidos, gritos y gente saltando desde las rocas, lo que me dio la oportunidad de reflexionar acerca de lo bellos que son los hombres desnudos. No es que no hubiera visto a muchos en mi época, pero aparte de Frank y Jamie, la mayoría de los hombres que había visto sin ropa estaban, por lo general, o enfermos o heridos, y las circunstancias en que los había encontrado me impedían apreciar a gusto sus magníficos atributos.

Desde las redondeces de Orrie y los delgadísimos miembros de Aidan, blancos después del invierno, al torso pálido y enjuto de Bobby y su bonito culete plano, los McCallum-Higgins eran tan entretenidos de ver como una jaula de monos.

Ian y Jamie eran algo distintos; babuinos, quizá, o mandriles. En realidad, no se parecían en ningún atributo aparte de la altura y, sin embargo, era evidente que estaban cortados por el mismo patrón. Al ver a Jamie ponerse en cuclillas sobre una roca que se erguía por encima de la charca, con los muslos tensos, disponiéndose a saltar, pude imaginarlo sin problemas preparándose para atacar a un leopardo, mientras Ian se desperezaba resplandeciendo al sol, calentándose las partes pendulantes al tiempo que vigilaba atentamente por si aparecían intrusos. Lo único que les faltaba para poder pasearse por la meseta sudafricana sin que nadie les hiciera preguntas era tener el culo morado.

Eran todos encantadores, cada uno a su manera, tan distinta, pero era Jamie quien atraía mis miradas, una y otra vez. Tenía el cuerpo magullado y lleno de cicatrices, los músculos nudosos como cuerdas, mostrando los surcos que la edad había practicado entre ellos. La gruesa marca de la cicatriz de la bayoneta le recorría el muslo retorciéndose, ancha y fea, mientras que la línea blanca, más fina, de la cicatriz que le había dejado el mordisco de una serpiente de cascabel apenas si se veía, oculta por los densos rizos del vello que cubría su cuerpo y que ahora empezaba a secarse y a despegarse de la piel como una nube dorada con tonalidades rojizas. La herida de cimitarra que había sufrido en las costillas también se había curado bien, y no era ya más que una rayita blanca del grosor de un pelo.

Jamie se volvió y se inclinó a coger un pedazo de jabón de encima de la piedra, y sentí que las vísceras se me volvían del revés. No tenía el culo morado, pero no podía ser mejor, alto, redondo, delicadamente cubierto de pelusa rojiza y con unas deliciosas concavidades musculares en los costados. Sus testículos, visibles sólo desde detrás, sí estaban morados a causa del frío, y me provocaron el intenso impulso de acercarme despacio por detrás y tomarlos en mis manos, calientes por el contacto de la roca.

Me pregunté si el salto de longitud que daría a continuación le permitiría vaciar la charca.

De hecho, no lo había visto desnudo, ni siquiera sustancialmente ligero de ropa, desde hacía varios meses.

Pero ahora... Eché la cabeza hacia atrás mientras cerraba los ojos contra el brillante sol de primavera, y disfrutaba del cosquilleo de mis propios cabellos recién lavados contra mis omóplatos. La nieve se había fundido, hacía buen tiempo, y toda la naturaleza llamaba tentadora, llena de lugares donde la intimidad estaba asegurada, salvo que hubiera alguna mofeta suelta.

Dejé a los hombres secándose al sol sobre las rocas y fui a por mi ropa. Sin embargo, no me la puse. En lugar de eso me dirigí a toda prisa al invernadero, donde sumergí el cesto de las verduras en el agua fría —si las metía en la cabaña, Amy las cogería y las cocería hasta acabar con ellas—, y dejé el vestido, las medias y el corsé enrollados en la estantería donde se amontonaban los quesos. Luego, regresé al arroyo.

El chapoteo y los gritos habían cesado. En su lugar, oí una voz que cantaba en voz baja mientras se aproximaba por el camino. Era Bobby, que llevaba en brazos a Orrie, profundamente dormido después del ejercicio. Aidan, aturdido por el baño y el calor, caminaba muy despacio junto a su padrastro, con la oscura cabeza balanceándose de un lado a otro al ritmo de la canción. Era una nana gaélica preciosa. Amy debía de habérsela enseñado a Bobby. Me pregunté si le habría dicho lo que significaban las palabras.

S'iomadh oidhche fhliuch is thioram
Sìde nan seachd sian
Gheibheadh Griogal dhomhsa creagan
Ris an gabhainn dìon.

(Muchas noches, húmedas y secas,
incluso cuando el tiempo era infame,
Gregor me encontraba una pequeña roca
junto a la que poder refugiarme.)

Òbhan, òbhan òbhan ìri
Òbhan ìri ò!
Òbhan, òbhan òbhan ìri
'S mòr mo mhulad's mòr.

(Pobre de mí, pobre de mí,
pobre de mí, qué pena tan grande siento.)

Sonreí al verlos, aunque con un nudo en la garganta. Recordé el verano anterior, cuando Jamie llevaba a Jem en brazos después de ir a nadar, y a Roger cantándole a Mandy por la noche, con la voz áspera y cascada reducida a poco más que un susurro, pero música era, al fin y al cabo.

Le hice un gesto con la cabeza a Bobby, que sonrió y me devolvió el saludo, aunque sin interrumpir su canción. Arqueó las cejas y me hizo una seña por encima del hombro hacia lo alto de la colina, presumiblemente señalándome la dirección que había tomado Jamie. No dio muestra alguna de asombro al verme en camisa y chal: sin duda, pensó que me dirigía también al arroyo para darme un baño inspirada por la inusual tibieza del día.

Eudail mhòir a shluagh an domhain
Dhòirt iad d' fhuil an dè
'S chuir iad do cheann air stob daraich
Tacan beag bhod chrè.

(Oh, tesoro de todo el mundo,
ayer derramaron tu sangre
y pusieron tu cabeza en una estaca de roble
a poca distancia de tu cuerpo.)

Òbhan, òbhan òbhan ìri
Òbhan ìri ò!
Òbhan, òbhan òbhan ìri
'S mòr mo mhulad's mòr.

(Pobre de mí, pobre de mí,
pobre de mí, qué pena tan grande siento.)

Le dirigí un breve gesto de despedida con la mano y tomé el camino lateral que subía hasta el claro de arriba. La «Casa

Nueva», lo llamaban todos, aunque lo único que indicaba que algún día tal vez se construiría allí una vivienda era un montón de troncos cortados y unos cuantos tarugos clavados en el suelo y unidos con bramantes. Tenían por objeto señalar el emplazamiento y las dimensiones de la casa que Jamie quería construir en sustitución de la Casa Grande, cuando volviera.

Vi que había estado cambiando los tarugos de lugar. Ahora, la gran habitación delantera era mayor, y la habitación interior, donde instalaría mi consulta, había desarrollado una especie de cuarto adyacente, tal vez un almacén aparte.

El arquitecto estaba sentado en un tronco contemplando su reino. En pelota viva.

—Me estabas esperando, ¿no? —le pregunté, mientras me quitaba el chal y lo colgaba de una rama próxima.

—Sí. —Sonrió y se rascó el pecho—. Pensé que verme el culo al aire probablemente te excitaría. ¿O fue el de Bobby?

—Bobby no tiene culo. ¿Sabes que no tienes ni un solo pelo gris de cuello para abajo? Me pregunto por qué será.

Miró hacia abajo, examinándose a sí mismo, pero era cierto. Sólo tenía unas pocas hebras plateadas entre la llameante masa de sus cabellos, aunque la barba —el pelo crecido durante todo el invierno y tediosa y dolorosamente eliminado unos pocos días antes— estaba salpicada de blanco en abundancia. No obstante, el vello de su pecho seguía siendo castaño oscuro, y el de más abajo era una masa suave y esponjosa de un vivo color zanahoria.

Pasó los dedos, pensativo, entre el exuberante follaje, mirando hacia abajo.

—Creo que se está escondiendo —observó, y me miró alzando una ceja—. ¿Quieres venir y ayudarme a cazarlo?

Me coloqué frente a él y me arrodillé, obediente. El objeto en cuestión estaba, en realidad, bastante a la vista, pero sin duda parecía considerablemente traumatizado por la reciente inmersión y presentaba un color azul pálido muy interesante.

—Bueno —dije tras contemplarlo por unos segundos—. Todo gran roble nace de una pequeña bellota. O eso dicen.

Un escalofrío recorrió su cuerpo al sentir el calor de mi boca, por lo que alcé de manera involuntaria las manos, acunando sus testículos.

—Dios bendito —afirmó, y sus palmas se posaron levemente sobre mi cabeza en señal de bendición—. ¿Qué has dicho? —me preguntó un instante después.

—He dicho —respondí, levantando la cabeza por unos segundos en busca de aire— que la carne de gallina me parece bastante erótica.

—Hay más donde encontraste ésa —me aseguró—. Quítate la camisa, Sassenach. No te he visto desnuda desde hace casi cuatro meses.

—Bueno... es verdad —admití, dubitativa—. No estoy segura de querer que me veas.

Arqueó una ceja.

—¿Por qué no?

—Porque he estado encerrada en la casa un sinfín de semanas sin que me diera el sol y sin hacer ejercicio. Probablemente parezca una de esas larvas que hay bajo las piedras, gorda, blanca y blanducha.

—¿Blanducha? —repitió con una abierta sonrisa.

—Blanducha —repuse con dignidad, rodeándome el cuerpo con los brazos. Frunció los labios y exhaló lentamente el aire mirándome con la cabeza ladeada.

—Me gusta cuando estás gorda, pero sé muy bien que no lo estás —declaró— porque, desde finales de enero, te noto las costillas cuando te abrazo todas las noches. En cuanto a blanca, has sido blanca desde que te conozco. Probablemente no me cause mucho asombro. En cuanto a lo de blanducha —extendió una mano e hizo un gesto con los dedos indicándome que me aproximara— me parece que podría gustarme.

—Hum —dije, dudando aún.

Él suspiró.

—Sassenach —terció—, he dicho que llevo cuatro meses sin verte desnuda. Eso significa que, si ahora te quitas la camisa, serás lo mejor que haya visto en cuatro meses. Y, a mi edad, no creo que pueda recordar nada anterior a eso.

Me eché a reír y, sin más dilación, me levanté y tiré del lazo que cerraba el cuello de mi camisa. Sacudiéndome, la dejé caer hecha un ovillo a mis pies.

Él cerró los ojos, respiró hondo y los volvió a abrir.

—Estoy deslumbrado —dijo con voz suave, y me tendió una mano.

—¿Deslumbrado como cuando el sol se refleja en una gran extensión de nieve? —inquirí, insegura—, ¿o como si te hubieras topado con una gorgona?

—Cuando ves a una gorgona, te conviertes en piedra, no te quedas deslumbrado —repuso—. Pero, ahora que lo pienso —se tocó con el dedo índice para probar—, todavía podría convertirme en piedra. ¿Quieres venir aquí, por el amor de Dios? Obedecí.

Me quedé dormida envuelta en el calor del cuerpo de Jamie y me desperté un poco después, abrigada con su capa escocesa. Me estiré, asustando a una ardilla que me estaba examinando la cabeza y que saltó a una rama para observar mejor. Al parecer, lo que vio no le gustó, y comenzó a protestar y a chillar.

—Cállate —le dije entre bostezos, y me incorporé.

Ese gesto molestó a la ardilla, que empezó a ponerse histérica, pero la ignoré. Observé con sorpresa que Jamie se había marchado. Pensé que probablemente se habría internado en el bosque para aliviarse, aunque lancé una rápida ojeada a mi alrededor sin descubrirlo y, cuando me puse en pie, envuelta en la capa, no vi ni rastro de él.

No había oído el más leve ruido. Seguro que si se hubiera presentado alguien, me habría despertado, o Jamie lo habría hecho. Escuché con atención, pero, ahora que la ardilla se había ido a ocuparse de sus asuntos, no se oía nada más allá que los sonidos normales de un bosque que despierta a la primavera: el murmullo y el roce del viento a través de los árboles llenos de hojas nuevas, puntuado por el crujido ocasional de una rama rota o el golpeteo de las piñas y de las cortezas de las castañas del año anterior, que rebotaban entre las copas de los árboles; la llamada de un arrendajo lejano, la conversación de un grupo de picamaderos enanos que buscaban comida en las hierbas altas próximas, el susurro de un ratón hambriento entre las hojas muertas del invierno.

El arrendajo seguía llamando. Ahora se le había unido otro, que gritaba con estridencia, asustado.

Tal vez fuera allí adonde había ido Jamie.

Me quité la capa y me puse la camisa y los zapatos. Estaba anocheciendo. Habíamos dormido largo tiempo (yo, por lo menos). El sol aún calentaba, pero bajo la sombra de los árboles se sentía frío, así que me puse el chal y sujeté la capa de Jamie doblada entre mis brazos. Probablemente la querría.

Seguí la llamada de los arrendajos colina arriba, alejándome de la explanada. Una pareja había anidado cerca de White Spring. La había visto construyendo el nido hacía sólo un par de días.

No estaba en absoluto lejos del emplazamiento de la casa, aunque ese arroyo siempre parecía estar lejos de todo. Se encontraba en el centro de un pequeño bosquecillo de fresnos blancos y abetos, protegido por el este por una roca recubierta de un áspero afloramiento de liquen. El agua transmite siempre una sensación de vida, y un arroyo de montaña, al brotar puro del corazón de la tierra, lleva consigo una impresión particular de tranquila alegría. White Spring, «arroyo blanco», llamado así por el gran peñasco pálido que guardaba su charca, comunicaba algo más, una sensación de paz inviolable.

Cuanto más me acercaba, más segura estaba de encontrar allí a Jamie.

—Allí hay algo que escucha —le había dicho Jamie a Brianna en una ocasión sin darle importancia—. En las Highlands hay charcas como éstas. Las llaman charcas de santos. Dice la gente que el santo vive en la charca y escucha sus oraciones.

—¿Y qué santo vive en White Spring? —le había preguntado ella con cinismo—. ¿San Killian?

—¿Por qué san Killian?

—Es el santo patrón de la gota, el reumatismo y los paliativos.

Él había soltado una carcajada al oírla, meneando la cabeza.

—Sea lo que sea lo que vive en esas aguas, es más viejo que el concepto de los santos —le había asegurado—. Pero escucha.

Avancé sin hacer ruido acercándome al arroyo. Ahora los arrendajos guardaban silencio.

Jamie estaba allí, sentado en una piedra junto al agua, vestido tan sólo con la camisa. Me di cuenta de por qué los arrendajos habían seguido con sus cosas: estaba tan inmóvil como el mismísimo peñasco blanco, con los ojos cerrados, las manos vueltas hacia arriba sobre las rodillas, relajadas, pidiendo gracia.

Al verlo, me detuve de inmediato. Lo había visto rezar allí en otra ocasión anterior, cuando le había pedido ayuda en la batalla a Dougal MacKenzie. No sabía con quién estaría hablando ahora, pero no era una conversación en la que yo quisiera interferir. Debería marcharme, supuse, aunque aparte del miedo a molestarlo con algún ruido involuntario, no quería irme. La mayor parte del arroyo se encontraba en las sombras, pero algunos dedos de luz se filtraban entre los árboles, acariciándolo. El aire estaba lleno de polen y la luz rebosaba motas de oro. Le arrancaba destellos de respuesta a su coronilla, al suave empeine de su pie, al tabique de su nariz, a los huesos de su cara. Podría haber crecido allí, como parte de la tierra, de las piedras y del agua, podría haber sido él mismo el espíritu de la primavera.

No me sentí rechazada. La paz del lugar llegaba hasta mí para tocarme con suavidad, para calmar mi corazón.

Me pregunté si sería eso lo que él buscaba en ese lugar. ¿Estaba absorbiendo la paz de la montaña para acordarse de ella, para que le sirviera de apoyo durante los meses, tal vez años, de su próximo exilio?

Yo me acordaría.

Al desaparecer el brillo del aire, la luz comenzó a menguar. Por fin, Jamie se movió, levantando apenas la cabeza.

—Dame fuerzas. Concédeme ser lo bastante... —dijo en voz baja.

El sonido de su voz me sobresaltó, pero no era a mí a quien hablaba.

Entonces abrió los ojos y se levantó, tan silencioso como cuando estaba sentado, y pasó junto al arroyo pisando con sus largos pies desnudos y sigilosos las capas de hojas mojadas. Al pasar junto al recrecimiento de roca, reparó en mí y me sonrió mientras alargaba la mano para coger la capa que yo le tendía, sin palabras. No dijo nada, pero tomó mi mano fría en su gran mano caliente y pusimos rumbo a casa, caminando juntos en la paz de las montañas.

Días después vino a buscarme. Me encontraba en la orilla del riachuelo cogiendo sanguijuelas, que habían empezado a surgir después de su letargo invernal, hambrientas de sangre. Eran muy fáciles de atrapar; sólo tenía que caminar despacio por el agua, cerca de la orilla.

Al principio, la idea de actuar como cebo vivo para las sanguijuelas me resultaba repulsiva, pero, al fin y al cabo, así era como solía conseguirlas, dejando que Jamie, Ian, Bobby o una docena cualquiera de varones jóvenes vadearan los arroyos y las cogieran. Y, una vez te acostumbrabas a ver a esas criaturas cebándose despacio con tu sangre, no era tan desagradable.

—Tengo que dejar que chupen sangre suficiente para mantenerse —explicaba, haciendo una mueca mientras colocaba la uña de uno de mis pulgares bajo la ventosa de una sanguijuela para desprenderla—, pero no tanta como para que se pongan comatosas, o no servirían para nada.

—Es una cuestión de sentido común —corroboró Jamie mientras yo echaba la sanguijuela en un tarro lleno de agua y plantas acuáticas—. Cuando hayas terminado de darles de comer a tus pequeñas mascotas, ven y te mostraré la cueva del español.

Quedaba bastante lejos. Quizá a seis kilómetros y medio del Cerro, después de cruzar fríos arroyos llenos de lodo, subir pronunciadas pendientes y salvar, más adelante, una grieta en la ladera de una escarpadura de granito que me hizo sentir como si me hubieran enterrado viva para emerger en un desierto de peñascos protuberantes ocultos en un entramado de uva silvestre.

—Jem y yo la encontramos un día que salimos a cazar —me explicó Jamie al tiempo que levantaba una cortina de hojas para que yo pudiera pasar por debajo. Las ramas de las vides serpenteaban por encima de las rocas, gruesas como el antebrazo de un hombre y nudosas por la edad, bastante desnudas aún, pues las hojas verde óxido de primavera todavía no las cubrían del todo—. Era un secreto entre los dos. Decidimos no decírselo a nadie, ni siquiera a sus padres.

—Ni a mí —dije, aunque no estaba ofendida. Percibí la melancolía en su voz al mencionar a Jem.

La boca de la cueva era una grieta en el suelo sobre la que Jamie había colocado una gran roca plana. La desplazó con cierto esfuerzo y yo me incliné con cautela, sintiendo que se me encogían momentáneamente las tripas al oír el débil sonido del aire que se colaba por la fisura. Sin embargo, en la superficie, el aire era cálido. En la cueva había corriente, no un vendaval.

Recordaba muy bien la cueva de Abandawe, que nos había dado la impresión de que respiraba a nuestro alrededor, de modo que necesité un poco de fuerza de voluntad para seguir a Jamie mientras desaparecía en el interior de la tierra. Había una burda escala de madera, nueva, como tuve ocasión de ver, pero que reemplazaba a otra mucho más antigua que se había roto en pedazos. Algunos trozos de madera podrida seguían allí, colgando de herrumbrosas estacas de hierro hincadas en la roca.

Hasta el fondo tal vez no hubiera más de tres metros o tres metros y medio, pero el cuello de la cueva era estrecho, y el descenso se me hizo interminable. No obstante, llegué al suelo por fin y vi que la cueva se ensanchaba, como el culo de un frasco. Jamie estaba en cuclillas a un lado de la cavidad. Vi cómo sacaba una botellita y percibí el olor penetrante de la trementina.

Había traído consigo una antorcha, una rama nudosa de pino con la cabeza mojada en brea y envuelta en un trapo. Empapó el trapo de trementina y sacó el iniciador de fuego que Bree le había preparado. Una lluvia de chispas le iluminó el rostro, atento y rubicundo. Dos intentos más y la antorcha prendió al atravesar la llama la tela inflamable y encender la brea.

Levantó la antorcha y apuntó al suelo, detrás de mí. Me volví y casi caí muerta del susto.

El español estaba apoyado contra la pared, con las huesudas piernas estiradas, el cráneo caído hacia delante, como si estuviera dormido. Unos mechones de cabello rojo descolorido seguían adheridos aquí y allá, pero la piel había desaparecido por completo. Sus manos y sus pies también eran casi inexistentes, pues los roedores se habían llevado los huesos pequeños. Sin embargo, ningún animal grande había podido hincarle el diente y, aunque el torso y los huesos largos mostraban señales de mordiscos, estaban prácticamente intactos. El bulto de la caja torácica asomaba a través de un pedazo de tela tan desvaído que no había manera de saber de qué color había sido.

Era un español, no cabía la menor duda. Había junto a él un casco de metal con penacho, rojo de óxido, además de un peto de hierro y un cuchillo.

—Por los clavos de Roosevelt —susurré.

Jamie se santiguó y se arrodilló junto al esqueleto.

—No tengo ni idea de cuánto tiempo lleva aquí —observó, también en voz baja—. No encontramos nada con él, salvo la armadura y esto. —Apuntó a la grava, justo delante de la pelvis.

Me acerqué un poco más. Un pequeño crucifijo, probablemente de plata, ahora manchado de negro, y unos centímetros más allá, una pequeña forma triangular, también negra.

—¿Un rosario? —inquirí, y Jamie asintió.

—Supongo que lo llevaba alrededor del cuello. Debía de estar hecho de madera y bramante, y, cuando éste se pudrió, los pedazos de metal cayeron al suelo. Esto —tocó suavemente el triangulito con el dedo— dice «Nr. Sra. Ang.» por una cara, creo que significa «Nuestra Señora de los Ángeles» en español. Hay una representación de la Santísima Virgen en el otro lado.

Me persigné de manera automática.

—¿Se asustó Jemmy? —pregunté tras unos instantes de respetuoso silencio.

—Yo sí —dijo Jamie, seco—. Cuando bajé por el pozo estaba oscuro y casi pisé a este individuo. Creí que estaba vivo, y del susto casi se me paró el corazón.

Había gritado de miedo, y Jemmy, que se había quedado arriba con instrucciones estrictas de no moverse de allí, se había metido a toda prisa por el agujero, la escalera rota se le había escapado de las manos a medio camino y había aterrizado de pie sobre su abuelo.

—Lo oí revolverse y miré hacia arriba en el preciso instante en que caía del cielo y me golpeaba en el pecho como una bala de cañón. —Jamie se frotó el lado izquierdo del pecho con una sonrisa compungida—. Si no hubiera mirado hacia arriba, Jem me habría roto el cuello y nunca habría salido de aquí por sí solo.

«Y nunca habríamos sabido qué os había sucedido a ninguno de los dos.» Tragué saliva, pues tenía la boca seca sólo de pensarlo. Y, sin embargo... cualquier día, algo así de fortuito podía suceder. Podía sucederle a cualquiera.

—Me sorprende que ninguno de los dos os rompierais nada —dije, en cambio, e hice un gesto en dirección al esqueleto—. ¿Qué crees que le pasó a este caballero? —«Su gente nunca lo supo.»

Jamie negó con la cabeza.

—No lo sé. No esperaba a ningún enemigo porque no llevaba puesta la armadura.

—¿No crees que se cayó aquí dentro y no logró salir?

Me puse en cuclillas junto al esqueleto para examinar la tibia de la pierna izquierda. El hueso estaba seco y resquebrajado, con las muescas de unos dientecitos afilados en el extremo, pero pude ver lo que tal vez fuera una fractura parcial del hueso. O tal vez no fuese más que un agrietamiento causado por el tiempo.

Jamie se encogió de hombros y levantó la vista.

—No lo creo. Era bastante más bajo que yo, pero me parece que la escala original debía de estar aquí cuando murió, pues si alguien la hubiera construido más tarde, ¿por qué habría dejado a este caballero aquí, al pie? Además, incluso con una pierna rota, debería haber podido trepar por ella.

—Hum. Es posible que muriera de unas fiebres, supongo. Eso explicaría que se quitara el peto y el casco.

Aunque yo, personalmente, me los habría quitado a la primera de cambio. Según la época del año, debía de haberse cocido vivo o haberse llenado por completo de moho, medio encerrado en metal.

—Mmfm.

Levanté la vista al oír ese sonido, que indicaba una dudosa aceptación de mi razonamiento, pero el desacuerdo con mi conclusión.

—¿Crees que lo mataron?

Se encogió de hombros.

—Tiene una armadura, pero ningún arma salvo un cuchillo pequeño. Además, se nota que era diestro, aunque el cuchillo está a su izquierda.

En efecto, el esqueleto había sido diestro. Los huesos del brazo derecho eran claramente más gruesos, incluso a la luz parpadeante de la antorcha. Me pregunté si habría sido un espadachín.

—Conocí a un buen número de soldados españoles en las Indias, Sassenach. Todos bien provistos de espadas, lanzas y pistolas. Si este hombre murió de unas fiebres, es posible que sus compañeros se llevaran sus armas, pero, en tal caso, se habrían llevado también la armadura y el cuchillo. ¿Por qué motivo iban a dejarlos?

—Pero, del mismo modo —objeté—, ¿por qué quienquiera que lo mató, si es que lo mataron, dejó la armadura y el cuchillo?

—Por lo que respecta a la armadura, no la querrían. No le habría resultado útil a nadie que no fuera un soldado. En cuanto al cuchillo, ¿tal vez porque lo tenía clavado? —sugirió Jamie—. Y no es que sea un cuchillo muy bueno, de entrada.

—Muy lógico —repuse después de volver a tragar saliva—. Dejando de lado la cuestión de cómo murió, ¿qué demonios hacía en las montañas de Carolina del Norte?

—Los españoles mandaron exploradores incluso a Virginia, hace cincuenta o sesenta años —me informó—. Sin embargo, los pantanos los desalentaron.

—No me extraña. Pero ¿por qué... esto? —Me puse en pie conforme hacía un gesto con la mano para abarcar la cueva y su escala.

Jamie no contestó, aunque me cogió del brazo y levantó la antorcha al tiempo que me conducía al lado de la cueva opuesto, donde se encontraba la escala. Muy por encima de mi cabeza vi otra pequeña fisura en la roca, negra a la luz de la antorcha, apenas lo bastante ancha para que un hombre se introdujera a través de ella con dificultad.

—Al otro lado hay una cueva más pequeña —explicó señalando hacia arriba con la cabeza—. Y, cuando subí a Jem para que echara un vistazo, me dijo que había huellas en el polvo, huellas cuadradas, como si hubiera habido cajas pesadas.

Por ese motivo, al pensar en la necesidad de ocultar el tesoro, había pensado en la cueva del español.

—Traeremos lo que queda del oro esta noche —indicó—, y ocultaremos la abertura de allá arriba con un montón de piedras. Luego dejaremos descansar a este señor.

Me vi obligada a admitir que la cueva constituía un lugar de descanso tan adecuado como cualquier otro.

Además, la presencia del soldado español disuadiría de seguir investigando a cualquiera que entrara allí, pues tanto los indios como los colonos sentían una clara aversión por los fantasmas. También los escoceses de las Highlands, así que me volví curiosa hacia Jamie.

—Jem y tú... ¿no estabais preocupados por si se os aparecía?

—No, cuando sellé la cueva rezamos la oración oportuna por el reposo de su alma y extendí sal a su alrededor.

Eso me hizo sonreír.

—Conoces la oración adecuada para cada ocasión, ¿verdad?

Me devolvió una débil sonrisa y restregó la cabeza de la antorcha en la grava para apagarla. Un tenue rayo de luz procedente de arriba brillaba en su coronilla.

—Siempre hay una oración, *a nighean*, aunque sólo sea *A Dhia, cuidich mi*. «Oh, Dios, ayúdame.»

9

Un cuchillo que conoce mi mano

No todo el oro se quedó con el español. Dos de mis enaguas tenían un doblez de más en el bajo, lleno de virutas de oro regularmente distribuidas en diminutos bolsillos, y mi propia bolsa, que era grande, llevaba varios gramos de oro cosidos en la costura del fondo. Jamie e Ian portaban ambos una pequeña cantidad en su taleguilla de cuero. Además, cada uno de ellos cargaría dos grandes bolsas de perdigones en el cinturón. Nos habíamos retirado los tres al claro de la Casa Nueva para preparar la munición en privado.

—Bueno, no olvidarás de qué lado tienes que coger los perdigones, ¿no?

Jamie dejó caer un perdigón recién hecho, que brillaba como un amanecer en miniatura, desde el molde al interior del bote de grasa y hollín.

—No, siempre y cuando tú no cojas mi bolsa por error —respondió Ian, mordaz.

Estaba haciendo perdigones de plomo, dejando caer las calientes bolitas recién hechas en un agujero forrado de hojas húmedas, donde humeaban y emanaban vapor en esa fresca mañana de primavera.

Rollo, que estaba tumbado allí cerca, estornudó cuando una espiral de humo pasó junto a su hocico, y bufó ruidosamente. Ian lo miró con una sonrisa.

—¿Te gustará perseguir ciervos entre los brezos, *a cù*? —le preguntó Ian—. Aunque tendrás que mantenerte alejado de las ovejas o alguien podría pegarte un tiro al tomarte por un lobo.

Rollo suspiró y dejó que sus ojos se redujesen a unas amodorradas rendijas.

—¿Has pensado qué le dirás a tu madre cuando la veas? —inquirió Jamie entornando los ojos por el humo del fuego mientras sostenía el cucharón lleno de virutas de oro sobre la llama.

—Intento no pensar mucho —contestó Ian con franqueza—. Tengo una sensación extraña en la barriga cuando pienso en Lallybroch.

—¿Extraña buena o extraña mala? —pregunté, según sacaba cuidadosamente los perdigones de la grasa con una cuchara de madera y los dejaba caer en las bolsas.

Ian frunció el ceño con los ojos fijos en su cucharón mientras el plomo abandonaba de repente la forma de gotas arrugadas para adoptar la de un líquido tembloroso.

—Ambas, creo. Brianna me habló una vez de un libro que había leído en el colegio que decía que uno no puede volver a casa. Creo que es posible que sea cierto... pero yo quiero volver —añadió en voz baja con los ojos aún fijos en su trabajo. El plomo fundido silbó dentro del molde.

Aparté la vista de la expresión melancólica de su rostro y descubrí a Jamie mirándome con aire interrogativo y los ojos llenos de comprensión. Aparté también la vista de él y me puse en pie con un suave gemido al oír que la articulación de mi rodilla crujía.

—Bueno, sí —me apresuré a decir—. Supongo que depende de lo que «casa» sea para ti, ¿no? No siempre es un lugar, ¿sabes?

—Sí, es verdad. —Ian sostuvo el molde de los perdigones unos instantes, para dejarlo enfriar—. Pero incluso cuando se trata de una persona... no siempre puedes volver, ¿verdad? O quizá sí puedes —añadió, frunciendo apenas los labios mientras miraba a Jamie y después me miraba a mí.

—Creo que encontrarás a tus padres tal como los dejaste —dijo Jamie con sequedad: optó por ignorar la alusión de Ian—. Tal vez tú les des una sorpresa mayor.

Ian se miró a sí mismo y sonrió.

—He crecido un poco —repuso.

Dejé escapar un breve bufido risueño. Cuando se marchó de Escocia tenía quince años y era un chiquillo alto, raro y escuálido. Ahora medía, en efecto, cinco centímetros más. Era también enjuto y duro como una tira de cuero sin curtir y, de costumbre, tenía la piel más o menos de su mismo color, aunque el invierno lo había blanqueado, haciendo que los puntos tatuados en forma de semicírculos que surcaban sus pómulos destacaran con mayor vividez aún.

—¿Recuerdas ese otro verso que te dije? —le pregunté—. Cuando volví a Lallybroch desde Edimburgo, después de... de volver a encontrar a Jamie. «El hogar es el sitio donde, cuando debes volver, están obligados a recibirte.»

Ian levantó una ceja, desplazó la mirada de mí a Jamie y meneó la cabeza.

—No me extraña que la quieras tanto, tío. Debe de ser para ti un apoyo fuera de lo corriente.

—Bueno —repuso Jamie con los ojos fijos en su trabajo—, ella me acoge una y otra vez, así que supongo que debe de ser mi hogar.

Una vez terminada la tarea, Ian y *Rollo* llevaron las bolsas llenas de perdigones de vuelta a la cabaña, mientras Jamie apagaba el fuego y yo recogía toda la parafernalia necesaria para preparar la munición. Se estaba haciendo tarde, y el aire —tan fresco ya que cosquilleaba en los pulmones— adquiría ese punto adicional de fría viveza que acariciaba también la piel, mientras el aliento de la primavera recorría inquieto la tierra.

Me detuve unos instantes, disfrutando de la sensación. La tarea había sido dura y habíamos pasado calor, a pesar de haberla realizado al aire libre, por lo que la fría brisa que me apartaba los cabellos del cuello me parecía deliciosa.

—¿Tienes un penique, *a nighean*? —preguntó Jamie, que se encontraba junto a mí.

—¿Un qué?

—Bueno, cualquier tipo de moneda servirá.

—No creo, pero...

Rebusqué en la bolsa que llevaba atada a la cintura, que a esas alturas de nuestros preparativos contenía una colección de cosas raras casi tan abundante como la escarcela de Jamie. Entre madejas de hilo, líos de papel con semillas o hierbas secas, agujas clavadas en pedazos de cuero, un frasquito repleto de suturas, la pluma moteada de blanco y negro de un pájaro carpintero, un pedazo de cal blanca y media galleta que, evidentemente, había dejado a medio comer, descubrí, en efecto, medio chelín mugriento, cubierto de hebras y migas de galleta.

—¿Te sirve ésta? —inquirí, limpiándola y tendiéndosela.

—Sí —contestó, y me pasó una cosa.

Mi mano se cerró con gesto mecánico sobre lo que resultó ser el mango de un cuchillo, y casi lo dejé caer a causa de la sorpresa.

—Siempre tienes que dar dinero a cambio de una navaja nueva —me explicó Jamie medio sonriente—. Para que sepa que eres su propietario y no se vuelva contra ti.

—¿Su propietario?

El sol acariciaba el borde de la cresta montañosa, pero había aún muchísima luz, de modo que me puse a contemplar mi nueva adquisición. Se trataba de una navaja fina pero fuerte, con un único filo y muy bien amolada. El corte lanzaba destellos de plata a la luz del sol poniente. La empuñadura estaba hecha de cuerno de ciervo, de tacto suave y cálido, y tenía talladas dos depresiones que, al agarrarla, encajaban en mi mano con precisión. Obviamente, era el cuchillo perfecto para mí.

—Gracias —lo admiré—. Pero...

—Te sentirás más segura si lo llevas contigo —repuso, pragmático—. Ah... sólo una cosa más. Dámelo.

Se lo devolví, asombrada, y me quedé perpleja al verle hacerse un breve corte con él en la yema del pulgar. La sangre brotó del corte superficial y Jamie se la limpió en los pantalones y se metió el pulgar en la boca mientras volvía a pasarme el cuchillo.

—Hay que manchar la hoja de sangre, para que sepa cuál es su misión —explicó tras sacarse de la boca el dedo lastimado.

El mango del cuchillo seguía teniendo un tacto cálido, pero me estremecí. Con escasas excepciones, Jamie no era dado a gestos puramente románticos. Si me había regalado un cuchillo era porque pensaba que iba a necesitarlo. Y no precisamente para desenterrar raíces ni para arrancar corteza de árbol. En verdad conocía su misión.

—Se acopla a mi mano —observé mirándola y acariciando el pequeño surco que se adaptaba a mi pulgar—. ¿Cómo supiste hacerlo con tanta precisión?

Se echó a reír al oírme.

—Me has acariciado la polla con la mano lo bastante a menudo como para conocer el tamaño de tu puño, Sassenach —me aseguró.

Solté un pequeño bufido en respuesta, pero le di la vuelta al cuchillo y me pinché el extremo de mi propio pulgar con la punta. Estaba extraordinariamente afilada. Casi no sentí el corte, aunque enseguida brotó una perla de sangre rojo oscuro. Me puse el cuchillo al cinto, le cogí la mano y presioné mi pulgar contra el suyo.

—Sangre de mi sangre —dije.

Tampoco yo era muy dada a gestos románticos.

10

El brulote

Nueva York
Agosto de 1776

De hecho, las noticias de William acerca de la huida de los americanos recibieron mejor acogida de la que esperaba. Con la embriagadora sensación de que tenían acorralado al enemigo, el ejército de Howe avanzaba a velocidad considerable. La flota del almirante seguía en la bahía de Gravesend. En un día, miles de hombres marcharon apresuradamente hasta la orilla y volvieron a embarcar para cruzar deprisa hacia Manhattan. Al día siguiente, a la puesta del sol, varias compañías armadas iniciaron el ataque a Nueva York, pero descubrieron las trincheras vacías y las fortificaciones abandonadas.

Aunque William se quedó algo decepcionado, pues esperaba tener la ocasión de una venganza física y directa, esta circunstancia agradó en extremo al general Howe. Se trasladó, con su Estado Mayor, a una gran mansión llamada Beekman House y procedió a reforzar su control sobre la colonia. Había cierta presión entre los oficiales de mayor grado en favor de atacar a los americanos —William era, sin duda, partidario de esa idea—, pero el general Howe opinaba que la derrota y el desgaste harían pedazos a las fuerzas que le quedaban a Washington, y que el invierno acabaría con ellos.

—Y, entretanto —dijo el teniente Anthony Fortnum, contemplando el desván sofocante al que la mayoría de los oficiales jóvenes del Estado Mayor habían sido relegados—, somos un ejército de ocupación. Lo que significa, según creo, que tenemos derecho a disfrutar de los placeres del lugar, ¿no es así?

—¿Y cuáles son? —preguntó William buscando en vano un lugar donde dejar la gastada maleta que contenía, en esos momentos, la mayor parte de sus bienes terrenales.

—Bueno, mujeres —contestó Fortnum, muy serio—. Sin duda mujeres. Seguro que en Nueva York hay prostíbulos.

—No vi ninguno cuando entramos —repuso Ralph Jocelyn, dubitativo—. ¡Y me fijé!

—No lo suficiente —replicó Fortnum con firmeza—. Estoy seguro de que tiene que haber casas de putas.

—Hay cerveza —sugirió William—. Hay una taberna decente llamada Fraunces Tavern, justo al otro lado de la calle Water. Me tomé allí una buena jarra al llegar.

—Tiene que haber algo más cerca —objetó Jocelyn—. ¡No estoy dispuesto a recorrer kilómetros bajo este calor!

Beekman House estaba situada en una zona agradable, con mucho terreno y aire limpio, pero se hallaba bastante lejos de la ciudad.

—Buscad y encontraréis, hermanos. —Fortnum se colocó un tirabuzón en su sitio con una torsión y se arregló la chaqueta tirando de uno de los hombros—. ¿Vienes, Ellesmere?

—No, ahora no. Tengo cartas que escribir. Si encuentras algún antro de placer, quiero que me escribas un informe. Por triplicado, recuerda.

Ahora que, por el momento, podía hacer lo que le viniera en gana, dejó caer su bolsa al suelo y sacó el pequeño fajo de cartas que el capitán Griswold le había entregado.

Eran cinco. Tres llevaban el sello de la media luna sonriente de su padrastro —lord John le escribía sin falta el 15 de cada mes, aunque también lo hacía en otras ocasiones—; otra era de su tío Hal, y sonrió al verla —las cartas del tío Hal eran a veces confusas, pero siempre entretenidas—, y otra con una caligrafía desconocida, pero de aspecto femenino, con un sello sencillo.

Intrigado, rompió el sello, abrió la carta y descubrió dos hojas densamente escritas de su prima Dottie. Arqueó las cejas al verlas. Dottie nunca le había escrito con anterioridad.

Mantuvo las cejas arqueadas mientras leía la carta con detenimiento.

—¡Que me aspen! —exclamó en voz alta.

—¿Por qué? —inquirió Fortnum, que había regresado a buscar su sombrero—. ¿Malas noticias de casa?

—¿Qué? Ah, no. No —repitió mientras volvía a la primera página de la carta—. Sólo... interesante.

Dobló la carta y se la metió en el bolsillo, a salvo de las miradas curiosas de Fortnum, y cogió la nota del tío Hal, con su coronado sello ducal. Al verlo, Fortnum abrió unos ojos como platos, pero no dijo nada.

William tosió y rompió el sello. Como siempre, la nota ocupaba menos de una página y no contenía ni saludo ni despedida, pues el tío Hal era de la opinión de que, como la carta llevaba una dirección en el sobre, el destinatario era obvio, el sello indicaba a las claras quién la había escrito, y, además, él no perdía el tiempo escribiendo a estúpidos.

Adam ha sido destinado a Nueva York, a las órdenes de sir Henry Clinton. Minnie le ha dado unas cuantas cosas ofensivamente incómodas de llevar para ti. Dottie te manda besos, que ocupan mucho menos espacio.

John dice que estás haciendo algo para el capitán Richardson. Conozco a Richardson y creo que no deberías trabajar para él.

Dale recuerdos de mi parte al coronel Spencer, y no juegues con él a las cartas.

No conocía a nadie capaz de embutir más información —por críptica que fuera a veces— en menos palabras que el tío Hal, reflexionó William. De hecho, se preguntaba si el coronel Spencer haría trampas jugando a las cartas o si simplemente era muy bueno o tenía mucha suerte. Sin duda, el tío Hal había omitido decirlo a propósito porque, de tratarse de una de esas últimas alternativas, William se habría sentido tentado de poner a prueba sus habilidades (a pesar de saber lo peligroso que era ganarle de forma sistemática a un oficial superior. Sin embargo, una vez o dos...). No, el propio tío Hal era un gran jugador de cartas y, si le estaba poniendo sobre aviso, lo más prudente era hacerle caso. Tal vez el coronel Spencer fuese tanto una persona honesta como un jugador de poca monta, pero se ofendería y tomaría venganza si se lo vencía a menudo.

El tío Hal era un viejo zorro, pensó William, no sin admiración.

Eso era justo lo que le preocupaba de ese segundo párrafo. «Conozco a Richardson...» En tal caso, comprendía muy bien por qué el tío Hal había omitido los detalles. Alguien podía leer el correo, y una carta con la corona del duque de Pardloe podría llamar la atención. Claramente, no parecía que nadie hubiera estado manipulando el sello, pero había visto a su propio padre retirar y reemplazar sellos con gran maña y un cuchillo caliente, por lo que no se hacía ilusiones al respecto.

Eso no le impidió preguntarse qué sabría el tío Hal del capitán Richardson y por qué sugería que William dejara las labores de espionaje, pues era evidente que papá le había contado al tío Hal lo que estaba haciendo.

Más materia de reflexión. Si su padre le había explicado a su hermano lo que William estaba haciendo, el tío Hal le habría contado a su padre lo que sabía del capitán Richardson, si había algo que lo desacreditara. Y si lo había hecho...

Dejó a un lado la nota del tío Hal y rasgó el sobre de la primera de las cartas de su padre. No, nada acerca de Richardson... ¿La segunda?... Nada, tampoco. En la tercera había una alusión velada al espionaje, pero se trataba sólo de un deseo en relación con su seguridad y de una observación oblicua acerca de su porte: «Un hombre alto siempre se hace notar cuando está en compañía, y más aún si tiene una mirada directa y va vestido con pulcritud.»

William sonrió al leer ese comentario. En Westminster, donde había ido al colegio, la enseñanza se impartía en una gran sala en la que las clases superiores y las inferiores estaban separadas por una cortina, pero había chicos de todas las edades estudiando juntos, por lo que William había aprendido enseguida cuándo y cómo ser discreto o destacar, en función de la compañía inmediata.

Bueno, pues. Fuera lo que fuese lo que el tío Hal sabía de Richardson, no era algo que a su padre le preocupara. Por supuesto, se recordó, no tenía por qué ser algo deshonroso. El duque de Pardloe nunca temía por su propia persona, pero tendía a ser excesivamente cauteloso en relación con su familia. Tal vez sólo considerara a Richardson temerario. Si tal era el caso, suponía que papá confiaría en el sentido común de William y que, por tanto, no se lo mencionaría.

En el desván hacía un calor asfixiante. El sudor se deslizaba por el rostro de William y le estropeaba la camisa. Fortnum había vuelto a salir, después de dejar el extremo de su catre inclinado hacia arriba en un ángulo absurdo sobre su protuberante baúl. Sin embargo, William tenía justo el espacio suficiente para poder ponerse de pie y dirigirse a la puerta, tras lo cual salió al exterior con una gran sensación de alivio. Fuera, el aire era cálido y húmedo, aunque por lo menos corría. Se caló el sombrero y se dispuso a averiguar dónde se alojaba su primo Adam. «Ofensivamente incómodas de llevar» parecía prometedor.

Con todo, cuando se abría camino entre una multitud de esposas de granjero que se dirigían a la plaza del mercado, notó crujir la carta en su abrigo y se acordó de la hermana de Adam.

«Dottie te manda besos, que ocupan mucho menos espacio.» El tío Hal era astuto, pensó William, pero incluso al más astuto de los zorros se le escapaba algo de vez en cuando.

«Ofensivamente incómodas de llevar» cumplió su promesa: un libro, una botella de excelente jerez español, un frasco de kilo de aceitunas para acompañarlo y tres pares de medias nuevas de seda.

—Tengo medias para dar y vender —le aseguró Adam a William cuando quiso compartir con él esa esplendidez—. Madre las compra al por mayor, y creo que me manda medias en cada correo. Tienes suerte de que no te haya enviado calzones nuevos. Recibo un par con cada valija diplomática, y no creas que eso es fácil de explicar a sir Henry... Pero no diría que no a un vaso de tu jerez.

William no estaba del todo seguro de que su primo estuviera bromeando acerca de los calzones. Adam tenía un porte circunspecto que le resultaba muy útil en sus relaciones con los oficiales de alto rango, y poseía, además, la habilidad de la familia Grey para decir las cosas más estrambóticas con un semblante absolutamente serio. A pesar de todo, William se echó a reír, y pidió que les subieran un par de vasos.

Uno de los amigos de Adam trajo tres, y se quedó amablemente para ayudarlos a deshacerse del jerez. Vino otro amigo, que pareció salir del amaderado —era un jerez muy bueno—, y sacó de su baúl media botella de cerveza negra para añadirla a la celebración. Como es inevitable en ese tipo de reuniones, tanto amigos como botellas se multiplicaron, hasta que cada centímetro de la habitación de Adam —era muy pequeña, todo hay que decirlo— estuvo ocupado por una cosa u otra.

Tras dispensar generosamente sus aceitunas, además del jerez, William, hacia el final de la botella, hizo un brindis a la salud de su tía por sus espléndidos regalos, sin omitir mencionar las medias de seda.

—Aunque creo que el libro no fue cosa de tu madre, ¿me equivoco? —le dijo a Adam, conforme bajaba su vaso vacío con una explosión de aliento.

Adam estalló en un ataque de risa, pues su seriedad habitual se había disuelto considerablemente en un litro de ponche de ron.

—No —respondió—, ni de mi padre tampoco. Ésa fue mi propia contribución a la causa del *avanche cutlural*, quiero decir, *culchural* en las colonias.

—Una señal de servicio para la sensibilidad del hombre civilizado —le aseguró William con seriedad, dando muestras de sus dotes para controlar el licor y dominar su lengua, fuera cual fuese el número de escurridizas eses que se cruzaran en su camino.

Al estallar todos a coro «¿Qué libro? ¿Qué libro? ¡Déjanos ver ese famoso libro!», se vio obligado a sacar la estrella de su colección de regalos, un ejemplar del célebre *List of Covent Garden Ladies*, «Lista de las señoritas de Covent Garden», del señor Harris, un catálogo profusamente descriptivo de los encantos, especialidades, precios y disponibilidad de las mejores prostitutas de Londres.

La aparición del libro fue recibida con gritos de éxtasis y, tras una breve lucha por la posesión del volumen, William lo rescató antes de que lo hicieran pedazos, pero se dejó convencer para leer algunos párrafos en voz alta haciendo una interpretación espectacular, que los demás acogieron con entusiasmados aullidos de lobo y lanzando huesos de aceituna.

Por supuesto, leer da sed, así que hicieron traer y consumieron otros tentempiés. William no habría sabido decir quién había sido el primero en sugerir que el grupito podía constituirse en una fuerza expedicionaria con el fin de elaborar una lista similar para la ciudad de Nueva York. Sin embargo, quienquiera que hiciese la sugerencia en primer lugar fue secundado por todos los demás y vitoreado entre vasos rebosantes de ponche de ron, pues habían apurado ya todas las botellas.

Y así fue como se encontró vagando aturdido por el alcohol por unas callejuelas estrechas cuya oscuridad salpicaba de vez en cuando el resplandor de una vela tras las ventanas y una linterna ocasional dispuesta en una encrucijada. Nadie parecía tener un rumbo en mente y, no obstante, el grupo avanzaba de manera inconsciente como si fueran uno solo, atraídos por cierta sutil emanación.

—Como canes tras una perra en celo —observó William, y quedó sorprendido al recibir un puñetazo y un grito de aprobación de uno de los amigos de Adam.

No se había dado cuenta de que estaba hablando en voz alta.

Y, sin embargo, andaba en lo cierto, pues, al final, llegaron a un callejón en el que colgaban dos o tres linternas forradas de muselina, de modo que desprendieran un resplandor rojo sobre las puertas, todas abiertas de par en par, a modo de invitación. Un griterío acogió el hallazgo, y el grupo de presuntos investigadores avanzó con determinación, deteniéndose tan sólo a discutir por unos instantes en medio de la calle en qué establecimiento debían comenzar sus indagaciones.

William tomó escasa parte en la discusión. El aire era pesado, bochornoso y fétido a causa del tufo del ganado y de las alcantarillas, y se dio cuenta de improviso de que una de las aceitunas que había comido probablemente no estaba en condiciones. Transpiraba en abundancia un sudor pegajoso, y la ropa mojada se adhería a su cuerpo y lo oprimía con tal insistencia que sentía terror al pensar que quizá no le diera tiempo a bajarse los pantalones si su perturbación interna se desplazaba de repente hacia el sur.

Esbozó una sonrisa forzada y, con un vago movimiento del brazo, le indicó a Adam que podía proceder como quisiera, que él se aventuraría un poco más allá.

Eso hizo, dejando a la bulliciosa panda de jóvenes oficiales tras de sí, y pasó tambaleándose junto a la última de las linternas rojas. Buscaba, con bastante angustia, un lugar retirado donde vomitar, pero, como no encontraba nada que se prestase a ese fin, al final se detuvo y lo hizo profusamente en la puerta de una casa, tras lo cual, horrorizado, vio abrirse la puerta de par en par para revelar a su indignado dueño, que, sin esperar explicaciones, disculpas ni ofertas de compensación, sacó una especie de porra de detrás de la puerta y, al tiempo que gritaba palabrotas incomprensibles en algo que podía ser alemán, lo persiguió por todo el callejón.

Entre una cosa y otra, anduvo durante algún tiempo entre pocilgas, casuchas y muelles malolientes antes de encontrar el camino de vuelta al distrito en cuestión, donde halló a su primo

Adam deambulando calle arriba, calle abajo, aporreando las puertas y dando gritos en su busca.

—¡A ésa no llames! —lo advirtió, alarmado, al ver que Adam estaba a punto de atacar la puerta del alemán de la porra.

Adam se volvió sorprendido, con expresión de alivio.

—Pero ¡si estás aquí! ¿Estás bien, primo?

—Claro. Estupendamente.

Se sentía un tanto pálido y con sudores fríos, a pesar del sofocante calor de esa noche de verano, pero el intenso malestar interior se había purgado por sí solo y había tenido el saludable efecto de quitarle al mismo tiempo la borrachera.

—Creía que alguien te había asaltado o te había matado en el callejón. Nunca podría mirar a tío John a la cara si tuviera que decirle que se te han cargado por mi culpa.

Caminaban por la callejuela de vuelta adonde estaban las linternas rojas. Todos los demás jóvenes habían desaparecido en uno u otro establecimiento, aunque el ruido de golpes y jarana procedente del interior indicaba que los ánimos no habían decaído, sino que simplemente habían cambiado de ubicación.

—¿Te han atendido debidamente? —inquirió Adam. Hizo un gesto con la barbilla en dirección al lugar del que venía William.

—Sí, muy bien. ¿Y a ti?

—Bueno, en el libro de Harris no le habrían dedicado más de un párrafo, aunque no ha estado mal para un sumidero como Nueva York —repuso Adam de manera juiciosa. El gorjal colgaba flojo alrededor de su cuello y, al pasar ante el tenue resplandor de una ventana, William se fijó en que le faltaba uno de los botones de plata del abrigo—. Pero juraría que he visto a un par de esas putas en el campamento.

—Sir Henry te mandó hacer un censo, ¿no? O has pasado tanto tiempo con las mujeres que acompañan el campamento que las conoces a todas por...

Lo interrumpió un cambio en los ruidos procedentes de uno de los prostíbulos que había calle abajo. Se oían gritos, pero no de esos amigables que lanzaría alguien borracho como los que se habían oído hasta entonces. Eran unos gritos desagradables, una voz masculina furiosa y los chillidos de una mujer.

Los dos primos intercambiaron una mirada y se dirigieron como uno solo hacia el origen del escándalo.

El barullo había aumentado mientras corrían hacia él, y cuando llegaron a la altura de la última casa, unos cuantos soldados a medio vestir se desparramaron por el callejón, seguidos de un teniente corpulento que le habían presentado a William durante la fiesta en la habitación de Adam, pero cuyo nombre no recordaba. Llevaba a rastras a una prostituta medio desnuda que tenía agarrada del brazo.

El teniente había perdido el abrigo y la peluca. El cabello oscuro le nacía muy abajo en la frente, y lo llevaba muy corto en la parte superior de la cabeza, lo que, junto con su complexión robusta y sus anchos hombros, le confería el aspecto de un toro a punto de atacar. De hecho, eso fue lo que hizo. Se volvió, embistió con un hombro a la mujer que había arrastrado al exterior y la lanzó contra la pared de la casa. Estaba borracho como una cuba y gritaba insultos incoherentes.

—Brulote.

William no se percató de quién había pronunciado esa palabra, que fue acogida con excitados murmullos, al tiempo que una sensación desagradable recorría a los hombres que atestaban el callejón.

—¡Un brulote! ¡Es un brulote!

Varias mujeres habían salido a la puerta. La luz que había tras ellas era demasiado débil para mostrar sus rostros, pero estaban claramente asustadas y se apretujaban las unas contra las otras. Una de ellas gritó, vacilante, tendiendo una mano, pero las demás la atrajeron hacia el interior. El teniente del cabello negro no se enteró. Le estaba propinando una paliza a la prostituta, golpeándola una y otra vez en el estómago y en los pechos.

—¡Eh, amigo!

William gritó al tiempo que daba un paso adelante, pero varias manos lo retuvieron agarrándolo de los brazos e impidiendo que se acercara.

—¡Brulote! —Los hombres empezaron a corear la palabra con cada puñetazo del teniente.

Un brulote era una prostituta sifilítica y, cuando el teniente dejó de golpear a la mujer y la arrastró bajo la luz de la linterna roja, William pudo ver que, en efecto, padecía la enfermedad. La erupción que le surcaba el rostro era evidente.

—¡Rodham! ¡Rodham! —Adam gritaba el nombre del teniente mientras intentaba abrirse paso entre la aglomeración de hombres, pero éstos se acercaron aún más los unos a los otros, rechazándolo, y el grito de «¡Brulote!» sonó todavía más fuerte.

Las putas que se apiñaban junto a la puerta comenzaron a chillar y volvieron a meterse dentro cuando Rodham arrojó a la mujer sobre el escalón de la entrada. William gritó a pleno pulmón y logró atravesar la multitud, pero antes de que pudiera llegar hasta el teniente, Rodham había agarrado la linterna y la había lanzado contra la fachada de la casa, rociando a la prostituta de aceite ardiendo.

Entonces se detuvo, jadeante, con los ojos abiertos de par en par, y observó incrédulo cómo la mujer se levantaba de un salto agitando los brazos como un molinete, aterrada mientras el fuego hacía presa de su cabello y de su camisa, fina como la gasa. En cuestión de segundos, estaba envuelta en llamas y gritaba con una voz aguda y fina que atravesó el escándalo de la calle y penetró directamente en el cerebro de William.

Los hombres se echaron atrás cuando ella, vacilante, avanzó en su dirección, tambaleándose, tendiéndoles las manos, ya en un inútil ruego de ayuda, ya deseando inmolarlos a ellos también. William se quedó paralizado, con el cuerpo tenso por la necesidad de hacer algo, la imposibilidad de hacer nada y la sensación desbordante de desastre. Un dolor insistente en el brazo hizo que mirara mecánicamente a un lado y descubrió junto a él a Adam, que le clavaba con fuerza los dedos en el antebrazo.

—Vámonos —susurró Adam con la tez pálida y cubierta de sudor—. ¡Por el amor de Dios, vámonos!

La puerta del burdel se había cerrado de golpe. La mujer en llamas cayó sobre ella, apretando las manos contra la madera. Un apetitoso olor a carne asada llenó el aire denso y pesado del callejón, y William volvió a sentir ganas de vomitar.

—¡Que Dios os maldiga! ¡Ojalá se os pudra y se os caiga a todos la maldita polla! —gritó alguien desde una de las ventanas superiores.

William levantó la cabeza y vio a una mujer que amenazaba con el puño a los hombres que seguían abajo. Un ruido sordo sonó entre los hombres, y uno de ellos contestó a gritos una estupidez; otro se inclinó a coger un adoquín, se irguió y lo arrojó con fuerza. La piedra rebotó contra la fachada de la casa, por debajo de la ventana, volvió a caer y golpeó a uno de los soldados, que soltó un improperio y le propinó un empujón al hombre que la había tirado.

La mujer se había desplomado junto a la puerta, sobre la que las llamas habían dejado una mancha negra. Aún emitía débiles gemidos, pero había cesado de moverse.

De repente, William perdió el juicio y, agarrando al hombre que había tirado la piedra, lo cogió por el cuello y le estrelló la cabeza contra la jamba de la puerta de la casa. Al tipo lo abandonaron las fuerzas, le cedieron las rodillas y se derrumbó en la calle, gimiendo.

—¡Fuera de aquí! —aulló William—. ¡Todos vosotros! ¡Marchaos!

Con los puños apretados, se volvió hacia el teniente del pelo negro, quien, ahora que su furia se había desvanecido, estaba de pie inmóvil, mirando a la mujer que yacía en el portal. Sus faldas se habían consumido. Un par de piernas chamuscadas se crispaban débilmente entre las sombras.

William llegó hasta el hombre de una zancada y, agarrándolo por la pechera de la camisa, hizo que se volviera de un tirón.

—Lárguese —le ordenó con voz peligrosa—. Fuera. ¡Ya!

Soltó al hombre, que parpadeó, tragó saliva y, tras dar media vuelta, se perdió caminando como un autómata en la oscuridad.

Jadeando, William se volvió a mirar al resto, pero habían perdido la sed de violencia tan rápido como ésta había hecho presa en ellos. Unos cuantos miraron a la mujer —ahora inmóvil—, y se oyó ruido de pies, algunos murmullos incoherentes. No podían mirarse a los ojos.

William era vagamente consciente de que Adam se encontraba a su lado, temblando por la conmoción, pero firme. Le puso una mano en el hombro a su primo, que era más bajo, y esperó, temblando a su vez, mientras los demás se dispersaban. El hombre que se había quedado sentado en la calle se puso despacio a cuatro patas, se levantó a medias y se marchó tambaleándose tras sus compañeros, chocando contra las fachadas de las casas mientras caminaba en la oscuridad.

El callejón quedó en silencio. El fuego se había extinguido. Las otras linternas de la calle se habían apagado. William se sentía como si se hubiera quedado allí clavado y fuera a tener que soportar ese odioso lugar toda la vida, pero Adam hizo un leve movimiento, la mano de William cayó del hombro de su primo, y se dio cuenta de que sus pies lo sostendrían.

Se alejaron caminando en silencio de vuelta a las oscuras calles. Llegaron a un puesto de centinelas, donde los soldados que hacían guardia estaban de pie formando un corro alrededor de una hoguera, echando una ojeada de vez en cuando. Se suponía que los guardias debían mantener el orden en la ciudad ocupada. Los centinelas los miraron, pero no los detuvieron.

A la luz de la hoguera, William vio rastros de humedad en el rostro de Adam y reparó en que su primo estaba llorando.

También él.

11

Posición transversal

Cerro de Fraser
Marzo de 1777

El mundo goteaba. Los arroyos se precipitaban montaña abajo, la hierba y las hojas se hallaban húmedas de rocío y los guijarros humeaban bajo el sol de la mañana. Habíamos terminado los preparativos y los desfiladeros estaban despejados. Sólo quedaba una cosa por hacer antes de marcharnos.

—¿Crees que será hoy? —inquirió Jamie, esperanzado.

No estaba hecho para la contemplación tranquila. Una vez se había decidido una línea de actuación, quería actuar. Por desgracia, a los bebés les es completamente indiferente tanto la conveniencia como la impaciencia.

—Quizá sí —respondí, intentando a mi vez no perder los estribos—. Quizá no.

—La vi la semana pasada y parecía que fuera a explotar en cualquier momento, tía —observó Ian, dándole a *Rollo* el último pedazo de su magdalena—. ¿Sabes esos champiñones? ¿Esos grandes y redondos? Tocas uno y ¡puf! —Agitó los dedos esparciendo migas de magdalena—. Así.

—Va a tener sólo uno, ¿no? —me preguntó Jamie con el ceño fruncido.

—Te lo he dicho ya seis veces, creo que sí. Al menos, eso espero, maldita sea —añadí, conteniendo el impulso de santiguarme—. Pero no siempre se puede garantizar.

—Los gemelos son cosa de familia —señaló Ian, intentando ayudar.

Jamie sí hizo la señal de la cruz.

—Sólo he oído latir un corazón —señalé, procurando mantener la calma—, y he estado escuchando durante meses.

—¿No se pueden contar los miembros que se palpan? —interrogó Ian—. Si parece tener seis piernas... quiero decir...

—Qué fácil es decirlo.

Por supuesto que podía deducir el aspecto general del niño. La cabeza se notaba con bastante facilidad, y también las nalgas. Los brazos y las piernas resultaban algo más problemáticos. Eso era lo que me preocupaba en esos momentos. Había examinado a Lizzie una vez por semana durante el último mes, y había ido a visitarla a su cabaña días alternos durante toda la semana anterior, aunque había una larga caminata hasta allí. El niño —yo creía, en efecto, que sólo había uno— parecía muy grande. El fondo uterino estaba bastante más alto de lo debido. Y aunque los niños cambiaban a menudo de posición en las semanas anteriores al parto, éste había permanecido en posición transversal —encajado en lateral— durante un tiempo preocupantemente largo.

Lo cierto era que sin hospital, quirófano ni anestesia, mi capacidad de enfrentarme a un parto atípico estaba bastante limitada. En caso de posición transversal, sin intervención quirúrgica, una comadrona tenía cuatro alternativas: dejar que la madre muriera después de varios días de un esfuerzo atroz; dejar que muriera practicándole una cesárea sin anestesia ni asepsia, pero salvando posiblemente al bebé; salvar quizá a la madre matando al bebé en el útero y sacándolo a pedazos (Daniel Rawlings dedicaba a este procedimiento varias páginas ilustradas de su libro); o intentar una versión interna, tratando de girar al bebé y colocarlo en una posición que hiciera posible el parto.

Aunque a simple vista esta última era la opción más atractiva, podía ser tan peligrosa como las demás, y podía ocasionar la muerte tanto de la madre como del hijo.

La semana anterior había intentado una versión externa y había logrado, no sin dificultad, que el niño se volviera cabeza abajo. Dos días después había vuelto a colocarse en la misma postura, pues, como resultaba evidente, se encontraba a gusto en posición supina. Podía ser que se diera de nuevo la vuelta por sí solo antes de que comenzara el parto, y podía ser que no.

A la luz de la experiencia, por lo general lograba distinguir entre una planificación inteligente ante posibles contingencias, y preocuparme en vano por cosas que tal vez no llegaran a suceder; eso me permitía dormir por la noche. La última semana había estado despierta hasta altas horas todas las noches imaginando la posibilidad de que el bebé no se girara a tiempo y dándole vueltas a esa breve y triste lista de alternativas, en una búsqueda infructuosa de otras opciones.

«Si tuviera éter...», pero el que tenía se había destruido al quemarse la casa.

¿Matar a Lizzie para salvar a su hijo? No, llegado el caso, mejor matar al niño *in utero* y dejar que Rodney conservara a su madre y Jo y Kezzie a su esposa. Pero la idea de aplastar el cráneo de un bebé a término, sano, a punto de nacer... o decapitarlo con un lazo de alambre afilado...

—¿No tienes hambre esta mañana, tía?

—Eh... no. Gracias, Ian.

—Estás un poco pálida, Sassenach. ¿Te sientes mal por algo?

—¡No!

Me puse en pie a toda prisa para que no pudieran hacerme más preguntas —no había razón para que nadie más se horrorizara por lo que estaba pensando— y salí a buscar un cubo de agua del pozo.

Amy estaba fuera. Había encendido un fuego bajo el gran caldero que utilizábamos para hervir la ropa y estaba metiéndoles prisa a Aidan y a Orrie, que recogían leña en los alrededores, deteniéndose de cuando en cuando para tirarse barro el uno al otro.

—¿Necesita agua, *a bhana-mhaighstir*? —preguntó al ver el cubo que llevaba en la mano—. Aidan irá a buscársela.

—No, no, lo haré yo —le aseguré—. Quería tomar un poco el aire. Hace un tiempo muy agradable por las mañanas.

Así era. Seguía haciendo frío hasta que el sol estaba alto, pero resultaba estimulante, y el aire embriagaba con el aroma de la hierba, los brotes rebosantes de resina y las flores de amento tempranas.

Llevé el cubo hasta el pozo, lo llené y regresé por el sendero mirando las cosas de ese modo en que uno lo hace cuando no va a volver a verlas en mucho tiempo. Si es que las vuelve a ver.

Las cosas habían cambiado ya drásticamente en el Cerro con la llegada de la violencia, los trastornos de la guerra y la destrucción de la Casa Grande. E iban a cambiar mucho más cuando Jamie y yo nos hubiéramos ido.

¿Quién sería el líder natural? Hiram Crombie era la cabeza de facto de los pescadores presbiterianos que habían venido de Thurso, pero era un hombre rígido y sin sentido del humor, y era más probable que causara roces con el resto de la comunidad antes que mantener el orden y favorecer la cooperación.

¿Bobby, tal vez? Después de mucho pensarlo, Jamie lo había nombrado capataz, con la responsabilidad de velar por nuestras propiedades, o lo que quedaba de ellas. Pero, aparte de sus capacidades naturales o de su falta de esto o de aquello, Bobby era un hombre joven que —junto con muchos de los otros hombres del Cerro— podía verse engullido con gran facilidad por la tormenta que se estaba fraguando, enrolado a la fuerza y obligado a servir en una de las milicias. Pero no en las fuerzas de la Corona. Siete años antes, mientras servía como soldado británico apostado en Boston, una multitud de varios cientos de bostonianos furiosos los había amenazado a él y a unos cuantos de sus compañeros. Temiendo por su vida, los soldados habían cargado los mosquetes y habían apuntado a las masas. Se lanzaron piedras y palos, hubo disparos —nadie pudo establecer por parte de quién; nunca le pregunté a Bobby—, y murió gente.

Bobby había salvado la vida en el juicio que se había celebrado tras el suceso, pero llevaba una marca en la mejilla: la «A» de «Asesino». Yo no tenía ni idea de cuáles eran sus creencias políticas —él nunca hablaba de esas cosas—, pero jamás volvería a luchar con el ejército inglés.

Algo más calmada, abrí la puerta de la cabaña de un empujón.

Jamie e Ian discutían ahora sobre si el nuevo bebé sería hermana o hermano del pequeño Rodney, o medio hermano.

—Bueno, no hay forma de saberlo, ¿verdad? —declaró Ian—. Nadie sabe si el padre del pequeño Rodney es Jo o si es Kezzie, y lo mismo pasa con este niño. Si Jo es el padre de Rodney, y Kezzie es el de este otro...

—Eso no tiene ninguna importancia —interrumpí mientras vertía agua del cubo en el caldero—. Jo y Kezzie son gemelos idénticos, lo que significa que su... eh... su esperma es idéntico también. —Eso era simplificar demasiado las cosas, pero era aún muy pronto para intentar explicar la meiosis y la recombinación del ADN—. Si la madre es la misma, y lo es, y el padre es genéticamente el mismo, y lo son, todos los niños que nazcan serán hermanas o hermanos carnales entre sí.

—¿Tienen también la misma leche? —inquirió Ian, incrédulo—. ¿Cómo lo sabes? ¿Lo has visto? —añadió lanzándome una mirada de horrorizada curiosidad.

—No —espeté severamente—. No fue preciso. Yo sé esas cosas.

—Es verdad —contestó asintiendo con respeto—. Claro que lo sabes. A veces se me olvida lo que eres, tía Claire.

No estaba segura de lo que había querido decir exactamente con eso, pero no me pareció necesario ni preguntar ni explicar que mi conocimiento de los procesos íntimos de los Beardsley era académico y no sobrenatural.

—Pero el padre de éste es Kezzie, ¿no? —intervino Jamie arrugando la frente—. Yo mandé a Jo de viaje. Con quien ha vivido este último año es con Kezzie.

Ian le dirigió una mirada lastimera.

—¿Crees que se fue realmente? ¿Jo?

—Yo no lo he visto —repuso Jamie, pero arrugó sus gruesas cejas rojas.

—Bueno, está claro que no —concedió Ian—. Se habrán andado con mucha cautela para no cruzarse contigo. Uno nunca los ve a los dos... a la vez —añadió sin rodeos.

Los dos nos lo quedamos mirando. Él levantó la vista del pedazo de beicon que tenía en la mano y arqueó las cejas.

—Yo sé esas cosas, ¿sabéis? —dijo en tono suave.

Después de cenar, la familia cambió de habitación y se preparó para pasar la noche. Todos los Higgins se retiraron al dormitorio de atrás, donde compartían la única cama.

Obsesionada, abrí mi hatillo de partera y saqué el material para comprobarlo todo una vez más. Tijeras, hilo blanco para el cordón. Trapos limpios, enjuagados varias veces para eliminar todo rastro de jabón de sosa, escaldados y secos. Un gran pedazo cuadrado de lona encerada para impermeabilizar el colchón. Una botellita de alcohol, diluido al cincuenta por ciento en agua destilada. Una bolsita que contenía varios pequeños mechones de lana lavada, pero no hervida. Una hoja de pergamino enrollada para hacer las veces de estetoscopio, pues el mío había desaparecido en el incendio. Un cuchillo. Un trozo largo de alambre fino, afilado por un extremo y arrollado como una serpiente.

No había comido mucho para cenar —ni en todo el día—, pero tenía una sensación constante de ardor en la garganta. Tragué saliva, envolví todo el equipo de nuevo y lo até fuertemente con un cordel.

Noté los ojos de Jamie sobre mí y levanté la vista. Él no dijo nada, aunque me dirigió una leve y cálida sonrisa y experimenté una momentánea tranquilidad, seguida de un nuevo acceso de nerviosismo al preguntarme qué pensaría él si sucediera lo peor y tuviera que hacerlo, pero Jamie había visto ya el gesto de miedo en mi rostro. Con sus ojos aún fijos en los míos, sacó serenamente el rosario de su escarcela y comenzó a rezar en silencio, desgranando despacio las gastadas cuentas de madera entre los dedos.

Dos noches más tarde, me desperté al oír el sonido de unos pies en el camino que conducía a la casa y comencé a vestirme antes de que Jo llamara a la puerta. Jamie lo hizo pasar. Los oí hablar en susurros mientras yo buscaba mi equipo bajo el banco de madera. Jo parecía nervioso, algo preocupado, pero no aterrado. Eso era bueno. Si Lizzie hubiera estado asustada o tuviera graves problemas, él lo habría notado enseguida (los gemelos eran casi tan sensibles esa última semana a los estados de ánimo de Lizzie y a su bienestar como lo eran el uno al estado de ánimo del otro).

—¿Quieres que vaya? —murmuró Jamie apareciendo detrás de mí.

—No —le contesté en un susurro mientras lo tocaba para infundirme fuerzas—. Vuelve a la cama. Si te necesito, mandaré a buscarte.

Estaba todo despeinado después del sueño, y las ascuas del fuego arrojaban sombras sobre su cabello, pero sus ojos estaban despiertos. Asintió con un gesto y me dio un beso en la frente aunque después, en lugar de separarse, me puso la mano sobre la cabeza y recitó en voz baja: «Oh, bendito Miguel del Reino Rojo...» en gaélico y, acto seguido, me acarició la mejilla en señal de despedida.

—Te veré entonces por la mañana, Sassenach —dijo, y me empujó suavemente hacia la puerta.

Con gran sorpresa, vi que fuera nevaba. El cielo estaba gris y lleno de luz, y el aire vivo, cuajado de enormes copos que se arremolinaban contra mi rostro, quemándome la piel y derritiéndose al instante sobre ella. Era una tormenta de primavera. Vi los copos asentarse un instante sobre los tallos herbáceos y luego desaparecer. Por la mañana probablemente no quedaría ni rastro de la nieve, pero la noche estaba llena de su misterio. Me volví a mirar atrás, pero no logré ver la cabaña a nuestra espalda, sólo las siluetas de los árboles medio cubiertos de un sudario blanco, imprecisos bajo la luz gris perla. El camino que se extendía ante nosotros parecía, asimismo, irreal, y su trazado se desdibujaba entre árboles extraños y sombras desconocidas.

Me sentía extrañamente incorpórea, atrapada entre el pasado y el futuro, pues nada era visible salvo el vertiginoso silencio blanco que me rodeaba. Sin embargo, me hallaba más tranquila de lo que lo había estado en muchos días. Sentía el peso de la mano de Jamie sobre la cabeza, con la bendición que me había susurrado. «Oh, bendito Miguel del Reino Rojo...»

Era la bendición que uno dirigía a un guerrero que partía a la lucha. Yo la había pronunciado por él en más de una ocasión. Él nunca había hecho nada parecido, y yo no tenía la menor idea de por qué lo había hecho ahora, pero las palabras resplandecían en mi corazón como un pequeño escudo contra los peligros que me esperaban.

La nieve cubría ahora el suelo formando un fino manto que ocultaba la tierra oscura y los brotes que crecían. Los pies de Jo dejaban crujientes huellas negras que yo seguía camino arriba, las agujas de los abetos y el bálsamo arañándome fríos y fragantes la falda, al tiempo que oía un silencio vibrante que sonaba como un timbre.

Rogué para que, si había una noche en que los ángeles salían de paseo, fuera esa noche.

De día y con buen tiempo, había una hora de camino hasta la cabaña de los Beardsley. Sin embargo, el miedo me hacía apretar el paso, y Jo —por la voz, me parecía que era Jo— tenía que esforzarse para mantenerse a mi altura.

—¿Cuánto tiempo lleva de parto? —inquirí.

Nunca se sabía, pero el primer parto de Lizzie había sido rápido. Había dado a luz a Rodney prácticamente sola y sin problemas. No creía que esa noche fuéramos a tener tanta suerte, aunque mi mente no podía evitar imaginar llegar a la cabaña y encontrar a Lizzie sosteniendo ya al nuevo bebé en sus brazos tras haberlo echado al mundo sano y salvo, sin dificultades.

—No mucho —jadeó—. Rompió aguas de repente, cuando estábamos todos en la cama, y dijo que sería mejor que fuera a buscarla a usted.

Intenté no prestar atención a ese «todos en la cama» —al fin y al cabo, él y/o Kezzie podrían haber estado durmiendo en el suelo—, pero el *ménage* Beardsley era la personificación literal del *double entendre*. Nadie que supiera la verdad podía pensar en ellos sin pensar en...

No me molesté en preguntar cuánto tiempo llevaban Kezzie y él viviendo en la cabaña. Por lo que Ian había dicho, era probable que ambos hubieran estado allí todo el tiempo. Dadas las habituales condiciones de vida en el campo, nadie habría pestañeado siquiera ante la idea de que un hombre y su esposa vivieran con el hermano de él. Y, por lo que la población del Cerro sabía, Lizzie estaba casada con Kezzie. Así era. También estaba casada con Jo como resultado de una serie de maquinaciones que todavía me maravillaban, pero la familia Beardsley no hablaba del tema, por orden de Jamie.

—Su padre estará allí —me informó Jo soltando un retazo de aliento blanco mientras se colocaba a mi lado donde se ensanchaba el camino—. Y la tía Monika. Kezzie fue a buscarlos.

—¿Habéis dejado a Lizzie sola?

Encorvó los hombros, a la defensiva, incómodo.

—Ella nos lo mandó —repuso sencillamente.

No me tomé la molestia de contestar, pero apresuré el paso hasta que una punzada en el costado me hizo caminar un poco más despacio. Si Lizzie todavía no había dado a luz y había sufrido una hemorragia o cualquier otra desgracia estando sola, tal vez fuera útil tener a mano a la «tía Monika», la segunda esposa del señor Wemyss. Monika Berrisch Wemyss era una señora alemana que hablaba un inglés limitado y excéntrico, pero con un valor y un sentido común sin límites.

El señor Wemyss tenía también una buena dosis de valor, aunque era del tipo callado. Nos estaba esperando en el porche, con Kezzie, y estaba claro que era el señor Wemyss quien animaba más bien a su yerno, y no al contrario. Kezzie estaba, a las claras, retorciéndose las manos sin dejar de moverse mientras la pequeña figura del señor Wemyss se inclinaba hacia él en ademán consolador, con una mano en su brazo. Capté unos leves murmullos y, cuando nos vieron llegar y se volvieron hacia nosotros, noté una repentina esperanza en la forma en que enderezaron el cuerpo.

Sonó un grito largo y profundo procedente de la cabaña y todos los hombres se pusieron tensos, como si se tratara de un lobo que saltaba sobre ellos surgiendo de la oscuridad.

—Bueno, parece que está bien —dije con suavidad, y todos ellos suspiraron audiblemente al instante.

Me entraron ganas de echarme a reír, pero pensé que sería mejor no hacerlo, y empujé la puerta.

—Aahh —exclamó Lizzie mirando desde la cama—. Oh, es usted, señora. ¡Gracias a Dios!

—*Gott bedanket*, sí —corroboró la tía Monika con tranquilidad. Estaba a cuatro patas, limpiando el suelo con un lío de trapo—. Ya no falta mucho, espero.

—Eso espero yo también —intervino Lizzie haciendo una mueca—. ¡Aaaahhhh!

El rostro se le convulsionó en un rictus y adquirió un color rojo brillante al tiempo que su cuerpo hinchado se arqueaba hacia atrás. Su aspecto se parecía más al de alguien que se está muriendo del tétanos que al de una parturienta, pero, por suerte, el espasmo fue breve y Lizzie se derrumbó como un ovillo flojo, entre jadeos.

—La última vez no fue así —se quejó abriendo un ojo mientras yo le palpaba el abdomen.

—Nunca es igual —respondí, distraída.

Un rápido examen había hecho que el corazón me diera un salto. El niño ya no estaba de lado. Por otra parte... tampoco estaba del todo cabeza abajo. No se movía —por lo general, los bebés no se mueven durante el parto—, y aunque me parecía haber localizado la cabeza bajo las costillas de Lizzie, no estaba en absoluto segura de la disposición de todo lo demás.

—Déjame echar un vistazo aquí...

Estaba desnuda, envuelta en una colcha. Su camisa estaba mojada colgaba del respaldo de una silla, desprendiendo vapor frente al fuego. Sin embargo, la cama no estaba empapada, por lo que deduje que había sentido rasgarse las membranas y había logrado ponerse en pie antes de romper aguas.

Me había dado miedo mirar, de modo que solté el aliento con audible alivio. El temor principal con una presentación de nalgas era que parte del cordón umbilical se desprendiera al romperse las membranas y que el bucle de cordón quedara aprisionado entre la pelvis y alguna parte del feto. Sin embargo, todo estaba en orden, y una rápida comprobación me indicó que el cérvix estaba casi borrado.

Ahora sólo había que esperar y ver qué salía primero. Deshice mi hatillo y, ocultando a toda prisa el pedazo de alambre afilado bajo un montón de trapos, extendí la lona encerada y coloqué a Lizzie sobre ella de un tirón con ayuda de la tía Monika.

Cuando Lizzie lanzó otro de aquellos alaridos sobrenaturales, la mujer parpadeó y echó un vistazo hacia el camastro donde el pequeño Rodney estaba roncando. Me miró para asegurarse de que todo iba bien y luego tomó las manos de Lizzie, hablándole en voz baja en alemán mientras ella gruñía y gemía. La puerta crujió suavemente y, al volverme, vi a uno de los Beardsley, que miraba al interior con una mezcla de miedo y esperanza pintada en el rostro.

—¿Ha llegado ya? —susurró con voz áspera.

—¡NO! —chilló Lizzie, incorporándose de golpe—. ¡Quita tu cara de mi vista o te retorceré los cojones hasta arrancártelos! ¡Los cuatro!

La puerta se cerró rápidamente y Lizzie se desplomó, resoplando.

172

—Los odio —declaró entre dientes—. ¡Quiero que se mueran!

—Hummm —dije, comprensiva—. Bueno, estoy segura de que, por lo menos, lo están pasando mal.

—Me alegro. —Pasó de la furia a la angustia en un abrir y cerrar de ojos y se echó a llorar—. ¿Me voy a morir?

—No —respondí en el tono más tranquilizador posible.

—¡Aaaaahhhhh!

—*Gruss gott* —se santiguó la tía Monika—. *Ist gut?*

—*Ja* —contesté, aún tranquilizadora—. Me imagino que no habrá por aquí unas tijeras...

—*Oh, ja* —repuso ella cogiendo su bolso. Sacó un diminuto par de gastadas, pero antaño brillantes tijeras de bordar—. ¿Éstas *fan* bien?

—*Danke.*

—¡BLOOOOOORRRRRGGGG!

Monika y yo miramos a Lizzie.

—No exageres —le advertí—. Están asustados, pero no son idiotas. Además, vas a asustar a tu padre. Y a Rodney —añadí echando una ojeada al pequeño bulto de sábanas que dormía en el camastro.

Ella se derrumbó, jadeando, pero logró dirigirme un gesto afirmativo y un asomo de sonrisa.

Después, todo sucedió con bastante rapidez. Lizzie fue veloz. Le tomé el pulso, comprobé el estado del cérvix y sentí que mi propio corazón latía el doble de rápido al tocar lo que era, sin duda alguna, un piececito que asomaba al exterior. ¿Podría agarrar el otro?

Miré a Monika, considerando su tamaño y su fuerza. Era dura como una tralla, pero no excesivamente grande. Lizzie, por su parte, tenía el tamaño de... Bueno, Ian no había exagerado al pensar que podían ser gemelos. La idea que comenzaba a rondarme por la cabeza de que tal vez aún podía tratarse de gemelos hacía que se me erizara el vello de la nuca a pesar del calor húmedo de la cabaña. «No —me dije con firmeza—. No lo son. Sabes que no lo son. Uno será ya bastante espantoso.»

—Necesitaremos a uno de los hombres para que nos ayude a sostenerla por los hombros —le dije a Monika—. ¿Le importaría traer a uno de los gemelos?

—A los dos —gimió Lizzie cuando Monika se volvía hacia la puerta.

—Uno será...

—¡Los dos! Nnnngggg...

—Los dos —le dije a Monika, que asintió con un gesto, pragmática.

Los gemelos entraron junto con una ráfaga de aire frío, con unas caras que eran dos máscaras rubicundas idénticas de nervios y de susto. Sin que yo les dijera nada, se acercaron a Lizzie de inmediato como un par de limaduras de hierro a un imán. Ella se había colocado con gran esfuerzo en posición sentada, y uno de ellos se arrodilló tras ella, sujetándole con delicadeza los hombros con las manos mientras se relajaban después de la última contracción. Su hermano se sentó junto a ella, rodeándole con un brazo solidario lo que antaño era su cintura y apartándole de la frente con la otra mano el cabello empapado de sudor.

Intenté arroparla con la colcha, cubriéndole la protuberante barriga, pero ella la apartó, calurosa e inquieta. En la cabaña, el ambiente estaba saturado de un calor húmedo debido al vapor que emanaba del caldero y al sudor del esfuerzo. Bueno, los gemelos estaban presumiblemente más familiarizados con su anatomía que yo, reflexioné, y le pasé a la tía Monika la colcha hecha un lío. El recato no tenía cabida en un parto.

Me arrodillé frente a ella con las tijeras en la mano y le practiqué rápidamente la episiotomía mientras sentía una pequeña salpicadura de sangre en la mano. Rara vez tenía que hacer una en un alumbramiento de rutina, pero, en ese caso, iba a necesitar espacio para maniobrar. Presioné el corte con uno de mis trapos limpios, aunque la cantidad de sangre era insignificante y, además, en cualquier caso, tenía la cara interior de los muslos manchada.

Era un pie. Veía los dedos, largos, como los de una rana, por lo que miré automáticamente los pies desnudos de Lizzie, plantados con firmeza en el suelo a ambos lados de mí. No, los suyos eran cortos y compactos. Debía de ser la influencia de los gemelos.

El olor húmedo, como a aguas estancadas, de los líquidos del parto y de la sangre brotaba como la niebla del cuerpo de Lizzie, y yo sentía mi propio sudor deslizarse por mis costados. Busqué a tientas hacia arriba, rodeé el talón con un dedo y atraje el pie hacia abajo, sintiendo la vida del bebé moverse en su carne, aunque el niño no se movía, impotente en el canal del parto.

El otro. Necesitaba el otro pie. Palpando de forma apremiante la pared de la barriga entre una contracción y la siguiente, deslicé la otra mano en dirección ascendente por la pierna que asomaba y hallé la delicada curva de las nalgas. Cambié rápidamente las manos y, con los ojos cerrados, encontré la curva del muslo flexionado. Maldición, parecía que tenía la rodilla doblada bajo el mentón... sentí la blanda rigidez de unos huesos diminutos y cartilaginosos, sólidos en medio del chapoteo del líquido, la elasticidad de unos músculos... Aferré un dedo, dos dedos, rodeé el otro tobillo y —al grito de «¡Sujetadla! ¡Agarradla!», justo cuando la espalda de Lizzie se arqueaba y su trasero se proyectaba hacia mí— bajé el segundo pie.

Volví a sentarme con los ojos abiertos y la respiración agitada, aunque el esfuerzo no había sido físico. Los piececitos de rana se sacudieron una vez y luego cayeron al tiempo que las piernas quedaban a la vista con el siguiente empujón.

—Otra vez, cariño —susurré, con una mano sobre el muslo tembloroso de Lizzie—. Danos otro como ése.

Sonó un gruñido desde las profundidades de la tierra mientras Lizzie llegaba a ese punto en que a una mujer ya no le importa si vive o muere o se parte en dos, y la mitad inferior del cuerpo del bebé se deslizó lentamente al exterior, con el cordón umbilical latiendo como un grueso gusano morado enrollado sobre la barriga. Tenía los ojos fijos en él mientras pensaba «Gracias a Dios, gracias a Dios», cuando me percaté de la mirada de la tía Monika, que observaba con atención por encima de mi hombro.

—¿*Ist das* cojones? —inquirió, atónita, señalando los genitales del niño.

No había tenido tiempo de mirar, preocupada como estaba con el cordón, pero ahora miré hacia abajo y sonreí.

—No. *Ist eine Mädchen* —contesté.

El sexo del bebé estaba edematoso. Tenía un aspecto muy parecido al instrumento de un chico, con el clítoris sobresaliendo de unos labios hinchados, pero no era un muchacho.

—¿Qué? ¿Qué es? —preguntaba uno de los Beardsley, inclinándose a mirar.

—Tenéis una *ñiñita* —le respondió la tía Monika, radiante.

—¿Una niña? —gritó el otro Beardsley—. ¡Lizzie, tenemos una hija!

—¿Quieres hacer el puto favor de cerrar el pico? —gruñó Lizzie—. ¡Nnnngggg!

En ese preciso instante, Rodney se despertó y se incorporó de golpe, boquiabierto y con unos ojos como platos. Tía Monika se puso en pie de un salto y lo sacó de la cama antes de que pudiera ponerse a gritar.

La hermana de Rodney estaba viniendo al mundo a regañadientes, centímetro a centímetro, expulsada por cada contracción. Yo iba contando mentalmente, «un hipopótamo, dos hipopótamos...». Desde que aparecía el cordón hasta que salía la boca y el bebé respiraba por primera vez sin novedad, no podían transcurrir más de cuatro minutos sin que empezaran a producirse daños cerebrales a causa de la falta de oxígeno. Pero no podía tirar y arriesgarme a dañar el cuello y la cabeza.

—Empuja, cariño —la alenté rodeando las dos rodillas de Lizzie con las manos y hablando con voz serena—. Con fuerza, ahora.

«Treinta y cuatro hipopótamos, treinta y cinco...»

Ahora sólo necesitábamos que la barbilla colgara sobre el hueso pélvico. Cuando la contracción cedió, deslicé rápidamente los dedos hacia arriba y agarré con dos de ellos la mandíbula superior. Sentí llegar la siguiente contracción y apreté los dientes cuando su fuerza me aplastó la mano entre los huesos de la pelvis y el cráneo de la niña, pero no los retiré: temía soltarla.

«Sesenta y dos hipopótamos...»

Relajación. Tiré hacia abajo, despacio, despacio, despacio, atrayendo la cabeza del bebé hacia delante, ayudando a la barbilla a rebasar el borde de la pelvis...

«Ochenta y nueve hipopótamos, noventa hipopótamos...»

La niña colgaba del cuerpo de Lizzie, azul y manchada de sangre y brillante a la luz de las llamas, balanceándose en la sombra de sus muslos como el badajo de una campana, o como un cadáver de una horca. Alejé ese pensamiento...

—¿No deberíamos coger...? —me susurró la tía Monika, con Rodney agarrado a su pecho.

«Cien.»

—No —repuse—. No la toque. Aún no. —La fuerza de la gravedad estaba ayudando al parto. Un tirón lesionaría el cuello, y si la cabeza se enganchara...

«Ciento diez hipopótamos. Son muchos hipopótamos», pensé, imaginando distraídamente manadas de ellos marchando hacia la hondonada, donde se revolcarían en el barro, qué maraviiiilla...

—Ahora —dije preparándome para limpiar la boca y la nariz en cuanto salieran, pero Lizzie no había esperado para empujar, y, con un largo y profundo suspiro y un audible *¡pop!*, la cabeza emergió de golpe y el bebé cayó en mis manos como una fruta madura.

Vertí un poco más de agua del caldero humeante en la jofaina y añadí agua fría del cubo. Me escocieron las manos con el calor.

La piel de entre mis nudillos estaba agrietada a causa del largo invierno y del uso constante de alcohol diluido para esterilizar. Acababa de terminar de coser a Lizzie y de limpiarla, y la sangre se desprendía de mis manos formando oscuras espirales en el agua.

Detrás de mí, Lizzie estaba pulcramente arropada en la cama, vestida con una de las camisas de los gemelos, pues la suya todavía no se había secado. Se reía con la euforia de haber sobrevivido al parto, con un gemelo a cada lado deshaciéndose en atenciones hacia ella, murmurando admiración y alivio, mientras uno de ellos le echaba hacia atrás el claro cabello, suelto y empapado, y el otro le besaba con suavidad el cuello.

—¿Tienes fiebre, amor mío? —le preguntó uno con cierta preocupación en la voz.

La pregunta hizo que me volviera a mirar. Lizzie sufría malaria y, aunque llevaba algún tiempo sin tener ningún ataque, tal vez el estrés del parto...

—No —contestó, y besó a Jo o a Kezzie en la frente—. Sólo estoy acalorada de felicidad.

Kezzie o Jo le sonrió con admiración mientras su hermano reanudaba su tarea y seguía besándole el cuello al otro lado.

La tía Monika tosió ligeramente. Había limpiado al bebé con un paño húmedo y algunos de los mechones de lana que yo había traído, suaves y aceitosos, untados con lanolina, y ahora lo había envuelto en una manta. Rodney se había aburrido de todo el proceso hacía rato y se había echado a dormir en el suelo junto a la cesta de la leña, chupándose el pulgar.

—Tu *vater*, Lizzie —dijo tía Monika con un ligero deje de reprobación en la voz—. Va frío a coger. *Und die Mädel* querrá ver, *mitt* tú, pero quizá no *mit der*... —Se las arregló para inclinar la cabeza hacia la cama al tiempo que procuraba recatadamente no mirar al juguetón trío que había en ella.

Tras el nacimiento de Rodney, el señor Wemyss y sus yernos habían llegado a una delicada reconciliación, pero era mejor no forzar las cosas.

Sus palabras sacudieron de su abstracción a los gemelos, que se levantaron de un salto, tras lo cual uno se detuvo a recoger a Rodney, a quien manejó con despreocupado afecto, y el otro se dirigió a toda prisa a la puerta para ir en busca del señor Wemyss, olvidado en el porche en medio de la emoción.

Aunque estaba aterido de frío, el alivio hizo resplandecer su delgado rostro como si tuviera una luz en el interior. Sonrió con sincera alegría a Monika, dedicándole una breve mirada y una suave palmadita al bultito enfajado, pero toda su atención era para Lizzie, y la de ella para él.

—Tienes las manos heladas, papá —observó la joven riéndose un poco, pero reteniéndolo con firmeza cuando él hizo ademán de apartarse—. No, quédate. No tengo frío. Ven a sentarte conmigo y a saludar a tu nietecita. —Su voz traslucía un tímido orgullo mientras le tendía una mano a la tía Monika.

La mujer dejó con cuidado al bebé en los brazos de Lizzie y permaneció de pie con una mano en el hombro del señor Wemyss y el reflejo de algo mucho más profundo que el cariño en su curtido rostro. No era la primera vez que me sorprendía —y me sentía vagamente avergonzada por ello— por lo profundo de su amor por aquel hombrecillo frágil y callado.

—Oh —dijo el señor Wemyss en voz baja mientras tocaba la mejilla de la niña con el dedo.

La oía hacer ruiditos con la boca. Al principio estaba afectada por el trauma del parto y no había hecho caso del pecho, pero era obvio que ahora estaba cambiando de idea.

—Tendrá hambre.

Sonó un susurro de sábanas cuando Lizzie cogió al bebé y se lo llevó al pecho con manos expertas.

—¿Cómo vas a llamarla, *a leannan*? —inquirió el señor Wemyss.

—Lo cierto es que no había pensado en un nombre de niña —respondió Lizzie—. Era tan grande que pensé que no podía ser más que... ¡ay! —Se echó a reír con un sonido dulce y profundo—. Se me había olvidado el ansia con que mama un recién nacido. ¡Oooh! Toma, *a chuisle*, sí, así está mejor...

Estiré el brazo para coger la bolsa de lana con el fin de frotarme las irritadas manos con uno de los mechones suaves y oleosos y vi por casualidad a los gemelos, aparte, uno junto al otro, con los ojos fijos en Lizzie y en su hija, ambos con una expresión que era un eco de la de Monika. Sin apartar la mirada, el Beardsley que tenía en brazos al pequeño Rodney inclinó la cabeza y besó al crío en la coronilla.

Cuánto amor en un pequeño lugar. Me aparté, a mi vez con los ojos húmedos. Me pregunté si el hecho de que el matrimonio en torno al que giraba esa extraña familia fuera tan poco ortodoxo era realmente importante. Bueno, para Hiram Crombie sí lo sería, reflexioné. El líder de los intransigentes inmigrantes presbiterianos de Thurso querría que a Lizzie, Jo y Kezzie los lapidaran como poco, junto con el fruto impuro de sus entrañas.

No había peligro de que ello sucediera mientras Jamie estuviese en el Cerro, pero ¿y cuando se hubiera marchado? Me limpié despacio la sangre de debajo de las uñas, esperando que Ian tuviera razón acerca de la capacidad de discreción, y de engaño, de los Beardsley.

Distraída con esos pensamientos, no me había dado cuenta de la presencia de la tía Monika, que había acudido sigilosamente a mi lado.

—*Danke* —dijo en voz baja mientras me ponía una mano nudosa en el brazo.

—*Gern geschehen.* —Puse mi mano sobre la suya y se la presioné con suavidad—. Ha sido usted de gran ayuda. Gracias.

Seguía sonriendo, pero una arruga de preocupación dividía su frente.

—No mucho. Pero tengo miedo. —Miró en dirección a la cama por encima de su hombro y luego volvió a mirarme a mí—. ¿Qué pasa, la próxima vez, cuando usted no estar aquí? Ellos no parar, ¿sabe? —añadió formando con disimulo un círculo con el pulgar y el índice e introduciendo en él el dedo corazón de la otra mano, ilustrando de manera muy indiscreta lo que quería decir exactamente.

Transformé a toda prisa una carcajada en un ataque de tos que, por fortuna, pasó desapercibido a las partes implicadas, aunque el señor Wemyss miró por encima del hombro, un tanto preocupado.

—Estará usted aquí —le respondí recuperando la compostura.

Adoptó una expresión de horror.

—¿Yo? *Nein* —repuso meneando la cabeza—. *Das reicht nicht.* Yo... —Se hincó el dedo en su magro pecho, al ver que no la había comprendido—. Yo... no basto.

Respiré hondo, pues sabía que tenía razón. Y sin embargo...

—Tendrá que hacerlo —le dije en voz muy baja.

Ella parpadeó una vez, con sus grandes y sabios ojos castaños fijos en los míos. Después asintió despacio, aceptándolo.

—*Mein Gott, hilf mir* —repuso.

Jamie no había conseguido volver a dormirse. Últimamente le costaba conciliar el sueño en cualquier caso, y solía permanecer despierto en la cama hasta muy tarde, observando el brillo menguante de las llamas en el hogar y dando vueltas a cosas en la cabeza o buscando la sabiduría en las sombras de las vigas del techo. Cuando conseguía dormirse con facilidad, se despertaba a menudo de pronto, sudando. Pero él sabía por qué le sucedía y qué hacer al respecto.

La mayoría de sus estrategias para dormir implicaban a Claire, hablar con ella, hacer el amor con ella, o simplemente mirarla mientras dormía, encontrando consuelo en la sólida y larga curva de su clavícula o en la desgarradora forma de sus párpados cerrados, dejando que su tranquilo calor le instilara el sueño.

Pero Claire, por supuesto, se había marchado.

Tras rezar el rosario durante media hora, se convenció de que, por lo que a los rezos se refería, había hecho cuanto era necesario o deseable por el bien de Lizzie y del hijo que estaba a punto de nacer. Le veía sentido a rezar el rosario como penitencia, en especial si uno lo hacía de rodillas. O para tranquilizar el espíritu, fortalecer el alma o buscar la ayuda de la meditación sobre cuestiones sagradas, sí, para eso también. Pero no para pedir una gracia. Pensaba que, si él fuera Dios, o incluso la Santísima Virgen, que tenía fama de paciente, encontraría tedioso oír a alguien rogar por algo una y otra vez durante más de una década, y estaba claro que aburrir a alguien cuya ayuda pretendías era un disparate.

Bueno, las oraciones gaélicas parecían mucho más útiles para esos fines, pues se concentraban en una demanda o bendición específica y resultaban más agradables tanto por su ritmo como por su variedad. Tal era su opinión, aunque no era probable que nadie se la preguntara.

> *Moire gheal is Bhride;*
> *Mar a rug Anna Moire,*
> *Mar a rug Moire Criosda,*
> *Mar a rug Eile Eoin Baistidh*
> *Gun mhar-bhith dha dhi,*
> *Cuidich i na 'h asaid,*
> *Cuidich i a Bhride!*

> *Mar a gheineadh Criosd am Moire*
> *Comhliont air gach laimh,*
> *Cobhair i a mise, mhoime,*
> *An gein a thoir bho 'n chnaimh;*
> *'S mar a chomhn thu Oigh an t-solais,*
> *Gun or, gun odh, gun ni,*

Comhn i 's mor a th' othrais,
Comhn i a Bhride!

Murmuraba mientras subía.

María pura y Brígida;
así como Ana llevó en su seno a María,
así como María llevó en su seno a Cristo,
así como Isabel llevó en su seno a Juan el Bautista,
sin ningún defecto,
ayudadla a parir,
ayúdala, ¡oh, Brígida!

Así como María concibió a Cristo
libre de mácula,
ayúdame, madre adoptiva,
a concebir desde la médula;
y tal como ayudaste a la Virgen de la alegría,
sin oro, sin trigo, sin ganado,
ayúdala, grande es su dolor,
ayúdala, ¡oh, Brígida!

Había abandonado la cabaña, incapaz de soportar su ambiente sofocante, y caminaba por el Cerro con actitud contemplativa en medio de la nieve que caía, repasando listas en la cabeza. Pero lo cierto es que todos esos preparativos estaban ya hechos, a excepción de todo lo relativo a los caballos y a las mulas, y, sin pensar realmente en ello, se dio cuenta de que estaba recorriendo el camino a casa de los Beardsley. Ahora había dejado de nevar, pero, arriba, el cielo se extendía gris y tranquilo y la fría nieve cubría serena los árboles y acallaba el susurro del viento.

«Un refugio», pensó. Por supuesto, no lo era, no había lugar seguro en tiempos de guerra, pero la sensación que le producía la noche en la montaña le recordó la que le causaban las iglesias: una enorme paz, esperando.

Notre-Dame en París... La iglesia de St. Giles en Edimburgo. Algunas pequeñas iglesias de piedra de las Highlands a las que había acudido en ocasiones durante los años que había vivido oculto, cuando lo consideró seguro. Se persignó al rememorarlo. Las piedras lisas, con frecuencia apenas un altar de madera en el interior y, sin embargo, cuando entrabas y te sen-

181

tabas en el suelo si no había bancos, sentías un alivio tremendo, sólo con sentarte y saber que no estabas solo. Un refugio.

Ya fuera porque estaba pensando en las iglesias o porque pensaba en Claire, recordó otra iglesia, aquella en la que se casaron, y sonrió para sus adentros al recordarlo. Aquélla no había sido una espera tranquila, en modo alguno. Aún sentía el trueno de su corazón contra las costillas al entrar, el olor de su sudor —olía como una cabra en putrefacción, y esperaba que Claire no fuera consciente de ello—, la falta de aire. Y la caricia de la mano de ella en la suya, de sus dedos pequeños y helados, que se agarraban a él en busca de apoyo.

«Un refugio.» Eso era lo que habían sido entonces el uno para el otro, y eso era lo que eran ahora. «Sangre de mi sangre.» El cortecito se le había curado ya, pero se frotó la yema del pulgar sonriendo al recordar la naturalidad con que ella había pronunciado esas palabras.

La cabaña apareció ante su vista y Jamie vio a Joseph Wemyss esperando en el porche, encorvado y dando fuertes golpes contra el suelo con los pies para entrar en calor. Estaba a punto de llamar a Joseph cuando la puerta se abrió de repente y uno de los gemelos Beardsley —Dios santo, ¿qué estaban haciendo ellos allí dentro?— salió y agarró a su suegro del brazo, casi tirándolo al suelo a causa de la emoción.

Era emoción, no dolor ni espanto lo que había visto claramente en la cara del chico a la luz de las llamas. Soltó el aliento que estaba conteniendo sin darse cuenta, y destacó, blanco, en la oscuridad. El bebé había llegado y tanto él como Lizzie habían sobrevivido.

Se relajó, apoyándose contra un árbol, al tiempo que tocaba el rosario que llevaba en torno al cuello.

—*Moran taing* —dijo en voz baja, un breve, pero sincero agradecimiento.

En la cabaña, alguien había echado más leña al fuego. Una lluvia de chispas voló desde la chimenea, iluminando la nieve en rojo y oro y silbando y lanzando una humareda negra allí donde habían caído las brasas.

«Pero el hombre nace para el sufrimiento, así como las chispas vuelan hacia arriba.» Había leído ese versículo de Job numerosas veces cuando estaba en prisión y no le había encontrado mucho sentido. Las chispas que vuelan hacia arriba no causan sufrimiento alguno, salvo que la leña esté muy seca. Las que pueden prenderle fuego a tu casa son las que saltan fuera del hogar. Pero si el autor tan sólo había pretendido decir que las tribulaciones están en la naturaleza del ser humano —cosa a todas luces cierta, como Jamie sabía por propia experiencia—, estaba confirmando lo inevitable al decir que las chispas vuelan siempre hacia arriba, algo que cualquiera que haya estado contemplando un fuego el tiempo suficiente puede decir que no es cierto.

Sin embargo, ¿quién era él para criticar la lógica de la Biblia cuando debería estar recitando salmos de alabanza y gratitud? Intentó recordar alguno, pero estaba demasiado contento como para acordarse de algo más que trozos y fragmentos variados.

Se dio cuenta con cierta perplejidad de que se sentía profundamente feliz. Que el bebé hubiera venido al mundo sin novedad era algo maravilloso en sí mismo, sin duda, pero también significaba que Claire había salido airosa de su prueba y que ahora ambos eran libres. Podían marcharse del Cerro, sabiendo que habían hecho todo lo posible por quienes se quedaban.

Sí, siempre era triste dejar tu hogar, pero en ese caso podía decirse que su hogar los había dejado a ellos cuando la casa se quemó y, sea como fuere, su tristeza quedaba ampliamente compensada por su creciente ilusión. Libre y lejos de allí, con Claire a su lado, sin tareas cotidianas que hacer, sin riñas mezquinas que zanjar, sin viudas ni huérfanos por los que preocuparse... bueno, se trataba de pensamientos indignos, sin lugar a dudas, pero...

La guerra era una cosa terrible, y ésa en particular lo sería también, aunque no se podía negar que resultaba emocionante, por lo que se le agitó la sangre desde el cuero cabelludo hasta la punta de los pies.

—*Moran taing* —dijo de nuevo, agradecido de todo corazón.

Algo después, la puerta de la cabaña se abrió arrojando luz al exterior, y Claire salió de la vivienda mientras se subía la capucha de la capa con su cesta al brazo. Unas voces fueron tras ella y unas siluetas aparecieron en la puerta. Claire se volvió para despedirse de ellos con la mano y Jamie la oyó reír. El sonido de su risa hizo que se estremeciera de placer.

La puerta se cerró y ella echó a andar camino abajo en la oscuridad teñida de gris. Jamie observó que se tambaleaba ligeramente debido al cansancio y que, a pesar de ello, irradiaba algo... Pensó que podía ser la misma euforia que le levantaba a él el ánimo.

—Como las chispas que vuelan hacia arriba —murmuró para sí y, sonriendo, salió a su encuentro.

Ella no se asustó al oírlo, sino que se volvió en el acto y caminó hacia él como si flotara sobre la nieve.

—Deduzco que está bien —dijo Jamie, y ella suspiró y se cobijó en sus brazos, firme y caliente entre los pliegues fríos de su capa.

Jamie introdujo las manos bajo la tela y la estrechó con más fuerza bajo la lana de su enorme capa.

—Te necesito, por favor —susurró ella con los labios contra los suyos.

Sin responder, Jamie la tomó en sus brazos —Dios santo, Claire tenía razón, aquella capa apestaba a carne muerta: ¿la habría utilizado el hombre que se la había vendido para acarrear un ciervo despedazado desde el bosque?—, y la besó apasionadamente. Luego la dejó en el suelo y la ayudó a bajar la colina mientras la fina capa de nieve parecía derretirse a cada paso al contacto con sus pies.

Les dio la impresión de que habían llegado hasta el establo en un abrir y cerrar de ojos. Habían conversado un poco por el camino, pero Jamie no recordaba de qué habían hablado. Lo único que importaba era que estaban juntos.

Dentro del establo no se estaba lo que se dice muy caliente, pero tampoco es que hiciera un frío glacial. Jamie pensó que era acogedor, con el agradable olor cálido de los animales en la oscuridad. La extraña luz gris del cielo se filtraba ligeramente al interior, lo bastante como para poder ver las formas encorvadas de los caballos y de los mulos que dormían en sus compartimentos. Y había paja seca para tumbarse, pues era toda vieja y un pelín mohosa.

Hacía demasiado frío para quitarse la ropa, pero Jamie extendió su capa sobre la paja, dejó a Claire encima, y se tumbó sobre ella, temblando mientras se besaban, por lo que sus dientes se entrechocaban, de modo que se separaron, riendo.

—Esto es una tontería —afirmó ella—. Puedo ver mi aliento... y el tuyo. Hace tanto frío que podríamos hacer anillos de humo. Nos vamos a helar.

—No, no nos helaremos. ¿Sabes cómo hacen fuego los indios?

—Claro, frotando un palo seco contra...

—Sí, con la fricción. —Le había subido las enaguas. Sentía sus muslos suaves y fríos al tacto—. Aunque entiendo que seco no estará... Dios mío, Sassenach, ¿qué has estado haciendo?

La sostenía firmemente en la palma de su mano, caliente, suave y jugosa y, al sentir el frío de sus dedos, ella profirió un grito, tan alto que uno de los mulos soltó un resoplido. Claire se contoneó, lo justo para hacer que él retirara la mano de entre sus piernas e introdujera otra cosa, deprisa.

—Vas a despertar a todo el establo —señaló Jamie sin aliento. Dios santo, la envolvente oleada de calor del cuerpo de ella hizo que se sintiera mareado.

Claire introdujo sus manos frías bajo la camisa de Jamie y le pellizcó los pezones con fuerza. Él chilló y luego se echó a reír.

—Házmelo otra vez —rogó e, inclinando la cabeza, le metió la lengua en la oreja fría por el placer de oírla gritar.

Claire se agitó y arqucó la espalda, pero —observó él— no apartó la cabeza. Jamie apresó suavemente el lóbulo de su oreja entre los dientes y empezó a martirizárselo, penetrándola despacio y riendo para sí a causa los ruidos que ella hacía.

Llevaban demasiado tiempo haciendo el amor en silencio.

Las manos de ella estaban ocupadas en la espalda de Jamie. Él sólo se había bajado la solapa del pantalón y se había sacado el bajo de la camisa para que no estorbara, pero ella le había dejado la espalda al aire, había enterrado ambas manos en sus calzones y le aferraba las nalgas. Lo atrajo contra su cuerpo con fuerza, clavándole las uñas, y él comprendió lo que quería decir. Le soltó la oreja, se apoyó sobre las palmas, y la montó de modo implacable mientras la paja crujía a su alrededor como el crepitar del fuego.

Lo único que quería era dejarse ir enseguida, derramarse y dejarse caer sobre ella, abrazarla contra su cuerpo y oler su cabello, embriagado de calor y de gozo. Una tenue impresión de deber le recordó que ella se lo había pedido, lo necesitaba. No podía dejar su deseo sin satisfacer.

Cerró los ojos y redujo el ritmo, se tumbó sobre ella de modo que su cuerpo ejerciera presión y se elevara a lo largo del de él al tiempo que la tela de su ropa se arrugaba y se arracimaba entre ambos. Introdujo una mano bajo su cuerpo, sostuvo en ella su trasero desnudo y deslizó los dedos en el calor húmedo de la raja de sus nalgas. Hizo resbalar uno de ellos un poco más allá y Claire dejó escapar un grito sofocado. Sus caderas se levantaron intentando escapar, pero él soltó una risa gutural y no se lo consintió. Agitó el dedo.

—Vuelve a hacer eso —le susurró al oído—. Vuelve a gemir para mí.

Claire lo hizo mejor aún, de una manera que él aún no había oído nunca, y se retorció bajo su cuerpo gimiendo y temblando.

Jamie sacó el dedo y la tocó a tientas, con suavidad y rápido, en todas sus partes profundas y lúbricas, mientras sentía el pene bajo sus propios dedos, grande y resbaladizo, ensanchándola...

Profirió, a su vez, un ruido terrible, como el de una vaca agonizante, pero se sentía demasiado feliz para avergonzarse.

—No eres nada paciente, Sassenach —murmuró segundos después, respirando el olor a almizcle y vida nueva—. Pero me gustas muchísimo.

12

Lo bastante

Me despedí, empezando por el invernadero. Permanecí unos momentos en el interior escuchando gotear el agua en su canal de piedra, respirando el olor frío y fresco del lugar, con su débil y dulce aroma a leche y a mantequilla. Cuando salí, giré a la izquierda y crucé la estropeada cerca de mi jardín, cubierta con los restos hechos jirones de unas plantas de calabaza. Me detuve, dubitativa. No había puesto los pies en el jardín desde el día en que Malva y su hijo habían muerto en él. Apoyé las manos sobre dos de las estacas de madera y me incliné para mirar entre ellas.

Me alegré de no haber mirado antes. No podría haber soportado verlo en plena desolación invernal, con los tallos astrosos ennegrecidos y rígidos, y los restos de hojas podridas en el suelo. Ahora seguía siendo un espectáculo devastador para el corazón de un jardinero, pero no tenía ya un aspecto desolado. Por todas partes había brotes nuevos, muy verdes, salpicados de flores diminutas, pues la bondad de la primavera extendía guirnaldas sobre los huesos del invierno. Por supuesto, la mitad de las cosas verdes que allí crecían eran hierbas y hierbajos. Cuando llegase el verano, los bosques habrían reclamado ya el jardín, sofocando los retoños raquíticos de coles y cebollas. Amy había plantado un nuevo huerto cerca de la vieja cabaña. Ni ella ni nadie más en el Cerro pisaría ese lugar.

Algo se movía entre la hierba, y vi una pequeña serpiente toro que se deslizaba entre los tallos, de caza. Ver algo vivo me reconfortó, aunque no me gustaban mucho las serpientes, y sonreí al tiempo que levantaba la vista y veía que las abejas entraban y salían zumbando de una de las viejas colmenas que aún había al pie del jardín.

Miré, por último, el lugar donde había plantado verduras para ensalada. Malva había muerto justo allí. En mi memoria, siempre veía la sangre derramándose, la imaginaría allí, quieta, como una mancha permanente empapada en la tierra entre los restos mezclados de lechugas arrancadas y hojas marchitas. Pero había desaparecido. Nada marcaba el lugar a excepción de un encantador grupito de champiñones, diminutos sombreros blancos que asomaban entre la hierba salvaje.

—«Ahora me levantaré y me marcharé —dije en voz baja— y a Innisfree me iré, y allí construiré una pequeña cabaña, de barro y ramas. Nueve surcos de habas tendré y un panal para la miel, y viviré sola entre el zumbido de las abejas. —Permanecí en silencio unos instantes y, cuando me alejaba, añadí en un murmullo—: Y allí tendré un poco de paz, pues la paz llega goteando despacio.»[4]

Eché a andar a paso rápido por el camino. No era preciso que intentara grabar en mi recuerdo las ruinas de la casa, ni tampoco la cerda blanca. Las recordaría sin problemas. En cuanto al granero del maíz o al corral, una vez has visto uno, los has visto todos.

Distinguí la pequeña congregación de caballos, mulos y personas que se movían frente a la cabaña en medio del lento caos de la partida inminente. Pero aún no estaba lista para despedirme, de modo que me adentré en el bosque para serenarme.

La hierba que crecía junto al sendero era alta, y acariciaba suave y ligera como una pluma el borde de mis faldas largas. Una cosa más pesada que la hierba las rozó, miré hacia abajo y descubrí a *Adso*. Había estado buscándolo casi todo el día anterior. Era típico de él aparecer en el último momento.

—Así que estabas aquí, ¿eh? —le dije, acusadora.

Me miró con sus enormes ojos tranquilos verdeceledón y se lamió una pata. En un impulso, lo agarré y lo estreché contra mi cuerpo, sintiendo el fragor de su ronroneo y el pelo suave y denso de su barriga plateada.

Estaría estupendamente. Lo sabía. Los bosques eran su coto privado de caza, y Amy Higgins le tenía cariño y me había pro-

---

[4] Se trata de unos versos del poema «The lake isle of Innisfree» [La isla del lago de Innisfree], de William Butler Yeats. *(N. de la t.)*

metido que procuraría que no le faltaran la leche y un lugar calentito junto al fuego cuando hiciera mal tiempo. Lo sabía.

—Vete, pues —le dije, y lo dejé en el suelo.

Se quedó allí unos instantes, meneando despacio la cola con la cabeza alta, buscando comida u olores interesantes y, a continuación, se internó entre la hierba y desapareció.

Me agaché, muy despacio y con los brazos cruzados, y me eché a temblar, llorando en silencio, con violencia.

Lloré hasta que me dolió la garganta y no pude seguir respirando, entonces me senté en la hierba, hecha un ovillo como una hoja seca, mientras unas lágrimas que no podía contener caían sobre mis rodillas como los primeros goterones de una tormenta inminente. Dios mío. Eso era sólo el comienzo.

Me froté fuertemente los ojos con las manos, llenándome de churretes, conforme intentaba librarme de la pena. Una tela suave me acarició el rostro, así que miré hacia arriba, sorbiendo por la nariz, y descubrí a Jamie de rodillas frente a mí, con un pañuelo en la mano.

—Lo siento —dijo en voz muy baja.

—No es... no te preocupes. Tan sólo estoy... Sólo es un gato —repuse, y una pequeña nueva pena me ciñó el pecho como un vendaje.

—Sí, lo sé. —Se sentó a mi lado y me rodeó los hombros con un brazo, atrayendo mi cabeza contra su pecho al tiempo que me secaba la cara con ternura—. No podrías llorar por los niños. O por la casa. O por tu pequeño jardín. O por la pobre muchacha muerta y su hijito. Pero si lloras por tu gatito, sabes que puedes parar.

—¿Cómo lo sabes? —Tenía la voz espesa, pero el vendaje que me fajaba el pecho ya no me apretaba tanto.

Jamie profirió un gemido compungido.

—Porque tampoco yo puedo llorar por esas cosas, Sassenach. Y yo no tengo gato.

Me sorbí la nariz, me limpié la cara por última vez y me soné los mocos antes de devolverle el pañuelo, que embutió en su escarcela sin darle la menor importancia.

«Dios mío, dame fuerzas —había dicho Jamie—. Concédeme ser lo bastante.» Cuando lo oí, ese ruego se alojó en mi corazón como una flecha, y pensé que le estaba pidiendo ayuda a Dios para hacer lo que hubiera que hacer. Pero no era en absoluto así, y darme cuenta de lo que en realidad había querido decir me partió el corazón.

Tomé su rostro entre las manos y deseé con todas mis fuerzas tener su mismo don, la habilidad para decir lo que tenía en el corazón de tal modo que él lo supiera.

Pero no lo tenía.

—Jamie —dije, al final—. Oh, Jamie. Tú eres... tú lo eres todo. Siempre...

Una hora después, nos marchamos del Cerro.

13

Malestar

Ian estaba acostado, con un saco de arroz bajo la nuca a modo de almohada. Estaba duro, pero le gustaba el susurro que emitían los granitos cuando volvía la cabeza y su tenue olor a almidón. *Rollo* rebuscó bajo la colcha con el morro, resoplando mientras se aproximaba al cuerpo de Ian, para acabar con la nariz agradablemente enterrada en su axila. El chico le rascó las orejas al perro con suavidad y luego volvió a tumbarse y se puso a mirar las estrellas.

Había una línea de luna, fina como un recorte de uña, y las estrellas destacaban grandes y brillantes en medio del cielo morado, casi negro. Buscó las constelaciones de la bóveda celeste. ¿Vería las mismas estrellas en Escocia?, se preguntó. Cuando vivía en las Highlands, no prestaba mucha atención a las estrellas, y en Edimburgo ni siquiera se veían por culpa del humo de las apestosas chimeneas.

Su tía y su tío estaban tumbados al otro lado del fuego apagado, lo bastante juntos como para parecer un único tronco, compartiendo el calor. Vio que las mantas se agitaban de repente, se quedaban inmóviles, volvían a agitarse y se inmovilizaban por fin, a la espera. Oyó un murmullo, demasiado bajo para distinguir las palabras, pero cuya intención estaba más que clara.

Mantuvo una respiración regular, algo más ruidosa de lo habitual. Un instante después, los movimientos furtivos comenzaron de nuevo. No era fácil engañar al tío Jamie, pero hay ocasiones en las que un hombre quiere que lo engañen.

Dejó descansar suavemente la mano sobre la cabeza del perro y *Rollo* suspiró, relajando su corpachón y dejándose caer cálido y pesado contra él. Si no fuera por el perro, no podría dormir al aire libre. No es que durmiera a pierna suelta, ni tampoco durante mucho tiempo seguido, pero por lo menos podía rendirse de vez en cuando a esa necesidad corporal, confiando en que *Rollo* oiría cualquier indicio de pasos bastante antes de que lo hiciera él.

—Estás seguro —le había dicho su tío Jamie la primera noche que habían pasado en el camino.

En aquella ocasión, los nervios le habían impedido pegar ojo, ni siquiera con la cabeza de *Rollo* sobre el pecho, y se había levantado para ir a sentarse junto al fuego, donde se puso a remover las brasas con un palo hasta que las llamas ascendieron hacia el cielo, puras y vívidas.

Era plenamente consciente de que cualquiera que estuviera observando podría verlo a la perfección, pero no podía hacer nada para remediarlo. Además, de haber tenido una diana pintada en el pecho, el que la iluminara no habría supuesto una gran diferencia. *Rollo*, tumbado vigilante junto a la hoguera cada vez más alta, había levantado de repente la cabezota, pero no había hecho más que volverla hacia un débil sonido que se oyó en la oscuridad. Eso significaba que se trataba de alguien conocido, y a Ian ni le molestó, ni le sorprendió, que su tío saliera del bosque, adonde había ido a aliviarse, y se sentara a su lado.

—No te quiere muerto, ¿sabes? —le había dicho el tío Jamie sin andarse con rodeos—. Estás a salvo.

—No sé si quiero estar a salvo —había respondido él con brusquedad, y su tío lo había mirado con expresión preocupada, pero no sorprendida. No obstante, el tío Jamie se había limitado a asentir.

Ian sabía lo que su tío había querido decir. Arch Bug no deseaba su muerte porque eso habría puesto fin a su sentimiento de culpa y, por tanto, a su sufrimiento. Ian había mirado aquellos ojos viejos, con el blanco amarillento e inyectado en sangre, acuosos por el frío y la tristeza, y había visto en ellos algo que le había helado el alma hasta lo más profundo. No. Arch Bug no iba a matarlo aún.

Su tío estaba mirando el fuego, la cálida luz iluminando los anchos huesos de su rostro, y esa imagen le produjo alivio y pánico al mismo tiempo.

«¿No se te ha ocurrido? —pensó, angustiado, pero guardó silencio—. Dijo que me quitaría lo que yo amo. Y aquí estás tú sentado junto a mí: más claro, el agua.»

La primera vez que esa idea se le había pasado por la cabeza, la había rechazado. El viejo Arch estaba en deuda con el tío Jamie por lo que él había hecho por los Bug, y Arch era de esos hombres que reconocen una deuda... aunque ahora tal vez estuviese más dispuesto a reclamarla. Y no le cabía la menor duda de que Bug también respetaba a su tío como persona. Por algún tiempo, la cuestión parecía haber quedado zanjada.

Pero otros pensamientos habían acudido a su mente, cosas molestas, con muchas patas, que habían surgido sin hacer ruido en medio de las noches insomnes transcurridas desde que mató a Murdina Bug.

Arch era un hombre viejo. Duro como una espuela templada al fuego y el doble de peligroso, pero viejo. Había combatido en Sheriffmuir; debía de estar a punto de cumplir los ochenta. El deseo de venganza tal vez lo mantendría con vida durante una temporada, pero nadie vive eternamente. Podía muy bien pensar que no tenía tiempo de esperar a que Ian adquiriera «algo que valga la pena coger». Si tenía intención de cumplir su amenaza, debía actuar pronto.

Ian oía los sutiles movimientos y susurros procedentes del otro lado del fuego. Tragó saliva, tenía la boca seca. El viejo Arch podía intentar llevarse a su tía, pues estaba claro que Ian la quería y sería mucho más fácil matarla a ella que al tío Jamie. Pero no, Arch tal vez estuviese medio loco de dolor y de rabia, pero no era un perturbado. Sabía que tocar a la tía Claire sin matar al tío Jamie al mismo tiempo sería un suicidio.

«Quizá no le importe...» Ésa era otra idea que se paseaba por su barriga con pies pequeños y fríos.

Tenía que separarse de ellos, lo sabía. Había querido hacerlo... todavía quería hacerlo. «Espera a que se queden dormidos y, entonces, levántate y márchate sin hacer ruido.» Así estarían a salvo.

Sin embargo, aquella primera noche, el corazón le había fallado. Allí, junto al fuego, había intentado reunir valor para marcharse, mas su tío se lo había impedido al salir del bosque y sentarse con él, sin hablar pero afable, hasta que Ian se había sentido capaz de volver a acostarse.

«Mañana», había pensado. Al fin y al cabo, no había ni rastro de Arch Bug. No había dado señales de vida desde el funeral de su esposa. «Puede que esté muerto.» Era un anciano, y estaba solo.

Además, debía tener en cuenta que, si se marchaba sin decir ni una palabra, su tío Jamie iría a buscarlo. Había dejado bien claro que Ian regresaría a Escocia, ya fuera de buena gana, ya metido en un saco. Ian sonrió al pensarlo y *Rollo* emitió un gruñido cuando el pecho sobre el que estaba apoyado se agitó en una risa silenciosa.

Apenas si le había dedicado un pensamiento a Escocia y a lo que pudiera esperarlo allí.

Tal vez fueran los ruidos del otro lado de la hoguera los que se lo sugirieran —una inspiración aguda y repentina y los profundos suspiros gemelos que los sucedieron, y su familiaridad, que le proporcionó un vívido recuerdo físico del acto que causaba tales suspiros—, pero se preguntó de pronto si en Escocia encontraría esposa.

No podía, ¿verdad? ¿Lograría Bug seguirlo hasta tan lejos? «Puede que ya esté muerto», volvió a pensar, y cambió ligeramente de posición. *Rollo* emitió un gruñido quejoso con la garganta, pero, reconociendo las señales, se apartó de encima de él y fue a acurrucarse a escasa distancia.

Su familia estaría allí. Entre los Murray, sin duda alguna, él y su esposa estarían a salvo. Aquí, en las montañas, era fácil ocultarse y escapar a través de los densos bosques, pero no era ni mucho menos tan sencillo en las Highlands, donde todos los ojos estaban alerta y ningún extraño pasaba desapercibido.

No estaba seguro de lo que haría su madre cuando lo viera, pero cuando se hubiera acostumbrado a su aspecto, tal vez pudiera pensar en una chica que no se asustara demasiado de él.

Una bocanada de aire y un ruido de su tío que no acababa de ser un gemido; era un ruido que hacía cuando ella le ponía la boca sobre los pezones. Ian se lo había visto hacer un par de veces a la luz de las brasas del hogar de la cabaña, con los ojos cerrados y un rápido brillo húmedo de dientes mientras su cabello caía hacia atrás desde sus hombros desnudos en una nube de luces y sombras.

Se llevó una mano a su sexo, tentado. Tenía una colección privada de imágenes que le gustaban mucho para tales efectos, y no pocas tenían como protagonista a su prima, aunque esto último lo avergonzaba un tanto. Al fin y al cabo, era la mujer de Roger Mac. Pero hubo una época en que pensó que iba a tener que casarse con ella y, aunque la perspectiva lo aterrorizaba, pues él sólo tenía diecisiete años y Brianna era considerablemente mayor, la idea de acostarse con ella lo había envalentonado.

La había observado de cerca durante varios días, contemplando su trasero redondo y firme, la sombra oscura de su pubis pelirrojo bajo la fina muselina de su camisa cuando iba a bañarse, imaginando la emoción de verlo sin trabas la noche en que ella se tumbaría y se abriría de piernas para él.

Pero ¿qué estaba haciendo? No podía estar pensando en Brianna en esos términos, ¡no tumbado como estaba a menos de cuatro metros de su padre!

Hizo una mueca y cerró los ojos con fuerza, moviendo la mano más despacio mientras elegía una imagen distinta de su biblioteca particular. La bruja no, esa noche no. Su recuerdo lo excitaba con gran apremio, a menudo causándole dolor, pero estaba impregnado de una sensación de impotencia. Malva... No, le daba miedo evocarla. Con frecuencia pensaba que su espíritu seguía bastante cerca.

La pequeña Mary. Sí, ella. Su mano ajustó de inmediato el ritmo e Ian suspiró, escapando aliviado hacia los pequeños pechos rosas y la incitante sonrisa de la primera muchacha con la que había echado un polvo.

Momentos después, medio soñando con una muchacha rubia que era su esposa, pensó adormilado: «Sí, puede que ya esté muerto.»

Rollo emitió un profundo gruñido de disconformidad y giró sobre sí mismo hasta quedar patas arriba.

14

Asuntos delicados

Londres
Noviembre de 1776

El hecho de envejecer tenía numerosas compensaciones, pensó lord John. Sabiduría, perspectiva, haber logrado una posición en la vida, la sensación de haber hecho bien las cosas, del tiempo bien empleado, la riqueza del afecto hacia los amigos y la familia... y el de no tener que mantener la espalda pegada a la pared cuando hablabas con lord George Germain. Aunque tanto su espejo como su ayuda de cámara le aseguraban que seguía estando presentable, tenía por lo menos veinte años de más para resultarle atractivo al secretario de Estado, a quien le gustaban jóvenes y lozanos.

El oficinista que lo había hecho pasar satisfacía esa descripción, además de poseer unas largas pestañas oscuras y una expresión tierna. Grey no le dedicó más de una mirada; sus gustos personales eran más extremos.

No era temprano —conocedor de las costumbres de Germain, no se había presentado hasta la una en punto—, pero aquél mostraba todavía los efectos de una larga noche. Unas profundas ojeras azuladas rodeaban unos ojos que eran como huevos pasados por agua y que escrutaron a Grey con una clara falta de entusiasmo. Sin embargo, Germain hizo un esfuerzo de cortesía y le ofreció un asiento y mandó al empleado de los ojos de corderito a buscar coñac y galletas.

Grey rara vez tomaba bebidas fuertes antes de la hora del té y, además, en esa ocasión, quería tener la cabeza clara. Por ello, apenas si tomó un sorbo de coñac, a pesar de que era excelente, pero Germain sumergió en su copa la célebre nariz de los Sackville —larga y afilada como un abrecartas—, inspiró profundamente, la apuró y se sirvió otra. El líquido pareció que ejercía en él un efecto restaurador, pues emergió de su segunda copa con aspecto algo más contento y le preguntó a Grey qué tal estaba.

—Muy bien, gracias —respondió Grey, cortés—. Acabo de volver de América y le he traído varias cartas de conocidos comunes de allí.

—¿Ah, sí? —Germain se animó un poco—. Muy amable por su parte, Grey. ¿Ha tenido un viaje decente?

—Tolerable.

De hecho, había sido horrible. Durante la travesía del Atlántico, habían capeado un rosario de temporales, cabeceando y virando sin parar por una eternidad de días, hasta el punto de que Grey había llegado a desear con fervor que el barco se hundiera sólo para ponerle fin a todo aquello. Sin embargo, no quería desperdiciar el tiempo en charlas inútiles.

—Tuve un encuentro bastante sorprendente justo antes de abandonar la colonia de Carolina del Norte —observó, juzgando que ahora Germain estaba ya lo bastante despierto como para escuchar—. Deje que se lo cuente.

Germain era tanto vanidoso como frívolo, y había llevado a la exquisitez el arte de la vaguedad política, pero, cuando quería, podía aplicarse a una cuestión, lo que sucedía en particular cuando intuía que alguna situación podía beneficiarlo personalmente de algún modo. La mención del Territorio del Noroeste atrajo mucho su atención.

—¿Habló de algo más con ese tal Beauchamp? —Junto al brazo de Germain, había una tercera copa de coñac a medio beber.

—No. Ya me había comunicado su mensaje. Seguir conversando no habría aportado nada, pues está claro que él no tiene poder para obrar por su cuenta. Y si hubiera tenido intención de divulgar la identidad de sus superiores, lo habría hecho.

Germain cogió la copa, aunque no bebió, sino que la hizo girar entre los dedos para ayudarse a pensar. Era lisa, sin tallar, y estaba manchada de sus huellas dactilares y las marcas de sus labios.

—¿Conocía usted a ese hombre? ¿Por qué lo buscó a usted en concreto?

«No, no tiene nada de estúpido», pensó Grey.

—Lo conocí hace muchos años —respondió con voz tranquila—. Mientras trabajaba con el coronel Bowles.

Nada en el mundo habría forzado a Grey a revelarle a Germain la verdadera identidad de Percy. Percy había sido —bueno, seguía siendo— hermanastro suyo y de Hal, y sólo la buena fortuna y la determinación del propio Grey habían evitado un escándalo de tremendas proporciones en la época en que se presumió que Percy había muerto. Hay escándalos que se difuminan con el tiempo; ése, en cambio, no lo habría hecho.

Las cejas depiladas de Germain temblaron levemente al oír mencionar a Bowles, que había dirigido la Cámara Negra de Inglaterra durante muchos años.

—¿Un espía? —Su voz traslucía un ligero desagrado. Los espías eran necesidades vulgares, no una cosa que un caballero tocaría con sus manos desnudas.

—En cierto momento, tal vez. Al parecer, ha ascendido de posición social.

Cogió su copa y tomó un saludable sorbo —a fin de cuentas, era un coñac muy bueno—, volvió a depositarla en su sitio y se levantó para despedirse. Sabía que no debía pinchar a Germain. Era mejor dejar el asunto en el regazo del secretario y confiar en que se ocupara de ello por su propio interés.

Grey dejó a Germain recostado en la silla, mirando contemplativamente su copa vacía, y cogió su capa de manos del oficinista de los labios mullidos, cuya mano rozó la suya de pasada.

No era —reflexionó mientras se envolvía en la capa y tiraba hacia abajo de su sombrero para protegerse del viento cada vez

195

más fuerte— que se propusiese abandonar el asunto al caprichoso sentido de la responsabilidad de Germain. Este último era secretario de Estado para América, cierto, pero ésa no era una cuestión que afectase sólo a América. Había otros dos secretarios de Estado en el gabinete de lord North, uno para el Departamento del Norte, es decir, para toda Europa, y otro para el Departamento del Sur, que estaba constituido por el resto del mundo. Habría preferido no tener que tratar en absoluto con lord Germain. Sin embargo, tanto el protocolo como la política le impedían acudir directamente a lord North, como había sido su primer impulso. Le concedería a Germain un día para pensar en ello y luego iría a ver al secretario del Sur, Thomas Thynne, vizconde de Weymouth, con la ingrata propuesta del señor Beauchamp. El secretario del Sur estaba encargado de tratar con los países católicos de Europa, de modo que los asuntos que tenían que ver con una conexión francesa eran también de su competencia.

Si ambos hombres decidían ocuparse del asunto, éste llegaría, sin duda, a conocimiento de lord North, y él o uno de sus ministros se pondrían en contacto con Grey.

Una tormenta se estaba fraguando sobre el Támesis. Veía amenazadores nubarrones negros que parecían ir a desatar su furia directamente sobre el Parlamento.

—Unos cuantos rayos y truenos les vendrán bien —murmuró, torvo, y llamó a un coche de caballos justo cuando empezaban a caer los primeros goterones.

Cuando llegó al Beefsteak llovía a cántaros, por lo que prácticamente se caló al recorrer los cuatro pasos que separaban el bordillo de la puerta.

El señor Bodley, el viejo encargado, lo recibió como si hubiera estado allí el día anterior en lugar de dieciocho meses antes.

—Esta noche tenemos sopa de tortuga con jerez, milord —le informó, haciéndole señas a un empleado para que recogiera el sombrero y la capa empapados de Grey—. Muy reconfortante para el estómago. ¿Qué tal de segundo una excelente chuleta de cordero con patatas nuevas?

—Eso mismo, señor Bodley —respondió Grey, sonriendo.

Tomó asiento en el comedor, reconfortado por el agradable calor del fuego que ardía en él y sus bonitos manteles blancos. Sin embargo, mientras se retiraba para permitir que el señor Bodley le remetiera la servilleta bajo la barbilla, se fijó en un nuevo añadido a la decoración de la sala.

—¿Quién es? —inquirió, asombrado.

El cuadro, colgado en lugar destacado en la pared de enfrente, representaba a un indio imponente, engalanado con plumas de avestruz y telas bordadas. Parecía claramente fuera de lugar entre los serios retratos de varios miembros distinguidos de la sociedad, la mayoría ya fallecidos.

—Oh, es el señor Brant, por supuesto —respondió Bodley, con un aire de ligera reprobación—. El señor Joseph Brant. El señor Pitt lo trajo a cenar el año pasado, cuando se encontraba en Londres.

—¿Brant?

Bodley arqueó las cejas. Al igual que muchos londinenses, daba por sentado que cualquiera que hubiera estado en América tenía que conocer necesariamente a todos los que vivían allí.

—Es un jefe mohawk, creo —señaló pronunciando con esmero la palabra *mohawk*—. ¡Fue a visitar al rey, ¿sabe?!

—No me diga —murmuró Grey.

Se preguntó quién habría quedado más impresionado, si el rey o el indio. El señor Bodley se retiró, presumiblemente para traer la sopa, pero regresó al cabo de unos segundos para dejar una carta sobre el mantel delante de Grey.

—Le han mandado esto de casa del secretario, señor.

—¿Ah, sí? Gracias, señor Bodley.

Grey la cogió, reconociendo de inmediato la caligrafía de su hijo y experimentando, en consecuencia, una extraña sensación en el estómago. ¿Qué era lo que Willie no había querido mandar a través de su abuela ni de Hal?

«Algo que no quería arriesgarse a que ninguno de los dos leyera.» Su mente le suministró enseguida la respuesta lógica y cogió el cuchillo del pescado para abrir la carta con la debida inquietud.

¿Tendría algo que ver con Richardson? A Hal no le gustaba, y no había aprobado en absoluto que William trabajara para él, aunque no tenía nada concreto que aducir en su contra. Quizá debería haber sido más prudente y no haber dejado que William emprendiera ese camino concreto, sabiendo lo que él sabía acerca del mundo negro del espionaje. Sin embargo, en esos momentos era imperativo sacar a Willie de Carolina del Norte antes de que se encontrase cara a cara con Jamie Fraser o con Percy, alias *Beauchamp*.

Además, uno tenía que dejar marchar a los hijos para que se abrieran camino en el mundo, por mucho que le costara. Hal se lo había dicho más de una vez. Tres, para ser exactos, pensó con una sonrisa, cada vez que uno de sus hijos había aceptado un nombramiento.

Desplegó la carta con cautela, como si fuera a explotar. Estaba escrita con un esmero que encontró al punto siniestro. Por lo general, la letra de Willie se podía leer, pero no estaba exenta de borrones.

A lord John Grey
Sociedad para la Apreciación del Filete Inglés
Del teniente William lord Ellesmere
7 de septiembre de 1776
Long Island
Real Colonia de Nueva York

Querido padre:
    Tengo una cuestión algo delicada que confiarte.

Bueno, era una frase que le helaría la sangre en las venas a cualquier padre, pensó Grey. ¿Acaso Willie había dejado embarazada a alguna joven, había apostado bienes de importancia en el juego y los había perdido, había contraído una enfermedad venérea, había desafiado a alguien en duelo o lo habían desafiado a él? ¿O había, quizá, descubierto algo siniestro mientras desempeñaba sus tareas de espionaje, cuando se dirigía a ocupar su puesto junto al general Howe? Alargó la mano para coger el vino y tomó un sorbo protector antes de volver a la carta así reforzado. Sin embargo, nada podría haberlo preparado para la frase siguiente.

    Estoy enamorado de lady Dorothea.

Grey se atragantó, salpicándose la mano de vino, pero alejó con un gesto al camarero que acudía apresuradamente con una toalla y se limpió la mano en los pantalones mientras leía a toda prisa el resto de la página.

    Hacía ya tiempo que ambos éramos conscientes de que
    sentíamos una creciente atracción, pero yo no me atrevía a de-
    clararme, sabiendo que pronto me marcharía a América. Sin
    embargo, nos encontramos a solas de modo inesperado en el
    baile de lady Belvedere la semana antes de mi partida, y la
    belleza del marco, la sensación romántica de la noche y la em-
    briagadora proximidad de la dama se impusieron a mi sensatez.

—¡Señor! —exclamó lord John en voz alta—. Dime que no la desfloraste bajo un arbusto, ¡por el amor de Dios!

Se percató del interés con que lo miraba un comensal sentado a una mesa próxima y, tosiendo ligeramente, regresó a la carta.

Me sonrojo de vergüenza al admitir que mis sentimientos me desbordaron hasta un punto que dudo en confiar al papel. Me disculpé, por supuesto, aunque no hay disculpas suficientes para una conducta tan deshonrosa. Lady Dorothea se mostró tanto generosa en su perdón como vehemente en su insistencia en que no debía acudir de inmediato a su padre, como era mi intención inicial.

—Muy sensato por tu parte, Dottie —murmuró Grey, imaginando, sin duda, la respuesta de su hermano ante semejante revelación.

Sólo podía esperar que Willie se estuviera sonrojando por una incorrección que no se aproximara siquiera a...

Quería pedirte que hablaras por mí con el tío Hal el año próximo, cuando vuelva a casa y pueda pedir formalmente la mano de lady Dorothea en matrimonio. Sin embargo, acabo de enterarme de que ha recibido otra oferta del vizconde Maxwell, y que el tío Hal la está considerando seriamente.

Yo no mancillaría jamás el honor de la dama, pero, en las actuales circunstancias, está claro que no puede casarse con Maxwell.

«Quieres decir que Maxwell descubriría que no es virgen —pensó Grey con tristeza—, y que la mañana después de la boda iría como un rayo a contárselo a Hal.» Se restregó con fuerza la cara con la mano y siguió leyendo.

No hay palabras para expresar los remordimientos que siento por lo que hice, padre, y no puedo pedir un perdón que no merezco por haberte decepcionado gravemente. Te pido que hables con el duque, no por mí, sino por ella. Espero que sea posible convencerlo para que considere mi súplica y nos permita comprometernos sin necesidad de descubrirle las cosas de manera tan clara que angustie a la dama.

Tu más humilde pródigo,

William

Grey se apoyó en el respaldo de la silla y cerró los ojos. El susto inicial estaba empezando a disiparse, y su mente comenzaba a enfrentarse al problema.

Tenía que ser posible. No habría impedimento para una boda entre William y Dottie. Aunque nominalmente eran primos, no había lazos sanguíneos entre ellos. William era hijo suyo en todos los sentidos, pero no era de su sangre. Y aunque Maxwell era joven, rico y muy apropiado, William era conde por derecho propio, además de heredero del título de baronet de Dunsany, y distaba mucho de ser pobre.

No, por esa parte no había problema. Y a Minnie, William le gustaba mucho. Hal y los chicos... bueno, siempre y cuando nunca se enteraran del comportamiento de William, serían agradables. Por otra parte, si alguien lo descubría, William tendría suerte de escapar azotado con una fusta y con todos los huesos del cuerpo rotos. Y también Grey.

Sería una gran sorpresa para Hal, claro. Los dos primos se habían visto muy a menudo durante la temporada que Willie había pasado en Londres, pero William nunca había hablado de Dottie de un modo que indicara...

Cogió la carta y la leyó otra vez. Y otra más. La dejó sobre la mesa y se quedó mirándola durante varios minutos con los ojos entornados, pensando.

—Que me aspen si me lo creo —manifestó en voz alta por fin—. ¿Qué demonios te traes entre manos, Willie?

Arrugó la carta y, cogiendo una vela de una mesa vecina con un gesto de disculpa, le prendió fuego a la misiva. El camarero, al verlo, sacó enseguida un platito de porcelana en el que Grey dejó caer el papel en llamas, y juntos observaron cómo el escrito se ennegrecía hasta convertirse en cenizas.

—Su sopa, milord —anunció el señor Bodley y, dispersando suavemente con una servilleta el humo de la conflagración, le puso enfrente un plato humeante.

Como William no estaba a su alcance, la línea obvia de actuación tenía que ser ir y enfrentarse a su cómplice en el crimen, cualquiera que éste fuese. Cuanto más lo pensaba, más se convencía de que fuera cual fuese la complicidad entre William, noveno conde de Ellesmere, y lady Dorothea Jacqueline Benedicta Grey, no se trataba ni de la complicidad del amor ni la de la pasión culpable.

Pero ¿cómo iba a hablar con Dottie sin que sus padres se dieran cuenta? No podía rondar la calle hasta que tanto Hal como Minnie se fueran a alguna parte, dejando, con un poco de suerte, a Dottie sola. Incluso en el supuesto de que lograra pillarla sola en casa y entrevistarse con ella en privado, los sirvientes lo mencionarían, sin lugar a dudas, y Hal —que por lo que se refería a su hija tenía un instinto protector parecido al de un enorme mastín con su hueso— acudiría enseguida a él a averiguar por qué.

Declinó el ofrecimiento del portero de buscarle un carruaje y regresó a pie a casa de su madre, considerando modos y maneras. Podía invitar a Dottie a cenar con él... pero sería muy extraño que tal invitación no incluyera a Minnie. Lo mismo sucedía si la invitaba al teatro o a la ópera. Acompañaba a las mujeres a menudo, pues Hal no podía permanecer sentado sin moverse el tiempo suficiente para escuchar una ópera entera, además de considerar que la mayoría de las obras teatrales eran una tediosa idiotez.

Su camino atravesaba Covent Garden. Saltó con agilidad para evitar el agua que alguien había arrojado con un cubo para eliminar de los adoquines las resbaladizas hojas de col y las manzanas podridas esparcidas junto a un puesto de fruta. En verano, el suelo estaba cubierto de flores marchitas. Las flores llegaban en carro desde el campo antes del amanecer y llenaban la plaza de aroma y frescura. En otoño, el lugar estaba impregnado de un olor decadente a fruta madura aplastada, carne en descomposición y hortalizas tronchadas, que era la firma del cambio de guardia en Covent Garden.

Durante el día, los vendedores pregonaban sus mercaderías, regateaban, libraban batallas campales entre sí, ahuyentaban a los ladrones y carteristas y, al anochecer, se marchaban arrastrando los pies a gastarse la mitad de las ganancias en las tabernas de las calles Tavistock y Brydges. Con las sombras de la noche, las prostitutas reclamaban el Garden para sí.

El espectáculo de un par de ellas, que habían llegado pronto y buscaban con aire esperanzado clientes entre los vendedores que se iban a casa, lo distrajo de su dilema familiar, y volvió a sus pensamientos acerca de los sucesos anteriores del día.

Se hallaba ante la embocadura de la calle Brydges. Desde allí, podía divisar el refinado burdel que se erigía cerca del otro extremo de la vía, algo apartado, con elegante discreción. Era una idea. Las prostitutas sabían muchas cosas y podían averiguar más aún con el incentivo adecuado. Se sentía tentado de ir a ver a Nessie en ese mismo momento, aunque no fuera más que por el placer que su compañía le proporcionaba. Pero no... aún no.

Tenía que averiguar lo que ya se sabía sobre Percy Beauchamp en círculos más oficiales antes de lanzar a sus propios perros tras ese conejo. Y antes de ver a Hal.

Era ya demasiado tarde para hacer visitas oficiales. Pero mandaría una nota para concertar una cita y, por la mañana, visitaría la Cámara Negra.

15

La Cámara Negra

Grey se preguntaba qué alma romántica habría acuñado el nombre de Cámara Negra, o si en verdad se trataba de una denominación romántica. Tal vez a los espías del pasado les hubieran asignado en Whitehall un agujero sin ventanas bajo las escaleras, y el nombre fuera puramente descriptivo. En aquellos tiempos, la Cámara Negra designaba un tipo de empleo, más que un lugar específico.

Todas las capitales europeas —y no pocas ciudades de menor importancia— tenían Cámaras Negras, que eran centros en los que el correo que los espías interceptaban *en route* o que simplemente sustraían de las valijas diplomáticas se inspeccionaba, se descodificaba con grados variables de éxito y se mandaba a la persona o a la agencia que necesitaba la información así obtenida. Cuando Grey trabajaba allí, la Cámara Negra de Inglaterra empleaba a cuatro caballeros, sin contar a los oficinistas y a los chicos de los recados. Ahora tenía más trabajadores, instalados sin orden ni concierto en agujeros y esquinas de varios edificios de Pall Mall, pero el núcleo central de tales operaciones continuaba ubicado en el palacio de Buckingham.

No en una de las áreas maravillosamente acondicionadas que utilizaban la familia real o sus secretarios, doncellas, amas de llaves, mayordomos y demás sirvientes de alta categoría, pero sí, al fin y al cabo, en el propio recinto del palacio.

Grey pasó junto al guarda de la puerta de atrás al tiempo que le hacía un gesto con la cabeza —se había puesto el uniforme con la insignia de teniente coronel con el fin de que le facilitase la entrada—, y recorrió un pasillo cochambroso y mal iluminado cuyo olor a cera vieja para suelos y a vestigios de col hervida y pastel para el té quemado le provocó un agradable escalofrío de nostalgia. La tercera puerta de la izquierda estaba abierta de par en par, de modo que Grey entró sin llamar.

Lo estaban esperando. Arthur Norrington lo saludó sin levantarse y le ofreció una silla con un gesto de la mano.

Conocía a Norrington desde hacía años, aunque no eran particularmente amigos, y encontraba reconfortante que, a primera vista, no hubiera cambiado lo más mínimo en los años transcurridos desde su último encuentro. Arthur era un hombre fornido y blando, cuyos grandes ojos un tanto saltones y sus gruesos labios le conferían el aspecto de un rodaballo sobre hielo: digno y algo ceñudo.

—Le agradezco su ayuda, Arthur —dijo Grey y, mientras tomaba asiento, depositó en la esquina del escritorio un paquetito envuelto—. Una pequeña muestra de mi gratitud —añadió, señalándolo con la mano.

Norrington arqueó una fina ceja y cogió el paquete, que desenvolvió con dedos ávidos.

—¡Oh! —exclamó con indisimulado deleite. Hizo girar con tiento en sus manos grandes y blandas la pequeña talla de marfil, aproximándosela extasiado a los ojos para ver los detalles—. ¿Tsuji?

Grey se encogió de hombros, complacido por el efecto que su regalo había causado. Personalmente, no entendía de *netsuke*, pero conocía a un hombre que comerciaba con miniaturas de marfil chinas y japonesas. La delicadeza y la calidad artística de aquel diminuto objeto, que representaba a una mujer medio en cueros practicando un estilo muy atlético de acto sexual con un caballero obeso desnudo que llevaba el cabello recogido en un moño, le había impactado.

—Me temo que no tiene certificado de origen —indicó en tono de disculpa, pero Norrington rechazó el comentario con un gesto, con los ojos fijos aún en ese nuevo tesoro.

Al cabo de unos instantes, suspiró satisfecho y se metió la pieza en el bolsillo interior del abrigo.

—Gracias, milord —dijo—. En cuanto al tema por el que usted se interesa, me temo que tenemos relativamente poco material disponible acerca de su señor Beauchamp.

Señaló con la cabeza en dirección al escritorio, sobre el que descansaba una gastada y anónima carpeta de cuero. Grey pudo ver que contenía algo voluminoso, algo que no era papel. La carpeta estaba perforada y un pedacito de bramante atravesaba los agujeros, manteniendo el objeto en una sola pieza.

—Me sorprende usted, señor Norrington —repuso cortésmente, y alargó la mano para coger la carpeta—. Pero deje que vea lo que tiene, y quizá...

Norrington plantó los dedos sobre el portafolios y frunció el ceño por un instante, intentando transmitir la impresión de que los secretos oficiales no podían darse a conocer a cualquiera. Grey le dirigió una sonrisa.

—Suéltela, Arthur —dijo—. Si quiere saber lo que yo sé acerca de nuestro misterioso señor Beauchamp, y le aseguro que quiere saberlo, me mostrará todo cuanto tengan sobre él.

Norrington se relajó un poco y dejó resbalar los dedos de encima de la carpeta, aunque dando todavía muestras de renuencia. Arqueando una ceja, Grey cogió la carpeta de cuero y la abrió. El objeto abultado resultó ser una bolsita de tela. Aparte de eso, no había más que unas cuantas hojas de papel. Grey suspiró.

—Qué protocolo tan pobre, Arthur —le dijo en tono reprobador—. Hay montones de papeles sobre Beauchamp, y también referencias cruzadas con ese nombre. Es cierto que lleva años inactivo, pero alguien debería haberlo comprobado.

—Lo hicimos —respondió Norrington con una nota extraña en la voz que hizo que Grey lo mirara con severidad—. El viejo Crabbot recordaba el nombre, de modo que lo comprobamos. El expediente había desaparecido.

A Grey se le tensó la piel de los hombros como si se los hubieran golpeado con un látigo.

—Qué raro —dijo con calma—. Bueno, en ese caso...

Inclinó la cabeza sobre la carpeta, aunque tardó unos instantes en dominar lo bastante la vorágine de sus pensamientos como para ver lo que estaba mirando. En cuanto sus ojos enfocaron la página, el nombre de «Fraser» saltó de ella, casi provocándole una parada cardíaca.

Sin embargo, no se trataba de Jamie Fraser. Respiró despacio, giró la hoja, leyó la siguiente, volvió atrás. En total había cuatro cartas, sólo una de las cuales estaba completamente descifrada, aunque habían empezado a descodificar otra. Alguien había escrito al margen unas notas provisionales. Apretó los labios. Antaño había sido un buen descodificador, pero llevaba demasiado tiempo fuera del campo de batalla para tener idea del idioma común que utilizaban ahora los franceses, y ni que decir tiene de los términos idiosincrásicos que un espía concreto podía emplear, y esas cartas eran obra de, al menos, dos manos distintas. Eso estaba claro.

—Las he estado examinando —informó Norrington, y Grey levantó la vista, para descubrir los saltones ojos color avellana fijos en él, como los de un sapo que observa una jugosa mosca—. Todavía no los he descodificado oficialmente, pero tengo una idea general de lo que dicen.

Bueno, había decidido ya que había que hacerlo, y había ido hasta allí dispuesto a contárselo a Arthur, que era el más discreto de sus viejos contactos de la Cámara Negra.

—Beauchamp es un tal Percival Wainwright —señaló sin rodeos, preguntándose, en el mismo momento en que lo decía, por qué guardaba el secreto del verdadero nombre de Percival—. Es súbdito británico y antiguo oficial del ejército, arrestado por un delito de sodomía por el que nunca se lo juzgó. Se creía que había muerto en Newgate en espera de juicio, pero... —alisó las cartas y cerró la carpeta sobre ellas— evidentemente no fue así.

Los labios gordezuelos de Arthur formaron una «O» muda.

Grey se preguntó por unos instantes si podría dejar ahí el tema, pero no. Arthur era tenaz como un perro tejonero que hurga en la madriguera de un tejón y, si descubría el resto por sí solo, sospecharía enseguida que Grey ocultaba mucho más.

—También es mi hermanastro —le informó Grey en un tono lo más despreocupado posible, y dejó la carpeta sobre el escritorio de Arthur—. Lo vi en Carolina del Norte.

La boca de Arthur se combó por un instante. Se recompuso de inmediato, parpadeando.

—Entiendo —dijo—. Bueno, pues... Entiendo.

—Sí, entiende —repuso Grey con frialdad—. Entiende usted a la perfección por qué debo conocer el contenido de esas cartas —señaló el portafolios con la cabeza— cuanto antes.

Arthur asintió frunciendo los labios, se serenó y cogió las cartas. Una vez resuelto a ser serio, se dejó de tonterías.

—La mayor parte de lo que logré descifrar parece tener que ver con cuestiones de transporte marítimo. Contactos con las Indias Occidentales, cargamentos que entregar, simple contrabando, aunque a escala considerable. Hay una referencia a un banquero de Edimburgo. No pude averiguar qué relación tenían exactamente. Pero tres de las cartas mencionaban el mismo nombre *en clair*, sin duda lo habrá observado usted.

Grey no se molestó en negarlo.

—En Francia, alguien desea enormemente encontrar a un hombre llamado Claudel Fraser —señaló Arthur arqueando una ceja—. ¿Tiene usted idea de quién es?

—No —contestó Grey, aunque, claro está, sí tenía una ligera idea—. ¿Alguna pista de quién quiere encontrarlo... o por qué?

Norrington negó con la cabeza.

—Ni idea de por qué —repuso con franqueza—. Por lo que respecta a quién, sin embargo, creo que podría tratarse de un noble francés.

Volvió a abrir la carpeta y sacó cuidadosamente dos sellos de cera de la bolsita que contenía, uno de ellos casi roto en dos, el otro intacto. Ambos representaban un vencejo recortado contra un sol naciente.

—Todavía no he encontrado a nadie que lo reconozca —observó Norrington mientras tocaba con delicadeza uno de los sellos con un índice gordinflón—. ¿Lo conoce usted por casualidad?

—No —respondió Grey con la garganta repentinamente seca—. Pero podría usted investigar a un tal barón Amandine. Wainwright me mencionó el nombre como el de un conocido suyo personal.

—¿Amandine? —Norrington parecía sorprendido—. Nunca he oído hablar de él.

—Ni usted ni nadie. —Grey suspiró y se puso en pie—. Comienzo a preguntarme si existe realmente.

Seguía preguntándoselo mientras se dirigía a casa de Hal. El barón Amandine tal vez existiera o tal vez no. Si existía, quizá fuese tan sólo una tapadera que disimulara el interés de alguien mucho más destacado. Si no existía... las cosas se volvían a un tiempo más confusas y más sencillas de abordar. Sin manera de saber quién estaba detrás del asunto, Percy Wainwright era la única vía de abordaje.

Ninguna de las cartas de Norrington mencionaba el Territorio del Noroeste ni daba pista alguna en relación con la propuesta que Percy le había planteado. No era de extrañar, sin embargo. Habría sido extremadamente peligroso poner semejante información sobre el papel, aunque, sin duda, había conocido espías que habían hecho tales cosas. Si Amandine existía y estaba implicado de forma directa, era, al parecer, tanto prudente como sensato.

Bueno, habría que hablarle a Hal de Percy en cualquier caso. Tal vez él sabría algo en relación con Amandine, o podía hacer averiguaciones. Hal tenía bastantes amigos en Francia.

La idea de lo que tenía que decirle a Hal le recordó bruscamente la carta de William; casi la había olvidado, sumido en las intrigas de la mañana. Respiró hondo por la nariz al pensarlo. No. No le mencionaría eso a su hermano hasta que hubiera tenido ocasión de hablar con Dottie, a solas. Tal vez podría tener unas palabras en privado con ella, quedar para verse más tarde.

Pero cuando Grey llegó a Argus House, Dottie no se encontraba en casa.

—Ha ido a una de las tardes musicales de la señorita Brierley —le informó su cuñada Minnie cuando él preguntó cortésmente qué tal estaba su sobrina y ahijada—. Últimamente tiene una vida social muy intensa. Pero sentirá no haberte visto. —Se puso de puntillas y le dio un beso, sonriendo—. Es agradable volver a verte, John.

—Yo también me alegro de verte a ti, Minnie —repuso él, sincero—. ¿Está Hal en casa?

Ella hizo un expresivo gesto con los ojos señalando al techo.

—Lleva una semana en casa, con gota. Otra semana, y le echaré veneno en la sopa.

—Ah.

Eso reforzaba su decisión de no hablarle a Hal de la carta de William. De buen humor, Hal intimidaba a soldados curtidos y a políticos avezados. Enfermo... Presumiblemente ése era el motivo por el que Dottie había tenido el sentido común de ausentarse.

Bueno, no era que sus noticias fueran a mejorar el humor de Hal, en cualquier caso, pensó. No obstante, empujó la puerta del estudio de su hermano con la debida precaución. Hal tenía fama de arrojar cosas cuando estaba de mal humor, y nada lo ponía de peor humor que no encontrarse bien.

Fuera como fuere, Hal estaba dormido, hundido en la silla delante del fuego, con el pie vendado sobre un taburete. Un tufo a algún medicamento fuerte y acre flotaba en el aire, superponiéndose a los olores a madera quemada, sebo derretido y pan pasado. Junto a él había un plato de sopa cuajada en una bandeja, sin tocar. Quizá Minnie hubiera hecho explícita su amenaza, pensó Grey con una sonrisa. Aparte de él mismo y de su madre, Minnie era probablemente la única persona en el mundo que no temía a Hal.

Se sentó sin hacer ruido, preguntándose si debía despertar a su hermano. Parecía enfermo y cansado, mucho más delgado de lo habitual, y Hal solía estar muy delgado para empezar. No podía estar menos que elegante, incluso ataviado sólo con unos pantalones y una gastada camisa de lino y con un chal viejo alrededor de los hombros, pero las arrugas de toda una vida de lucha eran elocuentes en su rostro.

A Grey se le encogió el corazón al sentir una repentina e inesperada ternura y se preguntó si, después de todo, debía molestarlo con sus noticias. Pero no podía arriesgarse a que alguien le fuera de repente con las nuevas de aquella inoportuna resurrección. Tenía que estar sobre aviso.

Sin embargo, antes de que pudiera decidir si marcharse y regresar más tarde, Hal abrió los ojos de improviso. Eran claros y despiertos, del mismo azul pálido que los de Grey, y no mostraban señal alguna de somnolencia o distracción.

—Has vuelto —observó Hal, y sonrió con gran afecto—. Sírveme una copa de coñac.

—Minnie dice que tienes gota —repuso Grey lanzando una mirada a su pie—. ¿No dicen los matasanos que uno no debe tomar bebidas fuertes cuando tiene gota? —Pero se levantó, en cualquier caso.

—Así es —contestó Hal, incorporándose en la silla y haciendo una mueca cuando el movimiento le sacudió el pie—. Aunque deduzco por tu expresión que estás a punto de decirme algo que hará que lo necesite. Será mejor que traigas la licorera.

Cuando varias horas después se marchó de Argus House declinando la invitación de Minnie para quedarse a cenar, el tiempo había empeorado bastante. Había en el aire un frío otoñal. Se estaba levantando un viento racheado y notaba el sabor de la sal en el aire, vestigio de la niebla marina que se deslizaba hacia la costa. Iba a ser una buena noche para quedarse en casa.

Minnie se había disculpado por no poder ofrecerle su coche, pues Dottie había acudido a su «salón» de la tarde en él. Grey le había asegurado que le venía bien caminar, lo ayudaba a pensar. Solía ser así, pero el ruido sibilante del viento que hacía ondear las faldas de su abrigo y amenazaba con arrancarle el sombrero lo distraía. Empezaba a lamentar no haber podido disponer del coche cuando, de repente, divisó el vehículo esperando a la entrada de una de las grandes casas próximas a Alexandra Gate, con los caballos cubiertos con mantas para protegerlos del viento.

Torció al llegar a la puerta y, cuando oyó gritar «¡Tío John!», miró en dirección a la casa justo a tiempo de ver que su sobrina Dottie avanzaba hacia él como un barco a toda vela, en sentido literal. Llevaba un manto de seda color cereza y una capa rosa pálido que, con el viento soplando a su espalda, se hinchaban de forma alarmante. De hecho, Dottie se dirigía hacia él viento en popa a tal velocidad que se vio obligado a tomarla en sus brazos con el fin de impedir que continuara precipitándose hacia delante.

—¿Eres virgen? —le preguntó sin preámbulos.

Ella abrió los ojos de par en par y, sin el menor titubeo, liberó una de sus manos y le dio un cachete en la mejilla.

—¿Qué? —inquirió.

—Discúlpame. He sido un poco brusco, ¿verdad? —Lanzó una ojeada al carro que la esperaba y al conductor, que miraba al frente muy tieso, y, tras pedirle a este último que aguardara, la cogió del brazo y la llevó hacia el parque.

—¿Adónde vamos?

—Sólo a dar un pequeño paseo. Tengo que hacerte unas cuantas preguntas y no son del tipo que deseo que los demás escuchen, ni tú tampoco, te lo aseguro.

Ella abrió aún más los ojos, pero no discutió. Simplemente le dio una palmada a su provocativo sombrerito y lo acompañó, con las faldas ondeando al viento.

El tiempo y los transeúntes le impidieron hacerle ninguna de las preguntas que tenía en mente hasta que hubieron entrado en el parque y se encontraron en un camino más o menos desierto que conducía a un jardincito ornamental, donde habían podado los arbustos y los árboles de hoja perenne en formas caprichosas.

El viento había amainado por ahora, aunque el cielo estaba cada vez más oscuro. Dottie se detuvo, buscando refugio en un arbusto con forma de león, y dijo:

—Tío John, ¿qué es todo este cuento?

Dottie tenía el color de las hojas de otoño de su madre, con el cabello como el trigo maduro y el perpetuo débil sonrojo del escaramujo en las mejillas. Pero mientras el rostro de Minnie era bonito y delicadamente atractivo, el de Dottie tenía la bella estructura de Hal y estaba adornado con sus oscuras pestañas. Su belleza tenía algo de peligroso.

Ese algo residía, sobre todo, en la mirada que dirigía ahora a su tío, el cual pensó, de hecho, que si Willie de veras estaba enamorado de ella, tal vez no fuera de extrañar. Si es que lo estaba.

—He recibido una carta de William en la que me insinuaba que, aunque en realidad no te había impuesto sus atenciones, se había comportado de manera indigna para un caballero. ¿Es eso cierto?

Ella abrió la boca con indisimulado horror.

—¿Que te dijo qué?

Bueno, eso le quitaba un peso de encima. Probablemente seguía siendo virgen y no iba a tener que facturar a William a China para evitar a sus hermanos.

—Como te digo, fue una insinuación. No me dio detalles. Ven, sigamos caminando antes de que nos quedemos congelados.

La cogió del brazo y la guio por uno de los caminos que llevaban a un pequeño oratorio. Una vez allí, se cobijaron en el vestíbulo, que dominaba tan sólo una vidriera de santa Bárbara con sus pechos seccionados en una bandeja. Grey fingió que estudiaba esa inspiradora imagen, concediéndole a Dottie unos instantes para arreglarse la ropa que el viento le había desordenado y decidir lo que le iba a decir.

—Bueno —comenzó volviéndose hacia él con la barbilla alta—, es verdad que nosotros... bueno, que dejé que me besara.

—¿Ah, sí? ¿Dónde? Quiero decir... —añadió a toda prisa, al observar una momentánea perplejidad en sus ojos, lo cual era interesante, pues ¿habría pensado una joven completamente inexperta que era posible recibir un beso en un lugar que no fuera la mano o los labios?—, ¿en qué lugar geográfico?

Las mejillas de Dottie se sonrojaron aún más, pues se había dado cuenta, al igual que él, de que acababa de traicionarse a sí misma, pero lo miró directamente a los ojos.

—En el jardín de lady Windermere. Ambos habíamos acudido a su velada musical, y la cena aún no estaba lista, así que William me invitó a pasear con él un rato, y... salí a pasear. Era una noche preciosa —añadió con ingenuidad.

—Sí, a él también se lo pareció. Nunca me había dado cuenta antes de las propiedades embriagadoras del buen tiempo.

Ella le dirigió una breve mirada.

—Bueno, en cualquier caso, ¡estamos enamorados! ¿Eso te lo dijo, por lo menos?

—Sí, me lo dijo —contestó Grey—. De hecho, comenzó haciendo una afirmación en ese sentido antes de pasar a unas escandalosas confesiones en relación con tu virtud.

Dottie abrió unos ojos como platos.

—Él... ¿Qué te dijo, exactamente? —inquirió.

—Lo bastante, o eso esperaba él, como para convencerme de que fuera al punto a ver a tu padre y le expusiera las ventajas de que William pidiera tu mano.

—Ah. —Inspiró hondo al escuchar eso último, como si se sintiera aliviada, y apartó la mirada por unos instantes—. Bueno. ¿Vas a decírselo, entonces? —inquirió, volviendo de nuevo hacia él sus grandes ojos azules—. ¿O lo has hecho ya? —añadió con expresión esperanzada.

—No, no le he dicho nada a tu padre en relación con la carta de William. Para empezar, pensé que sería mejor hablar primero contigo, y ver si estabas tan de acuerdo con los sentimientos de William como él parece creer.

Dottie parpadeó y, a continuación, lo obsequió con una de sus radiantes sonrisas.

—Es muy considerado por tu parte, tío John. A muchos hombres no les importaría lo que opina la mujer al respecto de algo, pero tú has sido siempre muy considerado. Mamá no cesa de elogiar tu amabilidad.

—No te pases, Dottie —dijo él, tolerante—. ¿Así que estás dispuesta a casarte con William?

—¿Dispuesta? —exclamó—. ¡Si lo deseo más que nada en el mundo!

Él le dirigió una mirada larga y serena y, aunque ella seguía mirándolo a los ojos, la sangre se le abocó rápidamente a la garganta y a las mejillas.

—¿Ah, sí? —inquirió Grey, permitiendo que todo el escepticismo que sentía se reflejara en su voz—. ¿Por qué?

Ella parpadeó un par de veces, muy deprisa.

—¿Por qué?

—¿Por qué? —repitió él con paciencia—. ¿Qué tiene el carácter de William, o su aspecto, supongo —añadió con justicia, pues las jóvenes no tenían una gran reputación a la hora de juzgar temperamentos—, que te atrae tanto como para desear casarte con él? Y casarte a toda prisa, además.

Podía entender que uno de ellos o ambos se sintieran atraídos, pero ¿por qué tanta prisa? Aunque William temiera que Hal decidiese permitirle al vizconde Maxwell pedir la mano de su hija, era imposible que la propia Dottie se hallara bajo la ilusión de que su padre, que tanto la adoraba, fuera a obligarla a casarse con alguien con quien ella no quisiera contraer matrimonio.

—Bueno, estamos enamorados, ¡por supuesto! —contestó ella, aunque con una nota de inseguridad considerable en la voz

para una declaración tan ferviente en teoría—. En cuanto a su...
a su carácter... bueno, tío, tú eres su padre, está claro que no puedes ignorar su... su... ¡inteligencia! —esgrimió la palabra triunfante—. Su amabilidad, su buen humor... —Dottie iba cogiendo velocidad—, su ternura...

Ahora le tocó a lord John parpadear. William era, sin duda, inteligente, y razonablemente amable, pero *tierno* no era la primera palabra que se te pasaba por la cabeza al pensar en él. Por otra parte, aún no habían arreglado el agujero del revestimiento de madera del comedor de su madre por el que William había arrojado sin querer a un compañero durante una merienda, y esa imagen estaba fresca en la mente de Grey. Era probable que Willie se comportase de forma más circunspecta en compañía de Dottie, pero aun así...

—¡Es el modelo del caballero! —declamaba Dottie con entusiasmo, pues ahora tenía bien cogido el bocado entre los dientes—. Y su aspecto... bueno, ¡por supuesto todas las mujeres que conozco lo admiran! Es tan alto, su figura es tan imponente...

Grey observó, con aire de distanciamiento clínico, que, aunque ella había hecho alusión a muchas de las notables características de William, no había mencionado en ningún momento sus ojos. Aparte de su altura, que a duras penas podía pasar desapercibida, sus ojos constituían probablemente el rasgo que más impactaba en él, pues eran de un azul profundo y brillante, y tenían una forma inusual al ser rasgados como los de un gato. Eran, de hecho, los ojos de Jamie Fraser, y a Grey se le encogía un tanto el corazón cada vez que Willie lo miraba de cierta forma.

Willie conocía a la perfección el efecto que sus ojos causaban en las muchachas, y no dudaba en sacarles el mayor partido. Si hubiera estado mirando a Dottie largo tiempo a los ojos, ella se habría quedado pasmada, lo amara o no. Además, ese conmovedor relato de pasión en el jardín... después de una velada musical, o durante un baile, y en casa de lady Belvedere o de lady Windermere...

Había estado tan absorto en sus propios pensamientos que tardó unos instantes en apercibirse de que ella había dejado de hablar.

—Te ruego que me perdones —se disculpó, muy educado—. Y gracias por tus alabanzas del carácter de William, que no pueden dejar de reconfortar el corazón de un padre. Pero... ¿por qué tanta urgencia en casaros? A William lo mandarán, sin duda, a casa dentro un año o dos.

—¡Podrían matarlo! —exclamó ella, y en su voz traslució un repentino matiz de temor auténtico, tanto que Grey aguzó su atención.

Dottie tragó saliva de manera evidente y se llevó una mano a la garganta.

—No podría soportarlo —manifestó con voz súbitamente frágil—. Si lo mataran, y nunca... nunca tuviéramos oportunidad de... —Lo miró con los ojos brillantes de emoción, y le puso, suplicante, una mano en el brazo—. Tengo que hacerlo —declaró—. De verdad, tío John. Debo hacerlo, y no puedo esperar. Quiero ir a América y casarme.

Él se quedó boquiabierto. Querer casarse era una cosa, pero ¡eso...!

—No puedes estar hablando en serio —dijo—. No es posible que pienses que tus padres, tu padre en particular, aprobarán jamás algo semejante.

—Papá lo haría —replicó ella—. Si tú le presentaras las cosas como es debido. Aprecia más tu opinión que la de nadie —prosiguió persuasiva—. Y tú, más que nadie, debes comprender el horror que siento al pensar que algo pudiera... pasarle a William antes de que vuelva a verlo.

De hecho, pensó Grey, lo único que pesaba a su favor era la profunda tristeza que la mención de la posibilidad de que William muriera provocaba en su propio corazón. Sí, podían matarlo. Podía sucederle a cualquiera en tiempos de guerra y muy en particular a un soldado. Ése era uno de los riesgos que uno asumía y, en conciencia, no podría haber evitado que William lo hiciera, a pesar de que la simple idea de que una bala de cañón lo hiciera saltar en pedazos o que le dispararan en la cabeza o que muriera de diarrea, retorciéndose de dolor...

Tragó saliva, pues tenía la boca seca, y con cierto esfuerzo devolvió aquellas imágenes pusilánimes al armario mental en el que normalmente las tenía confinadas.

Inspiró hondo.

—Dorothea —dijo con firmeza—. Descubriré lo que os traéis entre manos.

Ella le dirigió una larga mirada pensativa, como si estuviera estimando las posibilidades. Una de las comisuras de su boca se levantó de manera imperceptible mientras entornaba los ojos, y Grey vio la respuesta en su rostro con tanta claridad como si la hubiera expresado en voz alta.

«No. No lo creo.»

Sin embargo, la expresión duró sólo lo que un parpadeo, y su rostro recobró su aire de indignación mezclada con súplica.

—¡Tío John! ¿Cómo te atreves a acusarnos a mí y a William, ¡a tu propio hijo!, de... ¿de qué nos estás acusando?

—No lo sé —admitió él.

—¡Muy bien, pues! ¿Le hablarás a papá por nosotros? ¿Por mí? ¿Por favor? ¿Hoy?

Dottie era una seductora nata. Mientras hablaba, se inclinó hacia él, de forma que pudiera oler el perfume a violetas que llevaba en el pelo, y enroscó de un modo encantador los dedos en las solapas de su abrigo.

—No puedo —contestó, luchando por liberarse—. Ahora no. Hoy ya le he dado una mala noticia. Otra podría acabar con él.

—Mañana, entonces —insistió ella.

—Dottie... —Tomó las manos de ella entre las suyas y se conmovió al descubrir que las tenía frías y temblorosas. Estaba realmente convencida de ello... o estaba convencida de algo, por lo menos—. Dottie —repitió en tono más afectuoso—. Incluso en el caso de que tu padre estuviera dispuesto a mandarte a América para que te casaras, y no creo que nada de gravedad inferior a un embarazo fuera motivo suficiente, no hay posibilidad alguna de hacerse a la mar antes de abril. Por consiguiente, no es necesario precipitar a Hal a una muerte prematura contándole nada de esto, por lo menos no hasta que se haya recuperado de su actual indisposición.

Eso no le gustó, pero se vio obligada a admitir que tenía razón.

—Además —añadió Grey soltando sus manos—, la campaña se interrumpe en invierno, como sabes. La lucha terminará pronto, y William estará relativamente a salvo. No tienes nada que temer.

«Aparte de un accidente, la diarrea, la malaria, una septicemia, un cólico, las peleas de taberna y otras diez o quince posibilidades mortales», añadió para sí.

—Pero... —comenzó ella, aunque se detuvo y suspiró—. Sí, supongo que tienes razón. Pero... hablarás pronto con papá, ¿verdad, tío John?

Grey suspiró a su vez, pero le sonrió a pesar de todo.

—Lo haré, si es eso lo que realmente deseas.

Una ráfaga de viento arremetió contra el oratorio y la vidriera de santa Bárbara tembló en su marco de plomo. Una repentina racha de agua golpeó la pizarra del tejado y lord John se envolvió mejor en su abrigo.

—Quédate aquí —le indicó a su sobrina—. Iré a buscar el coche a la carretera.

Mientras caminaba contra el viento, agarrándose el sombrero con la mano para evitar que se le volara, recordó con cierta inquietud las palabras que él mismo había dicho: «No creo que nada de gravedad inferior a un embarazo fuera motivo suficiente.»

No sería capaz, ¿verdad? No, se aseguró a sí mismo. No sería capaz de hacer que alguien la dejase embarazada con el fin de convencer a su padre de que le permitiera casarse con una tercera persona. Era muy improbable. Hal la haría casarse con la parte culpable en menos que canta un gallo. Salvo, por supuesto, que eligiera a alguien imposible para hacer el acto: un hombre casado, por ejemplo, o... Pero ¡eso era una estupidez! ¿Qué diría William si ella llegara a América embarazada de otro?

No. Ni siquiera Brianna Fraser MacKenzie, la mujer más espeluznantemente pragmática que había conocido en su vida, habría hecho nada semejante. Sonrió apenas para sus adentros al pensar en la formidable señora MacKenzie, recordando su tentativa de obligarlo a él a casarse con ella mediante chantaje cuando estaba embarazada de alguien que, con toda seguridad, no era él. Siempre se había preguntado si el niño sería en realidad de su marido. Quizá *ella* sí lo haría. Pero Dottie no.

Sin lugar a dudas.

16

Un conflicto sin armas

Inverness, Escocia
Octubre de 1980

La vieja y alta iglesia de St. Stephen se erguía serena a orillas del lago Ness, mientras las gastadas piedras de su cementerio daban testimonio de una paz justa. Roger era consciente de la serenidad reinante, pero él no se sentía en absoluto sereno.

La sangre le latía aún en las sienes y tenía el cuello de la camisa empapado por el esfuerzo, a pesar de que el día era muy frío. Había caminado hasta allí desde el aparcamiento de la calle

High a un ritmo feroz que parecía comerse la distancia en cuestión de segundos.

Lo había llamado cobarde, por Dios. Lo había llamado también muchas otras cosas, pero ésa le dolía, y ella lo sabía.

La pelea había estallado el día anterior tras la cena, cuando, después de dejar un cacharro sucio en la vieja pila de piedra, ella se había vuelto hacia él y, tras respirar hondo, le había informado de que había ido a una entrevista de trabajo para la Compañía Hidroeléctrica del Norte de Escocia.

—¿Un trabajo? —había preguntado él como un tonto.

—Un trabajo —había repetido ella mirándolo con los ojos entornados. Había tenido reflejos suficientes como para contener el mecánico «Pero si ya tienes un trabajo» que había saltado a sus labios y sustituirlo por un, en su opinión bastante inofensivo, «¿por qué?».

Ella, que nunca había sido muy diplomática, lo había mirado sin parpadear y le había respondido:

—Porque uno de nosotros tiene que trabajar y, si no vas a ser tú, tendré que ser yo.

—¿Qué quieres decir con «tiene que trabajar»? —había preguntado él. Maldita sea, estaba en lo cierto, era un cobarde, porque sabía condenadamente bien lo que ella quería decir—. Tenemos dinero suficiente para una temporada.

—Para una temporada —había admitido ella—. Para un año o dos, tal vez más si somos prudentes. Y tú crees que deberíamos quedarnos sentados sobre el trasero hasta que el dinero se acabe, y luego ¿qué? ¿Empezarás entonces a pensar en lo que deberías estar haciendo?

—He estado pensando —había respondido él entre dientes.

Eso era cierto. No había hecho gran cosa más que pensar durante meses. Estaba el libro, claro. Estaba poniendo por escrito todas las canciones que había confiado a su memoria en el siglo XVIII con comentarios, pero no podía decirse que eso fuera un trabajo en sí mismo, ni tampoco que fuera a darle mucho dinero. Mayormente había estado pensando.

—¿Ah, sí? Yo también.

Brianna le había dado la espalda, volviéndose hacia el grifo, ya fuera para que el agua se llevara cuanto él pudiera decir a continuación, ya, simplemente, para recuperar la compostura.

—Mira —había dicho intentando parecer razonable—. No puedo esperar mucho más. No puedo permanecer apartada del mercado laboral durante años y años y regresar a él cuando quiera. Ha pasado ya casi un año desde que realicé el último trabajo de asesoría... no puedo esperar más.

—Nunca mencionaste que quisieras volver a trabajar a tiempo completo.

Había realizado un par de pequeños trabajos en Boston, breves proyectos de consultoría, cuando Mandy salió del hospital y ya se encontraba bien. Joe Abernathy se los había conseguido.

«Mira, tío —le había dicho Joe a Roger en tono confidencial—. Está inquieta. Conozco a esa chica. Necesita moverse. Ha estado centrada en el bebé día y noche probablemente desde que nació, sin ver más que médicos, hospitales y niños pegajosos durante semanas. Tiene que salir de su propia cabeza.»

«¿Y yo no?», había pensado Roger, pero no podía decirlo.

Un anciano con boina estaba limpiando de malas hierbas una de las tumbas y había dejado a su lado, en el suelo, un mustio montón de hierbajos arrancados. Había estado observando a Roger, dubitativo, cerca del muro, y lo saludó con un gesto, pero no le dirigió la palabra.

Ella era madre, hubiera querido decir. Hubiera querido decir algo acerca de la intimidad que había entre ella y los niños, sobre cómo la necesitaban a ella, del mismo modo que necesitaban aire, comida y agua. De vez en cuando sentía celos porque a él no lo necesitaban de la misma manera primitiva que a ella. ¿Cómo podía rechazar Brianna ese regalo?

Bueno, había tratado de decir algo por el estilo. La consecuencia había sido lo que uno puede esperar si enciende una cerilla en una mina llena de gas.

Roger se volvió de golpe y salió del cementerio. No podía hablar con el párroco en ese momento. En realidad, no podía hablar. Primero tendría que calmarse, recuperar la voz.

Giró a la izquierda y bajó por la calle Huntly mientras miraba con el rabillo del ojo la fachada de la iglesia de St. Mary, la única iglesia católica de Inverness, al otro lado del río.

Durante una de las primeras y más racionales fases de la discusión, ella había hecho un esfuerzo. Le había preguntado si era por su culpa.

—¿Soy yo el problema? —había inquirido, muy seria—. Es porque soy católica, quiero decir. Sé... sé que eso complica más las cosas. —Le temblaron los labios—. Jem me contó lo de la señora Ogilvy.

No le había hecho ninguna gracia, pero no pudo evitar sonreír al recordarlo. Estaba fuera, junto al granero, llenando una carretilla de estiércol putrefacto con una pala con el fin de abonar el huerto mientras Jem lo ayudaba con su propia palita.

—«Dieciséis toneladas, y ¿qué consigues?» —cantaba Roger, si es que el áspero graznido que emitía podía considerarse un canto.

—«¡Ser un día más viejo y estar más hundido en la mierda!» —gritó Jem, haciendo todo lo posible para cantar en un tono tan bajo como Tennessee Ernie Ford, pero perdiendo el control y acabando con una rápida sucesión de risas en notas altas y bajas.

Justo en ese desafortunado momento, se volvió y descubrió que tenían visita: la señora Ogilvy y la señora MacNeil, pilares de la Sociedad Femenina del Altar y del Té, de la Iglesia Libre del Norte en Inverness. Las conocía. Y también sabía lo que habían ido a hacer allí.

—Hemos venido a visitar a su esposa, señor MacKenzie —dijo la señora MacNeil, sonriendo con los labios fruncidos. No sabía si con su expresión quería indicar reservas internas o si temía que, de abrir la boca más allá de medio centímetro, se le fuera a caer la dentadura postiza.

—¡Ah! Mucho me temo que ahora mismo debe de estar en la ciudad. —Se limpió la mano en los vaqueros pensando en ofrecérsela, pero se la miró, lo pensó mejor y, en vez de estrecharles la mano, les hizo un gesto con la cabeza—. Pero, por favor, entren. Le diré a la muchacha de servicio que prepare un poco de té.

Ellas negaron al unísono con la cabeza.

—Todavía no hemos visto a su esposa en la iglesia, señor MacKenzie. —La señora Ogilvy lo miró fijamente con ojos sospechosos.

Esperaba ese comentario. Podría haber ganado un poco de tiempo diciendo: «Bueno, la niña ha estado enferma», pero no había por qué. Tarde o temprano tendría que agarrar al toro por los cuernos.

—No —repuso alegremente, aunque se le tensaron los hombros de forma refleja—. Ella es católica. Asistirá a la misa de los domingos en St. Mary.

La cara cuadrada de la señora Ogilvy se combó en un óvalo momentáneo de estupefacción.

—¿Su esposa es papista? —inquirió, dándole ocasión de corregir el claro disparate que acababa de decir.

—Sí, lo es. Nació papista —dijo Roger encogiéndose ligeramente de hombros.

Tras esa revelación, la charla duró poco. Tan sólo una mirada a Jem, una pregunta incisiva acerca de si iba a la escuela dominical, una inspiración al oír la respuesta, y una mirada penetrante en su dirección antes de despedirse.

«¿Quieres que me convierta?», le había preguntado Bree durante la discusión.

Había sido una pregunta, no un ofrecimiento.

Roger había querido, de repente y con todas sus fuerzas, pedirle que lo hiciera, sólo para ver si lo habría hecho por amor a él, pero su conciencia religiosa no le habría permitido hacer algo semejante, y menos aún su conciencia de amante. De esposo.

La calle Huntly torcía de repente, convirtiéndose en la calle Bank, y el tráfico de peatones de la zona comercial desapareció. Pasó junto al pequeño jardín que conmemoraba los servicios prestados por las enfermeras durante la segunda guerra mundial y pensó, como siempre, en Claire, aunque esta vez con menor admiración de la que solía sentir por ella.

«¿Qué dirías tú?», pensó. Sabía condenadamente bien lo que diría o, por lo menos, de qué lado estaría: del de Brianna. Ella no se había pasado la vida siendo madre a tiempo completo, ¿verdad? Había ido a la Facultad de Medicina cuando Bree tenía siete años. Y el padre de Bree, Frank Randall, había tomado el relevo, le gustara o no. Redujo un instante el paso, al caer en la cuenta. No era extraño, pues, que Bree pensara...

Pasó frente a la Iglesia Libre del Norte y le dirigió una media sonrisa, pensando en la señora Ogilvy y la señora MacNeil. Sabía que, si no hacía algo al respecto, volverían. Conocía su estilo de firme bondad. Dios mío, si se enteraban de que Bree se había puesto a trabajar y —conforme a su modo de ver las cosas— lo había abandonado con dos niños pequeños, empezarían a turnarse para llevarle pastel de carne y patatas estofadas. Aunque eso quizá no estuviera tan mal, pensó relamiéndose, salvo porque se quedarían a meter las narices en la marcha de su casa, y dejarlas entrar en la cocina de Brianna no sólo sería jugar con dinamita, sino arrojar a propósito una botella de nitroglicerina en mitad de su matrimonio.

—Los católicos no creemos en el divorcio —le había informado Bree en una ocasión—. Creemos en el asesinato. Al fin y al cabo, siempre nos queda la confesión.

En la orilla más lejana se alzaba la única iglesia anglicana de Inverness, St. Andrew. Una iglesia católica, una iglesia anglicana... y no menos de seis iglesias presbiterianas, todas firmemente erigidas junto al río, en menos de cuatrocientos metros. Eso te decía cuanto necesitabas saber acerca del carácter esencial de Inverness. Y se lo había mencionado a Bree, aunque sin hablarle de su propia crisis de fe, tenía que admitirlo.

Ella no le había hecho preguntas, tenía que concedérselo. Había estado a punto de ordenarse en Carolina del Norte, pero durante el traumático período que sucedió a esa interrupción, con el nacimiento de Mandy, la desintegración de la comunidad del Cerro, la decisión de arriesgarse a viajar a través de las piedras... nadie había mencionado el tema. Del mismo modo, cuando regresaron, con las prioridades inmediatas de curar el corazón de Mandy y juntar, pedazo a pedazo, algo parecido a una vida... todos habían ignorado el tema de su ministerio.

Pensaba que Brianna no lo había mencionado porque no estaba segura de cómo tenía pensado él abordar el asunto y no quería darle la impresión de estar presionándolo en una dirección u otra. Si el hecho de que ella fuera católica le hacía a él más complicado ser ministro presbiteriano en Inverness, él no podía ignorar que el hecho de ser ministro le haría también a ella la vida más complicada, y ella lo sabía.

Como consecuencia, ninguno de los dos había sacado el tema mientras discutían los detalles de su regreso.

Habían resuelto los aspectos prácticos lo mejor posible. Él no podría volver a Oxford, no sin una tapadera bien elaborada.

—Uno no puede estar entrando y saliendo del ámbito académico —les había explicado a Bree y a Joe Abernathy, el médico que había sido amigo de Claire durante muchos años antes de que ella misma viajara al pasado—. Puedes tomarte un tiempo sabático, es verdad, o incluso obtener una ampliación de tu excedencia. Pero debes tener un objetivo claro y algo, en términos de investigación publicada, que justifique tu ausencia cuando te reincorporas.

—Pero podrías escribir un libro extraordinario sobre la guerra de la Regulación —había sugerido Joe Abernathy—. O sobre la época anterior a la revolución en el Sur.

—Sí —había admitido él—. Pero no un libro respetable desde el punto de vista académico.

Sonrió con frialdad, sintiendo un ligero picor en las articulaciones de los dedos. Podía, en efecto, escribir un libro, un libro que sólo él podía escribir. Pero no como historiador.

—No tengo fuentes —había explicado, señalando con la cabeza las estanterías del estudio de Joe, donde estaban celebrando el primero de varios consejos de guerra—. Si escribiera un libro como historiador, tendría que señalar la fuente de procedencia de todos los datos, y estoy seguro de que nunca se ha escrito nada en relación con la mayoría de las situaciones únicas que yo podría describir. «Testimonio ocular del autor» no tendría buena acogida por parte de la prensa universitaria, os lo aseguro. Tendría que ser una novela.

En realidad, esa idea tenía cierto atractivo, pero no impresionaría a sus colegas de Oxford.

Escocia, sin embargo...

La gente no pasaba desapercibida en Inverness, ni en ningún otro lugar de las Highlands, pero Roger no era un recién llegado. Había crecido en la granja de Inverness y aún quedaba bastante gente que lo había tratado de adulto. Y con una esposa americana y unos hijos que justificaran su ausencia...

—Mirad, en realidad aquí a la gente no le importa lo que uno estuvo haciendo durante su ausencia —había explicado—. Sólo les preocupa lo que hace uno mientras está aquí.

Ahora se encontraba ya a la altura de las islas del Ness. Un parque pequeño y tranquilo emplazado en unos diminutos islotes a pocos metros de la orilla del río, con caminos de tierra, grandes árboles y escaso movimiento a esa hora del día. Paseó por los senderos, intentando vaciar su mente y, por supuesto, llenarse sólo del sonido de la corriente de agua y de la paz que reinaba arriba, en el cielo.

Llegó al final de la isla y permaneció allí durante un rato, observando a medias los desechos acumulados en las ramas de los arbustos que bordeaban el río: montones de hojas muertas, plumas de ave, espinas de pescado y algún que otro paquete de cigarrillos que las aguas crecidas habían dejado al pasar.

Por supuesto, había estado pensando en sí mismo. Qué iba a hacer, qué pensaría la gente de él. ¿Por qué nunca se le había ocurrido preguntarse qué pensaba hacer Brianna si viajaban a Escocia?

Bueno, en retrospectiva, eso era obvio, si no estúpido. En el Cerro, Bree hacía... bueno, algo más de lo que las mujeres corrientes hacían allí, eso desde luego —uno no podía ignorar la parte de matadora de búfalos, cetrera, diosa cazadora y aniquiladora de piratas que había en ella—, pero también hacía lo que hacían las mujeres normales. Preocuparse por su familia, alimentarla, vestirla, consolarla o darle ocasionalmente una zurra. Y mientras Mandy estuvo enferma y Brianna lloraba la pérdida de sus padres, la cuestión de trabajar en algo había sido irrelevante. Nada podría haberla separado de su hija. Pero ahora Mandy estaba bien, espeluznantemente bien, como testificaba el rastro de destrucción que iba dejando tras de sí. Los meticulosos planes orientados a restablecer sus identidades en el siglo XX se habían logrado, habían comprado Lallybroch al banco que la poseía, habían conseguido trasladarse a Escocia, Jem se había adaptado —en mayor o menor medida— a la escuela del pueblo vecino, y habían contratado a una agradable muchacha del mismo pueblo para que fuera a su casa a limpiar y a ayudar a cuidar de Mandy.

Y ahora Brianna buscaba trabajo.

A Roger se lo llevaban los demonios. Metafórica, si no literalmente.

Brianna no podía decir que no se lo habían advertido. El mundo en el que iba a entrar era un mundo de hombres.

Había sido un trabajo duro, un duro cometido; el más duro, perforar los túneles por los que discurrían los kilómetros y kilómetros de cables de las turbinas de las plantas hidroeléctricas. A los hombres que los excavaban, muchos de ellos inmigrantes polacos e irlandeses que habían llegado buscando trabajo en la década de los cincuenta, los llamaban los «tigres del túnel».

Había leído cosas al respecto, había visto fotografías de ellos, con las caras mugrientas y los ojos blancos como los mineros del carbón, en las oficinas de la compañía hidroeléctrica; los muros estaban empapelados con ellas, documentando el logro moderno del que Escocia más orgullosa se sentía. ¿Cuál era el logro antiguo del que Escocia estaba más orgullosa?, se preguntó. ¿El kilt? Reprimió una carcajada ante esa idea, pero era evidente que le había hecho adoptar una expresión agradable, pues el señor Campbell, el jefe de personal, le había sonreído con amabilidad.

—Está de suerte, muchacha. Tenemos una vacante en Pitlochry, para empezar dentro de un mes —le había dicho.

—Maravilloso.

Tenía una carpeta en el regazo que contenía todas sus credenciales. El señor Campbell no le pidió que se la mostrara, lo que más bien la sorprendió, pero ella la dejó sobre el escritorio delante de él y la abrió.

—Éstas son mis... eh...

El señor Campbell estaba mirando el currículo que se hallaba en primer lugar, con la boca lo bastante abierta como para que Brianna pudiera ver los empastes de acero de sus muelas. Cerró la boca, la miró asombrado y luego volvió a mirar la carpeta, cogiendo despacio el currículo como si temiera encontrar algo todavía más sorprendente debajo.

—Creo que reúno todos los requisitos —señaló ella conteniendo el impulso nervioso de hundir los dedos en la tela de su falda—. Para ser inspector de planta, quiero decir.

Sabía muy bien que así era. Estaba cualificada para construir una maldita planta hidroeléctrica y, ni que decir tiene, para supervisar una.

—Inspector... —respondió él con escasa energía. Luego soltó una tosecilla y se sonrojó ligeramente. Era un gran fumador. Brianna podía oler el tufo a tabaco adherido a su ropa—. Mucho me temo que ha habido un pequeño malentendido, querida —objetó—. Lo que necesitamos en Pitlochry es una secretaria.

—Tal vez sea así —respondió ella, cediendo al impulso de agarrarse a la tela de su falda—. Pero el anuncio al que yo contesté solicitaba un inspector de planta, y ése es el puesto para el que me presento.

—Pero... querida... —El señor Campbell negó con la cabeza, claramente anonadado—. ¡Es usted una mujer!

—Lo soy —contestó ella, y cualquiera del centenar de hombres que había conocido su padre se habría percatado del tono acerado de su voz y habría cedido al momento. Por desgracia, el señor Campbell no había conocido a Jamie Fraser, pero estaba a punto de hacerse una idea—. ¿Le importaría explicarme exactamente qué aspectos de la supervisión de una planta requieren tener pene?

Al señor Campbell se le salieron los ojos de las órbitas y se puso del color de las barbas del gallo en época de celo.

—Eso... usted... es decir... —Con evidente esfuerzo, logró sobreponerse lo suficiente como para hablar con educación, aunque la conmoción seguía siendo patente en sus burdos rasgos—. Señora MacKenzie, no estoy familiarizado con la idea de la liberación de la mujer, ¿sabe? Yo mismo tengo hijas. —«Y ninguna de ellas me diría jamás nada semejante», decía su ceja arqueada—. No es que crea que no son ustedes competentes. —Lanzó una mirada a la carpeta abierta, arqueó brevemente ambas cejas y, acto seguido, la cerró con firmeza—. Es el... ambiente de trabajo. No es adecuado para una mujer.

—¿Por qué no?

Ahora el señor Campbell iba recuperando su aplomo.

—Las condiciones son a menudo físicamente duras y, para serle sincero, señora MacKenzie, también los hombres con los que usted trabajaría lo son. La empresa, por tranquilidad de conciencia, o por una cuestión de rentabilidad, no puede poner en riesgo su seguridad.

—¿Contratan ustedes a hombres que podrían agredir a una mujer?

—¡No! Nosotros...

—¿Tienen plantas que son peligrosas para la integridad física de sus trabajadores? En ese caso, necesitan a un supervisor, ¿no cree?

—Los aspectos legales...

—Estoy absolutamente al día en lo que respecta a las regulaciones relativas a las plantas hidroeléctricas —repuso ella con firmeza y, tras meter la mano en su bolso, sacó un manoseado folleto impreso de la normativa que le habían facilitado en el Highlands and Islands Development Board—.[5] Puedo identificar problemas, y puedo decirles cómo rectificarlos enseguida y de la manera más económica posible.

El señor Campbell parecía profundamente disgustado.

—Además, me han dicho que no han tenido muchos aspirantes a ese puesto —concluyó Brianna—. Ninguno, para ser exactos.

—Los hombres...

—¿Hombres? —replicó ella, y dejó que se infiltrara en la palabra un levísimo deje de regocijo—. He trabajado con hombres con anterioridad. Me llevo bien con ellos.

Acto seguido lo miró sin decir nada. «Sé cómo matar a un hombre. Sé lo fácil que es. Y tú no.» No era consciente de que la expresión de su rostro había cambiado, pero el señor Campbell perdió ligeramente su intenso color y apartó la mirada. Brianna se preguntó por un instante si Roger apartaría la mirada de ver ese conocimiento en sus ojos. Pero no era el momento adecuado para pensar en cosas así.

—¿Por qué no me muestra uno de los lugares de trabajo? —sugirió con amabilidad—. Podemos seguir hablando después.

---

[5] Organismo creado en 1967 con el fin de ayudar a la población de las Highlands y de las islas a mejorar sus condiciones económicas y sociales y permitir que tales territorios desempeñaran un papel más efectivo en el desarrollo económico y social del país. *(N. de la t.)*

· · ·

En el siglo XVIII, habían utilizado la iglesia de St. Stephen como prisión temporal para presos jacobitas. Según algunos relatos, a dos de ellos los habían ejecutado en el cementerio. Roger supuso que no era la peor última visión de la tierra que uno podía tener: el ancho río y el vasto cielo, ambos fluyendo hacia el mar. Tanto el viento como el agua transmitían una fuerte impresión de paz, a pesar de estar en constante movimiento.

«Si alguna vez te encuentras inmerso en una paradoja, puedes tener la seguridad de que estás a punto de hallar la verdad —le había dicho su padre adoptivo en una ocasión—. Tal vez no sepas qué es, tenlo presente —había añadido con una sonrisa—. Pero está ahí.»

El párroco de St. Stephen, el doctor Weatherspoon, también había compartido con él unos cuantos aforismos: «Cuando Dios cierra una puerta, abre una ventana.» Sí. El problema era que esa ventana en concreto se abría en el décimo piso, y no estaba seguro de que Dios proporcionara paracaídas.

—¿Lo haces? —inquirió mirando al cielo lleno de nubes en movimiento que se extendía sobre Inverness.

—¿Perdón? —contestó el asombrado sacristán, saliendo de pronto de la tumba tras la cual había estado trabajando.

—Lo siento. —Roger hizo un gesto de disculpa con la mano, avergonzado—. Estaba... hablando solo.

El anciano asintió con la cabeza, comprensivo.

—Sí, sí. No se preocupe. Cuando uno debería preocuparse es cuando empieza a obtener respuestas. —Y, riendo con voz ronca, volvió a perderse de vista.

Roger bajó desde el alto cementerio hasta llegar al nivel de la calle y regresó caminando despacio al aparcamiento. Bueno, había dado el primer paso. Bastante tarde... Bree tenía razón, hasta cierto punto. Había sido un cobarde... pero lo había hecho.

El problema aún no estaba resuelto, pero había sido un gran consuelo poder confiárselo a alguien que lo comprendía y se hacía cargo de sus cuitas.

«Rezaré por usted», le había dicho el doctor Weatherspoon mientras le estrechaba la mano al despedirse. También eso era un consuelo.

Comenzó a subir los fríos y húmedos escalones de hormigón del parking, conforme buscaba las llaves en sus bolsillos. No podía decir que se encontrara del todo en paz consigo mismo, todavía, pero se sentía mucho más tranquilo respecto a Bree. Ahora podía regresar a casa y decirle...

No, maldita sea. Aún no podía, aún no. Tenía que cerciorarse. No tenía que cerciorarse. Sabía que tenía razón. Pero debía tenerlo en las manos, debía poder mostrárselo a Bree.

Dio media vuelta de golpe, pasó junto a un sorprendido empleado del aparcamiento que iba tras él, subió los peldaños de dos en dos y caminó calle Huntly arriba como si estuviera andando sobre carbones encendidos. Se detuvo unos instantes en el Fox, con las manos hundidas en los bolsillos en busca de monedas, y llamó a Lallybroch desde la cabina telefónica. Annie contestó al teléfono con su aspereza habitual, diciendo «¿Psíiii?» con tanta brusquedad que pareció más bien un siseo interrogativo.

No se molestó en reprenderla por sus malos modales.

—Soy Roger. Dile a la señora que me voy a Oxford a consultar una cosa. Pasaré allí la noche.

—Mmfm —contestó ella, y colgó.

Tenía ganas de darle a Roger un golpe en la cabeza con un objeto romo. Algo como una botella de champán, tal vez.

—¿Que se ha ido adónde? —inquirió, aunque había oído a Annie MacDonald con toda claridad.

Annie levantó los estrechos hombros hasta que se hallaron a la altura de sus orejas, indicando que comprendía que se trataba de una pregunta de tipo retórico.

—A Oxford —dijo—. A *Inglaterra*. —Su tono subrayaba la tremenda atrocidad de lo que Roger había hecho.

¡No había ido tan sólo a consultar algo en un viejo libro, lo que ya habría sido bastante extraño —aunque, por supuesto, era un erudito y éstos son capaces de cualquier cosa—, sino que había abandonado a su mujer y a sus hijos sin previo aviso y se había marchado a toda prisa a un país extranjero!

—Lo dijo como si fuera a volver a casa mañana —añadió la chica en tono dubitativo, y cogió la botella de champán dentro de su bolsa con precaución, como si fuera a explotar—. ¿Cree que debería ponerla en hielo?

—En hie... oh, no, no la metas en el congelador. Sólo en la nevera. Gracias, Annie.

Annie desapareció en la cocina y Brianna permaneció unos instantes en el ventilado vestíbulo, intentando hacerse con un firme control de sus sentimientos antes de ir al encuentro de Jem y Mandy. Como niños que eran, tenían un radar ultrasensible en lo tocante a sus padres. Ya sabían que entre ella y Roger había algún problema. Y el hecho de que su padre desapareciera no iba a darles precisamente una sensación de agradable seguridad. ¿Les había dicho adiós siquiera? ¿Les había asegurado que volvería? No, claro que no.

—Maldito egoísta, egocéntrico... —murmuró Brianna.

Incapaz de encontrar un calificativo satisfactorio con el que completar su lista, exclamó «¡Maldita rata apestosa!» y, a continuación, soltó a regañadientes una carcajada, no sólo por lo estúpido del insulto, sino también como un frío reconocimiento de que había logrado lo que deseaba. En ambos sentidos.

Estaba claro que él no podría haberle impedido solicitar el empleo, y creía que, una vez superados los inconvenientes que suponía, también a Roger le parecería bien.

«Los hombres odian que las cosas cambien —le había dicho su madre en tono despreocupado en cierta ocasión—. A menos que sea idea suya, claro. Pero, a veces, puedes hacerles creer que se les ha ocurrido a ellos.»

Tal vez debería haber sido menos directa. Quizá debería haberle hecho sentir a Roger que por lo menos tenía algo que decir acerca de que ella trabajara, aunque no le hiciera pensar que había sido idea suya; eso habría sido llevar las cosas demasiado lejos. Pero no, en aquel momento no estaba de humor para andarse con rodeos. Ni para ser diplomática siquiera.

En cuanto a lo que ella le había hecho a él... Bueno, soportaría su inmovilidad durante todo el tiempo que pudiera, y luego lo empujaría por un acantilado. Deliberadamente.

—¡Y no me siento culpable en lo más mínimo! —le dijo al perchero. Colgó su abrigo despacio, dedicando algo más de tiempo a buscar en los bolsillos pañuelos de papel usados y recibos arrugados.

Entonces, ¿se había marchado por rencor, para hacerle pagar que volviese a trabajar, o lleno de rabia porque ella lo hubiera llamado cobarde? Eso no le había gustado lo más mínimo. Se le habían ensombrecido los ojos y casi se había quedado sin voz... la fuerte emoción que lo embargaba lo había asfixiado, de un modo bastante literal, y le había paralizado la laringe. Pero Brianna lo había hecho a propósito. Sabía cuáles eran los puntos débiles de Roger... del mismo modo que él sabía cuáles eran los suyos.

Apretó los labios al pensarlo, justo en el momento en que sus dedos se cerraban sobre algo duro en el bolsillo interior de su chaqueta. Una concha gastada, suave y en forma de pequeña torre, descolorida por el sol y por el agua. Roger la había recogido en una playa de guijarros a orillas del lago Ness y se la había regalado. «Para que vivas en ella —había dicho, sonriendo, pero traicionado por la aspereza de su voz estropeada—. Cuando necesites un lugar donde esconderte.» Brianna cerró los dedos suavemente sobre la concha y suspiró.

Roger no era mezquino. No. No se iría a Oxford —una desganada burbuja de regocijo afloró a la superficie al recordar la descripción consternada de Annie: «¡A Inglaterra!»— sólo para preocuparla.

De modo que había ido a Oxford por algún motivo específico, surgido, sin duda, a raíz de su pelea, y eso la tenía algo preocupada.

Desde que habían regresado, se había enfrentado a un montón de cosas. Y ella también, por supuesto: la enfermedad de Mandy, las decisiones acerca de dónde vivir, y todos los pequeños detalles que supone reubicar a una familia tanto en el espacio como en el tiempo. Habían hecho todas esas cosas juntos. Pero había otras con las que Roger había lidiado solo.

Brianna era hija única, al igual que él. Sabía lo que eso implicaba: uno se abstraía mucho en sus propios pensamientos. Pero, maldita sea, fuera lo que fuese aquello con lo que vivía en su cabeza, se lo estaba comiendo ante sus ojos, y si no le decía de qué se trataba, era o bien porque lo consideraba demasiado privado para compartirlo —cosa que la molestaba, pero que podía soportar— o bien porque lo consideraba demasiado perturbador o peligroso para compartirlo, y eso ella no iba a tolerarlo de ningún modo.

Sus dedos se habían cerrado con fuerza en torno a la concha, y Brianna los relajó despacio, intentando calmarse.

Oía a los chiquillos arriba, en la habitación de Jem. Le estaba leyendo algo a Mandy. *El hombre de pan de jengibre*, pensó. No podía oír las palabras, pero lo sabía por el ritmo, al que Mandy ponía el contrapunto con sus emocionados gritos: «¡Ban! ¡Ban!»

No había motivo para interrumpirlos. Ya habría tiempo más tarde para decirles que papi no pasaría la noche en casa. Tal vez no les molestaría si se lo decía como quien no quiere la cosa. Roger nunca se había ausentado desde su regreso, aunque, cuando vivían en el Cerro, solía pasar tiempo fuera con Jamie o con Ian, cazando. Mandy no debía de acordarse de ello, pero Jem...

Tenía intención de ir a su estudio; en cambio, cruzó el vestíbulo y entró en el de Roger. Era el antiguo despacho de la casa, la habitación donde su tío Ian se había ocupado de los asuntos de la finca durante años y, antes, su padre por un breve tiempo. Ahora era de Roger. Él le había preguntado si quería esa habitación, pero ella le había dicho que no. Le gustaba el saloncito del otro lado del vestíbulo, con su soleada ventana y las sombras del viejo rosal amarillo que distinguía esa parte de la casa con su color y su aroma. Aparte de ese detalle, tenía la impresión de que ese cuarto era lugar para un hombre, con su suelo de madera limpio y desgastado y sus cómodas estanterías estropeadas por el uso.

Roger habría logrado encontrar uno de los viejos libros de cuentas de la granja, de 1776. Estaba en uno de los estantes superiores, con su raída encuadernación de tela que contenía las pacientes y meticulosas minucias de la vida en una granja de las Highlands: «Ciento diez gramos de semillas de abeto blanco, un macho cabrío para cría, seis conejos, treinta kilos de patatas de siembra...» ¿Habría escrito su tío esas cosas? No lo sabía, jamás había visto una muestra de su caligrafía.

Se preguntó, con una extraña sensación en el estómago, si sus padres habrían logrado regresar a Escocia, a ese lugar. Si habrían vuelto a ver a Ian y a Jenny. Si su padre se habría sentado —¿se sentaba?— allí, en esa habitación, una vez de nuevo en casa, a hablar con Ian de los asuntos de Lallybroch. ¿Y su madre? Por lo poco que Claire le había contado, Jenny y ella no se habían separado en muy buenos términos, y Brianna sabía que a su madre le dolía. Habían sido muy buenas amigas en el pasado. Tal vez las cosas pudieran arreglarse... tal vez se hubieran arreglado.

Echó un vistazo a la caja de madera, a salvo en lo alto de la estantería junto al libro mayor, y a la pequeña serpiente de madera de cerezo enrollada frente a ella. Movida por un impulso, cogió la serpiente del estante, hallando cierto consuelo en la curva pulida de su cuerpo y la cómica expresión de su cara, que miraba por encima de su hombro inexistente. Le sonrió sin querer.

—Gracias, tío Willie —dijo en voz alta, con ternura, y sintió que un tremendo escalofrío la recorría. No de miedo ni de frío... sino de una especie de alborozo, pero de tipo silencioso. Reconocimiento.

Había visto esa serpiente tan a menudo —en el Cerro, y ahora allí, donde la habían tallado— que jamás había pensado en su creador, el hermano mayor de su padre, fallecido a los once años de edad. Pero también él se encontraba allí, en la obra de sus manos, en las habitaciones que lo habían conocido. Cuando visitó Lallybroch en una ocasión anterior —en el siglo XVIII—, había un retrato suyo en el rellano de la escalera, un chiquillo pequeño y robusto de cabello rojo y ojos azules, de pie, muy serio, con una mano en el hombro de su hermanito de corta edad. «¿Dónde estará ahora ese retrato?», se preguntó. ¿Y los demás cuadros que había pintado su abuela? Había un autorretrato que había logrado llegar no se sabía cómo a la National Portrait Gallery —debía asegurarse de llevar a los niños a Londres a verlo cuando fueran un poco mayores—, pero ¿y los otros? Había uno de una joven Jenny Murray dándole de comer a un faisán domesticado que tenía los mismos ojos castaños y tiernos de su tío Ian. Sonrió al recordarlo.

Habían hecho bien. Yendo allí, llevando consigo a los niños... a casa. No importaba si a ella y a Roger les costaba un poco encontrar su sitio. Aunque tal vez no debería hablar por Roger, pensó con una mueca.

Volvió a mirar la caja. Ojalá sus padres estuvieran allí —los dos— para poder hablarles de Roger, pedirles su opinión. No era que desease que la aconsejaran, no era eso... Lo que quería, para ser sinceros, pensó, era estar segura de que había hecho lo correcto.

Con un sonrojo más intenso en las mejillas, levantó ambas manos y bajó la caja, sintiéndose culpable por no esperar a Roger para compartir la carta siguiente. Pero... necesitaba a su madre en ese preciso momento. Cogió la primera carta de encima, que tenía la letra de su madre en el sobre.

Oficinas de *L'Oignon*, New Bern, Carolina del Norte
12 de abril de 1777

Querida Bree (y Roger y Jem y Mandy, claro):
Hemos conseguido llegar a New Bern sin mayor novedad. Sí, te oigo pensar «¿mayor?». Es verdad que nos asaltó un par de futuros bandidos en la carretera que discurre al sur de Boone. Como tenían probablemente nueve años el uno y once el otro y sólo iban armados con un viejo mosquete de rueda que, no obstante, los habría hecho saltar a ambos en pedazos si hubieran podido dispararlo, no corrimos ningún peligro significativo.
Rollo saltó de la carreta y derribó a uno de ellos de espaldas contra el suelo, tras lo cual su hermano soltó el arma

y puso pies en polvorosa. Sin embargo, tu primo Ian corrió tras él y lo atrapó, y lo trajo a rastras por el cogote.

A tu padre le llevó cierto tiempo sacarles algo en claro, pero un poco de comida obra maravillas. Dijeron que se llamaban Herman y —de verdad, aunque no lo creas— Vermin.[6] Sus padres murieron durante el invierno. Su padre salió de caza y no regresó, la madre murió de parto, y el bebé falleció un día después, pues los dos chiquillos no tenían manera de alimentarlo. No conocen a nadie por parte de su padre, pero dijeron que el nombre de la familia de su madre era Kuykendall. Afortunadamente, tu padre conoce a una familia Kuykendall cerca de Bailey Camp, así que Ian se llevó a los pequeños vagabundos a buscar a los Kuykendall para ver si podían quedarse con ellos. De lo contrario, supongo que los traerá consigo a New Bern e intentaremos dejarlos de aprendices en algún sitio, o tal vez los llevemos con nosotros y les busquemos un empleo como grumetes.

Fergus, Marsali y los niños parecen estar todos muy bien, tanto físicamente —a excepción de una tendencia familiar a tener unas vegetaciones adenoideas más grandes de lo habitual y del hecho de que Germain tiene la verruga más grande que he visto en mi vida en el codo izquierdo— como desde el punto de vista económico. Aparte de la *Wilmington Gazette*, *L'Oignon* es el único periódico habitual en toda la colonia, y, por consiguiente, Fergus consigue gran parte del trabajo. Si a ello le añades la impresión y la venta de libros y folletos, le va estupendamente. Ahora la familia posee dos cabras lecheras, una bandada de pollos, un cerdo y tres mulas, contando a *Clarence*, que les hemos dejado de camino a Escocia.

Dadas las condiciones y las incertidumbres [«lo que quiere decir —pensó Brianna—, que no sabes quién podría leer esta carta ni cuándo»], será mejor que no especifique el tipo de cosas que imprime, aparte de periódicos.

L'Oignon, por su parte, es cuidadosamente imparcial y expone rabiosas denuncias tanto de los lealistas como de los que no son tan leales, y publica poemas satíricos de nuestro buen «Anónimo», atacando a ambas partes del actual conflicto político. Rara vez he visto a Fergus tan contento. A algunos hombres la guerra les sienta bien, y Fergus, aunque parezca bastante extraño, es uno de ellos.

---

[6] En inglés, *vermin* significa «bichos». *(N. de la t.)*

Lo mismo le sucede a tu primo Ian, aunque, en su caso, creo que tal vez le ayude a no pensar demasiado.

Me pregunto qué hará su madre con él, pero, conociéndola como la conozco, supongo que, una vez se le haya pasado la conmoción inicial, se pondrá manos a la obra para encontrarle una esposa. Jenny es una mujer perspicaz, entre otras cosas, y tan tozuda como tu padre. Espero que él se acuerde de ello.

Hablando de tu padre, está saliendo mucho por ahí con Fergus, haciendo «trabajitos» (sin especificar, lo que significa que probablemente esté haciendo algo que, si yo lo supiera, me pondría el pelo blanco, o más blanco todavía) e informándose entre los comerciantes de algún posible barco, aunque creo que tenemos mayor posibilidad de encontrar uno en Wilmington, adonde nos dirigiremos en cuanto Ian se reúna con nosotros.

Entretanto, he colgado una tablilla anunciándome, en sentido literal. Está clavada en la fachada de la imprenta de Fergus y dice: «Se arrancan dientes y se curan erupciones, flemas y malaria», y es obra de Marsali. Ella quería añadir una línea sobre la sífilis, pero tanto Fergus como yo la disuadimos, él por miedo a que bajara el tono de su establecimiento, y servidora por cierto amor morboso a la verdad en el anuncio, pues siendo sinceros, no hay nada que yo pueda hacer hoy en día para curar la enfermedad que ellos llaman sífilis. Las flemas... bueno, siempre es posible hacer algo para aliviar las flemas, aunque no sea más que administrar una taza de té (en estos tiempos, se trata de una infusión de agua caliente y raíz de sasafrás, hierba de gato o bálsamo de limón) con un chorrito de licor.

De camino, fui a visitar al doctor Fentiman a Cross Creek, y le compré algunos instrumentos que necesitaba y unas cuantas medicinas para completar mi botiquín (a cambio de una botella de whisky y de tener que admirar la última incorporación a su espantosa colección de curiosidades en formol; no, mejor no te lo cuento, de verdad). Menos mal que no puede ver la verruga de Germain. De lo contrario, se plantaría en New Bern en menos que canta un gallo, deambulando furtivamente alrededor de la imprenta con una sierra de amputar.

Todavía me hacen falta un par de buenas tijeras quirúrgicas, pero Fergus conoce a un platero en Wilmington llamado Stephen Moray que dice que podría hacerme un par siguiendo mis indicaciones. Por ahora me ocupo sobre todo de sacar muelas, pues el barbero que solía hacerlo se ahogó el pasado mes de noviembre al caerse al puerto cuando estaba borracho.

Con todo mi amor,

Mamá

P. D. Hablando de la *Wilmington Gazette*, tu padre tiene pensado ir y ver si puede averiguar quién dejó aquella maldita nota sobre el incendio. Aunque supongo que no debería quejarme. Si no la hubieras encontrado, tal vez no habrías vuelto nunca. Y aunque hay muchas cosas que me gustaría que no hubieran sucedido a consecuencia de tu regreso, nunca lamentaré que hayas conocido a tu padre, y que él te haya conocido a ti.

17

Diablillos

No era muy distinta de las demás sendas practicadas por los ciervos con que se habían topado. De hecho, había comenzado, sin duda, como una de esas sendas, pero ésta en particular tenía algo que a Ian le decía «gente», y hacía tanto tiempo que se había acostumbrado a ese tipo de juicios que rara vez los registraba conscientemente. Tampoco lo hizo ahora, pero le dio un tirón al cabestro de *Clarence*, e hizo que su propio caballo volviera la cabeza hacia un lado.

—¿Por qué nos detenemos? —preguntó Herman con recelo—. Aquí no hay nada.

—Allá arriba vive alguien. —Ian hizo un gesto con la barbilla en dirección a la pendiente arbolada—. El sendero no es lo bastante ancho para los caballos, los dejaremos atados aquí y caminaremos.

Herman y Vermin intercambiaron una mirada silenciosa de profundo escepticismo, pero se dejaron caer de la mula y avanzaron con dificultad tras Ian, senda arriba.

Ian estaba empezando a tener dudas. Ninguna de las personas con las que había hablado durante la última semana conocía a ningún Kuykendall en la zona, y no podía dedicarle mucho más tiempo a ese asunto. Tal vez tuviera que llevarse consigo a aquellos pequeños salvajes a New Bern después de todo, y no tenía ni idea de cómo iban a tomarse ellos esa sugerencia. En realidad, no tenía ni idea de cómo se tomaban nada. No era tanto que fueran tímidos como reservados, no hacían más que susurrarse cosas el uno al otro a sus espaldas mientras viajaban, cerrándose como almejas en el preciso momento en que los miraba. Lo observaban con un rostro cuidadosamente inexpresivo, que no dejaba traslucir nada, pero tras el cual se daba perfecta cuenta de que se estaba maquinando algo. ¿Qué demonios estaban tramando?

Si tenían intención de escapar de él, pensó que quizá no se esforzaría mucho en alcanzarlos. Si, por el contrario, pensaban robarle a *Clarence* y el caballo mientras dormía, ésa era otra cuestión.

La cabaña estaba allí, y de su chimenea ascendía una espiral de humo. Herman le dirigió una mirada de sorpresa, e Ian le sonrió.

—Os lo dije —observó, y gritó un saludo.

La puerta se abrió con un crujido y por ella asomó el cañón de un mosquete. No era una manera poco habitual de recibir a los extraños en los territorios del interior, por lo que Ian no se arredró. Levantó la voz y explicó por qué estaba allí, al tiempo que empujaba a Herman y a Vermin delante de él como prueba de su *bona fides*.

El arma no desapareció, sino que se alzó de modo que no dejaba lugar a dudas acerca de las intenciones de quien la empuñaba. Obedeciendo a su instinto, Ian se arrojó al suelo, arrastrando consigo a los muchachos en el preciso momento en que el disparo rugía sobre sus cabezas. Una voz de mujer gritó algo estridente en un idioma extranjero. Ian no comprendió las palabras, pero sí entendió con toda claridad el sentido y, haciendo que los chiquillos se pusieran de pie, los condujo precipitadamente de vuelta senda abajo.

—Yo no voy a vivir con ella —le informó Vermin lanzando una mirada de disgusto por encima del hombro con los ojos entornados—. Así te lo digo.

—No, no vas a vivir con ella —corroboró Ian—. Sigue andando, ¿vale? —dijo al ver que Vermin se había parado en seco.

—Tengo que cagar.

—¿Ah, sí? Bueno, date prisa.

Se alejó, pues había descubierto con anterioridad que los chicos tenían una exigencia exagerada de privacidad en lo tocante a esas cuestiones.

Herman ya se había adelantado. El revoltijo de cabello rubio sucio y enredado apenas si se veía, unos dieciocho metros cuesta abajo. Ian les había sugerido a los chicos que podían cortarse el pelo, si no peinárselo, y lavarse la cara como gesto de urbanidad hacia cualquier pariente que pudiera enfrentarse a la perspectiva de quedarse con ellos, pero ellos habían rechazado su sugerencia de modo vehemente. Por suerte, no tenía la responsabilidad de obligar a esos puñeteros críos a bañarse; y, para ser justos, pensaba que el hecho de bañarse no supondría ninguna diferencia en lo relativo a su olor, dado el estado de su ropa, que claramente llevaban varios meses sin cambiarse. Los hacía dormir en el lado opuesto al que dormían por la noche *Rollo* y él, con la esperanza de limitar su exposición a los piojos de los que ambos estaban infestados.

¿Era posible que los padres del más pequeño de los chiquillos le hubieran puesto semejante nombre a causa de la plaga que lo invadía?, se preguntaba. ¿O es que no tenían ni idea de lo que significaba y sólo lo habían elegido para que rimara con el de su hermano mayor?

Un rebuzno ensordecedor de *Clarence* lo arrancó de golpe de sus pensamientos. Apretó el paso, recriminándose a sí mismo haber dejado su arma en el lazo de la silla. No había querido acercarse a la casa armado, pero...

Un chillido procedente de abajo hizo que evitara el camino y se ocultara a toda prisa entre los árboles. Un segundo chillido se interrumpió en seco, e Ian partió gateando cuesta abajo, tan deprisa como era capaz sin armar alboroto. ¿Sería un puma? ¿Un oso? No, *Clarence* estaría bramando como una orca si se tratara de alguno de ellos. Por el contrario, gorjeaba y resollaba como cuando veía...

A un conocido.

Ian se quedó inmóvil tras una pantalla de chopos, con el corazón helado en el pecho.

Arch Bug volvió la cabeza al oír el ruido, a pesar de ser tan débil.

—Sal, muchacho —lo llamó—. Te estoy viendo.

Estaba claro que era verdad. Aquellos viejos ojos lo miraban directamente, de modo que Ian salió despacio de entre los árboles.

Arch había cogido el arma del caballo. La llevaba al hombro. Rodeaba con un brazo el cuello de Herman, y la cara del chiquillo mostraba un intenso color rojo debido a la falta de aire. Sus pies se debatían como los de un conejo agonizante, a un palmo del suelo.

—¿Dónde está el oro? —inquirió Arch sin preámbulos.

Llevaba el cabello blanco en un pulcro recogido y, por lo que Ian alcanzaba a ver, el invierno no lo había perjudicado. Debía de haber encontrado gente con la que albergarse y esperar. «Pero ¿dónde? —se preguntó—. ¿En Brownsville, tal vez?» Endemoniadamente peligroso si les había hablado a los Brown del oro, pero creía que Arch era un pájaro demasiado listo para irse de la lengua en semejante compañía.

—Donde nunca lo encontrarás —respondió Ian sin rodeos. Estaba pensando como una fiera. Tenía un cuchillo en el cinturón, pero se encontraba demasiado lejos para lanzarlo, y si fallaba...—. ¿Qué quieres de ese crío? —preguntó acercándose un poco más—. No tiene nada que ver contigo.

—No, pero parece que tiene algo que ver contigo.

Herman emitía ásperos chillidos, y sus pies, aunque seguían agitándose, se movían ahora más despacio.

—No, tampoco es nada mío —repuso Ian, luchando por aparentar despreocupación—. Sólo lo estoy ayudando a encontrar a su familia. ¿Pensabas cortarle el cuello si no te decía dónde está el oro? Adelante. No te lo voy a decir.

No vio a Arch sacar el cuchillo, pero ahí estaba de repente, en su mano derecha, en una posición extraña a causa de los dedos que le faltaban, aunque lo bastante útil, sin duda.

—Muy bien —dijo Arch con tranquilidad, y colocó la punta del cuchillo bajo la barbilla de Herman.

Un grito estalló detrás de Ian, y Vermin recorrió medio corriendo, medio rodando, los últimos metros de sendero. Arch Bug levantó la vista, dio un respingo, e Ian se encorvó para arremeter contra él, pero Vermin se le adelantó.

El crío atacó a Arch Bug y le propinó una tremenda patada en la espinilla, al tiempo que gritaba:

—¡Viejo malvado! ¡Suéltala ahora mismo!

Arch parecía haberse quedado atónito tanto por el discurso como por la patada, pero no soltó a su presa.

—¿Es una chica? —preguntó, y miró al crío que tenía agarrado.

De golpe, la chica —¿la chica?— volvió la cabeza y le mordió con ferocidad en la muñeca. Ian, aprovechando la ocasión, se precipitó hacia él, pero se encontró en medio a Vermin, que ahora había agarrado a Arch por el muslo y se aferraba a él con todas sus fuerzas, intentando darle un puñetazo al viejo en las pelotas con su pequeño puño cerrado.

Con un gruñido feroz, Arch le dio un empujón a la niña —si es que era una niña—, y la arrojó tambaleándose contra Ian. Luego lanzó un puño enorme contra la cabeza de Vermin y lo dejó sin sentido. Se sacudió a la chiquilla de la pierna, le arreó una patada en las costillas mientras retrocedía bamboleándose y, acto seguido, dio media vuelta y salió corriendo.

—¡Trudy, Trudy!

Herman corrió hacia su hermano —no, su hermana—, que estaba tumbado sobre las hojas medio podridas, abriendo y cerrando la boca como una trucha fuera del agua.

Ian vaciló, deseando salir en persecución de Arch, preocupado por si Vermin estaba malherido... Pero el viejo había desaparecido ya, se había desvanecido en el bosque. Rechinando los dientes, se agachó y recorrió rápidamente el cuerpo de Vermin con las manos. No había sangre, y el niño estaba ya recuperando el aliento, tragando saliva y jadeando como un fuelle agujereado.

—¿Trudy? —le dijo Ian a Herman, quien se agarraba con fuerza al cuello de Vermin.

Sin esperar una respuesta, Ian le subió a Vermin la andrajosa camisa, le quitó el cinturón de los pantalones demasiado grandes y echó un vistazo al interior. Soltó la prenda a toda prisa.

Herman se puso en pie de un salto, con una mirada furiosa y cubriéndose con las manos en ademán protector su entrepierna de niña. Sí, ¡de niña!

—¡No! —exclamó—. ¡No consentiré que me metas tu asquerosa polla!

—No lo haría ni aunque me pagaras —le aseguró Ian—. Si ésta es Trudy —señaló con la cabeza a Vermin, que había rodado sobre sí mismo (no, misma), se había puesto a cuatro patas y estaba vomitando en la hierba—, ¿cómo diablos te llamas tú?

—Hermione —contestó la muchachita, hosca—. Ella se llama Ermintrude.

Ian se pasó una mano por la cara, intentando digerir la información. Ahora parecía... bueno, no, seguían pareciendo unos diablillos asquerosos en lugar de unas niñas, con los ojos rasgados ardiendo a través de la maleza grasienta y enredada de su cabello. Habría que afeitarles la cabeza, supuso, y esperó encontrarse muy lejos cuando eso sucediera.

—Sí —dijo a falta de nada sensato que decir—. Bueno, pues.

—¿Tienes oro? —inquirió Ermintrude, que había dejado de dar arcadas. Se incorporó, se limpió la boca con la manita y escupió con gesto experto—. ¿Dónde?

—Si no se lo he dicho a él, ¿por qué iba a decírtelo a ti? Y ya puedes ir olvidándote de ello ahora mismo —le aseguró al ver que sus ojos miraban fijamente el cuchillo que llevaba al cinto.

Maldita sea. ¿Qué debía hacer ahora? Apartó de su mente el susto de la aparición de Arch Bug —ya tendría tiempo de pensar en ello más tarde— y se pasó despacio una mano por el pelo, pensando. En realidad, que fueran niñas no cambiaba nada, pero el hecho de que supieran que tenía oro, sí. Ahora no se atrevía a dejarlas con nadie, porque si lo hacía...

—Si nos dejas, les diremos lo del oro —espetó Hermione de golpe—. No queremos vivir en una cabaña apestosa. Queremos ir a Londres.

—¿Qué? —Se la quedó mirando, incrédulo—. ¿Qué sabéis vosotras de Londres, por el amor de Dios?

—Nuestra madre era de allí —respondió Herman (no, Hermione), y se mordió el labio para dejar de temblar tras mencionar a su madre. Era la primera vez que hablaba de ella, observó Ian con interés. Y, desde luego, la primera vez que daba muestras de vulnerabilidad—. Ella nos habló de Londres.

—Uf. ¿Y por qué no habría de mataros yo mismo? —preguntó, exasperado.

Dejándolo atónito, Herman le sonrió. Era la primera expresión medio agradable que había visto nunca en su rostro.

—Al perro le gustas —contestó—. No le gustarías si mataras a la gente.

—Eso es todo lo que sabes —murmuró, y se puso en pie.

Rollo, que había estado por ahí ocupándose de sus cosas, eligió ese preciso momento para salir tranquilamente de entre los matorrales, husmeando muy atareado.

—¿Dónde estabas tú cuando te necesitaba? —le preguntó Ian.

Rollo olisqueó con mucha atención en torno al lugar donde había estado Arch Bug y, acto seguido, levantó la pata y orinó sobre un arbusto.

—¿Ese viejo malo habría matado a Hermie? —inquirió de repente la pequeña mientras él la subía a la mula y la colocaba detrás de su hermana.

—No —contestó con seguridad, pero, cuando montó a su vez, se lo preguntó.

Tenía la desagradable sensación de que Arch Bug comprendía a la perfección la naturaleza del sentimiento de culpa. ¿Lo bastante como para matar a un crío inocente sólo porque así Ian se habría sentido culpable de su muerte? E Ian se habría sentido culpable, Arch lo sabía.

—No —repitió con mayor firmeza.

Arch Bug era tanto vengativo como rencoroso, y tenía derecho a serlo, lo admitía. Pero Ian no tenía motivos para pensar que fuera un monstruo.

Sin embargo, hasta que acamparon esa noche hizo que las chiquillas viajaran delante de él.

No volvieron a ver ni rastro de Arch Bug, aunque, mientras acampaban, Ian tenía de vez en cuando la inquietante sensación de que alguien los observaba. ¿Estaría Arch siguiéndolo? Muy probablemente, sí, pensó Ian, pues estaba claro que no había aparecido tan de repente por casualidad.

Bueno. En tal caso, había vuelto a las ruinas de la Casa Grande con la idea de encontrar el oro una vez que el tío Jamie se hubiera ido, y descubrió que había desaparecido. Se preguntó por unos momentos si Arch habría logrado matar a la cerda blanca, pero descartó esa posibilidad. Su tío había dicho que el animal procedía, sin duda, de regiones infernales, y que era, por tanto, indestructible, y él mismo se inclinaba por creerlo.

Echó un vistazo a *Rollo*, que dormitaba a sus pies, pero el perro no dio señales de que hubiera nadie en las proximidades, aun cuando tenía las orejas medio enhiestas. Ian se relajó ligeramente, aunque conservó el cuchillo al cinto mientras dormía.

No sólo para protegerse de Arch Bug, de posibles merodeadores o de los animales salvajes. Lanzó una mirada al otro lado del fuego, donde Hermione y Trudy dormían acurrucadas juntas en su manta... sólo que no estaban allí. Habían dispuesto la manta con habilidad de modo que pareciera contener unos cuerpos, pero una ráfaga de viento había soltado una de las esquinas, por lo que pudo ver que estaba vacía.

Cerró los ojos exasperado, luego volvió a abrirlos y miró al perro.

—¿Por qué no has dicho nada? —inquirió—. ¡Es imposible que no las hayas visto irse!

—No nos hemos ido —dijo una voz ronca situada justo detrás de él.

Se volvió y se las encontró a las dos agachadas a uno y otro lado de sus alforjas abiertas, registrándolas afanosamente en busca de comida.

—Tenemos hambre —declaró Trudy mientras, como si tal la cosa, se daba un atracón con los restos de una torta de trigo.

—¡Os di de comer!

Había matado unas cuantas codornices y las había asado envueltas en barro. Por supuesto, no había sido un festín, pero...

—Todavía tenemos hambre —señaló Hermione con una lógica aplastante. Se lamió los dedos y eructó.

—¿Os habéis bebido toda la cerveza? —preguntó Ian agarrando con brusquedad una botella de greda que rodaba cerca de los pies de la niña.

—Ajá —respondió ella, absorta, y se sentó bruscamente.

—No podéis robar comida —las reprendió con severidad, al tiempo que cogía las alforjas desvalijadas de manos de Trudy—. Si os lo coméis todo ahora, nos moriremos de hambre antes de que lleguemos... a dondequiera que estemos yendo —concluyó la frase sin mucha convicción.

—Si no nos lo comemos, nos moriremos de hambre ahora —repuso Trudy—. Mejor morirse de hambre después.

—¿Adónde vamos? —Hermione se bamboleaba suavemente adelante y atrás, como una florecilla sucia mecida por el viento.

—A Cross Creek —contestó él—. Es la primera ciudad de buen tamaño que encontraremos, y conozco a gente allí.

En cuanto a si conocía a alguien que pudiera ser de ayuda en las actuales circunstancias... lástima de su tía abuela Yocasta. Si se encontrara aún en River Run, podría haber dejado fácilmente a las niñas allí, pero Yocasta y su marido, Duncan, habían emigrado a Nueva Escocia. Estaba la esclava personal de Yocasta, Fedra... Creía que trabajaba como camarera en Wilmington. Pero no, ella no podría...

—¿Es tan grande como Londres? —Hermione se dejó caer poco a poco sobre la espalda y quedó tendida en el suelo con los brazos estirados a ambos lados. *Rollo* se puso en pie y fue a olisquearla, y ella estalló en carcajadas; era el primer sonido inocente que Ian le oía.

—¿Estás bien, Hermie? —Trudy corrió ligera hacia su hermana y se agachó a su lado, preocupada.

Tras haber olido a fondo a Hermione, *Rollo* dedicó ahora su atención a Trudy, quien se limitó a apartar su curiosa nariz. Ahora, Hermione canturreaba desafinando en voz baja.

—No le pasa nada —señaló Ian tras echarle un rápido vistazo—. Sólo está un poco borracha. Se le pasará.

—Ah, bueno. —Más tranquila, Trudy se sentó junto a su hermana, rodeándose las rodillas con los brazos—. Papi solía emborracharse. Pero gritaba y rompía cosas.

—¿Sí?

—Ajá. Una vez le rompió la nariz a mi mamá.

—Vaya —repuso Ian sin tener ni idea de qué contestar a eso—. Qué mal.

—¿Crees que está muerto?

—Espero que sí.

—Yo también —contestó ella, satisfecha.

Bostezó abriendo mucho la boca —desde donde se encontraba, Ian podía oler sus dientes podridos—, y luego se enroscó en el suelo, acurrucándose cerca de Hermione.

Con un suspiro, Ian se puso en pie para ir a buscar la manta y las cubrió a las dos con ella, remetiéndola con ternura alrededor de sus flojos cuerpecitos.

«¿Y ahora, qué?», se preguntó. El reciente intercambio de palabras era lo más parecido a una conversación de verdad que había tenido con las niñas hasta el momento, y no se hacía ilusiones de que su breve incursión en la amabilidad se prolongara más allá del alba. ¿Dónde podía encontrar a alguien que fuera capaz y estuviera dispuesto a ocuparse de ellas?

Un tenue ronquido, como el zumbido de las alas de una abeja, brotó de la manta, e Ian sonrió sin darse cuenta. La pequeña Mandy, la hija de Bree, hacía un ruido similar cuando dormía.

De vez en cuando había tenido a Mandy dormida en sus brazos. En una ocasión, durante más de una hora, pues no quería desprenderse de ese peso pequeño y cálido mientras observaba el latido del pulso en su garganta e imaginaba, con añoranza y un dolor mitigado por la distancia, a su propia hija, que había nacido muerta y cuyo rostro era un misterio para él. Yeksa'a, la había llamado la mohawk, «niñita»; demasiado pequeña para tener nombre. Pero sí lo tenía. Iseabaìl. Así la había llamado él.

Se arrebujó en la capa raída que el tío Jamie le había regalado cuando tomó la decisión de hacerse mohawk y se tumbó junto al fuego.

«Reza.» Eso era lo que su tío y sus padres le habrían aconsejado. En realidad, no estaba seguro de a quién rezar ni qué decir. ¿Debía dirigirse a Cristo o a la Virgen, o quizá a uno de los santos? ¿Al espíritu del cedro rojo que hacía de centinela al otro lado del fuego, o a la vida que se movía en el bosque, susurrando en la brisa nocturna?

—*A Dhia* —dijo por fin en un murmullo al cielo abierto—, *cuidich mi.* —Y se quedó dormido.

Ya fuera Dios quien le hubiese respondido o la propia noche, al amanecer se despertó con una idea.

Esperaba ver a la doncella bizca, pero la propia señora Sylvie acudió a abrir la puerta. Se acordaba de él. Ian observó un parpadeo de reconocimiento y —le dio la impresión— de agrado en sus ojos, aunque no llegó a sonreír, por supuesto.

—Señor Murray —dijo, serena y tranquila.

Entonces bajó la vista y perdió un tanto la compostura. Se colocó los anteojos con montura metálica sobre la nariz para ver mejor lo que lo acompañaba y, acto seguido, levantó la cabeza y lo miró fijamente con desconfianza.

—¿Qué es esto?

Ian esperaba esa reacción y estaba preparado para ella. Sin contestar, le mostró la abultada bolsita que había preparado y la sacudió para que ella oyera tintinear el metal en su interior.

La expresión de la señora Sylvie cambió al oírlo y retrocedió para cederles el paso, aunque aún con aire receloso.

No con tanto recelo como las pequeñas salvajes —a Ian todavía le costaba pensar en ellas como niñas—, que se quedaron atrás hasta que él las agarró a ambas por el escuálido cuello y las empujó con firmeza al interior del salón de la señora Sylvie. Se sentaron —a la fuerza— con aire de estar tramando algo, y él, suspicaz, no les quitó la vista de encima, ni siquiera mientras hablaba con la propietaria del establecimiento.

—¿Criadas? —inquirió ella con evidente incredulidad mirando a las chiquillas.

Ian las había bañado con la ropa puesta, contra su voluntad, y tenía varios mordiscos que lo demostraban, aunque, por suerte, ninguno se había infectado todavía. Sin embargo, con su cabello no podía hacerse otra cosa más que cortárselo, pero no se había atrevido a acercarse a ninguna de las dos con un cuchillo por miedo a hacerles daño o a hacérselo a sí mismo en el forcejeo que se habría producido a continuación. Permanecieron sentadas mirando a través de la maraña de su pelo como gárgolas, malignas y con los ojos inyectados en sangre.

—Bueno, no quieren ser prostitutas —repuso él con suavidad—. Y yo tampoco quiero que lo sean. Personalmente, no es que tenga nada en contra de la profesión... —añadió por cortesía.

Un músculo se crispó junto a la boca de ella, que le dirigió una penetrante mirada —teñida de regocijo— a través de sus lentes.

—Me alegro de escucharlo —repuso con sequedad.

Bajó la mirada hasta los pies de él, y luego la levantó despacio, casi admirativamente, recorriendo toda la longitud de su cuerpo de un modo que hizo que se sintiera como si de repente lo hubieran sumergido en agua fría. Cuando la mirada volvió a posarse en su rostro, la expresión de regocijo se había intensificado de manera considerable.

Ian tosió, recordando —con una mezcla de vergüenza y de lujuria— toda una serie de interesantes imágenes de su encuentro más de dos años antes.

A simple vista era una mujer sencilla que pasaba de los treinta, con un rostro y unos modales más propios de una monja autócrata que de una prostituta. Sin embargo, bajo el vestido de calicó sin pretensiones... la señora Sylvie no estaba nada mal.

—En realidad, no le estoy pidiendo que me haga un favor, ¿sabe? —aclaró, y señaló la bolsa, que había dejado sobre la mesa, junto a su silla—. Pensaba que tal vez podrían trabajar como aprendizas.

—Como aprendizas. En un prostíbulo. —No lo dijo en tono interrogativo, pero volvió a crispársele la boca.

—Podrían comenzar como doncellas... Seguro que hay que limpiar, vaciar orinales y cosas por el estilo, ¿no es así? Y, más adelante, si son lo bastante listas —les dirigió una intensa mirada muy suya, y Hermione le sacó la lengua—, tal vez podría usted enseñarles a cocinar. O a coser. Seguro que tiene muchas cosas que remendar, ¿verdad? ¿Sábanas rasgadas y cosas así?

—Camisas rasgadas, más bien —repuso ella con frialdad.

Sus ojos miraron hacia el techo mientras el sonido de un chirrido rítmico indicaba la presencia de un cliente de pago.

Las chiquillas habían abandonado furtivamente sus taburetes y rondaban por el salón como gatos salvajes, olisqueando las cosas y mostrando una recelosa actitud de cautela. Ian se apercibió de pronto de que las niñas nunca habían visto una ciudad, y mucho menos la casa de una persona civilizada.

La señora Sylvie se inclinó hacia delante, cogió la bolsa y la sorpresa llegó a sus ojos al notar el peso. La abrió y vertió en su mano un puñado grasiento de perdigones, tras lo cual lo miró indignada. Ian no dijo nada, pero sonrió y, estirando el brazo, tomó una de las bolitas de la palma de su mano, le hincó la uña con fuerza y volvió a dejarla caer en el montón, con una incisión que lanzaba brillantes destellos dorados en medio de la oscuridad.

Ella frunció los labios mientras volvía a sopesar la bolsa.

—¿Todo?

Según los cálculos de Ian, contenía oro por valor de más de cincuenta libras: la mitad del que llevaba.

Alargó el brazo y le quitó a Hermione un adorno de porcelana de las manos.

—No va a ser un trabajo fácil —le contestó—. Me parece que se lo ganará.

—Yo también lo creo —terció ella al tiempo que observaba a Trudy, que, con extrema despreocupación, se había bajado los pantalones y se estaba aliviando en un rincón de la chimenea. Una vez descubierto el secreto de su sexo, las niñas se habían vuelto bastante menos exigentes en materia de privacidad.

La señora Sylvie hizo sonar su campanilla de plata y ambas niñas se volvieron sorprendidas hacia el sonido.

—¿Por qué yo? —preguntó la mujer.

—No se me ocurrió nadie más que fuera capaz de lidiar con ellas —contestó Ian con sencillez.

—Me siento *muy* halagada.

—Debería estarlo —respondió él con una sonrisa—. Trato hecho, ¿pues? Ella inspiró hondo y echó una ojeada a las crías, que murmuraban con las cabezas juntas mientras la observaban con desconfianza. Soltó el aire, al tiempo que negaba con la cabeza.

—Creo que probablemente estoy haciendo un mal negocio... pero son malos tiempos.

—¿En su profesión? Pensaba que la demanda debía de ser bastante regular.

Pretendía hacer una broma, pero ella lo atajó entornando los ojos.

—Bueno, los clientes están siempre dispuestos a llamar a mi puerta, pase lo que pase —repuso ella—. Pero últimamente no tienen dinero. Nadie tiene dinero. Acepto un pollo o un pedazo de tocino, pero la mitad de ellos no tienen ni eso. Quieren pagar con moneda de la proclama, o con continentales, o con el pagaré de una unidad de la milicia. ¿Quiere probar a adivinar cuánto vale cualquiera de ellos en el mercado?

—Sí, yo...

Pero ella echaba humo como una tetera, y se volvió hacia él, bufando.

—O directamente no pagan. Cuando los tiempos son buenos, también lo son los hombres, la mayoría. Pero cuando hay estrecheces, simplemente dejan de comprender por qué tienen que pagar por obtener placer. Al fin y al cabo, ¿a mí qué me cuesta? Y no puedo negarme, pues, si lo hago, se limitan a coger lo que quieren y después me queman la casa o nos hacen daño por mi temeridad. Supongo que entiende lo que le digo.

La amargura de su voz escocía como las ortigas, de modo que Ian descartó de golpe el impulso que empezaba a cobrar forma de proponerle que cerraran el trato de manera personal.

—Entiendo —contestó con la mayor tranquilidad de que fue capaz—. Pero ¿no cabe siempre ese riesgo en su profesión? Y hasta ahora no le ha ido mal, ¿verdad?

La señora Sylvie apretó los labios por unos instantes.

—Tuve... un protector. Un caballero que me amparaba.

—¿A cambio de...?

Un violento sonrojo apareció en sus delgadas mejillas.

—No es asunto suyo, señor.

—¿Ah, no? —Señaló con la cabeza la bolsa que ella tenía en la mano—. Si voy a dejar a mis... a estas... bueno, a ellas —hizo un gesto en dirección a las niñas, que ahora palpaban la tela de una cortina— con usted, está claro que tengo derecho a preguntarle si las estoy poniendo en peligro al hacerlo, ¿no le parece?

—Son niñas —respondió ella con brevedad—. Nacieron en peligro y vivirán su vida en esa condición, al margen de las circunstancias. —Pero su mano apretaba ahora la bolsa con más fuerza y tenía los nudillos blancos.

Ian estaba algo impresionado por su honestidad, puesto que era obvio que necesitaba el dinero con urgencia. No obstante, a pesar de su amargura, estaba disfrutando del tira y afloja.

—¿Cree usted acaso que la vida no es peligrosa para los hombres? —inquirió, y añadió sin pausa—: ¿Qué le sucedió a su chulo?

La sangre abandonó de golpe del rostro de ella, dejándolo tan blanco como la cera. Sus ojos echaban chispas.

—Era mi hermano —contestó, y bajó el volumen de su voz hasta que ésta se convirtió en un susurro furioso—. Los Hijos de la Libertad[7] lo cubrieron de alquitrán, lo emplumaron y lo dejaron morir ante mi puerta. Y ahora, señor... ¿tiene alguna otra pregunta que formularme en relación con mis asuntos o podemos dar el trato por zanjado?

Antes de que lograra encontrar una respuesta a todo esto, se abrió la puerta y entró una joven. Al verla, Ian sintió una impresión visceral y se le nubló la vista. Después, la habitación dejó de girar a su alrededor y descubrió que podía volver a respirar.

No era Emily. La muchacha —que los miraba con curiosidad ora a él, ora a las pequeñas salvajes envueltas en las cortinas— era medio india, de constitución menuda y graciosa, y llevaba el cabello largo, grueso y del color del ala de un cuervo, igual que el de Emily, suelto sobre la espalda. Tenía los pómulos anchos y la delicada barbilla redonda de Emily, pero no era ella.

«Gracias a Dios», pensó, aunque, al mismo tiempo, experimentó un vacío en el estómago. Sintió como si la imagen de ella hubiera sido una bala de cañón que lo hubiera alcanzado y que, tras atravesar su cuerpo de parte a parte, le hubiera dejado un agujero abierto.

La señora Sylvie le estaba dando a la muchacha india enérgicas instrucciones mientras señalaba a Hermione y a Trudy. La chica arqueó un instante sus cejas negras, pero asintió y, dirigiéndoles a las niñas una sonrisa, las invitó a que la acompañaran a la cocina para que comieran algo.

Las chicas se desprendieron enseguida de las cortinas. Hacía mucho que habían desayunado e Ian no había podido darles más que unas gachas y un poco de carne de oso seca, dura como una suela de zapato.

Siguieron a la muchacha india hasta la puerta de la habitación, sin dirigirle una mirada siquiera. Sin embargo, una vez en el umbral, Hermione se volvió y, subiéndose los anchísimos pantalones, lo miró fijamente y lo apuntó, acusadora, con un dedo largo y huesudo.

---

[7] Tras vencer en la guerra de los Siete Años, los británicos implantaron un sistema de impuestos en las trece colonias con el fin de poder mantener sus acuartelamientos en América. En 1765 se promulgó la Ley del Timbre, que establecía el pago de impuestos sobre todos los libros, periódicos y documentos. Esta ley provocó un gran descontento y dio lugar al nacimiento de sociedades secretas como la de los Hijos de la Libertad (creada en Boston) para luchar contra la ley impuesta. *(N. de la t.)*

—Si acabamos haciendo de putas a pesar de todo, maldito cabrón, te atraparé, te rebanaré las pelotas y te las meteré por el culo.

Ian aceptó esa despedida con toda la dignidad de que fue capaz y con las carcajadas de la señora Sylvie resonando en sus oídos.

18

Sacando muelas

New Bern, colonia de Carolina del Norte
Abril de 1777

Odiaba sacar muelas. La figura retórica que puede compararse un poco a la extrema dificultad de esta actividad no es la hipérbole. Incluso en el mejor de los casos —una persona voluminosa con una boca grande y un carácter tranquilo, con la muela afectada situada hacia la parte frontal de la boca y en la mandíbula superior (con menos estorbo por parte de las raíces y de mucho más fácil acceso)—, se trataba de una tarea sucia, escurridiza y demoledora. Y la causa del puro carácter físicamente desagradable del trabajo era, por lo general, un inevitable sentimiento de depresión en lo tocante al probable resultado.

Era preciso hacerlo, ya que, además del dolor que causa un flemón, un mal absceso podía liberar bacterias al torrente sanguíneo y causar una septicemia e incluso la muerte, pero extraer una muela, sin forma de reemplazarla, suponía comprometer no sólo el aspecto del paciente, sino también el funcionamiento y la estructura de la boca. La falta de una muela permitía a los dientes vecinos cambiar de lugar, alterando la mordida y mermando la eficacia de la masticación, lo que afectaba, a su vez, a la nutrición del paciente, a su salud general y a sus perspectivas de una vida larga y feliz.

No, reflexioné con tristeza mientras volvía a cambiar de posición con la esperanza de ver mejor la muela que debía sacar. Incluso la extracción de varios dientes dañaría severamente la dentición de la pobre niñita en cuya boca estaba trabajando.

No tendría más de ocho o nueve años, con una mandíbula estrecha y una pronunciada sobremordida vertical. Los caninos de leche no se le habían caído a su debido tiempo, y los permanentes habían crecido detrás, dándole el siniestro aspecto de tener el doble de colmillos. Eso se veía agravado por la estrechez inhabitual de su mandíbula superior, que había forzado a los dos incisivos frontales emergentes a hundirse hacia dentro, volviéndose el uno hacia el otro de tal modo que las superficies de ambos dientes casi estaban en contacto.

Toqué el molar superior infectado, y la chiquilla se catapultó contra las correas que la sujetaban a la silla, lanzando un chillido que se introdujo bajo mis uñas como una astilla de bambú.

—Dale un poco más, por favor, Ian.

Me enderecé, con la sensación de que me habían aplastado la parte inferior de la espalda en un torno de banco. Llevaba varias horas trabajando en la habitación delantera de la imprenta de Fergus, sostenía con el codo un cuenco pequeño lleno de dientes manchados de sangre y tenía, al otro lado de la ventana, una multitud arrebatada a la que impresionar.

Ian emitió un gruñido que en Escocia expresaba duda, pero cogió la botella de whisky y le dirigió un chasquido alentador a la niña, que volvió a gritar al ver su cara tatuada y cerró la boca con todas sus fuerzas. La madre de la chiquilla, perdida la paciencia, le dio un enérgico bofetón, le arrancó a Ian la botella de la mano, la introdujo en la boca de su hija, la puso boca abajo y le tapó a la cría la nariz, pellizcándosela con los dedos de la otra mano.

La pequeña abrió unos ojos como platos y una explosión de gotitas de whisky salió atomizada de las comisuras de sus labios, pero su delgado cuello osciló de arriba abajo mientras tragaba, a pesar de todo.

—Creo que ya basta, de verdad —declaré, alarmada por la cantidad de whisky que la criatura estaba tragando.

Era un whisky muy malo, comprado allí mismo, y aunque tanto Jamie como Ian lo habían probado y, después de discutirlo un poco, habían llegado a la conclusión de que lo más probable es que no dejara ciego a nadie, yo tenía mis reservas en lo relativo a utilizarlo en grandes cantidades.

—Hum —dijo la madre examinando a su hija con aire crítico, pero sin sacarle la botella de la boca—. Imagino que será suficiente.

La niña tenía los ojos en blanco, y el tenso cuerpecito, de pronto relajado, flojo contra la silla. La madre retiró la botella,

248

limpió la boca de ésta con su delantal y se la devolvió a Ian con un gesto de la cabeza.

Me apresuré a tomarle el pulso a la chiquilla y comprobé su respiración, pero parecía estar en condiciones razonablemente buenas... al menos, por el momento.

—*Carpe diem* —murmuré, agarrando mis alicates—. ¿O quizá debería decir *carpe vinorum*? Controla que siga respirando, Ian.

Él se echó a reír y yo incliné la botella, humedeciendo un pedacito de tela limpia con whisky para enjugarla.

—Me parece que tendrás tiempo de sacarle alguna otra muela más si quieres, tía. Probablemente podrías arrancarle a la pobre chiquilla todos los dientes que tiene en la boca y no se movería ni un ápice.

—Es una idea —repuse volviendo la cabeza de la niña—. ¿Podrías acercarme el espejo, Ian?

Tenía un espejito cuadrado que, con un poco de suerte, podía utilizarse para dirigir la luz del sol a la boca del paciente. Y por la ventana entraba el sol a raudales, caliente y brillante. Por desgracia, había también un montón de cabezas curiosas pegadas al cristal que no hacían más que interponerse en el camino del sol, frustrando las tentativas de Ian de concentrar la luz allí donde yo la necesitaba.

—¡Marsali! —Llamé con el pulgar en el pulso de la niña, por si acaso.

—¿Sí? —Entró procedente de la trastienda, donde había estado limpiando o, mejor dicho, ensuciando, tipos de imprenta, y se limpió las manos llenas de tinta en un trapo—. ¿Necesitas otra vez a Henri-Christian?

—Si no te importa, o si no le importa a él...

—A él, no —me aseguró—. No hay nada que guste más a ese obseso de alabanzas. ¡Joanie! ¡Félicité! Id a buscar al niño, por favor. Lo necesitan delante.

Félicité y Joan —también conocidas como los gatitos infernales, como las llamaba Jamie— acudieron entusiasmadas. Disfrutaban de las actuaciones de Henri-Christian casi tanto como él mismo.

—¡Venga, Burbujas! —llamó Joanie, manteniendo abierta la puerta de la cocina.

Henri-Christian salió corriendo a toda prisa, balanceándose de un lado a otro sobre sus piernas cortas y arqueadas, con la rubicunda cara resplandeciente.

—¡Hoopla, hoopla, hoopla! —gritó camino de la puerta.

—¡Ponedle el gorro! —gritó Marsali—. Le entrará el aire en las orejas.

Hacía un día espléndido, pero soplaba viento, y Henri-Christian era propenso a las infecciones de oído. El chico llevaba un gorro de lana anudado bajo la barbilla, tejido en rayas azules y blancas y decorado con una hilera de pompones rojos. Brianna lo había hecho para él, por lo que verlo hacía que se me encogiera un poco el corazón, provocándome ternura y dolor al mismo tiempo.

Cada una de las niñas lo cogió por una mano —Félicité estiró un brazo en el último momento con el fin de coger un viejo sombrero flexible de su padre del perchero para recoger monedas—, y salieron a la calle, donde la multitud los recibió con vítores y silbidos. A través de la ventana pude ver a Joanie quitando los libros expuestos fuera sobre la mesa y a Félicité levantando a Henri-Christian y colocándolo en el lugar que previamente ocupaban los libros. Él extendió sus brazos fuertes y regordetes, sonriendo, e hizo una reverencia, complaciente, a uno y otro lado. Luego se inclinó, puso las manos sobre el tablero de la mesa y, con un grado considerable de gracia controlada, se puso en equilibrio sobre la cabeza.

No esperé a ver el resto de su espectáculo, que consistía básicamente en bailes y patadas, alternados con volteretas y pinos, que su escasa estatura y su personalidad vivaracha dotaban de gran encanto. Por el momento había alejado al gentío de la ventana, que era lo que yo quería.

—Venga, Ian —dije, y me puse de nuevo manos a la obra.

Con la luz pulsante del espejo, me resultaba un poco más fácil ver lo que estaba haciendo, así que le hice frente a la muela casi de inmediato. Sin embargo, ésa era la parte complicada. La muela tenía fisuras importantes, por lo que la probabilidad de que se fracturara al retorcerla en lugar de salir limpiamente era muy alta. Y si eso sucedía...

Pero no sucedió. Cuando las raíces de la muela se separaron del maxilar, sonó un pequeño y apagado *¡crac!* y ahí estaba aquella cosita blanca, intacta en mi mano.

La madre de la niña, que había estado observando con gran atención, suspiró y se relajó un poco. También la chiquilla suspiró y se reacomodó en la silla. Volví a examinarla: tenía buen pulso, aunque respiraba de manera superficial. Probablemente dormiría durante...

Se me ocurrió una idea.

—¿Sabe? —le dije a la madre, algo dubitativa—, podría quitarle una o dos piezas más sin hacerle daño. Mire... —Me desplacé a un lado, al tiempo que le hacía un gesto para que mirara—. Éstos de aquí —toqué los caninos de leche que aún no se le habían caído— habría que quitarlos ya para dejar que los dientes de atrás ocuparan su lugar. Y estos incisivos, ¿los ve usted?... Bueno, he extraído el molar bicúspide superior de la izquierda. Si le sacara la misma muela de la derecha, me parece que los demás dientes tal vez se moverían un poco y llenarían el espacio que ahora está vacío. Y si pudiera convencerla usted de que apretara la lengua contra esos dientes delanteros siempre que se acuerde...

No era para nada una ortodoncia, y suponía un riesgo de infección algo mayor, pero me sentía profundamente tentada. La pobre niña parecía un murciélago caníbal.

—Hummm —repuso la madre, frunciendo el ceño mientras miraba la boca de su hija—. ¿Cuánto me dará por ellos?

—¿Cuánto...? ¿Quiere que yo le pague *a usted*?

—Son dientes sanos y fuertes —respondió de inmediato la madre—. El sacamuelas del puerto me daría un chelín por pieza. Y sabe Dios que necesito el dinero para su ajuar.

—¿Su ajuar? —repetí, sorprendida.

La madre se encogió de hombros.

—Probablemente nadie querrá a esta pobre criatura por su aspecto, ¿no es así?

Me vi obligada a admitir que con toda probabilidad fuera cierto. Al margen de su espantosa dentición, decir que la criatura era fea era hacerle un cumplido.

—Marsali —grité—, ¿tienes cuatro chelines? —El oro que llevaba en el dobladillo de la falda se balanceaba pesadamente en torno a mis pies, pero no podía utilizarlo en esa situación.

Marsali regresó de la ventana, desde donde había estado observando a Henri-Christian y a las niñas, sobresaltada.

—No, dinero en metálico, no.

—Tranquila, tía. Yo tengo algo de dinero. —Ian dejó el espejo, buscó en su escarcela y sacó un puñado de monedas—. Tenga presente —dijo dirigiéndole una dura mirada a la mujer— que no obtendría más de tres peniques por cada diente sano, y probablemente no más de un penique por un diente de niño.

La mujer, sin acobardarse en absoluto, lo miró por encima del hombro.

—Mira quién fue a hablar, un escocés agarrado —replicó—. Además, vas tatuado como un salvaje. Que sean seis peniques por cada uno, entonces, ¡tacaño escatimapeniques!

Ian le sonrió, mostrándole sus propios y buenos dientes, que, aunque no estaban del todo derechos, sí se encontraban en excelentes condiciones.

—¿Va a llevar a su niña al muelle y a dejar que ese carnicero le haga la boca pedazos? —inquirió alegremente—. Cuando llegue allí, ya se habrá despertado, ¿sabe? Y estará gritando. Tres.

—¡Ian! —exclamé.

—Bueno, no voy a dejar que te tome el pelo, tía. Ya está bastante mal que quiera que le saques a la pequeña los dientes gratis, ¡no vas a pagar encima por tener el honor!

Envalentonada por mi intervención, la mujer sacó la barbilla y repitió:

—¡Seis peniques!

Marsali, atraída por el altercado, acudió a mirar en la boca de la niña.

—No le encontrará un marido a esta cría por menos de diez libras —informó a la mujer con brusquedad—. No me mire así. Cualquier hombre tendría miedo de que lo mordiera al besarla. Ian tiene razón. En realidad, debería pagar usted el doble por ello.

—Accedió a pagar cuando vino, ¿no? —la presionó Ian—. Dos peniques para que le sacaran los dientes... y mi tía se lo ha dejado a precio de ganga, porque la niña le ha dado lástima.

—¡Sanguijuelas! —exclamó la mujer—. Es verdad lo que dicen... ¡los escoceses robaríais los peniques de los ojos de un muerto!

Estaba claro que aquello no iba a solucionarse deprisa. Me daba cuenta de que tanto Ian como Marsali se estaban preparando para una divertida sesión de regateo en equipo. Suspiré y le quité a Ian el espejo de la mano. Lo iba a necesitar para los caninos, y tal vez cuando acometiera el otro bicúspide, él habría vuelto a prestarme atención.

De hecho, los caninos fueron fáciles de extraer. Eran dientes de leche, casi sin raíces y a punto de caer. Probablemente podría haberlos arrancado con los dedos. Una rápida torsión y ya estaban fuera, sin que las encías sangraran apenas. Complacida, les di unos toques a las heridas con un hisopo empapado en whisky y, a continuación, consideré el bicúspide.

Se encontraba en el otro lado de la boca, lo que significaba que, inclinando la cabeza de la niña hacia atrás, podría conseguir un poco de luz sin tener que utilizar el espejo. Tomé la mano de Ian —estaba tan absorto en la discusión que casi ni se dio cuenta— y la coloqué sobre la cabeza de la chiquilla para que se la mantuviera inmóvil y la sujetara hacia atrás y, acto seguido, introduje con cuidado los alicates.

Una sombra atravesó la luz, desapareció y luego regresó, bloqueándola por completo. Me volví, molesta, y descubrí a un caballero de aspecto elegante que miraba por la ventana con expresión de interés.

Lo reprendí y le hice señas para que se apartara. Él parpadeó, pero luego me dirigió un gesto de disculpa y se hizo a un lado. Sin esperar a que volvieran a interrumpirme, me agaché, agarré el diente y lo liberé con un giro afortunado.

Tarareando con satisfacción, eché whisky sobre el orificio sangrante y luego incliné la cabeza de la pequeña hacia el otro lado y presioné con suavidad un hisopo sobre la encía con el fin de ayudar a drenar el absceso. Sentí de repente más flojo el bamboleante cuellecito y me quedé helada.

Ian también lo notó. Se interrumpió en medio de una frase y me disparó una mirada de susto.

—Desátala —le ordené—. Deprisa.

La soltó en un instante y yo la agarré por debajo de los hombros y la tumbé en el suelo, con la cabeza colgando como la de una muñeca de trapo. Ignorando las asustadas exclamaciones de Marsali y de la madre de la niña, le eché la cabeza hacia atrás, le saqué el hisopo de la boca y, pellizcándole la nariz con los dedos, sellé su boca con la mía y comencé a reanimarla.

Era como hinchar un globo pequeño y duro: oposición, resistencia y, luego, por fin, el pecho se elevó. Pero un pecho no cede como si fuera de goma. Seguía costándome mucho soplar.

Tenía los dedos de la otra mano en su cuello, buscando desesperadamente un latido en la carótida. Ahí... ¿Era el pulso?... Sí, ¡lo era! Su corazón latía aún, aunque muy débil.

Respiración. Pausa. Respiración. Pausa...

Sentí la levísima ráfaga de su aliento y, después, el estrecho pecho se movió por sí solo. Esperé, con la sangre palpitando en mis oídos, pero no volvió a moverse. Respiración. Pausa. Respiración...

El pecho se movió de nuevo, y esta vez continuó subiendo y bajando por sus propios medios. Me senté sobre los talones, jadeando a mi vez y con el rostro bañado de un sudor frío.

La madre de la niña me miraba con la boca abierta. Me fijé en que sus dientes no estaban mal. Sabía Dios qué aspecto tendría su marido.

—¿Está... está...? —inquirió la mujer, parpadeando y mirándonos alternativamente a su hija y a mí.

—Está bien —dije en tono categórico. Me puse en pie, mareada—. Pero no puede marcharse hasta que haya eliminado el whisky. Creo que todo irá bien, aunque podría volver a dejar de respirar. Alguien debe vigilarla hasta que se despierte. ¿Marsali...?

—Sí, la pondré en la cama —respondió ella acercándose a mirar—. Ah, pero si estás aquí, Joanie. ¿Podrías venir a echarle un vistazo a esta pobre niña un ratito? Necesita acostarse en tu cama.

Los niños habían entrado, colorados y entre risas, con el sombrero lleno de moneditas y botones, pero, al ver a la niña en el suelo, acudieron corriendo a mirar ellos también.

—Hoopla —observó Henri-Christian, impresionado.

—¿Está *muedta*? —preguntó Félicité, más práctica.

—Si lo estuviera, *maman* no me habría pedido que la vigilara —señaló Joanie—. No irá a vomitar en mi cama, ¿verdad?

—La cubriré con una toalla —prometió Marsali, al tiempo que se acuclillaba para coger a la pobre chiquilla en brazos.

Ian se le adelantó, y alzó a la pequeña con cuidado.

—Sólo le cobraremos dos peniques, entonces —le dijo a la madre—. Pero usted nos dará todos los dientes gratis, ¿de acuerdo?

Ella asintió con aire aturdido y luego siguió a la gente a la parte trasera de la casa. Oí el rumor de muchos pies subiendo la escalera, pero no fui tras ellos. Me flaqueaban las piernas, y me senté de golpe.

—¿Está usted bien, madame?

Levanté la vista y descubrí al caballero elegante dentro de la tienda, mirándome con curiosidad.

Cogí la botella de whisky medio vacía y tomé un buen trago. Quemaba como el azufre y sabía a huesos carbonizados. Emití unos resuellos roncos y se me humedecieron los ojos, pero no llegué a toser.

—Muy bien —respondí con aspereza—. Perfectamente. —Me aclaré la garganta y me sequé los ojos con la manga—. ¿En qué puedo ayudarlo?

Una ligera expresión de regocijo recorrió sus facciones.

—No necesito que me saque una muela, lo que quizá sea una suerte para ambos. Sin embargo... ¿puedo? —Se sacó una esbelta botellita de plata del bolsillo y me la ofreció, tras lo cual tomó asiento—. Creo que tal vez sea algo más vigorizante que... eso. —Señaló con un gesto la botella de whisky cerrada, al tiempo que arrugaba un poco la nariz.

Abrí la botellita y el fuerte aroma de un coñac excelente surgió de ella como un genio.

—Gracias —repuse con brevedad, y bebí con los ojos cerrados—. Muchísimas gracias —añadí un momento después, abriéndolos.

Realmente vigorizante. El calor se concentró en medio de mi cuerpo y, desde allí, se propagó a través de mis miembros.

—Es un placer, madame —repuso, y sonrió.

Era, sin lugar a dudas, un dandi, y un dandi rico, además, adornado con muchas puntillas, botones dorados en el chaleco, una peluca empolvada y dos parches de seda negra en la cara: una estrella junto a su ceja izquierda, y un caballo encabritado en la mejilla derecha. No era un atavío que se viera a menudo en Carolina del Norte, en especial en esos tiempos.

A pesar de los adornos, era un hombre guapo, pensé, de unos cuarenta años, quizá, con unos cálidos ojos oscuros que brillaban divertidos, y un rostro sensible y delicado. Hablaba muy bien inglés, aunque con un claro acento parisino.

—¿Tengo el honor de hablar con la señora Fraser? —inquirió.

Vi cómo sus ojos reparaban en mi cabeza escandalosamente desnuda, pero, dando muestras de gran cortesía, no hizo ningún comentario.

—Bueno, sí —respondí, dubitativa—. Pero tal vez no sea la señora Fraser que está usted buscando. Mi nuera también es «señora Fraser». Ella y su marido son los propietarios de esta tienda. Así que si quiere imprimir algo...

—¿La señora de James Fraser?

Hice instintivamente una pausa, pero no tenía mucha más opción que contestar.

—Sí, soy yo. ¿Es a mi marido a quien busca? —pregunté con cautela.

La gente buscaba a Jamie para muchas cosas, y no siempre era deseable que lo encontraran.

Él sonrió, frunciendo los ojos de manera agradable.

—Así es, señora Fraser. El capitán de mi barco dijo que el señor Fraser había ido a hablar con él esta mañana, en busca de pasaje.

Mi corazón dio un salto al escucharlo.

—Oh, ¿tiene usted un barco, señor...?

—Beauchamp —contestó y, tras tomar mi mano, la besó con gracia—. Percival Beauchamp, para servirla, madame. En efecto, tengo un barco; se llama *Huntress*.

De verdad pensé que se me había detenido por un instante el corazón, pero no era así, pues continuó golpeándome el pecho con fuerza.

—Beauchamp —dije—. ¿Bicham?

Él lo había pronunciado a la manera francesa, mas, al oírme, asintió con una sonrisa aún mayor.

—Sí, así lo pronuncian los ingleses. Mencionó usted a su nuera... ¿Así que el señor Fraser propietario de esta tienda es el hijo de su marido?

—Sí —contesté de nuevo, aunque de forma mecánica.

«No seas tonta —me reprendí a mí misma—. Es un nombre bastante corriente. ¡Lo más probable es que no tenga nada que ver en absoluto con tu familia!» Y, sin embargo, había una conexión francoinglesa. Sabía que la familia de mi padre se había trasladado de Francia a Inglaterra en algún momento del siglo XVIII, pero eso era cuanto sabía de ellos. Lo miré fascinada. ¿Había algo en su rostro que me resultaba familiar, algo que pudiera asociar tal vez a los débiles recuerdos que tenía de mis padres o quizá a los recuerdos, más vívidos, de mi tío?

Tenía la piel pálida, como la mía, pero la mayoría de la gente de clase alta la tenía, se esforzaba muchísimo en proteger su rostro del sol. Sus ojos eran mucho más oscuros que los míos, y más bonitos, aunque con una forma distinta, más redondos. Las cejas... ¿Tenían las cejas de mi tío Lamb esa forma, más espesas cerca de la nariz, alejándose de ella con un gracioso arco...?

Absorta en ese excitante rompecabezas, no escuché lo que me estaba diciendo.

—¿Perdón?

—El niño —repitió señalando con la cabeza en dirección a la puerta por la que los chiquillos habían desaparecido—. Gritaba «¡Hoopla!», como hacen los actores callejeros franceses. ¿Tiene la familia algún tipo de relación con Francia?

La alarma comenzó a sonar con retraso y la inquietud me puso de punta el vello de los brazos.

—No —contesté intentando congelar mi rostro en una expresión cortésmente interrogativa—. Es probable que se lo haya oído a alguien. El año pasado pasó por las Carolinas una pequeña compañía de acróbatas franceses.

—Ah, entonces es eso, sin duda. —Se inclinó un poco hacia delante, mirándome sin parpadear con sus ojos oscuros—. ¿Los vio usted también?

—No. Mi marido y yo... no vivimos aquí —concluí a toda prisa.

Había estado a punto de decirle dónde vivíamos, pero no tenía ni idea de cuánto sabía él de las circunstancias de Fergus, si es que sabía algo. Se recostó en la silla frunciendo un poco los labios, decepcionado.

—¡Ah, qué lástima! Creí que tal vez el caballero al que estoy buscando podría haber formado parte de esa compañía. Aunque supongo que usted no sabría sus nombres aun cuando los hubiera visto —añadió como si se tratara de una ocurrencia tardía.

—¿Está usted buscando a alguien? ¿A un francés? —Tomé el cuenco lleno de dientes manchados de sangre y empecé a seleccionarlos, fingiendo despreocupación.

—Busco a un hombre llamado Claudel. Nació en París, en un prostíbulo —añadió con un leve aire de disculpa por utilizar un término tan poco delicado en mi presencia—. Ahora debe de tener unos cuarenta años, tal vez cuarenta y uno o cuarenta y dos.

—París —repetí, escuchando por si oía los pasos de Marsali en la escalera—. ¿Qué le hace suponer que se encuentra en Carolina del Norte?

Alzó un hombro en un gracioso gesto de ignorancia.

—Podría muy bien ser que no se encontrara aquí. Pero sí sé que hace unos treinta años un escocés se lo llevó del burdel, y a ese hombre me lo describieron como alguien de aspecto muy impactante, muy alto, con un brillante cabello rojo. Aparte de eso, hallé un mar de posibilidades... —Sonrió con frialdad—. Me han descrito a Fraser de muchas maneras distintas: como un comerciante de vinos, un jacobita, un lealista, un traidor, un espía, un aristócrata, un granjero, un importador... o un contrabandista. Los términos son intercambiables, con conexiones que van desde un convento hasta la corte real.

Lo que, pensé, constituía un retrato extremadamente preciso de Jamie. Aunque entendí por qué no le había sido muy útil para dar con él. Sin embargo... allí estaba Beauchamp.

—Sí encontré a un comerciante de vinos llamado Michael Murray que, al oír esa descripción, me dijo que parecía su tío, un tal James Fraser, que había emigrado a América más de diez años antes. —Ahora, sus ojos oscuros no parecían tan alegres y me miraban fijamente—. Sin embargo, cuando pregunté por el niño Claudel, monsieur Murray manifestó no conocer a dicha persona. En términos bastante vehementes.

—¿De veras? —tercié, y saqué una muela grande con una caries importante y me puse a mirarla con los ojos entornados.

Por los clavos de Roosevelt. Conocía a Michael sólo de nombre. Era uno de los hermanos mayores del joven Ian. Había nacido después de que yo me marchara y, cuando regresé a Lallybroch, se había ido ya a Francia para recibir una educación y entrar en el negocio de los vinos con Jared Fraser, un primo de Jamie, mayor y sin hijos. Michael se había criado en Lallybroch con Fergus, por supuesto, y sabía condenadamente bien cuál era su nombre original. Al parecer, había detectado o sospechado algo en el comportamiento de ese extraño que lo había preocupado.

—¿Me está diciendo que ha venido hasta América sin saber nada más que el nombre de ese caballero y que tiene el pelo rojo? —inquirí intentando parecer ligeramente incrédula—. ¡Válgame Dios! ¡Debe de tener usted un interés considerable en encontrar a ese tal Claudel!

—Desde luego, madame. —Me miró con una débil sonrisa y la cabeza ladeada—. Dígame, señora Fraser... ¿Su esposo tiene el pelo rojo?

—Sí —contesté. No había motivo para negarlo, pues en New Bern cualquiera se lo diría. Y quizá se lo habían dicho ya, reflexioné—. Como muchísimos de sus parientes... y más o menos la mitad de la población de las Highlands de Escocia. —Esto último era una exageración absurda, pero estaba razonablemente segura de que el señor Beauchamp tampoco había peinado las Highlands en persona.

Oí voces arriba. Marsali bajaría en cualquier momento y yo no deseaba que apareciera en medio de esa conversación en particular.

—Bueno —dije, y me puse en pie con decisión—. Estoy segura de que estará deseando hablar con mi marido, y él con usted. Pero se ha ido a hacer un recado y no volverá hasta mañana, aunque no puedo precisarle cuándo. ¿Se aloja usted en algún lugar de la ciudad?

—En la King's Inn —respondió, levantándose a su vez—. ¿Podría decirle a su marido que me busque allí, madame? Se lo agradezco.

Con una profunda reverencia, me cogió la mano y me la volvió a besar. Luego me sonrió y salió de la tienda, dejando un aroma a bergamota y a hisopo mezclado con un débil olor a coñac del bueno.

Muchísimos comerciantes y hombres de negocios se habían marchado de New Bern a causa del estado caótico de la política. Sin autoridad civil, la vida pública se había paralizado, a excepción de las transacciones comerciales más sencillas, y mucha gente —tanto simpatizantes de los lealistas como de los rebeldes— había abandonado la colonia por miedo a la violencia. En esos tiempos, sólo había dos buenas posadas en New Bern. La King's Inn era una de ellas, y la Wilsey Arms, la otra. Por suerte, Jamie y yo teníamos una habitación en esta última.

—¿Vas a ir a hablar con él? —Acababa de contarle a Jamie la visita de monsieur Beauchamp, relato que le había dejado una profunda arruga de preocupación entre las cejas.

—¡Jesús! ¿Cómo ha averiguado todo eso?

—Debía de saber, para empezar, que Fergus estuvo en aquel prostíbulo, y debió de iniciar allí sus pesquisas. Imagino que no le habrá resultado difícil encontrar a alguien que te hubiera visto allí o que hubiera oído hablar del incidente. Al fin y al cabo, llamas bastante la atención.

A pesar de lo agitada que estaba, sonreí al recordar que Jamie, a los veinticinco años, se había refugiado temporalmente en el burdel en cuestión armado —de manera bastante fortuita— con una gran longaniza, y había escapado después por una ventana acompañado de un niño de diez años, carterista y prostituto ocasional, llamado Claudel.

Jamie se encogió de hombros con un aire algo incómodo.

—Bueno, sí, tal vez. Pero para descubrir tantas cosas... —Se rascó la cabeza, pensativo—. En cuanto a hablar con él... no lo haré antes de hablar con Fergus. Creo que tal vez nos convenga saber algo más de ese monsieur Beauchamp antes de entregarnos a él en bandeja.

—También a mí me gustaría saber algo más acerca de él —declaré—. Me preguntaba si... Bueno, es una posibilidad remota, no es que tenga un apellido poco corriente... pero me preguntaba si podría estar relacionado de algún modo con alguna rama de mi familia. Estuvieron en Francia en el siglo XVIII, eso lo sé. Pero no sé mucho más.

Jamie me sonrió.

—¿Y qué harías, Sassenach, si descubro que es tu tataratatarabuelo?

—Yo... —Me detuve en seco porque, de hecho, no sabía qué haría en tal circunstancia—. Bueno... probablemente nada —admití—. Y probablemente no podamos averiguarlo con total seguridad, pues no recuerdo cómo se llamaba mi tataratatarabuelo, si es que lo he sabido alguna vez. Sólo es que... me interesaría saber más, eso es todo —terminé, un poco a la defensiva.

—Bueno, claro que sí —repuso Jamie, pragmático—. Pero no si el hecho de que yo hiciera averiguaciones pudiera poner a Fergus en peligro, ¿no?

—¡Oh, no! Por supuesto que no. Pero... —Me interrumpió una suave llamada a la puerta que me dejó muda de golpe.

Le dirigí un expresivo gesto con las cejas a Jamie, quien vaciló unos instantes, pero luego se encogió de hombros y fue a abrir.

La habitación era muy pequeña, así que podía ver la puerta desde donde me encontraba. Observé con gran sorpresa que estaba ocupada por lo que parecía ser una delegación de mujeres. El pasillo era un mar de cofias blancas que flotaban en la oscuridad como medusas.

—¿Señor Fraser? —Una de las cofias se inclinó por unos segundos—. Soy... Me llamo Abigail Bell. Mis hijas —se volvió y pude entrever un rostro blanco y tenso—, Lillian y Miriam. —Las otras dos cofias (sí, después de todo, no eran más que tres) se inclinaron a su vez—. ¿Podríamos hablar con usted?

Jamie saludó con una inclinación y las hizo pasar al cuarto, haciéndome un gesto con las cejas mientras las seguía al interior.

—Mi esposa —me presentó con un gesto de la mano cuando me puse en pie murmurando unas fórmulas de cortesía.

En la estancia no había más que la cama y un taburete, de modo que todos nos quedamos de pie, sonriéndonos incómodos y dirigiéndonos inclinaciones de cabeza unos a otros.

La señora Bell era baja y bastante robusta, y probablemente en el pasado había sido tan hermosa como sus hijas. Sus antaño redondas mejillas estaban ahora hundidas, como si hubiera perdido peso de repente, y tenía arrugas de preocupación en la piel. También sus hijas parecían preocupadas. Una de ellas se retorcía las manos en el delantal y la otra no hacía más que lanzarle miradas a Jamie con los ojos bajos, como si temiera que pudiera actuar con violencia si lo miraba de frente.

—Le ruego que me perdone, señor, por acudir a usted de manera tan atrevida. —A la señora Bell le temblaban los labios. Se vio obligada a detenerse y a apretarlos un instante antes de continuar—. He... he oído que están ustedes buscando un barco con destino a Escocia.

Jamie asintió con recelo: era obvio que se preguntaba dónde se habría enterado de eso aquella mujer. Había dicho que todo el mundo en la ciudad lo sabría al cabo de uno o dos días... y estaba claro que tenía razón.

—¿Conoce usted a alguien que tenga dicho viaje en perspectiva? —preguntó, cortés.

—No. No exactamente. Yo... es decir... quizá... Es mi marido —espetó, pero al pronunciar esa palabra se le quebró la voz y se cubrió la boca con un pedazo de delantal.

Una de las hijas, una muchacha de cabellos oscuros, cogió a su madre afectuosamente por el codo y se la llevó aparte, enfrentándose con valentía al temible señor Fraser ella misma.

—Mi padre está en Escocia, señor Fraser —explicó—. Mi madre tiene la esperanza de que usted pueda encontrarlo cuando vaya allí y ayudarlo a volver con nosotras.

—Ah —dijo Jamie—. ¿Y su padre es...?

—¡Oh! El señor Richard Bell, señor, de Wilmington. —Le hizo una reverencia a toda prisa, como si mostrar una mayor cortesía fuera a ayudarla a exponer su caso—. Es... era...

—¡Es! —bufó su hermana en voz baja, pero con énfasis, y la primera muchacha, la morena, le lanzó una mirada.

—Mi padre era comerciante en Wilmington, señor Fraser. Tenía bastantes intereses comerciales y, en el curso de sus negocios... tuvo motivos para entrar en contacto con varios oficiales británicos que habían acudido a él con el fin de aprovisionarse de diversos artículos. ¡Sólo por negocios! —le aseguró a Jamie.

—Pero los negocios, en estos terribles tiempos, nunca son sólo negocios. —La señora Bell había recuperado la compostura y se acercó para colocarse, hombro con hombro, al lado de su hija—. Dijeron, los enemigos de mi marido... hicieron correr el rumor de que era lealista.

—Sólo porque en efecto lo era —intervino la segunda hermana. Ésta, rubia y de ojos azules, no temblaba. Se enfrentó a Jamie con la barbilla alta y las pupilas llameantes—. ¡Mi padre era fiel a su rey! ¡Personalmente, no creo que sea algo por lo que uno tenga que excusarse y pedir perdón! Tampoco creo que sea correcto fingir lo contrario sólo para conseguir la ayuda de un hombre que ha roto todos los juramentos...

—¡Oh, Miriam! —exclamó su hermana, exasperada—. ¿No podrías haberte quedado calladita un segundo? ¡Ahora lo has estropeado todo!

—No lo he estropeado —espetó Miriam—. ¡Y, si lo he hecho, es que esto no habría funcionado para empezar! ¿Por qué alguien como él habría de ayu...?

—¡Sí habría funcionado! El señor Forbes dijo...

—¡Oh, qué lata con el señor Forbes! ¿Y él qué sabe?

La señora Bell gimió suavemente entre la tela de su delantal.

—¿Por qué se marchó su padre a Escocia? —inquirió Jamie, interviniendo en medio de la confusión.

—No se marchó a Escocia —respondió sorprendida Miriam Bell—. Lo secuestraron en la calle y lo arrojaron a un barco que se dirigía a Southampton.

—¿Quién lo secuestró? —pregunté, abriéndome camino entre la jungla de faldas que me impedía llegar a la puerta—. ¿Y por qué?

Asomé la cabeza al pasillo y le indiqué al chiquillo que limpiaba zapatos en el rellano que bajara al bodegón y subiera una jarra de vino. Dado el evidente estado de las Bell, creí que algo que restaurara las conveniencias sociales tal vez fuera una buena idea.

Volví a entrar justo a tiempo de oír a la señorita Lillian explicar que, en realidad, no sabían quién había secuestrado a su padre.

—O por lo menos no cómo se llama —señaló, y el rostro se le enrojeció de furia al decirlo—. Esos canallas iban encapuchados. Pero fueron los Hijos de la Libertad, ¡lo sé!

—Sí, es verdad —corroboró la señorita Miriam con firmeza—. Padre había recibido amenazas de ellos, notas clavadas en la puerta, un pescado envuelto en un pedazo de franela roja en el porche para que desprendiera mal olor. Cosas de ese tipo.

La cuestión había ido más allá de las amenazas el mes de agosto anterior. El señor Bell se dirigía a su almacén cuando unos encapuchados habían salido corriendo de un callejón, lo habían agarrado, se lo habían llevado al muelle y, acto seguido, lo habían lanzado a bordo de un barco que acababa de soltar amarras y cuyas velas se hinchaban mientras se alejaba despacio.

Había oído decir que a los lealistas problemáticos los «deportaban» de ese modo, pero nunca me había topado con un caso real.

—Si la nave iba rumbo a Inglaterra —inquirí—, ¿cómo acabó en Escocia?

Se produjo cierto alboroto cuando las tres Bell intentaron explicarlo a la vez, pero Miriam se impuso de nuevo.

—Llegó a Inglaterra sin un penique, por supuesto, sin más que la ropa que vestía, y debiendo el coste de la comida y del pasaje. Pero el capitán del barco se había hecho amigo suyo y lo llevó de Southampton a Londres, donde mi padre conocía a algunos hombres con los que había hecho negocios en el pasado. Uno de ellos le adelantó una suma para cubrir sus deudas con el capitán y le prometió un pasaje a Georgia si vigilaba la carga durante un viaje de Edimburgo a las Indias y de allí a América.

»Así que viajó hasta Edimburgo bajo los auspicios de su protector, pero descubrió que la carga que había que recoger en las Indias era un cargamento de negros.

—Mi marido es abolicionista, señor Fraser —intervino la señora Bell con tímido orgullo—. Decía que no podía apoyar la esclavitud ni contribuir a su práctica, fuera cual fuese el coste para sí mismo.

—Y el señor Forbes nos habló de lo que había hecho usted por aquella mujer, la esclava personal de la señora Cameron —intervino Lillian con la ansiedad pintada en su rostro—, de modo que pensamos que... aunque fuera usted... —Dejó la frase inconclusa, avergonzada.

—Un rebelde que rompe sus juramentos, sí —terció Jamie con frialdad—. Entiendo. ¿El señor Forbes... es... Neil Forbes, el abogado? —había un débil matiz de incredulidad en su voz, y por una buena razón.

Algunos años atrás, Forbes había pretendido la mano de Brianna, alentado por Yocasta Cameron, la tía de Jamie. Bree lo había rechazado sin miramientos, y él se había vengado haciendo que un conocido pirata la raptara. De ello resultó una situación muy turbulenta en la que Jamie secuestró a su vez a la anciana madre de Forbes —a la vieja señora le había encantado la aventura—, y el joven Ian le cortó a Forbes una oreja. El tiempo tal vez hubiera curado sus heridas externas, pero yo no podía imaginarme a alguien menos adecuado para cantar las glorias de Jamie.

—Sí —respondió Miriam, pero no se me pasó por alto la mirada indecisa que medió entre la señora Bell y Lillian.

—¿Qué dijo exactamente el señor Forbes de mí? —inquirió Jamie.

Las tres palidecieron, y él arqueó las cejas.

—¿Qué? —repitió con inequívoca crispación. Se lo preguntó directamente a la señora Bell, a quien había identificado al instante como el eslabón más débil de la cadena familiar.

—Dijo que era estupendo que estuviera usted muerto —contestó la mujer con voz muy débil, tras lo cual se le pusieron los ojos en blanco y se desplomó en el suelo como un saco de cebada.

Por suerte, yo tenía una botella de carbonato de amonio del doctor Fentiman. Las sales hicieron volver rápidamente en sí a la señora Bell en medio de un ataque de estornudos, y sus hijas la ayudaron a llegar a la cama, jadeando y ahogándose. Gracias a Dios, en ese preciso momento llegó el vino, de modo que les serví generosas raciones a todos los presentes, reservándome una buena jarra para mí.

—Bueno —dijo Jamie, lanzándoles a las mujeres una mirada lenta y penetrante, de esas que tienen por objeto hacer que a los sinvergüenzas les flaqueen las rodillas y lo confiesen todo—, ahora díganme dónde le oyeron decir al señor Forbes que yo estaba muerto.

La señorita Lillian, instalada en la cama con una mano protectora sobre la de su madre, habló sin miedo.

—Yo lo oí. En la taberna de Symonds. Cuando estábamos todavía en Wilmington... antes de que nos viniéramos aquí a vivir con la tía Burton. Había ido a buscar una jarra de sidra caliente... Estábamos en febrero, aún hacía mucho frío. Bueno, la mujer (creo que se llama Faydra, trabaja allí) bajó para atenderme y calentarme la sidra. El señor Forbes entró mientras yo me encontraba en el lugar y me interpeló. Sabía lo de padre y se mostró comprensivo; me preguntó qué tal nos las arreglábamos... Entonces salió Faydra con la jarra, y el señor Forbes la vio.

Por supuesto, Forbes había reconocido a Fedra, a quien había visto en muchas ocasiones en River Run, la plantación de Yocasta. Tras manifestar gran sorpresa por su presencia, le pidió una explicación y recibió una versión convenientemente modificada de la verdad, en la que Fedra hizo gran hincapié en lo amable que había sido Jamie al obtener su libertad.

Borboteé brevemente en mi jarra al oír eso. Fedra sabía de sobra lo que le había sucedido a la oreja de Neil Forbes. Ella era una persona muy callada, de voz suave, pero no estaba ansiosa por clavar alfileres a la gente que no le gustaba, aunque yo sabía que Neil Forbes no le gustaba.

—El señor Forbes estaba bastante colorado, tal vez a causa del frío —dijo Lillian con tacto—, y dijo que sí, que tenía entendido que el señor Fraser siempre había tenido en gran consideración a los negros... Me temo que lo dijo con bastante rencor —añadió, dirigiéndole a Jamie una mirada de disculpa—. Y luego se echó a reír, aunque intentó fingir que estaba tosiendo. Dijo que era una lástima que usted y su familia hubieran sido reducidos a cenizas y que, sin duda, en el barrio de los esclavos lo sentirían mucho.

Jamie, que estaba tomando un trago de vino, se atragantó.

—¿Por qué creía que habíamos sido reducidos a cenizas? —inquirí—. ¿Lo mencionó?

Lillian asintió con gran seriedad.

—Sí, señora. Faydra también se lo preguntó, creo que ella pensaba que lo decía sólo para disgustarla, y él contestó que lo había leído en el periódico.

—En la *Wilmington Gazette* —apuntó Miriam, a quien a todas luces no le gustaba que su hermana estuviera acaparando la atención—. Nosotras no leemos los periódicos, por supuesto, y desde que papá... bueno, ya apenas tenemos visitas. —Miró involuntariamente hacia abajo, tirando de forma mecánica de su bonito delantal para ocultar un gran parche en la falda.

Las Bell eran pulcras e iban vestidas con esmero, y en origen su ropa había sido de buena calidad, pero empezaba a estar muy gastada en el bajo y en las mangas. Me imaginé que los negocios del señor Bell debían de haberse visto muy perjudicados tanto por su ausencia como por las interferencias de la guerra.

—Mi hija me habló de ese encuentro. —La señora Bell se había recuperado ya y estaba incorporada, sosteniendo con cuidado la copa de vino entre ambas manos—. Así que cuando mi vecino me dijo la otra noche que se había encontrado con usted en los muelles... bueno, no supe qué pensar, pero supuse que habría habido un estúpido error; la verdad es que, en estos tiempos, uno no puede creerse nada de lo que lee, pues los periódicos no dicen más que disparates. Y mi vecino mencionó que estaba usted buscando pasaje para Escocia. Así que nos pusimos a pensar... —Se le quebró la voz y bajó la cabeza hacia la copa de vino, avergonzada.

Jamie se frotó la nariz con un dedo, pensativo.

—Sí, bueno —dijo despacio—. Es cierto que quiero ir a Escocia. Y, por supuesto, no tengo el más mínimo inconveniente en preguntar por su marido y en ayudarlo, si está en mi mano. Pero no tengo ninguna perspectiva inmediata de encontrar pasaje. El bloqueo...

—Pero ¡es que podemos conseguirle un barco! —Lillian lo interrumpió con impaciencia—. ¡Ésa es la cuestión! ¡Nosotras podemos ayudarlo!

—Creemos que podemos conseguirle un barco —la corrigió Miriam.

Le lanzó a Jamie una mirada pensativa con los ojos entornados, juzgando su carácter. Él le dirigió una débil sonrisa, admitiendo el escrutinio y, al cabo de un momento, ella le correspondió a regañadientes.

—Me recuerda usted a alguien —señaló.

Evidentemente, quienquiera que fuera, era alguien que le gustaba, pues le hizo un gesto a su madre con la cabeza, autorizándola. La señora Bell suspiró y sus hombros se relajaron un poco, con alivio.

—Todavía tengo amigos —observó con un matiz de despecho en la voz—. A pesar de... todo.

Entre esos amigos había un hombre llamado DeLancey Hall, que poseía un queche de pesca, y que —probablemente como hacía media ciudad— aumentaba sus ingresos con el contrabando ocasional.

Hall le había dicho a la señora Bell que esperaba la llegada de un barco procedente de Inglaterra que arribaría a Wilmington en algún momento de la semana siguiente, siempre asumiendo que no hubiera sido apresado o hundido *en route*. Como tanto el barco como la carga eran propiedad de uno de los Hijos de la Libertad del lugar, no podía aventurarse a entrar en el puerto, donde había aún atracados dos barcos de guerra ingleses. Por consiguiente, aguardaría fuera del puerto, donde varios pequeños barcos locales irían a su encuentro y descargarían la mercancía con el fin de llevarla clandestinamente a la orilla. Después, la embarcación se dirigiría hacia el norte, rumbo a New Haven, para recoger un cargamento.

—¡Y a continuación pondrá rumbo a Edimburgo! —informó Lillian, radiante de esperanza.

—Allí hay un pariente de mi padre que se llama Andrew Bell —manifestó Miriam levantando levemente la barbilla—. Es muy conocido, es impresor y...

—¿El pequeño Andy Bell? —a Jamie se le había iluminado la cara—. ¿El que imprimió la *Encyclopedia Britannica*?

—El mismo —contestó la señora Bell, sorprendida—. ¿No me irá a decir que lo conoce, señor Fraser?

Jamie soltó una carcajada que asustó a las mujeres.

—No he pasado pocas veladas en una taberna con Andy Bell —les aseguró—. De hecho, es el hombre al que tengo intención de ver en Escocia, pues él tiene mi prensa a buen recaudo en su tienda. O al menos espero que la tenga —añadió, aunque sin que flaqueara su alegría.

Esa noticia, junto con una nueva ronda de vino, animó a las Bell de forma asombrosa, y cuando por fin se despidieron de nosotros estaban sonrojadas de animación y cotorreaban entre sí como una bandada de amistosas urracas. Miré por la ventana y las vi dirigirse calle abajo, apiñándose llenas de esperanzado entusiasmo, tambaleándose ocasionalmente por los efectos del vino y la emoción.

—«No sólo cantamos, sino que bailamos tan bien como caminamos» —murmuré mientras las observaba alejarse.

Jamie me lanzó una mirada de extrañeza.

—Archie Bell & the Drells —le expliqué—. No tiene importancia. ¿Crees que es seguro? Me refiero a ese barco.

—Dios mío, no. —Se estremeció y me besó en la coronilla—. Dejando de lado las tormentas, la carcoma, una mala impermeabilización, que la madera esté deformada y otras cosas por el estilo, los barcos de guerra están en el puerto, los corsarios fuera de él...

—No me refería a eso —lo interrumpí—. Para el caso, eso es más o menos igual, ¿no es así? Me refería al propietario... y a ese DeLancey Hall. La señora Bell cree saber cuál es su política, pero...

La idea de poner nuestras personas, y nuestro oro, de manera tan absoluta en manos de desconocidos me ponía nerviosa.

—Pero —admitió—. Sí, quiero ir a hablar con el señor Hall mañana a primera hora. Y a lo mejor también con monsieur Beauchamp. Por ahora, sin embargo... —Me recorrió suavemente la espalda con la mano y me acarició el trasero—. Ian y el perro no volverán hasta dentro de una hora por lo menos. ¿Te apetece otro vaso de vino?

・・・

Tenía aspecto de francés, pensó Jamie, lo que equivalía a decir que estaba absolutamente fuera de lugar en New Bern. Beauchamp acababa de salir del almacén de Thorogood Northrup y conversaba con actitud desenfadada con el propio Northrup mientras la brisa marina hacía ondear la cinta de seda que recogía su cabello oscuro. Claire lo había descrito como alguien elegante, y lo era: no resultaba afectado —no del todo—, pero vestía con gusto y llevaba ropa cara. Bastante cara, se dijo Jamie.

—Parece francés —observó Fergus, haciéndose eco de sus pensamientos.

Estaban sentados junto a la ventana del Whinbush, una taberna mediocre que satisfacía las necesidades de los pescadores y los trabajadores de los almacenes y cuya atmósfera se componía, a partes iguales, de cerveza, sudor, tabaco, brea y vísceras de pescado en descomposición.

—¿Es ése el barco? —inquirió Fergus, con una arruga formándosele en la frente al señalar con la cabeza en dirección al pimpante balandro blanco y amarillo que se balanceaba suavemente, anclado a cierta distancia del puerto.

—Es el barco en el que viaja. No sabría decirte si es suyo. Pero ¿te suena su cara?

Fergus se acercó a la ventana, casi aplastándose la nariz contra los oscilantes paneles de cristal al intentar ver mejor a monsieur Beauchamp.

Jamie, cerveza en mano, escrutaba a su vez el rostro de Fergus. Pese a haber vivido en Escocia desde los diez años y en América durante la última década o más, Fergus seguía pareciendo francés. No tenía que ver sólo con sus rasgos; tal vez fuera algo innato.

Los huesos de su rostro eran prominentes, con una mandíbula lo bastante afilada como para cortar el papel, una nariz imperiosamente aguileña, y unas profundas órbitas oculares bajo las arrugas de una frente ancha. El grueso cabello oscuro peinado hacia atrás desde la frente estaba mechado de gris, cosa que sorprendió a Jamie. Conservaba en el recuerdo la imagen permanente de Fergus como el huérfano carterista de diez años que había rescatado de un prostíbulo de París, y esa imagen se sobreponía de manera extraña al rostro delgado y atractivo que tenía delante.

—No —dijo Fergus por fin, al tiempo que volvía a acomodarse en el banco y negaba con la cabeza—. No lo había visto

268

nunca. —Sus hundidos ojos oscuros rebosaban interés y especulación—. Nadie en la ciudad lo conoce tampoco. Aunque he oído que también ha estado haciendo preguntas sobre ese Claudel Fraser en Halifax y Edenton. —Las aletas de su nariz vibraban de regocijo.

Claudel era su nombre de pila, y el único que tenía, aunque Jamie consideraba muy probable que nadie lo hubiera utilizado nunca fuera de París, ni en ningún momento durante los últimos treinta años.

Jamie abrió la boca para señalar que esperaba que Fergus hubiera actuado con precaución mientras realizaba sus pesquisas, pero lo pensó mejor y, en su lugar, tomó un trago de cerveza. Si Fergus había sobrevivido como impresor en esos tiempos tan conflictivos, no era por falta de discreción.

—¿Te recuerda a alguien? —preguntó, en cambio.

Fergus le dirigió una breve mirada de sorpresa, pero volvió a estirar el cuello antes de apoyarse en el respaldo de la silla negando con la cabeza.

—No. ¿Debería?

—No lo creo.

No lo creía, aunque se alegró de que Fergus se lo confirmara. Claire le había dicho lo que pensaba, que tal vez ese hombre fuera un pariente suyo, quizá un antepasado directo. Había procurado comentárselo en tono informal, descartar la idea incluso mientras la exponía, pero había visto brillar la inquietud en los ojos de ella y se había quedado preocupado. El hecho de que Claire no tuviera familia ni ningún pariente próximo en su propio tiempo le había parecido siempre algo espantoso, aun a pesar de que se daba cuenta de que este hecho tenía mucho que ver con su entrega hacia él.

Teniendo esto bien presente, se había fijado en él tanto como había podido, pero no había visto nada en el rostro ni en el porte de Beauchamp que le recordara mucho a Claire, y menos aún a Fergus.

No creía que esa idea —que Beauchamp pudiera ser de verdad pariente suyo— se le hubiese pasado a Fergus por la cabeza. Jamie estaba razonablemente seguro de que Fergus consideraba a los Fraser de Lallybroch como su única familia, aparte de Marsali y los niños, a quienes amaba con todo el fervor de su temperamento apasionado.

Ahora Beauchamp se despedía de Northrup con una reverencia muy parisina, agitando al mismo tiempo con gracia su pañuelo de seda. Qué casualidad que el hombre hubiera salido del almacén justo delante de ellos, pensó Jamie. Habían pensado ir a echarle un ojo más tarde, pero esa oportuna aparición les ahorró tener que ir a buscarlo.

—Es un buen barco —observó Fergus con la atención concentrada en el balandro llamado *Huntress*. Volvió a mirar a Jamie, pensativo—. ¿Estás seguro de que no quieres investigar la posibilidad de viajar con monsieur Beauchamp?

—Sí, estoy seguro —respondió él con sequedad—. ¿Ponerme a mí mismo y a mi mujer en manos de un hombre al que no conozco y cuyos motivos son sospechosos, en un barquito en medio de la inmensidad del mar? Incluso alguien que no se mareara a bordo de un barco podría dudar ante semejante perspectiva, ¿no?

La cara de Fergus se dividió en una sonrisa.

—¿Milady propone volver a clavarte un montón de agujas?

—Así es —contestó Jamie, irritado.

Odiaba que lo pincharan una y otra vez, y le disgustaba que lo obligaran a mostrarse en público lleno de púas como si fuera un estrafalario puercoespín, incluso dentro de los limitados confines de un barco. Lo único que le hacía consentir en ello era el hecho de saber a ciencia cierta que, de no hacerlo, estaría echando las tripas un sinfín de días seguidos.

No obstante, Fergus no advirtió su descontento. Volvía a pegarse a la ventana.

—*Nom d'nom...* —dijo en voz baja con tal gesto de aprensión que Jamie se giró de inmediato a mirar.

Beauchamp había recorrido un trecho de la calle, pero seguía a la vista. Sin embargo, se había detenido y parecía estar ejecutando una especie de baile desgarbado. Esto por sí solo era ya bastante extraño, pero más insólito aún era que Germain, el hijo de Fergus, estaba agachado en la calle justo frente a él saltando, al parecer, adelante y atrás como un sapo inquieto.

Esos peculiares movimientos se prolongaron unos segundos más y concluyeron cuando Beauchamp se quedó inmóvil, aunque moviendo los brazos como en señal de protesta mientras Germain parecía postrarse ante él. Luego, el chiquillo se puso en pie, embutiéndose algo en la camisa y, tras una breve conversación, Beauchamp soltó una carcajada y le tendió la mano. Intercambiaron un breve saludo y un estrechón de manos, y Germain se marchó calle abajo en dirección al Whinbush mientras Beauchamp continuaba su camino.

Germain entró en la taberna y, al verlos, se deslizó en el banco junto a su padre con aire de estar satisfecho.

—He conocido a ese hombre —dijo sin preámbulos—. Al hombre que busca a papá.

—Sí, ya lo hemos visto —terció Jamie arqueando las cejas—. ¿Qué demonios estabas haciendo con él?

—Bueno, lo vi venir, pero pensé que no se pararía a hablar conmigo si simplemente le gritaba. Así que arrojé a *Simon* y a *Peter* a sus pies.

—¿Quiénes...? —comenzó Jamie, pero Germain estaba ya rebuscando en las profundidades de su camisa.

Antes de que Jamie pudiera terminar la frase, el chiquillo sacó dos ranas de tamaño considerable, una verde y otra de una especie de color amarillo bilis, que se colocaron muy juntas sobre las tablas desnudas de la mesa, mirando nerviosas con ojos desorbitados.

Fergus le dio a Germain un cachete en la cabeza.

—Quita esas abominables criaturas de la mesa antes de que nos echen de aquí. ¡No me extraña que estés lleno de verrugas si andas con *les grenouilles*!

—*Grandmère* me dijo que lo hiciera —protestó Germain mientras recogía a sus mascotas y las devolvía a la cautividad.

—¿Ah, sí? —A Jamie no le sorprendían ya las curas de su esposa, pero eso parecía extraño, incluso para lo que ella acostumbraba.

—Bueno, dijo que lo único que se podía hacer para quitarme la verruga del codo era frotármela con una rana muerta y enterrarla, a la rana, quiero decir, en un cruce de caminos a medianoche.

—Vaya. Creo que posiblemente te estuviera gastando una broma. ¿Y qué te dijo el francés?

Germain levantó la vista, con los ojos llenos de interés y abiertos de par en par.

—Oh, no es francés, *grandpère*.

Un breve latido de sorpresa recorrió su cuerpo.

—¿No? ¿Estás seguro?

—Claro que sí. Soltó una palabrota de lo más blasfema cuando *Simon* aterrizó en su zapato... pero no tanto como las de papá. —Germain le dirigió una mirada cariñosa a su padre, que parecía dispuesto a darle otro cachete, pero desistió ante un gesto de Jamie—. Es inglés, estoy seguro.

—¿Blasfemó en inglés? —inquirió Jamie.

Era cierto. Cuando los franceses decían palabrotas, solían aludir a las verduras, mezclándolas a menudo con referencias sagradas. Los tacos ingleses, por lo general, no tenían nada que ver ni con los santos, ni con los sacramentos, ni con los pepinos, sino con Dios, las prostitutas o los excrementos.

—Sí. Pero no puedo repetir lo que dijo o papá se ofenderá. Papá tiene unos oídos muy puros —añadió Germain dirigiéndole a su padre una sonrisa satisfecha.

—Deja de fastidiar a tu padre y dime qué más te dijo ese hombre.

—Vale —respondió Germain, obediente—. Cuando se dio cuenta de que no eran más que un par de ranitas, se echó a reír y me preguntó si me las llevaba a casa para cenar. Le dije que no, que eran mis mascotas, y le pregunté si ese barco de allí era el suyo, porque todo el mundo lo decía y era muy bonito, ¿no? Estaba fingiendo ser tonto, ¿vale? —explicó por si su abuelo no había entendido la estratagema.

Jamie reprimió una sonrisa.

—Muy listo —dijo con sequedad—. ¿Y qué más?

—Dijo que no, que el barco no era suyo, sino que pertenecía a un noble francés. Y yo, por supuesto, pregunté quién era. Y él contestó que era el barón Amandine.

Jamie intercambió una mirada con Fergus, que pareció sorprendido y alzó un hombro en señal de ignorancia.

—Entonces, le pregunté cuánto iban a quedarse, porque quería traer a mi hermano a ver el barco. Y él contestó que zarparían mañana con la marea del anochecer, y me preguntó (pero estaba bromeando, me di cuenta de ello) si quería ir a trabajar de grumete durante el viaje. Le respondí que no, que mis ranas se marean en el mar, como mi abuelo. —Le dirigió una sonrisa satisfecha a Jamie, quien lo miró con severidad.

—¿No te ha enseñado tu padre que «ne petez pas plus haut que votre cul»?

—Mamá te lavará la boca con jabón si dices cosas como ésa —le informó Germain, virtuoso—. ¿Quieres que le robe la cartera? Lo vi entrar en la posada de la calle Cherry. Podría...

—No, no podrías —se apresuró a replicar Fergus—. Además, no digas cosas de ese tipo donde la gente pueda oírte. Tu madre nos matará a los dos.

Jamie sintió un escalofrío en la nuca y miró a toda prisa a su alrededor para asegurarse de que nadie lo había oído.

—Le has estado enseñando a robar carteras...

Fergus adoptó una expresión ligeramente taimada. .

—Pensé que era una pena que esas habilidades se perdieran. Es un legado familiar, por así decirlo. No dejo que robe cosas, por supuesto: las devolvemos.

—Creo que tendremos que hablar en privado más tarde —manifestó Jamie dirigiéndoles a ambos una mirada amenazadora.

Si pillaban a Germain robando carteras... Sería mejor que les metiera a ambos el temor de Dios en el cuerpo antes de que acabaran en la picota, si no directamente colgados de un árbol por robo.

—Y ¿qué me dices del hombre al que sí te mandamos buscar? —le preguntó Fergus a su hijo, aprovechando la oportunidad para desviar la ira de Jamie.

—Lo encontré —informó Germain, e hizo un gesto con la cabeza hacia la puerta—. Ahí está.

DeLancey Hall era un hombre pequeño y pulcro con el aire silencioso y alerta de un ratón de iglesia. Era casi imposible imaginar nada menos parecido a un contrabandista, pensó Jamie, lo que tal vez constituía un valioso atributo en ese mundillo.

—Me dedico al transporte marítimo de tejidos —fue como Hall describió con toda discreción su actividad—. Ayudo a encontrar barcos para cargas específicas, lo que no es tarea fácil en estos tiempos, caballeros, como pueden imaginar.

—Tenga la seguridad de que me lo imagino. —Jaimie le sonrió—. No poseo ninguna carga que mandar, pero tengo la esperanza de que usted pueda saber de una situación que me convenga. Mi esposa, mi sobrino y yo buscamos pasaje para Edimburgo.

Tenía la mano bajo la mesa, dentro de su escarcela. Había cogido algunas de las esferas de oro y las había aplastado con un martillo, formando discos irregulares. Sacó tres de ellos y, moviéndose muy levemente, se los puso a Hall sobre las rodillas.

La expresión del hombre no cambió lo más mínimo, pero Jamie se dio cuenta de que su mano se lanzaba a coger los discos, los sopesaba por unos instantes y desaparecía en el interior de su bolsillo.

—Creo que podría hacerse —dijo, inexpresivo—. Conozco a un capitán que sale rumbo a Wilmington dentro de un par de semanas más o menos y al que se podría convencer para que aceptara pasajeros... a cambio de una compensación.

Algo más tarde, Jamie y Fergus salieron juntos hacia la imprenta, discutiendo las probabilidades de que Hall lograra proporcionarles un barco. Germain caminaba distraído frente a ellos, zigzagueando de un lado a otro en respuesta a lo que fuera que estuviera barajando en su fertilísimo cerebro.

El cerebro del propio Jamie estaba más que ocupado. El barón Amandine. Conocía el nombre, aunque no acertaba a identificar su rostro, ni tampoco recordaba en qué contexto lo había oído. Sólo que había oído hablar de él en París. Pero ¿cuándo? Cuando iba allí a la universidad... o más tarde, cuando Claire y él... Sí, eso era. Había oído ese nombre en el juzgado. Pero, por mucho que se exprimía el cerebro, éste no le proporcionaba más información.

—¿Quieres que vaya a hablar con ese Beauchamp? —preguntó de pronto Jamie—. Tal vez pueda averiguar cuáles son sus intenciones respecto a ti.

Fergus apretó un poco los labios, pero luego se relajó mientras meneaba la cabeza.

—No —contestó—. ¿Te he dicho ya que me han contado que estuvo haciendo preguntas sobre mí en Edenton?

—¿Estás seguro de que se trataba de ti?

No era que el territorio de Carolina del Norte estuviese plagado de Claudel, pero aun así...

—Creo que sí. —Fergus habló en voz muy baja sin perder de vista a Germain, que había empezado a croar con suavidad, evidentemente conversando con las ranas que llevaba bajo la camisa—. La persona que me lo dijo mencionó que aquel hombre no sólo tenía un nombre, sino también algo de información, incompleta. Que al tal Claudel Fraser que estaba buscando se lo había llevado de París un escocés alto y pelirrojo que se llamaba James Fraser. Así que creo que no puedes ir a hablar con él, no.

—No sin llamar su atención, es verdad —admitió Jamie—. Pero... no sabemos cuáles son sus intenciones, podría ser algo muy ventajoso para ti, ¿no crees? ¿Cuáles son las probabilidades de que en Francia alguien se tome la molestia y corra con los gastos de enviar a alguien como él para hacerte daño, cuando podrían contentarse con dejar que te quedes en América? —Vaciló—. A lo mejor... el barón Amandine es pariente tuyo.

La simple idea de que así fuera parecía una de esas cosas que suceden en las novelas, y probablemente se tratase de una absoluta tontería. Pero, al mismo tiempo, a Jamie no se le ocurría ninguna razón sensata por la que un aristócrata francés pudiera estar buscando por dos continentes a un bastardo nacido en un burdel.

Fergus asintió, aunque tardó en contestar. Ese día se había puesto el garfio en lugar del guante relleno de salvado que llevaba en las ocasiones formales, y se rascó delicadamente la nariz con la punta antes de responder.

—Durante mucho tiempo —dijo por fin—, cuando era pequeño, imaginé que era el hijo bastardo de un gran hombre. Creo que todos los huérfanos lo hacen —añadió sin emoción alguna—. Fingir que no será siempre igual, que alguien vendrá y volverá a colocarte en el lugar que te corresponde en el mundo te hace la vida más fácil de soportar.

Se encogió de hombros.

—Luego crecí y me di cuenta de que no era verdad. Nadie acudiría a rescatarme. Pero justo entonces... —Volvió la cabeza y le dirigió a Jamie una sonrisa que desbordaba afecto—. Entonces crecí aún más, y descubrí que, después de todo, era cierto. Soy el hijo de un gran hombre.

El garfio tocó la mano de Jamie, duro y hábil.

—No deseo más.

19

Un dulce beso

Wilmington, colonia de Carolina del Norte
18 de abril de 1777

El local donde se encontraba la *Wilmington Gazette* era fácil de encontrar. Las ascuas se habían enfriado, pero el tufo demasiado familiar a quemado seguía aún impregnando el aire. Un caballero mal vestido y tocado con un sombrero flexible rebuscaba entre las vigas carbonizadas con actitud insegura, pero dejó lo que estaba haciendo al escuchar el saludo de Jamie y salió de entre las ruinas, levantando mucho los pies mientras procuraba no tropezar.

—¿Es usted el propietario del periódico, señor? —inquirió Jamie mientras le tendía una mano para ayudarlo a pasar por encima de un montón de libros medio quemados desparramados en la entrada—. Si es así, lo siento mucho.

—Oh, no —contestó el hombre al tiempo que se limpiaba las manchas de hollín de los dedos en un gran pañuelo sucio que le pasó a Jamie a continuación—. El impresor era Amos Crupp. Pero se ha marchado... Se largó cuando quemaron la tienda. Yo soy Herbert Longfield. Soy el propietario del terreno. Fui el propietario de la tienda —añadió mirando desolado tras de sí—. No estará usted buscando cosas que se puedan aprovechar, ¿no? Tengo un buen montón de hierro allí.

Evidentemente, ahora la imprenta de Fergus y Marsali era la única en funcionamiento entre Charleston y Newport. La prensa de la *Gazette* estaba toda retorcida y chamuscada entre los escombros, aún reconocible, pero inaprovechable salvo como chatarra.

—¿Hace mucho que sucedió? —pregunté.

—Anteayer por la noche. Justo después de las doce. Ardía ya de arriba abajo antes de que la brigada de cubos pudiera organizarse.

—¿Un accidente con el horno? —se interesó Jamie. Se inclinó y recogió uno de los panfletos desperdigados.

Longfield se echó a reír con cinismo.

—Usted no es de por aquí, ¿verdad? ¿Dijo que estaba buscando a Amos? —Con recelo, su mirada pasó de Jamie y a mí, y de mí y a Jamie. Probablemente no iba a hacerles ninguna confidencia a unos extraños cuya afiliación política no conocía.

—James Fraser —se presentó Jamie tendiéndole la mano para estrechar la suya con fuerza—. Ella es mi esposa, Claire. ¿Quién lo hizo? ¿Los Hijos de la Libertad?

Longfield arqueó las cejas con aire acusador.

—Desde luego no son ustedes de por aquí. —Sonrió, aunque sin ningún atisbo de alegría—. Amos estaba a favor de los Hijos. Quizá no fuera uno de ellos, pero pensaba como ellos. Le dije que tuviera cuidado con lo que escribía y lo que publicaba en el periódico, y casi siempre lo procuraba. Pero en estos tiempos, con poco basta. El más leve rumor de traición, y a un hombre le dan una paliza en plena calle y lo dejan medio muerto, lo cubren de brea y lo empluman, lo queman... lo matan incluso.

Miró pensativo a Jamie.

—Así que no conocía usted a Amos. ¿Puedo preguntarle qué quería usted de él?

—Quería hacerle una pregunta en relación con una noticia publicada en la *Gazette*. Dice usted que Crupp se ha ido. ¿Sabe dónde puedo encontrarlo? No quiero perjudicarlo en modo alguno —añadió.

El señor Longfield me miró pensativo, por lo visto calibrando la posibilidad de que un hombre que se dedicara a la violencia política trajera consigo a su mujer. Le sonreí, intentando parecer lo más respetable y encantadora posible, y él me devolvió la sonrisa, indeciso. Tenía un largo labio superior que hacía que se asemejara a un camello preocupado, un aspecto que se veía sustancialmente acusado por su extraña dentición.

—No, no lo sé —contestó, volviéndose hacia Jamie como un hombre que acaba de tomar una decisión—. Sin embargo, tenía un socio, que era también un demonio. Tal vez él sabría lo que está usted buscando.

Ahora fue Jamie quien miró a Longfield, enjuiciándolo. También él se decidió en un instante, y me tendió el panfleto.

—Tal vez. El año pasado publicaron una pequeña noticia acerca de una casa incendiada en las montañas. Quiero descubrir quién le pasó al periódico esa información.

Longfield frunció el ceño, sorprendido, y se rascó el largo labio superior, manchándose de hollín.

—Yo no me acuerdo de eso. Pero... bueno, le diré una cosa, señor. Pensaba ir a ver a George Humphries, el socio de Amos, después de echarle un vistazo a este lugar... —Lanzó una mirada por encima del hombro al tiempo que hacía una mueca—. ¿Por qué no viene conmigo y se lo pregunta?

—Muy amable por su parte, señor.

Jamie me hizo un gesto con las cejas para indicarme que ya no me necesitaba como pantalla y que, por tanto, podía ir a ocuparme de mis propios asuntos. Le deseé al señor Longfield los buenos días como es debido y me marché a curiosear en la vida de Wilmington.

Allí, los negocios iban algo mejor que en New Bern. Wilmington contaba con un puerto de gran calado y, aunque el bloqueo inglés había afectado a las importaciones y las exportaciones, los barcos locales y los buques de cabotaje seguían acudiendo al puerto. Wilmington era también sustancialmente más grande y seguía jactándose de tener un próspero mercado en la plaza mayor, donde pasé una hora la mar de agradable aprovisionándome de hierbas y escuchando cotilleos antes de comprarme un panecillo de queso, tras lo que me dirigí al puerto para comérmelo.

Paseé tan tranquila con la esperanza de descubrir el navío que tal vez nos llevaría a Escocia, aunque no vi ninguno anclado que pareciera lo bastante grande como para realizar semejante viaje. Pero, claro... DeLancey Hall había dicho que tendríamos que embarcarnos en un barco pequeño, quizá en su propio queche de pesca, y deslizarnos fuera del puerto para reunirnos con el barco más grande en alta mar.

Me senté a comer en un bolardo, atrayendo a una pequeña multitud de interesadas gaviotas que se posaron en el agua como gordos copos de nieve para rodearme.

—Ni lo sueñes, amiga —dije apuntando con un dedo amonestador a un ejemplar especialmente intransigente que se deslizaba de manera furtiva hacia mis pies, con los ojos puestos en mi cesto—. Es mi comida.

Aún tenía el panfleto medio quemado que Jamie me había dado. Lo agité enérgicamente en dirección a las gaviotas, que alzaron el vuelo con un chillido de alarma antes de volver a posarse a mi alrededor a una distancia algo más respetuosa, todas con los brillantes ojos fijos en el panecillo que tenía en la mano.

—Ja —les dije, y me coloqué el cesto debajo de los pies, por si acaso. Tenía el panecillo bien agarrado y un ojo puesto en las gaviotas. El otro estaba libre para examinar el puerto. Había un barco de guerra británico anclado fuera, a escasa distancia, y ver la bandera de la Union Jack ondeando en el mástil me causó un sentimiento peculiarmente paradójico de orgullo e inquietud.

El orgullo era de tipo reflejo. Había sido inglesa toda la vida. Había servido a Inglaterra en hospitales, en campos de batalla —cumpliendo mi deber y con honor—, y había visto a muchos de mis compatriotas, hombres y mujeres, caer realizando el mismo servicio. Aunque la Union Jack que veía ahora tenía un diseño algo distinto del que yo conocía, era claramente la misma bandera y, al verla, sentí idéntico calor en el corazón.

Al mismo tiempo, era bien consciente de la amenaza que dicha bandera suponía ahora para mí y para los míos. Las cañoneras superiores del barco estaban abiertas. Era obvio que estaban llevando a cabo algún tipo de instrucción, pues vi meter y sacar el cañón a toda prisa, una vez tras otra, mostrando y ocultando su romo morro, como si se tratara de la cabeza de una belicosa ardilla. El día anterior había dos buques de guerra en el puerto. El otro se había ido... ¿adónde? ¿A cumplir una misión especial... o simplemente a patrullar inquieto al otro lado de la bocana del puerto, listo para abordar, apresar, cañonear o hundir cualquier barco que pareciera sospechoso?

No se me ocurría nada que pudiera parecer más sospechoso que el barco del amigo contrabandista del señor Hall.

Volví a pensar en el misterioso señor Beauchamp. Francia seguía siendo neutral. Estaríamos mucho más a salvo en un barco que navegara bajo la bandera francesa. Más a salvo de las depredaciones de la marina británica, por lo menos. En cuando a los motivos del propio Beauchamp... Había aceptado a regañadientes el deseo de Fergus de no tener nada que ver con ese hombre, pero seguía preguntándome qué maldito interés podía tener Beauchamp en Fergus. También me preguntaba si podía ser que tuviera alguna relación con mi propia familia de Beauchamp, pero no había forma de saberlo. Sabía que el tío Lamb había elaborado un rudimentario árbol genealógico familiar —más que nada por mí—, pero no le había prestado atención. Me pregunté dónde estaría ahora. Nos lo había regalado a Frank y a mí cuando nos casamos, pulcramente escrito y protegido en una carpeta de papel manila. Tal vez le mencionaría a Brianna al señor Beauchamp en mi próxima carta. Ella tendría todo nuestro historial familiar, las cajas de viejos impresos para la declaración de la renta, todos sus cuadernos escolares y trabajos manuales... Sonreí al recordar el dinosaurio de arcilla que había hecho a los ocho años, una criatura dentuda torcida hacia un lado como si estuviera borracha, con un pequeño objeto cilíndrico colgando entre las mandíbulas.

—Eso que se está comiendo es un mamífero. —Me había informado.

—¿Qué les ha ocurrido a las piernas del mamífero? —le pregunté.

—Se le cayeron cuando el dinosaurio lo pisó.

El recuerdo me distrajo unos instantes y una gaviota atrevida bajó volando y me golpeó la mano, tirando al suelo lo que quedaba de mi panecillo, que fue engullido al instante por una multitud gritona de congéneres suyos.

Solté una palabrota —la gaviota me había dejado un rasguño sangrante en el dorso de la mano—, cogí el panfleto y lo arrojé en medio de las aves que escarbaban. Le di a una de ellas en la cabeza y el pájaro cayó rodando en medio de una agitación enloquecida de alas y páginas que dispersó a la bandada: las gaviotas se marcharon revoloteando, gritando insultos de gaviota y sin dejar ni una miga tras de sí.

—Ja —volví a decir con una leve sonrisa de satisfacción.

Con una poco clara inhibición muy típica del siglo XX respecto a tirar basura al suelo —ciertamente tales ideas no existían aquí—, recuperé el panfleto, cuyas hojas se habían desprendido en varias secciones, y volví a colocarlas en su sitio formando un rectángulo desigual.

Se titulaba «Un examen de la piedad», y tenía un subtítulo que decía: «Reflexiones sobre la naturaleza de la compasión divina, su manifestación en el corazón humano y la instrucción de su inspiración para la mejora del individuo y de la humanidad.» Posiblemente no se tratara de uno de los títulos más vendidos del señor Crupp, pensé embutiéndolo en el fondo de mi cesto.

Esto último me llevó a pensar en otra cosa. Me pregunté si Roger lo vería en algún archivo algún día. Me inclinaba por pensar que sí.

¿Querría eso decir que nosotros —o yo— debíamos hacer cosas a propósito para asegurarnos de aparecer en dicho registro? Dado que la mayoría de las cosas de que hablaba la prensa en cualquier época eran la guerra, el crimen, la tragedia y demás desastres espantosos, me inclinaba por pensar que no. Mis escasos roces con la notoriedad no habían sido agradables, y lo último que deseaba que Roger encontrase era una noticia diciendo que me habían colgado por robar un banco, que me habían ejecutado por brujería o que unas gaviotas vengativas me habían picoteado hasta matarme.

No, decidí. Sería mejor que sólo le hablara a Bree del señor Beauchamp y de la genealogía de la familia Beauchamp y, si Roger quería hurgar en ello, pues estupendo. Claro que nunca sabría si había encontrado al señor Percival en la lista, pero de ser así, Jem y Mandy sabrían un poco más de su árbol genealógico.

Pero ¿dónde estaría aquella carpeta? La última vez que la había visto estaba en el despacho de Frank, encima de su archivador. La recordaba con claridad porque el tío Lamb había dibujado en ella de manera bastante caprichosa lo que yo supuse que era el escudo de armas de la familia.

—Disculpe, señora —dijo en tono respetuoso una voz profunda detrás de mí—. Veo que...

Bruscamente arrancada de mis recuerdos, me volví hacia la voz con la mirada vacía, pensando en plan distraído que conocía...

—¡Por los clavos de Roosevelt! —espeté poniéndome en pie de un salto—. ¡Usted!

Retrocedí unos pasos, tropecé con el cesto y casi me caí al puerto, de lo que sólo me salvo el gesto instintivo de Tom Christie, que me agarró del brazo.

Me atrajo hacia sí para alejarme del borde del muelle y caí contra su pecho.

Él me rehuyó como si estuviera hecha de metal fundido, luego me tomó en sus brazos, me estrechó con fuerza contra su cuerpo y me besó con apasionado abandono.

Separó sus labios de los míos, me miró a la cara y dijo con voz sofocada:

—¡Está muerta!

—Bueno, no —repuse, aturdida, con un enorme sentimiento de culpa.

—Le ruego... le ruego que me perdone —logró decir dejando caer los brazos—. Yo... yo...

Estaba tan blanco como un fantasma, por lo que casi pensé que él iba a caerse al puerto. Dudé que yo tuviera mucho mejor aspecto, pero por lo menos no me flaqueaban las piernas.

—Será mejor que se siente —le dije.

—Yo... aquí no —respondió con brusquedad.

Tenía razón. El muelle era un lugar muy público y nuestro pequeño *rencontre* había llamado bastante la atención. Un par de trabajadores del puerto nos miraban con descaro, propinándose codazos el uno al otro, y éramos el centro de las miradas no mucho menos obvias de la multitud de comerciantes, marinos y trabajadores de los muelles que iban y venían ocupándose de sus cosas. Estaba empezando a recobrarme de la impresión, lo bastante como para pensar.

—¿Tiene una habitación? Oh, no... No sería buena idea, ¿verdad?

Ya me estaba imaginando el tipo de historias que correrían por la ciudad pocos minutos después de que abandonáramos los muelles. Si nos marchábamos de allí y nos íbamos a la habitación del señor Christie (en esos momentos sólo podía pensar en él como el «señor Christie»)...

—La taberna —dije con firmeza—. Vamos.

La taberna de Symonds se encontraba a escasos minutos de distancia, minutos que transcurrieron en absoluto silencio. Le dirigí, no obstante, alguna que otra mirada, tanto para asegurarme de que no era un fantasma como para hacerme una idea de cuál era su situación actual.

Esta última parecía tolerable. Iba decentemente vestido con un traje gris oscuro y una camisa de lino limpia y, aunque no estaba elegante —me mordí el labio al pensar en Tom Christie elegante—, por lo menos no iba andrajoso.

Por lo demás, no había cambiado mucho desde la última vez que lo vi. No, me corregí, en realidad tenía mucho mejor aspecto. Lo había visto agotado en extremo por el dolor, destrozado por la tragedia de la muerte de su hija y las complicaciones que surgieron a continuación. Lo había visto por última vez en el *Cruizer*, el barco británico en el que el gobernador Martin se había refugiado cuando lo sacaron de la colonia, hacía casi dos años.

En aquella ocasión, el señor Christie había declarado, en primer lugar, su intención de confesar el asesinato de su hija —del que me acusaban a mí—; en segundo, que me amaba; y, en tercero, que quería que lo ejecutaran en mi lugar, todo lo cual hacía que su repentina resurrección resultara no sólo sorprendente, sino algo más que un poco incómoda.

A ello había que añadir la cuestión de qué sabía —si es que sabía algo— de la suerte que había corrido su hijo Allan, culpable de la muerte de Malva Christie. Las circunstancias eran tan terribles que ningún padre debería verse en la tesitura de tener que oírlas, por lo que el pánico se apoderó de mí al pensar que tal vez tendría que contárselas.

Volví a mirarlo. Su rostro estaba surcado de profundas arrugas, pero no estaba ni afligido ni abiertamente angustiado. No llevaba peluca, aunque lucía el grueso cabello cano muy corto, como siempre, a juego con la barba recortada de forma pulcra. Me sonrojé y apenas si pude evitar restregarme la boca con la mano para eliminar la sensación. Era obvio que estaba alterado —bueno, yo también lo estaba—, pero había recuperado el control de sí mismo y me abrió la puerta de la taberna con impecable cortesía. Sólo un músculo que se contraía junto a su ojo izquierdo lo traicionó.

Sentí como si todo mi cuerpo se crispara, pero Fedra, que servía en el bodegón, me miró sin más que un discreto interés y un gesto cordial. Por supuesto, ella no conocía a Thomas Christie, y aunque sin duda había oído hablar del escándalo que había estallado tras mi arresto, no podía relacionar con él al caballero que me acompañaba.

Encontramos una mesa junto a la ventana en el comedor y nos sentamos.

—Le creía muerto —expuse con brusquedad—. ¿Qué quiso decir con eso de que creía que yo estaba muerta?

Abrió la boca para contestar, pero Fedra, que había acudido a atendernos sonriendo con simpatía, lo interrumpió.

—¿Puedo traerles algo, señores? ¿Desean algo de comer? Hoy tenemos un jamón muy bueno, patatas asadas y la salsa especial de mostaza y pasas de la señora Symonds como acompañamiento.

—No —contestó el señor Christie—. Yo... sólo tomaré un vaso de sidra, si es tan amable.

—Whisky —dije yo—. Mucho whisky.

El señor Christie pareció escandalizado, pero Fedra sólo se echó a reír y se marchó caminando deprisa mientras la gracia de sus movimientos provocaba la silenciosa admiración de la mayoría de los clientes masculinos.

—No ha cambiado —observó. Sus ojos me recorrieron, intensos, registrando cada detalle de mi aspecto—. Debería haberla reconocido por el pelo.

Su voz sonaba reprobadora, pero tenía un deje de reacio regocijo. Siempre había manifestado sin ambages su desaprobación por que me negara a llevar cofia o a sujetarme el pelo de algún modo. Libertino, lo llamaba.

—Sí, es cierto —respondí alargando el brazo para aplacarme el cabello en cuestión, que estaba considerablemente más encrespado que en nuestros últimos encuentros—. No me reconoció hasta que me volví, ¿verdad? ¿Por qué me habló?

Él vaciló, pero luego hizo un gesto con la cabeza hacia mi cesto, que yo había dejado junto a la silla.

—Vi que tenía uno de mis folletos.

—¿Qué? —dije sin comprender, pero miré hacia donde estaba mirando él y vi el panfleto chamuscado sobre la «Compasión divina» que sobresalía de debajo de una col. Me incliné, tiré de él y observé ahora por primera vez el nombre del autor: «Por el señor T. W. Christie, Universidad de Edimburgo.»

—¿Qué significa la «W»? —inquirí mientras volvía a dejarlo.

Él parpadeó.

—Warren —contestó con considerable brusquedad—. ¿De dónde ha salido, por el amor de Dios?

—Mi padre decía siempre que me había encontrado en el jardín bajo una hoja de col —respondí con impertinencia—. ¿O se refiere a hoy? Si es eso: de la Wilsey Arms.

Comenzaba a parecer menos impresionado y su irritación habitual por mi falta de decoro femenino iba devolviéndole a su rostro sus severas arrugas de siempre.

—No se burle. Me dijeron que había muerto —repuso, acusador—. Que usted y toda su familia había ardido en un incendio.

Fedra, que nos estaba sirviendo las bebidas, me miró y arqueó las cejas.

—No parece estar muy chamuscada por los bordes, señor, si me permite mencionarlo.

—Gracias por la observación —dijo él en voz baja.

Fedra intercambió conmigo una mirada divertida y volvió a marcharse meneando la cabeza.

—¿Quién se lo dijo?

—Un hombre llamado McCreary. —No debí de dar muestras de saber de quién me estaba hablando, pues añadió—: De Brownsville. Lo conocí aquí, en Wilmington, quiero decir. A finales de enero. Dijo que acababa de llegar de las montañas y me contó lo del incendio. ¿De verdad hubo un incendio?

—Bueno, sí, lo hubo —repuse despacio, preguntándome si, y hasta qué punto, debía contarle la verdad de aquello. Muy poca cosa, decidí, estando en un lugar público—. En tal caso, tal vez fuera el señor McCreary quien puso el anuncio acerca del incendio en el periódico. Aunque no es posible.

El anuncio original se había publicado en 1776, había dicho Roger, casi un año antes del incendio.

—Lo puse yo —señaló Christie.

Ahora me tocaba asombrarme a mí.

—¿Que usted qué? ¿Cuándo? —Tomé un gran sorbo de whisky con la sensación de que lo necesitaba más que nunca.

—Justo después de enterarme. O... mejor dicho, no —se corrigió—. Unos cuantos días después. Yo... estaba muy afligido por la noticia —añadió bajando los ojos y apartando la vista de mí por primera vez desde que nos sentamos.

—Ah, lo siento —repuse bajando la voz con sentimiento de culpa, aunque ¿por qué debía sentirme culpable por no haberme quemado?...

Se aclaró la garganta.

—Sí. Bueno, me, eeeh, me pareció que... que había que hacer algo. Anunciar formalmente su... su fallecimiento. —Entonces levantó la vista y me miró de frente con sus ojos grises—. No podía soportar la idea de que ustedes, todos ustedes —añadió, aunque se trataba a todas luces de un pensamiento de última hora— hubieran desaparecido sin más de la faz de la Tierra, sin un anuncio formal del... del suceso.

Inspiró hondo e, indeciso, tomó un trago de sidra.

—Aunque se hubiera celebrado un funeral como Dios manda, no había motivo para que yo regresara al Cerro de Fraser, aunque yo... Bueno, no podía, así que pensé que por lo menos iba a dejar constancia de lo sucedido. Al fin y al cabo —añadió bajando más la voz y apartando de nuevo la mirada—, no podía poner flores en su tumba.

El whisky me había tranquilizado un poco, pero también me quemaba la garganta y hacía que me costara hablar cuando estaba embargada por la emoción. Alargué el brazo y le toqué un segundo la mano, luego carraspeé, encontrando momentáneamente un terreno neutral.

—¿Y su mano? —inquirí—. ¿Cómo está?

Me miró, sorprendido, pero las tensas arrugas de su rostro se suavizaron un tanto.

—Muy bien, gracias. ¿Ve? —Volvió su mano derecha, mostrándome una cicatriz en forma de «Z» en la palma, bien curada pero aún tierna.

—Déjeme ver.

Tenía la mano fría. Fingiendo despreocupación, la tomé en la mía y la volví, doblando los dedos para comprobar su flexibilidad y su grado de movilidad. Tenía razón: estaba bien. El movimiento era casi normal.

—Yo... hice los ejercicios que me mandó —espetó—. Los hago todos los días.

Levanté la vista y vi que me estaba mirando con una especie de angustiada solemnidad, con las mejillas ahora sonrojadas por encima de la barba, de modo que reparé en que ese terreno no era tan neutral como yo había creído. Antes de que pudiera soltarle la mano, ésta se volvió en la mía, cubriéndome los dedos sin aprisionarlos, pero lo bastante fuerte como para que no pudiera liberarme sin un esfuerzo perceptible.

—Su marido... —Se detuvo en seco, pues era obvio que no había pensado en Jamie hasta ahora—. ¿También está vivo?

—Eeeh... sí.

Dicho sea en su honor, no hizo mueca alguna al recibir la noticia, sino que meneó la cabeza, suspirando.

—Me... me alegro de oírlo.

Permaneció sentado en silencio por unos instantes, mirando la sidra que no se había bebido. Seguía sujetándome la mano. Sin levantar la vista, dijo en voz baja:

—¿Él... lo sabe? Lo que... cómo yo... No le conté el porqué de mi confesión, ¿y usted?

—¿Se refiere a sus —busqué a tientas una manera más adecuada de expresarlo— sus, ejem, galantes sentimientos hacia mí? Bueno, sí, lo sabe. Fue muy comprensivo con usted. Quiero decir que sabe por experiencia lo que es estar enamorado de mí —añadí con aspereza.

Al oírme decir eso, casi se echó a reír, lo que me proporcionó la oportunidad de liberar mis dedos. Observé que no me decía que ya no estuviera enamorado de mí... ¡Ay!

—Bueno, en cualquier caso, no estamos muertos —manifesté aclarándome de nuevo la garganta—. ¿Qué me dice de usted? La última vez que lo vi...

—Ah. —No parecía muy contento, pero recuperó la compostura y asintió con la cabeza—. Cuando abandonó el *Cruizer* con tanta precipitación, el gobernador Martin se quedó sin amanuense. Al descubrir que yo estaba alfabetizado hasta cierto punto —se le crispó apenas la boca— y que podía escribir con buena letra, gracias a su ayuda, hizo que me sacaran de la cárcel.

Eso no me sorprendió. Completamente alejado de su colonia, el gobernador Martin se veía obligado a ocuparse de sus asuntos desde el diminuto camarote del capitán de navío inglés en el que se había refugiado. Por fuerza, tales asuntos consistían íntegramente en cartas que había que redactar, escribir en sucio y pasar después a limpio, y de las que luego había que hacer varias copias. En primer lugar, se necesitaba una copia para los archivos del propio gobernador; luego, otra para cada persona de entidad que tuviera algún interés en el tema abordado en la carta; y, por último, había que hacer varias copias adicionales de todas las cartas que se mandaban a Inglaterra o a Europa porque se enviaban en varios barcos distintos con la esperanza de que al menos una de ellas llegase a su destino si las otras se hundían con la embarcación, eran interceptadas por piratas o corsarios o se perdían por el camino.

Me dolía la mano al recordarlo. Las exigencias de la burocracia en los tiempos anteriores a la magia de Xerox me habían evitado pudrirme en una celda. No era de extrañar que hubieran liberado también a Tom Christie de un encarcelamiento atroz.

—¿Ve? —dije, bastante complacida—. Si no le hubiera curado la mano, lo más probable es que le hubieran ejecutado al instante o, por lo menos, le habrían mandado de vuelta a la orilla y le habrían encerrado en alguna mazmorra.

—Le estoy debidamente agradecido —terció con extrema sequedad—. No lo estaba en su momento.

Christie había sido durante varios meses el secretario *de facto* del gobernador. Sin embargo, a finales de noviembre llegó un barco de Inglaterra con órdenes para este último —indicándole esencialmente que debía conquistar la colonia, aunque sin ofrecerle ni tropas, ni armamento, ni sugerencias útiles acerca de cómo hacerlo— y un secretario oficial.

—Entonces, el gobernador se enfrentó a la perspectiva de deshacerse de mí. Habíamos... trabado amistad, al trabajar en un espacio tan pequeño...

—Y como ya no era un asesino anónimo, no quiso quitarle la pluma de la mano y colgarlo del penol —concluí por él—. Sí, la verdad es que es un hombre bastante amable.

—Lo es —corroboró Christie con aire pensativo—. No lo ha tenido fácil, el pobre hombre.

Asentí.

—¿Le habló de sus hijos?

—Sí. —Apretó los labios, no porque estuviera enfadado, sino para controlar sus propias emociones.

Martin y su esposa habían perdido a tres hijos de corta edad, uno tras otro, a causa de la peste y de las fiebres de la colonia. No era en absoluto de extrañar que saber de la pena del gobernador le hubiera vuelto a abrir a Tom Christie sus propias heridas. Aun así, meneó levemente la cabeza y volvió al tema de su liberación.

—Yo le había... hablado un poco de... de mi hija. —Cogió el vaso de sidra que apenas había tocado y se bebió la mitad de un trago, como si estuviera muerto de sed—. Le admití en privado que mi confesión había sido falsa, aunque también afirmé que estaba seguro de su inocencia —me aseguró—. Y que si alguna vez volvían a arrestarla por el crimen, mi confesión seguiría siendo válida.

—Se lo agradezco —dije, y me pregunté con mayor preocupación aún si sabría quién había matado a Malva.

Tom tenía que haberlo sospechado, pensé, pero de ahí a saberlo distaba un largo trecho, y más largo aún al respecto de conocer los motivos. Y nadie sabía ahora dónde se encontraba Allan... a excepción de mí, de Jamie y del joven Ian.

El gobernador Martin recibió esa admisión con cierto alivio, y decidió que lo único que podía hacer en tales circunstancias era dejar a Christie en tierra para que se ocuparan de él las autoridades civiles.

—Ya no hay autoridades civiles —observé—. ¿No es así?

Él negó con la cabeza.

—Ninguna con competencia para ocuparse de este tema. Todavía hay cárceles y alguaciles, pero no hay ni tribunales ni magistrados. En esas circunstancias —casi sonrió, a pesar de lo adusto de su expresión—, consideré una pérdida de tiempo intentar encontrar a alguien a quien entregarme.

—Pero dijo que había mandado una copia de su confesión al periódico —señalé—. ¿La gente de New Bern no le... eeeh... no le recibió con frialdad?

—Por la gracia de la divina Providencia, el periódico de New Bern había dejado de funcionar antes de recibir mi confesión, pues el impresor era lealista. Creo que el señor Ashe y sus amigos le hicieron una visita, y él decidió con muy buen juicio encontrar otro modo de ganarse la vida.

—Muy juicioso —repuse con frialdad.

John Ashe era un amigo de Jamie, una figura importante de los Hijos de la Libertad locales y el hombre que había instigado el incendio del Fuerte Johnston y había empujado de manera efectiva al gobernador Martin al mar.

—Hubo algunos rumores —explicó apartando de nuevo la mirada—, pero la sucesión atropellada de acontecimientos públicos los sofocó. Nadie sabía muy bien qué había ocurrido en el Cerro de Fraser, así que, al cabo de cierto tiempo, todo el mundo se convenció de que simplemente había sufrido alguna desgracia personal. La gente llegó a mirarme con una especie de... compasión. —Se le crispó la boca; no era de esas personas que aceptan la compasión con agrado.

—Parece que no le va nada mal —indiqué, señalando su traje con la barbilla—. O por lo menos no está durmiendo en la cuneta y viviendo de cabezas de pescado desechadas de los muelles. No tenía ni idea de que escribir panfletos fuera rentable.

Durante la conversación anterior, había recuperado su color habitual, pero, ahora, al oírme decir eso, volvió a ruborizarse, enojado esta vez.

—No lo es —saltó—. Doy clases particulares y... predico los domingos.

—No puedo imaginar a nadie mejor para ese trabajo —señalé, divertida—. Siempre tuvo talento para decirle a todo el mundo lo que le pasaba en términos bíblicos. ¿Es que se ha hecho cura?

Se puso más colorado, pero refrenó la ira y me contestó con voz serena.

—Cuando llegué aquí era casi un indigente. Cabezas de pescado, como decía, y de cuando en cuando un pedazo de pan o una sopa que me daban en la congregación presbiteriana New Light. Acudía allí para comer, pero me quedaba durante el servicio por cortesía. Así fue como oí un sermón que pronunció el reverendo Peterson. Ese sermón... me llegó al alma. Busqué al reverendo y... hablamos. Una cosa llevó a la otra. —Me miró con ojos feroces—. El Señor responde a los rezos, ¿sabe?

—¿Por qué rezaba? —pregunté, intrigada.

Mi pregunta lo desconcertó un poco, a pesar de que había sido una pregunta inocente, formulada por pura curiosidad.

—Yo... yo... —Calló y se me quedó mirando con el ceño fruncido—. ¡Es usted una mujer muy pesada!

—No es el primero que lo piensa —le aseguré—. Y no quería entrometerme. Sólo... me lo preguntaba.

Me di cuenta de que el impulso de levantarse y marcharse batallaba con la compulsión de dar testimonio de lo que le había sucedido. Pero era un hombre testarudo, y se quedó.

—Yo... preguntaba por qué —respondió por fin con voz muy tranquila—. Eso es todo.

—Bueno, a Job le funcionó —señalé.

Tom pareció asombrado y yo casi me eché a reír. Siempre se asombraba ante la revelación de que alguien más que él hubiera leído la Biblia. Sin embargo, hizo un esfuerzo por controlarse y me miró con expresión algo más irritada de lo habitual.

—Y ahora está aquí. —Hizo que pareciera una acusación—. Supongo que su marido habrá formado una milicia, o se habrá unido a alguna. Yo ya me he hartado de la guerra. Me sorprende que su marido no lo haya hecho.

—No creo que le guste exactamente la guerra —repuse. Hablé en tono irritado, pero algo en él me impulsó a añadir—: Es que cree que ha nacido para ella.

En lo más profundo de los ojos de Tom Christie se produjo un destello. ¿Sorpresa? ¿Reconocimiento?

—Es cierto —dijo en voz baja—. Pero sin lugar a dudas... —En vez de terminar la frase, preguntó de pronto—: Pero ¿qué están haciendo aquí, en Wilmington?

—Estamos buscando un barco —contesté—. Nos vamos a Escocia.

Siempre había tenido talento para sorprenderlo, pero eso fue la guinda. Había levantado el vaso para beber, pero al oír mi declaración escupió la sidra de golpe sobre la mesa. Luego se atragantó y comenzó a respirar con dificultad, lo que llamó la atención de los presentes, por lo que me arrellané en la silla intentando disimular.

—Eeeh... nos vamos a Edimburgo a buscar la prensa de mi marido —expliqué—. ¿Hay alguien allí a quien quiera que vaya a ver de su parte? A quien quiera que lleve un mensaje, quiero decir. Creo que me dijo que tenía un hermano allí.

Levantó la cabeza de repente y me miró echando chispas por los ojos. Sentí un espasmo de horror ante el súbito recuerdo, y podría haberme mordido la lengua y arrancármela de cuajo. Su hermano había tenido una aventura con su mujer mientras Tom estaba encarcelado en las Highlands después del Alzamiento y, más adelante, su esposa había envenenado a su hermano y luego la habían ejecutado por bruja.

—Lo siento muchísimo —dije en voz baja—. Perdóneme, por favor. No me...

Tomó mi mano entre las suyas, con tanta fuerza y tan de repente que solté un grito y varias cabezas se volvieron curiosas en mi dirección. Él no hizo caso, pero se inclinó hacia mí por encima de la mesa.

—Escúcheme —dijo en voz baja y en un tono feroz—. He amado a tres mujeres. Una era una bruja y una puta; la segunda, sólo una puta. Tal vez usted sea también una bruja, pero eso no quiere decir nada. Amarla ha sido mi salvación, y mi paz, una vez creí que había muerto. —Me miró y meneó lentamente la cabeza, y su boca se crispó por unos instantes allí donde limitaba con la barba—. Y aquí está.

—Eeeh... sí. —Volví a tener la sensación de que debía disculparme por no estar muerta, pero no lo hice.

Tom inspiró profundamente y dejó escapar un suspiro.

—No tendré paz mientras viva, mujer.

Entonces atrajo mi mano y la besó, se puso en pie y se marchó.

—Tenga presente —dijo volviéndose a mirarme por encima del hombro desde la puerta— que no he dicho que lo sienta.

Cogí mi vaso de whisky y lo apuré.

Realicé el resto de mis recados aturdida, pero no sólo a causa del whisky. No tenía ni idea de qué pensar de la resurrección de Tom Christie, pero me había alterado profundamente. Sin embargo, lo cierto es que no parecía que pudiera hacer nada respecto a él, así que me dirigí a la tienda de Stephen Moray, un platero de Fife, para encargar un par de tijeras quirúrgicas. Por suerte, resultó ser un hombre inteligente que pareció comprender tanto mis especificaciones como su finalidad, y prometió tenerme las tijeras listas al cabo de tres días. Animada por ello, aventuré otro encargo algo más problemático.

—¿Agujas? —Moray frunció sus cejas blancas con asombro—. No necesita un platero para...

—No son agujas de coser. Éstas son más largas, bastante finas, y sin ojo. Son para uso médico. Y me gustaría que las fabricara con esto.

Abrió unos ojos como platos cuando dejé sobre el mostrador lo que parecía ser una pepita de oro del tamaño de una nuez. De hecho, se trataba de un pedazo de uno de los lingotes franceses, cortado de un tajo, convertido en una masa informe a martillazos, y rebozado después en tierra para disimularlo.

—Mi marido lo ganó jugando a las cartas —expliqué en un tono de orgullo y disculpa que parecía apropiado para semejante confesión.

No quería que nadie pensara que había oro en el Cerro de Fraser. Alardear de la reputación de Jamie como jugador de cartas probablemente no causaría ningún mal a nadie. Ya era conocido —si no bastante famoso— por sus habilidades al respecto.

Moray frunció un poco el ceño ante las especificaciones que le entregué por escrito para que realizara las agujas de acupuntura, pero accedió a fabricarlas. Por fortuna, no parecía haber oído hablar de las muñecas de vudú. De lo contrario, tal vez me habría resultado un poco más difícil.

Con la visita al platero y un rápido recorrido por la plaza del mercado para comprar cebolletas, queso, hojas de menta y cualquier otra cosa disponible en materia de hierbas, regresé al Wilsey Arms a finales de la tarde. Jamie estaba jugando a las cartas en el bodegón mientras el joven Ian miraba por encima de su hombro, pero me vio entrar y, pasándole su mano a Ian, vino a cogerme el cesto y me siguió escaleras arriba hasta nuestra habitación.

Me volví en la misma puerta, pero, antes de que yo pudiera decir nada, Jamie afirmó:

—Sé que Tom Christie está vivo. Me lo he encontrado en la calle.

—Me ha besado —le solté.

—Sí, ya lo he oído —respondió lanzándome una mirada que parecía divertida. Por algún motivo, yo lo encontré muy molesto. Jamie se dio cuenta y su regocijo fue aún mayor—. Te ha gustado, ¿no?

—No ha tenido gracia.

El regocijo no desapareció, pero cedió un poco.

—¿Te ha gustado? —repitió, aunque ahora había curiosidad en su voz, y ya no me estaba tomando el pelo.

—No. No. —Me di la vuelta de golpe—. Ése... No he tenido tiempo de... de pensar en ello.

Sin previo aviso, me puso una mano detrás del cuello y me dio un breve beso. Y, de modo mecánico, le arreé un bofetón. No muy fuerte —intenté contenerme en el preciso momento en que le pegaba—, por lo que estaba claro que no le había hecho daño. Me sentía tan sorprendida y desconcertada como si lo hubiera tirado al suelo.

—No es preciso pensarlo mucho, ¿no? —terció él alegremente y dio un paso atrás mientras me observaba con interés.

—Lo siento —repuse sintiéndome abochornada y enfadada a la vez, y más enfadada aún porque no comprendía lo más mínimo por qué estaba enfadada—. No quería hacerlo... lo siento.

Él ladeó la cabeza, sin dejar de mirarme.

—¿Debería ir a matarlo?

—Por Dios, no seas ridículo.

Me agité, desatando mi bolsa, sin ganas de mirarlo a los ojos. Estaba malhumorada, avergonzada, irritada, y más avergonzada aún por no saber realmente por qué.

—Era una pregunta sincera, Sassenach —señaló en voz baja—. No una pregunta seria, tal vez, pero sí sincera. Creo que me debes una respuesta honesta.

—¡Claro que no quiero que lo mates!

—¿Quieres decirme por qué me has pegado en lugar de contestarme?

—Bueno... —Me quedé unos segundos con la boca abierta y luego la cerré—. Sí.

—Te he tocado contra tu voluntad —me dijo mirándome fijamente—. ¿No es así?

—Así es —contesté, y respiré algo mejor—. Y Tom Christie también. Y no, no me ha gustado.

—Pero no por Tom —concluyó—. Pobre tipo.

—Él no querría tu compasión —espeté con acidez, y Jamie sonrió.

—No. Pero la tiene en cualquier caso. Sin embargo, me alegro —añadió.

—¿De qué te alegras? ¿De que esté vivo... o...? ¿Ciertamente no de que crea estar enamorado de mí? —inquirí, incrédula.

—No quiero infravalorar sus sentimientos, Sassenach —dijo, más tranquilo—. Sacrificó su vida por ti en una ocasión. Me parece que volvería a hacerlo.

—¡Yo no quería que lo hiciera la primera vez!

—Estás molesta —repuso él en un tono de interés clínico.

—¡Sí, estoy terriblemente molesta! —contesté—. Y... —la idea acudió a mi cabeza y le lancé una dura mirada— tú también. —Recordé de repente que había dicho que se había encontrado a Tom Christie en la calle. ¿Qué le habría contado Tom?

Ladeó la cabeza como negando apenas, pero no lo desmintió.

—No te diré que me guste Thomas Christie —evaluó—, pero lo respeto. Y me alegro de saber que está vivo. No hiciste mal en llorarle, Sassenach —añadió con afecto—. Yo también lo hice.

—Ni siquiera había pensado en eso. —Con la sorpresa de verlo, no me había acordado, pero había llorado por él y por sus hijos—. Aunque no lo lamento.

—Muy bien. El problema con Tom Christie —prosiguió— es que te desea. Muchísimo. Pero no sabe nada acerca de ti.

—Y tú sí —lo dije medio interrogativa, medio desafiante, y él sonrió.

Se volvió y echó el pestillo a la puerta, luego cruzó la habitación y corrió la cortina de la pequeña ventana, dejando la habitación sumida en una agradable semioscuridad azul.

—Oh, yo te necesito y te deseo muchísimo... pero también te conozco. —Estaba muy cerca de mí, tanto que tuve que mirarlo—. Jamás te he besado sin saber quién eras, y eso es algo que el pobre Tom no sabrá nunca.

Dios santo, ¿qué le habría dicho Tom?

Mi pulso, que había estado saltando arriba y abajo, se convirtió en un latido rápido y ligero, perceptible en la punta de mis dedos.

—Cuando te casaste conmigo no sabías nada de mí.

Su mano se cerró con un gesto suave sobre mi trasero.

—¿Ah, no?

—¡Aparte de eso, quiero decir!

Emitió un sonido gutural típicamente escocés que no llegaba a ser una risita.

—Sí, bueno, el hombre que sabe lo que desconoce es un hombre sabio, y yo aprendo deprisa, *a nighean*.

Me atrajo hacia sí con suavidad y me besó con atención y ternura, con conocimiento, y con pleno consentimiento por mi parte. Ese gesto no borró el recuerdo del abrazo apasionado y torpe de Tom Christie, y pensé que no era éste el objetivo. El objetivo era mostrarme la diferencia.

—No es posible que estés celoso —observé un momento después.

—Sí lo es —respondió él sin bromear.

—No es posible que pienses...

—No lo pienso.

—Bueno, pues...

—Bueno, pues. —Sus ojos se veían tan oscuros como el mar en la oscuridad, pero su expresión era perfectamente legible, por lo que el corazón me latió más deprisa—. Sé lo que sientes por Tom Christie, y él me ha dicho sin rodeos lo que siente por ti. ¿Verdad que sabes que el amor no tiene nada que ver con la lógica, Sassenach?

Como sabía reconocer una pregunta retórica cuando la oía, no me molesté en contestar, sino que alargué el brazo y le desabroché con tiento la camisa. No podía decir nada razonable sobre los sentimientos de Tom Christie, pero tenía otro lenguaje con el que expresarme. Su corazón latía con rapidez; lo sentía como si lo tuviera en la mano. El mío también latía deprisa, pero respiré profundamente y hallé consuelo en la cálida familiaridad de su cuerpo, el suave encrespamiento del vello color canela de su pecho y la carne de gallina que se levantaba bajo mis dedos. Mientras estaba inmersa en esas sensaciones, deslizó sus dedos entre mis cabellos, separó un mechón y se puso a observarlo con aire apreciativo.

—Todavía no se ha vuelto blanco. Supongo, por tanto, que aún me queda algo de tiempo antes de que te vuelvas demasiado peligrosa como para que te lleve a la cama.

—Peligrosa, eso es —repuse mientras comenzaba a desabrocharle el pantalón. Deseé que llevara puesto el kilt—. ¿Qué es lo que piensas exactamente que podría hacerte en la cama?

Se rascó el pecho, pensativo, y se frotó, distraído, el pequeño vestigio de cicatriz allí donde se había arrancado la marca de Jack Randall de la carne.

—Bueno, hasta ahora, me has arañado, mordido, apuñalado, más de una vez, y...

—¡Yo no te he apuñalado!

—También lo has hecho —me informó—. Me apuñalaste en la espalda con tus horrorosas agujitas... ¡quince veces! Las conté... y luego otras doce veces en la pierna con los colmillos de una serpiente de cascabel.

—¡Estaba salvándote la vida, maldita sea!

—No he dicho lo contrario, ¿verdad? Pero no me negarás que te gustó, ¿a que no?

—Bueno... cuando lo hice con los colmillos de la serpiente de cascabel, no tanto. En cuanto a las agujas hipodérmicas...

—Se me crispó la boca, a mi pesar—. Te lo merecías.

Me dirigió una mirada de profundo cinismo.

—Y no duele nada, ¿verdad?

—Además, estabas hablando de las cosas que te he hecho en la cama —intervine, volviendo a la cuestión con mano diestra—. Las inyecciones no cuentan.

—¡Estaba en la cama!

—¡Yo no!

—Sí, te aprovechaste injustamente —dijo asintiendo con la cabeza—. Pero no lo utilizaré contra ti.

Me había quitado la chaqueta y ahora estaba ocupado deshaciendo mis lazos, concentrado, con la cabeza baja.

—¿Qué te parecería que yo estuviera celosa? —le pregunté a su coronilla.

—Me encantaría —contestó echándome el aliento caliente sobre la piel desnuda—. Además, lo estuviste una vez. De Laoghaire. —Me miró con una sonrisa y una ceja arqueada—. ¿Es que aún lo estás?

Le di otro bofetón, esta vez con intención de hacerle daño. Podría haberme frenado, pero no lo hizo.

—Sí, eso es lo que pensaba —dijo secándose un ojo lacrimoso—. ¿Te acostarás conmigo, entonces? Seremos sólo nosotros dos —añadió.

Era tarde cuando me desperté. La habitación estaba a oscuras, aunque un pequeño trozo de cielo desvaído asomaba por encima de la cortina. Nadie había encendido el fuego y la estancia estaba helada, pero me sentía cómoda y calentita acurrucada contra el cuerpo de Jamie. Él se había vuelto de su lado, y me adherí a la curvatura de su espalda y puse un brazo sobre su pecho, sintiendo el suave movimiento de su respiración.

En efecto, habíamos sido sólo él y yo. Al principio había temido que el recuerdo de Tom Christie y su inoportuna pasión pudiera interponerse entre nosotros, pero Jamie, que a todas luces pensaba lo mismo, había decidido evitar todo eco del abrazo de Tom que pudiera recordármelo, y había comenzado por el otro extremo, besándome los dedos de los pies.

Dado el tamaño de la habitación y el hecho de que la cama estaba estrechamente encajada en una punta, se había visto obligado a ponerse a horcajadas sobre mí para poder hacerlo, y encontrarme debajo de un escocés desnudo, junto con el hecho de estar viéndolo desde detrás mientras me mordisqueaba los pies había bastado para quitarme cualquier otra cosa de la cabeza.

Sin embargo, ahora que estaba caliente, segura y tranquila, podía pensar en el encuentro anterior sin sentirme amenazada. Me había sentido realmente amenazada. Jamie se había dado cuenta de ello: «¿Quieres que te diga por qué me has abofeteado?... Te he tocado contra tu voluntad.» Y tenía razón. Era una de las consecuencias menores de lo que me había sucedido cuando me secuestraron. Los grupos numerosos de hombres me ponían nerviosa sin razón, y que me agarraran de forma inesperada me hacía retroceder y salir corriendo aterrada. ¿Por qué no me había dado cuenta de ello?

Porque no quería pensar en ello, por eso. Todavía no quería pensar en ello. ¿En qué iba a beneficiarme pensar? Que las cosas se curaran solas, si es que tenían que curarse.

Pero incluso las cosas que se curan dejan cicatrices. La prueba la tenía literalmente delante de la cara, pegada a ella, en realidad.

Las cicatrices de la espalda de Jamie se habían ido desvaneciendo hasta convertirse en una pálida telaraña con apenas alguna leve protuberancia aquí y allá, y formaban crestas bajo mis dedos cuando hacíamos el amor, como alambre de espino bajo su piel. Recordé que, en una ocasión, Tom Christie se había burlado de él por aquellas cicatrices, y apreté la mandíbula.

Coloqué una mano sobre su espalda con suavidad, recorriendo una de las pálidas ondas con el pulgar. Jamie se agitó en sueños y me detuve, dejando la mano plana.

¿Qué nos estaría esperando?, me pregunté. A él. A mí. Oí la voz sarcástica de Tom Christie: «Yo ya me he hartado de la guerra. Me sorprende que su marido no lo haya hecho.»

—Típico de ti —murmuré en voz baja—. Cobarde.

A Tom Christie lo habían metido en la cárcel por jacobita, y lo era, pero no era un soldado. Había sido oficial comisionado de intendencia en el ejército de Carlos Estuardo. Había arriesgado su riqueza y su posición, y había perdido ambas, aunque no su vida ni su cuerpo.

Sin embargo, Jamie lo respetaba, lo que quería decir algo, pues Jamie sabía juzgar el carácter de las personas. Y yo sabía perfectamente, por haber observado a Roger, que hacerse cura no era la vía fácil que algunos creían. Tampoco Roger era un cobarde, por lo que me pregunté cómo encontraría su camino en el futuro.

Me di media vuelta en la cama, inquieta. Estaban preparando la cena. Percibí el rico olor a agua salada de las ostras fritas que llegaba de abajo, de la cocina, sobre una vaharada de humo de leña y patatas asadas.

Jamie se revolvió un poco y rodó sobre su espalda, pero no se despertó. Había tiempo. Estaba soñando. Podía ver el movimiento de sus ojos, que se crispaban bajo sus párpados sellados, y sus labios que se apretaban de vez en cuando. Su cuerpo se tensó también, súbitamente duro a mi lado, y yo di un respingo, asustada. Él dejó escapar un profundo gruñido gutural, y su cuerpo se arqueó con esfuerzo. Profería ruidos estrangulados, aunque yo no sabía si en su sueño gritaba o chillaba, y no tenía manera de averiguarlo.

—Jamie... ¡despierta! —le dije de golpe. No lo toqué. Sabía que, cuando era presa de un sueño violento, era mejor no hacerlo. Había estado a punto de romperme la nariz en una o dos ocasiones—. ¡Despierta!

Jadeó, tomó aliento y abrió los ojos sin ver. Estaba claro que no sabía dónde se encontraba, por lo que le hablé en voz más suave repitiendo su nombre, asegurándole que todo iba bien. Parpadeó, tragó abundante saliva y luego volvió la cabeza y me vio.

—Claire —le eché una mano al ver que buscaba mi nombre sin encontrarlo.

—Bien —contestó con voz ronca. Cerró los ojos, sacudió la cabeza y volvió a abrirlos—. ¿Estás bien, Sassenach?

—Sí. ¿Y tú?

Asintió y volvió a cerrar los ojos por unos segundos.

—Sí, muy bien. Estaba soñando con el incendio de la casa. Luchando. —Olisqueó el aire—. ¿Se está quemando algo?

—La cena, me imagino. —De hecho, un tufo acre a humo y comida quemada había sustituido a los apetitosos aromas que subían de abajo—. Creo que se ha pegado el estofado.

—Tal vez cenemos en otro sitio esta noche.

—Fedra dijo que la señora Symonds había hecho jamón asado con salsa de mostaza y pasas a mediodía. Quizá quede algo. ¿Estás bien? —volví a preguntarle. En la habitación hacía frío, pero tenía el rostro y el pecho brillantes de sudor.

—Sí, sí —contestó incorporándose y frotándose vigorosamente el cabello con las manos—. Los sueños de ese tipo puedo soportarlos. —Se retiró el cabello del rostro con un rápido gesto de la mano y me sonrió—. Pareces un cardo lechoso, Sassenach. ¿Has dormido mal tú también?

—No —le respondí, levantándome y poniéndome la camisa antes de ir a por mi cepillo del pelo—. Es por toda la agitación de antes de dormirnos. ¿O es que no te acuerdas de esa parte?

Soltó una carcajada, se limpió la cara, se levantó para usar el orinal y, a continuación, se puso la camisa.

—¿Y los demás sueños? —inquirí con brusquedad.

—¿Qué? —emergió de la camisa con expresión interrogativa.

—Has dicho: «Los sueños de ese tipo puedo soportarlos.» ¿Y los sueños que no puedes soportar?

Vi que las arrugas de su cara temblaban como la superficie del agua cuando lanzas una piedra y, con gesto impulsivo, alargué el brazo y lo agarré de la muñeca.

—No te escondas —le dije con suavidad. Retuve sus ojos con los míos, impidiéndole ponerse su máscara—. Confía en mí.

Entonces apartó la mirada, pero sólo para recuperar la compostura. No se escondió. Cuando volvió a mirarme, seguía ahí, en sus ojos: confusión, vergüenza, humillación, y los vestigios de un dolor reprimido durante mucho tiempo.

—A veces... sueño... —explicó titubeando— cosas que me hicieron contra mi voluntad. —Respiró por la nariz, profundamente, exasperado—. Y me despierto con una erección y un latido en los huevos y me entran ganas de matar a alguien, comenzando por mí mismo —concluyó a toda prisa y con una mueca—. No sucede a menudo —añadió, dirigiéndome una mirada breve, directa—. Y nunca... nunca recurriría a ti al despertarme de uno de esos sueños. Deberías saberlo.

Le apreté la muñeca más aún. Quería decirle «Podrías hacerlo, no me importaría», pues era la verdad, y antes lo habría dicho sin dudar. Pero ahora era mucho más consciente de las cosas y, si alguna vez hubiera soñado con Harley Boble o con el hombre del cuerpo pesado y blando, y me hubiera despertado del sueño sexualmente excitada —a Dios gracias no me había sucedido nunca—, la verdad es que lo último que habría hecho jamás habría sido coger esa sensación y volverme hacia Jamie o utilizar su cuerpo para purgarla.

—Gracias —respondí en voz baja—. Por decírmelo —añadí—. Y por el cuchillo.

Él asintió con un gesto y se volvió a coger sus pantalones.

—Me gusta el jamón —observó.

20

Lamento...

Long Island, colonia de Nueva York
Septiembre de 1776

William deseó poder hablar con su padre. No es que quisiera que lord John ejerciese ninguna influencia, se aseguraba a sí mismo. Claro que no. Sólo quería unos consejos prácticos. Pero lord John había regresado a Inglaterra, y William estaba solo.

Bueno, no estaba exactamente solo. En esos momentos estaba al frente de un destacamento de soldados que vigilaban un punto de control de aduanas en la frontera de Long Island. Le propinó un brutal manotazo a un mosquito que se le había posado en la muñeca y, por una vez, lo aplastó. Desearía poder hacer lo mismo con Clarewell. Con el teniente Edward Markham, marqués de Clarewell, también conocido —por William y un par de sus amigos más íntimos— como Ned Sin Mentón, o el Maricón. William se dio otro manotazo en la prominente barbilla al notar una sensación de cosquilleo, se dio cuenta de que dos de sus hombres habían desaparecido momentáneamente y se dirigió hacia la carreta que habían estado inspeccionando, al tiempo que gritaba sus nombres.

El soldado Welch apareció desde detrás de la carreta como el muñeco de resorte de una caja de sorpresas, con expresión asustada y limpiándose la boca. William se inclinó hacia delante, le olisqueó el aliento y le dijo sin más:

—Cargos. ¿Dónde está Launfal?

En la carreta, concluyendo a toda velocidad un trato con su propietario por tres botellas de coñac de contrabando que el caballero estaba intentando importar de manera ilícita. Mientras ahuyentaba malhumorado las hordas de mosquitos devoradoras de hombres que acudían en enjambres desde los pantanos vecinos, William arrestó al propietario de la carreta, llamó a los otros tres hombres de su destacamento y les mandó escoltar al contrabandista, a Welch y a Launfal hasta donde se encontraba el sargento. Luego cogió un mosquete y se apostó en medio de la carretera, solo y feroz, con una actitud que desafiaba a cualquiera que intentara pasar.

Ironías de la vida, aunque la carretera había estado muy transitada toda la mañana, nadie intentó pasar durante algún tiempo, proporcionándole la ocasión de volver a centrar su mal humor en Clarewell.

Heredero de una familia muy influyente, íntimamente relacionada con lord North, Ned Sin Mentón había llegado a Nueva York una semana antes que William y había pasado, asimismo, a formar parte del Estado Mayor de Howe, donde había anidado con toda comodidad en los paneles de madera que rodeaban al general —quien, dicho sea en su honor, tendía a parpadear, perplejo, y a mirar con dureza al Maricón, como si se preguntara quién demonios era— y al capitán Pickering, el edecán del general, un hombre presumido y mucho más susceptible a la entusiasta actitud de lameculos de Ned.

Como consecuencia, Sin Mentón había estado embolsándose las misiones más apetecibles, acompañando a caballo al general en breves expediciones de exploración, asistiéndolo en reuniones con dignatarios indios y cosas por el estilo, mientras William y otros varios oficiales jóvenes se dedicaban a cambiar papeles de sitio y se morían de aburrimiento sin nada que hacer. Mala pata, después de la libertad y las emociones de las tareas de inteligencia.

Podría haber tolerado las restricciones que suponían el hecho de vivir en cuarteles y la burocracia del ejército. Su padre lo había educado cuidadosamente en la necesidad de actuar con templanza en circunstancias difíciles, soportar el aburrimiento, saber manejar a los imbéciles, y en el arte de la cortesía glacial como arma. No obstante, alguien que carecía de la fuerza de carácter de William había sufrido un día una crisis nerviosa e, incapaz de resistir las posibilidades de escarnio que sugería la contemplación del perfil de Ned, había dibujado una caricatura del capitán Pickering con los pantalones bajados hasta los tobillos, aleccionando a los oficiales más jóvenes, y en apariencia ignorando al Maricón, que surgía del culo de Pickering con la cabeza por delante y una sonrisa burlona.

El autor del divertido dibujo no había sido William —aunque deseaba haberlo hecho él—, pero el propio Ned lo había descubierto riéndose de él, tras lo cual —con una rara muestra de hombría— le había propinado un puñetazo en la nariz. Durante la pelea resultante, los oficiales jóvenes habían desalojado sus dependencias y habían roto unos cuantos muebles sin importancia, y, de resultas de ello, William había tenido que presentarse goteando sangre en la pechera de su camisa ante un capitán Pickering de fría mirada mientras la grosera caricatura se exhibía acusadora sobre el escritorio.

Por supuesto, William había rechazado la autoría del dibujo, pero se había negado a identificar al artista. Había utilizado la estrategia de la cortesía glacial, que había surtido el efecto de que Pickering no mandase a William a la prisión militar. Tan sólo a Long Island.

—Maldito lameculos —murmuró mirando con tal ferocidad a una lechera que se acercaba, que la mujer se detuvo en seco y pasó a continuación frente a él, observándolo con unos grandes ojos alarmados que sugerían su temor a que pudiera estallar en cualquier momento.

William le enseñó los dientes y ella lanzó un grito de espanto y salió corriendo tan deprisa que parte de la leche se derramó de los cubos que llevaba en un yugo sobre los hombros.

Al ver lo sucedido, William se arrepintió. Deseó poder ir tras ella y pedirle perdón, pero no podía. Un par de arrieros bajaban por la carretera en su dirección con una piara de cerdos. William dirigió un vistazo a la masa de carne de cerdo moteada que se aproximaba chillando y dando empujones, con las orejas rasgadas y manchadas de barro, y se subió ágilmente de un salto al cubo que le servía de puesto de mando. Los arrieros lo saludaron alegremente con la mano, gritándole lo que tanto podían ser saludos como insultos. No estaba seguro de que estuvieran hablándole en inglés, así que no se molestó en averiguarlo.

Los cerdos pasaron, dejándolo en medio de un mar de barro pisoteado y generosamente salpicado de excrementos frescos. Intentó alejar a manotazos la nube de mosquitos que había vuelto a congregarse de forma inquisitiva alrededor de su cabeza y pensó que ya tenía bastante. Llevaba dos semanas en Long Island, es decir, trece días y medio de más. No lo suficiente, sin embargo, para obligarlo a disculparse ni con Sin Mentón ni con el capitán.

—Pelotillero —murmuró.

Pero tenía una alternativa. Y cuanto más tiempo pasaba allí fuera con los mosquitos, más atractiva la encontraba.

La distancia entre su avanzada y el cuartel general era demasiado grande como para recorrerla dos veces al día. Por ese motivo, lo habían alojado temporalmente en casa de un hombre llamado Culper y de sus dos hermanas. Culper no estaba encantado, que se diga. Le latía el ojo izquierdo cada vez que veía a William, pero las dos señoras mayores le tenían gran aprecio y él les devolvía el favor siempre que podía llevándoles algún que otro jamón o unos metros de batista confiscados. La noche anterior se había presentado con un pedazo de panceta de la buena, y la señorita Abigail Culper le había informado de que tenía una visita.

—Está fumando fuera en el jardín —dijo señalando con la cabeza tocada con una cofia hacia un lado de la casa—. Me temo que mi hermana no le ha dejado fumar dentro.

Esperaba encontrarse a uno de sus amigos, que hubiera venido a hacerle compañía, o quizá con la noticia de un perdón oficial que lo llevaría de vuelta del exilio en Long Island. En cambio, halló al capitán Richardson, pipa en mano, observando pensativo cómo el gallo de los Culper montaba a una gallina.

—Los placeres de una vida bucólica —observó el capitán mientras el gallo se caía de espaldas. El animal se puso en pie tambaleándose y cacareó, desmelenado y triunfante, mientras la gallina se sacudía para arreglarse las plumas y volvía a picotear el suelo como si tal cosa—. Qué tranquilo es esto, ¿verdad?

—Oh, sí —respondió William—. Su seguro servidor, señor.

En realidad, no era nada tranquilo. La señorita Beulah Culper tenía media docena de cabras que balaban día y noche, aunque la mujer le aseguraba a William que servían para mantener a los ladrones alejados del granero del maíz. En ese preciso momento, una de dichas criaturas lanzó un salvaje balido desde su corral, que hizo que el capitán Richardson dejara caer la bolsa del tabaco. Unas cuantas cabras más empezaron a soltar fuertes *beeees*, como mofándose.

William se inclinó y recogió la bolsa, manteniendo el rostro diplomáticamente inexpresivo, aunque el corazón le latía con fuerza. Richardson no había ido hasta Long Island sólo para pasar el rato.

—Dios mío —murmuró Richardson lanzándoles una mirada a las cabras. Meneó la cabeza e hizo un gesto en dirección a la carretera—. ¿Quiere dar un pequeño paseo conmigo, teniente?

William asintió de buena gana.

—He oído algo acerca de su actual situación —sonrió Richardson—. Hablaré con el capitán Pickering, si quiere.

—Muy amable por su parte —repuso William—. Aunque me temo que no puedo pedir perdón por algo que no he hecho.

Richardson agitó la pipa haciendo caso omiso de sus palabras.

—Pickering tiene mal genio, pero no es rencoroso. Me ocuparé de ello.

—Gracias, señor.

«¿Y qué quiere usted a cambio?», se preguntó William.

—Hay un tal capitán Randall-Isaacs —dijo Richardson como de pasada—, que viajará este mes a Canadá, donde tiene ciertos asuntos militares de que ocuparse. Sin embargo, mientras esté allí, es posible que se reúna con... cierta persona que podría proporcionarle al ejército una información muy valiosa. No obstante, tengo razones para suponer que dicha persona habla poco inglés, y el capitán Randall-Isaacs, por desgracia, poco francés. Un compañero de viaje que hablase esa lengua con fluidez podría ser... útil.

William asintió, pero no hizo preguntas. Ya habría tiempo para ello, si decidía aceptar el encargo de Richardson.

Hablaron de banalidades durante el resto del camino de vuelta, tras lo cual el capitán rechazó cortésmente la invitación de la señorita Beulah a quedarse a cenar y se marchó reiterando su promesa de hablar con Pickering.

¿Debía hacerlo?, se preguntaba William más tarde mientras escuchaba los suaves ronquidos de Abel Culper en el piso de abajo. Había luna llena y, aunque el desván no tenía ventanas, sentía su atracción. Nunca podía dormir con luna llena.

¿Debía quedarse en Nueva York con la esperanza de mejorar su situación o, por lo menos, de ver por fin algo de acción? ¿O cortar por lo sano y aceptar el nuevo encargo de Richardson?

Sin duda alguna, su padre le habría aconsejado lo primero. Para un oficial, la mejor oportunidad de progresar y hacerse notar residía en distinguirse en combate, no en el reino sombrío, y de reputación vagamente dudosa, del espionaje. Sin embargo... la rutina y las restricciones del ejército le resultaban más bien molestas después de sus semanas de libertad. Y, además, sabía que había sido útil.

¿Qué podía aportar un teniente, sepultado bajo el peso aplastante de los rangos que tenía por encima, tal vez al mando de sus propias compañías, pero obligado, a pesar de todo, a obedecer órdenes sin poder actuar jamás según le dictara su propio criterio?... Les sonrió a las vigas del techo, apenas visibles un palmo por encima de su rostro, al pensar qué tendría que decir su tío Hal acerca del criterio de los oficiales de menor graduación.

Pero el tío Hal era mucho más que un simple militar de carrera. Se preocupaba apasionadamente por su regimiento: por su bienestar, por su honor, por los hombres que tenía a sus órdenes. En realidad, William no había pensado en su propia carrera en el ejército más allá del futuro inmediato. La campaña americana no duraría mucho. Y después, ¿qué?

Era rico, o lo sería cuando alcanzara la mayoría de edad, y no le faltaba mucho para ello, aunque esa circunstancia parecía uno de esos cuadros que tanto le gustaban a su padre, con una perspectiva que se iba desvaneciendo y concentraba la vista en un infinito imposible. Pero cuando tuviera su dinero, podría comprar un cargo mejor donde quisiera, tal vez una capitanía en los lanceros... Que se hubiera distinguido en Nueva York, o no, no tendría ninguna importancia.

Su padre —ahora William casi lo oía hablar, por lo que se cubrió la cara con la almohada con el fin de sofocar su voz— le diría que, a menudo, la reputación dependía de acciones sin importancia, de decisiones tomadas con honor y responsabilidad, no del enorme drama de las batallas heroicas. A William, la responsabilidad cotidiana no le interesaba, pero hacía demasiado calor para seguir bajo la almohada, así que la tiró al suelo con un gruñido de irritación.

—No —le dijo a lord John en voz alta—. Me voy a Canadá.

—Y volvió a dejarse caer en su cama húmeda y llena de bultos mientras cerraba los ojos y los oídos a cualquier otro consejo sensato.

Una semana después, las noches se habían vuelto lo bastante frescas como para que William agradeciera la chimenea de la señorita Beulah y su estofado de ostras y, a Dios gracias, lo bastante frías como para ahuyentar a los condenados mosquitos. No obstante, los días eran aún considerablemente calurosos, y a William casi le parecía un placer que mandaran a su destacamento a peinar la costa en busca de un presunto alijo de contrabando que había llegado a oídos del capitán Hanks.

—¿Un alijo de qué? —inquirió Perkins con la boca colgando medio abierta, como de costumbre.

—De langostas —respondió William con impertinencia, pero se contuvo al ver la expresión confusa de Perkins—. No lo sé, aunque probablemente lo reconozca usted cuando lo vea. Aun así, no se lo beba, venga a buscarme.

Los barcos de los contrabandistas llevaban casi de todo a Long Island, pero no había muchas probabilidades de que el presente rumor guardase relación con un alijo de ropa de cama o cajas de vajilla holandesa. Tal vez se tratara de coñac, tal vez de cerveza, pero casi con toda seguridad de algo bebible. El contrabando de licor era, con mucho, el más rentable. William dividió a los hombres por parejas y los envió a registrar la playa, y luego permaneció observándolos hasta que se hallaron a una distancia prudencial antes de dejar escapar un profundo suspiro y apoyarse contra un árbol.

Los árboles que crecían cerca de la orilla eran pinos pequeños y retorcidos, pero la brisa del mar corría de manera muy agradable entre sus hojas, vertiendo en sus oídos reconfortantes susurros. Volvió a suspirar, esta vez de placer, al recordar cuánto le gustaba la soledad. No había estado solo en todo un mes. Sin embargo, si aceptaba la oferta de Richardson... Bueno, estaría Randall-Isaacs, por supuesto, pero aun así... semanas viajando, libre de las restricciones del deber y de la rutina del ejército. Silencio para pensar. ¡Lejos de Perkins!

Se preguntó por pasar el rato si podría colarse en las dependencias de los oficiales jóvenes y molerle los huesos a Sin Mentón antes de desaparecer, como un piel roja. ¿Debería disfrazarse? No si esperaba a que hubiera anochecido, decidió. Ned tal vez sospecharía, pero no podría probar nada si no le veía la cara a William. Aunque, ¿no sería una bajeza atacar a Ned mientras dormía? Bueno, de acuerdo. Remojaría a Ned con el contenido de su orinal para despertarlo antes de continuar.

Una golondrina pasó volando a escasos centímetros de su cabeza, arrancándole, sobresaltado, de esos agradables pensamientos. Su movimiento asustó a su vez al pájaro, que emitió un indignado chillido al descubrir que no era comestible a pesar de todo y se marchó planeando sobre el agua. William cogió una piña del suelo y se la arrojó al ave; erró escandalosamente el tiro, pero no le importó. Le mandaría una nota a Richardson esa misma noche diciéndole que sí. Esa idea le aceleró el corazón y una sensación de euforia tan ligera como el vuelo de la golondrina surcando el aire se apoderó de él.

Se limpió la arena de los dedos en los pantalones y se tensó al percibir un movimiento en el agua. Un balandro barloventeaba arriba y abajo cerca de la costa. Al reconocerlo, se relajó. Era ese maleante de Rogers.

—Me gustaría saber qué andas buscando tú —murmuró.

Salió a la orilla arenosa y se detuvo entre el barro, con los puños en las caderas, dejando ver su uniforme por si Rogers no había visto a sus hombres desperdigados playa abajo, unos puntos rojizos que gateaban por las dunas como chinches. Si Rogers también había oído hablar del alijo, William quería asegurarse de que sabía que sus soldados tenían derechos sobre él.

Robert Rogers era un oscuro personaje que había llegado a Nueva York con el rabo entre las piernas unos meses antes y se las había ingeniado, no se sabía cómo, para que el general Howe lo nombrara mayor y para que su hermano, el almirante, le diera un balandro. Decía ser un guerrero indio, y le gustaba vestirse como uno de ellos. Sin embargo, era muy eficiente. Había reclutado hombres suficientes para formar diez compañías de soldados peripuestamente uniformados, pero seguía rondando la costa con su balandro con una pequeña compañía de hombres con aspecto de ser tan poco de fiar como él, en busca de reclutas, espías, contrabandistas y —William estaba convencido de ello— cualquier cosa que no estuviera clavada en el suelo.

El balandro se acercó un poco más a la orilla, y William vio a Rogers en el puente: un hombre de cuarenta y muchos años, con la piel oscura, ajada y llena de costurones y un feo bulto en la frente. Pero éste divisó a William y lo saludó con un gesto afable. Él levantó cortésmente la mano a modo de respuesta. Si sus hombres encontraban algo, tal vez necesitaría que Rogers llevase el botín de vuelta a Nueva York, acompañado de un guardián para impedir que desapareciera *en route*.

Corrían muchas historias acerca de Rogers, algunas a todas luces difundidas por él mismo. Pero, hasta donde William sabía, su mérito fundamental era haber intentado presentarle sus respetos en algún momento al general Washington, quien no sólo declinó recibirlo, sino que, además, lo había echado sin ceremonias del campamento de los continentales y le había negado en lo sucesivo la entrada. William consideraba este hecho una prueba de buen juicio por parte de los virginianos.

¿Y ahora qué? El balandro había arriado velas, y se acercaba un pequeño bote. Era Rogers, que remaba solo. William desconfió de inmediato. No obstante, se metió en el agua y asió la borda del barco, y ayudó a Rogers a arrastrarlo hasta la arena.

—¡Bien hecho, teniente! —Rogers le sonrió, con la boca mellada, pero seguro de sí mismo.

William le dirigió un saludo escueto y formal.

—Mayor.

—¿No estarán sus muchachos buscando por casualidad un alijo de vino francés?

«¡Maldición, ya lo ha encontrado!»

—Oímos hablar de actividades de contrabando en los alrededores —repuso William con sequedad—. Estamos investigando.

—Claro, claro —aprobó Rogers amistosamente—. ¿Quiere ahorrarse un poco de tiempo? Pruebe en dirección contraria... —Se volvió, señalando con la barbilla hacia un grupo destartalado de chozas de pescadores a medio kilómetro de distancia—. Está...

—Ya lo hemos hecho —lo interrumpió William.

—Está enterrado en la arena detrás de las casuchas —concluyó Rogers ignorando la interrupción.

—Le estoy muy agradecido, mayor —dijo William con toda la cordialidad de que fue capaz.

—Vi a dos tipos enterrándolo la noche pasada —explicó Rogers—. Pero no creo que hayan venido a buscarlo aún.

—Veo que está usted vigilando esta franja de costa —observó William—. ¿Busca algo en particular, señor? —añadió.

Rogers sonrió.

—Ya que lo menciona, *señor*, así es. Hay un tipo merodeando por aquí y haciendo preguntas odiosamente indiscretas, y me gustaría muchísimo hablar con él. Si usted o uno de sus hombres lo localizaran...

—Descuide, señor. ¿Sabe su nombre o qué aspecto tiene?

—Ambas cosas, da la casualidad —contestó Rogers al punto—. Es un hombre alto, con cicatrices por toda la cara causadas por una explosión de pólvora. Si lo viera, lo reconocería. Es un rebelde, de una familia rebelde de Connecticut. Se llama Hale.

El estómago de William dio un vuelco.

—Ah, ¿lo ha visto? —Rogers hablaba con suavidad, pero la mirada de sus ojos oscuros se había aguzado.

William sintió una profunda preocupación al ver que su rostro traslucía tan claramente sus emociones, pero asintió con la cabeza.

—Pasó ayer por el puesto de aduanas. Un hombre muy locuaz —añadió intentando recordar sus rasgos. Se había fijado en las cicatrices: unos pálidos verdugones que moteaban su frente y sus mejillas—. Estaba nervioso, sudaba y le temblaba la voz. El soldado que le dio el alto creyó que llevaba tabaco o algo escondido, pero le hizo volver los bolsillos del revés y no llevaba nada de contrabando. —William cerró los ojos, frunciendo el ceño mientras se esforzaba por recordar—. Tenía documentos... yo los vi.

Los había visto, en efecto, pero no había tenido ocasión de examinarlos personalmente, ya que estaba ocupado con un comerciante que llevaba un carro cargado de quesos, destinados, según le había dicho, al comisario británico. Cuando hubo terminado con él, a aquel hombre ya lo habían autorizado a marchar.

—El hombre que habló con él... —Rogers miraba playa abajo con los ojos entornados en dirección a los desganados buscadores que se distinguían a lo lejos—, ¿quién es?

—Un soldado raso llamado Hudson. Lo haré venir, si quiere —se ofreció William—. Pero dudo que pueda decirle gran cosa acerca de los documentos: no sabe leer.

Rogers se mostró contrariado, pero quiso que William llamara a Hudson de todos modos. Una vez allí, el soldado corroboró el relato que William había hecho del episodio, aunque no pudo recordar nada acerca de los documentos, salvo que una de las hojas tenía unos números escritos.

—Y un dibujo, creo —añadió—. Me temo que no me fijé en qué representaba, señor.

—Números, ¿eh? Bueno, bueno. —Rogers se frotó las manos—. ¿Y dijo adónde se dirigía?

—A visitar a un amigo, señor, que vivía cerca de Flushing. —Hudson se mostraba respetuoso, pero miraba al militar con curiosidad. Rogers iba descalzo y llevaba un par de pantalones de lino muy andrajosos con un chaleco corto hecho de piel de rata almizclera—. No le pregunté cómo se llamaba el amigo, señor. No creí que pudiera ser importante.

—Oh, dudo que lo sea, soldado. Dudo que ese amigo exista en absoluto. —Rogers se rió, aparentemente encantado con las noticias. Miró a lo lejos, a un lugar impreciso entre la niebla, con los ojos entornados, como si pudiera distinguir al espía entre las dunas, y meneó la cabeza despacio lleno de satisfacción—. Estupendo —dijo en voz baja, como hablando para sí, y ya se volvía para marcharse cuando William lo detuvo con un comentario.

—Gracias por la información acerca del alijo de contrabando, señor.

Perkins había estado supervisando la excavación mientras William y Rogers entrevistaban a Hudson, y ahora conducía hacia allí a toda prisa a un grupito de soldados que transportaban varios toneles recubiertos de arena haciéndolos rodar frente a ellos. Uno de los barriles golpeó un objeto duro oculto entre la arena, dio un salto en el aire y aterrizó con un fuerte golpe, tras lo cual salió despedido rodando de modo peligroso acompañado de los gritos de alegría de los soldados.

Al verlo, William dio un ligero respingo. Si el vino sobrevivía a su rescate, no estaría en condiciones de beberse hasta al cabo de quince días. No obstante, eso no impediría que nadie lo intentara.

—Me gustaría pedirle autorización para subir el contrabando incautado a bordo de su barco para su transporte —informó formalmente a Rogers—. Lo custodiaré y lo entregaré yo mismo, por supuesto.

—Oh, por supuesto. —Rogers parecía divertido, pero dio su consentimiento asintiendo con la cabeza. Se rascó la nariz mientras pensaba en algo—. No emprenderemos el viaje de vuelta hasta mañana. ¿Quiere acompañarnos esta noche? Podría sernos de ayuda, ya que ha visto usted al hombre que buscamos.

El corazón de William saltó de la emoción. El estofado de la señorita Beulah perdió interés frente a la perspectiva de dar caza a un espía peligroso. Y participar en su captura no podía más que mejorar su reputación, aunque la mayor parte del crédito fuera para Rogers.

—¡Estaré más que encantado de ayudarlo en cualquier aspecto, señor!

Rogers sonrió y luego lo miró de arriba abajo.

—Estupendo. Pero no puede ir a detener espías vestido así, teniente. Suba a bordo y le daré algo más adecuado.

Resultó que William le sacaba quince centímetros al más alto de los miembros de la tripulación de Rogers, así que acabó incómodamente ataviado con una larga camisa de basto lino —dejó los faldones por fuera por necesidad, para que no se notara que llevaba los botones superiores de la bragueta desabrochados— y unos pantalones de lona que amenazaban con castrarlo si realizaba algún movimiento repentino. Por supuesto, no podía abrocharse las hebillas, así que decidió imitar a Rogers e ir descalzo en lugar de sufrir la humillación de llevar unas medias de rayas que le dejaban al aire las rodillas y diez centímetros de tibia peluda entre la parte superior de éstas y los pantalones.

El balandro navegó hasta Flushing, donde Rogers, William y otros cuatro hombres desembarcaron. Rogers tenía allí una oficina de reclutamiento informal, en la trastienda del establecimiento de un comerciante situado en la calle mayor del pueblo. Desapareció momentáneamente en el interior del local y regresó con la agradable noticia de que a Hale no lo habían visto en Flushing y que, por tanto, era probable que se detuviera en una de las dos tabernas que había en Elmsford, a tres o cuatro kilómetros del pueblo.

Por consiguiente, los hombres se pusieron en camino en esa dirección, dividiéndose por prudencia en grupos más pequeños, de modo que a William le tocó ir con Rogers, con los hombros envueltos en un chal raído para protegerse del frío nocturno. No se había afeitado, por supuesto, así que creía que tenía el aspecto de un compañero adecuado para el *ranger*, quien había añadido a su atuendo un sombrero flexible con un pez volador seco pegado sobre el ala.

—¿Pasamos por pescadores de ostras o carreteros, tal vez? —inquirió William.

Rogers gruñó en señal de escueto regocijo y negó con la cabeza.

—Usted no pasaría ni por una cosa ni por la otra, si alguien lo oyera hablar. No, muchacho, mantenga la boca cerrada, salvo para meter algo en ella. Los chicos y yo nos ocuparemos de todo. Cuanto debe hacer, si ve a Hale, es un gesto con la cabeza.

El viento soplaba desde el mar y llevó hasta ellos el olor de las frías marismas, sazonado con un leve matiz de humo de chimenea. No había aún ninguna casa a la vista, y el paisaje que había en torno a ellos, cada vez más confuso, era sombrío. Sin embargo, la tierra fría y arenosa del camino resultaba agradable a sus pies desnudos, por lo que la desolación que los rodeaba no le pareció deprimente lo más mínimo. Estaba demasiado impaciente pensando en lo que lo esperaba.

Rogers guardó silencio la mayor parte del camino, avanzando con la cabeza baja para hacer frente a la fría brisa. Aun así, al cabo de un rato dijo en tono desenfadado:

—Traje al capitán Richardson desde Nueva York. Y lo llevé de vuelta.

William pensó por unos instantes responder «¿Al capitán Richardson?» en tono de cortés ignorancia, pero se dio cuenta a tiempo de que no iba a engañarlo.

—¿Ah, sí? —dijo en cambio, y guardó silencio a su vez.

Rogers se echó a reír.

—Es usted un tipo listo, ¿eh? En ese caso, tal vez Richardson haga bien en elegirlo.

—¿Le dijo que me había elegido para... algo?

—Buen chico. Nunca hay que dar nada gratis, aunque, a veces, vale la pena engrasar un poco los engranajes. No, Richardson es un pájaro listo. No me dijo ni una palabra sobre usted.

Pero yo sé quién es, y lo que hace. Y sé dónde lo dejé. No iba a visitar a los Culper, se lo garantizo.

William emitió un sonido gutural de interés. Estaba claro que Rogers quería decirle algo. Que lo dijera, pues.

—¿Cuántos años tiene, muchacho?

—Diecinueve —respondió William con aspereza—. ¿Por qué?

Rogers se encogió de hombros. Ahora su silueta no era más que una sombra entre las muchas que se perfilaban en la creciente oscuridad.

—Lo bastante mayor como para arriesgar el cuello a propósito. Pero tal vez quiera pensarlo mejor antes de aceptar lo que sea que Richardson le esté proponiendo.

—Suponiendo que realmente me haya sugerido algo, de nuevo, ¿por qué?

Rogers lo tocó en la espalda, apremiándolo para que siguiera andando.

—Está usted a punto de verlo por sí mismo, muchacho. Venga.

La luz cálida y cargada de humo de la taberna y el olor a comida abrazaron a William. La verdad es que no había sido consciente del frío, la oscuridad o el hambre, pues tenía la mente concentrada en la aventura que se le presentaba. Ahora, sin embargo, hizo una inspiración larga y profunda, absorbiendo el olor a pan recién hecho y a pollo asado, y se sintió como un cadáver insensible, recién salido de la tumba y devuelto a la vida en el día de la resurrección.

Aun así, la siguiente bocanada de aire se le heló en la garganta y el corazón le dio un vuelco tremendo que impulsó una oleada de sangre por todo su cuerpo. Rogers, a su lado, dejó escapar un ronco sonido gutural de advertencia y miró a su alrededor con actitud desenfadada mientras lo guiaba hacia una mesa.

El hombre, el espía, se hallaba sentado cerca del fuego, comiendo pollo y charlando con un par de granjeros. La mayoría de los clientes de la taberna habían vuelto los ojos hacia la puerta al aparecer los recién llegados —más de uno de ellos había mirado a William con sorpresa—, pero el espía estaba tan absorto en su comida y en la conversación que ni siquiera levantó la vista.

William no se había fijado mucho en él la primera vez, pero lo habría reconocido de inmediato. No era tan alto como él, aunque sí varios centímetros más alto que la media, y tenía un aspecto chocante, con un cabello rubio ceniza y una frente ancha que exhibía las brillantes cicatrices causadas por el accidente con la pólvora que Rogers le había mencionado. Llevaba un sombrero redondo de ala ancha, que había dejado sobre la mesa junto a su plato, y un traje marrón muy corriente.

No llevaba uniforme... William tragó abundante saliva, no sólo a causa del hambre que tenía y del olor a comida.

Rogers se sentó a la mesa de al lado, le indicó a William por señas que se sentara en un taburete frente a él, y arqueó las cejas inquisitivo. El joven asintió en silencio, pero no volvió a mirar a Hale.

El tabernero les llevó comida y cerveza, y William se consagró a comer, contento de no tener que hablar. Hale, por su parte, se mostraba relajado y hablador, y les estaba contando a sus compañeros que era maestro de holandés en Nueva York.

—Pero la situación es tan inestable —decía meneando la cabeza— que la mayoría de mis alumnos se han marchado, han huido con sus familias a refugiarse con parientes en Connecticut o Nueva Jersey. Me imagino que aquí la situación será parecida o quizá peor, ¿no?

Uno de los hombres de su mesa se limitó a gruñir, pero el otro dejó escapar un resoplido, con un sonido desdeñoso y burlón.

—Podría decirse así. Esos malditos casacas rojas se llevan todo lo que no haya sido enterrado. Que seas *tory*, *whig* o rebelde no supone ninguna diferencia para esos cabrones avariciosos. Dices una palabra de protesta y te dan un golpe en la cabeza o te arrastran hasta la estacada para tenerlo más fácil. Sin ir más lejos, un animal gigantesco me paró la semana pasada en el puesto de control de aduanas y me requisó todo el cargamento de sidra de manzana. ¡Y, para colmo, se quedó con la maldita carreta! Me...

William se atragantó con un pedazo de pan, pero no se atrevió a toser. Jesús, no había reconocido a aquel hombre —le estaba dando la espalda—, pero recordaba perfectamente la sidra de manzana. ¿Un animal gigantesco?

Alargó el brazo para coger su cerveza y tomó un trago, intentando desalojar el pedazo de pan. No sirvió de nada, por lo que se puso a toser sin hacer ruido mientras notaba que el rostro se le ponía morado y veía que Rogers lo miraba con el ceño fruncido, consternado. Le señaló con un leve gesto al granjero de la sidra, se golpeó a sí mismo en el pecho y, tras ponerse en pie, salió de la estancia con el mayor sigilo posible. Su disfraz, aunque era excelente, no podía ocultar en modo alguno su enorme tamaño y, si el hombre lo reconocía como soldado británico, todo el asunto se iría a pique.

Consiguió no respirar hasta llegar sano y salvo al exterior, donde tosió hasta casi echar el estómago por la boca. Sin embargo, al final logró dejar de toser y se apoyó contra el muro de la taberna, aspirando largas y jadeantes bocanadas de aire. Deseaba haber tenido la suficiente presencia de ánimo como para haberse llevado consigo un poco de cerveza, en lugar del muslo de pollo que tenía en la mano.

El último de los hombres de Rogers acababa de llegar por el camino y, tras dirigirle una mirada perpleja, entró en el local. William se limpió la boca con el dorso de la mano y, ya erguido, torció silenciosamente por la esquina del edificio hasta llegar a una ventana.

Los recién llegados estaban ocupando su sitio, cerca de la mesa de Hale. Procurando mantenerse a un lado para evitar que lo identificaran, William observó que ahora Rogers había entablado conversación con Hale y los dos granjeros y parecía estar contándoles un chiste. Cuando terminó, el tipo de la sidra de manzana prorrumpió en gritos y dio varios golpes en la mesa. Hale trató de sonreír, pero parecía francamente escandalizado. El chiste debía de haber sido muy grosero.

Rogers se echó hacia atrás mientras llamaba de manera informal la atención de toda la mesa con un movimiento de la mano y dijo algo, a lo que los demás asintieron y murmuraron su conformidad. A continuación se inclinó hacia delante con decisión para preguntarle algo a Hale.

William sólo podía oír fragmentos de la conversación por encima del ruido general de la taberna y el silbido del frío viento en sus oídos. Por cuanto alcanzaba a comprender, Rogers estaba declarando que era un rebelde, mientras sus propios hombres asentían, corroborándolo desde su mesa, y se acercaban más para formar un núcleo reservado de conversación alrededor de Hale. Éste parecía atento, excitado y muy impaciente. Muy bien podría haber sido un maestro de escuela, pensó William, aunque Rogers había mencionado que era capitán del ejército continental. William negó con la cabeza: Hale no parecía en absoluto un soldado.

Pero, al mismo tiempo, tampoco parecía un espía. Llamaba la atención por su aspecto bastante atractivo, su cara llena de cicatrices, su... altura.

Sintió un pequeño nudo frío en la boca del estómago. Santo Dios. ¿Era a eso a lo que Rogers se refería al decir que William iba a tener que andarse con cuidado con algo referente a las tareas que le encomendara el capitán Richardson, y que se daría cuenta de ello por sí mismo esa misma noche?

William estaba bastante acostumbrado tanto a su estatura como a las respuestas mecánicas de la gente al advertirla. Le gustaba mucho que lo admiraran por ello, pero, mientras realizaba su primera misión para el capitán Richardson, no se le había ocurrido nunca, ni por un instante, que la gente pudiera recordarlo o describirlo con gran facilidad a causa de ello. «Animal gigantesco» no era ningún cumplido, pero sí era inconfundible.

Con incredulidad, oyó a Hale no sólo revelar su propio nombre y el hecho de simpatizar con los rebeldes, sino también revelar que estaba haciendo pesquisas en relación con la fuerza de la presencia británica, tras lo que preguntó impetuosamente a los tipos con los que estaba hablando si habían visto casacas rojas en los alrededores.

William se quedó tan asombrado de su temeridad que pegó el ojo al borde del marco de la ventana justo a tiempo de ver cómo Rogers miraba a su alrededor con exagerada cautela antes de inclinarse hacia delante en actitud confidencial, darle a Hale una palmadita en el antebrazo y decir:

—Bueno, señor, sí que los he visto, pero debería tener más cuidado con lo que dice en un lugar público. ¡Podría oírlo cualquiera!

—¡Bah! —se rió Hale—. Aquí estoy entre amigos. ¿No acabamos de brindar todos por el general Washington y la ruina del rey? —Más tranquilo, pero aún entusiasmado, empujó su sombrero a un lado y le hizo señas al tabernero para que les llevara más cerveza—. Venga, tome otra, señor, y cuénteme lo que ha visto.

A William lo asaltó de repente un impulso de gritar «¡Cierra el pico, imbécil!», o de arrojarle algo a Hale por la ventana. Pero, aunque hubiera podido hacerlo, ya era demasiado tarde. Aún tenía en la mano el muslo de pollo que se había estado comiendo. Al darse cuenta de ello, lo tiró. Tenía el estómago hecho un nudo y un sabor a vómito en la parte posterior de la garganta, a pesar de que la sangre seguía hirviéndole de excitación.

Hale estaba admitiendo cosas más graves todavía, animado por la admiración y los gritos patrióticos de los hombres de Rogers, quienes, tenía que admitirlo, estaban representando su papel a la perfección. ¿Durante cuánto tiempo dejaría Rogers que eso siguiera adelante? ¿Lo apresarían allí mismo, en la taberna? Probablemente no. A buen seguro, otros de los presentes eran también simpatizantes de los rebeldes, y podían sentirse impulsados a intervenir en defensa de Hale si Rogers lo arrestaba entre ellos.

Rogers no parecía tener ninguna prisa. Transcurrió casi media hora de tediosas chanzas mientras el *ranger* hacía lo que parecían ser pequeñas admisiones y Hale hacía otras mucho mayores a cambio, con sus mejillas larguiruchas brillantes de cerveza y de emoción por la información que estaba obteniendo. William tenía las piernas, los pies, las manos y la cara entumecidos, y le dolían los hombros por la tensión. Un crujido cercano lo distrajo de su atenta observación de la escena que se estaba desarrollando en el interior y miró hacia abajo, al tomar conciencia de pronto de un penetrante olor que se había ido insinuando sin que él fuera consciente.

—¡Dios mío!

Retrocedió de golpe, y casi metió el codo por la ventana antes de derrumbarse contra el muro de la taberna con un fuerte golpe. La mofeta, al ver interrumpido su disfrute del muslo de pollo desechado, levantó al instante la cola, al tiempo que la raya blanca hacía evidente el movimiento. William se quedó paralizado.

—¿Qué ha sido eso? —dijo una voz en el interior, y oyó a alguien correr un banco con un chirrido.

Conteniendo la respiración, movió un pie hacia un lado, pero volvió a detenerse al oír el débil sonido de unos golpecitos y ver temblar la raya blanca. Maldita sea, aquel bicho estaba golpeando el suelo con las patas. Se trataba de una indicación de ataque inminente, según le habían dicho, y se lo había dicho alguien cuya lamentable condición dejaba bien claro que hablaba por experiencia.

Unos pies se acercaban a la puerta, alguien acudía a investigar.

Dios santo, si lo encontraban fuera escuchando a escondidas... Apretó los dientes, templando los nervios para lo que debía ser por fuerza una abnegada acción encaminada a perderse de vista. Pero ¿qué pasaría si lo hacía? No podía volver a unirse a Rogers y a los demás apestando a mofeta. Aunque...

Al abrirse, la puerta puso fin a todas sus especulaciones. William saltó sin pensarlo hacia la esquina del edificio. La mofeta también actuó de manera mecánica, pero, asustada por la apertura de la puerta, al parecer reajustó su puntería en consecuencia. William tropezó con una rama y fue a caer despatarrado cuan largo era sobre un montón de basura, al tiempo que oía a alguien chillar a pleno pulmón detrás de él en el preciso momento en que la noche se volvía repugnante.

William tosió, se ahogó e intentó dejar de respirar durante el tiempo suficiente para escapar del alcance del animal. Sin embargo, la falta de aire lo hizo boquear, y los pulmones se le llenaron de una sustancia que iba tantísimo más allá del concepto de olor que requería una descripción sensorial completamente nueva. Entre arcadas y farfulleos, con los ojos ardiendo y llorando por el ataque, se tambaleó a oscuras al otro lado de la carretera, situación de ventaja desde la que pudo ver cómo la mofeta se alejaba resoplando de furia mientras su víctima, desplomada hecha un ovillo sobre los escalones de la entrada de la taberna, gemía de tal modo que denotaba un sufrimiento espantoso.

William esperaba que no se tratara de Hale. Aparte de las dificultades prácticas que suponía arrestar y transportar a un hombre que ha sufrido un ataque semejante, uno se veía impulsado a pensar, por una mera cuestión de humanidad, que colgar a la víctima sería como echar sal en la herida.

No era Hale. Vio brillar el cabello rubio ceniza bajo la luz de las antorchas entre las cabezas que se asomaban curiosas, pero volvían a retirarse apresuradamente al interior.

Desde donde se encontraba oyó que unas voces comentaban cómo era mejor proceder. Decidieron que necesitaban vinagre, y en grandes cantidades. Ahora la víctima estaba lo bastante recuperada como para reptar hasta los arbustos, desde donde prosiguieron los ruidos de violentas arcadas. Eso, añadido al ofensivo olor que aún impregnaba la atmósfera, hizo que muchos otros caballeros vomitaran también, y William sintió que su propia garganta hacía esfuerzos para hacer lo mismo, aunque logró contenerse apretándose con fuerza la nariz con los dedos.

Cuando los amigos de la víctima se lo hubieron llevado de allí —conduciéndolo por el camino como a una vaca, pues nadie quería tocarlo— y la taberna hubo quedado vacía, ya que a nadie le quedaban ganas de comer ni beber en semejante ambiente, William estaba casi congelado, aunque, gracias a Dios, bien ventilado. Oyó maldecir al tabernero en voz baja mientras se estiraba para bajar la antorcha que ardía junto al letrero colgante y la sumergía, chisporroteando, en el barril de agua de lluvia.

Hale dio las buenas noches a todos, con su educada e inconfundible voz en la oscuridad, y siguió camino en dirección a Flushing, donde, sin lugar a dudas, tenía intención de procurarse una cama. Rogers —William lo reconoció por el chaleco de pieles, identificable incluso a la luz de las estrellas— se demoró cerca de la carretera, y reunió en silencio a sus hombres en torno a él mientras la multitud se dispersaba. William no se aventuró a unirse a ellos hasta que todo el mundo se hubo perdido de vista.

—¿Sí? —dijo Rogers al verlo—. Todos presentes, pues. Vámonos.

Y se marcharon, avanzando juntos por la carretera en silencio, siguiendo resueltos los pasos de su inconsciente presa.

Vieron las llamas desde el agua. La ciudad se estaba quemando, sobre todo el distrito próximo al East River, pero soplaba viento y el fuego se estaba propagando. Los hombres de Rogers especulaban excitados. ¿Habrían incendiado la ciudad los simpatizantes de los rebeldes?

—Es igualmente probable que haya sido obra de unos soldados borrachos —repuso Rogers en tono serio y templado.

William se sintió inquieto al ver el resplandor rojo en el cielo. El prisionero guardaba silencio.

Encontraron al general Howe —por fin— en su cuartel general de Beekman House, fuera de la ciudad, con los ojos enrojecidos a causa del humo, la falta de sueño y una rabia enterrada en lo más hondo. Ahí la mantuvo, por el momento. Llamó a Rogers y al prisionero a la biblioteca, donde tenía su despacho, y, tras una breve y atónita mirada al atuendo de William, mandó a este último a la cama.

Fortnum se encontraba en el desván, observando desde la ventana cómo ardía la ciudad. No podía hacerse nada al respecto. William se apostó junto a él. Se sentía extrañamente vacío, como irreal; helado, aunque el suelo estaba caliente bajo sus pies descalzos.

De vez en cuando, cuando las llamas daban con algo particularmente inflamable, surgía un puntual surtidor de chispas, pero, desde tan lejos, en realidad no había mucho que ver aparte del reflejo color sangre en el cielo.

—Nos culparán a nosotros, ya lo sabes —dijo Fortnum al cabo de un rato.

Al día siguiente, al mediodía, el aire seguía lleno de humo.

William no podía apartar los ojos de las manos de Hale. Había apretado involuntariamente los puños cuando un soldado raso se las ató, aunque se las había llevado a la espalda sin protestar. Ahora, se agarraba los dedos con tanta fuerza que los nudillos se le habían puesto blancos.

Sin duda, aunque la mente se hubiera resignado, la carne protestaba, pensó William. Su propia carne protestaba sólo por estar allí, la piel se le crispaba como la de un caballo plagado de moscas, tenía calambres en el estómago y se le había soltado la tripa en horrible simpatía: había oído decir que a los colgados se les soltaban los intestinos. ¿Le sucedería lo mismo a Hale? Se sonrojó al pensarlo y dirigió los ojos al suelo.

Unas voces le hicieron levantar la vista. El capitán Moore acababa de preguntarle a Hale si deseaba hacer algún comentario. Hale negó con la cabeza. Evidentemente, lo habían preparado para ello.

William pensó que también a él deberían haberlo preparado para algo así. Hale se había pasado las dos últimas horas en la tienda del capitán Moore, escribiendo notas para que se las entregaran a su familia mientras los hombres reunidos para la apresurada ejecución esperaban agitándose impacientes. No estaba en absoluto preparado.

¿Por qué era diferente esa vez? Había visto morir a otros hombres, a algunos de manera horrible. Pero esa cortesía preliminar, esa formalidad, esa... urbanidad obscena, todo llevado a cabo con el conocimiento seguro de una muerte inminente y vergonzosa. La premeditación. La terrible premeditación, eso era.

—¡Por fin! —le murmuró Clarewell al oído—. Acabemos de una maldita vez. Me muero de hambre.

Un joven negro llamado Billy Richmond, un soldado raso a quien William había conocido por casualidad, había recibido orden de subirse a la escalerilla para atar la cuerda al árbol. Bajó y le hizo al oficial una seña con la cabeza.

Ahora Hale se encaramaba a la escalerilla, mientras el sargento mayor lo ayudaba a mantener el equilibrio. Tenía el lazo corredizo alrededor del cuello, una gruesa cuerda que parecía nueva. ¿No decían que las sogas nuevas se estiraban? Pero la escalerilla era alta...

William sudaba como un cerdo, a pesar de que hacía un poco de fresco. No debía ni cerrar los ojos ni apartar la mirada. No mientras Clarewell estuviera observándolo.

Apretó los músculos de la garganta y volvió a concentrarse en las manos de Hale. Aunque su rostro estaba sereno, sus dedos se contraían, impotentes, e iban dejando leves marcas húmedas en el faldón de su abrigo.

Un gruñido de fatiga y el sonido de algo que rechinaba. Retiraron la escalerilla y Hale emitió un sobrecogedor «¡jofff!» al caer. Ya fuera porque la cuerda era nueva, ya por otro motivo, su cuello no se rompió limpiamente.

Había rechazado la capucha, de modo que los espectadores se vieron obligados a verle la cara durante el cuarto de hora que tardó en morir. William reprimió un impulso irresistible de echarse a reír de puros nervios al ver los pálidos ojos azules abultarse hasta el punto de casi reventar, la lengua colgando por fuera de su boca. Asombrado. Parecía estar asombrado.

Sólo había un grupito de hombres reunidos para presenciar la ejecución. Vio a Richardson algo alejado, contemplando la escena con una expresión de lejano ensimismamiento. Como dándose cuenta de que estaba observándolo, Richardson le dirigió una mirada penetrante. William apartó la vista.

21

El gato del pastor

Lallybroch
Octubre de 1980

Brianna se levantó temprano, antes que los niños, aunque sabía que era una bobada: fuera lo que fuese lo que Roger hubiera ido a hacer a Oxford, tardaría al menos cuatro o cinco horas en ir hasta allí en coche y otras tantas en volver. Aunque hubiera salido al amanecer —y tal vez no hubiera podido, si no había llegado a tiempo de hacer lo que fuera el día anterior—, era imposible que llegara a casa, como muy pronto, antes del mediodía. Pero había dormido inquieta, y había tenido uno de esos sueños monótonos e inevitablemente desagradables, que consistía en la imagen y el sonido de la marea que subía, ola sobre ola, sobre ola, sobre... y se había despertado con la luz del alba, sintiéndose mareada e indispuesta.

Por un instante que fue como una pesadilla, se le pasó por la cabeza que podía estar embarazada, pero se había sentado de golpe en la cama y, al instante, el mundo había vuelto al orden a su alrededor. No tenía en absoluto la sensación de haber puesto un pie al otro lado del espejo, tan habitual en las primeras fases de embarazo. Sacó con prudencia un pie de la cama y el mundo se mantuvo estable, y su estómago también. Menos mal.

Sin embargo, no logró desembarazarse de la sensación de desasosiego, ya fuera por el sueño, por la ausencia de Roger o por el espectro del embarazo, de modo que emprendió las tareas domésticas cotidianas con la cabeza distraída.

A eso del mediodía, estaba doblando calcetines cuando se dio cuenta de que la casa estaba en silencio, tanto que se le erizaron los pelos de la nuca.

—¿Jem? —llamó—. ¿Mandy?

Silencio total. Salió del lavadero, escuchando por si oía los porrazos, los golpes y los gritos habituales arriba, pero no oyó el más leve ruido de pasos ni de bloques de construcción que se desplomaban, ni las voces agudas de los niños discutiendo.

—¡Jem! —gritó—. ¿Dónde estás?

No obtuvo respuesta. La última vez que eso había sucedido, dos días antes, había encontrado su despertador en el fondo de la bañera, con todas las piezas cuidadosamente desmontadas, y a ambos niños al otro extremo del jardín, irradiando fingida inocencia.

—¡Yo no he sido! —había declarado Jem en tono virtuoso cuando lo arrastró al interior de la casa y lo enfrentó a la evidencia—. Y Mandy es muy pequeña.

—*Mu peñeña* —había corroborado Mandy al tiempo que agitaba su mata de rizos negros con tanta energía que se le oscureció el rostro.

—Bueno, no creo que lo haya hecho papá —repuso Bree arqueando una ceja con gesto severo—. Y estoy segura de que Annie Mac no ha sido. Con lo que no nos quedan muchos sospechosos, ¿no es así?

—*Chospechosos, chospechosos* —repitió Mandy, feliz, encantada con la nueva palabra.

Jem había meneado la cabeza con gesto de resignación, observando las piezas esparcidas y las manecillas sueltas.

—Debemos de tener *piskies*, mamá.

—*Pishkies, pishkies* —canturreó Mandy tirando de su falda por encima de su cabeza y bajándose las braguitas de volantes—. ¡Tengo que hacer *pishkie*, mamá!

En medio de la urgencia provocada por esa declaración, Jem se había esfumado con astucia y no había vuelto a dejarse ver hasta la hora de cenar, cuando el asunto del despertador se había visto desbancado por la avalancha habitual de sucesos cotidianos para no volver a ser recordado hasta la hora de acostarse, cuando Roger se dio cuenta de su ausencia.

—Jem no suele mentir —había observado, pensativo, después de que Brianna le mostrase el pequeño cuenco de cerámica que contenía los restos del reloj.

Bree, que se estaba cepillando el pelo para irse a la cama, le había lanzado una mirada agria.

—Ah, ¿también tú crees que tenemos *pixies*?

—*Piskies* —corrigió él, distraído, mientras revolvía el montoncito de piezas del cuenco con un dedo.

—¿Quieres decir que aquí esos duendecillos traviesos se llaman realmente *piskies*? Creí que Jem lo había pronunciado mal.

—Bueno, no. Dicen *pisky* en Cornualles, pero los llaman *pixies* en otras partes del suroeste de Inglaterra.

—¿Cómo se llaman en Escocia?

—En realidad, aquí no los hay. Escocia ya tiene su buena colección de personajes fantásticos —había respondido él al tiempo que sacaba un puñado de piezas de reloj y las dejaba caer de nuevo tintineando musicalmente en el interior del cuenco—. Aunque los escoceses tienden a manifestaciones más lúgubres de lo sobrenatural: los caballos acuáticos, las *banshees*, las brujas azules y el Nuckelavee, ¿no? Los *piskies* son algo frívolos para Escocia. Aunque tenemos a los *brownies* —añadió cogiéndole el cepillo de la mano—, pero estos elfos son más bien una ayuda doméstica, no hacen diabluras como los *piskies*. ¿Puedes volver a montar el reloj?

—Claro... si es que los *piskies* no han perdido ninguna pieza. ¿Qué demonios es el Nuckelavee?

—Es de las islas Órcadas. No es algo de lo que quieras oír hablar antes de irte a la cama —le había asegurado e, inclinándose, le había soplado muy suavemente en el cuello, justo por encima del lóbulo de la oreja.

El recuerdo de lo que sucedió a continuación le provocó un débil hormigueo, que se sobrepuso por unos instantes a las sospechas de Bree acerca de lo que los niños podrían estar haciendo, pero la sensación se desvaneció, reemplazada por una preocupación cada vez mayor.

No había ni rastro ni de Jem ni de Mandy en ningún lugar de la casa. Annie MacDonald no acudía los sábados, y la cocina... A primera vista parecía intacta, pero estaba familiarizada con los métodos de Jem.

En efecto, faltaba el paquete de galletas de chocolate, además de una botella de limonada, aunque todas las demás cosas que había en el armario estaban en perfecto orden, y eso que el armario estaba a casi dos metros del suelo. Jem tenía un gran futuro como ladrón de viviendas, pensó. Si uno de esos días lo echaban de una vez por todas de la escuela por contarles a sus compañeros algo especialmente pintoresco aprendido en el siglo XVIII, por lo menos tendría una profesión.

El hecho de que faltara comida aplacó su preocupación. Si se habían llevado vituallas, significaba que estaban fuera, y aunque podían estar en cualquier parte en cuatrocientos metros a la redonda —Mandy no era capaz de recorrer una distancia mayor—, lo más probable era que no hubiesen ido muy lejos antes de sentarse a comer galletas.

Era un bonito día de otoño y, a pesar de que tenía que ir a buscar a sus sinvergüenzas, Brianna se alegraba de estar fuera, al aire y al sol. Los calcetines podían esperar. Y también revolver el lecho de tierra para las legumbres. Y hablar con el fontanero sobre el calentador del baño de arriba. Y...

«Por mucho que hagas en una granja, siempre hay más de lo que puedes hacer. Lo extraño es que este lugar no me engulla, como Jonás y la ballena.» Por unos instantes oyó la voz de su padre, llena de exasperada resignación al toparse con otra tarea inesperada.

Miró a su alrededor buscándolo, con una sonrisa, y de repente se detuvo, cuando la comprensión y la nostalgia se precipitaron sobre ella.

—Oh, papá —musitó.

Siguió caminando, más despacio, al ver de pronto no la mole de casa medio en ruinas, sino el organismo viviente que era Lallybroch, y a todos los de su sangre que habían sido parte de ella, que aún lo eran.

Los Fraser y los Murray que habían puesto su sudor, su sangre y sus lágrimas en esos edificios y en ese suelo, que habían tejido sus vidas en su tierra. El tío Ian, la tía Jenny, la multitud de primos a los que apenas había conocido. El joven Ian. Ya todos muertos... pero, por curioso que pareciera, no desaparecidos.

—En absoluto —manifestó en voz alta, y halló consuelo en esas palabras.

Había llegado a la puerta posterior del huerto y se detuvo, mirando colina abajo hacia la vieja torre circular de piedra que daba nombre a ese lugar. El camposanto se hallaba en lo alto de esa misma colina, y la mayoría de sus lápidas estaban tan gastadas que los nombres y las fechas eran indescifrables, pues las propias lápidas estaban en su mayor parte ocultas por las aliagas trepadoras y las retamas. Y entre las salpicaduras de gris, verde negruzco y amarillo brillante, había dos manchas de rojo y azul.

La vegetación había invadido por completo el sendero. Las zarzas le rasgaban los vaqueros. Encontró a los niños siguiendo a gatas una procesión de hormigas, que a su vez estaban siguiendo un rastro de migas de galleta cuidadosamente dispuesto, de modo que los insectos tuvieran que atravesar un obstáculo de palitos y piedras.

—¡Mira, mamá! —Jem apenas si la miró, absorto en el espectáculo que tenía delante. Señaló al suelo, donde había encajado una vieja taza de té en la tierra y la había llenado de agua. Un grumo negro de hormigas, atraídas a su perdición con migas de chocolate, se debatía en su interior.

—¡Jem! ¡Eso no está bien! No debes ahogar a las hormigas... a menos que estén dentro de casa —añadió recordando vívidamente una reciente infestación en la despensa.

—No se están ahogando, mamá. Mira... ¿ves lo que hacen?

Bree se agachó a su lado para verlo más de cerca y observó que, en efecto, los animales no se estaban ahogando. Algunas hormigas sueltas que se habían caído dentro se debatían como locas avanzando hacia el centro, donde una gran masa de hormigas se mantenían unidas, aferrándose las unas a las otras y formando una bola que flotaba sin hacer apenas mella en la superficie. Las hormigas de la bola se movían despacio, cambiando constantemente de lugar, y aunque una o dos que se hallaban cerca del borde estaban inmóviles, con toda probabilidad muertas, era evidente que la mayoría no corría ningún riesgo inmediato de ahogarse, sostenidas por los cuerpos de sus congéneres. De modo que la masa en sí se iba aproximando, de manera lenta y gradual, al borde de la taza, impulsada por los movimientos de las hormigas que la componían.

—Es realmente genial —declaró, fascinada, y se sentó un rato junto a Jem para observar a las hormigas antes de acabar decretando piedad y haciéndole sacar la bola de hormigas de la taza con una hoja, desde la que, una vez en tierra, se dispersaron y se marcharon enseguida a ocuparse de nuevo de sus asuntos—. ¿Crees que lo hacen a propósito? —le preguntó a Jem—. Me refiero a apiñarse de ese modo. ¿O sólo están buscando algo a lo que agarrarse?

—No lo sé —respondió él encogiéndose de hombros—. Lo buscaré en mi libro de hormigas y veré qué dice.

Brianna recogió los restos del picnic, dejando uno o dos trozos de galleta para las hormigas: pensó que se los habían ganado. Mandy se había alejado mientras ella y Jem observaban a los insectos en la taza de té, y estaba ahora en cuclillas a la sombra de un arbusto algo más arriba, en animada charla con un compañero invisible.

—Mandy quería hablar con el abuelo —explicó Jem en tono pragmático—. Por eso hemos venido aquí.

—¿Ah, sí? —repuso ella, despacio—. ¿Por qué es éste un buen lugar para hablar con él?

Jem adoptó una expresión de sorpresa y miró en dirección a las lápidas erosionadas y oscilantes del cementerio.

—¿Es que no está aquí?

Algo demasiado fuerte para llamarlo escalofrío le recorrió la columna vertebral. Fue tanto el pragmatismo de Jem como la posibilidad de que su padre estuviera de verdad allí lo que la dejó sin aliento.

—Yo... no lo sé —contestó—. Supongo que es posible.

Aunque intentaba no pensar mucho en el hecho de que ahora sus padres estaban muertos, Brianna había supuesto vagamente que los habrían enterrado en Carolina del Norte, o en algún otro lugar de las colonias, si la guerra los había alejado del Cerro.

Pero, de pronto, se acordó de las cartas. Su padre había dicho que quería regresar a Escocia. Y, como Jamie Fraser era un hombre decidido, era más que probable que lo hubiera hecho. ¿Habría vuelto a marcharse? Y si no se había marchado... ¿estaría su madre allí también?

Sin proponérselo realmente, caminó colina arriba, pasó junto a la vieja torre y anduvo entre las lápidas del camposanto. Había estado allí una vez, con su tía Jenny. A finales de la tarde, mientras la brisa susurraba entre la hierba y una atmósfera de paz se cernía sobre la ladera de la colina. Jenny le había mostrado las tumbas de sus abuelos, Brian y Ellen, juntos bajo una lápida matrimonial. Sí. Aún podía distinguir la curvatura de la losa, a pesar de que estaba llena de musgo y cubierta de vegetación, y de que los nombres habían desaparecido por la erosión. Y el bebé que había muerto con Ellen estaba enterrado con ella, su tercer hijo. Robert, le había dicho Jenny. Su padre, Brian, había insistido en que lo bautizaran, así que el nombre de su hermanito muerto era Robert.

Ahora estaba de pie entre las lápidas. Había muchísimas. Las inscripciones de muchas de las más recientes eran todavía legibles, y sus fechas se remontaban a finales del siglo XIX. Pertenecían en su mayoría a los Murray, a los McLachlan y a los McLean. Algún que otro Fraser o MacKenzie aquí y allá.

Las más antiguas, sin embargo, estaban demasiado desgastadas para poder leerlas, y sólo se distinguían las sombras de las letras a través de las manchas negras de los líquenes y del suave musgo que las ocultaba. Allí, junto a la tumba de Ellen, se encontraba la pequeña losa cuadrada de Caitlin Maisri Murray, la sexta hija de Jenny e Ian, que sólo había vivido un día, más o menos. Jenny le había mostrado la lápida a Brianna, agachándose a acariciar las letras con la mano y dejar a su lado una rosa amarilla cogida en el camino. También había habido allí un pequeño túmulo funerario, un montículo formado con las piedras que habían ido dejando quienes habían visitado la tumba. Hacía tiempo que el montoncito se había desmoronado, pero Brianna tanteó con la mano, encontró un canto y lo colocó junto a la pequeña lápida.

Vio que junto a ella había otra. Otra lápida pequeña, como la de un niño. No estaba tan estropeada, pero estaba claro que era casi igual de vieja. En ella sólo había dos palabras, pensó, y, con los ojos cerrados, recorrió lentamente la losa con los dedos, percibiendo las palabras rotas y superficiales. Había una «E» en la primera línea. Una «Y», pensó, en la segunda. Y quizá una «K».

«¿Qué apellido de las Highlands comienza por "Y"? —se preguntó, sorprendida—. Está McKay, pero el orden no es el correcto...»

—Tú... eeeh... tú no sabes cuál podría ser la tumba del abuelo, ¿verdad? —le preguntó titubeando a Jem. Casi le daba pánico oír la respuesta.

—No. —Pareció sorprendido y miró hacia donde miraba ella, hacia el grupo de lápidas. Obviamente no había relacionado la presencia de éstas con su abuelo—. Sólo dijo que le gustaría que lo enterraran aquí, y que, si venía, debía dejarle una piedra. Así que lo he hecho.

Su acento se deslizó con naturalidad en la palabra, y Brianna volvió a oír claramente la voz de su padre, pero esta vez esbozó una sonrisa.

—¿Dónde?

—Allí arriba. Le gusta estar bien alto, ¿sabes?, donde pueda ver —explicó Jem como si tal cosa mientras señalaba la cima de la colina.

Justo al otro lado de la sombra de la torre, Brianna observó el rastro de algo que no era exactamente un camino entre una masa de aliagas, brezos y fragmentos de rocas. Y, sobresaliendo de la masa, en la cresta de la colina, una piedra grande y aterronada sobre la que se erigía una pequeña pirámide de piedrecitas, apenas visible.

—¿Has puesto todas esas hoy?

—No, pongo una cada vez que vengo. Eso era lo que él quería que hiciera, ¿no?

Se le formó un pequeño nudo en la garganta, pero se lo tragó y sonrió.

—Sí, eso es. Subiré y dejaré una yo también.

Mandy estaba ahora sentada sobre una de las lápidas caídas, disponiendo unas hojas de bardana como si fueran platos alrededor de la taza de té sucia, que había desenterrado y colocado en medio. Conversaba con los invitados a su té invisible, animadamente y con educación. No había necesidad de molestarla, decidió Brianna, y siguió a Jem por el sendero rocoso, recorriendo la última parte de viaje a cuatro patas debido a la fuerte pendiente.

Tan cerca de la cima de la colina hacía viento, por lo que los mosquitos no les molestaron mucho. Bañada en sudor, añadió ceremoniosamente su propia piedra al pequeño montículo, y se sentó unos momentos a disfrutar de la vista. Desde allí se podía divisar casi todo Lallybroch, así como la carretera que llevaba a la autopista. Miró en esa dirección, pero aún no había ni rastro del Mini Morris de vivo color naranja de Roger. Suspiró y miró hacia otro lado.

Se estaba bien, tan arriba, en silencio, oyendo tan sólo el suspiro del viento fresco y el zumbido de las abejas que trabajaban con ahínco en las flores amarillas. No era de extrañar que a su padre le gustara...

—Jem. —El chiquillo estaba cómodamente arrellanado contra la roca, contemplando las colinas de los alrededores.

—¿Sí?

Bree titubeó, pero tenía que preguntárselo.

—Tú... tú no puedes ver al abuelo, ¿verdad?

Él le lanzó una asombrada mirada azul.

—No. Está muerto.

—Ah —repuso ella, aliviada y un tanto desilusionada a la vez—. Lo sé. Yo... sólo me lo preguntaba.

—Creo que tal vez Mandy sí pueda. —Jem apuntó con la cabeza en dirección a su hermana, una brillante mancha roja que se distinguía más abajo entre el paisaje—. Pero en realidad no es posible saberlo. Los niños hablan con mucha gente que uno no puede ver —añadió con tolerancia—. Lo dice la abuela.

Brianna no sabía si quería que Jem dejara de referirse a sus abuelos en presente o no. Eso la ponía bastante nerviosa, pero el chico había dicho que no podía ver a Jamie. No quería preguntarle si podía ver a Claire —suponía que no—, pero sentía a sus padres cerca siempre que Jem o Mandy los mencionaban y, sin duda, deseaba que Jem y Mandy se sintieran cercanos a ellos también.

Roger y ella les habían explicado a los niños las cosas lo mejor que podían explicarse asuntos semejantes. Y era evidente que su padre había tenido su propia charla con Jem en privado. Eso era bueno, pensó. La combinación del devoto catolicismo y la pragmática aceptación de la vida, la muerte y cuanto no se ve característica de las Highlands de Jamie era probablemente más adecuada para explicar cosas como que uno podía estar muerto a un lado de las piedras, pero...

—Dijo que cuidaría de nosotros. El abuelo —añadió Jem volviéndose a mirarla.

Ella se mordió la lengua. No, no le estaba leyendo la mente, se dijo con firmeza. Acababan de hablar de Jamie, al fin y al cabo, y Jem había elegido ese lugar concreto para presentarle sus respetos. De modo que era natural que siguiera pensando en su abuelo.

—Claro que sí —respondió, y le puso una mano en el recto hombro, masajeándole las huesudas vértebras de la base del cuello con el pulgar.

Jem se empezó a reír, se escabulló de debajo de su mano, y echó a correr de repente camino abajo dando saltos y resbalando un trecho sobre el trasero en detrimento de sus vaqueros.

Bree se detuvo a echar un último y rápido vistazo a su alrededor antes de seguirlo y observó el desordenado montón de rocas que había en lo alto de una colina, a unos cuatrocientos metros de distancia. Un montón de rocas es justo lo que uno esperaría ver en la cima de cualquier colina de las Highlands, pero esa aglomeración de piedras en particular tenía algo ligeramente distinto. Se protegió la vista del sol con la mano y entornó los ojos. Tal vez se equivocara, pero ella era ingeniera. Reconocía el aspecto de cualquier cosa construida por el hombre.

«¿Una fortaleza de la Edad del Hierro, tal vez?», se preguntó, intrigada. Había piedras dispuestas en capas en la base de aquel montón, lo habría jurado. Tendría que trepar hasta allá arriba un día de éstos para verlo mejor, tal vez al día siguiente si Roger... Miró otra vez la carretera y de nuevo la encontró vacía.

Mandy se había cansado de su té y quería irse a casa. Agarrando fuertemente a su hija con una mano, y con la taza de té en la otra, Brianna caminó colina abajo rumbo a la gran casa pintada de blanco, con sus ventanas recién lavadas brillando con afabilidad.

¿Lo habría hecho Annie?, se preguntó. No se había dado cuenta y, a buen seguro, limpiar cristales en lo alto de aquella escalera habría supuesto una buena dosis de alboroto y molestias. Pero, entonces, estaba despistada, llena de ilusión y aprensión frente al nuevo trabajo. El corazón le dio un pequeño vuelco al pensar que el lunes colocaría una pieza más de la persona que había sido en el pasado en el sitio que le correspondía, una piedra más en los cimientos de quien era ahora.

—Tal vez lo hicieron los *piskies* —aventuró en voz alta, y se echó a reír.

—Los *piskies* lo *hisiedon* —repitió Mandy alegremente.

Jem casi había llegado al final del camino. Se volvió, impaciente, esperándolas.

—Jem —le dijo al ocurrírsele la idea cuando llegaron a su altura—. ¿Tú sabes qué es el Nuckelavee?

Jem abrió unos ojos como platos y le tapó a Mandy las orejas con las manos.

Multitud de frías patitas recorrieron la espalda de Brianna.

—Sí —respondió él con voz débil y sin aliento.

—¿Quién te ha hablado de él? —inquirió su madre sin alzar la voz. Iba a matar a Annie MacDonald, pensó.

Pero los ojos de Jem se deslizaron hacia un lado al tiempo que miraba involuntariamente por encima del hombro de su madre, hacia la torre de piedra.

—Él —susurró.

—¿Él? —interrogó ella con brusquedad, y agarró a Mandy del brazo mientras la chiquilla se agitaba, lograba liberarse y se volvía con furia contra su hermano—. ¡No le des patadas a tu hermano, Mandy! ¿A quién te refieres, Jemmy?

El chico se mordió el labio con los dientes inferiores.

—Él —repuso—. El Nuckelavee.

«El hogar de la criatura estaba en el mar, pero se aventuraba en tierra firme para devorar a los humanos. En tierra, el Nuckelavee se desplazaba a caballo. A veces, su caballo no podía distinguirse de su propio cuerpo. Su cabeza era diez veces mayor que la de un hombre y su boca colgaba como la de un cerdo, con unas fauces anchas y abiertas. La criatura no tenía piel, de modo que sus venas amarillas, su estructura muscular y sus tendones se veían con claridad, cubiertos de una babosa película roja. Las armas de la criatura eran su aliento venenoso y su enorme fuerza. Sin embargo, tenía un punto débil: su aversión al agua dulce. Se dice que el caballo que montaba tenía un único ojo rojo, una boca del tamaño de la de una ballena y unas extensiones parecidas a aletas en las patas delanteras.»

—¡Qué horror! ¡Puaj! —Brianna dejó el libro, que pertenecía a la colección de folclore escocés de Roger, y se quedó mirando a Jem—. ¿Tú has visto a uno de éstos? ¿Junto a la torre?

Su hijo se agitó, inquieto.

—Bueno, él dijo que lo era. Dijo que, si no me largaba enseguida, se transformaría, y como yo no quería verlo, me largué.

—Tampoco yo habría querido verlo.

El corazón de Brianna comenzó a latir un poco más despacio. Menos mal. Se había topado con un hombre, no con un monstruo. No es que ella realmente creyera en ello... pero el hecho de que alguien hubiera estado merodeando cerca de la torre ya era de por sí bastante inquietante.

—¿Cómo era ese hombre?

—Bueno... grande —respondió Jem en tono dubitativo.

Dado que el chico no había cumplido aún los nueve, la mayoría de los hombres debían de parecerle grandes.

—¿Tan grande como papá?

—A lo mejor.

Siguió haciéndole preguntas, pero obtuvo relativamente pocos detalles. Jem sabía qué era el Nuckelavee —había leído la mayoría de los artículos más sensacionalistas de la colección de Roger—, y se había quedado tan aterrorizado al encontrarse con alguien que podía quitarse la piel en cualquier momento y devorarlo, que tenía una idea muy vaga del aspecto del hombre que había visto. Alto, con una barba corta, el cabello no muy oscuro y ropa «como la que lleva el señor MacNeil». Es decir, ropa de trabajo, como un granjero.

—¿Y por qué no nos hablaste de él a mí ni a papá?

Jem parecía a punto de llorar.

—Dijo que, si lo hacía, volvería y se comería a Mandy.

—Oh. —Brianna lo rodeó con un brazo y lo atrajo contra su cuerpo—. Entiendo. No tengas miedo, cariño. No pasa nada.

El niño estaba temblando, tanto de alivio como a causa del recuerdo, por lo que le acarició el brillante cabello, tranquilizándolo. Lo más probable es que fuera un vagabundo. ¿Era posible que acampara en el interior de la torre? Muy probablemente ya se habría marchado —por lo que podía deducir de la historia de Jem, había transcurrido ya más de una semana desde que había visto al hombre—, pero...

—Jem —dijo despacio—. ¿Por qué habéis subido hoy Mandy y tú allí arriba? ¿No temíais que el hombre estuviera allí?

Él la miró, sorprendido, y negó con la cabeza haciendo volar su cabello rojo.

—No, yo me largué, pero me escondí y lo vigilé. Se marchó al oeste. Es ahí donde vive.

—¿Eso dijo?

—No. Pero todas las criaturas de ese tipo viven en el oeste. —Señaló el libro—. Cuando se marchan al oeste, no vuelven. Y no lo he vuelto a ver. Vigilé, para estar seguro.

Faltó poco para que Brianna se echara a reír, pero seguía estando demasiado preocupada.

Era verdad, muchos cuentos de hadas de las Highlands terminaban con la marcha de alguna criatura sobrenatural al oeste, o con su desaparición entre las rocas, o en el mar, donde vivían. Y, por supuesto, no regresaban, pues la historia se había acabado.

—No era más que un sucio vagabundo —declaró con firmeza, y le dio unas palmaditas a Jem en la espalda antes de soltarlo—. No te preocupes por él.

—¿Seguro? —inquirió él, obviamente deseando creerla, pero no muy dispuesto a relajarse y sentirse a salvo.

—Seguro —contestó Brianna, tajante.

—Vale. —Soltó un profundo suspiro y se separó de ella—. Además —añadió, más contento—, el abuelo no habría dejado que se nos comiera ni a Mandy ni a mí. Debería haberlo sabido.

Casi se había puesto el sol cuando oyó el resoplido del coche de Roger en el camino de la granja. Se precipitó al exterior y, sin darle apenas tiempo a salir del coche, se arrojó en sus brazos.

Roger no perdió el tiempo con preguntas. La abrazó apasionadamente y la besó de tal modo que dejó bien claro que su pelea era agua pasada. Los detalles de las disculpas mutuas podían esperar. Ella se abandonó por unos instantes, sintiéndose ingrávida en sus brazos, respirando el olor a gasolina y a polvo y a bibliotecas llenas de libros viejos que sofocaba su olor natural, aquel indefinible y débil aroma a piel calentada por el sol, incluso cuando no había estado al sol.

—Dicen que no es cierto que las mujeres puedan identificar a sus maridos por el olor —observó bajando de las nubes de mala gana—. Yo no me lo creo. Podría encontrarte en la estación de metro de King's Cross en medio de una oscuridad total.

—Me he duchado esta mañana, ¿sabes?

—Sí, y te alojaste en el *college*; puedo oler el jabón tan horriblemente fuerte que usan allí —señaló arrugando la nariz—. Me sorprende que no haga que se te salte la piel. Y has desayunado morcilla. Con tomate frito.

—Muy bien, *Lassie* —repuso él, sonriendo—. ¿O mejor debería decir *Rin Tin Tin*? Hoy has salvado a algún niño pequeño o seguido el rastro de algún ladrón hasta su guarida, ¿no es cierto?

—Bueno, sí. Más o menos. —Levantó la vista y miró hacia la colina que había detrás de la casa, donde la sombra de la torre de piedra se había vuelto negra y alargada—. Pero he pensado que sería mejor esperar a que el alguacil regresara de la ciudad antes de seguir adelante con la investigación.

Armado con un grueso bastón de madera de ciruelo y una linterna eléctrica, Roger se acercó a la torre, airado pero prudente. Aun si continuaba allí, no era probable que el hombre estuviera armado, pero Brianna se hallaba en la puerta de la cocina, el teléfono junto a ella, con su largo cable completamente extendido, y dos nueves ya marcados. Había querido acompañarlo, aunque él la había convencido de que uno de ellos tenía que quedarse con los niños. Sin embargo, tenerla a su espalda le habría dado tranquilidad. Era una mujer alta, musculosa, que no se acobardaba ante la violencia física.

La puerta de la torre colgaba completamente torcida. Las viejas bisagras de cuero se habían podrido hacía tiempo y las habían sustituido por otras de hierro barato, que se habían oxidado a su vez. La puerta seguía apenas unida al marco. Roger levantó el picaporte y empujó la madera pesada y astillada hacia dentro, levantándola sobre el suelo para que se abriera sin hacerse pedazos.

Fuera había aún muchísima luz. Hasta al cabo de una hora no sería noche cerrada. Aun así, el interior de la torre estaba oscuro como la boca del lobo. Enfocó el suelo con la linterna y observó unas marcas recientes en el polvo que recubría el suelo de piedra, como si hubieran arrastrado algo. Sí, era verdad que alguien había estado allí. Jem quizá fuera capaz de mover la puerta, pero los niños tenían prohibido entrar en la torre sin un adulto, y Jem juraba que no lo habían hecho.

—¡Holaaaaaa! —gritó, y obtuvo como respuesta un movimiento asustado en algún lugar muy alto por encima de su cabeza.

Agarró con fuerza su bastón de manera mecánica, pero reconoció enseguida aquel susurro y el aleteo. Eran murciélagos, que estaban colgados bajo el techo cónico. Iluminó el suelo de tierra a su alrededor con la linterna y descubrió unos cuantos periódicos manchados y arrugados junto a la pared. Cogió uno de ellos y lo olisqueó: era viejo, pero aún se podía distinguir el tufo a pescado y a vinagre.

No había pensado que Jem se estuviera inventando la historia del Nuckelavee, pero esa prueba de ocupación humana reciente renovó su enojo. Que alguien no sólo fuera y merodeara por su propiedad, sino que además amenazara a su hijo... Casi esperó que el tipo continuase allí. Quería una explicación.

Sin embargo, no estaba allí. Nadie con sentido común habría subido a los pisos superiores de la torre. Las tablas estaban medio podridas, y cuando sus ojos se adaptaron a la oscuridad pudo ver los enormes agujeros a través de los cuales penetraba una luz tenue procedente de las saeteras que había más arriba. Roger no oía nada, pero una imperiosa necesidad de asegurarse lo propulsó por la estrecha escalera de caracol que ascendía en espiral por dentro de la torre, comprobando cada peldaño por si había piedras sueltas antes de confiarle su peso.

En el piso superior molestó a numerosas palomas, que se asustaron y revolotearon en círculo por el interior de la torre como un tornado plumoso, lanzando plumas y excrementos antes de huir por las ventanas. Se apretujó contra el muro, con el corazón golpeándole el pecho mientras las aves revoloteaban con energía por delante de su rostro, sin verlo. Algo —una rata, un ratón, un campañol— corrió por encima de su pie, y Roger saltó convulsivamente y estuvo a punto de perder la linterna.

La torre estaba viva, sin duda. Los murciélagos se agitaban más arriba, nerviosos por todo el jaleo de abajo. Pero no había ni rastro de ningún intruso, humano o no.

Una vez abajo, asomó la cabeza para indicarle a Bree que todo estaba en orden y luego cerró la puerta y se dirigió hacia la casa, sacudiéndose el polvo y las plumas de paloma de la ropa.

—Le pondré a esa puerta un nuevo cerrojo y un candado —informó a Brianna, apoyado en el viejo fregadero de piedra mientras ella empezaba a preparar la cena—. Aunque dudo que vuelva. Probablemente no sea más que un viajero.

—¿Crees que podría ser de las islas Órcadas? —Roger se daba cuenta de que estaba tranquila, pero seguía habiendo una arruga de preocupación entre sus cejas—. Dijiste que las historias del Nuckelavee proceden de allí.

Roger se encogió de hombros.

—Es posible. Pero esas historias se pueden encontrar por escrito. El Nuckelavee no es tan popular como los *kelpies* o las hadas, pero cualquiera puede dar con él en una obra impresa. ¿Qué es eso? —Había abierto la nevera para sacar la mantequilla y había visto la botella de champán en el estante, con su brillante etiqueta plateada.

—Ah, eso. —Ella lo miró, a punto de sonreír, pero con cierta aprensión en los ojos—. He... ejem, he conseguido el trabajo. Pensé que podríamos... ¿celebrarlo?

La vacilante pregunta impactó en el corazón de Roger, que se dio un manotazo en la frente.

—¡Dios mío, he olvidado preguntarte! ¡Es estupendo, Bree! Sabía que lo conseguirías, de verdad —declaró sonriendo con todo el calor y la convicción que fue capaz de reunir—. Nunca lo he dudado.

Vio cómo la tensión abandonaba el cuerpo de ella al tiempo que se le iluminaba el rostro y sintió que también a él lo invadía cierta paz. Esa agradable sensación duró lo que el abrazo de ella, tan fuerte que le hizo crujir las costillas, y el maravilloso beso que le dio a continuación, pero se desvaneció cuando Brianna dio un paso atrás y, cogiendo una sartén, preguntó con elaborada despreocupación:

—Así que... ¿encontraste lo que buscabas en Oxford?

—Sí —dijo él con un ronco graznido. Se aclaró la garganta y volvió a intentarlo—: Sí, más o menos. Oye... ¿crees que la cena podría esperar un poco? Me parece que tendré más apetito si te lo cuento primero.

—Claro —repuso ella despacio mientras dejaba la sartén. Sus ojos estaban fijos en él, interesados, tal vez algo temerosos—. Les he dado la cena a los niños antes de que llegaras. Si no te estás muriendo de hambre...

Se estaba muriendo de hambre. No había parado a comer en el viaje de vuelta y le rugía el estómago, pero no le importaba. Le tendió una mano.

—Vayamos fuera. Hace una buena noche. —Y, si se lo tomaba mal, al aire libre no había sartenes.

—Estuve en la vieja iglesia de St. Stephen —soltó en cuanto salieron de la casa—. Para hablar con el doctor Weatherspoon. Es el párroco. Era amigo del reverendo, me conoce desde que era un chiquillo.

La mano de Brianna se había cerrado con mayor fuerza sobre el brazo de Roger cuando éste habló. Se aventuró a mirarla y vio que tenía una expresión preocupada pero optimista.

—¿Y...? —inquirió, vacilante.

—Bueno... el resultado es que yo también tengo un trabajo —sonrió, cohibido—. Ayudante del maestro de coro.

Por supuesto, eso no era en modo alguno lo que ella esperaba, de manera que parpadeó. Acto seguido, sus ojos se dirigieron a su cuello. Roger sabía muy bien lo que estaba pensando.

«¿Vas a ponerte eso?», le había preguntado, dubitativa, la primera vez que se habían preparado para ir a Inverness de compras.

«Sí, me la iba a poner. ¿Por qué? ¿Tengo una mancha?» Estiró el cuello para mirar por encima del hombro de su camisa blanca. No sería de extrañar. Mandy, que estaba jugando fuera, había entrado corriendo a saludarlo, rebozándole las rodillas con sus arenosos abrazos. La había sacudido un poco antes de cogerla en brazos para darle un beso como era debido, pero...

«No es eso —le había contestado Bree, apretando los labios por unos instantes—. Es sólo... ¿qué vas a decir de...?» Hizo un gesto como cortándose el cuello.

Él se había llevado la mano al cuello abierto de su camisa, donde la cicatriz de la soga formaba una línea curva, distinguible al tacto, como una cadena de piedrecitas diminutas bajo la piel. Había palidecido un poco, pero seguía siendo muy visible.

«Nada.»

Bree había arqueado las cejas, y él le había dirigido una sonrisa ladeada.

«Pero ¿qué pensarán?»

«Supongo que simplemente supondrán que practico la asfixia autoerótica y que un día fui demasiado lejos.»

Familiarizado como estaba con las rurales Highlands, imaginó que eso era lo mínimo que se les pasaría por la cabeza. Tal vez su congregación putativa fuera exteriormente correcta, pero nadie podía imaginarse depravación más escandalosa que la de un devoto presbiteriano escocés.

—¿Se lo... eeeh... se lo contaste al doctor Weatherspoon?... ¿Qué le contaste? —preguntó ella ahora tras reflexionar unos instantes—. Quiero decir... debió de darse cuenta.

—Oh, sí. Se dio cuenta. Pero yo no le dije nada, y él tampoco me dijo nada a mí.

«Mira, Bree — le había dicho aquel primer día —, es una decisión sencilla. O le contamos a todo el mundo la verdad absoluta o no les contamos nada y dejamos que piensen lo que quieran. Inventar una historia no servirá, ¿verdad? Hay demasiadas posibilidades de meter la pata.»

A ella no le había gustado la idea. Roger aún recordaba cómo se le habían llenado los ojos de lágrimas. Pero él tenía razón, y ella lo sabía. Su rostro había adoptado una expresión decidida y había asentido, enderezando los hombros.

Por supuesto, habían tenido que mentir hasta cierto punto, para legalizar la existencia de Jem y de Mandy. Pero estaban en las postrimerías de la década de los setenta. En Estados Unidos abundaban las comunas, y los grupos improvisados de «viajeros», como se llamaban a sí mismos, se desplazaban de un lado a otro por Europa en caravanas de autobuses oxidados y furgonetas reventadas. Habían traído consigo muy pocas cosas desde el otro lado de las piedras aparte de los propios niños, pero entre el pequeño tesoro que Brianna había embutido en sus bolsillos y en su corsé había dos certificados de nacimiento escritos a mano, certificados por una tal Claire Beauchamp Randall, doctora en medicina, que la había atendido en el parto.

«Es el tipo de documento oportuno para certificar un nacimiento en casa — le había dicho Claire, trazando con cuidado su firma —. Soy, o fui — se corrigió torciendo la boca — médico colegiado, autorizado por la Commonwealth de Massachusetts.»

—Ayudante del maestro de coro —dijo ahora Bree, mirándolo.

Roger inspiró profundamente. El aire nocturno era agradable, suave y limpio, aunque empezaba a llenarse de mosquitos diminutos. Alejó de su rostro un enjambre de ellos con la mano y agarró el toro por los cuernos.

—No fui a buscar trabajo, de verdad. Fui a... aclararme las ideas. En relación con hacerme pastor.

Ella se quedó inmóvil al oírlo.

—¿Y...? —saltó.

—Ven —la instó con delicadeza a que se pusiera en movimiento—. Se nos comerán vivos si nos quedamos aquí.

Cruzaron el huerto y pasaron junto al granero, recorriendo el camino que conducía a los pastos de atrás. Roger había ordeñado ya a las dos vacas, *Milly* y *Blossom*, que, como grandes y jorobados bultos oscuros en medio de la hierba, se habían preparado para pasar la noche y rumiaban pacíficamente.

—Te hablé de la Confesión de Westminster, ¿verdad?

Era el equivalente presbiteriano del credo niceno de los católicos, su declaración de la doctrina oficialmente aceptada.

—Ajá.

—Bueno, pues para ser pastor presbiteriano tengo que poder jurar que acepto cuanto dice la Confesión de Westminster. Lo hice cuando... bueno, antes.

Había estado tan a punto, pensó. Fue en la víspera de su ordenación como pastor cuando el destino intervino en la persona de Stephen Bonnet. Roger se había visto obligado a dejarlo todo para encontrar y rescatar a Brianna de la guarida del pirata en Ocracoke. No es que lamentara haberlo hecho, de verdad... Ella caminaba a su lado, pelirroja y esbelta, grácil como un tigre, y la idea de que hubiera podido desaparecer tan fácilmente de su vida para siempre y de no haber conocido jamás a su hija...

Tosió y carraspeó, tocándose la cicatriz con gesto distraído.

—Tal vez aún lo haga. Pero no estoy seguro. Y tengo que estarlo.

—¿Qué es lo que ha cambiado? —inquirió ella, curiosa—. ¿Qué podías aceptar entonces que no puedes aceptar ahora?

«¿Qué ha cambiado? —pensó fríamente—. Buena pregunta.»

—La predestinación —contestó—. Por decirlo de algún modo.

Había aún luz suficiente para ver que un sentimiento de regocijo un tanto burlón titilaba en su rostro, aunque no sabía si se debía simplemente a la irónica yuxtaposición de pregunta y respuesta o a la idea en sí misma.

Nunca habían discutido cuestiones de fe, eran más que prudentes el uno con el otro en ese terreno, pero por lo menos estaban familiarizados con la forma general de las creencias de cada uno.

Roger le había explicado la idea de la predestinación en términos sencillos: no se trataba de un destino inevitable dispuesto por Dios, ni de la idea de que Dios diseñara la vida de cada persona con minucioso detalle antes de que naciera, aunque no eran pocos los presbiterianos que lo veían de ese modo. Tenía que ver con la salvación y con la idea de que Dios elegía un camino que conducía a dicha salvación.

«Para algunas personas —había manifestado ella, escéptica—. ¿Y decide condenar al resto?»

Muchos pensaban eso también, y había que tener una cabeza mejor que la suya para convencerlos de lo contrario.

—Hay libros enteros dedicados a ese tema, pero la idea básica es que la salvación no es tan sólo el resultado de nuestras decisiones. Dios actúa primero, extendiendo la invitación, por así decirlo, y dándonos la oportunidad de responder. Pero seguimos teniendo libre albedrío. Y en realidad —añadió a toda prisa—, lo único que no es opcional, para ser presbiteriano, es creer en Jesucristo. Eso todavía lo tengo.

—Bien —repuso ella—. Pero ¿para ser pastor...?

—Sí, probablemente. Y... bueno, esto. —De pronto hundió la mano en el bolsillo y le tendió la fotocopia doblada—. Pensé que sería mejor no robar el libro —señaló intentando quitarle importancia a la situación—. Por si acaso me decido a ser pastor, quiero decir. Sería un mal ejemplo para mi rebaño.

—Ja, ja —dijo ella, distraída, mientras leía. Levantó la vista con una ceja arqueada.

—Es diferente, ¿verdad? —observó él mientras volvía a sentir que le faltaba el aire bajo el diafragma.

—Es... —Los ojos de Bree recorrieron de nuevo el documento, y frunció aún más el ceño. Al cabo de unos instantes, lo miró, pálida y tragando saliva—. Diferente. La fecha es diferente.

Roger sintió aligerarse levemente la tensión que lo había atenazado durante las últimas veinticuatro horas. Entonces, no estaba perdiendo la cabeza. Tendió una mano y ella le devolvió la fotocopia del recorte de la *Wilmington Gazette*, la noticia de la muerte de los Fraser del Cerro.

—Es sólo la fecha —dijo él, resiguiendo los tipos borrosos de las palabras con el pulgar—. El texto... creo que es el mismo. ¿Es tal como lo recuerdas?

Brianna había encontrado esa misma información en el pasado, cuando buscaba a su familia. Era lo que la había impulsado a viajar a través de las piedras, y lo que lo había impulsado a él a ir tras ella. «Y esto —pensó él— lo ha cambiado todo. Gracias, Robert Frost.»

Brianna se abrazó a Roger para volver a leerla. Una vez, y otra, y otra más para estar segura, antes de corroborarlo.

—Sólo la fecha —repuso, y él percibió la misma falta de aliento en su voz—. Ha... cambiado.

—Bien —terció él con voz ronca y extraña—. Cuando empecé a hacerme preguntas... tuve que ir a verlo antes de hablarte de ello. Sólo para comprobarlo, porque el recorte que había visto en un libro no podía ser correcto.

Ella asintió, aún un poco pálida.

—Si... si volviera al archivo de Boston donde encontré aquel periódico... ¿crees que habrá cambiado también?

—Sí, eso creo.

Brianna permaneció en silencio durante largo rato, mirando el periódico que tenía en la mano. Luego lo miró a él, fijamente.

—Has dicho cuando empezaste a hacerte preguntas. ¿Qué fue lo que hizo que empezaras a hacerte preguntas?

—Tu madre.

Había sido un par de meses antes de que abandonaran el Cerro. Una noche, incapaz de conciliar el sueño, Roger había salido a pasear por el bosque y, según vagaba intranquilo de un lado a otro, se había topado con Claire, arrodillada en un hoyo lleno de flores blancas cuyas formas la envolvían como una neblina.

Entonces, se había sentado a contemplarla en plena tarea de recolección mientras rompía tallos y arrancaba hojas y las echaba en su cesto. Observó que no tocaba las flores, sino que recogía algo que crecía por debajo de ellas.

—Éstas hay que cogerlas de noche —le había hecho notar al cabo de un rato—. Preferiblemente con luna nueva.

—Nunca habría pensado... —comenzó él, pero se interrumpió de repente.

Ella soltó una risa, un ligero y sibilante sonido de regocijo.

—¿Nunca habrías pensado que yo daría crédito a semejantes supersticiones? —inquirió—. Espera, joven Roger. Cuando has vivido tanto como yo, puedes comenzar a preocuparte de las supersticiones. Como ésta...

Su mano, una pálida y confusa forma en la oscuridad, se movió y rompió un tallo con un sonido suave y jugoso. Un intenso aroma invadió de golpe el aire, penetrante y poderoso sobre el aroma más tenue de las flores.

—Los insectos acuden a poner sus huevos en las hojas de algunas plantas, ¿ves? Las plantas segregan ciertas sustancias de olor bastante intenso con el fin de ahuyentar a los bichos, y cuando más alta es la concentración de dichas sustancias es cuando más se necesitan. Cuando eso sucede, esas sustancias insecticidas resulta que también tienen propiedades medicinales bastante poderosas, y lo que más ataca a este tipo concreto de planta —restregó un tallo peludo, fresco y mojado, bajo la nariz de Roger— es la larva de la polilla.

—Ergo, ¿tiene mayor cantidad de sustancia a altas horas de la noche porque es entonces cuando comen las orugas?

—Eso es. —Retiró el tallo y metió la planta en su cesto con un susurro de muselina, e inclinó la cabeza mientras buscaba otras a tientas—. Y a algunas plantas las fertilizan las polillas. Ésas, por supuesto...

—Florecen de noche.

—Sin embargo, a la mayoría de las plantas las acosan insectos diurnos y, por consiguiente, comienzan a segregar sus compuestos al amanecer. La concentración aumenta a medida que transcurre el día, pero, cuando el sol calienta demasiado, algunos de los aceites comienzan a evaporarse de las hojas y la planta deja de producirlos. Por ello, la mayor parte de las plantas aromáticas se recogen a finales de la mañana. Y, por ello, los chamanes y los herboristas les enseñan a sus aprendices que hay que coger algunas plantas cuando hay luna nueva y otras a mediodía, convirtiéndolo en una superstición, ¿sí? —Su voz sonaba algo seca, pero aún divertida.

Roger se sentó sobre los talones, observándola buscar a tientas. Ahora que sus ojos se habían habituado a la oscuridad, podía distinguir su figura sin esfuerzo, aunque los detalles de su rostro seguían ocultos.

Claire estuvo trabajando un rato y luego se puso en cuclillas y se estiró. Roger oyó crujir su espalda.

—¿Sabes que lo vi una vez? —Su voz sonaba más débil. Se había apartado de él y buscaba bajo las ramas colgantes de un rododendro.

—¿Lo viste? ¿A quién?

—Al rey. —Encontró algo. Roger oyó el roce de las hojas al arrancarlo y el chasquido del tallo al romperse—. Vino al hospital de Pembroke a visitar a los soldados que estaban ingresados allí. Vino y habló en privado con nosotros, las enfermeras y los médicos. Era un hombre muy callado, muy digno, pero cálido. No podría repetirte nada de lo que dijo, pero fue... muy inspirador. El simple hecho de que estuviera allí, ¿entiendes?

—Ajá. —Roger se preguntó si sería el comienzo de la guerra lo que le hacía recordar ahora esas cosas.

—Un periodista le preguntó a la reina si iba a coger a sus hijos y evacuarlos al campo, como hacían muchos, ¿sabes?

—Sí. —De pronto, Roger vio en su imaginación a un par de chiquillos: un niño y una niña, callados y de rostro delgado, apretujados el uno al lado del otro junto a una chimenea que le resultaba familiar—. Tuvimos a un par de ellos en nuestra casa de Inverness. Qué extraño que no me haya acordado de ellos hasta este preciso instante.

Pero Claire no le estaba prestando atención.

—Dijo, y quizá no lo cite al pie de la letra, pero esto es lo esencial: «Bueno, los niños no pueden separarse de mí, y yo no puedo separarme del rey, y, por supuesto, el rey no va a marcharse.» ¿Cuándo mataron a tu padre, Roger?

La pregunta lo cogió absolutamente por sorpresa. Por unos momentos, le pareció tan incongruente que no la comprendió.

—¿Qué? —Pero la había oído formularla, así que, sacudiendo la cabeza para desprenderse de una sensación de surrealidad, respondió—: En octubre de 1941. No estoy seguro de recordar la fecha exacta... no, sí que me acuerdo, el reverendo lo escribió en su genealogía. El 31 de octubre de 1941. ¿Por qué? —«¿Por qué, por el amor de Dios?», habría querido decir, pero había estado intentando controlar el impulso de soltar una blasfemia espontánea. Sofocó el impulsó más fuerte aún de entregarse a pensamientos aleatorios y repitió, con mucha tranquilidad—: ¿Por qué?

—Dijiste que lo habían derribado en Alemania, ¿verdad?

—Sobre el Canal, cuando se dirigía a Alemania. Eso me dijeron. —Podía distinguir sus facciones a la luz de la luna, pero no podía leer su expresión.

—¿Quién te lo contó? ¿Te acuerdas?

—El reverendo, supongo. O tal vez fuera mi madre. —La sensación de irrealidad se iba desvaneciendo y comenzaba a sentirse irritado—. ¿Tiene alguna importancia?

—Probablemente, no. Cuando te conocí, cuando te conocimos Frank y yo, en Inverness, el reverendo dijo que a tu padre lo habían derribado sobre el Canal.

—¿Ah, sí? Bueno...

«¿Y qué?» No llegó a decirlo, pero ella claramente lo percibió, pues desde el rododendro sonó el leve resoplido de algo que no llegaba a ser una risa.

—Tienes razón, no importa. Pero... tanto tú como el reverendo mencionasteis que era piloto de Spitfire. ¿No es así?

—Sí.

Roger no sabía muy bien por qué, pero estaba empezando a sentir inquietud en la nuca, como si algo estuviera acechando detrás de él. Tosió como excusa para volver la cabeza, pero no vio a su espalda más que el bosque blanco y negro, emborronado por la luz de la luna.

—No lo sé con seguridad —añadió, sintiéndose a la defensiva—. Mi madre tenía una fotografía de él en su avión. *Rag Doll*, se llamaba, «muñeca de trapo». El nombre estaba pintado en el morro, con el burdo dibujo de una muñeca con un vestido rojo y unos rizos negros. —De eso estaba seguro. Había dormido con la foto bajo la almohada durante mucho tiempo después de que mataran a su madre, pues el retrato de ella era demasiado grande y temía que alguien lo echara en falta—. *Rag Doll* —repitió de improviso, repentinamente sorprendido por algo.

—¿Qué? ¿Qué pasa?

Hizo un gesto con la mano, violento.

—Era... nada. Yo... Me acabo de dar cuenta de que *Rag Doll* era probablemente como mi padre llamaba a mi madre. Un apodo, ¿sabes? Vi algunas de las cartas que le mandó y, en general, estaban dirigidas a *Dolly*, «muñequita». Y, justo en este momento, al pensar en los rizos negros, el retrato de mi madre... Mandy. Mandy tiene el pelo de mi madre.

—Cuánto me alegro —intervino Claire con sequedad—. Detestaría pensar que soy la única responsable. Díselo cuando sea más mayor, ¿vale? Las niñas que tienen el cabello muy rizado lo odian sí o sí, por lo menos al principio, cuando quieren ser como todas las demás.

A pesar de su preocupación, Roger percibió la leve nota de tristeza en su voz y le cogió la mano, sin tener en cuenta que aún sujetaba una planta en ella.

—Se lo diré —dijo en voz baja—. Se lo diré todo. Ni se te ocurra pensar siquiera que dejaremos que los niños os olviden.

Ella le oprimió la mano con fuerza, y las fragantes flores blancas se desparramaron en la oscuridad de su falda.

—Gracias —susurró.

Roger la oyó sollozar levemente y ella se secó enseguida los ojos con el dorso de la otra mano.

—Gracias —repitió con mayor firmeza, y recobró la compostura—. Es importante. Recordar. Si no lo supiera, no te lo diría.

—Decirme... ¿qué?

Sus manos, pequeñas y duras, que olían a medicina, envolvieron la suya.

—No sé qué le sucedió a tu padre —dijo—. Pero no fue lo que te contaron.

—Yo estaba allí, Roger —repitió Claire con paciencia—. Leía los periódicos, atendía a pilotos de aviación, hablaba con ellos. Vi los aviones. Los Spitfire eran aviones pequeños y ligeros, construidos con fines defensivos. Jamás cruzaron el Canal. No tenían autonomía para cruzar de Inglaterra a Europa y volver, aunque se utilizaron allí más adelante.

—Pero... —El argumento que quería exponer, fuera el que fuese, pérdida de rumbo, error de cálculo, se desvaneció. El vello de los brazos se le había erizado sin que se diera cuenta.

—Por supuesto, pasan cosas —señaló ella como si fuera capaz de leer sus pensamientos—. También las explicaciones se confunden con el tiempo y la distancia. Quienquiera que se lo dijera a tu madre podría haberse equivocado. Tal vez ella dijera algo que el reverendo malinterpretó. Todas estas cosas son posibles. Pero, durante la guerra, recibí cartas de Frank. Me escribía tan a menudo como podía, hasta que lo reclutaron para el MI6. Después de eso, a veces pasaban meses sin que supiera de él. Pero antes de que sucediese, me escribió en una ocasión y mencionó, de manera absolutamente informal, ¿sabes?, que había descubierto algo extraño en los informes en los que estaba trabajando. Un Spitfire se había caído, se había estrellado (no lo habían derribado, creían que debía de haber sido un fallo mecánico) en Northumbria y, aunque de milagro no se había quemado, no había señales del piloto. Ni rastro. Y mencionó el nombre del piloto, porque pensó que Jeremiah era un nombre oportunamente malhadado.

—Jerry —señaló Roger con los labios entumecidos—. Mi madre siempre lo llamaba Jerry.

—Sí —repuso ella bajando la voz—. Y había círculos de monolitos desperdigados por toda Northumbria.

—Cerca de donde el avión...

—No lo sé.

Roger percibió el ligero movimiento de su cuerpo mientras ella se encogía de hombros, sin saber qué contestar. Cerró los ojos y respiró profundamente, sintiendo el intenso perfume de los tallos rotos que impregnaba el aire.

—Y me lo cuentas ahora porque vamos a volver —apuntó con mucha calma.

—Llevo semanas debatiéndolo conmigo misma —terció ella en tono de disculpa—. Lo recordé hace tan sólo un mes, más o menos. No suelo pensar en ello, en mi pasado, pero con todo esto... —Hizo un gesto con la mano, como englobando su inminente marcha y las intensas discusiones que la habían rodeado—. Tan sólo estaba pensando en la Guerra (me pregunto si alguno de los que la vivieron piensa alguna vez en ella sin la «G» mayúscula) y hablándole a Jamie de ella.

Había sido Jamie quien le había preguntado por Frank. Quería saber qué papel había desempeñado en la contienda.

—Siente curiosidad por Frank —observó de golpe.

—Yo también la sentiría, dadas las circunstancias —le había contestado Roger con frialdad—. ¿Acaso no sentía Frank curiosidad por Jamie?

Eso pareció perturbarla, por lo que no contestó directamente a la pregunta, sino que volvió a encarrilar con mano firme la conversación, si es que podía decirse tal cosa de una conversación como ésa, pensó Roger.

—En cualquier caso —explicó Claire—, eso fue lo que me hizo recordar las cartas de Frank. Estaba intentando acordarme de las cosas sobre las que me había escrito cuando, de repente, me acordé de aquella frase, acerca de que había algo de malhadado en el nombre de Jeremiah. —Él la oyó suspirar—. No estaba segura... pero hablé con Jamie y él dijo que debía decírtelo. Dice que cree que tienes derecho a saberlo y que tú harás lo adecuado con la información.

—Me siento halagado —respondió. Más bien aplanado.

—Y eso fue lo que pasó.

Las estrellas habían empezado a salir, débiles puntos de luz sobre las montañas. No brillaban tanto como en el Cerro, donde la noche bajaba de las montañas como terciopelo negro. Habían vuelto a casa, pero se habían quedado en el umbral, conversando.

—Había pensado en ello de vez en cuando: ¿cómo encaja viajar en el tiempo en los planes de Dios? ¿Pueden cambiarse las cosas? ¿Deberían cambiarse? Tus padres... intentaron cambiar la historia, lo intentaron con muchísimo empeño, y no lo lograron. Pensé que ahí quedaba zanjado el tema, y desde un punto de vista presbiteriano. —Dejó traslucir un deje de humor en su voz—. Era casi un consuelo pensar que no podían cambiar, que no deberían poder cambiarse. Ya sabes: algo así como «Dios está en su cielo, el mundo va bien».

—Pero... —Bree tenía en la mano la fotocopia doblada. La agitó para ahuyentar a una polilla que pasaba, una forma difusa y diminuta.

—Pero —corroboró él— demuestra que las cosas sí pueden cambiarse.

—Hablé un poco de ello con mamá —dijo Bree tras reflexionar unos instantes—. Se echó a reír.

—¿Ah, sí? —intervino Roger secamente, y ella le dirigió la sombra de una risa como respuesta.

—No como si pensara que tenía gracia —le aseguró—. Le había preguntado si creía que era posible que un viajero cambiara las cosas, que cambiara el futuro, y me dijo que, obviamente, lo era... porque ella cambiaba el futuro cada vez que salvaba de la muerte a alguien que hubiera fallecido de no encontrarse ella allí. Algunos de ellos habían tenido hijos que no habrían tenido, y quién sabe qué harían esos niños que no habrían hecho de no haber estado... Fue entonces cuando se echó a reír y dijo que era bueno que los católicos creyeran en el misterio y no insistieran en intentar averiguar cómo operaba exactamente Dios, como hacían los protestantes.

—Bueno, no sé si yo diría... ah, ¿se refería a mí?

—Probablemente. No se lo pregunté.

Ahora fue él quien soltó una carcajada, tan fuerte que se hizo daño en la garganta.

—Una prueba —dijo ella, pensativa. Estaba sentada en el banco que había cerca de la puerta principal, sujetando la fotocopia entre sus largos dedos, diestros y nerviosos—. No sé. ¿Es esto una prueba?

—Tal vez no para tus rigurosos estándares de ingeniero —contestó él—. Pero yo me acuerdo... y tú también. Si sólo me acordara yo, entonces, bueno, sí, pensaría que son imaginaciones mías. Pero tengo un poco más de fe en tus procesos mentales. ¿Estás haciendo un avión de papel con eso?

—No, es... Chsss. Mandy.

Bree se puso en pie antes incluso de que él escuchara el quejido en la habitación de los niños, en el piso superior, y desapareció en el interior de la casa unos instantes después, mientras él permanecía abajo para cerrar la puerta. Por lo general, no se molestaban en cerrar las puertas con llave —nadie lo hacía en las Highlands—, pero esa noche...

Se le aceleró el ritmo cardíaco cuando una larga sombra gris se cruzó de repente en el camino frente a él. Enseguida se relajó, al tiempo que sonreía. Era el pequeño *Adso*, que había salido a merodear. Un vecinito se había presentado con un cesto lleno de gatitos unos meses antes, buscándoles un hogar, y Bree se había quedado con el gris, un gatito de ojos verdes que era el vivo retrato del de su madre, y le había puesto el mismo nombre. Si tuvieran un perro guardián, ¿lo llamaría *Rollo*?, se preguntó.

—*Chat a Mhinister*... —dijo. El gato del pastor es un gato cazador—. Que tengas buena caza —añadió dirigiéndose a la cola que desaparecía bajo la hortensia, y se agachó a coger el papel medio doblado del camino, donde Brianna lo había dejado caer.

No, no era un avión de papel. ¿Qué era? ¿Un sombrero? No había manera de saberlo. Se lo metió en el bolsillo y entró en la casa.

Encontró a Bree y a Mandy en el salón delantero, frente a un fuego recién encendido. Mandy, que ya estaba tranquila y se había tomado un vaso de leche, se había quedado medio dormida en brazos de Brianna. Lo miró parpadeando, somnolienta, chupándose el pulgar.

—¿Qué pasa, *a leannan*? —le preguntó con voz suave, apartándole los rizos que le habían caído sobre los ojos.

—Una pesadilla —repuso Bree con voz cuidadosamente despreocupada—. Había una cosa traviesa allí fuera que intentaba entrar por su ventana.

Él y Brianna habían estado sentados todo el tiempo bajo esa misma ventana, pero Roger miró pensativo la ventana que tenía al lado, que sólo reflejaba la escena doméstica de la que formaba parte. El hombre del cristal parecía receloso y tenía los hombros encorvados, listo para lanzarse sobre algo. Se levantó y corrió las cortinas.

—Ya está —dijo bruscamente, sentándose y cogiendo a Mandy.

Ella se echó en sus brazos con la lenta amabilidad de un perezoso, metiéndole el pulgar mojado en la oreja.

Bree fue a buscarles unas tazas de cacao y regresó con un tintineo de loza, aroma a leche caliente y chocolate, y la expresión de alguien que ha estado pensando qué decir acerca de una cuestión difícil.

—¿Has pensado... quiero decir, dada la naturaleza de, eh... la dificultad... has pensado tal vez en preguntarle a Dios? —inquirió, cohibida—. ¿Directamente?

—Sí, lo he pensado —le aseguró, dividido entre la preocupación y el regocijo por la pregunta—. Y sí, se lo he preguntado... muchas veces. En especial mientras iba de camino a Oxford. Donde encontré esto. —Señaló con la cabeza el pedazo de papel—. A propósito, ¿qué es? Me refiero a la forma.

—Ah.

Ella lo cogió y le hizo los últimos dobleces, rápida y segura, y luego lo sostuvo sobre la palma de la mano. Roger lo miró por unos instantes, frunciendo el ceño y, entonces, se dio cuenta de qué era. Los niños lo llamaban un adivino chino. Tenía cuatro picos huecos, uno metía los dedos en ellos y podía abrir el objeto formando distintas combinaciones, al tiempo que se hacían preguntas, de modo que quedaban a la vista las distintas respuestas —«sí», «no», «a veces», «siempre»— escritas en el interior.

—Muy apropiado —terció.

Permanecieron callados unos instantes, bebiendo cacao en medio de un silencio que se mantenía en precario equilibrio en el borde de la cuestión.

—La Confesión de Westminster dice también: «Sólo Dios es el Señor de la conciencia.» Me reconciliaré con ello o no —afirmó con serenidad—. Le dije al doctor Weatherspoon que tener un ayudante de maestro de coro que no sabía cantar parecía un poco extraño. Sonrió y me contestó que quería que aceptara el trabajo para mantenerme en el redil mientras lo pensaba. Probablemente teme que abandone su barco por otro y me vaya a Roma —añadió a modo de chiste malo.

—Eso está bien —repuso ella en voz baja, sin levantar la vista de las profundidades del cacao que no se estaba tomando.

Otro silencio. Y la sombra de Jerry MacKenzie, piloto de la RAF, fue a sentarse junto al fuego con su chaqueta de aviador de cuero forrada de lana, observando los juegos de luces en el cabello negro azabache de su nieta.

—Así que... —Roger oyó el ligero chasquido cuando la lengua de Bree se movió en su boca seca—. ¿Vas a investigar? ¿Vas a ver si puedes averiguar adónde fue tu padre? ¿Dónde podría... estar?

«Dónde podría estar. ¿Aquí, allí, entonces, ahora?» El corazón le dio de repente un vuelco al pensar en el vagabundo que había dormido en la torre. Dios santo... no. No podía ser. No había motivo para pensarlo, ninguno. Sólo era un deseo.

Había pensado mucho en ello de camino a Oxford, entre sus rezos. En lo que le diría, en lo que le preguntaría, si tuviera la oportunidad. Quería preguntárselo todo, decírselo todo, pero, en realidad, no tenía más que una única cosa que decirle a su padre, y esa cosa estaba roncando en sus brazos como un abejorro borracho.

—No. —Mandy se agitó en sueños, profirió un pequeño eructo y se acomodó de nuevo contra su pecho. Él no levantó la vista, sino que mantuvo los ojos fijos en el oscuro laberinto de sus bucles—. No podría arriesgarme a que mis propios hijos pierdan a su padre. —Su voz casi había desaparecido. Sentía que sus cuerdas vocales chirriaban como engranajes para forzar a las palabras a brotar de su boca—. Es demasiado importante. Uno no olvida que tiene un padre.

Bree lo miró con los ojos tan entornados que el azul no era más que una chispa a la luz de las llamas.

—Estaba pensando... entonces eras muy joven. ¿Te acuerdas de tu padre? Roger negó mientras el corazón se le encogía, aferrándose al vacío.

—No —respondió en voz baja, y agachó la cabeza, respirando el olor del cabello de su hija—. Me acuerdo del tuyo.

22

Una mariposa

Wilmington, colonia de Carolina del Norte
3 de mayo de 1777

Me di cuenta enseguida de que Jamie había estado soñando otra vez. Tenía una expresión descentrada, absorta, como si estuviera viendo algo que no era la morcilla frita que tenía en el plato.

Sentí el imperioso deseo de preguntarle qué había visto, deseo que reprimí de inmediato por miedo a que, si se lo preguntaba demasiado pronto, pudiera perder parte del sueño. Para ser francos, aquello también me llenó de envidia. Habría dado cualquier cosa por ver lo que él había visto, ya fuera real o no. Eso prácticamente no tenía importancia. Había conexión, y las terminaciones nerviosas cortadas que me habían unido a mi familia desaparecida chisporrotearon y echaron humo como los cables eléctricos en un cortocircuito cuando vi aquella expresión en su rostro.

No podía soportar no saber qué había soñado, aunque, como suele suceder con los sueños, eso rara vez estaba claro.

—Has estado soñando con ellos, ¿verdad? —le pregunté cuando la camarera se hubo marchado.

Nos habíamos levantado tarde, cansados de la larga cabalgata hasta Wilmington del día anterior, y éramos los únicos comensales en el pequeño comedor de la posada.

Me miró y asintió despacio con la cabeza, frunciendo levemente el ceño. Eso me preocupó. Por lo general, cuando soñaba con Bree o con los niños, se quedaba tranquilo y feliz.

—¿Qué? —pregunté con vehemencia—. ¿Qué pasaba?

Se encogió de hombros, sin relajar el ceño.

—Nada, Sassenach. Vi a Jem y a la chiquilla... —Una sonrisa apareció en su cara al decir eso—. Dios mío, ¡menuda fierecilla! Me hace pensar en ti, Sassenach.

Era un dudoso cumplido, pero sentí una profunda satisfacción al pensarlo. Me había pasado horas mirando a Mandy y a Jem, memorizando cada pequeño rasgo y gesto suyo, intentando extrapolar, imaginar cómo serían cuando crecieran, y estaba casi segura de que Mandy tenía mi boca. Era evidente que tenía la forma de mis ojos, y mi pelo, pobre niña, salvo porque era negro azabache.

—¿Qué estaban haciendo?

Jamie se frotó el entrecejo con un dedo como si le picara la frente.

—Estaban al aire libre —dijo despacio—. Jem le dijo que hiciera algo y ella le dio una patada en la espinilla y escapó corriendo, así que él la persiguió. Creo que era primavera. —Sonrió, con los ojos fijos en lo que fuera que hubiera visto en su sueño—. Recuerdo las florecillas, enredadas en su pelo, y formando montoncitos entre las piedras.

—¿Qué piedras? —pregunté de golpe.

—Oh. Las lápidas del cementerio —respondió él, de bastante buena gana—. Y ya está. Estaban jugando entre las lápidas en la colina que hay detrás de Lallybroch.

Suspiré con alegría. Ésa era la tercera vez que Jamie soñaba que se encontraban en Lallybroch. Tal vez sólo me estuviera haciendo ilusiones, pero sabía que a él pensar que habían construido allí un hogar lo hacía tan feliz como a mí.

—Tal vez estén allí —aventuré—. Roger estuvo allí cuando te estábamos buscando. Dijo que la casa seguía deshabitada, en venta. Bree tenía dinero. Tal vez la hayan comprado. ¡Tal vez estén allí!

Se lo había dicho ya en otra ocasión, pero Jamie asintió con la cabeza, complacido.

—Sí, tal vez estén allí —admitió con los ojos aún tiernos por el recuerdo de los niños en la colina, corriendo el uno tras el otro entre la hierba alta y las gastadas piedras grises que señalaban el lugar de descanso de su familia.

—Los acompañaba una mariposa —añadió de repente—. Lo había olvidado. Una mariposa azul.

—¿Azul? ¿Hay mariposas azules en Escocia?

Fruncí el ceño, intentando recordar. Que yo supiera, allí las mariposas solían ser blancas o amarillas, pensé.

Jamie me lanzó una mirada de exasperación.

—Es un sueño, Sassenach. Si quisiera, podría soñar con mariposas con alas de cuadros escoceses.

Solté una carcajada, aunque me resistí a que me hiciera cambiar de tema.

—Tienes razón. Pero ¿qué es lo que te preocupaba?

Me observó con curiosidad.

—¿Cómo sabes que estaba preocupado?

Lo miré por encima del hombro, o tan por encima del hombro como me fue posible, dada la diferencia de altura.

—Tal vez tu cara no sea un espejo, pero llevo casada contigo treinta y tantos años.

Dejó pasar sin hacer ningún comentario el hecho de que, en realidad, no había estado con él veinte de esos años, y simplemente sonrió.

—Sí. Bueno, de hecho, no era nada. Sólo que entraron en la torre.

—¿En la torre? —dije, vacilante.

La vieja torre que daba nombre a Lallybroch se encontraba, efectivamente, en la colina que había detrás de la casa, y su sombra se proyectaba a diario sobre el cementerio como el majestuoso avance de un reloj de sol gigantesco. Jamie y yo solíamos subir hasta allí a menudo por las noches en nuestros primeros tiempos en Lallybroch a sentarnos en el banco que había junto al muro de la torre y alejarnos del barullo de la casa, disfrutando de la tranquila vista de la finca y de sus terrenos, que se extendían blancos y amarillos a nuestros pies, suaves a la luz crepuscular.

—La torre —repitió, y me miró sin saber qué decir—. No sé qué sucedía, sólo que no quería que entraran. Tuve... la sensación de que dentro había algo. Al acecho. Y no me gustó nada.

TERCERA PARTE

El corsario

23

Correspondencia del frente

3 de octubre de 1776
De Ellesmere a lady Dorothea Grey

Querida Coz:

Te escribo a toda prisa para poder mandar esta carta con el próximo correo. Estoy realizando un breve viaje con otro oficial en nombre del capitán Richardson y no estoy seguro de cuál será mi paradero en el futuro inmediato. Puedes escribirme a través de tu hermano Adam. Procuraré por todos los medios mantenerme en contacto con él. He cumplido tu encargo lo mejor que he podido, y perseveraré en tu servicio. Diles a mi padre y al tuyo que les mando recuerdos y respetos, así como mi eterno afecto, y no dejes de quedarte con una buena parte de este último para ti.

Tu más seguro servidor,

William

3 de octubre de 1776
De Ellesmere a lord John Grey

Querido padre:

Después de pensarlo mucho, he decidido aceptar la propuesta del capitán Richardson de acompañar a un oficial de alta graduación a Quebec en una misión con el fin de actuar como intérprete para él, pues considera que mi francés es adecuado para tales fines. El general Howe está de acuerdo.

Todavía no he conocido al capitán Randall-Isaacs, pero me reuniré con él en Albany la semana que viene. No sé cuándo volveremos y no sabría decir si tendré muchas ocasiones para escribir, pero lo haré siempre que pueda, y, entretanto, te ruego que pienses con cariño en tu hijo,

William

* * *

Finales de octubre de 1776
Quebec

William no sabía muy bien qué pensar del capitán Denys Randall-Isaacs. A primera vista era uno de esos tipos agradables y corrientes que uno encuentra en cualquier regimiento: de unos treinta años de edad, jugador de cartas decente, amante de las bromas, guapo y de tez más bien oscura, sincero y responsable. Era también un compañero de viaje muy agradable, con un montón de entretenidas historias que contar y conocedor de un sinfín de canciones y poemas obscenos de lo más vulgar.

Lo que no hacía era hablar de sí mismo, cosa que, como William sabía por experiencia, era lo que mejor, o al menos más a menudo, hacía la mayoría de la gente.

Había intentado acicatearlo un poco contándole la historia, bastante dramática, de su propio nacimiento, sin obtener a cambio más que unos cuantos hechos sueltos: el padre del propio Randall-Isaacs, oficial de dragones, había muerto en la campaña de las Highlands antes de que Denys naciera, y su madre había vuelto a casarse un año después.

—Mi padrastro es judío —le contó a William—. Un judío rico —añadió con una sonrisa sarcástica.

William había asentido, afable.

—Mejor que un judío pobre —le había dicho sin añadir más.

En realidad, no es que fuera gran cosa, pero sí explicaba en cierto modo por qué Randall-Isaacs trabajaba para Richardson en lugar de perseguir la fama y la gloria con los lanceros o los fusileros galeses. El dinero podía comprar un grado, pero no garantizar una cálida acogida en un regimiento ni esas oportunidades que proporcionaban las relaciones familiares y la influencia, que delicadamente llamaban «interés».

A William se le ocurrió preguntarse, fugazmente, por qué estaba volviéndoles la espalda a sus propias e importantes relaciones y oportunidades con el fin de embarcarse en las oscuras aventuras del capitán Richardson, pero apartó de sí esta consideración como un asunto que contemplar más adelante.

—Asombroso —murmuró Denys al tiempo que alzaba la vista.

Habían detenido sus caballos en la carretera que llevaba de la orilla del río San Lorenzo a la ciudadela de Quebec. Desde donde se encontraban, se divisaba el escarpado precipicio que las tropas de Wolfe habían escalado diecisiete años antes para capturar la ciudadela y Quebec, que estaban en manos de los franceses.

—Mi padre tomó parte en esa escalada —informó William como de pasada.

La cabeza de Randall-Isaacs rotó en su dirección con gran asombro.

—¿Ah, sí? ¿Se refiere a lord John? ¿Luchó con Wolfe en las Llanuras de Abraham?

—Sí. —William contempló el risco con respeto.

Estaba densamente poblado de arbolillos jóvenes, pero la roca que había debajo era esquisto desmoronado. Entre las hojas podía ver las dentadas fisuras y las grietas cuadrangulares. La sola idea de escalar esas alturas en la oscuridad, y no sólo de escalarlas, sino de arrastrar consigo hasta la cima toda la artillería...

—Dijo que la batalla había terminado casi tan pronto como empezó, que no fue más que aquella única descarga, pero que la escalada hasta el campo de batalla había sido lo más duro que había hecho en su vida.

Randall-Isaacs gruñó con respeto e hizo una pausa antes de recoger sus riendas.

—¿Ha dicho usted que su padre conocía a sir Guy? —inquirió—. Sin duda le gustaría oír esa historia.

William miró a su compañero. En realidad, no había mencionado que lord John conociera a sir Guy Carleton, el comandante en jefe para Norteamérica, aunque, en efecto, lo conocía. Su padre conocía a todo el mundo. Y con ese simple pensamiento se dio cuenta de repente de cuál era su auténtico fin en esa expedición. Él era la tarjeta de visita de Randall-Isaacs.

Era cierto que hablaba francés muy bien —tenía facilidad para los idiomas—, y que el de Randall-Isaacs era muy básico. Probablemente Richardson había dicho la verdad en relación con ese detalle. Era siempre mejor tener un intérprete de confianza. Pero aunque Randall-Isaacs había mostrado un halagador interés por William, éste se percató *ex post facto* de que aquél estaba mucho más interesado en lord John: los aspectos más destacados de su carrera militar, dónde había sido destinado, con quién o bajo el mando de quién había servido, a quién conocía. Ya había sucedido dos veces. Habían ido a ver a los comandantes del Fuerte Saint-Jean y del de Chambly y, en los dos casos, Randall-Isaacs había presentado las credenciales de ambos, mencionando como por casualidad que William era el hijo de lord John Grey, tras lo cual el recibimiento oficial se había vuelto al instante mucho más cálido, transformándose en una larga velada de recuerdos y conversación, estimulados por un buen coñac. Y, durante la cual, advirtió ahora William, sólo él y los comandantes habían hablado. Y Randall-Isaacs se había quedado sentado escuchando, con su apuesto y bronceado rostro encendido de halagador interés.

«Ajá», se dijo William para sí. Después de darse cuenta de cuál era la situación, no estaba seguro de qué pensar. Por una parte, estaba complacido consigo mismo por haberse olido lo que sucedía. Por otra, se sentía menos complacido al pensar que lo querían principalmente por sus contactos, en lugar de por sus virtudes.

Bueno, saberlo resultaba útil, aunque humillante. Lo que no sabía era cuál era el papel de Randall-Isaacs. ¿Estaba tan sólo recopilando información para Richardson? ¿O tenía otros asuntos de que ocuparse que no le habían dado a conocer? Isaacs lo había dejado solo bastante a menudo, comentando como quien no quiere la cosa que tenía un recado personal que hacer para el que consideraba adecuado su propio francés.

Según las limitadísimas instrucciones que le había facilitado el capitán Richardson, estaban evaluando los sentimientos de la población francesa y los colonos ingleses de Quebec con vistas a obtener su apoyo en el futuro en caso de que se produjera una incursión por parte de los rebeldes americanos o de un intento de amenazas o seducciones por parte del Congreso Continental.

Hasta ahora, dichos sentimientos parecían claros, aunque no eran los que quizá habría esperado. Los colonos franceses de la zona simpatizaban con sir Guy, quien, como gobernador general de Norteamérica, había aprobado la Ley de Quebec, que legalizaba el catolicismo y protegía las actividades comerciales de los católicos franceses. Los ingleses, por razones obvias, estaban descontentos con ella, y se habían negado en masa a responder a su petición de apoyo por parte de la milicia durante el ataque americano a la ciudad el invierno anterior.

—Debían de estar locos —le dijo a Randall-Isaacs mientras cruzaban la abierta llanura que se extendía delante de la ciudadela—. Me refiero a los americanos que lo intentaron aquí el año pasado.

Ahora habían llegado a lo alto del risco y la ciudadela se erguía ante ellos en la llanura, tranquila y sólida, muy sólida, bajo el sol otoñal. El día era cálido y hermoso, y el aire hervía con los olores ricos y terrosos del río y el bosque. Nunca había visto un bosque semejante. Los árboles que bordeaban la llanura y crecían a lo largo de las orillas del San Lorenzo presentaban una densidad impenetrable y, en esos momentos, lanzaban destellos dorados y rojos. Vista contra la oscuridad del agua y el azul profundo imposible del vasto cielo de octubre, esa imagen le causó la fantástica sensación de estar cabalgando a través de un cuadro medieval, resplandeciente de pan de oro y ardiendo con un fervor que no era de este mundo.

Pero, al margen de su belleza, percibía la fiereza del lugar. Lo sentía con una claridad que hacía que sus huesos parecieran transparentes. Los días eran aún cálidos, pero el frío del invierno era un afilado diente más intenso con cada anochecer, y se precisaba mucha imaginación para visualizar esa llanura tal como sería al cabo de unas semanas, cubierta de crudo hielo, de una blancura inhóspita para toda forma de vida. Con un viaje a caballo de más de trescientos kilómetros a sus espaldas y una comprensión inmediata de los problemas de intendencia que había supuesto para dos jinetes el duro viaje hacia el norte con buen tiempo, además de lo que sabía de las dificultades de aprovisionar a un ejército con mal tiempo...

—Si no estuvieran locos, no estarían haciendo lo que están haciendo. —Randall-Isaacs interrumpió también sus pensamientos, deteniéndose unos instantes a contemplar el lugar con los ojos de un soldado—. Aunque fue el coronel Arnold quien los condujo hasta aquí. Ese hombre está loco, sin duda alguna, pero es un soldado condenadamente bueno. —Su voz dejó traslucir la admiración, y William lo miró con curiosidad.

—Lo conoce, ¿verdad? —inquirió de manera informal, y Randall-Isaacs se echó a reír.

—No he hablado nunca con él —contestó—. Venga.

Espoleó a su caballo y torcieron hacia la puerta de la ciudadela. Tenía, sin embargo, una expresión divertida y medio desdeñosa, como si estuviera meditando algún recuerdo, y, al cabo de unos segundos, volvió a hablar.

—Tal vez lo habría logrado. Me refiero a Arnold: tomar la ciudad. Sir Guy no tenía tropas dignas de ese nombre, y si Arnold hubiera llegado hasta aquí cuando tenía planeado, y con la pólvora y la munición que necesitaba... bueno, habría sido una historia totalmente distinta. Pero eligió al hombre equivocado para que lo orientara.

—¿Qué quiere decir?

Randall-Isaacs adoptó de repente una expresión cautelosa, pero después pareció encogerse interiormente de hombros, como diciendo «¿Acaso importa?». Estaba de buen humor y ya andaba pensando con agrado en una cena caliente, una cama blanda y ropa limpia, después de acampar durante semanas en los tenebrosos bosques.

—Por tierra no lo habría logrado —respondió—. En un intento de hallar la manera de conducir por agua y hacia el norte a un ejército y todo lo que un ejército necesita, Arnold buscó a alguien que hubiera realizado aquel arriesgado viaje y conociera los ríos y los porteos —explicó—. Al final encontró a un hombre: Samuel Goodwin.

»Pero nunca se le ocurrió que Goodwin pudiera ser lealista. —Randall-Isaacs meneó la cabeza, asombrado de su ingenuidad—. Goodwin acudió a mí para preguntarme qué debía hacer, así que se lo dije, y él le entregó a Arnold sus mapas, cuidadosamente reescritos para servir a sus propósitos.

Y vaya si habían servido. Distorsionando las distancias, quitando referencias, indicando pasos donde no los había, y facilitándoles mapas que eran puras invenciones de la imaginación, las indicaciones del señor Goodwin lograron arrastrar a las fuerzas de Arnold a áreas desiertas, obligándolos a transportar sus barcos y sus provisiones por tierra durante un sinfín de días y retrasándolos tanto, al final, que el invierno los pilló muy lejos de la ciudad de Quebec.

Randall-Isaacs se echó a reír, aunque, pensó William, en su risa había un deje de lástima.

—Me quedé atónito cuando me contaron que lo había logrado a pesar de todo. Aparte de todas esas cosas, los carpinteros que hicieron sus embarcaciones lo engañaron; estoy seguro de que fue por pura incompetencia, no por motivos políticos, aunque, en estos tiempos, a veces es difícil de decir. Los construyeron con troncos verdes y estaban mal acondicionados. La mitad se hicieron pedazos y se hundieron a los pocos días de echarlos al agua. Debió de ser un auténtico infierno —declaró Randall-Isaacs como hablando consigo mismo.

Entonces, se sobrepuso, y negó con la cabeza.

—Pero todos sus hombres lo siguieron. Sólo una compañía dio la vuelta. Pasando hambre, medio desnudos, muertos de frío... lo siguieron —repitió maravillándose. Miró de soslayo a William con una sonrisa—. ¿Cree usted que sus hombres lo seguirían, teniente? ¿En semejantes circunstancias?

—Espero tener más sentido común y no arrastrarlos a tales condiciones —replicó William con sequedad—. ¿Qué le sucedió a Arnold al final? ¿Lo capturaron?

—No —contestó Randall-Isaacs, pensativo, al tiempo que les hacía un gesto con la mano a los soldados que guardaban la puerta de la ciudadela—. No, no lo capturaron. Lo que ha sido de él sólo Dios lo sabe. O Dios y sir Guy. Espero que este último pueda decírnoslo.

24

Joyeux Noël

Londres
24 de diciembre de 1776

Las madames más prósperas eran criaturas robustas, reflexionaba lord John. Ya fuera tan sólo porque satisfacían ahora los apetitos que se habían negado en sus años de juventud, ya porque ello suponía un escudo contra la posibilidad de regresar a las posiciones más inferiores de su comercio, casi todas estaban bien blindadas de carne.

Nessie, en cambio, no. Podía ver la sombra de su cuerpo a través de la fina muselina de su camisón mientras se colocaba la bata —la había hecho levantarse de la cama sin querer— de pie delante del fuego. No tenía ni un gramo más de carne sobre su delgada figura de la que tenía cuando la había conocido, a los —según decía ella— catorce años, aunque por aquel entonces sospechó que tal vez tuviera once.

Ahora tendría unos treinta y tantos. Y aún aparentaba catorce.

Sonrió al pensarlo y ella le devolvió la sonrisa al tiempo que se ataba el salto de cama. La sonrisa la avejentó un poco, pues le faltaban algunos dientes, y los que le quedaban tenían las raíces cariadas. Si no estaba gruesa, era porque no tenía capacidad para llegar a ello. Le encantaba el dulce y se habría comido una caja entera de violetas confitadas o delicias turcas en diez minutos, compensando el hambre que había pasado durante su juventud en las Highlands escocesas. Grey le había llevado un kilo de confites.

—¿De verdad crees que soy tan barata? —inquirió arqueando una ceja mientras cogía de sus manos la caja bellamente envuelta.

—Ni hablar —le aseguró él—. No es más que mi manera de disculparme por haber perturbado tu descanso. —Estaba improvisando. De hecho, esperaba encontrársela trabajando, pues eran más de las diez de la noche.

—Sí, bueno, es Nochebuena —respondió a su pregunta implícita—. Todo hombre que tenga una casa a la que ir está en ella. —Bostezó, se quitó el gorro de dormir y se ahuecó la revuelta mata de oscuro pelo rizado con los dedos.

—Sin embargo, parece que tienes algunos clientes —observó él.

Se oía un canto distante dos pisos más abajo, y el salón le había parecido bastante concurrido al pasar.

—Ah, sí. Los desesperados. Dejo que Maybelle se ocupe de ellos. No me gusta verlos, pobres criaturas. Me dan pena. En realidad, los que vienen el día de Nochebuena no quieren una mujer, sólo un fuego junto al que sentarse y gente con la que estar. —Hizo un gesto con la mano y se sentó, quitándole el lazo a su regalo con avidez.

—Entonces, deja que te desee una feliz Navidad —dijo lord John contemplándola con divertido afecto.

Ella se metió uno de los dulces en la boca, cerró los ojos, y suspiró extasiada.

—Mmm —declaró sin detenerse a tragar antes de meterse otro dulce en la boca y masticarlo. Por el tono cordial de su observación, supuso que Nessie correspondía a su sentimiento.

Sabía que era Nochebuena, por supuesto, pero de algún modo se había quitado la idea de la cabeza durante las largas y frías horas del día. Había estado lloviendo a cántaros el día entero, lanzando alfilerazos de lluvia helada, intensificados de vez en cuando por caprichosas ráfagas de granizo, y llevaba helado hasta los huesos desde antes del amanecer, cuando el lacayo de Minnie había ido a despertarlo porque lo reclamaban en Argus House.

La habitación de Nessie era pequeña pero elegante, y tenía un agradable olor a sueño. Su cama era amplia, con cortinajes de lana confeccionados con una tela de cuadros reina Carlota rosa y negro, muy a la moda. Cansado, aterido y hambriento como estaba, sintió la llamada de aquella caverna caliente y tentadora, con sus montones de almohadas de plumas de ganso, edredones y sábanas limpias y suaves. ¿Qué pensaría ella, se preguntó, si le pidiera que compartieran la cama esa noche?

«Un fuego junto al que sentarse, y gente con la que estar.» Bueno, eso lo tenía, al menos por ahora.

Grey reparó en un suave zumbido, como el de un moscón atrapado que se estrella contra el cristal de una ventana. Dirigió la vista hacia el sonido y se dio cuenta de que lo que había pensado que no era más que un montón de sábanas arrugadas contenía en realidad un cuerpo. La borla de elaborada pasamanería de un gorro de dormir estaba desparramada sobre la almohada.

—Sólo es Rab —hizo constar, divertida, una voz escocesa. Se volvió y vio que Nessie lo miraba sonriente—. Te apetecería un trío, ¿verdad?

En el preciso momento en que se sonrojaba, cayó en que le gustaba no sólo por sí misma, ni por sus habilidades como espía, sino porque tenía una capacidad incomparable para desconcertarlo. Pensó que Nessie no conocía del todo la forma de sus propios deseos, pero había sido prostituta desde niña y probablemente tenía una gran sagacidad para intuir los deseos de casi todo el mundo, ya fueran conscientes o no.

—Oh, creo que no —repuso, cortés—. No querría molestar a tu marido.

Procuró no pensar en las manos brutales y los sólidos muslos de Rab McNab. Rab había sido sillero antes de casarse con Nessie y de que el prostíbulo del que eran propietarios tuviera tanto éxito. Pero sin lugar a dudas él no...

—No podrías despertar a ese pequeño patán ni a cañonazos —terció ella mirando con afecto hacia la cama.

Sin embargo, se puso en pie y corrió las cortinas, sofocando los ronquidos.

—Hablando de cañonazos —añadió inclinándose a mirar a Grey al regresar a su asiento—, tú mismo pareces haber estado en la guerra. Ten, toma una copita y llamaré para que te traigan algo caliente para cenar. —Señaló con la cabeza el escanciador y las copas que había sobre la mesilla y se estiró para alcanzar el cordón de la campanilla.

—No, gracias. No tengo mucho tiempo. Pero sí tomaré un trago para sacudirme el frío, gracias.

El whisky —ella no tomaba otra cosa, pues despreciaba la ginebra como bebida para mendigos y consideraba el vino bueno, pero insuficiente para sus propósitos— lo hizo entrar en calor, y su abrigo mojado empezó a echar humo al cobijo del fuego.

—No tienes mucho tiempo —repitió ella—. ¿Por qué?

—Me marcho a Francia —respondió—. Por la mañana.

Nessie arqueó las cejas de golpe y se metió otro confite en la boca.

—¿*U* no *pazas* la *Navdad ctfamilia*?

—No hables con la boca llena, querida —repuso él sonriendo a pesar de todo—. Mi hermano sufrió un ataque grave la pasada noche —le explicó—. El matasanos dice que es el corazón, aunque dudo que sepa realmente qué es. Pero la cena de Navidad de siempre probablemente sea menos festiva este año.

—Lo siento —manifestó Nessie con mayor claridad. Se limpió un poco de azúcar de la comisura de los labios frunciendo el ceño con gesto preocupado—. Su señoría es un hombre muy distinguido.

—Sí, él... —Se interrumpió, mirándola—. ¿Conoces a mi hermano?

Con recato, Nessie le dirigió una sonrisa que le dibujó unos hoyuelos en las mejillas.

—La discreción es uno de los activos más valiosos de una madame —declamó, claramente repitiendo la sabia observación de alguna antigua patrona.

—Lo dice la mujer que espía para mí.

Estaba intentando imaginar a Hal... o quizá no imaginar a Hal... pues él sin duda no... ¿para ahorrarle a Minnie sus exigencias, tal vez? Creía que...

—Sí, bueno, espiar no es lo mismo que cotillear frívolamente, ¿verdad? Yo quiero té, aunque tú no quieras. Hablar da mucha sed. —Llamó al timbre para que acudiera la portera y, acto seguido, se volvió arqueando una ceja—. Tu hermano se está muriendo, ¿y te vas a Francia? En ese caso, debe de ser algo muy urgente.

—No se está muriendo —respondió Grey, cortante.

El simple hecho de pensarlo abrió en la alfombra que tenía bajo los pies un amplio abismo que esperaba para engullirlo. Miró con decisión hacia otro lado.

—Tuvo... un ataque. Le llevaron la noticia de que habían herido a su hijo menor en América y de que lo habían hecho prisionero.

Los ojos de ella se dilataron al oírlo, y se ciñó más estrechamente la bata alrededor de sus inexistentes pechos.

—El menor. Ése sería... Henry, ¿no?

—Sí. Y ¿cómo demonios sabes tú eso? —preguntó, con ansiedad.

Ella le dirigió una sonrisa mellada, pero la cambió enseguida por una expresión seria al ver lo afligido que estaba.

—Uno de los lacayos de su señoría es cliente habitual —dijo con sencillez—. Viene todos los jueves.

—Ah. —Estaba sentado inmóvil, con las manos sobre las rodillas, intentando someter sus pensamientos, y sus sentimientos, a algún tipo de control—. Es... entiendo.

—A estas alturas del año, es ya tarde para recibir mensajes de América, ¿verdad? —Miró hacia la ventana, cubierta por varias capas de terciopelo rojo y encaje que no lograban bloquear el sonido del aguacero que estaba cayendo—. ¿Ha llegado algún barco con retraso?

—Sí. Uno con destino a Brest, desviado de su ruta, con el palo mayor dañado. Llevaron el mensaje a tierra.

—Entonces, ¿te vas a Brest?

—No.

Antes de que pudiera seguir haciendo preguntas, sonó un suave rasguñar en la puerta y Nessie fue a abrirle a la portera, quien, sin que nadie se lo pidiese, observó Grey, había subido una bandeja cargada de cosas para acompañar el té, incluido un pastel con una gruesa capa de glaseado.

Le dio vueltas en la cabeza. No sabía si podía decírselo, pero Nessie no bromeaba al hablar de discreción, de eso estaba seguro. Y, a su manera, guardaba los secretos tanto —y tan bien— como él.

—Tiene que ver con William —le dijo cuando ella cerró la puerta y se volvió de nuevo hacia él.

Sabía que faltaba poco para el amanecer porque le dolían los huesos y por el débil timbre de su reloj de bolsillo, pero en el cielo no había nada que lo indicase. Unas nubes del color de la escoria de las chimeneas acariciaban los tejados de Londres y las calles estaban más oscuras que a medianoche, pues todas las linternas se habían apagado hacía ya tiempo y los fuegos de las chimeneas casi se habían extinguido.

Había estado en pie toda la noche. Debía hacer algunas cosas. Tenía que ir a casa y dormir unas cuantas horas antes de coger el coche con destino a Dover. Pero no podía marcharse sin volver a ver a Hal, sólo por tranquilidad.

Había luz en las ventanas de Argus House. A pesar de que las cortinas estaban corridas, un débil resplandor se proyectaba al exterior sobre los adoquines mojados. Caía una densa nevada, pero la nieve aún no había cuajado en el suelo. Era muy probable que el coche saliera con retraso. El viaje sería lento con toda seguridad, pues el carruaje se atascaría en las carreteras llenas de fango.

Hablando de coches, el corazón le dio un desagradable vuelco al ver un desvencijado carruaje frente a la puerta cochera que creyó que pertenecía al médico.

Un lacayo a medio vestir, con el camisón precipitadamente embutido en el interior de sus pantalones, abrió de inmediato cuando llamó a la puerta. El rostro preocupado del hombre se relajó un poco al reconocer a Grey.

—El duque...

—Se puso malo por la noche, milord, pero ahora se encuentra mejor —lo interrumpió el hombre, Arthur, se llamaba, haciéndose a un lado para franquearle el paso y quitarle el abrigo de los hombros y sacudirle la nieve.

Grey le hizo un gesto afirmativo con la cabeza y se dirigió hacia la escalera sin esperar a que lo acompañaran. Se encontró con el doctor, un hombre delgado y gris, al que delataban su abrigo negro y maloliente y el maletín que llevaba en la mano.

—¿Cómo está? —inquirió, agarrándole de la manga al llegar al rellano de la escalera.

El médico dio un paso atrás, molesto, pero entonces vio su rostro a la luz del candelabro y, reconociendo su parecido con Hal, se tranquilizó.

—Un poco mejor, milord. Lo he dejado sangrar, setenta y cinco gramos, y respira con mayor facilidad.

Grey le soltó la manga y subió la escalera con una opresión en el pecho. La puerta que conducía a las habitaciones de Hal estaba abierta, por lo que entró sin rodeos, asustando a una doncella que estaba retirando un orinal, tapado y delicadamente envuelto en un paño decorado con bellos bordados de grandes flores de brillantes colores. Pasó a toda prisa junto a ella con un gesto de disculpa y entró en el dormitorio de su hermano.

Hal se hallaba sentado, recostado contra la cabecera de la cama con la espalda apoyada en un montón de almohadones. Parecía casi muerto. Minnie se encontraba junto a él, con su agradable cara redonda demacrada por la preocupación y la falta de sueño.

—Veo que incluso cagáis con estilo, señoría —observó Grey sentándose al otro lado de la cama.

Hal abrió un párpado gris y lo miró. Su rostro podría haber sido el de un esqueleto, pero el ojo pálido y penetrante era el Hal vivo, y Grey sintió que el pecho se le llenaba de alivio.

—Ah, ¿lo dices por el paño? —preguntó Hal con una voz débil pero clara—. Es cosa de Dottie. No quería salir, aunque le aseguré que, si me parecía que iba a morirme, podía estar segura de que esperaría a que regresara para hacerlo. —Hizo una pausa para respirar con un leve sonido sibilante y, acto seguido, tosió y prosiguió—: Gracias a Dios, no es ninguna beata, no posee talento para la música y tiene tal vitalidad que es una amenaza para el personal de cocina. Así que Minnie la ha puesto a hacer labores de aguja para reconducir su fantástica energía. Se parece a madre, ¿sabes?

—Lo siento, John —se disculpó Minnie—. La mandé a la cama, pero he visto que aún tiene la vela encendida. Creo que en este momento está trabajando en un par de pantuflas para ti.

Grey pensó que unas pantuflas eran probablemente inocuas, fuera cual fuese el motivo que ella hubiera elegido, y así lo dijo.

—Mientras no me esté bordando un par de calzones... Los nudos, ya sabes...

El comentario hizo reír a Hal, lo que hizo que tosiera a su vez de manera alarmante, aunque le devolvió algo de color a su rostro.

—¿Así que no te estás muriendo? —inquirió Grey.

—No —repuso escuetamente Hal.

—Me alegro —sonrió a su hermano—. No lo hagas.

Hal parpadeó y, luego, recordando la ocasión en que él le había dicho a Grey exactamente lo mismo, le devolvió la sonrisa.

—Haré cuanto esté en mi mano —dijo con sequedad y, después, volviéndose, le tendió a Minnie una mano afectuosa—. Querida...

—Haré que suban un poco de té —terció ella levantándose de inmediato—. Y un buen desayuno caliente —añadió tras lanzarle a Grey una mirada escrutadora. Cerró la puerta con delicadeza detrás de sí.

—¿Qué sucede? —Hal se incorporó un poco más en la almohada por sus propios medios, ignorando el vendaje manchado de sangre que le envolvía un antebrazo—. ¿Tienes noticias?

—Noticias, pocas. Pero muchas preguntas alarmantes.

Las noticias de la captura de Henry habían llegado en forma de una nota dirigida a Hal dentro de una carta que uno de sus contactos en el mundo del espionaje le había dirigido a él, y que contenía una respuesta a sus preguntas en relación con las conocidas conexiones francesas de un tal Percival Beauchamp. Sin embargo, no había querido comentar esto último con Hal hasta haber visto a Nessie y, en cualquier caso, Hal no estaba en condiciones para charlas de ese tipo.

—No se conocen conexiones de ninguna clase entre Beauchamp y Vergennes —dijo citando al primer ministro francés—, pero se lo ha visto a menudo en compañía de Beaumarchais.

Eso provocó otro ataque de tos.

—Maldita sea si me sorprende —observó Hal con aspereza tras recuperarse—. Comparten su interés por la caza, sin duda.

—Esto último constituía una referencia irónica tanto a la aversión de Percy por los deportes sangrientos como al título de Beaumarchais de «teniente general para la Caza», que le había concedido unos años antes el difunto rey.

—Y —continuó Grey, ignorando ese comentario— con un tal Silas Deane.

Hal frunció el ceño.

—¿Quién?

—Un comerciante que se encuentra en París en nombre del Congreso Americano. Revolotea más bien alrededor de Beaumarchais. Y él sí que ha estado hablando con Vergennes.

—Ah, ése. —Hal agitó una mano—. He oído hablar de él. Vagamente.

—¿Has oído hablar de una empresa llamada Rodrigue Hortalez et Cie.?

—No. Parece español, ¿verdad?

—O portugués. Mi informador no tenía más que el nombre y el rumor de que Beaumarchais tiene algo que ver con ella.

Hal gruñó y se recostó en las almohadas.

—Beaumarchais es el perejil de muchas salsas. Fabrica relojes, por el amor de Dios, como si escribir piezas teatrales no fuera ya bastante malo. ¿Tiene Beauchamp algo que ver con esa compañía?

—No se sabe. En estos momentos sólo tenemos vagas asociaciones, nada más. Pregunté todo lo que pudiera sugerir una relación con Beauchamp o con los americanos, todo lo que no fuera del dominio público, quiero decir. Eso fue lo que me contestaron.

Los finos dedos de Hal tocaban inquietas escalas sobre el cubrecama.

—¿Sabe tu informador lo que hace esa empresa española?

—Comerciar, ¿qué si no? —respondió Grey irónicamente, y Hal soltó un resoplido.

—Si fueran también banqueros, creo que tal vez tendrías algo.

—Es cierto. Pero la única manera de saberlo, creo, es ir y revolver las cosas con un palo bien puntiagudo. Tengo que coger el coche a Dover dentro de —miró con los ojos entornados el reloj de la repisa de la chimenea, poco claro a causa de la oscuridad— tres horas.

—Ah.

Su tono era ambiguo, pero Grey conocía muy bien a su hermano.

—Volveré de Francia a finales de marzo, como muy tarde —informó, y añadió con afecto—: Saldré en el primer barco que zarpe con rumbo a las colonias el año que viene, Hal. Y traeré a Henry de vuelta.

«Vivo o muerto.» Ninguno de los dos pronunció esas palabras. No era preciso.

—Aquí estaré cuando lo hagas —respondió Hal por fin en voz queda.

Grey colocó la mano sobre la de su hermano, la cual se volvió en el acto para coger la suya. Tal vez tuviera un aspecto frágil, pero la fuerza de la presión de la mano de Hal le infundió ánimos. Permanecieron sentados en silencio, con las manos unidas, hasta que se abrió la puerta y Arthur —ahora completamente vestido— entró sin hacer ruido con una bandeja del tamaño de una mesa de juego cargada de panceta, salchichas, riñones, salmón ahumado, huevos escalfados con mantequilla, champiñones a la brasa y tomates, tostadas, confitura, mermelada, una enorme tetera que desprendía un fragante olor a té recién hecho, unos cuencos con leche y azúcar, y un plato cubierto que depositó ceremoniosamente delante de Hal y que resultó que estaba lleno de una especie de repugnante papilla de avena muy líquida.

Arthur les hizo una reverencia y salió mientras Grey se preguntaba si sería él el lacayo que iba a casa de Nessie los jueves. Se volvió y descubrió que Hal estaba dando buena cuenta de los riñones que habían traído para él.

—¿No se supone que tienes que comerte tu papilla? —inquirió Grey.

—No me digas que también tú estás resuelto a llevarme antes de tiempo a la tumba —repuso Hal cerrando los ojos en breve éxtasis mientras masticaba—. ¿Cómo demonios espera nadie que me recupere alimentándome de cosas como bizcochos tostados y papillas de avena?... —Y, respirando con dificultad, arponeó otro riñón.

—¿Crees que de verdad se trata del corazón? —preguntó Grey.

Hal negó con la cabeza.

—Estoy seguro de que no —contestó en tono indiferente—. Estuve escuchándomelo, ¿sabes?, después del primer ataque. Sonaba exactamente igual que siempre. —Hizo una pausa para palparse el pecho de manera experimental, con el tenedor suspendido en el aire—. No me duele. Está claro que me dolería, ¿no?

Grey se encogió de hombros.

—¿Qué tipo de ataque fue, entonces?

Hal se tragó lo que quedaba del riñón y se estiró para agarrar una rebanada de pan tostado con mantequilla, cogiendo el cuchillo de la mermelada con la otra mano.

—No podía respirar —explicó como si nada—. Me puse azul, ese tipo de cosas.

—Ya. Bueno.

—Ahora mismo me encuentro bastante bien —señaló Hal en tono ligeramente sorprendido.

—¿Ah, sí? —sonrió Grey.

Tenía leves reservas, pero, al fin y al cabo... se iba al extranjero, y no sólo podían suceder cosas inesperadas, sino que a menudo sucedían. Mejor no dejar el tema en el aire, por si acaso algo malo les ocurría a alguno de los dos antes de que volvieran a verse.

—Bueno, pues... si estás seguro de que un pequeño sobresalto no precipitará tu espiral mortal, deja que te cuente algo.

Sus noticias en relación con la *tendresse* existente entre Dottie y William hizo que Hal parpadeara y dejara momentáneamente de comer, pero, tras unos segundos de reflexión, meneó la cabeza y continuó masticando.

—Muy bien —respondió.

—¿Muy bien? —repitió Grey como un eco—. ¿No tienes objeciones?

—A duras penas podría sentarme a gusto contigo si las tuviera, ¿no?

—Si esperas que me crea que tu preocupación por mis sentimientos afectaría en cualquier sentido a tus acciones, es que la enfermedad te ha perjudicado severamente.

Hal sonrió unos instantes y se bebió el té.

—No —contestó tras dejar su taza vacía—. No es eso. Es sólo que... —Se echó hacia atrás, con las manos entrelazadas sobre su apenas protuberante barriga, y le dirigió a Grey una mirada sincera—. Tal vez me muera. No tengo intención. No creo que me muera. Pero podría morirme. Sería más fácil si supiera que está casada con alguien que la protegerá y que cuidará de ella como es debido.

—Me halaga que pienses que William lo haría —repuso Grey con frialdad, aunque, de hecho, estaba inmensamente complacido.

—Por supuesto que lo haría —declaró Hal, pragmático—. ¿Acaso no es hijo tuyo?

Las campanas de una iglesia empezaron a sonar a lo lejos, recordándole algo a Grey.

—¡Ah! —exclamó—. ¡Feliz Navidad!

Hal adoptó una expresión de idéntica sorpresa, pero luego sonrió.

—Lo mismo te digo.

Grey seguía colmado de sentimientos navideños cuando partió para Dover, literalmente, pues los bolsillos de su abrigo estaban atiborrados de dulces y pequeños regalos, y llevaba bajo el brazo un envoltorio que contenía las infames pantuflas, de esas profusamente adornadas con bordados de lirios y ranas. Había abrazado a Dottie cuando ella se las dio, arreglándoselas para musitarle al oído que había cumplido con su misión. Ella lo había besado con tanta fuerza que aún podía sentir el beso en la mejilla, por lo que se frotaba distraído el lugar.

Tenía que escribir a William enseguida, aunque, en realidad, no había ninguna prisa en especial, pues no había forma de hacerle llegar la carta antes de que él mismo fuera para allá. Lo que le había dicho a Hal lo había dicho en serio: se embarcaría en el primer navío que pudiera zarpar en primavera.

Y no sólo por Henry.

Las carreteras estaban tan mal como esperaba, y el ferri a Calais fue aún peor, pero no reparó en el frío ni en las incomodidades del viaje. Ahora que su preocupación por Hal se había apa-

369

ciguado un poco, tenía libertad para pensar en lo que Nessie le había contado, una información que había pensado mencionarle a Hal, pero que al final no le había comentado, pues no quería llenarle la cabeza de cosas por miedo a que eso comprometiera su recuperación.

—Tu francés no ha estado aquí —le había dicho Nessie al tiempo que se lamía el azúcar de los dedos—. Aunque visitó el prostíbulo de Jackson mientras estaba en la ciudad. Ya se ha ido: dicen que ha vuelto a Francia.

—El prostíbulo de Jackson —había repetido él despacio.

No era que Grey frecuentara los prostíbulos, aparte del establecimiento de Nessie, pero desde luego conocía el de Jackson y había estado allí con sus amigos una vez o dos. Era una casa que llamaba la atención y que ofrecía música en la planta baja, juego en el primer piso y diversiones más privadas más arriba. Era muy popular entre los oficiales de grado medio del ejército, pero no era un lugar que pudiera satisfacer los particulares gustos de Percy Beauchamp, estaba seguro de ello.

—Entiendo —había respondido antes de tomarse tranquilamente el té con el corazón latiéndole en los oídos—. ¿Y no te has topado nunca con un oficial llamado Randall-Isaacs?

Ésa era la parte de la carta de la que no había hablado a Hal. Denys Randall-Isaacs era un oficial del ejército que solía frecuentar la compañía de Beauchamp, tanto en Francia como en Londres, le había dicho su informador, y ese nombre había atravesado el corazón de Grey como un carámbano.

Tal vez no fuera más que una coincidencia que un hombre que se sabía relacionado con Percy Beauchamp se hubiera llevado a William a una expedición de espionaje a Quebec, pero maldita sea si lo creía.

—Sí —había dicho ella, despacio. Tenía una mota de azúcar fino en el labio inferior. Grey deseaba limpiársela, y en otras circunstancias lo habría hecho—. O he oído hablar de él. Dicen que es judío. ·

—¿Judío? —Eso lo había sorprendido—. No puede ser. —A un judío nunca se le permitiría aceptar un nombramiento en el ejército, al igual que a un católico.

Nessie lo había mirado, arqueando las cejas.

—Tal vez no quiera que lo sepa nadie —había señalado y, relamiéndose como un gato, se había limpiado la mota de azúcar—. Pero, de ser así, debería mantenerse alejado de las mujeres de vida alegre. ¡Es cuanto puedo decir!

Se había echado a reír de buena gana, luego se había serenado, se había envuelto los hombros en la bata y lo había mirado con unos ojos que parecían negros a la luz de las llamas.

—Tiene algo que ver también con tu muchachito, el francés —había afirmado—. Fue una chica de la casa de Jackson quien me habló del judío y del susto que se llevó cuando se quitó los pantalones. Dijo que no lo habría hecho, pero que su amigo el francés estaba también allí, y que quería mirar, y que cuando él, me refiero al francés, vio que ella estaba desconcertada, le ofreció el doble, así que lo hizo. Dijo que cuando se la metió —y al decir esto le había dirigido una sonrisa obscena con la punta de la lengua contra sus dientes delanteros, que aún conservaba— le resultó más agradable que otras.

—Más agradable que otras —murmuró ahora Grey distraídamente para sí, apercibiéndose sólo en parte de la mirada recelosa que le dirigía el único otro pasajero del ferri que era lo bastante audaz como para permanecer en cubierta—. ¡Joder!

Estaba nevando copiosamente sobre el Canal, y la nieve caía casi horizontal mientras el viento aullador cambiaba de dirección y el barco se escoraba como para echar las tripas por la borda. El otro hombre se sacudió y se fue abajo, mientras él permanecía allí, comiendo con los dedos melocotones con coñac de un frasco que llevaba en el bolsillo, contemplando con tristeza la costa cada vez más próxima de Francia, visible tan sólo a trechos a través de unas nubes bajas.

24 de diciembre de 1776
Quebec

Querido papá:

Te escribo desde un convento. Me apresuraré a explicar que no es como los de Covent Garden, sino un convento católico de verdad, administrado por monjas ursulinas.

El capitán Randall-Isaacs y yo llegamos a la ciudadela a finales de octubre con la intención de visitar a sir Guy y averiguar su opinión al respecto de las simpatías locales frente a la insurrección americana, pero nos dijeron que se había marchado al Fuerte Saint-Jean para lidiar personalmente con un brote de dicha insurrección, a saber, una batalla naval (o así supongo que debo llamarla) que se libró en el lago Champlain, una estrecha masa de agua conectada con el lago George, que tal vez conozcas de cuando tú mismo estuviste aquí.

Yo era partidario de ir a unirnos a sir Guy, pero el capitán Randall-Isaacs se mostró reacio a causa de la distancia que el viaje entrañaba y a la época del año en que nos encontrábamos. De hecho, su juicio resultó acertado, pues el día siguiente trajo una lluvia helada que dio paso al cabo de poco tiempo a una ventisca aulladora, tan violenta que oscureció el cielo hasta tal punto que no podía distinguirse el día de la noche y que sepultó el mundo bajo la nieve y el hielo en cuestión de horas. Al ver este espectáculo de la naturaleza, debo confesar que mi desilusión por perderme la oportunidad de unirme a sir Guy se vio sustancialmente mitigada.

Al parecer, habría sido demasiado tarde en cualquier caso, pues la batalla tuvo lugar el primero de octubre. No conocimos los particulares hasta mediados de noviembre, cuando algunos soldados alemanes del regimiento del barón Von Riedesel llegaron a la ciudadela con noticias acerca del enfrentamiento. Muy probablemente, cuando recibas esta carta ya habrás oído descripciones más oficiales y directas del acontecimiento, pero quizá las versiones oficiales hayan omitido algunos detalles de interés y, además, para serte franco, la redacción de este informe es el único empleo que tengo en estos momentos, pues he declinado una amable invitación de la madre superiora a asistir a la misa que celebran hoy a medianoche en observancia de la Navidad. (Las campanas de las iglesias de la ciudad tañen cada cuarto de hora, marcando el paso del tiempo día y noche. La capilla del convento se encuentra justo al otro lado del muro de la casa de huéspedes en cuyo último piso me alojo, y la campana está quizá a seis metros por encima de mi cabeza cuando estoy acostado en la cama. En consecuencia, puedo informarte de manera fidedigna de que ahora son las 21.15 horas.)

Iré, pues, al grano: sir Guy estaba alarmado por la tentativa del año pasado de invadir Quebec, a pesar de que había concluido con un tremendo fracaso y, por tanto, había decidido incrementar su control sobre el Hudson superior, pues se trataba de la única posible vía por la que podrían presentarse otros problemas, dado que las dificultades de viajar por tierra son tan tremendas que sólo lo intentarían los más resueltos. (Tengo un frasquito de espíritu del vino para regalarte, que contiene un tábano de más de cinco centímetros de largo, además de unas cuantas garrapatas muy grandes, estas últimas arrancadas de mi persona con ayuda de miel, que, aplicada con generosidad, las asfixia y hace que suelten a su presa.)

Aunque la invasión del último invierno fracasara, los hombres del coronel Arnold resolvieron impedirle a sir Guy el acceso a los lagos y, en consecuencia, al batirse en retirada, hundieron o quemaron todos los barcos en el Fuerte Saint-Jean, además de reducir a cenizas el aserradero y el propio fuerte.

Por ello, sir Guy solicitó que le mandaran barcos plegables desde Inglaterra (¡ojalá los hubiera visto!) y, cuando llegaron diez de ellos, viajó a St. John para supervisar su montaje en la cabecera del río Richelieu. Mientras tanto, el coronel Arnold (que parece una persona sorprendente y laboriosa, si la mitad de lo que me cuentan de él es verdad) ha estado construyendo como loco su propia flota de barcos de remos destartalados y balandros de quillas cepilladas.

No contento con estos prodigios plegables, sir Guy tenía también el *Indefatigable*, una fragata de ciento ochenta toneladas (mis informadores no estaban de acuerdo en el número de cañones que lleva: después de la segunda botella de clarete del convento —lo hacen las propias monjas, y no poco se consume también aquí, delante de las narices del cura—, se alcanzó un consenso cifrado en «un montón, amigo», que siempre permite errores de traducción), que habían desmontado, trasladado hasta el río y vuelto a montar una vez allí.

Al parecer, el coronel Arnold decidió que seguir esperando equivaldría a perder cualquier ventaja de iniciativa que pudiera poseer, por lo que salió de su escondite de la isla Valcour el 30 de septiembre. Según los informes, tenía quince naves, frente a las veinticinco de sir Guy, todas ellas construidas apresuradamente, incapaces de navegar y tripuladas por gente de tierra firme que no sabía distinguir una bitácora de un juanete, ¡la armada americana en toda su gloria!

Sin embargo, no debo reírme demasiado. Cuanto más me cuentan del coronel Arnold (y oigo hablar mucho de él aquí, en Quebec), más me parece que debe de ser un caballero de rompe y rasga, como el abuelo sir George solía decir. Me gustaría conocerlo algún día.

Fuera están cantando. Los habitantes acuden a la catedral vecina. No conozco la música, y está demasiado lejos para distinguir las palabras, pero, desde mi atalaya, puedo ver el resplandor de las antorchas. Las campanas dicen que son las diez en punto.

(A propósito, la madre superiora dice que te conoce. Se llama sor Inmaculada. Esto no debería sorprenderme mucho, sin embargo. Le dije que conoces al arzobispo de Canterbury y al papa, por lo que manifestó que estaba muy impresionada y te ruega que traslades su más humilde obediencia a Su Santidad la próxima vez que lo veas. Me invitó amablemente a cenar y me contó anécdotas sobre la toma de la ciudadela en el 59, así como que alojaste a muchos de las Highlands en el convento. Me contó lo escandalizadas que estaban las hermanas por sus piernas desnudas y que quisieron requisar tela de lona para hacerles pantalones a los hombres. Mi uniforme ha sufrido de manera perceptible durante las últimas semanas de viaje, pero me alegro de poder decir que sigo decentemente vestido de cintura para abajo. ¡Y también se alegra la madre superiora, sin duda!)

Vuelvo a mi relato de la batalla: la flota de sir Guy viajó hacia el sur, intentando alcanzar y volver a capturar Crown Point y, luego, Ticonderoga. No obstante, al pasar por la isla Valcour, dos de los barcos de Arnold saltaron sobre ellos, abriendo fuego como desafío. Acto seguido intentaron retirarse, pero uno de ellos (el *Royal Savage*, decían) no logró navegar contra los vientos desfavorables y encalló. Varias cañoneras británicas lo rodearon y capturaron a unos cuantos hombres, aunque se vieron obligados a retirarse bajo el intenso fuego americano, no sin antes prenderle fuego al *Royal Savage*.

A continuación, se desarrollaron abundantes maniobras en el estrecho, y la batalla comenzó aproximadamente a mediodía, y el *Carleton* y el *Inflexible*, junto con las cañoneras, soportaron lo más duro del combate. El *Revenge* y el *Philadelphia* de Arnold resultaron gravemente alcanzados en los flancos, y el *Philadelphia* se hundió cerca del atardecer.

El *Carleton* siguió disparando hasta que un afortunado cañonazo de los americanos le cortó la línea del ancla dejándolo a la deriva. Lo atacaron con saña y numerosos hombres resultaron heridos o muertos. El recuento de víctimas incluía a su capitán, un tal teniente James Dacres (tengo la incómoda sensación de que lo conocía, tal vez de un baile de la temporada pasada), y a los oficiales de alta graduación. Uno de sus guardiamarinas tomó el mando y lo llevó a un lugar seguro. Dijeron que se trataba de Edward Pellew, y sé que coincidí con él una o dos veces en Boodles, con el tío Harry.

En resumidas cuentas: otro afortunado disparo alcanzó el polvorín de una cañonera y la hizo saltar por los aires, pero, mientras tanto, el *Inflexible* entró por fin en juego y vapuleó a los barcos americanos con sus pesados cañones. Entretanto, la más pequeña de las naves de sir Guy desembarcó a unos indios en la isla Valcour y a orillas del lago, cortando así esta vía de escape, y el resto de la flota de Arnold se vio obligada de este modo a retirarse lago abajo.

Lograron pasar sigilosamente por delante de sir Guy, pues aquella noche había niebla, y se refugiaron en la isla Schuyler, varios kilómetros al sur. Pero la flota de sir Guy los persiguió y consiguió avistarlos al día siguiente, pues los barcos de Arnold se veían muy entorpecidos por las filtraciones, los daños sufridos y el tiempo, ya que se había puesto a llover a cántaros y hacía un fuerte viento. El *Washington* fue apresado, atacado y obligado a arriar sus colores, al tiempo que se capturaba a su tripulación de más de cien hombres. Sin embargo, el resto de la flota de Arnold consiguió llegar a la bahía del Botón, donde, según tengo entendido, las aguas carecen de suficiente calado para que los barcos de sir Guy pudieran seguirlos.

Allí, Arnold varó, destruyó y quemó la mayor parte de sus naves, con las banderas ondeando aún en señal de desafío, dijeron los alemanes. Esto les hacía gracia, pero lo admiraban. El coronel Arnold (¿o tenemos que llamarlo ahora almirante Arnold?) prendió fuego personalmente al *Congress*, su buque insignia, y partió por tierra escapando por muy poco de los indios que habían mandado a cortarle el paso. Sus tropas consiguieron llegar a Crown Point, pero no se quedaron allí, sino que se detuvieron tan sólo para arrasar el fuerte antes de retirarse a Ticonderoga.

Sir Guy no se llevó a sus prisioneros de vuelta a Quebec: los mandó de regreso a Ticonderoga con una bandera blanca, un gesto muy bonito y muy admirado por mis informadores.

22.30 horas. ¿Cuando estuviste aquí viste la aurora boreal, o era una época del año demasiado temprana? Es un espectáculo extraordinario. Lleva nevando todo el día, pero cesó cerca del anochecer y ahora el cielo está limpio. Mi ventana está orientada al norte y, en estos precisos instantes, hay una luz asombrosa que llena todo el cielo con olas de azul pálido y un poco de verde, aunque a veces la he visto roja, que se arremolinan como las gotas de tinta cuando uno las echa en el agua y remueve. Ahora no puedo oírlo a causa de los cantos, pero hay alguien tocando la flauta a lo lejos. Es una melodía muy dulce y desgarradora, aunque siempre que he visto ese fenómeno fuera de la ciudad, en los bosques, suele ir acompañado de un sonido o sonidos muy peculiares. A veces, es una especie de débil silbido, como el del viento alrededor de un edificio, aunque el aire no se mueve; a veces, un sonido sibilante, extraño y fuerte, interrumpido de vez en cuando por una descarga de *clics* y *cracs*, como si una horda de grillos se estuviera acercando al oyente a través de las hojas secas, aunque cuando empieza a poder verse la aurora hace ya tiempo que el frío ha matado a todos los insectos. (¡Qué alivio! Nos poníamos un ungüento que utilizan los indios, que surte cierto efecto contra las moscas picadoras y los mosquitos, pero que no contribuye lo más mínimo a mermar la curiosidad de tijeretas, cucarachas y arañas.)

En nuestro viaje entre St. John y Quebec nos acompañaba un guía, un mestizo (tenía una extraordinaria mata de pelo, grueso y rizado como lana de oveja y del color de la corteza de canela) que nos contó que algunos nativos pensaban que el firmamento es una bóveda que separa la tierra del cielo, pero que en la bóveda había agujeros, y que las luces de la aurora son las antorchas del cielo, enviadas para guiar a los espíritus de los muertos a través de esos orificios.

Veo que tengo que terminar ya mi relato, aunque sólo añadiré que, después de la batalla, sir Guy se retiró a su cuartel general de invierno en St. John y que es probable que no regrese a Quebec hasta la primavera.

Así que ahora llego al verdadero motivo de mi carta. Ayer, cuando me desperté, descubrí que el capitán Randall-Isaacs había levantado el campamento durante la noche con el pretexto de que tenía un asunto urgente que resolver. Me dijo que había disfrutado de mi compañía y de mi valiosa asistencia, y que debía permanecer aquí hasta que él regresara o hasta recibir nuevas órdenes.

Hay una buena capa de nieve y puede volver a nevar en cualquier momento, así que el asunto tiene que ser realmente urgente para obligar a un hombre a aventurarse a recorrer cualquier distancia. Por supuesto, estoy algo molesto por la brusca partida del capitán Randall-Isaacs, siento curiosidad por saber qué es lo que puede haberla provocado, y estoy un tanto preocupado por su bienestar. Sin embargo, ésta no parece una situación en la que esté justificado ignorar mis órdenes, así que... estoy a la espera.

23.30 horas. He dejado un rato de cscribir para levantarme a contemplar el cielo. Las luces de la aurora van y vienen, pero creo que ahora se han ido definitivamente. El cielo está negro; las estrellas, brillantes, pero diminutas en contraste con el resplandor desaparecido de las luces. Hay en el cielo un vasto vacío que uno rara vez siente en una ciudad. A pesar del tañido de las campanas, de las hogueras de la plaza y de los cantos de la gente —se está celebrando una procesión de algún tipo—, puedo percibir el profundo silencio que hay más allá.

Las monjas están entrando en la capilla. Acabo de asomarme a la ventana para verlas entrar a toda prisa, de dos en dos, como una columna en marcha, con sus vestidos y sus mantos oscuros con los que parecen pequeños pedazos de noche que se deslizan entre las estrellas con sus antorchas. (Llevo mucho tiempo escribiendo, tendrás que perdonarme los caprichos de un cerebro cansado.)

Ésta es la primera Navidad que paso sin ver ni mi hogar ni a mi familia.

La primera de muchas, sin duda.

Pienso a menudo en ti, papá, y espero que estés bien y pensando con ilusión en el ganso asado que comerás mañana con la abuela y el abuelo sir George. Diles que les mando todo mi amor, por favor, y también al tío Hal y a su familia. (Y, especialmente, a mi Dottie.)

Feliz Navidad de parte de tu hijo,

William

Posdata: Las 2.00 horas. A pesar de todo, he bajado y asistido a la misa desde el fondo de la capilla. Era un poco papista, y había mucho incienso, pero he rezado una oración por madre Geneva y por mamá Isobel. Cuando he salido de la capilla he visto que las luces habían regresado. Ahora son azules.

25

Las entrañas del mar

15 de mayo de 1777

Queridos míos:
   Odio los barcos. Los aborrezco con todas mis fuerzas. Y,
sin embargo, me encuentro una vez más navegando sobre las
terribles entrañas del mar, a bordo de una nave conocida como
Tranquil Teal, «Cerceta Tranquila», nombre de cuya absurdi-
dad podéis deducir lo grotescamente extravagante que es su
capitán. Este caballero es un contrabandista mestizo, de siniestro semblante y abyecto humor, llamado Trustworthy Roberts.

Jamie hizo una pausa para mojar la pluma en el tintero, se
quedó mirando la costa cada vez más pequeña de Carolina del
Norte y, viéndola subir y bajar de manera inquietante, fijó de
nuevo los ojos en la hoja de papel que había clavado con tachue-
las a su escribanía portátil para evitar que la fuerte brisa que
hinchaba las velas sobre su cabeza se la llevase.
   «Estamos bien de salud», escribió, despacio. Al margen de
la sensación de mareo en la que no quería pensar mucho, claro
está. ¿Debía contarles lo de Fergus?, se preguntó.
   —¿Te encuentras bien?
   Levantó la vista y vio a Claire, que se inclinaba para examinarlo con esa expresión de viva, pero prudente curiosidad que
reservaba para las personas que podían vomitar, escupir sangre
o morirse en cualquier momento. Jamie había hecho ya las dos
primeras cosas después de que ella le clavase accidentalmente
una de sus agujas en un pequeño vaso sanguíneo del cuero cabelludo, aunque esperaba que su mujer no distinguiera en él
ninguna otra señal de muerte inminente.
   —Bastante bien. —No quería pensar siquiera en su estómago por miedo a incitarlo, así que cambió de tema con el fin de
evitar seguir hablando de ello—. ¿Crees que debería contarles
a Brianna y a Roger Mac lo de Fergus?
   —¿Cuánta tinta te queda? —inquirió ella con una amplia
sonrisa—. Sí, claro que deberías contárselo. Les interesará mucho. Y te distraerá —añadió mirándolo con los ojos ligeramente
entornados—. Sigues bastante verde.

—Gracias.

Ella se echó a reír con la alegre insensibilidad del buen marinero, le dio un beso en la coronilla —evitando las cuatro agujas que sobresalían de su frente— y se acercó a la borda, a observar cómo la tierra oscilante se perdía de vista.

Jamie apartó la mirada de tan angustiante perspectiva y volvió a su carta.

Fergus y su familia también están bien, pero debo hablaros de un suceso desconcertante. Un hombre que se hace llamar Percival Beauchamp...

Le llevó casi toda una página describir a Beauchamp y su incomprensible interés. Miró a Claire, preguntándose si debía mencionar también la posibilidad de que Beauchamp guardara alguna relación con su familia, pero al final decidió no hacerlo. Su hija conocía sin duda el nombre de soltera de su madre y se daría cuenta enseguida. No tenía más información útil que facilitarle al respecto, y la mano empezaba a dolerle.

Claire seguía junto a la borda, sujetándose con una mano para no perder el equilibrio, con una expresión soñadora en el rostro.

Se había recogido la mata de pelo con un lazo, pero el viento le había desprendido algunos mechones, y con el cabello, la falda y el chal ondeando a su espalda y la tela de su vestido adherido a lo que era todavía un pecho muy bonito, Jamie pensó que parecía el mascarón de proa de un barco, grácil y feroz, un espíritu protector frente a los peligros de las profundidades.

Halló este pensamiento vagamente reconfortante, por lo que regresó a su redacción más animado, a pesar de la alarmante información que tenía que referir.

Fergus decidió no hablar con monsieur Beauchamp, cosa que me pareció prudente, y supusimos que ahí terminaba el asunto.

Sin embargo, mientras estábamos en Wilmington, bajé una noche a los muelles para encontrarme con el señor DeLancey Hall, nuestro contacto con el capitán Roberts. A raíz de la presencia de un barco de guerra británico en el puerto, se decidió que subiríamos discretamente al queche de pesca del señor Hall, que nos transportaría fuera del puerto, donde nos reuniríamos con el *Teal*, pues al capitán Roberts no le agradaba la idea de estar muy cerca de la marina inglesa. (Se trata de una respuesta bastante universal por parte de los capitanes particulares y mercantes, debido tanto a la prevalencia del contrabando a bordo de la mayoría de los barcos como a la actitud rapaz de la marina para con sus tripulaciones, cuyos miembros son secuestrados de manera rutinaria —persuadidos, según dicen ellos— y, a todos los efectos, esclavizados de por vida, a menos que quieran arriesgarse a que los cuelguen por deserción.)

Había llevado conmigo algunos elementos de equipaje de escasa importancia, pues, con el pretexto de subirlos a bordo, me proponía inspeccionar con mayor atención tanto el queche como al señor Hall antes de confiarles a ambos nuestras vidas. Pero el queche no estaba allí, y el señor Hall no apareció hasta al cabo de un buen rato, de modo que empecé a preocuparme por si no había comprendido sus instrucciones o si se había indispuesto con la marina de Su Majestad o con algún otro golfo o corsario.

Esperé hasta que hubo anochecido, y estaba a punto de regresar a mi posada cuando vi entrar en el puerto un barquito con una linterna azul en la popa. Aquélla era la señal del señor Hall, y aquel barco era su queche, que ayudé a amarrar al muelle. Me dijo que tenía noticias, por lo que nos dirigimos a una taberna local, donde me contó que había estado en New Bern el día anterior y que había encontrado la ciudad muy revolucionada a causa de un vergonzoso ataque contra el impresor, el señor Fraser.

Según me informó, éste —Fergus— estaba realizando su ronda de distribución y acababa de bajarse del carro cuando alguien se abalanzó sobre él desde detrás, echándole un saco por encima de la cabeza al tiempo que otra persona intentaba agarrarle las manos, presumiblemente con la intención de atárselas. Fergus, como es natural, se resistió con brío a esas tentativas y, según el relato del señor Hall, logró herir a uno de los asaltantes con el garfio, pues había cierta cantidad de sangre que daba solidez a tal suposición. El herido cayó de espaldas entre gritos y soltó graves blasfemias (me habría interesado conocer el contenido de éstas para saber si quien las dijo era francés o inglés, mas no me dieron esa información), tras lo cual *Clarence* (a quien creo que recordaréis) se puso nerviosa y, al parecer, coceó al segundo asaltante, pues éste y Fergus habían caído contra la mula mientras luchaban. Esta vigorosa intervención desalentó al segundo hombre, pero el primero volvió a la carga en ese preciso momento, y Fergus —aún cegado por el saco, pero pidiendo ayuda a gritos— forcejeó con él y volvió a alcanzarlo con el garfio. Algunos informes (según el señor Hall) afirman que el canalla le arrancó a Fergus el garfio de la muñeca, mientras que otros sostienen que Fergus logró alcanzarlo de nuevo, pero que el garfio quedó enganchado en la ropa del villano y se le desprendió durante la pelea.

En cualquier caso, la gente que se encontraba en el interior de la taberna de Thompson oyó el alboroto y salió corriendo, tras lo cual los canallas huyeron dejando a Fergus algo magullado y muy indignado ante la pérdida de su garfio, aunque ileso, por lo demás, por lo que debemos dar gracias a Dios y a san Dimas (que es el patrón particular de Fergus).

Interrogué al señor Hall con el mayor detenimiento posible, pero había poco más que añadir. Dijo que la opinión pública estaba dividida y que, aunque muchos decían que se trataba de un intento de deportación y que los responsables del ataque eran los Hijos de la Libertad, algunos miembros de este grupo negaron, indignados, la acusación, afirmando que era obra de lealistas enfurecidos porque Fergus había impreso un discurso particularmente incendiario de Patrick Henry, y que el secuestro era un preludio del emplumamiento. Al parecer, Fergus ha conseguido hasta tal punto evitar que parezca haber tomado partido en el conflicto que la probabilidad de que ambos grupos se ofendieran y decidieran eliminar su influencia es idéntica.

Esto es posible, por supuesto. Pero, teniendo en mente la presencia y el comportamiento de monsieur Beauchamp, creo que hay una tercera explicación más probable, si cabe. Fergus se negó a hablar con él, aunque, sin tener que investigar mucho más, Beauchamp habría acabado por descubrir que, a pesar de su nombre y de que su mujer sea escocesa, Fergus es francés. Sin duda, la mayoría de los habitantes de New Bern lo saben, y alguien podría habérselo dicho fácilmente.

He de admitir que no tengo la más mínima idea de por qué habría de querer Beauchamp secuestrar a Fergus en lugar de simplemente ir a enfrentarse a él en persona y preguntarle si se trataba quizá de aquel a quien dicho caballero afirmaba estar buscando. Debo asumir que no desea perjudicar a Fergus de manera inmediata, pues, si quisiera, no le habría sido muy difícil hacer que alguien lo matara. En estos tiempos hay muchos hombres desapegados y perversos vagando por la colonia. El suceso es preocupante, pero en mi actual y extrema situación no hay gran cosa que pueda hacer al respecto. Le he mandado a Fergus una carta —en apariencia, acerca de los requisitos de un trabajo de impresor— en la que le hago saber que le he dejado a un platero de Wilmington una suma de dinero que puede retirar en caso de necesidad. Comenté con él los peligros que entraña su actual situación, sin saber entonces lo importantes que podían llegar a ser realmente, y estuvo de acuerdo en que quizá sería ventajoso para la seguridad de su familia mudarse a una ciudad donde la opinión pública fuese más afín a sus propias inclinaciones. Este último incidente quizá lo fuerce a decidirse, más en particular cuando estar cerca de nosotros ha dejado de ser una consideración.

Tuvo que volver a detenerse, pues el dolor se le extendía por toda la mano y le subía por la muñeca. Estiró los dedos reprimiendo un gemido. Era como si un puente eléctrico le mandara breves descargas brazo arriba desde el dedo anular.

Estaba más que preocupado por Fergus y su familia. Si Beauchamp lo había intentado una vez, volvería a hacerlo. Pero ¿por qué?

¿Quizá el hecho de que Fergus fuese francés no era prueba suficiente de que se tratara del Claudel Fraser que Beauchamp estaba buscando y se proponía averiguarlo por su cuenta por todos los medios disponibles? Podía ser, pero ello sugería una fría determinación que inquietaba a Jamie más de lo que había querido traslucir en su carta.

Y, para ser justos, tenía que reconocer que la idea de que el ataque hubiera sido perpetrado por personas de sensibilidad política enardecida era una clara posibilidad, y tal vez más probable que los siniestros designios de monsieur Beauchamp, en alto grado románticos y teóricos a un tiempo.

—Pero no he vivido hasta hoy sin olerme cuándo hay gato encerrado —murmuró, aún frotándose la mano.

—¡Por los clavos de Roosevelt! —exclamó su mascarón de proa particular apareciendo de repente junto a él con aire de gran preocupación—. ¡Tu mano!

—¿Qué? —Jamie se miró la mano, malhumorado por el enorme malestar—. ¿Qué le pasa? Sigue teniendo todos los dedos pegados.

—Eso es lo mejor que puede decirse de ella. Parece el nudo gordiano.

Se arrodilló a su lado y le tomó la mano entre las suyas, masajeándosela con tal energía que, aunque era sin duda beneficioso, le causó de inmediato un dolor tan intenso que se le llenaron los ojos de lágrimas. Los cerró, respirando despacio a través de los dientes apretados.

Claire lo estaba reprendiendo por escribir demasiado de una sentada. Al fin y al cabo, ¿qué prisa había?

—Pasarán días antes de que lleguemos a Connecticut, y luego invertiremos *meses* en el viaje a Escocia. Podrías escribir una frase al día y citar todo el libro de los Salmos de camino.

—Quería hacerlo —contestó él.

Ella murmuró algo en tono despectivo que incluía las palabras *escocés* y *cabezota*, pero Jamie prefirió ignorarla. Quería hacerlo. Le aclaraba las ideas verlas en blanco sobre negro, y, en cierto modo, era un alivio expresarlas sobre el papel en lugar de tener la preocupación atascada en la cabeza como si se tratase de barro entre raíces de manglar.

Además —y no es que necesitara una excusa, pensó mirando con los ojos entornados la coronilla de la cabeza agachada de su esposa—, ver cómo la costa de Carolina del Norte se alejaba cada vez más le había hecho añorar a su hija y a Roger Mac, por lo que había deseado esa sensación de conexión que le aportaba escribirles.

«¿Crees que los verás? —le había preguntado Fergus poco antes de despedirse el uno del otro—. Quizá vayáis a Francia».

Para Fergus y Marsali y para la gente del Cerro, Brianna y Roger se habían ido a Francia con el fin de escapar de la guerra inminente.

«No —le había contestado, esperando que su voz no delatara la tristeza que albergaba su corazón—. Dudo que volvamos a verlos nunca más.»

Fergus le había oprimido el antebrazo con su fuerte mano derecha y luego había relajado la presión.

«La vida es larga», le había dicho en voz baja.

«Sí», había contestado él, pero en su interior había pensado: «Ninguna vida es lo bastante larga.»

Ahora la mano le molestaba menos. Aunque Claire seguía masajeándosela, el movimiento ya no le producía tanto dolor.

—Yo también los echo de menos —señaló ella con suavidad, y le besó los nudillos—. Dame la carta. Yo la terminaré.

La mano de tu padre no puede soportar ya más por hoy. Este barco tiene una cosa curiosa aparte del nombre del capitán.[8] Antes he estado en la bodega y he visto un montón de cajas, todas marcadas con el nombre «Arnold» y «New Haven, Connecticut». Le he dicho al marinero (que tiene el pedestre nombre de John Smith, aunque, sin duda para compensar su triste falta de distinción, lleva tres pendientes de oro en una oreja y dos en la otra; me contó que lleva uno por cada vez que ha sobrevivido al hundimiento de un barco, espero que tu padre no se entere) que el señor Arnold debía de ser un comerciante muy próspero. El señor Smith se echó a reír y dijo que, en realidad, el señor Benedict Arnold es un coronel del ejército continental, y también un oficial muy gallardo. Las cajas debían entregarse a su hermana, la señorita Hannah Arnold, que está al cuidado tanto de sus tres hijos pequeños como de su tienda de telas y productos de importación en Connecticut mientras él se ocupa de los asuntos de la guerra.

Debo decir que, cuando lo oí, me entraron escalofríos. Me he topado antes con hombres cuya historia conocía; y al menos uno de ellos llevaba consigo una maldición. Pero nunca te acostumbras a esa sensación. Miré aquellas cajas y me pregunté si debería escribir a la señorita Hannah, si debería bajarme del barco en New Haven e ir a verla. ¿Para contarle qué, exactamente?

Toda nuestra experiencia hasta la fecha sugiere que no puedo hacer nada en absoluto para alterar el curso de los acontecimientos. Y, contemplando la situación de manera objetiva, no veo modo alguno de... Y sin embargo...

¡Y sin embargo!

Y sin embargo, he estado cerca de muchas personas cuyos actos tienen un efecto evidente, acaben o no haciendo historia como tal. «¿Cómo no?», dice tu padre. Los actos de todo el mundo tienen cierto efecto sobre el futuro. Está claro que tiene razón. No obstante, rozar tan cerca un nombre como Benedict Arnold le da a uno un estímulo positivo, como le gusta decir al capitán Roberts. (Sin duda, una situación que le proporcionara a uno un estímulo negativo sería de lo más desagradable.)

Bueno, volvamos tangencialmente al tema original de esta carta, el misterioso monsieur Beauchamp. Si las cosas

---

[8] El capitán se llama Trustworthy Roberts. *Trustworthy*, en inglés, significa «digno de confianza». *(N. de la t.)*

de tu padre... —las de Frank, quiero decir—, si aún conservas las cajas de papeles y libros de su despacho de casa y tienes un rato libre, podrías mirar y ver si encuentras una vieja carpeta de papel manila con un escudo de colores pintado a lápiz. Me parece que es azul y oro, y recuerdo que tiene unos vencejos. Con suerte, contendrá aún la genealogía de la familia Beauchamp que me hizo mi tío Lamb hace tantos años, ¡quién lo iba a decir!

Podrías simplemente echarle un vistazo y ver si es posible que en 1777 el titular del nombre fuera un tal Percival. Sólo por curiosidad.

El viento ha arreciado un poco y el mar se está encrespando. Tu padre se ha puesto bastante pálido y está frío y sudoroso como el cebo para pescar. Creo que voy a concluir y a llevarlo abajo para que se eche una buena y tranquila vomitera y una siesta.

Con todo mi amor,

Mamá

26

Un ciervo acorralado

Roger sopló pensativo sobre la boca de una sólida botella vacía, produciendo un gemido grave y gutural. Casi lo tenía, pero debía ser un poco más profundo... y, por supuesto, no tenía aquella nota hambrienta, aquella especie de gruñido. Aunque el timbre... Se levantó, comenzó a revolver en la nevera y encontró lo que estaba buscando tras un pedazo de queso y seis envases de margarina llenos Dios sabe de qué. Se habría apostado algo a que no era margarina.

En la botella no quedaban más que unos dos dedos de champán, restos de su cena de celebración de la semana previa en honor del nuevo trabajo de Bree. Alguien había tenido el cuidado de cubrir el cuello de la botella con papel de aluminio, aunque el vino, por supuesto, había perdido el gas. Iba a echarlo en el fregadero, pero toda una vida de economías escocesas no se tira por la borda tan fácilmente. Sin dudarlo más que unos instantes, se bebió el resto del champán y, al bajar la botella, vio a Annie MacDonald, con Amanda de la mano, mirándolo.

—Bueno, al menos aún no se añade a los cereales del desayuno —le dijo mientras pasaba por su lado—. Muy bien, cariño, arriba. —Sentó a Mandy en su trona y se marchó, meneando la cabeza en señal de disgusto por la escasa estatura moral de su jefe.

—¡Dame, papi! —Mandy se estiró para coger la botella, atraída por la brillante etiqueta.

Tras la debida pausa paterna, mientras su mente recorría potenciales posibilidades de destrucción, Roger le dio, en su lugar, un vaso de leche y se puso a silbar sobre el labio estriado de la botella de champán, emitiendo un sonido profundo y melodioso. Sí, eso era, algo parecido a un *fa* por debajo de *do* sostenido.

—¡Vuelve a hacerlo, papi! —Mandy estaba encantada.

Ligeramente avergonzado, volvió a soplar, haciéndola reír a carcajadas. Cogió la robusta botella y sopló sobre ella, luego alternó ambas, tocando una versión en dos notas de la melodía de *María tenía un corderito*.

Atraída por los silbidos y los gritos de éxtasis de Mandy, Brianna acudió a la puerta con un casco de protección de brillante plástico azul en la mano.

—¿Piensas montar tu propia banda de música? —inquirió.

—Ya tengo una —contestó Roger y, después de decidir que lo peor que podía hacer Mandy con la botella de champán era tirarla sobre la alfombra, se la dio y salió con Brianna al vestíbulo, donde la atrajo hacia sí y la besó apasionadamente mientras la puerta acolchada se cerraba con un sonido amortiguado.

—¿Champán para desayunar? —Bree interrumpió el beso el tiempo suficiente para preguntar y luego fue a por más, saboreándolo.

—Necesitaba la botella —murmuró él, saboreándola a su vez.

Ella había desayunado avena con mantequilla y miel, y tenía la boca dulce, por lo que a Roger el champán le supo amargo en los bordes de la lengua. El vestíbulo estaba helado, pero, bajo el jersey de lana, Brianna estaba tan caliente como una tostada. Los dedos de él se entretuvieron sobre la suave piel desnuda del final de su espalda, justo bajo el elástico.

—Que tengas un buen día —susurró. Luchó contra el impulso de deslizar los dedos bajo la cinturilla de sus pantalones. No era respetuoso acariciarle el trasero a un inspector recién estrenado de la Compañía Hidroeléctrica del Norte de Escocia—. ¿Te traerás el casco a casa cuando termines?

—Claro. ¿Por qué?

—He pensado que podrías ponértelo en la cama. —Se lo había cogido de las manos y se lo había puesto cuidadosamente en la cabeza. Hacía que los ojos se le vieran azul marino—. Póntelo, y te diré lo que quería hacer con la botella de champán.

—Vaya, ésa es una propuesta que no puedo re... —Los ojos azul marino miraron de repente a un lado.

Roger miró en la misma dirección y descubrió a Annie al fondo del vestíbulo, escoba y trapo del polvo en ristre, con una expresión de profundo interés en su delgado rostro.

—Bueno. Eh... que tengas un buen día —repitió Roger soltándola deprisa.

—Tú también.

Con el ceño fruncido, Brianna lo asió con fuerza por los hombros y lo besó, antes de cruzar el vestíbulo y pasar junto a una Annie con los ojos abiertos como platos, a la que deseó alegremente los buenos días en gaélico.

Sonó un súbito estrépito en la cocina. Roger se volvió hacia la puerta acolchada, aunque dedicó sólo la mitad de su atención al incipiente desastre. La mayor parte de ella estaba volcada en el hecho de que, al parecer, su esposa se había ido a trabajar sin bragas.

Mandy se las había ingeniado, Dios sabía cómo, para tirar la botella de champán por la ventana y, cuando Roger entró a toda prisa, estaba de pie sobre la mesa, intentando cogerse al áspero marco de la hoja de vidrio.

—¡Mandy! —La agarró, la bajó rápidamente de la mesa y, con el mismo movimiento, le dio un azote en el culo.

La niña soltó un aullido que le taladró los oídos, y Roger se la llevó de allí bajo el brazo, pasando junto a Annie Mac, que se quedó en el umbral con los ojos y la boca tan redondos como una «O».

—¿Te importaría recoger el cristal? —le pidió.

Se sentía culpable. ¿En qué habría estado pensando al darle la botella? ¡Por no mencionar cuando la dejó sola con ella!

Al mismo tiempo, se sentía algo irritado con Annie Mac —al fin y al cabo, la habían contratado para cuidar de los niños—, pero su sentido de la justicia le hizo admitir que debería haberse asegurado de que ella había vuelto para ocuparse de Mandy antes de salir de la cocina. Su irritación se hizo extensiva a Bree, que se había marchado a su nuevo trabajo pavoneándose, esperando que él cuidara de la familia.

Reconoció, sin embargo, que el enfado era sólo una tentativa de escapar a su sentimiento de culpa e hizo todo lo posible por olvidarlo mientras consolaba a Mandy y tenía con ella una pequeña charla acerca de no ponerse de pie sobre las mesas, no tirar cosas en la casa, no tocar objetos afilados y llamar a un adulto si necesitaba ayuda... Ninguna probabilidad, pensó sonriendo para sí de mala gana. Mandy era la niña de tres años más independiente que había visto nunca, lo que no era decir poco, teniendo en cuenta que también había visto a Jem a la misma edad.

Amanda tenía una cosa buena: no era rencorosa. Cinco minutos después de haberle dado un azote y de haberla regañado ya estaba riéndose a carcajadas y rogándole que jugara con ella a las muñecas.

—Papi tiene que trabajar esta mañana —dijo, pero se agachó para que ella pudiera trepar a sus hombros—. Venga, encontraremos a Annie Mac. Tal vez las muñecas y tú podáis poner en orden la despensa.

Tras dejar a Mandy y a Annie Mac trabajando alegremente en la despensa bajo la supervisión de un montón variado de muñecas de aspecto tiñoso y peluches mugrientos, regresó a su despacho y sacó el cuaderno en el que estaba transcribiendo las canciones que con tanto esfuerzo había confiado a su memoria. Esa misma semana tenía una cita para hablar con Siegfried MacLeod, el maestro de coro de St. Stephen, y quería obsequiarlo con una copia de algunas de las canciones menos conocidas, como gesto de buena voluntad.

Pensó que tal vez la fuera a necesitar. El doctor Weatherspoon lo había tranquilizado, diciéndole que a MacLeod le encantaría tener ayuda, en especial con el coro de niños, pero Roger había pasado tiempo suficiente en círculos académicos, logias masónicas y tabernas del siglo XVIII como para saber cómo funciona la política local. Puede que a MacLeod le molestase que le endilgaran a una persona de fuera sin previo aviso.

Y, además, estaba la delicada cuestión de un maestro de coro que no podía cantar. Se tocó la garganta, con su cicatriz de puntitos abultados.

Había ido a ver a dos especialistas, uno en Boston y otro en Londres. Ambos habían dicho lo mismo. Era posible que la cirugía mejorara su voz, extirpando parte de la cicatriz que tenía en la laringe. Era idénticamente posible que la cirugía le dañara aún más la voz, o se la destruyera del todo.

—La cirugía de las cuerdas vocales es un asunto delicado —le había dicho uno de los médicos—. Por lo general, no nos arriesgamos a practicarla a menos que sea del todo necesario, como en caso de un tumor canceroso, una malformación congénita que impida al paciente hablar de manera inteligible, o una poderosa razón profesional. Un cantante famoso con nódulos, por ejemplo. En esas circunstancias, el deseo de restaurar la voz podría ser motivo suficiente para arriesgarse a una operación, aunque, en tales casos, no se corre por lo general un riesgo significativo de dejar al enfermo mudo para siempre. En su caso, en cambio...

Presionó dos dedos contra su garganta y canturreó, notando la tranquilizadora vibración. No. Recordaba perfectamente lo que uno sentía al no poder hablar. Había estado convencido de que nunca volvería a hacerlo, y menos aún cantar. El recuerdo de aquella desesperación le causaba sudores. ¿No volver a hablar nunca más con sus hijos? ¿Con Bree? No, no iba a correr ese riesgo.

Los ojos del doctor Weatherspoon se habían posado en su garganta con interés, pero no había dicho nada. MacLeod tal vez no tendría tanto tacto.

«Porque el Señor al que ama castiga.» Weatherspoon no había mencionado este versículo durante su conversación, cosa que lo honraba. Sin embargo, ésa era la cita elegida para el grupo de estudio de la Biblia de esa semana. Así constaba en la circular del grupo, que estaba sobre el escritorio del párroco. Y dado el estado de ánimo de Roger en esa época, todo le parecía un mensaje.

—Bueno, si eso es lo que te propones, aprecio el cumplido —dijo en voz alta—. Pero no me importa no ser tu preferido esta semana.

Lo dijo medio en broma, aunque el enojo que traslucían esas palabras era innegable. Estaba resentido por tener que ponerse a prueba —frente a sí mismo— una vez más. La última había tenido que hacerlo físicamente. ¿Es que habría de hacerlo de nuevo, espiritualmente, en ese mundo resbaladizo y más complicado? Había estado dispuesto, ¿no?

—Tú has preguntado. ¿Desde cuándo no aceptas un sí como respuesta? ¿Hay algo que no entiendo?

Bree había pensado que sí lo estaba. El punto culminante de su pelea volvió ahora a su recuerdo, haciéndole enrojecer de vergüenza.

—Tenías... creía que tenías —se había corregido— una vocación. Quizá no sea así como lo llamáis los protestantes, pero eso es lo que es, ¿no? Me dijiste que Dios te había hablado. —Sus ojos estaban fijos en los de él, firmes, y tan penetrantes que a Roger le habían entrado ganas de apartar la mirada, pero no lo hizo—. ¿Crees que Dios cambia de opinión? —había preguntado, más tranquila, y le había puesto una mano sobre el brazo, presionando—. ¿O acaso crees que te equivocaste?

—No —había contestado él en un reflejo instantáneo—. No, cuando sucede algo así... bueno, cuando ocurrió no me cabía la más mínima duda.

—¿Y ahora?

—Pareces tu madre haciendo un diagnóstico —le había contestado, bromeando. Bree se parecía físicamente a su padre hasta tal punto que rara vez veía en ella a Claire, pero la serena determinación con que le hizo la pregunta era Claire Beauchamp en vivo y en directo. También lo era la forma en que arqueaba ahora ligeramente una de sus cejas mientras esperaba una respuesta. Había inspirado hondo—. No lo sé.

—Sí lo sabes.

La ira había estallado, súbita e intensa, y Roger había retirado de golpe su brazo de la mano de ella.

—¿Quién demonios te crees que eres para decirme lo que sé y lo que no?

Brianna había abierto más los ojos.

—Estoy casada contigo.

—¿Y crees que eso te da derecho a leerme la mente?

—¡Creo que eso me da derecho a preocuparme por ti!

—¡Pues no lo hagas!

Habían hecho las paces, claro. Se habían besado —bueno, algo más que eso— y se habían perdonado el uno al otro. Perdonar, por supuesto, no significa olvidar.

«Sí lo sabes.»

¿De verdad lo sabía?

—Sí —le dijo desafiante a la torre de piedra, que se veía desde su ventana—. Sí, ¡maldita sea, claro que lo sé!

¿Qué hacer con ello?, ése era el problema.

¿Acaso estaba destinado a ser pastor, pero no presbiteriano? ¿Tal vez debería hacerse aconfesional, evangelista... católico?

Esa idea resultaba tan inquietante que tuvo que levantarse y ponerse a caminar un rato arriba y abajo. No es que tuviera nada contra los católicos, bueno, aparte de los prejuicios reflejos que le había impreso toda una existencia vivida como protestante en las Highlands, pero no podía hacerse a la idea. «Se ha ido a Roma» pensarían la señora Ogilvy y la señora MacNeil y todos los demás (con la implicación tácita de «De cabeza al infierno»). Se hablaría de su apostasía en tono de vil horror durante... bueno, durante años. Sonrió de mala gana ante la idea.

Bueno, por otro lado, no podría ser cura católico, ¿no? No con Bree y los niños. Eso hizo que se sintiera algo más tranquilo, así que volvió a sentarse. No. Tendría que confiar en que Dios —con la ayuda del doctor Weatherspoon— tuviera la intención de mostrarle el camino en esa espinosa fase de su vida. Y si Él lo hacía... bueno, ¿eso no sería en sí mismo una prueba de la predestinación?

Soltó un gemido, apartó todo el asunto de su cabeza y se concentró con tenacidad en su cuaderno.

Algunas de las canciones y poemas que había anotado eran muy conocidos: selecciones de su vida anterior, canciones tradicionales que había cantado como músico. Muchas de las poco conocidas las había aprendido en el siglo XVIII de inmigrantes escoceses, viajantes, vendedores ambulantes y marinos. Y algunas las había desenterrado del tesoro de cajas que el reverendo había dejado tras su muerte. El garaje de la vieja casa parroquial estaba repleto de ellas, y Bree y él las habían examinado muy por encima. Había sido pura suerte toparse con la caja de madera llena de cartas tan pronto después de su regreso.

Levantó la vista para mirarla, tentado. No podía leer las cartas sin Bree, no estaría bien. Pero los dos libros... Habían ojeado brevemente los libros cuando encontraron la caja, aunque les habían interesado sobre todo las cartas y averiguar qué les había sucedido a Claire y a Jamie. Sintiéndose como Jem cuando se escabullía con un paquete de galletas de chocolate, bajó la caja con cuidado —pesaba mucho—, la dejó sobre el escritorio y rebuscó con precaución bajo las cartas.

Los libros eran pequeños. El mayor tenía el tamaño de lo que llaman un *crown octavo*,[9] de unos trece por diecinueve centímetros. Era una medida corriente, de una época en que el papel era caro y difícil de conseguir. El más pequeño era probablemente

---

[9] Tamaño de papel que se utiliza en Estados Unidos y cuyo nombre no tiene traducción al español. *(N. de la t.)*

un sextodécimo, de apenas unos diez por trece centímetros. Esbozó una breve sonrisa al pensar en Ian Murray. Brianna le había hablado de la respuesta escandalizada de su primo cuando ella le había descrito el papel higiénico. Quizá nunca habría vuelto a limpiarse el trasero sin experimentar una sensación de extravagancia.

El pequeño estaba cuidadosamente encuadernado en piel de becerro teñida de azul, con los bordes de las páginas dorados. Era un libro bonito y caro. Llevaba por título *Pocket Principles of Health*, por C. E. B. F. Fraser, doctor en medicina. Era una edición limitada, producida por «A. Bell, impresor, Edimburgo».

Eso le provocó un pequeño escalofrío. Así que habían conseguido llegar a Escocia, al cuidado del capitán Trustworthy Roberts. O eso suponía, por lo menos, aunque el estudioso que había en él le advertía que aquello no constituía ninguna prueba. Siempre cabía la posibilidad de que el manuscrito hubiera llegado a Escocia de algún modo sin que necesariamente lo llevara hasta allí el autor en persona.

«¿Es posible que vinieran?», se preguntó. Miró a su alrededor y contempló la habitación cómoda y antigua, al tiempo que imaginaba sin dificultad a Jamie sentado al gran y viejo escritorio junto a la ventana, examinando el libro mayor de la granja con su cuñado. Si la cocina era el corazón de la casa, y lo era, esa habitación probablemente había sido siempre su cerebro.

Movido por un impulso, abrió el libro y casi se atragantó. El frontispicio, al estilo habitual del siglo XVIII, mostraba un grabado del autor. Un médico varón con una pulcra coleta y un abrigo negro y una alta corbata negra. Encima de la cual el rostro de su suegra lo miraba con expresión serena.

Se echó a reír a carcajadas, haciendo que Annie Mac lo mirara con cautela, por si estaba sufriendo un ataque de algún tipo, al tiempo que hablaba consigo misma. Él la despachó con un gesto de la mano y cerró la puerta antes de regresar al libro.

Era ella, sin duda. Los ojos muy separados bajo unas cejas oscuras, los bonitos y firmes huesos de sus pómulos, sus sienes y sus mandíbulas. Quienquiera que hubiera hecho el grabado no había estado fino al abordar la boca. Allí tenía un gesto más duro y, además, buena cosa, ningún hombre tenía unos labios como los suyos.

¿Qué edad...? Comprobó la fecha de la edición: «MDCCLXXVIII.» 1778. No mucho mayor que la última vez que la había visto, e incluso aparentaba que era mucho más joven de lo que él sabía que en verdad era.

¿Habría una foto de Jamie en el otro...? Lo cogió y lo abrió de golpe. En efecto, otro grabado con buril de acero, pero éste era un dibujo más afable. Su suegro estaba sentado en un sillón de orejas, con el cabello recogido con sencillez, una capa escocesa detrás de él, en el respaldo del sillón, y un libro abierto sobre una de sus rodillas. Le estaba leyendo a una niña sentada en la otra rodilla, una niñita con el cabello oscuro y rizado. La chiquilla estaba vuelta hacia otro lado, absorta en la historia. Por supuesto, el grabador no podía saber cómo sería la cara de Mandy.

El libro se titulaba *Cuentos del abuelo*, con el subtítulo «Historias de las Highlands de Escocia y de los territorios interiores de las Carolinas», por James Alexander Malcolm MacKenzie Fraser. También impreso por A. Bell, en Edimburgo, el mismo año. La dedicatoria decía simplemente «Para mis nietos».

El retrato de Claire lo había hecho reír; éste, en cambio, lo conmovió casi hasta las lágrimas, de modo que cerró el libro con cuidado.

Cuánta fe habían tenido. Para crear, para atesorar, para enviar esas cosas, esos frágiles documentos, a lo largo de los años, tan sólo con la esperanza de que sobrevivieran y llegasen a aquellos a quienes estaban destinados. La fe en que Mandy estaría allí para leerlos algún día. Tragó saliva para aliviar el dolor que le causaba el nudo de su garganta.

¿Cómo lo habían logrado? Bueno, decían que la fe movía montañas, aunque, ahora mismo, la suya no parecía suficiente ni para aplanar una topera.

—Santo Dios —murmuró, sin saber si se trataba de simple frustración o de una oración pidiendo ayuda.

Un atisbo de movimiento frente a la ventana lo distrajo de su examen del libro, por lo que levantó la vista y vio salir a Jem por la puerta de la cocina al otro extremo de la casa. Tenía la cara roja, los pequeños hombros encogidos, y llevaba en la mano una bolsa de asas a través de la cual Roger pudo ver una botella de limonada, una rebanada de pan y unos cuantos bultos comestibles más. Sorprendido, miró el reloj que había sobre la repisa de la chimenea, pensando que había perdido por completo la noción del tiempo, pero no era así. Apenas era la una en punto.

—Qué demo...

Tras dejar el libro a un lado, se levantó y se dirigió a la parte trasera de la casa. Salió justo a tiempo de ver la pequeña figura de Jem, con cazadora y vaqueros —no le permitían llevar vaqueros para ir al colegio—, cruzando el henar.

Podría haberlo alcanzado sin problemas, pero, en cambio, redujo el paso y lo siguió a una distancia prudencial.

Era obvio que no estaba enfermo, así que algo grave le había sucedido en la escuela. ¿Lo habrían mandado a casa desde el colegio o simplemente se había ido por su cuenta? No había llamado nadie, pero apenas si había pasado la hora en que comían en la escuela. Si Jem había aprovechado la oportunidad para escaparse, podía ser que aún no lo hubieran echado en falta. Había que caminar casi tres kilómetros. Pero eso no era nada para Jem.

El pequeño había llegado a la escalerilla del terraplén de piedra seca que cercaba el campo, la había saltado y cruzaba, muy decidido, un pasto lleno de ovejas. ¿Adónde iba?

—¿Y qué demonios habrás hecho esta vez? —murmuró Roger para sus adentros.

Jem llevaba en la escuela del pueblo, en Broch Mordha, sólo un par de meses. Era su primera experiencia con la educación del siglo XX. Después de su regreso, Roger había estado dándole clases en casa, en Boston, mientras Bree estaba con Mandy, que se recuperaba de la operación que le había salvado la vida. Con Mandy de nuevo en casa sana y salva, habían tenido que decidir qué hacer a continuación.

Si habían vuelto a Escocia en lugar de quedarse en Boston había sido sobre todo por Jem, aunque Bree lo deseaba en cualquier caso. «Es su herencia —sostenía—. Jem y Mandy son escoceses por los cuatro costados. Quiero que lo conserven.» Además de la relación con su abuelo; eso no había ni que decirlo.

Roger había accedido, y había admitido también que Jem llamaría menos la atención en Escocia. Pese a estar expuesto a la televisión y pese a los meses que había pasado en Estados Unidos, seguía hablando con un fuerte acento de las Highlands que lo habría convertido en el blanco de todas las fechorías en una escuela primaria de Boston. Por otra parte, como Roger había observado secretamente, Jem era de esas personas que llamaban la atención, pasara lo que pasase.

No obstante, no cabía la menor duda de que la vida en Lallybroch y en una pequeña escuela de las Highlands se parecía mucho más a lo que Jem había estado acostumbrado en Carolina del Norte, aunque, dada la flexibilidad natural de los críos, Roger pensaba que el chico se adaptaría bastante bien a cualquier lugar.

En cuanto a sus propias perspectivas en Escocia... No se había pronunciado al respecto.

Jem había llegado al final del pasto y había ahuyentado a un grupo de ovejas que bloqueaba la puerta que daba a la carretera. Un carnero negro bajó la testuz y lo amenazó, pero a Jem no le daban miedo las ovejas. Lanzó un grito, agitó la bolsa, y el carnero, asustado, retrocedió deprisa, arrancándole a Roger una sonrisa.

La inteligencia de Jem no le preocupaba. Bueno, sí, pero no precisamente porque no fuera listo. Le preocupaba mucho más el tipo de problemas a los que podía abocarlo. El colegio no era fácil para nadie, y mucho menos un colegio nuevo. Y un colegio en el que uno destacaba, por la razón que fuera... Roger recordó su propio colegio de Inverness, donde él resultaba extraño. En primer lugar, por no tener unos padres de verdad y, en segundo, por ser el hijo adoptivo del pastor. Tras varias semanas miserables durante las cuales le pegaron, le tomaron el pelo y le robaron el desayuno, comenzó a devolver los golpes. Y aunque eso le había ocasionado algunas dificultades con los profesores, había acabado por resolver el problema.

¿Se habría peleado Jem? No había visto que tuviera sangre, pero tal vez no se encontraba lo bastante cerca. Aunque no creía que se tratara de eso.

La semana anterior se había producido un incidente cuando Jem había reparado en una rata enorme que se escabullía por un agujero bajo los cimientos de la escuela. Al día siguiente se había llevado un pedazo de cordel, había colocado una trampa justo antes de entrar a la primera clase y, al salir a la hora del recreo, había ido a recoger a su presa, que luego había procedido a desollar de manera muy eficiente con gran admiración por parte de sus compañeros de clase varones y para horror de las niñas. A su profesora tampoco le había gustado. La señorita Glendenning era una mujer de ciudad de Aberdeen.

Sin embargo, aquélla era una escuela de pueblo de las Highlands, y la mayoría de sus alumnos provenían de las granjas y las plantaciones vecinas. Sus padres pescaban y cazaban, y desde luego entendían de ratas. El director, el señor Menzies, había felicitado a Jem por su habilidad, pero le había dicho que no volviera a hacerlo en el colegio. Aunque le había permitido conservar la piel; Roger la había clavado ceremoniosamente en la puerta del cobertizo de las herramientas.

Jem no se molestó en abrir la puerta del pasto. Se escurrió entre los barrotes, arrastrando la bolsa tras de sí.

¿Se estaría dirigiendo a la carretera principal con intención de hacer autostop? Roger apresuró el paso, esquivando excrementos negros de oveja y abriéndose camino a gatas a través de un grupo de ovejas que pastaban y que protestaron indignadas, lanzando penetrantes balidos.

No, Jem había torcido en dirección contraria. ¿Adónde demonios iba? El camino de tierra que conducía a la carretera principal en una dirección no llevaba a ningún sitio en la otra. Terminaba allí donde el terreno comenzaba a subir formando unas colinas empinadas y rocosas.

Y allí, evidentemente, era adonde iba Jem, a las colinas. Abandonó el camino y comenzó a trepar mientras la exuberante vegetación de helechos y las ramas bajas de unos serbales que crecían en las lomas más bajas casi oscurecían su pequeña figura. Era obvio que se había aficionado a los brezos, a la manera tradicional de los bandidos de las Highlands.

Pensar en los bandidos de las Highlands fue lo que hizo que cayera en la cuenta: Jem se dirigía a la cueva del Gorropardo.

Jamie Fraser había vivido en ella durante siete años tras la catástrofe de la batalla de Culloden, casi a la vista de su casa, pero oculto de los soldados de Cumberland, y protegido por sus arrendatarios, que nunca pronunciaban su nombre en voz alta, sino que lo llamaban «Gorropardo» por el color del típico gorro de las Highlands que se ponía para ocultar su llameante cabello.

Ese mismo cabello centelló como una baliza en mitad de la pendiente antes de volver a desaparecer tras una roca.

Roger alargó el paso al darse cuenta de que, con cabello rojo o sin él, no le costaría perderle a Jem la pista en aquel terreno escabroso. ¿Debía llamarlo? Sabía más o menos dónde se hallaba la cueva —Brianna le había descrito su emplazamiento—, pero aún no había estado allí. Se le ocurrió preguntarse cómo sabía Jem dónde se encontraba. Tal vez no lo supiera y la estuviera buscando.

A pesar de todo, no lo llamó, sino que empezó a trepar a su vez por la colina. Ahora que se detenía a mirar, podía ver la estrecha senda que algún ciervo había abierto entre la vegetación y la huella parcial de una pequeña zapatilla de deporte en el barro. Se relajó un poco al verla y aminoró la marcha. Ahora ya no perdería a Jem.

La ladera estaba en silencio, pero el aire se movía, agitado entre los serbales.

El brezo formaba una especie de neblina de un intenso color morado en los huecos de la roca que se alzaba sobre él. Percibió el tintineo de algo en el viento y se volvió en su dirección, curioso. Otro destello rojo: un macho de venado, con una cornamenta espléndida y en celo, a diez pasos de distancia, más abajo en la pendiente. Se quedó inmóvil, pero el ciervo alzó la cabeza, con la gran nariz negra olisqueando el aire.

De pronto se dio cuenta de que estaba apretando su cinturón con la mano, allí donde antiguamente solía llevar un cuchillo de desollar, y de que tenía los músculos tensos, listos para salir corriendo cuesta abajo y cortarle el cuello al ciervo una vez el disparo del cazador lo hubiera abatido. Prácticamente podía sentir el tacto de la piel dura y cubierta de pelo, el restallido de la tráquea, y el chorreo de la fétida sangre sobre sus manos, ver los largos dientes amarillos al descubierto, manchados del verde de la última comida del animal.

El ciervo profirió un bramido, un rugido resonante y gutural, desafiando a cualquier otro venado que se hallara lo bastante cerca para oírlo. Por un instante, Roger esperó que una de las flechas de Ian saliera zumbando de entre los serbales o que el eco del rifle de Jamie hendiera el aire. Luego se obligó a volver en sí y, tras agacharse, recogió una piedra para lanzarla, pero el ciervo lo había oído y salió disparado traqueteando a través de los helechos secos.

Permaneció quieto, oliendo su propio sudor, aún desencajado. No se encontraba en las montañas de Carolina del Norte, y el cuchillo que llevaba en el bolsillo estaba pensado para cortar cordel y abrir botellas de cerveza.

El corazón le aporreaba el pecho, pero regresó al camino, aún ajustándose al tiempo y al lugar. Seguramente se volvería más fácil con la práctica. Hacía ya bastante más de un año que habían regresado y algunas noches aún se despertaba sin idea de dónde o cuándo estaba, o lo que era peor, cruzaba al pasado a través de un ocasional agujero mientras estaba en vela.

Se diría que los niños, al ser niños, no experimentaban tanto esa sensación de estar... en otra parte. Mandy, por supuesto, era demasiado pequeña y estaba demasiado enferma para recordar nada, ni de su vida en Carolina del Norte ni del viaje a través de las piedras. Jem sí se acordaba. Pero media hora después de emerger de los monolitos en Ocracoke, Jem se había puesto a mirar los coches en la carretera a la que habían llegado y se había quedado pasmado; una enorme sonrisa se extendía por su cara mientras los vehículos pasaban zumbando junto a él. «Brummm», había dicho para sí, satisfecho, al parecer olvidado ya el trauma de la disgregación y del viaje a través del tiempo, mientras que el propio Roger apenas si era capaz de caminar y tenía la sensación de haber dejado un importante e irrecuperable pedazo de sí mismo atrapado entre las piedras.

Un conductor amable se había detenido para ayudarlos, se había compadecido de la historia que le contaron acerca de un accidente náutico, y los había llevado hasta el pueblo, donde una llamada a cobro revertido a Joe Abernathy había resuelto las contingencias inmediatas de dinero, ropa, alojamiento y comida. Jem se había sentado en las rodillas de Roger, mirando boquiabierto por la ventanilla mientras el coche avanzaba por la estrecha carretera, al tiempo que el aire que entraba por la ventana abierta hacía ondear su cabello suave y brillante.

Estaba impaciente por volver a hacerlo. Y, una vez instalados en Lallybroch, no había parado de acosar a Roger para que lo dejara conducir el Mini Morris por los caminos de la granja, sentado en su regazo, agarrando encantado el volante con sus manitas.

Roger sonrió para sí; una sonrisa irónica. Supuso que tenía suerte de que esa vez Jem hubiera decidido escaparse a pie. Al cabo de uno o dos años probablemente sería lo bastante alto como para alcanzar los pedales. Más valía que empezara a esconder las llaves del coche.

Se encontraba ahora sobre la granja, bastante arriba, y aminoró el paso para observar la loma. Brianna le había dicho que la cueva estaba en la cara sur de la colina, a unos doce metros por encima de una gran piedra blancuzca que conocían en el lugar como el «Salto del Tonel» porque el criado del Gorropardo se había topado con un grupo de soldados británicos cuando iba a llevarle cerveza al amo escondido y, al negarse a entregarles la barrica que llevaba, aquéllos le habían cortado la mano.

—Oh, Dios mío —susurró Roger—. Fergus. Oh, Señor, es Fergus.

Visualizó de inmediato su rostro delgado y sonriente, cuyos ojos chispeaban de regocijo al levantar con el garfio que llevaba en el muñón de la mano izquierda un pez que se debatía, y la imagen de una mano pequeña y lánguida, sangrante, sobre el sendero que tenía delante. Porque había sido allí. Justo allí. Al torcer, vio la roca, grande y áspera, testigo silencioso e imperturbable del horror y de la desesperación... y del repentino peso del pasado que le oprimía la garganta, abrasador como la mordedura de un lazo corredizo.

Tosió con fuerza intentando abrir la garganta y oyó el bramido ronco y sobrecogedor de otro venado, cerca de él, un poco más arriba, pero invisible aún.

Abandonó deprisa el camino, aplastándose contra la roca. Se preguntó si el venado no lo habría tomado por un rival. No, era más probable que bajara a desafiar al que había visto unos momentos antes.

En efecto. Instantes después, un enorme venado bajó de arriba, eligiendo su camino casi con primor entre brezos y rocas. Era un hermoso animal, pero acusaba ya la tensión de la temporada de celo, se le marcaban las costillas bajo la gruesa piel y tenía la carne de la cara hundida y los ojos rojos por la falta de sueño y la lujuria.

El ciervo lo vio. Su gran testa giró en su dirección, y Roger vio sus ojos nerviosos e inyectados en sangre fijos en él. Pero el venado no lo temía. Probablemente en su cabeza no había cabida para nada que no fuera luchar y copular. Estiró el cuello hacia él y le dirigió un bramido, mostrando el blanco de los ojos por el esfuerzo.

—Oye, amigo, la quieres a ella, y puedes tenerla.

Se alejó a paso lento de espaldas, pero el venado lo siguió, amenazándolo con los cuernos bajos. Asustado, Roger extendió los brazos, los agitó y le gritó al animal. Por lo general, eso habría hecho que saliera corriendo, pero los venados en celo no eran normales. La bestia bajó la cabeza y cargó contra él.

Roger se apartó de golpe y se arrojó al suelo, contra la base de la roca. Se pegó a la superficie de piedra tanto como le fue posible, con la clara esperanza de evitar que el ciervo enloquecido lo pisoteara.

El animal se detuvo tropezando a unos palmos de distancia, embistiendo los brezos con la cornamenta y respirando como un fuelle, pero, en ese preciso momento, oyó más abajo la provocación de su rival y levantó abruptamente la cabeza.

Sonó otro bramido y el segundo venado giró sobre las patas traseras y volvió de un salto al camino, salpicando su descenso infernal colina abajo con el crujido del brezo que se rompía y el matraqueo de las piedras que salían disparadas al aplastarlas con las pezuñas.

Roger se levantó tambaleante a toda prisa, con la adrenalina corriéndole por las venas como si fuera mercurio. No se había percatado de que, allá arriba, los ciervos estaban enardecidos, de lo contrario no se habría dedicado a perder el tiempo paseando por ahí mientras recordaba tonterías del pasado. Tenía que encontrar a Jem de inmediato, antes de que el chiquillo tuviera problemas con una de aquellas bestias.

Podía oír los bramidos y el ruido del choque de los dos animales, que luchaban por el control de un harén de hembras, aunque, desde donde él se hallaba, no se los veía.

—¡Jem! —gritó sin importarle si su grito sonaba como un ciervo en celo o como un elefante macho—. ¡Jem! ¿Dónde estás? ¡Contéstame ahora mismo!

—Estoy aquí arriba, papi. —La voz de Jemmy llegó desde algún lugar por encima de él, algo trémula.

Se volvió y vio a su hijo sentado en el Salto del Tonel, apretando con fuerza la bolsa de asas contra su pecho.

—Muy bien. Baja. Ahora. —El alivio forcejeó con el enojo, y lo desbancó. Hizo ademán de cogerlo y Jem se deslizó roca abajo, aterrizando a plomo en los brazos de su padre.

Roger emitió un gruñido y lo dejó en tierra, luego se agachó para coger la bolsa de asas, que había caído al suelo. Advirtió que, además del pan y la limonada, la bolsa contenía varias manzanas, un gran pedazo de queso y un paquete de galletas de chocolate.

—¿Tenías pensado quedarte a pasar aquí una temporada? —inquirió.

Jemmy se sonrojó y apartó la mirada.

Roger se volvió y miró colina arriba.

—Está ahí arriba, ¿verdad? La cueva de tu abuelo.

No veía nada. La loma era un revoltijo de brezos y rocas generosamente salpicado de matorrales bajos de aliaga y algún que otro brote de serbal y aliso.

—Sí. Justo ahí. —Jemmy señaló colina arriba—. ¿Ves donde se inclina ese árbol de las brujas?

Roger vio el serbal, un árbol adulto, nudoso por sus muchos años. No era posible que ese árbol estuviera allí desde los tiempos de Jamie, ¿no? Pero seguía sin ver ni rastro de la entrada de la cueva. Los sonidos del combate que se libraba más abajo habían cesado. Miró a su alrededor por si acaso el animal vencido regresaba hacia ellos, pero, al parecer, no era así.

—Enséñamela —dijo.

Jem, que había estado muy nervioso todo el tiempo, se relajó un poco al oírlo y, tras dar media vuelta, se puso en marcha colina arriba con Roger pisándole los talones.

Uno podría haber estado junto a la boca de la cueva y no verla. Se hallaba oculta por un crestón de roca y una densa vegetación de aliagas. La estrecha abertura no se veía a menos que la tuvieras enfrente.

Una fría corriente de aire brotó de la cueva humedeciéndole la cara. Se arrodilló para mirar dentro. No podía ver más allá de unos cuantos palmos, pero no era tentador; mejor no arriesgarse.

—Haría demasiado frío para dormir ahí dentro —observó. Miró a Jem y señaló una roca cercana—. ¿Quieres que nos sentemos y me cuentas lo que ha pasado en la escuela?

El chico tragó saliva y se agitó inquieto.

—No.

—Siéntate.

No alzó la voz, pero dejó bien claro que esperaba que lo obedeciera. Jem no se sentó, sino que se echó hacia atrás, apoyándose contra el afloramiento rocoso que ocultaba la boca de la cueva. Seguía con la mirada baja.

—Me han pegado con la correa —musitó Jem con el mentón enterrado en el pecho.

—¿Ah, sí? —Roger mantuvo un tono desenfadado—. Bueno, eso es una faena. A mí me pegaron una o dos veces cuando iba a la escuela. No me gustó.

Jem levantó de golpe la cabeza, con unos ojos como platos.

—¿Sí? ¿Por qué?

—Por pelearme, básicamente —respondió Roger.

Suponía que no debería contarle eso al chiquillo, era un mal ejemplo, pero era la verdad. Y si el problema de Jem eran las peleas...

—¿Es eso lo que ha sucedido hoy? —Había mirado un instante a Jem al sentarse, y ahora lo examinó con mayor atención. Parecía ileso, pero, cuando volvió la cabeza, Roger se dio cuenta de que le había pasado algo en la oreja. Estaba escarlata, el lóbulo casi morado. Al verlo, contuvo una exclamación y se limitó a repetir—: ¿Qué ha pasado?

—Jacky McEnroe dijo que, si te enterabas de que me habían pegado con la correa, tú me darías otra zurra al llegar a casa. —Jem tragó saliva, pero ahora miró a su padre directamente—. ¿Me vas a pegar?

—No lo sé. Espero no tener que hacerlo.

Había zurrado a Jemmy una vez —se había visto obligado—, y ninguno de los dos quería repetir la experiencia. Alargó el brazo y le tocó la oreja con cuidado.

—Cuéntame lo que ha pasado, hijo.

Jem respiró hondo, hinchó los carrillos y luego los deshinchó, resignado.

—Vale. Bueno, todo ha comenzado cuando Jimmy Glasscock ha dicho que mamá, Mandy y yo —explicó sin alzar la voz— íbamos a arder en el infierno.

—¿Eso ha dicho?

No lo sorprendía en absoluto. Los presbiterianos escoceses no destacaban por su manga ancha religiosa, y la raza no había mejorado gran cosa en doscientos años. Tal vez los buenos modales impidieran a la mayor parte de ellos decirles a los papistas que conocían que iban a ir directos al infierno, aunque la mayoría lo pensaba.

—Bueno, pero tú ya sabes qué hacer al respecto, ¿no?

Jem había oído expresar sentimientos parecidos en el Cerro, aunque por lo general de manera menos escandalosa, por ser Jamie Fraser quien era. Sin embargo, habían hablado de ello y el chico estaba bien preparado para contestar a esa estratagema conversacional en concreto.

—Ah, sí. —Jem se encogió de hombros, y volvió a mirarse los zapatos—. Sólo debo decir: «Sí, muy bien, entonces te veré allí.» Lo he hecho.

—¿Y?

Un profundo suspiro.

—Lo he dicho en *gàidhlig*.

Roger se rascó detrás de la oreja, sorprendido. El gaélico estaba desapareciendo en las Highlands, pero era todavía lo bastante común como para que uno lo oyera de vez en cuando en el pub o en la oficina de correos. Sin duda algunos de los compañeros de clase de Jem se lo habían oído hablar a sus abuelos, pero aunque no hubieran entendido lo que había dicho...

—¿Y? —repitió.

—Y la señorita Glendenning me ha agarrado de la oreja y ha estado a punto de arrancármela. —El rubor iba cubriendo las mejillas de Jemmy al recordarlo—. ¡Me ha sacudido, papá!

—¿Agarrándote de la oreja? —Roger sintió que sus propias mejillas enrojecían.

—¡Sí! —Lágrimas de humillación y de rabia llenaron los ojos de Jem, pero se las enjugó con una manga y se golpeó la pierna con el puño—. Ha dicho: «¡No-se-habla-ASÍ! ¡Se-habla-INGLÉS!» —Su tono era unas ocho octavas más alto que el de la temible señorita Glendenning, pero su imitación hizo la ferocidad de su ataque más que evidente.

—¿Y luego te ha pegado con la correa? —preguntó Roger, incrédulo.

Jem negó con la cabeza y se limpió la nariz con la manga.

—No —dijo—. Ha sido el señor Menzies.

—¿Qué? ¿Por qué? —Le tendió a Jem un pañuelo de papel arrugado que llevaba en el bolsillo y esperó a que el niño se sonara la nariz.

—Bueno... Ya estaba enfadado con Jimmy y, cuando ella me ha agarrado de ese modo, me ha dolido mucho. Y... bueno, me he enfurecido —explicó lanzándole con sus ojos azules una mirada de ardiente honradez tan idéntica a la de su abuelo que Roger casi sonrió, a pesar de la situación.

—Y le has dicho algo más a la maestra, ¿verdad?

—Sí. —Jem bajó los ojos, restregando en la tierra la puntera de su zapatilla de deporte—. A la señorita Glendenning no le gusta el *gàidhlig*, pero tampoco sabe hablarlo. El señor Menzies, sí.

—Oh, Dios mío...

Atraído por los gritos, el señor Menzies había entrado en el patio justo a tiempo de oír a Jem agasajar a la señorita Glendenning a pleno pulmón con algunos de los mejores insultos en gaélico de su abuelo.

—Así que me ha hecho inclinarme sobre una silla y me ha dado tres buenos azotes y luego me ha mandado al guardarropa para que me quedara allí hasta que se acabara la escuela.

—Pero tú no te has quedado allí.

Jem negó con la cabeza, haciendo volar su llameante cabello.

Roger se agachó y recogió la bolsa de asas mientras luchaba contra la indignación, la consternación, la risa y una compasión que le provocaba un nudo en la garganta. Pensándolo mejor, dejó entrever algo de esa compasión.

—Y te estabas escapando de casa, ¿verdad?

—No. —Jem lo miró, sorprendido—. Pero no quería ir al colegio mañana. No quería ir y que Jimmy se riera de mí. Así que pensaba quedarme aquí arriba hasta el fin de semana. Quizá el lunes las cosas se hayan arreglado. Puede que la señorita Glendenning se haya muerto —añadió, esperanzado.

—¿Y quizá tu mamá y yo estaríamos tan preocupados cuando bajaras por fin que te librarías de una segunda zurra?

Los ojos azules de Jem se dilataron a causa de la sorpresa.

—No, qué va. Mami me daría candela de buena gana si me marchara sin decir nada. He dejado una nota encima de la cama. Dice que me voy a vivir al aire libre un par de días —lo afirmó con total pragmatismo. Luego agitó los hombros y se puso en pie, suspirando—. ¿Podemos dejarlo ya e irnos a casa? —inquirió con voz sólo levemente temblorosa—. Tengo hambre.

—No voy a zurrarte —le aseguró Roger. Extendió un brazo y estrechó a Jemmy contra sí—. Ven aquí, colega.

Ante esas palabras, la valiente fachada de Jemmy se derrumbó y se deshizo en brazos de Roger, llorando con un poco de alivio, pero permitiéndose buscar consuelo y acurrucándose como un cachorro contra el hombro de su padre, confiando en su papá para que lo arreglara todo. Y vaya si su papá lo haría, prometió Roger en silencio. Aunque tuviera que estrangular a la señorita Glendenning con sus propias manos.

—¿Por qué es malo hablar *gàidhlig*, papá? —murmuró, exhausto por tanta emoción—. Yo no quería hacer nada malo.

—No es malo —susurró Roger acariciándole el sedoso cabello detrás de la oreja—. No te preocupes. Mamá y yo lo arreglaremos, te lo prometo. Y no tienes que ir al colegio mañana.

Jem suspiró al oírlo, y quedó inerte como un saco de grano. Luego levantó la cabeza y soltó una risita.

—¿Crees que mamá le dará candela al señor Menzies?

27

Los tigres del túnel

La primera indicación que tuvo Brianna del desastre fue la rendija de luz en la vía, que se redujo a nada en el abrir y cerrar de ojos que las enormes puertas tardaron en cerrarse, resonando a su espalda con un *bummm* que pareció sacudir el aire del túnel.

Dijo algo por lo que le habría lavado a Jem la boca con jabón, y lo dijo con sincera furia, pero en voz baja, pues se había dado cuenta de lo que estaba sucediendo en el preciso instante en que las puertas se cerraban. No podía ver nada, a excepción de las espirales de color que eran la respuesta de sus retinas a la súbita oscuridad, pero sólo se había internado unos tres metros en el túnel y aún oía el ruido de los cerrojos que encajaban en su sitio. Los accionaban unas ruedas enormes situadas en la parte exterior de las puertas de acero y producían una especie de ruido de trituración, como cuando uno mastica un hueso. Se volvió con precaución, avanzó cinco pasos y extendió las manos. Sí, allí estaban las puertas. Grandes, sólidas, hechas de acero y ahora firmemente cerradas.

Podía oír fuera el sonido de unas risas.

«Se ríen —pensó con furioso desprecio—. ¡Como críos!»

Como críos, en efecto. Respiró hondo varias veces, luchando contra la ira y contra el pánico. Ahora que el deslumbramiento de la oscuridad se había desvanecido, podía ver la fina línea de luz que partía en dos las puertas de cuatro metros y medio de alto. Una sombra de la altura de un hombre ocultó la luz, pero se retiró de golpe, acompañada de murmullos y más risas. Alguien que intentaba echar una ojeada al interior, el muy idiota. Tendría suerte si conseguía ver algo allí dentro. Aparte del hililo de luz que se colaba entre las puertas, el túnel hidroeléctrico bajo el lago Errochty estaba oscuro como la boca de un lobo.

Por lo menos podía utilizar ese hilo de luz para orientarse. Aun haciendo un esfuerzo para respirar —y mientras pisaba con cautela, pues no quería divertir a los babuinos de allí fuera más de lo necesario tropezando y cayendo con estrépito—, avanzó hacia la caja metálica de la pared izquierda, donde se hallaban los interruptores que controlaban la iluminación del túnel.

Localizó la caja y el pánico se apoderó un instante de ella al encontrarla cerrada, antes de recordar que tenía la llave. Estaba entre el gran montón de mugrientas y tintineantes llaves que le había dado el señor Campbell, cada una de las cuales llevaba colgando una gastada etiqueta de papel con su función. Por supuesto, no podía leer las malditas etiquetas: con el pretexto de mirar bajo el camión para buscar una fuga de aceite, el gilipollas de Andy Davies le había pedido prestada como por casualidad la linterna que debería haber llevado en el cinturón.

Lo habían planeado muy bien, pensó a malas mientras probaba una llave y luego la siguiente, buscando con las manos y tanteando para insertar la punta en la pequeña ranura invisible. Los tres estaban claramente implicados: Andy, Craig McCarty y Rob Cameron.

Brianna tenía una mente ordenada, por lo que después de haber probado cada una de las llaves en cuidadosa sucesión sin resultado, no volvió a intentarlo. Sabía que también habían pensado en eso. Craig había cogido sus llaves para abrir la caja de herramientas del furgón y se las había devuelto haciéndole una reverencia con exagerada galantería.

Cuando se la presentaron como la nueva inspectora de seguridad, habían estado observándola con naturalidad, aunque supuso que ya les habían informado de que se trataba de una de esas cosas tan extrañas: de una mujer. Rob Cameron, un apuesto joven, claramente pagado de sí mismo, la había mirado con descaro de arriba abajo antes de tenderle la mano con una sonrisa. Ella le había devuelto la lenta mirada de arriba abajo antes de estrechársela, y los otros dos se habían echado a reír. También Rob se había reído, dicho sea en su honor.

Bree no había percibido ninguna hostilidad por parte de ellos durante el viaje al lago Errochty, y pensó que, de haberla habido, se habría dado cuenta. No era más que una broma estúpida. Probablemente.

Para ser sinceros, el hecho de que las puertas se cerraran tras ella no había sido el primer indicio de que estaban tramando algo, pensó con severidad. Hacía demasiado tiempo que era madre como para que se le pasara por alto la expresión de secreto deleite o de preternatural inocencia que marca el rostro de un varón que está cometiendo una fechoría y, si se hubiera molestado en mirarlos, habría visto dicha expresión impresa en las caras de los miembros de su equipo de mantenimiento y reparación. Pero sólo la mitad de su atención estaba puesta en su trabajo. La otra estaba en el siglo XVIII, preocupada por Fergus y Marsali, pero animada por la imagen de sus padres y de Ian por fin sanos y salvos rumbo a Escocia.

Pero sucediera lo que sucediese —lo que hubiera sucedido, se corrigió con firmeza— en el pasado, tenía otras cosas por las que preocuparse en el presente.

¿Qué esperaban que hiciera?, se preguntó. ¿Gritar? ¿Llorar? ¿Golpear las puertas y rogar que la dejaran salir?

Regresó a la puerta con sigilo y aplicó el oído a la rendija justo a tiempo de oír el rugido del motor del camión al ponerse en marcha y el golpeteo de la graba que arrojaban las ruedas al tomar la carretera de servicio.

—¡Malditos cabrones! —gritó.

¿Qué pretendían con eso? Como no les había dado la satisfacción de chillar y llorar, ¿habían decidido tal vez dejarla sepultada un rato? ¿Volverían más tarde esperando encontrarla hecha polvo o, mejor todavía, roja de rabia? ¿O —una idea aún más siniestra— tendrían intención de ir con aire inocente a la oficina de la Compañía Hidroeléctrica y decirle al señor Campbell que su nueva inspectora no se había presentado a trabajar esa mañana?

Soltó el aire por la nariz, despacio, pausadamente. Muy bien. Los destriparía a la primera oportunidad. Pero ¿qué hacer ahora mismo?

Se apartó del cuadro eléctrico y escrutó en la oscuridad. Nunca antes había estado en ese túnel, aunque había visto uno igual durante la visita que realizó con el señor Campbell. Era uno de los túneles originales del proyecto hidroeléctrico, excavados a mano con pico y pala por los «chicos de la Hidro» en la década de los cincuenta. Se extendía más o menos un kilómetro y medio a través de la montaña y por debajo de parte del valle inundado que ahora acogía al enormemente expandido lago Errochty, y un tren eléctrico que parecía de juguete circulaba por su vía hasta el centro de éste.

Al principio, el tren transportaba a los obreros, los «tigres del túnel», hasta su lugar de trabajo, ida y vuelta. Ahora, reducido tan sólo a una locomotora, lo utilizaban los trabajadores hidroeléctricos que iban de vez en cuando a verificar el estado de los grandes cables que cubrían los muros del túnel o que realizaban el mantenimiento de las enormes turbinas situadas al pie de la presa, lejos, al otro extremo del túnel.

Y eso era, pensó, lo que se suponía que Rob, Andy y Craig deberían estar haciendo. Desmontar una de las gigantescas turbinas y reemplazar la hoja dañada.

Apretó la espalda contra la pared del túnel apoyando las manos sobre la áspera roca, y se puso a pensar. Entonces, allí era adonde habían ido. No había diferencia, pero cerró los ojos para concentrarse mejor y recordó las páginas de la gruesa carpeta con los detalles estructurales y de ingeniería de todas las centrales hidroeléctricas de su competencia, que se encontraba ahora en el asiento del camión desaparecido.

Había estado examinando los diagramas de esa central en concreto la noche anterior y los había revisado de nuevo, a toda prisa, esa mañana mientras se cepillaba los dientes. El túnel conducía a la presa, y era obvio que lo habían utilizado para construir sus niveles más profundos. ¿Pero cuánto? Si el túnel llegara al nivel de la propia sala de la turbina, lo habrían tapiado. Pero si llegaba al nivel de la sala de mantenimiento, que se encontraba encima —una habitación enorme equipada con las grúas elevadoras de varias toneladas de peso necesarias para extraer las turbinas de su nido—, aún habría una salida. No habría sido preciso sellarla, pues no había agua al otro lado.

Por mucho que lo intentaba, no lograba recordar los diagramas con suficiente detalle como para estar segura de que hubiera una abertura que daba a la presa, al otro extremo del túnel, pero no le costaría mucho averiguarlo.

Había visto el tren en el breve momento anterior al cierre de las puertas; no había sido preciso bregar mucho para entrar en la cabina abierta de la pequeña locomotora. Bueno, ¿se habrían llevado también aquellos payasos la llave? Ja. No había llave. Se ponía en marcha pulsando un interruptor del panel de mandos. Lo pulsó rápidamente, y un botón rojo se encendió de pronto, triunfante, al tiempo que Brianna sentía el zumbido de la electricidad circulando por las vías bajo el vehículo.

El tren no podía ser más fácil de manejar. Tenía una única palanca que había que empujar adelante o atrás, según la dirección que se quisiera tomar. La empujó con suavidad hacia delante y sintió que el aire acariciaba su rostro mientras el tren se internaba silencioso en las entrañas de la tierra.

Debía ir despacio. El botoncito rojo arrojaba un reconfortante resplandor sobre sus manos, pero no era suficiente para perforar la oscuridad frente a sí, por lo que no tenía ni idea de hacia dónde ni cuánto torcía la vía. Tampoco debía llegar al final de ésta a gran velocidad y hacer descarrilar la locomotora. Tenía la sensación de adentrarse poco a poco en las tinieblas, pero era mucho mejor que recorrer el camino a pie sabiendo que las paredes estaban recubiertas de cables de alto voltaje.

La golpeó en medio de la oscuridad. Por un instante pensó que alguien había tendido un cable eléctrico sobre la vía. Al instante, un sonido que no era un sonido la atravesó pulsando cada nervio de su cuerpo, haciendo que perdiera la visión. Y, a continuación, su mano rozó la roca y se dio cuenta de que había caído por encima del panel de mandos, estaba colgando por fuera de la pequeña locomotora rodante, a punto de precipitarse a las tinieblas.

Mareada, logró agarrarse al borde del panel y volver a introducirse en la cabina. Accionó apresuradamente el interruptor con una mano temblorosa y medio cayó al suelo, donde se acurrucó con las rodillas encogidas, gimiendo en la penumbra.

—Dios santo —susurró—. Oh, Virgen santísima. Oh, Jesús.

Podía sentirlo allí fuera. Aún lo sentía. Ahora no producía ningún ruido, pero percibía su proximidad y no podía dejar de temblar.

Permaneció largo tiempo sentada con la cabeza contra las rodillas, hasta que comenzó a pensar de nuevo de manera racional.

No podía equivocarse. Había pasado dos veces a través del tiempo y sabía lo que se sentía. Pero en esa ocasión no había sido ni la mitad de traumático. La piel todavía le punzaba, sus nervios saltaban y el oído interno le silbaba como si hubiera metido la cabeza en una colmena de avispones, pero se sentía entera. Se sentía como si un alambre al rojo la hubiera partido por la mitad, mas no tenía aquella horrible impresión de estar disgregada, físicamente vuelta del revés.

Un pensamiento terrible hizo que se pusiera en pie de golpe, agarrándose al salpicadero. ¿Habría saltado? ¿Se encontraba en otro lugar, en otro tiempo? Pero sentía el panel de metal frío y firme bajo sus manos. El olor a piedra mojada y al aislamiento de los cables seguían idénticos.

—No —murmuró, y le dio un capirotazo al piloto de encendido para estar tranquila.

Éste se iluminó y el tren, aún embragado, dio un súbito tirón. A toda prisa, volvió a reducir la velocidad a menos de paso de tortuga.

No podía haber saltado al pasado. Los objetos pequeños que estaban en contacto con el cuerpo de un viajero parecían moverse con él, pero todo un tren con su vía era, sin duda, demasiado.

—Además —dijo en voz alta—, si hubieras retrocedido más de veinticinco años en el pasado, el túnel no estaría aquí. Estarías metida en... roca sólida.

Se sintió mal de repente y vomitó.

Poco a poco, la sensación... de aquello... iba cediendo. Aquello —fuera lo que fuese— estaba a su espalda. Bueno, eso lo resolvía todo, pensó limpiándose la boca con el dorso de la mano. Tenía que haber una maldita puerta al final porque no estaba dispuesta a volver por donde había venido.

Había una puerta. Una puerta industrial de metal, lisa y corriente. Y un candado, abierto, que colgaba de una hembrilla. Olía a lubricante WD-40. Alguien había engrasado las bisagras hacía poco y la puerta se abrió con facilidad cuando giró el pomo. De pronto se sintió como Alicia después de caer por el agujero del Conejo Blanco. Una Alicia realmente enojada.

Al otro lado de la puerta había un empinado tramo de escaleras iluminado apenas y, arriba, otra puerta de metal, bordeada de luz. Podía oír el rumor y el gañido metálico de una grúa en funcionamiento.

Estaba jadeando, y no por el esfuerzo de subir la escalera. ¿Qué encontraría al otro lado? Era la sala de mantenimiento de la presa, eso era lo único que sabía. Pero ¿encontraría el jueves al otro lado? ¿El mismo jueves en el que vivía cuando las puertas del túnel se habían cerrado tras ella?

Apretó los dientes y abrió la puerta. Rob Cameron estaba esperando, con la espalda apoyada en la pared y un cigarrillo encendido en la mano. Al verla, le dirigió una enorme sonrisa, tiró la colilla y la pisó.

—Sabía que lo conseguirías, tía —dijo.

Al otro lado de la sala, Andy y Craig dejaron lo que estaban haciendo y aplaudieron.

—¡Te invitaremos a una caña de cerveza, muchacha! —gritó Andy.

—¡A dos! —bramó Craig.

Aún notaba el sabor de la bilis al final de su garganta. Le lanzó a Rob Cameron una mirada idéntica a la que le había lanzado al señor Campbell.

—No me llames tía —dijo sin alzar la voz.

El atractivo rostro de Cameron se crispó y se tiró del tupé con falsa sumisión.

—Lo que usted diga, jefa —repuso.

28

Las cimas de las colinas

Eran casi las siete cuando Roger oyó el coche de Brianna a la entrada de la casa. Los niños ya habían cenado, pero salieron en tropel a recibirla, agarrándose a sus piernas como si acabara de volver del África tenebrosa o del polo Norte.

Transcurrió algún tiempo antes de que los niños estuvieran acostados y Bree tuviese tiempo de prestarle toda su atención. No le importó.

—¿Tienes mucha hambre? —inquirió ella—. Puedo preparar...

Roger la interrumpió, cogiéndola de la mano y arrastrándola a su despacho, donde cerró la puerta y echó cuidadosamente la llave. Ella estaba de pie, con el cabello medio enmarañado por el casco, sucia después de haberse pasado el día en las entrañas de la tierra. Olía a tierra. También a grasa de motor, humo de cigarrillo, sudor y... ¿cerveza?

—Tengo mucho que contarte —manifestó—. Y sé que tú tienes mucho que contarme. Pero antes... ¿Podrías quizá quitarte los pantalones, sentarte en el escritorio y abrir las piernas?

Brianna abrió unos ojos como platos.

—Sí —respondió con suavidad—, podría.

Roger se había preguntado a menudo si sería cierto aquello que decían de que los pelirrojos eran más volátiles de lo habitual, o si era tan sólo que sus emociones se reflejaban de forma muy súbita y escandalosa en su piel. Ambas cosas, pensó.

Tal vez debería haber esperado a que tuviera puesta la ropa antes de hablarle de la señorita Glendenning, pero, si lo hubiera hecho, se habría perdido el extraordinario espectáculo de su mujer, desnuda y roja de furia de cintura para arriba.

—¡Esa maldita vieja escoba! Si cree que se saldrá con la suya...

—No lo hará —la interrumpió Roger con firmeza—. Por supuesto que no lo hará.

—¡Pues claro que no lo hará! Lo primero que haré mañana será ir allí y...

—Bueno, tal vez no.

Ella se detuvo y lo miró con un ojo cerrado.

—Tal vez no, ¿qué?

—Tal vez tú no. —Se abrochó los vaqueros y recogió los de ella del suelo—. Estaba pensando que quizá sería mejor que fuera yo.

Ella frunció el ceño, considerándolo.

—No es que piense que vas a perder los estribos y pegarle a esa vieja puta —añadió sonriendo—, pero tú tienes que ir a trabajar, ¿no?

—Hum —respondió ella con aire escéptico respecto de su capacidad de causarle a la señorita Glendenning una impresión a la altura de su crimen.

—Y si perdieras la cabeza y le arrearas, detestaría tener que explicarles a los niños por qué vamos a visitar a mami a la cárcel.

Eso la hizo reír y él se relajó un poco. No es que creyera de verdad que Bree fuera a recurrir a la violencia física, pero es que ella no había visto la oreja de Jemmy justo después de que éste volviese a casa. Él mismo había sentido un fuerte impulso de ir directamente al colegio y mostrarle a aquella mujer lo que se sentía, pero ahora era más dueño de sí mismo.

—¿Y qué piensas decirle? —Pescó su sujetador de debajo del escritorio, obsequiándolo con una suculenta imagen de su trasero, pues todavía no se había puesto los pantalones.

—Nada. Hablaré con el director. Que sea él quien tenga unas palabras con ella.

—Bueno, tal vez eso sea mejor —repuso ella, despacio—. No sería bueno que la señorita Glendenning la tomara con Jemmy.

—Eso es. —El bonito sonrojo se estaba desvaneciendo. Su casco había rodado bajo la silla. Roger lo recogió y volvió a ponérselo en la cabeza—. Bueno, ¿cómo te ha ido hoy en el trabajo? ¿Y por qué no te pones bragas para ir a trabajar? —preguntó, recordándolo de repente.

Con gran asombro, vio que el sonrojo se abría de nuevo paso como un incendio forestal.

—Perdí la costumbre en el siglo XVIII —se enfadó ella—. Ya sólo me pongo bragas con fines ceremoniales. ¿Qué creías? ¿Que tenía pensado seducir al señor Campbell?

—Bueno, no, no si es como me lo describiste —contestó con suavidad—. Simplemente me he percatado de ello cuando te marchabas esta mañana y me ha parecido extraño.

—Ah.

Roger se dio cuenta de que seguía irritada y se preguntó por qué. Estaba a punto de volver a preguntarle cómo le había ido el día cuando ella se quitó el casco y lo miró con aire inquisitivo.

—Has dicho que si me ponía el casco me dirías qué estabas haciendo con aquella botella de champán. Aparte de dársela a Mandy para que la tirara por la ventana —añadió con un deje de censura propio de una esposa—. ¿En qué estabas pensando, Roger?

—Bueno, con toda franqueza, estaba pensando en tu trasero —respondió—. Pero no se me ha ocurrido que fuera a tirarla. Ni que pudiera lanzarla de ese modo.

—¿Le has preguntado por qué lo ha hecho?

Él se detuvo, desconcertado.

—No se me ha ocurrido que tuviera una razón —confesó—. La he bajado a toda prisa de la mesa porque estaba a punto de caerse de cabeza por la ventana rota, y estaba tan asustado que simplemente la he agarrado y le he dado en el culo.

—No creo que hiciera algo así sin un motivo —repuso Bree, meditativa. Había dejado a un lado el casco y se estaba poniendo el sujetador, espectáculo que Roger encontraba entretenido en cualquier circunstancia.

Olvidó volver a preguntarle cómo le había ido en el trabajo hasta que hubieron regresado a la cocina a tomar una cena tardía.

—No ha estado mal —respondió Bree con una buena dosis de despreocupación.

No bastó para convencerlo, pero sí para que lo pensara mejor antes de seguir ahondando en el tema y preguntara en su lugar:

—¿Fines ceremoniales?

Una amplia sonrisa se extendió por su rostro.

—Ya sabes, para ti.

—¿Para mí?

—Sí, para ti y tu fetichismo con la ropa interior femenina de encaje.

—¿Qué? ¿Quieres decir que te pones bragas para...?

—Para excitarte, por supuesto.

Imposible decir adónde habría acabado llevando la conversación, pues se vio interrumpida por un fuerte gemido procedente del piso superior y Bree desapareció a toda prisa rumbo a la escalera mientras Roger consideraba su última revelación.

Cuando ella regresó, con el ceño levemente fruncido, él ya había frito el beicon y estaba salteando las alubias de lata.

—Una pesadilla —dijo en respuesta a su ceja alzada—. La misma.

—¿Otra vez la cosa mala que intenta entrar por su ventana?

Ella asintió con la cabeza y cogió la sartén con las alubias que él le tendía, aunque no procedió de inmediato a servir la comida.

—Le he preguntado por qué ha tirado la botella.

—¿Sí?

Brianna cogió la cuchara de las alubias, esgrimiéndola como una arma.

—Ha dicho que lo ha visto por la ventana.

—¿A él? Al...

—Al Nuckelavee.

Por la mañana, la torre de piedra estaba exactamente igual que la última vez que Roger la había registrado. Oscura. Silenciosa, salvo por el susurro de las palomas en el piso de arriba. Había retirado la basura. No había nuevos envoltorios de pescado.

«Limpia y arreglada», pensó. ¿A la espera de que la ocupara el primer espíritu errante que pasara por allí?

Apartó esa idea de su mente con firmeza. Compraría bisagras nuevas y un candado para la puerta la próxima vez que pasara por los almacenes House and Household.

¿De verdad habría visto Mandy a alguien? Y, de ser así, ¿se trataba del mismo vagabundo que había asustado a Jem? La idea de que hubiera alguien rondando, espiando a su familia, hizo que algo duro y negro se le clavara en el pecho, como un muelle de hierro afilado. Permaneció allí unos instantes examinando con atención la casa, los terrenos, buscando cualquier rastro de un intruso, cualquier sitio donde un hombre pudiera esconderse. Ya había registrado el granero y los demás edificios anexos.

¿Tal vez en la cueva del Gorropardo? La idea —con el recuerdo de Jem de pie justo en la boca de la caverna— lo dejó helado. Bueno, pronto lo averiguaría, pensó muy en serio, y, con una última mirada a Annie MacDonald y Mandy, que estaban tendiendo pacíficamente la ropa limpia de la familia abajo en el jardín, se marchó.

Mantuvo el oído aguzado durante todo el día. Oyó el eco de los venados que bramaban, todavía enardecidos, y vio en una ocasión una pequeña manada de hembras a lo lejos, pero, por suerte, no se topó con ningún macho ciego de lujuria. Tampoco se tropezó con ningún vagabundo al acecho.

Le llevó algún tiempo dar con la entrada de la cueva, aunque había estado allí justo el día anterior. Hizo bastante ruido mientras se aproximaba, aunque se detuvo al llegar y gritó «¡Ah de la cueva!», por si acaso. No obtuvo respuesta.

Se aproximó a la entrada desde un lado, apartando las aliagas que la cubrían con un antebrazo, alerta por si el vagabundo estaba aguardando dentro, pero en cuanto el hálito húmedo del lugar le tocó la cara, supo que estaba desocupada.

De todos modos, asomó la cabeza al interior y, después, encorvándose, se introdujo en la propia cueva. Estaba seca, para ser una cueva de las Highlands, lo que no quería decir gran cosa, pero estaba fría como una tumba. No era de extrañar que los habitantes de aquellos lares tuvieran fama de duros. Quien no lo fuera habría sucumbido al hambre o a una neumonía en poco tiempo.

A pesar del frío, permaneció allí unos minutos, imaginando a su suegro. Estaba vacía y helada, pero curiosamente tranquila, pensó. No tenía ninguna sensación de mal augurio. De hecho, se sentía... bienvenido, y esa idea hizo que se le pusiera de punta el vello de los brazos.

—Concédeme, Señor, que estén a salvo —rogó en voz baja descansando la mano en la piedra de la entrada. Acto seguido, trepó al exterior y salió a la cálida bendición del sol.

Aquella extraña sensación de bienvenida, de haber sido reconocido de algún modo, permanecía con él.

—Bueno, y ahora ¿qué, *athair-céile*? —dijo en voz alta, medio en broma—. ¿Algún lugar donde debería mirar?

Mientras lo decía, se dio cuenta de que estaba mirando un lugar concreto. En la cima de la loma siguiente se encontraba el montón de piedras del que Brianna le había hablado. Le había dicho que era obra del hombre y que creía que podía tratarse de un fuerte de la Edad del Hierro. No parecía que quedase en pie gran cosa de lo que fuera que fuese para ofrecer refugio a nadie, pero, por pura inquietud, bajó entre los montones de piedras y brezos, cruzó chapoteando un pequeño arroyo que borboteaba a través de la roca al pie de la colina y trepó con esfuerzo hasta el montón de viejos escombros.

Era antiguo, pero no tanto como para ser de la Edad del Hierro. Parecían las ruinas de una pequeña capilla. Había una losa con una cruz grabada en el suelo, y reparó en lo que parecían los fragmentos erosionados de una estatua de piedra esparcidos por la entrada. Los restos eran más abundantes de lo que había pensado al verlos desde lejos. Había un muro que le llegaba aún a la cintura, y trozos de otros dos. El tejado se había desmoronado y había desaparecido hacía largo tiempo, pero parte del caballete, cuya madera se había vuelto tan dura como el metal, seguía ahí.

Limpiándose el sudor de la nuca, se detuvo y recogió la cabeza de la estatua. Era muy antigua. ¿Celta, picta? No quedaba lo suficiente como para aventurar siquiera su presunto sexo.

Acarició suavemente con el pulgar los ojos ciegos de la escultura y, acto seguido, se sentó sobre lo que quedaba del muro. Allí había una depresión, como si antaño hubiera habido una hornacina en la pared.

—Muy bien —dijo con una sensación de incomodidad—. Hasta luego, pues. Y, tras volverse, descendió por la escarpada colina en dirección a la casa, aún con la extraña sensación de que no estaba solo.

«La Biblia dice: "Busca y encontrarás"», pensó. Y le dijo al aire vibrante en voz alta:

—Pero no hay garantías de lo que vas a encontrar, ¿no?

29

Conversación con un director de escuela

Tras una comida tranquila con Mandy, que parecía haber olvidado por completo sus pesadillas, se vistió con cierto esmero para su entrevista con el director de la escuela de Jem. El señor Menzies supuso para él una sorpresa. No se le había ocurrido preguntarle a Bree qué aspecto tenía, y esperaba encontrar a un hombre achaparrado, de mediana edad y autoritario, un poco como el director de su propia escuela. En cambio, Menzies tenía más o menos la edad del propio Roger y era delgado, de piel pálida y con gafas, con unos ojos que parecían alegres tras ellas. Sin embargo, a Roger no le pasó desapercibido lo firme del gesto de su boca, y pensó que había hecho bien al no dejar que fuera Bree.

—Lionel Menzies —se presentó el director, sonriendo.

Tenía un firme apretón de manos y aire amistoso, y Roger se descubrió a sí mismo revisando su estrategia.

—Roger MacKenzie. —Le soltó la mano y se sentó en la silla que Menzies le ofrecía, al otro lado de su mesa—. El padre de Jem, de Jeremiah.

—Ah, sí, por supuesto. Imaginaba que tal vez los vería a usted o a su esposa cuando Jem no ha acudido a la escuela esta mañana. —Menzies se inclinó un poco hacia delante y entrelazó las manos—. Antes de seguir... ¿puedo preguntarle qué le contó Jem exactamente acerca de lo sucedido?

La opinión de Roger sobre aquel hombre subió un grado a su pesar.

—Dijo que su profesora lo había oído decir algo a otro niño en gaélico, tras lo cual lo agarró por la oreja y le dio una sacudida. Eso lo enojó y él la insultó, también en gaélico, por lo que usted le pegó con la correa. —Había identificado la mismísima correa, discretamente colgada, pero aún bastante visible, en la pared, detrás de un archivador.

Las cejas de Menzies se arquearon tras sus lentes.

—¿No es eso lo que pasó? —inquirió Roger, preguntándose por vez primera si Jem le habría mentido o habría omitido algo aún más horrible en su relato.

—Sí, eso es justo lo que sucedió —respondió Menzies—. Nunca había oído a un padre dar cuentas con tanta concisión. Por lo general, hay un prólogo de media hora, trivialidades inconexas, ofensas y contradicciones, si vienen ambos padres, y ataques personales, antes de que yo pueda averiguar con exactitud cuál es el problema. Gracias. —Sonrió y, bastante a su pesar, Roger le devolvió la sonrisa—. Me supo mal tener que hacerlo —prosiguió Menzies sin esperar a que Roger le respondiera—. Me gusta Jem. Es inteligente, trabajador... y realmente gracioso.

—Lo es —repuso Roger—. Pero...

—Pero no tuve elección, de verdad —lo interrumpió Menzies con firmeza—. Si ninguno de los demás alumnos hubiera sabido lo que estaba diciendo, podríamos haberlo dejado en una simple disculpa. Pero... ¿le contó lo que había dicho?

—No, no con detalle.

Roger no se lo había preguntado. Había oído a Jamie Fraser insultar a alguien en gaélico sólo tres o cuatro veces, pero había sido una experiencia memorable, y Jem tenía una memoria excelente.

—Bueno, en tal caso, yo tampoco lo haré, a menos que usted insista. Pero lo cierto es que, aunque probablemente sólo unos cuantos de los niños que había en el patio lo entendieron, ellos les habrían contado, bueno, de hecho, les han contado a todos sus amigos lo que dijo. Y saben que también yo lo entendí. Tengo que respaldar la autoridad de mis profesores. Si no hay respeto por el personal, la escuela entera se va al infierno... ¿No me contó su esposa que usted mismo se había dedicado a la enseñanza? ¿En Oxford, creo que dijo? Es impresionante.

—Fue hace algunos años, y no fui más que un joven catedrático, pero es cierto. Y entiendo lo que me dice, aunque yo, por desgracia, tuve que mantener el orden y el respeto sin la amenaza de la fuerza física.

No es que no le hubiera gustado darles un puñetazo en la nariz a algunos de sus estudiantes de segundo año de Oxford...

Menzies lo miró con un ligero guiño.

—Yo diría que su actitud probablemente fue adecuada —señaló—. Y, dado que es usted el doble de grande que yo, me alegra saber que no es proclive a utilizar la fuerza.

—¿Algunos de los demás padres lo son? —preguntó Roger, asombrado.

—Bueno, ninguno de los padres me ha pegado de verdad, no, aunque me han amenazado un par de veces. Pero una madre sí entró en mi despacho con la escopeta de la familia.

Menzies indicó con la cabeza el muro que tenía detrás y, al mirar hacia arriba, Roger vio un racimo de marcas de perdigones en la escayola, la mayoría, pero no todas, cubiertas por un mapa de África enmarcado.

—Al menos disparó por encima de su cabeza —observó Roger con frialdad, y Menzies soltó una carcajada.

—Bueno, no —objetó—. Le pedí, por favor, que dejara la escopeta con cuidado y lo hizo, pero no con el suficiente cuidado. De algún modo apretó sin querer el gatillo y ¡bum! La pobre mujer estaba hecha un flan, aunque no tanto como yo.

—Es usted estupendo, amigo. —Con una sonrisa, Roger reconoció la habilidad de Menzies para manejar a padres difíciles (él incluido), aunque se inclinó un poco hacia delante para indicar que tenía intención de tomar las riendas de la conversación—. Pero en realidad no me estoy quejando, al menos todavía, por el hecho de que azotara a Jem, sino por lo que lo condujo a ello.

Menzies respiró y asintió mientras apoyaba los codos en la mesa de su despacho y unía los dedos de las manos.

—Sí, bien.

—Entiendo la necesidad de respaldar a sus profesores —manifestó Roger poniendo, a su vez, las manos sobre la mesa—, pero esa mujer casi le arrancó a mi hijo la oreja, y evidentemente por un crimen no mayor que decir unas cuantas palabras, no insultos, sólo palabras, en *gàidhlig*.

Los ojos de Menzies se volvieron más penetrantes al apercibirse de su acento.

—Ah, entonces es usted quien lo habla. Me preguntaba si sería usted o su mujer, ¿sabe?

—Hace usted que parezca como si fuera una enfermedad. Mi mujer es norteamericana, seguro que se ha dado cuenta de ello.

Menzies le dirigió una mirada divertida —Brianna no le pasaba desapercibida a nadie—, pero sólo dijo:

—Sí, me he dado cuenta. Aunque me dijo que su padre era escocés, y de las Highlands. ¿Hablan gaélico en casa?

—No, no mucho. Jem lo aprendió de su abuelo. Él... ya no está con nosotros —añadió.

Menzies asintió con la cabeza.

—Ah —dijo con suavidad—. Sí, yo también lo aprendí de mis abuelos. Los padres de mi madre. Ahora también han fallecido. Eran de Skye.

La habitual pregunta implícita planeaba sobre la conversación, y Roger la contestó.

—Yo nací en Kyle of Lochalsh, pero me crié prácticamente en Inverness. Adquirí la mayor parte de mi gaélico en los barcos de pesca del Minch.

«Y en las montañas de Carolina del Norte.»

Menzies volvió a asentir con la cabeza, y por primera vez se miró las manos en lugar de mirar a Roger.

—¿Ha estado en un barco de pesca en los últimos veinte años?

—No, gracias a Dios.

Menzies sonrió brevemente, pero no levantó la vista.

—No. No se oye gaélico a menudo en estos tiempos. Español, polaco, estonio... eso bastante, aunque no gaélico. Su esposa dijo que habían pasado varios años en América, de modo que quizá no se haya dado cuenta, pero ya no se habla mucho en público.

—Para serle franco, no he prestado mucha atención... no hasta ahora.

Menzies asintió una vez más, como para sí, luego se quitó las gafas y se frotó las marcas que le habían dejado en el puente de la nariz. Sus ojos eran de un azul pálido y parecían de repente vulnerables sin la protección de sus lentes.

—Lleva en declive unos cuantos años —prosiguió—. En particular los últimos diez, quince años. De pronto las Highlands son parte del Reino Unido, o al menos eso dice el resto del Reino Unido, como nunca lo habían sido antes, y mantener un lenguaje distinto no sólo se considera pasado de moda, sino abiertamente destructivo.

»No es lo que podríamos llamar una política escrita para acabar con él, pero el uso del gaélico se... desalienta... enérgicamente en las escuelas. —Levantó una mano para anticiparse a la respuesta de Roger—. No podrían salirse con la suya si los padres protestaran, pero no lo hacen. La mayoría están impacientes por que sus hijos sean parte del mundo moderno, por que hablen bien inglés, consigan buenos empleos, encajen en otro sitio, puedan marcharse de las Highlands... Aquí no es que haya gran cosa para ellos aparte del mar del Norte, ¿verdad?

—Los padres...

—Si aprendieron el gaélico de sus propios padres, no se lo enseñan a sus hijos a propósito. Y si no lo hablan, ciertamente no hacen ningún esfuerzo por aprender. Se considera atrasado, paleto, muy característico de las clases bajas.

—Bárbaro, en efecto —dijo Roger, irritado—. ¿El bárbaro irlandés?

Menzies reconoció la despectiva descripción de Samuel Johnson de la lengua que hablaban sus anfitriones de las Highlands en el siglo XVIII, y una sonrisa breve y melancólica volvió a iluminar su rostro.

—Exacto. Hay muchos prejuicios, en gran parte declarados, contra...

—¿Los *teuchters*?

Teuchter era un término escocés de las Lowlands que designaba a alguien de las Gaeltacht, las Highlands de habla gaélica, y, en términos culturales, era el equivalente general de «palurdo» o «chusma».

—Ah, entonces lo sabe.

—Algo sé.

Era cierto. Incluso en épocas tan recientes como los años sesenta, los gaelicoparlantes eran considerados con cierta burla y desprecio público, pero eso... Roger carraspeó.

—En cualquier caso, señor Menzies —dijo acentuando un poco el «señor»—, tengo mucho que objetar a que la profesora de mi hijo no sólo lo riña por hablar gaélico, sino que, de hecho, lo agreda por hacerlo.

—Comparto su preocupación, señor MacKenzie —repuso el director levantando la vista y mirándolo a los ojos de tal modo que parecía como si realmente la compartiera—. He tenido una pequeña conversación con la señorita Glendenning y creo que no volverá a suceder.

Roger le sostuvo por un momento la mirada, deseando decir todo tipo de cosas, pero dándose cuenta de que Menzies no era responsable de la mayoría de ellas.

—Si vuelve a suceder —dijo sin elevar la voz—, no vendré con una escopeta, pero sí con el alguacil. Y un fotógrafo de prensa, para documentar cómo se llevan a la señorita Glendenning esposada.

Menzies parpadeó una vez y volvió a ponerse las gafas.

—¿Está seguro de que no me mandará a su mujer con la escopeta de la familia? —inquirió con aire pensativo, y Roger se echó a reír, a su pesar—. Muy bien, pues. —Empujó su silla hacia atrás y se puso en pie—. Lo acompañaré. Tengo que cerrar. Entonces, veremos a Jem el lunes, ¿verdad?

—Aquí estará. Con o sin esposas.

Menzies se echó a reír.

—Bueno, no tiene por qué preocuparse por la forma en que lo recibirán. Como los niños que hablan gaélico sí les contaron a sus amigos lo que dijo y que soportó la azotaina sin rechistar, creo que toda su clase lo considera ahora una especie de Robin Hood o Billy Jack.

—Dios mío.

30

Barcos que pasan en medio de la noche

19 de mayo de 1777

El tiburón debía de medir fácilmente casi cuatro metros de largo, y su forma alargada y sinuosa avanzaba a la misma altura del barco, apenas visible entre las grises aguas agitadas por la tormenta. Había aparecido de repente justo antes del mediodía, y me había dado un buen susto cuando miré por encima de la borda y vi que su aleta dorsal cortaba la superficie.

—¿Qué le pasa en la cabeza? —Jamie, que había aparecido en respuesta a mi grito de espanto, miró con el ceño fruncido las oscuras aguas—. Tiene una especie de protuberancia.

—Creo que es lo que llaman un pez martillo.

Me agarré con fuerza a la borda, resbaladiza a causa de las salpicaduras. La cabeza parecía, en efecto, deforme: un cosa extraña, burda y roma al final de un cuerpo tan siniestramente grácil. Sin embargo, mientras mirábamos, el escualo se acercó más a la superficie y se balanceó, asomando fuera del agua por un segundo un carnoso pedazo de su cuerpo y un ojo frío y distante.

Jamie emitió un sonido de horrorizada repugnancia.

—Ése es su aspecto normal —lo informé.

—¿Por qué?

—Supongo que un día Dios estaba aburrido.

Eso lo hizo reír y yo lo observé con aprobación. Tenía un color sonrosado y saludable, y se había tomado el desayuno con tanto apetito que me pareció que podía dispensarlo de las agujas de acupuntura.

—¿Cuál es la cosa más rara que has visto nunca? Me refiero a un animal. Un animal no humano —añadí pensando en la espantosa colección de deformidades y «curiosidades naturales» conservadas en vinagre del doctor Fentiman.

—¿Rara en sí misma? No deforme, quiero decir, sino ¿tal como la hizo Dios? —Miró el mar con ojos entornados, pensando, y luego sonrió—. El mandril del zoo de Luis de Francia. O... bueno, no. Quizá un rinoceronte, aunque no he visto ninguno en carne y hueso. ¿Eso cuenta?

—Digamos algo que hayas visto en carne y hueso —contesté pensando en unos dibujos de animales que había visto en aquella época y que parecían profundamente afectados por la imaginación del artista—. ¿Te pareció el mandril más raro que el orangután?

Recordé lo fascinado que estaba con el orangután, un animal joven de expresión solemne que parecía idénticamente fascinado con él, lo que dio lugar a numerosos chistes del duque de Orleans, que se encontraba presente, al respecto del origen del cabello rojo de Jamie.

—No, he visto a bastante gente con un aspecto más raro que el orangután —replicó.

El viento había cambiado de dirección y le arrancaba mechones de cabello del lazo con que lo llevaba sujeto. Se volvió para recibir la brisa en el rostro y se los echó hacia atrás, adoptando una expresión más seria ahora.

—Me dio lástima el animal. Parecía saber que estaba solo y que tal vez nunca volvería a ver a ningún otro miembro de su especie.

—Tal vez pensara que tú eras uno de su especie —sugerí—. Parecías gustarle.

—Era un animalito muy dulce —admitió—. Cuando le di una naranja, cogió la fruta de mi mano como un cristiano, con mucha delicadeza. ¿Crees que...? —Su voz se apagó y sus ojos adoptaron una expresión vaga.

—¿Creo que...?

—Bueno, sólo estaba pensando —echó una rápida ojeada por encima de su hombro, pero los marineros no podían oírnos desde donde se encontraban— en lo que Roger Mac dijo acerca de que Francia era importante para la revolución. He estado pensando que, cuando estemos en Edimburgo, debería preguntar. Ver si alguna de las personas a las que conocía podrían tener contactos en Francia... —Levantó un hombro.

—No estarás pensando en serio en ir a Francia, ¿verdad? —le pregunté, recelosa de repente.

—No, no —contestó enseguida—. Sólo estaba pensando en si el orangután seguiría allí si por casualidad fuéramos. Ha pasado mucho tiempo, pero no sé cuánto viven.

—No creo que vivan tanto como las personas, pero pueden vivir muchos años si están bien cuidados —respondí, dubitativa.

La duda no tenía que ver sólo con el orangután. ¿Volver a la corte de Francia? Se me revolvía el estómago sólo de pensarlo.

—Ha muerto, ¿sabes? —dijo Jamie con voz queda. Volvió la cabeza para mirarme con ojos serios—. Luis.

—¿Ha muerto? —respondí mirándolo sin comprender—. Yo... ¿cuándo? Agachó la cabeza y soltó un ruidito que tal vez fuera una risa.

—Murió hace tres años, Sassenach —dijo con frialdad—. Salió en los periódicos. Aunque te aseguro que la *Wilmington Gazette* no habló mucho de ello.

—No me enteré.

Miré al tiburón, que seguía haciéndole compañía al barco pacientemente. Tras el primer brinco de sorpresa, mi corazón se había relajado. De hecho, mi reacción general fue de agradecimiento, y eso más bien me sorprendió en sí mismo.

Hacía tiempo que me había reconciliado con el recuerdo de haber compartido la cama de Luis —durante los diez minutos que invirtió en ello—, y hacía tiempo que Jamie y yo nos habíamos reconciliado el uno con el otro, apoyándonos mutuamente a raíz de la muerte de nuestra primera hija, Faith, y todas las cosas terribles que habían sucedido en Francia antes del Alzamiento.

No es que saber de la muerte de Luis supusiera en lo más mínimo ninguna diferencia real, pero, a pesar de todo, experimenté una sensación de alivio, como si una molesta pieza de música que hubiera estado sonando muy lejos hubiese concluido por fin y ahora el silencio de la paz me cantara en el viento.

—Que Dios lo tenga en su gloria —dije con bastante retraso.

Jamie sonrió y puso su mano sobre la mía.

—*Fois shìorruidh thoir dha* —repitió. Que Dios lo tenga en su gloria—. Me da que pensar, ¿sabes? Cómo será para un rey presentarse ante Dios y rendir cuentas de su vida. Debe de ser mucho peor, quiero decir, pues ha de responder por toda la gente a su cargo, ¿no crees?

—¿Crees que lo haría? —pregunté, intrigada y bastante intranquila ante la idea. No es que hubiese intimado con Luis, salvo lo obvio, y eso me parecía menos íntimo que un apretón de manos. Ni siquiera me había mirado nunca a los ojos, pero no parecía un hombre muerto de preocupación por sus súbditos—. ¿Crees que es posible que una persona tenga que responder del bienestar de todo un reino, no tan sólo de sus propias faltas?

Lo pensó con seriedad mientras los rígidos dedos de su mano derecha tamborileaban sobre la resbaladiza borda.

—Creo que sí —respondió—. Tú responderías de lo que le hubieras hecho a tu familia, ¿no? Imagínate que les has hecho algún mal a tus hijos, los has abandonado o has dejado que pasaran hambre. Seguramente eso sería perjudicial para tu alma, pues eres responsable de ellos. Si naces rey, eres responsable de tus súbditos. Si los perjudicas, entonces...

—Bueno, ¿y dónde está el tope? —protesté—. Supón que te portas bien con una persona y mal con otra. Imagina que tienes gente a tu cuidado, por así decirlo, y que sus necesidades entran en conflicto. ¿Qué dices a eso?

Jamie sonrió.

—Digo que me alegro mucho de no ser Dios y no tener que considerar esas cosas.

Me quedé unos momentos en silencio, imaginando a Luis ante Dios intentando explicar aquellos diez minutos conmigo. Estoy segura de que pensó que estaba en su derecho —los reyes eran reyes, al fin y al cabo—, pero, por otra parte, tanto el séptimo como el noveno mandamientos eran claramente explícitos, y no parecía haber ninguna cláusula que eximiera a la realeza.

—Si tú estuvieras ahí —dije por impulso—, en el cielo, presenciando ese juicio, ¿lo perdonarías? Yo sí.

—¿A quién? —inquirió, sorprendido—. ¿A Luis?

Asentí con la cabeza, y él frunció el ceño mientras se pasaba lentamente un dedo por el puente de la nariz. Acto seguido, suspiró y asintió.

—Sí, lo perdonaría. Pero no me importaría verlo retorcerse un poco primero —añadió, amenazador—. Clavarle una horca en el culo no estaría mal.

Solté una carcajada, pero antes de que pudiera replicar, nos interrumpió un grito de «¡Vela a la vista!». Aunque hacía apenas un instante estábamos solos, ese aviso hizo que los marineros brotaran de las escotillas y las escalerillas que conducían a los camarotes como gorgojos de una galleta marinera, corriendo a la arboladura como un enjambre para ver qué sucedía.

Forcé la vista, pero no había nada inmediatamente visible. Sin embargo, el joven Ian había subido con los demás y aterrizaba ahora en el puente junto a nosotros con un fuerte golpe. Estaba sonrojado por el viento y la emoción.

—Es un barco bastante pequeño, pero tiene cañones —le dijo a Jamie—. Y ondea la bandera de la Unión.

—Es un guardacostas de la marina —explicó el capitán Roberts, que había aparecido a mi otro lado y miraba serio por su catalejo—. Mierda.

Jamie se llevó la mano al puñal, una comprobación inconsciente de que estaba ahí, y miró por encima del hombro del capitán, con los ojos entornados contra el viento. Ahora sí podía divisar la vela, que se acercaba deprisa por estribor.

—¿Podemos dejarlo atrás, capitán?

El primer oficial se había unido al grupo junto a la borda y observaba el barco que se aproximaba. Era cierto que tenía cañones, seis, que yo pudiera ver, y había hombres tras ellos.

El capitán reflexionó, abriendo y cerrando con aire ausente su catalejo con un chasquido, y luego miró las jarcias, estimando presumiblemente nuestras posibilidades de largar vela suficiente para distanciarnos del perseguidor. El palo mayor estaba rajado. Tenía intención de reemplazarlo en New Haven.

—No —respondió con tristeza—. La vela mayor se rasgará si la forzamos. —Cerró el catalejo con un contundente *clic* y se lo metió en el bolsillo—. Tendremos que plantarle cara lo mejor que podamos.

Me pregunté qué fracción de la carga del capitán Roberts sería contrabando. Su rostro taciturno no revelaba nada, pero había un claro aire de intranquilidad entre los marineros que fue creciendo a ojos vistas cuando el guardacostas se colocó a nuestro lado e hizo señas.

Roberts dio la seca orden de «al pairo» y las velas se aflojaron al tiempo que el barco reducía la velocidad. Vi a los marineros tras los cañones y la borda del guardacostas. Mirando de soslayo a Jamie, supe que los estaba contando y que me devolvía la mirada.

—He contado dieciséis —observó Ian en voz baja.

—Son más que nosotros, malditos sean —exclamó el capitán. Miró a Ian, estimando su tamaño, y meneó la cabeza—. Probablemente tienen intención de quitarnos todo lo que puedan. Lo siento, muchacho.

La alarma, bastante vaga, que había sentido al acercarse el guardacostas creció de golpe al oír eso, y más aún cuando vi que Roberts dirigía una mirada valorativa a Jamie.

—No creerá que... —comencé.

—Es una lástima que se haya afeitado usted esta mañana, señor Fraser —le señaló Roberts, ignorándome—. Se ha quitado veinte años de encima, y tiene un aspecto condenadamente más saludable que un hombre con la mitad de su edad.

—Le agradezco el cumplido, señor —replicó Jamie con sequedad sin apartar los ojos de la borda, por donde acababa de asomar de repente el sombrero de tres picos del capitán del guardacostas como un champiñón de mal agüero.

Se desabrochó el cinturón, liberó la vaina del puñal, y me lo tendió.

—Guárdamelo, Sassenach —me dijo en voz baja mientras volvía a abrocharse el cinturón.

El capitán del guardacostas, un hombre chaparro de mediana edad, semblante hosco y unos pantalones muy remendados, echó una ojeada rápida y penetrante en derredor del puente al subir a bordo, asintió para sí con la cabeza, como si sus peores sospechas se hubieran visto confirmadas y, a continuación, llamó a gritos por encima de su hombro a seis hombres para que lo siguieran.

—Registren la bodega —les dijo—. Ya saben lo que tienen que buscar.

—¿Qué manera de comportarse es ésta? —inquirió el capitán Roberts, colérico—. ¡No tienen derecho a registrar mi barco! ¿Qué se creen que son?, ¿un hatajo de malditos piratas?

—¿Acaso tengo aspecto de pirata? —El capitán del guardacostas parecía más complacido que insultado con la idea.

—Bueno, no puede ser capitán de la marina, estoy seguro —repuso Roberts con frialdad—. Siempre he considerado a los miembros de la marina de Su Majestad unos caballeros, no la clase de individuos que abordan a un comerciante respetable sin permiso, y mucho menos sin las debidas presentaciones.

El capitán del guardacostas pareció encontrar gracioso ese comentario. Se quitó el sombrero y me hizo una reverencia.

—Con su permiso, señora —dijo—. Capitán Worth Stebbings, su más humilde servidor.

Se irguió, dándose una palmadita en el sombrero, y le hizo un gesto con la cabeza a su teniente.

—Registren las bodegas en menos que canta un gallo. Y usted... —golpeó a Roberts en el pecho con el dedo índice—, reúna a todos sus hombres en el puente, en el delantero y en el central. Pero a todos. Si tengo que arrastrarlos hasta aquí arriba, me hará muy poca gracia, se lo advierto.

A continuación se oyeron unos golpes y retumbos tremendos, al tiempo que acudían de vez en cuando marineros a darle noticias de sus hallazgos al capitán Stebbings, que holgazaneaba junto a la borda, observando mientras juntaban a los hombres del *Teal*, entre ellos a Ian y a Jamie, y los conducían en manada al puente.

—¡Eh, oiga! —El capitán Roberts fue valiente, he de concedérselo—. ¡El señor Fraser y su sobrino no son tripulantes, son pasajeros de pago! No tiene derecho a molestar a unos hombres libres que se ocupan de sus legítimos asuntos. ¡Ni tampoco a acosar a mi tripulación!

—Son súbditos británicos —le informó Stebbings escuetamente—. Tengo todo el derecho. ¿O es que todos ustedes afirman ser americanos? —Al decir eso esbozó una breve sonrisa. Si el barco podía considerarse una nave rebelde, podía quedarse con él como premio, con tripulación y todo.

Tras esas palabras, corrió un murmullo entre los hombres reunidos en el puente, y vi a más de uno lanzar una rápida mirada a las cabillas de maniobra distribuidas a lo largo de la borda. También Stebbings lo vio y gritó por encima de la borda para que subieran cuatro hombres más, armados.

«Dieciséis menos seis, menos cuatro son seis —pensé, y me acerqué un poco más a la borda para atisbar en el guardacostas que mecía la marejada un poco más abajo, sujeto al *Teal* con una cuerda—. Eso si los dieciséis no incluyen al capitán Stebbings. Si lo incluyen...»

Había un hombre al timón, que no era una rueda, sino una especie de palanca que sobresalía del puente. Otros dos hombres manejaban un cañón, un largo objeto de bronce situado en la proa y apuntado al flanco del *Teal*. ¿Dónde estaban los demás? Dos en el puente. El resto, tal vez abajo.

El capitán Roberts seguía arengando a Stebbings detrás de mí, pero los hombres del guardacostas estaban subiendo con grandes golpes barriles y bultos al puente, y pedían una cuerda para bajarlos a su barco. Miré hacia atrás y vi que Stebbings pasaba junto a la hilera de tripulantes, indicando los que quería llevarse a cuatro hombres bien fornidos que lo seguían y que iban sacando de la fila a tirones a aquellos que había elegido, tras lo cual procedieron a atarlos unos a otros con una cuerda que los unía por los tobillos. Había elegido ya a tres hombres, entre ellos a John Smith, que estaba pálido y tenso. El corazón me dio un vuelco al verlo y después casi se me paró cuando Stebbings se acercó a Ian, que lo miró impasible.

—Prometedor, prometedor —declaró Stebbings dando el visto bueno—. Por tu aspecto, eres un terco hijo de puta, pero pronto te haremos entrar en razón. ¡Cójanlo!

Vi que a Ian se le hinchaban los músculos de los antebrazos al cerrar los puños, pero la patrulla de reclutamiento iba armada y dos de los hombres tenían la pistola desenfundada, así que dio un paso al frente, aunque con una mirada maligna que habría hecho vacilar a un hombre más sensato. Yo ya me había dado cuenta de que el capitán Stebbings no era un hombre sensato.

Stebbings seleccionó a otros dos y luego se detuvo delante de Jamie, mirándolo de arriba abajo. El rostro de Jamie estaba cuidadosamente inexpresivo. Y un tanto verde. El viento seguía soplando con fuerza y, como el barco no avanzaba, subía y caía a plomo, dando unos bandazos que habrían asustado a marineros mucho más expertos que él.

—Es un buen ejemplar, señor —dijo uno de los miembros de la patrulla con aprobación.

—Bastante viejo —titubeó Stebbings—. Y no me gusta mucho el aspecto de su cara.

—A mí no me gusta mucho el aspecto de la suya —terció Jamie en tono agradable. Se irguió, enderezó los hombros y miró a Stebbings con aire despectivo—. Si no supiera que es usted un cobarde consumado por sus actos, señor, lo tendría por un chupahígos y un gilipollas por su carita de estúpido.

El rostro vilipendiado de Stebbings se quedó inexpresivo de asombro y luego se ensombreció de rabia. Uno o dos de los miembros de la patrulla de leva sonrieron a sus espaldas, pero borraron a toda prisa su expresión cuando él se volvió a toda velocidad.

—Llévenselo —les gruñó empujando con el hombro a todo el que encontraba a su paso mientras se dirigía hacia el botín reunido junto a la borda—. Y procuren tirarlo al suelo unas cuantas veces por el camino.

Me quedé paralizada a causa de la conmoción. Estaba claro que Jamie no podía dejar que enrolaran a Ian por la fuerza y que se lo llevaran, pero sin duda tampoco podía tener la intención de abandonarme en medio del océano Atlántico.

Ni siquiera con su puñal en el bolsillo que llevaba atado bajo la falda y mi propio cuchillo en su vaina sujeto al muslo.

El capitán Roberts había observado esa pequeña representación con la boca abierta, aunque no sabría decir si de respeto o de asombro. Era un hombre de escasa estatura, bastante regordete, y que a todas luces no estaba hecho para el enfrentamiento físico, pero apretó la mandíbula y le dio una patada a Stebbings, al tiempo que lo agarraba de la manga.

Los tripulantes hicieron pasar a sus cautivos por encima de la borda.

No había tiempo para pensar en nada mejor.

Me agarré a la baranda y medio rodé sobre ella con un revuelo de faldas. Me dejé colgar de las manos por un instante terrorífico, sintiendo que mis palmas resbalaban sobre la madera húmeda mientras tanteaba con los dedos de los pies en busca de la escala de cuerda que los tripulantes del guardacostas habían echado por encima de la borda. Un bandazo del barco me arrojó con fuerza contra el casco, se me soltaron las manos, me precipité un breve tramo en el vacío y me agarré a la escala, justo sobre la cubierta del guardacostas. La cuerda me había quemado la mano derecha y sentía la palma en carne viva, pero ahora no había tiempo para preocuparse por eso. En cualquier momento, alguno de los tripulantes del guardacostas me vería y...

Sincronizando mi salto con el próximo movimiento ascendente de la cubierta del guardacostas, me solté y aterricé como un saco de piedras. Un intenso dolor me acuchilló el interior de la rodilla derecha, pero me puse en pie tambaleándome, trastabillando de un lado a otro con el movimiento del puente, y arremetí hacia la escalerilla que llevaba a los camarotes.

—¡Eh! ¡Usted! ¿Qué hace? —Uno de los artilleros me había visto y me miraba boquiabierto, claramente incapaz de decidir si bajar y ocuparse de mí o quedarse junto a su cañón.

Su compañero me miraba por encima de su hombro y le gritaba al primer hombre que no se moviera, aquello no era más que una especie de bufonada, decía. «¡No te muevas, malditos sean tus ojos!»

Los ignoré, con el corazón aporreándome el pecho con tanta fuerza que apenas si podía respirar. ¿Y ahora qué? ¿Qué hacer? Jamie e Ian habían desaparecido.

—¡Jamie! —grité tan alto como pude—. ¡Estoy aquí!

Y luego corrí hacia la cuerda que unía el guardacostas al *Teal*, arremangándome la falda de un tirón mientras corría. Lo hice sólo porque la falda se me había retorcido durante mi indecoroso descenso y no lograba encontrar la abertura para meter la mano y coger el cuchillo que llevaba sujeto al muslo dentro de su vaina.

Sin embargo, la acción en sí misma pareció desconcertar al timonel, que se había vuelto al oírme gritar. Abrió y cerró la boca como un pez de colores, pero tuvo la serenidad de ánimo suficiente como para no soltar la mano del timón. Agarré la cuerda con las mías propias y clavé el cuchillo en el nudo, utilizándolo para soltar las fuertes ataduras.

Roberts y su tripulación, benditos sean, estaban armando un gran alboroto arriba en el *Teal*, sofocando considerablemente los gritos del timonel y de los artilleros. Uno de estos últimos, tras echar un vistazo desesperado en dirección al puente del *Teal*, acabó decidiéndose y se acercó a mí de un salto desde la proa.

«¿Qué no daría ahora mismo por una pistola?», pensé con desesperación. Pero lo que tenía era un cuchillo, así que lo saqué del nudo a medio deshacer y se lo clavé al hombre en el pecho con tanta fuerza como pude. Se le pusieron los ojos en blanco y noté que la hoja alcanzaba el hueso, de modo que torcí la mano y le hinqué el cuchillo en la carne. El hombre chilló y cayó de espaldas, aterrizando a plomo sobre el puente y casi arrastrando consigo el cuchillo, aunque al final se liberó.

—Lo siento —manifesté con un grito ahogado y, entre jadeos, seguí trabajando en el nudo de la cuerda, ahora manchada de sangre.

Se oían ruidos procedentes de la escalerilla. Jamie e Ian tal vez no estuvieran armados, pero supuse que eso no tendría mucha importancia en las distancias cortas.

La cuerda se soltó de mala gana. Deshice el último nudo con un tirón y cayó golpeando el costado del *Teal*. Al punto, la corriente empezó a separar los barcos y el pequeño guardacostas se alejó deslizándose del gran balandro. Nos movíamos muy despacio, pero la ilusión óptica de velocidad hizo que me tambaleara y me agarré a la borda para no perder el equilibrio.

El artillero herido se había levantado y avanzaba hacia mí, vacilante pero furioso. Sangraba, aunque no profusamente, y no estaba en modo alguno incapacitado. Me hice a toda prisa a un lado y, mirando hacia la escalerilla, sentí un alivio inenarrable al ver a Jamie salir de ella.

Se colocó a mi lado en tres zancadas.

—¡El puñal, rápido!

Lo miré unos instantes sin comprender, aunque luego me acordé y, sin apenas rebuscar, logré alcanzar el bolsillo. Tiré de la empuñadura del puñal, pero estaba enganchado en la tela. Jamie lo cogió con fuerza y desgarró el tejido para liberarlo, rompiendo, de este modo, tanto el bolsillo como la cinturilla de mi falda, y salió disparado a las profundidades del barco, dejándome sola ante un artillero herido, otro artillero entero que ahora descendía con cautela desde su puesto y el timonel, que gritaba histérico para que alguien le hiciera algo a no sé qué vela.

Tragué saliva y agarré el cuchillo con fuerza.

—No se acerquen —dije en el tono más alto y más autoritario de que fui capaz.

Como me faltaba el aire, y dados el viento y el ruido imperantes, dudo que me oyeran. Por otra parte, dudaba que el hecho de haberme oído hubiera supuesto ninguna diferencia. Me subí la falda de un tirón con una mano, en cuclillas, y levanté el cuchillo con gesto decidido, como indicando que sabía qué hacer con él.

Oleadas de calor recorrían mi piel y sentí que el sudor me punzaba el cuero cabelludo y se secaba de inmediato con el viento frío. Sin embargo, ya no tenía miedo. Sentía la cabeza muy clara y muy distante.

«No vais a tocarme», era lo único que tenía en mente. El hombre al que había herido actuaba con prudencia, manteniéndose a distancia. El otro artillero no veía más que a una mujer, por lo que no se molestó en armarse y se limitó a extender el brazo con el fin de agarrarme con irritado desprecio. Vi el cuchillo moverse hacia arriba, deprisa, y arquearse como si se moviera por sí solo, y su tenue brillo se manchó de rojo cuando le hice un tajo en la frente.

La sangre se deslizó por su rostro, cegándolo. Profirió un grito sofocado de dolor y sorpresa, y se hizo atrás, al tiempo que se cubría la cara con ambas manos.

Vacilé unos instantes, sin saber muy bien qué hacer a continuación, con la sangre latiéndome aún en las sienes. El barco iba a la deriva, subiendo y bajando sobre las olas. Noté que el borde cargado de oro de mi falda rozaba las tablas del puente e, irritada, tiré de nuevo hacia arriba de la cinturilla rota.

Entonces me fijé en una cabilla de maniobra que sobresalía de su agujero en la borda y que tenía una cuerda enrollada. Me acerqué y, tras meterme el cuchillo en el escote del corsé a falta de un lugar mejor donde ponerlo, agarré la cabilla con las dos manos y la liberé. Sujetándola como si fuera un corto bate de béisbol, me afiancé sobre uno de mis talones y le arreé con él en la cabeza y tan fuerte como pude al hombre cuyo rostro había cortado. La cabilla de madera rebotó contra su cráneo con un resonante ruido a hueco, y él se alejó tambaleándose y chocó contra el mástil.

Ahora el timonel ya había visto suficiente. Dejando que el timón se ocupase de sí mismo, saltó de su puesto y se dirigió hacia mí como un mono furioso, extendiendo frenético los brazos y mostrando los dientes. Intenté golpearlo con la cabilla, pero no la tenía bien sujeta después de golpear al artillero y se me escurrió de las manos y cayó rodando del oscilante puente cuando el timonel se arrojó sobre mí.

Era un hombre pequeño y delgado, pero su peso me venció hacia atrás y nos precipitamos juntos dando tumbos hacia la borda. Caí de espaldas contra ella y expulsé todo el aire de mis pulmones con un ruido sibilante al recibir de lleno el impacto como una sólida barra en los riñones. Esa sensación se transformó en cuestión de segundos en una auténtica agonía y me retorcí bajo su cuerpo mientras me dejaba caer al suelo. Él cayó conmigo, intentando agarrarme por el cuello con un solo propósito en mente. Agité con violencia manos y brazos, golpeándolo como un molino de viento en la cabeza y haciéndome daño con los huesos de su cráneo.

El viento rugía en mis oídos. No oía más que insultos jadeantes, ásperos gritos que podían ser míos o suyos y, entonces, me apartó las manos de un golpe y me agarró por el cuello con una sola mano, a la vez que me clavaba con fuerza el pulgar bajo la mandíbula.

Me hizo daño e intenté propinarle un rodillazo, pero tenía las piernas enredadas en la falda e inmovilizadas bajo mi peso. Se me oscureció la vista, al tiempo que vislumbraba pequeños destellos de luz dorada que se desvanecían en las tinieblas, diminutos fuegos artificiales que anunciaban mi muerte.

Alguien producía ruiditos lastimeros, y me di cuenta vagamente de que debía de ser yo. La presión sobre mi garganta aumentó, y los destellos de luz se apagaron y todo se volvió negro.

Me desperté con una sensación confusa de terror y, a la vez, con la impresión de que alguien me mecía en una cuna. Me dolía la garganta y, cuando intenté tragar saliva, el dolor hizo que me atragantara.

—No pasa nada, Sassenach.

La suave voz de Jamie brotó de la penumbra circundante (¿dónde me encontraba?), y su mano me pellizcó el antebrazo, tranquilizadora.

432

—Te... tomo... la palabra —dije con voz ronca, y el esfuerzo hizo que los ojos se me llenaran de lágrimas. Tosí. Me dolió, pero pareció ayudarme un poco—. ¿Qué...?

—Bebe un poco de agua, *a nighean.*

Una mano grande se introdujo bajo mi cabeza y la levantó ligeramente; la boca de una cantimplora se apoyó en mi labio inferior. Tragar agua también dolía, aunque no me importaba. Tenía los labios y la garganta resecos, y sabían a sal.

Mis ojos empezaban a habituarse a la oscuridad. Podía ver la silueta de Jamie, agachado bajo un techo bajo y la forma de unas vigas, no, de unos maderos, que había por encima de mi cabeza. Noté un fuerte olor a brea y a sentinas. Un barco. Claro, estábamos en un barco. Pero ¿qué barco?

—¿Dónde...? —susurré haciendo un gesto con la mano.

—No tengo la más mínima idea —respondió en tono irritado—. Los hombres del *Teal* están manejando las velas, espero, e Ian está apuntando a uno de los de la marina para hacer que se ocupe del timón, pero hasta donde alcanzo a ver, el tipo nos lleva mar adentro.

—Quería decir... ¿qué... barco? —Aunque sus observaciones me lo habían dejado bien claro. Debíamos de estar en el guardacostas de la marina.

—Dijeron que se llama *Pitt.*

—Qué apropiado.[10]

Contemplé con ojos vidriosos mi tenebroso entorno y mi sentido de la realidad sufrió otro terrible sobresalto al ver una especie de enorme bulto moteado, a simple vista suspendido en el aire apenas iluminado, a escasa distancia por detrás de Jamie. Me senté de golpe —o, al menos, eso intenté—, pero en ese preciso momento me di cuenta de que me encontraba en una hamaca.

Jamie me agarró por la cintura con un grito de alarma, justo a tiempo de evitar que me cayera de cabeza y, mientras me estabilizaba, aferrándome a él, me di cuenta de que lo que yo había tomado por un enorme capullo de mariposa era en realidad un hombre, tumbado en otra hamaca colgada de los maderos, atado a ella como la cena de una araña y amordazado. Su rostro, apretado contra la red, me miraba.

---

[10] Se refiere a William Pitt, primer duque de Chatham, destacado estadista inglés. Fue primer ministro y logró la victoria británica en la guerra de los Siete Años. *(N. de la t.)*

—Por los clavos de Roosevelt... —exclamé con voz ronca, y volví a tumbarme jadeando.

—¿Quieres descansar un poco, Sassenach, o puedo ponerte en pie? —inquirió Jamie, claramente crispado—. No quiero dejar a Ian solo mucho tiempo.

—No —repuse incorporándome de nuevo con esfuerzo—. Ayúdame, por favor.

La habitación —el camarote, o lo que fuera— se puso a dar vueltas a mi alrededor, además de moverse arriba y abajo, por lo que me vi obligada a agarrarme a Jamie por unos instantes con los ojos cerrados, hasta que mi giroscopio interno se asentó.

—¿Y el capitán Roberts? —pregunté—. ¿Y el *Teal*?

—Sólo Dios lo sabe —respondió Jamie, lacónico—. Corrimos a su encuentro en cuanto pude poner a los hombres a gobernar esta cosa. Por cuanto sé, están detrás de nosotros, pero no pude ver nada cuando miré a popa.

Comenzaba a sentirme más estable, aunque la sangre seguía golpeando terriblemente en mi garganta y en mis sienes con cada latido y podía sentir las doloridas magulladuras que tenía en los codos y en los hombros, además de una banda de intenso dolor en la espalda, allí donde me había golpeado con la borda.

—Hemos encerrado a la mayor parte de la tripulación en la bodega, salvo a ese tipo —me informó Jamie señalando con la cabeza al hombre de la hamaca—. No sabía si querrías echarle un vistazo antes. En el aspecto médico, quiero decir —añadió al ver que, en un primer momento, no lo había entendido—. Aunque no creo que esté muy malherido.

Me acerqué al hombre de la hamaca y vi que era el timonel que había intentado estrangularme. Tenía un gran bulto en la frente y un comienzo de ojo negro monstruoso, pero, por cuanto pude observar, acercándome para verlo mejor bajo la escasa luz, sus pupilas tenían ambas el mismo tamaño y, considerando que tenía un trapo embutido en la boca, respiraba con regularidad. En tal caso, probablemente no estuviera muy malherido. Me quedé mirándolo unos instantes. Era difícil de decir, pues bajo cubierta la única luz procedía de un prisma incrustado en el puente, pero pensé que tal vez lo que había tomado por una mirada hostil no fuera, en realidad, más que una expresión desesperada.

—¿Necesita orinar? —le pregunté con educación.

El hombre y Jamie emitieron unos ruidos casi idénticos, aunque en el primer caso se trataba de un gruñido de necesidad y, en el de Jamie, de exasperación.

—¡Por el amor de Dios! —exclamó agarrándome del brazo cuando hice ademán de ir a bajar al timonel—. Yo me ocuparé de él. Sube. —Era evidente, por el tono iracundo de su voz, que había llegado al límite, que ésa era la gota que colmaba el vaso y que era inútil discutir con él.

Me marché y subí la escalerilla con precaución acompañada de un mar de murmullos en gaélico que no intenté traducir.

El viento huracanado que soplaba arriba bastó para hacer que me tambaleara de forma alarmante cuando me hinchó las faldas, pero me agarré de una cuerda y me sujeté con fuerza. Dejé que el aire fresco me despejara la cabeza antes de sentirme lo bastante estable como para dirigirme a popa. Allí encontré a Ian, como me habían indicado, sentado en un barril, sosteniendo con descuido una pistola sobre una de sus rodillas, y evidentemente sumido en una amistosa conversación con el marinero que manejaba el timón.

—¡Tía Claire! ¿Estás bien? —preguntó mientras se ponía en pie de un salto y me indicaba con un gesto su barril.

—Muy bien —respondí sentándome en él. No creía que tuviera nada roto en la rodilla, pero la notaba un poco oscilante—. Claire Fraser. —Cortés, le hice un gesto al caballero del timón, que era negro y llevaba unos tatuajes faciales muy elaborados, aunque de cuello para abajo iba vestido con el uniforme ordinario de un marinero.

—Guinea Dick —respondió, con una amplia sonrisa que mostró, sin lugar a dudas, unos dientes limados—. ¡*Youah sahvint*, mamita!

Me quedé contemplándolo unos momentos boquiabierta, pero luego recuperé cierta apariencia de serenidad y le sonreí.

—Veo que Su Majestad consigue a sus marinos donde puede —le susurré a Ian.

—De hecho, así es. Al señor Dick, aquí presente, lo enrolaron por la fuerza cuando estaba en manos de un pirata guineano que se lo había llevado de un barco negrero, que, a su vez, lo había capturado en un barracón de esclavos de la costa de Guinea. No estoy muy seguro de que considere el alojamiento de Su Majestad una mejora, pero dice que no tiene ningún inconveniente en venir con nosotros.

—¿Confías en él? —inquirí en un gaélico vacilante.

Ian me miró, ligeramente escandalizado.

—Por supuesto que no —contestó en el mismo idioma—. Y me harás el favor de no acercarte mucho a él, esposa del hermano de mi madre. Dice que no come carne humana, pero ello no es garantía de que no suponga ningún peligro.

—Bien —contesté, volviendo al inglés—. ¿Que le pasó...?

Antes de que pudiera terminar la pregunta, un fuerte golpe en cubierta hizo que me volviera y vi a John Smith —el de los cinco pendientes de oro—, que se había dejado caer desde las jarcias. También él sonrió al verme, aunque su expresión era tensa.

—Todo bien —le dijo a Ian, y me saludó tocándose el tupé—. ¿Está usted bien, señora?

—Sí. —Miré a popa, pero no vi más que olas que subían y bajaban. Y lo mismo también en todas las demás direcciones—. Eh... ¿sabe por casualidad adónde nos dirigimos, señor Smith?

Pareció sorprenderse un poco al oírme.

—Bueno, no, señora. El capitán no lo ha mencionado.

—El capi...

—Se refiere al tío Jamie —intervino Ian en tono divertido—. Está abajo echando las tripas por la boca, ¿verdad?

—La última vez que lo vi, no. —Empezaba a tener una sensación molesta en la base de la columna vertebral—. ¿Me estás diciendo que nadie a bordo de este barco tiene la más remota idea de adónde, o ni siquiera en qué dirección, vamos?

Un elocuente silencio acogió mi pregunta. Tosí.

—El... hum, el artillero. No el que tiene el corte en la frente, el otro. ¿Dónde está? ¿Lo sabes?

Ian se volvió y miró al agua.

—Vaya —dije. Había una gran mancha de sangre en el puente allí donde el hombre había caído cuando lo apuñalé—. Vaya —repetí.

—Ah, eso me recuerda algo, tía. Encontré esto en cubierta. —Ian sacó mi cuchillo de su cinturón y me lo tendió. Me di cuenta de que lo habían limpiado.

—Gracias.

Lo coloqué en su sitio, deslizándolo a través de la abertura de mis enaguas, y encontré la vaina, aún atada alrededor de mi muslo, aunque alguien me había quitado la falda rasgada y el bolsillo. Pensando en el oro escondido en el bajo, esperé que hubiera sido Jamie. Me sentía bastante rara, como si tuviera los huesos llenos de aire. Tosí y volví a tragar saliva, masajeándome la magullada garganta, y luego volví al tema del que estaba hablando antes.

—¿Así que nadie sabe adónde nos dirigimos?

John Smith esbozó una leve sonrisa.

—Bueno, no vamos mar adentro, si es eso lo que se temía usted.

—De hecho, sí, me lo temía. ¿Cómo lo sabe?

Los tres sonrieron al oírme decir eso.

—El *zol* está allí —terció el señor Dick señalando con un hombro el objeto en cuestión. Hizo un gesto con la cabeza en la misma dirección—. Así que tierra está allí también.

—Ah.

Bueno, eso era un alivio, en efecto. Y de hecho, como «el zol» estaba allí, es decir, desapareciendo a toda velocidad por el oeste, eso significaba que nos dirigíamos hacia el norte.

En ese momento, Jamie se unió al grupo con aspecto pálido.

—Capitán Fraser —lo saludó respetuosamente Smith.

—Señor Smith.

—¿Órdenes, capitán? —Jamie lo miró, sombrío.

—Me encantaría que no nos hundiéramos. ¿Puede conseguirlo?

El señor Smith no se molestó en ocultar su sonrisa.

—Si no nos topamos con otro barco o con una ballena, señor, creo que nos mantendremos a flote.

—Muy bien. Le ruego que no lo haga. —Jamie se pasó el dorso de la mano por la boca y se irguió—. ¿Hay algún puerto al que podamos llegar en un día más o menos? El timonel dice que hay comida y agua suficientes para tres días, pero cuanta menos necesitemos más contento estaré.

Smith se volvió para mirar con los ojos entornados en dirección a la tierra invisible, mientras el crepúsculo arrancaba destellos a sus pendientes.

—Bueno, hemos dejado atrás Norfolk —respondió, pensativo—. El próximo gran puerto regular sería Nueva York.

Jamie le dirigió una mirada de desaliento.

—¿No es en Nueva York donde está anclada la marina británica?

El señor Smith tosió.

—Creo que sí, según mis últimas noticias. Por supuesto, podrían haberse trasladado.

—Estaba pensando más bien en un puerto pequeño —dijo Jamie—. Muy pequeño.

—¿Donde la llegada de un guardacostas de la marina real cause la máxima impresión sobre la ciudadanía? —inquirí.

Comprendía su fuerte deseo de poner los pies en tierra cuanto antes, pero la pregunta era: ¿y después, qué?

Hasta el momento no había comenzado a percatarme de la gravedad de nuestra situación. En el espacio de una hora, habíamos pasado de ser pasajeros camino a Escocia a ser fugitivos camino a Dios sabía dónde.

Jamie cerró los ojos y respiró hondo. Se notaba una fuerte marejada y vi que había vuelto a ponerse verde. Con una punzada de desconsuelo, me di cuenta de que había perdido mis agujas de acupuntura, abandonadas en mi precipitado éxodo del *Teal*.

—¿Y Rhode Island, o New Haven, Connecticut? —pregunté—. A New Haven es adonde se dirigía el *Teal*, en cualquier caso, y creo que es mucho menos probable que nos tropecemos con lealistas o con tropas británicas en uno de esos dos puertos.

Jamie asintió, con los ojos aún cerrados mientras hacía una mueca por el movimiento.

—Sí, tal vez.

—Rhode Island, no —objetó Smith—. Los británicos llegaron a Newport en diciembre y la marina americana, lo que queda de ella, está bloqueada en Providence. Quizá no nos disparen si entramos navegando en Newport con los colores británicos —señaló con un gesto el mástil, donde la Union Jack ondeaba todavía—, pero el recibimiento, una vez en tierra, podría ser demasiado cálido como para que nos sintiéramos cómodos.

Jamie había abierto bruscamente un ojo y miraba a Smith con aire pensativo.

—Espero que no tenga tendencias lealistas, señor Smith. Pues si las tuviera, nada sería más sencillo que aconsejarme atracar en Newport; yo no me lo pensaría dos veces.

—No, señor. —Smith se tiró de uno de los pendientes—. Es decir, no es que sea separatista, eso tampoco. Pero tengo un marcado interés en que no me vuelvan a hundir. Creo que he agotado mi suerte en ese sentido.

Jamie asintió con aspecto de no encontrarse bien.

—A New Haven, pues —señaló, y sentí que se me aceleraba ligeramente el corazón de la emoción.

¿Me reuniría quizá con Hannah Arnold, después de todo? ¿O —y ésa era una idea más difícil de realizar todavía— con el propio coronel Arnold? Supuse que debía de visitar a su familia de vez en cuando.

A continuación, entre el puente y los cordajes se discutieron a gritos ciertas cuestiones técnicas relativas a la navegación: Jamie sabía utilizar tanto un sextante como un astrolabio y, de hecho, contábamos con el primero, pero no tenía ni idea de cómo aplicar los resultados al gobierno de un barco. Los impresionados tripulantes del *Teal* estaban más o menos de acuerdo en llevar la nave adonde quisiéramos, pues su única alternativa inmediata era que los arrestaran, los juzgaran y los ejecutaran por piratería involuntaria, pero, aunque todos eran buenos marinos, ninguno de ellos tenía conocimientos de navegación.

Eso no nos dejó más alternativas que entrevistar a los marineros cautivos en la bodega, descubrir si alguno de ellos podía gobernar el barco y, de ser así, utilizar la violencia u ofrecerle oro para obligarlo a hacerlo, o navegar hasta ver tierra y acercarnos a la costa, lo que resultaba más lento, mucho más peligroso —pues podíamos toparnos o bien con bancos de arena o bien con barcos de guerra británicos— e improbable, pues hasta ahora ninguno de los hombres del *Teal* que se encontraban con nosotros había visto nunca el puerto de New Haven.

Como no tenía nada útil que aportar a esa conversación, me aposté junto a la borda, observando cómo el sol descendía en el cielo y preguntándome qué probabilidades teníamos de llegar a tierra en la oscuridad, sin disponer del sol para orientarnos.

Esa idea me hizo sentir frío, pero el viento era más frío aún. Cuando abandoné tan bruscamente el *Teal*, no llevaba puesta más que una chaqueta ligera y, sin mi sobrefalda de lana, el viento marino penetraba a través de mi ropa como un cuchillo. La desafortunada comparación me recordó al artillero muerto y, armándome de valor, miré por encima del hombro la mancha de sangre del puente.

Al hacerlo, capté el parpadeo de un movimiento por parte del timonel y abrí la boca para gritar. No logré emitir ningún sonido, pero, por casualidad, Jamie estaba mirando en mi dirección, y lo que fuera que reflejara mi rostro le bastó. Se volvió y se arrojó sin vacilar sobre Guinea Dick, que había sacado un cuchillo de alguna parte y se disponía a clavárselo a Ian, quien le daba descuidadamente la espalda.

Ian dio media vuelta al oír el ruido, vio lo que sucedía y, arrojando la pistola a las sorprendidas manos del señor Smith, se lanzó sobre la pelota humana que luchaba y rodó bajo el oscilante timonel. Al quedar sin gobierno, el barco aminoró la velocidad al tiempo que las velas se aflojaban y comenzó a dar bandazos de manera alarmante.

Di un par de pasos por el inclinado puente y le arrebaté sin más la pistola de las manos al señor Smith. Éste me miró, parpadeando desconcertado.

—No es que no confíe en usted —le dije a modo de disculpa—. Es sólo que, bien mirado, no puedo correr el riesgo. Con calma, a pesar de todo, comprobé que la pistola estuviera cebada. Estaba cebada y con el gatillo listo. Lo extraño era que no se hubiese disparado sola al manipularla con tan poco cuidado. Apunté al centro de la melé, esperando a ver quién saldría de ella.

El señor Smith paseó la mirada de un lado a otro, de mí a los que se debatían en el suelo y de vuelta a mí, y luego empezó a alejarse despacio con las manos delicadamente levantadas.

—Yo... estaré... estaré arriba —dijo—. Si me necesitan.

La pelea concluyó como era de esperar, pero el señor Dick se defendió noblemente como un marino inglés. Ian se puso en pie con lentitud, maldiciendo y apretándose el brazo contra la camisa, en la que una herida abierta dejaba manchas rojas.

—¡Ese muy traidor hijo de puta me ha mordido! —espetó, furioso—. ¡Maldito caníbal pagano!

Le arreó una patada a su antiguo adversario, que gruñó al recibir el impacto, pero permaneció inerte, y luego agarró el oscilante timón con una enojada palabrota. Lo movió despacio de un lado a otro en busca de una dirección, y el barco se estabilizó, volviendo la proa al viento mientras las velas se hinchaban de nuevo.

Jamie se quitó de encima el cuerpo del señor Dick, y permaneció sentado en cubierta, con la cabeza gacha y jadeando en busca de aire. Bajé la pistola y descargué el gatillo.

—¿Estás bien? —le pregunté por guardar las formas. Me sentía muy tranquila, de un modo remoto y extraño.

—Estoy intentando recordar cuántas vidas me quedan —contestó entre jadeos.

—Cuatro, me parece. O cinco. No considerarás esto casi como una defunción, ¿no? —Miré al señor Dick, cuyo rostro estaba en bastante mal estado.

El propio Jamie tenía una gran mancha roja a un lado de la cara, que iba a ponerse sin duda negra y azul en cuestión de horas, y se sujetaba el dedo anular, pero, por lo demás, parecía ileso.

—¿Estar a punto de morir mareado cuenta?

—No.

Cautelosa, sin perder de vista al timonel caído, me agaché junto a Jamie y lo examiné. La luz roja del sol poniente bañaba la cubierta, haciendo que me fuera imposible juzgar su color, incluso en el caso de que el color de su piel lo hubiera facilitado. Me tendió una mano y yo le di la pistola, que se metió en el cinturón, donde, según pude observar, había vuelto a colocarse el puñal y su vaina.

—¿No te ha dado tiempo a sacarlo? —inquirí señalándolo con la cabeza.

—No quería matarlo. No está muerto, ¿verdad?

Con evidente esfuerzo, se puso a cuatro patas y respiró un segundo antes de darse impulso e incorporarse.

—No. Volverá en sí dentro de un par de minutos.

Miré a Ian, que tenía el rostro vuelto hacia otro lado, pero cuyo lenguaje corporal era bien elocuente. Sus hombros rígidos, su nuca bañada en sudor y sus crispados antebrazos reflejaban furia y vergüenza, lo que era comprensible, aunque la inclinación de su columna vertebral hablaba de desconsuelo. En ese momento me pregunté qué podía estar sucediéndole, hasta que se me ocurrió algo que hizo que aquella extraña sensación de calma se desvaneciera de pronto en un estallido de horror: ya sabía qué debía de haberle hecho bajar la guardia.

—¡*Rollo!* —susurré, agarrándome al brazo de Jamie.

Él levantó la vista, sobresaltado, vio a Ian e intercambió conmigo una mirada de espanto.

—Oh, Dios mío —dijo en voz baja.

Las agujas de acupuntura no eran las únicas cosas de valor abandonadas a bordo del *Teal*.

Rollo había sido el compañero más íntimo de Ian durante años. Ese inmenso derivado del encuentro fortuito entre un galgo lobero irlandés y un lobo aterrorizaba a la tripulación del *Teal* hasta tal punto que Ian lo había encerrado en el camarote. De lo contrario, lo más probable era que hubiese despedazado al capitán Stebbings cuando los marineros capturaron a Ian. ¿Qué haría al darse cuenta de que Ian había desaparecido? ¿Y qué le harían el capitán Stebbings, sus hombres o la tripulación del *Teal* como respuesta?

—Jesús. Matarán al perro y lo echarán por la borda —Jamie expresó mi pensamiento en voz alta, y se persignó.

Volví a pensar en el pez martillo y un violento escalofrío recorrió mi cuerpo. Jamie me presionó la mano con fuerza.

—Oh, Dios mío —repitió en voz muy baja.

Se quedó pensativo por unos instantes, luego se sacudió, de modo parecido a como hacía *Rollo* para expulsar el agua de su pelaje, y me soltó la mano.

—Tendré que hablar con la tripulación, y tendremos que darles de comer a ellos y a los marineros de la bodega. ¿Puedes bajar, Sassenach, y ver qué podemos hacer con la cocina? Sólo... quiero tener primero unas palabras con Ian. —Vi moverse su garganta al tiempo que miraba a Ian, de pie, tieso como un indio de madera al timón, mientras la tenue luz iluminaba crudamente su rostro sin lágrimas.

Asentí con la cabeza, me dirigí vacilante hacia el hueco negro y abierto de la escalerilla, y bajé a las tinieblas.

La cocina del barco no era más que un espacio de metro treinta por metro treinta situado debajo del puente, al final del comedor, con una especie de altar bajo de ladrillo que contenía los fogones, varios armarios en el mamparo y una barra de la que pendían cacharros, útiles para retirarlos del fuego, trapos y más útiles de cocina. No tuve problema en encontrarla. Aún había un resplandor rojo procedente del fogón de la cocina, donde —gracias a Dios— seguían ardiendo algunas brasas.

Había una caja de arena, una caja de carbón y un cesto de materiales para facilitar el encendido ocultos bajo una pequeña encimera, así que procedí de inmediato a intentar devolver el fuego a la vida. Sobre el fogón colgaba un caldero. Parte de su contenido se había derramado como consecuencia del movimiento del barco, apagando parcialmente el fuego y dejando unas vetas pegajosas sobre la superficie externa del caldero. Habíamos vuelto a tener suerte, pensé. Si el fuego no se hubiera extinguido prácticamente, el contenido del cacharro se habría secado hacía tiempo y se habría quemado, y yo habría tenido que empezar a preparar algún tipo de cena desde cero.

Tal vez literalmente desde cero. Cerca de la cocina había varias jaulas de pollos apiladas. Habían estado dormitando en la cálida oscuridad, pero se despertaron al moverme, aleteando, cacareando y estirando sus tontas cabezas de un lado a otro con nerviosa curiosidad, mirándome con sus ojos rojos, parpadeando a través del enrejado de madera.

Me pregunté si habría otros animales a bordo, pero, si los había, no vivían en la cocina, a Dios gracias. Removí el caldero, que parecía contener una especie de estofado viscoso y, a continuación, me puse a buscar el pan.

Sabía que debía de haber algún tipo de sustancia farinácea. Los marinos vivían o bien de galletas de agua —la oportunamente llamada galleta marinera sin levadura— o bien de pan blando, es decir, de cualquier tipo de pan con levadura, aunque el término *blando* era a menudo relativo. Pero tenía que haber pan. ¿Dónde...?

Por fin lo encontré: unas hogazas marrones y redondas dentro de una bolsa de red colgada de un gancho en un oscuro rincón. Para evitar que las ratas lo alcanzasen, supuse, y miré con atención al suelo a mi alrededor, por si acaso. Tenía que haber también harina, pensé... ah, claro, estaría en las bodegas, con las demás provisiones del barco, y los disgustados restos de la tripulación original. Bueno, ya nos preocuparíamos de ellos más tarde. Allí había bastante para dar de cenar a todos a bordo. Ya me preocuparía también más tarde del desayuno.

El ejercicio de encender el fuego y registrar la cocina y el comedor me había hecho entrar en calor y olvidar mis magulladuras. La sensación de gélida incredulidad que me había acompañado desde que salté por la borda del *Teal* comenzó a disiparse.

No era del todo una buena cosa. Conforme fui saliendo de mi estado de atónita consternación, empecé también comprender las verdaderas dimensiones de la situación actual. Ya no íbamos rumbo a Escocia y los peligros del Atlántico, sino que nos dirigíamos a un destino desconocido en una nave desconocida con una tripulación atemorizada y sin experiencia. Y, por cierto, acabábamos de cometer un acto de piratería en alta mar, así como los delitos, cualesquiera que fuesen, implicados en el hecho de resistirse a la leva y de atacar a la marina de Su Majestad. Y asesinato. Tragué saliva con la garganta aún dolorida y la carne de gallina, pese al calor del fuego.

La sacudida del cuchillo al golpear el hueso me retumbaba aún en los huesos del brazo y del antebrazo. ¿Cómo podía haberlo matado? Sabía que no había penetrado en su cavidad torácica, que era imposible que hubiese alcanzado los grandes vasos sanguíneos del cuello... La conmoción, por supuesto... pero ¿podía simplemente la conmoción...?

Justo ahora no podía pararme a pensar en el artillero muerto, así que aparté con firmeza el pensamiento de mi mente. «Después», me dije. Me reconciliaría con lo sucedido —al fin y al cabo, había sido en defensa propia— y rezaría por su alma, pero después. Ahora no.

No es que las demás cosas que se me iban presentando mientras trabajaba fueran mucho más atractivas. Ian y *Rollo*, no, no podía pensar en eso tampoco.

Raspé con brío el culo del caldero con una gran cuchara de madera. El estofado del fondo estaba un poco chamuscado, pero aún se podía comer. Tenía huesos y era denso y viscoso, con grumos. Jadeando ligeramente, llené un cacharro más pequeño con agua de un tonel y lo colgué sobre el fuego para que hirviera.

Navegación. Decidí que ése era un tema por el que preocuparse, pues, aunque era muy inquietante, carecía de las implicaciones emocionales de algunos de los demás puntos de mi agenda mental. ¿En qué fase estaba la luna? Intenté recordar el aspecto que tenía la noche anterior desde el puente del *Teal*. No me había fijado en ella, así que no era ni mucho menos luna llena. La luna llena sobre el mar es impresionante, con esa senda brillante sobre el agua que te hace pensar que sería sencillo saltar por la borda y echar a andar sobre ella en medio de su sereno resplandor.

No, la noche pasada no había un sereno resplandor. Pero había ido a aliviarme bastante tarde a la proa del barco en lugar de utilizar el orinal porque necesitaba aire. La cubierta estaba en tinieblas, así que me acerqué a la borda a mirar por unos instantes porque había fosforescencia en las largas y ondulantes olas, un hermoso y espectral brillo verde bajo el agua, y la estela del barco labraba un surco brillante en el mar.

Luna nueva, por tanto, decidí, o una pequeña tajada, que venía a ser lo mismo. En ese caso, no podíamos acercarnos a la costa de noche. No sabía cuán al norte nos encontrábamos —tal vez John Smith lo supiera—, pero sí sabía que el litoral de Chesapeake suponía todo tipo de canales, bancos de arena, planicies creadas por la marea y tráfico marítimo. Pero, un momento, Smith había dicho que habíamos dejado Norfolk atrás...

—Bueno, ¡maldita sea! —dije, exasperada—. ¿Dónde está Norfolk?

Sabía dónde estaba respecto a la autopista I-64, pero no tenía ni la más mínima idea del aspecto de ese condenado lugar desde el océano.

Y si nos veíamos obligados a esperar lejos de tierra durante la noche, ¿qué impediría que la corriente nos arrastrara mar adentro?

—Vale, lo positivo del asunto es que no tenemos que preocuparnos por si nos quedamos sin gasolina —me dije para animarme.

Comida y agua... bueno, todavía no, al menos.

Parecía que me iban faltando buenos temas impersonales de preocupación. ¿Y el mareo de Jamie? ¿O cualquier otra catástrofe médica que pudiera producirse a bordo? Sí, ése estaba bien.

No tenía hierbas, ni agujas, ni sutura, ni vendas, ni instrumental... De momento, carecía por completo de toda medicina práctica salvo agua hirviendo y la habilidad que pudieran albergar mis dos manos.

—Supongo que podría reducir una dislocación o taponar con el pulgar una arteria chorreante —manifesté en voz alta—, pero eso es todo.

—Ehh... —dijo una voz de lo más vacilante detrás de mí, y me volví a velocidad de vértigo, salpicando sin darme cuenta con el estofado de mi cucharón.

—Ah. Señor Smith.

—No quería cogerla desprevenida, señora. —Se acercó furtivamente bajo la luz como una araña cautelosa, manteniéndose a prudente distancia de mí—. En especial después de ver que su sobrino le devolvía ese cuchillo suyo. —Esbozó una breve sonrisa para indicar que se trataba de una broma, pero era obvio que estaba nervioso—. Fue... eh... fue usted muy hábil con él, debo decir.

—Sí —repuse, tajante, al tiempo que cogía un trapo para limpiar las salpicaduras—. Tengo práctica.

Este comentario dio paso a un marcado silencio. Al cabo de un momento, el señor Smith carraspeó.

—El señor Fraser me mandó a preguntar, con la mayor delicadeza, si habría pronto algo que comer.

Solté de mala gana una carcajada al oírlo decir eso.

—¿El «con la mayor delicadeza» fue idea suya o de usted?

—Suya —contestó con prontitud.

—Puede decirle que la comida está lista, y que quien quiera puede venir cuando guste a comérsela. Ah, señor Smith...

Se volvió enseguida, con un balanceo de pendientes.

—Me preguntaba... ¿Qué piensan...?, bueno, deben de estar muy disgustados, por supuesto, pero ¿qué piensan los hombres del *Teal* de... eeeh... de los últimos acontecimientos? Es decir, si por casualidad lo sabe usted —añadí.

—Lo sé. El señor Fraser me lo ha preguntado no hace ni diez minutos —dijo con una expresión ligeramente divertida—. Hemos estado hablando, allí arriba, como puede usted imaginar, señora.

—Ah, sí, lo imagino.

—Bueno, que no nos reclutaran a la fuerza ha sido un alivio, por supuesto. Si eso sucediera, es probable que ninguno de nosotros volviera a ver su hogar y su familia durante años. Por no mencionar la posibilidad de que nos obligaran a luchar contra nuestros propios compatriotas. —Se rascó la barbilla. Como todos los demás hombres, empezaba a lucir barba y a tener aspecto de pirata—. Por otra parte... bueno, debe admitir usted que nuestra situación en este momento no es ideal. Me refiero a que es peligrosa y, además, ahora, encima, no tenemos ni paga ni ropa.

—Sí, me doy cuenta de ello. Desde su punto de vista, ¿cuál sería el desenlace más deseable de nuestra situación?

—Llegar a tierra lo más cerca posible de New Haven, pero no al puerto. Embarrancar el barco en un banco de arena y prenderle fuego —contestó de inmediato—. Llevar los restos a la costa y luego correr como los demonios.

—¿Quemarían ustedes el barco con los marineros en las bodegas? —inquirí por curiosidad.

Con gran alivio, vi que parecía desconcertado ante esa sugerencia.

—¡Oh, no, señora! Tal vez el señor Fraser querría entregárselos a los continentales y utilizarlos para hacer algún intercambio, pero tampoco nos importaría que los dejaran en libertad.

—Eso es muy magnánimo por su parte —le aseguré en tono serio—. Y estoy segura de que el señor Fraser le está muy agradecido por sus recomendaciones. ¿Sabe usted... eh... dónde se encuentra ahora mismo el ejército continental?

—En alguna parte de Nueva Jersey, según he oído —respondió con una breve sonrisa—. No creo que fueran muy difíciles de localizar, si ustedes quisieran.

Personalmente, aparte de la marina real, lo último que deseaba ver era el ejército continental, ni siquiera de lejos. Pero Nueva Jersey parecía un lugar lo bastante remoto como para ser seguro.

Lo mandé a hurgar en la zona donde se alojaba la tripulación en busca de cubiertos —cada hombre tenía su propio juego de utensilios para comer y una cuchara— y emprendí la nada fácil tarea de encender las dos lámparas suspendidas sobre la mesa del comedor con la esperanza de que pudiéramos ver lo que nos llevábamos a la boca.

Tras echarle una ojeada más atenta al estofado, cambié de idea acerca de lo deseable de tener más iluminación, pero habida cuenta de lo mucho que me había costado encender las lámparas, tampoco estaba dispuesta a apagarlas.

En definitiva, la comida no estaba mal. Aunque si les hubiera dado de comer sémola cruda y cabezas de pescado, probablemente no le habrían dado la menor importancia. Los hombres estaban hambrientos. Devoraron la comida como una horda de

446

alegres langostas, bastante animados, considerando nuestra situación. Me maravillé, aunque no era la primera vez, de la capacidad de los hombres de funcionar de forma competente en medio de la incertidumbre y el peligro.

En parte, me maravillaba por Jamie, por supuesto. No era posible ignorar la ironía de que alguien que odiaba el mar y los barcos se convirtiera de repente en el capitán *de facto* de un guardacostas de la marina, y que, a pesar de que detestara los barcos, supiese, de hecho, más o menos cómo se maneja uno y tuviera el don de mantener la calma ante el caos, así como un sentido natural del mando.

«Si eres capaz de no perder la cabeza cuando todos los que te rodean la están perdiendo y están echándote la culpa...», pensé mientras observaba cómo hablaba a los hombres con tranquilidad y sensatez.

La adrenalina, pura y dura, era lo que me había mantenido en marcha hasta entonces, pero en esos momentos en que ya no había peligro inminente, se estaba desvaneciendo deprisa. Entre el cansancio, la preocupación y mi garganta dolorida, sólo pude comer uno o dos bocados de estofado. Mis demás magulladuras habían comenzado a hacerme daño, y aún me dolía la rodilla. Estaba haciendo un morboso inventario de mis daños físicos cuando vi los ojos de Jamie fijos en mí.

—Necesitas alimento, Sassenach —dijo con voz suave—. Come.

Abrí la boca para decir que no tenía hambre, pero lo pensé mejor. Lo último que necesitaba era preocuparse por mí.

—Sí, mi capitán —repuse, y cogí la cuchara con resignación.

31

Una visita guiada a las cámaras del corazón

Tenía que irme a dormir; Dios sabía que lo necesitaba. Y casi no podríamos disfrutar de ese precioso descanso hasta llegar a New Haven. «Si es que llegamos alguna vez», señaló mi mente, escéptica, pero ignoré esa observación por ser poco constructiva en las actuales circunstancias.

Deseaba tanto sumirme en el sueño como escapar de los temores y las incertidumbres de mi cabeza para restaurar mi maltratada persona. Pero estaba tan cansada que mi mente y mi cuerpo habían empezado a escindirse.

Se trataba de un fenómeno conocido. Médicos, soldados y madres lo experimentan de forma rutinaria. Yo misma lo había sufrido en numerosas ocasiones. Incapaz de responder a una emergencia inmediata en la ofuscación de la fatiga, la mente se limita a retirarse un poco, apartándose fastidiosamente de las abrumadoras y egocéntricas necesidades del cuerpo. Así, desde esa distancia clínica, puede dirigir las cosas, evitando emociones, dolor y cansancio, tomando las decisiones necesarias, desestimando con sangre fría las absurdas necesidades del cuerpo en términos de comida, agua, sueño, amor, aflicción, llevándolo más allá de sus interruptores automáticos de seguridad.

¿Por qué las emociones?, me pregunté con vaguedad. Las emociones eran, sin duda, una función de la mente. Y, no obstante, parecían tan profundamente arraigadas en la carne que esa abdicación de la mente suprimía siempre también las emociones.

El cuerpo acusa esa abdicación, creo yo. Ignorado y maltratado, no deja que la mente vuelva con facilidad. A menudo, la separación persiste hasta que a uno se le permite por fin dormir. Mientras el cuerpo está absorto en sus tranquilas intensidades de regeneración, la mente regresa con prudencia a la carne turbulenta, sintiendo su delicado paso por los meandros de los sueños, reconciliándose. Y vuelves a despertarte de una pieza.

Pero aún no. Tenía la sensación de que me quedaba algo por hacer, pero no tenía ni idea de qué. Les había dado de comer a los hombres, había mandado comida a los prisioneros, había examinado a los heridos... había recargado todas las pistolas... había limpiado el caldero... Mi mente, cada vez más lenta, se quedó en blanco.

Puse las manos sobre la mesa mientras sentía con la punta de los dedos las vetas de la madera como si las pequeñas rugosidades, limadas por años de uso, pudieran ser el mapa gracias al cual encontraría mi camino hasta el sueño.

Me veía a mí misma con la imaginación allí sentada. Delgada, casi escuálida; el borde del radio se me marcaba con nitidez bajo la piel del antebrazo. Durante las últimas semanas de viaje había adelgazado más de lo que creía. El cansancio me había cargado de espaldas. Mis cabellos eran una abundante masa enredada de mechones retorcidos, veteados de plata y blanco, con una docena de tonos de oscuridad y de luz. Eso me recordaba algo que Jamie me había dicho, una expresión de los cherokee... peinar serpientes del cabello, eso era. Aliviar a la mente de las preocupaciones, la ira, el miedo, la posesión de los demonios, todo eso era peinar las serpientes de tu cabello. Muy apropiado.

Por supuesto, en esos momentos carecía de peine. Llevaba uno en el bolsillo, pero lo había perdido en la refriega.

Tenía la impresión de que mi mente era como un globo que tiraba con tenacidad de su cordel. Pero yo no lo iba a soltar. Sentía un temor repentino e irracional a que no regresara nunca más.

En cambio, centré intensamente mi atención en pequeños detalles físicos: el peso del estofado de pollo y del pan en mi barriga, el olor del aceite de las lámparas, caliente, que recordaba al tufo a pescado. El sonido de unos pasos en el puente sobre mi cabeza y el canto del viento. El ruido sibilante del agua al deslizarse por los costados del barco.

La sensación de una cuchilla en la carne. No el poder de la finalidad, la destrucción con un propósito de la cirugía, el daño que se causaba para curar, sino una puñalada que alguien asesta aterrado, el brinco y la oscilación de una hoja que golpea un hueso inesperado, la alocada trayectoria de un cuchillo sin control. Y la gran mancha oscura en el puente, húmeda y con olor a hierro.

—No quería hacerlo —susurré—. Oh, Dios mío, no quería hacerlo.

De forma bastante inesperada, me eché a llorar. Sin sollozos, sin espasmos de esos que te oprimen la garganta. El agua simplemente me llenó los ojos y se desbordó por mis mejillas, lenta como la miel. Un silencioso reconocimiento de mi desesperación al tiempo que perdía despacio el control sobre las cosas.

—¿Qué pasa, muchacha? —La voz de Jamie llegó a mí con suavidad desde la puerta.

—Estoy muy cansada —respondí con voz pastosa—. Muy cansada.

El banco crujió bajo su peso cuando se sentó junto a mí, y un pañuelo sucísimo me enjugó con ternura las mejillas. Me rodeó con un brazo y me habló en susurros en gaélico, con esas palabras cariñosas que uno pronuncia para calmar a un animal asustado. Apoyé la cara en su camisa y cerré los ojos. Las lágrimas seguían deslizándose por mis mejillas, pero comenzaba a sentirme mejor; aún abrumada hasta la muerte mas no destrozada del todo.

—Ojalá no hubiera matado a aquel hombre —murmuré.

Sus dedos me acariciaban el cabello detrás de la oreja. Se detuvieron unos instantes y luego continuaron.

—Tú no has matado a nadie —señaló en tono sorprendido—. ¿Era eso lo que te preocupaba, Sassenach?

—Sí, entre otras cosas. —Me incorporé, limpiándome la nariz con la manga, y me quedé mirándolo—. ¿No he matado al artillero? ¿Estás seguro?

Su boca se curvó hacia arriba en lo que podría haber sido una sonrisa, si hubiera sido un ápice menos triste.

—Estoy seguro. Lo he matado yo, *a nighean.*

—Tú. Ah. —Sorbí por la nariz y lo miré con atención—. ¿No lo estás diciendo para que me sienta mejor?

—No. —Su sonrisa se desvaneció—. Yo también querría no haberlo matado. Pero no tuve mucha elección. —Alargó el brazo y, con el dedo índice, me colocó un mechón de pelo detrás de la oreja—. No te agobies por eso, Sassenach. Puedo soportarlo.

Me eché a llorar de nuevo, pero esta vez con sentimiento. Lloré de dolor y de tristeza y, sin duda, también de miedo. Pero el dolor y la tristeza eran por Jamie y por el hombre al que no había tenido más remedio que matar, y eso lo cambiaba todo.

Al cabo de un rato, la tormenta cedió, dejándome maltrecha pero entera. La difusa sensación de desapego había desaparecido. Jamie se había vuelto en el banco, apoyando la espalda en la mesa mientras me sostenía en su regazo, y permanecimos cierto tiempo sentados en tranquilo silencio observando el brillo de las brasas que se apagaban en el fogón de la cocina y las volutas de vapor que ascendían del caldero de agua caliente. «Debería poner algo a cocer durante la noche», pensé, soñolienta. Miré las jaulas, donde los pollos se habían echado a dormir, sin más que un breve cacareo de sobresalto puntual cuando uno de ellos se despertaba en medio de lo que fuera que soñaran los pollos. No, no podía matar una gallina esa noche. Los hombres tendrían que contentarse con lo que hubiera por la mañana.

Jamie también se había fijado en los pollos, pero a otros efectos.

—¿Te acuerdas de los pollos de la señora Bug? —preguntó con el ánimo compungido—. ¿Del pequeño Jem y de Roger Mac?

—Dios mío. Pobre señora Bug.

Cuando Jem tenía más o menos cinco años, le habían confiado la tarea diaria de contar las gallinas para asegurarse de que todas habían vuelto al corral por la noche, tras lo cual, por supuesto, se cerraba bien la puerta para que no pudieran entrar zorros, tejones u otros depredadores amantes de los pollos. Pero a Jem se le olvidó. Sólo una vez, aunque una fue suficiente. Un zorro entró en el corral, y la carnicería fue terrible.

Que el hombre sea la única criatura que mata por placer es una patraña. Posiblemente lo aprendieran del hombre, pero toda la familia de los cánidos lo hace, también los zorros, los lobos y los perros en teoría domesticados. Las paredes del corral quedaron por completo cubiertas de sangre y plumas.

—¡Ay, mis pequeñas! —no cesaba de lamentarse la señora Bug mientras las lágrimas se deslizaban por sus mejillas como si de cuentas se tratara—. ¡Ay, mis pobres niñitas!

Jem, a quien habían llamado a la cocina, no podía mirarla.

—Lo siento —susurró con los ojos fijos en el suelo—. Lo siento muchísimo.

—Bueno, está bien que lo sientas —le había dicho Roger—, pero sentirlo no va a servir de mucho, ¿verdad?

Jemmy sacudió la cabeza, mudo, y sus ojos se llenaron de lágrimas. Roger carraspeó, con un ruido de áspera amenaza.

—Bueno, entonces te diré una cosa. Si eres lo bastante mayor como para que te confíen una tarea, también eres lo bastante mayor para asumir las consecuencias de romper esa confianza. ¿Me entiendes?

Era bastante obvio que no lo entendía, pero asintió con la cabeza, muy serio, gimoteando.

Roger respiró profundamente por la nariz.

—Me refiero a que voy a azotarte —declaró.

La redonda carita de Jem se quedó sin expresión. Parpadeó y miró a su madre, boquiabierto.

Brianna hizo un ligero movimiento en su dirección, pero la mano de Jamie se cerró sobre su brazo y la detuvo.

Sin mirar a Bree, Roger le puso a Jem una mano en el hombro y lo dirigió firmemente hacia la puerta.

—Muy bien, amigo. Fuera. —Señaló la puerta—. Ve al establo y espérame.

Se oyó a Jemmy tragar saliva. Se había puesto de un color gris enfermizo al entrar la señora Bug con el primer cadáver con plumas, y los sucesos posteriores no habían mejorado su color.

Pensé que quizá iba a vomitar, aunque no lo hizo. Dejó de llorar y no volvió a hacerlo, pero pareció encogerse dentro de sí mismo, con los hombros encorvados.

—Ve —le ordenó Roger, y él se marchó.

Mientras salía con paso pesado y la cabeza colgando, Jemmy se parecía tanto a un prisionero camino a su ejecución que yo no sabía si reír o llorar. Mis ojos encontraron los de Brianna y me di cuenta de que estaba luchando contra un sentimiento similar. Se la veía relajada, pero tenía la comisura de la boca crispada, y se apresuró a desviar la mirada.

Roger soltó un explosivo suspiro y se dispuso a seguirlo, enderezando los hombros.

—Señor —murmuró.

Jamie había permanecido en una esquina en silencio, observando la escena, aunque no sin compasión. Apenas se movió, y Roger lo miró. Carraspeó.

—Mmfm. Sé que es la primera vez, pero creo que será mejor que actúes con dureza —manifestó en voz baja—. El pobre chiquillo se siente fatal.

Brianna lo miró con gesto de desagrado, sorprendida, pero Roger asintió, y el rictus lúgubre de su boca se relajó un poco. Siguió a Jem afuera, desabrochándose la hebilla del cinturón al salir.

Los tres permanecimos en la cocina, incómodos, sin saber qué hacer. Brianna se incorporó con un suspiro muy parecido al de Roger, se sacudió como un perro y cogió uno de los pollos muertos.

—¿Se pueden comer?

Pinché una de las gallinas para verificarlo. La carne se movió bajo la piel, floja y temblorosa, pero la piel aún no había empezado a separarse. Cogí el gallo, me lo llevé a la nariz y lo olfateé. Despedía un intenso olor a sangre seca y el tufo húmedo de las heces que habían goteado, pero no el olor dulce de la podredumbre.

—Creo que sí, si las cocemos bien. Las plumas no valdrán para mucho, pero podemos hacer unos cuantos estofados y hervir el resto para hacer caldo y fricasé.

Jamie fue a buscar cebollas, ajos y zanahorias al sótano donde almacenábamos los tubérculos, mientras la señora Bug se retiraba para acostarse, y Brianna y yo comenzábamos la sucia tarea de desplumar y destripar a las víctimas. No hablamos gran cosa, aparte de preguntas y respuestas en voz baja en relación con lo que teníamos entre manos. Sin embargo, cuando Jamie regresó, Bree lo miró mientras dejaba el cesto de verduras sobre la mesa que había junto a ella.

—¿Servirá de algo? —inquirió, muy seria—. ¿De verdad?

Él asintió.

—Cuando uno ha hecho algo mal, se siente fatal y quiere arreglarlo, ¿no es así? Pero no hay manera de arreglar una cosa como ésta. —Hizo un gesto en dirección al montón de pollos muertos. Estaban empezando a acudir las moscas, que reptaban por las suaves plumas—. Lo mejor que puedes hacer es sentir que has pagado por ello.

Oímos un débil grito por la ventana. Brianna dio un respingo instintivo al oír el sonido, pero negó apenas con la cabeza y se estiró para coger otro pollo, ahuyentando a las moscas.

—Yo me acuerdo —intervine ahora en voz baja—. Jemmy también se acordará, estoy segura.

Jamie profirió un gruñido divertido y luego se sumió en el silencio. Sentía latir su corazón contra mi espalda, lento y regular.

Nos turnamos cada dos horas para hacer guardia durante la noche, asegurándonos de que uno de nosotros, Jamie, Ian o yo misma, estaba despierto. John Smith parecía de fiar, pero siempre cabía la posibilidad de que a alguien del *Teal* se le pasara por la cabeza liberar a los marineros de la bodega, pensando que ello los salvaría de que más adelante los colgaran por piratas.

Soporté bastante bien la guardia de medianoche, pero despertarme al amanecer fue una pesadilla. Luché por salir de un pozo profundo cubierto de suave lana negra, con un doloroso cansancio adherido a mis miembros magullados y crujientes.

Jamie cayó en la hamaca forrada con mantas en el mismo momento en que yo salía de ella, y a pesar de experimentar el urgente deseo reflejo de sacarlo de allí y volver a acostarme, sonreí levemente. O tenía total confianza en mi capacidad para hacer la guardia sin flaquear, o estaba a punto de morir de cansancio y mareo. O ambas cosas, reflexioné cogiendo la capa de oficial de la marina que él acababa de quitarse. Ése era un punto positivo respecto de la situación anterior. Me había dejado el horrible manto del leproso muerto a bordo del *Teal*. La capa suponía una gran mejoría, pues estaba hecha de gruesa lana nueva azul marino, forrada de seda escarlata, y aún conservaba buena parte del calor corporal de Jamie.

Me envolví bien en ella, acaricié la cabeza de Jamie para ver si sonreía en sueños —sonrió, con un mínimo movimiento de la boca—, y me dirigí a la cocina entre bostezos.

Otro pequeño detalle positivo: una lata de buen té de Darjeeling en el armario. Antes de acostarme, había encendido el fuego bajo el caldero de agua. Ahora estaba bien caliente, así que me serví una ración, utilizando lo que a todas luces era la taza de porcelana particular del capitán, decorada con violetas.

Me la llevé arriba y, tras un paseo oficial por los puentes observando a los hombres que se encontraban de guardia —el señor Smith estaba al timón—, me detuve junto a la borda para tomarme mi fragante botín, contemplando cómo la aurora brotaba del mar.

Si a uno le apetecía dar gracias —y, por extraño que parezca, tenía la impresión de que me apetecía—, ahí tenía otro motivo. Había visto amaneceres en mares cálidos que se asemejaban a la eclosión de una tremenda flor, un enorme y lento despliegue de calor y de luz. Ése era un amanecer del norte, como la lenta apertura de una concha bivalva, mientras, frío y delicado, el cielo brillaba nacarado sobre un suave mar gris. Tenía un algo íntimo, pensé, como si presagiara un día lleno de secretos.

Justo cuando estaba bien inmersa en mis poéticos pensamientos, éstos se vieron interrumpidos por un grito de «¡Vela a la vista!», que sonó justo encima de mí. La taza de porcelana decorada con violetas del capitán Stebbings se hizo añicos sobre la cubierta al tiempo que me volvía vertiginosamente para ver la punta de un triángulo blanco en el horizonte, detrás de nosotros, que crecía por segundos.

Los momentos siguientes fueron de sainete, pues corrí al camarote del capitán tan nerviosa y sin aliento que sólo fui capaz de gritar con voz sofocada: «¡Vel... a... ista!». Jamie, que era capaz de despertarse al instante de un sueño profundo, se despertó. También él intentó saltar de la cama, olvidando con la tensión del momento que se encontraba en una hamaca. Cuando se levantó del suelo, entre maldiciones, se oía un retumbar de pasos en el puente, pues el resto de los hombres del *Teal* se habían levantado de sus hamacas y corrían a ver qué estaba sucediendo.

—¿Es el *Teal*? —le pregunté a John Smith, aguzando la vista—. ¿Puede distinguirlo?

—Sí —contestó, distraído, mirando la vela con los ojos entornados—. O más bien no. Lo distingo, y no lo es. Tiene tres mástiles.

—Confío en su palabra.

A esa distancia, el barco que se aproximaba parecía una nube oscilante que venía hacia nosotros por encima del agua. Aún no podía distinguir el casco en modo alguno.

—No tenemos que huir de él, ¿verdad? —le pregunté a Jamie, que había desenterrado un catalejo del escritorio de Stebbings y examinaba a nuestro perseguidor con el ceño fuertemente fruncido.

Al oírme, bajó la lente y negó con la cabeza.

—No importa si tenemos que hacerlo o no. No tenemos la más mínima posibilidad.

Le pasó el catalejo a Smith, quien se lo pegó al ojo, murmurando:

—Colores... No ondea ningún color...

Jamie levantó de golpe la cabeza al oírlo y me di cuenta de repente de que en el *Pitt* aún ondeaba la Union Jack.

—Eso es bueno, ¿no crees? —inquirí—. Sin duda no molestarán a un barco de la marina.

Tanto Jamie como John Smith consideraron esa lógica con aire dubitativo en extremo.

—Si se acercan lo bastante, es probable que se den cuenta de que aquí hay gato encerrado —manifestó Smith. Luego miró a Jamie de soslayo—. Sin embargo... ¿qué le parece si se pone el abrigo del capitán? Podría resultar útil... desde lejos.

—Si se aproximan lo suficiente como para que sea relevante, no tendrá ninguna importancia en cualquier caso —repuso Jamie con expresión sombría.

Aun así, desapareció y, tras detenerse unos instantes a dar arcadas sobre la borda, regresó momentos después la mar de favorecido —si retrocedías unos pasos y lo mirabas con los ojos entornados— con el uniforme del capitán Stebbings. Como Stebbings era quizá treinta centímetros más bajo que Jamie y considerablemente más voluminoso en la parte central, el abrigo le tiraba de los hombros y le quedaba ancho en la cintura, y tanto las mangas como los pantalones dejaban asomar un trozo de las mangas y de las medias mucho mayor de lo habitual, y, para que no se le cayeran los pantalones, Jamie se los había sujetado formando pliegues con el cinturón de su espada. Me fijé en que ahora llevaba la espada del capitán, además de un par de pistolas cargadas, así como su propio puñal.

Ian arqueó las cejas al ver a su tío ataviado de esa guisa, pero Jamie lo miró e Ian guardó silencio, aunque su expresión se volvió más alegre por primera vez desde que nos topamos con el *Pitt*.

—No está tan mal —observó el señor Smith, alentador—. También podríamos intentar echarle cara, ¿eh? Al fin y al cabo, no tenemos nada que perder.

—Bah.

—«El chico permaneció en el puente en llamas, cuando todos menos él habían huido en desbandada»[11] —recité haciendo que Jamie posara sus ojos en mí.

Después de ver a Guinea Dick, no me cabía la menor duda de que Ian resultaría aceptable como marinero de la marina real, con tatuajes y todo. El resto de los hombres del *Teal* eran considerablemente anodinos. Tal vez, después de todo, lográramos salirnos con la nuestra.

El barco se hallaba ahora lo bastante cerca como para que pudiera ver su mascarón de proa, una mujer de cabellos negros que parecía sujetar con fuerza una...

—¿Eso que tiene en las manos es de verdad una serpiente? —pregunté, vacilante.

Ian se inclinó hacia delante, mirando con atención por encima de mi hombro.

—Tiene colmillos.

—Y el barco también, muchacho.

John Smith hizo un gesto con la cabeza en dirección al barco, y en ese momento me di cuenta de que así era: las largas probóscides de dos pequeños cañones de bronce sobresalían de la proa, y mientras el viento la empujaba hacia nosotros con una ligera inclinación, pude ver también que tenía troneras. Podían ser auténticas o no. A veces, los mercantes llevaban pintadas en los costados troneras falsas para desalentar posibles interferencias.

Con todo, las miras de proa eran de verdad. Una de ellas disparó una nube de humo blanco y una pequeña bala, que cayó en el agua cerca de nosotros, con un chapoteo.

—¿Es esto un acto de cortesía? —inquirió Jamie, dubitativo—. ¿Acaso quiere hacernos una señal?

Evidentemente, no. Ambas miras hablaron a la vez, y una bala atravesó una de las velas encima de nuestras cabezas, dejando un gran agujero con los bordes chamuscados. Nos lo quedamos mirando boquiabiertos.

—¿Qué se cree que está haciendo, disparándole a un barco del rey? —preguntó Smith en tono indignado.

—Piensa que es un maldito corsario y quiere atraparnos, eso piensa —respondió Jamie recuperándose del susto y desvistiéndose a toda prisa—. ¡Arríen la bandera, por el amor de Dios!

---

[11] Se trata de un fragmento del poema «Casabianca», de la poetisa británica Felicia Dorothea Hemans. *(N. de la t.)*

Smith paseó nervioso la mirada entre Jamie y el barco que se acercaba. Había hombres en la balaustrada, hombres armados.

—Tienen cañones y mosquetes, señor Smith —señaló Jamie al tiempo que arrojaba el abrigo por la borda con un fuerte impulso que lo mandó describiendo espirales sobre las olas—. No voy a enfrentarme a ellos por el barco de Su Majestad. ¡Arríen esa bandera!

El señor Smith echó a correr y comenzó a rebuscar entre la miríada de cabos buscando el que estaba unido a la Union Jack. Sonó otro *bummm* procedente de las miras de proa, aunque, en esta ocasión, un afortunado golpe de mar nos arrastró entre dos olas y ambas balas pasaron por encima de nosotros.

La bandera bajó con un golpeteo y fue a aterrizar en un ignominioso montón sobre el puente. Por un instante experimenté el escandalizado impulso reflejo de correr a recogerla, pero me contuve.

—¿Y ahora, qué? —pregunté mirando intranquila al barco.

Estaba lo bastante cerca como para distinguir la forma de los artilleros, que estaban recargando las miras de proa de bronce y apuntaban de nuevo. Y los hombres que se hallaban tras ellos en la balaustrada iban, en efecto, armados hasta los dientes. Me pareció ver espadas y machetes, además de mosquetes y pistolas.

Los artilleros se habían detenido. Alguien señalaba por encima de la borda, volviéndose a llamar a alguien que había tras él. Mientras me protegía los ojos del sol con la mano, vi el abrigo del capitán flotando sobre el creciente oleaje. Eso parecía haber desconcertado al corsario. Vi a un hombre saltar sobre la proa y mirar hacia nosotros.

«¿Y ahora, qué?», me pregunté. Los corsarios podían ser cualquier cosa, desde capitanes profesionales que navegaban bajo la patente de corso de un gobierno u otro, hasta piratas consumados. Si la nave que iba tras nosotros era lo primero, lo más probable era que saliéramos bien parados como pasajeros. Si era lo segundo, podían muy bien cortarnos el cuello y arrojarnos al mar.

El hombre de la proa les gritó algo a sus hombres y bajó de un salto. El barco había ceñido el viento por un instante. Ahora la proa viró y las velas se hincharon de forma audible.

—Se dispone a atacarnos —observó Smith en tono de total incredulidad.

Estaba segura de que tenía razón. El mascarón de proa estaba lo bastante cerca como para que pudiera ver la serpiente que la mujer sujetaba en la mano, estrechándola contra su pecho desnudo. La naturaleza del miedo es tal que era consciente de que mi mente estaba considerando distraída si era más probable que el barco se llamara *Cleopatra* o *Asp*, «Áspid», cuando éste pasó junto a nosotros a toda velocidad levantando gran cantidad de espuma y el aire se quebró con un impacto de metal ardiente.

El mundo se disolvió y descubrí que estaba tumbada boca abajo, con la cara contra un suelo que olía a carnicería, ensordecida y luchando por mi vida para oír el rugido de la próxima ronda de mortero, la que acabaría con nosotros.

Algo pesado se me había caído encima, y me debatí como loca para salir de debajo, para ponerme de pie y correr, correr hacia cualquier parte, lejos... lejos...

Me di cuenta de forma paulatina, por la sensación que tenía en la garganta, de que estaba gimoteando y de que la superficie bajo mi mejilla aplastada eran unas tablas pegajosas por la sal, no barro empapado en sangre. El peso que tenía sobre la espalda se movió de repente por voluntad propia, al tiempo que Jamie rodaba hacia un lado y se ponía de rodillas.

—¡Por el amor de Dios! —gritó, furioso—. ¿Se puede saber qué te pasa?

La única respuesta fue un único *bummm*, a todas luces la andanada de un cañón situado en la popa del otro barco, que nos había rebasado.

Me puse en pie, temblando, pero con un miedo tan tremendo que me di cuenta con una especie de lejano interés de que, poco más allá, había una pierna tirada sobre el puente. Estaba descalza y embutida en la pernera arrancada de unos pantalones de lona, una cantidad considerable de sangre esparcida aquí y allá.

—Dios bendito, Dios bendito —repetía alguien sin cesar.

Busqué, curiosa, y vi al señor Smith, que miraba hacia arriba con expresión horrorizada.

Yo también miré. La parte superior del único mástil había desaparecido y los restos de las velas y de las jarcias colgaban en una masa humeante y hecha jirones en mitad del puente. Evidentemente, las troneras del barco corsario no eran sólo para impresionar.

Estaba tan aturdida que ni siquiera empecé a preguntarme por qué habían hecho eso. Jamie tampoco perdía el tiempo haciéndose preguntas. Agarró al señor Smith del brazo.

—¡Maldición! ¡Esos infames *nàmhaid* regresan!

En efecto, regresaban. El otro barco se movía demasiado rápido, advertí con retraso. Había disparado una andanada de costado al pasar, pero probablemente sólo una de las pesadas balas nos había alcanzado, llevándose el mástil y al desafortunado tripulante del *Teal* que se hallaba en los cordajes.

El resto de los hombres del *Teal* estaban ahora en cubierta, gritando preguntas. La única respuesta la dio el corsario, que ahora describía un amplio círculo: sólo podía significar que volvía a terminar lo que había empezado.

Vi a Ian mirar intensamente hacia el cañón del *Pitt*, pero estaba claro que era inútil. Incluso en el supuesto de que algunos de los hombres del *Teal* tuvieran algo de experiencia como artilleros, no había posibilidad alguna de que pudieran manejar los cañones de buenas a primeras.

El corsario había completado el círculo y ahora regresaba. Sobre la cubierta del *Pitt*, los hombres gritaban, agitaban los brazos, chocaban los unos contra los otros mientras corrían tambaleándose hacia la borda.

—¡Nos rendimos, asquerosos hijos de puta! —chilló uno de ellos—. ¿Es que estáis sordos?

Era obvio que lo estaban. Una ráfaga de viento aislada me trajo el olor sulfuroso de las cerillas de baja calidad y vi que estaban apuntando los mosquetes hacia nosotros. Algunos de los hombres que me rodeaban perdieron la cabeza y corrieron bajo cubierta. Pensé que tal vez no fuera tan mala idea.

Jamie había estado agitando los brazos y gritando a mi lado, pero había desaparecido de pronto. Me volví y lo vi correr por el puente. Se quitó la camisa por encima de la cabeza y saltó sobre la mira de proa de nuestro barco, una brillante mira de bronce de esas que llamaban cañones de caza.

Ondeó la camisa trazando un amplio y oscilante arco blanco, agarrándose al hombro de Ian con la mano libre para no perder el equilibrio. Eso causó una momentánea confusión. El chasquido de los disparos cesó, aunque el balandro continuó describiendo su círculo mortal. Jamie volvió a agitar la camisa de un lado a otro. ¡No era posible que no lo vieran!

El viento soplaba hacia nosotros. Pude oír el rumor de los cañones al correrlos de nuevo, y la sangre se me heló en el pecho.

—¡Van a hundirnos! —chilló el señor Smith, y algunos de los demás hombres le hicieron eco gritando aterrorizados.

El olor de la pólvora negra nos llegó con el viento, intenso y acre. Se oía gritar a los hombres que estaban en las jarcias, la mitad de los cuales agitaban también sus camisas con desesperación. Vi que Jamie se detenía un momento, tragaba saliva, se agachaba y le decía algo a Ian. Le oprimió el hombro con fuerza y luego se puso a cuatro patas sobre el cañón.

Ian pasó a mi lado como una exhalación y estuvo a punto de derribarme con las prisas.

—¿Adónde vas? —grité.

—¡A soltar a los prisioneros! ¡Si nos hunden, se ahogarán! —respondió gritando por encima del hombro, y desapareció por la escalerilla.

Me volví hacia el otro barco y descubrí que Jamie no se había bajado del cañón como yo pensaba. Por el contrario, había trepado a él y se había colocado de tal manera que le daba la espalda al balandro que se nos echaba encima.

Apuntalado contra el viento, con los brazos extendidos para mantener el equilibrio y agarrándose con las rodillas al bronce del cañón con todas sus fuerzas, se estiró cuanto pudo tendiendo los brazos, mostrando su espalda desnuda y la telaraña de cicatrices que la surcaban y que ahora destacaban rojas al haber palidecido su piel a causa del frío viento.

El barco corsario había reducido la marcha y estaba maniobrando para situarse junto a nosotros y barrernos del agua con una última descarga. Pude ver las cabezas de los hombres, que se asomaban por encima de la borda y se inclinaban a mirar desde las jarcias, todos estirándose con curiosidad. Pero sin disparar.

De repente sentí que mi corazón palpitaba con enormes y dolorosos latidos, como si de verdad se hubiera parado un minuto, y ahora, al recordarle su obligación, intentara recuperar el tiempo perdido.

El costado del balandro se inclinó sobre nosotros y el puente quedó inmerso en una fría y profunda sombra. Estaba tan cerca que podía oír la charla de los artilleros, sorprendidos, haciéndose preguntas; podía oír el profundo tintineo y el traqueteo de las balas en su cajón, el crujido de las cureñas. No podía levantar la vista, no me atrevía a moverme.

—¿Quiénes son ustedes? —dijo una voz nasal muy americana desde arriba. Parecía profundamente recelosa y enfadada.

—Si se refiere usted al barco, se llama *Pitt*.

Jamie había bajado del cañón y estaba de pie junto a mí, medio desnudo y con la carne de gallina, con los pelos sobresaliendo de su cuerpo como cables de cobre. Estaba temblando, aunque no sé si de terror, de rabia o simplemente de frío. Pero su voz era firme, estaba llena de furia.

—Si se refiere a mí, soy el coronel James Fraser, de la milicia de Carolina del Norte.

Se produjo un momentáneo silencio mientras el capitán del corsario digería lo que acababa de oír.

—¿Dónde está el capitán Stebbings? —inquirió la voz; aún sonaba recelosa, aunque el enfado había disminuido un poco.

—Es una historia condenadamente larga —contestó Jamie en tono irritado—. Pero no está a bordo. Si quiere subir a buscarlo, hágalo. ¿Le importa si vuelvo a ponerme la camisa?

Una pausa, un murmullo y los *clics* de los percutores al soltarlos. Ahora me había calmado lo suficiente como para mirar. La borda estaba llena de cañones de mosquetes y pistolas, pero la mayoría retirados y apuntando inofensivamente hacia arriba, mientras sus propietarios se asomaban para atisbar por encima de ella.

—Espere un momento. Vuélvase —ordenó la voz.

Jamie lanzó un fuerte resoplido, pero obedeció. Me miró un instante, y luego se puso en pie con la cabeza alta, la mandíbula apretada y los ojos fijos en el mástil, alrededor del cual se encontraban ahora reunidos los prisioneros de las bodegas, bajo la atenta mirada de Ian. Parecían totalmente desconcertados, mirando al corsario y observando después como locos a su alrededor hasta descubrir a Jamie, medio desnudo y lanzando feroces miradas, como si fuera un basilisco. Si no hubiera empezado a preocuparme por si le daba un ataque cardíaco, lo habría encontrado gracioso.

—Ha desertado usted del ejército británico, ¿verdad? —dijo la voz del balandro en tono interesado.

Jamie se volvió, manteniendo la mirada.

—No —repuso con concisión—. Soy un hombre libre, y siempre lo he sido.

—¿Ah, sí? —La voz empezaba a parecer divertida—. Muy bien. Póngase la camisa y suba a bordo.

Apenas si podía respirar y estaba toda bañada en un sudor frío, pero mi corazón empezó a latir de forma más razonable.

Jamie, ahora vestido, me cogió del brazo.

—Mi mujer y mi sobrino vienen conmigo —gritó, y sin esperar una respuesta afirmativa desde el barco, me cogió por la cintura y me izó para que me pusiera en pie sobre la borda del *Pitt*, desde donde podía agarrarme a la escala de cuerda que la tripulación del balandro había dejado caer. No quería arriesgarse en modo alguno a que volvieran a separarlo ni de mí ni de Ian.

El barco subía y bajaba entre el oleaje, por lo que tuve que aferrarme con fuerza a la escalerilla un momento con los ojos cerrados, mareada. También sentí náuseas, pero se trataba, sin lugar a dudas, de una reacción al susto. Con los ojos cerrados, el estómago comenzó a asentarse y logré poner el pie en el peldaño siguiente.

—¡Vela a la vista!

Echando la cabeza muy hacia atrás, conseguí ver el brazo que agitaba el vigía por encima de mí. Me volví a mirar mientras la escala se retorcía bajo mi cuerpo y vi aproximarse la vela. Arriba, en el puente, la voz nasal gritaba órdenes, y el ruido de pies descalzos redobló sobre el suelo de madera cuando la tripulación corrió a sus puestos.

Jamie se encontraba sobre la borda del *Pitt*, agarrándome por la cintura para impedir que cayera.

—Por los clavos de Roosevelt —dijo en tono de sorpresa, y yo lancé una mirada por encima de mi hombro y vi que se había girado a ver el barco que se acercaba—. Es el maldito *Teal*.

Un hombre alto y muy delgado con el cabello gris, una nuez prominente y penetrantes ojos azules nos recibió en lo alto de la escala.

—Capitán Asa Hickman —me ladró y, acto seguido, trasladó al instante su atención a Jamie—. ¿Qué barco es éste? ¿Y dónde está Stebbings?

Ian trepó sobre la borda detrás de mí, mirando con preocupación por encima del hombro.

—Yo que ustedes izaría esta escala —le dijo brevemente a uno de los marineros.

Miré hacia el puente del *Pitt*, donde un montón de hombres se congregaban y se dirigían como un enjambre hacia la borda, empujándose y atropellándose unos a otros. Los hombres de la marina y los reclutados por la fuerza gesticularon y gritaron con vehemencia, pero el capitán Hickman no estaba de humor.

—Súbanla —le dijo al marinero, y acto seguido le ordenó a Jamie—: Venga conmigo. —Y avanzó a grandes zancadas por el puente, sin esperar una respuesta ni volverse a ver si lo seguían.

Jamie les dirigió a los marineros que nos rodeaban una mirada de desconfianza, pero, al parecer, decidió que estábamos bastante seguros y, con un tenso «Cuida de tu tía» a Ian, se marchó tras Hickman.

Ian sólo prestaba atención al cada vez más próximo *Teal*.

—Dios mío —susurró con los ojos fijos en la vela—. ¿Crees que estará bien?

—*¿Rollo?* Espero que sí. —Tenía la cara fría. Más fría de lo que estaría simplemente por las salpicaduras del mar. Los labios se me habían quedado insensibles, y veía lucecitas parpadeantes en los bordes de mi campo visual—. Ian —observé tan tranquila como pude—, creo que voy a desmayarme.

La opresión que sentía en el pecho parecía aumentar, asfixiándome. Me obligué a toser y sentí un alivio momentáneo. Dios mío, ¿me estaría dando un ataque al corazón? ¿Dolor en el brazo izquierdo? No. ¿Dolor en la mandíbula? Sí, pero estaba apretando los dientes, no era de extrañar... No me di cuenta de que caía, pero sentí la presión de unas manos, como si alguien me hubiera cogido y me bajara hasta dejarme en el puente. Tenía los ojos abiertos, reflexioné, aunque no veía nada. Pensé vagamente que tal vez me estuviera muriendo, pero rechacé la idea de lleno. No, maldita sea, no me estaba muriendo. No podía morirme. Aun así, una especie de neblina gris se me acercaba, arremolinándose.

—Ian —dije, o creí decir. Me sentía muy serena—. Ian, sólo por si acaso... dile a Jamie que lo quiero.

El mundo no se volvió negro, para mi sorpresa, pero la niebla me alcanzó y me sentí agradablemente envuelta en una tranquila nube gris. La opresión, la asfixia y el dolor habían cesado. Podría haberme quedado flotando felizmente despreocupada en la niebla gris, salvo porque no estaba segura de haber hablado de verdad, y la necesidad de trasladar el mensaje me pinchaba como una bardana en la planta del pie.

—Dile a Jamie... —volví a decirle a un Ian borroso— dile a Jamie que lo quiero.

—Abre los ojos y dímelo tú misma, Sassenach —dijo una voz profunda e insistente desde algún sitio cercano.

Traté de abrir los ojos y descubrí que podía abrirlos. Al parecer, no me había muerto, después de todo. Intenté respirar con precaución y observé que mi pecho se movía con facilidad. Tenía el cabello empapado y estaba tumbada sobre algo duro, cubierta con una manta.

El rostro de Jamie flotaba arriba y abajo sobre mí, pero dejó de moverse cuando parpadeé.

—Dímelo —repitió con una leve sonrisa, aunque la preocupación le crispaba la piel alrededor de los ojos.

—Que te diga... ¡ah!... te quiero. ¿Dónde...? —El recuerdo de los últimos acontecimientos me inundó a raudales y me incorporé de golpe—. ¿El *Teal*? ¿Qué...?

—No tengo ni la más remota idea. ¿Cuándo comiste por última vez, Sassenach?

—No me acuerdo. Anoche, ¿no tienes ni la más mínima idea? ¿Está aún ahí?

—Sí, sí —contestó con cierta gravedad—. Está ahí. Nos ha disparado un par de cañonazos hace unos minutos, aunque supongo que no has debido de oírlos.

—Nos ha disparado unos cañonazos... —Me restregué la cara con las manos, alegrándome de ver que ahora sí podía mover los labios y que mi piel había recuperado su temperatura normal—. ¿Estoy gris y sudorosa? —le pregunté a Jamie—. ¿Tengo los labios azules?

Me miró asombrado, pero se inclinó para examinarme la boca con atención.

—No —respondió, tajante, irguiéndose tras una meticulosa inspección. Acto seguido se agachó y me besó en los labios, sellando así mi estado de rubicundez—. Yo también te quiero —murmuró—. Me alegro de que no estés muerta. Todavía —añadió en un tono de voz normal, enderezándose al tiempo que a lo lejos se oía un cañonazo inconfundible.

—¿Debo suponer que el capitán Stebbings ha tomado el control del *Teal*? —inquirí—. Imagino que el capitán Roberts no iría por ahí arreándoles cañonazos a barcos desconocidos. Pero me pregunto por qué nos dispara Stebbings. ¿Por qué no intenta abordar el *Pitt* y recuperarlo? Ahora no le sería nada difícil.

Mis síntomas habían desaparecido por completo y notaba la cabeza bastante despejada. Al sentarme descubrí que me habían acostado sobre un par de grandes baúles de tapa plana en lo que parecía ser una pequeña bodega. Arriba había una escotilla enrejada a través de la cual atisbé el revoloteo de las sombras de las velas en movimiento y, junto a los muros, se apilaba un surtido variado de barriles, bultos y cajas. El aire estaba cargado de olor a brea, cobre, telas, pólvora y... ¿café? Olisqueé más profundamente, sintiéndome restablecida al instante. Sí, ¡café!

El sonido de otro tenue cañonazo atravesó las paredes, ahogado por la distancia, y sentí un ligero y visceral escalofrío. La idea de estar atrapada en la bodega de un barco que podían hundir en cualquier momento bastaba para sobreponerse incluso al olor a café.

Jamie se había vuelto también en respuesta al disparo, incorporándose a medias. Antes de que pudiera levantarme y sugerir que subiéramos a cubierta, y deprisa, se produjo un cambio en la luz y una cabeza redonda e hirsuta se asomó por la escotilla.

—¿Se ha recuperado un poco la señora? —preguntó un chiquillo con cortesía—. El capitán dice que, si está muerta, aquí ya no hace usted falta, y que desea que suba y hable con él enseguida, señor.

—¿Y si no estoy muerta? —pregunté, intentando alisarme las enaguas, que tenían el bajo mojado, completamente empapado y arrugado sin remedio.

Mierda. Ahora me había dejado la falda y el bolsillo con el oro a bordo del *Pitt*. A este paso, tendría suerte si llegaba a tierra firme en camisa y corsé.

El muchacho —que, visto con mayor atención, debía de tener probablemente unos doce años, aunque parecía mucho más joven— sonrió al oírme.

—En tal caso, se ofreció a venir y tirarla él mismo por la borda, señora, con la esperanza de que su marido se concentre. El capitán Hickman no piensa mucho las cosas antes de decirlas —añadió con una mueca de disculpa—. No habla en serio, por lo general.

—Te acompañaré.

Me puse en pie sin perder el equilibrio, pero acepté el brazo de Jamie. Atravesamos el barco siguiendo a nuestro nuevo conocido, que nos informó amablemente de que se llamaba Abram Zenn —«Como mi padre es un hombre a quien le gusta mucho leer y el diccionario del señor Johnson le parece muy interesante, le hizo gracia que me llamara de la A a la Z, ¿entienden?»—, que era el grumete del barco —éste se llamaba efectivamente *Asp*, lo que me agradó—, y que el motivo por el cual el capitán estaba ahora tan nervioso era un agravio del que había sido objeto hacía largo tiempo por parte del capitán Stebbings, de la marina: «Por lo que ha habido más de un enfrentamiento entre los dos, y el capitán Hickman ha jurado que el próximo será el último.»

—¿Deduzco que el capitán Stebbings es del mismo parecer? —preguntó Jamie con sequedad, a lo que Abram asintió vigorosamente con la cabeza.

—Un compañero me dijo en una taberna de Roanoke que el capitán Stebbings había estado allí bebiendo y que les había dicho a los presentes que estaba decidido a colgar al capitán Hickman de su propio penol y dejarlo allí para que las gaviotas le sacaran los ojos. Vaya si lo harían —añadió el chico muy serio, con una mirada a las aves marinas que volaban en espiral sobre el océano, no muy lejos—. Son unas hijas de puta, las gaviotas.

Tuvo que poner punto final a esas interesantes anécdotas porque llegamos al sanctasanctórum interior del capitán Hickman, un camarote estrecho y austero tan atiborrado de mercancías como la bodega. Ian estaba allí, con el aspecto de un mohawk al que han capturado y están a punto de quemar en la hoguera, de lo que deduje que el capitán Hickman no le había caído bien. El sentimiento parecía mutuo, a juzgar por las intensas manchas de color que encendían las enjutas mejillas de este último.

—Ah —dijo Hickman al vernos—. Me alegro de ver que no ha abandonado usted aún este mundo, señora. Sería una triste pérdida para su marido, con la devoción que siente usted por él.

Esto último lo dijo en un tono irónico que me hizo preguntarme, incómoda, cuántas veces le habría pedido a Ian que le trasladara mi amor a Jamie y cuántas personas me habrían oído, pero Jamie simplemente ignoró el comentario y me indicó con un gesto la cama deshecha del capitán antes de volverse para hablar con él.

—Me han dicho que el *Teal* nos está disparando —observó con suavidad—. ¿No es motivo de preocupación para usted, señor?

—En absoluto. —Hickman dirigió una mirada despreocupada a sus austeras ventanas, la mitad cubiertas con tapas de combate, presumiblemente porque los cristales estaban rotos. Muchas de las hojas de vidrio estaban destrozadas—. Sólo nos dispara con la esperanza de alcanzarnos por chiripa. Navega hacia barlovento y seguirá así las próximas dos horas.

—Entiendo —terció Jamie con un convincente aire de saber lo que eso quería decir.

—El capitán Hickman está considerando si presentar combate al *Teal* o escapar, tío —explicó Ian con tacto—. Ganar el barlovento es una cuestión de maniobrabilidad, y creo que le da algo más de libertad de la que tiene ahora mismo el *Teal*.

—¿Conoce el refrán «Soldado que huye sirve para otra guerra»? —preguntó Hickman mirando a Ian—. Si puedo hundirlo, lo haré. Si puedo dispararle en la mismísima toldilla y hacerme con el barco, lo preferiré, aunque lo mandaré al fondo del mar si tengo que hacerlo. Pero no dejaré que me hunda, hoy no.

—¿Por qué hoy no? —inquirí—. ¿En lugar de cualquier otro día, quiero decir?

Hickman pareció sorprendido. Obviamente había asumido que yo era tan sólo ornamental.

—Porque tengo una carga importante que entregar, señora. Una carga que no me atrevo a poner en peligro. No a menos que pudiera echarle el guante a esa rata de Stebbings sin correr grandes riesgos —añadió, introspectivo.

—¿Debo concluir que su suposición de que el capitán Stebbings estaba a bordo explica su decidida tentativa de hundir el *Pitt*? —inquirió Jamie.

El techo del camarote era tan bajo que Ian, Hickman y él se veían obligados a conversar encorvados, como si se tratase de una convención de chimpancés. Lo cierto es que no había más sitio donde sentarse que la cama y, por supuesto, arrodillarse en el suelo habría carecido de la dignidad necesaria para una reunión entre caballeros.

—Así es, señor, y le estoy agradecido por detenerme a tiempo. Tal vez, cuando haya ocasión, podríamos compartir una jarra y usted podría contarme lo que le pasó a su espalda.

—Tal vez no —respondió Jamie cortésmente—. Deduzco además que estamos a la vela. ¿Dónde se encuentra ahora el *Pitt*?

—A la deriva, a unos cuatro kilómetros a babor. Si puedo despachar a Stebbings —los ojos de Hickman despidieron un brillo rojo ante esa perspectiva—, volveré y me haré también con él.

—Si queda alguien vivo a bordo para manejarlo —terció Ian—. Había un amotinamiento considerable en el puente la última vez que lo vi. ¿Tal vez eso lo predisponga a encargarse del *Teal*, señor? —preguntó alzando la voz—. Mi tío y yo podemos proporcionarle información sobre sus cañones y su tripulación, y aunque Stebbings se haya hecho con el barco, dudo que sea capaz de defenderlo. No tiene más que a diez de sus hombres, y el capitán Roberts y su tripulación no querrán participar en un enfrentamiento, estoy seguro.

Jamie miró a Ian con los ojos entornados.

—Sabes que probablemente ya lo habrán matado.

Ian no se parecía en absoluto a Jamie, pero la expresión de implacable tozudez de su rostro la conocía yo a fondo.

—Sí, quizá. ¿Tú me dejarías atrás si sólo sospecharas que podría estar muerto?

Vi a Jamie abrir la boca para decir «Es un perro», pero no lo dijo. Cerró los ojos y suspiró, contemplando obviamente la posibilidad de instigar una batalla naval y, de paso, arriesgar las vidas de todos nosotros de todas las maneras posibles, por no mencionar las de los hombres que se hallaban a bordo del *Teal*, por un perro que se estaba haciendo viejo, que tal vez estuviera ya muerto, si es que no lo había devorado un tiburón. Luego los abrió y asintió.

—Está bien. —Se estiró cuanto pudo en el estrecho camarote y se volvió hacia Hickman—. El mejor amigo de mi sobrino se encuentra a bordo del *Teal*, y probablemente corra peligro. Sé que no es asunto suyo, pero eso explica nuestro interés. En cuanto al suyo... además del capitán Stebbings, a bordo del *Teal* hay una carga que podría interesarle: seis cajas de rifles.

Tanto Ian como yo dejamos escapar un grito sofocado. Hickman se irguió de repente, golpeándose la cabeza con un madero.

—¡Caramba! Dios santo, ¿está seguro?

—Sí. Y me imagino que el ejército continental podría utilizarlos, ¿no?

Pensé que eso era pisar terreno peligroso. Al fin y al cabo, el hecho de que Hickman albergara una fuerte animosidad contra el capitán Stebbings no significaba, por fuerza, que fuera un patriota americano. Por lo poco que había visto de él, el capitán Stebbings parecía del todo capaz de inspirar una animosidad puramente personal sin nada que ver con consideraciones políticas.

Pero Hickman no lo negó. De hecho, casi no reparó en la observación de Jamie, enardecido por la mención de los rifles. ¿Sería verdad?, me pregunté. Jamie había hablado con absoluta seguridad. Revisé mentalmente el contenido de la bodega del *Teal* buscando algo que...

—Por los clavos de Roosevelt —exclamé—. ¿Las cajas con destino a New Haven?

Apenas si pude abstenerme de escupir el nombre de Hannah Arnold, cayendo en la cuenta justo a tiempo de que, si Hickman era un patriota —pues, de hecho, se me había ocurrido que tal vez no fuera más que un comerciante dispuesto a vender a cualquiera de los dos bandos—, podía muy bien reconocer el nombre y darse cuenta de que aquellos rifles estaban, casi sin duda alguna, destinados a llegar a manos de los continentales vía el coronel Arnold.

Jamie asintió, observando a Hickman, que tenía la vista fija en un pequeño barómetro colgado en la pared como si fuera una bola de cristal. Lo que vio en él, fuera lo que fuese, debió de ser favorable, pues hizo un único gesto con la cabeza y salió a toda prisa del camarote como si le ardieran los pantalones.

—¿Adónde ha ido? —interrogó Ian mirando al lugar por donde se había marchado.

—A comprobar el viento, imagino —repuse, orgullosa de saber algo—. Para estar seguro de que tiene el barlovento.

En ese preciso instante, Jamie, que estaba saqueando el escritorio de Hickman, sacó de él una manzana bastante marchita que arrojó a mi regazo.

—Cómete esto, Sassenach. ¿Qué demonios es un barlovento?

—Ah. Bueno, me has pillado —admití—. Pero tiene que ver con el viento, y parece importante.

Olisqueé la manzana. Estaba claro que había visto tiempos mejores, pero conservaba aún un tenue olor dulce que despertó de sopetón al fantasma de mi apetito desaparecido. Le di un cauteloso mordisco y sentí cómo la saliva me inundaba la boca. Me la comí de otros dos bocados, con voracidad.

La voz nasal del capitán Hickman llegó penetrante desde el puente. No pude escuchar lo que decía, pero la respuesta fue inmediata. Se oyó un ruido de pies que corrían arriba y abajo por cubierta y el barco cambió de repente de rumbo, virando al tiempo que ajustaban sus velas.

El tintineo y el gruñido de las balas de cañón al levantarlas y el traqueteo de las cureñas resonó por todo el barco. Al parecer, seguíamos teniendo el barlovento.

Vi que a Ian se le encendía el rostro de feroz excitación y me alegré de ello, pero no pude evitar manifestar en voz alta un par de reparos.

—¿Estás seguro de esto? —le pregunté a Jamie—. Quiero decir, al fin y al cabo, es un perro.

Me miró y se encogió de hombros malhumorado.

—Bueno, vale. Sé de batallas que se libraron por peores razones. Además, desde ayer a esta misma hora, he cometido actos de piratería, motín y asesinato. Bien podría añadir traición a la lista y acabar de rematarlo.

—Además, tía —me reprobó Ian—, es un *buen* perro.

Con o sin barlovento, fueron precisas un sinfín de maniobras cautelosas antes de que los barcos se encontraran dentro de algo parecido a una distancia arriesgada el uno del otro. Ahora el sol estaba a no más de un palmo sobre el horizonte, las velas empezaban a reflejar un funesto color rojo, y parecía que mi amanecer castamente prístino iba a acabar en un mar de sangre.

El *Teal* navegaba despacio, con sólo la mitad de las velas desplegadas, a menos de un kilómetro de distancia. El capitán Hickman estaba de pie en el puente del *Asp*, agarrando fuertemente la borda con las manos como si se tratara del cuello de

Stebbings, con la expresión de un galgo justo antes de que suelten al conejo.

—Es hora de que vaya abajo, señora —señaló Hickman sin mirarme—. Aquí las cosas se van a poner feas. —Y flexionó las manos una vez con gesto expectante.

No discutí. La tensión en el puente era tal que podía olerla, testosterona sazonada con azufre y pólvora. Como los hombres son unas criaturas tan asombrosas, todos parecían alegres.

Me detuve a darle un beso a Jamie —gesto al que él correspondió con tantas ganas que me dejó el labio ligeramente dolorido—, ignorando con decisión la posibilidad de que la próxima vez que lo viera podía estar hecho pedazos. Ya me había enfrentado en numerosas ocasiones a esa posibilidad, y aunque no se volvía menos desmoralizadora con la práctica, había conseguido ignorarla mejor.

O, al menos, eso creía. Sentada en la bodega principal en medio de una oscuridad casi absoluta, percibiendo el olor a marea baja de las sentinas y escuchando lo que estaba segura eran ratas que alborotaban entre las cadenas, me costó mucho más ignorar los ruidos procedentes de arriba: el retumbo de las cureñas. El *Asp* sólo tenía cuatro cañones por banda, pero eran cañones de poco más de cinco kilos: un armamento pesado para una goleta costera. El *Teal*, equipado como un mercante oceánico que podía tener que enfrentarse a todo tipo de amenazas, llevaba ocho cañones de unos siete kilos en cada lado, con dos carronadas en el puente superior, más dos miras de proa y un cañón en la popa.

—No se enfrentaría a un barco de guerra —me explicó Abram tras pedirme que le describiera los pertrechos del *Teal*—. Y probablemente no intentaría apoderarse de otro navío ni hundirlo, de modo que lo más probable es que no lleve mucho armamento, aunque lo hubieran construido de modo que pudiera llevarlo, cosa que dudo. Pero también dudo que el capitán Stebbings pueda manejar siquiera toda una banda con buenos resultados, así que no debemos desanimarnos. —Lo dijo con gran confianza, lo que se me antojó gracioso, además de curiosamente tranquilizador.

Abram pareció darse cuenta de ello, pues se inclinó hacia delante y me palmeó la mano con gesto afectuoso.

—Venga, no tiene por qué preocuparse, señora. El señor Fraser me dijo que no debía dejar que sufriera ningún daño, y no lo haré... tenga la seguridad.

—Gracias —repuse, muy seria. Como no quería ni echarme a reír ni a llorar, me aclaré la garganta y pregunté—: ¿Sabes qué fue lo que causó el problema entre el capitán Hickman y el capitán Stebbings?

—Oh, sí, señora —respondió enseguida—. El capitán Stebbings ha sido una plaga en el distrito durante años, deteniendo barcos que no tenía ningún derecho a registrar, llevándose artículos legales que, según él, son de contrabando... ¡y nos permitimos dudar de que alguno haya visto un almacén de aduanas! —añadió, citando obviamente algo que había oído decir más de una vez—. Pero en realidad eso fue lo que sucedió con el *Annabelle*.

El *Annabelle* era un gran queche propiedad del hermano del capitán Hickman. El *Pitt* lo detuvo e intentó reclutar por la fuerza a miembros de su tripulación. Theo Hickman protestó, opusieron resistencia, y Stebbings ordenó a sus hombres que abrieran fuego contra el *Annabelle* y mató a tres de sus tripulantes, entre ellos a Theo Hickman.

Eso causó una gran indignación pública y se intentó llevar al capitán Stebbings ante la justicia para que respondiera de sus actos. Sin embargo, el capitán había insistido en que ningún tribunal local tenía competencia para juzgarlo por nada. Si alguien quería interponer una demanda contra él, debía hacerlo en un tribunal inglés. Y los jueces locales lo habían corroborado.

—¿Eso fue antes de que se declarara la guerra el año pasado? —pregunté, curiosa—. Porque si fue después...

—Mucho antes —admitió el joven Zenn—. Pero —añadió con justa indignación— ¡son unos perros cobardes y deberían llenarlos de brea y emplumarlos a todos, y a Stebbings también!

—Sin duda —repuse—. ¿Crees que...?

No tuve ocasión de seguir explorando sus opiniones, pues, en ese preciso instante, el barco dio un violento bandazo y nos arrojó a ambos contra las tablas empapadas del suelo mientras el ruido de una fuerte y prolongada explosión quebraba el aire a nuestro alrededor.

Al principio no pude ver bien qué barco había disparado, pero, un segundo después, los cañones del *Asp* se hicieron oír arriba y supe que la primera descarga la había efectuado el *Teal*.

La respuesta del *Asp* fue irregular, pues los cañones de estribor dispararon a intervalos más o menos aleatorios, puntuados por los estallidos apagados de pequeñas armas de fuego.

Me resistí a las galantes tentativas de Abram de arrojar su flaco cuerpo sobre el mío para protegerme y, tras rodar hacia un lado, me puse a cuatro patas escuchando con atención. Se oyeron muchos gritos, todos ininteligibles, aunque los disparos habían cesado. A mi entender, no parecía que estuviéramos haciendo aguas, de modo que era de presumir que no nos habían alcanzado por debajo de la línea de flotación.

—A buen seguro no se habrán rendido, ¿verdad? —inquirió Abram poniéndose rápidamente en pie. Parecía decepcionado.

—Lo dudo. —Me levanté a mi vez, agarrándome a un gran barril con una mano.

La bodega principal estaba llena casi a rebosar, al igual que la delantera, aunque con objetos más voluminosos. Apenas si había espacio para que Abram y yo cruzáramos entre las pilas de cajones envueltos en redes y toneles —algunos de los cuales olían intensamente a cerveza— acopiados a distintos niveles. Ahora el barco se escoraba; debíamos de estar virando, quizá para volver a intentarlo. Las ruedas de las cureñas rechinaron arriba en el puente. Sí, estaban recargando. ¿Habría ya alguien herido?, me pregunté. ¿Y qué diablos iba a hacer yo si así era?

Arriba sonó el estruendo de un único cañonazo.

—Ese perro debe de estar huyendo —susurró Abram—. Lo estamos persiguiendo.

Hubo un largo período de relativo silencio durante el cual pensé que el barco estaba cambiando de rumbo, pero no acerté a distinguirlo con seguridad. Tal vez Hickman estuviera persiguiendo efectivamente al *Teal*.

Arriba sonaron unos gritos repentinos acompañados de un sonido de asombrada alarma, y el barco se balanceó con violencia lanzándonos de nuevo al suelo. Esta vez yo aterricé encima. Retiré delicadamente la rodilla del estómago de Abram y lo ayudé a sentarse mientras boqueaba como un pez fuera del agua.

—¿Qué...? —resolló, pero no pudo decir más.

Hubo una espantosa sacudida que volvió a dejarnos tumbados en el suelo, seguida de inmediato de un ruido chirriante y desgarrador de maderas que gemían. Parecía como si el barco se estuviera partiendo a nuestro alrededor, y no me cupo duda de que así era.

Chillidos como de *banshees* y estruendo de pies en el puente.

—¡Nos están abordando!

Oí a Abram tragar saliva, me llevé la mano a mis enaguas y toqué el cuchillo para infundirme valor. Si...

—No —murmuré forzando los ojos en la oscuridad como si ello pudiera ayudarme a oír mejor—. No, nosotros los estamos abordando a ellos.

Pues el rumor de pies que sonaba arriba había cesado.

Los gritos, no. A pesar de que sonaban sofocados por la distancia, podía oír la nota de insania que resonaba en ellos, la clara alegría de los guerreros vikingos. Me pareció distinguir el alarido típico de las Highlands de Jamie, aunque probablemente fueran imaginaciones mías. Todos parecían igual de enajenados.

—Padre nuestro, que estás en los cielos... Padre nuestro, que estás en los cielos... —murmuraba Abram para sí en la oscuridad, pero se había quedado atascado en la primera frase.

Apreté los puños y cerré los ojos de manera refleja, arrugando la cara como si pudiera ayudar por pura fuerza de voluntad.

Ninguno de nosotros podía.

Hubo un intervalo lleno de ruidos sofocados, disparos ocasionales, golpes sordos y estampidos, gruñidos y gritos. Y luego, silencio.

Vi que la cabeza de Abram se volvía hacia mí, interrogativa. Le oprimí la mano.

Y, entonces, el cañón de un barco disparó con un estruendo que resonó arriba por todo el puente, y la onda expansiva rasgó el aire de la bodega con tanta fuerza que me estallaron los oídos. Le siguió otro disparo, sentí más que oí un golpe seco y, en ese momento, el suelo se levantó y se ladeó, y los maderos del barco retumbaron con un extraño y profundo *bonggg*. Sacudí enérgicamente la cabeza al tiempo que tragaba saliva, intentando introducir aire a la fuerza en mis trompas de Eustaquio. Los oídos se me destaponaron por fin y oí unos pies sobre el costado del barco. Más de un par de ellos. Se movían despacio.

Me puse en pie de un salto, agarré a Abram y lo levanté en vilo mientras lo empujaba hacia la escalera. Podía oír el agua, pero no deslizándose veloz por los costados del barco: era un ruido como de agua que fluía, que borbotaba hacia el interior de la bodega.

Alguien había cerrado la escotilla de arriba, pero no estaba atrancada, así que la abrí de un porrazo desesperado golpeándola con las dos manos; casi pierdo el equilibrio y me caigo en las tinieblas, pero, por fortuna, Abram Zenn me detuvo plantando un hombro pequeño pero firme bajo mis nalgas para sostenerme.

—Gracias, señor Zenn —dije y, buscándolo detrás de mí, lo icé por la escalera y salió a la luz.

Había sangre en el puente, eso fue lo primero que vi. Y también hombres heridos, pero no Jamie. Lo segundo que vi fue a él, inclinándose pesadamente sobre los restos de una borda destrozada junto con varios hombres más. Corrí a ver lo que estaban mirando y vi al *Teal* a unos cientos de metros de distancia.

Sus velas se agitaban sin control y los mástiles parecían tener una inclinación extraña. Entonces me di cuenta de que el propio barco estaba inclinado, con la proa levantada y medio fuera del agua.

—¡Que me aspen! —dijo Abram en tono de sorpresa—. Ha encallado en unas rocas.

—Y nosotros también, pero menos —informó Hickman mirando en dirección a la voz del grumete—. ¿Hay agua en la bodega, Abram?

—Sí —contesté yo antes de que el chico, sumido en la contemplación del *Teal* herido, pudiera recuperar de nuevo la serenidad y contestar—. ¿Tiene algún instrumental médico a bordo, capitán Hickman?

—¿Que si tengo qué? —Me miró parpadeando, distraído—. No es momento para... ¿Por qué?

—Soy médico, señor —señalé—, y usted me necesita.

Al cabo de un cuarto de hora, volvía a encontrarme en la pequeña bodega delantera de cargo donde había recuperado el sentido tras mi desvanecimiento escasas horas antes, y que ahora había sido destinada a enfermería.

El *Asp* no tenía un médico a bordo, pero sí una mínima provisión de sustancias y objetos de uso médico: una botella medio llena de láudano, un cuenco para flemas y sangrados, un gran par de pinzas, un frasco de sanguijuelas secas, dos sierras de amputar oxidadas, unas pinzas quirúrgicas rotas, una bolsa de hilas para cubrir heridas y un enorme tarro de grasa alcanforada.

Me sentía muy tentada de beberme el láudano yo misma, pero el deber me llamaba. Me recogí el pelo y empecé a mirar entre la carga buscando cualquier cosa que pudiera serme útil. El señor Smith e Ian se habían acercado a remo hasta el *Teal* con la esperanza de recuperar mi equipo, pero habida cuenta de los graves daños que podía observar en la zona donde se encontraba nuestro camarote, no me hacía muchas ilusiones. Un cañonazo afortunado del *Asp* había agujereado el *Teal* por debajo de la línea de flotación. Si no hubiera encallado, lo más probable es que hubiera acabado hundiéndose tarde o temprano.

Había realizado un rápido *triage* en el puente. Teníamos a un hombre muerto en el acto, varios heridos leves y tres graves, pero sin riesgo inmediato para su vida. Era probable que en el *Teal* hubiera más. Según decían los hombres, los barcos habían intercambiado descargas a escasos metros de distancia. Había sido un combate rápido y sangriento.

Pocos minutos después de que concluyera la lucha, había aparecido el *Pitt*, cuya tripulación mixta se había puesto lo bastante de acuerdo como para que pudiera navegar, y ahora estaba ocupado trasladando a los heridos. Oí el débil grito de saludo de su contramaestre por encima del quejido del viento que soplaba en cubierta.

—Ya llegan —murmuré, y cogiendo la más pequeña de las sierras de amputar, me preparé para mi propio combate rápido y sangriento.

—Tenéis cañones —le señalé a Abram Zenn, que me traía un par de linternas colgantes, pues ahora ya casi se había puesto el sol—. Eso significa, presumiblemente, que el capitán Hickman estaba dispuesto a utilizarlos. ¿No pensó que podría haber heridos?

Abram se encogió de hombros a modo de disculpa.

—Es nuestro primer viaje como corsarios, señora. La próxima vez lo haremos mejor, estoy seguro.

—¿El primero? ¿Qué tipo de...? ¿Cuánto tiempo lleva navegando el capitán Hickman? —interrogué.

Ahora estaba hurgando despiadadamente entre la carga, y me sentí muy satisfecha al encontrar un baúl que contenía retales de percal estampado.

Abram frunció el ceño mientras observaba pensativo la mecha que estaba cortando.

—Bueno —comenzó, despacio—, durante algún tiempo tuvo un barco de pesca, más allá de Marblehead. Era propiedad de él, suya, quiero decir, y de su hermano. Pero después de que su hermano acabase mal con el capitán Stebbings, empezó a trabajar para Emmanuel Bailey como primer oficial de uno de sus barcos, del señor Bailey, quiero decir. El señor Bailey es judío —explicó al ver que yo arqueaba las cejas—. Es propietario de un banco en Filadelfia y de tres embarcaciones que viajan con regularidad a las Indias Occidentales. También este barco es suyo, y fue él quien obtuvo la patente de corso del Congreso para el capitán Hickman cuando se declaró la guerra.

—Entiendo —repuse, más que ligeramente desconcertada—. Pero ¿éste es el primer viaje del capitán Hickman como capitán de un balandro?

—Sí, señora. Pero los corsarios, por lo general, no tienen sobrecargo, ¿sabe? —se apresuró a decir—. Sería tarea del sobrecargo aprovisionar el barco y procurar que no faltaran cosas como los medicamentos.

—Y tú sabes todo eso porque... ¿Cuánto llevas navegando? —inquirí, curiosa, conforme sacaba una botella de lo que parecía ser un coñac muy caro con el fin de utilizarlo a modo de antiséptico.

—Oh, desde que tenía ocho años, señora —respondió. Se puso de puntillas para colgar la linterna, que arrojó un resplandor cálido y tranquilizador sobre mi improvisado quirófano—. Tengo seis hermanos mayores, y el mayor de todos lleva la granja, con sus hijos. Los otros... bueno, uno es carpintero de navío en Newport News y, un buen día, entabló conversación con un capitán y le habló de mí, y, en un abrir y cerrar de ojos, estaba trabajando como grumete en el *Antioch*, un barco que comercia con la India. Regresé a Londres con el capitán y navegamos a Calcuta a la mismísima mañana siguiente. —Volvió a apoyarse sobre los talones y me sonrió—. He estado en el mar desde entonces, señora. Creo que es lo mío.

—Eso está muy bien —repuse—. Tus padres, ¿viven aún?

—Oh, no, señora. Mi madre murió cuando nací, y mi padre, cuando yo tenía siete años.

No parecía importarle mucho. Pero, al fin y al cabo, reflexioné mientras rasgaba el percal para hacer vendas, de ello hacía ya la mitad de su vida.

—Bueno, espero que el mar siga siendo lo tuyo. ¿Tienes alguna duda, después de hoy?

Se puso a pensarlo, con su rostro joven y formal lleno de surcos a la sombra de las linternas.

—No —respondió despacio, y me miró con ojos serios, y mucho menos jóvenes de lo que parecían unas horas antes—. Cuando firmé con el capitán Hickman, sabía que cabía la posibilidad de entrar en combate. —Apretó los labios, tal vez para evitar que le temblaran—. No me importa matar a un hombre, si tengo que hacerlo.

—Ahora no... no tienes que hacerlo —dijo uno de los heridos en voz muy baja. Estaba acostado en las sombras, tendido sobre dos cajas de porcelana inglesa, respirando despacio.

—No, ahora no, no tienes que hacerlo —corroboré con sequedad—. Pero tal vez quieras hablar de ello con mi sobrino o con mi marido cuando las cosas se hayan calmado un poco.

Pensé que aquello ponía punto final a la conversación, pero Abram me siguió mientras yo extendía mi rudimentario instrumental y procedía a esterilizarlo como podía, mojándolo generosamente con coñac hasta que la bodega acabó oliendo como una destilería (con gran escándalo por parte de los heridos, que pensaban que era un despilfarro malgastar un buen coñac de ese modo). Sin embargo, el fuego de la cocina se había apagado durante el combate. Tardaría un poco en tener agua caliente.

—¿Es usted patriota, señora? Si no le importa que se lo pregunte —añadió sonrojándose, azorado.

La pregunta me sorprendió un poco. Lo más fácil habría sido responder: «Sí, claro.» A fin de cuentas, Jamie era un rebelde, como él mismo había declarado de su puño y letra. Y aunque había hecho la declaración original por simple necesidad, en mi opinión, la necesidad se había vuelto convicción. Pero ¿y yo? Ciertamente lo había sido, en el pasado.

—Sí —respondí. No podía decir otra cosa—. Está claro que tú sí lo eres, Abram. ¿Por qué?

—¿Por qué? —Pareció pasmado por la pregunta y se me quedó mirando mientras parpadeaba por encima de la linterna que sostenía.

—Ya me lo dirás más tarde —le sugerí cogiendo la linterna.

En el puente había hecho cuanto estaba en mi mano. A los heridos que necesitaban mayor atención los habían bajado a la bodega. No había tiempo para discusiones políticas. O eso pensaba.

Abram procedió a ayudarme con gran coraje y lo hizo muy bien, aunque tuvo que parar de vez en cuando para vomitar en un cubo. Después de devolver por segunda vez, comenzó a hacer preguntas a los heridos, a los que estaban en condiciones de contestar. No sé si lo hacía por simple curiosidad o para intentar no pensar en lo que estaba haciendo.

—¿Qué opina usted de la revolución, señor? —le preguntó muy serio a un marino entrecano del *Pitt* que tenía un pie aplastado.

El hombre le dirigió una mirada a todas luces amarga, pero contestó, probablemente para distraerse.

—Que es una maldita pérdida de tiempo —respondió con brusquedad, clavando los dedos en el borde del cofre sobre el que estaba sentado—. Sería mejor luchar contra las ranas que contra los ingleses. ¿Qué tenemos que ganar? Dios mío —dijo en voz baja, palideciendo.

—Dale algo para que lo muerda, Abram, por favor —le ordené, ocupada en retirar pedacitos de hueso del destrozo y preguntándome si no le convendría más una amputación rápida. Tal vez el riesgo de infección sería menor y, en cualquier caso, le quedaría una dolorosa cojera para toda la vida. Sin embargo, odiaba tener que...

—No, está bien, señora —afirmó el marino tomando aliento—. ¿Qué piensas tú de ella, jovencito?

—Creo que está bien, y que es necesaria, señor —respondió Abram con firmeza—. El rey es un tirano, y todos los hombres como Dios manda deben resistirse a la tiranía.

—¿Qué? —espetó el marino, asombrado—. ¿El rey, un tirano? ¿Quién dice una cosa tan terrible?

—Pues... el señor Jefferson. Y... ¡y todos nosotros! Todos lo pensamos —repuso Abram, sorprendido por tan vehemente discrepancia.

—Bueno, en tal caso, sois todos un hatajo de malditos imbéciles. Excepto usted, señora —añadió haciéndome un gesto con la cabeza. Le echó una ojeada a su pie y se tambaleó un poco con los ojos cerrados, pero me preguntó—: No creerá usted una cosa tan tonta, ¿verdad, señora? Tiene que inculcarle sentido común a este hijo suyo.

—¡Sentido común! —chilló Abram, exaltado—. ¿Cree usted que es de sentido común que no podamos hablar o escribir lo que queramos?

El marino abrió un ojo.

—Por supuesto que sí —contestó, intentando de modo evidente ser razonable—. De lo contrario, algunos estúpidos hijos de puta (le ruego que me perdone, señora) se pondrían a decir todo tipo de cosas sin reparar en las consecuencias, agitando a la gente y no abocándola a nada bueno, ¿y ello a qué conduce? A crear disturbios, eso es a lo que conduce, y a lo que podríamos llamar desórdenes, y a que a la gente le quemen la casa y le den una paliza en la calle. ¿Nunca has oído hablar de los disturbios de Cutter, muchacho?

Era evidente que Abram no había oído hablar de ellos, pero contraatacó con una vigorosa denuncia de las Leyes Intolerables,[12]

---

[12] Serie de leyes promulgadas en 1774 por el Parlamento británico como consecuencia del descontento imperante en las trece colonias americanas, en particular

478

lo que hizo que el señor Ormiston —ahora la relación entre nosotros era ya más personal— se mofara en voz alta y se pusiera a describir las privaciones que soportaban los londinenses en comparación con el lujo de que disfrutaban los desagradecidos colonos.

—¡Desagradecidos! —exclamó Abram con el rostro congestionado—. Y ¿por qué deberíamos estar agradecidos? ¿Por endilgarnos a los soldados?

—¿Endilgar? —espetó el señor Ormiston con justificada indignación—. ¡Menuda palabra! ¡Y, si significa lo que creo que significa, jovencito, deberías ponerte de rodillas y dar gracias a Dios por semejante endilgamiento! ¿Quién crees que os salvó de que los indios os arrancaran el cuero cabelludo o de que los franceses os aplastaran? ¿Y quién crees que pagó por todo ello, eh?

Esta acertada respuesta suscitó las aclamaciones —y no pocos abucheos— de los hombres que esperaban a ser atendidos, quienes estaban ahora pendientes de la discusión.

—Eso es una absoluta... una triste... estulticia —comenzó Abram, hinchando su pecho insignificante, pero lo interrumpió la entrada del señor Smith, con una bolsa de lona en la mano y una expresión de disculpa en el rostro.

—Me temo que su camarote estaba completamente destrozado, señora —manifestó—. Pero recogí todo lo que había desparramado por el suelo, por si acaso...

—¡Jonás Marsden! —El señor Ormiston, que casi se había puesto en pie, volvió a dejarse caer a plomo en el baúl, boquiabierto—. ¡Válgame Dios si no es él!

—¿Quién? —inquirí, sobresaltada.

—Jonás... bueno, ése no es su verdadero nombre, ¿cómo se llamaba?... ah, sí, Bill, creo que era Bill, pero acabamos llamándolo Jonás porque lo habían hundido numerosas veces.

—Oye, Joe. —El señor Smith, o el señor Marsden, retrocedía hacia la puerta con una sonrisa nerviosa—. Eso fue hace mucho tiempo, y...

—No hace tanto. —El señor Ormiston se puso lentamente en pie, agarrándose con una mano a un montón de barriles de arenques con el fin de no apoyar el peso en su pie vendado—. ¡No tanto como para que la marina te haya olvidado, asqueroso desertor!

---

en Boston después de ciertos incidentes turbulentos como el motín del té. Estas leyes aceleraron los procesos que culminaron en la guerra de la Independencia de Estados Unidos y la formación del primer Congreso Continental. *(N. de la t.)*

El señor Smith desapareció bruscamente escaleras arriba, empujando al subir a dos marinos que intentaban bajar y que llevaban entre los dos a un tercero como si fuera una pieza de ternera. Murmurando maldiciones, lo echaron con un fuerte golpe en el puente, delante de mí, y dieron un paso atrás, jadeantes. Era el capitán Stebbings.

—No está muerto —me informó uno de ellos con sentido práctico.

—Ah, muy bien —repuse. El tono de mi voz debió de dejar algo que desear, pues el capitán abrió un ojo y me miró.

—¿Van a permitir que esta... puta me... descuartice? —preguntó con voz ronca respirando con esfuerzo—. Prefiero morir honorablblbl...

Su opinión se transformó en un sonido burbujeante que me impulsó a rasgarle su segundo mejor abrigo y su camisa manchados de humo y empapados de sangre para descubrirle el torso. En efecto, tenía un limpio agujero redondo en el pectoral derecho del que brotaba el horrible sonido húmedo de succión característico de las heridas en el pecho.

Solté una palabrota gordísima, y los dos hombres que me lo habían traído se agitaron y murmuraron. Volví a decirla, esta vez más fuerte, y, tras coger la mano de Stebbings, le taponé rápidamente con ella el agujero.

—Manténgala ahí, si quiere tener la oportunidad de morir honorablemente —le dije—. ¡Usted! —le grité a uno de los hombres, que intentaba escabullirse—. Tráigame un poco de aceite de la cocina. ¡Ahora! Y usted —mi voz pescó al otro, que se detuvo en seco con expresión culpable—, un pedazo de vela y brea. ¡Lo más rápido que pueda!

»No hable —le aconsejé a Stebbings, que parecía inclinado a hacer observaciones—. Tiene un pulmón hundido, de modo que o se lo vuelvo a hinchar o se muere usted como un perro, aquí mismo.

—Chist —respondió, lo que yo tomé por una respuesta afirmativa.

Tenía una mano muy carnosa que, por ahora, lograba sellar bastante bien el agujero. El problema era que, con toda seguridad, no sólo tenía un agujero en el pecho, sino también en el pulmón. Debía sellar el agujero externo para que el aire pudiera entrar en el pecho y mantener el pulmón comprimido, pero asegurarme también de que quedaba una vía para que el aire procedente del espacio pleural que rodeaba al pulmón pudiera salir. Por ahora, cada vez que el Stebbings exhalaba, el aire que salía del pulmón herido iba a parar directamente a dicho espacio, agravando el problema.

Asimismo, cabía la posibilidad de que estuviera ahogándose en su propia sangre, pero como en tal caso no podía hacer gran cosa al respecto, no iba a preocuparme por ello.

—Lo positivo —le dije— es que fue una bala, y no un pedazo de metralla o una esquirla. Lo bueno del hierro al rojo es que esteriliza la herida. Levante la mano un momento, por favor. Expulse el aire.

Le agarré yo misma la mano y, levantándosela, conté hasta dos mientras él vaciaba sus pulmones, luego volví a taponarle a toda prisa la herida con ella. Emitió un sonido como de chapoteo, debido a la sangre. Estaba sangrando mucho para un orificio como aquél, pero no tosía ni escupía sangre... ¿Dónde...? Oh...

—¿Esta sangre es suya o de otra persona? —inquirí señalándola.

Tenía los ojos medio cerrados, pero, al oírme, volvió la cabeza y me mostró sus dientes estropeados, con una sonrisa de lobo.

—Es de... su marido —respondió con un ronco susurro.

—Gilipollas —le dije, enfadada, y volví a levantarle la mano—. Expulse el aire.

Los hombres me habían visto lidiar con Stebbings. Otros heridos del *Teal* iban llegando por su propio pie o transportados por otros marineros, pero la mayoría de ellos parecían capaces de andar. Les di unas rápidas indicaciones a los hombres sanos que los acompañaban acerca de cómo aplicar presión en las heridas o cómo colocar los miembros rotos con el fin de evitar que empeoraran.

El aceite y la tela parecía que iban a tardar un año en llegar, de modo que tuve tiempo suficiente para preguntarme dónde estarían Jamie e Ian. Cuando llegaron por fin los artículos de primeros auxilios, corté un pedazo de vela con el cuchillo, rasgué una larga tira de percal para utilizarla como vendaje de emergencia y luego retiré la mano de Stebbings, limpié la sangre con un pliegue de mis enaguas, vertí un poco de aceite para lámparas sobre su pecho, lo cubrí con el pedazo de vela y, acto seguido, aplasté la tela para crear un parche rudimentario. Volví a colocar su mano encima de tal manera que un extremo del parche quedase libre, al tiempo que le vendaba el torso con el improvisado vendaje de emergencia.

—Estupendo —dije—. Tendré que pegar el parche con brea para que cierre mejor, pero se tardará un poco en calentarla. Puede usted ir y hacerlo ahora —le indiqué al marinero que había traído el aceite y que estaba intentando escabullirse otra vez. Miré a mi alrededor para ver a los heridos, que estaban en cuclillas o tendidos sobre el puente—. Bien. ¿Quién se está muriendo?

Milagrosamente, sólo dos de los hombres que habían traído del *Teal* estaban muertos, uno con unas horribles heridas en la cabeza causadas por esquirlas y metralla, y el otro desangrado al haber perdido la mitad de su pierna izquierda, con toda probabilidad de resultas del impacto de una bala de cañón.

«A éste podría haberlo salvado», pensé, pero ese breve momento de pesar se diluyó en las necesidades del momento siguiente.

«No está tan mal», me dije mientras recorría a paso veloz la hilera de rodillas, haciendo una rápida selección e impartiendo instrucciones a mis desganados ayudantes. Heridas por esquirlas, dos hombres con rasguños de bala de mosquete, uno con media oreja arrancada, otro con una bala alojada en el muslo, pero lejos de la arteria femoral, gracias a Dios...

Se oían ruidos de golpes y de objetos arrastrados procedentes de la bodega inferior, donde se estaban efectuando reparaciones. Mientras trabajaba, junté los retazos de lo acontecido durante la batalla a partir de los comentarios de los heridos que esperaban a que los atendiera.

Tras un desigual intercambio de descargas que había derribado el palo mayor resquebrajado del *Teal* y agujereado el *Asp* por encima de la línea de flotación, el *Teal* —las opiniones diferían acerca de si el capitán Roberts lo había hecho a propósito o no— había virado bruscamente hacia el *Asp*, arañando el costado del barco y colocando a ambos navíos borda con borda.

Parecía inconcebible que Stebbings hubiera intentado abordar el *Asp*, teniendo tan pocos hombres de fiar. Si lo había hecho a propósito, es que quizá se proponía embestirnos. Miré al capitán, pero tenía los ojos cerrados y un color espantoso. Le levanté la mano y oí un leve silbido de aire, se la volví a colocar sobre el pecho y proseguí con mi tarea. Era evidente que no estaba en condiciones de poner las cosas en claro en lo tocante a sus intenciones.

Fueran éstas cuales fuesen, el capitán Hickman se había anticipado a ellas saltando por encima de la borda del *Teal* con un grito, seguido de un enjambre de hombres del *Asp*. Habían cruzado el puente sin encontrar mucha resistencia, pero los del

Pitt se habían reunido en torno a Stebbings cerca del timón y habían luchado con ferocidad. Sin embargo, estaba claro que los tripulantes del *Asp* acabarían imponiéndose, pero, en ese preciso momento, el *Teal* había encallado con violencia, arrojando a todo el mundo contra el puente.

Convencidos de que el barco estaba a punto de hundirse, cuantos podían moverse se movieron, y unos y otros regresaron juntos saltando por encima de la borda al *Asp*, que desvió bruscamente el rumbo mientras algún defensor ignorante que se había quedado en el *Teal* le arreaba uno o dos últimos disparos, antes de embarrancar en un banco de arena.

—No se preocupe, señora —me aseguró uno de los hombres—. Volverá a flotar sin problemas cuando suba la marea.

Los ruidos procedentes de abajo comenzaron a disminuir mientras yo miraba cada dos por tres por encima del hombro con la esperanza de ver a Jamie o a Ian.

Estaba examinando a un pobre hombre que había recibido una esquirla en un ojo cuando el otro se le dilató de repente a causa del horror. Me volví y descubrí a *Rollo* jadeando y babeando junto a mí, mostrándome sus enormes dientes en una sonrisa que habría hecho avergonzar la ridícula tentativa de Stebbings.

—¡Perro! —exclamé, encantada. No podía abrazarlo, bueno, en realidad no lo habría hecho, pero me apresuré a mirar en derredor en busca de Ian, que venía cojeando hacia mí, empapado, además, pero con una sonrisa que hacía juego con la de *Rollo*.

—Nos hemos caído al agua —explicó con voz ronca, mientras se acuclillaba a mi lado sobre el puente. Bajo su cuerpo se iba formando un charquito.

—Entiendo. Hágame el favor de respirar hondo —le dije al hombre que tenía la esquirla en el ojo—. Uno... sí, muy bien... Dos... sí...

Cuando expulsaba el aire, agarré la esquirla y tiré de ella con fuerza. Salió deslizándose, seguida de un chorro de humor vítreo y sangre que me hizo apretar los dientes y que le provocó arcadas a Ian. Sin embargo, no sangró mucho. «Si no ha atravesado la órbita, tal vez pueda evitar la infección extirpando el globo ocular y cubriendo la cuenca. Pero eso tendrá que esperar.» Rasgué una tira de tela del faldón de su camisa, la doblé apresuradamente formando un tampón, la empapé en coñac, la apreté contra el ojo dañado e hice que se la sujetara con fuerza en su sitio. Así lo hizo, aunque gimió y se tambaleó de forma alarmante, por lo que temí que pudiera caerse.

—¿Dónde está tu tío? —le pregunté a Ian con la molesta sensación de que era mejor no saber la respuesta.

—Ahí mismo —respondió Ian señalando con la cabeza hacia un lado.

Me volví al instante, sujetando aún con una mano el hombro del tuerto, y vi que Jamie bajaba por la escalerilla en acalorada discusión con el capitán Hickman, que bajaba tras él.

Jamie tenía la camisa empapada en sangre y, con una mano, sujetaba contra su hombro un tampón igual de empapado. Era posible que Stebbings no sólo intentara molestarme. Sin embargo, Jamie no venía tambaleándose, y aunque estaba blanco, también estaba furioso. Estaba razonablemente segura de que no iba a morirse mientras estuviera enfadado, así que me puse a cortar otra tira de vela para estabilizar una fractura abierta del brazo.

—¡Perro! —dijo Hickman deteniéndose junto a Stebbings, que se encontraba tumbado en el suelo boca arriba.

No lo dijo con la misma entonación con que lo había dicho yo momentos antes, por lo que Stebbings abrió un ojo.

—Perro lo será usted —espetó con voz pastosa.

—¡Perro, perro, perro! ¡Maldito perro! —añadió Hickman, por si fuera poco, y le propinó un puntapié a Stebbings en el costado.

Le agarré el pie y logré hacerle perder el equilibrio, de modo que se tambaleó de un lado a otro. Jamie lo atrapó, gruñendo de dolor, pero Hickman se irguió con esfuerzo, apartando a Jamie.

—¡No puede matarlo a sangre fría!

—Sí puedo —contestó Hickman al instante—. ¡Mire! —Sacó una enorme pistola de arzón de una gastada pistolera de cuero y la amartilló.

Jamie la agarró por el cañón y se la arrancó limpiamente de la mano, dejándolo con los dedos doblados y una expresión de sorpresa.

—Señor —manifestó, procurando mantener la calma—, no puede usted matar a un enemigo herido, uniformado, apresado bajo su propia bandera y que se le ha entregado. Eso no lo consentiría ningún hombre honorable.

Hickman se detuvo, poniéndose colorado.

—¿Está poniendo en duda mi honor, señor?

Vi que los músculos del cuello de Jamie se tensaban, pero, antes de que pudiera hablar, Ian se colocó junto a él, hombro con hombro.

—Sí. Y yo también.

Rollo, con el pelo aún enhiesto formando púas mojadas, gruñó y retrajo sus belfos negros, mostrando casi todos los dientes en señal de que apoyaba esa opinión.

Hickman paseó la mirada de la ceñuda cara tatuada de Ian a las impresionantes muelas carniceras de *Rollo* y de vuelta a Jamie, que había desamartillado la pistola y se la había colocado en su propio cinturón. Estaba jadeando.

—En tal caso, allá usted con lo que hace —espetó, y dio media vuelta.

El capitán Stebbings también jadeaba con un horrible sonido húmedo. Estaba muy pálido, y tenía los labios azules. Sin embargo, se hallaba consciente. Había mantenido los ojos fijos en Hickman durante toda la conversación, y ahora lo siguió con la vista mientras salía del camarote. Cuando la puerta se hubo cerrado tras él, Stebbings se relajó un poco y posó la mirada en Jamie.

—Podría... haberse ahorrado... la molestia —resolló—. Pero tiene usted... mi agradecimiento... Por si... —Tosió, una tos ahogada, se llevó una mano al pecho, presionó con fuerza y negó con una mueca de dolor—. Por si sirve de algo —logró decir. Luego cerró los ojos, respirando despacio y con dificultad, pero respirando a fin de cuentas.

Me levanté con los músculos agarrotados y encontré por fin un momento para examinar a mi marido.

—No es más que un pequeño corte —me aseguró en respuesta a mi recelosa mirada interrogativa—. Por ahora resistiré.

—¿Toda esa sangre es tuya?

Se miró la camisa adherida a las costillas y levantó el hombro sano con desdén.

—Me queda suficiente para seguir adelante. —Me sonrió y, acto seguido, paseó la mirada por el puente—. Veo que aquí tienes las cosas bajo control. Haré que Smith te traiga algo de comer, ¿de acuerdo? Pronto va a llover.

Así era. El olor de la tormenta que se avecinaba inundó la bodega, fresca y hormigueante de ozono, poniéndome de punta el vello de mi cuello mojado.

—Si es posible, no mandes a Smith —dije—. ¿Adónde vas? —inquirí al ver cómo daba media vuelta.

—Tengo que hablar con el capitán Hickman y con el capitán Roberts —contestó con cierto aire lúgubre. Levantó la vista y el cabello enmarañado de detrás de sus orejas se agitó con la brisa—. No creo que vayamos a Escocia en el *Teal*, pero maldita sea si sé adónde vamos.

El barco quedó por fin en silencio, o, por lo menos, tan en silencio como puede estarlo un objeto grande lleno de tablas crujientes, lonas que se agitan y el zumbido fantasmal que producen los cordajes en tensión. Había subido la marea, y el barco, en efecto, había vuelto a flotar. Nos dirigíamos de nuevo hacia el norte, a vela ligera.

Acababa de despedir al último de los heridos. Sólo quedaba el capitán Stebbings, tendido en un tosco camastro tras un cofre de té de contrabando. Todavía respiraba, y no con un malestar espantoso, pensé, pero su estado era demasiado precario para perderlo de vista.

Por algún milagro, la bala parecía haber cauterizado el orificio de entrada en el pulmón en lugar de limitarse a cortar los vasos sanguíneos a su paso. Eso no significaba que no tuviera una hemorragia en el pulmón, pero, si la tenía, se trataba de una filtración lenta. De lo contrario, me habría dado cuenta hacía mucho. Debían de haberle disparado a corta distancia, pensé con somnolencia. La bala todavía estaba al rojo cuando lo alcanzó.

Había mandado a Abram a la cama. También yo debería acostarme, pues el cansancio me pesaba sobre los hombros y se había concentrado en forma de áreas dolorosas en la base de mi columna vertebral.

Jamie no había vuelto. Sabía que vendría a buscarme cuando concluyera su reunión con Hickman y Roberts. Y tenía aún algunos preparativos que hacer, por si acaso.

Cuando, horas antes, Jamie había registrado el escritorio de Hickman en busca de comida, me había fijado en un lío de plumas nuevas de ganso. Había enviado a Abram a pedir un par de ellas y a buscarme la aguja de maestro velero más grande que pudiera encontrarse, además de un par de huesos del ala desechados del estofado del *Pitt*.

Corté de un tajo los extremos de un hueso fino y luego le di forma a uno de ellos lijándolo hasta conseguir una buena punta, utilizando para ello la pequeña piedra de afilar del carpintero del barco. Modelar la pluma fue más fácil. El extremo ya estaba cortado en forma de punta para poder escribir. Cuanto tuve que hacer fue cortar las barbas y, acto seguido, sumergir las plumas, el hueso y la aguja en un plato llano con coñac. Eso bastaría.

El olor del coñac se esparció, dulce y denso, por el aire, compitiendo con la brea, la trementina, el tabaco y los maderos del barco, impregnados de sal. De hecho, se superponía, al menos en parte, a los olores a sangre y materia fecal que habían dejado mis pacientes.

Había descubierto entre la carga una caja de vino de Meursault embotellado, y ahora, pensativamente, saqué una botella y añadí su contenido a la media botella de coñac y a un montón de vendas de percal y apósitos limpios. Me senté en un tonelete de brea y me recosté contra un gran barril de tabaco, bostezando y preguntándome, distraída, por qué se llamaría así. Su forma no se parecía en nada a la cabeza de un cerdo, al menos no a la cabeza de ningún cerdo que yo conociera.[13]

Alejé ese pensamiento de mi mente y cerré los ojos. Sentía palpitar el pulso en las puntas de los dedos y en los párpados. No dormí, pero me sumergí poco a poco en una especie de agradable semiconsciencia, oyendo apenas el murmullo del agua al rozar contra los costados del barco, el sonido más fuerte de lo habitual de la respiración de Stebbings, los suspiros pausados de mis propios pulmones y el lento y plácido latido de mi corazón.

Parecían haber transcurrido años desde el terror y la barahúnda de la tarde y, desde la distancia que imponían el cansancio y la intensidad, la preocupación que había sentido ante la posibilidad de estar sufriendo un ataque al corazón me parecía ridícula. Pero ¿había sido realmente un ataque? No era imposible. Sin duda no había sido más que pánico e hiperventilación, ridículos en sí mismos pero no peligrosos. Sin embargo...

Me puse dos dedos sobre el pecho y esperé a sentir el pulso en la yema de los dedos para sincronizarlo con el latido de mi corazón. Despacio, casi soñando, comencé a recorrer mi cuerpo, desde la coronilla hasta los dedos de los pies, sintiéndome atravesar los largos y silenciosos conductos de las venas, el profundo color violeta del cielo justo antes de que anocheciera. Distinguí allí cerca el resplandor de las arterias, amplias, rojas y bullentes de vida. Entré en las cámaras de mi corazón y me sentí cercada mientras las gruesas paredes se movían con un ritmo firme, reconfortante, tenaz y constante. No, no había ninguna lesión, ni en el corazón ni en sus válvulas.

---

[13] En inglés, el tipo de barriles que se utilizaban para transportar tabaco recibían el nombre de *hogshead*, literalmente «cabeza de cerdo». *(N. de la t.)*

Sentí que mi tubo digestivo, que había estado hecho un nudo apretado durante horas bajo mi diafragma, se relajaba y se asentaba con un agradecido gorgoteo, y una sensación de bienestar se extendió como miel caliente por mis extremidades y mi columna vertebral.

—No sé qué estarás haciendo, Sassenach —dijo una voz suave cerca de mí—, pero pareces muy satisfecha.

Abrí los ojos y me incorporé. Jamie bajó la escalerilla, moviéndose con precaución, y se sentó.

Estaba muy pálido, y traía los hombros caídos de agotamiento. No obstante, me dirigió una débil sonrisa, y le brillaban los ojos. Mi corazón, sólido y fiable, como acababa de comprobar, desbordó afecto y se ablandó como si fuera de mantequilla.

—¿Cómo...? —comencé, pero él levantó una mano y me detuvo.

—Me pondré bien —dijo echando una mirada al camastro donde yacía Stebbings, respirando audible y superficialmente—. ¿Está dormido?

—Eso espero. Y tú deberías estar durmiendo también —observé—. Déjame que te atienda para que puedas acostarte.

—No está muy mal —señaló, retirando con cuidado del interior de su camisa el apósito de tela cubierto de sangre seca—. Pero supongo que necesitaré un par de puntos.

—Yo también lo supongo —repuse al observar las manchas marrones que salpicaban la parte derecha de su camisa.

Teniendo en cuenta su habitual tendencia a restar importancia a las cosas, era probable que tuviese un corte abierto bajo el pecho. Por lo menos sería accesible, a diferencia de la embarazosa herida de uno de los marineros del *Pitt*, que había recibido no sé cómo un fragmento de metralla justo detrás del escroto. Pensé que debía de haber impactado primero contra otra cosa y haber rebotado hacia arriba, pues, por suerte, no había penetrado mucho, aunque cuando lo saqué estaba plano como una moneda de seis peniques. Se lo había dado al marinero como recuerdo.

Abram había traído una lata de agua recién calentada justo antes de irse. Introduje un dedo en ella y me alegró descubrir que aún estaba tibia.

—Muy bien. —Señalé con la cabeza las botellas dispuestas sobre el cofre—. ¿Quieres un poco de coñac, o de vino, antes de empezar?

La comisura de su boca se crispó y estiró el brazo para coger la botella de vino.

—Déjame conservar la ilusión de civilización un poquito más.

—Venga, creo que esto es razonablemente civilizado —repuse—. Pero no tengo sacacorchos.

Leyó la etiqueta de la botella y arqueó las cejas.

—No importa. ¿Tenemos algo donde servirlo?

—Toma.

Saqué una elegante cajita de madera de un nido de paja que había dentro de un cajón de embalaje y la abrí con expresión triunfante para mostrarle un juego de té de porcelana china con los bordes dorados y decorado con pequeñas tortugas rojas y azules, todas ellas con aspecto impenetrablemente asiático, que nadaban en un mar de crisantemos dorados.

Jamie se echó a reír —apenas un resoplido, pero era, sin lugar a dudas, una carcajada— y, tras marcar el cuello de la botella con la punta de su puñal, lo desprendió limpiamente golpeándolo contra el borde de un barril de tabaco. Vertió el vino con cuidado en dos tazas que había sacado yo, al tiempo que señalaba con un gesto las tortugas de vivos colores.

—La pequeña de color azul me recuerda al señor Willoughby, ¿no te parece?

También yo me reí, y luego miré con sentimiento de culpa los pies de Stebbings; eran lo único que se veía de él en ese momento. Le había quitado las botas y el extremo hueco de sus mugrientas medias colgaba con aire cómico sobre sus pies. Pero los pies no se movían, y seguía respirando despacio y con dificultad.

—Hacía años que no pensaba en el señor Willoughby —observé levantando la taza para brindar—. Por los amigos ausentes.

Jamie me contestó escuetamente en chino y entrechocó el borde de su taza con el de la mía con un débil ¡*cling!*

—¿Te acuerdas del chino? —le pregunté, intrigada, pero él negó con la cabeza.

—No mucho. No he tenido ocasión de hablarlo desde que vi al señor Willoughby por última vez. —Aspiró el buqué del vino con los ojos cerrados—. Es como si hiciera muchísimo tiempo de ello.

—Muchísimo tiempo y mucha distancia. —El vino despedía un cálido olor a almendras y manzanas, y era seco, pero con cuerpo, por lo que se agarraba poderosamente al paladar. Había sido en Jamaica, para ser más exactos, y hacía más de diez años—. El tiempo vuela cuando te diviertes. ¿Crees que seguirá vivo?

Se detuvo a pensarlo mientras tomaba un sorbo de vino.

—Sí, creo que sí. Un hombre que escapó de un emperador chino y recorrió a vela medio mundo para conservar las pelotas es un hombre con una buena dosis de decisión.

No parecía muy deseoso de seguir recordando a su viejo conocido del pasado, así que lo dejé beber en silencio mientras sentía cómo la noche se asentaba agradablemente a nuestro alrededor con el suave sube y baja del barco. Una vez se terminó su segunda taza de vino, le despegué del cuerpo la camisa reseca y retiré con precaución el pañuelo costroso que había utilizado como apósito para contener la sangre que manaba de la herida.

Comprobé, con considerable sorpresa, que tenía razón: la herida era pequeña, por lo que no serían precisos más que dos o tres puntos. La hoja de un cuchillo había penetrado profundamente, justo bajo la clavícula, y había desgarrado un pedazo de carne triangular al salir.

—¿Esta sangre es toda tuya? —pregunté, asombrada, alzando la camisa que le había quitado.

—Todavía me queda un poco —respondió mirándome por encima de la taza de té con unas arruguitas alrededor de los ojos—. Pero no mucha.

—Sabes muy bien lo que quiero decir —le contesté con severidad.

—Sí, es mía. —Apuró su taza y cogió la botella.

—Pero de una herida tan pequeña... Oh, Dios mío. —Sentí un ligero desmayo.

Vi la suave línea azul de su vena subclavia, que pasaba justo bajo la clavícula y corría directamente por encima de la costra que se había formado sobre la herida.

—Sí, me ha parecido extraño —dijo en tono despreocupado sosteniendo la delicada taza de porcelana con ambas manos—. Cuando ha sacado la hoja, la sangre ha brotado como un surtidor y nos ha empapado a los dos. Nunca me había sucedido antes.

—Probablemente nadie te había cortado nunca la arteria subclavia —repuse con toda la calma que fui capaz de reunir.

Miré la herida de reojo. Se había formado un tapón de sangre coagulada. Los bordes de carne desprendida se habían puesto azules y la herida abierta estaba casi negra por la sangre seca. No sangraba, y menos aún pulverizaba sangre. La hoja había seguido una trayectoria ascendente, evitando la vena y perforando la arteria que había tras ella.

Inspiré larga y profundamente, intentando, sin éxito, no imaginar lo que habría sucedido si la hoja hubiera penetrado una mínima fracción de centímetro más, o lo que podría haber sucedido si Jamie no hubiera tenido un pañuelo y los conocimientos y la oportunidad de aplicar presión sobre la herida.

Tarde, reparé en lo que había dicho: «La sangre ha brotado como un surtidor y nos ha empapado a los dos.» Al preguntarle a Stebbings si la sangre que manchaba su camisa era suya, éste me había sonreído con malicia y me había contestado: «Es de su marido.» Había dado por hecho que sólo pretendía ser desagradable, pero...

—¿Es el capitán Stebbings quien te ha apuñalado?

—Ajá —gruñó al tiempo que cambiaba de posición, echándose hacia atrás para permitirme acceder a la herida. Volvió a apurar su taza y la dejó a un lado con expresión resignada—. Me ha sorprendido que lo lograra. Creía que lo había derribado, pero ha dado contra el suelo y se ha levantado con un cuchillo en la mano, el muy hijo de puta.

—¿Le has disparado tú?

Me miró, parpadeando al notar mi tono de voz.

—Sí, claro.

No se me ocurrían improperios suficientes para referirme a toda la situación, de modo que murmurando «¡Por los clavos de Roosevelt!» en voz baja, procedí a limpiar la herida y suturar.

—Ahora, escúchame —le dije con mi mejor tono de médico militar—. En mi opinión, es un corte muy pequeño, y conseguiste detener la hemorragia durante el tiempo suficiente como para que se formara un tapón, un coágulo. Pero este coágulo es lo único que te impide desangrarte hasta morir. ¿Me entiendes?

Eso no era cierto al cien por cien, o por lo menos no lo sería una vez hubiera cosido en su sitio el pedazo de carne de sostén, pero no era momento de darle una vía de escape.

Se me quedó mirando largo rato, inexpresivo.

—Te entiendo.

—Eso significa —insistí clavándole la aguja en la carne con tanta fuerza que hice que gritara— que no debes utilizar el brazo derecho por lo menos durante las próximas cuarenta y ocho horas. No debes tirar de cuerdas, no debes trepar a los cordajes, no debes darle puñetazos a la gente, ni siquiera debes rascarte el culo con la mano derecha, ¿me has oído?

—Imagino que te ha oído todo el barco —murmuró, pero miró hacia abajo intentando verse la clavícula—. De todos modos, por lo general me rasco el culo con la mano izquierda.

El capitán Stebbings sí nos había oído. Sonó una leve risita procedente de detrás del cajón de té, seguida de una tos retumbante y de un débil resuello de regocijo.

—Además —proseguí tirando del hilo a través de la piel—, no debes enfadarte.

Tomó aire con un silbido.

—¿Por qué no?

—Porque eso hará que se te acelere el corazón y, por tanto, te subirá la tensión arterial, lo que te hará...

—¿Estallar como una botella de cerveza que lleva demasiado tiempo con el corcho puesto?

—Exacto. Ahora...

Lo que fuera que tuviera la intención de decir se me fue de la cabeza al instante siguiente, cuando la respiración de Stebbings cambió de pronto. Dejé caer la aguja y, volviéndome, cogí el plato. Aparté el cajón de un golpe, dejé el plato encima y caí de rodillas junto al cuerpo de Stebbings.

Tenía los labios y los párpados azules, y el resto de su rostro tenía el color de la masilla. Emitía un jadeo horrible y abría la boca de par en par, engullendo un aire que no le era de ninguna utilidad.

Por fortuna, sí había improperios bien conocidos para esa situación, así que utilicé unos cuantos, conforme retiraba velozmente la manta y hundía los dedos en su costado rechoncho para buscarle las costillas. Se retorció y soltó un fuerte y absurdo «jejeje» que hizo que Jamie, con la aguja aún colgando de la clavícula, emitiera, como respuesta, una risa nerviosa.

—No es momento de tener cosquillas —espeté, enfadada—. Jamie, coge una de esas plumas e introduce dentro la aguja.

Mientras él hacía lo que le había pedido, froté a toda velocidad la piel de Stebbings con un apósito de tela empapado en coñac, tomé la pluma y la aguja con una mano, la botella de coñac con la otra, y le hundí la punta de la pluma en el segundo espacio intercostal, golpeándola como si estuviera clavando un clavo. Sentí el *pop* subterráneo que produjo al atravesar el cartílago e introducirse en el espacio pleural.

Al oírlo, Stebbings emitió un fuerte «eeeeeee», pero esta vez no era una risa. Había cortado la pluma algo más corta que la aguja, pero ésta se había hundido al golpearla. Por un momento fui presa del pánico al intentar agarrar la aguja con las uñas para extraerla, pero al final lo conseguí. Un chorro de sangre y de líquido malolientes manó del cañón vacío de la pluma, aunque sólo por unos instantes, disminuyendo después hasta convertirse en un débil chorro sibilante de aire.

—Respire despacio —le dije con voz más suave—. Hacedlo los dos.

Observé la pluma con preocupación, por si seguía drenando sangre. Estaba claro que, si tenía una hemorragia interna abundante en el pulmón, no podía hacer gran cosa por él, pero no veía más que la ligera filtración consecuencia de la herida que le había causado al pinchar, una mancha roja en la parte exterior de la pluma.

—Siéntate —le ordené a Jamie, que me obedeció y acabó sentado en el suelo a mi lado con las piernas cruzadas.

Stebbings tenía mejor aspecto. El pulmón se había hinchado en parte y ahora tenía la cara blanca, con los labios de un rosa pálido. El silbido que brotaba de la pluma hueca se extinguió en un suspiro y taponé su extremo abierto con un dedo.

—Lo ideal —expliqué en un tono coloquial— sería poder poner un pedazo de tubo desde su pecho hasta un recipiente con agua. De este modo, el aire que rodea el pulmón podría salir, pero no volver a entrar. Como no tengo nada parecido a un tubo que mida más de unos pocos centímetros, no tengo modo de hacerlo.

Me arrodillé, haciéndole señas a Jamie para que se acercara.

—Ven aquí y cubre con el dedo el extremo de esta pluma. Si empieza a ahogarse de nuevo, retíralo un momento, hasta que el aire deje de salir.

No podía alcanzar bien a Stebbings con la mano izquierda. Me miró de reojo, estiró despacio el brazo derecho y taponó la pluma con el pulgar.

Me levanté, gruñendo, y corrí a registrar de nuevo la carga. Tenía que haber brea. Le había adherido el parche empapado en aceite al pecho por tres lados con brea caliente, y había sobrado mucha. No era lo más adecuado. Lo más probable era que no pudiese quitárselo a toda prisa. ¿Sería tal vez mejor utilizar un pequeño tapón de tela húmeda?

Pero en uno de los baúles de Hannah Arnold hallé un tesoro: una pequeña colección de hierbas secas en frascos, incluido uno de goma arábiga en polvo. Las hierbas eran interesantes y útiles en sí mismas, y claramente importadas: quina —«Tengo que intentar mandarla a Carolina del Norte para Lizzie, si es que salimos alguna vez de esta horrible bañera»—, mandrágora y jengibre, cosas que jamás habían crecido en las colonias. Tenerlas a mano hizo que me sintiera rica de repente. Stebbings gimió a mi lado, y oí el roce de la tela y un suave silbido cuando Jamie levantó el pulgar un instante.

Ni siquiera las riquezas del legendario Oriente le servirían a Stebbings de mucho. Abrí el frasco de goma arábiga, vertí un poco en la palma de mi mano, la mezclé con agua y modelé la bola pegajosa resultante dándole la forma de un tapón más o menos cilíndrico, que envolví en un pedazo de percal amarillo con un estampado de abejas, rematándolo con un limpio nudo en la parte superior. Una vez quedó a mi gusto, regresé y, sin más comentarios, extraje de su agujero la pluma hueca, que ya mostraba señales de resquebrajarse a causa de la presión de los músculos de las costillas de Stebbings, e introduje, en su lugar, retorciéndolo, el hueso hueco de pollo, más grande y resistente.

En esta ocasión, tampoco se rió. Taponé con esmero el extremo del hueso y, acto seguido, de rodillas frente a Jamie, terminé de coserle la clavícula.

Me sentía absolutamente lúcida, pero con esa lucidez tan surrealista que es una indicación de agotamiento total. Había hecho lo que había que hacer, aunque sabía que no podía permanecer mucho más tiempo en posición vertical.

—¿Qué dice el capitán Hickman? —pregunté, más con el fin de distraernos que porque en verdad quisiera saberlo.

—Muchas cosas, como podrás imaginar. —Jamie respiró hondo y fijó los ojos en una gran concha de tortuga empotrada entre las cajas—. Pero, dejando a un lado las opiniones puramente personales y cierta dosis de lenguaje excesivo... navegaremos Hudson arriba. Hasta el Fuerte Ticonderoga.

—¿Qué? —Miré con el ceño fruncido la aguja medio hincada en la piel—. ¿Por qué?

Se apoyaba con las manos en el suelo, apretando los dedos contra las tablas con tanta fuerza que tenía las uñas blancas.

—Ahí es adonde se dirigía cuando se complicaron las cosas, y ahí es adonde tiene intención de ir. Es un caballero de ideas fijas, me parece a mí.

Sonó un fuerte bufido procedente de detrás del cajón de té.

—Ya me había dado cuenta. —Até la última sutura y corté el hilo con mi cuchillo—. ¿Decía usted algo, capitán Stebbings?

Volvió a oírse el bufido, más fuerte, pero sin enmienda.

—¿No es posible convencerlo de que nos deje en tierra?

Jamie se pasó los dedos por la herida recién cosida, con clara idea de restregarse los puntos, pero se los aparté.

—Sí, bueno... hay otras complicaciones, Sassenach.

—Cuéntame —murmuré mientras me ponía en pie y me desperezaba—. Ay, Dios mío, mi espalda... ¿Qué tipo de complicaciones? ¿Quieres té?

—Sólo si lleva un buen chorro de whisky. —Apoyó la cabeza contra el tonel que tenía detrás y cerró los ojos. Sus mejillas estaban algo más sonrosadas, aunque la frente le brillaba de sudor.

—Coñac, si no te importa.

También yo necesitaba imperiosamente un poco de té, aunque sin alcohol, de modo que me dirigí a la escalerilla sin aguardar respuesta. En el momento en que ponía el pie en el primer peldaño, vi cómo cogía la botella de vino.

Arriba soplaba un viento fresco. Cuando emergí de las profundidades, el aire hizo ondear mi larga capa a mi alrededor y me agitó las enaguas de forma muy vivificante. Ello vivificó también al señor Smith o, mejor dicho, al señor Marsden, que pestañeó y se apresuró a mirar hacia otro lado.

—Buenas noches, señora —me dijo, cortés, una vez reordené mis diversas prendas—. Espero que el coronel se encuentre bien.

—Sí, está... —Me interrumpí de repente y le dirigí una mirada incisiva—. ¿El coronel?

Experimenté una ligera sensación de zozobra.

—Sí, señora. Es coronel de la milicia, ¿no es así?

—Lo fue —repuse con vehemencia.

Smith sonrió.

—Y lo sigue siendo, señora —replicó—. Nos ha hecho el honor de asumir el mando de una compañía. Nos llamaremos los Irregulares de Fraser.

—Muy apropiado —dije—. ¿Qué demonios...? ¿Cómo ha sido?

Tiró nervioso de uno de sus pendientes al ver que tal vez yo no estuviera tan contenta con la noticia como él esperaba.

—Bueno, pues... a decir verdad, señora, me temo que ha sido culpa mía. —Agachó la cabeza, avergonzado—. Uno de los hombres del *Pitt* me ha reconocido y cuando le ha dicho al capitán quién era yo...

La revelación del verdadero nombre del señor Marsden, unida a sus adornos, había provocado un considerable alboroto entre la variopinta tripulación que se encontraba ahora a bordo del *Asp*. El suficiente como para haber corrido el riesgo de que lo arrojaran por la borda o lo dejaran a la deriva en un bote. Tras un buen rato de discusión enconada, Jamie había sugerido que tal vez se pudiera convencer al señor Marsden de que cambiara de profesión y se hiciera soldado, pues muchos de los hombres a bordo del *Asp* ya habían propuesto abandonar el barco y unirse a las fuerzas continentales en Ticonderoga, llevar las mercancías y las armas hasta el lago Champlain y, luego, quedarse allí como voluntarios de la milicia.

Esa idea recibió la aprobación general, aunque se oyó decir a algunos disconformes que un Jonás era un Jonás, fuera marino o no.

—Por lo que he pensado que sería mejor que me esfumara, no sé si me entiende, señora —concluyó el señor Marsden.

Eso solventó, asimismo, el problema de qué hacer con los hombres del *Pitt* encarcelados y con los marinos desplazados del *Teal*. A aquellos que prefirieran unirse a la milicia se les permitiría hacerlo, mientras que a los marinos británicos que prefirieran la perspectiva de vivir como prisioneros de guerra se los podía acomodar como tales en el Fuerte Ticonderoga. Después de las aventuras vividas en el mar, alrededor de la mitad de los hombres del *Teal* había manifestado una clara preferencia por trabajar en tierra, por lo que también iban a unirse a los Irregulares.

—Entiendo —dije restregándome el entrecejo con dos dedos—. Bueno, si me disculpa, señor... Marsden, tengo que ir a preparar una taza de té. Con un buen chorro de coñac.

El té me animó lo bastante como para mandar a Abram —a quien hallé dormitando junto al fuego de la cocina a pesar de que le había ordenado que se fuera a la cama— que les llevara un poco a Jamie y al capitán Stebbings mientras yo hacía la ronda de mis otros pacientes. La mayoría estaban tan cómodos como cabía esperar, es decir, no mucho, pero se mostraban estoicos y no necesitaban ninguna intervención médica extraordinaria.

Sin embargo, cuando bajé la escalerilla de regreso a la bodega, la fuerza momentánea que me habían aportado el coñac y el té casi se había desvanecido, por lo que se me escurrió el pie al ponerlo en el último peldaño y caí pesadamente al suelo con un golpe que le arrancó a Stebbings un grito de alarma seguido de un quejido. Tras aplacar la preocupación de Jamie con un gesto de la mano, corrí a ver al paciente.

Estaba muy caliente al tacto, todo su rostro había enrojecido, y casi toda la taza de té estaba intacta junto a él.

—Intenté hacerle beber, pero dijo que no podía tragar más que un sorbo. —Jamie me había seguido y hablaba en voz baja detrás de mí.

Me agaché y aproximé el oído al pecho de Stebbings, auscultándolo lo mejor que pude a través de la capa de grasa corporal que lo cubría. Del tubo de hueso de pollo, destapado en este instante, sólo surgió un modesto flujo sibilante de aire y nada más que un vestigio de sangre.

—En mi opinión, el pulmón se ha expandido, al menos en parte —manifesté dirigiéndome a Stebbings por guardar las formas, aunque él sólo me miró con ojos vidriosos—. Y creo que la bala debe de haber cauterizado gran parte de los daños. De lo contrario, creo que habríamos visto síntomas más alarmantes.

De no ser así, a esas alturas habría muerto, pero consideré más diplomático no decirlo. En cualquier caso, era posible que no tardara en morir a causa de la fiebre, pero eso tampoco lo dije. Lo convencí de que bebiera un poco de agua y le humedecí la cabeza y el torso con una esponja. Habían levantado la cubierta de la escotilla, por lo que en la bodega se estaba razonablemente fresco, aunque, abajo, el aire no circulaba. Con todo, no creí que fuese a beneficiarlo sacarlo fuera con el viento que hacía y, cuanto menos se lo moviera, mejor.

—¿Es ésa... mi... capa? —preguntó abriendo un ojo.

—Eeeh... es probable —contesté, desconcertada—. ¿Quiere que se la devuelva?

Hizo una breve mueca y negó con la cabeza, tras lo cual volvió a tumbarse con los ojos cerrados y respirando de forma superficial.

Jamie estaba recostado contra el cajón de té, con la cabeza echada hacia atrás y los ojos cerrados, y respiraba hondo. Sin embargo, al notar que me sentaba junto a él, levantó la cabeza y abrió los ojos.

—Parece que vayas a desplomarte de un momento a otro, Sassenach —me dijo en voz baja—. ¿Por qué no te acuestas? Yo me ocuparé del capitán.

Comprendí que tenía razón. De hecho, veía dos Jamies y dos capitanes. Parpadeé y sacudí la cabeza, reuniendo por un segundo a los dos Jamies, pero no podía negar que él estaba en lo cierto. Había vuelto a perder contacto con mi cuerpo, y mi mente, en lugar de cumplir con su trabajo, se había puesto a vagar sin más sin rumbo, aturdida. Me froté con fuerza la cara con las manos, pero no sirvió de mucho.

—Tengo que dormir —les expliqué a los cuatro hombres que ahora me miraban con atención y unos ojos como los de las lechuzas—. Si vuelve a notar que la opresión aumenta, y creo que aumentará —le dije a Stebbings—, quite el tapón del extremo del tubo hasta que desaparezca, y luego vuelva a colocarlo. Si alguno cree que se va a morir, despiértenme.

Sin perder tiempo y con la sensación de estar viéndome a mí misma mientras lo hacía, me tumbé sobre el entablado, apoyé la cabeza en un pliegue de la capa de Stebbings y me quedé dormida.

Me desperté un tiempo indefinido después y permanecí acostada unos minutos sin poder pensar de manera coherente, con la cabeza subiendo y bajando con el movimiento del suelo. Poco a poco comencé a diferenciar el murmullo de las voces de los hombres de los susurros y los golpes de una embarcación de altura.

Había caído tan profundamente en el olvido que tardé un poco en recordar los sucesos anteriores al instante en que me había quedado dormida, pero las voces me los devolvieron a la memoria. Las heridas, el aroma del coñac, el ruido de la vela al rasgarse, áspera al tacto, y el olor del tinte en el percal mojado de brillantes colores. La camisa de Jamie empapada de sangre. El sonido de succión del orificio del pecho de Stebbings. Recordarlo me habría hecho levantarme de inmediato, pero me había quedado rígida tras estar tumbada sobre las tablas del suelo. Una intensa punzada de dolor me lanceaba desde la rodilla derecha hasta la ingle, y los músculos de la espalda y de los brazos me dolían una barbaridad. Antes de que pudiera estirarlos lo suficiente como para ponerme en pie con esfuerzo, oí la voz del capitán.

—Llame a Hickman. —La voz de Stebbings era ronca y baja pero clara—. Prefiero que me maten a pasar por esto.

No creí que estuviera bromeando. Ni Jamie tampoco.

—No lo culpo —terció. Su voz era suave pero seria, tan clara como la de Stebbings.

Mis ojos empezaban a ver de nuevo con claridad y el dolor paralizante de mis músculos cedió ligeramente. Desde donde me encontraba acostada podía ver a Stebbings de rodillas hacia abajo y casi entero a Jamie, sentado junto a él, con la cabeza apoyada en las rodillas y su alta figura desplomada contra el cajón de té.

Se produjo un silencio y, acto seguido, Stebbings repuso:

—Ah, no, ¿eh? Bueno. Vaya a buscar a Hickman.

—¿Por qué? —inquirió Jamie tras lo que pareció una pausa idéntica para poder pensar, o tal vez sólo para reunir fuerzas y responder. No levantó la cabeza. Parecía casi drogado de cansancio—. No hay necesidad de sacarlo de la cama, ¿verdad? Si quiere morirse, no tiene más que arrancarse esa cosa del pecho.

Stebbings emitió un ruido extraño. Tal vez hubiera comenzado como una risa, un gemido o una réplica irritada, pero acabó en un silbido que escapó de entre sus dientes apretados. Se me puso el cuerpo en tensión. ¿Habría intentado arrancárselo realmente?

No. Oí el movimiento pesado de su cuerpo y vi sus pies curvarse brevemente mientras intentaba encontrar una posición más cómoda, y oí a Jamie gruñir al estirarse para ayudarlo.

—Bien podría... alguien obtener satisfacción con mi... muerte —resolló.

—Yo le hice ese agujero —señaló Jamie. Se enderezó y se estiró con dolorosa precaución—. No me gustaría mucho verlo morir a causa de ello.

Pensé que debía de estar más que agotado, y era evidente que estaba tan agarrotado como yo. Tenía que levantarme y hacer que se acostara. Pero él seguía hablando con Stebbings en tono despreocupado, como quien está discutiendo un abstruso concepto de filosofía natural.

—En cuanto a satisfacer al capitán Hickman... ¿se siente usted obligado para con él?

—No. —La respuesta fue breve y tajante, aunque después inspiró hondo—. Es una muerte limpia —logró decir Stebbings tras unas cuantas inspiraciones más—. Rápida.

—Sí, eso pensé yo —repuso Jamie con voz somnolienta—. Cuando me encontraba en la misma situación.

Stebbings profirió un gañido que tal vez fuera interrogativo. Jamie suspiró. Al cabo de un momento oí el susurro de la tela y lo vi mover la pierna izquierda con un gemido y remangarse el kilt.

—¿Ve usted esto? —recorrió despacio toda la longitud de su muslo con el dedo, desde encima de la rodilla hasta casi la ingle.

Stebbings emitió un gruñido algo más interesado, esta vez claramente interrogativo. La punta de sus medias se balanceó al agitar los pies.

—Una bayoneta —explicó Jamie mientras cubría de nuevo con gesto desenfadado la cicatriz larga y retorcida con el kilt—. Estuve dos días tumbado, con la fiebre comiéndome vivo. La pierna se me hinchó y olía mal. Cuando llegó el oficial inglés para saltarnos la tapa de los sesos, me alegré bastante.

Se produjo un breve silencio.

—¿Culloden? —preguntó Stebbings. Su voz sonaba áspera aún y oí la fiebre en ella, pero ahora reflejaba también interés—. Oí... hablar de ello.

Jamie no respondió, sino que bostezó de golpe, sin molestarse en contenerse, y se restregó despacio la cara con las manos. Pude oír el suave roce de la barba incipiente.

Se produjo un silencio, pero no era el mismo de antes. Percibí la ira de Stebbings, su dolor y su miedo, aunque ahora, en su jadeante respiración, tintineaba una débil impresión de regocijo.

—¿Va a hacer... que se lo... pregunte?

Jamie negó con la cabeza.

—Es una historia muy larga, que además no tengo ganas de contar. Digamos que yo deseaba que me matara, lo deseaba muchísimo, y el muy cabrón no lo hizo.

El aire de la pequeña bodega estaba enrarecido, impregnado de los olores cambiantes de la sangre y el lujo, de la diligencia y la enfermedad. Inspiré, suave y profundamente, y percibí el olor fuerte de los cuerpos de los hombres, un olor intenso y salvaje a cobre, amargo por el esfuerzo y el agotamiento. Las mujeres nunca olían así, pensé, ni siquiera en circunstancias extremas.

—¿Lo hace por venganza, entonces? —inquirió Stebbings al cabo de un rato. Sus inquietos pies habían dejado de moverse. Sus medias sucias colgaban inertes, y su voz sonaba cansada.

Jamie movió levemente los hombros, despacio, al suspirar, y su voz parecía casi tan fatigada como la de Stebbings.

—No —respondió en voz muy baja—. Podríamos decir que es el pago de una deuda.

«¿Una deuda?», pensé. ¿Con quién? ¿Con aquel tal lord Melton que había declinado matarlo por honor y que, en cambio, lo había mandado a casa desde Culloden oculto en una carreta cargada de heno? ¿Con su hermana, que se había negado a dejarlo morir, que lo había arrastrado de vuelta a la vida por pura fuerza de voluntad? ¿O con aquellos que habían muerto mientras que él había sobrevivido?

Me había estirado lo bastante como para poder ponerme en pie, pero me quedé acostada un poco más. No había prisa. Los hombres guardaban silencio, al tiempo que su respiración se fundía con la del barco y con el suspiro del mar.

Y, de golpe, serena pero segura, lo supe. Había entrevisto a menudo el abismo por encima del hombro de alguien que se encontraba al borde de él, mirando hacia abajo. Pero también yo había mirado hacia abajo una vez. Conocía su vastedad y su engañoso atractivo, la promesa de un fin.

Supe que en esos momentos estaban allí los dos, el uno junto al otro y al mismo tiempo solos, mirando hacia abajo.

CUARTA PARTE

Conjunción

32

Una oleada de sospecha

De lord John Grey al señor Arthur Norrington
4 de febrero de 1777 (Código 158)

Querido Norrington:

Tras nuestra conversación he hecho ciertos descubrimientos que creo prudente confiarle.

Hice una visita a Francia a finales de año y, durante mi estancia, visité al barón Amandine. De hecho, pasé varios días en casa del barón y conversé con él en numerosas ocasiones. Tengo motivos para creer que Beauchamp tiene que ver con el asunto del que hablamos, y que mantiene una relación afectiva con Beaumarchais, quien, por consiguiente, es muy probable que esté también implicado. Creo que Amandine no está personalmente vinculado con el tema, sino que Beauchamp podría estar utilizándolo como una especie de tapadera.

Pedí audiencia con Beaumarchais, pero me la denegaron. En circunstancias normales me habría recibido; parece que he puesto a alguien de mal humor. Sería útil vigilar ese frente.

Esté también alerta a cualquier mención en la correspondencia francesa de una compañía llamada Rodrigue Hortalez et Cie. (le ruego que hable también con la persona que se encarga de la correspondencia española). No he descubierto ninguna irregularidad, pero tampoco logro averiguar nada concluyente al respecto, como, por ejemplo, los nombres de los directores, lo que me parece en sí mismo sospechoso.

Si sus obligaciones se lo permiten, me gustaría que me tuviera al corriente de cualquier cosa que descubra en relación con estos asuntos.

Su seguro servidor,

Lord John Grey

Posdata: ¿Podría decirme quién está actualmente al cargo del Departamento Americano en lo tocante a la correspondencia?

De lord John Grey a Harold, duque de Pardloe
4 de febrero de 1777
(Código de la familia)

Hal:

He visto a Amandine. Wainwright vive, en efecto, en la casa señorial —un lugar llamado Trois Flèches—, y mantiene una relación malsana con el barón. Conocí a la hermana de este último, la mujer de Wainwright. Ella está, sin duda, al tanto de la relación entre su hermano y su marido, aunque no lo admite abiertamente.

Aparte de eso, parece no saber nada de nada. Rara vez he conocido a una mujer más estúpida. Tiene una actitud claramente lasciva y es una pésima jugadora de cartas. También lo es el barón, que, por el contrario, estoy convencido de que sí sabe algo de las maquinaciones políticas de Wainwright. Se mostró evasivo cuando dirigí la conversación por esos derroteros, y estoy seguro de que no está educado en el arte de la desorientación. Sin embargo, no es tonto. Y, aunque lo fuera, le habrá hablado, sin duda, a Wainwright de mi visita. He alertado a Norrington para que vigile cualquier actividad en ese frente.

Sabiendo lo que sé de las habilidades y los contactos de Wainwright (o, mejor dicho, de la ausencia de ellos), no me explico muy bien que esté implicado. Desde luego, si el gobierno francés está efectivamente considerando tales esquemas, como él nos indicó, no es fácil que pueda hablar de ellos de forma clara, y el hecho de mandar a alguien como Wainwright a hablar con alguien como yo podría considerarse suficientemente *sub rosa*. Semejante estrategia tiene, como es obvio, la ventaja de poder negarse. Sin embargo, creo que hay en todo esto algo que no encaja en un sentido que aún no puedo definir.

Nos veremos pronto y, para entonces, espero tener alguna información sólida acerca de un tal capitán Ezekiel Richardson, así como de un tal capitán Denys Randall-Isaacs. Si pudieras investigar ambos nombres a través de tus propios contactos, te estaría enormemente agradecido.

Tu hermano afectísimo,

John

Posdata: Confío en que estés mejor de salud.

De Harold, duque de Pardloe, a lord John Grey
6 de marzo de 1777
Bath
(Código de la familia)

John:
No estoy muerto. Ojalá lo estuviera. Bath es absolutamente espantoso.

Todos los días me envuelven en una lona y me transportan como si fuera un paquete para sumergirme en un agua hirviendo que huele a huevos podridos, luego me sacan y me obligan a beberla, pero Minnie dice que pedirá el divorcio en la Cámara de los Lores alegando demencia provocada por actos inmorales si no me someto. Dudo que lo hiciera, pero aquí estoy.

Denys Randall-Isaacs es hijo de una inglesa llamada Mary Hawkins y de un oficial británico: un tal Jonathan Wolverton Randall, capitán de dragones, fallecido, caído en Culloden. La madre aún vive y está casada con un judío de nombre Robert Isaacs, un comerciante de Bristol. Este último también vive, y es propietario de la mitad de un almacén de Brest. Denys es uno de tus malditos políticos, tiene vínculos con Germain, pero no puedo profundizar más sin que resulte demasiado obvio para tu gusto.

No puedo averiguar nada en este maldito Bath.

No sé gran cosa de Richardson, pero haré averiguaciones directamente. He escrito a ciertas personas en América. Sí, soy discreto, gracias, y ellos también.

John Burgoyne está aquí, curándose. Eufórico, pues Germain ha aprobado su plan de invadir desde Canadá. Le he hablado de William, dado que habla bien francés y alemán y que Burgoyne va a llevar consigo a unos cuantos hombres de Brunswick. No obstante, dile a Willie que se ande con cuidado. Burgoyne parece pensar que va a ser comandante en jefe del ejército en América, una idea que me imagino que supondrá una sorpresa considerable tanto para Guy Carleton como para Dick Howe.

Trois Flèches.

Tres flechas.

¿Quién es la tercera?

• • •

Londres
26 de marzo de 1777
Sociedad para la Apreciación del Filete Inglés,
club para caballeros

—¿Quién es la tercera? —repetía Grey lleno de asombro mirando la nota que acababa de abrir.

—¿La tercera qué? —Harry Quarry le tendió su capa empapada al camarero y se dejó caer a plomo en la silla que se encontraba junto a la de Grey, suspirando de alivio al tiempo que aproximaba las manos al fuego—. Por el amor de Dios, estoy hecho un témpano. ¿Te vas a Southampton *así*? —Con una mano enorme, pálida por el frío, señaló a la ventana, que mostraba la desoladora imagen de un aguanieve helada que el viento proyectaba casi en horizontal.

—No hasta mañana. Para entonces tal vez haya cesado.

Harry miró la ventana con profundo recelo y negó con la cabeza.

—Ni lo sueñes. ¡Camarero!

El señor Bodley iba ya en su dirección tambaleándose bajo el peso de una bandeja de té cargada de costrada, bizcocho, confitura de fresas, mermelada, molletes calientes con mantequilla en un cesto cubierto con un paño blanco, bollos, nata cuajada, galletas de almendra, tostadas con sardinas, un pequeño puchero de alubias cocidas en salsa de tomate con beicon y cebolla, una fuente de lonchas de jamón con pepinillos, una botella de coñac con dos copas, y, tal vez por si acaso, una tetera humeante con dos tazas de porcelana y sus correspondientes platos.

—¡Ah! —exclamó Harry con expresión más feliz—. Veo que me estabas esperando.

Grey sonrió. Si no estaba de campaña o cumpliendo alguna misión en un lugar lejano, Harry Quarry entraba invariablemente en el Beefsteak todos los miércoles a las cuatro y media.

—Pensé que necesitarías apoyo, estando Hal en la lista de enfermos.

Harry era uno de los dos coroneles de regimiento, a diferencia de Hal, que era coronel del regimiento, del suyo propio. No todos los coroneles tomaban parte activa en las operaciones de sus regimientos, pero Hal sí lo hacía.

—Puñetero farsante —dijo Harry estirándose para coger el coñac—. ¿Cómo está?

—Tal como es él, a juzgar por sus cartas.

Grey le tendió la carta doblada, que el otro leyó con una sonrisa cada vez mayor.

—Sí, Minnie lo tendrá bien metido en cintura. —Dejó la carta señalándola con la cabeza al tiempo que alzaba su copa—. ¿Quién es Richardson y por qué te interesa?

—Ezekiel Richardson, capitán. De lanceros, pero destinado a tareas de inteligencia.

—Ah, uno de los chicos de inteligencia, ¿eh? ¿Uno de nuestros chicos de la Cámara Negra? —Quarry arrugó la nariz, aunque no estaba claro si lo hacía como respuesta al concepto de los chicos de inteligencia o por la presencia de un plato de rábano picante rallado como acompañamiento de las sardinas.

—No, no lo conozco mucho personalmente —admitió Grey, y sintió esa punzada de profunda intranquilidad que lo había estado asaltando con creciente frecuencia desde hacía una semana, después de recibir la carta que William le había escrito desde Quebec—. Me lo presentó sir George, que conocía a su padre, pero no hablamos mucho en aquella ocasión. Me habían contado algunas cosas en su favor, de manera discreta...

—Dado que ése es, supongo, el único modo en que uno quiere saber algo sobre alguien que trabaja en ese campo. ¡Huuuuuh! —Harry tomó una bocanada de aire tremenda con la boca abierta y, a juzgar por el ruido, la aspiró hasta los senos paranasales, tosió un par de veces, se le llenaron los ojos de lágrimas y sacudió la cabeza, admirado—. Rábano picante fresco —exclamó con voz ronca, y tomó otra gran cucharada—. Muy... huuuuuuh... fresco.

—Mucho. Bueno, volví a verlo en Carolina del Norte, hablamos un poco más, y me pidió permiso para hacerle a William una propuesta en relación con el espionaje.

Quarry se detuvo, con una tostada cargada de sardinas a medio camino de la boca.

—¿No irás a decirme que dejaste que metiera a Willie en un lío?

—Por supuesto, no era ésa mi intención —respondió Grey, molesto—. Tenía motivos para creer que la sugerencia sería buena para Willie. De entrada, iba a sacarlo de Carolina del Norte y pasaría a formar parte del Estado Mayor de Howe.

Quarry asintió, masticando con cuidado, y tragó la comida con fuerza.

—Sí, vale. Pero ¿ahora tienes dudas?

—Sí. Y más aún porque no puedo encontrar mucha gente que realmente conozca bien a Richardson. En primer lugar, todos los que me lo recomendaron lo hicieron, al parecer, porque a ellos se lo había recomendado alguna otra persona. Excepto sir George Stanley, que se encuentra en la actualidad en España con mi madre, y el viejo Nigel Bruce, que entretanto se ha muerto de manera bastante inoportuna.

—Qué desconsiderado.

—Sí. Me imagino que, si tuviera tiempo, conseguiría más información, pero no lo tengo. Dottie y yo embarcamos pasado mañana. Si el clima lo permite —añadió mirando a la ventana.

—Ah, y ahí es donde entro yo —observó Harry sin animosidad—. ¿Qué debo hacer con la información que reúna? ¿Contársela a Hal o mandártela a ti?

—Contársela a Hal —contestó Grey con un suspiro—. Sabe Dios cómo funcionará el correo con América, incluso con la sede del Congreso en Filadelfia. Si algo parece urgente, Hal puede acelerar las cosas aquí con mucha mayor facilidad que yo allí.

Quarry asintió y volvió a llenarle la copa a Grey.

—No comes —observó.

—He almorzado tarde.

Muy tarde. De hecho, aún no había comido. Cogió un bollo y lo untó con desgana de mermelada.

—¿Y Denys Comosellame? —inquirió Quarry dándole un capirotazo a la carta con un tenedor para encurtidos—. ¿Debo preguntar por él también?

—Desde luego. Aunque podemos hacer más progresos por lo que a él respecta en el lado americano del asunto. Ahí es, por lo menos, donde lo vieron por última vez.

Cogió un pedazo de bollo y observó que había alcanzado ese delicado equilibrio entre el punto en que un bollo se desmiga y aquel en que recuerda al cemento a medio fraguar que es el ideal, y sintió que le volvía cierta sensación de apetito. Se preguntó si debía poner a Harry sobre la pista del judío rico que tenía el almacén en Brest, pero decidió que no. La cuestión de las conexiones francesas era más que delicada y, aunque Harry era meticuloso, no era sutil.

—Muy bien, pues.

Harry eligió un pedazo de bizcocho, lo coronó con dos galletas de almendra y un pegote de nata cuajada y se lo metió todo en la boca. ¿Dónde lo metía?, se preguntó Grey. Harry era robusto y corpulento, pero nunca gordo. Sin duda lo sudaba mientras se ejercitaba enérgicamente en los prostíbulos, que era su deporte favorito a pesar de que ya no era tan joven.

¿Cuántos años tendría Harry?, se preguntó de repente. Debía de ser unos cuantos años mayor que él y unos cuantos años más joven que Hal. Nunca había pensado en ello, del mismo modo que tampoco lo había hecho en relación con Hal. Ambos le habían parecido siempre inmortales. Jamás había contemplado un futuro en el que faltara uno de ellos. Pero, ahora, el cráneo que se ocultaba bajo la peluca de Harry estaba casi calvo —se la había quitado en un momento dado, como solía hacer, para rascarse la cabeza, y se la había vuelto a colocar con gesto desenfadado sin pararse a colocársela bien—, y tenía las articulaciones de los dedos hinchadas, a pesar de que sujetaba la taza de té con su delicadeza habitual.

Grey tomó conciencia de pronto de su propia mortalidad en la rigidez de un pulgar, en una punzada de dolor en una rodilla. Sobre todo, por miedo a no estar allí para proteger a William mientras aún lo necesitaba.

—¿Eh? —inquirió Harry arqueando las cejas ante lo que se reflejaba en el semblante de Grey, fuera lo que fuese—. ¿Qué?

Grey sonrió y negó con la cabeza, mientras volvía a coger su copa de coñac.

—*Timor mortis conturbat me* —respondió.

—Ah —repuso Quarry, pensativo, y alzó la suya—. Brindaré por eso.

33

La cosa se complica

28 de febrero de 1777
Londres

Del general John Burgoyne a sir George Germain
... no concibo que ninguna expedición desde el mar pueda ser tan formidable para el enemigo, ni tan efectiva para concluir la guerra, como una invasión desde Canadá por Ticonderoga.

．．．

4 de abril de 1777
A bordo del buque de Su Majestad Tartar

Le había dicho a Dottie que el *Tartar* era sólo una fragata de veintiocho cañones y que, por tanto, tenía que ser comedida al hacer las maletas. No obstante, se quedó sorprendido al ver el único baúl —uno grande, claro—, las dos bolsas de viaje y la bolsa de labor que constituían su equipaje.

—¿Qué?, ¿ni un solo manto de flores? —bromeó Grey—. William no te va a reconocer.

—Tonterías —replicó ella con el talento de su padre para decir las cosas claras en pocas palabras. Pero esbozó una sonrisa.

Estaba muy pálida —Grey esperaba que no se tratase de un mareo incipiente—, así que le oprimió la mano y la conservó en la suya todo el tiempo hasta que el último oscuro retazo de Inglaterra desapareció en el mar.

Seguía asombrándole que Dottie lo hubiera conseguido. Hal debía de estar más delicado de lo que había dado a entender para dejarse engatusar y permitir que su hija se embarcara rumbo a América, incluso bajo la protección de Grey y con el loable propósito de cuidar de su hermano herido. Por supuesto, Minnie no quería separarse de Hal ni un momento, aunque, como es natural, se moría de preocupación por su hijo. Pero que no hubiera pronunciado ni una palabra de protesta por esa aventura...

—Tu madre está al corriente, ¿verdad? —preguntó en tono desenfadado, provocando una mirada de alarma a través de un velo de cabellos agitados por el viento.

—¿De qué? —Dottie se retiró con la mano la telaraña rubia de su pelo, que había escapado de la redecilla con que se lo había recogido y que ahora bailaba sobre su cabeza como si de llamas se tratara—. ¡Ay, ayuda!

Él le apresó el cabello, aplastándoselo sobre la cabeza con ambas manos y juntándoselo todo a continuación a la altura del cuello, donde se lo trenzó con mano experta, despertando la admiración de un marino que pasaba. Le hizo un moño y se lo ató con la cinta de terciopelo, que era cuanto quedaba de su redecilla arruinada.

—¿Cómo que de qué? —le dijo a la nuca de su sobrina mientras terminaba el trabajo—. De la horrible empresa en la que te has embarcado, sea cual sea.

Ella se volvió y se enfrentó a él con una mirada directa.

—Si quieres describir el rescate de Henry como una empresa horrible, estoy absolutamente de acuerdo —repuso con dignidad—. Pero, como es lógico, mi madre haría cualquier cosa para traerlo de vuelta. Como es de presumir que harías tú, o, de lo contrario, no estarías aquí. —Y, sin esperar respuesta, se dio media vuelta con elegancia y se dirigió a la escalerilla que conducía a los camarotes, dejándolo sin habla.

Uno de los primeros barcos de la primavera había traído una carta con más noticias acerca de Henry. Aún vivía, gracias a Dios, pero había resultado gravemente herido: había recibido un disparo en el abdomen y, en consecuencia, había estado muy mal durante el crudo invierno. Sin embargo, había sobrevivido y lo habían trasladado a Filadelfia con otros prisioneros británicos. La carta la había escrito allí otro oficial compañero suyo, también prisionero, pero Henry había conseguido garabatear algunas palabras de amor a su familia al final de ésta y firmar con su nombre. El recuerdo de aquella pésima y desordenada escritura le consumía a John el corazón.

Sin embargo, el hecho de que se tratara de Filadelfia lo animaba. Durante su estancia en Francia había conocido a un hombre importante de Filadelfia por el que había sentido una simpatía inmediata que creía recíproca. Quizá ese conocido suyo pudiera serle de ayuda. Sonrió involuntariamente al recordar el momento en que conoció a aquel caballero americano.

No se había demorado mucho en París, sólo lo suficiente para hacer averiguaciones acerca de Percival Beauchamp, que no se encontraba allí. Se había retirado a su casa de campo para pasar el invierno, le dijeron. La finca principal de la familia Beauchamp, un lugar llamado Trois Flèches, cerca de Compiègne. De modo que se había comprado un sombrero forrado de piel y un par de botas de marinero, se había envuelto bien en el más cálido de sus abrigos, había alquilado un caballo y se había puesto resueltamente en camino entre los dientes de un vendaval atronador.

Como había llegado cubierto de barro y helado, lo habían recibido con recelo, pero la calidad de su vestimenta y su título le habían granjeado la entrada y lo habían conducido a un salón bien amueblado —con una hoguera excelente, gracias a Dios— para que esperara a que el barón tuviera a bien recibirlo.

Se había forjado una idea del barón Amandine a partir de las observaciones de Percy, aunque pensaba que este último probablemente le había estado tomando el pelo. También sabía lo inútil que era hacer especulaciones antes de observar, pero no hacer uso de la imaginación no era propio del ser humano.

En términos de imaginación, había logrado no pensar en Percy durante los últimos... ¿eran dieciocho años?, ¿diecinueve? Pero una vez tuvo claro que pensar en él era una necesidad tanto profesional como personal, se quedó sorprendido y desconcertado al mismo tiempo al descubrir las muchas cosas que recordaba. Dado que sabía lo que le gustaba a Percy, en consecuencia, había elaborado una imagen mental de Amandine.

La realidad era distinta. El barón era un hombre más mayor, tal vez varios años mayor que Grey. Bajo y bastante rechoncho, con un rostro campechano y agradable, bien vestido, pero sin ostentación. Saludó a Grey con gran cortesía, pero luego le tomó la mano, y una pequeña sacudida eléctrica recorrió al inglés. La expresión del barón era cortés, nada más, aunque sus ojos lo miraban ávidos e interesados y, a pesar de su aspecto poco atractivo, la carne de Grey respondió a aquella mirada.

Claro. Percy le había hablado a Amandine de él.

Sorprendido y cauteloso, le dio la breve explicación que había preparado, pero le informaron de que, por desgracia, monsieur Beauchamp no estaba en casa. Se había marchado a Alsacia con monsieur Beaumarchais a cazar lobos. Bueno, eso confirmaba su suposición, pensó Grey. Pero, sin duda, su señoría tendría a bien aceptar la hospitalidad de Trois Flèches, ¿al menos por aquella noche?

Aceptó la invitación, deshaciéndose en agradecimientos inmerecidos, y después de haberse quitado las prendas de abrigo y de haberse cambiado las botas por las llamativas pantuflas de Dottie —que hicieron pestañear a Amandine, aun cuando las elogió sobremanera—, lo condujeron rápidamente por un largo pasillo con las paredes llenas de retratos.

—Tomaremos un tentempié en la biblioteca —le informó Amandine—. Es evidente que se está usted muriendo de frío y de inanición. Pero, si no le importa, permítame que le presente *en route* a mi otro huésped. Lo invitaremos a unirse a nosotros.

Grey había murmurado su asentimiento, distraído por la ligera presión de la mano de Amandine, que descansaba sobre su espalda, algo más abajo de lo normal.

—Es americano —le estaba diciendo el barón cuando llegaron a una puerta hacia el final del pasillo, y su voz trasladó un regocijo considerable a esa palabra. Tenía una voz muy poco corriente, suave, cálida y algo ahumada, como el té oolong con mucho azúcar—.

Le gusta pasar un rato en el solárium todos los días —prosiguió mientras abría la puerta y le hacía a Grey un gesto para que entrara delante de él—. Dice que lo mantiene en buena salud.

Grey había estado mirando cortésmente al barón durante esa introducción, pero ahora se volvió para hablar con el huésped americano y le presentaron de este modo al doctor Franklin, que estaba reclinado con toda comodidad en un sillón acolchado, tomando el sol en cueros.

Durante la conversación que siguió —que todas las partes mantuvieron con el mayor aplomo—, se enteró de que el doctor Franklin tenía la invariable costumbre de tomar un baño de aire todos los días siempre que fuera posible, pues la piel respiraba tanto como los pulmones, absorbiendo aire y liberando impurezas. Por ello, la capacidad del cuerpo de defenderse de las infecciones se veía muy mermada si la piel permanecía día y noche sofocada en ropa insalubre.

Mientras se hacían las presentaciones y conversaban, Grey era plenamente consciente tanto de que los ojos de Amandine estaban fijos en él, especulativos y divertidos, como de la abrumadora sensación que le producía el contacto de su propia ropa insalubre sobre su, sin duda alguna, sofocada piel.

Era una sensación rara conocer a un extraño y saber que éste conocía ya tu mayor secreto; un secreto que, de hecho —si Percy no mentía, y Grey no creía que mintiese—, ambos compartían. Le producía una sensación de vértigo y de peligro, como si se hallara suspendido sobre un profundo precipicio. Pero también lo excitaba, y de qué manera, y eso lo alarmaba muchísimo.

El americano —ahora le hablaba de modo muy ameno de una formación geológica poco usual que había visto durante su viaje desde París; ¿la había visto su señoría?— era un hombre mayor, por lo que su cuerpo, aunque estaba en buenas condiciones, a excepción de algunas áreas de eccema violáceo en las extremidades inferiores, no era un objeto de consideración sexual. Grey, sin embargo, tenía la carne prieta sobre los huesos, y no le llegaba sangre suficiente a la cabeza. Sentía sobre él los ojos de Amandine, considerándolo sin disimulo, y recordó con toda claridad la conversación que había mantenido con Percy acerca de su mujer y su cuñado el barón: «Ambos, de vez en cuando. ¿Juntos?» ¿Habría acompañado la hermana del barón a su marido, o se encontraba tal vez en casa? Ésa fue una de las pocas ocasiones en su vida en que Grey se preguntó seriamente si no sería un pervertido.

—¿Quiere que nos unamos al buen doctor en su beneficiosa práctica, milord?

Grey arrancó sus ojos de Franklin y vio que el barón comenzaba a quitarse la chaqueta. Por suerte, antes de que pudiera pensar qué responder, Franklin se levantó y señaló que le parecía que ya tenía bastante beneficio por ese día.

—Aunque, por supuesto —observó mirando a Grey directamente a los ojos con expresión de profundo interés y no desprovista de cierto regocijo—, no deben permitir que el que yo me vaya los prive a ustedes de entregarse a ello, *señores*.

El barón, impecablemente educado, volvió a ponerse al punto la chaqueta mientras decía que se uniría a ellos para tomar un *apéritif* en la biblioteca, y desapareció en el pasillo.

Franklin tenía un batín de seda. Grey se lo tendió y vio desaparecer los glúteos blancos, algo caídos, pero considerablemente firmes y tersos, al tiempo que el americano introducía lentamente los brazos en las mangas, revelando un leve indicio de artritis en las articulaciones de sus hombros.

Tras volverse y atarse el cinturón, el americano le dirigió a Grey una abierta mirada.

—Gracias, milord —dijo—. Deduzco que no conocía usted con anterioridad a Amandine.

—No. Conocí a su... cuñado, monsieur Beauchamp, hace algunos años. En Inglaterra —añadió sin ninguna razón en particular.

Algo tituló en los ojos de Franklin al oír el nombre de Beauchamp, por lo que Grey le preguntó:

—¿Lo conoce usted?

—Conozco el nombre —repuso Franklin con voz tranquila—. Entonces, ¿Beauchamp es inglés?

Una multitud de posibilidades asombrosas había surcado a velocidad de vértigo la mente de Grey ante la simple observación de «Conozco el nombre», pero una evaluación igualmente rápida de éstas hizo que contestara la verdad como la opción más segura, y respondió «Sí» en un tono indicativo de que se trataba de un simple hecho, nada más.

Durante los días siguientes, Franklin y él mantuvieron varias conversaciones interesantes en las que el nombre de Percy Beauchamp brilló por su ausencia. Sin embargo, cuando Franklin regresó a París, a Grey le quedó una simpatía genuina por el anciano caballero —quien, al saber que lord John iba a viajar a las colonias en primavera, había insistido en darle unas cartas de presentación para varios amigos que tenía allí—, además de la convicción de que el doctor Franklin sabía exactamente qué era y qué había sido Percy Beauchamp.

—Le ruego que me perdone, señor —le dijo uno de los hombres del *Tartar* apartando a Grey con apremio de su camino y arrancándolo de sus ensoñaciones.

Él parpadeó mientras volvía a la realidad y descubría que sus manos enguantadas se habían convertido en hielo a causa del viento y que tenía las mejillas insensibles. Tras dejar a los marineros entregados a su heladora tarea, bajó al camarote sintiendo un extraño calor, pequeño y vergonzoso, al recordar su visita a Trois Flèches.

3 de mayo de 1777
Nueva York

Querido papá:
Acabo de recibir tu carta sobre el primo Henry, y espero con todas mis fuerzas que logres descubrir su paradero y obtener su libertad. Si me entero de algo acerca de él, haré cuanto esté en mi mano para hacértelo saber. ¿Tengo que dirigirle a alguien en particular las cartas que te escriba mientras estés en las colonias? (Si no me indicas una alternativa, las mandaré a la atención del señor Sanders, en Filadelfia, con una copia de seguridad al juez O'Keefe, de Richmond.)

Espero que perdones mi triste demora en escribir. No se debe, por desgracia, a la presión de ninguna actividad urgente por mi parte, sino más bien al *ennui* y la ausencia de algo de interés sobre lo que escribir. Tras un invierno tedioso encerrado entre muros en Quebec (aunque salí mucho de caza y maté un bicho muy agresivo llamado glotón), recibí por fin nuevas órdenes del edecán del general Howe a finales de marzo, cuando algunos de los hombres de sir Guy regresaron a la ciudadela y, en consecuencia, volví a Nueva York.

No he recibido noticia alguna del capitán Randall-Isaacs ni he oído nada acerca de él desde mi regreso. Mucho me temo que debió de perderse en la ventisca. Si conoces a sus parientes, ¿podrías tal vez mandarles una nota manifestándoles mi esperanza de que haya sobrevivido? Lo haría yo mismo, salvo porque no estoy seguro de dónde encontrarlos ni de cómo formular mis sentimientos con delicadeza, por si también ellos albergaran alguna duda acerca de su destino o, peor aún, por si no tienen duda alguna al respecto. Pero tú sí sabrás qué decir. Siempre lo sabes.

Yo tuve algo más de suerte en mis propios viajes, pues sólo sufrí un naufragio menor cuando navegaba río abajo (nos fuimos al traste en Ticonderoga durante el porteo, cuando un grupo de buenos tiradores americanos nos dispararon desde el fuerte; nadie resultó herido, pero las canoas recibieron impactos y, por desgracia, no descubrimos algunos de los agujeros hasta que volvimos a meterlas en el agua, y dos de ellas se hundieron al instante), tras lo cual recorrí un tramo con barro hasta la cintura y volvieron a aparecer los insectos carnívoros cuando me eché a las carreteras. Sin embargo, desde que regresé, he hecho muy pocas cosas de interés, aunque hay constantes rumores de que tal vez las hagamos. Al descubrir que la inactividad resulta más molesta en lo que podríamos llamar un entorno civilizado (aunque en Nueva York no hay ninguna chica que sepa bailar), me presenté voluntario para llevar despachos, y he encontrado cierto alivio en ello.

Ayer, no obstante, recibí orden de volver a Canadá para unirme al Estado Mayor del general Burgoyne. ¿Detecto tu sutil mano italiana en esto, papá? Si es así, ¡gracias!

También he vuelto a ver al capitán Richardson. Estuvo en mis aposentos la noche pasada. Llevaba casi un año sin verlo, por lo que me quedé muy sorprendido. No me pidió que le informara de nuestro viaje a Quebec (lo que no es de extrañar, pues, a estas alturas, la información resultaría tristemente desfasada), y cuando le pregunté por Randall-Isaacs sólo meneó la cabeza y dijo que no sabía nada.

Se había enterado de que yo tenía un mandado para llevar despachos especiales a Virginia antes de partir para Canadá y aunque, por supuesto, nada debía retrasarme en ese mandado, había pensado pedirme si podía hacerle un pequeño favor en mi viaje de vuelta hacia el norte. Con cierta cautela a consecuencia de mi larga estancia en las glaciales tierras del norte, le pregunté de qué se trataba y me respondió que sólo había que entregar un mensaje cifrado a un grupo de caballeros lealistas en Virginia, algo que a mí me resultaría sencillo, dado que estaba familiarizado con el terreno. Me aseguró que el trabajo no me retrasaría más de uno o dos días.

Le dije que lo haría, pero más porque me gustaría ver algunas zonas de Virginia que recuerdo con agrado que porque me agrade la idea de hacerle un favor al capitán Richardson. No me fío mucho de él.

Que tengas buena suerte en tus viajes, papá, y, por favor, dale todo mi amor a mi preciosa Dottie, a quien tengo muchas ganas de ver. (Dile que he matado cuarenta y dos armiños en Canadá. ¡Pueden hacerle un abrigo con las pieles!)

Tu afectísimo réprobo,

William

34

Salmos, 30

6 de octubre de 1980
Lallybroch

El acuerdo de Brianna con la Compañía Hidroeléctrica comportaba trabajar tres días a la semana inspeccionando las plantas y supervisando las tareas de mantenimiento y reparación a medida que se fueran presentando, pero le permitía quedarse en casa escribiendo informes, rellenando impresos y realizando otras tareas burocráticas los otros dos días. Estaba intentando descifrar las notas de Rob Cameron acerca de la toma de electricidad de la segunda turbina del lago Errochty, que parecían escritas con lápiz graso sobre los restos de la bolsa de su almuerzo, cuando fue consciente de unos ruidos en el estudio del hacendado, al otro lado del vestíbulo.

Hacía ya un rato que tenía la vaga conciencia de un suave canturreo, pero en cuanto había oído el ruido lo había atribuido a una mosca atrapada en la ventana. Ahora, sin embargo, el canturreo había adquirido palabras, y una mosca no habría cantado *The King Of Love My Shepherd Is* con la música de *St. Columba*.

Se quedó helada al darse cuenta de que reconocía la melodía. La voz era tan áspera como el papel de lija de grano grueso y se quebraba de vez en cuando... pero subía y bajaba, y era, sí, en efecto, era una canción.

La canción cesó de golpe en medio de un ataque de tos, pero, tras una dura sesión de carraspeo y de prudente tarareo, la voz volvió a cantar, esta vez una melodía escocesa que a Brianna le pareció el salmo de David:

El Señor es mi pastor, nada me falta.
En prados de hierba fresca me hace reposar,
me conduce junto a fuentes tranquilas.

«Me conduce junto a fuentes tranquilas», se repitió una vez o dos en distintas claves y, acto seguido, con mayor vigor, el himno continuó:

Y repara mis fuerzas.
Me guía por el camino justo,
haciendo honor a Su Nombre.

Brianna se sentó frente a su escritorio, temblando, mientras las lágrimas se deslizaban por sus mejillas y se cubría la boca con un pañuelo para que él no la oyera.

—Gracias —murmuró entre los pliegues—. ¡Dios mío, gracias!

El canto cesó, pero el tarareo se reanudó, profundo y satisfecho. Bree recuperó la compostura y se enjugó a toda prisa las lágrimas. Era casi mediodía... él entraría en cualquier momento a preguntar si comían.

Roger había tenido muchas dudas en relación con el puesto de ayudante de maestro de coro, dudas que había procurado no dejarle ver y que ella, claro está, había compartido hasta que él regresó un buen día a casa y le contó que le habían asignado el coro de los niños como responsabilidad fundamental. Entonces afloraron sus propias dudas. Los niños carecían de toda inhibición por lo que respecta a expresar todas esas observaciones acerca de la singularidad social que sus adultos jamás mencionarían, pero, al mismo tiempo, aceptaban esa singularidad una vez se acostumbraban a ella.

—¿Cuánto han tardado en preguntarte por tu cicatriz? —le había preguntado cuando Roger regresó a casa sonriente después de su primera sesión en solitario con los chiquillos.

—No lo he cronometrado, pero quizá treinta segundos. —Se pasó suavemente los dedos por la rugosa cicatriz que le cruzaba la garganta, pero siguió sonriendo—. «Por favor, señor MacKenzie, ¿qué le ha pasado en el cuello? ¿Es que lo han colgado?»

—¿Y qué les has contestado?

—Les he dicho que sí, que me habían colgado en América, pero que había sobrevivido, gracias a Dios. Un par de ellos tenían hermanos mayores que habían visto la película *Infierno de cobardes* y se la habían comentado, así que eso me ha hecho ganar bastante prestigio. Pero, ahora que saben el secreto, creo que esperan que acuda a la próxima sesión con mi revólver —le dirigió a Brianna una mirada de soslayo con un solo ojo al estilo de Clint Eastwood que la hizo estallar en carcajadas.

Ahora volvió a reírse al recordarlo, justo a tiempo, pues Roger asomó la cabeza y preguntó:

—¿Cuántas versiones del salmo 23 dirías que hay, con música?

—¿Veintitrés? —aventuró ella poniéndose en pie.

—Sólo seis en el himnario presbiteriano —admitió él—. Pero hay adaptaciones métricas, en inglés, me refiero, que se remontan a 1546. Hay una en el *Bay Psalm Book* y otra en el viejo *Salterio escocés*, y un número sin precisar de ellas aquí y allá. He visto también la versión judía, pero creo que será mejor que no se la cante a la congregación de St. Stephen. ¿También los católicos tenéis una adaptación musical?

—Los católicos tenemos una adaptación musical para todo —le contestó Bree levantando la nariz para husmear si había indicaciones procedentes de la cocina de que la comida estaba lista—. Pero los salmos se cantan, por lo general, conforme a un arreglo específico para canto. Conozco cuatro formas distintas para canto gregoriano —le informó con altivez—, pero hay muchas más.

—¿Ah, sí? Cántamelas —le pidió, y se detuvo en seco en el pasillo, mientras ella intentaba recordar a toda prisa la letra del salmo 23.

La forma de canto más sencilla acudió a su mente de manera automática, la había cantado muy a menudo durante su infancia y la tenía incrustada en los huesos.

—Es muy bonito —declaró Roger, apreciativo, cuando ella hubo terminado—. ¿La cantarás conmigo un par de veces más tarde? Me gustaría cantársela a los niños, sólo para que la oigan. Creo que podrían cantar canto gregoriano realmente bien.

La puerta de la cocina se abrió de golpe y Mandy salió corriendo con el señor Polly, una criatura de peluche que había iniciado su vida como una especie de pájaro, pero que ahora parecía una manoseada tela de toalla con alas, fuertemente agarrado.

—¡Sopa, mamá! —gritó—. ¡Ven a comer sopa!

Y comieron sopa de pollo con fideos Campbell de lata, y bocadillos de queso y encurtidos para acabar de llenar el estómago. Annie MacDonald no era una buena cocinera, pero todo lo que preparaba se podía comer, lo que era mucho decir, pensó Brianna, mientras recordaba otras comidas tomadas alrededor de hogueras casi extintas, en lo alto de montañas empapadas, o sacadas en pedacitos, como ofrendas chamuscadas, de una chimenea llena de cenizas. Lanzó una mirada de profundo afecto a la encimera de gas Aga que hacía de la cocina el lugar más acogedor de la casa.

—¡Cántame, papi! —Los dientes cubiertos de queso de Mandy y su boca rodeada de mostaza le dirigieron a Roger una sonrisa suplicante.

Roger se atragantó con una miga y se aclaró la garganta.

—¿Sí? ¿Qué quieres que te cante?

—¡Tes datones siegos!

—Muy bien. Pero tienes que cantar conmigo, para que no me pierda. —Sonrió a Mandy y marcó suavemente el ritmo golpeando la mesa con el mango de su cuchara—. Tres ratones ciegos... —cantó, y apuntó con el mango a Mandy, que tomó una heroica bocanada de aire y repitió como un eco: «¡Tes datones SIEGOS...!» a pleno pulmón, pero con un ritmo perfecto.

Roger miró a Bree arqueando las cejas y continuó cantando, siempre a dos voces. Tras cinco o seis conmovedoras repeticiones, Mandy se cansó de cantar y, con un breve «Pendona», se levantó de la mesa y salió pitando como un abejorro en vuelo rasante, haciendo una carambola contra el marco de la puerta al abandonar la cocina.

—Bueno, está claro que tiene un buen sentido del ritmo —terció Roger con una mueca al oír un golpe en el pasillo—, aunque no tenga buena coordinación. Pero pasará cierto tiempo antes de que sepamos si tiene buen oído. Tu padre tenía un gran sentido del ritmo, pero no podía llegar dos veces seguidas a la misma nota.

—Eso me ha recordado un poco lo que solías hacer en el Cerro —observó ella en un impulso—. Cantar un verso de un salmo y hacer que la gente cantara la respuesta.

La expresión del rostro de Roger cambió levemente ante la mención de aquella época. Por aquel entonces, acababa de darse cuenta de su vocación, y la certidumbre lo había transformado. Brianna nunca lo había visto tan feliz ni antes ni desde entonces, y el corazón le dio un vuelco al ver aquel destello de añoranza en sus ojos.

Aun así, Roger sonrió y, extendiendo un dedo cubierto con una servilleta de papel, le limpió una mancha de mostaza que tenía junto a la boca.

—Eso está anticuado —manifestó—. Aunque en la Iglesia escocesa, en las islas y tal vez en las zonas más remotas del Gaeltacht siguen haciéndolo así, me refiero a cantar alternativamente los versos. Sin embargo, los presbiterianos estadounidenses no lo hacen.

—¿Ah, no?

—«Se considera correcto cantar sin dividir el salmo verso a verso —citó—. La práctica de leer los salmos verso a verso se introdujo en tiempos de ignorancia, cuando muchos miembros de la congregación no sabían leer. Por tanto, se recomienda abandonarla siempre que sea conveniente.» Es de la Constitución de la Iglesia Presbiteriana de Estados Unidos.

«Ah, así que sí pensaste ordenarte mientras estábamos en Boston», se dijo ella, pero no lo expresó en voz alta.

—Tiempos de ignorancia —repitió, en su lugar—. ¡Me gustaría saber qué habría dicho Hiram Crombie al respecto!

Roger se echó a reír, aunque negó con la cabeza.

—Bueno, no deja de ser cierto. La mayoría de los habitantes del Cerro no sabía leer. Pero no estoy de acuerdo con la idea de que los salmos sólo se canten de ese modo debido a la ignorancia de la gente o a la falta de libros. —Se detuvo a pensar, cogiendo distraído un fideo perdido y comiéndoselo—. Cantar todos juntos... es algo grande, no hay duda. Pero hacerlo enlazando los versos... creo que tal vez tenga algo que une a la gente, los hace sentir más implicados en lo que están cantando, en lo que está pasando realmente. Quizá sea sólo porque así tienen que concentrarse más para acordarse de cada verso. —Esbozó una breve sonrisa y desvió la mirada.

«¡Por favor! —rogó ella con pasión a Dios, a la Santísima Virgen, al ángel de la guarda de Roger o a los tres a la vez—. ¡Tenéis que permitir que encuentre el camino!»

—Quería... preguntarte algo —dijo él con súbita timidez.

—¿El qué?

—Bueno... Jemmy. Él sí sabe cantar. ¿Te importaría...? Por supuesto, seguiría yendo a misa contigo, pero ¿te importaría que viniera también conmigo? Sólo si le gusta —se apresuró a añadir—. Aunque creo que le gustaría estar en el coro. Y a mí... también me gustaría que viera que tengo un trabajo, supongo —añadió con una sonrisa medio compungida.

—Le encantaría —repuso Brianna, mientras le decía mentalmente al Señor de los cielos: «¡Eso es rapidez!»

Se había dado cuenta enseguida —y se preguntó si Roger lo había comprendido también, aunque lo dudaba— de que esa posibilidad suponía una manera elegante de hacer que también ella y Mandy asistieran a los servicios presbiterianos, sin que hubiera un conflicto abierto entre sus dos fes.

—¿Te gustaría acompañarnos a la primera misa en St. Mary? —inquirió—. También podríamos ir todos juntos a St. Stephen y veros cantar a ti y a Jem.

—Sí, claro.

Se detuvo, con el bocadillo a medio camino de la boca, y le sonrió, sus ojos verdes como el musgo.

—Es mejor así, ¿verdad? —dijo.

—Mucho mejor —replicó ella.

Esa misma tarde, algo después, Roger la llamó al estudio. Había un mapa de Escocia extendido sobre su escritorio, junto al cuaderno abierto en el que estaba compilando lo que habían dado en llamar —con un sentido del humor que apenas si compensaba la aversión que sentían incluso a hablar de ello— «La guía del trotamundos», por el programa cómico de radio de la BBC.

—Disculpa que te interrumpa —le dijo—, pero he pensado que sería mejor que lo hiciéramos antes de que Jem regrese a casa. Si vas a volver al lago Errochty mañana... —Apoyó la punta del lápiz sobre la manchita azul con el nombre «L. Errochty»—. Tal vez podrías ver dónde se encuentra exactamente el túnel, si no estás muy segura de dónde está situado. ¿O sí lo estás?

Brianna tragó saliva mientras sentía que los restos de su bocadillo de queso se removían de manera desagradable con el recuerdo de aquel túnel oscuro, del balanceo del trenecito, del paso a través de... aquello.

—No, no lo sé, pero tengo algo mejor. Espera. —Se dirigió a su despacho y regresó con la carpeta de especificaciones del lago Errochty.

—Aquí están los dibujos utilizados para la construcción del túnel —explicó abriendo rápidamente la carpeta y dejándola sobre el escritorio—. También tengo las copias de los planos, pero están en la oficina principal.

—No, esto es estupendo —le aseguró él, examinando al detalle el dibujo—. Sólo quería la orientación del túnel respecto de la presa. —Levantó la vista y la miró—. A propósito, ¿la has recorrido entera?

—No —respondió ella despacio—. Sólo el lado este de la zona de servicio. Pero no creo... quiero decir, mira. —Puso un dedo sobre el dibujo—. Me topé con ello en algún lugar en medio del túnel, y el túnel está casi alineado con la presa. Si sigue una línea... ¿crees que esto es así? —añadió mirándolo con curiosidad.

Él se encogió de hombros.

—Es un punto de partida. Aunque me imagino que los ingenieros tendréis una palabra que suene mejor que *suposición.*

—Hipótesis de trabajo —contestó ella con sequedad—. Bueno, si en efecto sigue una línea, en lugar de existir en puntos aleatorios, quizá lo habría sentido en la presa misma, de haber estado allí. Pero podría volver y comprobarlo. —Incluso ella podía oír la renuencia en su propia voz; él la oyó, desde luego, y le pasó suavemente la mano por la espalda para tranquilizarla.

—No. Lo haré yo.

—¿Qué?

—Lo haré yo —repitió con suavidad—. Veremos si también yo lo siento.

—¡No! —Brianna se enderezó de golpe—. No puedes. Tú no... Quiero decir, ¿y si pasa algo? ¡No puedes asumir un riesgo semejante!

Roger la miró pensativo por unos instantes y asintió.

—Sí, supongo que algún riesgo hay. Pero pequeño. Cuando era joven recorrí las Highlands de cabo a rabo, ¿sabes? Y alguna vez sentí que algo extraño pasaba a través de mí. También la mayoría de la gente que vive aquí lo ha sentido —añadió con una sonrisa—. Pero lo extraño forma parte del lugar, ¿no te parece?

—Sí —contestó ella con un leve escalofrío al pensar en caballos acuáticos, *banshees* y el Nuckelavee—. Pero tú sabes de qué tipo de cosa extraña se trata, ¡y sabes muy bien que puede matarte, Roger!

—A ti no te mató —señaló él—. No nos mató en Ocracoke.

—Hablaba a la ligera, pero ella percibió la sombra de aquel viaje en su rostro mientras lo hacía. No los había matado, pero había estado en un tris.

—No, pero... —Lo miró y, por un intenso y desgarrador instante, experimentó a la vez la sensación de su cuerpo largo y cálido junto a ella en la cama, el sonido de su voz profunda y áspera, y el frío silencio de su ausencia—. No —repitió, y dejó bien claro por el tono de su voz que estaba dispuesta a ser tan testaruda como fuera preciso.

Él lo percibió y soltó un ligero bufido.

—Muy bien —replicó—. Entonces, deja que lo señale.

Comparando el dibujo y el mapa, eligió un lugar en este último que podía corresponder más o menos al centro del túnel, y arqueó una ceja oscura en ademán interrogativo. Ella asintió y Roger trazó en lápiz una leve señal en forma de estrella.

Había una estrella, grande y bien definida, hecha con tinta negra, en el lugar donde se encontraba el círculo de monolitos de Craigh na Dun. Otras señales a lápiz indicaban el emplazamiento de otros círculos de piedras. Algún día tal vez tendrían que visitar esos círculos, pero todavía no. Ahora no.

—¿Has estado alguna vez en Lewis? —inquirió Roger en tono despreocupado, pero no como si preguntara por preguntar.

—No, ¿por qué? —dijo ella, recelosa.

—Las Hébridas Occidentales forman parte del Gaeltacht —explicó—. En Lewis cantan verso a verso en *gàidhlig*, y en Harris también. No sé si lo hacen en Uist y en Barra... son mayormente católicas, pero tal vez sí lo hagan. Estoy pensando que me gustaría ir a ver cómo es aquello hoy en día.

En el mapa veía la isla de Lewis, en forma de páncreas, frente a la costa occidental de Escocia. Era un mapa grande. Lo bastante como para que pudiera ver, en letras pequeñas, la leyenda «Piedras de Callanish» en la isla de Lewis.

Exhaló despacio.

—Vale —repuso—. Iré contigo.

—Tienes trabajo, ¿no?

—Me tomaré unos días libres.

Se miraron el uno al otro por unos instantes, en silencio. Brianna fue la primera en quebrarlo al tiempo que miraba el reloj de la estantería.

—Jem llegará pronto a casa —señaló mientras se imponía la naturaleza prosaica de la vida cotidiana—. Será mejor que empiece a preparar algo de cenar. Annie nos ha traído un magnífico salmón que pescó su marido. ¿Lo marino y lo hago al horno o lo prefieres a la plancha?

Roger negó con la cabeza y, tras ponerse en pie, comenzó a doblar el mapa para guardarlo.

—Hoy no estaré aquí para cenar. Es noche de logia.

• • •

La Gran Logia Masónica Provincial de Inverness-shire incluía numerosas logias locales, dos de ellas de Inverness. Roger había ingresado en la número 6, la Vieja Logia de Inverness, cuando tenía veintipocos años, pero llevaba quince sin poner los pies en el edificio, de modo que ahora lo hacía con una mezcla de cautela y expectación.

Aquello era, sin embargo, las Highlands, y su hogar. La primera persona que vio al entrar fue Barney Gaugh, que, cuando Roger llegó a Inverness en tren a los cinco años de edad para vivir con su tío abuelo, era el corpulento y sonriente empleado de la estación. El señor Gaugh había encogido de manera considerable y sus dientes manchados de tabaco habían cedido el paso, hacía largo tiempo, a una dentadura postiza igualmente manchada de tabaco, pero reconoció a Roger enseguida y se le iluminó la cara de deleite, lo agarró del brazo y lo arrastró hasta un grupo de hombres, también mayores, la mitad de los cuales lanzaron exclamaciones de alegría por su regreso.

Era extraño, pensó Roger algo más tarde, mientras procedían con los asuntos de la logia cumpliendo con los rituales de rutina del rito escocés. «Es como si estuviéramos detenidos en el tiempo», pensó, y casi se echó a reír en voz alta.

Había diferencias, sí, pero eran muy leves, y la sensación que daba... Si imaginaba que la neblina de los cigarrillos apagados era el humo de una chimenea, podía ser perfectamente la cabaña de los Crombie, en el Cerro, donde se reunía la logia de allí. El familiar murmullo de las voces, verso y respuesta, seguido de la relajación, la agitación de los cuerpos, el té y el café que se servían cuando la noche se volvía puramente social.

Había mucha gente presente, mucha más de la que él estaba acostumbrado a ver, por lo que, al principio, no reparó en Lionel Menzies. El director de la escuela estaba al otro lado de la habitación con el ceño fruncido, concentrado, escuchando algo que un tipo alto en mangas de camisa le estaba diciendo, inclinándose para acortar la distancia entre ambos. Roger titubeó, pues no quería interrumpir su conversación, pero el hombre que estaba hablando con Menzies levantó la vista, vio a Roger, volvió a su conversación y, entonces, se detuvo de golpe y volvió a mirar con insistencia a Roger. En concreto a su garganta.

Todos los miembros de la logia le habían mirado la cicatriz, ya abiertamente, ya con disimulo. Llevaba una camisa de cuello abierto bajo la chaqueta. No había por qué intentar ocultarla. Era mejor zanjar el tema de una vez. Sin embargo, el extraño miraba la cicatriz con tanto descaro que resultaba casi ofensivo.

Menzies reparó en la falta de delicadeza de su compañero —era difícil no hacerlo— y, al volverse, vio a Roger y sonrió.

—Señor MacKenzie —dijo.

—Roger —replicó él, sonriendo. Los nombres de pila eran habituales en la logia, cuando no eran formalmente «el hermano fulanito».

Menzies asintió e inclinó la cabeza, antes de presentarle a su acompañante.

—Rob Cameron, Roger MacKenzie. Rob es mi primo. Roger es uno de los padres de mi escuela.

—Eso pensaba —replicó Cameron estrechándole la mano—. Pensaba que debía de ser usted el nuevo maestro de coro, quiero decir. Mi sobrinito está en su coro infantil. Es Bobby Hurragh. Nos contó todo sobre usted durante la cena la semana pasada.

Roger se había fijado en la mirada inteligente que ambos hombres habían intercambiado mientras Menzies los presentaba, y pensó que el director también debía de haber hablado de él a Cameron, probablemente para mencionarle su visita a la escuela después del incidente de Jem con el gaélico. Pero, en ese momento, no le dio ninguna importancia.

—Rob Cameron —repitió Roger mientras le daba a la mano del hombre un apretón algo más fuerte de lo habitual antes de soltarla; el otro pareció sorprendido—. Trabaja usted para la Compañía Hidroeléctrica, ¿verdad?

—Sí. ¿Qué...?

—Creo que conoce a mi mujer. —Roger descubrió sus dientes en lo que podría tomarse, o tal vez no, por una fantástica sonrisa—. Brianna MacKenzie.

Cameron abrió la boca, pero no emitió ningún sonido. Se dio cuenta y la cerró de golpe, tosiendo.

—Yo... eh. Sí, claro.

Roger había medido al hombre de manera mecánica en el momento en que le estrechaba la mano, y sabía que, si había pelea, sería corta. Evidentemente, Cameron también lo sabía.

—Ella, eeh...

—Me lo contó, sí.

—Oiga, no fue más que una broma, ¿vale? —Cameron lo miró precavido, por si acaso Roger tenía intención de invitarlo a salir fuera.

—¿Rob? —inquirió Menzies con curiosidad—. ¿Qué...?

—Pero ¿qué es esto?, ¡¿qué es esto?! —gritó el viejo Barney precipitándose hacia ellos—. ¡Nada de política en la logia, muchacho! Si quieres contarle tu mierda sobre el SNP al hermano Roger, id más tarde al pub.

Y, agarrando a Cameron por el codo, Barney lo arrastró hasta otro grupo que se encontraba al otro extremo de la sala, donde Cameron se puso de inmediato a conversar, sin más que una breve mirada a Roger.

—¿La mierda sobre el SNP? —preguntó Roger arqueando las cejas mientras miraba a Menzies.

El director levantó un hombro, sonriendo.

—Ya sabe lo que ha dicho el viejo Barney: ¡nada de política en la logia!

Era una regla masónica —en la logia no se hablaba de religión ni de política—, una de las más básicas y probablemente la razón por la que la francmasonería había durado tanto, pensó Roger. No es que el Partido Nacional Escocés le importara mucho, pero sí quería saber cosas de Cameron.

—Jamás lo habría imaginado —dijo Roger—, pero nuestro Rob está metido en política, ¿verdad?

—Le pido perdón, hermano Roger —manifestó Menzies. La mirada divertida no lo había abandonado, pero sí tenía un aire de disculpa—. No tenía intención de revelar los asuntos de su familia, pero le hablé a mi mujer de Jem y de la señorita Glendenning, y como las mujeres son como son y la hermana de mi esposa vive en la casa de al lado de la de Rob, él se enteró. Estaba interesado en el *gàidhlig*, ¿sabe? Y es cierto que se deja llevar un poco por el entusiasmo. Pero estoy seguro de que no quería mostrarse demasiado familiar con su esposa.

Roger se dio cuenta de que Menzies se equivocaba del todo en lo relativo a Rob Cameron y Brianna, pero no tenía intención de aclararle las cosas. No eran sólo las mujeres. Los cotilleos eran una forma de vida en las Highlands, y si la broma que Rob y sus compañeros le habían gastado a Bree llegara a conocerse, podría causarle más problemas en el trabajo.

—Ah —replicó buscando el modo de que Brianna dejara de ser tema de conversación—. Por supuesto. El SNP está absolutamente a favor de resucitar el *gàidhlig*, ¿no es así? ¿Cameron también lo habla?

Menzies negó con la cabeza.

—Sus padres se contaban entre aquellos que no querían que sus hijos lo hablaran. Ahora, por supuesto, está deseoso de aprenderlo. A propósito... —Se interrumpió de repente, al ver que Roger ladeaba la cabeza—. Se me ha ocurrido una cosa, después de nuestra charla del otro día.

—¿Ah, sí?

—Simplemente me preguntaba algo. ¿Consideraría usted la posibilidad de dar una pequeña clase de cuando en cuando? Tal vez sólo para el curso de Jem, quizá una presentación para la escuela en su conjunto, si le apetece la idea.

—¿Una clase? ¿Sobre qué?, ¿sobre el *gàidhlig*?

—Sí. Ya sabe, cuestiones muy básicas, pero tal vez un par de palabras sobre su historia, quizá un fragmento de una canción... ¿Ha dicho Rob que era usted maestro de coro en St. Stephen?

—Ayudante —lo corrigió Roger—. Por lo que respecta a cantar, no sé. Pero el *gàidhlig*... sí, tal vez. Pensaré en ello.

Encontró a Brianna levantada, esperándolo en su estudio con una carta de la caja de sus padres en la mano, sin abrir.

—No tenemos que leerla esta noche —dijo tras dejarla a un lado. Se levantó y fue a darle un beso—. Es sólo que quería estar cerca de ellos. ¿Qué tal la logia?

—Rara.

Los asuntos de la logia eran secretos, por supuesto, pero podía hablarle de Menzies y de Cameron, y así lo hizo.

—¿Qué es el SNP? —inquirió ella frunciendo el ceño.

—El Partido Nacional Escocés. —Se deshizo de su abrigo y se estremeció. Hacía frío, y en el estudio el fuego no estaba encendido—. Nació a finales de los treinta, pero no empezó a funcionar de verdad hasta hace bastante poco. En 1974, once miembros fueron elegidos al Parlamento, lo cual es respetable. Como puedes deducir de su nombre, su objetivo es la independencia de Escocia.

—Respetable —repitió Brianna en tono dubitativo.

—Bueno, moderadamente. Como cualquier partido, tiene sus elementos lunáticos. En mi opinión, Rob Cameron es uno de ellos. Es el prototipo del gilipollas.

Eso la hizo reír, y el sonido de su risa lo excitó. También el cuerpo de ella se encendió, y Brianna presionó su cuerpo contra el de Roger, rodeándole los hombros con los brazos.

—Ése es Rob —coincidió.

—Menzies dice que Cameron está interesado en el gaélico. Si doy una clase, espero que no se plante en primera fila.

—Espera... ¿Qué has dicho? ¿Ahora vas a dar clases de gaélico?

—Bueno, a lo mejor. Ya veremos.

Descubrió que era reacio a pensar mucho en la sugerencia de Menzies. Tal vez era sólo porque había mencionado el hecho de cantar. Graznar una melodía para orientar a los críos era una cosa; cantar solo en público, aunque no fueran más que colegiales, otra muy distinta.

—Eso puede esperar —añadió, y le dio un beso—. Leamos tu carta.

2 de junio de 1777
Fuerte Ticonderoga

—¿Fuerte Ticonderoga? —Bree alzó la voz, llena de asombro, y le arrancó de golpe la carta a Roger de las manos—. ¿Qué demonios están haciendo en el Fuerte Ticonderoga?

—No lo sé, pero, si te calmas un momento, tal vez lo averigüemos.

Ella no contestó, sino que se acercó al escritorio y se inclinó hacia delante, apoyando el mentón en el hombro de Roger y rozándole la mejilla con los cabellos mientras miraba nerviosa el papel.

—Todo va bien —la tranquilizó él, volviéndose para besarla en la mejilla—. Es tu madre, y está con ganas de explayarse. Por lo general, no se muestra así a menos que esté contenta.

—Vale, tienes razón —murmuró Bree mirando la carta con el ceño fruncido—, pero... ¿el Fuerte Ticonderoga?

Queridos Bree y compañía:

Como podréis haber deducido por el encabezamiento de esta carta, no estamos (aún) en Escocia. Hemos tenido algunos problemas durante nuestro viaje, a saber: a) la marina real, en la persona de un tal capitán Stebbings, que intentó enrolar por la fuerza a tu padre y a tu primo Ian (no lo logró); b) un barco corsario americano (aunque su capitán, un tal —y con uno como él hay más que suficiente— Asa Hickman, insiste en el más digno nombre de «patente de corso» para designar la misión de su barco, que consiste esencialmente en actos de piratería ejecutados bajo la autoridad del Congreso Continental); c) *Rollo*, y d) el caballero que te mencioné con anterioridad, llamado (eso pensaba yo) John Smith, que

529

resultó ser un desertor de la marina real llamado Bill (alias *Jonás*, y empiezo a pensar que tienen razón) Marsden.

Sin entrar en detalles de todo este sainete empapado en sangre, te informaré simplemente de que Jamie, Ian, el maldito perro y yo estamos bien. Por el momento. Espero que este estado de cosas se mantenga durante los próximos dos días, que es cuando termina el contrato a corto plazo de tu padre con la milicia. (No me preguntes. Básicamente, estaba salvándole el cuello al señor Marsden, además de velar por el bienestar de un par de docenas de marineros forzados a la piratería contra su voluntad.) Cuando esto suceda, nos proponemos marcharnos enseguida en el primer barco que se dirija a Europa, siempre y cuando no esté capitaneado por Asa Hickman. Tal vez tengamos que viajar por tierra hasta Boston para poder hacerlo, pero así sea. (Supongo que sería interesante ver cómo es Boston en estos tiempos. Ahora que Back Bay es todavía agua y todo eso, quiero decir. Por lo menos el Common seguirá ahí, aunque con bastantes más vacas de las que nosotros estábamos acostumbrados a ver.)

El fuerte se encuentra bajo el mando de un tal general Anthony Wayne, y tengo la incómoda sensación de haber oído a Roger mencionar a ese hombre, utilizando el apodo de *el Loco Anthony*. Espero que esa designación se refiera ahora o en el futuro a su conducta en la batalla y no a su administración. Por el momento parece racional, aunque atribulado.

Que esté atribulado es algo racional, pues espera la llegada más o menos inminente del ejército británico. Mientras tanto, su ingeniero jefe, un tal señor Jeduthan Baldwin (creo que te gustaría: ¡es un tipo muy enérgico!), está construyendo un gran puente para conectar el fuerte con la colina que llaman monte Independencia. Tu padre está al mando de un equipo de operarios que trabaja en ese puente. Lo estoy viendo ahora mismo desde mi atalaya, sobre una de las baterías en media luna del fuerte. Sobresale, más bien, pues no sólo mide el doble que la mayoría de los hombres, sino que también es uno de los pocos que llevan camisa. De hecho, la mayoría trabajan desnudos, o llevan puesto tan sólo un taparrabos a causa del calor y la humedad. Como hay tantos mosquitos, lo considero un error, pero nadie me ha preguntado.

Tampoco me han pedido mi opinión acerca de los protocolos de higiene relativos al mantenimiento de una enfermería y de un alojamiento para los prisioneros como Dios manda (trajimos con nosotros a varios prisioneros británicos, incluido el anteriormente mencionado capitán Stebbings, que debería estar muerto de todas todas, pero que por algún motivo no lo está), aunque se la dije de todos modos. En consecuencia, me he convertido en *persona non grata* para el teniente Stactoe, que cree ser médico, pero no lo es, y que, por consiguiente, no me permite tratar a los hombres que tiene bajo sus cuidados, la mayoría de los cuales habrán muerto dentro de un mes. Por fortuna, a nadie le importa que atienda a las mujeres, a los niños o a los prisioneros, así que estoy provechosamente ocupada, pues son muy numerosos.

Estoy segura de que Ticonderoga cambió de manos en algún momento, probablemente más de una vez, pero no tengo la más mínima idea de quién se la arrebató a quién, ni cuándo. No puedo quitarme ese último punto de la cabeza.

El general Wayne casi no tiene tropas regulares. Dice Jamie que el fuerte está seriamente escaso de hombres, e incluso yo me doy cuenta de ello. La mitad de los dormitorios de los soldados están vacíos y, aunque de cuando en cuando llega alguna compañía de la milicia desde New Hampshire o Connecticut, por lo general los hombres se enrolan tan sólo para dos o tres meses, como hicimos nosotros. Aun así, a menudo no se quedan hasta el final. Hay un éxodo constante, y el general Wayne se queja, en público, de que se ve limitado (y cito de forma literal) a «negros, indios y mujeres». Le dije que podría irle peor.

Jamie dice también que al fuerte le falta la mitad de sus cañones, pues éstos fueron sustraídos por un librero gordo llamado Henry Fox, que se los llevó hace dos años y logró, en un prodigio de persistencia e ingeniería, transportarlos hasta Boston (al propio señor Fox tuvieron que llevarlo en carro junto con los cañones, pues pesaba más de ciento treinta kilos; uno de los oficiales de aquí que acompañó la expedición lo describió, haciendo reír a todo el mundo), donde resultaron realmente muy útiles para deshacerse de los británicos.

Algo más preocupante que lo que acabo de contarte es la existencia de una pequeña colina justo frente a nosotros, al otro lado del agua, no muy lejos. Los americanos le pusieron el nombre de monte Desafío cuando les arrebataron Ticonderoga a los británicos en el 75 (¿te acuerdas de Ethan Allen? «¡Ríndanse en nombre del gran Jehová y del Congreso Continental!» Me he enterado de que el pobre señor Allen se encuentra en la actualidad en Inglaterra, donde lo están juzgando por traición después de haberse pasado de listo intentando tomar Montreal en los mismos términos), lo que resulta bastante oportuno, o lo sería si el fuerte pudiera poner hombres y artillería en la cima. Pero no puede, y creo que no es probable que el hecho de que el monte Desafío domine el fuerte y se encuentre a tiro de cañón de aquél le pase desapercibido al ejército británico, si llega y cuando llegue aquí.

Lo positivo es que estamos casi en verano. Los peces saltan en el agua, y si aquí hubiera algodón, probablemente me llegaría a la cintura. Llueve con frecuencia, y no había visto en mi vida un lugar con tanta vegetación. (El aire es tan rico en oxígeno que, en ocasiones, tengo la impresión de que me voy a desmayar, y he de entrar a toda prisa en los dormitorios de los soldados a por una bocanada restauradora con olor a ropa sucia y orinales, aunque aquí al orinal lo llaman «bacín de truenos», y por buenas razones.) Tu primo Ian sale de expedición a buscar alimentos cada pocos días; Jamie y muchos de los otros hombres son buenos pescadores, de modo que comemos extremadamente bien.

No me extenderé mucho, pues no estoy segura de cuándo o dónde podré mandar esta carta a través de una o más de las vías de Jamie (si hay tiempo, copiamos todas las cartas y enviamos varias copias, pues incluso el correo normal es arriesgado en estos tiempos). Con suerte, irá con nosotros a Edimburgo. Entretanto, os mandamos todo nuestro amor. Jamie sueña de vez en cuando con los niños. Ojalá yo soñara con ellos también.

Mamá

Roger permaneció sentado en silencio unos instantes con el fin de asegurarse de que Bree había tenido tiempo de terminar de leer la carta (aunque, en realidad, ella leía mucho más rápido que él). Pensó que debía de haberla leído dos veces. Al cabo de un rato, ella suspiró por la nariz, como preocupada, y se enderezó. Roger estiró una mano y la dejó descansar en su cintura, y Brianna la cubrió con la suya. No de manera mecánica; agarró los dedos de Roger con fuerza, aunque ausente. Estaba mirando la librería.

—Ésos son nuevos, ¿verdad? —inquirió en voz baja señalando con la barbilla la estantería de la derecha.

—Sí. Pedí que me los mandaran desde Boston. Llegaron hace un par de días.

Los lomos se veían nuevos y brillantes. Eran unos libros de historia que trataban de la revolución americana. La *Encyclopedia of the American Revolution* [«Enciclopedia de la revolución americana»], de Mark M. Boatner III. *A Narrative of a Revolutionary Soldier* [«Relato de un soldado revolucionario»], de Joseph Plumb Martin.

—¿Qué quieres saber? —preguntó Roger. Señaló con la cabeza la caja abierta sobre la mesa frente a ellos, donde un grueso fajo de cartas seguía sin abrir, encima de los libros. Todavía no había podido confesarle a Bree que había estado ojeando los libros—. Quiero decir que sabemos que probablemente salieron de Ticonderoga sin novedad. Hay muchas más cartas.

—Sabemos que uno de ellos probablemente lo hizo —repuso ella, mirando las cartas.

—A menos que... Ian lo sabe, quiero decir. Él podría haber...

Roger retiró la mano y buscó con decisión en el interior de la caja. Bree contuvo la respiración, pero él lo ignoró, sacando de la caja un puñado de cartas y examinándolas una a una.

—Claire, Claire, Claire, Jamie, Claire, Jamie, Jamie, Claire, Jamie... —Se detuvo, extrañado, ante una carta que presentaba una caligrafía desconocida—. Tal vez tengas razón acerca de Ian. ¿Conoces su letra?

Ella negó con la cabeza.

—Creo que no le he visto nunca escribir nada, aunque supongo que sabe escribir —añadió, dubitativa.

—Bueno... —Roger dejó la hoja doblada y paseó la mirada de las cartas desperdigadas a la estantería y a ella. Brianna estaba algo sonrojada—. ¿Qué quieres hacer?

Ella reflexionó, mirando alternativamente la estantería y la caja de madera.

—Los libros —respondió, resuelta, y se dirigió a las estanterías—. ¿Cuál de ellos nos dirá cuándo cayó Ticonderoga?

De Jorge III, rex Britannia, a lord George Germain

... Burgoyne tal vez estará al mando de las tropas que se enviarán a Albany desde Canadá...

Dado que hay que esperar que se presenten enfermedades y otras contingencias, creo que no deberían permanecer en el lago Champlain más de siete mil efectivos, pues sería una gran imprudencia correr cualquier riesgo en Canadá... Hay que utilizar indios.

35

Ticonderoga

12 de junio de 1777
Fuerte Ticonderoga

Encontré a Jamie dormido, desnudo sobre el camastro de la diminuta habitación que nos habían asignado. Se hallaba en lo alto de uno de los edificios de piedra que albergaban los dormitorios de los soldados y, por consiguiente, a mediodía era un horno. En cualquier caso, rara vez estábamos allí durante el día, pues Jamie se encontraba en el lago con los operarios que construían el puente y yo en el hospital o en el área destinada a las familias, todos ellos igualmente calurosos, por supuesto.

Por el mismo motivo, no obstante, las piedras conservaban el calor suficiente para mantenernos calentitos durante las frías noches, pues no había chimenea, y, en cambio, había un ventanuco. Al anochecer soplaba una buena brisa desde el agua y, durante unas cuantas horas, digamos entre las diez de la noche y las dos de la mañana, resultaba muy agradable. Ahora eran más o menos las ocho, fuera todavía había luz, y uno seguía asándose en el interior. El sudor brillaba en los hombros de Jamie y le oscurecía el cabello en las sienes, dándole un oscuro color bronce.

Lo bueno: que nuestro pequeño desván era la única habitación situada en lo alto del edificio, por lo que nos proporcionaba una módica privacidad. Por otra parte, para llegar a nuestro nido de águila había que subir cuarenta y ocho escalones, y había que cargar con el agua hasta arriba y bajar el agua sucia. Acababa de transportar hasta allí un gran cubo, y la mitad que no se había derramado sobre la parte delantera de mi vestido pesaba una tonelada. Lo dejé en el suelo con un golpe metálico que hizo que Jamie se incorporara de inmediato, parpadeando en la oscuridad.

—Vaya, lo siento —me disculpé—. No quería despertarte.

—No importa, Sassenach —replicó, y bostezó abriendo mucho la boca. Se sentó, se estiró y, acto seguido, se pasó las manos por el cabello suelto y empapado—. ¿Has cenado ya?

—Sí, he comido con las mujeres. ¿Y tú?

Solía comer con su equipo de operarios cuando terminaban de trabajar, pero a veces lo requerían para cenar con el general

St. Clair o los demás oficiales de la milicia, y esos acontecimientos casi formales tenían lugar mucho más tarde.

—Ajá.

Volvió a tumbarse en el catre y me observó mientras vertía agua en una jofaina de hojalata y sacaba un pedacito de jabón de lejía. Me quité la ropa hasta quedarme en camisa y comencé a lavarme meticulosamente, aunque el fuerte jabón me escocía en la piel ya irritada, y los gases que desprendía eran tales que se me humedecían los ojos.

Me enjuagué las manos y los brazos, arrojé el agua por la ventana —deteniéndome un segundo para gritar «¡Agua va!» antes de hacerlo— y volví a empezar.

—¿Por qué haces eso? —preguntó Jamie con curiosidad.

—El chiquillo de la señora Wellman tiene algo que estoy casi segura que es la papera. ¿O debería decir paperas? Nunca he sabido si es plural o no. En cualquier caso, no voy a arriesgarme a contagiártelas a ti.

—¿Son muy malas, las paperas? Creía que era una cosa de críos.

—Bueno, por lo general es una enfermedad infantil —respondí haciendo una mueca al tocar el jabón—. Pero cuando las coge un adulto, en particular un hombre adulto, es mucho más grave. Tienden a afectar a los testículos. Y a menos que quieras que se te pongan los huevos del tamaño de unos melones cantalupo...

—¿Estás segura de que tienes bastante jabón, Sassenach? Si quieres, voy a buscar más. —Me sonrió, volvió a sentarse y se estiró para coger el flojo pedazo de sábana que utilizábamos como toalla—. Trae, *a nighean*, deja que te seque las manos.

—Dame un minuto.

Me deshice del corsé, dejé caer la camisa y la colgué del gancho que había junto a la puerta, y luego me puse por la cabeza la camisa «de andar por casa». No era tan higiénico como tener ropa quirúrgica para ir a trabajar, pero el fuerte hormigueaba de enfermedades, e iba a hacer cuanto pudiera para evitar llevarlas hasta Jamie. Ya se encontraba con bastantes enfermedades al aire libre.

Me eché el resto del agua por la cara y los brazos y, acto seguido, me senté junto a él y solté un gritito cuando me crujió la rodilla.

—Dios mío, tus pobres manos —murmuró secándomelas con suaves golpecitos con la toalla y enjugándome la cara a continuación—. Y también tienes la nariz quemada por el sol, pobrecita.

—¿Y las tuyas?

Aunque siempre las tenía callosas, sus manos eran ahora una masa de cortes, nudillos raspados y ampollas, pero Jamie le quitó importancia haciendo un breve gesto y volvió a tumbarse con un gemido de placer.

—¿Todavía te duele la rodilla, Sassenach? —inquirió al ver que me la frotaba. No había llegado a recuperarse de la torcedura sufrida durante nuestras aventuras a bordo del *Pitt*, y subir escaleras la perjudicaba.

—Es sólo parte de la decadencia general —repuse intentando hacer una broma. Flexioné el brazo derecho con cuidado y sentí una punzada de dolor en el codo—. Las cosas ya no se doblan tan fácilmente como solían. Y otras duelen. A veces creo que voy a romperme en pedazos.

Jamie cerró un ojo y me observó.

—Me he sentido así desde que cumplí veinte años —señaló—. Acabas acostumbrándote a ello. —Se desperezó, haciendo que su columna vertebral emitiera una serie de sonidos secos, y me tendió una mano—. Ven a la cama, *a nighean*. Cuando me amas, no te duele nada.

Tenía razón. No me dolió nada.

Me eché una cabezadita, pero me desperté por instinto un par de horas después para ir a examinar a los pocos pacientes que necesitaban estar en observación. Entre ellos se hallaba el capitán Stebbings, que, con gran sorpresa por mi parte, se había negado con tenacidad a morir y a que lo atendiera nadie que no fuera yo. Eso no les había gustado ni al teniente Stactoe ni a los demás médicos, pero como las exigencias del capitán Stebbings estaban respaldadas por la intimidatoria presencia de Guinea Dick —con sus dientes puntiagudos, sus tatuajes y todo lo demás—, seguí siendo su médico personal.

Hallé al capitán algo febril y con la respiración sibilante, pero dormido. Guinea Dick se levantó de su camastro al oír mis pasos, con aspecto de ser una manifestación particularmente espantosa de la pesadilla de alguien.

—¿Ha comido? —pregunté en voz baja al tiempo que colocaba la mano en la muñeca de Stebbings con suavidad.

La figura rechoncha del capitán había encogido considerablemente. Incluso a oscuras podía verle sin dificultad las costillas que antaño tenía que esforzarme por encontrar.

—Toma un poco de sopa, señora —susurró el africano, y señaló con la mano un cuenco que había en el suelo, cubierto con un pañuelo con el fin de mantener alejadas a las cucarachas—. Como usted dice. Le doy un poco más cuando despertar para mear.

—Muy bien.

El pulso de Stebbings era algo rápido, pero no alarmante y, cuando me incliné sobre él e inspiré con fuerza, no detecté olor alguno a gangrena. Había podido retirarle el tubo del pecho dos días antes y, aunque la herida exudaba un poco de pus, se trataba, en mi opinión, de una infección local que se curaría sin ayuda. Tendría que hacerlo; no tenía nada para tratarla.

Casi no había luz en las dependencias del hospital, sólo un súbito resplandor cerca de la puerta y la escasa claridad que llegaba hasta allí procedente de las hogueras del patio. No podía juzgar si Stebbings tenía buen color, pero vi el destello blanco cuando entreabrió los ojos. Gruñó al verme, y los volvió a cerrar.

—Muy bien —repetí, y lo dejé al tierno cuidado del señor Dick.

Al guineano le habían ofrecido la posibilidad de enrolarse en el ejército continental, pero la había rechazado y había preferido convertirse en prisionero de guerra con el capitán Stebbings, el herido señor Ormiston y otros varios marinos del *Pitt*.

—Soy hombre libre inglés —había dicho con sencillez—. Prisionero quizá por poco tiempo, pero hombre libre. Marino, pero hombre libre. Si americano, tal vez no hombre libre.

Tal vez no.

Salí de las dependencias del hospital, me dirigí a la casa de los Wellman para visitar a mi paciente de paperas, una enfermedad molesta, pero no peligrosa, y luego crucé a paso lento el patio bajo una luna naciente. La brisa nocturna se había extinguido, aunque el aire de la noche era algo fresco. Movida por un impulso, subí a la batería de media luna desde la que, por encima del estrecho extremo del lago Champlain, se divisaba el monte Desafío.

Había allí dos guardias, pero ambos estaban profundamente dormidos y apestaban a licor. No era inusual. En el fuerte, la moral no estaba alta, y el alcohol era fácil de conseguir.

Permanecí junto a la muralla con una mano sobre uno de los cañones, cuyo metal aún guardaba el calor del día. ¿Nos marcharíamos antes de que estuviera caliente por haber disparado?, me pregunté. Quedaban treinta y dos días, y no transcurrían lo bastante deprisa para mi gusto. Aparte de la amenaza de los británicos, el fuerte se estaba pudriendo y hedía. Era como vivir en un pozo negro, por lo que sólo podía esperar que Jamie, Ian y yo nos marcháramos de allí sin haber contraído ninguna terrible enfermedad o sin que nos hubiera asaltado algún idiota borracho.

Oí unos débiles pasos detrás de mí, me volví y vi a Ian, alto y delgado a la luz de las hogueras que ardían más abajo.

—¿Puedo hablar contigo, tía?

—Claro —repuse, extrañada por esa formalidad nada habitual.

Me hice un poco a un lado y él se reunió conmigo, con la mirada baja.

—La prima Brianna tendría un par de cosas que decir acerca de eso —observó señalando con la cabeza el puente a medio construir—. También el tío Jamie.

—Lo sé.

Jamie llevaba dos semanas diciéndolo: al nuevo comandante, Arthur St. Clair, a los demás coroneles de la milicia, a los ingenieros, a todo aquel que quisiera escuchar, y a muchos que no querían. El absurdo de invertir enormes cantidades de trabajo y material en construir un puente que la artillería podía destruir con facilidad desde el monte Desafío saltaba a la vista para todos excepto para quienes ejercían el mando.

Suspiré. No era la primera vez que veía la ceguera de los militares, y mucho me temía que no iba a ser la última.

—Bueno, aparte de eso... ¿de qué querías hablar conmigo, Ian?

Él respiró hondo y se volvió hacia el panorama del lago iluminado por la luna.

—¿Conoces a los hurones que vinieron al fuerte hace poco?

Los conocía. Dos semanas atrás, un grupo de hurones había visitado el fuerte, e Ian había pasado una noche fumando con ellos y escuchando sus historias. Algunas de ellas se referían al general inglés Burgoyne, de cuya hospitalidad habían disfrutado de antemano.

Dijeron que Burgoyne estaba buscando activamente a los indios de la Confederación Iroquesa, invirtiendo mucho tiempo y dinero en atraerlos.

«Dice que sus indios son su arma secreta —había dicho uno de los hurones, entre risas—. Se los azuzará a los americanos para que arrasen como el rayo y los maten a todos a golpes.»

Sabiendo lo que sabía de los indios en general, pensé que Burgoyne tal vez fuera un poquito demasiado optimista. Sin embargo, prefería no pensar en lo que podría suceder si lograba convencer a un número indefinido de indios para que lucharan para él.

Ian seguía mirando el bulto distante del monte Desafío, perdido en sus pensamientos.

—Que sea lo que Dios quiera —dije abriendo la sesión—. ¿Por qué me cuentas esto, Ian? Deberías contárselo a Jamie y a St. Clair.

—Ya lo he hecho.

Se oyó el grito de un colimbo desde el otro lado del lago, sorprendentemente fuerte y espectral. Parecían fantasmas cantando a la tirolesa, en especial cuando cantaba más de uno.

—¿Ah, sí? Bueno, pues —repliqué, algo impaciente—. ¿De qué querías hablarme?

—De los bebés —respondió con brusquedad al tiempo que se enderezaba y se volvía hacia mí.

—¿Qué? —espeté, sobresaltada.

Había estado silencioso y malhumorado desde la visita de los hurones, y yo había supuesto que su actitud tenía que ver con algo que ellos le habían dicho, pero no podía imaginarme qué podían haberle dicho en relación con los bebés.

—De cómo se hacen —dijo con vehemencia, aunque sus ojos se apartaron de los míos. Si hubiera habido más luz, estoy segura de que lo habría visto ruborizarse.

—Ian —repliqué tras una breve pausa—. Me niego a creer que no sabes cómo se hacen los bebés. ¿Qué quieres saber en realidad?

Lanzó un suspiro, pero al final me miró. Apretó los labios por un instante y luego vomitó:

—Quiero saber por qué no puedo hacer uno.

Me pasé un nudillo por los labios, desconcertada. Sabía —Bree me lo había contado— que con su mujer mohawk, Emily, había tenido una hija que había nacido muerta y que, después, ella había tenido por lo menos dos abortos. También sabía que era ese fracaso lo que había empujado a Ian a dejar a la mohawk en la Aldea de la Serpiente y volver con nosotros.

—¿Por qué piensas que tal vez seas tú? —le pregunté sin ambages—. La mayoría de los hombres culpan a la mujer cuando un niño nace muerto o se malogra. También lo hacen la mayoría de las mujeres, si vamos a eso.

Yo había culpado tanto a Jamie como a mí misma.

Profirió un gruñido típicamente escocés, impaciente.

—Las mohawk, no. Ellas dicen que, cuando un hombre yace con una mujer, su espíritu lucha con el de ella. Si la supera, se engendra un niño. Si no, no sucede.

—Hum —repuse—. Bueno, es una forma de verlo. Tampoco diría que se equivocan. Es algo que puede tener que ver tanto con el hombre como con la mujer, o que puede tener que ver con ambos al mismo tiempo.

—Sí. —Lo oí tragar saliva antes de continuar—. Una de las mujeres que acompañaban a los hurones era kahnyen'kehaka, una mujer de la Aldea de la Serpiente que me conocía de cuando yo estuve allí. Me dijo que Emily tiene un hijo. Un hijo vivo.

Había estado agitándose inquieto sobre uno y otro pie mientras hablaba, haciendo crujir los nudillos. Ahora se quedó inmóvil. La luna estaba bien alta y brillaba sobre su rostro, dándoles a sus ojos el aspecto de oquedades.

—He estado pensando, tía —dijo en voz baja—. He estado pensando durante mucho tiempo. En ella. En Emily. En Yeksa'a. La... mi hijita. —Calló, hincándose con fuerza los nudillos en los muslos, pero volvió a recuperar la compostura y prosiguió, más tranquilo—: Y hace poco he estado pensando en otra cosa. Si... cuando —se corrigió, lanzando una mirada por encima de su hombro como si esperara que Jamie surgiera de repente de una trampa, observando— vayamos a Escocia, no sé cómo serán las cosas. Pero si yo... si me casara de nuevo, quizá, aquí o allí... —Me miró de pronto, con la cara envejecida por la tristeza, pero conmovedoramente joven de esperanza y de duda—. No podría tomar a una muchacha por esposa si sé que nunca podré darle hijos vivos.

Volvió a tragar saliva, mirando al suelo.

—¿No podrías... examinar mis partes, tía? ¿Para ver si hay quizá algún problema? —Se llevó la mano al taparrabos, y lo detuve con un gesto apresurado.

—Quizá eso pueda esperar un poco, Ian. Déjame que anote la historia primero. Luego veremos si necesito examinarte.

—¿Estás segura? —Parecía sorprendido—. El tío Jamie me habló del esperma que tú le mostraste. Pensé que a lo mejor el mío no estaba del todo bien en algún sentido.

—Bueno, necesitaría un microscopio para verlo, de todos modos. Y aunque es cierto que existen cosas como un esperma anormal, cuando éste es el caso, por lo general, no hay concepción. Y, según tengo entendido, no fue ése el problema. Dime... —No quería preguntárselo, pero no había forma de evitarlo—. Tu hija. ¿La viste?

Las monjas me habían traído a mi hija muerta en el parto. «Es mejor que la vea», me habían dicho, insistiendo con amabilidad.

Ian negó con la cabeza.

—No puedo decir que la viera. Quiero decir que... vi el paquetito que habían hecho con ella, envuelto en piel de conejo. Lo pusieron en lo alto de la horcadura de un cedro colorado. Estuve allí una noche, sólo un rato para... bueno... Pensé bajar el hatillo, desenvolverla, únicamente para verle la cara. Pero Emily se habría molestado, así que no lo hice.

—Estoy segura de que tienes razón. Sin embargo... oh, demonios, Ian, lo siento mucho... pero ¿dijo alguna vez tu mujer o cualquiera de las otras mujeres que la niña tuviera algún problema evidente? ¿Tenía... algún tipo de deformidad?

Me miró, con los ojos dilatados de espanto, y sus labios se movieron por un momento sin emitir sonido alguno.

—No —contestó por fin, y su voz trasladaba a la vez alivio y dolor—. No. Lo pregunté. Emily no quería hablar de ella, de Iseabaìl, así es como yo la habría llamado, Iseabaìl... —explicó—, pero se lo pregunté y no cesé de preguntárselo hasta que me dijo cómo era el bebé.

»Era perfecta —dijo en voz baja mirando al puente, donde la cadena de linternas brillaba y se reflejaba en el agua—. Perfecta.

También Faith lo era. Perfecta.

Le puse una mano en el antebrazo, duro y musculoso.

—Eso está bien —repuse suavemente—. Muy bien. Cuéntame, entonces, todo lo que puedas acerca de lo que sucedió durante el embarazo. ¿Tuvo tu mujer alguna hemorragia entre el momento en que supiste que estaba embarazada y el momento en que dio a luz?

Despacio, lo conduje entre la esperanza y el miedo, la desolación de cada pérdida, todos los síntomas que podía recordar, y lo que sabía de la familia de Emily. ¿Había habido casos de muerte perinatal entre sus parientes? ¿Abortos?

La luna pasó sobre nuestras cabezas y comenzó a descender en el cielo. Al final, me estiré y me sacudí yo también.

—No puedo decirlo con certeza —le dije—, pero creo que cabe por lo menos la posibilidad de que se tratara de lo que llamamos un problema de Rh.

—¿Un qué? —Estaba apoyado en uno de los grandes cañones, y levantó la cabeza al oírme decir eso.

No tenía sentido intentar explicar grupos sanguíneos, antígenos y anticuerpos. Además, en realidad, no era tan distinto de la explicación mohawk del problema, pensé.

—Si la sangre de una mujer tiene el Rh negativo y la sangre de su esposo es Rh positivo —le expliqué—, el niño tendrá un Rh positivo porque el Rh positivo es dominante, no importa lo que eso significa, pero el niño será positivo como el padre. A veces, el primer embarazo va bien, y el problema no se detecta hasta la vez siguiente. A veces el problema se presenta con el primero. Básicamente, la madre produce una sustancia que mata al niño. Pero, si una mujer con Rh negativo tiene un hijo de un hombre con Rh negativo, el feto es siempre negativo también, y entonces no hay complicaciones. Como dices que Emily ha tenido un hijo vivo, es posible que su nuevo esposo sea también Rh negativo.

Yo no sabía absolutamente nada acerca de la prevalencia de la sangre con Rh negativo entre los nativos americanos, pero la teoría encajaba con las pruebas.

—Y si eso es así —concluí—, no tendrías por qué tener ese mismo problema con otra mujer. La mayoría de las mujeres europeas tienen el Rh positivo, aunque no todas.

Se me quedó mirando durante un intervalo de tiempo tan largo que me pregunté si habría comprendido lo que le había dicho.

—Llámalo destino —le dije con cariño—, o llámalo mala suerte. Pero no fue culpa tuya. Ni de ella.

«Ni mía, ni de Jamie.»

Asintió despacio e, inclinándose hacia delante, apoyó la cabeza en mi hombro por unos segundos.

—Gracias, tía —susurró y, tras levantar la cabeza, me besó en la mejilla.

Al día siguiente, se había ido.

36

El Great Dismal

21 de junio de 1777

William estaba maravillado con la carretera. Era cierto que sólo recorría unos pocos kilómetros, pero el milagro de poder entrar cabalgando sin rodeos en el área pantanosa del Great Dismal, de cruzar un lugar donde recordaba perfectamente haber tenido que hacer nadar a su caballo en una visita anterior, esquivando sin cesar tortugas mordedoras y serpientes venenosas, de lo cómodo que resultaba era asombroso. El caballo parecía ser de la misma opinión, y levantaba las pezuñas con despreocupación, dejando atrás las nubes de pequeños tábanos amarillos que intentaban arremolinarse alrededor de sus cascos, con los ojos brillando como diminutos arcoíris al acercarse.

—Disfrútala mientras puedas —le aconsejó William a su montura, acariciándole brevemente las crines—. Más adelante habrá más barro.

La propia carretera, aunque limpia de los arbolillos de liquidámbar y de los pinos trepadores que poblaban esa zona, estaba bastante enlodada, a decir verdad. Pero no tenía nada que ver con los traicioneros cenagales y las inesperadas charcas que acechaban al otro lado del entramado de árboles. Se levantó ligeramente sobre los estribos mirando con atención el camino que tenía ante sí.

¿Cuánto faltaba?, se preguntó. Dismal Town se alzaba a orillas del lago Drummond, que se encontraba en medio del pantano. Pero nunca se había adentrado tanto como ahora en el Great Dismal, y no tenía ni idea de sus dimensiones reales.

La carretera no llegaba hasta el lago, eso lo sabía. Pero sin duda habría un rastro que seguir. Los habitantes de Dismal Town debían de ir y venir de vez en cuando.

—Washington —repitió en voz baja—. Washington, Cartwright, Harrington, Carver.

Ésos eran los nombres de los caballeros lealistas de Dismal Town que le había dado el capitán Richardson. Se los había confiado a su memoria y había quemado puntillosamente la hoja de papel en la que estaban escritos. Sin embargo, una vez hecho eso, se apoderó de él un pánico irracional a olvidar los nombres, por lo que había estado repitiéndolos para sí a intervalos a lo largo de toda la mañana.

Estaba ya avanzado el mediodía, y las tenues nubes de la mañana se habían ido entretejiendo en un cielo encapotado del color de la lana sucia. Inspiró despacio, pero el aire todavía no tenía ese estimulante aroma a chubasco inminente. Además del penetrante hedor del pantano —un intenso olor a barro y a plantas en putrefacción—, percibía el olor de su propia piel, salado e intenso. Se había lavado las manos y la cabeza como había podido, pero llevaba dos semanas sin lavarse ni cambiarse la ropa; la áspera camisa de cazador y los rústicos pantalones comenzaban a causarle un picor considerable.

Aunque tal vez no se tratara tan sólo de sudor seco y suciedad. Se rascó con fuerza al notar una sensación de hormigueo dentro de los pantalones. Juraría que había pillado algún piojo en la última taberna.

El piojo, si es que era un piojo, desistió sabiamente y el picor se extinguió. Aliviado, William respiró hondo y se fijó en que los olores del pantano se habían vuelto más acres, pues la savia de los árboles resinosos manaba en respuesta a la lluvia inminente. El aire había adquirido de improviso una cualidad amortiguadora que atenuaba los sonidos. Los pájaros habían cesado de cantar. Era como si el caballo y él avanzaran solos por un mundo envuelto en algodón.

A William no le importaba estar solo. Había crecido esencialmente solo, sin hermanos ni hermanas, y se encontraba a gusto en su propia compañía. Además, se dijo, la soledad era buena para pensar.

—Washington, Cartwright, Harrington y Carver —cantó con voz suave. Pero, aparte de los nombres, no tenía gran cosa en que pensar en relación con su presente encargo y descubrió que sus pensamientos tomaban un rumbo más familiar.

En lo que pensaba con mayor frecuencia cuando viajaba era en las mujeres, de modo que se tocó el bolsillo por debajo del faldón del abrigo, pensativo. En el bolsillo llevaba un librito. Había sido su elección, con ocasión de ese viaje: entre el Nuevo Testamento que le había regalado su abuela y el preciado *List of Covent Garden Ladies* de Harris. No había color.

Cuando William tenía dieciséis años, su padre los había pillado a él y a un amigo absortos en las páginas de un ejemplar de la famosa guía del señor Harris, que describía los esplendores de las cortesanas de Londres, propiedad del padre de su amigo. Lord John había arqueado una ceja y había hojeado el libro despacio, deteniéndose de vez en cuando a arquear la otra. Después, había cerrado el libro, había respirado profundamente, y les había dado una breve conferencia acerca del necesario respeto debido al sexo femenino y, a continuación, había mandado a los chicos a buscar sus sombreros.

En una casa discreta y elegante situada al final de la calle Brydges, habían tomado el té con una dama escocesa muy bien vestida, una tal señora McNab, que parecía estar en términos muy amistosos con su padre. Al terminar el tentempié, la señora McNab había hecho sonar una campanita de cobre y...

William cambió de postura en la silla de montar, con un suspiro. Se llamaba Margery, y él le escribió en su día un ardiente panegírico. Estaba locamente enamorado de ella.

Regresó allí después de una semana febril echando cuentas con la idea fija de proponerle matrimonio. La señora McNab lo recibió amablemente, escuchó sus vacilantes declaraciones con comprensiva atención y después le dijo que estaba segura de que a Margery le agradaría que tuviera tan buena opinión de ella, pero que, por desgracia, en aquel preciso momento estaba ocupada. Sin embargo, había una dulce jovencita llamada Peggy, que acababa de llegar de Devonshire, que parecía encantadora y que sin duda estaría complacida de conversar un poco con él mientras esperaba para hablar con Margery...

El hecho de darse cuenta de que, en aquel preciso instante, Margery estaba haciendo con otro lo que había hecho con él fue un golpe tan demoledor que se quedó sentado mirando boquiabierto a la señora McNab, y sólo volvió a la realidad cuando entró Peggy con la cara fresca, sonriente, y con una muy notable...

—¡Ah! —William se dio un manotazo en la nuca, donde le había picado un tábano, y soltó una palabrota.

El caballo había aminorado la marcha sin que él lo notara, y cuando quiso darse cuenta...

Soltó otra palabrota, más fuerte. La carretera había desaparecido.

—¿Cómo diantre ha podido suceder esto? —Lo dijo en voz alta, pero su voz sonó pequeña, apagada por el entramado de árboles.

Los tábanos lo habían seguido. Uno picó al caballo, que resopló y sacudió violentamente la cabeza.

—Vamos —dijo William, más tranquilo—. No puede estar lejos, ¿verdad? La encontraremos.

Pasó la rienda alrededor de la cabeza del animal y avanzó despacio, describiendo lo que esperaba fuese un amplio semicírculo que acabase dando con la carretera. Allí, el terreno estaba húmedo, con matas de hierba larga y enredada, pero no pantanoso. Los cascos del caballo dejaban profundas huellas curvas allí donde se hundían en el barro, y densos terrones de hierba y lodo enredados salían disparados, adhiriéndose a los corvejones del animal y a las botas de William.

Había estado dirigiéndose hacia el norte-noroeste... Miró al cielo de manera instintiva, pero no encontró en él ayuda alguna. El gris pálido uniforme estaba cambiando, y alguna que otra nube barriguda asomaba protuberante entre la capa amortiguadora, lúgubre y susurrante. Oyó un débil rumor de truenos y soltó otra maldición.

Su reloj emitía un tenue tictac, un sonido curiosamente tranquilizador. Refrenó un momento a su montura, pues no quería arriesgarse a que se le cayera el reloj en el barro, y se lo sacó de la faltriquera. Eran las tres.

—No está mal —le dijo al caballo, animado—. Aún tenemos muchísimas horas de luz.

Claro que eso era un puro tecnicismo dadas las condiciones atmosféricas. Bien podría haber estado anocheciendo.

Miró las nubes que se aglomeraban en el cielo, reflexionando. No cabía la menor duda: iba a llover, y pronto. Bueno, no sería la primera vez que él y el caballo se mojaban. Suspiró, desmontó y desenrolló su saco de dormir de lona, que era parte de su equipamiento militar. Volvió a ponerse en pie, con la lona en torno a los hombros, con el sombrero desatado y bien encasquetado, y reanudó su tenaz búsqueda de la carretera.

Las primeras gotas cayeron golpeteando, y un olor particular ascendió del pantano como respuesta. Un olor a tierra, rico, verde y... fecundo, en cierto modo, como si el pantano se estirara, abriendo su cuerpo al cielo con perezoso placer, liberando su olor como el perfume que se desprende de la cascada de pelo de una prostituta de lujo.

William tocó con un gesto reflejo el libro que llevaba en el bolsillo, pensando en anotar ese poético pensamiento en los márgenes, pero luego agitó la cabeza murmurando «Idiota» para sí mismo.

No es que estuviera realmente preocupado. Como le había explicado al capitán Richardson, había entrado y salido del Great Dismal en muchas ocasiones. Claro está que, entonces, no iba solo. Él y su padre habían ido allí de vez en cuando con una partida de caza o con algunos de los amigos indios de su padre. Y de eso hacía algunos años. Pero...

—¡Mierda! —exclamó.

Había hecho cruzar al caballo por lo que esperaba que fuera el borde lleno de matorrales de la carretera, pero sólo halló más matorrales, oscuras matas peludas de juníperos, aromáticos como un vaso de ginebra holandesa bajo la lluvia. No había espacio para dar media vuelta. Hablando entre dientes, le dio un rodillazo al caballo y retrocedió, chasqueando la lengua.

Inquieto, vio que las huellas de los cascos de su montura se llenaban lentamente de agua, pero no dc agua de lluvia. El suelo estaba mojado. Muy mojado. Oyó el ruido de succión que producían los cascos negros del caballo al hundirse en el fango y, de forma mecánica, se inclinó hacia delante, golpeando con apremio al animal en las costillas.

El corcel, cogido por sorpresa, se tambaleó, recuperó el equilibrio, sus patas traseras cedieron de improviso, resbaló en el fango y levantó de golpe la cabeza, relinchando sorprendido. William, que estaba igualmente desprevenido, salió disparado por encima del saco de dormir en el que se había envuelto y aterrizó con un chapoteo.

Se levantó como un gato escaldado, aterrado ante la idea de que lo engullese alguna de las áreas de arenas movedizas que acechaban en el Great Dismal. Una vez había visto en una de ellas el esqueleto de un ciervo: apenas se veía nada más que el cráneo con la cornamenta, medio hundido y retorcido hacia un lado, mostrando los largos dientes amarillos en lo que él imaginó sería un grito.

Chapoteó a toda prisa hacia una mata, saltó sobre ella y se quedó allí acuclillado como el rey de los sapos, con el corazón aporreándole el pecho. Su caballo... ¿estaba atrapado?, ¿se había quedado apresado en el barro?

El animal estaba en el suelo, agitándose en el lodo, relinchando de pánico y lanzando agua fangosa en todas direcciones mientras se debatía.

—Santo Dios. —Agarró con fuerza unos manojos de hierba áspera intentando mantener un precario equilibrio.

¿Eran arenas movedizas, o sólo un lodazal?

Con los dientes apretados, estiró una larga pierna y apoyó el pie con cautela en la agitada superficie. Su bota se hundió... y se hundió... La retiró a toda prisa, pero salió con facilidad con un ¡plop! de agua y barro. Otra vez... sí, ¡tenía fondo! Muy bien, ahora la otra... Se puso en pie, agitando los brazos como una cigüeña para estabilizarse, y...

—¡Estupendo! —exclamó sin aliento.

No era más que un lodazal, ¡gracias a Dios!

Avanzó salpicando hacia el caballo y recogió el saco de dormir de lona que había soltado al caer. Se lo arrojó al animal sobre la cabeza y le cubrió a toda prisa los ojos con él. Eso era lo que se hacía con un caballo que estaba demasiado asustado para hacerlo salir de un granero en llamas. Su padre se lo había enseñado cuando, un año, un rayo había alcanzado el granero de Monte Josiah.

Con asombro, comprobó que parecía de ayuda. El caballo sacudía la cabeza de un lado a otro, pero había cesado de agitar las patas. Asió las riendas y le sopló al animal en las narices, diciéndole tonterías para calmarlo.

El caballo resopló, salpicándolo de gotitas, pero pareció serenarse. William le levantó la cabeza y el animal rodó sobre su pecho desplazando un montón de agua fangosa y, casi con el mismo movimiento, se irguió con esfuerzo sobre sus patas. Se sacudió de la cabeza hasta la cola, con lo que la lona se desprendió y el barro lo salpicó todo a tres metros de distancia.

William estaba demasiado contento como para que eso le importara. Cogió la lona por un extremo y la retiró, y luego se hizo con las riendas.

—Bien —jadeó—. Salgamos de aquí.

El caballo no le prestaba atención. Su cabeza plana se alzó de repente, vuelta hacia un lado.

—¿Qué...?

Los enormes ollares brillaban rojos y, con un gruñido explosivo, el animal pasó desbocado junto a él arrancándole las bridas de las manos y lo dejó tirado en el agua... otra vez.

—¡Maldito cabrón! ¿Qué demonios...?

William calló en seco, agachado en el barro. Una cosa larga, parda y extremadamente veloz pasó a menos de un metro de él. Una cosa grande.

Volvió de golpe la cabeza, pero había desaparecido ya, silencioso, tras el caballo que corría a tontas y a locas y cuya huida aterrorizada oía desvanecerse en la distancia, puntuada por el rumor de arbustos quebrados y el ocasional ruido metálico del equipo que iba perdiendo.

Tragó saliva. Había oído decir que de vez en cuando los pumas cazaban juntos en parejas.

Se le erizaron los pelos de la nuca y volvió la cabeza tanto como pudo, temeroso de llamar la atención de cualquier cosa que pudiera estar acechando en la oscura maraña de árboles del caucho y maleza que se erguía tras él. Silencio, salvo por el golpeteo creciente de las gotas de lluvia sobre el pantano.

Una garceta irrumpió blanca de entre los árboles al otro lado del lodazal y a punto estuvo de provocarle un paro cardíaco. Se quedó inmóvil, conteniendo la respiración hasta casi ahogarse en su esfuerzo por escuchar, pero no sucedió nada, por lo que, al final, respiró y se levantó del suelo con los faldones del abrigo pegados a los muslos, chorreando.

Estaba de pie en un lodazal de turba. Bajo sus pies crecía una vegetación esponjosa, pero el agua le llegaba por encima de las rodillas. No se hundía, aunque no podía sacar las botas con los pies dentro de ellas, así que se vio obligado a arrancar los pies, uno detrás de otro, y luego liberar las botas y chapalear hasta un lugar más alto con las medias, botas en mano.

Tras alcanzar el refugio de un tronco podrido, se sentó para vaciar sus botas de agua, evaluando tristemente su situación mientras se las volvía a calzar.

Se había perdido. En un pantano que era famoso por haber devorado a un número indefinido de personas, tanto indios como blancos. A pie, sin comida, fuego ni cobijo alguno salvo la tenue protección que le ofrecía su saco de dormir, el típico saco de dormir del ejército, un saco de dormir en el sentido literal, hecho de lona, con una abertura para poder rellenarlo de paja o hierba seca, y en sus actuales circunstancias estaba claro que ambas cosas brillaban por su ausencia. Aparte de eso, todo cuanto poseía era el contenido de sus bolsillos, a saber, una navaja de resorte, un lápiz de mina de plomo, un poco de pan y queso muy pasados, un pañuelo sucísimo, unas cuantas monedas, el reloj y el libro, también empapado, sin lugar a dudas. Se palpó los bolsillos para comprobarlo, descubrió que el reloj se había parado y que el libro había desaparecido, y soltó una palabrota en voz alta.

Eso pareció resultarle de ayuda, así que lo volvió a hacer. Ahora llovía con intensidad, aunque dada su situación no era que le importase lo más mínimo. El piojo de sus pantalones, que, evidentemente, al despertar, había descubierto que su hábitat estaba inundado, partió en resuelta expedición en busca de una morada más seca.

Mascullando blasfemias, se puso en pie con la cabeza envuelta en la lona vacía y, rascándose, cojeó en la dirección en que había salido corriendo su caballo.

No encontró al caballo. O lo había matado el puma en algún lugar que no alcanzaba a ver o había escapado y vagaba ahora por el pantano. Sí halló, en cambio, dos objetos que habían caído de la silla: un paquetito encerado que contenía tabaco y una sartén. Ni una cosa ni la otra parecían tener una utilidad inmediata, pero se resistía a separarse de todo vestigio de civilización.

Calado hasta los huesos y temblando bajo la escasa protección de su lona, se agachó entre las raíces de un árbol del caucho mientras observaba cómo los relámpagos hendían el cielo nocturno. Cada destello azul y blanco lo cegaba, incluso con los párpados cerrados, y cada estruendo de trueno sacudía el aire, que se había vuelto cortante como un cuchillo con el olor acre de los rayos y de las cosas quemadas.

Casi se había acostumbrado al cañoneo cuando una tremenda explosión lo tiró al suelo y lo arrastró resbalando de costado sobre el barro y las hojas podridas. Ahogándose y jadeando, se sentó y se limpió el barro de la cara. ¿Qué demonios había pasado? Un intenso dolor en el brazo atravesó su confusión y, al mirar, vio al resplandor de un relámpago que una astilla de madera de unos quince centímetros de largo se había incrustado en la carne de su antebrazo derecho.

Mirando frenético a su alrededor, vio que la ciénaga inmediata estaba tachonada de astillas y pedazos de madera fresca, y sintió el aroma a savia y a duramen que ascendía, penetrante, entre el olor caliente y móvil de la electricidad.

Eso era. Otro destello, y lo vio. Se había fijado antes en un enorme ciprés calvo situado a treinta metros de distancia, pensando en utilizarlo como referencia al amanecer. Era, con diferencia, el mayor árbol a la vista. Ahora ya no: a la luz de los rayos no veía más que aire vacío allí donde había estado el imponente tronco. Otro destello, y divisó la maltrecha estaca de lo que quedaba de él.

Tembloroso y medio sordo por los truenos, se arrancó la astilla del brazo y presionó la tela de su camisa en la herida para que dejase de sangrar. No era profunda, pero el susto de la explosión hacía que le temblara la mano. Se envolvió bien los hombros con la lona para protegerse de la fuerte lluvia y de nuevo se acurrucó entre las raíces del gomero.

Durante la noche, en algún momento, la tormenta pasó y, al cesar el ruido, se sumió en un sueño agitado del que despertó mirando a la nada blanca de la niebla.

Lo invadió un frío que no tenía nada que ver con el que te helaba hasta los huesos al alba. Había pasado su infancia en el Distrito de los Lagos de Inglaterra, y sabía por sus más tempranos recuerdos que la aparición de la niebla en los montes era un peligro. Las ovejas se perdían a menudo en medio de la niebla y sucumbían, separadas del rebaño y muertas por perros o zorros, heladas, o simplemente desaparecían. A veces también los hombres se perdían en la niebla.

«Los muertos acuden con la niebla», decía el aya Elspeth. La recordaba muy bien, una anciana delgada, de espalda recta y que no tenía miedo a nada, de pie junto a la ventana de la habitación de los niños, mirando la flotante sábana blanca. Lo había dicho en voz baja, como para sí. No creía que hubiera reparado en que él estaba allí. Al darse cuenta, corrió la cortina con un enérgico chasquido y fue a prepararle el té, sin añadir una palabra más.

No le vendría mal una taza de té caliente, pensó, y a ser posible con un buen chorro de whisky. Té caliente, tostadas calientes con mantequilla, sándwiches de mermelada, y pastel...

Pensar en los tés que le preparaba el aya le recordó su trozo de pan con queso pasado, y se lo sacó con cuidado del bolsillo, infinitamente reconfortado por su presencia. Se lo comió despacio, saboreando la insípida masa como si fuera melocotón macerado en coñac, y se sintió mucho mejor a pesar del húmedo contacto de la niebla en la cara, del agua que goteaba de las puntas de sus cabellos, y del hecho de seguir calado hasta los huesos. Le dolían los músculos de temblar toda la noche.

Había tenido la idea de poner la sartén bajo la lluvia la noche anterior, de modo que tenía agua fresca para beber, con un delicioso sabor a grasa de beicon.

—No está mal —dijo en voz alta, secándose la boca—. Aún.

Su voz sonaba rara. Las voces siempre sonaban raras en medio de la niebla.

Se había perdido en la niebla dos veces con anterioridad y no tenía ninguna gana de repetir la experiencia, aunque la repetía de cuando en cuando en sus pesadillas. Tambaleándose a ciegas en una niebla tan densa que no veía sus propios pies, oyendo las voces de los muertos.

Cerró los ojos, pues prefería la oscuridad momentánea a la espiral de la niebla, pero seguía sintiendo sus dedos, fríos en el rostro.

En el pasado había oído las voces. Ahora intentó no escuchar.

Se puso en pie, decidido. Tenía que moverse. Pero, al mismo tiempo, deambular a ciegas entre arenas movedizas y vegetación que se enganchaba a la ropa sería una locura.

Se ató la sartén al cinturón y, tras colgarse la lona mojada sobre el hombro, extendió una mano y comenzó a palpar. Los juníperos no le servirían. La madera se rompía en pedazos al cortarla con el cuchillo, y los árboles crecían allí de tal modo que no había ni una rama que discurriera recta más de unos centímetros. El gomero o el tupelo eran mejores, pero un aliso sería lo ideal.

Encontró un grupito de alisos jóvenes tras deslizarse cautelosamente entre la niebla durante una eternidad, plantando un pie cada vez y esperando a ver qué sucedía, deteniéndose siempre que se topaba con un árbol para llevarse las hojas a la boca y a la nariz con el fin de identificarlo.

Buscando a tientas entre los delgados troncos, eligió uno de cerca de tres centímetros de diámetro y, asentando los pies con firmeza, lo agarró con ambas manos y lo arrancó. Salió, con un quejido de tierra que cede y una lluvia de hojas, y un cuerpo pesado se deslizó de pronto sobre su bota. Soltó un grito e intentó aplastarlo con las raíces del arbolillo, pero la serpiente hacía ya mucho que había huido.

Sudando a pesar del frío, cogió la sartén y la utilizó para cavar con cuidado en la tierra invisible. Al no observar ningún movimiento y hallar la superficie relativamente firme, le dio la vuelta a la sartén y se sentó sobre ella.

Tras aproximar la madera a su rostro, logró distinguir los movimientos de sus manos con claridad suficiente como para evitar cortarse y, con bastante esfuerzo, consiguió quitarle al árbol la corteza y cortar una vara de unos prácticos dos metros. Acto seguido, se puso a tallar el extremo hasta obtener una punta afilada.

El Great Dismal era peligroso, pero estaba rebosante de caza. Eso era lo que atraía a los cazadores a sus misteriosas profundidades. William no intentaría matar un oso, ni siquiera un ciervo, con una lanza casera. Sin embargo, era bastante hábil arponeando ranas, o por lo menos lo había sido. Un mozo de cuadra de la finca de su abuelo le había enseñado a hacerlo mucho tiempo antes, lo había hecho a menudo con su padre en Virginia y, aunque no era una habilidad que hubiera tenido ocasión de practicar en los últimos años en Londres, estaba seguro de que no la había olvidado.

Podía oír las ranas a su alrededor, alegres y nada impresionadas por la niebla.

—*Brek-ek-ek-ex, co-ax, co-ax. Brek-ek-ek-ex, co-ax, co-ax* —murmuró—. *¡Brek-ek-ek-ex co-ax!*

Las ranas parecieron igualmente poco impresionadas con su cita de Aristófanes.

—Muy bien, ya veréis —les dijo probando la punta de su lanza con el pulgar.

Adecuada. Lo ideal era que una lanza de arponear tuviera forma de tridente... Bueno, ¿y por qué no? Tenía tiempo.

Mordiéndose la lengua concentrado, procedió a tallar otras dos púas afiladas y encajarlas en un par de muescas para unirlas a la lanza principal. Consideró por unos instantes trenzar unas tiras de corteza de junípero para sujetarlas, pero rechazó esa idea en favor de destejer un largo trozo de hilo del bajo deshilachado de su camisa.

El pantano estaba saturado de agua después de la tormenta. Había perdido su yesquero, pero dudaba de que ni siquiera una de las descargas eléctricas de Jehová, como las que había presenciado la noche anterior, pudieran encender un fuego en ese lugar. Por otra parte, cuando saliera el sol y lograra por fin cazar una rana, lo más probable es que estuviese lo bastante desesperado como para comérsela cruda.

Paradójicamente, halló esa idea reconfortante. No iba a morirse de hambre, ni tampoco de sed, pues estar en ese pantano era como vivir en una esponja.

No tenía nada tan definido como para llamarlo plan. Sólo el conocimiento de que el pantano era grande pero finito. Siendo así, una vez contara con el sol para orientarse y pudiese asegurarse de no avanzar en círculos, su intención era caminar en línea recta hasta alcanzar el lago o tierra firme. Si encontraba el lago... bueno, Dismal Town se alzaba en sus orillas. Sólo debía recorrer su circunferencia y acabaría por encontrarlo.

Así que, siempre que anduviese con cuidado con las arenas movedizas, no fuera presa de ningún animal grande, no lo mordiera una serpiente venenosa y no cogiera fiebres por beber agua pútrida o a causa de los miasmas del pantano, todo iría bien.

Verificó la atadura hincando suavemente la lanza en el barro y le pareció segura. Ahora ya no tenía más que esperar a que la niebla se levantase.

La niebla no parecía tener intención de levantarse. Si acaso, era aún más densa. Apenas si podía distinguir sus dedos a escasos centímetros de sus ojos. Suspirando, se envolvió en el abrigo mojado, dejó la lanza a su lado y agitó la espalda hasta encontrar un apoyo precario en los alisos restantes. Se rodeó las rodillas con los brazos para preservar el poco calor que su cuerpo conservaba todavía y cerró los ojos para dejar fuera la bruma.

Las ranas seguían croando. Pero, ahora sin distracción, comenzó a fijarse en los otros sonidos del pantano. La mayoría de los pájaros estaban en silencio, esperando a que se disipara la niebla igual que él, pero, de vez en cuando, el *bumm* profundo e inesperado de un avetoro resonaba entre la niebla. De tanto en tanto se oían chapoteos y ruidos de animales que se escabullían a toda prisa. ¿Ratas almizcleras?, se preguntó.

Un fuerte *¡choff!* Probablemente una tortuga que se había dejado caer al agua desde un tronco. Prefería esos sonidos, porque sabía qué eran. Más inquietantes eran los débiles crujidos, que podían ser ramas que rozaban entre sí —aunque, sin lugar a dudas, el aire estaba demasiado quieto para que hiciera viento, ¿no?—, o el movimiento de algo que estaba de caza. El chillido estridente de un animal pequeño se cortó de repente, así como los crujidos y los gemidos del propio pantano.

Había oído a las rocas hablando consigo mismas en Helwater, en el Distrito de los Lagos, el hogar de sus abuelos maternos. En medio de la niebla. No se lo había contado a nadie.

Se movió ligeramente y notó algo justo bajo la barbilla. Se dio un manotazo en ese lugar y descubrió una sanguijuela que se le había adherido al cuello. La desprendió asqueado y la arrojó tan lejos como pudo entre la niebla. Palpándose el cuerpo con manos temblorosas, volvió a ponerse en cuclillas, mientras intentaba evitar los recuerdos que acudían en oleadas con la bruma que se arremolinaba. Había oído a su madre —su madre de verdad— susurrándole también. Por eso se había adentrado en la niebla. Estaban de picnic en las montañas, sus abuelos, y mamá Isobel y unos amigos, con algunos criados. Cuando bajó la bruma, de improviso, como sucedía a veces, todos se apresuraron a recoger las cosas del almuerzo y lo dejaron solo, observando cómo el inexorable muro blanco avanzaba hacia él.

Y habría jurado que había oído susurrar a una mujer, demasiado bajo como para poder distinguir las palabras, pero con una gran sensación de añoranza, y había sabido que le hablaba a él.

Y se había adentrado en la niebla. Por unos instantes, se sintió fascinado por el movimiento del vapor de agua a ras de suelo, la forma en que oscilaba y brillaba y parecía estar dotado de vida. Pero, entonces, la bruma se volvió más impenetrable y supo que se había perdido.

Llamó. Primero a la mujer que pensó que debía de ser su madre. «Los muertos acuden con la niebla.» Eso era casi todo lo que sabía de su madre, que estaba muerta. Cuando murió, no era mayor de lo que era él ahora. Había visto tres retratos suyos. Decían que había heredado de ella el pelo y su buena mano con los caballos.

Le había contestado, juraría que le había contestado, pero con una voz sin palabras. Había sentido la caricia de unos dedos fríos en la cara, y había seguido vagando, extasiado.

Entonces cayó, aparatosamente, rodando sobre las rocas hasta acabar en una pequeña oquedad, magullándose y quedándose sin respiración. La bruma se onduló por encima de él y pasó de largo, apremiante en su prisa por engullirlo todo mientras él yacía aturdido y sin aliento en el fondo de su pequeño declive. Y después empezó a oír el murmullo de las rocas a su alrededor, y se arrastró hasta ponerse en pie y luego corrió, tan rápido como pudo, gritando. Volvió a caer, se levantó y siguió corriendo.

Se precipitó contra el suelo, incapaz de seguir adelante, y se acurrucó aterrorizado y ciego sobre la hierba áspera, rodeado de un vasto vacío. Y, en aquel momento, oyó cómo le llamaban, unas voces que conocía, e intentó responder a gritos, pero tenía la garganta irritada de tanto chillar y no emitió más que roncos ruidos desesperados, mientras corría hacia el lugar del que pensaba que procedían las voces. En medio de la niebla, el sonido se mueve y nada es como parece: ni el sonido, ni el tiempo, ni el espacio.

Una vez y otra, y otra más, corrió hacia las voces, pero cayó sobre algo, tropezó y rodó por una cuesta, chocó contra unos afloramientos rocosos y se encontró agarrado al borde de una escarpa, con las voces ahora a su espalda, extinguiéndose en la niebla, abandonándolo.

Mac lo había encontrado. Una mano grande que lo agarró apareció de repente y, al cabo de un minuto, estaba en pie, magullado, lleno de arañazos y sangrante, pero aferrado a la áspera camisa del mozo de cuadra escocés, cuyos fuertes brazos lo sujetaban como si no fueran a soltarlo nunca.

Tragó saliva. Cuando tenía la pesadilla, a veces se despertaba en brazos de Mac. En ocasiones no era así, y despertaba bañado en un sudor frío y sin poder retomar el sueño por miedo a la niebla que acechaba y a las voces.

Ahora se quedó inmóvil al oír pasos. Respiró con precaución y percibió el inconfundible olor denso de los excrementos de cerdo. No se movió. Los cerdos salvajes eran peligrosos si los asustabas.

Resoplidos, más pasos, el rumor y la lluvia de gotas de agua desprendidas cuando unos cuerpos pesados rozaron las hojas de unas matas de distintos tipos de acebo. Eran varios y avanzaban despacio, pero avanzaban al fin y al cabo. Se sentó de golpe mientras volvía la cabeza de un lado a otro, intentando localizar el sonido con precisión. Nada podía moverse en una dirección concreta en medio de esa niebla, a menos que siguiera un camino.

Multitud de senderos abiertos por los ciervos y utilizados por cualquier cosa, desde zarigüeyas a osos negros, surcaban el pantano. Esas sendas daban infinitas vueltas sin propósito y sólo dos cosas eran ciertas: una, que conducían, en efecto, a una fuente de agua potable, y dos, que no desembocaban en unas arenas movedizas. Lo que, en las actuales circunstancias, a William le bastaba.

De su madre le habían dicho una cosa. «Imprudente —le había dicho su abuela con tristeza, meneando la cabeza—. Fue siempre muy imprudente, muy impulsiva.» Y sus ojos se habían posado en él con aprensión. «Y tú eres exactamente igual que ella —decían aquellos ojos preocupados—. Que Dios nos ampare.»

—Tal vez lo sea —dijo en voz alta y, agarrando su lanza para ranas, se levantó, desafiante—. Pero aún no estoy muerto. Aún no.

Era cuanto sabía. Y que quedarte quieto cuando estabas perdido sólo era buena idea si alguien te estaba buscando.

37

Purgatorio

A mediodía del tercer día encontró el lago.

Había llegado hasta él a través de una catedral de imponentes cipreses calvos, cuyos grandes troncos reforzados surgían como columnas del terreno inundado. Medio muerto de hambre y mareado a causa de una fiebre cada vez más alta, caminó despacio con el agua a la altura de las pantorrillas.

El aire estaba inmóvil. También el agua. El único movimiento era el lento arrastrar de sus pies y el zumbido de los insectos que lo atormentaban. Tenía los ojos hinchados por los picotazos de los mosquitos, y el piojo tenía compañía en forma de garrapatas y pulgas de mar. Las libélulas que pasaban como centellas en todas direcciones no picaban como los cientos de moscas diminutas que se arremolinaban en torno a él, pero tenían su propia forma de tormento: hacían que las mirara, mientras el sol arrancaba destellos dorados, azules y rojos a sus diáfanas alas y sus brillantes cuerpos, mareándolo bajo la luz.

La lisa superficie del agua reflejaba los árboles que se erguían en ella con tanta nitidez que no podía estar seguro de dónde se encontraba, en precario equilibrio entre dos mundos especulares. No hacía más que perder el sentido de lo que era arriba y lo que era abajo, pues la desconcertante imagen a través de las ramas de los altos cipreses de arriba era la misma que la de abajo. Los árboles se alzaban más de dos metros y medio por encima de él, y el hecho de ver las nubes a la deriva que parecían navegar en línea recta entre la suave agitación de las ramas le producía constantemente la extraña sensación de que estaba a punto de caer, aunque no sabía decir si hacia arriba o hacia abajo.

Se había arrancado la esquirla de ciprés del brazo y había hecho cuanto había podido para sangrar la herida, pero aún quedaban pequeñas astillas de madera atrapadas bajo la piel, y tenía el brazo caliente y pulsante. Lo mismo le sucedía a su cabeza. El frío y la niebla habían desaparecido, como si no hubieran existido nunca, y caminaba despacio por un mundo algo trémulo de calor y quietud. Le ardían las cuencas de los ojos.

Si mantenía los ojos fijos en el agua murmurante que se alejaba de sus botas, las olas en forma de «V» quebraban el molesto reflejo y lo sostenían en pie. Pero mirar las libélulas... eso hacía que se tambaleara y desorientara, pues no parecían fijas ni en el aire ni en el agua, sino que eran parte de ambos.

Una extraña depresión surgió en el agua, a escasos centímetros de su pantorrilla derecha. Parpadeó y, entonces, vio la sombra, sintió el peso del macizo cuerpo que avanzaba ondulándose por el agua. Una fea cabeza puntiaguda y triangular.

Tomó aire y se detuvo en seco. La mocasín, afortunadamente, no lo hizo. Observó cómo se alejaba a nado y se preguntó si sería comestible. No importaba. Se le había roto la lanza para ranas, aunque había cazado tres antes de que cediera la frágil atadura. Pequeñas. No tenían mal sabor, a pesar de la textura correosa de la carne cruda. Se le contrajo el estómago, atormentándolo, y contuvo el loco impulso de bucear tras la serpiente, atraparla y arrancarle la carne de los huesos con los dientes.

Quizá pudiera coger un pez.

Permaneció inmóvil varios minutos con el fin de asegurarse de que la serpiente se había marchado. Luego tragó saliva y dio otro paso adelante. Y siguió caminando, con los ojos fijos en las pequeñas olas que formaban sus pies al moverse, rompiendo a su alrededor en fragmentos el agua quieta como un espejo.

Sin embargo, poco después, la superficie comenzó a agitarse, con cientos de pequeñas ondas que lamían la madera marrón grisácea de los cipreses, resplandeciendo de tal modo que desapareció la mareante espiral de árboles y nubes. Levantó la cabeza y vio el lago frente a él.

Era grande. Mucho mayor de lo que esperaba. Gigantescos cipreses calvos brotaban del agua, mientras los tocones y las carcasas de viejos progenitores se decoloraban entre ellos al sol. La otra orilla estaba oscura, densamente poblada de tupelos, alisos y arbustos de viburnum. La propia agua parecía extenderse kilómetros y kilómetros ante él, marrón como el té con la infusión de los árboles que crecían en ella.

Humedeciéndose los labios, se agachó y, con la mano a modo de cucharón, tomó un poco de agua marrón y bebió, y luego volvió a beber. Estaba fresca, algo amarga.

Se pasó una mano húmeda por la cara; la fría humedad hizo que se estremeciera con un súbito escalofrío.

—Muy bien, pues —dijo sintiendo que le faltaba el aliento.

Siguió avanzando mientras la tierra descendía gradualmente bajo sus pies hasta hallarse en aguas abiertas, con la densa vegetación del pantano a su espalda. Aún sentía escalofríos, pero los ignoró.

El lago Drummond llevaba el nombre de uno de los primeros gobernadores de Carolina del Norte. Una partida de caza de la que formaba parte el gobernador William Drummond se había adentrado en el pantano. Una semana después, Drummond, el único superviviente, había salido de él tambaleándose, medio muerto a causa del hambre y de las fiebres, pero hablando de un lago enorme e inesperado en medio del Great Dismal.

William hizo una inspiración profunda al tiempo que se estremecía. Bueno, ningún bicho se lo había comido todavía. Y había llegado hasta el lago. ¿En qué dirección estaría Dismal Town?

Examinó la orilla despacio, buscando cualquier rastro de humo de chimenea, cualquier claro en la densa vegetación que pudiera indicar un asentamiento. Nada.

Con un suspiro, se metió una mano en el bolsillo y encontró una moneda de seis peniques. La lanzó al aire y casi se le cayó al querer cogerla, intentando frenéticamente pillarla cuando saltó de entre sus torpes dedos. «¡La tengo, la tengo!» Cruz. Entonces, a la izquierda. Se volvió con decisión y se puso en marcha.

Su pierna chocó con algo dentro del agua, y miró hacia abajo justo a tiempo de ver el destello blanco de la boca de la mocasín al ascender en el agua y dar contra su pierna. Sin pensarlo, levantó el pie y las fauces de la serpiente se hincaron por unos instantes en el cuero de la caña de su bota.

Lanzó un grito y sacudió violentamente la pierna, desprendiendo al reptil, que salió volando y aterrizó en el agua con un chapoteo. En absoluto acobardado, el animal se volvió sobre sí mismo casi al instante y embistió contra él como una flecha, surcando el agua.

William soltó la sartén del cinturón y la balanceó con todas sus fuerzas, sacando a la serpiente del agua y arrojándola al aire. No esperó a ver dónde había caído, sino que dio media vuelta y salió corriendo hacia la orilla entre un mar de salpicaduras.

Buscó rápidamente cobijo entre la vegetación de gomeros y juníperos y se detuvo jadeando, aliviado. Pero el alivio no duró mucho. Una vez allí, sí se volvió a mirar y vio a la serpiente, cuya piel marrón relucía como el cobre, deslizándose tras sus pasos por la orilla; avanzaba en su persecución ondulándose, decidida, sobre la tierra apelmazada.

William soltó un chillido y salió huyendo.

Corrió a lo loco, chapoteando con los pies a cada paso, rebotando contra los árboles y embistiendo contra las ramas que lo abofeteaban, arañándose las piernas con el viburnum y el acebo, a través de los cuales se abría paso con dificultad en medio de una lluvia de hojas y ramitas arrancadas. No miraba hacia atrás, pero a decir verdad tampoco miraba hacia delante, y, así, chocó sin previo aviso contra un hombre que se topó en su camino.

El hombre profirió un grito y cayó hacia atrás, con William encima. Este último se levantó con la ayuda de sus brazos y se encontró mirando a la cara a un indio atónito. Antes de que pudiera disculparse, alguien lo agarró del brazo y lo puso bruscamente en pie de un tirón.

Se trataba de otro indio, que le dijo algo, enfadado y en tono interrogativo. Buscó alguna expresión perdida para poder conversar, no la encontró y, señalando el lago, gritó «¡Serpiente!». Estaba claro que los indios habían entendido la palabra, pues sus rostros adoptaron de inmediato una expresión de cautela y miraron hacia donde apuntaba William. Para corroborar su historia, la irritada mocasín apareció de repente, serpenteando entre las raíces de un árbol del caucho.

Ambos indios soltaron una exclamación, y uno de ellos sacó un garrote de un carcaj que llevaba a la espalda y le asestó un golpe al reptil. Erró, y la serpiente se enroscó al instante en una apretada espiral y se lanzó contra él. También el animal falló, pero no por mucho, y el indio retrocedió a toda prisa al tiempo que soltaba el garrote.

El otro indio dijo algo, indignado. Aferrando su propio garrote, comenzó a moverse con cautela en círculos alrededor de la mocasín. La serpiente, más enfurecida aún por esta persecución, giró sobre sus propios anillos retorcidos con un fuerte silbido y se arrojó como una lanza contra el pie del segundo indio. Éste soltó un grito y dio un salto hacia atrás, aunque no dejó caer el garrote.

William, entretanto, encantado de no ser el motivo de la irritación de la serpiente, se había quitado de en medio. Pero, al ver que el animal perdía momentáneamente el equilibrio —si es que las serpientes tienen equilibrio—, agarró su sartén, la levantó bien alto y la golpeó con el canto con todas sus fuerzas.

Le atizó una y otra vez, impulsado por el pánico, y por fin se detuvo, respirando como el fuelle de un herrero, mientras el sudor se deslizaba por su cara y por su cuerpo. Tragando saliva, levantó la sartén con cautela, a la espera de encontrar a la serpiente hecha un picadillo sangriento sobre el suelo rajado.

Nada. Percibía el olor del animal, un débil hedor como a pepinos podridos, aunque no veía nada. Entornó los ojos en un intento de hallar un sentido al montón de barro aterronado y hojas, y luego miró a los indios. Uno de ellos se encogió de hombros. El otro señaló al lago y dijo algo. Estaba claro que la mocasín había decidido prudentemente que se encontraba en desventaja y había vuelto a sus propias cacerías.

William permaneció de pie, incómodo, sartén en mano. Los hombres intercambiaron entre sí unas sonrisas nerviosas.

Por lo general, se sentía a gusto con los indios. Muchos de ellos cruzaban sus tierras y su padre siempre les daba la bienvenida, fumaba con ellos en el porche y cenaba con ellos. No sabía a qué tribu pertenecían esos dos —sus rostros se parecían a los de algunas de las tribus algonquinas, con pómulos altos y prominentes, pero sin duda estaban muy al sur de sus territorios de caza habituales.

Los indios lo examinaron a su vez e intercambiaron una mirada que le provocó una sensación inquietante en la base de la columna vertebral. Uno de ellos le dijo algo al otro, mirándolo de reojo para ver si comprendía. El otro le dirigió una amplia sonrisa, mostrándole unos dientes manchados de marrón.

—¿Tabaco? —inquirió el indio extendiendo una mano con la palma hacia arriba.

William asintió mientras intentaba respirar más despacio, y buscó lentamente en el bolsillo de su abrigo con la mano derecha para no tener que dejar la sartén que sujetaba con la izquierda.

Era probable que aquellos dos conocieran el camino para salir del pantano. Tenía que establecer unas relaciones cordiales y luego... Trataba de pensar con lógica, pero sus mermadas facultades estaban interfiriendo. Sus mermadas facultades opinaban que debía salir de allí pitando, enseguida.

Sacó el paquete encerado de tabaco y se lo lanzó con tanta fuerza como pudo al indio que llevaba la voz cantante, quien se estaba acercando a él, y echó a correr.

Oyó una exclamación de sorpresa a su espalda, seguida del sonido de gruñidos y de pasos. Sus mermadas facultades, cuya aprensión estaba absolutamente justificada, lo espoleaban, pero no podría seguir así mucho tiempo. Mientras huía de la serpiente, había consumido la mayor parte de las fuerzas que le quedaban, y verse forzado a correr con una sartén de hierro en una mano no mejoraba las cosas.

Lo mejor que podía hacer era distanciarse lo bastante de ellos para buscar un escondite. Con esa idea en mente, se obligó a esforzarse más, corriendo a toda velocidad por terreno abierto bajo un grupo de gomeros, virando bruscamente después y atravesando un bosquete de juníperos para reaparecer casi de inmediato en una senda de las que utilizaban los animales. Titubeó unos instantes —¿debería ocultarse en el bosquete?—, pero la urgencia de correr era abrumadora, de modo que se lanzó por la estrecha senda, mientras las enredaderas y las ramas se le enganchaban en la ropa.

Oyó a los cerdos a tiempo, a Dios gracias. Bufidos y gruñidos de sorpresa, y un fuerte crujir de arbustos y ruidos de succión, cuando unos cuantos cuerpos pesados se pusieron en pie. Olía a barro caliente y al hedor de la carne del cerdo. Debía de haber un revolcadero tras el recodo del camino.

—Mierda —dijo en voz baja, y saltó para ocultarse en el arbusto fuera del sendero. Y ¿ahora qué? ¿Debía trepar a un árbol? Estaba jadeando, y el sudor se le metía en los ojos.

Todos los árboles de los alrededores eran juníperos, algunos muy grandes, pero densos y retorcidos, imposibles de escalar. Rodeó uno de ellos y se agazapó tras él intentando calmar su respiración.

El corazón le martilleaba en los oídos; nunca oiría la persecución. Algo le tocó la mano, y blandió la sartén de manera automática conforme se ponía en pie de un salto.

El perro emitió un gañido de sorpresa cuando la sartén rebotó sobre su hombro y luego le mostró los dientes y le gruñó.

—¿Qué diantre estás haciendo tú aquí? —le susurró William. Joder, ¡aquel animal era tan grande como un caballo pequeño!

Al perro se le erizó el pelo, dándole un aspecto idéntico al de un lobo —Jesús, ¿no sería un lobo?— y se puso a ladrar.

—¡Cállate, por el amor de Dios! —Pero era demasiado tarde. Podía oír las voces de los indios, excitadas y bastante próximas—. No te muevas —murmuró, acercando al perro la palma de la mano al tiempo que retrocedía—. No te muevas. Buen chico.

El perro no se quedó quieto, sino que lo siguió, sin dejar de gruñir y de ladrar. El ruido molestó aún más a los cerdos. Se oyó un retumbar de pezuñas en el camino y el grito de uno de los indios.

William percibió un ligero movimiento con el rabillo del ojo y giró en redondo con el arma a punto. Un indio muy alto lo miró parpadeando. Demonios, había más.

—Déjalo, perro —dijo el indio en tono suave y con un claro acento escocés.

William parpadeó.

El perro cesó, en efecto, de ladrar, aunque continuó describiendo círculos a su alrededor, alarmantemente cerca y sin dejar de gruñir.

—¿Quién...? —comenzó William, pero lo interrumpieron los dos indios del principio, que surgieron ahora de repente de entre la maleza.

Se detuvieron de golpe al ver al recién llegado y le echaron una mirada precavida al perro, que desvió su atención hacia ellos arrugando el morro y mostrando una impresionante batería de dientes refulgentes.

Uno de los indios originales le dijo algo incisivo al recién llegado (gracias a Dios, no iban juntos). El indio alto contestó en un tono a todas luces hostil. William no tenía ni idea de lo que había dicho, pero a los otros dos no les sentó bien. Sus rostros se ensombrecieron y uno de ellos llevó impulsivamente la mano al garrote. El perro emitió una especie de gorgoteo gutural y la mano bajó de inmediato.

Los indios iniciales parecían dispuestos a discutir, pero el indio alto los interrumpió con un comentario perentorio y agitó una mano con un gesto inconfundible que venía a decir «Podéis marcharos». Los otros dos intercambiaron unas miradas y William se enderezó, se colocó junto al indio alto y los miró de manera fulminante. Uno de ellos le devolvió una mirada maligna, pero su amigo desplazó pensativo los ojos del indio alto al perro y meneó la cabeza con un movimiento casi imperceptible. Sin más, ambos dieron media vuelta y se marcharon.

A William le temblaban las piernas, y lo asaltaban oleadas de calor a causa de la fiebre. A pesar de lo poco que lo atraía ponerse más de lo necesario al nivel del perro, se sentó en el suelo. Tenía los dedos entumecidos por haber agarrado con tanta fuerza el mango de la sartén. Con cierto esfuerzo, los extendió y dejó el objeto a su lado.

—Gracias —dijo, y se pasó una manga por la mandíbula sudorosa—. ¿Habla usted inglés?

—He conocido ingleses que dirían que no, pero creo que usted me entenderá, por lo menos.

El indio se sentó a su lado mirándolo con curiosidad.

—¡Dios mío! —exclamó William—, usted no es indio.

Sin lugar a dudas, aquélla no era una cara algonquina. Ahora que lo veía con mayor claridad, el hombre era mucho más joven de lo que había pensado, quizá sólo algo mayor que él, y era blanco, sin duda, aunque tenía la piel bronceada por el sol y llevaba tatuajes en el rostro, una doble línea de puntos que formaban espiras sobre sus pómulos. Vestía camisa y pantalones ajustados de cuero, y llevaba un tartán rojo y negro de lo más incongruente al hombro.

—Sí, lo soy —repuso el hombre con sequedad. Alzó la barbilla indicando la dirección que habían tomado los indios al marcharse—. ¿Dónde ha encontrado a ese par?

—Junto al lago. Me han pedido tabaco y... se lo he dado. Pero después me han perseguido. No sé por qué.

El hombre se encogió de hombros.

—Querían llevarlo al oeste y venderlo como esclavo en las tierras de los shawnee. —Esbozó una breve sonrisa—. Me han ofrecido comprarlo a mitad de precio.

William respiró hondo.

—En tal caso, gracias. Es decir, supongo que no tendrá usted intención de hacer lo mismo...

El hombre no llegó a soltar una carcajada, pero sí dio claras muestras de regocijo.

—No. Yo no me dirijo al oeste.

William comenzó a sentirse algo mejor, aunque el calor del esfuerzo estaba empezando a dar paso de nuevo a los escalofríos. Se rodeó las rodillas con los brazos. El derecho comenzaba a dolerle otra vez.

—¿Usted no... cree que vayan a volver?

—No —contestó el hombre con despreocupada indiferencia—. Les he dicho que se fueran.

William se lo quedó mirando.

—¿Y por qué cree que van a hacer lo que les ha dicho?

—Porque son mingo —repuso el hombre con paciencia—, y yo soy kahnyen'kehaka, un mohawk. Me temen.

William lo miró con atención, aunque el hombre no le estaba tomando el pelo. Era casi tan alto como él, pero fino como el látigo de un cochero, y llevaba el cabello castaño oscuro peinado hacia atrás con grasa de oso. Parecía competente, pero no alguien que inspirara miedo.

El hombre lo estaba estudiando con idéntico interés. William tosió y se aclaró la garganta. Acto seguido, le tendió la mano.

—Su seguro servidor, señor. Soy William Ransom.

—Oh, lo conozco muy bien —replicó el hombre con una nota bastante extraña en la voz. Le tendió la mano a su vez y estrechó la de William con firmeza—. Ian Murray. Nos conocemos. —Sus ojos se pasearon sobre la ropa desaliñada y hecha harapos de William, su rostro sudoroso y lleno de rasguños, y sus botas recubiertas de barro seco—. Tiene un aspecto ligeramente mejor que la última vez que lo vi, pero no demasiado.

Murray retiró la olla de campaña del fuego y la dejó en el suelo. Puso el cuchillo sobre las brasas durante unos instantes y después sumergió la hoja candente en la sartén, ahora llena de agua. El metal caliente emitió un silbido y desprendió nubes de vapor.

—¿Listo? —preguntó.

—Sí.

William se arrodilló junto a un gran tronco de álamo y apoyó el brazo herido sobre la madera. Se veía hinchado a simple vista y mostraba la protuberancia de una gran esquirla oscura bajo la piel, que estaba tirante alrededor de la herida, transparente a causa del pus y dolorosamente inflamada.

El mohawk —no podía pensar en él como otra cosa, a pesar del nombre y del acento— lo miró por encima del tronco, alzando las cejas con curiosidad.

—¿Era a usted a quien he oído antes? ¿Gritando? —Cogió a William por la muñeca.

—Sí, he gritado —repuso él, estirado—. Me ha atacado una serpiente.

—Ah. —La boca de Murray apenas se crispó—. Grita usted como una muchacha —declaró volviendo a mirar lo que hacía.

El cuchillo presionó la carne.

William emitió un sonido profundamente visceral.

—Sí, mucho mejor —terció Murray.

Esbozó una breve sonrisa, como si sonriera para sí, y, sujetando con fuerza la muñeca de William, practicó un limpio corte en la piel junto a la esquirla, de unos quince centímetros de longitud. Tras levantar la piel con la punta del cuchillo, extrajo la larga astilla y, acto seguido, retiró con delicadeza los fragmentos más pequeños que había dejado el pedazo de ciprés.

Tras extraer todas las astillas que pudo, envolvió el asa de la olla con un pliegue de su andrajosa capa, cogió el cacharro, y vertió el agua humeante sobre la herida abierta.

William profirió un sonido mucho más visceral, esta vez acompañado de palabras.

Murray agitó la cabeza y chasqueó la lengua con reprobación.

—Sí, bueno. Supongo que tendré que evitar que muera porque, si lo hace, es probable que vaya al infierno por emplear esa clase de lenguaje.

—No tengo intención de morirme —replicó William con concisión. Jadeaba, y se enjugó la frente con el brazo libre. Levantó el otro con cuidado y se sacudió el agua teñida de sangre de las puntas de los dedos, aunque la sensación resultante le provocó un mareo. Se sentó en el tronco, de golpe.

—Ponga la cabeza entre las rodillas si se marea —sugirió Murray.

—No estoy mareado.

No obtuvo más respuesta que un sonido de masticación. Mientras esperaba a que la olla hirviera, Murray se había metido en el agua y había sacado varios puñados de una hierba de olor fuerte que crecía en los márgenes del lago. Ahora estaba masticando las hojas y escupía las mascadas resultantes en un pedazo de tela cuadrado. Tras sacar una cebolla bastante marchita de las alforjas que llevaba, cortó una generosa rodaja y la miró con aire crítico, pero pareció pensar que podía pasar sin masticación. La añadió a la cataplasma y dobló pulcramente la tela sobre el contenido.

Colocó el lío sobre la herida y lo sujetó en su sitio con varias tiras de tela que había rasgado del faldón de la camisa de William.

Luego lo miró, reflexionando.

—Supongo que es usted muy testarudo, ¿verdad?

William se quedó mirando al escocés, molesto por esa observación, aunque, de hecho, amigos, parientes y superiores militares le habían dicho en varias ocasiones que algún día su intransigencia lo mataría. ¡Sin duda no lo llevaba escrito en la cara!

—¿Qué demonios quiere decir con eso?

—No pretendía insultarlo —respondió Murray con suavidad, y se inclinó para apretar el nudo del improvisado vendaje con los dientes. Se apartó y escupió unos cuantos hilos—. Espero que lo sea, porque tendremos que recorrer una buena distancia hasta encontrar a alguien que pueda ayudarlo, y me parece que no estaría mal que fuera lo bastante tozudo como para, encima, no morirse.

—Ya le he dicho que no tengo intención de morirme —le aseguró William—. Y no necesito ayuda. ¿Dónde...? ¿Estamos muy lejos de Dismal Town?

Murray frunció los labios.

—No —contestó, y arqueó una ceja—. ¿Se dirigía usted allí?

William se detuvo un instante a pensar, pero asintió. No creía que hubiera ningún mal en decírselo.

Murray arqueó una ceja.

—¿Por qué?

—Yo... tengo asuntos que resolver allí con ciertos caballeros.

—En el preciso instante en que lo decía, le dio un vuelco el corazón.

Dios santo, ¡el libro! Había estado tan aturdido con sus varias pruebas y aventuras que la importancia real de su pérdida no se le había pasado siquiera por la cabeza. Aparte de su valor general como entretenimiento y de su utilidad como palimpsesto para sus meditaciones, el libro era vital para su misión. Contenía varios pasajes cuidadosamente marcados cuyo código le daba los nombres y lugares de los hombres que debía visitar y, lo que era más importante, lo que debía decirles. Podía recordar muchos de los nombres, pero en cuanto al resto...

Su desaliento era tan grande que se superpuso al dolor de su brazo y se levantó de golpe, presa de la urgencia de regresar corriendo al Great Dismal y comenzar a peinarlo, centímetro a centímetro, hasta recuperar el libro.

—¿Se encuentra bien, amigo? —Murray se había levantado al mismo tiempo y lo miraba con una mezcla de preocupación y curiosidad.

—Yo... sí. Sólo... acabo de acordarme de una cosa, eso es todo.

—Bueno, acuérdese de ella sentado, ¿de acuerdo? Ha estado a punto de caerse al fuego.

De hecho, a William la visión se le había vuelto brillante y unos puntos titilantes de luz y oscuridad le ocultaban la mayor parte del rostro de Murray, aunque su expresión de alarma era aún visible.

—Sí, lo haré.

Se sentó más bruscamente, si cabe, de lo que se había levantado, al tiempo que un sudor denso y frío le bañaba de repente la cara. Una mano sobre su brazo bueno lo instó a tumbarse, y se tumbó, con la tenue sensación de que era preferible a desmayarse.

Murray emitió un gruñido de lo más escocés de consternación y murmuró algo incomprensible. William se dio cuenta de que el otro hombre se inclinaba sobre él, dubitativo.

—Estoy de maravilla —dijo sin abrir los ojos—. Sólo... necesito descansar un poco.

—Mmfm.

William no supo decir si ese ruido en concreto indicaba aceptación o desaliento, pero Murray se marchó y regresó un minuto después con una manta con la que lo arropó sin hacer comentario alguno. William le dirigió un débil gesto de agradecimiento, incapaz de hablar, pues sus dientes habían comenzado a castañetear con un súbito escalofrío.

Hacía ya algún tiempo que le dolían los miembros, pero, con la necesidad de seguir adelante, lo había ignorado. Ahora esa carga se le había venido encima por entero y sentía un dolor, profundo hasta los huesos, que le daba ganas de gemir en voz alta. Para evitarlo, esperó a que el escalofrío cediera lo suficiente para poder hablar y, entonces, se dirigió a Murray.

—¿Conoce personalmente Dismal Town, señor? ¿Ha estado usted allí?

—Sí, alguna que otra vez. —Podía ver a Murray, una silueta oscura agachada junto al fuego, y oír el tintineo del metal contra la piedra—. El nombre le viene como anillo al dedo.

—Ja —rió William sin fuerzas—. Estoy seguro. ¿Y c-conoce usted por casualidad al señor Washington?

—A cinco o seis de ellos. El general tiene un montón de primos, ¿sabe?

—El g-g...

—El general Washington. ¿Ha oído hablar de él tal vez? —La voz del mohawk escocés traslucía un claro matiz de regocijo.

—Sí, he oído hablar de él. Pero sin duda ese... —Era un sinsentido. Su voz se extinguió, pero él volvió a la carga, obligando a sus pensamientos inconexos a regresar a la coherencia—. Me refiero a un tal señor Henry Washington. ¿También él es pariente del general?

—Que yo sepa, todos los Washington a quinientos kilómetros a la redonda son parientes del general. —Murray se encorvó para rebuscar en su bolsa y sacó de ella una gran masa peluda, con una larga cola pelada colgando—. ¿Por qué?

—Yo... nada.

Ya no sentía escalofríos, así que respiró agradecido, al tiempo que los tensos músculos de su vientre se relajaban. Pero las débiles fibras de prudencia se hacían sentir entre la confusión y la niebla creciente de la fiebre.

—Alguien me ha dicho que el señor Henry Washington era un lealista destacado.

Murray se volvió hacia él, asombrado.

—¿Quién, por santa Brígida, le ha dicho eso?

—Está claro que alguien que estaba muy equivocado. —William se apretó los ojos con la base de las manos. El brazo herido le dolía—. ¿Qué es eso? ¿Una zarigüeya?

—Una rata almizclera. No se preocupe. Está fresca. La he cazado justo antes de encontrarlo.

—Ah, bueno.

Se sintió vagamente reconfortado y no supo decir por qué. No era por la rata almizclera. La había comido bastante a menudo y la encontraba sabrosa, aunque la fiebre le había quitado el apetito. Se sentía débil por el hambre, pero no deseaba comer. Ah. No, era por el «No se preocupe». Pronunciado en aquel tono amable y pragmático... así solía decírselo Mac, el mozo de cuadra, ya fuera porque su poni lo había derribado, ya porque no le habían permitido acompañar a su abuelo a caballo a la ciudad. «No se preocupe. No pasa nada.»

El ruido que produjo la piel al desgarrarse cuando se separaba del músculo subyacente le provocó náuseas por un segundo, de modo que cerró los ojos.

—Tiene la barba roja.

Oyó la voz de Murray, llena de sorpresa.

—¿Acaba de darse cuenta? —espetó William, enojado, y abrió los ojos.

El color de su barba lo avergonzaba. Aunque tenía el pelo de la cabeza, del pecho y de las extremidades de un decente castaño oscuro, el de su barbilla y sus partes pudendas era de un inesperado y vívido color rojo que lo mortificaba. Se afeitaba meticulosamente, incluso si se encontraba a bordo de un barco o viajaba por carretera, pero, por supuesto, su navaja había desaparecido con el caballo.

—Bueno, sí —respondió Murray con suavidad—. Me imagino que antes estaba distraído.

Calló, concentrándose en su trabajo, y William intentó relajar la mente, esperando poder dormir un rato. Estaba muy cansado. Sin embargo, imágenes repetidas del pantano pasaron ante él antes de cerrar los ojos, agotándolo con visiones que no podía ni ignorar ni apartar de sí.

Raíces como lazos corredizos, barro, apestosos pegotes marrones de excrementos de cerdo fríos, unos mojones desagradablemente parecidos a los humanos... hojas muertas revueltas...

Hojas muertas que flotaban sobre el cristal marrón del agua, cuyos reflejos se hacían pedazos en torno a sus piernas... palabras en el agua, las páginas de su libro, ligeras, que se burlaban mientras desaparecían en el fondo...

Al mirar hacia arriba, el cielo tan vertiginoso como el lago, la sensación de que podía lo mismo caer hacia arriba que hacia abajo y ahogarse en el aire lleno de agua... ahogarse en su propio sudor... una mujer joven le lamía el sudor de los carrillos, haciéndole cosquillas, y su cuerpo le pesaba, le daba calor y le molestaba, por lo que él se revolvía y se retorcía, pero no lograba escapar de sus opresivas atenciones...

... sudor que se le acumulaba detrás de las orejas, que se deslizaba denso y graso entre sus cabellos... formando perlas gordas y gruesas en el rastrojo de su barba vulgar... helándosele sobre la piel, su ropa, un sudario goteante... la mujer seguía allí, ahora muerta, un peso muerto sobre su pecho que le impedía moverse del gélido suelo...

La niebla y el frío reptante... unos dedos que curioseaban en sus ojos, en sus oídos. Debía mantener la boca cerrada o se le metería dentro... toda blanca.

Se hizo un ovillo, temblando.

Por fin, William acabó sumiéndose en un sueño más profundo e inquieto del que despertó cierto tiempo después con el delicioso olor de la rata asada, y descubrió al enorme perro tumbado contra su cuerpo, roncando.

—¡Dios santo! —exclamó, recordando las desconcertantes imágenes de la joven de sus sueños. Empujó débilmente al perro—. ¿De dónde ha salido *esto*?

—Es *Rollo* —respondió Murray en tono admonitorio—. He hecho que se tumbara a su lado para que le diera un poco de calor. Tiene usted fiebres intermitentes, por si no se había dado cuenta.

—Me había dado cuenta, sí.

William se levantó con dificultad y se obligó a comer, pero se alegró de volver a acostarse, a prudente distancia del perro, que ahora estaba tumbado de espaldas con las zarpas colgando, idéntico a un gigantesco insecto peludo muerto. Se pasó una mano por el húmedo rostro, intentando alejar de su mente aquella turbadora imagen antes de que se deslizara en sus sueños febriles.

Había anochecido ya y el cielo se abría sobre sus cabezas, limpio, vacío y vasto, sin luna, aunque resplandeciente por las distantes estrellas. Pensó en el padre de su padre, muerto mucho antes de que él naciera, pero conocido astrónomo amateur. En Helwater, su padre lo llevaba a menudo —y a veces también a su madre— a tumbarse sobre la hierba para contemplar las estrellas e identificar las constelaciones. Aquella vaciedad de un azul oscurísimo era una imagen que trasladaba una impresión de frialdad y que le hizo temblar la sangre febril, aun cuando las estrellas eran un consuelo.

Murray también miraba al cielo con una expresión distante en su rostro tatuado.

William se recostó, medio incorporado contra el tronco, intentando pensar. ¿Qué debía hacer ahora? Aún estaba intentando digerir la noticia de que Henry Washington y, por tanto, probablemente el resto de sus contactos de Dismal Town eran rebeldes. ¿Tenía razón aquel extraño mohawk escocés? ¿O trataba de confundirlo con algún propósito?

Pero ¿por qué? Murray no podía tener ni idea de quién era William, aparte de su nombre y del nombre de su padre. Y, cuando se conocieron años antes, en el Cerro de Fraser, lord John era un particular. Sin duda, Murray no podía saber que William era un soldado, y menos aún un espía, y no era en modo alguno posible que conociera su misión.

Pero si no había querido confundirlo y lo que había dicho era cierto... Tragó saliva, con la boca pastosa y seca. Entonces, había escapado por los pelos. ¿Qué habría sucedido si hubiera entrado en un nido de rebeldes en un lugar tan remoto como Dismal Town y hubiera revelado alegremente quién era y su propósito? «Te habrían colgado del árbol más próximo —le respondió fríamente su cerebro—, y habrían arrojado tu cuerpo al pantano. ¿Qué, si no?»

Lo que lo llevaba a una idea más incómoda aún: ¿cómo podía haberle proporcionado el capitán Richardson una información tan errónea?

Agitó con brío la cabeza intentando poner en orden sus pensamientos, pero lo único que consiguió fue volver a marearse. El movimiento había llamado la atención de Murray. Miró a William, y éste le habló movido por un impulso.

—Dice que es usted mohawk.

—Lo soy.

Al ver la cara tatuada, los ojos oscuros en sus cuencas, William no lo dudó.

—¿Y cómo sucedió? —se apresuró a preguntar para que Murray no pensara que albergaba dudas acerca de su sinceridad.

Murray vaciló de manera evidente, pero respondió.

—Me casé con una mujer de la tribu de los kahnyen'kehaka. El clan del Lobo de la Aldea de la Serpiente me adoptó.

—Ah. ¿Su... mujer está...?

—Ya no estoy casado. —No lo dijo en tono hostil, sino con una especie de rotundidad que acabó con la conversación.

—Lo siento —afirmó William en tono solemne, y guardó silencio.

De nuevo tenía escalofríos y, a pesar de su resistencia, se dejó caer, se subió la manta hasta las orejas y se acurrucó al perro, que dejó escapar un profundo suspiro y liberó una ráfaga de flatulencias, pero no se movió.

Cuando la fiebre volvió a remitir, regresaron los sueños, ahora violentos y terribles. Los indios habían invadido de algún modo su mente y lo perseguían unos salvajes que se convertían en serpientes mientras que éstas se transformaban en raíces de árbol que reptaban entre los surcos de su cerebro, reventándole el cráneo, liberando otros nidos de serpientes que se enroscaban formando nudos corredizos...

Se despertó una vez más, empapado en sudor y con los huesos molidos de dolor. Intentó levantarse, pero comprobó que los brazos no lo sostenían. Alguien se arrodilló junto a él, era el escocés, el mohawk... Murray. Localizó el nombre con cierto alivio y, con mayor alivio aún, se dio cuenta de que le había acercado una cantimplora a los labios.

Era agua del lago. Reconoció su sabor amargo, extraño y fresco, y bebió con ansia.

—Gracias —dijo con voz ronca, y le devolvió la cantimplora.

El agua le había dado fuerzas suficientes para sentarse. La cabeza aún le daba vueltas a causa de la fiebre, pero los sueños habían cedido, al menos por el momento. Imaginó que lo acechaban justo desde el otro lado del pequeño círculo de luz que arrojaba el fuego, esperando, y decidió que no volvería a dormir, no enseguida.

El dolor del brazo había empeorado: tenía una sensación caliente, tensa y palpitante que ascendía desde la punta de los dedos hasta el brazo. Ansioso por mantener a raya tanto el dolor como la noche, intentó volver a entablar conversación.

—He oído que los mohawk consideran poco viril mostrar miedo... que, si el enemigo los apresa y los tortura, no dan muestra alguna de sufrimiento. ¿Es eso cierto?

—Intentas no verte en esa situación —respondió Murray, seco—. Pero si sucede... debes demostrar tu valor, eso es todo. Cantas tu canción de la muerte y esperas morir bien. ¿Le parece que es distinto para un soldado británico? Usted no quiere morir como un cobarde, ¿verdad?

William observó los titilantes dibujos que aparecían tras sus párpados cerrados, calientes y siempre distintos, que cambiaban con el fuego.

—No —admitió—. No es muy distinto... me refiero a la esperanza de morir bien, si tienes que hacerlo. Pero si eres un soldado, lo más probable es que te disparen o te golpeen en la cabeza, ¿no?, en lugar de que te torturen hasta dejarte al borde la muerte. A menos que te persiga un salvaje, supongo. ¿Qué...? ¿Ha visto morir a alguien de ese modo? —inquirió con curiosidad, abriendo los ojos.

Murray extendió un largo brazo para girar el asador, y tardó en contestar. La luz de la hoguera iluminaba su rostro, ilegible.

—Sí, lo he visto —respondió por fin en voz baja.

—¿Qué le hicieron? —No sabía muy bien por qué lo había preguntado. Tal vez sólo para distraerse del dolor del brazo.

—No creo que quiera saberlo —respondió Murray, tajante.

No pretendía en modo alguno incitarlo a seguir preguntando. Sin embargo, tuvo el mismo efecto. El vago interés de William se agudizó de inmediato.

—Sí, quiero saberlo.

Murray apretó los labios, pero, a esas alturas, William ya sabía un poco cómo sacarle información a la gente, por lo que tuvo la sensatez de guardar silencio con los ojos fijos en el otro hombre.

—Le arrancaron la piel —contestó Murray por fin, y removió el fuego con un palo—. A uno de ellos. A pedacitos. Le clavaron astillas de pino tea ardiendo en las heridas. Le cortaron las partes. Luego encendieron un fuego bajo sus pies para quemarlo antes de que pudiera morir del trauma. Tardó... algún tiempo.

—Estoy seguro.

William intentó conjurar una imagen de lo sucedido y lo logró con harto detalle, por lo que apartó la mirada del cuerpo ennegrecido y con los huesos al aire de la rata almizclera.

Cerró los ojos. El brazo seguía doliéndole con cada latido de su corazón, e intentó no imaginar la sensación de las astillas ardientes hincándose en su carne.

Murray guardaba silencio. William no lo oía respirar siquiera. Pero sabía, con tanta seguridad como si se encontrara dentro de su cabeza, que también él se estaba imaginando la escena, aunque, en su caso, no era preciso imaginar. Estaría reviviéndola.

William se movió ligeramente, lo que le provocó una oleada de dolor en el brazo, y apretó los dientes para no gemir.

—¿Piensan los hombres... o mejor debería decir pensó usted cómo se comportaría en esa situación? —inquirió bajando la voz—. ¿Si podría soportarlo?

—Todos los hombres lo piensan. —Murray se puso en pie de pronto y se dirigió al otro extremo del claro.

William lo oyó orinar, pero tardó unos cuantos minutos más en volver. El perro se despertó de golpe, alzando la cabeza, y meneó despacio su enorme cola de un lado a otro al ver a su amo. Murray soltó una leve risa y le dijo algo al perro en un idioma extraño (¿mohawk?, ¿erse?). Luego se agachó y arrancó una pata de los restos de la rata y se la arrojó al animal. Éste saltó como un rayo, cerró los dientes sobre el hueso con un chasquido, se marchó trotando feliz al otro lado del fuego y se tumbó a lamer su premio. Privado de su compañero de cama, William se acostó con precaución, apoyando la cabeza en el brazo bueno, y se quedó observando mientras Murray limpiaba su cuchillo, desprendiendo la sangre y la grasa con un manojo de hierba.

—Dijo que cantaban ustedes su canción de la muerte. ¿Qué canción es ésa?

Murray pareció desconcertado por la pregunta.

—Quiero decir —William buscó a toda prisa una forma más clara de explicarlo—, ¿qué cosas diría usted, qué cosas diría cualquiera, en una canción de la muerte?

—Ah. —El escocés se miró las manos mientras recorría despacio la hoja del cuchillo con sus dedos largos y nudosos—. Es que sólo he oído ésa. Los otros dos a los que vi morir así eran hombres blancos y no tenían canciones de la muerte como tales. El indio (era un onondaga)... bueno, habló mucho al principio acerca de quién era: un guerrero de tal pueblo, quiero decir, y de su clan, su familia. Luego habló acerca del gran desprecio que sentía por ellos... me refiero a la gente que estaba a punto de matarlo. —Murray carraspeó—. Habló otro poco acerca de lo que había hecho: de sus victorias, de los valientes guerreros a los que había matado, y de cómo le darían la bienvenida en la muerte. A continuación mencionó cómo se proponía cruzar el... —buscó una palabra—, el, eso, el camino entre aquí y lo que hay después de la muerte. La frontera, supongo que podríamos llamarla, aunque la palabra significa más bien algo así como abismo.

Permaneció callado unos instantes, pero no como si hubiera concluido su relato, sino más bien como intentando recordar algo con exactitud. De repente se enderezó, respiró hondo y, con los ojos cerrados, se puso a recitar algo en lo que William supuso sería la lengua mohawk. Resultaba fascinante: un tatuaje de enes, erres y tes, regular como un redoble de tambor.

—Después había un fragmento donde hablaba de las horribles criaturas a las que se enfrentaría en su camino hacia el paraíso —explicó Murray, y se detuvo de pronto—. Cosas como cabezas voladoras, con dientes.

—Uf —repuso William, y el otro se echó a reír, al cogerle por sorpresa.

—Sí. A mí no me gustaría ver ninguna.

William se paró un momento a pensar.

—¿Uno compone su propia canción de la muerte por adelantado, por si la necesita, quiero decir? ¿O confía en la inspiración del momento?

Murray pareció sorprendido. Parpadeó y desvió la mirada.

—Yo... bueno... por lo general uno no habla de ello, ¿sabe? Pero sí... Tuve uno o dos amigos que me contaron algo acerca de lo que habían pensado, por si alguna vez era necesario.

—Hum. —William se colocó boca arriba, mirando las estrellas—. ¿La canción de la muerte se canta sólo si a uno lo torturan hasta morir? ¿Qué sucede si uno simplemente está enfermo pero piensa que podría morirse?

Murray interrumpió lo que estaba haciendo y lo miró con recelo.

—No estará usted muriéndose, ¿verdad?

—No, sólo me lo preguntaba —le aseguró William. No creía que estuviera muriéndose.

—Mmfm —dijo el escocés, dubitativo—. Bueno. No, uno sólo canta su canción de la muerte si está seguro de que va a morir. No importa el motivo.

—Pero ¿tiene más mérito si lo haces mientras te están clavando esquirlas ardiendo?

El escocés soltó una fuerte carcajada y, de repente, pareció mucho menos un indio. Se restregó la boca con los nudillos.

—Para ser sincero... el onondaga... no creo que lo hiciera muy bien —espetó—. Pero no me parece bien criticar. Me refiero a que no puedo decir que yo fuera a hacerlo mejor en las mismas circunstancias.

William se echó a reír también, pero después ambos se quedaron callados. William supuso que Murray, al igual que él, se estaba imaginando a sí mismo en semejante situación, atado a una estaca, a punto de sufrir una sobrecogedora tortura. Miró al vacío intentando componer con indecisión unos cuantos versos: «Soy William Clarence Henry George Ransom, conde de...» No, nunca le había gustado su retahíla de nombres. «Soy William...», pensó, confuso. «William... James...» James era su nombre secreto. Llevaba años sin pensar en ello. Pero era mejor que Clarence. «Soy William.» ¿Qué más tenía que decir? No mucho, aún. No, mejor no se moría, no hasta que hubiera hecho algo que mereciera la pena mencionar en una canción de la muerte como Dios manda.

Murray guardaba silencio. El fuego se reflejaba en sus ojos oscuros. Al mirarlo, William pensó que el mohawk escocés hacía ya tiempo que tenía lista su propia canción de la muerte. Poco después cayó dormido con el crepitar del fuego y un callado crujir de huesos, ardiendo pero valiente.

Deambulaba entre una neblina de sueños torturados que incluían persecuciones a manos de serpientes negras por un interminable puente oscilante que se extendía sobre un precipicio sin fondo. Unas cabezas voladoras con los ojos color del arcoíris lo atacaban en enjambres, perforándole la carne con sus dientes diminutos, afilados como los de un ratón. Agitó un brazo para ahuyentarlos a golpes, pero el dolor que le provocó el movimiento lo despertó.

Estaba oscuro aún, aunque el roce fresco y vivo del aire le decía que no tardaría en amanecer. El contacto del aire sobre su rostro hizo que se estremeciera, lo que le provocó otro acceso de fiebre.

Alguien dijo algo que no comprendió y, enredado aún en el miasma de sus sueños febriles, pensó que debía de haber sido una de las serpientes con las que había estado hablando con anterioridad, antes de que comenzaran a perseguirlo.

Una mano le tocó la frente y un pulgar enorme le abrió un párpado. La cara de un indio flotaba con expresión inquisitiva en su campo visual, confusa por el sueño.

Emitió un sonido irritado y apartó bruscamente la cabeza, parpadeando. El indio dijo algo, en tono de pregunta, y una voz conocida contestó. ¿Quién...? Murray. Parecía que el nombre había estado flotando junto a su codo. Recordó a duras penas que Murray lo había acompañado en su sueño, increpando a las serpientes con un fuerte acento escocés.

Ahora no hablaba inglés, ni siquiera la peculiar lengua de las Highlands. William se obligó a volver la cabeza, aunque su cuerpo seguía convulsionado por la fiebre.

Había muchos indios agachados alrededor del fuego, en cuclillas, para no mojarse el trasero con la hierba llena de rocío. Uno, dos, tres... seis. Murray estaba sentado en el tronco con uno de ellos, en plena conversación.

No, siete. Otro hombre, el que lo había tocado, se inclinó sobre él y lo miró a la cara.

—¿Cree que va a morirse? —le preguntó con un leve aire de curiosidad.

—No —contestó William entre dientes—. ¿Quién demonios es usted?

El indio pareció pensar que se trataba de una pregunta graciosa y llamó a sus compañeros para, al parecer, repetírsela. Todos se echaron a reír y Murray miró en su dirección. Se levantó al ver que William estaba despierto.

—Kahnyen'kehaka —dijo el hombre que se asomaba por encima de él, y sonrió—. ¿Quién demonios es *usted*?

—Un pariente mío —respondió Murray, escueto, antes de que el otro pudiera contestar. Apartó al indio de un codazo y se acuclilló junto a William—. ¿Sigue vivo, pues?

—Evidentemente. —William miró a Murray con semblante serio—. ¿Le importaría presentarme a sus... amigos?

El primer indio estalló en carcajadas al oír eso y, en apariencia, se lo tradujo a los otros dos o tres que se habían acercado a mirarlo con interés. También ellos lo encontraron gracioso.

Murray parecía bastante menos divertido.

—Parientes míos —dijo con frialdad—. Algunos de ellos. ¿Tiene sed?

—Tiene usted muchos parientes... primo. Sí, por favor.

Se levantó con gran esfuerzo apoyándose en un solo brazo, reacio a abandonar la húmeda comodidad de su manta empapada de rocío, pero obedeciendo a un impulso innato que le decía que tenía que estar de pie. Daba la impresión de que Murray conocía bien a aquellos indios, pero, parientes o no, había cierta tensión en su boca y en sus hombros. Era obvio que Murray les había dicho que William era su pariente porque, de no haberlo hecho...

«Kahnyen'kehaka.» Eso era lo que el indio había contestado al preguntarle quién era. Ése no era su nombre, se apercibió William de repente; era la tribu a la que pertenecía. Murray había utilizado esa palabra el día anterior, cuando había ordenado a los dos mingo que se marcharan.

«Soy kahnyen'kehaka —le había dicho—, un mohawk. Me temen.» Lo había expuesto como una declaración de hechos, de modo que William había decidido no discutir, dadas las circunstancias. Ahora que veía juntos a unos cuantos mohawk —no cabía duda de que lo eran—, podía apreciar la prudencia de los mingo. Los mohawk transmitían una impresión de cordial ferocidad, junto con una despreocupada confianza que iba como anillo al dedo a unos hombres que estaban preparados para cantar —aunque fuera muy mal— mientras los mutilaban y los quemaban vivos.

Murray le pasó una cantimplora, y William bebió con avidez. Luego se echó un poco de agua en la cara. Sintiéndose algo mejor, se fue a hacer pis y, acto seguido, se acercó al fuego y se puso en cuclillas entre dos de los guerreros, que lo miraron con franca curiosidad.

Sólo el hombre que le había abierto el párpado parecía hablar inglés, pero el resto asentía a cuanto decía, reservados aunque bastante cordiales. William miró al otro lado del fuego y dio un salto hacia atrás; casi pierde el equilibrio. Una larga forma parda yacía en la hierba más allá del fuego, con los costados relucientes bajo la luz.

—Está muerto —observó Murray con sequedad al ver que se había asustado.

Todos los mohawk se echaron a reír.

—Ya me he dado cuenta —repuso en idéntico tono, aunque el corazón aún le aporreaba el pecho del susto—. Le está bien empleado, si es el que se llevó mi caballo.

Ahora que observaba, percibía otras formas al otro lado de la hoguera. Un ciervo pequeño, un cerdo, un gato moteado y dos o tres garcetas, pequeños montículos blancos sobre la hierba oscura. Bueno, aquello explicaba la presencia de los mohawk en el pantano: habían ido allí a cazar, como todo el mundo.

Estaba amaneciendo. El débil viento le agitó el cabello húmedo de la nuca y le acercó el olor fuerte de la sangre y del almizcle de los animales. Tenía tanto la mente como la lengua espesas y torpes, pero logró pronunciar unas palabras de elogio por el éxito de los cazadores. Sabía cómo ser educado. Murray, que tradujo lo que decía, pareció sorprendido, aunque complacido, al descubrir que William tenía buenos modales. William no se encontraba lo bastante bien como para ofenderse.

Entonces, la conversación se generalizó y se desarrolló casi por entero en mohawk. Los indios no mostraron ningún interés particular por William, aunque el hombre que se hallaba a su lado le ofreció un pedazo de carne fría de manera amigable. Él le hizo una señal de agradecimiento y se obligó a comerlo, aunque habría preferido tragarse una de las suelas de sus zapatos. Se sentía indispuesto y sudoroso, de modo que, cuando hubo terminado la carne, le hizo un gesto cortés al indio que tenía al lado y fue a acostarse otra vez, confiando en no vomitar.

Al ver eso, Murray señaló a William con la barbilla y les dijo algo a sus amigos en mohawk, terminando con una pregunta.

El que hablaba inglés, un tipo bajo y regordete con una camisa de lana de cuadros y pantalones de gamuza, se encogió de hombros como respuesta, luego se puso en pie y fue a inclinarse de nuevo sobre él.

—Muéstreme ese brazo —dijo y, sin esperar a que William se moviera, le cogió la muñeca y le arremangó la manga de la camisa.

William estuvo a punto de desmayarse.

Cuando las manchas negras cesaron de arremolinarse ante sus ojos, vio que Murray y otros dos indios se habían unido al primero. Todos le miraban el brazo descubierto con evidente consternación. William no quería mirar, pero se arriesgó a echar una ojeada. Su antebrazo estaba grotescamente hinchado, tenía casi el doble de su tamaño normal, y unas oscuras líneas rojizas brotaban de debajo de la apretada cataplasma y le bajaban por el brazo en dirección a la muñeca.

El indio que hablaba inglés —¿cómo lo había llamado Murray? Le parecía que *Glotón*, pero ¿por qué?— sacó su cuchillo y cortó el vendaje. Al desaparecer la constricción, William se percató de lo molesta que le resultaba la atadura. Contuvo el impulso de frotarse el brazo, mientras notaba el hormigueo de la sangre al volver a circular. Tenía la sensación de que una masa de hormigas de fuego le engullía el brazo y todas le picaban a la vez.

—¡Mierda! —exclamó entre dientes.

Evidentemente, todos los indios conocían aquella palabra, pues todos se echaron a reír, menos Glotón y Murray, que le examinaban con atención el brazo.

Glotón —no estaba gordo, ¿por qué lo llamaban así?— le palpó el brazo con cuidado, meneó la cabeza y le dijo algo a Murray, y luego apuntó hacia el oeste.

Murray se pasó una mano por la cara, sacudió enérgicamente la cabeza, al modo de quien sacude el cansancio o la preocupación. Luego se encogió de hombros y preguntó algo al grupo en general. Respondieron con asentimientos y encogimientos de hombros, y varios de los hombres se levantaron y se internaron en el bosque.

Numerosas preguntas giraban en el cerebro de William, redondas y brillantes como los globos de metal del planetario de su abuelo, en la biblioteca de la casa de Londres, en la calle Jermyn.

«¿Qué están haciendo?»

«¿Qué pasa?»

«¿Me muero?»

«¿Muero como un soldado británico?»

«¿Por qué el... soldado británico...?»

Su mente se aferró a la cola de esta última pregunta cuando pasó, tirando de ella para mirarla con mayor atención. «Soldado británico», ¿quién había dicho eso? La respuesta apareció girando lentamente. Murray. Cuando conversaron por la noche... ¿Qué había dicho Murray?

«¿Le parece que es distinto para un soldado británico? Usted no quiere morir como un cobarde, ¿verdad?»

—No voy a morirme de ninguna manera —murmuró, pero su mente lo ignoró, decidida a desentrañar ese pequeño misterio.

¿Qué había querido decir Murray? ¿Había hablado hipotéticamente? ¿O es que, en efecto, se había dado cuenta de que William era un soldado británico?

Eso era, sin duda, imposible.

¿Y qué diantre había contestado él? Estaba saliendo el sol, y la luz del alba era lo bastante intensa como para hacerle daño en los ojos, pese a ser muy tenue. Los entornó, concentrándose.

«No es muy distinto... me refiero a la esperanza de morir bien, si tienes que hacerlo», había dicho. De manera que había contestado como si fuera un soldado británico, maldición.

En realidad, en esos momentos no le importaba si moría bien o moría como un perro... ¿Dónde estaba el...?, ah, allí. *Rollo* le olisqueó el brazo, mientras emitía un gemido desde el fondo de la garganta, olió la herida y se puso a lamérsela. La sensación era muy peculiar: le producía dolor, pero, aunque pareciera extraño, lo aliviaba, así que no hizo nada para ahuyentar al animal.

¿Qué...? Ah, sí. Simplemente había contestado, sin reparar en lo que había dicho Murray. Pero ¿y si éste sabía quién era él, o qué era? Una pequeña punzada de alarma traspasó la maraña de sus tardíos pensamientos. ¿Habría estado siguiéndolo Murray antes de que entrara en el pantano? ¿Lo habría visto tal vez hablar con el hombre de la granja próxima al límite del pantano y lo habría seguido, dispuesto a interceptarlo a la primera de cambio? Pero si eso fuera verdad...

Lo que Murray le había dicho acerca de Henry Washington, sobre Dismal Town... ¿era mentira?

El indio fornido se arrodilló a su lado, apartando al perro. William no podía expresar ninguna de las preguntas que se agolpaban en su mente.

—¿Por qué lo llaman Glotón? —inquirió, en cambio, a través de una neblina caliente de dolor.

El hombre le sonrió y se abrió la camisa para mostrarle un montón de gruesas cicatrices que le cubrían el cuello y el pecho.

—Maté uno —explicó—. Con mis propias manos. Ahora es mi espíritu animal. ¿Tiene usted un espíritu animal?

—No.

Al oírlo, el indio adoptó una expresión reprobadora.

—Necesita uno, si quiere sobrevivir a esto. Elija uno. Elija uno fuerte.

William, atontado y obediente, rebuscó entre imágenes aleatorias de animales: cerdo... serpiente... ciervo... puma... no, demasiado hediondos y apestosos.

—El oso —decidió con una sensación de seguridad. No había nada más fuerte que un oso, ¿no?

—El oso —repitió el indio, asintiendo—. Sí, está bien.

Cortó la manga de William con su cuchillo. La tela ya no se deslizaba con facilidad sobre el brazo hinchado. La luz del sol lo bañó de repente y brilló, plateada, en la hoja del cuchillo. Entonces, Glotón miró a William y se echó a reír.

—Tiene la barba roja, Osezno, ¿lo sabía?

—Sí, lo sé —replicó William, y cerró los ojos para protegerse de las lanzas de la luz matutina.

Glotón quería la piel del puma, pero Murray, alarmado por el estado de William, se negó a esperar a que lo desollara. Como consecuencia de la discusión resultante, William acabó tumbado en una especie de parihuela improvisada, hombro con hombro con el puma, y arrastrado sobre un terreno irregular por el caballo de Murray. Su destino, según le habían dado a entender, era un pequeño asentamiento situado a unos dieciséis kilómetros de distancia, que presumía de tener un médico.

Glotón y dos de los otros mohawk los acompañaron con el fin de mostrarles el camino mientras sus demás compañeros seguían cazando.

Habían eviscerado al puma, lo que era mejor que si no lo hubieran hecho, pensó William, ya que hacía buen día y empezaba a hacer calor. Pero el olor de la sangre atrajo a montones de moscas que se dieron un banquete a sus anchas, pues el caballo, cargado con la parihuela, no podía avanzar lo bastante deprisa como para adelantarse a ellas. Las moscas zumbaban y emitían un ruido estridente alrededor de sus orejas, poniéndolo de los nervios, y aunque la mayoría estaban interesadas en el puma, a muchas de ellas les apeteció ver a qué sabía William, lo que bastó para hacerle olvidar su brazo.

Cuando los indios se detuvieron a orinar y beber agua, ayudaron a William a ponerse en pie, lo que fue un alivio, a pesar de lo mucho que le temblaban las piernas. Murray escudriñó sus facciones quemadas y comidas por las moscas y, tras rebuscar en el interior de una bolsa de piel que llevaba a la cintura, sacó una lata abollada que resultó contener un ungüento muy maloliente con el que untó a William a manos llenas.

—Sólo faltan otros ocho o nueve kilómetros —le aseguró a William, que no le había preguntado.

—Ah, estupendo —repuso él con todo el vigor que fue capaz de reunir—. Entonces, no es un infierno, al fin y al cabo. Sólo un purgatorio. ¿Cuánto tardaremos?, ¿otros mil años?

Eso hizo reír a Murray, aunque Glotón lo miró sorprendido.

—Lo conseguirá —le dijo Murray dándole unas palmaditas en el hombro—. ¿Quiere caminar un poco?

—Dios mío, sí.

La cabeza le daba vueltas, los pies se negaban a apuntar hacia delante, las rodillas parecían doblarse en direcciones no deseadas, pero cualquier cosa era mejor que otra hora en compañía de las moscas que recubrían los ojos vidriosos y la lengua cada vez más seca del puma. Provisto de un fuerte bastón cortado de un roble joven, anduvo con tesón y esfuerzo detrás del caballo, ora empapado en sudor, ora temblando con húmedos escalofríos, pero decidido a seguir en pie a menos que cayera.

Era verdad que el ungüento mantenía a raya a las moscas —todos los indios se habían untado igualmente con él—, y cuando William no luchaba contra los temblores, se sumía en una especie de trance, preocupándose tan sólo de poner un pie delante del otro.

Los indios y Murray no lo perdieron de vista durante un rato, pero, más adelante, satisfechos de que pudiera mantenerse en pie, volvieron a sus propias conversaciones. No entendía a los dos indios que hablaban mohawk, pero Glotón parecía estar interrogando a Murray con detalle acerca de la naturaleza del purgatorio.

Murray tenía ciertos problemas a la hora de explicarle el concepto, al parecer porque los mohawk no tienen noción ni del pecado ni de un dios preocupado por la maldad del hombre.

—Tienes suerte de haberte convertido en un kahnyen'kehaka —declaró Glotón al final, meneando la cabeza—. ¿Un espíritu que no se contenta con que un hombre malo muera, sino que quiere torturarlo, además, después de la muerte? ¡Y dicen los cristianos que nosotros somos crueles!

—Sí, bueno —contestó Murray—, pero piensa. Digamos que un hombre es un cobarde y no ha muerto bien. El purgatorio le da la oportunidad de demostrar su valor al fin y al cabo, ¿no? Y, una vez ha demostrado que es un hombre correcto, entonces tiene el puente abierto y puede cruzar las nubes de cosas terribles libre de obstáculos y llegar al paraíso.

—Hum —replicó Glotón, aunque aún no parecía del todo convencido—. Supón que un hombre puede soportar que lo torturen durante cientos de años... pero ¿cómo lo hará si no tiene cuerpo?

—¿Crees que un hombre ha de tener un cuerpo para que lo torturen? —inquirió Murray con cierta sequedad, tras lo cual Glotón emitió un gruñido que podía tanto indicar aceptación como regocijo, y dejó el tema.

Caminaron todos en silencio durante un rato, rodeados de chillidos de pájaros y del fuerte zumbido de las moscas. Preocupado por el esfuerzo de permanecer en pie, William había fijado su atención en la nuca de Murray como manera de no salirse del sendero y así fue como notó que el escocés, que conducía el caballo, aminoraba un poco el paso.

Al principio pensó que lo hacía por él y estuvo a punto de protestar y decirle que podía aguantar —al menos, un poco más—, pero entonces vio que Murray lanzaba una rápida mirada al otro mohawk, que se había adelantado, y, acto seguido, se volvía hacia Glotón y le preguntaba algo, en voz demasiado baja para que William lograse distinguir las palabras.

Glotón encorvó los hombros con renuencia y luego los dejó caer, resignado.

—Ah, entiendo —dijo—. Ella es tu purgatorio, ¿eh?

Murray emitió un sonido de reacio regocijo.

—¿Eso importa? Sólo he preguntado si se encuentra bien.

Glotón suspiró, al tiempo que encogía un hombro.

—Sí, bien. Tiene un hijo. También una hija, creo. Su marido...

—¿Sí? —El tono de Murray se había vuelto algo más duro.

—¿Conoces a Thayendanegea?

—Sí. —Ahora Murray parecía que sentía curiosidad.

También William sentía curiosidad, vaga y difusa, y esperaba enterarse de quién era Thayendanegea y qué tenía que ver con la mujer que era —o había sido— la amada de Murray. Ah, no. «Ya no estoy casado.» Su mujer, entonces. William sintió una débil punzada de compasión al pensar en Margery. Durante los últimos cuatro años había pensado en ella muy de vez en cuando, si acaso, pero, de repente, su traición le pareció una tragedia. Imágenes de ella planearon a su alrededor, fracturadas por un sentimiento de tristeza. Sintió que algo húmedo se deslizaba por su rostro y no supo si era sudor o lágrimas. Se le pasó por la cabeza, despacio, como si la idea viniera de muy lejos, que debía de haber perdido el juicio, aunque no sabía qué hacer al respecto.

Las moscas no le picaban, pero seguían zumbando en sus oídos. Escuchó el ronroneo con profunda concentración, convencido de que estaban intentando decirle algo importante. Escuchó con gran atención, pero sólo pudo distinguir sílabas inconexas.

«Shosha.» «Nik.» «Osonni.» No, eso era una palabra, ¡ésa la conocía! «Hombre blanco», significaba «hombre blanco». ¿Estarían hablando de él?

Se tocó torpemente la oreja, rozando las moscas, y captó de nuevo aquella palabra: «Purgatorio.»

Durante cierto tiempo no logró situar el significado de la palabra. Colgaba delante de él, cubierta de moscas. Percibía vagamente los cuartos traseros del caballo, que brillaban al sol, las líneas gemelas que trazaba en la tierra el... ¿Qué era aquello? Una cosa hecha de... cama... no, lona. Sacudió la cabeza. Era su saco de dormir, enrollado en dos arbolillos, arrastrando... «parihuela», ésa era la palabra, sí. Y el gato. Allí había un gato que lo miraba con unos ojos como ámbar sin pulir, con la cabeza vuelta sobre el hombro y la boca abierta, mostrando los dientes.

Ahora, el gato también le hablaba.

—Estás loco, ¿sabes?

—Lo sé —murmuró.

No oyó la respuesta del gato, gruñida con acento escocés. Se acercó más para oír. Se sentía como si estuviera flotando hacia abajo, atravesando el aire denso como el agua, rumbo a aquella boca abierta. De repente, toda sensación de esfuerzo desapareció. Ya no se movía, sino que algo lo sostenía. No podía ver al gato... oh. Se encontraba tumbado en el suelo boca abajo, con la mejilla aplastada contra la hierba y la tierra.

La voz del gato volvió flotando hasta él, enfadada pero resignada.

—¿Y ese purgatorio tuyo? ¿Crees que puedes salir de él caminando hacia atrás?

Bueno, no, pensó William sintiéndose en paz. Aquello no tenía ningún sentido.

38

El habla normal de los cuáqueros

La joven abrió y cerró las hojas de sus tijeras con gesto pensativo.

—¿Estás seguro? —inquirió—. Es una pena, amigo William. ¡Un color tan llamativo!

—Habría pensado que lo encontraría usted indecoroso, señorita Hunter —comentó él, sonriendo—. Siempre había oído que los cuáqueros consideran mundanos los colores brillantes. El único toque luminoso en su atavío era un pequeño broche color bronce que sujetaba su pañuelo. Todo lo demás tenía distintos tonos de crema y color mantequilla de cacahuete, aunque a él le parecía que le sentaban muy bien.

—Vestir con ornamento inmodesto no es para nada lo mismo que aceptar con gratitud los regalos que nos ha dado Dios. ¿Acaso los azulejos se arrancan las plumas o las rosas se desprenden de sus pétalos?

—Dudo que las rosas piquen —manifestó él, rascándose la barbilla.

La idea de que su barba fuera un regalo de Dios resultaba novedosa, pero no lo bastante persuasiva como para convencerlo de ir por ahí hecho un espantajo. Aparte de su desafortunado color, crecía con fuerza, pero era poco poblada. Miró con desaprobación el modesto pedazo de espejo que sostenía en la mano. No podía hacer nada respecto de la quemadura solar que parcheaba su nariz y sus mejillas, ni de los raspones y rasguños costrosos que le habían dejado sus aventuras en el pantano, pero, por lo menos, los horribles bucles cobrizos que brotaban con garbo de su mentón y se adherían como un musgo afeador por su mandíbula podían corregirse de inmediato.

—¿Quiere proceder, por favor?

Ella frunció los labios y se arrodilló junto a su taburete, poniéndole una mano bajo la barbilla y volviéndole la cabeza para aprovechar mejor la luz que entraba por la ventana.

—Bueno, vale —dijo, y apoyó las frías tijeras contra su rostro—. Voy a pedirle a Denny que venga y te afeite. Me parece que podría cortarte la barba sin hacerte daño, pero —entornó los ojos y se acercó un poco más, cortando el pelo delicadamente alrededor de la curva de su mandíbula— yo no he afeitado nunca nada más vivo que un cerdo muerto.

—«Barbero, barbero» —murmuró él intentando no mover los labios—, «afeita a un cerdo. ¿Cuántos pe...?».[14]

Los dedos de ella le apretaron la barbilla cerrándole la boca con fuerza, aunque emitió un leve bufido que en ella pasaba por una risa. *Snip, snip, snip.* Las tijeras le hacían unas agradables

---

[14] Fragmento de una vieja canción popular infantil, *Barber, barber, shave a pig.* *(N. de la t.)*

cosquillas en la cara y los gruesos pelos le rozaban las manos al caer en la gastada toalla de lino que ella le había colocado en el regazo.

William aún no había tenido ocasión de estudiar el rostro de la joven tan de cerca, de modo que aprovechó a fondo esa breve oportunidad. Sus ojos eran casi marrones, no realmente verdes. De repente le entraron ganas de besarle la punta de la nariz. En cambio, cerró los ojos e inspiró. Había estado ordeñando una cabra, lo sabía por el olor.

—Puedo afeitarme solo —observó cuando ella bajó las tijeras.

Rachel arqueó las cejas y le echó una mirada a su brazo.

—Me sorprendería que pudieras comer solo, y mucho menos afeitarte.

Lo cierto era que apenas si podía levantar el brazo derecho, por lo que ella había estado dándole de comer los últimos dos días. Dadas las circunstancias, pensó que sería mejor decirle que, en realidad, era zurdo.

—Se está curando bien —señaló, sin embargo, y volvió el brazo de modo que la luz incidiera sobre él.

El doctor Hunter le había quitado el vendaje esa misma mañana y se había mostrado satisfecho por los resultados. La herida continuaba roja e hinchada y la piel de alrededor desagradablemente blanca y húmeda. Pero, sin duda, se estaba curando. El brazo ya no estaba inflamado, y las siniestras líneas rojas habían desaparecido.

—Bueno —repuso ella reflexionando—, creo que es una buena cicatriz. Bien unida y bastante bonita.

—¿Bonita? —repitió William como un eco, mirándose el brazo con escepticismo.

Alguna vez había oído a algunos hombres describir una cicatriz como «bonita», pero, por lo general, se referían a una que se había cerrado recta y limpia y que no desfiguraba a su portador porque no discurría por ningún lugar significativo de su anatomía. Ésa era dentada y desgarbada, con una larga cola que descendía hacia su muñeca. No había perdido el brazo por los pelos, se lo habían contado a toro pasado: el doctor Hunter le había cogido el brazo y había apoyado la sierra de amputar justo por encima de la herida, pero, en ese preciso momento, el absceso que se había formado por debajo de ésta se le reventó en la mano. Al verlo, el doctor drenó de inmediato la herida, se la vendó con una cataplasma de ajo y consuela, y se puso a rezar, con buenos resultados.

—Parece una enorme estrella —declaró Rachel Hunter con aprobación—. Una estrella importante. Un gran cometa, quizá. O la estrella de Belén, que condujo a los Reyes Magos al pesebre de Cristo.

William hizo girar el brazo, pensativo. A él le parecía más bien un proyectil de mortero a punto de estallar, pero sólo dijo «¡Hum!», en tono alentador. Deseaba continuar la conversación —ella rara vez se detenía a charlar cuando le daba de comer, pues tenía mucho más trabajo—, así que levantó la barbilla recién esquilada y señaló con la mano el broche que ella llevaba.

—Es bonito —admiró—. ¿No es demasiado mundano?

—No —replicó ella con aspereza conforme se llevaba una mano al broche—. Está hecho con cabello de mi madre. Murió cuando yo nací.

—Ah. Lo siento —dijo William y, tras dudar un instante, añadió—: La mía también.

Entonces ella se detuvo y lo miró y, por un instante, percibió en sus ojos el destello de algo que no era tan sólo la atención pragmática que le habría prestado a una vaca preñada o a un perro que ha comido algo que no le ha sentado bien.

—Yo también lo siento —repuso en voz baja, y se volvió con decisión—. Iré a buscar a mi hermano.

Sus pasos descendieron la estrecha escalera, rápidos y ligeros. William cogió la toalla por los extremos y la sacudió por la ventana, esparciendo los recortes de pelo rojo a los cuatro vientos, ¡por fin! Si hubiera tenido la barba de un color marrón sobrio y decente, podría habérsela dejado crecer como disfraz rudimentario. Pero, tal como era, una barba crecida de ese color tan chillón habría atraído la atención de cualquiera que lo hubiese visto.

¿Qué debía hacer ahora?, se preguntó. Al día siguiente estaría, sin duda, en condiciones de marcharse.

Su ropa aún estaba en unas condiciones aceptables, al menos no iría desnudo. La señorita Hunter le había puesto unos parches en los sietes de los pantalones y del abrigo. Pero no tenía caballo, ni dinero, salvo dos peniques que llevaba en el bolsillo, y había perdido la lista de sus contactos y los mensajes que debía transmitirles. Recordaba algunos de los nombres, pero sin el código de palabras y signos apropiado...

De improviso, pensó en Henry Washington y en aquella conversación confusa y medio recordada que había mantenido con Ian Murray junto al fuego antes de que se pusieran a hablar de las canciones de la muerte. Washington, Cartwright, Harrington y Carver. Recordó la lista tantas veces cantada, junto con la asombrada respuesta de Murray cuando él mencionó a Washington y Dismal Town.

No se le ocurría razón alguna por la que Murray pudiera querer confundirlo respecto de esa cuestión. Pero si estaba en lo cierto... ¿Era posible que la información del capitán Richardson fuera tan inexacta? No era de descartar, claro. Pese a llevar tan poco tiempo en las colonias, William se había dado cuenta de la rapidez con que podían mudar las lealtades con las noticias cambiantes de amenazas u oportunidades.

«Pero... —le decía la fría vocecita de la razón, y sentía su helado contacto en el cuello—. Si el capitán Richardson no se había equivocado... entonces es que quería mandarte a la muerte o a prisión.»

La tremenda enormidad de esa idea le secó la boca, de modo que alargó el brazo para coger la taza con el té de hierbas que la señorita Hunter le había llevado hacía un rato. Sabía a rayos, pero apenas si se dio cuenta, y asió la taza como si se tratara de un talismán contra la perspectiva que imaginaba.

No, se aseguró a sí mismo. No era posible. Su padre conocía a Richardson. Sin duda, si el capitán era un traidor... Pero ¿qué estaba pensando? Tomó un sorbo de infusión e hizo una mueca al tragar.

—No —dijo en voz alta—, no es posible. O no es probable —añadió con justicia—. La navaja de Ockham.

Esa idea lo tranquilizó un poco. Había aprendido los principios básicos de la lógica a una edad temprana y había descubierto que Guillermo de Ockham era una referencia sólida. ¿Qué era más probable?, ¿que el capitán Richardson fuera un traidor encubierto que hubiese arriesgado a sabiendas la vida de William, o que no estuviera bien informado, o que simplemente hubiera cometido un error?

Si así fuera, ¿por qué? William no se hacía ilusiones acerca de su propia importancia en el orden de las cosas. ¿En qué beneficiaría a Richardson —o a cualquier otro— destruir a un joven oficial empleado en misiones menores de inteligencia?

Bueno. Se relajó un poco y, tras tomar sin querer un sorbo de aquel horrible té, se atragantó con él y tosió, esparciendo el líquido por todas partes. Aún estaba limpiando los restos con la toalla, cuando el doctor Hunter subió la escalera en un trote enérgico. Denzell Hunter tendría quizá unos diez años más que su hermana, unos veintimuchos, y era de constitución pequeña y alegre como un gorrión. Sonrió feliz al ver a William, a todas luces tan encantado con la recuperación de su paciente, que éste le dirigió a su vez una cálida sonrisa.

—Sissy me dice que necesitas afeitarte —dijo el doctor, dejando junto a él la taza de afeitar y la brocha que había traído—. Está claro que debes de sentirte muy bien para contemplar volver a la sociedad, pues lo primero que hace un hombre cuando se ve libre de sus obligaciones sociales es dejarse crecer la barba. ¿No has hecho de vientre todavía?

—No, pero me he propuesto hacerlo casi enseguida —le aseguró William—. Sin embargo, no quiero aventurarme a aparecer en público con el aspecto de un bandolero, ni siquiera para ir al excusado. No querría escandalizar a sus vecinos.

El doctor Hunter se echó a reír y, tras sacar una navaja de afeitar de un bolsillo y sus gafas con montura plateada del otro, lo agarró firmemente de la nariz y empuñó la brocha.

—Oh, Sissy y yo somos ya la comidilla de todo el mundo —le aseguró a William, inclinándose para aproximarse más a él y extender la espuma—. Ver salir bandoleros de nuestra letrina no haría más que reafirmarlos en sus opiniones.

—¿De verdad? —William habló con cuidado, torciendo la boca para evitar que se la llenaran de jabón sin querer—. ¿Por qué?

Le había sorprendido oír eso. Tras recuperar el sentido, había preguntado dónde se encontraba y se enteró de que Oak Grove era un pequeño asentamiento cuáquero. Pensaba que los cuáqueros en general estaban muy unidos en su sentimiento religioso, pero la verdad es que no conocía a ninguno.

Hunter soltó un profundo suspiro y, tras dejar a un lado la brocha de afeitar, cogió ahora la navaja.

—Ay, la política —se lamentó en tono informal, como si quisiera despachar un tema fastidioso pero trivial—. Dime, amigo Ransom, ¿hay alguien a quien pueda avisar de lo sucedido? —Hizo una pausa para permitirle a William contestar.

—No, gracias, señor, se lo contaré yo mismo. —William sonrió—. Estoy seguro de que mañana estaré en condiciones de ponerme en camino, aunque le aseguro que no olvidaré su gentileza y su hospitalidad cuando me reúna con mis... amigos.

Denzell Hunter frunció levemente el entrecejo y apretó los labios al reanudar el afeitado, pero no hizo ningún comentario.

—Espero que disculpes mi curiosidad —manifestó al cabo de un rato—, pero ¿adónde tienes intención de dirigirte desde aquí?

William titubeó, sin saber qué contestar. De hecho, no había decidido exactamente adónde ir, dado el lamentable estado de sus finanzas. Había pensado que lo mejor que podía hacer era encaminarse a Monte Josiah, su propia plantación. No las tenía todas consigo, pero pensaba que debía de estar a entre sesenta y cinco y ochenta kilómetros de distancia; si los Hunter le daban un poco de comida, se veía capaz de llegar en cuestión de días, una semana como mucho. Y, una vez allí, podría volver a equiparse con ropa, un caballo decente, armas y dinero, y reanudar así su viaje.

Era una perspectiva tentadora. Sin embargo, hacerlo suponía revelar su presencia en Virginia y causar un revuelo considerable, pues en el condado no sólo lo conocía todo el mundo, sino que todos sabían también que era un soldado. Aparecer en la zona vestido de ese modo...

—Hay unos cuantos católicos en Rosemount —señaló el doctor Hunter con timidez, al tiempo que limpiaba la navaja en la sucísima toalla.

William lo miró sorprendido.

—¿Ah, sí? —replicó con cautela. ¿Por qué demonios le hablaba Hunter de católicos?

—Perdóname, amigo —se disculpó el doctor al ver su reacción—. Como has mencionado a tus amigos, he dado por hecho...

—Ha dado por hecho que yo era...

Una punzada de comprensión sucedió al asombro inicial y William se llevó la mano al pecho en un gesto reflejo, sin encontrar nada, como es natural, aparte de la gastadísima camisa que vestía.

—Aquí está. —El doctor se inclinó rápidamente, abrió el arcón para mantas que había a los pies de la cama y volvió a incorporarse, con el rosario de madera colgando de una mano—. Tuvimos que quitártelo cuando te desnudamos, claro, pero Sissy lo guardó en un lugar seguro.

—¿Ustedes? —inquirió William, agarrándose a eso como manera de posponer las preguntas—. ¿Usted y la señorita Hunter me desnudaron?

—Bueno, no había nadie más —explicó el doctor en tono de disculpa—. Nos vimos obligados a sumergirte desnudo en el arroyo con la esperanza de que te bajara la fiebre, ¿no te acuerdas?

Se acordaba vagamente, pero había supuesto que el recuerdo de un frío insoportable y la impresión de ahogarse eran otros vestigios de sus sueños febriles. Por fortuna —o tal vez no—, la presencia de la señorita Hunter no formaba parte de esos recuerdos.

—Yo no podía cargar contigo solo —le explicaba el doctor muy serio—. Y los vecinos... Te puse una toalla para preservar tu modestia —se apresuró a asegurarle a William.

—¿Qué problema tienen sus vecinos con ustedes? —inquirió él con curiosidad, estirándose para coger el rosario de manos de Hunter—. No soy papista —añadió en tono despreocupado—. Esto es un recuerdo que me dio un amigo.

—Ah. —El doctor se pasó un dedo por el labio, claramente desconcertado—. Entiendo. Pensé...

—¿Los vecinos...? —preguntó William e, inhibiendo su apuro, volvió a colgarse el rosario del cuello. ¿Era quizá el error acerca de su religión lo que explicaba la animosidad de los vecinos?

—Bueno, me parece que me habrían ayudado a trasladarte de haber tenido tiempo de ir a buscar a alguien —admitió el doctor Hunter—. Pero el asunto era urgente y la casa más próxima está a una distancia considerable.

Eso no explicaba la cuestión de la actitud de los vecinos hacia los Hunter, pero parecía descortés seguir insistiendo. William simplemente asintió y se levantó.

El suelo se inclinó de improviso bajo sus pies y empezó a ver destellos blancos intermitentes. Se agarró a la repisa de la ventana para no caerse y recuperó el sentido al cabo de unos instantes, bañado en sudor, después de que el doctor Hunter lo agarrara del brazo con una fuerza sorprendente, para evitar que se precipitara de cabeza al jardín que había abajo.

—No tan deprisa, amigo Ransom —señaló el doctor con amabilidad y, atrayéndolo, lo hizo volver a la cama—. Tal vez sea preciso otro día antes de que puedas ponerte de pie solo. Tienes más flema de la que te conviene, mucho me temo.

Un tanto mareado, William se sentó en la cama y dejó que el doctor Hunter le limpiara el rostro con la toalla. Evidentemente, tenía un poco más de tiempo para decidir adónde ir.

—¿Cuánto cree que tardaré en poder caminar un día entero?

Denzell Hunter le dirigió una mirada reflexiva.

—Cinco días, quizá. Por lo menos cuatro —repuso—. Eres robusto y tienes mucho entusiasmo, de lo contrario, yo diría que una semana.

Sintiéndose débil y pálido, William asintió y se acostó. El doctor se lo quedó mirando unos instantes con el ceño fruncido, aunque no parecía que el ceño tuviera que ver con él. Parecía más bien la expresión de una preocupación interior.

—¿Hasta... dónde te llevarán tus viajes? —inquirió eligiendo las palabras con evidente cuidado.

—Bastante lejos —contestó William con idéntica precaución—. Me dirijo... a Canadá —añadió apercibiéndose de golpe de que decir más tal vez supusiera revelar más de lo deseado acerca de los motivos de su viaje.

Cierto, un hombre podía tener negocios en Canadá sin necesidad de tener tratos con el ejército británico que ocupaba Quebec, pero, como el doctor había mencionado la política... mejor abordar el tema de manera prudente. Y desde luego no iba a comentar nada de Monte Josiah. Fueran como fuesen las tensas relaciones de los Hunter con sus vecinos, las noticias acerca de su visitante podrían correr como la pólvora.

—Canadá —repitió el doctor como para sí. Luego, su mirada volvió a William—. Sí, es una distancia considerable. Por suerte, he matado una cabra esta mañana. Comeremos carne. Te ayudará a recuperar fuerzas. Mañana te sangraré para restaurar un cierto equilibrio de los humores y luego veremos. Por ahora... —Sonrió y le tendió una mano—. Ven. Te dejaré sano y salvo en la letrina.

39

Una cuestión de conciencia

Se avecinaba una tormenta. William lo notaba en el movimiento del aire, lo veía en las rápidas nubes que volaban sobre las gastadas tablas del suelo. El calor y la húmeda opresión de ese día de verano se habían disipado, y la inquietud del aire parecía agitarlo a él también. Aunque aún se encontraba débil, no podía quedarse en la cama, así que se levantó con esfuerzo sujetándose en el lavabo hasta que el vértigo inicial lo abandonó.

Como estaba solo, permaneció algún tiempo caminando de un lado al otro de la habitación —una distancia de cerca de tres metros—, apoyándose en la pared con una mano para mantener el equilibrio. El esfuerzo lo agotaba y hacía que se sintiera mareado, de modo que, de vez en cuando, se veía obligado a sentarse en el suelo, con la cabeza colgando entre las rodillas, hasta que los puntos luminosos dejaban de bailar ante sus ojos.

Fue en una de esas ocasiones, mientras se hallaba sentado bajo la ventana, cuando oyó unas voces procedentes del jardín. La voz de la señorita Rachel Hunter, sorprendida e interrogativa, la respuesta dc un hombre, en voz grave y ronca. Una voz que le resultaba familiar: ¡Ian Murray!

Se puso en pie de un salto y, con la misma rapidez, volvió al suelo, con la vista nublada y la cabeza dándole vueltas. Apretó los puños y jadeó, intentando convencer a la sangre para que regresara a su cabeza.

—Entonces, ¿vivirá? —Las voces sonaban distantes, medio enterradas en el murmullo de los castaños próximos a la casa, pero eso lo oyó.

Se puso de rodillas con dificultad y se agarró al alféizar, parpadeando bajo el resplandor del día que quebraban las nubes.

Divisó al borde del patio la alta figura de Murray, muy delgado, vestido de gamuza, con el enorme perro junto a él. No había ni rastro de Glotón ni de los otros indios, pero, en el sendero, detrás de Murray, dos caballos comían hierba con las riendas colgando. Rachel Hunter estaba apuntando hacia la casa: era obvio que invitaba a Murray a entrar, pero él negó con la cabeza. Metió una mano en la bolsa que llevaba a la cintura y sacó una especie de paquetito que le entregó a la muchacha.

—¡Eh! —gritó William... o intentó gritar. No tenía mucho aliento, así que agitó los brazos.

El viento soplaba cada vez más fuerte, con trémulas ráfagas, entre las hojas del castaño, pero el movimiento debió de captar la atención de Murray, que miró hacia arriba y, al verlo en la ventana, sonrió y levantó la mano a modo de saludo.

Aun así, no hizo amago de entrar en la casa. En su lugar, cogió las riendas de uno de los caballos y se las puso a Rachel Hunter en la mano. A continuación, tras dirigir un gesto de despedida a la ventana de William, montó de un salto en el otro caballo con parca gracia y se marchó.

Decepcionado al verlo desaparecer entre los árboles, William se aferró al alféizar de la ventana. Pero... un momento. Murray había dejado un caballo. Rachel Hunter lo estaba llevando al otro lado de la casa, con el delantal y las enaguas agitándose bajo el viento cada vez más fuerte y sujetándose la cofia con la mano para que no se le volara.

¡Sin duda debía de ser para él! Entonces, ¿tenía Murray intención de volver a por él? ¿O debía seguirlo? Con el corazón palpitando en los oídos, se puso rápidamente los pantalones remendados y las nuevas medias que Rachel había tejido para él y, tras un breve forcejeo, logró embutirse encima las botas, endurecidas por el agua. Se quedó temblando a causa del esfuerzo, pero bajó terco la escalera, tambaleándose, entre sudores y resbalones, y llegó abajo, a la cocina, de una pieza.

La puerta trasera se abrió con una explosión de viento y de luz y, después, arrancada de la mano de Rachel, se cerró de golpe con gran estrépito. Ella se volvió, vio a William y dejó escapar un grito de asombro.

—¡Que Dios nos ampare! ¿Qué estás haciendo aquí? —Jadeaba por el esfuerzo y el susto, y lo miraba mientras se remetía unos mechones de cabello oscuro bajo la cofia.

—No quería asustarla —le dijo William disculpándose—. Quería... he visto que el señor Murray se marchaba. Pensaba que tal vez pudiera alcanzarlo ¿Ha dicho dónde debía reunirme con él?

—No. Siéntate, por el amor de Dios, antes de que te caigas.

No quería sentarse. Ardía en deseos de salir, de marcharse. Pero le temblaban las rodillas y, si no se sentaba enseguida... Se sentó, de mala gana.

—¿Qué ha dicho? —inquirió y, al darse cuenta de repente de que estaba sentado en presencia de una señorita, le indicó el otro taburete—. Siéntese, por favor. Dígame qué ha dicho.

Rachel lo miró, pero al final se sentó, alisándose y poniendo en orden la ropa que el viento le había desarreglado. La tormenta arreciaba. Las sombras de las nubes pasaban a toda velocidad sobre el suelo, sobre la cara de ella, y el aire parecía temblar, como si la habitación se hallara bajo el agua.

—He preguntado por tu salud y, cuando le he dicho que estabas mejorando, me ha dado el caballo y ha dicho que era para ti. —Titubeó unos instantes y William insistió.

—Le ha dado algo más, ¿no es así? He visto que le entregaba una especie de paquetito.

Ella apretó los labios por un instante, pero asintió y, tras buscar en su bolsillo, le tendió un paquetito cuidadosamente envuelto en un pedazo de tela.

Estaba impaciente por ver qué contenía, aunque no tanto como para no advertir las marcas que había en la tela: unas líneas profundas allí donde antes el paquete tenía atado un cordel. Y lo tenía hacía nada. Miró a Rachel Hunter, que desvió la mirada con la barbilla alta, pero con rubor en las mejillas. Le hizo un explícito gesto arqueando las cejas y, acto seguido, concentró su atención en el paquete.

Una vez abierto vio que contenía un pequeño fajo de continentales de papel, una gastada bolsa con la suma de una guinea, tres chelines y dos peniques en monedas; una carta muy doblada —y vuelta a doblar, si no se equivocaba— y otro paquetito más pequeño, éste sin abrir. Lo dejó a un lado junto con el dinero y abrió la carta.

Primo:
> Espero encontrarlo en mejor estado de salud que cuando lo vi por última vez. Si así es, le dejaré un caballo y algún dinero para ayudarlo en sus viajes. Si no, le dejaré el dinero para pagar ya sus medicinas, ya su entierro. Lo otro es un regalo de un amigo a quien los indios llaman Matador de Osos. Mi amigo espera que lo lleve con buena salud. Le deseo suerte en sus empresas.
> Su seguro servidor,
> Ian Murray

—¡Hum! —William se quedó perplejo.

Evidentemente, Murray tenía sus propios asuntos que resolver y no podía o no quería quedarse hasta que él pudiera viajar. Aunque se sentía algo desilusionado —le habría gustado hablar más con Murray ahora que volvía a tener la cabeza clara—, se daba cuenta de que tal vez fuese mejor que él no quisiera que viajaran juntos.

Pensó que su problema inmediato estaba resuelto. Ahora tenía los medios para retomar su misión —o lo que pudiera retomar de ella—. Por lo menos podía llegar al cuartel general del general Howe, escribir un informe y hacerse con nuevas instrucciones.

Era muy generoso por parte de Murray. El caballo parecía fuerte y el dinero era más que suficiente para poder comer y alojarse como era debido durante todo el camino hasta Nueva York. Se preguntó dónde demonios lo habría conseguido Murray. Por su aspecto, no tenía un céntimo en el bolsillo, aunque tenía un buen rifle, se recordó William a sí mismo, y estaba claro que era una persona educada, pues tenía una caligrafía decente. Pero ¿por qué el indio escocés se tomaba tanto interés por él?

Desconcertado, cogió el paquete más pequeño y soltó la atadura. Al desenvolverlo, vio que contenía la zarpa de un oso grande, agujereada y ensartada en una correa de cuero. Era vieja. Los bordes estaban desgastados y el nudo del cuero se había apretado tanto que era obvio que no podría deshacerse nunca.

Tocó la zarpa con el pulgar, verificó lo afilado de la punta. Bueno, el espíritu del oso le había resultado muy útil hasta ahora. Sonriendo para sí, se puso la correa alrededor del cuello y dejó que la zarpa colgara fuera de su camisa. Rachel Hunter la miró con el rostro impenetrable.

—Ha leído mi carta, señorita Hunter —la reprendió William—. ¡Eso está muy mal!

El rubor de sus mejillas se intensificó, pero lo miró con una franqueza que no estaba acostumbrado a observar en una mujer, con la notable excepción de su abuela paterna.

—Tu forma de hablar es muy superior a tu ropa, amigo Huyáis, aunque fuera nueva. Y a pesar de que llevas ya unos cuantos días en tu sano juicio, has decidido no decir qué te ha traído al Great Dismal. No es un lugar que frecuenten los caballeros.

—Oh, sí que lo es, señorita Hunter. Conozco a muchos caballeros que van allí por la caza, que no tiene parangón. Pero, como es natural, uno no caza jabalíes ni pumas ataviado con sus mejores galas.

—Ni tampoco sale de caza armado tan sólo con una sartén, amigo William —repuso ella—. Y, si de verdad eres un caballero, ¿dónde está tu casa?

William rebuscó en su mente unos instantes, incapaz de recordar al momento el lugar de residencia de su álter ego, por lo que eligió la primera ciudad que se le pasó por la cabeza.

—Eeh... Savannah. En las Carolinas —añadió en un tono amable.

—Sé dónde está —espetó ella—. Y he oído hablar a hombres que son de allí. Tú no lo eres.

—¿Me está llamando mentiroso? —preguntó, atónito.

—Sí.

—Vaya.

Permanecieron sentados mirándose el uno al otro a la media luz de la tormenta que se fraguaba, pensando. Por un momento, William tuvo la ilusión de estar jugando al ajedrez con su abuela Benedicta.

—Siento haber leído la carta —manifestó Rachel de repente—. Pero no fue por simple curiosidad, te lo aseguro.

—Entonces, ¿por qué? —Esbozó una leve sonrisa, para indicar que no le guardaba rencor por su infracción.

Ella no le devolvió la sonrisa, sino que lo miró con atención, sin recelo, pero como si lo estuviera evaluando de algún modo. Sin embargo, al final suspiró y relajó los hombros.

—Quería saber un poco acerca de ti, de tu carácter. Los compañeros que te trajeron parecían hombres peligrosos. ¿Y tu primo? Si eres uno de ellos, entonces... —Sus dientes se detuvieron un instante sobre su labio superior, pero meneó la cabeza como para sí, y continuó con mayor rotundidad—: Nosotros, mi hermano y yo, tenemos que marcharnos de aquí dentro de unos días. Le has dicho a Denny que viajas hacia el norte. Me gustaría que viajáramos contigo, al menos durante algún tiempo.

Eso no era en modo alguno lo que él esperaba, fuera lo que fuese lo que esperara. Parpadeó y dijo lo primero que se le vino a la mente.

—¿Marcharse? ¿Por qué? ¿Los... eeh... los vecinos? —Ella adoptó una expresión de sorpresa al oírlo.

—¿Qué?

—Le ruego que me perdone, señorita. Su hermano pareció indicarme que las relaciones entre su familia y aquellos que viven en las proximidades eran... ¿algo difíciles?

—Ah. —Una de las comisuras de su boca se combó hacia arriba. William no supo interpretar si ello indicaba tristeza o regocijo—. Entiendo —replicó, y tamborileó sobre la mesa en actitud pensativa—. Sí, es cierto, aunque no era eso lo que yo... bueno, y sin embargo tiene que ver con el tema. Veo que entonces tendré que contártelo todo. ¿Qué sabes de la Sociedad de los Amigos?

William sólo conocía a una familia de cuáqueros, los Unwin. El señor Unwin era un rico comerciante conocido de su padre, y William había visto en una ocasión a sus dos hijas, cuando asistió a una actuación musical, pero no habían hablado ni de filosofía ni de religión.

—Creo que a ellos... eeh, a ustedes... les desagrada el conflicto —respondió con prudencia.

Eso la hizo reír inesperadamente y William se sintió complacido por haber hecho desaparecer el pequeño frunce entre sus cejas, aunque no fuera más que de forma momentánea.

—La violencia —lo corrigió ella—. El conflicto nos resulta estimulante, si es verbal. Y dada la forma de culto que practicamos... Denny dice que no eres papista después de todo, aunque me imagino que no habrás asistido nunca a una reunión de cuáqueros.

—No, hasta ahora no se me ha presentado la oportunidad.

—Eso creía yo. Bueno. —Lo miró pensativa—. Tenemos predicadores que acuden a las reuniones a hablar, pero cualquiera, hombre o mujer, puede hablar en las reuniones, sobre cualquier tema, si el espíritu lo impulsa a hacerlo.

—¿Hombre o mujer? ¿Las mujeres también hablan en público?

Ella le dirigió una mirada matadora.

—Yo tengo lengua, igual que tú.

—Ya me he dado cuenta —respondió William, y le dirigió una sonrisa—. Continúe, por favor.

Rachel se inclinó ligeramente hacia delante para proseguir, pero el golpe de una contraventana que el viento empujó contra la casa, seguido de una rociada de lluvia lanzada con fuerza contra el cristal, la interrumpió, y se puso en pie de un salto con una breve exclamación.

—¡He de meter las gallinas en el corral! Cierra las contraventanas —le ordenó, y salió a toda prisa.

Perplejo, pero divertido, William hizo lo que ella le había mandado, moviéndose despacio. Al subir la escalera para cerrar las contraventanas del piso de arriba volvió a marearse, por lo que se detuvo en el umbral del dormitorio y se sujetó en el dintel de la puerta hasta que hubo recuperado el equilibrio. Arriba había dos dormitorios: el delantero, donde lo habían alojado a él, y otro más pequeño en la parte de atrás. Los Hunter compartían ahora esa habitación. Había una cama tipo nido, un lavabo con un candelabro de plata encima y poco más, a excepción de una hilera de perchas donde estaban colgados la camisa y los pantalones de recambio del doctor, un chal de lana y el que debía de ser el vestido que Rachel Hunter se ponía para asistir a las reuniones, una prenda de aspecto sobrio teñida con índigo.

Ahora que las contraventanas amortiguaban el ruido de la lluvia y del viento, la oscura habitación parecía tranquila y llena de paz, un refugio de la tormenta. Su corazón ya no latía acelerado por el esfuerzo de subir la escalera, así que permaneció un rato de pie, disfrutando de una sensación levemente ilícita de transgresión. Abajo no se oía nada. Rachel debía de estar aún buscando a las gallinas.

Había algo un tanto extraño en la habitación, y no tardó más que un instante en decidir qué era. El desaliño y la escasez de las propiedades personales de los Hunter sugerían pobreza, pero contrastaban con los pequeños indicios de prosperidad que reflejaban los accesorios: el candelabro era de plata, no chapado ni de peltre, y el aguamanil y la jofaina no eran de barro, sino de porcelana buena, decorada con crisantemos azules diseminados.

William cogió la falda del vestido azul colgado en la percha y la examinó con curiosidad. La modestia era una cosa. La miseria, otra. El borde estaba casi blanco por el desgaste, el índigo se había descolorido tanto que los pliegues de la falda mostraban un dibujo en forma de abanico de luces y sombras. Las señoritas Unwin vestían sin pretensiones, pero su ropa era de la más alta calidad.

Movido por un impulso repentino, se llevó la tela a la cara e inspiró. Aún olía un poco a índigo, y a hierba, y a cosas vivas, y muy perceptiblemente a cuerpo de mujer. Su aroma lo traspasó como el placer de un buen vino.

El ruido de la puerta que se cerraba en el piso de abajo hizo que soltara el vestido como si se le hubiera prendido fuego y se dirigió hacia la escalera con el corazón golpeándole el pecho.

Rachel Hunter se estaba sacudiendo en el hogar, quitándose las gotas de agua del delantal, con la cofia lacia y empapada sobre la cabeza. Sin verlo, se la quitó, la escurrió con un murmullo de impaciencia y la colgó de un clavo hincado en la campana de la chimenea.

Su cabello cayó sobre la espalda, brillante y goteando, oscuro frente a la tela clara de su chaqueta.

—Espero que las gallinas estén a salvo —dijo William, porque observarla con el cabello suelto sin que ella lo supiera y con su olor aún vívido en la nariz le pareció, de repente, una intimidad injustificable.

Ella se volvió con ojos cautelosos, pero no hizo ningún gesto rápido para ocultar su pelo.

—Todas menos una, a la que mi hermano llama «la gran puta de Babilonia». No hay gallina que posea nada parecido a la inteligencia, pero ésa es más perversa de lo habitual.

—¿Perversa?

Evidentemente, ella se dio cuenta de que William estaba considerando las posibilidades inherentes en su descripción y las encontraba divertidas, pues resopló por la nariz y se inclinó para abrir el arcón de las mantas.

—Ese bicho se ha subido a un pino a seis metros de altura en medio de un aguacero. Es perversa. —Sacó una toalla de lino y comenzó a secarse el pelo con ella.

El sonido de la lluvia cambió de repente, y el granizo percutió como grava lanzada con fuerza contra las contraventanas.

—Buf. —Rachel miró hacia la ventana con expresión sombría—. Espero que el granizo la haga caer sin sentido y que la devore el primer zorro que pase. Le estará bien empleado. —Continuó secándose el pelo—. No importa. Estaré encantada de no volver a ver en la vida a ninguna de esas gallinas.

Al ver que él estaba de pie, se sentó, mientras le indicaba con un gesto el otro taburete.

—Dijo antes que su hermano y usted tenían intención de marcharse de este lugar y de dirigirse hacia el norte —le recordó William, conforme se sentaba—. Deduzco que las gallinas no harán el viaje con ustedes.

—No, alabado sea Dios. Están ya vendidas, junto con la casa. —Dejó a un lado la toalla arrugada y sacó un pequeño peine de cuerno—. Te he dicho que te explicaría por qué.

—Creo que me estaba contando que el asunto tiene algo que ver con sus reuniones.

Rachel respiró hondo por la nariz y asintió.

—¿Te he dicho que, cuando el espíritu llama a una persona, ésta habla en la reunión? Bueno, pues el espíritu llamó a mi hermano. Por eso decidimos abandonar Filadelfia.

Explicó que podía celebrarse una reunión siempre que hubiera suficientes Amigos con las mismas creencias. Pero, además de esas pequeñas reuniones locales, había otras mayores, las reuniones trimestrales y las anuales, en las que se discutían importantes cuestiones de principios y se tomaban decisiones en relación con acciones que afectaban a los cuáqueros en general.

—La reunión anual de Filadelfia es la mayor y la más importante —le informó—. Tienes razón: los Amigos rechazan la violencia y tratan o bien de evitarla o bien de ponerle fin. Y en la reunión anual de Filadelfia, la reflexión y los rezos giraron en torno al tema de la rebelión, y nos advirtieron que el camino de la sabiduría y de la paz residía claramente en la reconciliación con la madre patria.

—En efecto. —William estaba interesado—. ¿Quiere decir que ahora todos los cuáqueros de las colonias son lealistas?

Ella apretó los labios por un instante.

—Ése es el consejo que nos dieron en la reunión anual. Como te he dicho, el espíritu guía a los Amigos, y uno debe hacer lo que le indican que haga.

—¿Y el espíritu llamó a su hermano para que hablara en favor de la rebelión? —Eso le pareció gracioso, pero se mostró prudente. No le parecía muy probable que el doctor Hunter fuera un agitador.

Ella agachó la cabeza con un gesto que no acababa de ser de asentimiento.

—En favor de la independencia —corrigió.

—En la lógica de esa distinción sin duda falta algo —observó William arqueando una ceja—. ¿Cómo puede lograrse la independencia sin ejercer la violencia?

—Si crees que el espíritu de Dios es necesariamente lógico, es que lo conoces mejor que yo. —Rachel se pasó una mano por el cabello mojado, echándoselo sobre los hombros con impaciencia—. Denny dijo que le había sido revelado que la libertad, tanto la individual como la de los países, es un regalo divino, y que se le había indicado que debía unirse a la lucha y preservarla. Así que nos echaron de la reunión —concluyó sin más.

La habitación estaba a oscuras con las contraventanas cerradas, pero William podía verle el rostro a la tenue luz del fuego sofocante. Esa última declaración la había conmovido en lo más hondo. Tenía la boca crispada, y un brillo en los ojos que sugería que podría haberse echado a llorar, de no estar decidida a no hacerlo.

—Deduzco que el hecho de que lo echen a uno de una reunión es algo muy grave —aventuró él con prudencia.

Rachel asintió y apartó la mirada. Recogió la toalla mojada que antes había dejado a un lado, la alisó despacio y la dobló, claramente eligiendo las palabras.

—Te he contado que mi madre murió cuando yo nací. Mi padre murió tres años después, ahogado, durante una inundación. Mi hermano y yo nos quedamos sin nada. Pero la reunión local se ocupó de que no nos muriéramos de hambre, de que tuviéramos un techo sobre nuestras cabezas, aunque estuviera lleno de agujeros. En la reunión se decidió el modo en que Denny aprendería un oficio. Sé que él temía verse obligado a ser arriero o zapatero... no tiene lo que hace falta para ser herrero —añadió con una leve sonrisa, a pesar de su seriedad—. Pero lo habría hecho... para mantenerme.

Sin embargo, la suerte había intervenido. Uno de los Amigos asumió la responsabilidad de intentar encontrar algún pariente de los huérfanos Hunter y, después de un largo ir y venir de cartas, descubrió a un primo lejano, originario de Escocia, pero que en esos momentos vivía en Londres.

—John Hunter, que Dios lo bendiga. Es un médico muy famoso, él y su hermano mayor, que es el *accoucheur* de la mismísima reina.

A pesar de sus principios igualitarios, la señorita Hunter parecía impresionada, de modo que William asintió con respeto.

—Se interesó por las capacidades de Denny y, al recibir un buen informe, proveyó lo necesario para que Denny se trasladara a Filadelfia a vivir con una familia cuáquera y asistiera a la nueva Facultad de Medicina, ¡y llegó al extremo de hacer que viajara a Londres y estudiara allí con él!

—En efecto, fue una gran fortuna —observó William—. Pero ¿y usted?

—Oh. Yo... una mujer del pueblo me recogió —explicó rápidamente con un tono desenfadado que no logró engañar a William—. Pero Denzell regresó y, claro, me vine para cuidar de su hogar hasta que se case.

Estaba plisando la toalla entre los dedos, con los ojos fijos en su regazo. Su cabello estaba sembrado de lucecitas allí donde el fuego lo iluminaba, leves destellos de bronce entre los mechones castaño oscuro.

—La mujer... era una mujer formidable. Se encargó de enseñarme a llevar una casa, a cocinar, a coser. A... saber lo que debe saber una mujer. —Miró a William con aquella extraña franqueza, con el rostro sobrio—. Creo que no puedes entender lo que significa que te echen de una reunión —declaró.

—Algo así como que te expulsen de tu regimiento con redobles de tambor, supongo. Es algo vergonzoso y muy triste.

Ella entornó los ojos por un instante, pero se dio cuenta de que él no bromeaba.

—Una reunión de los Amigos no es sólo un grupo de culto. Es... una comunidad de mente, de corazón. Una familia más grande, en cierto sentido. Y para una joven que ha perdido a su propia familia...

—Y que te expulsen, pues... sí, entiendo —manifestó él en voz baja.

Se produjo un breve silencio en la habitación, roto tan sólo por el sonido de la lluvia. Le pareció oír cantar a un gallo en la distancia.

—Me dijiste que tu madre también había muerto. —Rachel lo miró con ternura en sus ojos oscuros—. ¿Tu padre vive?

William negó con la cabeza.

—Pensará que soy excesivamente dramático —observó—, pero es la verdad. Mi padre también murió el día en que nací.

Ella parpadeó al oírlo.

—De verdad. Le sacaba más de cincuenta años a mi madre. Cuando se enteró de que ella había muerto en el p-parto, sufrió una apoplejía y murió en el acto. —Se sentía molesto. Ya no tartamudeaba casi nunca. Pero ella no se había dado cuenta.

—Así que tú también eres huérfano. Lo siento —observó Rachel en voz baja.

Él se encogió de hombros, incómodo.

—Bueno. No conocí ni a mi padre ni a mi madre. Aunque, de hecho, sí tuve padres. La hermana de mi madre se convirtió en mi madre, en todos los sentidos, ahora también ha fallecido, y su esposo... Siempre he pensado en él como mi padre, aunque no tenga ningún parentesco sanguíneo conmigo. —Pensó que estaba pisando terreno peligroso, hablando demasiado de sí mismo. Carraspeó e intentó reconducir la conversación hacia cuestiones menos personales—: Su hermano, ¿cómo se propone... eeh... poner en práctica su revelación?

Ella suspiró.

—Esta casa pertenecía a un primo de nuestra madre. Era viudo, y no tenía hijos. Le había legado la casa a Denzell, aunque, cuando se enteró de que nos habían echado de la reunión, nos escribió para decirnos que había decidido modificar su testamento. Sin embargo, cogió unas fiebres y murió antes de poder hacerlo. Pero todos sus vecinos sabían, por supuesto, lo de Denny, y es por eso...

—Entiendo.

A William le pareció que, aunque Dios tal vez no fuera lógico, parecía tomarse un interés muy particular por Denzell Hunter. Pensó, sin embargo, que quizá no fuera muy cortés decirlo, así que dirigió sus preguntas en otra dirección.

—Dijo que habían vendido la casa. De modo que su hermano...

—Ha ido a la ciudad, al juzgado, para firmar los papeles de la venta y disponerlo todo para las cabras, los cerdos y las gallinas. En cuanto todo esté listo, nos... marcharemos. —Tragó saliva con gesto visible—. Denny tiene intención de unirse al ejército continental en calidad de médico.

—¿Y usted irá con él? ¿Como seguidora? —William habló con cierta desaprobación.

Muchas esposas de soldados, o concubinas, «seguían al tambor», uniéndose básicamente al ejército con sus maridos. Él mismo no había visto aún a muchas seguidoras, pues en la campaña de Long Island no había ninguna, pero había oído a su padre hablar en ocasiones de tales mujeres, casi siempre con lástima. Ésa no era vida para una mujer refinada.

Rachel alzó la barbilla al percibir su desaprobación.

—Por supuesto.

Sobre la mesa había un largo alfiler de madera. Debía de habérselo retirado del pelo al quitarse la cofia. Ahora retorció su cabello mojado formando un moño e hincó en él el alfiler con decisión.

—Entonces —preguntó ella—, ¿viajarás con nosotros? Sólo mientras te sientas cómodo haciéndolo, claro está —se apresuró a añadir.

William había estado dándole vueltas al tema durante toda su conversación. Estaba claro que un arreglo de ese tipo tendría ventajas para los Hunter, pues un grupo mayor era siempre más seguro, y le parecía evidente que, pese a su revelación, el doctor no era un guerrero natural. También sería ventajoso para él, pensó. A diferencia de William, los Hunter conocían los alrededores, y un hombre que viaja en grupo, sobre todo en un grupo que incluye a una mujer, pasa mucho más desapercibido y resulta mucho menos sospechoso que uno que viaja solo.

De pronto se le ocurrió que, si Hunter tenía la intención de unirse al ejército continental, podría tener una oportunidad excelente para acercarse lo bastante a las fuerzas de Washington como para sacarles una valiosa información, lo que tal vez compensara en gran medida la pérdida de su libro de contactos.

—Sí, claro —repuso, y sonrió a la señorita Hunter—. ¡Es una sugerencia admirable!

El resplandor de un relámpago penetró de improviso a través de las rendijas de las contraventanas y el estampido de un trueno estalló sobre sus cabezas casi a una. Ambos dieron un violento respingo al oír el ruido.

William tragó saliva, con el trueno resonando aún en sus oídos. El penetrante olor del rayo quemaba el aire.

—Espero que eso fuera un gesto de aprobación —dijo.

Ella no rió.

40

Las bendiciones de Brígida y Miguel

Los mohawk lo conocían como Thayendanegea, «Dos Apuestas». Para los ingleses, era Joseph Brant. Ian había oído decir muchas cosas sobre aquel hombre cuando vivía entre los mohawk, bajo ambos nombres, y se había preguntado en más de una ocasión cómo se las ingeniaría Thayendanegea para franquear el traicionero terreno entre dos mundos. ¿Sería como el puente?, pensó de pronto. ¿Como el delgado puente tendido entre este mundo y el otro alrededor del cual el aire bulle de cabezas volantes que te desgarran con los dientes? Le habría gustado sentarse alguna vez junto al fuego con Joseph Brant y preguntárselo.

Ahora se dirigía a casa de Brant, aunque no a hablar con él. Glotón le había dicho que Alce de Sol había abandonado la Aldea de la Serpiente para unirse a Brant y que su mujer lo había acompañado.

—Están en Unadilla —le había dicho Glotón—. Probablemente sigan allí. Thayendanegea lucha con los ingleses, ¿sabes? Está allí hablando con los lealistas, intentando hacer que se unan a él y a sus hombres. Los llama los «Voluntarios de Brant». —Hablaba en tono desenfadado. A Glotón no le interesaba la política, aunque luchaba de vez en cuando, cuando el espíritu lo impulsaba a ello.

—¿Ah, sí? —había replicado Ian en idéntico tono—. Muy bien.

No tenía la más mínima idea de dónde se encontraba Unadilla, salvo que estaba en la colonia de Nueva York, pero eso no suponía un gran problema. Partió hacia el norte al día siguiente al amanecer.

La mayor parte del tiempo no tenía más compañía que el perro y sus pensamientos. Sin embargo, en cierta ocasión, se acercó a un campamento de verano de los mohawk y lo acogieron bien.

Se sentó a hablar con los hombres. Al cabo de un rato, una joven le llevó un cuenco de estofado, y él se lo comió sin reparar apenas en lo que contenía, aunque su estómago parecía agradecido por el calor y dejó de encogerse.

No sabía decir qué había atraído su atención, pero apartó la mirada de la charla de los hombres y vio a la joven que le había llevado el estofado sentada en la oscuridad, al otro lado del fuego, mirándolo. Ella le sonrió, muy levemente.

Masticó más despacio y el sabor del estofado invadió de pronto su boca. Carne de oso, rica en grasa. Maíz y alubias, sazonadas con cebolla y ajo. Delicioso. Ella ladeó la cabeza. Alzó una ceja oscura, con elegancia, y, a continuación, también ella se levantó, como animada por su propia pregunta.

Ian dejó su cuenco y eructó cortésmente. Luego se puso en pie y se marchó, sin prestar atención a las miradas sabedoras de los hombres con los que había estado comiendo.

Ella estaba esperándolo, como una mancha pálida a la sombra de un abedul. Hablaron, su boca formó palabras, sintió el cosquilleo de lo que ella decía en sus oídos, pero sin ser en verdad consciente de su significado. Retuvo el resplandor de su cólera como un carbón encendido en la palma de su mano, una brasa que humeaba en su corazón. No pensó en ella como en agua para su requemazón, ni pensó en enardecerla. Había llamas tras sus ojos y se mostraba tan irreflexivo como el fuego, devorando allí donde había combustible, muriendo donde no lo había.

La besó. Olía a comida, a pieles trabajadas, a tierra calentada por el sol. Ni el más leve vestigio de olor a madera, ni el más tenue matiz de sangre. Era alta. Sintió sus pechos blandos y apremiantes, posó sus manos en la curva de sus caderas.

Ella se apretó contra él, firme, llena de deseo. Dio un paso atrás, dejando que el aire fresco tocara la piel de él allí donde había estado ella, y lo cogió de la mano para llevarlo a su tienda. Nadie los miró cuando ella lo metió en su cama y se volvió hacia él, desnuda, en la cálida semioscuridad.

Había pensado que sería mejor si no podía verle la cara. Anónimo, rápido, tal vez algo de placer para ella. Alivio para él. Al menos durante los breves instantes en que perdiera la conciencia de sí mismo.

Pero en la oscuridad, ella era Emily, e Ian huyó de su cama avergonzado y colérico, dejando asombro tras de sí.

Caminó durante los doce días siguientes, con el perro a su lado, y no habló con nadie.

La casa de Thayendanegea se erigía sola en medio de unos extensos terrenos, pero lo bastante cerca del pueblo como para formar parte de él. El pueblo era como cualquier otro, salvo porque muchas de las casas tenían dos o tres piedras de moler junto a la escalera. Todas las mujeres molían la harina para su familia en lugar de llevar el grano al molino.

Había perros en la calle, dormitando a la sombra de carretas y muros. Cuando *Rollo* estuvo al alcance de sus narices, todos se sentaron, asustados. Unos cuantos gruñeron o ladraron, pero ninguno se prestó a luchar.

Los hombres eran otra cuestión. Varios de ellos miraban a otro que estaba con un caballo en un campo. Todos miraron a Ian, medio con curiosidad, medio con cautela. A la mayoría no los conocía, pero uno de ellos era un hombre llamado Gran Tortuga, al que había conocido en la Aldea de la Serpiente. Otro era Alce de Sol.

Alce de Sol lo miró parpadeando, tan asustado como cualquiera de los perros, y, después, se plantó en la carretera para hacerle frente.

—¿Qué estás haciendo aquí?

Consideró por un momento decirle la verdad, pero no era una verdad que pudiera contarse deprisa, si es que podía contarse, y sin duda no delante de extraños.

—No es asunto tuyo —le contestó con calma.

Alce de Sol lo había interpelado en mohawk e Ian contestó en el mismo idioma.

Vio arquearse algunas cejas, y Tortuga lo saludó, con la obvia esperanza de evitar cualquier posible tormenta al dejar bien claro que el propio Ian era un kahnyen'kehaka. Ian le devolvió a Tortuga el saludo y los demás se retiraron un poco, sorprendidos e interesados, pero no hostiles.

Alce de Sol, por su parte... Bueno, al fin y al cabo, Ian no esperaba que el hombre se le echara al cuello. Las veces que pensaba en Alce de Sol, que eran muy pocas, esperaba que estuviera en otra parte, pero allí estaba, y sonrió para sí con frialdad al pensar en la vieja abuela Wilson, que en una ocasión había dicho de su yerno Hiram que tenía el aspecto «de no ir a cederle el paso ni a un oso».

Era una descripción muy adecuada, por lo que ni la respuesta de Ian ni su sonrisa posterior mejoraron las disposiciones de Alce de Sol.

—¿Qué quieres? —interrogó Alce de Sol.

—Nada tuyo —contestó Ian con la mayor suavidad posible.

Alce de Sol entornó los ojos, pero antes de que pudiera decir nada más intervino Tortuga, que invitó a Ian a entrar en su casa, para comer y beber.

Tenía que hacerlo. Rechazar la invitación era una grosería. Además, después podría preguntarle, en privado, dónde se encontraba Emily. Pero la necesidad que lo había llevado hasta allí a través de quinientos kilómetros de desierto no reconocía exigencias de cortesía. Ni tampoco admitiría retrasos.

Por otra parte, reflexionó, preparándose, ya sabía lo que iba a suceder. No había motivo para postergarlo.

—Quiero hablar con la que una vez fue mi mujer —declaró—. ¿Dónde está?

Varios hombres lo miraron de soslayo al oírlo, interesados o sorprendidos, pero vio que los ojos de Tortuga miraban las puertas de la casa grande que se levantaba al final de la calle.

Alce de Sol, y eso lo honra, se limitó a acercarse y plantarse con mayor firmeza en la carretera, dispuesto a desafiar a dos osos si era necesario. A *Rollo* no le importó y enseñó los dientes con un gruñido que hizo retroceder al punto a uno o dos de los hombres. Alce de Sol, que tenía mejores razones que los demás para saber exactamente de lo que *Rollo* era capaz, no se movió ni un centímetro.

—¿Es que vas a azuzarme a tu demonio? —inquirió.

—Por supuesto que no. *Sheas, a cù* —le dijo a *Rollo* en voz baja.

El perro se mantuvo firme un momento más, justo lo necesario para indicar que aquello era idea suya, y luego se apartó y se tumbó en el suelo, aunque siguió emitiendo un ronco gruñido, como un trueno distante.

—No he venido a apartarla de ti —le dijo Ian a Alce de Sol. Quería mostrarse conciliador, aunque no esperaba que funcionase, y no funcionó.

—¿Crees que podrías?

—Si no quiero hacerlo, ¿qué importancia tiene? —replicó irritado, pasando al inglés.

—¡No se iría contigo ni aunque me mataras!

—¿Cuántas veces tengo que decirte que no quiero apartarla de ti?

Alce de Sol se lo quedó mirando unos instantes, con ojos bastante malévolos.

—Las suficientes para que tu cara diga lo mismo —susurró, y apretó los puños.

Un murmullo de interés surgió entre los demás hombres, pero se produjo una intangible retirada. No interferirían en una pelea por una mujer. Eso era una bendición, pensó vagamente Ian mirando las manos de Alce de Sol. Recordó que era diestro. Llevaba un cuchillo al cinto, pero tenía la mano lejos de él.

Ian separó, a su vez, las manos de su cuerpo en ademán pacífico.

—Sólo quiero hablar con ella.

608

—¿Por qué? —espetó Alce de Sol.

Se hallaba lo bastante cerca como para que Ian sintiera la rociada de saliva en la cara, pero no se la limpió. Tampoco retrocedió, y dejó caer las manos.

—Esto es entre ella y yo —dijo con calma—. Seguro que ella te lo contará después.

Esa idea le provocó una punzada de angustia. Su afirmación no pareció calmar a Alce de Sol, que, sin previo aviso, lo golpeó en la nariz.

El crujido resonó en sus dientes superiores mientras el otro puño de Alce de Sol le propinaba un golpe oblicuo en el pómulo. Ian sacudió la cabeza para despejársela, distinguió un vago movimiento a través de sus ojos acuosos y, más por buena fortuna que por voluntad propia, le propinó una fuerte patada a Alce de Sol en la entrepierna.

Se detuvo, respirando con dificultad, chorreando sangre sobre el camino. Seis pares de ojos se pasearon entre él y Alce de Sol, que estaba hecho un ovillo en el suelo y emitía ruiditos apremiantes. *Rollo* se levantó, caminó hasta el hombre caído y lo olisqueó con interés. Todos los ojos volvieron a Ian.

Éste hizo un leve movimiento con la mano, que llamó a *Rollo* al orden y anduvo calle arriba hacia la casa de Brant, con seis pares de ojos clavados en la espalda.

Cuando se abrió la puerta, la joven blanca que apareció en el umbral lo miró con unos ojos como platos. Ian estaba limpiándose la sangre de la nariz con el faldón de la camisa. Concluyó su tarea e inclinó cortésmente la cabeza.

—¿Tendría la amabilidad de preguntarle a Wakyo'teyehsnonhsa si quiere hablar con Ian Murray?

La joven parpadeó dos veces. Luego asintió y empujó la puerta, dejándola a medio cerrar para volver a mirarlo y asegurarse de que, en efecto, lo había visto.

Sintiéndose extraño, Ian salió al jardín. Era el típico jardín inglés, con rosales y lavanda y senderos con losas de piedra. Su aroma le recordó el de tía Claire, y se preguntó por unos instantes si Thayendanegea habría traído consigo un jardinero desde Londres.

Dos mujeres trabajaban en el jardín, a cierta distancia. Por el color del cabello que asomaba bajo su cofia, una de ellas era una mujer blanca, y de mediana edad, a juzgar por la inclinación de sus hombros. ¿Sería tal vez la esposa de Brant?, se preguntó. ¿Sería su hija la joven que había abierto la puerta? La otra mujer era india, con el cabello trenzado a la espalda, pero mechado de blanco. Ninguna de las dos se volvió a mirarlo.

Cuando oyó el *clic* del picaporte a su espalda, aguardó unos segundos antes de darse la vuelta, armándose de valor para enfrentarse a la decepción de que le dijeran que no estaba en casa o, aún peor, que no quería verlo.

Pero allí estaba. Emily. Pequeña y erguida, con los pechos adivinándose, redondos, en el escote de un vestido de percal azul y el largo cabello recogido atrás, sin cubrir. El rostro lleno de temor, pero ansioso. Sus ojos se iluminaron de alegría al verlo, y dio un paso en su dirección.

La habría estrechado contra su pecho si ella hubiera ido hasta él, si hubiera hecho algún gesto que lo invitara a hacerlo. «Y entonces, ¿qué?», se preguntó sin entusiasmo. Pero no importaba. Tras ese primer movimiento impulsivo, ella se detuvo y se quedó quieta, agitando las manos por unos instantes como si moldeara el aire que había entre ellos, aunque luego las cruzó con fuerza delante, ocultándolas entre los pliegues de su falda.

—Hermano del Lobo —dijo con voz suave, en mohawk—. Mi corazón se alegra de verte.

—El mío también —respondió él en la misma lengua.

—¿Has venido a hablar con Thayendanegea? —inquirió ella indicando la casa con una inclinación de la cabeza.

—Tal vez más tarde.

Ninguno de los dos mencionó su nariz, a pesar de que, a causa de la inflamación, tenía el doble de su tamaño normal y de que la pechera de su camisa estaba por entero manchada de sangre. Ian miró a su alrededor y señaló un camino que se alejaba de la casa.

—¿Quieres dar un paseo conmigo? —propuso.

Ella titubeó unos instantes. El fuego de sus ojos no se había apagado, pero ahora ardía con menos fuerza. Había en ellos otras cosas: prudencia, una leve tristeza y lo que él interpretó como orgullo. Estaba sorprendido de verlos con tanta claridad. Era como si Emily estuviese hecha de cristal.

—Yo... los niños... —soltó, volviéndose a medias hacia la casa.

—No importa —dijo él—. Yo sólo...

Unas gotas de sangre procedentes de uno de los orificios de su nariz lo detuvieron, e hizo una pausa para limpiarse el labio superior con el dorso de la mano. Dio dos pasos adelante para estar lo bastante cerca como para poder tocarse, aunque tuvo cuidado en no hacerlo.

—Quería decirte que lo siento —manifestó formalmente en mohawk—. Que siento no haber podido darte hijos. Y que me alegro de que los tengas.

Un precioso y cálido sonrojo tiñó las mejillas de Emily, e Ian observó que el orgullo se imponía a la tristeza.

—¿Puedo verlos? —preguntó, sorprendiéndose tanto a sí mismo como la había sorprendido a ella.

Emily dudó unos segundos, pero se dio media vuelta y entró en la casa. Ian se sentó a esperar en un muro de piedra y ella regresó unos momentos después con un chiquillo de tal vez cinco años de edad y una niña con trencitas de unos tres que lo miró muy seria y se chupó el dedo.

La sangre se había deslizado por el interior de su garganta y le sabía a hierro.

Durante el viaje había pensado de vez en cuando concienzudamente en la explicación que le había dado la tía Claire. No con la intención de hablarle de ello a Emily. Para ella no querría decir nada, apenas si la entendía él mismo. Sólo, quizá, como una especie de escudo de protección para ese momento, para cuando viera a los niños que él no había podido darle.

«Llámalo destino —le había dicho Claire, mirándolo con ojos de halcón, con los de ese halcón que te observa desde muy arriba, tal vez desde tan arriba que lo que parece despiadado es en realidad compasión—. O llámalo mala suerte. Pero no fue culpa tuya. Ni de ella.»

—Ven —dijo Ian en mohawk, al tiempo que le tendía una mano al pequeño.

El chico miró a su madre y luego se acercó a él, observándolo con curiosidad.

—Te veo a ti en su cara —le dijo a Emily en voz baja hablando en inglés—. Y en sus manos —añadió en mohawk, tomando en sus manos las del niño, tan asombrosamente pequeñas.

Era cierto: el crío tenía las manos de su madre, finas y ligeras. Se acurrucaron como ratones dormidos en la palma de las suyas y, luego, los dedos se agitaron como patas de araña y el chiquillo se echó a reír. Ian rió también, cerró con rapidez las manos sobre las del pequeño como un oso que engulle un par de truchas, haciendo que chillara, y lo soltó.

—¿Eres feliz? —le preguntó.

—Sí —respondió ella en voz baja. Bajó la mirada para no encontrar la suya, e Ian supo que lo hacía porque su respuesta era sincera y no quería ver si lo había herido.

Le puso una mano bajo la barbilla —¡qué suave era su piel!—, y le levantó el rostro para que lo mirara.

—¿Eres feliz? —volvió a preguntarle, y sonrió ligeramente al decirlo.

—Sí —repitió ella. Pero entonces soltó un pequeño suspiro, y su otra mano tocó por fin el rostro de Ian, ligera como el ala de una mariposa nocturna—. Pero a veces te echo de menos, Ian.

—No tenía mal acento, aunque su nombre escocés sonaba extremadamente exótico en su idioma, siempre había sido así.

Él sintió un nudo en la garganta, pero retuvo la leve sonrisa en su rostro.

—Veo que no me preguntas si yo soy feliz —observó, y se habría dado un puntapié a sí mismo por ello.

Ella le dirigió una mirada rápida, directa como la punta de un cuchillo.

—Tengo ojos —repuso con sencillez.

Se produjo un silencio entre los dos. Ian miraba hacia otro lado, pero sentía que ella estaba allí, respirando. Sintió que ella se enternecía aún más, abriéndose. Había tenido la prudencia de no entrar con él en el jardín. Ese lugar, con su hijo jugando en la tierra a sus pies, era seguro. Al menos para ella.

—¿Vas a quedarte? —preguntó por fin, y él negó con la cabeza.

—Me voy a Escocia —respondió.

—Tomarás una esposa entre tu propia gente —lo dijo con alivio, pero también con pesar.

—¿Es que tu gente ya no es la mía? —inquirió él con un fogonazo de ferocidad—. Limpiaron la sangre blanca de mi cuerpo en el río, tú estabas allí.

—Estaba allí.

Se lo quedó mirando un largo rato, examinando su cara. Probablemente no volvería a verlo nunca. Ian se preguntó si es que quería recordarlo o si estaba buscando algo en sus facciones.

Era eso último. Emily se volvió de improviso, al tiempo que levantaba una mano para indicarle que esperara, y desapareció en el interior de la casa.

La niñita corrió tras ella, pues no quería quedarse con aquel extraño, pero el chiquillo se demoró, interesado.

—¿Tú eres Hermano del Lobo?

—Sí, lo soy. ¿Y tú?

—Me llaman Digger. —Era un nombre de niño, utilizado a efectos prácticos hasta que el verdadero nombre de la persona se manifestara de algún modo.

Ian asintió, y permanecieron así unos minutos, mirándose mutuamente con interés pero cómodos el uno con el otro.

—La madre de la madre de mi madre —soltó Digger de repente— habló de ti. Me habló de ti.

—¿Ah, sí? —repuso Ian, asombrado.

Se trataba de Tewaktenyonh. Una gran mujer, la jefa del consejo de mujeres de la Aldea de la Serpiente, y la persona que lo había expulsado.

—¿Tewaktenyonh vive aún? —preguntó, curioso.

—Oh, sí. Es más vieja que las montañas —respondió el chiquillo, muy serio—. Sólo tiene dos dientes, pero todavía come.

Ian sonrió al oír eso.

—Estupendo. ¿Qué ha contado de mí?

El chico hizo una mueca intentando recordar sus palabras.

—Me dijo que era hijo de tu espíritu, pero que no debía decírselo a mi padre.

Ian encajó el golpe, más fuerte que cualquiera de los que el padre del chiquillo le había propinado, y se quedó por un momento sin habla.

—Sí, tampoco yo creo que debas decirlo —replicó cuando las palabras regresaron a él. Lo repitió en mohawk, por si el crío no había comprendido el inglés, y él asintió, sereno.

—¿Estaré contigo alguna vez? —inquirió, sólo vagamente interesado en la respuesta. Un lagarto había trepado al muro de piedra para tomar el sol y el chiquillo tenía los ojos fijos en él.

Ian se obligó a adoptar un tono desenfadado.

—Si vivo.

El chico miraba al lagarto con los ojos entornados y su manita se movió con gesto nervioso, sólo un poco. Pero estaba demasiado lejos. Lo sabía, y miró a Ian, que se hallaba más cerca. Ian dirigió sus ojos al lagarto sin moverse y, acto seguido, volvió a mirar al chiquillo y la complicidad surgió entre ellos. «No te muevas», le advirtieron sus ojos, y el crío pareció dejar de respirar.

En esas situaciones no valía de nada pensar. Sin detenerse a tomar aliento, se abalanzó, y ahí estaba el lagarto, en su mano, asombrado y debatiéndose.

El chiquillo lanzó gritos de alegría y se puso a saltar arriba y abajo dando palmadas de júbilo, y luego extendió las manos para coger al lagarto, que recibió con la mayor concentración cerrando las manos a su alrededor para que no se le escapara.

—¿Qué vas a hacer con él? —le preguntó Ian con una sonrisa.

El niño se acercó el reptil a la cara mirándolo con atención y frunció el ceño, pensando.

—Le pondré un nombre —contestó por fin—. Entonces será mío y me bendecirá cuando vuelva a verlo. —Sostuvo al lagarto en alto, colocándoselo a la altura de los ojos, y ambos se miraron sin parpadear—. Te llamas *Bob* —declaró el chiquillo por fin en inglés y, con gran ceremonia, dejó al lagarto en el suelo. *Bob* saltó de sus manos y desapareció bajo un tronco.

—Es un nombre estupendo —manifestó Ian en tono serio. Le dolieron las magulladas costillas al esforzarse por no reír, pero se le pasaron las ganas enseguida, cuando la puerta lejana se abrió y salió Emily con un bulto en los brazos.

Se acercó a él y le tendió un bebé, fajado y atado a un armazón de madera de los que usan las indias para llevar a los niños a la espalda, de modo parecido a como él le había entregado el lagarto a Digger.

—Ésta es mi segunda hija —declaró con tímido orgullo—. ¿Elegirás su nombre?

Ian se emocionó y le tocó la mano a Emily, muy suavemente, antes de coger el armazón, apoyárselo en las rodillas y estudiar la carita del bebé con gran atención. No podía haberle hecho mayor honor, la muestra permanente del sentimiento que antaño había albergado hacia él, que tal vez aún albergara hacia él.

Pero mientras miraba a la pequeña —ella lo miraba con unos ojos grandes y serios, absorta en esa nueva manifestación de su entorno personal—, arraigó en él una convicción. No la cuestionó; estaba sencillamente allí, y era innegable.

—Gracias —dijo, y le sonrió a Emily con gran afecto. Posó su mano, enorme y áspera por los callos y los cortes de la vida, sobre la cabecita perfecta y cubierta de suave cabello—. Bendigo a todos tus hijos con las bendiciones de Brígida y Miguel. —Acto seguido, levantó la mano y, extendiéndola, atrajo a Digger hacia él—. Pero a éste me corresponde a mí ponerle un nombre.

Emily se demudó a causa del asombro, y su mirada discurrió rápida de él a su hijo y de su hijo a él. Tragó saliva, insegura, pero no importaba. Él sí estaba seguro.

—Te llamas El Más Rápido de los Lagartos —declaró en mohawk.

El Más Rápido de los Lagartos se quedó pensativo unos instantes y luego asintió, complacido y, tras soltar una carcajada de puro deleite, salió corriendo.

41

Al abrigo de la tormenta

No era la primera vez que William se quedaba asombrado al darse cuenta de las muchas personas que su padre conocía. Mientras cabalgaban, durante una conversación informal, le había mencionado a Denzell Hunter que su padre había conocido a un tal doctor John Hunter. De hecho, esa asociación, que tenía que ver con una anguila eléctrica, un duelo inesperado y las implicaciones de la profanación de tumbas, era parte de la situación que había llevado a lord John a Canadá y a las Llanuras de Abraham. ¿Cabía la posibilidad de que ese John Hunter fuera, tal vez, el pariente caritativo del que la señorita Rachel le había hablado?

Denny Hunter se había animado enseguida.

—¡Qué casualidad! Sí, debe de ser el mismo. Especialmente, dado que mencionas que estaba relacionado con la profanación de tumbas. —Tosió, con aire algo azorado—. Era una asociación muy... educativa —señaló—. Aunque, a veces, resultaba perturbadora.

Se volvió a mirar a su hermana, pero Rachel se encontraba muy por detrás de ellos, mientras su mula trotaba a paso lento y ella misma medio dormitaba en la silla, con la cabeza bamboleándose como la de un girasol.

—Entenderás, amigo William —Hunter bajó la voz—, que para adquirir experiencia en las artes de la cirugía es preciso aprender cómo está hecho el cuerpo humano y comprender cómo funciona. Eso puede aprenderse en gran medida de los libros, pero los libros en los que se basa la mayoría de los médicos están... bueno, para ser francos, están mal.

—¿Ah, sí?

William sólo atendía a medias a la conversación. La otra mitad de su mente estaba dividida a partes iguales entre la atención que prestaba a la carretera, la esperanza de llegar a algún lugar habitable a tiempo de conseguir algo para cenar y su apreciación de la finura del cuello de Rachel Hunter en las raras ocasiones en que se adelantaba a ellos. Deseaba dar media vuelta para volver a mirarla, pero no podía hacerlo tan pronto, con toda franqueza. Unos cuantos minutos más...

—... Galeno y Esculapio. La idea común es, y ha sido durante largo tiempo, que los antiguos griegos pusieron por escrito todo lo que se sabe en relación con el cuerpo humano. No había por qué dudar de esos textos ni crear misterio donde no lo había.

William gruñó.

—Debería oír a mi tío hablar durante horas de los antiguos textos militares. Es un fanático de César, de quien dice que era un general más que decente, pero duda que Heródoto viera jamás un campo de batalla.

Hunter lo miró con sorprendido interés.

—¡Eso es justo lo que decía John Hunter, en términos distintos, sobre Avicena! «Ese hombre no vio un útero preñado en su vida.» —Golpeó el pomo de la silla con el puño para enfatizar su afirmación, y su caballo levantó de pronto la cabeza, asustado—. ¡Sooo, sooo! —exclamó Hunter, alarmado, y acortó las riendas de un modo calculado para que el caballo caminara hacia atrás y levantara los cascos.

William se acercó y le quitó limpiamente a Denzell las riendas de las manos, aflojándolas. Se alegró bastante de esa breve distracción, pues evitó que Hunter siguiera hablando de úteros. William no estaba seguro de qué era un útero, pero si se quedaba preñado, debía de guardar relación con las partes íntimas de la mujer, y eso no era algo de lo que él quisiera hablar donde la señorita Hunter pudiera oírlo.

—Pero ha dicho usted que su asociación con el doctor John Hunter era perturbadora —le recordó, devolviéndole las riendas y apresurándose a cambiar de tema antes de que el doctor pudiera pensar en algo más embarazoso y mencionarlo—. ¿Por qué?

—Bueno... nosotros, sus estudiantes, aprendíamos los misterios del cuerpo humano a partir... del cuerpo humano.

William sintió que se le revolvía un tanto el estómago.

—¿Se refiere usted a la disección?

—Sí. —Hunter lo miró, preocupado—. Es una perspectiva desagradable, lo sé, y, sin embargo, ¡ver la maravillosa manera en que Dios ha dispuesto las cosas! La complejidad de un riñón, el impresionante interior de un pulmón... ¡William, no sabría decirte lo maravilloso que es!

—Bueno... sí, debe de serlo —repuso él sin darle mucho pie. Ahora podía mirar hacia atrás sin llamar la atención, y lo hizo. Rachel se había enderezado y tenía la espalda recta, la cabeza inclinada de tal modo que el sombrero de paja se le había caído hacia atrás y el sol le incidía en la cara. William sonrió—. Ustedes... eh... ¿dónde conseguían los cuerpos para diseccionarlos?

El doctor Hunter suspiró.

—Ése era el aspecto perturbador. Muchos eran indigentes del asilo de pobres o de la calle, y sus muertes resultaban más dignas de lástima. Pero muchos eran cuerpos de criminales ejecutados. Y, aunque debería alegrarme de que de su muerte se derivara algo bueno, no puedo sino sentirme consternado por ello.

—¿Por qué? —inquirió William, interesado.

—¿Por qué? —Hunter lo miró parpadeando detrás de sus lentes, pero luego agitó la cabeza como si estuviera espantando las moscas—. Olvidaba que no eres uno de los nuestros. Te ruego que me perdones. Nosotros no aceptamos la violencia, amigo William, y menos aún matar.

—¿Ni siquiera a criminales? ¿A asesinos?

Denzell apretó los labios y adoptó una expresión desdichada, pero negó con la cabeza.

—No. Metámoslos en la cárcel o hagámosles hacer algún trabajo útil. Pero que el Estado cometa a su vez asesinato es una violación horrible de los mandamientos de Dios. Nos implica a todos en la comisión de ese pecado. ¿No lo ves?

—Lo que veo es que el Estado, como usted lo llama, es responsable de sus súbditos —repuso William, bastante crispado—. Ustedes esperan que jueces y alguaciles procuren que sus propiedades estén seguras, ¿verdad? Si el Estado tiene esa responsabilidad, está claro que ha de tener los medios para ejercerla.

—Eso no lo discuto, que meta a los criminales en la cárcel, como digo. Pero ¡el Estado no tiene derecho a matar a nadie en mi nombre!

—¿Ah, no? —replicó William con frialdad—. ¿Tiene usted idea de la naturaleza de algunos de los criminales que son ejecutados? ¿O de sus crímenes?

—¿La tienes tú? —Hunter lo miró arqueando una ceja.

—Sí, la tengo. El gobernador de la prisión de Newgate es un conocido... otro conocido de mi padre. He estado sentado a la mesa con él y he oído historias que le pondrían de punta los pelos de la peluca, doctor Hunter. Si llevara usted una —añadió.

Hunter respondió a la broma con una fugaz sonrisa.

—Llámame por mi nombre —dijo—. Ya sabes que nosotros no damos mucha importancia a los títulos. Admito la verdad de lo que dices. He oído, y visto, más cosas horribles de las que probablemente tú habrás oído en la mesa de tu padre. Pero a Dios corresponde hacer justicia. Practicar la violencia, quitarle a alguien la vida, es violar el mandamiento divino y cometer un grave pecado.

—Y si alguien los ataca, les hace daño, ¿no pueden ustedes contraatacar? —interrogó William—. ¿No pueden defenderse? ¿Ni defender a sus familias?

—Confiamos en la bondad y la compasión divinas —respondió Denzell con rotundidad—. Y, si nos matan, morimos con la firme expectativa de la vida y la resurrección de Dios.

Siguieron cabalgando en silencio durante un rato antes de que William dijera como de pasada:

—O confían en que otro esté dispuesto a cometer un acto violento por ustedes.

Denzell respiró profundamente de manera instintiva, pero antes de decir lo que fuera que quería decir, lo pensó mejor. Continuaron su camino sin hablar durante un rato y, cuando volvieron a conversar, hablaron de pájaros.

Cuando se despertaron a la mañana siguiente, estaba lloviendo. No se trataba de un rápido chaparrón que tal como viene se va, sino de una lluvia intensa, despiadada, que parecía decidida a no cesar en todo el día. No había razón para quedarse donde estaban. El saliente rocoso bajo el que se habían cobijado para pasar la noche estaba directamente expuesto al viento, y la lluvia había empapado ya la hoguera lo suficiente como para que ésta despidiera mucho más humo que calor.

Tosiendo aún de forma intermitente, William y Denny ataron los bultos sobre la mula de carga mientras Rachel hacía un hatillo envolviendo los palos menos mojados en una lona. Si encontraban refugio cerca del anochecer, al menos podrían encender un fuego para preparar la cena, incluso aunque siguiera lloviendo.

Apenas conversaron. Aunque les hubiera apetecido, la lluvia caía con tanta fuerza sobre los árboles y el suelo y sobre sus sombreros, que tenían que hablar a voces para hacerse oír.

Empapados, pero llenos de cautelosa determinación, siguieron avanzando despacio en dirección norte nordeste y, al llegar a una encrucijada, Denny consultó su brújula con ansia.

—¿Qué te parece, amigo William? —Se quitó las gafas y se las limpió en el faldón de su abrigo, sin logar ver mucho mejor—. Ninguna de las carreteras discurre como nosotros querríamos, y el amigo Lockett no mencionó este cruce en sus instrucciones. Ésa —señaló la carretera que cruzaba la que seguían hasta el momento— parece dirigirse hacia el norte, mientras que esta otra va hacia el este. Por ahora.

Miró a William, con el rostro extrañamente desnudo sin las gafas.

Un granjero llamado Lockett y su mujer habían sido su último contacto con la humanidad tres días atrás. Ella les había dado de cenar, les había vendido pan, huevos y queso, y su marido les había indicado el camino: hacia Albany, les había dicho. Tenían que encontrar una indicación del ejército continental en algún punto entre aquí y allí. Pero no había mencionado ningún cruce.

William le echó una ojeada al suelo enfangado, pero el cruce se hallaba en un declive del terreno y ahora no era más que un pequeño lago. Ninguna pista en relación con el tráfico, aunque la carretera en la que estaban parecía sustancialmente más ancha que la otra, más pequeña, que la cruzaba.

—Ésta —dijo, tajante, y le dio un golpecito a su caballo para hacerlo avanzar chapaleando a través del lago hasta el otro lado.

La tarde tocaba a su fin, y William comenzaba preocuparse por su decisión. Si hubieran tomado la carretera correcta, al final del día deberían haber encontrado —según el señor Lockett— una pequeña aldea llamada Johnson's Ford. Por supuesto, la lluvia los había ralentizado, se dijo. Y aunque el campo parecía tan desierto y tan verde y lleno de exuberante vegetación como siempre, era cierto que los pueblos y las granjas aparecían tan de repente como los champiñones después de una intensa lluvia. Así pues, podían encontrar Johnson's Ford en cualquier momento.

—Tal vez se haya disuelto. —Rachel se había inclinado sobre su silla para asomarse a llamarlo.

La propia Rachel casi se había disuelto también, pero sonrió a pesar de la preocupación de él. La lluvia le había hundido el ala del sombrero, de modo que colgaba lacia como una bayeta alrededor de su cabeza, y se veía obligada a levantar su parte delantera para poder ver, como un sapo receloso bajo una grada. Tenía la ropa empapada de arriba abajo y, como llevaba tres capas de cada cosa, su aspecto era idéntico al de un gran bulto desordenado de ropa mojada que cuelga humeante de la horca con que la han sacado del caldero.

Antes de poder contestarle, su hermano se enderezó de golpe en la silla arrojando agua en todas direcciones y señaló frenético carretera abajo.

—¡Mirad!

William volvió bruscamente la cabeza, suponiendo que su destino estaba a la vista. No era así, pero la carretera ya no estaba desierta. Un hombre caminaba con paso enérgico hacia ellos a través del barro, protegiéndose la cabeza y los hombros de la lluvia con un costal. En ese estado de desolación, cualquier indicio humano alegraba la vista, por lo que William espoleó a su caballo con suavidad para ir a saludarlo.

—Bienhallado, joven señor —dijo el hombre mirando a William desde debajo del costal que lo cobijaba—. ¿Adónde se dirigen en un día tan espantoso? —Levantó el labio en un ademán dirigido a ganarse su simpatía, mostrando un colmillo roto manchado de tabaco.

—A Johnson's Ford. ¿Vamos bien por aquí?

El hombre dio un paso atrás, como si se hubiera quedado asombrado.

—¿A Johnson's Ford, dice?

—Sí, eso es —repuso William con cierta dosis de irritación. Comprendía que, en las zonas rurales, debido a la falta de compañía, los habitantes sintieran el impulso de retener a los viajeros tanto como podían, pero ése no era el día adecuado—. ¿Dónde está?

El hombre meneó lentamente la cabeza adelante y atrás, consternado.

—Mucho me temo que se han equivocado de carretera, señor. Deberían haber tomado el camino de la izquierda en el cruce.

Al oírlo, Rachel profirió un ruidito lastimero. La luz empezaba a escasear y las sombras comenzaban a arremolinarse en torno a los cascos de los caballos. Había varias horas de trayecto hasta el cruce. No podrían llegar hasta allí antes del anochecer, y menos aún llegar a Johnson's Ford.

El hombre se dio también perfecta cuenta de ello y le dirigió a William una alegre sonrisa, mostrándole un amplio pedazo de encía marrón.

—Yo que ustedes, caballero, me echaría una mano para coger la vaca y llevarla hasta casa, mi mujer estará encantada de ofrecerles cena y una cama.

Como no había ninguna alternativa razonable, William aceptó su sugerencia con tanta cortesía como pudo y, tras dejar a Rachel resguardada bajo un árbol con los animales, él y Denny Hunter fueron a ayudarlo a coger la vaca.

La vaca en cuestión, una bestia esquelética y peluda con ojos de loca, resultó ser tan escurridiza como testaruda, y capturarla y arrastrarla hasta la carretera requirió el talento combinado de los tres hombres. Calado hasta los huesos y cubierto de una gruesa capa de barro, el desastrado grupo siguió entonces al señor Antioch Johnson —pues así era como se había presentado su anfitrión— a través de la creciente penumbra de la noche hasta una pequeña granja destartalada.

Aun así, y como seguía lloviendo a cántaros, cualquier tejado era bienvenido, con goteras o sin ellas.

La señora Johnson resultó ser una mujer desaseada y desarrapada de cierta edad, con menos dientes incluso que su marido y talante malhumorado. Miró a los chorreantes huéspedes y les volvió con gesto grosero la espalda, pero sacó, a pesar de todo, unos cuencos de madera llenos de un estofado repugnante y congelado, además de leche de la vaca recién ordeñada. William se dio cuenta de que Rachel no tomaba más que un trocito del estofado, palidecía, se sacaba algo de la boca y dejaba la cuchara, tras lo cual se limitó a tomarse la leche.

En su caso, tenía demasiada hambre como para notar el sabor del estofado o preocuparse por lo que contenía y, por suerte, estaba demasiado oscuro para examinar lo que había en el cuenco.

Denny estaba haciendo un esfuerzo por mostrarse sociable, aunque se bamboleaba de cansancio mientras respondía a las interminables preguntas del señor Johnson sobre sus orígenes, el lugar al que se dirigían, sus parientes, el estado de la carretera, y opiniones y noticias sobre la guerra. Rachel esbozaba una sonrisa de vez en cuando, pero sus ojos no cesaban de recorrer inquietos lo que la rodeaba, y volvían una y otra vez a su anfitriona, que estaba sentada en un rincón, cubriéndose los suyos, cavilando mientras fumaba una humeante pipa de arcilla que colgaba de su flojo labio inferior.

Con la barriga llena y las medias secas, William sintió que el esfuerzo del día comenzaba a hacer mella en él. En la chimenea ardía un fuego decente, y el oscilar de las llamas lo arrulló hasta entrar en una especie de trance, mientras las voces de Denny y el señor Johnson se desvanecían hasta convertirse en un agradable murmullo. Podría haberse quedado dormido allí mismo si el ruido de los pies de Rachel al levantarse para visitar el excusado no hubiera roto el trance, recordándole que debía ir a ver a los caballos y a las mulas. Los había secado, restregándolos como había podido, y había pagado al señor Johnson por la paja, pero no había ningún granero propiamente dicho para resguardarlos, sólo una burda techumbre de ramas sobre unos postes larguiruchos. No quería que pasaran toda la noche en medio del barro si el refugio se inundaba.

Seguía lloviendo, pero, fuera, el aire era limpio y fresco, lleno de los olores nocturnos de los árboles, las hierbas y el agua de los arroyos. Después del aire viciado del interior, William se sintió casi mareado con la fragancia. Corrió encorvado bajo la lluvia hasta el abrigadero, haciendo todo lo posible para evitar que se le apagara la pequeña antorcha que llevaba, y disfrutando de cada bocanada de aire.

La antorcha chisporroteó, pero continuó ardiendo, y William se alegró de ver que el refugio no se había inundado. Los caballos y las mulas —además de la vaca de los ojos de loca— estaban todos de pie sobre la paja mojada, pero no se habían hundido en el barro hasta los corvejones. La puerta de la letrina crujió y vio salir la delgada silueta de Rachel. Ella divisó la antorcha y fue a reunirse con él, mientras se envolvía en el chal para protegerse de la lluvia.

—¿Están bien los animales? —Las gotas de lluvia brillaban en su cabello mojado, y él le sonrió.

—Espero que su cena fuera mejor que la nuestra.

Rachel se estremeció al recordarlo.

—Preferiría, con mucho, haber comido paja. ¿Has visto lo que había en...?

—No —la interrumpió él—, y preferiría que no me lo dijera.

Ella resopló, pero desistió. William no tenía ganas de volver enseguida a la fétida casa, y Rachel parecía tener tan pocas ganas como él, pues se había acercado a rascarle a su mula las goteantes orejas.

—No me gusta cómo nos mira esa mujer —observó ella al cabo de un rato, sin mirarlo—. No hace más que mirarme los zapatos, como si se preguntara si son de su talla.

William miró, a su vez, los pies de Rachel. Sus zapatos no eran en modo alguno el último grito, pero eran resistentes y estaban bien hechos, aunque también muy usados y manchados de barro seco.

Rachel dirigió un inquieto vistazo a la casa.

—Estaré encantada de marcharme de aquí, incluso aunque siga lloviendo por la mañana.

—Nos marcharemos —le aseguró—. Sin esperar a desayunar, si así lo prefiere.

Se apoyó en uno de los postes verticales que sostenían el refugio, mientras notaba la neblina de la lluvia sobre el cuello. La somnolencia lo había abandonado, aunque no el cansancio, y se dio cuenta de que compartía la sensación de desasosiego de ella.

El señor Johnson parecía amistoso, aunque zafio, pero había un no sé qué demasiado ansioso en su actitud. Se inclinaba con avidez hacia delante durante la conversación, con los ojos chispeantes, y sus sucias manos no cesaban de agitarse sobre sus rodillas.

Tal vez se tratara únicamente de la soledad natural de un hombre que carecía de compañía —pues, sin duda, la presencia de la malhumorada señora Johnson debía de ser un magro consuelo—, pero el padre de William le había enseñado a escuchar sus instintos y, en consecuencia, no intentaba convencerse a sí mismo de que debía ignorarlos. Sin hacer ningún comentario ni ofrecer disculpa alguna, rebuscó en la alforja que estaba colgada del poste y halló el pequeño puñal que llevaba en la bota cuando iba a caballo.

Los ojos de Rachel lo siguieron mientras se lo colocaba en la cintura del pantalón y se soltaba la camisa para ocultarlo. Arrugó la barbilla, pero no protestó.

La antorcha estaba empezando a parpadear, casi consumida. Extendió el brazo y Rachel lo aceptó sin protestar, acercándose a él. A William le entraron ganas de rodearla con el brazo, aunque se contentó con cogerla del codo y halló consuelo en el calor distante de su cuerpo.

La figura de la granja era más oscura que la noche, y carecía tanto de puerta como de ventana en la parte posterior. La rodearon en silencio mientras la lluvia les golpeaba la cabeza, chapoteando sobre el suelo saturado de agua. Sólo el fluctuar de la luz se veía a través de las contraventanas, levísima indicación de que allí vivía gente. Oyó a Rachel tragar saliva, y le tocó ligeramente la mano cuando abrió la puerta para franquearle la entrada.

—Que duerma bien —le susurró—. Habrá amanecido antes de que se dé cuenta.

Fue el estofado lo que le salvó la vida. Se quedó dormido casi de inmediato, vencido por el cansancio, mas unas pesadillas abominables perturbaron su sueño. Caminaba por un vestíbulo donde había una alfombra turca llena de dibujos, pero, al cabo de un rato, se daba cuenta de que lo que había tomado por los dibujos sinuosos de la alfombra eran en realidad serpientes, que levantaron las cabezas, balanceándose mientras se acercaban. Las serpientes se movían despacio, así que consiguió saltar sobre ellas; sin embargo, como consecuencia del salto, empezó a dar bandazos, chocando contra las paredes del pasillo, que parecía cerrarse sobre él, estrechando el camino.

Al final se halló encerrado en un espacio tan pequeño que tenía que andar de lado, mientras el muro que tenía detrás le arañaba la espalda y la superficie de escayola que tenía delante estaba tan cerca que no podía inclinar la cabeza para mirar hacia abajo. Estaba preocupado por las serpientes de la alfombra, pero no podía verlas, de modo que comenzó a dar puntapiés hacia los lados de vez en cuando, hasta que golpeó algo pesado. Aterrorizado, sintió que algo se le enroscaba en la pierna y luego se deslizaba hacia arriba, arrollándose en torno a su cuerpo e introduciendo la cabeza por la pechera de su camisa, hincándosele con fuerza y haciéndole daño en el abdomen, en busca de un lugar donde morder.

Se despertó de golpe, jadeando y sudando, consciente de que el dolor que sentía en la tripa era real; lo seccionaba con lacerantes retortijones. William encogió las piernas y rodó sobre el costado un segundo antes de que el hacha golpeara el suelo justo donde hasta hacía un segundo se encontraba su cabeza.

Soltó una tremenda ventosidad y se precipitó presa de un pánico ciego contra la forma oscura que luchaba por liberar el hacha de las tablas de madera. Fue a dar contra las piernas de Johnson, se las agarró y tiró de ellas. El hombre cayó encima de él con una maldición y lo agarró del cuello. William lanzó un puñetazo a su oponente y le golpeó, pero las manos que le apretaban la garganta se aferraban a ella como una muerte espantosa, y se le nubló la vista y empezó a parpadear al tiempo que veía luces de colores.

Oyó unos gritos allí cerca. Más por instinto que con verdadera intención, William embistió de repente hacia delante y golpeó a Johnson en la cara con la frente. Le dolió, pero la mortal tenaza que le aprisionaba la garganta se relajó, y él se liberó con una torsión, antes de ponerse en pie con dificultad.

El fuego se había consumido y en la habitación no había más luz que el débil resplandor de las brasas. Los gritos procedían de una masa de cuerpos que se atizaban en un rincón, pero no podía hacer nada al respecto.

Johnson había desprendido la hoja del hacha del suelo de una patada. William vislumbró su brillo mate en la décima de segundo que tardó Johnson en agarrarla y lanzársela a la cabeza. Se agachó, se abalanzó, logró coger a Johnson de la muñeca y tiró con fuerza. El lateral de la hoja del hacha lo alcanzó en la rodilla al caer, con un golpe que lo dejó paralizado, y William se desplomó, arrastrando consigo a Johnson, pero levantó la otra rodilla justo a tiempo de evitar quedar aplastado bajo el cuerpo de éste.

Se echó a un lado y sintió en la espalda un calor repentino y el aguijonazo de las chispas. Habían rodado hasta el borde de la chimenea. Estiró el brazo hacia atrás y cogió un puñado de brasas encendidas, que arrojó a la cara de Johnson, ignorando el dolor abrasador en la palma de la mano.

El hombre cayó hacia atrás, cubriéndose la cara con las manos y profiriendo breves exclamaciones, como si no tuviera aliento para gritar. El hacha se balanceaba en una de sus manos. Intuyó que William se estaba poniendo en pie y la blandió a ciegas con una sola mano.

William asió el mango del hacha, se la arrebató a Johnson, la sujetó firmemente con las dos manos por la base y le asestó a su adversario un terrible golpe en la cabeza que produjo un ¡pof! idéntico a cuando uno le da un puntapié a una calabaza. La vibración del impacto le recorrió las manos y los brazos. Soltó el mango y retrocedió dando traspiés.

Tenía la boca llena de bilis. Y la saliva le había desbordado de la boca, de modo que se la limpió con una manga. Respiraba como un fuelle, pero tenía la sensación de que el aire no entraba en los pulmones.

Johnson avanzó hacia él tambaleándose, con los brazos extendidos y el hacha clavada en la cabeza. El mango oscilaba, bamboleándose adelante y atrás como las antenas de un insecto. Despacio, de modo macabro, Johnson levantó las manos para cogerlo.

William tenía ganas de gritar, pero le faltaba el aliento. Conforme retrocedía aterrado, se rozó los pantalones con una mano y notó que estaban húmedos. Miró hacia abajo temiéndose lo peor, pero observó, en cambio, que la tela tenía una mancha oscura de sangre, y al mismo tiempo cayó en la cuenta de que sentía un ligero escozor en la parte superior del muslo.

—Jo-der —murmuró mientras lanzaba una rápida ojeada a su cintura.

Había logrado acuchillarse a sí mismo con su propio puñal, pero, gracias a Dios, éste aún seguía ahí. El tacto de la empuñadura lo tranquilizó y se lo arrancó, y volvió a retroceder cuando Johnson avanzó hacia él lanzando una especie de aullido mientras tiraba del mango del hacha.

El hacha se soltó, liberando un chorro de sangre que rodó por la cara de Johnson y salpicó a William en el rostro, los brazos y el pecho. Johnson blandió el hacha extenuado por el esfuerzo; sus movimientos eran lentos y torpes. William se hizo a un lado, soltando una ventosidad al moverse, pero recuperando el brío.

Agarró más fuerte el puñal y buscó un lugar donde clavárselo. En la espalda, le sugirió su mente. Johnson se restregaba en vano la cara con un antebrazo, en un intento por aclararse la vista, mientras sujetaba el hacha con la otra mano y daba bandazos con temblorosas arremetidas.

—¡William! —Sorprendido por la voz, miró hacia un lado, y la oscilante hoja casi lo alcanza.

—Cállese —espetó con enojo—. Estoy ocupado.

—Sí, ya lo veo —replicó Denny Hunter—. Deja que te ayude.

Estaba pálido y temblaba casi tanto como Johnson, pero se adelantó y, abalanzándose de repente, agarró el mango del hacha y se la arrancó a Johnson de las manos. Retrocedió y la dejó caer al suelo con un ruido metálico, con aspecto de ir a vomitar en cualquier momento.

—Gracias —dijo William.

Dio un paso hacia delante y le clavó a Johnson el puñal por debajo de las costillas, en dirección ascendente, hincándoselo en el corazón. Johnson abrió los ojos de par en par y miró directamente a los de William. Eran de un color gris azulado, salpicados de motas doradas y amarillas en la zona próxima al iris oscuro. Era lo más bonito que William había visto nunca, por lo que se quedó unos instantes paralizado, hasta que la sensación de la sangre que manaba sobre su mano hizo que volviera en sí. Liberó el cuchillo y retrocedió dejando caer el cuerpo. Temblaba como una hoja y estuvo a punto de cagarse encima. Se volvió mecánicamente y se dirigió hacia la puerta, pasando a toda velocidad junto a Denny, que le dijo algo que él no llegó a oír.

Pero mientras se estremecía y jadeaba en la letrina, se dio cuenta de que el doctor le había dicho «No era preciso que lo hicieras».

«Sí, lo era», pensó, e inclinó la cabeza sobre las rodillas a la espera de que todo se calmara.

William salió por fin del excusado, sintiéndose pegajoso y con las extremidades como de goma, pero menos volátil interiormente. Denny Hunter pasó corriendo a su lado y entró en la estructura, de la que surgieron de inmediato ruidos explosivos y fuertes gruñidos. Alejándose con rapidez, se dirigió a la casa bajo una rociada de lluvia.

Hacía ya algún tiempo que había amanecido, pero el aire había comenzado a agitarse, y la granja se destacaba frente al cielo cada vez más pálido, negra y descarnada. Entró en la casa, sintiéndose muy inestable, y encontró a Rachel, blanca como el papel, vigilando con una escoba a la señora Johnson, que estaba fuertemente envuelta en una sábana asquerosa, agitándose apenas y emitiendo peculiares sonidos sibilantes y escupitajos.

El cadáver de su marido yacía boca abajo junto a la chimenea en medio de un charco de sangre coagulada. William no quería mirar el cuerpo, pero tenía la vaga impresión de que no sería correcto no hacerlo, de modo que fue y se detuvo un momento junto a él, mirando hacia abajo. Uno de los Hunter había atizado el fuego y añadido leña. La habitación estaba caliente, pero William no lo notaba.

—Está muerto —observó Rachel en tono inexpresivo.

—Sí.

No sabía cómo se suponía que debía sentirse en semejantes circunstancias, ni tenía una verdadera idea de cómo se sentía realmente. Sin embargo, se alejó con una leve sensación de alivio y fue a echarle un vistazo a la prisionera.

—¿Ella ha...?

—Intentó cortarle el cuello a Denny, pero me pisó la mano y me despertó. Vi el puñal y grité, y entonces Denny la agarró y... —Se pasó una mano por el cabello y se dio cuenta de que había perdido la cofia y de que llevaba el pelo suelto y enredado—. Me senté encima de ella —explicó—, y Denny la enrolló en la sábana. No creo que pueda hablar —añadió Rachel deteniéndose a mirar a la mujer—. Tiene lengua bífida.

Al oír eso, la señora Johnson le sacó a William la lengua con gesto vengativo y onduló las dos mitades independientemente la una de la otra. Con el recuerdo del sueño de las serpientes aún vívido en su mente, William dio un respingo instintivo de repugnancia, pero se fijó en la expresión satisfecha que cruzó el rostro de la mujer.

—Si puede hacer eso con su horrible lengua, es que puede hablar —señaló e, inclinándose, la agarró por el enjuto cuello—. Dígame por qué no debería matarla a usted también.

—¡No *ess* culpa mía! —se apresuró a responder ella, con un silbido tan áspero que William casi la soltó del susto—. Él me obliga a ayudarlo.

William miró por encima del hombro el cuerpo de la chimenea.

—Ya no. —Le apretó más el cuello, sintiendo latir el pulso de ella contra su pulgar—. ¿A cuántos viajeros han matado ustedes dos?

La mujer no respondió, pero se tocó lascivamente el labio superior con la lengua, primero con una mitad y luego con la otra. Él le soltó el cuello y la abofeteó con fuerza. Rachel soltó un grito sofocado.

—No debes...

—Oh, sí, sí debo.

William se restregó la mano en el lateral de los pantalones intentando deshacerse del contacto del sudor de la mujer, de su piel flácida, de su garganta huesuda. La otra mano estaba empezando a darle punzadas de dolor. De repente tuvo ganas de coger el hacha y arrearla con ella, una y otra vez, de aplastarle la cabeza, de hacerla pedazos. Le temblaba el cuerpo de avidez. Ella lo adivinó en su mirada y se la devolvió, con unos ojos negros y brillantes.

—¿No quiere que la mate? —le preguntó a Rachel.

—No debes hacerlo —susurró ella.

Muy despacio, le cogió la mano quemada y, al ver que él no la retiraba, la tomó entre las suyas. Tenía un trueno en los oídos, y se sentía mareado.

—Estás herido —observó ella con suavidad—. Ven afuera. Te la lavaré.

Lo sacó de la casa, medio ciego y tambaleante, e hizo que se sentara en la tajadera mientras ella iba a por un cubo de agua del pilón. Había dejado de llover, aunque el mundo goteaba y sentía en su pecho el aire del amanecer, húmedo y fresco.

Rachel le sumergió la mano en el agua fría, y la sensación de ardor se aplacó un tanto. Le tocó el muslo, donde la sangre se había secado formando una larga mancha que discurría pantalón abajo, pero lo dejó estar cuando él negó con la cabeza.

—Traeré el whisky; queda un poco en la bolsa de Denny.

—Se levantó, aunque él la agarró de la muñeca con su mano sana, y la sujetó con fuerza.

—Rachel. —Su propia voz le sonaba extraña, remota, como si fuera otra persona quien estaba hablando—. Es la primera vez que mato a alguien. No... no sé muy bien qué hacer. —La miró, buscando comprensión en su rostro—. Si hubiera sido... esperaba que sucediera en combate. Eso... creía que habría sabido cómo. Cómo sentirme, quiero decir. Si hubiera sucedido de ese modo.

Rachel lo miró a los ojos. Su rostro reflejaba preocupación. La luz incidía sobre ella con un tono rosado más suave que el lustre de las perlas, y, al cabo de largo rato, le acarició la mejilla con gran ternura.

—No —repuso—. No lo habrías sabido.

QUINTA PARTE

Al precipicio

42

Encrucijada

William se separó de los Hunter en un cruce sin nombre en algún lugar de Nueva Jersey. No era prudente que siguiesen juntos. Sus preguntas acerca de la situación del ejército continental eran acogidas con creciente hostilidad, lo que indicaba que se estaban acercando. Ni los simpatizantes rebeldes ni los lealistas, que temían represalias por parte de un ejército que se hallaba a sus puertas, querían decirles nada a unos viajeros peligrosos que podían ser espías o algo peor.

A los cuáqueros les iría mejor sin él. Lo que eran saltaba a la vista, y la intención de Denzell de alistarse como médico era tan simple y tan admirable a la vez que, si iban solos, la gente los ayudaría, pensó. O al menos respondería a sus preguntas con mayor amabilidad. Sin embargo, con William...

En las primeras etapas del viaje, decir que era amigo de los Hunter había bastado. La gente sentía curiosidad por el grupito, pero no sospechaba nada. Sin embargo, a medida que se aproximaban a Nueva Jersey, la agitación se había ido incrementando en las zonas rurales. Las granjas habían sufrido el asalto de grupos de gente que buscaba comida, tanto de soldados alemanes del ejército de Howe, que intentaban atraer a Washington a un combate abierto desde su escondite en las montañas Watchung, como del ejército continental, que buscaba desesperadamente provisiones.

En las granjas, que en circunstancias normales habrían acogido bien a los extraños por las noticias que traían, los repelían ahora con mosquetes y palabras duras. La comida era cada vez más difícil de encontrar. La presencia de Rachel los ayudaba a veces a acercarse lo suficiente como para ofrecerles dinero, y en ese sentido la pequeña reserva de oro y plata de William resultaba de lo más útil. Denzell había ingresado la mayor parte del dinero de la venta de su casa en un banco de Filadelfia con el fin de garantizar la seguridad futura de Rachel, y casi todo el mundo rechazaba el papel moneda emitido por el Congreso.

En cualquier caso, no había manera de disfrazar a William de cuáquero. Además de su incapacidad para dominar el habla normal, sus dimensiones y su porte ponían nerviosa a la gente, más aún cuando él, con el recuerdo del capitán Nathan Hale vívido en la mente, no quería decir que tenía la intención de enrolarse en el ejército continental ni de hacer ninguna pregunta que más adelante pudiera presentarse como prueba de espionaje. Su silencio, percibido como amenazador, también ponía nerviosa a la gente.

No les había comentado a los Hunter que debían separarse, y tanto Denzell como Rachel habían procurado no hacerle preguntas acerca de sus planes.

Pero todos sabían que había llegado la hora. Lo sintió en el aire al despertar esa mañana. Cuando Rachel le tendió un pedazo de pan para desayunar, sus manos se rozaron, y él casi le cogió los dedos. Ella sintió la fuerza de ese impulso contenido y, sorprendida, lo miró directamente a los ojos, entonces más verdes que marrones, y él habría mandado la discreción al carajo y la habría besado —no creía que ella hubiera puesto objeción alguna— si su hermano no hubiese salido en ese preciso momento de entre los arbustos, abrochándose los pantalones.

Eligió de improviso el lugar. No ganaría nada con retrasarlo, de modo que tal vez fuera mejor hacerlo sin pensarlo mucho. Detuvo a su caballo en medio de la encrucijada, asustando a Denzell, cuya yegua se irritó y se agitó al tirarle de las riendas.

—Yo los dejo aquí —anunció William con brusquedad, y con mayor aspereza de la que pretendía—. Mi destino está al norte —apuntó con la cabeza en esa dirección, pues, gracias a Dios, el sol estaba alto, de modo que sabía dónde estaba el norte—, y creo que si ustedes siguen hacia el este, encontrarán a algún representante del ejército del señor Washington. Si... —Titubeó, pero debía advertirlos. Por lo que habían dicho los granjeros, estaba claro que Howe había mandado efectivos a la zona—. Si se encuentran con tropas británicas o mercenarios alemanes... ¿hablan ustedes alemán, por casualidad?

Denzell negó con la cabeza, con unos ojos como platos tras las gafas.

—Sólo un poco de francés.

—Muy bien. La mayoría de los oficiales alemanes hablan bien francés. Si se topan con alemanes que no hablen francés y les molestan, dígales «Ich verlange, Euren Vorgesetzten zu sehen. Ich bin mit seinem Freund bekannt», que quiere decir «Exijo ver a su oficial. Conozco a un amigo suyo». Diga lo mismo si se encuentran con tropas británicas. En inglés, claro —añadió, incómodo.

Una débil sonrisa surcó el rostro de Denzell.

—Te lo agradezco —dijo—. Pero ¿y si nos conducen ante un oficial y él nos pregunta el nombre de su presunto amigo?

William le devolvió la sonrisa.

—No tendrá la menor importancia. Una vez estén ante un oficial, estarán seguros. Pero, si quiere un nombre, Harold Grey, duque de Pardloe, coronel del 46 de Infantería. —El tío Hal no conocía a todo el mundo como su padre, pero todo el ámbito militar lo conocía a él o, por lo menos, sabía quién era.

Vio que Denzell movía los labios en silencio, memorizándolo.

—¿Y qué relación tienes tú con el amigo Harold, William? —Rachel había estado observándolo con atención por debajo del ala combada de su sombrero, que ahora se echó hacia atrás para mirarlo de manera más directa.

William volvió a vacilar, pero ¿qué importaba ya? Nunca más volvería a ver a los Hunter. Y a pesar de que sabía que a los cuáqueros no les impresionaban los despliegues mundanos de rango y familia, se sentó más erguido en la silla.

—Es pariente mío —dijo en tono despreocupado y, rebuscando en su bolsillo, sacó la bolsa que le había dado el escocés Murray—. Tengan. Lo necesitarán.

—Nos las apañaremos —lo rechazó Denzell.

—Yo también —contestó William, y le lanzó la bolsa a Rachel, que levantó las manos con gesto reflejo y la atrapó, con aire de estar más sorprendida por haberla atrapado que por el detalle de él.

William también le sonrió, con el corazón afligido.

—Adiós —dijo en tono brusco, tras lo cual hizo girar a su caballo y partió al trote sin mirar atrás.

—¿Sabes que es un soldado británico? —le dijo en voz baja Denny Hunter a su hermana mientras observaba a William alejarse—. Probablemente un desertor.

—¿Y si lo es?

—La violencia acompaña a un hombre así. Tú lo sabes. Seguir más tiempo con un hombre semejante es un peligro, no sólo para el cuerpo, sino también para el alma.

Rachel montó su mula en silencio por un rato, contemplando la carretera vacía. Los insectos zumbaban con fuerza en los árboles.

—Tal vez seas un hipócrita, Denzell Hunter —dijo sin levantar la voz, e hizo volver la cabeza a la mula—. Él nos salvó la vida, la mía y la tuya. ¿Habrías preferido que refrenara su mano y haberme visto muerta y descuartizada en aquel horrible lugar? —Se estremeció ligeramente a pesar de que hacía calor.

—No —repuso su hermano con sensatez—. Y le doy gracias a Dios de que estuviera allí para salvarte. Soy lo bastante pecador como para preferir la vida al bienestar del alma de ese joven, pero no soy lo bastante hipócrita para negarlo.

Ella resopló y, tras quitarse el sombrero, ahuyentó con él una creciente nube de moscas.

—Me alegro. Pero en cuanto a ese discurso acerca de los hombres violentos y del peligro de estar cerca de ellos... ¿acaso no me llevas a unirme a un ejército?

Él se echó a reír, con pesar.

—Sí. Tal vez tengas razón y sea un hipócrita. Pero, Rachel... —Se inclinó hacia un lado y agarró la rienda de la mula de ella, impidiéndole alejarse—. Sabes que no dejaré que te pase nada malo, ni física ni espiritualmente. Dime una palabra y te encontraré un alojamiento con Amigos donde puedas estar a salvo. Estoy seguro de que el Señor me ha hablado y debo escuchar la voz de mi conciencia. Pero no es preciso que tú la escuches también.

Ella le dirigió una larga mirada ecuánime.

—¿Y cómo sabes que el Señor no me ha hablado a mí también?

Los ojos de Denny centellearon tras sus gafas.

—Me alegro por ti. ¿Que te ha dicho?

—Me ha dicho: «Evita que el cabezón de tu hermano se suicide, pues te exigiré a ti su sangre» —espetó quitándole la mano de las riendas de un manotazo—. Si vamos a unirnos al ejército, Denny, pongámonos en marcha y encontrémoslo.

Le dio un fuerte puntapié a la mula en las costillas. Las orejas del animal se enderezaron como accionadas por un muelle y, con un alarmado grito de su amazona, se lanzó a toda velocidad carretera abajo como una bala de cañón.

William recorrió un trecho con la espalda especialmente recta, demostrando que estaba en excelente forma para la equitación. Una vez la carretera hubo descrito una curva y dejó de ser visible desde el cruce, redujo el paso y se relajó un poco. Lamentaba dejar a los Hunter, pero ya estaba pensando en lo que tenía por delante.

Burgoyne. Había visto una vez al general Burgoyne en una representación teatral. Nada menos que una obra escrita por el propio general. No recordaba nada de la obra en sí, pues había estado flirteando con los ojos con la muchacha del palco contiguo, pero después había bajado con su padre a felicitar al autor, que estaba todo sonrojado y muy favorecido por el triunfo y el champán.

El «caballero Johnny», lo llamaban en Londres. Un lucero en el firmamento social de la ciudad, a pesar de que, algunos años antes, su mujer y él se habían visto obligados a huir a Francia para escapar a un arresto por sus deudas. Sin embargo, nadie le reclamaba a un hombre sus deudas; era algo demasiado vulgar.

William estaba más sorprendido por el hecho de que, al parecer, a su tío Hal le caía bien John Burgoyne. El tío Hal no tenía tiempo para obras de teatro ni para la gente que las escribía, aunque, pensándolo bien, tenía las obras completas de Aphra Behn en su librería, y a William su padre le había dicho en una ocasión, con gran secreto, que su hermano Hal había concebido un apasionado afecto por la señora Behn tras la muerte de su primera esposa y antes de casarse con la tía Minnie.

—La señora Behn estaba muerta, ¿entiendes? —le había explicado su padre—. Era seguro.

William había asentido, pues quería dar la impresión de que era un hombre de mundo y comprensivo, aunque, en realidad, no tenía ni idea de lo que su padre quería decir. ¿Seguro? ¿Cómo que seguro?

Meneó la cabeza. No tenía esperanza de comprender nunca al tío Hal, y lo más probable es que eso fuera lo mejor para ambos. Su abuela Benedicta era, probablemente, la única persona que lo entendía. Pero el hecho de pensar en su tío lo llevó a pensar en su primo Henry, y apretó un poco la boca.

Adam se habría enterado, por supuesto, pero era probable que no pudiese hacer nada por su hermano. Tampoco William, cuyas obligaciones lo llamaban al norte. Entre su padre y el tío Hal, sin embargo, seguramente...

El caballo levantó la cabeza resoplando apenas, y William miró al frente y vio a un hombre junto a la carretera con un brazo levantado para saludarlo.

Avanzó despacio, mirando al bosque con atención, por si el hombre tenía cómplices ocultos para asaltar a los viajeros poco precavidos. No obstante, en este punto, el margen del bosque era abierto, con una vegetación densa, pero larguirucha, de árboles jóvenes detrás. Nadie podía ocultarse allí.

—Buenos días tenga usted, señor —dijo según detenía su caballo a una distancia prudencial del viejo. Lo era, sin duda: tenía la cara llena de costurones, como el escorial de una mina de estaño, se apoyaba en un alto bastón, y su cabello era de un blanco puro, recogido detrás en una trenza.

—Bienhallado —dijo el anciano caballero.

Caballero porque era orgulloso, y llevaba ropa decente, y ahora que William observaba todo con mayor atención, había también un buen caballo, trabado, que comía hierba a cierta distancia. William se relajó un poco.

—¿Adónde se dirige, señor? —inquirió, cortés.

El anciano se encogió ligeramente de hombros, tranquilo.

—Eso quizá dependa de lo que usted pueda decirme, joven.

—Era escocés, aunque hablaba bien el inglés—. Estoy buscando a un hombre llamado Ian Murray, que, si no me equivoco, es un conocido suyo.

William se quedó desconcertado al oírlo. ¿Cómo era posible que ese hombre lo supiera? Pero conocía a Murray. Tal vez le hubiera hablado al viejo de William. Contestó con prudencia:

—Lo conozco, pero no tengo ni idea de su paradero.

—¿No? —el anciano lo miró con intensidad.

«Como si creyera que podría estar mintiéndole —pensó William—. ¡Qué viejo tan desconfiado!»

—No —repitió con firmeza—. Me lo encontré en el Great Dismal, hace algunas semanas, en compañía de varios mohawk. Pero no sé adónde puede haber ido desde entonces.

—Mohawk —repitió el anciano pensativo, y William vio que sus ojos hundidos se clavaban en su pecho, donde la gran zarpa de oso descansaba sobre su camisa—. Entonces, ese pequeño *bawbee*, ¿se lo dieron los mohawk?

—No —contestó William con frialdad sin saber qué era un *bawbee*, pero pensando que sonaba algo despreciativo—. El señor Murray me lo trajo, de parte de un... amigo.

—Un amigo. —El anciano estudiaba su rostro sin ningún disimulo, de tal modo que hacía que William se sintiera incómodo y, por consiguiente, enfadado—. ¿Cómo se llama usted, joven?

—No es asunto suyo, señor —respondió William con la mayor cortesía posible, y recogió sus riendas—. ¡Que tenga un buen día!

El rostro del anciano se crispó, al igual que la mano que sujetaba el bastón, y William se volvió rápidamente, por si el viejo desgraciado tenía intención de golpearlo con él. No lo hizo, pero William observó, con una ligera impresión, que le faltaban dos dedos de la mano que agarraba el bastón.

Pensó por unos momentos que el anciano tal vez fuera a montar en su caballo y perseguirlo. Sin embargo, cuando volvió la vista atrás, el hombre seguía de pie junto a la carretera, mirando en su dirección.

No es que cambiara gran cosa, pero, impulsado por la oscura idea de evitar llamar la atención, William se metió la zarpa de oso dentro de la camisa, donde se quedó colgando prudentemente oculta junto a su rosario.

43

La cuenta atrás

Fuerte Ticonderoga
18 de junio de 1777

Queridos Bree y Roger:

Veintitrés días y contando. Espero que podamos partir el día previsto. Tu primo Ian abandonó el fuerte hace un mes, diciendo que tenía un pequeño asunto que resolver, pero que volvería cuando terminara el alistamiento de Jamie en la milicia. Ian declinó alistarse, por lo que actuó, en cambio, como buscador voluntario de comida, de modo que no está técnicamente ausente sin permiso. En realidad, no es que el comandante del fuerte esté en situación de hacer nada respecto de los desertores, salvo colgarlos si son lo bastante tontos como para regresar, y ninguno de ellos lo hace. No estoy segura de qué está haciendo Ian, pero tengo la esperanza de que sea bueno para él.

Hablando del comandante del fuerte, tenemos uno nuevo. ¡Qué emoción! El coronel Wayne se fue hace unas cuantas semanas —sin duda sudando tanto de alivio como a causa de la humedad—, pero hemos salido ganando. El nuevo comandante es un general de división, nada menos: un tal Arthur St. Clair, un escocés afable y muy guapo, cuyo atractivo se ve considerablemente incrementado por la faja rosa que luce en las ocasiones formales. (Lo bueno de pertenecer a un ejército *ad hoc* es que, al parecer, uno puede diseñar su propio uniforme. Nada de esos tediosos convencionalismos británicos sobre los militares.)

El general St. Clair viene con escolta: no menos de tres generales de menor graduación, uno de ellos francés (tu padre dice que el general Fermoy es bastante sospechoso, en términos militares), y unos tres mil nuevos reclutas. Eso ha animado considerablemente a todos (aunque supone un esfuerzo atroz para las letrinas; hay colas de quince personas en los hoyos por las mañanas, y una grave escasez de bacines de truenos). Además, St. Clair pronunció un bonito discurso asegurándonos que ahora mismo no hay forma de tomar el fuerte. Tu padre, que estaba junto al general en aquellos momentos, dijo algo en gaélico en voz baja, pero no muy baja, y aunque tengo entendido que el general nació en Thurso, tiró de diplomacia y fingió que no lo había comprendido.

Las obras de la construcción del puente entre el fuerte y el monte Independencia continúan a buen ritmo... y el monte Desafío sigue ahí, al otro lado del agua. Es una colinita inofensiva, si la miras con detenimiento, pero bastante más alta que el fuerte. Jamie hizo que el señor Marsden remara hasta el otro lado con una diana —un cuadrado de madera de algo más de un metro, pintado de blanco— y se la hizo colocar cerca de la cima de la colina, visible sin esfuerzo desde las baterías del fuerte. Invitó al general Fermoy (no lleva faja rosa, a pesar de ser francés) a venir a probar puntería con uno de los nuevos rifles (Jamie sustrajo con gran inteligencia varios de ellos de la carga del *Teal* antes de donar patrióticamente el resto a la causa americana). Hicieron pedazos el objetivo, el significado de lo cual no pasó desapercibido al general St. Clair, que acudió a mirar. Creo que el general St. Clair estará casi tan contento como yo cuando el alistamiento de tu padre termine.

La nueva afluencia ha supuesto más trabajo para mí, claro. La mayoría de los nuevos reclutas están razonablemente sanos, lo que es admirable, pero están los accidentes menores de costumbre, los casos de enfermedades venéreas, y las fiebres de verano; lo bastante como para que el mayor Thacher, que es el oficial médico en jefe, haya decidido hacer la vista gorda cuando vendo a escondidas una herida, aunque ha establecido la divisoria en permitirme el acceso a instrumentos afilados. Por suerte, tengo un pequeño cuchillo con el que abrir forúnculos.

También me estoy quedando sin hierbas útiles desde que se marchó Ian. Solía traerme cosas cuando salía de expedición en busca de comida, pero realmente es peligroso aventurarse fuera del fuerte si no es en grupos numerosos. A dos hombres que salieron de caza hace unos días los encontraron asesinados y con la cabellera arrancada.

Aunque mi botiquín es, por tanto, algo escaso, he adquirido, como compensación, un demonio maligno. Se trata de una tal señora Raven, de New Hampshire, cuyo marido es oficial de la milicia. Es relativamente joven, sobre los treinta y pico, pero nunca ha tenido hijos y, por consiguiente, tiene mucha energía emocional que gastar. Se aprovecha de los heridos y de los moribundos, aunque estoy segura de que se considera extremadamente comprensiva. Disfruta con los detalles morbosos, lo que, pese a ser algo repulsivo en sí mismo, la convierte en una ayudante competente, pues puedo contar con que no se desmayará mientras arreglo una fractura complicada o amputo (rápidamente, antes de que el mayor Thacher o su hombre de confianza, el teniente Stactoe, se den cuenta) un dedo gangrenado, por miedo a perderse algo. Por supuesto, gime y se queja, y es muy propensa a oprimirse el pecho, bastante plano, y a poner ojos saltones cuando después les cuenta esas aventuras a otras personas (casi se cae al suelo de hiperventilación cuando trajeron a los hombres con la cabellera cortada), pero una se conforma con lo que puede conseguir, tratándose de ayuda.

Sin embargo, en el otro extremo de la escala en términos de competencia médica, la nueva afluencia de reclutas ha traído consigo a un joven doctor cuáquero llamado Denzell Hunter y a su hermana Rachel. Todavía no he hablado personalmente con él, pero, por lo que veo, el doctor Hunter es un médico de verdad y parece incluso que tiene una vaga noción de teoría germinal, debido a que se formó con John Hunter, uno de los grandes hombres de la medicina. Por si Roger lee estas líneas, me abstendré de contarte cómo descubrió John Hunter la forma de transmisión de la gonorrea. Bueno, no, de hecho no lo haré: se apuñaló a sí mismo en el pene con un bisturí cubierto con el pus de una víctima infectada y quedó muy contento de los resultados, según Denny Hunter, que le contó esa interesante anécdota a tu padre mientras le vendaba el pulgar, que se había pillado entre dos troncos (no te preocupes, no está roto; sólo muy magullado). Me habría encantado ver cómo se tomaba la señora Raven esa historia, pero supongo que la corrección no le permitirá al joven doctor Hunter contársela.

Me imagino que tendrás en mente el calendario de vacunas de los niños.

Con todo mi amor,

Mamá

Brianna había cerrado el libro, pero su mano no cesaba de volver involuntariamente a la cubierta, como si quisiera abrirlo de nuevo, por si acaso decía algo distinto.

—¿Qué día es veintitrés días después del dieciocho de junio?

Debería ser capaz de calcularlo, podía hacer cosas como ésa de memoria, pero el nerviosismo la había privado de su capacidad de cálculo.

—Treinta días tiene septiembre —cantó rápidamente Roger en voz baja mirando al techo y poniendo los ojos en blanco—. Abril, junio... sí, junio tiene treinta días, hay doce días desde el dieciocho hasta el treinta, y luego otros diez más hacen el diez de julio.

—Ay, Dios mío.

Lo había leído tres veces, volver a mirar no cambiaría nada. Sin embargo, abrió de nuevo el libro por la página que mostraba la foto de John Burgoyne. Tal como lo había pintado sir Joshua Reynolds, vestido de uniforme, con la mano sobre el puño de su espada, de pie contra un dramático fondo de nubes que amenazaban tormenta, era un hombre guapo.

—¡Anda que no se lo tiene creído él también! —exclamó en voz alta haciendo que Roger frunciera el ceño, perplejo.

Y ahí estaba, en la página siguiente, en blanco y negro: «El 6 de julio, el general Burgoyne atacó el Fuerte Ticonderoga con unos efectivos de ocho mil regulares, más varios regimientos alemanes al mando del barón Von Riedesel, y numerosos indios.»

• • •

William encontró al general Burgoyne y a su ejército algo más fácilmente de lo que los Hunter habían descubierto el paradero del general Washington. Por otro lado, el general Burgoyne no hacía el más mínimo esfuerzo por ocultarse. Era un campamento fastuoso para los estándares del ejército. Filas y filas de lona blanca pulcramente alineadas cubrían tres campos y se alejaban y se perdían en los bosques. Mientras se dirigía a la tienda del comandante para presentarse, observó un montón de botellas de vino vacías que le llegaba casi a la altura de la rodilla cerca de la tienda del general. Como no había oído decir que el general fuera un gran bebedor, supuso que esa abundancia era consecuencia de una hospitalidad generosa y del gusto por tener compañía. Buena señal en un comandante, pensó.

Un sirviente que no paraba de bostezar estaba recogiendo los restos de los sellos de plomo, e iba arrojando el metal a un recipiente de hojalata, presumiblemente para fundirlo y hacer balas. Le dirigió a William una mirada inquisitiva y somnolienta.

—Vengo a presentarme ante el general Burgoyne —le informó William poniéndose firmes.

La mirada del criado se paseó despacio por toda la longitud de su cuerpo, demorándose con vaga curiosidad en su rostro y haciendo que se preguntara si no se habría afeitado bien esa mañana.

—La noche pasada hubo cena con el brigadier y el coronel St. Leger —contestó por fin, y soltó un pequeño eructo—. Vuelva esta tarde. Entretanto —añadió, y se puso lentamente en pie, haciendo una mueca, como si el movimiento le causara dolor de cabeza, y apuntó—, la tienda comedor está allí.

44

Los Amigos

Fuerte Ticonderoga
22 de junio de 1777

Con gran sorpresa, hallé al capitán Stebbings sentado. Pálido, bañado en sudor y tambaleándose como un péndulo, pero sentado. El señor Dick lo atendía impaciente, cloqueando con la tierna inquietud de una gallina con un pollito.

—Veo que se encuentra usted mejor, capitán —le dije sonriéndole—. Lo tendremos en pie cualquier día de éstos, ¿no es así?

—Ya me he puesto en pie... —resolló—. Creí que me moría.

—¿Qué?

—¡Él estar andando! —me aseguró el señor Dick, dividido entre el orgullo y el desaliento—. De mi brazo, pero él andar, ¡se lo juro!

Me puse de rodillas y le ausculté los pulmones y el corazón con el estetoscopio de madera que Jamie me había hecho. Tenía el pulso de un coche de carreras de ocho cilindros y se oían bastantes silbidos y gorgoteos, pero nada terriblemente alarmante.

—¡Enhorabuena, capitán Stebbings! —lo felicité bajando el estetoscopio y dirigiéndole una sonrisa. Aún tenía un aspecto horrible, pero el ritmo de su respiración comenzaba a disminuir—. Es probable que no muera hoy. ¿Qué es lo que le ha provocado ese arranque de ambición?

—Mi... contramaestre —logró articular antes de que interfiriera un acceso de tos.

—Joe Ormiston —aclaró el señor Dick haciendo un gesto con la cabeza en mi dirección—. Su pie apesta. El capitán fue a verlo.

—El señor Ormiston. ¿Le apesta el pie?

Eso hizo saltar todas las alarmas. Que una herida en ese lugar concreto hediera como para llamar la atención era muy mala señal. Me levanté, pero Stebbings me detuvo agarrándome de la falda con fuerza.

—Usted... —dijo esforzándose por respirar—. Atiéndalo usted. —Me mostró sus dientes manchados en una abierta sonrisa—. Es una orden —afirmó con un silbido—. Señora.

—Sí, sí, capitán —respondí con brusquedad, y salí corriendo hacia el edificio del hospital, que albergaba a la mayoría de los enfermos y los heridos.

—¡Señora Fraser! ¿Qué sucede? —El ansioso grito procedía de la señora Raven, que salía de intendencia al pasar yo. Era alta y flaca, con un cabello oscuro que le asomaba siempre por debajo de la cofia, lo que también sucedía en esos momentos.

—Todavía no lo sé —dije sólo, sin detenerme—. Pero podría ser grave.

—¡Ah! —se limitó a decir, casi sin poder abstenerse de añadir «¡Bien!». Se metió la cesta bajo el brazo y me acompañó, firmemente decidida a hacer el bien.

Los prisioneros británicos inválidos se alojaban junto a los enfermos americanos en un largo edificio iluminado por estrechas ventanas sin cristales en el que o te helabas o te asabas, según el tiempo. En esos momentos, fuera hacía calor y humedad —era media tarde—, y entrar en el edificio era como recibir en el rostro el azote de una toalla caliente y mojada. Una toalla caliente, mojada y sucia.

No fue difícil encontrar al señor Ormiston. Había un grupo de hombres reunidos alrededor dc su camastro. El teniente Stactoe estaba entre ellos —mala cosa— hablando con el pequeño doctor Hunter —buena cosa—, mientras otro par de médicos intentaban hacer oír su propia opinión.

Supe sin mirar de qué estaban hablando. Estaba claro que el pie del señor Ormiston había empeorado y que tenían la intención de amputárselo. Sin duda, tenían razón. Probablemente estarían discutiendo por dónde amputar o quién iba a hacerlo.

La señora Raven vaciló, nerviosa al ver a los médicos.

—Piensa de verdad... —comenzó, pero no le presté atención. Hay momentos para pensar, pero ése no era uno de ellos. Sólo la acción y, en este caso, una acción rápida y decisiva serviría. Me llené los pulmones de aquel aire denso y avancé.

—Buenas tardes, doctor Hunter —dije, abriéndome paso a codazos entre los dos médicos de la milicia y sonriéndole al joven doctor cuáquero—. Teniente Stactoe —añadí a posteriori, para no ser abiertamente maleducada.

Me arrodillé junto al lecho del paciente, me limpié en la falda la mano sudorosa y tomé la suya.

—¿Cómo se encuentra, señor Ormiston? El capitán Stebbings me manda para que cuide de su pie.

—¿Que la manda a qué? —empezó el teniente Stactoe con voz irritada—. De verdad, señora Fraser, ¿qué es lo que se supone que usted...?

—Qué bien, señora —lo interrumpió el señor Ormiston—. El capitán dijo que la haría venir. Precisamente les estaba diciendo a estos caballeros que no tenían por qué preocuparse, pues estaba seguro de que usted sabría la mejor manera de hacerlo.

«Y estoy segura de que se han alegrado mucho de oírlo», pensé, pero le sonreí y le apreté la mano. Tenía el pulso rápido y algo débil, aunque regular. Sin embargo, su mano estaba muy caliente, por lo que ni siquiera me sorprendió lo más mínimo ver las líneas rojizas de la septicemia que ascendían por su pierna desde el pie herido.

Le habían descubierto el pie, y el señor Dick tenía toda la razón: apestaba.

—Oh, Dios mío —exclamó la señora Raven detrás de mí con total sinceridad.

Había empezado a gangrenarse. Por si el olor y la crepitación de los tejidos no bastasen, los dedos ya habían comenzado a ponerse negros. No perdí el tiempo en enfadarme con Stactoe. Dado el estado original del pie y el tratamiento disponible, tal vez tampoco yo podría habérselo salvado. Y el hecho de que la gangrena estuviera tan claramente presente era en realidad una ayuda. No había duda de que era preciso amputar. Pero, en ese caso, me pregunté, ¿por qué discutían?

—Me imagino que estará de acuerdo, como médico del paciente, en que es necesario amputar, señora Fraser, ¿no es así? —dijo el teniente con sarcástica cortesía. Vi que había extendido ya su instrumental sobre un pedazo de tela. Bastante bien conservado. No es que estuviera repugnantemente sucio, pero estaba claro que no lo habían esterilizado.

—Sin duda —respondí con suavidad—. Lo siento muchísimo, señor Ormiston, pero el teniente tiene razón. Se encontrará usted mucho mejor sin él. Señora Raven, por favor, ¿podría traerme un cazo de agua hirviendo?

Me volví hacia Denzell Hunter, que, según pude observar, sostenía la otra mano del señor Ormiston, claramente tomándole el pulso.

—¿Está usted de acuerdo, doctor Hunter?

—Sí, lo estoy —respondió con voz suave—. No estamos de acuerdo en el grado de amputación que se requiere, pero sí en el hecho de que es necesaria. ¿Para qué es el agua hirviendo, amiga... Fraser? —inquirió.

—Claire —dije sin más—. Para esterilizar el instrumental, con el fin de evitar infecciones postoperatorias. En la medida de lo posible —añadí, con honestidad. Stactoe profirió un gruñido muy grosero al oír eso, pero lo ignoré—. ¿Qué recomienda usted, doctor Hunter?

—Denzell —repuso él con una fugaz sonrisa—. El amigo Stactoe quiere amputar por debajo de la rodilla...

—¡Por supuesto! —intervino Stactoe, furioso—. ¡Quiero conservar la articulación y no hay necesidad de cortar más arriba!

—Por extraño que parezca, me inclino a coincidir con usted —le dije, pero me volví de nuevo hacia Denzell Hunter—. Pero ¿usted no?

Negó con la cabeza y se colocó las gafas sobre el puente de la nariz.

—Tenemos que realizar una amputación a mitad del fémur. Este hombre tiene un aneurisma de la vena poplítea. Eso quiere decir...

—Sé lo que quiere decir.

Lo sabía, y estaba ya palpándole al señor Ormiston la parte posterior de la rodilla. Él emitió una aguda risita, se interrumpió en seco y se sonrojó, avergonzado. Le sonreí.

—Disculpe, señor Ormiston —le dije—. No volveré a hacerle cosquillas.

No sería necesario. Podía tocar claramente el aneurisma. Latía con suavidad contra mis dedos, un bulto grande y duro en el hueco de la articulación. Debía de tenerlo desde hacía ya algún tiempo. Lo sorprendente era que no se le hubiese reventado durante la batalla naval o durante el duro porteo hasta Ticonderoga. En un quirófano moderno, tal vez fuera posible practicar una amputación menos agresiva y reparar el aneurisma, pero allí no.

—Tiene usted razón, amigo Denzell —observé, enderezándome—. En cuanto la señora Raven traiga el agua caliente, vamos a...

Pero los hombres no me escuchaban. Estaban mirando algo que había a mi espalda, así que me volví y vi a Guinea Dick, vestido únicamente con un taparrabos a causa del calor, reluciente de sudor y con todos sus tatuajes al descubierto, que se dirigía hacia nosotros sosteniendo con mucha ceremonia una botella negra de cristal entre las manos.

—El capitán mandar grog para ti, Joe —le dijo al señor Ormiston.

—¡Bueno, que Dios bendiga al capitán por su buena idea! —repuso él con sincero agradecimiento. Cogió la botella de ron, le quitó el corcho con los dientes y comenzó a ingerirlo con firme decisión.

Un ruido de líquido que se derramaba y salpicaba en el suelo anunció el regreso de la señora Raven con el agua. Casi todas las hogueras tenían encima un caldero, por lo que encontrar agua hirviendo no era ningún problema. También había traído, la pobre, un cubo lleno de agua fría para que yo pudiera lavarme las manos sin quemarme.

Cogí uno de los brutales cuchillos cortos de amputar para sumergirlo en el agua caliente, pero un ofendido teniente Stactoe me lo arrancó de las manos.

—¡Qué hace, señora! —exclamó—. ¡Ése es mi mejor cuchillo!

—Sí, por eso me propongo utilizarlo —respondí—. Una vez lo haya lavado.

Stactoe era un hombre pequeño, de cabello gris muy corto y en punta. También era entre cinco y siete centímetros más bajo que yo, como descubrí al ponerme en pie y hacerle frente, cara a cara. Su rostro subió dos tonos de color.

—¡Estropeará el temple del metal si lo mete en agua hirviendo!

—No —contesté refrenando mi propio temple, por ahora—. El agua caliente no hará más que limpiarlo. No utilizaré un cuchillo sucio para operar a este hombre.

—¿Ah, no? —Algo parecido a la satisfacción centelleó en sus ojos y apretó el cuchillo contra su pecho en gesto protector—. Bueno, entonces supongo que tendrá que dejar la tarea a aquellos que puedan hacerlo, ¿no?

Guinea Dick, que se había quedado a mirar después de entregar la botella, había estado siguiendo con interés el discurrir de la discusión y, en ese momento, se inclinó y le quitó a Stactoe el cuchillo de la mano por la fuerza.

—El capitán dice que ella se lo hace a Joe —dijo con calma—. Ella lo hace.

La boca de Stactoe se abrió de par en par por la ofensa al oír ese grave insulto a su rango, y se abalanzó sobre Dick tratando de hacerse con el cuchillo. Dick, con unos reflejos agudizados por las luchas tribales y los años vividos en la marina británica, blandió el cuchillo hacia Stactoe con la obvia intención de cortarle la cabeza. Y lo habría hecho, de no haber sido por los reflejos igualmente buenos de Denzell Hunter, que le hicieron saltar para agarrar a Dick del brazo. No lo logró, pero consiguió empujar al gran guineano contra Stactoe. Se aferraron el uno al otro, Dick soltó el cuchillo y se tambalearon unos segundos antes de perder el equilibrio y estrellarse contra el catre de Ormiston, desparramando al paciente, la botella de ron, el agua caliente, a Denzell Hunter y el resto del instrumental por el suelo de piedra con un estrépito tal que interrumpió toda conversación en el edificio.

—¡Oooh! —exclamó la señora Raven, deliciosamente conmocionada. Aquello estaba resultando aún mejor de lo que esperaba.

—¡Denny! —dijo una voz igual de conmocionada detrás de mí—. ¿Qué crees que estás haciendo?

—Estoy... ayudando a la amiga Claire a operar —respondió Denzell con cierta dignidad, sentándose y palpando el suelo en busca de sus lentes.

Rachel Hunter se agachó y recogió las errantes gafas, que habían resbalado sobre las piedras, y las restituyó firmemente en su lugar en la cara de su hermano, mientras vigilaba con cautela al teniente Stactoe, que se levantaba despacio del suelo de modo muy parecido a un globo de aire caliente, a todas luces cada vez más rabioso.

—Usted —dijo con voz ronca, y apuntó con un dedo pequeño y tembloroso a Dick—. Haré que lo cuelguen por atacar a un oficial. ¡A usted, señor —manifestó esgrimiendo el dedo acusador hacia Denzell Hunter—, haré que lo juzguen en consejo de guerra y que lo expulsen! En cuanto a usted, señora... —Escupió la palabra «señora», pero calló en seco, incapaz por un momento de pensar en algo lo bastante terrible con que amenazarme. Y, acto seguido, dijo—: ¡Le pediré a su marido que le dé una paliza!

—Ven a hacerme cosquillas, cariño —balbuceó una voz desde el suelo.

Miré hacia abajo y vi a un lascivo señor Ormiston. No había soltado la botella durante la refriega, y había seguido haciendo uso de ella después. Ahora, con la cara bañada en ron, intentaba con poca maña manosearme la rodilla.

El teniente Stactoe gruñó, indicando que ésa era la gota que colmaba el vaso, si no es que no se había derramado ya, y, haciendo a la carrera un hatillo con sus instrumentos desperdigados, se marchó a toda prisa lleno de cuchillos y sierras, dejando caer de vez en cuando pequeños objetos tras él.

—¿Me necesitabas, Sissy? —Denzell Hunter se había puesto ya en pie y estaba colocando bien el camastro caído.

—No tanto yo como la señora Brown —contestó su hermana con un matiz de sequedad en la voz—. Dice que ha llegado la hora y te reclama. Sí. Ahora.

Él soltó un breve bufido y me miró.

—La señora Brown es una histérica, en el sentido literal del término —explicó a modo de disculpa—. Creo que no dará a luz al menos hasta dentro de un mes, pero sufre con regularidad de falso parto.

—La conozco —le dije reprimiendo una sonrisa—. No lo envidio, compañero.

La señora Brown *era* realmente una histérica. También era la esposa de un coronel de la milicia y, en consecuencia —creía ella— estaba muy por encima de los servicios de una simple comadrona. Al oír que el doctor Denzell Hunter había trabajado con el doctor John Hunter, ¡que era el *accoucheur* de la reina!, por supuesto había prescindido de mis servicios.

—¿No está sangrando ni ha roto aguas? —le preguntó Denzell a su hermana en tono resignado.

Guinea Dick, imperturbable por completo tras el reciente conflicto, había vuelto a poner las sábanas en el catre y ahora, en cuclillas, levantaba los noventa y cinco kilos del señor Ormiston como si fuera un colchón de plumas y le colocaba encima la botella con afecto.

—Creo él listo —anunció tras examinar con atención al paciente, que ahora estaba acostado con los ojos cerrados, murmurando contento: «Un poquito más abajo, cariño, sí, eso es... eso es...»

Denzell trasladó, impotente, su mirada del señor Ormiston a su hermana y de su hermana a mí.

—Tendré que ir a ver a la señora Brown, aunque no creo que sea terriblemente urgente. ¿Puedes esperar un poco y vuelvo?

—Ella lo hace —dijo Dick echando chispas por los ojos.

—Sí, ella lo hace —le aseguré recogiéndome el pelo—. Pero con qué lo hace es harina de otro costal. ¿Tiene usted algún instrumental que pueda prestarme, doctor... eeh, amigo Denzell?

Él se restregó la frente, pensando.

—Tengo una sierra decente. —Me dirigió una breve sonrisa—. Y no me importa si quieres hervirla. Pero no tengo ningún cuchillo grande y fuerte. ¿Quieres que mande a Rachel a pedir uno a los otros médicos?

Rachel torció un poco el gesto al oír la sugerencia, por lo que pensé que el doctor Hunter tal vez no fuera muy popular entre los demás médicos.

Le eché una ojeada a la sólida pierna del señor Ormiston calculando el grosor de la carne que habría que cortar, e introduje una mano en la abertura de mi falda y agarré la empuñadura de mi cuchillo. Era un cuchillo bueno y resistente, y Jamie me lo acababa de afilar. Una hoja curva habría sido mejor, pero pensé que sería lo bastante largo...

—No, no se preocupe. Creo que éste irá bien. ¿Podría ir a por la sierra de su hermano, señorita... eh, Rachel? —Le sonreí—. Y, señora Raven, me temo que no queda agua, ¿podría...?

—¡Claro que sí! —exclamó y, tras agarrar el cazo, salió tintineando, dándole un puntapié por el camino a uno de los instrumentos del teniente Stactoe.

Numerosas personas habían estado observando fascinadas el drama del pie del señor Ormiston. Ahora que el teniente se había marchado, comenzaron a aproximarse con sigilo, mirando atemorizados a Guinea Dick, que les sonreía con afabilidad.

—¿No podría esperar la señora Brown un cuarto de hora? —le pregunté a Denzell—. Sería algo más fácil si tuviera conmigo a alguien que supiese lo que estoy haciendo para que sostuviera la pierna mientras corto. Dick puede sujetar al paciente.

—¿Un cuarto de hora?

—Bueno, la amputación en sí misma no me llevará más de un minuto, si no surgen dificultades. Pero necesito algo de tiempo para prepararlo todo, y me vendría bien su ayuda para ligar después los vasos sanguíneos cortados. A propósito, ¿adónde ha ido a parar la botella de ron?

Las cejas oscuras de Denzell casi tocaban el nacimiento de su cabello, pero me indicó con un gesto al señor Ormiston, que se había quedado dormido y roncaba ahora con gran estruendo, acunando la botella de ron en el brazo.

—No tengo intención de bebérmela —le dije con sequedad en respuesta a su expresión.

Liberé la botella y vertí un poco de ron en un trapo limpio con el que me puse a lavar el peludo muslo del señor Ormiston. Por fortuna, el teniente se había olvidado el frasco de suturas, y el instrumento al que la señora Raven había dado un puntapié era un tenáculo. Lo necesitaría para sujetar los extremos de las arterias seccionadas, que tenían una molesta tendencia a retraerse de golpe al interior de la carne y esconderse, sin dejar de chorrear sangre.

—Ah —replicó Denzell, aún confundido pero audaz—. Entiendo. ¿Puedo... ayudarte?

—¿Puedo tomar prestado su cinturón para hacer una ligadura?

—Claro —murmuró, y se desabrochó sin dudar la hebilla con aire interesado—. Deduzco que has hecho esto antes.

—Muchas veces, por desgracia.

Me incliné para comprobar la respiración del señor Ormiston, que era estertorosa, pero no difícil. Se había tragado casi la mitad de la botella en cinco minutos. Esa dosis habría matado a cualquiera menos acostumbrado al ron que un marino inglés, aunque sus constantes vitales eran razonablemente buenas, a excepción de la fiebre. Una borrachera no era en modo alguno el equivalente de la anestesia. El paciente estaba atontado, no inconsciente, y tal vez volvería en sí cuando empezara a cortar. No obstante, el alcohol sí apaciguaba el miedo, y tal vez mitigara un poco el dolor inmediato. Me pregunté si —y cuándo— volvería a fabricar éter.

En aquella larga habitación había dos o tres mesitas con montones de vendas, hilas y otros materiales para hacer vendajes. Elegí una buena provisión de materiales relativamente limpios y regresé con ellos junto al lecho en el preciso momento en que llegaba la señora Raven —jadeando y con la cara colorada, intranquila por si había olvidado algo— con un cubo lleno de agua hasta desbordar. Unos segundos después regresó Rachel Hunter, asimismo jadeante tras la carrera, con la sierra de su hermano.

—¿Le importaría mojar la hoja de la sierra, amigo Denzell? —inquirí atándome un costal alrededor de la cintura para que me hiciera las veces de delantal. El sudor se deslizaba por mi espalda, y me hacía cosquillas entre las nalgas, por lo que me até un pedazo de venda alrededor de la cabeza como si fuera una badana con el fin de evitar que el sudor se me introdujera en los ojos mientras trabajaba—. ¿Y limpiar las manchas que hay cerca del asa? Luego, mi cuchillo y ese tenáculo, si no le importa.

Lo hizo, con aire aturdido, mientras entre la multitud surgían murmullos de interés. Estaba claro que nunca había presenciado un proceder más extravagante, aunque la salvaje presencia del señor Dick los mantenía a prudente distancia.

—¿De verdad crees que el teniente va a hacer que cuelguen a nuestro amigo? —me susurró Denzell señalando a Dick con la cabeza—. ¿O crees que podría hacerlo, llegado el caso?

—Estoy segura de que le encantaría, pero no, no creo que pueda. El señor Dick es un prisionero inglés. ¿Cree que puede hacer que lo juzguen a usted en consejo de guerra?

—Supongo que podría intentarlo —repuso Denzell sin parecer en absoluto alterado por esa perspectiva—. Al fin y al cabo, me alisté.

—¿Ah, sí? —Parecía extraño, pero no era el único cuáquero que me había encontrado en un campo de batalla, ya puestos.

—Oh, sí. Pero el ejército no tiene tantos cirujanos como para poder permitirse colgar a uno. Y dudo que el hecho de que me degraden afecte mucho a mi pericia. —Me sonrió con alegría—. Tú no tienes rango alguno, si no me equivoco, y sin embargo confío en que te las arreglarás.

—Dios lo quiera —respondí, y él asintió con seriedad.

—Dios lo quiera —repitió, y me tendió el cuchillo, aún caliente por el agua hirviendo.

—Tal vez quieran retroceder un poco —les dije a los espectadores—. Va a ser algo sucio.

—Oh, Dios mío, oh, Dios mío —exclamó la señora Raven con un trémulo grito de expectación—. ¡Qué perfectamente espantoso!

45

Tres flechas

Mottville, Pensilvania
10 de junio de 1777

Grey se sentó de repente, evitando por los pelos darse en la cabeza con el bajo madero que pasaba por encima de su cama. El corazón le golpeaba el pecho con fuerza, tenía el cuello y las sienes bañados en sudor, y ni la más mínima idea de dónde se encontraba.

—La tercera flecha —dijo en voz alta, y sacudió la cabeza intentando asociar esas palabras al sueño extraordinariamente vívido del que había emergido con tanta brusquedad.

¿Era un sueño, un recuerdo o algo que compartía la naturaleza de ambos? Estaba en el salón principal de Trois Flèches, mirando los bellísimos cuadros de Stubbs colgados a la derecha de la chimenea barroca. Las paredes estaban llenas de pinturas, colgadas arriba, abajo, apiñadas sin tener en cuenta el tema o la calidad.

¿Era así como había sucedido? Recordaba a duras penas una sensación de opresión por la abundancia de adornos, pero ¿de veras había tantísimos cuadros, retratos, mirándolo desde arriba, desde abajo, caras en todas direcciones?

En el sueño, tenía a un lado al barón Amandine, cuyo robusto hombro tocaba el suyo. Eran más o menos de la misma altura. El barón estaba hablando de uno de los cuadros, pero Grey no recordaba qué estaba diciendo, algo sobre la técnica que había empleado el pintor, tal vez.

Al otro lado tenía a Cécile Beauchamp, la hermana del barón, igual de cerca, y cuyo hombro desnudo rozaba el de Grey. Llevaba polvos en el pelo y un perfume de jazmín. El barón, una feroz colonia de bergamota y algalia. Recordaba —pues, sin lugar a dudas, los sueños no tenían olor— la mezcla de las penetrantes fragancias con el amargor de las cenizas de madera en medio del calor viciado de la habitación y el débil sentimiento de náusea que esa mezcla le había inducido. La mano de alguien se había posado sobre una de sus nalgas, se la había pellizcado con familiaridad, y luego había empezado a acariciársela de manera insinuante. No sabía a quién pertenecía la mano.

Eso no formaba parte del sueño.

Volvió a acostarse despacio y apoyó la cabeza en la almohada, intentando volver a captar las imágenes de su mente dormida. Después, el sueño se había convertido en algo erótico, la boca de alguien sobre su carne, que respondía con ansia. De hecho, eran las sensaciones asociadas a eso lo que lo había despertado. Tampoco sabía de quién era la boca. El doctor Franklin también estaba en algún lugar de su sueño. Grey recordaba las nalgas blancas, ligeramente flácidas, mientras el hombre avanzaba delante de él por un pasillo con su largo cabello gris desparramado sobre su espalda huesuda y flojos rollos de piel alrededor de la cintura, hablando con absoluta despreocupación de los cuadros, que recubrían, asimismo, las paredes del pasillo. Era un recuerdo vívido, cargado de sensaciones. Seguro que no lo había hecho... no con Franklin, ni siquiera en un sueño. Pero tenía algo que ver con los cuadros...

Intentó recordar algunas de las pinturas, pero ya no estaba seguro de qué era real y de qué brotaba del mundo de los sueños. Había paisajes... algo que pretendía ser una escena egipcia, aunque estaba seguro de que el pintor no había puesto jamás los pies al sur de la costa de Bretaña. Los habituales retratos de familia...

—¡Sí! —Se sentó de golpe y esa vez sí se golpeó la coronilla con el madero, con tanta fuerza que vio las estrellas y soltó un gruñido de dolor.

—¿Tío John? —dijo con claridad la voz de Dottie desde la otra cama, asustada, y un roce de sábanas procedente del suelo indicó que también su doncella se había despertado—. ¿Qué ha ocurrido?

—Nada, nada. Vuelve a dormirte. —Lanzó las piernas fuera de la cama—. Sólo voy al baño.

—Ah.

Se oyeron protestas y murmullos que venían del suelo, y un «¡chitón!» severamente reprobador de Dottie. Halló la puerta de la estancia por el tacto, pues habían cerrado las contraventanas y la habitación estaba tan oscura como la boca de un lobo, y bajó la escalera a la tenue luz del fuego adormecido de la sala principal de la posada.

Fuera, el aire era limpio y fresco, con el aroma de algo que no reconocía, pero que perseguía su recuerdo. Era un alivio abandonar la lucha con ese sueño obstinado y sumergirse en ese recuerdo puramente sensorial. Le hizo pensar en largos viajes a caballo en Virginia, carreteras llenas de barro, hojas frescas, la sensación de la montura bajo su cuerpo, el retroceso de una pistola, el contacto de la sangre de un ciervo al derramarse sobre su mano... Claro, una expedición de caza con William.

Sintió que lo invadía la inmediatez de la tierra virgen, una sensación muy característica de América: la de que había algo esperando entre los árboles, no hostil, aunque tampoco cordial. Le habían encantado los años transcurridos en Virginia, lejos de las intrigas de Europa, de la constante vida social londinense. Pero por encima del resto, los valoraba por la intimidad que había surgido entre él y su hijo durante aquellos años vividos en esas tierras salvajes.

Durante ese viaje aún no había visto luciérnagas. Miró la densa hierba mientras caminaba; probablemente fuera demasiado tarde. Las luciérnagas salían, sobre todo, a primera hora de la noche. Tenía ilusión por enseñárselas a Dottie. William se había quedado fascinado la primera vez que las había visto cuando se fueron a vivir a Virginia. Las había cogido con la mano, sosteniendo una de ellas con cuidado y lanzando exclamaciones al verla encenderse en el hueco oscuro de su palma. Había acogido su regreso con alegría todos los veranos.

Con el cuerpo reconfortado y la mente aliviada, al menos de forma superficial, se sentó lentamente en la tajadera del patio de la posada, sin ganas de regresar todavía a la hedionda oscuridad del piso superior.

Se preguntó dónde estaría Henry. ¿Dónde habría dormido esa noche? ¿Encerrado en una mazmorra? No, en las colonias no había mazmorras como tales. Incluso las casas corrientes eran bastante cómodas y espaciosas. Tal vez tuvieran a su sobrino en una cárcel, en un granero o en un sótano y, sin embargo, que ellos supieran, había sobrevivido al invierno a pesar de una grave herida. Pero tenía dinero. Tal vez hubiera podido pagarse un alojamiento mejor, quizá incluso atención médica.

Dios mediante, lo localizarían pronto. No estaban a más de dos días a caballo de Filadelfia. Y tenía las cartas de presentación que Franklin le había dado. ¡Otra vez Franklin! Malditos fueran ese hombre y su baño de aire. Sin embargo, Grey se le había unido en una ocasión, por simple curiosidad, y había encontrado extrañamente agradable —si bien un poco desconcertante— estar sentado como Dios lo trajo al mundo en una habitación llena de muebles elegantes, macetas con plantas en las esquinas, cuadros en las...

No. No había cuadros en el solárium de Trois Flèches, claro que no.

Allí estaba. La cola de su escurridizo sueño, que tiraba tentadoramente de él desde debajo de una piedra. Cerró los ojos, se llenó los pulmones con el olor de la noche veraniega y forzó a su mente a quedarse en blanco.

«Trois Flèches. Tres flechas. ¿Quién es la tercera?» Las palabras de Hal aparecieron en el interior de sus párpados, tan de repente que le hicieron abrir los ojos. Acostumbrado como estaba a los procesos mentales oblicuos de Hal, en su momento no les había dado importancia. Aun así, era obvio que habían arraigado en su subconsciente para brotar en plena noche en medio de ninguna parte desde las profundidades de un sueño absurdo. ¿Por qué?

Se frotó con suavidad la coronilla, dolorida por el golpe contra el madero, pero no rota. Sus dedos descendieron de forma inconsciente, palpando el lugar donde la mujer de Jamie Fraser había cubierto el agujero de la trepanación con una moneda de seis peniques aplanada a martillazos. Le había cosido la piel encima con gran destreza y el cabello había vuelto a crecer, pero la pequeña curva dura que había debajo se podía palpar sin dificultad. Rara vez la notaba ni pensaba en ella, salvo cuando el tiempo era frío, pues entonces el metal se enfriaba considerablemente y, en ocasiones, le provocaba dolor de cabeza y le hacía gotear la nariz.

Hacía frío, mucho frío, durante su visita a Trois Flèches. El pensamiento revoloteaba por su cabeza como una mariposa nocturna.

Oyó unos ruidos detrás de la posada. El sonido de unos cascos sobre la tierra dura y el murmullo de unas voces. Permaneció sentado muy quieto.

La luna había recorrido la mitad de su camino de descenso. Era tarde, pero aún faltaban horas para el amanecer. Nadie tendría asuntos que resolver a esas horas, a menos que fueran turbios. El tipo de asunto que él no tenía ningún deseo de presenciar, y menos aún de que lo vieran presenciándolo.

Se acercaban. No podía moverse sin que lo vieran, así que redujo incluso su respiración al mínimo soplo de aire.

Tres hombres, silenciosos, decididos, a caballo, uno de los cuales llevaba de las riendas una mula cargada. Pasaron a no más de dos pasos de él, pero Grey no se movió, y los caballos, si lo percibieron, no lo consideraron una amenaza. Tomaron la carretera que conducía a Filadelfia. ¿Por qué tanto secreto?, se preguntó, aunque no perdió el tiempo en hacerse muchas preguntas. Lo había advertido enseguida a su regreso a Carolina del Norte el año anterior: había una excitación morbosa, una inquietud presente en el mismísimo aire. Allí era más explícita. Se había dado cuenta de ello nada más desembarcar. La gente actuaba con mayor cautela que nunca. «No saben en quién confiar —pensó—. Así que no confían en nadie.»

La idea de la confianza conjuró el recuerdo vívido e inmediato de Percy Wainwright. «Si hay alguien en el mundo de quien me fíe menos...»

Y, al pensar eso, cayó en la cuenta. La imagen de Percy, con los ojos negros y sonriente, recorriendo la superficie de su copa con el pulgar como si acariciara la verga de Grey mientras decía en tono desenfadado: «Me casé con una de las hermanas del barón Amandine...»

«Una de las hermanas», susurró Grey, y el sueño se cristalizó en su mente, con la sensación de frío que transmitían las piedras de Trois Flèches, tan vívida que se estremeció, aunque la noche no era en absoluto fría. Sintió el calor de aquellos dos cuerpos lascivos y viciosos que se apretaban contra él desde ambos lados. Y en uno de los muros laterales, ignorado entre la descuidada profusión, el pequeño retrato de tres chiquillos, dos niñas y un niño, que posaban con un perro, con el muro exterior de Trois Flèches reconocible detrás.

La segunda hermana. La tercera flecha, a quien Hal, con su infalible sentido de la rareza, había detectado a pesar de no haberla visto nunca.

Los Beauchamp eran una familia antigua y noble y, como la mayoría de las familias de esas características, hablaban a menudo de sí mismos, aunque de manera informal. Durante su visita, había oído hablar de primos, tíos, tías, parientes lejanos... pero nunca de la segunda hermana.

Era posible que hubiese muerto de niña, claro. Esas cosas solían suceder. Pero, en tal caso, ¿por qué habría dicho Percy...?

Ahora estaba empezando a dolerle la cabeza. Se puso en pie con un suspiro y entró. No tenía ni idea de dónde o cuándo, pero tendría que volver a hablar con Percy. Se quedó asombrado al descubrir que tal perspectiva no lo preocupaba.

46

Líneas telúricas

Brianna se detuvo junto a la cámara de observación de peces. Aún no era temporada de cría, la época en que, según le habían contado, los grandes salmones subían como un enjambre por los canales de la escala para peces que les permitía trepar por la presa en Pitlochry. Sin embargo, de vez en cuando, un destello plateado aparecía tan de repente que casi se te paraba el corazón, luchando por unos segundos con fuerza contra la corriente antes de ascender a toda velocidad por el tubo que conducía al siguiente tramo de escala. La cámara en sí era una pequeña construcción blanca encastrada en el lateral de la escala para peces, con una ventana cubierta de algas. Se había detenido allí para poner en orden sus pensamientos, o más bien para reprimir alguno de ellos antes de entrar en la presa.

Preocuparse por algo que ya había sucedido era una tontería. Y, de hecho, sabía que sus padres estaban bien. O, por lo menos, se corrigió, que se habían marchado del Fuerte Ticonderoga. Quedaban muchas cartas.

Y también podía leer esas cartas en cualquier momento y averiguar lo que había sucedido. Eso era lo que hacía tan ridícula su reacción. Suponía que no estaba realmente preocupada. Sólo... aturdida. Las cartas eran maravillosas. Pero, al mismo tiempo, era del todo consciente de lo mucho que incluso la carta más completa callaba. Y según el libro de Roger, el general Burgoyne había salido de Canadá a principios de junio con el plan de dirigirse hacia el sur y unirse a las tropas del general Howe, dividiendo las colonias esencialmente en dos. Y el 6 de julio de 1777 se había detenido a atacar el Fuerte Ticonderoga. ¿Qué...?

—*Coimhead air sin!* —dijo una voz a su espalda.

Brianna se volvió de golpe, sobresaltada, y descubrió a Rob Cameron allí de pie, señalando entusiasmado la ventana para observar a los peces. Se volvió a mirar justo a tiempo de ver un tremendo pez plateado, con el lomo salpicado de motas oscuras, que daba un gran salto contra la corriente antes de desaparecer canal arriba.

—*Nach e sin an rud as brèagha a chunnaic thu riamh?* —dijo Cameron, aún con una expresión maravillada en el rostro—. ¿No es la cosa más bonita que hayas visto nunca?

—*Cha mhór!* —respondió ella, insegura, pero incapaz de no devolverle la sonrisa. Casi.

Él también seguía sonriendo, pero su sonrisa se volvió más personal al mirarla.

—Ah, ¡hablas *gàidhlig*! Me lo dijo mi primo, pero no me lo creí... Con ese acento de Boston tan correcto —dijo arrastrando las sílabas para imitar lo que estaba claro que él creía era el acento bostoniano.

—Sí, aparca tu coche en los jardines de Harvard —repuso ella con un auténtico, pero exagerado acento de Boston.

Él estalló en carcajadas.

—¿Cómo lo haces? No hablas *gàidhlig* con ese acento. Quiero decir que tienes acento, pero es un acento... distinto. Más bien como el que tienen en las islas, en Barra, quizá, o en Uist.

—Mi padre era escocés —explicó ella—. Lo aprendí de él.

Eso hizo que él la mirara con ojos nuevos, como si pensara que era una nueva especie de pez.

—¿Ah, sí? ¿De por aquí? ¿Cómo se llama?

—James Fraser —contestó ella. No corría ningún riesgo: los había a docenas—. Se llamaba. Él... ya no está.

—Ah, qué pena —replicó él, comprensivo, y le tocó brevemente el brazo—. Yo perdí a mi padre el año pasado. Es duro, ¿eh?

—Sí —contestó ella, escueta, y pasó a su lado.

Rob Cameron dio al punto media vuelta y caminó junto a ella.

—Me dijo Roger que vosotros también teníais hijos. —Sintió que ella daba un respingo de sorpresa, y le sonrió de través—. Lo conocí en la logia. Un tipo simpático.

—Sí, lo es —repuso Brianna, recelosa.

Roger no le había mencionado que hubiera hablado con Rob, y se preguntaba por qué. Estaba claro que habían charlado lo suficiente como para que Rob supiese que Roger era su marido y que tenían hijos. Pero Cameron no hizo ningún otro comentario al respecto, sino que se estiró y echó la cabeza hacia atrás.

—Aahhh... hace un día demasiado bonito para pasarlo en una presa. Ojalá pudiera estar en el agua.

Señaló con la cabeza el río, con sus rápidos, donde media docena de pescadores con botas altas hasta el muslo se erguían entre las olas con la concentración depredadora de las garzas reales.

—¿Roger o tú pescáis con mosca?

—Yo lo he hecho alguna vez —respondió Brianna, y el recuerdo de una caña de pescar que daba un latigazo en sus manos le mandó un ligero escalofrío a las terminaciones nerviosas—. ¿Es que tú pescas?

—Sí, tengo un permiso para el bosque de Rothiemurchus. —Parecía orgulloso, como si se tratase de algo especial, de modo que ella emitió unos sonidos de aprobación. Él la miró de soslayo, con ojos dulces y sonrientes—. Si alguna vez quieres salir a pescar con tu caña, no tienes más que decirlo. Jefa. —De repente, le dirigió una enorme sonrisa, desenfadado y encantador, y entró silbando en la oficina de la presa delante de ella.

Una línea telúrica es una alineación observada entre dos puntos geográficos de interés, por lo general un monumento antiguo o un megalito. Hay numerosas teorías sobre las líneas telúricas y bastante controversia acerca de si existen realmente como fenómeno y no sólo como creación de la mente humana.

Con esto quiero decir que, si uno elige dos puntos cualesquiera que revistan interés para los seres humanos, es muy probable que haya un camino que los una, al margen de lo que sean esos puntos. Por ejemplo, entre Londres y Edimburgo existe una carretera importante porque, a menudo, la gente quiere desplazarse entre una ciudad y otra, pero, por lo general, no se la llama línea telúrica. Cuando se utiliza este término, en lo que la gente suele pensar es en una vieja senda que conduce, pongamos por caso, de un monolito a una abadía antigua, la que, a su vez, lo más probable es que esté construida sobre un lugar de culto muy anterior.

Como no hay muchas pruebas objetivas de la existencia de tales líneas, se dicen muchos disparates acerca de ellas. Hay quien piensa que tienen un significado mágico o místico.

Personalmente, no creo que haya ninguna base para ello, ni tampoco lo cree vuestra madre, que es una científica. Por otro lado, la ciencia cambia de opinión de vez en cuando, así que lo que parece mágico puede tener, en realidad, una explicación científica (N. B.: he introducido una nota sobre Claire y la recolección de plantas).

Sin embargo, entre las diversas teorías sobre las líneas telúricas, hay una que parece tener al menos un posible fundamento físico. Tal vez cuando leáis esto sepáis ya lo que son los zahoríes. Os llevaré a dar una vuelta con uno en cuanto surja la ocasión. No obstante, por si acaso, os diré que un zahorí es una persona que puede detectar la presencia de agua bajo tierra o, a veces, de objetos metálicos como, por ejemplo, el mineral en las minas. Algunos de ellos utilizan una vara en forma de «Y» u otro objeto con el que «adivinar» el agua. Algunos simplemente la intuyen. La base real de esa cualidad no se conoce. Según vuestra madre, la navaja de Ockham diría que esas personas simplemente reconocen el tipo de geología que con mayor probabilidad albergará agua subterránea. Pero yo he visto trabajar a algunos zahoríes y estoy bastante seguro de que tiene que haber algo más, especialmente a la vista de las teorías que os estoy contando aquí.

Una teoría acerca de cómo funciona la radiestesia sostiene que el agua o el metal tienen una corriente magnética a la que es sensible el zahorí. Dice vuestra madre que la primera parte de esa explicación es cierta y que, además, existen amplias bandas de fuerza electromagnética en la corteza terrestre que corren en direcciones opuestas por todo el globo. Me dice también que esas bandas se pueden detectar con métodos objetivos, pero que no son necesariamente permanentes. De hecho, la Tierra experimenta (cada muchos millones de años, creo; vuestra madre no sabía la frecuencia exacta) inversiones ocasionales de su fuerza geomagnética, cuyos polos intercambian sus posiciones; nadie sabe por qué, pero suele achacarse a las manchas solares.

Otro dato interesante es que está demostrado que las palomas mensajeras entienden esas líneas electromagnéticas y las utilizan para orientarse, aunque nadie ha comprendido todavía cómo lo hacen.

Lo que sospechamos —vuestra madre y yo—, y debo insistir en que podemos muy bien equivocarnos en esa suposición, es que las líneas telúricas de verdad existen, que son (o están relacionadas con) líneas de fuerza geomagnética, y que allí donde se cruzan o convergen se crea un punto en el que esa fuerza magnética es... distinta, a falta de otra palabra mejor. Nosotros pensamos que esos puntos de convergencia —o algunos de ellos— podrían ser los lugares donde es posible que la gente sensible a esas fuerzas (al igual que las palomas, supongo) se trasladen de un tiempo a otro (es decir, vuestra madre y yo, y vosotros, Jem y Mandy). Si quien lee estas líneas es un hijo (o nieto) que aún no ha nacido, no sé si tendrá esa sensibilidad, capacidad o como queráis llamarlo, pero os aseguro que es real. Vuestra abuela aventuraba que podía tratarse de un rasgo genético, como la habilidad de enrollar la lengua. Si no la tienes, el «cómo» te resulta simplemente incomprensible, aunque puedas observarlo en alguien que sí la tiene. Si éste es tu caso, no sé si pedirte disculpas o si felicitarte, aunque imagino que no es peor que otras cosas que los padres legan a sus hijos sin saberlo, como unos dientes torcidos o la miopía. Sea como sea, no lo hicimos a propósito, créeme, por favor.

Disculpadme si me he apartado del tema. El punto básico es que la capacidad de viajar en el tiempo tal vez dependa de una sensibilidad genética a esos... ¿puntos de convergencia?, ¿vórtices?... de líneas telúricas.

Debido a la peculiar historia geológica de las islas Británicas, aquí hay muchas líneas telúricas, y también muchos enclaves arqueológicos que parecen estar unidos por esas líneas. Vuestra madre y yo queremos insistir en que, siempre que pueda hacerse sin riesgos —y no os equivoquéis: es muy peligroso—, esos lugares podrían ser portales. Obviamente, no hay manera de saber con seguridad si un enclave específico es o no un portal.

La observación de que esos lugares parecen estar «abiertos» (o al menos más abiertos que en otras ocasiones) en las fechas que corresponden a fiestas solares o fiestas del fuego del mundo antiguo podría tener que ver —si esta hipótesis es correcta— con la fuerza gravitatoria del Sol y de la Luna. Esto parece razonable dado que esos cuerpos afectan realmente al comportamiento de la Tierra con respecto a las mareas, a la meteorología y fenómenos por el estilo. ¿Por qué no habrían de afectar a los vórtices temporales, después de todo?

Nota: vuestra abuela dice... bueno, dijo bastantes cosas, entre las cuales mencionó las palabras «teoría del campo unificado», que deduzco que es algo que todavía no existe, pero que, de existir, explicaría una cantidad increíble de cosas y, entre ellas, tal vez por qué la convergencia de líneas geomagnéticas podría afectar al tiempo en el punto en que se produce dicha convergencia. Todo lo que yo, personalmente, entendí de esa explicación es la idea de que el espacio y el tiempo son, de vez en cuando, una misma cosa y que la gravedad está estrechamente relacionada con ello. Eso tiene para mí mucho más sentido que ninguna otra cosa relacionada con dicho fenómeno.

Nota 2:

—¿Tiene sentido? —inquirió Roger—. ¿Hasta ahora, por lo menos?

—En la medida en que cualquier cosa relacionada con el tema tiene sentido, sí.

A pesar de la inquietud que la invadía siempre que hablaban de ello, Brianna no pudo evitar sonreírle. Parecía muy entusiasmado. Tenía una mancha de tinta en la mejilla y su cabello negro estaba todo alborotado en un lado.

—La enseñanza universitaria debe de llevarse en la sangre —terció, sacándose un pañuelo de papel del bolsillo; lo lamió como una mamá gata y le limpió la cara con él—. ¿Sabes? Hay un invento moderno maravilloso que se llama bolígrafo...

—Los odio —replicó él cerrando los ojos y sometiéndose a la limpieza—. Además, una pluma estilográfica es un gran lujo, comparado con una pluma de ave.

—Bueno, ahí llevas razón. Después de escribir cartas, papá parecía siempre una explosión en una fábrica de tinta. —Sus ojos volvieron a la página y, al leer la primera nota al pie, lanzó un breve bufido, haciendo sonreír a Roger—. ¿Es una explicación decente?

—Teniendo en cuenta que está dirigida a los niños, es más que adecuada —le aseguró bajando la hoja—. ¿Qué dice la nota número dos?

—Ah —Roger se apoyó en el respaldo de la silla, con las manos entrelazadas y aire nervioso—. Eso.

—Sí, eso —repuso ella, inmediatamente alerta—. ¿Hay algo así como una Exposición A que tiene que ir ahí?

—Bueno, sí —respondió él de mala gana, y la miró a los ojos—. Los cuadernos de Geillis Duncan. El libro de la señora Graham sería la Exposición B. La explicación acerca de las supersticiones relacionadas con el cultivo de plantas está en la nota cuatro.

Brianna sintió que la sangre se le escapaba de la cabeza y se sentó, por si acaso.

—¿Estás seguro de que es una buena idea? —preguntó, indecisa.

Ni ella misma sabía dónde estaban los cuadernos de Geillis Duncan, y tampoco quería saberlo. El librito que les había dado Fiona Graham, la nieta de la señora Graham, estaba guardado en un lugar seguro en una caja de seguridad del Royal Bank of Scotland, en Edimburgo.

Roger resopló y negó con la cabeza.

—No, no lo estoy —respondió con franqueza—. Pero mira. No sabemos cuántos años tendrán los niños cuando lean esto. Lo que me recuerda... hemos de tomar algunas precauciones. Por si acaso nos sucediera algo antes de que tengan edad suficiente para contarles... todo.

Ella sintió como si un cubito de hielo derritiéndose se deslizara por su espalda. Pero Roger tenía razón. Podían matarse los dos en un accidente de tráfico, como los padres de su madre. O podía quemarse la casa...

—Bueno, no —manifestó en voz alta mirando la ventana que había detrás de Roger, encastrada en un muro de piedra de unos cuarenta y cinco centímetros de grosor—. No creo que esta casa arda hasta los cimientos.

Eso hizo sonreír a Roger.

—No, eso no me preocupa mucho, la verdad. Pero los cuadernos... sí, sé lo que quieres decir. Y he pensado, en efecto, examinarlos yo mismo y hacer una especie de filtrado de la información. Ella sabía bastantes cosas acerca de los círculos de piedra que al parecer estaban activos, y eso es muy útil. Porque leer el resto es...

Agitó una mano buscando la palabra adecuada.

—Escalofriante —sugirió ella.

—Iba a decir que era como observar a alguien volverse loco lentamente delante de ti, pero «escalofriante» es adecuado. —Cogió las hojas de sus manos y las juntó de golpe—. No es más que un tic académico, supongo. No me parece bien ocultar una fuente original.

Ella emitió un resoplido distinto, que indicaba que no consideraba a Geillis Duncan una fuente original de nada salvo de problemas. Sin embargo...

—Me imagino que tienes razón —dijo a regañadientes—. Pero quizá podrías hacer un resumen y limitarte a mencionar dónde se encuentran los cuadernos, por si alguien en el futuro tiene auténtica curiosidad.

—No es mala idea. —Puso los papeles dentro del cuaderno y se levantó al tiempo que lo cerraba—. En tal caso, bajaré y los buscaré, quizá cuando acabe el colegio. Podría llevarme a Jem y enseñarle la ciudad. Es lo bastante mayor como para recorrer la Royal Mile, y el castillo le encantará.

—¡No lo lleves a las mazmorras de Edimburgo! —saltó ella de inmediato, y él le dirigió una abierta sonrisa.

—¿Qué pasa?, ¿no crees que las figuras de cera de personas sometidas a torturas sean educativas? Todo eso es histórico, ¿no?

—Sería mucho menos horrible si no lo fuera —repuso ella y, al volverse, vio el reloj de pared—. ¡Roger! ¿No tenías que dar tu clase de gaélico en la escuela a las dos en punto?

Él miró incrédulo el reloj, agarró a toda prisa el montón de libros y papeles que tenía sobre el escritorio y salió disparado de la habitación con un elocuente aluvión de gaélico.

Brianna se asomó al vestíbulo y vio cómo le daba un beso a Mandy a la carrera y salía en tromba hacia la puerta. La pequeña lo despidió en el umbral agitando una mano con entusiasmo.

—¡Adiós, papi! —gritó—. ¡*Táeme* helado!

—Si se le olvida, iremos al pueblo después de cenar a comprarlo —le prometió Brianna agachándose para aupar a su hija.

Permaneció allí, con Mandy en brazos, observando el viejo Morris color naranja de Roger toser, ahogarse, estremecerse y ponerse en marcha con un pequeño eructo de humo azul. Frunció ligeramente el ceño al verlo, mientras pensaba que debía comprarle un juego de bujías nuevas, pero le dijo adiós con la mano cuando él sacó la cabeza por la ventanilla en el recodo del camino para sonreírles.

Mandy se acurrucó en sus brazos murmurando una de las frases en gaélico más pintorescas de Roger, que obviamente estaba memorizando, y Bree inclinó la cabeza inhalando el suave aroma a champú Johnson's para bebés y a niño sucio. Sin duda, lo que la inquietaba era la mención de Geillis Duncan. La mujer estaba muerta y bien muerta, pero, al fin y al cabo... era una antepasada de Roger. Y quizá la capacidad de viajar a través de los círculos de piedra no fuera lo único que se transmitía por la sangre.

No obstante, algunas cosas se diluían con el tiempo. Roger, por ejemplo, no tenía nada en común con William Buccleigh

MacKenzie, el hijo que Geillis había tenido con Dougal Mac-Kenzie, y el responsable de que colgaran a Roger.

—Hijo de bruja —dijo en voz baja—. Espero que te pudras en el infierno.

—*Ezo* e una *palabota*, mami —intervino Mandy con reprobación.

Salió mejor de lo que jamás habría esperado. El aula estaba llena hasta los topes, con muchos niños, numerosos padres e incluso algunos abuelos apretujados contra las paredes. Experimentó ese instante de mareo, no de pánico o de miedo escénico, sino la sensación de estar mirando al interior de una vasta garganta cuyo fondo no podía ver, a la que estaba acostumbrado desde sus tiempos de actor. Respiró hondo, dejó sobre la mesa su montón de libros y papeles, les sonrió y dijo: «Feasgar math!»

Con eso bastaba siempre. Pronunciabas —o cantabas— las primeras palabras, y era como si hubieses agarrado un cable de alta tensión. Una corriente se establecía de pronto entre él y el público, y las palabras siguientes parecían llegar de ninguna parte, fluyendo a través de él como el estrépito del agua a través de una de las gigantescas turbinas de Bree.

Después de una o dos palabras introductorias, empezó a hablar del concepto del insulto en gaélico, pues sabía por qué habían venido la mayoría de los chiquillos. Unos cuantos padres arquearon de golpe las cejas, pero pequeñas sonrisas de complicidad aparecieron en los rostros de los abuelos.

—En *gàidhlig* no tenemos palabrotas como en inglés —explicó, y le sonrió a la clara cabeza rubia de expresión vivaz de la segunda fila, que debía de ser el pequeño cabrón de Glasscock, que le había dicho a Jemmy que iba a ir al infierno—. Lo siento, Jimmy.

»Lo que no significa que no podamos expresar lo que pensamos de alguien de una manera clara y contundente —prosiguió en cuanto las risas se extinguieron—. Pero insultar en *gàidhlig* es una cuestión de arte, no de crudeza. —Eso también arrancó a la gente mayor un montón de carcajadas, y las cabezas de varios de los niños se volvieron hacia sus abuelos, asombradas.

»Por ejemplo, una vez le oí decir a un granjero cuyo cerdo se había metido en la malta remojada que había preparado para hacer licor que esperaba que los intestinos le reventaran la barriga y que se lo comieran los cuervos.

Los chiquillos lanzaron un impresionado «¡Ooh!», y Roger esbozó una sonrisa y continuó suministrando versiones editadas de las cosas más creativas que le había oído decir a su suegro de vez en cuando. No es preciso añadir que, a pesar de la falta de palabrotas, era, de hecho, posible llamar a alguien «hijo de puta» cuando uno quería ser realmente desagradable. Si los niños querían saber qué le había dicho realmente Jemmy a la señorita Glendenning, tendrían que preguntárselo al propio Jemmy. Si no lo habían hecho ya.

De ahí, pasó a una descripción más seria —pero rápida— del Gaeltacht, la zona de Escocia donde se hablaba tradicionalmente el gaélico, y contó unas cuantas anécdotas acerca de cómo había aprendido gaélico en su adolescencia a bordo de un barco dedicado a la pesca del arenque en el mar de Minch, incluido todo el discurso pronunciado por un tal capitán Taylor cuando una tormenta arrasó su hoyo de langostas preferido y lo dejó sin pucheros (muestra de elocuencia que dirigió, blandiendo un puño cerrado, contra el mar, los cielos, la tripulación y las langostas). Eso hizo que se desternillaran de risa una vez más, y un par de los puñeteros viejos del fondo se sonrieron y se susurraron cosas el uno al otro, pues era obvio que se habían visto en situaciones similares.

—Pero el *gàidhlig* es una lengua —dijo cuando las risas se acallaron de nuevo—. Y eso significa que su función principal es la comunicación, que las personas hablen las unas con las otras. ¿Cuántos de vosotros habéis oído cantar verso a verso? ¿Y canciones de fieltrar?

Se oyeron unos murmullos de interés. Algunos sí las habían oído, otros no. De modo que les explicó lo que era fieltrar:

—Todas las mujeres trabajando juntas, apretando, estirando y amasando la tela de lana mojada para hacerla fuerte y resistente al agua porque, antiguamente, no había impermeables, ni botas de agua, y la gente tenía que estar al aire libre día y noche hiciera el tiempo que hiciese, atendiendo a sus animales o al cuidado de sus cosechas.

Ahora tenía la voz bien caliente. Pensó que lograría cantar una breve canción de fieltrar y, tras abrir rápidamente la carpeta, cantó el primer verso y el estribillo, y luego se lo hizo cantar también a ellos. Cantaron cuatro versos y, después, como notaba que empezaba a acusar el esfuerzo, concluyó.

—¡Mi abuela solía cantarla! —gritó de manera impulsiva una de las madres, y luego se puso roja como un tomate cuando todo el mundo la miró.

—¿Vive aún su abuela? —inquirió Roger, y al ver su azorado gesto negativo, observó—: Bueno, en tal caso, tendré que enseñársela, y usted puede enseñársela a sus hijos. Una cosa así no puede perderse, ¿verdad?

Un leve murmullo de medio sorprendida anuencia brotó entre los presentes. Roger volvió a sonreír y levantó el maltrecho libro de himnos que había llevado consigo.

—Muy bien. También he mencionado el canto verso a verso. En las islas todavía es posible oírlo los domingos en la iglesia. Id a Stornaway, por ejemplo, y lo oiréis. Es una manera de cantar los salmos que se remonta a cuando la gente no tenía muchos libros o quizá pocos de los miembros de la congregación sabían leer. Así que había un chantre, cuya tarea era cantar el salmo, verso a verso, y después la congregación se lo repetía cantando. Este libro —mostró a todos el himnario— perteneció a mi padre, el reverendo Wakefield. Tal vez algunos de ustedes lo recuerden. Pero, originalmente, perteneció a otro pastor, el reverendo Alexander Carmichael. Él...

Y procedió a hablarles del reverendo Carmichael, que había peinado las Highlands y las islas en el siglo XIX, hablando con la gente, insistiéndoles en que le cantaran sus canciones y le hablaran de sus costumbres, recogiendo «himnos, encantamientos y conjuros» de la tradición oral allí donde podía encontrarlos, y que había publicado esa gran obra de erudición en varios volúmenes llamada *Carmina Gadelica*.

Había llevado consigo un volumen del *Gadelica* y, mientras hacía circular el viejo himnario entre la gente junto con un opúsculo de canciones de trabajo que él mismo había confeccionado, les leyó uno de los encantamientos de la luna nueva, el «Encantamiento para la masticación del bolo alimenticio», el «Hechizo de la indigestión», el «Poema del escarabajo», y algunos fragmentos de «El lenguaje de los pájaros».

> *Salió la paloma*
> *temprano una tibia mañana;*
> *vio al cisne blanco,*
> «gail, gail»,
> *allá en la orilla,*
> «gail, gail»,
> *con un canto fúnebre de muerte,*
> «gail, gail».

Un cisne blanco, herido, herido,
un cisne blanco, magullado, magullado,
el cisne blanco de las dos visiones,
«gail, gail»,
el cisne blanco de los dos presagios,
«gail, gail»,
la vida y la muerte,
«gail, gail»,
«gail, gail».

¿Cuándo has llegado, cisne del luto?,
dijo la paloma del amor,
«gail, gail»,
de Erin vengo nadando,
«gail, gail»,
del soldado he recibido la herida,
«gail, gail»,
la punzante herida de mi muerte,
«gail, gail»,
«gail, gail».

Cisne blanco de Erin,
amiga soy de los necesitados;
el ojo de Cristo vigilará tu herida,
«gail, gail»,
el ojo del cariño y de la compasión,
«gail, gail»,
el ojo de la bondad y del amor,
«gail, gail», y te curará,
«gail, gail»,
«gail, gail».

Cisne de Erin,
«gail, gail»,
no sufrirás ningún daño,
«gail, gail».
Sanarás de tus heridas,
«gail, gail».

Señora de la ola,
«gail, gail»,
señora del lamento,

«gail, gail»,
señora de la melodía,
«gail, gail».

Gloria a Cristo,
«gail, gail»,
al Hijo de la Virgen,
«gail, gail»,
al gran Alto Rey,
«gail, gail»,
que tu canto sea para Él,
«gail, gail»,
que tu canto sea para Él,
«gail, gail»,
«¡gail, gail!».

La garganta le dolía de un modo casi insoportable de hacer el canto del cisne, desde el grave quejido del cisne herido hasta el grito triunfante de las últimas palabras, y al final se le quebró la voz, pero sonó triunfal a pesar de todo, y la sala estalló en aplausos.

Entre el dolor y la emoción, realmente no pudo hablar por unos instantes, así que, en su lugar, hizo una reverencia y sonrió e hizo otra reverencia, entregándole en silencio el montón de libros y carpetas a Jimmy Glasscock para que los hiciera circular mientras el público se arremolinaba para felicitarlo.

—¡Tío, ha sido fantástico! —dijo una voz que le resultó conocida, y al levantar la vista vio que se trataba de Rob Cameron, que le estrechaba la mano, con los ojos brillantes de entusiasmo.

La sorpresa de Roger debió de reflejarse en su rostro, pues Rob hizo un gesto con la cabeza en dirección al chiquillo que tenía a su lado: Bobby Hurragh, a quien Roger conocía bien del coro. Un soprano desgarradoramente puro, y un diablillo, si no lo vigilabas con atención.

—He traído al pequeño Bobby —señaló Rob con el crío firmemente cogido de la mano, como observó Roger—. Hoy mi hermana tenía que trabajar y no ha podido tomarse el día libre. Es viuda —añadió a modo de explicación tanto de la ausencia de la madre como de su propia presencia.

—Gracias —logró decir Roger, afónico, pero Cameron simplemente le estrechó de nuevo la mano y cedió el paso al siguiente admirador.

Entre la multitud había una mujer de mediana edad a quien no conocía, pero que sí lo reconoció a él.

—Mi marido y yo lo vimos cantar una vez, en los Juegos de Inverness —dijo en un tono educado—, aunque entonces utilizaba usted el nombre de su difunto padre, ¿no es así?

—Sí, así es —respondió Roger con el croar de sapo al que su voz había quedado reducida en esos momentos—. Su... ¿tiene usted algún nieto? —Hizo un gesto vago señalando el enjambre zumbón de chiquillos que se apiñaban alrededor de una señora mayor que, sonrojada de placer, les estaba explicando la pronunciación de algunas de las extrañas palabras gaélicas del libro de cuentos.

—Sí —repuso la mujer, pero nada la distraía de lo que le llamaba la atención, que era la cicatriz de su garganta—. ¿Qué le ha pasado? —preguntó con tono compasivo—. ¿Es permanente?

—Fue un accidente —contestó Roger—. Me temo que sí.

La lástima se reflejó en forma de arruguitas en el rabillo de sus ojos y meneó la cabeza.

—Oh, qué pena —dijo—. Tenía usted una bonita voz. Lo siento mucho.

—Gracias —replicó él, porque era lo único que podía decir, y entonces ella se marchó y él siguió recibiendo los elogios de gente que nunca lo había oído cantar. Que nunca lo había oído cantar antes.

Más tarde, le dio las gracias a Lionel Menzies, que se encontraba de pie junto a la puerta despidiendo a la gente, resplandeciente como el director de un circo de éxito.

—Ha sido maravilloso —lo felicitó Menzies cogiéndole cálidamente la mano—. Mejor incluso de lo que esperaba. Dígame, ¿consideraría hacerlo otra vez?

—¿Otra vez? —rió Roger, pero se puso a toser a la mitad—. Casi no logro terminar ésta.

—Tonterías. —Menzies desechó su observación—. Una copa le arreglará la garganta. ¿Por qué no se viene al pub conmigo?

Roger estuvo a punto de rechazar la invitación, pero el rostro de Menzies brillaba con tanto placer que cambió de opinión. El hecho de estar bañado en sudor —hablar en público siempre le subía varios grados la temperatura corporal— y de tener una sed digna del desierto de Gobi no tuvo nada que ver con ello, por supuesto.

—Bueno, pero sólo una —dijo, y sonrió.

Cuando cruzaban el aparcamiento, una pequeña camioneta azul muy abollada se acercó a ellos y Rob Cameron se asomó a la ventanilla y los llamó.

—Te ha gustado, ¿verdad, Rob? —preguntó Menzies, aún sonriente.

—Me ha encantado —contestó Cameron, a todas luces sincero—. Un par de cosas, Rog... Quería preguntarte si tal vez me prestarías esas viejas canciones que tienes. Siegfried MacLeod me enseñó las que arreglaste para él.

Roger se quedó algo extrañado, pero complacido.

—Sí, claro —repuso—. No tenía ni idea de que fueras un fan —bromeó.

—Me encantan todas las cosas antiguas —replicó Cameron, serio por una vez—. Te lo agradecería mucho, de verdad.

—Muy bien, pues. Pásate por casa, ¿el fin de semana, quizá?

Rob sonrió y se despidió en pocas palabras.

—Espera... ¿No has dicho dos cosas? —preguntó Menzies.

—Ah, sí. —Cameron se estiró y cogió algo del asiento que había entre Bobby y él—. Esto estaba con las cosas en gaélico que hiciste circular. Pero parecía como si estuviera entre ellas por error, así que lo aparté. Estás escribiendo una novela, ¿verdad?

Le tendió un cuaderno negro, *La guía del trotamundos*, y a Roger se le encogió la garganta como si le hubieran dado garrote. Cogió el cuaderno mientras asentía con la cabeza, sin habla.

—Podrías dejármela leer cuando la hayas terminado —sugirió Cameron como de pasada, al tiempo que embragaba la camioneta—. Me entusiasma la ciencia ficción.

La camioneta partió, luego se detuvo de repente y dio media vuelta. Roger agarró con más fuerza el cuaderno, pero Rob no lo miró.

—Oye —dijo—. Lo olvidaba. Brianna me comentó que teníais un viejo fuerte de piedra o algo parecido en vuestra casa.

Roger asintió aclarándose la garganta.

—Tengo un amigo, un arqueólogo. ¿Te importaría si fuera alguna vez a echarle un vistazo?

—No —graznó Roger, volvió a aclararse la garganta, y añadió con mayor firmeza—: No, sería estupendo. Gracias.

Rob le sonrió alegremente y volvió a revolucionar el motor.

—De nada, compañero —dijo.

47

Las alturas

El amigo arqueólogo de Rob, Michael Callahan, resultó ser un tipo ocurrente de unos cincuenta años de edad, con un cabello color arena que empezaba a clarear, y tan quemado por el sol que su piel parecía a menudo un edredón de retazos, con pecas oscuras formando manchas entre los parches de tierna piel rosa. Huroneó entre las piedras caídas de la vieja iglesia con evidentes muestras de interés y le pidió permiso a Roger para excavar una zanja a lo largo de uno de los muros.

Rob, Brianna y los niños subieron un rato a observar, pero el trabajo arqueológico no es un deporte de espectadores, y cuando Jem y Mandy se aburrieron, se volvieron todos a casa a preparar la comida, dejando a Roger y a Mike sumidos en sus excavaciones.

—Si tiene cosas que hacer, no lo necesito —señaló Callahan al cabo de un rato, mirando a Roger.

Siempre había algo que hacer —al fin y al cabo, aquello era una granja, aunque fuera pequeña—, pero Roger negó con la cabeza.

—Me interesa —repuso—. Si es que no le estorbo...

—En absoluto —contestó Callahan con alegría—. Venga y ayúdeme a levantar esto, entonces.

Callahan silbaba entre dientes mientras trabajaba, murmurando de cuando en cuando para sí, aunque no hizo apenas ningún comentario sobre lo que estaba buscando. Lo llamó alguna que otra vez para que lo ayudara a retirar unos escombros o a sostener una piedra inestable mientras él miraba debajo con una pequeña linterna, pero Roger permaneció casi todo el tiempo sentado sobre el tramo de muro que estaba entero, escuchando el viento.

En lo alto de la colina se estaba tranquilo, con esa tranquilidad característica de los lugares salvajes, una sensación constante de discreto movimiento, y le pareció extraño que así fuera. Normalmente, uno no tenía esa sensación en los lugares donde había vivido alguien, y estaba claro que en esa colina había habido gente removiendo la tierra durante muchísimo tiempo, a juzgar por la profundidad de la zanja de Callahan y los silbiditos de interés que soltaba de vez en cuando como un tití.

Brianna les subió unos bocadillos y limonada y se sentó a comer en el muro junto a Roger.

—¿Se ha marchado Rob? —preguntó Roger al observar que la camioneta había desaparecido del patio.

—Sólo para ir a hacer unos recados —respondió ella—. Dijo que no parecía que Mike fuera a terminar pronto —explicó con una mirada al trasero del pantalón de Callahan, que sobresalía de entre las ramas de un arbusto mientras él excavaba alegremente debajo.

—Tal vez no —sonrió Roger e, inclinándose hacia delante, la besó con suavidad.

Ella emitió un sonido grave de satisfacción con la garganta y retrocedió un paso, pero le cogió la mano por unos instantes.

—Rob me ha preguntado por las viejas canciones que arreglaste para Sandy MacLeod —le informó mirándolo de reojo—. ¿Le dijiste que podía verlas?

—Ah, sí. Lo había olvidado. Claro. Si no estoy abajo cuando vuelva, puedes enseñárselas tú. Los originales están en el último cajón de mi archivador, en una carpeta con una etiqueta que dice *Cèolas*.

Brianna asintió y se marchó colina abajo, con los pies calzados con playeras tan seguros como los de un ciervo sobre el camino pedregoso, y el cabello cayéndole sobre la espalda, recogido en una coleta del color de la piel de ese mismo ciervo.

A medida que transcurría la tarde, Roger fue sumiéndose en un estado casi de trance, mientras su cabeza se movía perezosamente y su cuerpo con no mucha más energía, acercándose sin prisas a echar una mano cuando se lo necesitaba, intercambiando las palabras justas con Callahan, que parecía igual de aturdido. La neblina flotante de la mañana se había espesado y las frías sombras que se proyectaban entre las piedras se desvanecían con la luz. El aire era fresco y le dejaba un rastro húmedo sobre la piel, pero no había indicios de lluvia. Casi podías sentir las piedras alzarse a tu alrededor, pensó, volviendo a ser lo que fueron.

Observó idas y venidas abajo, en la casa: puertas que se cerraban de golpe, Brianna que tendía la colada de la familia, los críos y un par de chiquillos de la granja vecina que habían ido a pasar la noche con Jem, todos correteando por el huerto y los cobertizos, jugando a una especie de corre que te pillo al tiempo que hacían mucho ruido, lanzando unos gritos tan fuertes y penetrantes como los de las águilas pescadoras. En una ocasión, miró hacia abajo y vio el camión de los almacenes Farm and

Household, que venía, presumiblemente, a entregar la bomba para la desnatadora, ya que Roger vio cómo Brianna guiaba al conductor hasta el interior del granero, pues aquél no veía por dónde andaba con la enorme caja en los brazos.

Alrededor de las cinco se levantó una fuerte brisa y la bruma comenzó a disiparse. Como si eso fuera una señal que despertara a Callahan de su sueño, el arqueólogo se irguió, se quedó un momento inmóvil mirando algo que había en el suelo y luego asintió con la cabeza.

—Bueno, tal vez se trate de un yacimiento antiguo —manifestó mientras salía de su zanja y gemía al inclinarse adelante y atrás, estirando la espalda—. Pero la estructura no lo es. Probablemente la construyeran en los últimos doscientos años, aunque quienquiera que la edificara utilizó piedras mucho más viejas para su construcción. Es probable que las trajera de otro lugar, aunque algunas podrían pertenecer a una estructura anterior levantada en este mismo sitio. —Le dirigió a Roger una sonrisa—. La gente de las Highlands es ahorrativa. La semana pasada, en Dornoch, vi un granero en cuyos cimientos había una vieja piedra picta y un suelo hecho con ladrillos procedentes de un baño público derruido.

Haciéndose visera con la mano, Callahan miró hacia el oeste, donde ahora la niebla flotaba sobre la orilla lejana.

—Las alturas —dijo en tono pragmático—. Los antiguos siempre elegían las alturas. Ya fuera para construir un fuerte, ya para un lugar de culto, siempre subían a lo alto.

—¿Los antiguos? —inquirió Roger, y sintió que se le erizaban ligeramente los pelos de la nuca—. ¿Qué antiguos?

Callahan se echó a reír, meneando la cabeza.

—No lo sé. Los pictos, quizá. Lo único que conocemos de ellos son los restos de las construcciones de piedra que dejaron aquí y allá... ellos o la gente que vino antes que ellos. A veces ves un pedazo de algo que sabes que fue obra del hombre o que por lo menos colocó el hombre, pero no puedes situarlo en una cultura conocida. Los megalitos, por ejemplo, las piedras verticales. Nadie sabe quién las colocó así ni para qué.

—¿Ah, no? —murmuró Roger—. ¿Sabe usted qué tipo de lugar era éste? Me refiero a si lo construyeron para la guerra o para el culto.

Callahan negó con la cabeza.

—No, no por lo que se ve en la superficie. Tal vez si excaváramos el yacimiento que hay debajo... Pero, sinceramente, no veo ningún interés en hacerlo. Hay cientos de lugares como éste en sitios altos, todos en las islas Británicas, y también en Bretaña, muchos de ellos antiguas construcciones célticas, de la Edad del Hierro, muchísimo más antiguas. —Recogió la erosionada cabeza de la santa y la acarició con algo parecido al cariño—. Esta señora es mucho más reciente. Quizá del siglo XIII o del XIV. A lo mejor era la santa patrona de la familia, legada de una generación a la siguiente a lo largo del tiempo.

Le dio a la cabeza un beso breve y natural y se la tendió a Roger con cuidado.

—Pero, por si le interesa, y no se trata de un comentario científico, sino tan sólo de lo que yo pienso después de haber visto bastantes de estos lugares, si la estructura moderna era una capilla, el yacimiento antiguo que hay debajo probablemente fuera también un lugar de culto. La gente de las Highlands es de ideas fijas. Puede que construyan un granero nuevo cada doscientos o trescientos años, pero lo más probable es que lo edifiquen justo donde estaba el anterior.

Roger dejó escapar una carcajada.

—Eso es muy cierto. Nuestro granero es todavía el original, construido en los primeros años del siglo XVIII, al mismo tiempo que la casa. Pero cuando excavé en el suelo del establo para instalar una nueva tubería de desagüe, encontré enterradas las piedras de una pequeña granja anterior.

—¿A principios del XVIII? Bueno, en tal caso, no necesitarán un tejado nuevo por lo menos en otros cien años.

Eran casi las seis, pero todavía no había empezado a atardecer siquiera. La niebla se había desvanecido de aquella manera tan misteriosa en que lo hacía a veces, y había salido un sol pálido. Roger trazó una crucecita en la frente de la estatua con el pulgar y dejó la cabeza suavemente en la hornacina que parecía hecha para ello. Habían terminado ya, pero ninguno de los dos hombres tenía ganas de marcharse aún. Se sentían cómodos el uno en compañía del otro, compartiendo el hechizo de las alturas.

Abajo, vio la abollada camioneta de Rob Cameron aparcada en el patio y al propio Rob sentado en el pórtico de atrás, con Mandy, Jem y los amigos de Jem pegados a él, a uno y otro lado, evidentemente absortos en las páginas que él sujetaba en la mano. ¿Qué demonios estaba haciendo?

—¿Eso que oigo son cantos?

Callahan, que había estado mirando hacia el norte, dio media vuelta y, mientras lo hacía, también Roger lo oyó. Tenue y dulce, no más que un hilo de sonido, pero lo suficiente como para distinguir la melodía del salmo de David.

La puñalada de celos que lo recorrió lo dejó sin aliento, y sintió que se le cerraba la garganta como si una mano fuerte estuviera estrangulándolo.

«Duros como el sepulcro son los celos: sus brasas, brasas de fuego.»

Cerró los ojos unos instantes, respirando lenta y profundamente, y, con un pequeño esfuerzo, desenterró la primera parte de esa cita: «Porque fuerte es como la muerte el amor.»

Notó que la sensación de ahogo comenzaba a ceder y que la razón volvía a él. Claro que Rob Cameron sabía cantar. Formaba parte del coro masculino. Era absolutamente lógico que, al ver los rudimentarios arreglos musicales que Roger había hecho para algunas de las antiguas canciones, intentara cantarlos. Y a los niños, en especial a los suyos, les atraía la música.

—¿Hace mucho que conoce usted a Rob? —inquirió, y se alegró de oír que su voz sonaba natural.

—¿A Rob? —Callahan se paró a pensar—. Quince años, quizá... No, miento, más de veinte. Se presentó como voluntario en una excavación que yo tenía en marcha en Shapinsay, una de las Órcadas, y entonces no era más que un muchacho, de unos diecimuchos años, quizá. —Le dirigió a Roger una mirada serena, astuta—. ¿Por qué?

Él se encogió de hombros.

—Trabaja con mi mujer, para la Compañía Hidroeléctrica. Personalmente, no lo conozco mucho. Nos conocimos hace poco, en la logia.

—Ah. —Callahan contempló por unos instantes, en silencio, la escena que se estaba desarrollando abajo. Luego, sin mirar a Roger, dijo—: Estuvo casado con una chica francesa. Su mujer se divorció de él hace un par de años y se llevó al hijo de ambos de vuelta a Francia. No ha sido feliz.

—Ah.

Eso explicaba lo unido que estaba Rob a la familia de su hermana viuda, y lo mucho que disfrutaba de la compañía de Jem y de Mandy. Roger inspiró una vez más, libremente, y la pequeña llama de los celos se apagó.

Como si aquella breve conversación hubiera puesto punto final a la jornada, recogieron los restos de su almuerzo y la mochila de Callahan y descendieron la colina en un silencio cómodo.

—¿Qué es eso? —Había dos copas de vino en la encimera—. ¿Es que celebramos algo?

—Sí —respondió Bree en tono tajante—. Para empezar, que los niños van a irse a la cama.

—Vaya, ¿se han portado muy mal? —Sintió una ligera punzada de culpa, no muy fuerte, por haber pasado toda la tarde en la alta y fría paz de la capilla en ruinas con Callahan en lugar de insistirles a aquellas cositas locas para que salieran del huerto.

—No, simplemente están repletos de energía. —Lanzó una mirada recelosa hacia la puerta que daba al vestíbulo, a través de la cual el bramido apagado de un televisor llegaba desde el gran salón principal—. Espero que estén demasiado agotados como para pasarse la noche saltando sobre el colchón. Han comido pizza suficiente como para dejar a seis hombres adultos en coma durante una semana.

Roger le rió la ocurrencia. Él mismo se había comido la mayor parte de una pizza de pepperoni grande y comenzaba a sentirse agradablemente amodorrado.

—¿Y qué más?

—Ah, ¿qué más estamos celebrando? —Le dirigió la mirada de quien no cabe en sí de satisfacción—. Bueno, que yo...

—¿Sí? —dijo él, complaciente.

—He superado el período de prueba. Ahora soy fija en el trabajo, y no pueden echarme, ni siquiera si me pongo perfume para ir a trabajar. Y que a *ti*... —añadió buscando en el interior del cajón y colocándole un sobre delante— ¡la Junta de Educación te ha invitado formalmente a repetir tu triunfo con el *gàidhlig* en cinco escuelas distintas el mes que viene!

Por un segundo, Roger se sintió conmocionado, luego notó que algo que no sabía identificar se apoderaba de él, y se dio cuenta, más conmocionado todavía, de que se estaba sonrojando.

—¿De verdad?

—¿Crees que te tomaría el pelo acerca de algo así?

Sin esperar una respuesta, Bree sirvió el vino, aromático y de un color morado intenso, y le ofreció una copa. Roger la hizo entrechocar ceremoniosamente con la suya.

—Por nosotros. ¿Quién hay como nosotros?

—Poquísimas personas —contestó ella con un fuerte acento escocés—, y están todas muertas.

· · ·

Una vez hubieron mandado a los niños a acostarse, se oyeron unos cuantos golpes en el piso superior, pero una breve aparición de Roger representando el papel del padre severo les puso punto final y la fiesta de pijamas se disolvió en una sesión de cuentos y risitas ahogadas.

—¿Se están contando chistes verdes? —inquirió Bree cuando él bajó.

—Es muy probable. ¿Crees que debería hacer bajar a Mandy? Ella negó con la cabeza.

—Probablemente esté ya dormida. Y, si no lo está, el tipo de chistes que cuentan los críos de nueve años no le harán ningún mal. No es lo bastante mayor como para recordar las frases graciosas.

—Es verdad. —Roger cogió la copa, que ella había vuelto a llenarle, y tomó un sorbo, sintiendo en la lengua el vino suave y denso con su aroma de arándanos y té negro—. ¿Cuántos años tenía Jem cuando aprendió a contar chistes? ¿Te acuerdas de cuando comprendió la forma de los chistes, pero no entendía bien la idea del contenido?

—¿Cuál es la diferencia entre un... un... un botón y un calcetín? —lo imitó ella, plasmando a la perfección el entusiasmo desbordado de Jem—. ¡Un... búfalo! ¡Ja, ja, ja, ja, ja!

Roger estalló en carcajadas.

—¿Por qué te ríes? —inquirió ella. Estaban empezando a pesarle los párpados y tenía los labios manchados de oscuro.

—Debe de ser por la manera en que lo cuentas —respondió, y levantó el vaso para brindar—. Salud.

—*Slàinte.*

Roger cerró los ojos, respirando el aroma del vino al beberlo. Comenzaba a tener la agradable ilusión de que podía sentir la tibieza del cuerpo de su mujer, aunque estuviera sentada a cierta distancia. Ella parecía emanar calor, en lentas y pulsantes oleadas.

—¿Cómo lo llaman? Eso con lo que se localizan las estrellas lejanas...

—Un telescopio —repuso ella—. No puedes haberte emborrachado con media botella de vino, por bueno que sea.

—No, no es eso lo que quiero decir. Tiene un nombre... ¿firma de calor? ¿Te parece correcto?

Ella cerró un ojo, pensando, y luego se encogió de hombros.

—Tal vez. ¿Por qué?

—Tú tienes una.

Se miró a sí misma entornando los ojos.

—No. Dos. Dos, sin lugar a dudas.

No estaba borracho, ni ella tampoco, pero fuera lo que fuese lo que les sucedía era muy divertido.

—Una firma de calor —dijo Roger y, alargando el brazo, la cogió de la mano. Estaba bastante más caliente que la de él, y tenía la certeza de que sentía palpitar despacio el calor de sus dedos, aumentando y disminuyendo con el latido de su corazón—. Podría encontrarte en medio de una multitud con los ojos vendados. Resplandeces en la oscuridad.

Brianna dejó la copa, se dejó caer de su silla y se detuvo de rodillas entre las piernas de Roger, sin tocar el cuerpo de él con el suyo. En efecto, resplandecía. Si cerraba los ojos, Roger podía ver su brillo a través de la camisa blanca que llevaba.

Levantó su copa y la apuró.

—Es un vino estupendo. ¿Dónde lo has comprado?

—No lo he comprado. Lo ha traído Rob. Como gesto de gratitud por dejarle copiar las canciones, dijo.

—Es un tipo simpático —repuso él con generosidad. En ese momento, lo pensaba de verdad.

Brianna se estiró para coger la botella de vino y vertió lo que quedaba en la copa de Roger. Acto seguido volvió a sentarse sobre los talones y lo miró con ojos de búho, apretando la botella vacía contra su pecho.

—Oye. Me debes algo.

—El estrellato —le aseguró él, muy serio, haciéndola reír.

—No —replicó ella recuperando la calma—. Dijiste que si traía a casa el casco, me dirías qué estabas haciendo con aquella botella de champán. Me refiero a lo de soplar.

—Ah.

Roger se quedó pensando unos instantes. Si se lo contaba, cabía la posibilidad de que lo atizara con la botella de vino, pero, a fin de cuentas, un trato era un trato, e imaginarla desnuda, salvo por el casco, irradiando calor en todas direcciones, bastaba para hacer que un hombre mandara la precaución al carajo.

—Estaba intentando ver si podía obtener el tono exacto de los ruidos que haces cuando hacemos el amor y estás a punto de... eeh... de... Es algo intermedio entre un gemido y un murmullo muy grave.

Ella abrió un poco la boca y un poco más los ojos. La punta de su lengua era de un rojo oscuro.

—Me parece que es *fa* por debajo de *do* central —concluyó a toda prisa.

Ella parpadeó.

—Estás de broma.

—No.

Cogió su copa a medio beber y la inclinó apenas, de modo que el borde tocó el labio de ella. Brianna cerró los ojos y bebió, despacio. Roger le acomodó el cabello detrás de la oreja, recorriendo lentamente con el dedo toda la longitud de su cuello mientras observaba cómo se movía su garganta al tragar. Acarició con la punta del dedo el fuerte arco de su clavícula.

—Te estás calentando —susurró ella sin abrir los ojos—. La segunda ley de la termodinámica.

—¿Qué dice? —preguntó Roger bajando también la voz.

—La entropía de un sistema aislado que no está en equilibrio tiende a aumentar, alcanzando un máximo cuando está en equilibrio.

—¿Ah, sí?

—Ajá. Por eso un cuerpo caliente cede calor a otro más frío hasta que alcanzan la misma temperatura.

—Sabía que debía de haber un motivo. —El piso superior estaba en silencio, por lo que su voz se oía fuerte, a pesar de que hablaba en susurros.

De repente, ella abrió los ojos, a escasos centímetros de los suyos, y sintió en la mejilla su aliento de arándanos negros, tan caliente como su piel. La botella golpeó la alfombra del salón con un sonido sordo y suave.

—¿Quieres que probemos un *mi* bemol?

48

Henry

14 de junio de 1777

Le había prohibido a Dottie que lo acompañara. No estaba seguro de con qué se iba a encontrar. Sin embargo, llegado el momento, se quedó sorprendido. La dirección que le habían indicado era una calle modesta de Germantown, pero la casa, aunque no muy grande, era espaciosa y estaba muy cuidada.

Llamó a la puerta y lo recibió una joven africana de rostro agradable, vestida de pulcro percal, que abrió mucho los ojos al verlo. Había pensado que sería mejor no ir uniformado, aunque había hombres con el uniforme británico aquí y allá en las calles, prisioneros en libertad condicional, quizá, o soldados que llevaban comunicaciones oficiales. En su lugar, se había puesto un buen traje color verde oscuro y su mejor chaleco, que era de seda china dorada, bordado con caprichosas mariposas. Sonrió y la mujer le sonrió a su vez y se cubrió la boca con la mano para ocultarla.

—¿En qué puedo ayudarlo, señor?

—¿Está su amo en casa?

Ella se echó a reír, suavemente y con auténtico regocijo.

—Que Dios lo bendiga, señor, no tengo amo. La casa es mía.

Él parpadeó, desconcertado.

—Tal vez me hayan orientado mal. Estoy buscando a un soldado británico, el capitán vizconde Asher, Henry Grey, se llama. Un prisionero de guerra británico.

Ella bajó la mano y se lo quedó mirando con unos ojos como platos. Luego, su sonrisa regresó, lo bastante amplia como para mostrar dos dientes empastados en oro al fondo de la boca.

—¡Henry! Bueno, ¿por qué no lo ha dicho antes, señor? ¡Pase, pase!

Y antes de que pudiera apoyar el bastón en el suelo, lo hizo pasar rápidamente, subir una estrecha escalera y entrar en un pulcro cuartito, donde encontró a su sobrino Henry, tendido de espaldas y desnudo de cintura para arriba, con un hombrecillo narigudo vestido de negro que le palpaba la barriga, surcada de un montón de cicatrices de aspecto brutal.

—Le ruego que me disculpe. —Atisbó por encima del hombro del hombre narigudo y saludó con la mano con precaución—. ¿Cómo estás, Henry?

Henry, que, hasta entonces, había mantenido los ojos clavados en el techo con un gesto tenso, lo miró, apartó la mirada, volvió a mirarlo y, después, se sentó de golpe, movimiento que le arrancó al personaje narigudo una exclamación de protesta y a Henry un grito de dolor.

—Oh, Dios, Dios, Dios. —Henry se dobló en dos, agarrándose el vientre con los brazos y con el rostro crispado de dolor.

Grey lo agarró por los hombros, e intentó con cuidado que volviera a acostarse.

—Henry, querido. Perdóname, no quería...

—¿Y usted quién es, señor? —preguntó el narigudo, muy enfadado, mientras se ponía en pie y se enfrentaba a Grey con los puños apretados.

—Soy su tío —le informó Grey escuetamente—. ¿Quién es usted, señor? ¿Un médico?

El hombrecillo se irguió con dignidad.

—Claro que no, señor. Soy un zahorí. Joseph Hunnicutt, señor, zahorí profesional.

Henry seguía doblado por la mitad, jadeando, pero se diría que iba recuperando un poco el aliento. Grey le tocó la espalda desnuda con suavidad. Tenía la piel tibia, un poco sudorosa, pero no parecía tener fiebre.

—Lo siento, Henry —manifestó—. ¿Crees que sobrevivirás?

Henry, dicho sea en su honor, logró soltar una resollante carcajada.

—Pasará —dijo con esfuerzo—. Tan sólo... tardaré... un minuto.

La mujer negra de cara agradable se asomaba a la puerta mirando a Grey con ojos penetrantes.

—Este hombre dice que es tu tío, Henry. ¿Es cierto?

Él asintió, jadeando ligeramente.

—Lord John... Grey. Te presento a la señora Mercy Wood... cock.

Grey le dirigió una puntillosa reverencia, sintiéndose algo ridículo.

—Su más seguro servidor, señora. Y suyo, señor Hunnicutt —añadió, cortés, mientras volvía a inclinarse—. ¿Puedo preguntarte —dijo irguiéndose— por qué un zahorí te está palpando el abdomen, Henry?

—Vaya pregunta, para encontrar el pedazo de metal que le está causando problemas a este pobre joven, por supuesto —repuso el señor Hunnicutt, mirando por encima de su larga nariz, pues era bastantes centímetros más bajo que Grey.

—Yo lo he llamado, señor... su señoría, quiero decir. —La señora Woodcock había entrado ya en la habitación y lo estaba mirando con una débil expresión de disculpa—. Los cirujanos no tuvieron suerte y tenía mucho miedo de que la próxima vez lo mataran.

Para entonces Henry había conseguido enderezar el cuerpo. Grey lo ayudó a echarse poco a poco hacia atrás hasta apoyar la cabeza en la almohada, pálido y sudoroso.

—No podría soportarlo de nuevo —declaró cerrando por un instante los ojos—. No puedo.

Con el estómago de Henry completamente expuesto a la vista y ahora que tenía ocasión de observarlo con tranquilidad, Grey pudo ver las arrugadas cicatrices de dos heridas de bala y las cicatrices, más largas y de bordes limpios, practicadas por un médico al abrir en busca del metal. Tres. El propio Grey tenía cinco de esas cicatrices que le cruzaban la parte izquierda del pecho, por lo que tocó la mano de su sobrino con gesto comprensivo.

—¿Es absolutamente necesario extraer la bala, o las balas? —preguntó mirando a la señora Woodcock—. Si ha sobrevivido hasta ahora, tal vez esté alojada en un lugar donde...

Pero la señora Woodcock agitó la cabeza con decisión.

—No puede comer —dijo sin rodeos—. No puede tragar nada que no sea sopa, y no mucha. No era más que piel y huesos cuando me lo trajeron —explicó señalando a Henry—. Y, como puede ver, no es que ahora sea mucho más.

No lo era. Henry se parecía más a su madre que a su padre, por lo que solía tener las mejillas coloradas y una complexión bastante fornida. En esos momentos, no había ni rastro de ambos rasgos. Se le marcaban claramente todas las costillas, tenía el vientre tan hundido que los huesos de las caderas sobresalían protuberantes bajo la sábana de lino, y su rostro tenía el mismo color de la sábana, con profundos círculos violáceos bajo los ojos.

—Entiendo —repuso Grey despacio. Miró al señor Hunnicutt—. ¿Ha conseguido localizar algo?

—Bueno, sí —contestó el zahorí e, inclinándose sobre el cuerpo de Henry, puso un fino dedo sobre la barriga del joven con suavidad—. Una, por lo menos. De la otra no estoy tan seguro, todavía.

—Te lo dije, Mercy, no servirá de nada. —Los ojos de Henry seguían cerrados, pero levantó apenas la mano y la señora Woodcock la tomó entre las suyas con una naturalidad que hizo parpadear a Grey—. Aunque este hombre estuviera seguro... no puedo volver a hacerlo. Prefiero morirme. —A pesar de lo débil que estaba, hablaba con absoluta convicción, y Grey reconoció la terquedad de la familia.

El bonito rostro de la señora Woodcock estaba crispado en un gesto de preocupación. Pareció notar que los ojos de Grey estaban fijos en ella, pues lo miró por unos instantes. Lord John no cambió de expresión, y ella alzó ligeramente la barbilla mirándolo con algo muy parecido al orgullo, al tiempo que sostenía aún la mano de Henry.

«Así que eso es lo que hay, ¿eh? —pensó Grey—. Vaya, vaya.» Tosió, y Henry abrió los ojos.

—Que sea lo que Dios quiera, Henry —manifestó—. Te agradecería que no te murieras antes de que pueda traer a tu hermana a despedirse de ti.

49

Reservas

1 de julio de 1777

Los indios lo tenían preocupado. El general Burgoyne los encontraba encantadores. Pero el general Burgoyne escribía obras de teatro.

«No es que yo lo tenga por fantasioso —escribía lentamente William en la carta que estaba redactando para su padre, mientras se esforzaba por expresar con palabras sus reservas— o que sospeche que él no aprecia la naturaleza esencial de los indios con los que trata. La aprecia mucho. Pero recuerdo que hablé con el señor Garrick en Londres en una ocasión y que se refirió al escritor teatral como a un pequeño dios que dirige los actos de sus creaciones, ejerciendo total control sobre ellos. La señora Cowley objetó, diciendo que es un engaño suponer que el creador controle sus creaciones y que todo intento de ejercer tal control ignorando la verdadera naturaleza de dichas creaciones está condenado al fracaso.»

Se detuvo, mordisqueando la pluma con la sensación de que se había acercado al meollo de la cuestión sin alcanzarlo del todo.

«Creo que el general Burgoyne no acaba de entender la independencia de mente y el propósito que...» No, no era eso. Tachó la frase y mojó la pluma en el tintero para volver a intentarlo. Le dio vueltas a una frase en la cabeza, la rechazó, hizo lo mismo con otra y acabó abandonando la búsqueda de elocuencia en favor de descargarse la mente sin más. Era tarde, había caminado más de treinta kilómetros ese día, y tenía sueño.

«Cree que puede utilizar a los indios como un instrumento, y me parece que se equivoca.» Se quedó mirando la frase por unos instantes y negó con la cabeza pensando que resultaba demasiado directa, pero no se le ocurría nada mejor, y no podía malgastar más tiempo en el esfuerzo. Su cabo de vela casi se había consumido. Consolándose con la idea de que, a fin de cuentas, su padre conocía a los indios y que probablemente conocía al general Burgoyne mucho mejor que él, se apresuró a firmar la carta, la salpicó de arena, la secó con papel secante y la selló y, después, se dejó caer en la cama y se sumió en un sueño tranquilo.

Sin embargo, la sensación de inquietud en relación con los indios no lo abandonó. No era que no le agradaran. De hecho, disfrutaba en su compañía y salía de vez en cuando de caza con algunos de ellos o pasaba con ellos alguna velada, bebiendo cerveza y contando historias alrededor del fuego.

—Lo que ocurre —le dijo una noche a Balcarres cuando regresaban de una cena que el general había celebrado para su Estado Mayor, en la que había corrido particularmente el vino— es que no leen la Biblia.

—¿Quiénes? Espera. —El mayor Alexander Lindsay, sexto conde de Balcarres, extendió un brazo para evitar un árbol al pasar y, agarrándose con una sola mano para mantener el equilibrio, buscó a tientas sus pantalones.

—Los indios.

Estaba oscuro, pero Sandy volvió la cabeza y William acertó justo a ver un ojo que se cerraba despacio mientras se esforzaba por fijar el otro en él. Habían bebido mucho con la comida, y había varias señoras presentes, lo que incrementaba la sociabilidad.

Balcarres se concentró en orinar y luego exhaló, aliviado, y cerró ambos ojos.

—No —repuso—. La mayoría no la leen. —Parecía que quería dejar el tema ahí, pero William pensó, también con la mente más desorganizada de lo habitual, que a lo mejor no se había explicado bien.

—O sea —dijo tambaleándose ligeramente cuando una ráfaga de aire irrumpió entre los árboles—, el centurión. Ya sabes. Dice «adelante» y los soldados avanzan. Le dices a un indio «adelante» y puede que avance o puede que el condenado no avance, según le atraiga la perspectiva.

Balcarres se concentraba ahora en el esfuerzo de abrocharse los pantalones, por lo que no contestó.

—Quiero decir que no aceptan órdenes —amplió William.

—Ya. No, no aceptan órdenes.

—Pero ¿tú les das órdenes a tus indios? —Quería afirmarlo, pero no le salió.

Balcarres mandaba un regimiento dc infantería ligera, pero también tenía un grupo numeroso de *rangers*, muchos de los cuales eran indios. Él mismo se vestía a menudo como si lo fuera.

—Pero tú eres escocés.

Balcarres había conseguido abrocharse los pantalones y se encontraba ahora en medio del camino, mirando a William de reojo.

—Estás borracho, Willie. —No lo dijo en tono acusatorio, sino más bien en el tono complacido de quien ha hecho una deducción útil.

—Sí. Pero estaré sobrio por la mañana y tú seguirás siendo escocés.

Eso les pareció gracioso a los dos y caminaron juntos un trecho tambaleándose, repitiendo la broma a intervalos y chocando el uno contra el otro. Por simple casualidad, llegaron primero a trompicones a la tienda de William, por lo que éste invitó a Balcarres a tomarse con él una copa de *negus* antes de irse a la cama.

—Asien... ta el estómago —dijo evitando por los pelos caerse de cabeza en su baúl de campaña mientras buscaba copas y botellas—. Hace que duermas mejor.

Balcarres había conseguido encender la vela y la sostenía sentado, mientras sus ojos muy abiertos parpadeaban bajo la luz. Tomó un sorbo del *negus* que William le ofrecía cuidadosamente, con los ojos cerrados, como para saborearlo, y luego los abrió de repente.

—¿Qué tiene que ver el hecho de ser escocés con leer la Biblia? —preguntó después de que esa observación regresara de golpe a su cabeza—. ¿Me estás llamando pagano? Mi abuela es escocesa y lee la Biblia sin parar. También yo la he leído. Algunos fragmentos —añadió, y tragó el resto de su copa.

William frunció el ceño intentando recordar qué demonios...

—Ah —dijo—. La Biblia no. Los indios. Qué testarudos son los puñeteros. No avanzan. Los escoceses tampoco avanzan cuando se lo ordenas, o no siempre. Pensé que tal vez fuera ése el motivo. El motivo por el que a ti te escuchaban —añadió como si se le hubiera ocurrido en el último momento—. Tus indios.

A Balcarres eso también le pareció gracioso, pero cuando ya hacía rato que había dejado de reír, negó lentamente con la cabeza de un lado a otro.

—Es... ¿sabes el caballo?

—Sé de muchos caballos. ¿Cuál de ellos?

Balcarres escupió una pequeña cantidad de *negus* y se limpió la barbilla.

—Un caballo —repitió mientras se secaba la mano en los pantalones—. No puedes obligarlo a hacer lo que quieras. Ves lo que va a hacer y entonces le dices que lo haga y crees que es idea tuya, de modo que la próxima vez que le mandas algo, es más probable que lo haga.

—Ah. —William consideró detenidamente las palabras que acababa de oír—. Sí.

Bebieron un rato en silencio reflexionando acerca esa profunda idea. Por fin, tras contemplar durante largo tiempo su copa, Balcarres levantó la vista.

—¿Quién crees que tiene mejores tetas? —preguntó con seriedad—, ¿la señora Lind o la baronesa?

50

Éxodo

Fuerte Ticonderoga
27 de junio de 1777

La señora Raven estaba empezando a preocuparme. La encontré esperándome al amanecer en el exterior de los barracones con aspecto de haber dormido vestida, con los ojos vacíos, pero tremendamente brillantes. No me dejaba ni a sol ni a sombra, pegada a mis talones durante todo el día, hablando sin parar, y su conversación, que por lo general se centraba, al menos en principio, en los pacientes que atendíamos y la logística inevitable de la vida cotidiana en un fuerte, comenzó a desviarse de los estrechos confines del presente.

Al principio no se trataba más que de alguna que otra reminiscencia de su anterior vida de casada en Boston. Su primer marido era pescador, y ella había criado dos cabras cuya leche vendía por las calles. No me importaba oírla hablar de las cabras, llamadas *Patsy* y *Petunia*. Yo misma había conocido a unas cuantas cabras dignas de recuerdo, en particular un macho cabrío llamado *Hiram*, al que le había curado una pata rota.

No era que no me interesasen las observaciones que lanzaba al azar acerca de su primer marido. En todo caso, eran demasiado interesantes. Al parecer, cuando estaba en tierra, el difunto señor Evans era un borracho violento (lo que no era en modo alguno poco habitual), con tendencia a cortarle las orejas y la nariz a la gente que no le gustaba (y eso era ya algo más particular).

—Clavaba las orejas en el dintel de la puerta de mi cabrería —me contó la señora Evans en el mismo tono en que podría haber descrito su desayuno—. Muy arriba, para que las cabras no pudieran alcanzarlas. Se arrugan al sol, ¿sabe?, como champiñones secos.

—Ah —repuse.

Pensé señalarle que ese pequeño problema se evitaba ahumando la oreja cortada, pero lo pensé mejor. Ignoraba si Ian seguía llevando la oreja de un abogado en su escarcela, aunque estaba razonablemente segura de que no acogería con agrado el interés entusiasta de la señora Raven por ella, de plantearse la situación. Tanto él como Jamie desaparecían del mapa en cuanto la veían llegar, como si se tratase de la peste.

—Dicen que los indios descuartizan a sus prisioneros —mencionó ella bajando la voz, como si estuviera contándome un secreto—. Primero los dedos, articulación por articulación.

—Qué asco —contesté—. ¿Podría ir al dispensario y traerme una bolsa de hilas limpias, por favor?

Se marchó, obediente como siempre, pero me pareció oírla murmurar para sí cuando se alejaba. Conforme pasaban los días y la tensión en el fuerte aumentaba, me convencí de ello.

Sus cambios de tema eran cada vez más marcados, y más bruscos. Ahora transitaba del distante pasado de su infancia idealizada en Maryland a un futuro igualmente lejano, no poco espeluznante, en el que o bien el ejército británico nos había matado a todos o nos habían capturado los indios, con consecuencias que iban desde la violación hasta el desmembramiento, procedimientos a menudo ejecutados de manera simultánea, a pesar de que le dije que pensaba que la mayoría de los hombres carecían tanto de la concentración como de la coordinación necesarias para ello. Aún era capaz de concentrarse en algo que tuviera justo delante, pero no durante mucho tiempo.

—¿No podrías hablar con su marido? —le pregunté a Jamie, que había venido al anochecer para decirme que la había visto caminando penosamente en círculos alrededor de la gran cisterna próxima a la plaza de armas mientras cantaba en voz baja.

—¿Crees que no se ha dado cuenta de que su mujer se está volviendo loca? —contestó—. Si es que no, dudo que aprecie que se lo digan. Y si lo ha hecho —añadió con lógica—, ¿qué esperas que haga al respecto?

En efecto, nadie podía hacer gran cosa por ella, salvo no quitarle los ojos de encima e intentar aplacar sus más vívidas fantasías o, al menos, impedir que hablara de ellas a los pacientes más impresionables.

A medida que pasaban los días, las excentricidades de la señora Raven no me parecieron más acusadas que la ansiedad de la mayoría de los habitantes del fuerte, en especial de las mujeres, que no podían hacer más que atender a sus hijos, lavar la ropa —en el lago, bajo estrecha vigilancia, o en grupitos alrededor de unos calderos humeantes— y esperar.

Los bosques no eran seguros. Unos días antes habían encontrado a no más de un kilómetro y medio del fuerte a dos guardias de un piquete muertos y con la cabellera arrancada. Ese macabro descubrimiento había tenido un efecto espantoso en la señora Raven, pero no puedo decir que no afectara también a mi propia entereza. Ya no podía otear desde las baterías con la misma sensación de placer ante aquella extensión infinita de denso verdor; ahora, el mismísimo vigor del bosque parecía una amenaza. Aún quería ponerme ropa limpia, pero sentía un hormigueo en la piel y se me ponía la carne de gallina cada vez que abandonaba el fuerte.

—Trece días —dije deslizando el pulgar por la jamba de la puerta de nuestra estancia. Sin comentarios, Jamie había hecho en ella una marca por cada día del período de alistamiento y, todas las noches antes de acostarse, tachaba el día transcurrido—. ¿Hacías marcas en la jamba cuando estabas en la cárcel?

—En el Fuerte William y en la Bastilla, no —respondió tras pensárselo—. En Ardsmuir... sí, entonces las hacíamos. No había ningún plazo que contar, pero... uno pierde mucho, muy deprisa. Parecía importante agarrarse a algo, aunque no fuera más que al día de la semana.

Se situó a mi lado, mirando la jamba y su larga línea de pulcras marcas.

—Creo que habría tenido la tentación de escapar, de no ser por la marcha de Ian.

Eso no era nada que yo misma no hubiera pensado, o nada que no supiera que él pensaba. Se hacía evidente por segundos que el fuerte no podría soportar el ataque de unas fuerzas de la envergadura de las que estaban en camino. Los exploradores regresaban cada vez más a menudo con información sobre el ejército de Burgoyne, y aunque los hacían pasar enseguida a la oficina del comandante y los hacían volver a salir del fuerte con idéntica prontitud, al cabo de una hora todo el mundo estaba al tanto de las noticias que habían traído, muy pocas hasta el momento, pero esas pocas, alarmantes. Sin embargo, Arthur St. Clair no podía resolverse a ordenar la evacuación del fuerte.

—Sería una mancha en su expediente —me explicó Jamie con una inexpresividad en el tono que traicionaba su enfado—. No puede soportar que le digan que perdió Ticonderoga.

—Pero lo perderá —repliqué—. Va a perderlo, ¿verdad?

—Sí. Aunque si lucha y lo pierde, es una cosa. Luchar y perderlo ante un ejército superior resulta honorable. Pero ¿abandonarlo al enemigo sin luchar? No puede hacerse a la idea. Aun así no es mala persona —añadió, pensativo—. Volveré a hablar con él. Todos volveremos a hablar con él.

«Todos» eran los oficiales de la milicia, que podían permitirse hablar con franqueza. Muchos de los oficiales del ejército regular compartían los sentimientos de la milicia, pero la disciplina les impedía a la mayoría de ellos hablarle a St. Clair sin rodeos.

Tampoco yo creía que Arthur St. Clair fuera mala persona, ni estúpido. Él sabía, tenía que saber, cuál sería el coste de la lucha. O el coste de la rendición.

—Está esperando a Whitcomb, ¿sabes? —observó Jamie en tono informal—. Esperando que él le diga que Burgoyne no tiene una artillería propiamente dicha.

Era cierto que el fuerte podía resistir tácticas de sitio estándar. La comida y las provisiones habían ido llegando en abundancia desde el campo circundante, y Ticonderoga tenía aún algunas defensas de artillería y el pequeño fuerte de madera del monte Independencia, así como una guarnición importante bien provista de pólvora y mosquetes. Sin embargo, no podría resistir el asedio de una artillería potente apostada en el monte Desafío. Jamie había estado allí arriba y me había dicho que, desde lo alto, se veía todo el interior del fuerte, y que, por tanto, éste podía ser blanco del fuego de artillería a discreción del enemigo.

—No es posible que se lo crea, ¿verdad?

—No, pero está claro que tampoco va a decidirse hasta tener la certeza. Y ninguno de los exploradores le ha traído hasta ahora nada seguro.

Suspiré y me apreté el pecho con una mano enjugándome un cosquilleo de sudor.

—No puedo dormir aquí dentro —dije de golpe—. Es como dormir en el infierno.

Eso lo cogió por sorpresa y lo hizo reír.

—Claro, a ti te da igual —espeté, bastante enfadada—. Mañana dormirás bajo la lona.

La mitad de la guarnición iba a trasladarse a unas tiendas en el exterior del fuerte, pues lo mejor era estar fuera y tener capacidad para maniobrar, por si Burgoyne se aproximaba.

Venían los británicos. A qué distancia estaban, cuántos hombres tenían y si estaban bien armados, no se sabía.

Benjamin Whitcomb había ido a averiguarlo. Whitcomb era un hombre larguirucho con marcas de viruela de unos treinta y tantos años, uno de los hombres conocidos como *long hunters*, que podían pasarse, y de hecho se pasaban, semanas en medio de la nada, viviendo de la tierra. No eran hombres sociables, pues no estaban acostumbrados a la civilización, pero eran muy apreciados. Whitcomb era el mejor de los exploradores de St. Clair. Había cogido a cinco hombres y se había marchado a buscar al ejército principal de Burgoyne. Yo tenía la esperanza de que regresaran antes de que terminara el período de alistamiento. Jamie querría haberse marchado —y también yo, con todas mis fuerzas—, pero estaba claro que no podíamos irnos sin Ian.

De pronto Jamie dio media vuelta y volvió a entrar en nuestra habitación.

—¿Qué necesitas?

Estaba rebuscando en el pequeño baúl para mantas que contenía nuestra escasa ropa de recambio y los artículos que habíamos ido recogiendo desde que llegamos al fuerte.

—El kilt. Si he de presentarle una petición a St. Clair, lo mejor será que lo haga de manera formal.

Lo ayudé a vestirse y le cepillé y le trencé el pelo. No llevaba un abrigo adecuado, pero por lo menos sí llevaba ropa limpia, además de su puñal, e incluso en mangas de camisa tenía un aspecto impresionante.

—Hace semanas que no te veía con el kilt —señalé admirándolo—. Estoy segura de que le causarás muy buena impresión al general, incluso sin faja rosa.

Sonrió y me dio un beso.

—No servirá de nada —repuso—, pero no estaría bien no intentarlo.

Lo acompañé a la casa del general St. Clair, al otro lado del patio de armas. Sobre el lago se estaban levantando masas de cúmulos, negras como el carbón frente al cielo abrasador, y percibí el olor del ozono en el aire. Parecía un buen augurio.

Pronto. Con eso estaba todo dicho. Pronto. Los rumores e informes fragmentarios que volaban como palomas por el fuerte, el aire bochornoso, casi irrespirable, el *bum* ocasional de los cañones que hacían prácticas de tiro a lo lejos —esperábamos que fueran prácticas de tiro— desde la lejana posición de los piquetes conocida como las «viejas líneas francesas».

Todo el mundo estaba inquieto, sin poder dormir a causa del calor a menos que estuvieran borrachos. Yo no estaba borracha, estaba inquieta. Hacía ya más de dos horas que Jamie se había marchado y deseaba tenerlo conmigo. No porque me importara lo que St. Clair tuviera que decirle a la milicia. Pero entre el calor y el agotamiento, llevábamos más de una semana sin hacer el amor, y empezaba a sospechar que el tiempo se acababa. Si en los próximos días nos veíamos obligados a luchar o a salir huyendo, sólo el cielo sabía cuándo volveríamos a tener un momento de intimidad.

Había estado paseando alrededor de la plaza de armas sin dejar de vigilar la casa de St. Clair, de modo que, cuando lo vi salir por fin, me dirigí a su encuentro, caminando despacio para permitirle que se despidiera de los demás oficiales que habían salido con él. Permanecieron juntos unos momentos, y sus hombros caídos y sus cabezas ladeadas con gesto irritado me dijeron que el resultado de sus protestas había sido justo el que Jamie había predicho.

Se alejó a paso lento con las manos a la espalda, la cabeza baja, pensativo. Me uní a él en silencio e introduje mi mano en la curva de su codo, y él me miró, sorprendido pero sonriente.

—Es tarde para estar fuera, Sassenach. ¿Te pasa algo?

—En absoluto —contesté—. Simplemente me ha parecido que era una bonita noche para dar un paseo por un jardín.

—Por un jardín —repitió él lanzándome una mirada de soslayo.

—Por el jardín del comandante, para ser exactos —le dije, y me toqué el bolsillo del delantal—. Tengo... ejem... tengo la llave.

Dentro del fuerte había varios jardincitos, la mayoría de ellos, prácticas parcelas para la producción de hortalizas. Sin

693

embargo, el jardín simétrico que había detrás de la residencia del comandante lo habían diseñado los franceses muchos años antes y, aunque desde entonces lo habían descuidado y lo habían invadido las semillas de hierbajos arrastradas por el viento, tenía un aspecto bastante interesante, pues estaba cercado por un muro alto y tenía una puerta que podía cerrarse con llave.

Le había quitado la llave con todas las precauciones ese mismo día al cocinero del general St. Clair, que había venido a verme con el fin de que le hiciera un lavado de garganta. Se la devolvería cuando lo visitara a la mañana siguiente para echar un vistazo a sus anginas.

—Ah —repuso Jamie con aire pensativo, y dio media vuelta, complaciente, poniendo rumbo a la casa del comandante.

La puerta se encontraba en la parte trasera, donde no se veía. Nos deslizamos a toda prisa por el caminito que discurría junto al muro del jardín mientras el soldado que montaba guardia delante de la casa de St. Clair hablaba con un transeúnte. Cerré la puerta detrás de nosotros sin hacer ruido, cerré con llave, me la metí en el bolsillo y me eché en brazos de Jamie.

Él me besó despacio y, después, levantó la cabeza y me miró.

—Pero voy a necesitar un poco de ayuda.

—Eso puede arreglarse —le aseguré. Le puse una mano en la rodilla, donde el kilt se le había arremangado dejando la carne al descubierto, y lo acaricié con suavidad con el pulgar, disfrutando del tacto áspero de los pelos de su pierna—. Humm... ¿pensabas en algún tipo de ayuda en particular?

A pesar de que se había lavado meticulosamente, percibía su olor, el sudor seco de su esfuerzo sobre la piel, sazonado con polvo y pedazos de madera. Sabría igual, dulce y salado y fuerte.

Deslicé la mano muslo arriba por debajo del kilt, notando que se agitaba y flexionaba la pierna, mientras sentía la repentina estría del músculo suave bajo mis dedos. Sin embargo, para mi sorpresa, me detuvo, agarrándome la mano por encima de la tela.

—Creía que querías ayuda —observé.

—Acaríciate, *a nighean* —me dijo en voz baja.

Eso era un poco desconcertante, sobre todo teniendo en cuenta que nos encontrábamos en un jardín lleno de maleza a no más de seis metros de un callejón muy frecuentado por hombres de la milicia que buscaban un lugar tranquilo para emborracharse. Pero aun así... Apoyé la espalda contra el muro y, dócil, me levanté la camisa por encima de la rodilla. La sostuve ahí, mientras me acariciaba con delicadeza la piel de la cara interior del muslo, que era realmente muy suave. Deslicé la otra mano por la línea del corsé, hacia arriba, donde mis pechos se apretaban contra la fina y húmeda tela de algodón.

Tenía los ojos cargados; estaba aún medio ebrio de cansancio, pero se iba despabilando por momentos. Emitió un leve ruido interrogativo.

—¿No has oído nunca eso de lo que vale para ti también vale para mí? —pregunté jugueteando con aire pensativo con el cordón del escote de mi camisa.

—¿Qué? —Aquello lo había hecho salir de la bruma. Estaba totalmente despierto, con los ojos enrojecidos abiertos de par en par.

—Ya me has oído.

—Quieres que... que...

—Sí.

—¡No podría hacerlo! ¿Delante de ti?

—Si yo puedo hacerlo delante de ti, sin duda tú puedes devolverme el favor. Claro que si prefieres que no siga... —Dejé caer la mano que sujetaba el cordón, despacio. Me detuve, moviendo muy suavemente el pulgar adelante y atrás, adelante y atrás, sobre mi pecho como si fuera la manecilla de un metrónomo. Podía sentir el pezón, redondo y duro como una bala de mosquete. Debía de verse a través de la tela, incluso con aquella luz.

Oí cómo Jamie tragaba saliva.

Le sonreí y dejé que mi mano cayera un poco más lejos, agarré el borde de mi falda y me detuve, arqueando una ceja.

Como hipnotizado, se inclinó y cogió el bajo del kilt.

—Buen chico —murmuré apoyándome en una mano.

Levanté una rodilla, planté el pie contra el muro y permití que la falda se deslizara sobre mi muslo, dejándolo al descubierto. Alargué la mano.

Él masculló algo en gaélico. No sabría decir si fue una observación sobre la perspectiva inminente que tenía por delante o si estaba encomendando su alma al Señor. En cualquier caso, se remangó el kilt.

—¿Qué quieres decir con eso de que necesitas ayuda? —le pregunté, mirándolo.

Él emitió un ruidito apremiante, indicando que continuara, y lo hice.

—¿Qué estás pensando? —le pregunté al cabo de un rato, fascinada.

—No estoy pensando.

—Sí que lo estás haciendo. Lo veo en tu cara.

—No quieres saberlo. —El sudor comenzaba a brillar sobre sus pómulos. Sus ojos se habían convertido en rendijas.

—Oh, sí, claro que quiero. Oh, espera. Si estás pensando en alguien que no soy yo, no quiero saberlo.

Al oírme decir eso, abrió los ojos y me lanzó una mirada que se clavó directamente entre mis piernas temblorosas. No se detuvo.

—Oh —dije, también yo con el aliento entrecortado—. Bueno... entonces, cuando puedas volver a hablar, sí me gustaría saberlo.

Siguió mirándome y su forma de mirar me pareció ahora muy parecida a la de un lobo que observa a una oveja bien alimentada. Me removí un poco contra el muro y ahuyenté con la mano una nube de mosquitos. Jamie respiraba deprisa, y yo podía oler su sudor, fuerte y acre.

—Tú —dijo, y vi moverse su garganta como si tragase saliva. Me apuntó con el dedo índice de su mano libre—. Ven aquí.

—Yo...

—Ahora.

Fascinada, me aparté del muro y di dos pasos hacia él. Antes de que pudiera abrir la boca, él se agitó y una mano grande y caliente me agarró de la nuca. Me encontré tumbada de espaldas entre hierbas altas y mapacho, con Jamie firmemente hincado en mi interior, cubriéndome la boca con la mano (buena idea, me apercibí apenas, pues unas voces se acercaban por el callejón, del otro lado del muro del jardín).

—Si juegas con fuego, te puedes quemar, Sassenach —me susurró al oído.

Me tenía clavada como una mariposa y, sujetándome con fuerza las muñecas, me impedía moverme, a pesar de que me debatía y me retorcía bajo su cuerpo, resbaladiza y desesperada. Muy despacio, bajó, descansando todo su peso sobre mí.

—Quieres saber qué estaba pensando, ¿verdad? —me murmuró al oído.

—¡Mmm!

—Bueno, te lo diré, *a nighean*, pero... —Hizo una pausa para lamerme el lóbulo de la oreja.

—¡Nng!

Sentí el calor de la mano que oprimía con mayor fuerza mi boca. Ahora, las voces estaban lo bastante cerca como para distinguir lo que decían. Era un grupito de jóvenes milicianos medio bebidos que iban en busca de prostitutas. Los dientes de Jamie se cerraron con delicadeza sobre mi oreja y comenzó a mordisqueármela con cuidado, haciéndome cosquillas con su cálido aliento. Forcejeé como una loca, pero él no cedió.

Le aplicó a mi otra oreja el mismo concienzudo tratamiento antes de que los hombres se hubieran alejado lo bastante como para no oírnos. Luego me besó la nariz y por fin retiró la mano de mi boca.

—Ah. Bueno, ¿por dónde iba? Ah, sí... querías saber qué estaba pensando.

—He cambiado de idea. —Jadeaba, con el aliento entrecortado tanto por el peso que tenía sobre el pecho como a causa del deseo, ambos considerables.

Jamie profirió un gruñido típicamente escocés que indicaba lo mucho que se estaba divirtiendo y me sujetó con más fuerza las muñecas.

—Has empezado tú, Sassenach, pero lo terminaré yo. —Dicho lo cual acercó los labios a mi oreja mojada y me dijo en un lento susurro exactamente lo que estaba pensando sin moverse un ápice mientras lo hacía, salvo para volver a taparme la boca con la mano cuando comencé a insultarlo.

Cuando por fin se movió, todos y cada uno de los músculos de mi cuerpo saltaban como una goma elástica al partirse en dos. Con un súbito movimiento, se alzó sobre sus brazos y se deslizó hacia atrás. Acto seguido, embistió hacia delante con fuerza.

Cuando pude volver a ver y a oír, me di cuenta de que se estaba riendo, aún en equilibrio sobre mí.

—Te he alegrado el cuerpo, ¿eh, Sassenach?

—Eres... —articulé con voz ronca.

Me fallaron las palabras, pero ese juego era cosa de dos. Jamie no se había movido, en parte para torturarme, pero también, y en idéntica proporción, porque no podía. No sin ponerle punto final al juego de inmediato. Contraje mis músculos blandos y húmedos a su alrededor una vez, despacio, con suavidad... luego, otras tres veces, deprisa. Emitió un gratificante ruido y se dejó ir, agitándose y gruñendo, excitando con su latido un eco en mi propia carne. Muy lentamente, bajó, suspirando como una cámara deshinchada, y se tumbó junto a mí respirando despacio, con los ojos cerrados.

—Ahora ya puedes dormir —le dije acariciándole el cabello. Él sonrió sin abrir los ojos, respiró hondo y su cuerpo se relajó asentándose en la tierra.

—La próxima vez, maldito escocés —le susurré al oído—, te diré lo que yo estaba pensando.

—Oh, Dios mío —replicó, y se echó a reír sin hacer ruido—. ¿Recuerdas la primera vez que te besé, Sassenach?

Permanecí tumbada durante algún tiempo, mientras sentía brotar el sudor sobre mi piel y el peso tranquilizador de su cuerpo enroscado y dormido en la hierba junto a mí, hasta que lo recordé por fin.

«Dije que era virgen, no un monje. Si considero que necesito ayuda, te la pediré.»

Ian Murray despertó de un sueño profundo y tranquilo al oír una corneta. *Rollo*, que estaba tumbado junto a él, se incorporó con un profundo y sobresaltado «¡Guau!», y miró a su alrededor buscando la amenaza, irritado.

Ian se puso a su vez rápidamente en pie, con una mano en el cuchillo y la otra sobre el perro.

—Calla —ordenó en voz baja, y *Rollo* se relajó ligeramente, aunque sin dejar de producir un grave y largo gruñido que ningún oído humano podría haber percibido, aunque Ian lo sentía como una vibración constante en el enorme cuerpo, bajo su mano.

Ahora que estaba despierto, los oyó sin dificultad. Una agitación subterránea a través del bosque, tan sumergida como el gruñido de *Rollo* e igual de vibrante. Un grupo muy numeroso de hombres, un campamento, que comenzaba a despertar no muy lejos de allí.

¿Cómo era posible que no se hubiera percatado de su presencia la noche anterior? Olisqueó el aire, pero el viento no venía de la dirección adecuada. No captó ningún olor a humo, aunque ahora, de hecho, lo veía, finos hilos de humo que ascendían contra el pálido cielo del amanecer. Muchas hogueras de campamento. Un campamento muy grande.

Había enrollado la manta mientras escuchaba. Su campamento no constaba de nada más, así que en cuestión de segundos desapareció entre los arbustos, con la manta atada a la espalda y el rifle en la mano, y el perro, enorme y silencioso, pisándole los talones.

51

Llegan los ingleses

Three Mile Point, Colonia de Nueva York
3 de julio de 1777

La mancha oscura de sudor entre los anchos hombros del brigadier Fraser tenía la misma forma que la isla de Man del mapa de la vieja escuela de su infancia. El abrigo del teniente Greenleaf estaba empapado de sudor de arriba abajo, el cuerpo casi negro, y sólo las desteñidas mangas mostraban algún vestigio de rojo.

El abrigo de William estaba menos desteñido —de hecho, estaba vergonzosamente nuevo, con los colores bien vivos—, pero se le adhería de igual modo a la espalda y a los hombros, impregnado con las húmedas exhalaciones de su cuerpo. Su camisa goteaba. Al ponérsela unas horas antes, estaba tiesa de sal, pues el sudor constante de los días anteriores había cristalizado en la tela. Sin embargo, la rigidez había ido desapareciendo conforme salía el sol, bajo una inundación de sudor nuevo.

Mirando la cima de la colina, el brigadier había propuesto ascender a ella. Tenía la esperanza de que en lo alto haría más fresco, pero el esfuerzo del ascenso había dado al traste con toda ventaja de la altura. Habían abandonado el campamento justo después del alba, cuando el frescor del aire era tan delicioso que había deseado correr desnudo por los bosques como un indio, capturar unos cuantos peces en el lago, y comerse una docena para desayunar, rebozados en harina de maíz y fritos, frescos y bien calientes.

Se encontraban en Three Mile Point, así llamado porque se hallaba a tres millas al sur del Fuerte Ticonderoga, algo menos de cinco kilómetros. El brigadier, que mandaba la avanzadilla, había conducido a sus tropas hasta allí y había propuesto subir a un lugar elevado con el teniente Greenleaf, un ingeniero, para comprobar el terreno antes de seguir adelante.

William había sido asignado al brigadier Fraser la semana anterior, con gran alegría por su parte. Fraser era un comandante cordial y sociable, pero no en el mismo sentido que el general Burgoyne. Sin embargo, a William no le habría importado que fuera un auténtico vándalo: iba a estar en primera línea; eso era lo único que le importaba.

Transportaba parte del equipo del ingeniero, además de un par de cantimploras de agua y la cartera del brigadier. Ayudó a colocar el trípode topográfico y sostuvo gustosamente unas varas de medir a intervalos, pero, tras registrar toda la información, terminaron por fin la tarea, y el brigadier, después de haber consultado largo rato con Greenleaf, mandó al ingeniero de vuelta al campamento.

Una vez resuelto el asunto que requería atención inmediata, el brigadier no parecía tener ganas de bajar enseguida, de modo que paseó despacio por los alrededores, en apariencia disfrutando de la ligera brisa, tras lo cual se sentó en una piedra y destapó su cantimplora con un suspiro de placer.

—Siéntese, William —le dijo, indicándole con un gesto su misma piedra. Permanecieron sentados en silencio durante un rato escuchando los ruidos del bosque—. Conozco a su padre —observó de repente, y luego le sonrió. Tenía una sonrisa encantadora—. Me imagino que se lo dirá todo el mundo.

—Bueno, sí, así es —admitió William—. Y si no lo conocen a él, conocen a mi tío.

El brigadier Fraser se echó a reír.

—Tiene una carga considerable de historia familiar que llevar —admitió—. Pero estoy seguro de que la lleva con nobleza.

William no supo qué contestar, así que emitió un ruido tan cortés como indeterminado a modo de respuesta. El brigadier volvió a echarse a reír y le pasó la cantimplora. El agua estaba tan caliente que casi no la sintió bajar por su garganta, pero olía bien y notó que le calmaba la sed.

—Estuvimos juntos en las Llanuras de Abraham. Me refiero a su padre y yo. ¿Le ha hablado alguna vez de aquella noche?

—No mucho —repuso William, preguntándose si estaría condenado a conocer a todos y cada uno de los soldados que habían luchado en aquel campo de batalla con James Wolfe.

—Aquella noche bajamos por el río, ¿sabe? Todos petrificados de miedo. Especialmente yo. —El brigadier miró hacia el río meneando ligeramente la cabeza al recordar—. Vaya río, el San Lorenzo. El general Burgoyne me mencionó que había estado usted en Canadá. ¿Lo vio?

—No mucho, señor. Recorrí por tierra la mayor parte del trayecto hasta Quebec y luego bajé por el Richelieu. Pero mi padre me habló del San Lorenzo —se sintió obligado a añadir—. Dijo que era un río muy noble.

—¿Le contó que estuve a punto de romperle la mano? Él estaba a mi lado en el barco y, cuando me asomé para llamar al centinela francés, esperando que no se me quebrara la voz, él me agarró de la mano para evitar que perdiera el equilibrio. Noté que le crujían los huesos, pero, dadas las circunstancias, no me di realmente cuenta hasta que oí un grito ahogado.

William vio que los ojos del brigadier se desplazaban hasta sus propias manos y se fijó en las pequeñas arrugas que surcaban su ancha frente y que no indicaban asombro, sino la expresión de alguien que intentaba de manera inconsciente adaptar el recuerdo a las circunstancias actuales. Su padre tenía unas manos delgadas y elegantes, de huesos finos. William tenía los dedos largos, pero sus manos eran demasiado grandes para ser bonitas, con una palma ancha y unos toscos nudillos.

—Él, lord John, es mi padrastro —espetó, y luego se sonrojó a su pesar, avergonzado tanto por la admisión en sí como por la jugarreta mental que le había hecho admitirlo.

—¿De veras? Ah, sí —replicó el brigadier, distraído—. Sí, claro.

¿Habría pensado Fraser que hablaba por orgullo, aludiendo a la antigüedad de su propio linaje?

El único consuelo era que su rostro —y también el del brigadier— estaba tan colorado por el esfuerzo que el sonrojo no se notaba. El brigadier, como si respondiera a su sensación de calor, se quitó el abrigo con dificultad y, acto seguido, se desabotonó el chaleco y se lo abrió, indicándole a William con un gesto que podía hacer lo mismo, cosa que hizo suspirando de alivio.

La conversación pasó de modo informal a otras campañas: aquellas en las que el brigadier había combatido, aquellas de las que William había, principalmente, oído hablar. Tomó poco a poco conciencia de que el brigadier lo estaba calibrando, sopesando su experiencia y su proceder. Se daba cuenta de que este último era vergonzoso y se sentía incómodo. ¿Sabría el brigadier Fraser lo que había sucedido durante la batalla de Long Island? Los rumores se extendían deprisa en el ejército.

Al final, la conversación se interrumpió y permanecieron sentados amigablemente en mangas de camisa durante un rato, escuchando el murmullo de los árboles sobre sus cabezas. William habría querido decir algo en su propia defensa, pero no sabía cómo abordar el tema de manera elegante. Sin embargo, si callaba, si no explicaba lo que había sucedido... En fin, no había ninguna buena explicación. Había sido un imbécil, nada más.

—El general Howe me ha hablado bien de su inteligencia y su valor, William —observó el brigadier como continuando su conversación anterior—, aunque dijo que creía que aún no había tenido ocasión de demostrar su talento para el mando.

—Ah... no, señor —contestó William, sudando.

El brigadier Fraser sonrió.

—Bueno, tenemos que asegurarnos de ponerle remedio a eso, ¿verdad? —Se puso en pie gimiendo levemente mientras se estiraba y volvía a enfundarse en su abrigo—. Cenará usted conmigo más tarde. Lo hablaremos con sir Francis.

52

Conflagración

Fuerte Ticonderoga
1 de julio de 1777

Whitcomb había regresado. Con varias cabelleras británicas, según el rumor popular. Como conocía a Benjamin Whitcomb y a uno o dos de los otros *long hunters*, estaba dispuesta a creérmelo. Hablaban con bastante corrección y no eran, ni mucho menos, los únicos hombres del fuerte que iban vestidos con cuero áspero y burdo paño tejido en casa, o a los que la piel se les adhería tirante a los mismísimos huesos. Pero eran los únicos hombres con ojos de animal.

Al día siguiente llamaron a Jamie a casa del comandante y no regresó hasta después del anochecer.

Había un hombre cantando junto a una de las hogueras cerca de la residencia de St. Clair, y yo estaba escuchándolo sentada en un barril de cerdo salado vacío cuando vi pasar a Jamie del otro lado del fuego rumbo a nuestro barracón. Me puse en pie a toda prisa y le di alcance.

—Ven conmigo —me dijo en voz baja, y me condujo hacia el jardín del comandante.

No hubo repetición de nuestro último encuentro en ese jardín, aunque yo era terriblemente consciente de su cuerpo, de la tensión que albergaba y del latido de su corazón. Malas noticias, pues.

—¿Qué ha pasado? —pregunté bajando la voz.

—Whitcomb ha apresado a un regular británico y lo ha traído consigo. No ha dicho nada, por supuesto, pero St. Clair ha sido muy astuto y ha metido a Andy Tracy en una celda con él, diciendo que lo acusaban de ser un espía, a Andy Tracy, me refiero.

—Una magnífica idea —repliqué con aprobación. El teniente Andrew Hodges Tracy era un irlandés fanfarrón y encantador, un mentiroso nato, y, en mi opinión, si alguien podía sacarle información a una persona sin utilizar la fuerza, ése era Tracy—. Deduzco que ha averiguado algo.

—En efecto. También teníamos a tres desertores británicos, alemanes. St. Clair quería que yo hablase con ellos.

Eso había hecho. La información que habían aportado los desertores podía ser sospechosa, salvo porque coincidía con la que había facilitado el soldado británico capturado. Se trataba de la información sólida que St. Clair había estado esperando las tres últimas semanas.

El general Carleton se había quedado en Canadá con un pequeño ejército. Era, en efecto, el general John Burgoyne, al mando de un gran ejército invasor, quien se dirigía hacia el fuerte. Contaba con el apoyo del general Von Riedesel, quien estaba a su vez al mando de siete regimientos de Brunswick, más un batallón de infantería ligera y cuatro compañías de dragones. Y su vanguardia se encontraba a menos de cuatro días de marcha.

—No pinta muy bien —observé respirando profundamente.

—No —coincidió—. Peor aún, Burgoyne tiene a Simon Fraser como brigadier bajo su mando. Es él quien manda la avanzada.

—¿Es pariente tuyo? —Se trataba de una pregunta retórica. Nadie con ese nombre podía ser otra cosa, por lo que vi cómo la sombra de una sonrisa surcaba el rostro de Jamie.

—Sí —respondió con sequedad—. Es un primo segundo, creo. Y un gran soldado.

—Bueno, no podría ser de otro modo, ¿verdad? ¿Es ésa la última de las malas noticias?

Jamie negó con la cabeza.

—No. Los desertores dijeron que el ejército de Burgoyne anda escaso de provisiones. Los dragones van a pie porque no pueden conseguir caballos de refresco. Aunque no sé si es porque se los han comido o no.

Era una noche húmeda y calurosa, pero un escalofrío hizo que se me erizara el vello de los brazos. Le toqué a Jamie la muñeca y descubrí que también él tenía los pelos de punta. «Esta noche soñará con Culloden», pensé de pronto. De momento, aparté la idea de mi mente.

—Habría creído que ésa era una buena noticia. ¿Por qué no lo es?

Giró la muñeca y tomó mi mano en la suya, entrelazando con fuerza nuestros dedos.

—Porque no tienen víveres suficientes para montar un sitio. Tienen que echársenos encima e invadirnos. Y es muy probable que lo consigan.

Tres días después, los primeros exploradores británicos aparecieron en el monte Desafío.

Al día siguiente, todo el mundo pudo ver —y, en efecto, todo el mundo vio— que estaban empezando a construir un emplazamiento de artillería en el monte Desafío. Arthur St. Clair, plegándose por fin ante lo inevitable, dio orden de empezar la evacuación del Fuerte Ticonderoga.

La mayor parte de la guarnición debía trasladarse al monte Independencia, llevándose consigo todas las provisiones y el armamento y la munición más valiosos. Había que matar algunas de las ovejas y parte del ganado, el resto se dispersaría por los bosques. Algunas unidades de la milicia debían marcharse cruzando los bosques y llegar a la carretera de Hubbardton, donde esperarían como refuerzo. A las mujeres, los niños y los inválidos los mandarían río abajo en barco con una pequeña guardia. La evacuación comenzó de manera ordenada, y se dieron instrucciones de acercar cuanto pudiera flotar al lago después del anochecer, mientras los hombres recogían y comprobaban su equipo y se ordenaba la destrucción sistemática de todo lo que no pudieran llevarse de allí.

Se trataba del procedimiento habitual, negarle al enemigo toda posibilidad de utilizar pertrechos y provisiones. En ese caso, sin embargo, la cuestión era algo más apremiante: los desertores habían dicho que el ejército de Burgoyne andaba ya corto de víveres. Negarle las ventajas de Ticonderoga podía detenerlo, o por lo menos frenarlo perceptiblemente, pues sus hombres se verían obligados a buscar comida y a vivir de lo que encontraran en el campo mientras esperaban que llegasen provisiones de Canadá para poder seguirlo.

Todo eso —recoger sus pertenencias, cargar, matar a algunos animales y dispersar el resto del ganado y destruir cuanto no pudieran llevarse— debía ejecutarse de manera clandestina, bajo las mismísimas narices de los británicos. Pues si veían que la retirada era inminente, caerían sobre nosotros como lobos, destruyendo la guarnición cuando ésta abandonase el fuerte.

Tremendas masas de cúmulos bullían sobre el lago por las tardes, imponentes nubes negras que se levantaban a kilómetros de altura, cargadas de electricidad. Algunas veces, después de anochecer, reventaban y descargaban sobre el lago, los montes, la línea de piquetes y el fuerte un agua que caía como si la echaran desde un cubo sin fondo. Otras, se limitaban a pasar de largo, gruñonas y siniestras.

Esa noche, las nubes, bajas y torvas, estaban veteadas de rayos y cubrían totalmente el cielo. Los relámpagos latían a través de sus cuerpos y crepitaban entre ellas, estallando en repentina y silenciosa conversación. Y, de vez en cuando, una vívida horca azul y blanca se lanzaba de repente contra el suelo con un estruendo que nos hacía dar a todos un respingo.

No teníamos gran cosa que recoger. Mejor, pues había muy poco tiempo para ello. Mientras trabajaba, oía el revuelo en todos los barracones: gente que gritaba en busca de objetos perdidos, madres que llamaban a hijos extraviados, y el roce y el estrépito de pies, regular como el eco de la lluvia en las escaleras de madera.

Fuera, oía el balido agitado de varias ovejas, molestas porque las sacaban de sus corrales, y un súbito alboroto de gritos y mugidos cuando una vaca espantada intentó escapar. No era de extrañar: un fuerte olor a sangre fresca flotaba en el aire, el olor de la matanza.

Había visto desfilar a la guarnición, por supuesto. Era consciente de los hombres que había. Pero ver a tres o cuatro mil personas empujándose y dándose empellones, intentando realizar tareas poco habituales con desgarradora precipitación, era como observar un hormiguero que alguien acaba de destruir de una patada. Avancé entre la hirviente multitud, aferrando un saco de harina en el que llevaba ropa de recambio, mi escaso material médico y, envuelto en mi segundo delantal, un gran pedazo de jamón que me había regalado un paciente agradecido.

Evacuaría con la brigada del barco, al cuidado de un grupo de inválidos, pero no quería irme sin ver a Jamie.

Llevaba tanto tiempo con el corazón en la boca que casi no podía ni hablar. No era la primera vez que pensaba en lo práctico de casarme con un hombre tan alto. Siempre resultaba fácil distinguir a Jamie entre el gentío, por lo que ahora lo localicé en cuestión de minutos, de pie en una de las baterías en media luna. Algunos de sus milicianos estaban con él, todos mirando hacia abajo. Supuse que la brigada del barco debía de estar formándose allí. Eso era alentador.

Sin embargo, una vez hube llegado al extremo de la batería y tuve ocasión de verlo mejor, la perspectiva era bastante menos alentadora. Era como si a la orilla del lago que se encontraba justo debajo del fuerte hubiera regresado una flota pesquera particularmente desastrosa. Había barcos. Todo tipo de barcos, desde canoas y barcos de remos a barcos de pesca y toscas balsas. Algunas estaban varadas en la arena, otras era obvio que se habían alejado flotando, desatendidas. A la luz del breve destello de un relámpago, vislumbré unas cuantas cabezas que se balanceaban en el agua, pues algunos hombres y niños estaban nadando tras las embarcaciones para traerlas de vuelta. En la orilla había pocas luces por miedo a revelar el plan de retirada, pero alguna que otra antorcha ardía aquí y allá, revelando discusiones y peleas, y, más allá de donde alcanzaba la luz, el suelo parecía subir y bajar y ondularse en la oscuridad como un animal muerto plagado de moscas.

Jamie estaba estrechándole la mano al señor Anderson, uno de los marineros originales del *Teal*, que se había convertido en su cabo de facto.

—Vaya con Dios —le dijo.

El señor Anderson asintió y se alejó, al mando del pequeño grupo de milicianos. Se cruzaron conmigo cuando me acercaba, y uno o dos de ellos me saludaron con una inclinación de cabeza, el rostro invisible a la sombra de sus sombreros.

—¿Adónde van? —le pregunté a Jamie.

—Hacia Hubbardton —contestó con los ojos aún fijos en la orilla del lago—. Les dije que les correspondía a ellos decidir, pero pensé que sería mejor que se marcharan más pronto que tarde. —Señaló con la barbilla la forma negra y jorobada del monte Desafío, donde el resplandor de las hogueras brillaba cerca de la cima—. Si no saben lo que está pasando, son unos absolutos incompetentes. Si yo fuera Simon Fraser, marcharía antes del amanecer.

—¿No vas a ir con tus hombres? —Una chispa de esperanza saltó en mi corazón.

En la batería había poca luz, sólo el brillo reflejado de las antorchas en la escalera y el de las hogueras más grandes en el interior del fuerte. Pero me bastó para verle claramente la cara cuando se volvió a mirarme. Tenía un aire sombrío, aunque había cierta impaciencia en el gesto de su boca, y reconocí la expresión del soldado listo para entrar en combate.

—No —contestó—. Voy a irme contigo. —Sonrió de repente, y yo le cogí la mano—. No creerías que iba a dejarte vagar en medio de la nada con un hatajo de mentecatos enfermos. Aunque eso suponga subirme a un barco —añadió con un deje de desagrado.

Me eché a reír a mi pesar.

—Eso no es muy amable por tu parte —le contesté—. Pero tampoco es muy inexacto, si te refieres a la señora Raven. No la habrás visto por algún lado, ¿verdad?

Él negó con la cabeza. El viento le había soltado la mitad del cabello de la tira de cuero con que lo sujetaba, por lo que ahora se quitó esta última y se la puso entre los dientes al tiempo que se recogía todo el pelo en una gruesa cola para volver a atárselo.

Alguien, más abajo en la batería, dijo algo en tono asustado y tanto Jamie como yo nos volvimos rápidamente a mirar. El monte Independencia estaba en llamas.

—¡Fuego! ¡Fuego!

Si ya estaba nerviosa y alterada, ahora los gritos hicieron que la gente saliese corriendo de los barracones como aturulladas nidadas de codornices. El fuego se hallaba justo bajo la cima del monte Independencia, donde el general Fermoy y sus hombres habían establecido un puesto avanzado. Una lengua de fuego ascendió vertiginosamente hacia el cielo, continua como una vela que toma aliento. Entonces, una ráfaga de viento se abatió sobre ella y la llama menguó por unos instantes, como si alguien hubiera bajado el gas de un fogón antes de estallar de nuevo en una conflagración mucho más amplia que iluminó el monte, mostrando las pequeñas sombras negras de lo que parecían cientos de personas desmontando tiendas y recogiendo equipaje, todas recortadas contra el fuego.

—El puesto de Fermoy está ardiendo, ¿verdad? —preguntó un soldado junto a mí, incrédulo.

—Así es —respondió Jamie desde el otro lado en tono lúgubre—. Y si nosotros podemos ver desde aquí el comienzo de la retirada, los oteadores de Burgoyne lo ven también, sin lugar a dudas.

Y, sin más, empezó la huida.

Si hubiera dudado alguna vez de la existencia de algo como la telepatía, eso habría bastado para poner fin a toda reserva. Los soldados estaban ya al límite de su paciencia a causa del retraso de St. Clair y del constante redoble de rumores que martilleaba sus quebrantados nervios. Conforme el fuego se extendía en el monte Independencia, la convicción de que los casacas rojas y los indios iban a saltar sobre nosotros en cualquier momento se propagó de una mente a otra sin necesidad de palabras. Se desató el pánico, que extendió sus amplias alas negras sobre el fuerte, y, al borde del agua, la confusión se desintegró en caos ante nuestros ojos.

—Ven —dijo Jamie, y antes de darme cuenta estaba ya apremiándome mientras bajábamos la estrecha escalera de la batería.

Habían prendido fuego a unas cuantas cabañas de madera, en este caso a propósito, para privar a los invasores de material útil, y la luz de las llamas mostraba una escena infernal. Mujeres que tiraban de niños medio desnudos, gritando y arrastrando ropa de cama, hombres que arrojaban muebles por las ventanas. Un bacín de truenos se estrelló sobre las piedras arrojando afilados fragmentos de cerámica contra las piernas de la gente que se hallaba en las proximidades.

Oí una voz jadeante detrás de mí.

—Me apuesto una guinea de oro a que ese estúpido francés hijo de puta ha prendido fuego a la casa él mismo.

—No cubriré la apuesta —contestó Jamie brevemente—. Sólo espero que haya ardido con ella.

Un relámpago tremendo iluminó el fuerte como si fuera de día y sonaron gritos desde todos los rincones, pero la explosión de un trueno los sofocó casi al instante. Como era de prever, la mitad de la gente creyó que la ira de Dios estaba a punto de caer sobre nosotros —y ello a pesar de que había habido tormentas de similar ferocidad durante días, pensé, irritada—, mientras que los no creyentes se encontraban más asustados aún porque los rayos iluminaban la retirada de las unidades de la milicia en las líneas exteriores, delatándolos a los ingleses apostados en el monte Desafío. En cualquier caso, eso no mejoró las cosas.

—¡Tengo que ir a buscar a mis inválidos! —le grité a Jamie al oído—. Tú ve y recoge las cosas del barracón.

Él negó con la cabeza. Otro relámpago le iluminó el ondeante cabello suelto, de manera que se asemejaba a uno de los demonios principales.

—No me separaré de ti —declaró agarrándome con fuerza del brazo—. Podría no volver a encontrarte.

—Pero... —Mi objeción se extinguió cuando miré a mi alrededor.

Tenía razón: había miles de personas corriendo, empujando o simplemente de pie, demasiado aturdidas para decidir qué hacer. Si nos separábamos, tal vez no podría encontrarme, y la idea de estar sola en los bosques que se extendían a los pies del fuerte, infestados tanto de indios sedientos de sangre como de casacas rojas, no era algo que quisiera plantearme durante más de diez segundos.

—Bueno —dije—. Entonces, ven conmigo.

En el interior del barracón del hospital, la escena no era tan desesperada sólo porque la mayor parte de los pacientes tenía menos capacidad de movimiento. Si acaso, estaban más nerviosos que los de fuera porque sólo disponían de la información tremendamente fragmentaria que les proporcionaban quienes entraban y salían a la carrera. A los que tenían familia se los estaban llevando por la fuerza del edificio sin apenas tiempo suficiente para coger su ropa. Los que no la tenían se hallaban entre los camastros, saltando a la pata coja para ponerse los pantalones, o se dirigían tambaleándose hacia la puerta.

El capitán Stebbings, por supuesto, no hacía ni una cosa ni otra. Estaba tumbado tan tranquilo en su catre, con las manos cruzadas sobre el pecho, observando el caos con interés mientras una vela de juncos ardía plácidamente en lo alto del muro.

—¡Señora Fraser! —me saludó muy contento—. Me imagino que pronto volveré a ser un hombre libre. Espero que el ejército me traiga algo de comida. Creo que no tengo muchas probabilidades de que aquí me den de cenar esta noche.

—Supongo que sí —repuse, incapaz de no devolverle la sonrisa—. Por favor, cuide de los demás prisioneros británicos. El general St. Clair los deja aquí.

Pareció ofenderse un poco al oírme decir eso.

—Son mis hombres —declaró.

—Así es.

De hecho, Guinea Dick, casi invisible junto al muro de piedra bajo la tenue luz, estaba agachado junto a la cama del capitán, con un robusto bastón en la mano con el fin de repeler a los posibles saqueadores, supuse. El señor Ormiston estaba sentado en su propio lecho, con la cara pálida pero entusiasmado, toqueteándose el vendaje del muñón.

—¿Vienen de verdad, señora? ¿El ejército?

—Sí, vienen. Bueno, debe cuidar bien de su herida y mantenerla limpia. Está cicatrizando bien, pero no debe someterla a ningún esfuerzo por lo menos en un mes más, y esperar un mínimo de dos meses antes de ponerse una pierna de palo. No permita que los médicos del ejército lo sangren, necesita todas sus fuerzas.

Asintió, aunque yo sabía que, en cuanto asomara un médico británico, se pondría a hacer cola para que le dieran una lanceta y un cuenco para recoger la sangre. Creía profundamente en las virtudes de los sangrados, y si se había apaciguado un poco, había sido sólo porque le había puesto una sanguijuela en el muñón de vez en cuando.

Le oprimí la mano en ademán de despedida y ya me volvía para marcharme cuando me retuvo.

—Un momento, señora. —Me soltó la mano, se tentó el cuello y retiró algo colgado de un cordelito. Casi no pude verlo en la oscuridad, pero me lo puso en la mano y noté un disco de metal, impregnado con el calor de su cuerpo—. Si por casualidad volviese a ver a ese chico, Abram, señora, le agradecería que le diera esto. Es mi moneda de la suerte, que he llevado encima durante treinta y dos años. Dígale que lo protegerá en momentos de peligro.

Jamie surgió de las tinieblas a mi lado, irradiando impaciencia y nerviosismo. Llevaba a remolque a un grupito de inválidos, todos aferrados a las escasas posesiones que habían recogido al azar. Oí la inconfundible voz aguda de la señora Raven a lo lejos, gimiendo. Me pareció que gritaba mi nombre. Bajé la cabeza y me coloqué la moneda de la suerte del señor Ormiston alrededor del cuello.

—Se lo diré, señor Ormiston. Gracias.

Alguien había prendido fuego al elegante puente de Jeduthan Baldwin. Un montón de basura ardía a fuego lento cerca de uno de los extremos, y vi unas demoníacas formas negras correr de un lado a otro por el ojo del puente provistas de escoplos y palancas, arrancando las tablas y arrojándolas al agua.

Jamie se abrió camino a embestidas entre la muchedumbre y yo lo seguí con nuestra pequeña banda de mujeres, niños e inválidos pisándome los talones como patitos, graznando nerviosos.

—¡Fraser! ¡Coronel Fraser!

Me volví al oír el grito y vi a Jonás —quiero decir, a Bill— Marsden corriendo por la orilla.

—Iré con ustedes —dijo sin aliento—. Necesitan a alguien que sepa gobernar un barco.

Jamie no dudó más que una fracción de segundo. Asintió e hizo un gesto con la cabeza en dirección a la orilla.

—Muy bien, corra. Yo los llevaré tan deprisa como pueda.

El señor Marsden desapareció en la noche.

—¿Y el resto de tus hombres? —inquirí tosiendo a causa del humo.

Él se encogió de hombros, mientras su silueta de ancha envergadura se recortaba contra el tenue brillo negro del agua.

—Se han ido.

Oímos unos gritos histéricos procedentes de las viejas líneas francesas. Los gritos se extendieron como un reguero de pólvora entre los árboles y por la orilla, la gente gritaba que llegaban los ingleses. El pánico batía sus alas, con tanta fuerza que sentí que un grito ascendía por mi propia garganta. Lo reprimí y noté que lo reemplazaba un enfado irracional, trasladado de mí misma a los imbéciles que me seguían, que se habían puesto a chillar y que habrían salido corriendo de haber podido. Pero ahora estábamos ya cerca de la orilla, y la gente que se precipitaba hacia los barcos era tanta que estaba haciendo volcar algunas de las naves al amontonarse en ellas sin orden ni concierto.

No creía que los ingleses se hallaran en las proximidades, pero no estaba segura. Sabía que en el Fuerte Ticonderoga se había librado más de una batalla... pero ¿cuándo? ¿Iba a desencadenarse una de ellas esa noche? No lo sabía, por lo que la sensación de urgencia me propulsó hacia la orilla, mientras ayudaba a sostenerse al señor Wellman, a quien su hijo había contagiado las paperas, pobre hombre, y que, por tanto, se encontraba muy mal.

El señor Marsden, que Dios lo bendiga, había llevado hasta allí una gran canoa que había alejado cierta distancia de la orilla con el fin de evitar que la asaltaran. Cuando vio acercarse a Jamie, se aproximó, y logramos meter en ella a un total de dieciocho personas, incluidos los Wellman y la señora Raven, pálida y con unos ojos como los de Ofelia.

Jamie lanzó una rápida mirada al fuerte. Las puertas principales estaban abiertas de par en par y la luz del fuego brotaba de ellas. Después, levantó la vista hacia la batería donde él y yo nos encontrábamos poco tiempo antes.

—Hay cuatro hombres junto al cañón que apunta al puente —señaló con los ojos aún fijos en las oleadas rojizas de humo que se alzaban desde el interior del fuerte—. Son voluntarios.

Se quedarán aquí. Sin duda, los ingleses, o algunos de ellos, llegarán por el puente. Pueden acabar con casi todos los que haya en la barrera y después huir, si tienen oportunidad.

Se volvió, y sus hombros se juntaron y flexionaron mientras hincaba con fuerza el remo en el agua.

53

Monte Independencia

6 de julio de 1777, media tarde

Los hombres del brigadier Fraser avanzaron sobre el fuerte de los piquetes, situado en la cima de aquel monte que los americanos llamaban irónicamente «Independencia». William mandaba una de las avanzadillas e hizo que sus hombres calaran bayonetas al acercarse. Reinaba un profundo silencio, roto tan sólo por el crujir de las ramas y el arrastrar de las botas sobre el denso lecho de hojas, el chasquido aislado de una caja de cartuchos contra la culata de un mosquete. Pero ¿era un silencio de espera?

No era posible que los americanos ignorasen que se estaban aproximando. ¿Estarían los rebeldes emboscados, listos para disparar contra ellos desde la burda, pero sólida fortificación que divisaba entre los árboles?

Les indicó a sus hombres con un gesto que se detuvieran a unos doscientos metros de la cima, a la espera de captar alguna señal de los defensores, si es que los había. Su compañía se detuvo, obediente, pero detrás había más hombres que empezaron a embestir contra su compañía y a introducirse entre ella sin consideraciones, impacientes por atacar el fuerte.

—¡Alto! —gritó, consciente mientras lo hacía de que para un tirador americano su voz constituía un objetivo casi tan bueno como su chaqueta roja.

Algunos de los hombres se detuvieron, pero fueron desalojados al instante por otros que se encontraban detrás de ellos y, en cuestión de segundos, toda la ladera de la colina se había convertido en una enorme mancha roja. No podían seguir allí parados por más tiempo, los pisotearían. Y si los defensores tenían intención de abrir fuego, no podían pedir una oportunidad mejor. Sin embargo, el fuerte permanecía en silencio.

—¡Adelante! —bramó William alzando el brazo, y los hombres surgieron de entre los árboles en una carga espléndida, con las bayonetas a punto.

Las puertas estaban abiertas de par en par, por lo que cargaron directamente hacia el interior, pero no había peligro. William entró con sus hombres y encontró el lugar desierto; no sólo abandonado, sino obviamente abandonado con asombrosa precipitación.

Los efectos personales de los defensores estaban esparcidos por todas partes, como si los hubieran soltado en plena fuga: no sólo objetos pesados como los utensilios de cocina, sino también ropa, zapatos, libros, mantas... incluso dinero, en apariencia desechado o perdido en medio del pánico. Es más, en lo concerniente a William, los defensores no se habían molestado en destruir la munición ni la pólvora que no habían podido llevarse. ¡Debía de haber unos cien kilos metida en barriles! También habían dejado víveres, que fueron muy apreciados.

—¿Por qué no lo han incendiado? —le preguntó el teniente Hammond, mientras miraba con los ojos abiertos de par en par los barracones, aún completamente amueblados con camas, sábanas, orinales, listos para que los conquistadores se instalaran sin más.

—Sabe Dios —se limitó a contestar William, y se precipitó hacia delante al ver que un soldado raso salía de una de las habitaciones ataviado con un chal de encaje y cargado de zapatos—. ¡Usted! ¡No vamos a llevarnos ningún botín, nada! ¿Me oye, señor?

El soldado lo oyó y, tras dejar caer su montón de zapatos, salió a toda velocidad, con los flecos de puntillas ondeando. Sin embargo, muchos otros hacían lo mismo, y William se dio cuenta de que Hammond y él no podrían detenerlos. Gritó por encima de la creciente algarada llamando a un alférez y, tras coger su cartera de despachos, garabateó una nota a toda prisa.

—Lleve esto al general Fraser —ordenó lanzándoselo al alférez—. ¡Tan rápido como pueda!

7 de julio de 1777, amanecer

—¡No voy a tolerar estas horribles irregularidades! —El rostro del general estaba muy crispado, tanto por la rabia como por el cansancio. El pequeño reloj de viaje de su tienda señalaba algo menos de las cinco de la mañana, y William tenía la sensación extrañamente onírica de que su cabeza estaba flotando en algún sitio por encima de su hombro izquierdo—. Saqueo, robo, indisciplina creciente... Digo que no lo voy a tolerar. ¿Me han entendido? ¿Todos ustedes?

El grupito de cansados oficiales asintió gruñendo a coro. Llevaban despiertos toda la noche, acosando a sus tropas hasta lograr imponer cierto orden, conteniendo a los soldados para evitar los peores excesos de saqueo, vigilando a toda prisa las avanzadas abandonadas de las viejas líneas francesas e inventariando la inesperada abundancia de provisiones y de munición que les habían dejado los defensores del fuerte. Habían localizado a cuatro de ellos borrachos como cubas junto a un cañón cebado que apuntaba hacia el puente.

—Esos hombres, los que hicimos prisioneros, ¿ha podido hablar ya alguien con ellos?

—No, señor —respondió el capitán Hayes reprimiendo con dificultad un bostezo—. Siguen muertos para el mundo, casi muertos del todo, según el médico, aunque cree que sobrevivirán.

—Se cagarían de miedo —le susurró Hammond a William—. Mientras esperaban a que llegáramos durante todo ese tiempo.

—Es más probable que se aburrieran —le contestó William en un murmullo sin mover la boca. Aun así, se dio cuenta de que el brigadier lo estaba mirando con los ojos enrojecidos y se puso firme sin pararse a pensarlo.

—Bueno, no es que necesitemos que nos digan gran cosa. —El general Fraser agitó una mano para disipar una nube de humo traída por el aire, y tosió.

William inspiró suavemente. Aquel humo olía que alimentaba, por lo que su estómago rugió por adelantado. ¿Jamón? ¿Salchichas?

—He mandado aviso al general Burgoyne de que Ticonderoga es nuestro... otra vez —añadió el brigadier sonriendo al oír los roncos vítores de los oficiales—. Y también al coronel St. Leger. Dejaremos aquí una pequeña guarnición para hacer inventario y poner un poco de orden, pero el resto de nosotros... Bueno, hay rebeldes que capturar, caballeros. No puedo darles mucho respiro, aunque, sin duda, hay tiempo para un buen desayuno. *Bon appetit!*

54

El regreso de los nativos

7 de julio de 1777, por la noche

A Ian Murray no le costó colarse en el fuerte. Había muchísimos exploradores e indios, la mayoría haraganeando junto a los edificios, muchos de ellos borrachos, otros husmeando por los barracones desiertos, de donde los expulsaban de vez en cuando soldados con aire tenso cuya misión era proteger la inesperada abundancia del fuerte.

No había signos de que se hubiera producido una matanza, así que respiró más tranquilo. Era lo que más había temido, pero, aunque había un desorden tremendo —una cosa exagerada—, no había sangre ni olor a humo de pólvora. Allí no se había disparado un solo tiro en los dos últimos días, más o menos.

Se le ocurrió algo y se dirigió al barracón del hospital, ignorado en gran parte, pues no había en él nada que nadie pudiera querer. El olor a orina, excrementos y sangre era ahora más débil. La mayoría de los pacientes debía de haberse marchado con las tropas que se batían en retirada. Allí había unas cuantas personas: una de ellas con un abrigo verde, que pensó debía de ser un médico, y otras que eran claramente enfermeras. Mientras observaba, entraron por la puerta un par de camilleros cuyas botas chirriaron al subir los bajos escalones de piedra. Retrocedió y se ocultó en el umbral de la puerta, pues tras el camillero avanzaba la alta figura de Guinea Dick, con una sonrisa de caníbal dividiéndole la cara.

Ian sonrió a su vez al verlo. Así que el capitán Stebbings seguía vivo... y Guinea Dick era un hombre libre. Detrás de él, gracias a Jesús, María y Brígida, llegaba a paso lento y renqueante con un par de muletas, el señor Ormiston, al que sostenían con ternura dos enfermeras, una a cada lado, unas criaturitas insignificantes que el bulto del marino hacía parecer aún más pequeñas. Se lo diría a la tía Claire, le alegraría saber que se encontraban bien.

Si es que volvía a encontrar a la tía Claire, aunque, en realidad, eso no le preocupaba mucho. El tío Jamie se ocuparía de que no le pasara nada, aunque se toparan con el infierno, un fuego arrasador o todo el ejército británico. Cuándo o dónde volvería a verlos era otra cuestión, pero *Rollo* y él se movían mucho más deprisa de lo que podía moverse cualquier ejército. Les daría alcance en poco tiempo.

Esperó, intrigado por si en el hospital quedaba alguien más, pero o no quedaba nadie o iban a dejarlos por el momento. ¿Se habrían ido los Hunter con las tropas de St. Clair? En cierto modo, esperaba que así fuera, aun sabiendo que les iría mejor con los ingleses que si huían por el valle del Hudson con los refugiados de Ticonderoga. Al ser cuáqueros, creía que se las arreglarían bastante bien. Los ingleses probablemente no los molestarían. Sin embargo, pensó que le gustaría volver a ver alguna vez a Rachel Hunter, y era mucho más probable que volviera a verla si su hermano y ella se habían marchado con los rebeldes.

Tras husmear un poco más, se convenció de dos cosas: de que los Hunter se habían marchado y de que Ticonderoga había sido abandonado en medio del pánico y del caos. Alguien había prendido fuego al puente, pero sólo se había quemado en parte, tal vez apagado por un chaparrón. Había una buena cantidad de basura en la orilla, lo que sugería un embarco masivo. Miró al lago, donde pudo divisar con claridad dos barcos grandes, ambos ondeando la bandera de la Union. Desde su atalaya de la batería, veía un enjambre de casacas rojas pululando tanto por el monte Desafío como por el monte Independencia, y sintió una pequeña y sorprendente llamarada de resentimiento contra ellos.

—Bueno, no lo conservaréis por mucho tiempo —dijo entre dientes.

Lo dijo en gaélico, lo que fue también un acierto, pues un soldado lo miró al pasar, como si sintiera el peso de su mirada. Ian desvió la vista, dándole la espalda al fuerte.

Allí no tenía nada que hacer ni a quién esperar. Comería, se haría con algunas provisiones, iría a buscar a *Rollo* y se marcharía. Podía...

Un violento *¡buuumm!* en las proximidades lo hizo volverse de inmediato. Uno de los cañones de su derecha apuntaba hacia el puente y justo detrás de él, boquiabierto del susto, había un indio de la tribu de los hurones, tambaleándose, completamente borracho.

Se oyeron numerosos gritos procedentes de abajo. Las tropas pensaron que les estaban disparando desde el fuerte, aunque la bala había salido hacia arriba y había caído al lago con un chapoteo sin causar daños.

El hurón soltó una risa burlona.

—¿Qué has hecho? —le preguntó Ian en una lengua algonquina que le pareció que el hombre probablemente conocería.

Lo entendiera o no, el indio se limitó a reír más fuerte, y las lágrimas empezaron a deslizarse por sus mejillas. Señaló un tubo humeante que había allí al lado. Santo Dios, los defensores se habían marchado tan deprisa que se habían dejado un tubo de mecha tardía ardiendo.

—*Buumm* —dijo el hurón, y señaló un pedazo de mecha tardía extraído del tubo que habían dejado colgando sobre las piedras como una serpiente brillante—. *Buumm* —repitió mientras señalaba el cañón con la cabeza, y se reía tanto que tuvo que sentarse.

Unos soldados corrían hacia la batería, y el griterío del interior del fuerte igualaba al del exterior. Probablemente fuera un buen momento para marcharse.

55

Retirada

... estamos persiguiendo a los rebeldes, muchos de los cuales han huido en barco por el lago. Los dos balandros van tras ellos, pero he mandado a cuatro compañías al punto de porteo, donde me parece que las posibilidades de captura son buenas.

Del general de brigada Simon Fraser, al general de división J. Burgoyne

8 de julio de 1777

William deseaba no haber aceptado la invitación del brigadier a desayunar. Si se hubiera contentado con las magras raciones que constituían el lote de un teniente, ahora estaría hambriento pero feliz. Así las cosas, se encontraba con Fraser —bien atiborrado hasta las cejas de salchichas fritas, tostadas con mantequilla y sémola con miel, que al brigadier le gustaba mucho— cuando llegó el mensaje del general Burgoyne. Ni siquiera supo lo que decía. El brigadier lo había leído mientras se tomaba a sorbos el café frunciendo levemente el ceño, y después había lanzado un suspiro y había pedido que le llevaran tinta y pluma.

—¿Le apetecería salir a cabalgar esta mañana, William? —le había preguntado sonriéndole desde el otro lado de la mesa.

Y por eso estaba en el cuartel general de campaña del general Burgoyne cuando llegaron los indios. Eran wyandot, había dicho uno de los soldados. No le resultaban familiares, aunque había oído decir que tenían un jefe llamado Labios de Cuero, y se preguntaba el porqué de ese nombre. ¿Era tal vez un conversador incansable?

Eran cinco, unos granujas flacos y de aspecto lobuno. No podía decir cómo iban vestidos ni qué armas llevaban. Toda su atención estaba centrada en la vara que portaba uno de ellos, decorada con cabelleras. Cabelleras recién cortadas. Cabelleras de hombre blanco. Un olor almizclado a sangre flotaba en el aire, desagradablemente penetrante, y las moscas se movían con los indios, emitiendo un fuerte zumbido. Los restos del opíparo desayuno de William se le coagularon formando una bola dura justo debajo de las costillas.

Los indios venían buscando al pagador. Uno de ellos estaba preguntando en un inglés sorprendentemente armonioso dónde se encontraba. Así que era cierto. El general Burgoyne había soltado a sus indios y los había lanzado a través de los bosques como perros de caza para que se abatieran sobre los rebeldes y sembraran el terror entre ellos.

No quería mirar las cabelleras, pero no podía evitarlo. Sus ojos las seguían mientras la vara oscilaba entre una multitud creciente de soldados curiosos, algunos ligeramente horrorizados; otros, entusiasmados. Jesús. ¿Era aquello una cabellera de mujer? Tenía que serlo. Una masa de cabello color miel de suave caída, más larga de lo que habría sido la cabellera de cualquier hombre, y brillante, como si su propietaria se lo cepillara cien veces todas las noches, como su prima Dottie aseguraba que hacía. No era muy distinto del cabello de Dottie, aunque algo más oscuro.

Se dio la vuelta de golpe esperando no vomitar, pero se volvió con idéntica brusquedad al oír el grito. No había oído nunca un ruido como ése, un alarido tan cargado de horror, de pena, que el corazón se le heló en el pecho.

—¡Jane! ¡Jane!

Un teniente galés llamado David Jones, al que apenas conocía, se abría paso por la fuerza entre el gentío golpeando a los hombres con codos y puños, embistiendo rumbo a los sorprendidos indios, con el rostro desencajado por la emoción.

—Oh, Dios —dijo un soldado cerca de él—. Su prometida se llama Jane. No es posible que...

Jones se lanzó sobre la vara, aferrando la cascada de cabello color miel al tiempo que chillaba «¡Jane!» a pleno pulmón. Los indios, con aire desconcertado, arrojaron la vara al suelo. Jones se lanzó sobre uno de ellos derribando al sorprendido indio y asestándole un golpe con toda la fuerza que confiere la locura.

Unos hombres se adelantaron y sujetaron a Jones, aunque sin gran decisión. Todos miraban consternados a los indios, quienes formaron una piña con el ceño fruncido y los tomahawks en la mano. El sentimiento que impregnaba la reunión había pasado en un instante de la aprobación a la afrenta, y los indios lo percibían con toda claridad.

Un oficial que William no conocía se acercó desafiando a los indios con una dura mirada, y arrancó la cabellera rubia de la vara. Se quedó allí de pie, sosteniendo desconcertado la masa de cabello, que parecía viva en sus manos y cuyos largos mechones se agitaban y ondeaban alrededor de sus dedos.

Por fin habían logrado separar a Jones del indio. Sus amigos le daban palmaditas en los hombros e intentaron llevárselo a toda prisa, pero él se quedó allí, absolutamente inmóvil, mientras las lágrimas le rodaban por las mejillas y le goteaban por la barbilla. «Jane», articuló en silencio. Alargó las manos, ahuecadas e implorantes, y el oficial que sostenía la cabellera la depositó en ellas con delicadeza.

56

Mientras sigamos vivos

El teniente Stactoe se encontraba de pie junto a un cadáver, anonadado. Muy despacio, se agachó, con los ojos fijos en algo, y con un gesto aparentemente involuntario se cubrió la boca con una mano.

Yo no quería mirar.

Sin embargo, él había oído mis pasos y se quitó la mano de la boca. Vi el sudor que le bajaba por el cuello, la tirilla de la camisa adherida a su piel, oscura de transpiración.

—¿Cree que se lo hicieron mientras aún vivía? —preguntó en un tono coloquial.

De mala gana, miré por encima de su hombro.

—Sí —respondí en un tono tan inexpresivo como el suyo—. Eso creo.

—Vaya —dijo. Se puso en pie, se quedó contemplando el cuerpo por unos instantes y, después, se alejó unos pasos y vomitó.

—No importa —le dije con suavidad, y lo cogí de la manga—. Ahora está muerto. Venga y eche una mano.

Muchos de los barcos se habían perdido, capturados antes de llegar al otro extremo del lago. Otros muchos los habían apresado las tropas británicas que los esperaban en el punto de porteo. Nuestra canoa y otras varias habían escapado, y habíamos caminado por el bosque todo un día, toda una noche y casi todo un día más antes de reunirnos con el grueso de las tropas que huían por tierra desde el fuerte. Comenzaba a pensar que los afortunados eran los que caían prisioneros.

No sabía cuánto había transcurrido desde que los indios atacaron al grupito que acabábamos de descubrir. Los cuerpos habían empezado a descomponerse.

Por la noche se apostaron varios soldados. Los que no estaban de guardia dormían como lirones, agotados después de un día entero marchando de vuelo, si es que cabe describir algo tan torpe y laborioso con un término tan grácil. Me desperté justo después del amanecer soñando con los árboles de Blancanieves, con la boca abierta y jadeando, y descubrí a Jamie en cuclillas a mi lado, con una mano en mi brazo.

—Será mejor que vengas, *a nighean* —dijo en voz baja.

La señora Raven se había cortado la garganta con la ayuda de una navaja.

No había tiempo para cavar una tumba. Le enderecé las extremidades y le cerré los ojos, y amontonamos piedras y ramas sobre su cuerpo antes de volver tambaleándonos al surco que pasaba por ser una carretera que atravesaba las tierras vírgenes.

· · ·

Cuando la oscuridad empezó a filtrarse a través de los árboles, comenzamos a oírlos. Unos fuertes aullidos. Lobos cazando.

—¡No se detengan, no se detengan! ¡Indios! —gritó uno de los hombres de la milicia.

Como respondiendo al grito, un chillido aterrador resonó en la oscuridad inmediata, y la vacilante retirada se convirtió al punto en una estampida atroz, mientras los hombres arrojaban sus bultos al suelo y se quitaban de en medio los unos a los otros a empujones en su ansia por escapar.

También se oyeron algunos chillidos de los refugiados, pero fueron rápidamente sofocados.

—Salgan del camino —ordenó Jamie con voz grave y temible, y comenzó a empujar a los lentos y los apabullados entre la espesura—. Tal vez no sepan dónde estamos. Todavía.

Aunque tal vez sí. Tal vez lo supieran.

—¿Tienes preparada tu canción de la muerte, tío? —susurró Ian.

Nos había dado alcance el día anterior y ahora Jamie y él estaban pegados a mí, uno a cada lado, detrás de un enorme tronco caído donde nos habíamos refugiado.

—Bueno, les cantaré una canción de la muerte, llegado el caso —murmuró Jamie en voz baja, y sacó una de las pistolas que llevaba en el cinturón.

—No sabes cantar —intervine.

No pretendía ser graciosa —tenía tanto miedo que había dicho, sin pensar, lo primero que se me había pasado por la cabeza—, y a él no le hizo gracia.

—Es verdad —repuso—. Bueno, pues.

Cebó la pistola, cerró la cazoleta y se la embutió en el cinturón.

—No tengas miedo, *a nighean* —susurró, y vi moverse la nuez de su garganta cuando tragó saliva—. No te llevarán consigo. No con vida. —Se llevó la mano a la pistola del cinturón.

Lo miré y luego miré la pistola. Me parecía imposible estar más asustada.

De repente sentí como si se me hubiera partido la columna vertebral. No podía mover las extremidades, y los intestinos se me convirtieron literalmente en agua. En ese momento comprendí lo que había llevado a la señora Raven a rebanarse la garganta.

Ian le susurró algo a Jamie y desapareció, silencioso como una sombra.

Se me ocurrió, a toro pasado, que, si caían sobre nosotros y perdía tiempo disparándome, era muy probable que el propio Jamie acabara vivo en manos de los indios. Pero estaba tan aterrorizada que no pude decirle que no lo hiciera.

Agarré mi valor con ambas manos y tragué saliva con fuerza.

—¡Vete! No les harán... probablemente no les hagan daño a las mujeres.

Mi sobrefalda colgaba hecha jirones, al igual que mi chaqueta, y toda yo estaba cubierta de barro, de hojas y de las manchitas color sangre de unos mosquitos de lentos movimientos, pero aún se me podía identificar como mujer.

—Y un rábano —respondió brevemente Jamie.

—Tío. —La voz de Ian brotó suave de la oscuridad—. No son indios.

—¿Qué? —Yo no lo entendí, pero Jamie se irguió de golpe.

—Es un casaca roja que corre en paralelo a nosotros gritando como un indio. Nos conduce hacia algún sitio.

Jamie soltó una maldición en voz baja. Ya casi era de noche. Sólo veía unas cuantas sombras difusas, presumiblemente las de quienes viajaban con nosotros. Oí un gemido casi a mis pies, pero cuando miré no pude ver a nadie.

De nuevo nos llegaron los gritos, ahora desde el otro lado. Si el hombre nos estaba dirigiendo, ¿es que sabía dónde estábamos? Si así era, ¿adónde quería llevarnos? Me daba cuenta de que Jamie estaba indeciso. ¿Qué dirección debíamos tomar? Transcurrió un segundo, tal vez dos, y me agarró del brazo y me arrastró a un área más profunda del bosque.

Corrimos y, en cuestión de minutos, nos tropezamos con un grupo grande de refugiados. Se habían parado en seco, demasiado aterrados para moverse hacia ningún lado. Estaban apiñados, las mujeres aferrando a sus hijos, tapándoles fuertemente la boca a los pequeños con las manos, susurrando «¡chsss!» como el viento.

—Déjalos —me dijo Jamie al oído, y me apretó el brazo con más fuerza. Me volví para irme con él y, de repente, una mano me agarró del otro brazo. Chillé, y cuantos se hallaban cerca de mí estallaron en chillidos por puro reflejo. De golpe, el bosque que nos rodeaba se llenó de inquietantes formas que se movían y de gritos que cobraban vida.

El soldado —era un soldado británico; desde tan cerca, pude verle los botones del uniforme y oír el ruido de su cartuchera al balancearse y golpearme en la cadera— se agachó para mirarme y sonrió. Le olía el aliento a causa de los dientes podridos.

—No te muevas, cariño —dijo—. No vas a ir a ninguna parte. El corazón me latía con tanta fuerza en los oídos que transcurrió un minuto entero antes de advertir que la mano que había antes sobre mi otro brazo ya no estaba. Jamie había desaparecido.

Nos llevaron de regreso camino arriba en un grupo apretado, avanzando despacio en medio de la noche. Al amanecer nos permiticron beber en un arroyo, pero nos hicieron marchar hasta primera hora de la tarde, cuando ni siquiera los más vigorosos podían ya tenerse en pie.

Nos llevaron en manada, con bastante rudeza, a un campo de cultivo. Como mujer de granjero, el corazón me dio un vuelco al ver que pisoteaban los tallos a pocas semanas de la cosecha y al observar cómo el frágil oro del trigo se rompía y se mezclaba con el barro negro. Había una cabaña entre los árboles, al otro extremo del campo. Vi que una niña salía corriendo al porche, se llevaba de golpe una mano a la boca, horrorizada, y desaparecía de nuevo en el interior.

Tres oficiales británicos cruzaron el campo rumbo a la cabaña ignorando la masa hirviente de inválidos, mujeres y niños que se agitaban de un lado a otro sin tener ni idea de qué hacer. Me sequé el sudor de los ojos con el extremo del pañuelo, me lo volví a meter en el corsé y miré a mi alrededor buscando a alguien que estuviera teóricamente al mando.

No parecía que hubieran capturado a ninguno de nuestros oficiales u hombres sanos. Sólo había un par de médicos que supervisaban el traslado de los inválidos y no había visto a ninguno de ellos en dos días. Ninguno de los dos estaba allí. «Bueno», pensé lúgubremente, y me acerqué al soldado británico más próximo, que vigilaba el caos con los ojos entornados y el mosquete en la mano.

—Necesitamos agua —le dije sin preámbulos—. Hay un arroyo justo detrás de esos árboles. ¿Puedo coger a tres o cuatro mujeres e ir a buscar agua para los enfermos y los heridos?

También él estaba sudando. La desteñida lana roja de su casaca estaba negra bajo los brazos, y el polvo de arroz derretido del cabello se le había acumulado en las arrugas de la frente. Hizo una mueca indicando que no quería hablar conmigo, pero yo no dejé de mirarlo, tan fijamente como pude. Él miró a su alrededor con la esperanza de encontrar a alguien con quien mandarme a hablar, pero los tres oficiales habían desaparecido en el interior de la cabaña. Levantó un hombro, arrojando la toalla, y miró hacia otro lado.

—Bueno, sí, vaya —dijo entre dientes, y me dio la espalda, vigilando, inquebrantable, la carretera por la que seguían llegando más prisioneros en tropel.

Una rápida travesía del campo me procuró tres cubos e idéntico número de mujeres sensatas, preocupadas pero no histéricas. Las mandé al arroyo y procedí a dividir el campo en cuatro partes mientras hacía una rápida evaluación de la situación, tanto para mantener a raya mi propio nerviosismo como porque no había nadie más que pudiera hacerlo.

¿Nos tendrían mucho tiempo allí?, me pregunté. Si nos retenían en ese lugar durante más de unas cuantas horas, habría que cavar letrinas, pero los soldados tendrían las mismas necesidades. Dejaría, pues, que el ejército se ocupase de esa tarea. Ya llegaba el agua. Tendríamos que ir al arroyo por turnos sin parar durante un rato.

Nos haría falta un refugio... Miré al cielo. Estaba calinoso pero limpio. Los que podían desplazarse por sus propios medios ya estaban comenzando a arrastrar a los que estaban muy enfermos o heridos a la sombra de los árboles que crecían a uno de los lados del campo.

«¿Dónde está Jamie? ¿Habrá podido escapar sano y salvo?»

Por encima de los gritos y de las conversaciones angustiadas, se oía de vez en cuando el susurro de unos truenos distantes. El aire se me adhería a la piel, impregnado de humedad. Tendrían que trasladarnos a alguna parte, al asentamiento más próximo, dondequiera que estuviese, pero tal vez les llevara varios días. No tenía ni idea de dónde estábamos.

«¿Lo habrán capturado también a él? De ser así, ¿lo llevarán al mismo lugar al que llevasen a los inválidos?»

Lo más probable era que liberaran a las mujeres para no tener que alimentarlas. Pero las mujeres se quedarían junto a sus hombres enfermos —al menos, la mayoría de ellas lo harían—, compartiendo toda la comida disponible.

Estaba recorriendo el campo despacio, conforme hacía un *triage* mental: el hombre de aquella camilla de allí iba a morir, seguramente antes de que cayera la noche. Oía el estertor de su respiración a unos dos metros de distancia cuando percibí un movimiento en el porche de la cabaña.

La familia —dos mujeres adultas, dos adolescentes, tres niños y un bebé en pañales— se marchaba, agarrando cestos, mantas y otros objetos domésticos por el estilo que podían transportarse sin mucho esfuerzo. Uno de los oficiales estaba con ellos. Los condujo al otro lado del campo y habló con uno de los guardias, evidentemente dándole instrucciones de que dejara pasar a las mujeres. Una de ellas se detuvo al borde de la carretera y miró atrás, sólo una vez. ¿Dónde estaban sus hombres?

«¿Dónde están los míos?»

—Hola —saludé con una sonrisa a un hombre al que le habían amputado una pierna no hacía mucho.

No sabía cómo se llamaba, pero reconocía su cara. Era uno de los pocos hombres negros de Ticonderoga, un carpintero. Me arrodillé a su lado. Tenía los vendajes desplazados y el muñón supuraba mucho.

—Aparte de la pierna, ¿cómo se encuentra?

Su piel tenía un color gris pálido y estaba fría y húmeda como una sábana mojada, pero me devolvió una débil sonrisa.

—La mano derecha ya no me duele tanto. —La alzó a modo de ilustración, pero la dejó caer como un pedazo de plomo, sin fuerzas para sostenerla en alto.

—Eso está bien —repuse deslizando los dedos bajo su muslo para levantárselo—. Déjeme que le arregle esto, tendremos agua para usted dentro de un minuto.

—Eso sería estupendo —murmuró, y cerró los ojos para evitar la molestia del sol.

El extremo colgante del vendaje suelto estaba retorcido como la lengua de una serpiente, tieso a causa de la sangre seca, y el apósito estaba torcido. El propio apósito, una cataplasma de linaza y trementina, estaba empapado, rosa por la sangre y la linfa que rezumaban. Pero no tenía más remedio que volver a utilizarlo.

—¿Cómo se llama?

—Walter. —Sus ojos seguían cerrados y respiraba con dificultad. Yo también. El aire denso y caliente era como un vendaje apretado con fuerza en torno a mi pecho—. Walter... Woodcock.

—Encantada de conocerlo, Walter. Mi nombre es Claire Fraser.

—La conozco —murmuró—. Es usted la señora del Gran Rojo. ¿Consiguió salir él del fuerte?

—Sí —respondí, y me restregué la cara contra el hombro para evitar que el sudor me entrara en los ojos—. Está bien.

«Dios mío, haz que esté bien.»

El oficial inglés regresaba a la cabaña pasando a escasa distancia de donde yo me encontraba. Levanté la vista y se me paralizaron las manos.

Era alto, delgado, pero de espaldas anchas, y habría reconocido aquel paso largo, aquella gracia natural y aquella inclinación arrogante de la cabeza en cualquier parte. Se detuvo, con el ceño fruncido, y volvió la cabeza para inspeccionar el campo a rebosar. Tenía la nariz recta como la hoja de un cuchillo, sólo un poquito demasiado larga. Cerré los ojos por unos instantes, mareada, alucinando sin duda, pero volví a abrirlos enseguida, consciente de que no era así.

—¿William Ransom? —espeté, y él volvió rápidamente la cabeza hacia mí, sorprendido. Ojos azules, azul oscuro, los ojos Fraser, reducidos a rendijas para protegerlos del sol—. Yo, eeh, discúlpeme.

«Dios mío, ¿para qué le habré dicho nada?» Pero no había podido evitarlo.

Tenía los dedos apretados contra la pierna de Walter, sujetando el vendaje. Podía ver los latidos de su arteria femoral contra la punta de mis dedos, golpeando tan erráticamente como los míos.

—¿La conozco, señora? —inquirió William con una levísima reverencia.

—Sí —dije más bien en tono de disculpa—. Hace algunos años pasó usted una breve temporada con mi familia. En un lugar llamado Cerro de Fraser.

Su expresión cambió de inmediato al oír el nombre, y su mirada se volvió más penetrante mientras me estudiaba con interés.

—Vaya, sí —dijo despacio—. Lo recuerdo. Es usted la señora Fraser, ¿verdad?

Me daba cuenta de cómo discurrían sus pensamientos y estaba fascinada. No tenía la costumbre de Jamie de ocultar lo que pensaba, o, si la tenía, no la estaba poniendo en práctica. Lo veía preguntarse —como el muchacho agradable y bien educado que era— cuál sería la respuesta social adecuada para esa situación tan extraña, y —lanzó una rápida ojeada a la cabaña— cómo podía entrar en conflicto con las exigencias de su cargo.

Sus hombros se tensaron con decisión, pero, antes de que pudiera abrir la boca, intervine.

—¿Cree que sería posible encontrar algunos cubos para traer agua? ¿Y vendas? —La mayoría de las mujeres habíamos roto ya en tiras nuestras enaguas para cumplir esa función. De seguir así, pronto estaríamos todas medio desnudas.

—Sí —respondió despacio, y miró a Walter y luego a la carretera—. Cubos, sí. Un médico acompaña a la división que viene detrás de nosotros. Cuando tenga un momento mandaré a alguien a pedir vendas.

—¿Y comida? —inquirí, esperanzada.

No había comido más que un puñado de bayas medio verdes en casi dos días. No sufría calambres por el hambre —tenía el estómago hecho un nudo—, pero sí sentía mareos y veía pasar manchas por delante de los ojos. Nadie se encontraba mucho mejor. El calor y la pura debilidad se llevarían por delante a un buen número de inválidos si no nos daban pronto alimento y refugio.

Vaciló, y vi que sus ojos sobrevolaban el campo, obviamente estimando el número de personas.

—Eso tal vez sea... nuestra línea de aprovisionamiento está... —Sus labios callaron y meneó la cabeza—. Veré qué puede hacerse. Su más seguro servidor, señora. —Hizo una cortés reverencia y se alejó en dirección a la carretera.

Me quedé observándolo mientras se marchaba, maravillada, con el apósito mojado colgando en la mano. Tenía el cabello oscuro, aunque el sol le arrancaba destellos rojos a su coronilla. No llevaba polvos. Su voz era ahora más profunda —bueno, claro, la última vez que lo había visto no debía de tener más de doce años—, y oír hablar a Jamie con un acento inglés tan culto me parecía tan extraño que me entraron ganas de echarme a reír, a pesar de lo precario de nuestra situación y de lo preocupada que estaba por él y por Ian. Sacudí la cabeza y volví a la tarea que tenía entre manos.

Un soldado raso británico apareció una hora después de mi conversación con el teniente Ransom acarreando cuatro cubos, que dejó caer a mi lado sin ceremonias ni abrir la boca antes de regresar a la carretera. Dos horas más tarde, avanzando a paso lento entre el trigo pisoteado, llegó un enfermero sudoroso con dos grandes mochilas llenas de vendas. Curiosamente, se dirigió directo hacia mí, lo que me hizo preguntarme cómo me habría descrito William.

—Gracias. —Cogí las bolsas con las vendas, muy agradecida—. ¿Cree usted que podríamos tener pronto algo de comida?

El enfermero contempló el campo con una mueca. Era obvio que los inválidos estaban a punto de convertirse en responsabilidad suya. Sin embargo, se volvió hacia mí, cortés pero a todas luces muy cansado.

—Lo dudo, señora. La caravana con las provisiones se encuentra a dos días de distancia, y las tropas viven de lo que llevan consigo o de lo que van encontrando conforme avanzan. —Hizo un gesto con la cabeza en dirección a la carretera. Al otro lado de ésta, pude ver a un montón de soldados ingleses montando el campamento—. Lo siento —añadió en tono ceremonioso, y dio media vuelta para marcharse.

»Ah —se detuvo y, tras quitarle la correa a su cantimplora, me la entregó. Pesaba mucho y gorgoteaba de manera tentadora—. El teniente Ellesmere me ha dicho que le diera esto. —Sonrió apenas, con lo que el rictus de cansancio se difuminó—. Dijo que parecía que tenía calor.

—El teniente Ellesmere. —Ése debía de ser el rango de William, me percaté—. Gracias. Y, por favor, dele las gracias al teniente si lo ve. —Estaba a punto de marcharse, pero no pude evitar preguntarle—: ¿Cómo supo usted quién era yo?

Su sonrisa se hizo más amplia al tiempo que me miraba la cabeza.

—El teniente dijo que era usted la peluca rizada que daba órdenes como un sargento mayor. —Volvió a echarle una buena ojeada al campo mientras negaba con la cabeza—. Buena suerte, señora.

Tres hombres murieron antes de que se pusiera el sol. Walter Woodcock seguía con vida, pero estaba muy mal. Habíamos trasladado a todos los hombres que habíamos podido bajo la sombra de los árboles que flanqueaban uno de los márgenes del campo, y yo había dividido a los que estaban heridos de gravedad en pequeños grupos y había asignado a cada uno de ellos un cubo y dos o tres mujeres o inválidos capaces de andar para que los atendieran. También había designado un área para letrinas y había hecho cuanto estaba en mi mano para separar los casos infecciosos de aquellos cuya fiebre se debía a las heridas o a la malaria. Había tres que sufrían de lo que yo esperaba no fueran más que «fiebres de verano», y uno que me temía que pudiera tener difteria. Me senté junto a él —un joven carretero de Nueva Jersey—, y le examiné de vez en cuando las membranas de la garganta, dándole de beber tanta agua como podía tomar. Pero no de mi cantimplora.

William Ransom, Dios lo bendiga, había llenado su cantimplora de coñac.

La abrí y tomé un pequeño sorbo. Había apartado dos tazas para cada grupito, añadiendo cada taza a un cubo de agua, pero había reservado un poco para mi uso personal. No era egoísmo:

para bien o para mal, estaba por el momento al cargo de los cautivos, tenía que seguir manteniéndome sobre mis pies.

«O sobre mi trasero, como podía bien darse el caso», pensé apoyando la espalda contra el tronco de un roble. Me dolían las piernas desde los pies hasta las rodillas, sentía punzadas en la espalda y las costillas cada vez que respiraba, y tenía que cerrar los ojos de cuando en cuando para controlar los mareos. Pero creo que era la primera vez en varios días que estaba tranquilamente sentada.

Los soldados del otro lado de la carretera estaban cocinando sus magras raciones. Se me hacía la boca agua y me dolía el estómago al contraerse con el olor de la carne y de la harina que se tostaban. El hijito de la señora Wellman gemía de hambre con la cabeza apoyada en el regazo de su madre. Ella le acariciaba el pelo con gesto mecánico, con los ojos fijos en el cuerpo de su marido, tumbado en el suelo un poco más allá. No teníamos ninguna sábana o manta con que abrigarlo, pero alguien le había dado a su mujer un pañuelo para cubrirle la cara. Las moscas eran un suplicio.

Gracias a Dios, ahora el aire era más fresco, pero seguía amenazando lluvia. Los truenos eran un constante rumor lejano en el horizonte, y probablemente llovería a cántaros en algún momento durante la noche. Me despegué de la piel la tela empapada de sudor. Dudaba que tuviera tiempo de secarse antes de que la lluvia nos calara. Observé con envidia el campamento del otro lado de la carretera, con sus hileras de pequeñas tiendas y los arbustos que ofrecían cobijo. Había también una tienda para oficiales, algo mayor, aunque varios militares de graduación se habían alojado de forma temporal en la cabaña incautada.

Debería ir hasta allí, pensé. Ver al oficial de más alto grado presente y rogarle que, por lo menos, nos diera comida para los niños. Cuando la sombra de aquel pino joven tan alto alcanzara mi pie, decidí. Entonces iría. Entretanto, abrí la cantimplora y tomé otro traguito.

Un movimiento me llamó la atención y levanté la vista. La inconfundible figura del teniente Ransom salió con paso majestuoso de las tiendas y cruzó la carretera. Verlo me alegró un poco el corazón, aunque también renovó mi inquietud por Jamie y me hizo pensar, con una ligera y penetrante punzada, en Brianna. Al menos ella estaba a salvo, pensé. Y también Roger, y Jemmy y Amanda. Repetí sus nombres para mis adentros como un pequeño estribillo reconfortante, contándolos como si fueran monedas. Cuatro estaban a salvo.

William se había deshecho la corbata y tenía el pelo revuelto, la chaqueta manchada de barro y sudor. Evidentemente, la persecución estaba desgastando también al ejército británico. Paseó la mirada por el campo, me reconoció y se volvió decidido en mi dirección. Junté los pies bajo el cuerpo y me impulsé con dificultad hacia arriba contra la fuerza de la gravedad, al igual que un hipopótamo que se yergue de un pantano.

Acababa de ponerme en pie y de alzar una mano para alisarme el pelo cuando otra mano se me hincó en la espalda. Di un violento respingo, pero, por fortuna, no grité.

—Soy yo, tía —susurró el joven Ian desde la oscuridad a mi espalda—. Ven con... ay, Jesús.

William se hallaba ahora a unos diez pasos de mí y, al levantar la cabeza, había entrevisto a Ian. Saltó hacia delante y me agarró del brazo apartándome de los árboles de un tirón. Chillé, al tiempo que Ian me agarraba con idéntica fuerza del otro brazo y tiraba enérgicamente de mí en su dirección.

—¡Suéltela! —ladró William.

—Y un rábano —contestó Ian, airado—. ¡Suéltela usted!

El pequeñín de la señora Wellman estaba de pie, mirando hacia el bosque boquiabierto y con unos ojos como platos.

—¡Mamá, mamá! ¡Indios!

Las mujeres que se encontraban cerca de nosotros se pusieron a gritar, y todos comenzaron a correr como locos para alejarse del bosque, dejando que los heridos se las arreglaran solos.

—¡Ah, hijo de puta! —exclamó Ian soltándome a regañadientes.

William no me soltó, y tiró de mí con tal fuerza que me estrellé contra él, tras lo cual me agarró de inmediato por la cintura y me arrastró un trecho dentro del campo.

—¿Quiere soltar a mi tía de una maldita vez? —espetó Ian muy irritado, al tiempo que salía de entre los árboles.

—¡Usted! —exclamó William—. ¿Qué está...? Bueno, no importa. ¿Su tía, dice? —Me miró—. ¿Es eso cierto? ¿Es usted su tía? Espere... no, claro que lo es.

—Lo soy —corroboré empujando sus brazos—. Suélteme.

William relajó algo la presión, pero no me soltó.

—¿Cuántos más hay ahí? —exigió indicando el bosque con la barbilla.

—Si hubiera más, estaría usted muerto —le informó Ian—. Estoy solo. Démela.

—No puedo. —Pero había un deje de inseguridad en la voz de William, y sentí que volvía la cabeza para mirar hacia la cabaña. Hasta el momento no había salido nadie, aunque vi que algunos de los centinelas apostados cerca de la carretera se agitaban, preguntándose qué estaba sucediendo. Los demás cautivos habían dejado de correr, pero temblaban de pánico incipiente, escudriñando como locos con los ojos las sombras de entre los árboles.

Golpeé con ganas a William con los nudillos y él me soltó y dio un paso atrás. La cabeza volvía a darme vueltas, en gran medida por la curiosa sensación de que me abrazara un absoluto desconocido cuyo cuerpo me resultaba tan familiar. Estaba más delgado que Jamie, pero...

—¿Me debe una vida o no? —Sin esperar una respuesta, Ian me señaló bruscamente con el pulgar—. Sí. Pues... quiero la suya.

—No se trata para nada de su vida —respondió William, bastante enfadado, con un extraño gesto en mi dirección, admitiendo que tal vez yo tuviera un posible interés en la discusión—. No irá a suponer que matamos a las mujeres.

—No —repuso Ian con calma—. No lo supongo en absoluto. Sé perfectamente que lo hacen.

—¿Que lo hacemos? —repitió William. Parecía sorprendido, pero un rubor repentino hizo que sus mejillas ardieran.

—Lo hacen —le aseguró Ian—. El general Howe colgó a tres mujeres a la cabeza de su ejército en Nueva Jersey, como ejemplo.

Ante esto, William dio la impresión de que estaba completamente desconcertado.

—Bueno... pero ¡eran espías!

—¿Le parece a usted que yo no tengo aspecto de espía? —inquirí—. Le estoy muy agradecida por su buena opinión, pero no sé si el general Burgoyne la compartirá.

Por supuesto, muchas otras mujeres habían muerto a manos del ejército británico, aunque de manera menos oficial, pero ése no parecía el momento de hacer un recuento de ellas.

—El general Burgoyne es un caballero —dijo William con dureza—. Y yo también.

—Estupendo —replicó Ian brevemente—. Vuélvase treinta segundos de espaldas y no lo molestaremos más.

No sé si lo habría hecho o no, pero en ese preciso momento unos gritos indios desgarraron el aire desde el otro extremo de la carretera. Los prisioneros comenzaron a su vez a proferir gritos frenéticos, y yo me mordí la lengua con el fin de no gritar también. Una llamarada se elevó de repente en el cielo color lavanda desde la parte superior de la tienda de los oficiales. Mientras yo miraba boquiabierta, otros dos cometas ardientes surcaron el cielo. Parecía el descenso del Espíritu Santo, pero, antes de que pudiera mencionar esa interesante observación, Ian me agarró del brazo y a punto estuvo de derribarme al suelo de un tirón.

Logré aferrar la cantimplora al pasar mientras corríamos a tumba abierta hacia el bosque. Ian me la quitó de las manos, casi arrastrándome en su precipitación. Detrás de nosotros sonaban gritos y disparos, y la piel del final de mi espalda se contrajo de miedo.

—Por aquí.

Lo seguí sin prestar atención a dónde ponía los pies, tropezando y torciéndome los tobillos en la penumbra mientras nos arrojábamos de cabeza entre los arbustos, esperando recibir un tiro en la espalda en cualquier momento.

La destreza del cerebro para distraerse por sí solo es tal que fui capaz de imaginar con todo detalle que me herían, me capturaban, la herida se me infectaba, se me declaraba una sepsis y acababa sufriendo una muerte lenta, pero no antes de que me obligaran a presenciar la captura y la ejecución tanto de Jamie —había reconocido sin dificultad el origen de los gritos indios y las flechas ardientes— como de Ian.

Sólo cuando redujimos el paso —por fuerza, pues tenía tal flato en el costado que apenas si podía respirar— logré pensar en otras cosas. En los enfermos y los heridos que había dejado atrás. En aquel joven carretero con la garganta terriblemente enrojecida. En Walter Woodcock, que se columpiaba sobre el abismo.

«No podías darle a ninguno de ellos más que una mano que apretar», me dije con ferocidad, cojeando y dando traspiés en pos de Ian. Era cierto. Sabía que era cierto, pero también sabía que, en ocasiones, una mano en la oscuridad le proporcionaba a un enfermo algo a lo que aferrarse contra el viento racheado del ángel negro. Unas veces bastaba. Otras, no. Sin embargo, el dolor de aquellos que había dejado atrás tiraba de mí como un ancla, y no sabía si la humedad que se deslizaba por mis mejillas era sudor o lágrimas.

Era ya noche cerrada y las nubes enfurecidas ocultaban la luna, permitiendo tan sólo entrever de forma intermitente su brillante luz. Ian había reducido aún más la marcha para que yo pudiera mantenerme a su altura, y me cogía de cuando en cuando del brazo para ayudarme a pasar sobre las rocas o a cruzar algún arroyo.

—¿Cuánto... falta? —jadeé, deteniéndome una vez más a tomar aliento.

—No mucho —contestó la voz de Jamie junto a mí con suavidad—. ¿Estás bien, Sassenach?

El corazón me dio un salto tremendo y volvió después a asentarse en el pecho mientras él buscaba mi mano y me estrechaba unos instantes contra su cuerpo. Experimenté un alivio tan profundo que creí que se me habían disuelto los huesos.

—Sí —respondí, con la cara hundida en su pecho, y levanté la cabeza con gran esfuerzo—. ¿Y tú?

—Ahora, muy bien —contestó pasándome la mano por la cabeza y acariciándome la mejilla—. ¿Puedes caminar un poco más?

Me enderecé, tambaleándome un poco. Había comenzado a llover. Grandes gotas caían sobre mi cabello, frías e inesperadas en mi cuero cabelludo.

—Ian, ¿tienes esa cantimplora?

Se oyó un suave *¡pop!* e Ian me puso la cantimplora en las manos. Con mucho cuidado, la incliné y vertí el líquido en mi boca.

—¿Es eso coñac? —inquirió Jamie, asombrado.

—Ajá.

Tragué, lo más despacio que pude, y le pasé la cantimplora.

—¿Dónde la has conseguido?

—Me la ha dado tu hijo —contesté—. ¿Adónde vamos?

Se produjo una larga pausa en la oscuridad y luego oí que se bebía el coñac.

—Al sur —respondió por fin y, tras cogerme de la mano, me llevó bosque adentro mientras la lluvia susurraba sobre las hojas a nuestro alrededor.

Empapados y temblorosos, alcanzamos a una unidad de la milicia justo antes del amanecer, y un centinela nervioso casi nos disparó por error. A esas alturas, apenas me importaba. Estar muerta era inmensamente preferible a la perspectiva de dar un paso más.

Una vez establecida nuestra *bona fides*, Jamie desapareció unos minutos y regresó con una manta y tres panes de maíz recién hechos. Inhalé mi ración de aquella ambrosía en apenas cuatro segundos, me envolví en la manta y me tumbé bajo un árbol, donde el suelo estaba húmedo, pero no empapado, y cubierto de una capa tan gruesa de hojas muertas que cedió esponjosamente bajo mi cuerpo.

—Vuelvo dentro de un rato, Sassenach —susurró Jamie en cuclillas a mi lado—. No irás a ningún sitio, ¿verdad?

—No te preocupes, aquí me encontrarás. Dudo que mueva un solo músculo antes de Navidad.

Un tenue calor regresaba a mis músculos temblorosos, y el sueño me engullía con la inexorabilidad de las arenas movedizas.

Soltó una risa silenciosa y alargó una mano, remetiéndome la manta alrededor de los hombros. La luz del alba revelaba las profundas arrugas que la noche había excavado en su rostro, las manchas de suciedad y el agotamiento marcando sus fuertes huesos. Ahora, su boca grande, apretada durante tanto tiempo, se había relajado con el alivio de la seguridad momentánea, confiriéndole un aspecto curiosamente joven y vulnerable.

—Se parece a ti —murmuré.

Su mano, aún sobre mi hombro, dejó de moverse; bajó la mirada, y las largas pestañas le ocultaron los ojos.

—Lo sé —repuso en voz muy baja—. Háblame de él. Más tarde, cuando haya tiempo.

Oí sus pasos, un roce entre las hojas mojadas, y caí dormida con una oración por Walter Woodcock a medio rezar en la cabeza.

57

El juego del desertor

La prostituta gruñó a través del trapo que apretaba entre los dientes.

—Casi hemos terminado —murmuré, y le recorrí suavemente la pantorrilla con los nudillos en ademán tranquilizador antes de retomar el desbridamiento de la fea herida que tenía en el pie.

El caballo de un oficial la había pisado cuando —además de muchas otras personas y animales— se abrían paso a empujones para beber en un arroyo durante la retirada. Podía distinguir con claridad la marca de los clavos de la herradura del caballo, negros en la carne hinchada y roja del arco de su pie. El propio borde de la herradura, tan gastado que tenía el grosor del papel y afilado como un cuchillo, le había causado un corte curvo y profundo que recorría el metatarso y desaparecía entre el cuarto y el quinto dedo.

Al principio había temido tener que extirparle el dedo meñique —parecía que colgaba tan sólo de un pedacito de piel—, pero cuando examiné el pie con mayor detenimiento, descubrí que todos los huesos estaban milagrosamente intactos (en la medida en que podía asegurarlo sin acceso a una máquina de rayos X).

El casco del caballo le había hundido el pie en el barro de la orilla, me había dicho ella. Probablemente eso había evitado que los huesos quedaran aplastados. Si conseguía contener la infección y no tenía que amputar el pie, quizá pudiera volver a caminar con normalidad. Quizá.

Con cierta prudente esperanza, dejé el escalpelo y alargué la mano para coger una botella de lo que esperaba fuera un líquido con penicilina que había traído del fuerte. Había salvado la lente del microscopio del doctor Rawlings del incendio de la casa y me resultaba de lo más útil para encender el fuego, pero sin la pieza ocular, el soporte o el espejo, su utilidad para determinar el género de los microorganismos se veía muy limitada. Podía tener la seguridad de que lo que había cultivado y filtrado era moho del pan, conforme, aunque aparte de eso...

Reprimiendo un suspiro, derramé generosamente el líquido sobre la carne que acababa de descubrir. No contenía alcohol, pero la herida estaba en carne viva. La prostituta emitió un ruido agudo a través del trapo y respiró por la nariz como una máquina de vapor. Aun así para cuando hube preparado una compresa de lavanda y consuelda y le hube vendado el pie ya se había calmado, aunque tenía la cara colorada.

—Ya está. —Le di una palmadita en la pierna—. Me parece que esto bastará.

Me disponía a añadir sin pensarlo «Manténgala limpia», pero me mordí la lengua. La mujer no llevaba ni medias ni zapatos y caminaba a diario por un terreno lleno de rocas, suciedad y riachuelos, o vivía en un campamento sucísimo lleno de montones de excrementos, tanto humanos como de animales. La planta de sus pies estaba tan dura como el cuerno y negra como el carbón.

—Venga a verme dentro de uno o dos días —le dije, en cambio. «Si puede», pensé—. Lo examinaré y le cambiaré el apósito. —«Si puedo», pensé echándole un vistazo al macuto que había en el rincón, donde guardaba mis menguantes reservas de medicamentos.

—Muchísimas gracias.

La prostituta se sentó y puso el pie en el suelo con cuidado. A juzgar por la piel de sus piernas y de sus pies, era joven, aunque resultaba imposible decirlo por su rostro. Tenía la piel estropeada, arrugada por el hambre y el esfuerzo. Sus pómulos sobresalían a causa de la falta de alimento, y tenía la boca hundida allí donde le faltaban unos cuantos dientes, perdidos por la caries o de un golpe propinado por algún cliente u otra prostituta.

—¿Cree que se quedará usted aquí durante algún tiempo? —preguntó—. Tengo una amiga, o algo parecido, tiene picores.

—Estaré aquí esta noche por lo menos —le aseguré, conteniendo un gemido al ponerme en pie—. Mándeme a su amiga. Veré qué puedo hacer.

Nuestro grupo de la milicia se había unido a otros varios formando una masa grande y, al cabo de unos cuantos días, empezamos a cruzarnos con otros grupos rebeldes. Nos íbamos tropezando con parte de los ejércitos del general Schuyler y del general Arnold, que se desplazaban hacia el sur por el valle del Hudson.

Seguíamos marchando durante todo el día, pero comenzábamos a sentirnos lo bastante seguros como para dormir por la noche y, con la comida que nos suministraba el ejército —de manera irregular, pero comida al fin y al cabo—, poco a poco íbamos recuperando las fuerzas. Solía llover por la noche, pero ese día llovió al alba, por lo que anduvimos con dificultad entre el barro durante horas antes de encontrar un refugio.

Las tropas del general Arnold habían arrasado la granja y quemado la casa. Uno de los laterales del granero estaba considerablemente afectado, pero el fuego se había extinguido antes de consumir el edificio.

Una ráfaga de viento sopló a través del granero levantando remolinos de polvo y paja en mal estado, y nos agitó las enaguas alrededor de las piernas. En un principio, el granero tenía suelo de madera. Podía ver las marcas de las tablas, incrustadas en la tierra. Los forrajeadores se las habían llevado para hacer fuego pero, gracias a Dios, les había supuesto demasiado problema derribar el edificio.

Algunos de los refugiados que huían de Ticonderoga habían buscado refugio allí. Llegarían más antes del anochecer. Una madre con dos niños pequeños exhaustos dormía hecha un ovillo pegada al muro opuesto. Su marido los había dejado cobijados allí y se había ido a buscar comida.

«Orad, pues, que vuestra huida no sea en invierno ni en día de reposo.»

Seguí a la prostituta hasta la puerta y me quedé mirándola. El sol tocaba ya el horizonte. Tal vez quedara una hora de luz, pero la brisa del anochecer agitaba las copas de los árboles, y las faldas de la noche susurraban mientras ésta se acercaba. Me estremecí involuntariamente, aunque el día aún era bastante caluroso. En el viejo granero hacía fresco, y por las noches el frío comenzaba a hacerse sentir. Cualquier día nos despertaríamos con escarcha en el suelo.

«¿Y entonces, qué?», dijo la vocecita aprensiva que vivía en la boca de mi estómago.

—Entonces, me pondré otro par de medias —le contesté en un murmullo—. ¡Cállate!

«Una persona realmente cristiana le habría dado sin duda otras medias a la prostituta descalza», observó la voz santurrona de mi conciencia.

—Cállate tú también —le dije—. Tendré montones de oportunidades de ser una buena cristiana más adelante, si siento la necesidad. —Imaginaba que la mitad de los refugiados necesitaba medias.

Me pregunté qué podría hacer por la amiga de la prostituta si venía. Los «picores» podían ser cualquier cosa, desde eccema o viruela bovina a gonorrea, aunque, dada su profesión, lo más seguro es que fuera algo venéreo. En Boston, probablemente habría sido una simple candidiasis. Lo curioso es que allí no había visto casi ninguna, y especulé, sin darle mucha importancia, que debía de ser por la falta casi universal de ropa interior. ¡Para que luego digan de los avances de la modernidad!

Volví a mirar mi macuto, calculando lo que me quedaba y cómo podía utilizarlo. Una buena cantidad de vendas e hilas; un frasco de ungüento de genciana, bueno para los arañazos y las heridas menores, que se producían en abundancia; una pequeña provisión de las hierbas más útiles para tinturas y compresas: lavanda, consuelda, menta, semillas de mostaza. Por puro milagro, aún tenía la caja de quina que había comprado en New Bern —pensé en Tom Christie y me santigüé, pero me lo quité de la cabeza: no podía hacer nada por él, y tenía mucho que hacer allí—; dos escalpelos que había cogido del cadáver del teniente Stactoe —había sucumbido a unas fiebres por el camino—, y mis tijeras quirúrgicas de plata. Y las agujas de acupuntura de oro de Jamie. Podía utilizarlas para tratar a otras personas, sólo que no tenía ni idea de cómo aplicarlas para algo que no fuera el mal de mar.

Oía voces, grupos de forrajeadores que se movían entre los árboles, aquí y allá alguien que gritaba un nombre buscando a un amigo o a un familiar perdido durante el viaje. Los refugiados empezaban a prepararse para pasar la noche.

Unos palos crujieron cerca de mí, y un hombre surgió del bosque. No lo reconocí. Se trataba de uno de los «truhanes de medias grasientas» de una de las milicias, sin duda. Llevaba un mosquete en una mano y un cuerno de pólvora en el cinturón. No mucho más. Y, sí, iba descalzo, aunque tenía los pies demasiado grandes para ponerse mis medias (cosa que le señalé a mi conciencia, por si se veía obligada a intentar empujarme de nuevo a hacer caridad).

Me vio en la puerta y levantó una mano.

—¿Es usted la hechicera? —inquirió.

—Sí. —Me había dado por vencida y ya no intentaba que la gente me llamase doctora, y mucho menos aún médica.

—Me he encontrado a una prostituta con un vendaje reciente y muy bien hecho en el pie —explicó el hombre al tiempo que me dirigía una sonrisa—. Dijo que había una hechicera en el granero que tenía algunas medicinas.

—Sí —repetí lanzándole una rápida ojeada.

No observé ninguna herida a la vista, y no estaba enfermo —lo sabía por su color y por su forma de andar, bien derecho—. Tal vez tuviera una mujer o un hijo o un compañero enfermo.

—Démelas ahora mismo —dijo sonriendo aún, y dirigió el cañón del mosquete hacia mí.

—¿Qué? —contesté, atónita.

—Deme las medicinas que tenga. —Efectuó un ligero movimiento amenazador con el arma—. Podría matarla sin más y llevármelas, pero no quiero malgastar la pólvora.

Permanecí inmóvil y me lo quedé mirando unos instantes.

—¿Para qué demonios las quiere?

Una vez me habían asaltado para conseguir medicamentos en una sala de urgencias de Boston. Un joven drogadicto, sudando y con los ojos vidriosos, con una pistola. Se los había entregado de inmediato. Pero ahora no estaba dispuesta a hacerlo.

Resopló y amartilló el arma. Antes de que pudiera siquiera pensar en asustarme, se oyó un penetrante *bang* y percibí el olor del humo de la pólvora. El hombre adoptó una terrible expresión de sorpresa, con el mosquete flojo en las manos. Luego cayó a mis pies.

—Sujeta esto, Sassenach. —Jamie me arrojó la pistola recién disparada a las manos, se encorvó y agarró el cuerpo por los pies. Lo arrastró fuera del granero bajo la lluvia.

Tragué saliva, busqué en mi bolsa y saqué el par de medias de repuesto. Las dejé caer en el regazo de la mujer y, a continuación, fui a dejar la pistola y la bolsa junto al muro. Era consciente de que la madre y sus hijos tenían los ojos fijos en mí, y los vi volverse de repente hacia la puerta abierta. Me di la vuelta y vi entrar a Jamie, calado hasta los huesos, con el rostro demacrado y marcado por el cansancio.

Atravesó el granero y se sentó a mi lado, apoyó la cabeza en las rodillas y cerró los ojos.

—Gracias, señor —dijo la mujer en voz muy baja—. Señora.

Por un momento pensé que se había quedado dormido al instante, pues no se movía. Sin embargo, al cabo de un breve tiempo, dijo con voz igualmente queda:

—De nada, señora.

Estuve más que encantada de encontrar a los Hunter al llegar al pueblo siguiente. Estaban en una de las barcazas capturadas al principio, pero habían logrado escapar con la simple estratagema de internarse en los bosques después de que hubiera anochecido. Como los soldados que los habían apresado no se habían molestado en contar a los prisioneros, nadie se había dado cuenta de que se habían marchado.

En general, las cosas pintaban algo mejor. La comida empezaba a ser más abundante y nos hallábamos entre continentales regulares. Pero seguíamos a tan sólo escasos kilómetros del ejército de Burgoyne, y el esfuerzo de la larga retirada comenzaba a pasar factura. Las deserciones eran frecuentes, aunque nadie sabía hasta qué punto. La organización, la disciplina y la estructura militar iban restaurándose conforme nos integrábamos bajo la influencia del ejército continental, pero aún había hombres que podían desvanecerse sin llamar la atención.

Fue Jamie quien pensó en el juego del desertor. En los campamentos británicos, acogerían a los desertores, les darían ropa y los interrogarían para obtener información.

—Así que se la daremos, ¿entienden? —inquirió—. Y es justo que cojamos lo mismo a cambio, ¿no?

Las sonrisas empezaron a brotar en los rostros de los oficiales a quienes estaba planteando esa idea. Al cabo de pocos días, algunos «desertores» escogidos con tiento se dirigían ya furtivamente a los campamentos enemigos, donde los llevaban ante los oficiales británicos, a quienes contaban historias preparadas con esmero. Y, después de una buena cena, aprovechaban la primera ocasión para desertar de nuevo al lado americano, trayendo consigo información útil sobre las fuerzas británicas que nos perseguían.

Ian se dejaba caer de vez en cuando en campamentos indios si parecía seguro, pero no jugaba a ese juego concreto. Llamaba demasiado la atención. Pensé que a Jamie le habría gustado hacerse pasar por desertor, que aquello despertaba su muy acusado sentido teatral y de la aventura. Pero su tamaño y su llamativa apariencia le hicieron descartar la idea. Los desertores tenían que ser hombres de aspecto corriente que nadie pudiese reconocer más adelante.

—Porque, tarde o temprano, los británicos se darán cuenta de lo que sucede. No son tontos. Y cuando caigan en la cuenta, no se lo tomarán bien.

Nos habíamos refugiado para pasar la noche en otro granero, éste sin quemar y equipado con unos cuantos montones de heno mohoso, aunque el ganado hacía tiempo que había desaparecido. Estábamos solos, pero probablemente no por mucho tiempo. Se diría que el interludio del jardín del comandante había tenido lugar en la vida de otras personas, pero apoyé la cabeza en el hombro de Jamie, relajándome contra su sólido calor.

—¿Crees que tal vez...?

Jamie se detuvo de golpe, apretándome la pierna con la mano. Unos instantes después oí el cauteloso crujido que lo había alertado y se me secó la boca. Podía ser cualquier cosa, desde un lobo que rondaba por los alrededores a una emboscada de los indios pero, fuera lo que fuese, era de tamaño considerable, así que busqué a tientas el bolsillo en el que había guardado el cuchillo que él me había regalado.

No era un lobo. Algo pasó por delante de la puerta abierta, una sombra de la altura de un hombre, y desapareció. Jamie me pellizcó el muslo y se marchó, avanzando agachado por el granero vacío sin hacer el más mínimo ruido. Por un segundo no pude distinguirlo en la oscuridad, pero mis ojos estaban bien adaptados, de modo que lo encontré segundos después. Una larga sombra oscura adherida al muro, justo en el umbral de la puerta.

La sombra de afuera había regresado. Vi en el exterior la breve silueta de una cabeza recortada contra el negro, más pálido, de la noche. Junté los pies, con la piel erizada de miedo. La puerta era la única salida. Tal vez debería haberme arrojado al suelo y rodar contra la base de una pared. Quizá así pasaría desapercibida o, con suerte, podría agarrar a uno de los intrusos por los tobillos o clavarle el cuchillo en el pie.

Estaba a punto de poner en práctica esa estrategia cuando un trémulo susurro brotó de la noche.

—¿Amigo... amigo James? —dijo, y yo solté de golpe todo el aliento que había estado conteniendo.

—¿Eres tú, Denzell? —pregunté intentando que mi voz sonara normal.

—¡Claire! —irrumpió por la puerta aliviado, tropezó enseguida con algo y cayó de cabeza con estrépito.

—Bienvenido, amigo Hunter —lo saludó Jamie con el impulso nervioso de echarse a reír evidente en su voz—. ¿Te has hecho daño? —La larga sombra se apartó de la pared y se inclinó para ayudar a nuestro visitante a levantarse.

—No. No, no lo creo. Aunque, de hecho, casi no sé... James, ¡lo he conseguido!

Se produjo un momentáneo silencio.

—¿Están muy lejos, *a charaid*? —le preguntó Jamie con suavidad—. ¿Y avanzan?

—No, gracias a Dios. —Denzell se dejó caer a mi lado y observé que temblaba—. Están esperando a que lleguen sus carretas. No se atreven a dejar muy atrás su línea de aprovisionamiento y están teniendo muchísimos problemas. Hemos dejado los caminos hechos un desastre —el orgullo que traslucía su voz era palpable—, y la lluvia ha sido también de gran ayuda.

—¿Sabes cuánto tardarán en llegar?

Vi a Denzell asentir con la cabeza, impaciente.

—Uno de los sargentos dijo que tardarían dos o incluso tres días. Les estaba diciendo a algunos de los soldados que reservasen su harina y su cerveza porque no habría más hasta que llegasen las carretas.

Jamie exhaló y noté que parte de la tensión lo abandonaba. Lo mismo me sucedió a mí, y sentí una vehemente oleada de agradecimiento. Tendríamos tiempo de dormir. Acababa de empezar a relajarme un poco. Ahora la tensión fluía de mí como el agua, hasta tal punto que apenas si me di cuenta de las demás cosas que Denzell tenía que confiarnos. Oí la voz de Jamie, murmurando su enhorabuena. Le palmeó a Denzell el hombro y se deslizó fuera del granero, sin duda para seguir pasando la información.

Denzell permaneció sentado inmóvil, respirando con fuerza. Reuní lo que me quedaba de concentración e hice un esfuerzo por ser amable.

—¿Te han dado de comer, Denzell?

—Ah. —La voz de Denzell cambió y se puso a rebuscar en su bolsillo—. Ten. Te he traído esto.

Me puso algo en las manos: un panecillo aplastado, bastante quemado por los bordes (lo sabía por la costra dura y el olor a ceniza). Empezó a hacérseme la boca agua de forma incontrolable.

—Oh, no —logré decir mientras intentaba devolvérselo—. Debería...

—Me dieron de comer —me aseguró—. Un estofado de algo. Comí cuanto pude. Y tengo otro en el bolsillo para mi hermana. Me dieron la comida —me aseguró con vehemencia—. No la robé.

—Gracias —acerté a decir y, con el mayor autocontrol, partí el panecillo en dos y me guardé una mitad en el bolsillo para Jamie.

A continuación, me embutí el resto en la boca y lo mordí como un lobo que arranca bocados sangrantes de un animal muerto.

El estómago de Denny hizo eco al mío, rugiendo con una serie de grandes borborigmos.

—¡Creía que habías comido! —le dije, acusadora.

—Lo hice. Pero parece que el estofado no quiere guardar silencio —repuso con una dolorosa risita. Se inclinó hacia delante agarrándose el estómago con los brazos—. Yo... hum, ¿no tendrás a mano un poco de agua con cebada o de menta, amiga Claire?

—Sí —respondí, terriblemente aliviada por contar aún con reservas en mi bolsa. No me quedaba gran cosa, pero tenía menta.

No había agua caliente. Le di un puñado para que lo mascara y se lo tragara con agua de una cantimplora. Bebió con mucha sed, eructó y luego se detuvo, respirando de tal modo que supe exactamente lo que le pasaba. Lo guié a toda prisa hacia un rincón y le sostuve la cabeza mientras vomitaba, arrojando la menta y el estofado a la vez.

—¿Una intoxicación? —pregunté, intentando tocarle la frente para ver si tenía fiebre, pero él se apartó de mí y cayó sobre un montón de paja con la cabeza sobre las rodillas.

—Dijo que me colgaría —susurró de repente.

—¿Quién?

—El oficial inglés. Capitán Bradbury, creo que se llamaba. Dijo que pensaba que estaba jugando a espías y soldados y que, si no confesaba de inmediato, me colgaría.

—Pero no lo hizo —le dije en voz baja, y le puse una mano sobre el brazo. Estaba temblando como una hoja, y vi que le colgaba una gota de sudor de la barbilla, traslúcida en la oscuridad.

—Le dije... le dije que suponía que podía hacerlo, si quería. Y creí que iba a hacerlo de verdad. Pero no lo hizo. —Tenía la respiración entrecortada y comprendí que estaba llorando, en silencio.

Le rodeé los hombros con el brazo, lo abracé al tiempo que emitía ruiditos tranquilizadores y, al cabo de un rato, dejó de llorar. Permaneció callado unos cuantos minutos.

—Pensaba... que estaría preparado para morir —observó en voz baja—. Que me reuniría feliz con el Señor cuando Él decidiera llamarme. Me avergüenzo al ver que no es verdad. He pasado mucho miedo.

Inspiré larga y profundamente y me senté a su lado.

—Siempre he pensado en los mártires —señalé—. Nadie ha dicho nunca que no tuvieran miedo. Lo que sucede es que estaban dispuestos a ir y hacer lo que fuera que hicieran a pesar de ello. Tú fuiste.

—No me he preparado para ser mártir —dijo al cabo de un momento. Lo dijo en un tono tan dócil que casi me eché a reír.

—Dudo que mucha gente lo haga —repuse—. Y creo que la persona que lo hace debe de ser de lo más odiosa. Es tarde, Denzell, y tu hermana estará preocupada. Además de hambrienta.

Jamie tardó una hora o más en volver. Yo estaba acostada en la paja, envuelta en mi chal, pero no dormía. Se colocó a mi lado y se tumbó, suspirando, al tiempo que me rodeaba con un brazo.

—¿Por qué él? —inquirí al cabo de un rato intentando mantener la voz tranquila.

No funcionó. Jamie era extremadamente sensible a los tonos de voz, a los de todo el mundo, pero en particular al mío. Vi que su cabeza se volvía de golpe hacia mí, pero se detuvo un momento antes de contestar.

—Él quería ir —respondió fingiendo la calma mucho mejor que yo—. Y pensé que haría bien su papel.

—¿Que haría bien su papel? ¡No es un actor! Sabes que no puede mentir. ¡Debió de tartamudear y de atragantarse con la lengua! Estoy asombrada de que lo creyeran... si es que lo creyeron —añadí.

—Oh, sí que lo creyeron. ¿Crees que un desertor auténtico no estaría aterrorizado, Sassenach? —preguntó en un tono algo divertido—. Quería que entrara en el campamento sudando y tartamudeando. Si hubiera intentado darle un guión para que se lo aprendiera, lo habrían matado en el acto.

Esa idea hizo que el bolo de pan se me subiera a la garganta. Lo obligué a volver a bajar.

—Ya —repliqué, y respiré unas cuantas veces mientras sentía que también a mí se me llenaba el rostro de sudor al imaginarme al pequeño Denny Hunter sudando y tartamudeando frente a los fríos ojos de un oficial británico—. Ya —repetí—. Pero... ¿no podría haberlo hecho otro? No es sólo que Denny Hunter sea un amigo... Es un médico, hace falta.

La cabeza de Jamie se volvió de nuevo hacia mí. Fuera, el cielo comenzaba a aclararse. Podía ver el contorno de su cara.

—¿Es que no has oído que él quería hacerlo, Sassenach? —inquirió—. Yo no se lo pedí. De hecho, intenté disuadirlo por la mismísima razón que has mencionado tú. Pero él no quiso ni oír hablar de ello, y sólo me pidió que cuidara de su hermana si no regresaba.

Rachel. Se me encogió de nuevo el estómago al oír que la mencionaba.

—¿En qué estaría pensando?

Jamie lanzó un profundo suspiro y se tumbó de espaldas.

—Es un cuáquero, Sassenach. Pero es un hombre. Si fuera de esos hombres que no luchan por lo que creen, se habría quedado en su pueblecito poniéndoles emplastos a los caballos y cuidando de su hermana. Pero no lo es. —Negó con la cabeza y me miró—. ¿Habrías preferido que me quedara en casa, Sassenach? ¿Que me escaqueara de luchar?

—Sí —dije mientras mi nerviosismo se convertía en enfado—. Sin pensarlo dos veces. Sólo que sé que nunca lo harías, maldita sea, ¿para qué discutir, entonces?

Eso hizo que riera.

—Así que sí lo entiendes —replicó, y me cogió la mano—. Lo mismo pasa con Denzell Hunter, ¿sabes? Si está dispuesto a arriesgar la vida, es responsabilidad mía ver que haga el mejor juego posible.

—Teniendo en cuenta que la mayoría de las veces el premio es un enorme cero —observé intentando recuperar la ventaja—. ¿No te han dicho nunca que la banca siempre gana?

Él no cedió, sino que empezó a restregar suavemente adelante y atrás la yema de su pulgar sobre la punta de mis dedos.

—Sí, bueno. Uno calcula las probabilidades y corta las cartas, Sassenach. Y no todo es cuestión de suerte, ¿sabes?

La luz había ido aumentando, de ese modo imperceptible que precede al amanecer. No con la intensidad de un rayo de sol; sólo una emergencia gradual de objetos a medida que las sombras que los rodeaban pasaban del negro al gris y al azul.

Su pulgar resbaló al interior de mi mano y cerré los dedos sobre él por reflejo.

—¿Por qué no existe una palabra que exprese lo contrario de «desvanecerse»? —pregunté observando cómo las líneas de su rostro surgían de la oscuridad de la noche.

Recorrí la forma de una ceja despeinada con el pulgar y sentí el elástico felpudo de su barba corta contra la palma de mi mano, que pasaba conforme lo contemplaba de mancha amorfa a un conjunto de pequeños rizos y duros muelles, una masa de castaño, oro y plata, vigorosa contra su curtida piel.

—No creo que la necesites —declaró—. Si es que te refieres a la luz. —Me miró y me sonrió mientras yo veía que sus ojos recorrían el perfil de mi rostro—. Si la luz se desvanece, se hace de noche... y cuando vuelve a hacerse la luz, es la noche la que se desvanece, ¿no?

Así era. Debíamos dormir, pero pronto el ejército estaría dando vueltas a nuestro alrededor.

—¿Por qué será que las mujeres no hacen la guerra?

—Porque no estáis hechas para ello, Sassenach. —Su mano reposó en mi mejilla, dura y áspera—. Y no estaría bien. Vosotras, las mujeres, os lleváis muchísimas cosas cuando os vais.

—¿Qué quieres decir con eso?

Él se encogió apenas de hombros, con ese movimiento que significaba que estaba buscando una palabra o una idea, un movimiento inconsciente, como si el abrigo fuera demasiado estrecho para él, aunque en esos momentos no llevaba abrigo.

—Cuando un hombre muere, sólo le afecta a él —explicó—. Y un hombre es muy parecido a cualquier otro. Sí, una familia necesita a un hombre para que la alimente, para que la proteja. Pero cualquier hombre decente puede hacerlo. Una mujer... —Sus labios se movieron contra la punta de mis dedos, una débil sonrisa—. Una mujer se lleva la vida consigo cuando se va. Una mujer son... infinitas posibilidades.

—Idiota —le dije en voz muy baja—. Si crees que un hombre es exactamente igual que cualquier otro.

Permanecimos tumbados un rato contemplando cómo se iba haciendo de día.

—¿Cuántas veces lo has hecho, Sassenach? —inquirió de repente—. ¿Estar sentada entre la noche y el día y tener el miedo de un hombre en la palma de tus manos?

—Demasiadas —contesté, pero no era verdad, y él lo sabía.

Oí su aliento, la más tenue manifestación de humor, y volvió la palma de mi mano hacia arriba mientras su gran pulgar reseguía las colinas y los valles, las articulaciones y los callos, la línea de la vida y la del corazón, y la suave elevación carnosa del monte de Venus, allí donde la leve cicatriz de la letra «J» era aún apenas visible. Lo había tenido en mi mano la mejor parte de mi vida.

—Es parte del trabajo —señalé sin pretender ser frívola, y él no se lo tomó así.

—¿Crees que yo no tengo miedo cuando hago mi trabajo? —preguntó con voz tranquila.

—No, sé que tienes miedo —contesté—, pero lo haces igualmente. Eres un maldito jugador, y el mayor juego de todos es la vida, ¿no? Tal vez la tuya, tal vez la de otra persona, no importa.

—Sí, bueno —repuso con suavidad—. Supongo que lo sabías. Lo que me suceda a mí no me importa demasiado —dijo, pensativo—. Quiero decir que, en definitiva, bien mirado, he hecho alguna que otra cosa útil aquí y allá. Mis hijos son mayores. Mis nietos están creciendo fuertes y sanos... eso es lo más importante, ¿verdad?

—Sí —repuse.

Había salido el sol. Oí cantar a un gallo en algún lugar, a lo lejos.

—Bueno, pues. No puedo decir que tenga tanto miedo como solía. No me gustaría morir, claro, pero tal vez ahora no lo sentiría tanto. Por otra parte —añadió, y uno de los lados de su boca se curvó hacia arriba al mirarme—, aunque temo mucho menos por mí mismo, soy algo más reacio a matar a hombres jóvenes que aún no han vivido su vida.

Eso, pensé, era lo más parecido a una disculpa que iba a darme por Denny Hunter.

—¿Es que vas a ponerte a calcular la edad de las personas que te disparan? —pregunté sentándome y empezando a sacudirme la paja del pelo.

—Difícil —admitió.

—Sinceramente, espero que no te propongas dejar que algún mequetrefe te mate sólo porque todavía no ha tenido una vida plena como la tuya.

Se sentó él también y me miró, serio, con el pelo y la ropa llenos de trocitos de paja.

—No —respondió—. Los mataré. Sólo que me importará más.

58

El día de la Independencia

Filadelfia
4 de julio de 1777

Grey nunca había estado antes en Filadelfia. Aparte de las calles, que eran espantosas, parecía una ciudad agradable. El verano había adornado los árboles con grandes y frondosas copas verdes, y el paseo lo dejó ligeramente salpicado de fragmentos de hojas y con la suela de sus botas pegajosa por la sabia caída. Tal vez la febril temperatura del aire fuera la responsable del aparente estado mental de Henry, pensó sombrío.

No es que le echara la culpa a su sobrino. La señora Woodcock era menuda, pero bien proporcionada, con una cara preciosa y un carácter dulce y afectuoso. Además, cuando el carcelero de la prisión local lo había llevado a su casa, preocupado por si un prisionero potencialmente lucrativo moría antes de que pudieran recoger toda la cosecha, ella lo había arrancado de las puertas de la muerte con sus cuidados. Tales vivencias creaban vínculos, y él lo sabía, aunque, gracias a Dios, nunca había sentido ningún tipo de *tendresse* por ninguna de las mujeres que lo habían cuidado cuando había estado enfermo. Salvo por...

—¡Mierda! —exclamó sin querer, haciendo que un caballero de aspecto clerical lo mirase al pasar.

El pensamiento había cruzado zumbando su cabeza como una mosca metomentodo, y él lo había atrapado bajo una taza mental. Sin embargo, incapaz de apartar la vista, levantó con cuidado la taza mental y encontró debajo a Claire Fraser. Se relajó un poco.

Ciertamente no había sido *tendresse*. Por otro lado, no tenía la menor idea de qué había sido. Una especie de intimidad de lo más perturbadora, por lo menos, sin duda debido al hecho de que ella fuera la mujer de Jamie Fraser y de que supiera lo que él sentía por Jamie. Alejó a Claire Fraser de su mente y siguió preocupándose por su sobrino.

No cabía duda de que la señora Woodcock era agradable, y tampoco de que estaba demasiado encariñada con Henry para ser una mujer casada, aunque su marido fuera un rebelde, según le había dicho Henry, y Dios supiera cuándo o si volvería. Menos mal. Por lo menos no había peligro de que Henry perdiera la cabeza y se casara con ella. Se imaginaba el escándalo si Henry se llevaba de vuelta a Inglaterra a la viuda de un carpintero, que para colmo era una seductora mujer negra. Sonrió al pensarlo y se sintió más benévolo para con Mercy Woodcock. Al fin y al cabo, le había salvado la vida a Henry.

«Por ahora.» El pensamiento indeseado regresó zumbando antes de que pudiera atraparlo con la taza. No podía evitarlo por mucho tiempo. Volvía una y otra vez.

Comprendía que Henry fuera reacio a someterse a otra operación. Amén del constante temor a que estuviera demasiado débil para soportarla. Pero, al mismo tiempo, no se le podía permitir permanecer en su actual estado. Una vez la enfermedad y el dolor hubieran consumido hasta el último vestigio de vitalidad, se iría debilitando y moriría. Ni siquiera el atractivo físico de la señora Woodcock lo mantendría con vida una vez eso hubiera sucedido.

No, había que operarlo, y pronto. Durante las conversaciones que Grey había mantenido con el doctor Franklin, el viejo caballero le había hablado de un amigo, el doctor Benjamin Rush, que, según afirmaba él, era un médico prodigioso. El doctor Franklin le insistió en que lo visitara si alguna vez iba a la ciudad. De hecho, le había dado una carta de presentación para él. Ahora mismo se dirigía a llevársela, con la esperanza de que el doctor Rush pudiera o bien tener experiencia como cirujano o bien aconsejarle a alguien que la tuviera. Porque, lo quisiera Henry o no, había que hacerlo. Grey no podía llevárselo a Inglaterra tal como estaba, y les había prometido tanto a Minnie como a Hal que les devolvería a su hijo menor si seguía con vida.

Su pie resbaló sobre un adoquín lleno de barro, y él soltó un grito de sorpresa y salió disparado hacia un lado braceando como un molinete, en un intento de mantener el equilibrio. Lo logró y se arregló la ropa mientras asumía una expresión de dignidad, ignorando las risitas burlonas de dos lecheras que habían observado la escena.

Maldición, había vuelto. Claire Fraser. ¿Por qué?... Claro. El éter, como lo llamaba ella. Le había pedido un bidón de algún tipo de ácido y le había dicho que lo necesitaba para fabricar éter. No éter como en la expresión «reino etéreo», sino una sustancia química que dejaba a la gente inconsciente con el fin de hacer que la cirugía fuera indolora.

Se detuvo en seco en medio de la calle. Jamie le había hablado de los experimentos de su mujer con aquella sustancia, y le había contado al detalle la asombrosa operación que había practicado en un chiquillo al que dejó completamente sin sentido mientras le abría el abdomen, le extirpaba un órgano enfermo y lo volvía a cerrar con hilo. Y por lo visto, después de eso el niño estaba como unas pascuas.

Reanudó la marcha a paso lento, mientras pensaba a toda velocidad. ¿Vendría? Desde el Cerro de Fraser ir a casi cualquier sitio era un viaje penoso. Pero desde la montaña hasta la costa el viaje no era tan terrible. Era verano, hacía buen tiempo. El viaje podía realizarse en menos de dos semanas. Y si ella se desplazaba hasta Wilmington, él podía arreglar que la trajeran a Filadelfia en el primer barco disponible (tenía conocidos en la marina).

¿Cuánto? ¿Cuánto tardaría en llegar, si venía? Y lo que era aún más preocupante: ¿cuánto le quedaba a Henry?

Lo que parecía un pequeño motín que bajaba por la calle en su dirección lo arrancó de esas perturbadoras reflexiones. Un buen número de personas, la mayoría de ellas borrachas a juzgar por su comportamiento, que incluía fuertes gritos, empujones y agitación de pañuelos. Un joven golpeaba un tambor con mucho entusiasmo y ninguna habilidad, y dos niños llevaban a la par una extravagante pancarta con rayas blancas y rojas sin nada escrito en ella.

Se pegó al muro de una casa con el fin de cederles el paso. Pero no pasaron, sino que, por el contrario, se detuvieron ante una casa del otro lado de la calle y se quedaron allí gritando eslóganes en inglés y alemán. Grey captó el grito de «libertad», y alguien tocó una carga de caballería con una trompeta. Y luego oyó gritar «¡Rush! ¡Rush! ¡Rush!».

Dios santo, debía de ser la casa que estaba buscando, la del doctor Rush. La multitud parecía de buen humor. Supuso que no tenían intención de arrastrar al doctor afuera para darle un tratamiento de plumas y brea, que era una conocida forma de entretenimiento público, o eso le habían dicho. Con cautela, se acercó y le dio una palmadita a una joven en el hombro.

—Disculpe. —Tuvo que aproximarse más y gritarle al oído para que lo oyera.

Ella se volvió de golpe y parpadeó sorprendida, luego se fijó en su chaleco de mariposas y le dirigió una amplia sonrisa. Él le sonrió a su vez.

—¡Estoy buscando al doctor Benjamin Rush! —chilló—. ¿Es ésta su casa?

—Sí.

Un joven que se hallaba junto a la muchacha lo oyó y se volvió, alzando las cejas de golpe al ver a Grey.

—¿Tiene usted asuntos que tratar con el doctor Rush?

—Tengo una carta de presentación para él de un tal doctor Franklin, un amigo mutuo...

Una enorme sonrisa apareció en el rostro del joven. Pero, antes de que pudiera decir nada, la puerta de la casa se abrió y un hombre delgado y bien vestido de unos treinta y tantos años de edad salió a la puerta. La muchedumbre rugió, y el hombre, que debía de ser sin lugar a dudas el propio doctor Rush, extendió las manos hacia ellos riendo. El ruido se aplacó por unos instantes, mientras el hombre se inclinaba para hablar con alguien que se hallaba entre la multitud. Acto seguido desapareció en el interior de la casa, volvió a salir con el abrigo puesto, bajó los escalones entre el bramido de los aplausos, y todo el gentío volvió a ponerse en marcha, dando golpes y tocando la trompeta con renovado fervor.

—¡Venga con nosotros! —le gritó el joven al oído—. ¡Habrá cerveza gratis!

Y así fue como lord John Grey acabó en la bodega de una próspera taberna celebrando el primer aniversario de la publicación de la Declaración de Independencia. Hubo discursos políticos de una apasionada variedad, aunque no muy elocuentes, y mientras los escuchaba, Grey se enteró de que el doctor Rush no sólo era un simpatizante de los rebeldes rico e influyente, sino que era, a su vez, un rebelde destacado: de hecho, como le contaron sus nuevos amigos, tanto Rush como el doctor Franklin habían sido los primeros en firmar aquel sedicioso documento.

Entre la gente que los rodeaba, corrió la voz de que Grey era un amigo de Franklin, de modo que lo aclamaron y acabaron haciéndolo avanzar imperceptiblemente entre la multitud hasta que se encontró frente a frente con Benjamin Rush.

No era la primera vez que Grey se hallaba tan cerca de un criminal, así que mantuvo la compostura. Estaba claro que ése no era el momento de exponerle a Rush la situación de su sobrino, de modo que se contentó con estrecharle la mano al joven doctor y mencionarle que conocía a Franklin. Rush se mostró muy amistoso y gritó por encima del ruido que Grey debía ir a su casa cuando ninguno de los dos estuviera ocupado, tal vez por la mañana.

Grey manifestó su gran deseo de hacerlo y se retiró con elegancia entre la multitud, confiando en que la Corona no lograse colgar a Rush antes de que tuviera ocasión de examinar a Henry.

Un gran jaleo en la calle puso momentáneamente fin a las celebraciones. Se oyeron abundantes gritos y el ruido de unos proyectiles que golpeaban la fachada del edificio. Uno de ellos —que resultó ser una gran piedra recubierta de barro— alcanzó y destrozó el cristal de la ventana del establecimiento, lo que permitió que los gritos de «¡Traidores! ¡Renegados!» se oyeran con mayor claridad.

—¡Cierra la boca, pelotillero! —gritó alguien dentro de la taberna.

Estaban arrojando pellas de barro y más piedras, algunas de las cuales entraron por la puerta abierta y la ventana rota, junto con patrióticos gritos de «¡Dios salve al rey!».

—¡Que capen al bruto real! —gritaron a modo de respuesta los jóvenes que Grey había conocido antes, y la mitad de la taberna se precipitó a la calle, algunos deteniéndose a romper las patas de los taburetes para ayudarlos en la discusión política que tuvo lugar a continuación.

Grey estaba algo preocupado por si a Rush se le echaban encima los lealistas en la calle y lo atacaban antes de que pudiera serle de utilidad a Henry, pero Rush y otros pocos que él supuso que eran también destacados rebeldes se retiraron de la refriega y, tras aconsejarse brevemente, decidieron marcharse cruzando la cocina de la taberna.

Grey se encontró en compañía de un hombre de Norfolk llamado Paine, un desgraciado mal alimentado y pésimamente vestido, de nariz larga y mucha personalidad, con fuertes opiniones sobre los temas de la libertad y la democracia y un sorprendente dominio de los epítetos referidos al rey. Como hallaba difícil conversar al no poder expresar de manera razonable ninguna de sus propias opiniones contrarias sobre esos temas, Grey se excusó con la intención de seguir a Rush y a sus amigos en el camino de regreso.

Fuera, el disturbio, después de haber alcanzado un breve crescendo, había llegado a su fin natural con la huida de los lealistas, y la gente había comenzado a volver al interior de la taberna, impulsada por una marea de justa indignación y autofelicitaciones. Entre ellos había un hombre alto, delgado y moreno que miraba a su alrededor mientras hablaba. Sus ojos se toparon con los de Grey, y se detuvo en seco.

Grey se acercó a él, esperando que el latido de su corazón no pudiera oírse por encima del ruido cada vez más tenue de la calle.

—Señor Beauchamp —dijo, y agarró a Perseverance Wainwright de la mano y de la muñeca, en lo que podía interpretarse como un saludo cordial, pero que era, en realidad, una firme retención—. ¿Podría hablar con usted en privado, señor?

No quería llevar a Percy a la casa que había tomado para Dottie y para él. Dottie no lo habría reconocido, pues ni siquiera había nacido cuando Percy se esfumó de su vida. Su reacción era producto del mismo instinto que lo hubiera impedido darle a un niño pequeño una serpiente venenosa para jugar.

Percy, fuera cual fuese el motivo, no sugirió llevar a Grey a sus habitaciones, probablemente no quería que éste supiera dónde se alojaba, por si quería escapar a hurtadillas. Tras una breve indecisión, pues Grey aún no conocía la ciudad, aceptó la sugerencia de Percy de dar un paseo hasta el área pública conocida como Southeast Square.

—Es un cementerio de pobres —explicó Percy mostrándole el camino—. Donde entierran a los que no son de la ciudad.

—Qué apropiado —replicó Grey, pero Percy o bien no lo oyó o bien fingió que no lo había oído.

Se encontraba un poco lejos, y no hablaron gran cosa, pues las calles estaban llenas de gente. A pesar de la apariencia de fiesta y de las pancartas de rayas colgadas aquí y allá —parecía que todas contaban con un campo de estrellas, aunque no había visto dos veces seguidas la misma disposición, pues algunas tenían rayas rojas, blancas y azules, otras sólo rojas y blancas—, la alegría tenía algo de frenético y se respiraba una intensa sensación de peligro en las calles. Filadelfia tal vez fuera la capital de los rebeldes, pero distaba mucho de ser un feudo.

El cementerio era más silencioso, como cabía esperar de un camposanto. Para ser un cementerio, resultaba sorprendentemente agradable. Había tan sólo unas pocas tablas de madera aquí y allá, con los datos conocidos de la persona enterrada debajo. Nadie habría asumido los gastos de colocar lápidas, aunque algún alma caritativa había levantado en medio del cementerio una gran cruz de piedra sobre un pedestal. Sin hablar, se dirigieron hacia ella, siguiendo el curso de un arroyuelo que atravesaba el terreno comunal.

A Grey se le ocurrió que Percy tal vez hubiera sugerido ese sitio con el fin de tener tiempo para pensar por el camino. Muy bien. También él había estado pensando. De modo que, cuando Percy se sentó en la base del pedestal y se volvió hacia él con aire de expectación, no se molestó en hacer comentarios sobre el tiempo.

—Háblame de la segunda hermana del barón Amandine —dijo de pie frente a Percy.

Éste pestañeó, sorprendido, pero luego sonrió.

—De verdad, John, me sorprendes. Claude no te habló de Amélie, estoy seguro.

Grey no le contestó, sino que cruzó las manos tras la cola de su abrigo y esperó. Percy meditó unos instantes y luego se encogió de hombros.

—Muy bien. Era la hermana mayor de Claude. Mi mujer, Cécile, es la menor.

—*Era* —repitió Grey—. Así que está muerta.

—Lleva muerta unos cuarenta años. ¿Por qué te interesa?

Percy se sacó un pañuelo de la manga para enjugarse las sienes. Era un día caluroso, y había sido una larga caminata. También la camisa de Grey estaba empapada.

—¿Dónde murió?

—En un burdel de París.

Eso dejó a Grey estupefacto. Percy se dio cuenta de ello y le dirigió una sonrisa sarcástica.

—Por si quieres saberlo, John, estoy buscando a su hijo.

Grey se lo quedó mirando unos instantes y, luego, lentamente, se sentó a su lado. Sintió el calor de la piedra gris del pedestal contra sus nalgas.

—Bueno —dijo unos segundos después—. Cuéntamelo, si eres tan amable.

Percy le lanzó de soslayo una mirada de regocijo, llena de cautela, pero divertida a pesar de todo.

—Hay cosas que no puedo contarte, John. Sin duda lo comprenderás. A propósito, me han dicho que los secretarios de Estado británicos están discutiendo acaloradamente cuál de ellos debería hacer una propuesta en relación con mi oferta anterior... y a quién hacérsela, exactamente. ¿Es obra tuya? Gracias.

—No cambies de tema. No te estoy preguntando por tu oferta anterior. —«Aún no»—. Te estoy preguntando por Amélie Beauchamp y su hijo. No entiendo qué relación guardan con el otro asunto, de modo que imagino que tienen algún significado personal para ti. Como es natural, hay cosas que no puedes contarme sobre la cuestión más amplia —inclinó ligeramente la cabeza—, pero ese misterio de la hermana del barón parece algo más personal.

—Lo es.

Percy estaba dándole vueltas a algo en la cabeza. Grey lo veía en sus ojos. Estaban rodeados de arrugas y presentaban ligeras bolsas, pero eran los mismos de siempre, de un vivo y cálido color castaño, el color del vino de Jerez. Tamborileó un instante sobre la piedra, se detuvo y, acto seguido, se volvió hacia Grey con aire decidido.

—Muy bien. Siendo como eres un bulldog, si no te lo digo, me perseguirás sin duda por toda Filadelfia intentando descubrir el motivo que me ha traído aquí.

Eso era lo que Grey tenía intención de hacer en cualquier caso, pero emitió un ruido indefinido que podría haberse interpretado como de aliento antes de preguntar:

—¿Por qué estás aquí?

—Estoy buscando a un impresor llamado Fergus Fraser.

Grey parpadeó al oírlo. No esperaba una respuesta concreta.

—¿Quién es...?

Percy levantó una mano, extendiendo uno a uno los dedos conforme iba hablando.

—Es, en primer lugar, el hijo de un tal James Fraser, un conocido exjacobita y actualmente un rebelde. En segundo, es un impresor, como ya te he dicho, y sospecho que un rebelde como su padre. Y, en tercero, tengo fuertes sospechas de que es el hijo de Amélie Beauchamp.

Libélulas rojas y azules volaban por encima del arroyo. Grey sintió como si uno de esos insectos se le hubiera metido de repente en la nariz.

—¿Me estás diciendo que James Fraser tuvo un hijo ilegítimo con una prostituta francesa que resulta que era a su vez hija de una antigua familia de la nobleza? —La palabra *sorpresa* no bastaba ni para comenzar a describir sus sentimientos, pero mantuvo el tono desenfadado de su voz, y Percy se echó a reír.

—No. El impresor es hijo de Fraser, pero es adoptado. Fraser se llevó al chiquillo de un prostíbulo de París hace más de treinta años.

Una gota de sudor se deslizó por el cuello de Percy y él se la limpió. El calor del día había potenciado el olor del agua de colonia sobre su piel. Grey percibió el tenue olor a ámbar gris y a claveles, aromático y viril al mismo tiempo.

—Amélie era, como te he dicho, la hermana mayor de Claude. Cuando era adolescente, la sedujo un hombre mucho mayor, un noble casado, y quedó encinta. Lo normal habría sido que simplemente la casaran cuanto antes con un marido complaciente, pero la esposa del aristócrata murió de improviso y Amélie armó un gran alboroto, insistiendo en que ahora que era libre debía casarse con ella.

—¿Él no quería?

—No. Pero el padre de Claude, sí. Supongo que pensaría que semejante matrimonio aumentaría la fortuna familiar. El conde era un hombre muy rico y, aunque no era un político, sí tenía una cierta... posición.

Al principio, el viejo barón Amandine había estado dispuesto a mantener en silencio la situación, pero cuando empezó a verle las posibilidades, se volvió más atrevido y amenazó con todo tipo de cosas, desde quejarse al rey (pues el viejo Amandine participaba activamente en la vida de la corte, a diferencia de su hijo), hasta querellarse por daños y perjuicios y solicitar a la Iglesia su excomunión.

—¿Podría haberlo hecho de verdad? —preguntó Grey, fascinado a pesar de sus reservas en relación con la veracidad de Percy.

Percy esbozó una sonrisa.

—Podría haberse quejado al rey. En cualquier caso, no tuvo ocasión, Amélie desapareció.

La muchacha había desaparecido de su casa en medio de la noche, llevándose sus joyas. Se creyó que tal vez hubiera intentado escapar para reunirse con su amante con la esperanza de que cediera y se casara con ella, pero el conde manifestó no saber nada del asunto, y nadie dijo que la hubiese visto ni abandonando Trois Flèches ni entrando en la mansión parisina del conde St. Germain.

—¿Y crees que acabó de algún modo en un lupanar de París? —inquirió Grey, incrédulo—. ¿Cómo? Y, si así fue, ¿cómo lo descubriste?

—Encontré su partida de matrimonio.

—¿Qué?

—Un contrato matrimonial entre Amélie Elise LeVigne Beauchamp y Robert-François Quesnay de St. Germain. Firmado por ambas partes. Y por un sacerdote. Estaba en la biblioteca de Trois Flèches, dentro de la biblia de la familia. Claude y Cécile no son muy religiosos, mucho me temo —observó Percy meneando la cabeza.

—¿Y tú sí?

Eso hizo reír a Percy. Sabía que Grey conocía sus sentimientos acerca de la religión.

—Me aburría —dijo a modo de disculpa.

—La vida en Trois Flèches debe de haber sido realmente tediosa, si te forzó a leer la Biblia. ¿Es que se marchó el ayudante de jardinero?

—¿El...? Ah, Émile —Percy sonrió—. No, pero aquel mes tuvo un terrible episodio de *grippe*. No podía respirar de ningún modo por la nariz, el pobre hombre.

Grey volvió a sentir un traicionero impulso de echarse a reír, pero se contuvo, y Percy siguió hablando sin interrupción.

—En realidad, no la estaba leyendo. Al fin y al cabo, me sé de memoria todas las condenas más excesivas. Me llamó la atención la cubierta.

—Profusamente adornada con piedras preciosas, ¿verdad? —preguntó Grey con sequedad, y Percy le lanzó una mirada un tanto ofendida.

—No todo tiene que ver con el dinero, John, ni siquiera para los que no lo poseemos en tanta abundancia como tú.

—Disculpa —repuso Grey—. ¿Por qué la Biblia, entonces?

—Pongo en tu conocimiento que soy un encuadernador de muy buena reputación —señaló Percy, jactándose un poco—. Comencé a desarrollar esa actividad en Italia como medio para ganarme la vida. Después de que tú me la salvaste tan galantemente. A propósito, te doy las gracias por ello —dijo con una mirada directa cuya repentina seriedad hizo que Grey bajara la vista con el fin de evitar sus ojos.

—De nada —replicó con brusquedad e, inclinándose, hizo que una oruguita verde que reptaba por la brillante puntera de su bota se le subiera al dedo

—En cualquier caso —prosiguió Percy sin perder el ritmo—, descubrí ese curioso documento. Había oído hablar del escándalo familiar, por supuesto, y reconocí los nombres enseguida.

—¿Le preguntaste al barón actual sobre ello?

—Sí. A propósito, ¿qué opinas de Claude?

Percy había sido siempre como el mercurio, pensó Grey, y no había perdido nada de su mutabilidad con los años.

—No juega bien a las cartas. Aunque tiene una voz maravillosa. ¿Canta?

—De hecho, sí. Y tienes razón en eso de las cartas. Sabe guardar un secreto, si quiere, pero no se le da nada bien mentir. Te sorprendería lo poderosa que es, en algunas circunstancias, la honestidad perfecta —añadió Percy, pensativo—. Casi me hace pensar que podría haber algo en el octavo mandamiento.

Grey murmuró algo acerca de «se honra más cuando se rompe que cuando se observa», pero acto seguido tosió y le rogó a Percy que continuara.

—Claude no sabía nada del contrato matrimonial, estoy seguro. Se mostró genuinamente sorprendido. Y tras cierta dosis de vacilación («feroz, osado y decidido»[15] tal vez sea tu santo y seña, John, pero no el suyo), me dio su consentimiento para hurgar en el asunto.

Grey ignoró la lisonja implícita —si es que de eso se trataba, y él creía que lo era—, y depositó con cuidado la oruga sobre las hojas de lo que parecía un arbusto comestible.

—Buscaste al sacerdote —dio por hecho.

Percy se echó a reír aparentemente con genuino placer, y Grey pensó con una leve consternación que, por supuesto, él conocía la mente de Percy, del mismo modo que éste conocía la suya. Habían estado conversando a través de los velos de la política y del secretismo durante muchos años. Claro que era probable que Percy supiera con quién estaba hablando mientras que Grey no lo sabía.

—Sí, lo hice. Había muerto... lo habían asesinado. Alguien lo había matado una noche en la calle mientras corría a administrar los últimos sacramentos a un parroquiano moribundo, algo terrible. Una semana después de que Amélie Beauchamp desapareciera.

---

[15] Tanto este entrecomillado como el previo son fragmentos de *Hamlet*, de William Shakespeare. *(N. de la t.)*

Eso estaba empezando a despertar el interés profesional de Grey, aunque su lado personal seguía andándose más que con cautela.

—El siguiente sería el conde, pero si era capaz de matar a un sacerdote para guardar sus secretos, habría sido peligroso abordarlo de manera directa —manifestó Grey—. ¿Acudiste a los sirvientes, entonces?

Percy asintió, con la boca torcida hacia un lado en un gesto apreciativo por la agudeza de Grey.

—También el conde había muerto. O, por lo menos, había desaparecido. Tenía fama de hechicero, por extraño que parezca, y murió más de diez años después que Amélie. Pero, sí, busqué a sus viejos sirvientes. Encontré a unos cuantos. Para algunas personas, sí que todo es siempre cuestión de dinero, y el ayudante del cochero era una de ellas. Dos días después de la desaparición de Amélie, entregó una alfombra en un prostíbulo cerca de la Rue Fauborg. Una alfombra muy pesada que olía a opio, olor que reconoció porque, en una ocasión, había transportado a una *troupe* de acróbatas chinos que vinieron a amenizar una *fête* en la mansión.

—Así que fuiste al prostíbulo, donde el dinero...

—Dicen que el agua es el disolvente universal —declaró Percy mientras negaba con la cabeza—, pero no lo es. Podrías sumergir a un hombre en un barril de agua helada y dejarlo ahí durante una semana y lograr mucho menos de lo que conseguirías con una modesta suma de oro.

Grey advirtió en silencio el adjetivo *helada*, y le hizo a Percy un gesto con la cabeza indicándole que prosiguiera.

—Me llevó cierto tiempo, varias visitas, múltiples intentos. La madame era una auténtica profesional, en el sentido de que quienquiera que hubiese pagado a su predecesora lo había hecho a una escala asombrosa, y a su portero, aunque era muy viejo, le habían arrancado la lengua a una edad temprana. Era imposible obtener ayuda por ese lado. Y, por supuesto, ninguna de las furcias se encontraba allí cuando se entregó la infame alfombra, pues de ello hacía mucho tiempo.

Sin embargo, Percy había tratado de seguir pacientemente el rastro de las familias de las prostitutas que se hallaban en el burdel en aquella época —pues algunas profesiones vienen de familia— y, tras meses de trabajo, había logrado descubrir a una anciana que había estado empleada en el prostíbulo y que reconoció la miniatura de Amélie que había traído de Trois Flèches.

En efecto, habían llevado a la muchacha al burdel cuando se hallaba en la fase intermedia del embarazo. Eso no tenía particular importancia. Había clientes con gustos de ese tipo. Unos cuantos meses después, había dado a luz a un varón. Había sobrevivido al parto, pero había fallecido un año más tarde durante una epidemia de gripe.

—Y no podría ni empezar a decirte lo difícil que es averiguar nada acerca de un niño nacido en una casa de putas de París hace cuarenta y tantos años, querido —Percy suspiró, y volvió a utilizar su pañuelo.

—Pero te llamas Perseverance —observó Grey con extrema sequedad, y Percy le dirigió una penetrante mirada.

—¿Sabes que creo que eres la única persona en el mundo que lo sabe? —señaló en tono despreocupado. Y, por la expresión de sus ojos, uno era más que suficiente.

—Tu secreto está a salvo conmigo —repuso Grey—. Este secreto, por lo menos. Y ¿qué me dices de Denys Randall-Isaacs?

Funcionó. El rostro de Percy brilló trémulamente como un charco de mercurio al sol. En un abrir y cerrar de ojos, recuperó su perfecta inexpresividad, pero ya era demasiado tarde.

Grey soltó una carcajada desprovista de humor y de inmediato se puso en pie.

—Gracias, Perseverance —dijo, y se marchó entre las tumbas cubiertas de hierba de los pobres anónimos.

Esa noche, mientras su familia dormía, sacó tinta y pluma para escribir a Arthur Norrington, a Harry Quarry y a su hermano. Hacia el amanecer se puso a escribir, por primera vez en dos años, a Jamie Fraser.

59

La batalla de Bennington

Campamento del general Burgoyne
11 de septiembre de 1777

El humo de los campos quemados y de los que aún seguían ardiendo flotaba sobre el campamento. Llevaba haciéndolo varios días. Los americanos estaban aún retirándose, arrasando el campo a su paso.

Cuando llegó la carta, William estaba con Sandy Lindsay, hablando acerca de la mejor manera de cocinar un pavo (uno de los exploradores de Lindsay acababa de traer uno). Probablemente el que un terrible silencio se hiciera sobre el campamento, la tierra temblara y el velo del templo se rasgara en dos de arriba abajo fue producto de la imaginación de William. Pero, en cualquier caso, por un brevísimo instante, resultó evidente que algo había sucedido.

Se produjo un claro cambio en el aire, algo le sucedió al ritmo de las conversaciones y del movimiento de los hombres que los rodeaban. También Balcarres lo advirtió y dejó de examinar el ala extendida del pavo, para mirar ahora a William con las cejas arqueadas.

—¿Qué pasa? —inquirió él.

—No lo sé, pero no es nada bueno.

Balcarres le arrojó el flácido pavo a las disciplinadas manos y, tras agarrar su sombrero, se dirigió a la tienda de Burgoyne con William pisándole los talones.

Encontraron al general con los labios apretados y blanco de ira, rodeado de sus oficiales de más alta graduación, que hablaban entre sí en voz baja y consternada.

El capitán sir Francis Clerke, el edecán del general, salió del apiñamiento, cabizbajo y con el rostro sombrío. Balcarres lo agarró del codo cuando pasaba a su lado.

—Francis, ¿qué ha pasado?

El capitán Clerke parecía sensiblemente nervioso. Echó una ojeada tras de sí en dirección a la tienda y luego se hizo a un lado y se alejó para evitar que lo oyeran, llevándose consigo a Balcarres y a William.

—Howe —explicó—. No viene.

—¿No viene? —repitió William como un tonto—. ¿Es que al final no se va de Nueva York?

—Se va —respondió Clerke, con los labios tan apretados que era un milagro que pudiese pronunciar una palabra—. A invadir Pensilvania.

—Pero... —espetó Balcarres, y lanzó una mirada abatida hacia la entrada de la tienda y luego volvió a mirar a Clerke.

—Exacto.

William se iba percatando de las auténticas proporciones del desastre. El general Howe no sólo le estaba haciendo un feo al general Burgoyne ignorando su plan, lo que ya era bastante ofensivo desde el punto de vista de Burgoyne. Al decidir marchar sobre Filadelfia en lugar de avanzar Hudson arriba para unirse a las tropas de Burgoyne, Howe había abandonado básicamente a este último a sus propios medios en términos de aprovisionamiento y refuerzos.

En otras palabras, estaban solos, separados de sus líneas de avituallamiento, ante la desagradable disyuntiva de continuar persiguiendo a los americanos que se batían en retirada por unas tierras a las que se les había arrancado todo alimento, o dar media vuelta y volver a Canadá con el rabo entre las piernas a través de unas tierras a las que se les había arrancado todo alimento.

Balcarres había estado conversando en ese sentido con sir Francis, quien se frotó la cara con la mano en ademán de frustración, al tiempo que negaba con la cabeza.

—Lo sé —replicó—. Si me perdonan, señores...

—¿Adónde va? —inquirió William, y Clerke lo miró.

—A decírselo a la señora Lind —respondió Clerke—. He pensado que sería mejor advertirla.

La señora Lind era la mujer del intendente general. También era la amante del general Burgoyne.

Ya fuera porque la señora Lind hizo uso de sus innegables cualidades con buenos resultados, ya porque el general impuso la natural resiliencia de su carácter, el golpe de la carta de Howe se asumió con rapidez.

«Sea cual sea tu opinión sobre él —escribió William en su carta semanal a lord John—, conoce los beneficios de una decisión certera y una acción rápida. Hemos retomado la persecución del grupo principal de las tropas americanas con redoblado esfuerzo. La mayoría de nuestros caballos han sido abandonados, robados o devorados. He gastado casi por completo la suela de un par de botas.

»Entretanto, uno de los exploradores ha llegado con la información de que los americanos están utilizando la ciudad de Bennington, que no está muy lejos, para almacenar víveres. Según el informe, está muy poco custodiada, por lo que el general va a mandar al coronel Baum, uno de los alemanes, con quinientos hombres a capturar esas tan necesitadas provisiones. Partiremos por la mañana.»

William nunca supo si su conversación de borrachera con Balcarres tenía algo que ver con ello, pero había descubierto que ahora se decía de él que era «bueno con los indios». Y ya fuera por esa dudosa capacidad, ya por el hecho de que hablaba un alemán básico, la mañana del 12 de agosto lo delegaron para que acompañase al coronel Baum en su expedición para proveerse de vituallas, la cual incluía a numerosos soldados de caballería de Brunswick a pie, dos cañones de tres libras y un centenar de indios.

Según el informe, los americanos estaban recibiendo ganado, que les mandaban desde Nueva Inglaterra y gran parte del cual estaban reuniendo en Bennington, así como un número considerable de carretas, llenas de maíz, harina y otros artículos de primera necesidad. Para su sorpresa, cuando partieron no llovía, y ese simple hecho impregnó la expedición de un sentimiento de optimismo, que se vio incrementado ante la expectativa de la comida. Las raciones llevaban mucho tiempo siendo magras, o eso parecía, aunque en realidad había transcurrido tan sólo alrededor de una semana. Sin embargo, más de un día de marcha sin alimento adecuado se hace muy largo, como William sabía de primera mano.

Muchos de los indios iban aún a caballo. Rodearon al grupo principal de soldados, adelantándose un poco para explorar el camino, y regresaron para guiarlos a través o alrededor de aquellos lugares donde el sendero —que no era más que un atisbo de sendero, en el mejor de los casos— había cedido y había sido engullido por el bosque o devastado por uno de los torrentes crecidos por la lluvia que bajaban sin previo aviso de las colinas. Bennington se encontraba en las proximidades de un río llamado Walloomsac, y mientras avanzaban, William estuvo discutiendo sin objeto con uno de los tenientes alemanes si cabría la posibilidad de cargar las provisiones en balsas para transportarlas hasta un punto de encuentro río abajo.

Esa conversación era absolutamente teórica, pues ninguno de los dos tenía ni idea de por dónde discurría el Walloomsac ni si alguno de sus tramos era navegable, pero ello les daba a ambos la ocasión de practicar el uno la lengua del otro, y así pasaron el tiempo durante una larga y calurosa marcha.

—Mi padre estuvo mucho tiempo en Alemania —le contó William al Ober-Leftenant Gruenwald con su alemán lento y cuidadoso—. Le gusta muchísimo la comida de Hanover.

Gruenwald, que era de Hesse-Kassel, se permitió retorcerse el bigote con gesto burlón al oír mencionar Hanover, pero se contentó con observar que incluso alguien de Hanover podía asar una vaca y tal vez hervir unas cuantas patatas para acompañarla. En cambio, su madre preparaba un plato con carne de cerdo con manzanas, cocida en vino tinto y sazonada con nuez moscada y canela, que sólo de recordarlo se le hacía la boca agua.

El sudor se deslizaba por el rostro de Gruenwald, dejando rastros en el polvo y empapándole el cuello del abrigo azul claro. Se quitó el alto sombrero de granadero y se enjugó el sudor con un gigantesco pañuelo lleno de manchas, sucio de haberlo utilizado muchas otras veces antes.

—Creo que tal vez hoy no encontremos canela —observó Willie—, aunque un cerdo quizá sí.

—Si lo encontramos, lo asaré para ti —le aseguró Gruenwald—. En cuanto a las manzanas... —Se metió una mano en el interior de la guerrera y sacó un puñado de pequeñas manzanas rojas silvestres, que compartió con William—. Tengo un celemín de ellas. Tengo...

Los gritos excitados de un indio que regresaba cabalgando columna abajo lo interrumpieron, y cuando William levantó la vista vio que el jinete lanzaba un brazo hacia atrás, gesticulando y gritando:

—¡Río!

Esa palabra hizo cobrar vida a las flácidas columnas, y William observó que la caballería —que había insistido en llevar las botas altas y los sables, a pesar de que no tenían caballos, y habían sufrido en consecuencia— se erguía expectante con un fuerte sonido metálico.

Se oyó otro grito procedente de primera línea.

—¡Caca de vaca!

Eso causó un regocijo general y muchas risas entre los hombres, que apretaron el paso. William vio que el coronel Baum, que aún tenía un caballo, se apartaba de la columna y esperaba junto al camino, inclinándose para hablar unos instantes con los oficiales mientras pasaban. William vio que su asistente se inclinaba para acercarse a él al tiempo que le señalaba una pequeña colina que tenían delante.

—¿Qué cree que...? —comenzó volviéndose hacia Gruenwald, y se quedó atónito al encontrarse al Ober-Leftenant mirándolo con el rostro inexpresivo y la mandíbula colgando.

La mano de Gruenwald se abrió y cayó inerte a su lado, el alto casco cayó y rodó por el suelo. William parpadeó y vio que un grueso gusano rojo bajaba serpenteando despacio desde debajo del cabello oscuro del alemán.

Éste se sentó de golpe y cayó de espaldas en el camino, con el rostro de un color blanco sucio.

—¡Mierda! —exclamó William, y dio un brusco respingo al tomar conciencia de lo que acababa de suceder—. *Ambush!* —gritó a pleno pulmón—. *Das ist ein Überfall!*

De la columna se levantaron gritos de alarma y el chasquido de disparos esporádicos brotó de entre los árboles. William agarró a Gruenwald por debajo de los brazos y lo arrastró a toda prisa al refugio que ofrecía un grupo de pinos. El Ober-Leftenant vivía aún, pero tenía el abrigo empapado de sangre y de sudor. William se aseguró de que el alemán tuviese la pistola cargada y en la mano antes de coger la suya y salir disparado hacia Baum, que, de pie en los estribos, gritaba órdenes en un alemán fuerte y estridente.

Captó tan sólo una palabra aquí y allá y miró a su alrededor con insistencia para ver si podía deducir cuáles eran las órdenes del coronel por los actos de los alemanes. Divisó a un grupito de exploradores que avanzaba a toda prisa en su dirección por el camino y corrió a reunirse con ellos.

—Un maldito hatajo de rebeldes —gritó uno de ellos sin aliento, señalando detrás de él—. Se acercan.

—¿Dónde? ¿Están muy lejos? —Tuvo la sensación de que iba a perder el juicio, pero se obligó a permanecer tranquilo, a hablar con calma, a respirar.

Dos kilómetros, tal vez tres. Entonces respiró y logró preguntar cuántos eran. Quizá doscientos, quizá más. Armados con mosquetes, pero sin artillería.

—Bien. Regresen, y no los pierdan de vista.

Se volvió hacia el coronel Baum, sintiendo la superficie del camino extraño bajo sus pies, como si no acabara de ser como esperaba que fuera.

Se atrincheraron, precipitada pero eficazmente, parapetándose tras unos terraplenes superficiales y barricadas provisionales hechas con árboles caídos. Arrastraron los cañones colina arriba y los apuntaron de modo que cubrieran el camino. Los rebeldes, por supuesto, ignoraron este último y se abalanzaron como un enjambre desde ambos lados.

En la primera oleada, es probable que hubiera doscientos hombres. Imposible contarlos mientras irrumpían a través de la densa arboleda. William captó un indicio de movimiento y disparó en su dirección, pero sin gran esperanza de alcanzar a nadie. La oleada vaciló, aunque sólo por un momento.

Entonces, una voz fuerte gritó desde algún lugar detrás del frente rebelde:

—¡Los derrotaremos ahora o esta noche Molly Stark será viuda!

—¿Qué? —dijo William, incrédulo.

Al margen de lo que aquel hombre hubiera querido decir, su exhortación había tenido un efecto sustancial, pues un número enorme de rebeldes surgió bullendo de entre los árboles y se lanzó en una carrera desenfrenada hacia los cañones. Los soldados que estaban al cuidado de éstos huyeron al instante, al igual que muchos de los demás.

Los rebeldes estaban dando buena cuenta del resto, y William acababa de empezar a hacer lo poco que estaba en su mano antes de que le dispararan, cuando dos indios se acercaron saltando por el terreno ondulado, lo cogieron por debajo de los brazos y, tras ponerlo en pie de un tirón, se lo llevaron rápidamente de allí.

Y así fue como el teniente Ellesmere volvió a verse en el papel de Casandra, informando de la debacle de Bennington al general Burgoyne. Hombres muertos y heridos, los cañones perdidos, y ni una sola vaca a cambio.

«Y todavía no he matado a un solo rebelde, siquiera», pensó con cansancio más tarde, mientras regresaba despacio a su tienda. Pensó que debería lamentar no haberlo hecho, pero no estaba seguro de lamentarlo.

60

El juego del desertor, segundo asalto

Jamie había estado bañándose en el río, quitándose el sudor y la mugre del cuerpo, cuando oyó jurar de una manera muy extraña en francés. Las palabras eran francesas, pero estaba clarísimo que los sentimientos que expresaban no lo eran. Curioso, gateó fuera del agua, se vistió y descendió un breve trecho por la orilla, donde descubrió a un joven que agitaba los brazos y gesticulaba, mientras intentaba, nervioso, que un confuso grupo de obreros lo entendiera. Como la mitad de ellos eran alemanes y el resto americanos de Virginia, hasta el momento sus esfuerzos por comunicarse con ellos en francés sólo habían logrado divertirlos.

Jamie se presentó y le ofreció sus servicios como intérprete, y así fue como llegó a pasar una buena parte de todos los días con aquel joven ingeniero polaco cuyo impronunciable apellido pronto todos abreviaron en «Kos».

Kos le parecía tanto inteligente como conmovedor por su entusiasmo, además de estar personalmente interesado en las fortificaciones que Kościuszko —se enorgullecía de poder pronunciarlo correctamente— estaba construyendo. El polaco, por su parte, estaba a la vez agradecido por su ayuda lingüística e interesado en las observaciones y sugerencias que Jamie le hacía de vez en cuando como resultado de sus conversaciones con Brianna.

Hablar de vectores y de fuerzas hacía que la echara de menos hasta decir basta, pero, al mismo tiempo, de algún modo hacía que la sintiera más próxima, así que pasaba cada vez más tiempo con el joven polaco, aprendiendo pedacitos de su idioma y permitiendo que Kos practicara lo que él ingenuamente creía que era inglés.

—¿Qué es lo que lo ha traído aquí? —le preguntó Jamie un día.

A pesar de que no había paga, un número considerable de oficiales europeos habían acudido a unirse al ejército continental, pensando, evidentemente, que aunque las perspectivas de pillaje eran limitadas, podían enredar al Congreso para que les concediera el grado de generales, que luego podía procurarles más trabajo al regresar a Europa. Algunos de esos voluntarios dudosos eran útiles de verdad, pero corrían bastantes rumores acerca de aquellos que no lo eran. Cuando pensaba en Matthias Fermoy, se sentía inclinado a murmurar a su vez.

Pero Kos no era uno de ésos.

—Bueno, en primer lugar, dinero —respondió con franqueza cuando le preguntó por qué había ido a América—. Mi hermano la casa en Polonia tiene, pero familia no dinero, nada para mí. Ninguna chica mirar a mí sin dinero. —Se encogió de hombros—. Ningún sitio en ejército polaco, pero yo saber cómo construir cosas, venir donde cosas que construir. —Sonrió—. Quizá también chicas. Chicas con buena familia, mucho dinero.

—Si ha venido por el dinero y las chicas, amigo, se ha enrolado en el ejército equivocado —repuso Jamie con sequedad, y Kościuszko se echó a reír.

—Dije en primer lugar dinero —lo corrigió—. Venir a Filadelfia. Leer la *Déclaration* —lo pronunció en francés y se descubrió la cabeza en respeto al nombre del documento, mientras estrechaba contra su pecho su sombrero manchado de sudor—. Esta cosa, este escrito... Estoy encantado.

Tanto le encantaban los sentimientos expresados en ese noble documento que había buscado de inmediato a su autor. Aunque probablemente sorprendido por la súbita aparición en su entorno de un joven y apasionado polaco, Thomas Jefferson lo había acogido bien, y ambos se habían pasado casi un día entero sumidos de lleno en una discusión filosófica (en francés) de la que había nacido una gran amistad.

—Un gran hombre —le aseguró Kos a Jamie en tono solemne, santiguándose antes de volver a ponerse el sombrero—. Que Dios lo proteja.

—*Dieu accorde-lui la sagesse* —replicó Jamie. «Que Dios le dé sabiduría.»

Pensó que a Jefferson, sin lugar a dudas, no le sucedería nada, pues no era un soldado. Lo que le trajo el desagradable recuerdo de Benedict Arnold, pero ése no era un tema respecto al que pudiera o fuera a hacer nada.

Kos se había quitado un mechón de cabello grasiento y oscuro de la boca y había agitado la cabeza.

—Tal vez esposa, algún día, si Dios quiere. Esto, lo que hacemos aquí, más importante que mujer.

Volvieron al trabajo, pero Jamie descubrió que su mente estaba dándole vueltas con interés a la conversación. Estaba absolutamente de acuerdo con la idea de que era mejor pasarse la vida persiguiendo un noble objetivo que limitarse a buscar la seguridad. Pero ¿esa pureza de objetivos no era acaso el dominio de hombres sin familia? Resultaba paradójico: un hombre que busca su propia seguridad es un cobarde; un hombre que arriesga la seguridad de su familia es también un cobarde, si no algo peor.

Eso lo condujo a otros senderos del pensamiento por los que pasear y a otras paradojas interesantes: ¿las mujeres reprimen la evolución de cosas como la libertad y otras ideas sociales por temor por sí mismas o porque temen por sus hijos? ¿O, en realidad, inspiran esas cosas y los riesgos que hay que correr para alcanzarlas, suministrando aquello por lo que vale la pena luchar? Pero tampoco se trataba meramente de luchar para defenderlas, sino para impulsarse hacia delante, pues un hombre deseaba para sus hijos más de lo que él tendría jamás.

Tendría que preguntarle a Claire qué opinaba al respecto, aunque sonrió al pensar en algunas de las posibles opiniones de ella, en particular en relación con aquello de si las mujeres inhibían la evolución social por su naturaleza. Ella le contaría algo sobre su experiencia en la Gran Guerra (Jamie no podía llamarla de ningún otro modo, aunque Claire le había dicho que había habido otra, anterior, con ese nombre). A veces, Claire decía cosas denigrantes sobre los héroes, pero sólo cuando él se había hecho daño. Sabía muy bien para qué eran los hombres.

De hecho, ¿estaría él allí, si no fuera por ella? ¿Haría esas cosas en cualquier caso, sólo en aras de los ideales de la revolución, si no estuviera seguro de la victoria? Tuvo que admitir que sólo un loco, un idealista o un hombre realmente desesperado estaría allí en esos momentos. Cualquiera en su sano juicio que supiese algo de ejércitos habría meneado la cabeza y se habría vuelto por donde había venido, abrumado. Él mismo se sentía abrumado a veces.

Pero, de hecho, si estuviera solo también lo haría. La vida de un hombre había de tener otro fin aparte de comer todos los días. Ése era un gran fin, quizá más grande incluso de lo que cualquiera de los que luchaban por él podía imaginar. Y si le costaba la vida... no le gustaría, pero se sentiría reconfortado al morir sabiendo que había sido útil. Al fin y al cabo, no es que fuera a dejar a su esposa desvalida. A diferencia de la mayoría de las esposas, Claire tendría un lugar adonde ir si a él le sucediera algo.

Estaba de nuevo en el río, flotando de espaldas y pensando en esas cuestiones, cuando oyó un grito. Era un grito de mujer, por lo que puso de inmediato los pies en el suelo y se levantó con el cabello mojado cayéndole sobre la cara. Se echó el pelo hacia atrás y descubrió a Rachel Hunter de pie en la orilla, cubriéndose los ojos con ambas manos, con todo el cuerpo tenso en una elocuente expresión de nerviosismo.

—¿Me buscabas, Rachel? —inquirió limpiándose el agua de los ojos al tiempo que se esforzaba por localizar el punto exacto de la orilla donde había dejado su ropa.

Ella dejó escapar otro grito sofocado y volvió el rostro en su dirección, cubriéndose aún los ojos con las manos.

—¡Amigo James! Tu mujer ha dicho que te encontraría aquí. ¡Por favor! ¡Sal enseguida! —Su angustia estalló y dejó caer las manos, aunque mantuvo los ojos cerrados con fuerza mientras se acercaba a él, suplicante.

—¿Qué...?

—¡Denny! ¡Los británicos lo han capturado!

Sintió que el frío corría desatado por sus venas, mucho más frío que el viento sobre su piel mojada.

—¿Dónde? ¿Cómo? Ya puedes mirar —añadió abotonándose apresuradamente los pantalones.

—Se marchó con otro hombre haciéndose pasar por desertores.

Jamie estaba en la orilla junto a ella, con la camisa sobre el brazo, y se fijó en que ella llevaba las gafas de su hermano en el bolsillo del delantal. No hacía más que tocarlas, apretarlas, con la mano.

—Le dije que no fuera, ¡se lo dije!

—Yo también se lo dije —observó él, muy serio—. ¿Estás segura, muchacha?

Ella asintió, pálida como la cera y con los ojos enormes en la cara, pero sin llorar aún.

—El otro hombre acaba de volver, ahora mismo, y ha venido a hablar conmigo. Él... ha dicho que fue mala suerte. Los llevaron ante un mayor, ¡y resultó ser el mismo hombre que había amenazado con colgar a Denny cuando lo hizo la última vez! El otro hombre intentó escapar y lo logró, pero a Denny lo cogieron, y esta vez, esta vez...

Le faltaba el aliento y Jamie se dio cuenta de que apenas si podía hablar del horror que sentía. Le puso una mano sobre el brazo.

—Ve a llamar al otro hombre y mándalo a mi tienda, para que me diga exactamente dónde se encuentra tu hermano. Iré a buscar a Ian y lo traeremos de vuelta. —Le oprimió afectuosamente el brazo para hacer que lo mirara.

Ella lo miró, aunque tan distraída que pensó que apenas lo veía.

—No te preocupes. Te lo traeremos de vuelta —repitió Jamie con suavidad—. Te lo juro, por Cristo y por su Madre.

—No debes jurar... Oh, ¡al diablo! —gritó y, acto seguido, se cubrió bruscamente la boca con la mano. Cerró los ojos, tragó saliva y recuperó la compostura—. Gracias —dijo.

—De nada —replicó él mirando al sol poniente. ¿Los ingleses preferían colgar a la gente al ponerse el sol o al amanecer?—. Te lo devolveremos —le dijo de nuevo con firmeza. «Vivo o muerto.»

· · ·

El oficial al mando del campamento había construido un patíbulo en medio de éste. Era un tosco artilugio de troncos sin corteza y burdos maderos y, a juzgar por los agujeros y las marcas que había alrededor de los clavos, lo habían desmontado y cambiado de lugar varias veces. Aun así parecía efectivo, y el colgante lazo corredizo le provocó a Jamie una sensación de frío en las venas.

—Hemos jugado al juego del desertor una vez de más —le susurró Jamie a su sobrino—. O puede que tres.

—¿Crees que la ha utilizado alguna vez? —replicó Ian mirando aquella cosa siniestra a través de su pantalla de robles jóvenes.

—No se tomaría tanto trabajo sólo para asustar a alguien.

Le daba un miedo atroz. No le mostró a Ian el lugar, cerca de la parte inferior del poste principal, donde varios hombres habían arrancado algunos pedazos de corteza al agitar desesperadamente los pies. La horca provisional no era lo bastante alta como para que el cuello de un hombre se rompiera con la caída. Si ajusticiaban a alguien en ella, se estrangularía poco a poco.

Se tocó su propia garganta con refleja aversión, pensando en la garganta destrozada de Roger Mac y su fea y roja cicatriz. Más claro aún era el recuerdo del dolor que lo había asaltado al ir a bajar a Roger Mac del árbol donde lo habían colgado, sabiendo que estaba muerto y que el mundo había cambiado para siempre. Y había cambiado, aunque Roger hubiese salvado la vida.

Bueno, para Rachel Hunter no iba a cambiar. No era demasiado tarde, eso era lo importante. Se lo comentó a Ian, que, sin contestar, le dirigió una mirada de sorpresa.

«¿Cómo lo sabes?», decía, con toda claridad. Levantó un hombro y señaló con la cabeza un punto situado algo más lejos, colina abajo, donde un afloramiento rocoso cubierto de musgo y gayubas les daría cobijo. Se desplazaron sin hacer ruido, agachados, moviéndose al mismo ritmo lento que el bosque. Estaba anocheciendo y el mundo se había llenado de sombras. No era difícil ser dos sombras más.

Sabía que aún no habían colgado a Denny Hunter porque había visto hombres colgados. La ejecución dejaba una tensión en el aire y marcaba las almas de quienes la presenciaban.

El campamento guardaba silencio. No literalmente, pues los soldados estaban armando un alboroto considerable, lo que era también buena cosa, sino en términos de su espíritu. No lo embargaban ni la sensación de terrible opresión ni la excitación morbosa que brotaban de una misma fuente. Uno podía percibir esas cosas. De modo que o Denny Hunter se encontraba allí, vivo, o lo habían mandado a otro lugar. Si se hallaba allí, ¿dónde podía estar?

Confinado de algún modo, y vigilado. Ése no era un campamento permanente. No había empalizada. Sin embargo, era un campamento grande, por lo que les llevó cierto tiempo rodearlo, intentando ver si Hunter se hallaba quizá en algún lugar al aire libre, atado a un árbol o encadenado a una carreta. Pero no se lo veía por ninguna parte. Sólo quedaban las tiendas.

Había cuatro tiendas grandes, una de las cuales estaba claro que era del intendente. Se encontraba algo apartada y tenía en las proximidades un grupito de carretas. También había un flujo constante de hombres que iban y venían, saliendo con sacos de harina o de guisantes secos. No sacaban carne, aunque percibía el olor de los conejos y las ardillas que estaban asando en algunas de las hogueras. Así que los desertores alemanes tenían razón. El ejército vivía de la tierra lo mejor que podía.

—¿En la tienda del comandante? —le susurró Ian en voz muy baja. Saltaba a la vista, con sus banderas y el grupo de hombres de pie justo en la entrada.

—Espero que no.

Sin duda habrían llevado a Denny Hunter ante el comandante para interrogarlo. Y si éste aún tenía dudas acerca de la *bona fides* de Hunter, tal vez quisiera tenerlo a mano para seguir sonsacándolo.

Pero si lo había decidido ya —y Rachel estaba convencida de ello—, no lo tendría allí. Lo habría mandado a algún sitio bajo vigilancia a la espera de que lo ajusticiaran. Vigilado y fuera de la vista, aunque Jamie dudaba que el comandante británico temiera una tentativa de rescate.

—Pito, pito, gorgorito —murmuró por lo bajo señalando alternativamente con el dedo las dos tiendas restantes.

Había un guarda armado con un mosquete apostado más o menos entre ambas. Para no revelar cuál de ellas era la que estaba vigilando.

—Ésa. —Alzó la barbilla en dirección a la de la derecha, pero en el preciso momento en que lo hacía, notó que Ian se tensaba junto a él.

—No —dijo Ian en voz baja con los ojos fijos en lo que tenía ante sí—. La otra.

Había algo extraño en la voz de Ian. Jamie lo miró sorprendido y luego miró a la tienda.

Al principio sólo experimentó una fugaz sensación de confusión. Luego, el mundo cambió.

Estaba oscuro, pero ahora se hallaban a no más de cuarenta y cinco metros de distancia. No había error. No había visto al muchacho desde que tenía doce años, pero había memorizado cada instante que habían pasado el uno en presencia del otro: su forma de comportarse, sus movimientos rápidos y gráciles —«Eso es de su madre», pensó, aturdido por la sorpresa, al ver al joven oficial hacer con la mano un gesto que era de la mismísima Geneva Dunsany—, la forma de su espalda, de su cabeza y de sus orejas, aunque los delgados hombros se habían robustecido y eran ahora los de un hombre. «Los míos —pensó con una oleada de orgullo que lo asombró tanto como lo había hecho la repentina aparición de William—. Son los míos.»

A pesar de ser enormemente perturbadores, esos pensamientos tardaron menos de un segundo en entrar y salir a toda velocidad de su cabeza. Tomó aliento, muy despacio, y volvió a expulsarlo. ¿Se acordaría Ian de William porque se habían encontrado siete años antes? ¿O acaso el parecido saltaba al instante a la vista?

Ahora no tenía importancia. El campamento estaba iniciando los preparativos de la cena. En cuestión de minutos estarían todos absortos en la comida. Era mejor actuar entonces, incluso sin contar con el amparo de la oscuridad.

—Iré yo, ¿de acuerdo? —Ian lo agarró de la muñeca obligándolo a prestarle atención—. ¿Quieres poner en marcha la maniobra de distracción antes o después?

—Después. —Había estado dándole vueltas en la cabeza todo el tiempo mientras se acercaban furtivamente al campamento y, ahora, la decisión estaba tomada, como si otra persona lo hubiera hecho por él—. Mejor si podemos llevárnoslo sin armar jaleo. Inténtalo y, si las cosas se ponen feas, grita.

Ian asintió y, sin añadir ni una palabra, se dejó caer boca abajo y comenzó a avanzar serpenteando con sigilo entre los arbustos. La noche era fresca y agradable después del calor del día, pero Jamie tenía las manos frías, por lo que rodeó con ellas la panza de arcilla del pequeño brasero. Lo había traído de su propio campamento y había ido alimentándolo con ramitas secas por el camino. Ahora el braserito silbó suavemente al prender un pedazo de nogal seco cuya vista y olor pasaban desapercibidos entre la neblina del humo de las hogueras del campamento que se extendía entre los árboles ahuyentando a los zancudos y a los mosquitos sedientos de sangre, gracias a Dios y a su Santísima Madre.

Preguntándose por qué estaría tan crispado —no era propio de él—, palpó su faltriquera para verificar, una vez más, que el tapón de la botella de trementina no se había aflojado, a pesar de que sabía muy bien que no era así. La habría olido.

Las flechas que llevaba en el carcaj se movieron cuando cambió de posición y el emplumado de las saetas susurró. Desde donde se encontraba, podía alcanzar fácilmente la tienda del comandante con sus flechas, podía hacer que la lona prendiese bien en cuestión de segundos si Ian chillaba. Si no lo hacía...

Volvió a moverse recorriendo el suelo con los ojos, buscando una zona que pudiera servirle. Había hierba seca a montones pero, si no había otra cosa, ardería demasiado deprisa. Quería una llama rápida pero grande.

Los soldados probablemente habían peinado ya el bosque cercano en busca de leña, pero descubrió el tronco de un abeto caído, demasiado pesado para llevárselo. Los forrajeadores le habían arrancado las ramas más bajas, aunque le quedaban muchas todavía, con gruesas agujas secas que el viento aún no se había llevado. Retrocedió despacio, alejándose lo bastante de la vista como para poder volver a moverse deprisa, recogiendo brazados de hierba seca, corteza desprendida apresuradamente de un tronco, cualquier cosa que pudiera ayudarlo a encender un fuego.

Unas flechas ardiendo en la tienda del comandante atraerían la atención al instante, seguro, pero también provocarían la alarma general. Los soldados saldrían zumbando del campamento como avispones buscando a los atacantes. Un incendio en la hierba, no. Ese tipo de cosas era corriente y, aunque serviría de distracción, nadie seguiría buscando una vez hubieran visto que no era nada.

Unos minutos después, todo estaba listo. Había estado tan ocupado que ni siquiera se le había ocurrido volver a mirar a su hijo.

—Que Dios te maldiga por mentiroso, Jamie Fraser —dijo entre dientes, y miró.

William había desaparecido.

• • •

773

Los soldados estaban cenando. La alegre conversación y el sonido de la gente comiendo ocultaban cualquier pequeño ruido que Ian pudiera hacer mientras rodeaba con sigilo el costado de la tienda de la izquierda. Si alguien lo veía, le hablaría en mohawk, le diría que era un explorador del campamento de Burgoyne y que traía información. Para cuando lo llevaran ante el comandante, ya se le habría ocurrido alguna información interesante y pintoresca, o gritaría y se concentraría en escapar mientras estaban distraídos con las flechas encendidas.

Eso no ayudaría a Denny Hunter, en cualquier caso, así que anduvo con cuidado. Había piquetes apostados, pero el tío Jamie y él habían estado observando durante el tiempo suficiente como para conocer su patrón y localizar el punto ciego donde los árboles les obstaculizaban la visión. Sabía que detrás de la tienda no podían verlo, salvo que alguien que estuviera dirigiéndose al bosque a orinar se tropezara con él.

En la parte inferior de la tienda había un agujero, y una vela lucía en el interior. Un punto de la lona emitía una tenue luz en la penumbra. Observó el agujero y no vio ninguna sombra que se moviera. Muy bien.

Se tumbó en el suelo e introdujo una mano cauta, palpando la tierra, esperando que nadie lo pisara. Si lograba encontrar un catre, se deslizaría dentro de la tienda y se escondería debajo. Si... Algo le tocó la mano, y se mordió la lengua con fuerza.

—¿Eres tú, amigo? —susurró la voz de Denny.

Ian distinguió la sombra del cuáquero en la lona, una figura difusa en cuclillas, y la mano de Denny agarró con fuerza la suya.

—Sí, soy yo —susurró a su vez—. Tranquilo. Retírate.

Denny se movió, e Ian oyó el tintineo del metal. Maldición, los muy hijos de puta le habían puesto grilletes. Apretó los labios y se deslizó por debajo del borde de la tienda.

Denny lo recibió en silencio, con el rostro encendido de esperanza y de alarma. El pequeño cuáquero levantó las manos, señaló sus pies. Grilletes en manos y pies. Dios, era cierto que querían colgarlo.

Ian se inclinó hacia Denny para susurrarle al oído.

—Saldré antes que tú. Túmbate ahí en el suelo, tan tranquilo como puedas, tan cerca como puedas. —Señaló con la barbilla la pared trasera de la tienda—. No te muevas, yo tiraré de ti.

A continuación, se echaría a Denny sobre los hombros como un cervato muerto y se encaminaría hacia la espesura, ululando como un búho para que el tío Jamie supiera que había llegado el momento de encender el fuego. Resultaba imposible trasladar a un hombre encadenado en silencio total, pero, con un poco de suerte, el ruido de las cucharas sobre los platos de metal y la conversación de los soldados sofocaría cualquier tintineo aislado.

Empujó la lona hacia fuera tanto como pudo, se metió debajo y agarró con firmeza los hombros de Denny. El puñetero pesaba más de lo que parecía, pero Ian logró sacar la parte superior del cuerpo del cuáquero de la tienda sin mucha dificultad. Sudando, se precipitó hacia un lado e introdujo la mano dentro de la tienda para aferrar los tobillos de Denny, enrollándose la cadena alrededor de la muñeca para que no colgase.

No se oyó ruido alguno, pero la cabeza de Ian se alzó de golpe antes de que su mente le advirtiese siquiera que, cerca de él, el aire se había movido de un modo que indicaba que allí fuera había alguien.

—¡Chsss! —dijo de forma mecánica, sin saber si le estaba hablando a Denny o al soldado alto que había salido del bosque que tenía a su espalda.

—¿Qué demonios...? —comenzó el soldado en tono sorprendido. No terminó la pregunta, sino que dio tres rápidos pasos y agarró a Ian por la muñeca—. ¿Quién eres y qué estás...? Dios mío, ¿de dónde ha salido usted?

William, el soldado, miró a Ian a la cara, e Ian dio gracias a Dios por tener la otra mano inmovilizada con la cadena de Denny, pues, de lo contrario, William ya estaría muerto. Y no habría querido tener que decirle eso al tío Jamie.

—Ha venido para ayudarme a escapar, amigo William —dijo Denny Hunter en voz baja entre las sombras, en el suelo, detrás de Ian—. Te agradecería mucho que no se lo impidieras, aunque si tu deber te obliga a ello, lo comprenderé.

William levantó de golpe la cabeza, miró frenético a su alrededor y luego miró al suelo. Si las circunstancias no hubieran sido tan espantosas, Ian se habría echado a reír al ver las expresiones de su cara, pues adoptó muchas, una tras otra, en lo que dura un latido del corazón. William cerró los ojos unos instantes y volvió a abrirlos.

—No me diga nada —espetó—. No quiero saber nada.

Se acuclilló junto a Ian y, entre los dos, sacaron a Denny en cuestión de segundos. Ian respiró hondo, se llevó las manos a la boca y ululó, hizo una breve pausa y volvió a ulular. William se lo quedó mirando con una mezcla de asombro y de enojo. Entonces, Ian hincó el extremo de su hombro bajo el esternón de

Denny y, con la ayuda de William, se colocó al doctor sobre las espaldas con algo más que un gruñido de sorpresa y un leve sonido metálico de los grilletes.

La mano de William se cerró sobre el brazo de Ian y su cabeza, un óvalo oscuro bajo los últimos vestigios de luz, apuntó al bosque.

—Hacia la izquierda —susurró—. A la derecha hay unas trincheras para letrinas. Hay dos piquetes a unos cien metros.

Le oprimió el brazo con fuerza, y lo soltó.

—Que Dios te ilumine, amigo William. —El murmullo de Denny sonó jadeante junto al oído de Ian, pero éste ya se había puesto en marcha y no supo si William lo habría oído. Supuso que no tenía importancia.

Unos momentos después oyó los primeros gritos de «¡Fuego!» en el campamento, a su espalda.

61

No hay mejor compañero que el rifle

15 de septiembre de 1777

A principios de septiembre habíamos dado alcance al ejército principal, acampado a orillas del Hudson, cerca del pueblo de Saratoga. El general Horatio Gates estaba al mando, y recibió con agrado a la chusma de refugiados y milicianos mezclados sin orden ni concierto. Por una vez, el ejército estaba más o menos bien aprovisionado, por lo que les dieron ropa, comida decente, y el extraordinario lujo de una tienda, en honor a la posición de Jamie como coronel de la milicia, a pesar de que no tenía tropas.

Conociendo a Jamie como lo conocía, estaba razonablemente segura de que ésa sería una situación temporal. Por mi parte, me encantaba tener un catre de verdad para dormir, una mesita en la que comer y comida para servir en ella con regularidad.

—Te he traído un regalo, Sassenach.

Dejó caer a plomo la bolsa sobre la mesa con un agradable sonido carnoso y un fuerte olor a sangre fresca. Se me empezó a hacer la boca agua.

—¿Qué son? ¿Pájaros?

No eran patos ni gansos, pues ésos tienen un olor característico, un aroma a aceites corporales, plumas y plantas acuáticas en descomposición. Pero tal vez fueran perdices, por ejemplo, o urogallos... Tragué saliva con fuerza al pensar en el pastel de paloma.

—No, un libro.

Sacó de la abultada bolsa un paquetito envuelto en un estropeado pedazo de tela encerada y me lo puso con orgullo en las manos.

—¿Un libro? —inquirí sin comprender.

Él asintió, alentándome.

—Sí. Palabras impresas sobre papel, ¿recuerdas? Sé que ha pasado mucho tiempo.

Le lancé una mirada e, intentando ignorar el rugido de mi estómago, abrí el paquete. Se trataba de un ejemplar de bolsillo del primer volumen de *Vida y opiniones del caballero Tristram Shandy* y, a pesar de la desilusión por el hecho de que me regalara literatura en lugar de comida, me pareció interesante. Hacía mucho que no tenía un buen libro entre las manos, y ésa era una historia de la que había oído hablar, pero que no había leído nunca.

—Su propietario debía de tenerle cariño —señalé volviendo el libro con cuidado. El lomo casi había desaparecido de tan desgastado, y los bordes de la cubierta de cuero estaban brillantes por el uso. Me asaltó de pronto una idea bastante espantosa—. Jamie... no lo habrás... cogido de, eeh, un cadáver, ¿verdad?

Coger armas, equipo y ropa útil de enemigos caídos no se consideraba pillaje. Era una necesidad desagradable. Pero...

Sin embargo, Jamie negó con la cabeza sin dejar de revolver en la bolsa.

—No, lo he encontrado a orillas de un riachuelo. Se le caería a alguien mientras huía, espero.

Bueno, eso estaba mejor, aunque estaba segura de que el hombre que lo había perdido lamentaría la pérdida de su preciado compañero. Abrí el libro por una página cualquiera y, entornando los ojos, miré el pequeño tipo de imprenta.

—Sassenach.

—¿Mmm? —Levanté la vista, me arranqué del texto y vi que Jamie me observaba con una mezcla de compasión y regocijo.

—Necesitas gafas, ¿verdad? —inquirió—. No me había dado cuenta.

—¡Tonterías! —exclamé, aunque el corazón me dio un pequeño vuelco—. Veo de maravilla.

—¿Ah, sí? —Se colocó a mi lado y me cogió el libro de las manos. Lo abrió por la mitad y lo sostuvo delante de mí—. Lee esto.

Me eché hacia atrás y él avanzó frente a mí.

—¡Para! —espeté—. ¿Cómo esperas que lea nada tan de cerca?

—Entonces, quédate quieta —replicó, y alejó el libro de mi cara—. ¿Puedes ver ya las letras con claridad?

—No —contesté, enfadada—. Más lejos. Más lejos. No, ¡más lejos, joder!

Al fin me vi obligada a admitir que no podía enfocar las letras a menos de unos cuarenta y cinco centímetros.

—Bueno, ¡es que es un tipo de letra muy pequeño! —protesté, aturdida y desconcertada. Por supuesto, era consciente de que ya no tenía tan buena vista como antes, pero que me hicieran enfrentarme con tanta brusquedad a la evidencia de que, aunque no estaba ciega como un murciélago, sí podía competir con los topos en un concurso de cortos de vista me resultaba un pelín ofensivo.

—Tipo Caslon de doce puntos —dijo Jamie echándole al texto una ojeada profesional—. En mi opinión, el interlineado es espantoso —añadió en tono crítico—. Y los márgenes son la mitad de lo que deberían ser. Pero aun así... —Cerró el libro de golpe y me miró arqueando una ceja—. Necesitas lentes, *a nighean* —repitió con afecto.

—¡Ufff! —repuse. Y, obedeciendo a un impulso, cogí el libro, lo abrí y se lo tendí a él—. Entonces, ¿por qué no lo lees tú mismo?

Con aire de sorpresa y un poco de recelo, cogió el libro y lo miró. A continuación, extendió un poco el brazo. Y luego un poco más. Yo lo observaba con la misma mezcla de compasión y regocijo, hasta que por fin se colocó el libro delante con el brazo casi totalmente extendido y leyó:

—«De modo que la vida de un escritor, por muchas ilusiones que se hiciera de lo contrario, no era tanto un estado de composición como un estado de guerra, y su período de prueba era exactamente igual que el de cualquier otro hombre militante de la Tierra, dependiendo ambos no tanto de sus niveles de INGENIO como de su RESISTENCIA.» —Lo cerró y se me quedó mirando con la boca torcida—. Bueno —dijo—. Por lo menos aún puedo disparar.

—Y yo puedo distinguir una hierba de otra por el olor, supongo —repliqué, y me eché a reír—. Bueno, no creo que haya ningún fabricante de gafas a este lado de Filadelfia.

—No, imagino que no —repuso con pesar—. Pero, cuando lleguemos a Edimburgo, conozco al hombre perfecto. Te compraré un par de gafas de carey para diario, Sassenach, y otro con montura dorada para los domingos.

—Esperas que lea la Biblia con ellas, ¿verdad? —inquirí.

—De ningún modo —contestó—. Es sólo para aparentar. Al fin y al cabo —me cogió la mano, que olía a eneldo y a cilantro y, tras llevársela a la boca, recorrió delicadamente con la punta de la lengua la línea de la vida de la palma de mi mano—, las cosas importantes se hacen con el tacto, ¿no?

Nos interrumpió una tosecilla desde la puerta de la tienda. Me volví y vi a un hombre grande como un oso, con un largo cabello gris suelto sobre los hombros. Tenía una cara afable, con una cicatriz sobre el labio superior y unos ojos suaves, pero perspicaces que repararon enseguida en la bolsa que había sobre la mesa.

Me puse un poco tensa. Las prohibiciones contra el pillaje en las granjas eran estrictas y, aunque Jamie había capturado esas gallinas concretas mientras escarbaban en el campo, no había forma de demostrarlo, y ese caballero, aunque fuera vestido con ropa informal de confección casera y camisa de cazador, se conducía con la inconfundible autoridad de un oficial.

—Usted debe de ser el coronel Fraser —dijo señalando a Jamie con la cabeza, y extendió una mano—. Daniel Morgan.

Reconocí el nombre, aunque lo único que sabía sobre Daniel Morgan —una nota a pie de página en el libro de historia de octavo grado de Brianna— era que se trataba de un famoso fusilero. No resultaba una información particularmente útil. Todo el mundo lo sabía, y el campamento bullía de expectación cuando llegó con un grupo de hombres a finales de agosto.

Ahora me miró con interés a mí y, después, miró la bolsa de los pollos, salpicada de incriminadoras plumas.

—Con su permiso, señora —dijo y, sin esperar a que se lo diera, cogió la bolsa y sacó de ella un pollo muerto.

El cuello colgó flácido, mostrando un gran agujero sanguinolento en la cabeza allí donde antes había un ojo (bueno, dos). Su boca llena de cicatrices se frunció en un silencioso silbido y le lanzó a Jamie una mirada penetrante.

—¿Lo hace a propósito? —preguntó.

—Siempre les disparo en el ojo —contestó Jamie, cortés—. No quiero estropear la carne.

Una lenta sonrisa se extendió por el rostro del coronel Morgan, que asintió.

—Venga conmigo, señor Fraser. Traiga su rifle.

Esa noche cenamos junto a la hoguera de Daniel Morgan, y la compañía —saciada de estofado de pollo— brindó con jarras de cerveza y estalló en vítores para celebrar la suma de un nuevo miembro a su cuerpo de élite. No había tenido ocasión de hablar con Jamie en privado desde que Morgan lo secuestró esa tarde, y me moría de ganas de saber qué opinaba de su apoteosis. Sin embargo, parecía encontrarse cómodo con los fusileros, aunque miraba a Morgan de vez en cuando con aquella expresión que significaba que aún no había tomado una decisión.

Yo, por mi parte, estaba extremadamente contenta. Por su naturaleza, los fusileros luchaban a distancia y, a menudo, a una distancia mucho mayor del alcance de un mosquete. También eran gente muy valiosa, por lo que los mandos no solían arriesgarlos en el combate cuerpo a cuerpo. Ningún soldado estaba seguro, pero algunas ocupaciones tenían un índice de mortalidad mucho más elevado y, aunque aceptaba el hecho de que Jamie era un jugador nato, me gustaba que se jugara lo mínimo.

Muchos de los fusileros eran *long hunters*, otros eran lo que llamaban «hombres de las montañas» y, en consecuencia, no tenían a sus esposas consigo en el campamento. Algunos sí las habían traído, y trabé conocimiento con ellas enseguida por el simple procedimiento de admirar al bebé de una joven madre.

—¿Señora Fraser? —me interpeló una mujer mayor acercándose a sentarse en el tronco junto a mí—. ¿Es usted la hechicera?

—Sí —respondí en tono agradable—. Me llaman la Bruja Blanca.

Eso las asustaba un poco, pero lo prohibido tiene un fuerte atractivo y, a fin de cuentas, ¿qué podía hacer yo en medio de un campamento militar, rodeada de sus maridos e hijos, todos armados hasta los dientes?

En cuestión de minutos estaba dando consejos acerca de todo, desde los dolores menstruales a los cólicos. Entreví a Jamie, que sonreía al ver mi popularidad, y le hice un discreto gesto con la mano antes de regresar con mi público.

Los hombres, por supuesto, siguieron bebiendo, con estallidos de ásperas risas seguidos de un silencio cuando uno de ellos relataba una historia, y vuelta a comenzar. Sin embargo, en cierto momento, el ambiente cambió tan de golpe que interrumpí una intensa discusión sobre las escoceduras de los pañales y miré hacia la hoguera.

Daniel Morgan se estaba poniendo en pie con esfuerzo y los hombres que lo observaban mostraban un claro aire de expectación. ¿Iría a pronunciar un discurso para darle a Jamie la bienvenida?

—¡Ay, Dios santo! —exclamó la señora Graham a mi lado en voz baja—. Va a hacerlo otra vez.

No tuve tiempo de preguntar qué iba a hacer antes de que lo hiciera.

Se colocó, arrastrando los pies, en medio del grupo y se detuvo, balanceándose como un oso viejo, con su largo cabello gris ondeando al viento de la fogata y los ojos arrugados en gesto afable. Pero observé que estaban fijos en Jamie.

—Quiero enseñarle una cosa, señor Fraser —dijo en voz lo bastante alta como para que las mujeres que estaban hablando callaran y todos los ojos se posaran en él.

Agarró los bordes de su larga camisa de cazador de lana y se la quitó por encima de la cabeza. Luego extendió los brazos como un bailarín de ballet y se puso a girar despacio.

Todos soltaron un grito, a pesar de que, a juzgar por el comentario de la señora Graham, la mayoría debía de haberlo visto antes. Tenía la espalda surcada de cicatrices, desde el cuello hasta la cintura. Eran cicatrices viejas, sin lugar a dudas, pero en su espalda, pese a ser tan tremenda, no había ni dos centímetros cuadrados de piel sin marcas. Incluso yo me quedé atónita.

—Me lo hicieron los ingleses —dijo en tono desenfadado, volviéndose y dejando caer los brazos—. Me dieron cuatrocientos noventa y nueve latigazos. Los conté. —Todos estallaron en carcajadas y él sonrió—. Se suponía que tenían que darme quinientos, pero se les pasó uno. No se lo hice notar.

Más risas. Obviamente, era un espectáculo habitual, pero a su público le encantaba. Hubo más aclamaciones y brindis cuando terminó y fue a sentarse junto a Jamie, aún desnudo hasta la cintura, con la camisa toda arrugada de cualquier manera en la mano.

El rostro de Jamie no delataba nada, pero vi que sus hombros se habían relajado. Estaba claro que ya había tomado una decisión sobre Dan Morgan.

· · ·

Jamie levantó la tapa de mi ollita de hierro con una expresión entre cautelosa y esperanzada.

—No es comida —le informé, de manera bastante innecesaria, pues estaba resoplando como quien ha inhalado sin querer rábano picante por la nariz.

—Espero que no —replicó tosiendo y enjugándose los ojos—. Dios mío, Sassenach, esto es peor de lo habitual. ¿Es que vas a envenenar a alguien?

—Sí, es *Plasmodium vivax*. Vuelve a ponerle la tapa.

Estaba hirviendo a fuego lento una decocción de quina e *Ilex glabra* para tratar casos de malaria.

—¿Tenemos algo de comer? —inquirió en tono lastimero, mientras dejaba caer la tapa de nuevo en su sitio.

—De hecho, sí.

Introduje la mano en el balde cubierto con un paño que tenía a mis pies y saqué con gesto triunfal un pastel de carne, con la costra dorada y brillante de manteca.

Su rostro adoptó la expresión de un israelita que contempla la tierra prometida y extendió las manos, para recibir el pastel con la reverencia debida a un objeto precioso, aunque esa impresión desapareció al segundo siguiente mientras le daba un gran mordisco.

—¿Dónde lo has conseguido? —preguntó después de masticar extasiado por unos instantes—. ¿Hay más?

—Sí. Me los ha traído una simpática prostituta que se llama Daisy.

Se detuvo, examinó el pastel con aire crítico buscando señales de su procedencia y tomó otro bocado.

—¿Debería saber qué hiciste por ella, Sassenach?

—Bueno, probablemente no mientras estés comiendo. ¿Has visto a Ian?

—No. —Cabía la posibilidad de que su respuesta fuera breve por las exigencias de comer el pastel, pero advertí el levísimo deje de inquietud en la manera en que lo dijo y me detuve, mirándolo.

—¿Sabes dónde está Ian?

—Más o menos.

Mantuvo los ojos clavados en el pastel de carne, confirmando mis sospechas.

—¿Debería saber qué está haciendo?

—No, no deberías —contestó, tajante.

—Ay, Dios mío.

Tras haberse arreglado cuidadosamente el pelo con grasa de oso y un par de plumas de pavo, Ian Murray se quitó la camisa, la dejó enrollada junto a su vieja capa bajo un tronco al cuidado de *Rollo*, y recorrió una breve distancia a través de un descampado rumbo al campamento británico.

—¡Alto!

Volvió una cara de aburrida impasividad hacia el centinela que lo había llamado. El centinela, un muchacho de unos quince años más o menos, sujetaba un mosquete cuyo cañón temblaba de manera evidente. Ian esperó que aquel estúpido no le disparara por accidente.

—Explorador —se limitó a decir, y pasó junto al centinela sin mirar atrás, aunque sintió como si una araña se paseara de un lado a otro entre sus omóplatos.

«Explorador», pensó, y notó una burbuja de risa brotar en su garganta. Bueno, a fin de cuentas, ésa era la verdad.

Cruzó tranquilamente el campamento del mismo modo, ignorando las miradas ocasionales, aunque la mayoría de los que repararon en él tan sólo lo miraron antes de apartar la vista.

El cuartel general de Burgoyne era fácil de localizar. Era una gran tienda de lona verde que se erguía como un hongo venenoso entre las pulcras hileras de tiendas blancas que albergaban a los soldados. Estaba algo lejos, y no quería acercarse más por ahora, pero pudo observar un ir y venir de oficiales del Estado Mayor, mensajeros... y algún que otro explorador, aunque ninguno de estos últimos era indio.

Los campamentos indios se encontraban al otro lado del campamento del ejército, desperdigados por el bosque, apartados de la ordenada cuadrícula militar. No estaba seguro de querer encontrarse con algunos miembros de la tribu de Thayendanegea, que podían reconocerlo a su vez. Eso no sería ningún problema, pues no había hecho comentario alguno sobre política durante su funesta visita a la casa de Joseph Brant. Probablemente lo aceptarían en el acto, sin hacer preguntas incómodas.

Si se topaba con algunos de los hurones y oneidas que Burgoyne empleaba para hostigar a los continentales, la cuestión podía ser un poco más delicada. Tenía absoluta confianza en su habilidad para impresionarlos con su identidad como mohawk, pero si sospechaban demasiado o los dejaba muy impresionados, no iban a darle muchos detalles.

Se había enterado de unas cuantas cosas simplemente por su paseo a través el campamento. La moral no estaba alta. Entre algunas de las tiendas había basura, y la mayoría de las lavanderas que se contaban entre las seguidoras del campamento estaban sentadas en la hierba bebiendo ginebra, con los calderos fríos y sin agua. No obstante, el ambiente en general parecía apagado pero decidido. Algunos hombres bebían y jugaban a los dados, aunque los que estaban fundiendo plomo y fabricando balas de mosquete o reparando o limpiando sus armas eran más numerosos.

La comida escaseaba. Podía sentir el hambre en el aire, incluso sin ver la fila de hombres que esperaban a la puerta de la tienda del panadero. Ninguno de ellos lo miró, concentrados en las hogazas que iban saliendo, y que partían en dos antes de entregarlas. Medias raciones. Eso los favorecía.

Sin embargo, nada de eso era importante y, en cuanto al número de tropas y al armamento, a esas alturas estaban bien establecidos. Al tío Jamie y al coronel Morgan y al general Gates les habría gustado saber cuánta pólvora y munición tenían almacenados, pero el parque de artillería y el polvorín estarían bien vigilados y no había ninguna razón concebible por la que un explorador indio debiera estar merodeando por allí.

Percibió algo con el rabillo del ojo y miró con cautela a su alrededor. Dirigió la vista al frente al instante, obligándose a caminar al mismo ritmo. Jesús, era el inglés al que había salvado del pantano, el hombre que lo había ayudado a liberar al pequeño Denny. Además de...

Intentó sofocar ese pensamiento. Lo sabía de sobra. Nadie podía tener ese aspecto y no serlo. Pero le pareció peligroso reconocérselo a sí mismo siquiera, por miedo a que se le notase de algún modo en la cara.

Se obligó a respirar con normalidad y a caminar sin preocupación, porque un explorador mohawk no habría tenido ninguna. Maldita sea. Tenía intención de pasar el resto de las horas de luz con algunos de los indios, recogiendo toda la información que pudiera y, una vez anocheciera, regresar tan tranquilo al campamento, pasando sin hacer ruido cerca de la tienda de Burgoyne por si oía algo. Pero si aquel tenientito estaba deambulando por ahí, tal vez fuera demasiado peligroso intentarlo. Lo último que deseaba era encontrarse con él cara a cara.

—¡Eh!

El grito penetró en su carne como una astilla puntiaguda. Reconoció la voz, sabía que se dirigía a él, pero no se volvió. Seis pasos, cinco, cuatro, tres... Alcanzó el final de una hilera de tiendas y torció a la derecha perdiéndose de vista.

—¡Oiga! —La voz estaba ahora más cerca, casi detrás de él, por lo que echó a correr, en busca de la protección de los árboles.

Sólo uno o dos soldados lo vieron. Uno se puso en pie, pero luego se detuvo, sin saber qué hacer, y él pasó a su lado a toda velocidad y se internó en la espesura.

—Bueno, ya la hemos fastidiado —murmuró, agachado tras el refugio de un arbusto.

El alto teniente estaba interrogando al hombre junto al que había pasado corriendo. Ambos miraban hacia el bosque, y el soldado meneaba la cabeza y se encogía de hombros sin saber qué decir. Dios, ¡el muy estúpido se dirigía hacia él! Se volvió y avanzó en silencio entre los árboles, internándose cada vez más en el bosque. Oía al inglés detrás de él, dando golpes y haciendo crujir la vegetación como un oso que acaba de salir de su guarida en primavera.

—¡Murray! —gritaba—. Murray, ¿es usted? ¡Espere!

—¡Hermano del Lobo! ¿Eres tú?

Ian dijo algo muy blasfemo entre dientes en gaélico y se volvió para ver quién se había dirigido a él en mohawk.

—¡Sí que eres tú! ¿Dónde está ese demonio de lobo tuyo?

Su viejo amigo Glotón le sonreía mientras se arreglaba el taparrabos después de orinar.

—Espero que te coma a ti —le dijo Ian a su amigo en voz baja—. Tengo que escapar. Hay un inglés que me sigue.

El rostro de Glotón cambió al instante, aunque no perdió ni la sonrisa ni la expresión animosa. Su amplia sonrisa se volvió más amplia aún, y apuntó con la cabeza a su espalda, indicándole la boca de un sendero. Luego adoptó de golpe una expresión laxa y avanzó tambaleándose de un lado a otro, embistiendo en la dirección de la que había venido Ian.

Ian apenas si tuvo tiempo de ocultarse antes de que el inglés llamado William irrumpiera en el descampado, pero chocó de golpe contra Glotón, quien lo agarró de las solapas del abrigo, lo miró amorosamente a los ojos y dijo:

—¿Whisky?

—No tengo whisky —contestó William, brusco pero no descortés, e intentó liberarse de Glotón.

Eso resultó una empresa difícil. Glotón era mucho más ágil de lo que su aspecto achaparrado sugería y, en cuanto le quitaba una mano de un sitio, la misma se aferraba a otro como una lapa. Por añadidura, Glotón comenzó a contarle al teniente, en mohawk, la historia de la famosa cacería que le había merecido su nombre, deteniéndose de vez en cuando para gritar «¡whisky!» y rodear fuertemente con los brazos el cuerpo del inglés.

Ian no perdió tiempo en admirar la facilidad del inglés con el idioma, que era considerable, sino que se alejó de allí tan rápido como pudo, y se encaminó hacia el oeste trazando un círculo. No podía regresar a través del campamento. Podía refugiarse en uno de los campamentos indios, pero era posible que William lo buscase allí una vez hubiera escapado de Glotón.

—¿Qué demonios quiere de mí? —murmuró sin molestarse ya en no hacer ruido, pero hendiendo la maleza procurando romper lo mínimo.

El teniente William tenía que saber que era un continental por Denny Hunter y el juego del desertor. Sin embargo, no había dado la alarma general al verlo, sólo lo había llamado, sorprendido, como si quisiera conversar.

Bueno, tal vez fuera un truco. El pequeño William quizá fuera joven, pero no era estúpido. No podía serlo, teniendo en cuenta quién era su pa... Además, lo estaba persiguiendo.

Oía voces, cada vez más débiles, a su espalda. Pensó que a lo mejor William había reconocido a Glotón, a pesar de que cuando se conocieron estaba medio muerto. De ser así, sabría que Glotón era su amigo, amigo de Ian, y detectaría el engaño al instante. Pero no importaba. Se hallaba ya en lo más profundo del bosque. William nunca lo alcanzaría.

El olor a humo y a carne fresca penetró en su nariz, así que se volvió y descendió por la colina hacia la orilla de un pequeño arroyo. Allí había un campamento mohawk. Lo supo enseguida.

Sin embargo, se detuvo. Su olor, el hecho de reconocerlo, lo había atraído como a una polilla, pero no debía entrar. Ahora no. Si William había reconocido a Glotón, el primer lugar en el que lo buscaría sería el campamento de los mohawk. Y si él estaba allí...

—¿Otra vez tú? —dijo una desagradable voz mohawk—. Tú no aprendes nunca, ¿verdad?

De hecho, sí había aprendido. Había aprendido a pegar primero. Dio media vuelta y lanzó el puño desde algún lugar detrás de sus rodillas, continuando hacia arriba con toda la fuerza de su cuerpo. «Tienes que golpearle al hijo de puta en plena cara», lo había instruido el tío Jamie cuando empezó a salir por Edimburgo solo. Como de costumbre, era un buen consejo.

Se le reventaron los nudillos con un crujido y sintió un dolor insufrible que ascendió como un rayo por su brazo hasta alcanzar su cuello y su mandíbula, pero Alce de Sol salió catapultado hacia atrás un par de pasos y se estrelló contra un árbol.

Ian se detuvo jadeando y palpándose los nudillos con cuidado, mientras recordaba demasiado tarde que el consejo del tío Jamie comenzaba por «Pégales en las partes blandas, si puedes». No importaba. Había valido la pena. Alce de Sol gemía con suavidad, parpadeando con fuerza. Ian estaba sopesando las ventajas de decir algo de tipo desdeñoso y alejarse triunfal frente a pegarle de nuevo una patada en las pelotas antes de que pudiera levantarse, cuando el inglés William surgió de entre los árboles.

Paseó la mirada de Ian, que aún respiraba como si hubiera corrido un kilómetro y medio, a Alce de Sol, que había rodado sobre sí mismo y se había colocado a cuatro patas, pero parecía no querer ponerse en pie. La sangre se deslizaba por su cara y caía sobre las hojas muertas. *Plof. Plof.*

—No querría interferir en un asunto privado —declaró William, cortés—. Pero me gustaría tener unas palabras con usted, señor Murray. —Se volvió sin esperar a ver si Ian estaba dispuesto a seguirlo y de nuevo se internó en el bosque.

Ian asintió, sin saber qué decir, y siguió al inglés, llevándose en el corazón el último débil *¡plof!* de la sangre de Alce de Sol.

El inglés estaba apoyado en un árbol, observando el campamento mohawk instalado junto al arroyo que discurría más abajo. Una mujer estaba cortando carne de un ciervo recién muerto y la iba poniendo a secar en un bastidor. No era Wakyo'teyehsnonhsa, «La que trabaja con las manos».

William trasladó su mirada azul oscuro a Ian, lo que le provocó una extraña impresión. Pero ya se sentía extraño antes, así que, en realidad, no tenía importancia.

—No voy a preguntarle qué estaba haciendo en el campamento.

—¿Ah, no?

—No. Quería darle las gracias por el caballo y el dinero y preguntarle si había visto a la señorita Hunter, ya que me dejó tan amablemente a su cuidado y al de su hermano.

—Sí, la he visto.

Los nudillos de su mano derecha habían alcanzado ya el doble de su tamaño y comenzaban a darle punzadas de dolor. Iría a ver a Rachel. Ella se los vendaría. La idea era tan embriagadora que, al principio, no se dio cuenta de que William estaba esperando, sin gran paciencia, a que profundizara en esa afirmación.

—Ah. Sí, los... eeeh... los Hunter están con el ejército. Con el... estooo... con el otro ejército —explicó, algo incómodo—. Su hermano es médico militar.

El rostro de William no cambió de expresión, pero pareció solidificarse en cierto modo. Ian lo observó fascinado. Había visto al tío Jamie hacer exactamente lo mismo muchas veces y sabía qué significaba.

—¿Aquí? —inquirió William.

—Sí, aquí. —Señaló con la cabeza en dirección al campamento americano—. Allí, quiero decir.

—Entiendo —respondió William con calma—. Cuando vuelva a verla, ¿podría decirle que le mando muchos recuerdos? Y a su hermano también, por supuesto.

—Ah... sí —replicó Ian, pensando «Conque ésas tenemos, ¿eh? Bueno, no serás tú quien la vea y, en cualquier caso, ella no se relacionaría con un soldado, así que ¡piénsalo mejor!»—. Claro —añadió, consciente a posteriori de que, en esos momentos, para William sólo tenía valor en su presunto papel de mensajero para Rachel Hunter y preguntándose cuánto valdría eso.

—Gracias. —El rostro de William había perdido aquella expresión de hierro. Ahora lo examinaba con atención y, al final, asintió—. Una vida por otra, señor Murray —dijo en voz baja—. Estamos en paz. No deje que lo vea la próxima vez. Quizá no tenga elección.

Se dio media vuelta y se marchó. Ian pudo entrever durante algún tiempo el rojo de su uniforme a través de los árboles.

62

Un hombre justo

19 de septiembre de 1777

El sol salió, invisible, al sonido de tambores. Tambores en ambos bandos. Se oía la diana de los británicos al mismo tiempo que oíamos la nuestra. Los fusileros habían librado una pequeña escaramuza con tropas británicas dos días antes y, gracias a la labor de Ian y de los otros exploradores, el general Gates conocía a la perfección el tamaño y la disposición del ejército de Burgoyne. Kościuszko había elegido los altos de Bemis como posición defensiva. Era un barranco situado en la parte alta del río, con numerosas pequeñas quebradas que bajaban hacia el caudal principal, y sus hombres habían trabajado como locos la última semana con palas y hachas. Los americanos estaban listos, más o menos.

A las mujeres, por supuesto, no se las admitía en los consejos de los generales. Pero a Jamie sí, y así fue como me enteré de todo lo relativo a la pelea entre el general Gates, que estaba al mando, y el general Arnold, que pensaba que debería estarlo él. El general Gates, que quería hacerse fuerte en los altos de Bemis y esperar el ataque de los británicos, versus el general Arnold, que afirmaba con vehemencia que los americanos eran quienes debían moverse en primer lugar y obligar a los regulares británicos a luchar por las quebradas densamente pobladas de árboles, arruinando sus formaciones y haciéndolos vulnerables al fuego de francotiradores de los fusileros y recurriendo, si era necesario, a los parapetos y trincheras de los altos.

—Ha ganado Arnold —informó Ian surgiendo un segundo de entre la niebla para pillar un pedazo de pan tostado—. El tío Jamie se ha marchado ya con los fusileros. Dice que te verá esta noche, y entretanto... —Se agachó y me besó cariñosamente en la mejilla, luego sonrió con descaro y desapareció.

También yo tenía el estómago hecho un nudo, tanto a causa de la excitación generalizada como del miedo. Los americanos eran un grupo desordenado y variopinto, pero habían tenido tiempo de prepararse, sabían lo que se avecinaba, y sabían lo que estaba en juego. Esa batalla decidiría la campaña del norte. O bien Burgoyne se impondría y seguiría marchando, atrapando al ejército de George Washington cerca de Filadelfia entre sus fuerzas y las del general Howe, o su ejército invasor se vería detenido y quedaría fuera de la guerra, en cuyo caso el ejército de Gates podría trasladarse hacia el sur para reforzar a Washington. Todos los hombres lo sabían, y parecía que su expectación cargaba de electricidad la niebla.

A decir del sol, eran casi las diez de la mañana cuando la niebla se dispersó. Los disparos habían comenzado algo antes. El sonido penetrante, breve y distante del fuego de rifle. Pensé que los hombres de Daniel Morgan estaban eliminando a los piquetes, y sabía, por lo que Jamie había dicho la noche anterior, que tenían intención de ir a por los oficiales, de matar a los soldados que llevaran gorgueras plateadas. No había dormido la noche anterior, pensando en el teniente Ransom y la gorguera que llevaba al cuello. En medio de la niebla, entre el polvo de la batalla, a lo lejos... Tragué saliva, pero mi garganta permaneció obstinadamente cerrada. Ni siquiera podía beber agua.

Jamie había dormido con la tenaz concentración de un soldado, aunque se había despertado en plena noche con la camisa empapada de sudor a pesar del frío, temblando. No le pregunté qué había estado soñando. Lo sabía. Le había dado una camisa seca, había hecho que volviera a acostarse con la cabeza en mi regazo, y le había acariciado el pelo hasta que cerró los ojos, pero creía que no había vuelto a dormirse.

Ahora no hacía frío. La niebla se había desvanecido y oíamos el traqueteo ininterrumpido de los disparos, descargas poco uniformes pero repetidas. Y gritos tenues y distantes, aunque era imposible distinguir quién gritaba qué a quién. Después, el repentino bramido de un pequeño cañón británico, un sonoro *buum* que alcanzó el campamento silencioso. Hubo un instante de calma y, luego, estalló la batalla a gran escala. Gritos y chillidos y el intermitente estruendo de la artillería. Las mujeres se apiñaron o se pusieron a recoger sus pertenencias, por si teníamos que salir huyendo.

Alrededor de mediodía, se hizo un silencio relativo. ¿Habría terminado? Esperamos. Al cabo de un rato, los chiquillos empezaron a lloriquear para que les dieran de comer, y cayó sobre el campamento una especie de tensa normalidad, pero no pasó nada. Oíamos gemidos y gritos de auxilio de hombres heridos, aunque no traían a ninguno.

Yo estaba preparada. Tenía una pequeña carreta tirada por una mula equipada con vendajes y equipo médico, así como una pequeña tienda que podía montar en caso de que necesitara practicar una operación bajo la lluvia. La mula estaba atada a una estaca y pacía tranquilamente, ignorante tanto de la tensión como de las descargas ocasionales de mosquete.

A media tarde volvieron a desencadenarse las hostilidades y, esta vez, los seguidores del campamento y las carretas del cocinero comenzaron, en efecto, a retirarse. Los cañones disparaban en ambos bandos, lo suficiente como para que las continuas andanadas rugieran como el trueno, y vi una enorme nube de humo de pólvora negra ascender desde el barranco. No es que tuviera la forma de un champiñón, pero me hizo pensar en Hiroshima y Nagasaki. Afilé el cuchillo y los bisturíes por duodécima vez.

Era casi de noche. El sol iba volviéndose invisible, manchando la niebla de un naranja deslucido y triste. Se estaba levantando el viento nocturno que venía del río, suspendiendo la niebla sobre el suelo y haciéndola arremolinarse y volar en oleadas.

Nubes de humo de pólvora flotaban pesadas en las oquedades, dispersándose más despacio que los retazos de bruma, más ligeros, y prestándole un adecuado olor a azufre a una escena que era, si no infernal, al menos tremendamente espeluznante.

Un claro se abría de pronto aquí y allá, como si alguien hubiera corrido una cortina para mostrar las secuelas de una batalla. Pequeñas figuras oscuras se movían a lo lejos, corriendo como centellas y agazapándose, deteniéndose de repente, con la cabeza alta, como babuinos vigilando por si se aproximaba un leopardo. Eran las seguidoras del campamento. Las mujeres y las prostitutas de los soldados, llegadas como cuervos a despojar a los muertos.

También había niños. Bajo un arbusto, un chiquillo de unos nueve o diez años estaba sentado a horcajadas sobre el cadáver de un soldado con casaca roja, y le golpeaba violentamente la cara con una pesada piedra. Me detuve, paralizada por lo que estaba presenciando, y vi cómo el crío metía los dedos en la boca abierta y sanguinolenta y sacaba un diente de un tirón. Deslizó el premio lleno de sangre en una bolsa que llevaba colgada sobre el costado, volvió a meter los dedos y, al no encontrar ningún otro diente suelto, cogió la piedra con gesto profesional y se puso de nuevo manos a la obra.

Sentí que la bilis se precipitaba a mi garganta y me apresuré a continuar mi camino tragando saliva. La guerra no me era desconocida en términos de muerte y heridas, pero no había estado nunca tan cerca de una batalla. No había estado jamás en un campo de batalla donde los muertos y los heridos se hallaban aún tirados por el suelo antes de que intervinieran los médicos y se enterrara a los fallecidos.

Se oían llamadas de socorro y algún que otro gemido o grito que brotaban incorpóreos de la niebla y me recordaban de un modo inquietante las historias de las Highlands acerca de los *urisge*, los espíritus malditos de las cañadas. Como los héroes de esas historias, no me detuve a atender sus llamadas, sino que seguí adelante, dando traspiés por las pequeñas pendientes, resbalando sobre la hierba mojada.

Había visto fotografías de los grandes campos de batalla, desde la guerra civil americana a las playas de Normandía. Eso no tenía nada que ver. No había tierra carbonizada ni montones de miembros enredados. Era tranquilo, salvo por los ruidos de los heridos desperdigados y las voces de los que, como yo, gritaban llamando a un amigo o a un marido perdidos.

El suelo estaba lleno de árboles caídos destrozados por la artillería. Bajo esa luz, podría haber pensado que los propios cuerpos se habían convertido en troncos, formas oscuras tendidas cuan largas eran en la hierba, salvo por el hecho de que algunas aún se movían. Aquí y allá, una silueta se agitaba débilmente, víctima de los sortilegios de la guerra, luchando contra la magia de la muerte.

Me detuve y grité en medio de la niebla, llamándolo. Oí varias voces en respuesta, pero ninguna era la suya. Delante de mí yacía un hombre joven, con los brazos extendidos, una expresión de impávido asombro en el rostro y la parte superior del cuerpo en medio de un charco de sangre, como un gran halo. Su parte inferior se encontraba a unos dos metros de distancia. Caminé entre los pedazos recogiéndome las faldas contra las piernas, tapándome con fuerza la nariz para evitar el intenso olor a hierro de la sangre.

La luz era cada vez más tenue, pero vi a Jamie en cuanto llegué al borde de la cuesta siguiente. Estaba tumbado boca abajo en la oquedad, con un brazo extendido y el otro doblado bajo el cuerpo. Los hombros de su abrigo azul oscuro estaban casi negros debido a la humedad y tenía las piernas completamente abiertas, con los talones de las botas torcidos.

El corazón me dio un vuelco y corrí pendiente abajo hacia él ignorando los matojos, el barro y las zarzas. Pero, al acercarme, vi a una figura agazapada salir disparada de detrás de un arbusto cercano y lanzarse hacia él. Cayó de rodillas a su lado y, sin dudarlo, lo agarró del pelo y le volvió la cabeza hacia un lado. Algo centelleó en la mano de la figura, brillante incluso a la pálida luz.

—¡Para! —grité—. ¡Suelta eso, cabrón!

Sobresaltada, la figura levantó la vista al tiempo que yo volaba sobre los últimos metros. Unos ojillos bordeados de rojo me miraron desde una cara redonda manchada de mugre y hollín.

—¡Lárguese! —espetó la mujer—. ¡Yo lo he visto primero! Tenía un cuchillo en la mano. Lo esgrimió contra mí, esforzándose por ahuyentarme. Yo estaba demasiado furiosa y tenía demasiado miedo por Jamie para temer por mí misma.

—¡Suéltalo! ¡Tócalo y te mato! —amenacé. Tenía los puños apretados y debía de tener aspecto de ir a hacerlo realmente, pues la mujer dio un pequeño salto hacia atrás, soltando el cabello de Jamie.

—Es mío —dijo apuntándome beligerante con la barbilla—. Vaya a buscarse otro.

Otra figura brotó de la niebla y se materializó a su lado. Era el chiquillo que había visto antes, tan sucio y desastrado como la propia mujer. No llevaba cuchillo, pero aferraba una burda tira de metal, arrancada de una cantimplora. Su borde estaba oscuro, de óxido, o de sangre.

Me miró.

—¡Es nuestro, ha dicho mamá! ¡Siga su camino! ¡Lárguese!

Sin esperar a ver si en efecto lo hacía, lanzó una pierna por encima de la espalda de Jamie, se sentó sobre él y comenzó a rebuscar en los bolsillos interiores de su abrigo.

—Aún está vivo, mamá —advirtió—. Siento latir su corazón. Será mejor que le cortes enseguida el gaznate. No creo que esté malherido.

Agarré al chiquillo por el cuello de la chaqueta y lo arranqué del cuerpo de Jamie, haciendo que soltara el arma. El crío chilló y se abalanzó sobre mí con uñas y dientes, pero lo golpeé con la rodilla en el trasero lo bastante fuerte como para darle en la columna vertebral, trabé el codo alrededor de su cuello con una llave estranguladora y le sujeté la flaca muñeca con la otra mano.

—¡Suéltelo! —Los ojos de la mujer se estrecharon como los de una comadreja y sus colmillos brillaron al gruñir.

No me atrevía a apartar lo suficiente los ojos de ella como para mirar a Jamie, pero podía verlo con el rabillo del ojo, con la cabeza vuelta hacia un lado, el cuello muy blanco, descubierto y vulnerable.

—Levántate y retrocede —le ordené—, o lo estrangularé hasta matarlo, ¡lo juro!

Se agachó junto al cuerpo de Jamie con el cuchillo en la mano, como si me estuviera midiendo, intentando decidir si iba a hacerlo de verdad. Lo hice.

Al ahogarlo, el chico forcejeó y se retorció, martilleándome las tibias con los pies. Era pequeño para su edad y flaco como un palo, pero fuerte, a pesar de todo. Se debatía como una anguila. Le apreté el cuello con más fuerza. Gorjeó y dejó de agitarse. Tenía el cabello sucio de polvo y grasa rancia y su olor fétido me inundaba la nariz.

Despacio, la mujer se puso en pie. Era mucho más pequeña que yo, y, además, esquelética. Unas muñecas huesudas asomaban de sus andrajosas mangas. No podía adivinar cuántos años tendría. Bajo la suciedad y la hinchazón de la malnutrición, podría haber tenido cualquier edad entre los veinte y los cincuenta.

—Mi hombre está allí, muerto en el suelo —manifestó haciendo un gesto con la cabeza en dirección a la niebla que había a su espalda—. No tenía nada aparte del mosquete, y el sargento se lo va a quedar.

Sus ojos se deslizaron hacia el bosque lejano, donde se habían retirado las tropas británicas.

—Encontraré pronto un hombre, pero tengo niños que alimentar mientras tanto, dos, aparte del chico. —Se pasó la lengua por los labios y un deje de persuasión penetró su voz—. Usted está sola. Puede arreglárselas mejor que nosotros. Deje que me quede con éste. Por allí hay más. —Apuntó con la barbilla la pendiente que había detrás de mí, donde estaban los muertos y los heridos rebeldes.

Debí de aflojar ligeramente el brazo mientras escuchaba, pues el chiquillo, que había estado colgando sin moverse, dio un repentino tirón y se liberó, se precipitó por encima del cuerpo de Jamie y rodó hasta los pies de su madre.

Se puso en pie junto a ella, observándome con ojos de rata, recelosos y brillantes como cuentas. Se inclinó y buscó entre la hierba, levantándose con el puñal casero en la mano.

—Mantenla alejada, mamá —dijo con voz áspera a causa del estrangulamiento—. Yo lo mataré.

Con el rabillo del ojo entreví el brillo del metal, medio enterrado en la hierba.

—¡Espera! —exclamé, y di un paso atrás—. No lo mates. No lo mates. —Un paso a un lado, otro atrás—. Me marcharé, dejaré que os lo quedéis, pero...

Me arrojé al suelo y toqué con la mano la fría empuñadura de metal. Había empuñado la espada de Jamie con anterioridad. Era una espada de la caballería, mayor y más pesada de lo habitual, pero ni me di cuenta.

La levanté de golpe y la blandí sujetándola con las dos manos mientras trazaba un arco que cortó el aire e hizo vibrar la hoja.

Madre e hijo dieron un salto atrás con idéntica expresión de absurda sorpresa en sus caras redondas y mugrientas.

—¡Largaos! —grité.

Ella abrió la boca, pero no dijo nada.

—Lo siento por tu hombre —le dije—. Pero mi hombre está aquí tendido. ¡Marchaos, he dicho!

Levanté la espada y la mujer retrocedió a toda velocidad, arrastrando al chico por el brazo.

Dio media vuelta y se marchó, insultándome en voz baja por encima del hombro, pero no presté ni la más mínima atención a lo que decía. Los ojos del muchacho permanecieron fijos en mí mientras se marchaba, como carbones oscuros bajo la tenue luz. La próxima vez me reconocería, y yo a él.

Desaparecieron en la niebla y yo bajé la espada, que de repente pesaba demasiado para poder sostenerla. La dejé caer sobre la hierba y me arrodillé junto a Jamie.

El corazón me aporreaba las sienes y mis manos temblaban como reacción a la experiencia vivida mientras buscaba el pulso en su cuello. Le volví la cabeza y pude verlo, latiendo con regularidad, justo bajo su mandíbula.

—¡Gracias a Dios! —susurré para mí—. ¡Oh, gracias a Dios!

Recorrí rápidamente su cuerpo con las manos buscando una herida antes de moverlo. No creía que los carroñeros regresaran. Oía las voces de un grupo de hombres, lejanas, en la cresta que se erguía a mi espalda. Un destacamento rebelde que venía a buscar a los heridos.

Jamie tenía una gran brecha en la ceja, que ya se estaba poniendo morada. Nada más que yo pudiera ver. El chico tenía razón, pensé, agradecida. No estaba malherido. Acto seguido, lo hice rodar sobre la espalda y le vi la mano.

Las gentes de las Highlands estaban acostumbradas a luchar con una espada en una mano y, en la otra, un *targe*, el pequeño escudo de cuero utilizado para parar el golpe de un oponente. Jamie no llevaba *targe*.

La hoja le había alcanzado entre el tercer y cuarto dedo de la mano derecha y había penetrado en la propia mano. Era una herida fea y profunda que le había partido la palma y el cuerpo de la mano y se había detenido a medio camino de la muñeca.

A pesar de su horrible aspecto, la herida no había sangrado mucho. La mano había permanecido doblada bajo su cuerpo y su peso había actuado como un vendaje de presión. La parte delantera de su camisa estaba manchada de rojo, sobre todo alrededor del corazón. Rasgué la camisa y le palpé el pecho para asegurarme de que la sangre procedía de la mano, y así era. Tenía el pecho fresco y mojado por la hierba, pero intacto, los pezones encogidos y duros a causa del frío.

—Me... haces cosquillas —dijo con voz soñolienta. Se toqueteó incómodo el pecho con la mano izquierda intentando apartar la mía.

—Lo siento —contesté refrenando el impulso de echarme a reír de la alegría de verlo vivo y consciente.

Le puse un brazo detrás de los hombros y lo ayudé a sentarse. Parecía borracho, con un ojo hinchado medio cerrado y el pelo lleno de hierba. También actuaba como si estuviera ebrio, tambaleándose de un lado a otro de manera alarmante.

—¿Cómo te sientes? —inquirí.

—Mareado —respondió tan sólo. Se inclinó hacia un lado y vomitó. Lo ayudé a volver a tumbarse en la hierba y le limpié la boca antes de proceder a vendarle la mano.

—Alguien vendrá enseguida —le aseguré—. Te llevaremos a la carreta y podré ocuparme de esto.

—Mmfm —gruñó ligeramente cuando apreté el vendaje—. ¿Qué ha pasado?

—¿Que qué ha pasado? —Interrumpí lo que estaba haciendo y le miré—. ¿Tú me lo preguntas a mí?

—¿Qué ha pasado en la batalla, quiero decir? —repuso con paciencia mirándome con su ojo bueno—. Ya sé lo que me ha pasado a mí, más o menos —añadió haciendo una mueca de dolor al tiempo que se tocaba la frente.

—Sí, más o menos —repliqué con aspereza—. Has hecho que te hicieran pedazos como a un cerdo descuartizado y que medio te aplastaran la cabeza. Por comportarte otra vez como un maldito héroe, ¡eso es lo que te ha pasado!

—Yo no... —comenzó, pero lo interrumpí, pues mi alivio por verlo vivo se vio reemplazado en un visto y no visto por la rabia.

—¡No tenías que ir a Ticonderoga! ¡No *deberías* haber ido! Dijiste que ibas a dedicarte exclusivamente a escribir e imprimir. Que no ibas a luchar a menos que tuvieras que hacerlo. Bueno, pues no tenías que hacerlo, pero lo hiciste de todos modos... ¡Eres un escocés engreído, jactancioso, terco, que sólo trata de pavonearse!

—¿Pavonearme? —inquirió.

—¡Sabes exactamente lo que quiero decir, porque eso es exactamente lo que has hecho! ¡Podrían haberte matado!

—Sí —admitió pesaroso—. Creía que estaba muerto cuando el dragón se ha abalanzado sobre mí. Pero he chillado y he asustado a su caballo —añadió, más alegre—. El animal se ha encabritado y me ha golpeado en la cara con la rodilla.

—¡No cambies de tema! —espeté.

—¿El tema no es que no estoy muerto? —preguntó mientras intentaba arquear una ceja en vano, con otro gesto de dolor.

—¡No! ¡El tema es tu estupidez, tu maldita y egocéntrica testarudez!

—Ah, eso.

—¡Sí, eso! Tú... tú... ¡uf! ¿Cómo te atreves a hacerme esto? ¿Acaso crees que no tengo nada mejor que hacer con mi vida que trotar por ahí detrás de ti, volviendo a pegar los pedazos en su sitio? —Ahora le gritaba sin reparos.

Me sonrió, con una expresión descarada debido al ojo medio cerrado, lo que me enfureció aún más.

—Habrías sido una buena pescadera, Sassenach —señaló—. Tienes la lengua que hace falta para ello.

—Cállate, cierra la puta maldita...

—Te van a oír —observó con suavidad haciendo un gesto hacia el grupo de soldados continentales que descendían la cuesta en nuestra dirección.

—¡Me importa un comino si me oyen! Si no fuera porque ya estás herido, te... te...

—Ten cuidado, Sassenach —dijo, aún sonriente—. No deberías hacerme aún más pedazos. Tendrás que volver a pegármelos, ¿no?

—Hazme el puto favor de no tentarme —respondí entre dientes con una mirada a la espada que había tirado al suelo.

Él la vio e hizo ademán de ir a cogerla, pero no lo logró. Con un bufido, me incliné por encima de su cuerpo, agarré la empuñadura y se la puse en la mano. Oí gritar a uno de los hombres que bajaban por la colina y me volví para llamarlos con un gesto.

—Quien te oyera ahora mismo pensaría que no te importo gran cosa, Sassenach —declaró a mi espalda.

Me volví para mirarlo. El gesto insolente había desaparecido, pero aún sonreía.

—Tienes una lengua viperina —dijo—, pero eres una espadachina preciosa, Sassenach.

Abrí la boca, aunque las palabras, que tan abundantes habían sido hacía apenas un momento, se habían evaporado como la bruma cuando se levanta.

Posó su mano buena en mi brazo.

—Por ahora, *a nighean donn*... gracias por mi vida.

Cerré la boca. Los hombres casi habían llegado hasta nosotros, haciendo crujir la hierba a su paso, y sofocando con sus exclamaciones y su charla los gemidos cada vez más débiles de los heridos.

—De nada —contesté.

—Hamburguesa —dije en voz baja, aunque no lo bastante baja.

Él me miró arqueando una ceja.

—Carne picada —precisé, y la ceja bajó.

—Ah, sí, tienes razón. He parado una estocada con la mano. Lástima que no tuviera un *targe*, habría parado el golpe sin problema.

—Cierto. —Tragué saliva.

No era la peor herida que había visto en mi vida, ni mucho menos, pero aun así me producía una ligera angustia. La yema de su dedo anular había resultado limpiamente seccionada, en transversal, justo por debajo de la uña. El tajo había rebanado una tira de carne del interior del dedo y penetrado hacia abajo entre los dedos corazón y anular.

—Ha debido de alcanzarte cerca de la empuñadura —observé intentando mantener la calma—. De lo contrario, se habría llevado la mitad externa de la mano.

—Mmfm. —La mano permaneció inmóvil mientras la examinaba, pero Jamie tenía el labio superior bañado en sudor y no pudo contener un gruñido de dolor.

—Lo siento —murmuré de manera automática.

—No pasa nada —repuso igual de igual modo. Cerró los ojos. Los volvió a abrir—. Extírpamelo —dijo de repente.

—¿Qué? —retrocedí y lo miré asustada. Apuntó a la mano con la cabeza.

—El dedo. Extírpamelo, Sassenach.

—¡No puedo hacer eso! —Pero, mientras lo decía, me daba cuenta de que tenía razón.

Aparte de las heridas sufridas en el propio dedo, el tendón estaba muy dañado. Era evidente que las probabilidades de que pudiera volver a mover el dedo alguna vez, y aún más de que pudiera volver a moverlo sin dolor, eran infinitesimales.

—No me ha sido de mucha utilidad en los últimos veinte años —declaró mirando el destrozado muñón con actitud neutra—, y es muy probable que ahora lo sea aún menos. Me he roto esta maldita cosa media docena de veces por culpa de cómo sobresale. Si me lo quitas, por lo menos ya no me molestará más. Quería debatirlo, sólo que no había tiempo. Los heridos comenzaban a subir a paso lento la colina en dirección a la carreta. Los hombres pertenecían a la milicia, no eran tropas regulares. Si había algún regimiento en las proximidades, probablemente tendría un médico, pero yo estaba más cerca.

—Un maldito héroe una vez, un maldito héroe para siempre —murmuré en voz baja. Presioné una bolita de hilas contra la palma ensangrentada de Jamie y me apresuré a envolverle la mano con una venda de lino—. Sí, tendré que extirparlo, pero más tarde. No te muevas.

—Ah —dijo débilmente—. Ya te he dicho que no era un héroe.

—Si no lo eres, no es porque no lo hayas intentado —repliqué antes de apretar el nudo del vendaje con los dientes—. Ya está, tendrá que bastar por ahora. Me ocuparé de ello cuando tenga tiempo. —Cogí la mano vendada y la sumergí en la bacinilla de alcohol y agua.

Cuando el alcohol penetró a través de la tela y llegó a la carne viva, Jamie se puso blanco. Tomó aire con fuerza entre los dientes, pero no dijo ni una palabra más. Señalé con gesto terminante la manta que había extendido en el suelo y él se tumbó, obediente, enroscándose bajo la protección de la carreta, con el puño vendado apretado contra el pecho.

Me levanté del suelo, pero titubeé unos instantes. Volví a arrodillarme y le di a toda prisa un beso en la nuca apartando la coleta, enmarañada y apelmazada con barro medio seco y hojas muertas. Sólo podía verle la curva de la mejilla. Se puso tenso por un segundo al sonreír y luego se relajó.

Había corrido el rumor de que la carreta hospital estaba allí. Ya había un grupo disperso de heridos que podían caminar esperando a que los atendiera, y veía a hombres que avanzaban hacia la luz de mi linterna cargando o medio arrastrando a sus compañeros lastimados. Iba a ser una noche ajetreada.

El coronel Everett me había prometido dos ayudantes, pero sabía Dios dónde se encontraba el coronel en esos momentos. Me detuve un instante a observar la creciente multitud y elegí a un joven que acababa de dejar a un amigo herido bajo un árbol.

—Usted —dije tirándole de la manga—. ¿Le da miedo la sangre?

Adoptó una momentánea expresión de sorpresa y luego me sonrió a través de una máscara de barro y humo de pólvora. Era más o menos de mi misma altura, robusto y de hombros anchos, y tenía una cara que podría haberse calificado de adorable si hubiera estado menos sucia.

—Sólo si es la mía, señora, y, por ahora no lo es, alabado sea Dios.

—Entonces, venga conmigo —dije devolviéndole la sonrisa—. Ahora es usted ayudante de *triage*.

—¡Eh, Harry! ¿Sabes qué? —le gritó a su amigo—. Me han ascendido. Díselo a tu madre la próxima vez que le escribas: ¡a Lester lo han ascendido a algo, después de todo!

Me siguió con paso decidido y arrogante, aún con una sonrisa en los labios.

La sonrisa se deshizo rápidamente en una expresión de ceñuda concentración mientras lo conducía con rapidez entre los heridos, señalando los niveles de gravedad.

—Los hombres que pierden sangre son la prioridad absoluta —le dije. Le arrojé a las manos un brazado de vendas de lino y una bolsa de hilas—. Deles uno de éstos, dígales a sus amigos que presionen con fuerza la herida con las hilas o que se apliquen un torniquete alrededor del miembro por encima de la herida. ¿Sabe lo que es un torniquete?

—Claro, señora —me aseguró—. Una vez puse uno, cuando una pantera le hincó las garras a mi primo Jess, allá en el condado de Carolina.

—Bien. Pero no pierda el tiempo haciéndolo usted a menos que sea necesario, deje que sus amigos lo hagan. Bueno, los huesos rotos pueden esperar un poco. Llévelos allí, bajo aquella gran haya. Las heridas en la cabeza y las heridas internas que no sangren, aquí atrás, junto al castaño, si pueden moverse. Si no, iré yo a verlos. —Señalé a mi espalda y después giré sobre mí misma describiendo medio círculo, conforme observaba el terreno—. Si ve a un par de hombres enteros, mándelos aquí arriba para que monten la tienda hospital. Tiene que ir en un lugar más bien plano, aquí. Y, luego, mande a otro par para que caven una trinchera para las letrinas... aquí, creo.

—¡Sí, señor! ¡Señora, quiero decir! —Lester me hizo una inclinación de cabeza y agarró con fuerza su bolsa de hilas—. Me ocuparé de ello enseguida, señora. Aunque yo no me preocuparía lo más mínimo por las letrinas durante un rato —añadió—. La mayoría de esos muchachos ya se han cagado de miedo.

—Sonrió y me dirigió otra inclinación de cabeza antes de ir a hacer su inspección.

Estaba en lo cierto. El débil hedor de las heces flotaba en el aire como sucedía siempre en los campos de batalla, un leve matiz entre el olor acre de la sangre y el del humo.

Mientras Lester clasificaba a los heridos, emprendí la tarea de reparación con mi botiquín, mi bolsa de suturas, un cuenco con alcohol dispuesto en la plataforma trasera de la carreta y un barril de alcohol para que los pacientes se sentaran, siempre que pudieran hacerlo.

Las peores heridas eran las de bayoneta. Por suerte no se había disparado metralla, y los hombres alcanzados por balas de cañón estaban en tan malas condiciones que ya no podía hacer nada por ellos. Mientras trabajaba, escuchaba con medio oído la conversación de los hombres que estaban esperando a que los asistiera.

—¿No ha sido la cosa más rara que has visto nunca? ¿Cuántos de esos hijos de puta había? —preguntaba un hombre a su vecino.

—Que me aspen si lo sé —contestó su amigo mientras negaba con la cabeza—. Por unos momentos no veía más que rojo por todas partes. Luego, han disparado un cañonazo muy cerca y no he podido ver más que humo por un buen rato. —Se restregó la cara. Las lágrimas que bañaban sus ojos habían trazado largos regueros en el hollín negro que lo cubría desde el pecho hasta la frente.

Volví a mirar a la carreta, pero no pude ver nada debajo. Esperaba que la conmoción y el cansancio hubieran permitido a Jamie dormir a pesar del dolor de la mano, aunque lo dudaba.

A pesar de que casi todos los que me rodeaban tenían una herida de algún tipo, estaban de buen humor, y el estado de ánimo general era de júbilo y alivio eufórico. Desde más abajo en la ladera de la colina, entre la niebla, cerca del río, me llegaban hurras y gritos de victoria y la algarabía indisciplinada de los pífanos y los tambores, que sonaban y chillaban con desordenado alborozo.

Entre el ruido, se oyó una voz más próxima: un soldado de uniforme montado en un caballo de pelo blanco amarillento.

—¿Ha visto alguien a ese cabrón de cabello rojo que ha roto la carga? —Sonó un murmullo y todos miraron a su alrededor, pero nadie contestó. El jinete desmontó y, tras enredar las riendas en una rama, avanzó hacia mí entre el tropel de hombres heridos.

—Sea quien sea, tiene unos cojones del tamaño de una bala de cuatro kilos y medio —señaló el hombre a quien le estaba cosiendo la mejilla.

—Y una cabeza de idéntica consistencia —murmuré.

—¿Eh? —Me miró de reojo, desconcertado.

—Nada —repuse—. Aguante un poquito más. Casi he terminado.

Fue una noche infernal. Algunos de los heridos continuaban tendidos en los barrancos y en las oquedades, al igual que los muertos. Los lobos, que surgieron sin hacer ruido del bosque, no distinguían entre unos y otros, a juzgar por los gritos que se oían a lo lejos.

Antes de volver a la tienda donde se encontraba Jamie casi había amanecido. Levanté la lona sin hacer ruido para no molestarlo, pero ya estaba despierto, acurrucado sobre el costado de cara a la entrada de la tienda, descansando la cabeza en una manta doblada.

Al verme, esbozó una leve sonrisa.

—¿Ha sido una noche dura, Sassenach? —inquirió con la voz ligeramente ronca por el aire frío y tantas horas de silencio. La neblina se colaba por debajo de la lona, teñida de amarillo por la luz de la linterna.

—Las he vivido peores. —Le retiré el pelo de la cara y lo examiné con atención. Estaba pálido, pero no sudoroso y frío. Tenía el gesto tenso por el dolor, pero su piel no estaba caliente al tacto, no había señales de fiebre—. No has dormido nada, ¿verdad? ¿Cómo estás?

—Un poco asustado —respondió—. Y algo mareado. Pero mejor ahora que estás aquí. —Me dirigió una mueca torcida que era casi una sonrisa.

Le puse una mano bajo la mandíbula y apreté los dedos contra el pulso de su cuello. Su corazón latía con regularidad bajo la punta de mis dedos y sentí un breve escalofrío al pensar en la mujer del campo de batalla.

—Estás helada, Sassenach —observó al notarlo—. Y también cansada. Vete a dormir, ¿de acuerdo? Yo podré aguantar un poco más.

Sí que estaba cansada. La adrenalina de la batalla y de la noche de trabajo se consumía rápidamente. La fatiga se extendía despacio por mi columna vertebral y me aflojaba las articulaciones. Pero tenía una idea bastante precisa de lo que las horas de espera le habían costado ya a Jamie.

—No me llevará mucho tiempo —lo tranquilicé—. Y será mejor terminar de una vez. Así podrás dormir con mayor facilidad.

Asintió, aunque no parecía haberse tranquilizado mucho. Desplegué la mesita de trabajo que había traído de la tienda quirófano y la coloqué a mi alcance. Luego cogí la preciosa botella de láudano y vertí un par de centímetros del líquido oscuro y oloroso en una taza.

—Tómatelo despacio, a sorbitos —indiqué poniéndole la taza en la mano izquierda.

Comencé a disponer el instrumental que iba a necesitar, asegurándome de que todo estuviera ordenado y accesible. Había pensado pedirle a Lester que viniera y me ayudase, pero se dormía de pie, tambaleándose como si estuviera borracho bajo las tenues luces de la tienda quirófano, así que lo había mandado a que se buscara una manta y un sitio junto al fuego.

Un pequeño bisturí recién afilado. El frasco del alcohol, con las ligaduras húmedas enrolladas en el interior como un nido de pequeñas víboras, cada una de ellas provista de una pequeña aguja curva. Otro, con las ligaduras secas enceradas para la compresión arterial. Un ramillete de sondas, con los extremos sumergidos en alcohol. Unos fórceps. Unos retractores de mango largo. El tentáculo en forma de gancho para sujetar los extremos de las arterias seccionadas.

Las tijeras quirúrgicas, con sus hojas cortas y curvas y el mango con la forma adaptada a mi mano que el platero Stephen Moray me había hecho siguiendo mis indicaciones. O casi según mis indicaciones. Yo había insistido en que las tijeras debían ser lo más lisas posible para que fueran más fáciles de limpiar y desinfectar. Stephen había sido complaciente y había creado un diseño sobrio y elegante, pero no había podido resistirse a una pequeña floritura: una de las asas presentaba una extensión ganchuda en la que podía apoyar el dedo meñique con el fin de ejercer más fuerza, y esa proyección formaba una curva suave y ágil que florecía en la punta en un fino capullo de rosa sobre una cascada de hojas. El contraste entre las hojas de las tijeras, pesadas y crueles, en un extremo, y esta ostentación en el otro siempre me hacía sonreír cuando las sacaba de su estuche.

Tiras de gasa de algodón y grueso lino, almohadillas de hilas, emplastos adhesivos manchados de rojo con el jugo de sangre de dragón que los hacía pegajosos. Un cuenco ancho con alcohol para ir desinfectando mientras trabajaba, y los tarros de quina, pasta de ajo machacado y milenrama para hacer cataplasmas.

—Bueno, ya está —dije con satisfacción, tras verificar por última vez que todo estaba en orden.

Todo debía estar a punto, pues trabajaba sola. Si olvidaba algo, no tendría a nadie a mano para que fuera a buscarlo por mí.

—Parece mucha preparación para un dedo de nada —observó Jamie detrás de mí.

Me volví con rapidez y me lo encontré apoyado sobre un codo, observando, con la taza de láudano en la mano.

—¿No podrías simplemente darle un tajo con un cuchillito y cauterizar la herida con un hierro candente, como hacen los cirujanos del ejército?

—Sí, claro que podría —contesté con sequedad—. Pero, por suerte, no tengo que hacerlo. Tengo tiempo suficiente para hacer el trabajo como es debido. Por eso te he hecho esperar.

—Mmfm.

Examinó la hilera de instrumentos centelleantes sin entusiasmo; estaba claro que tenía muchas ganas de terminar con el asunto cuanto antes. Me di cuenta de que a él aquello le parecía una tortura lenta y ritualizada en lugar de una operación sofisticada.

—Tengo intención de dejarte una mano útil —le dije con rotundidad—. Y que no haya infección, ni supuración en el muñón, ni mutilaciones chapuceras y, si Dios quiere, que no te duela, una vez curado.

Arqueó las cejas al oírme decir eso. Él nunca lo había mencionado, pero yo era muy consciente de que su mano derecha y su problemático dedo anular le habían causado dolores intermitentes durante años desde que se lo habían aplastado en la prisión de Wentworth, cuando estuvo preso en ella durante los días anteriores a la revuelta de los Estuardo.

—Un trato es un trato —le dije señalando con un gesto la taza que tenía en la mano—. Bébetelo.

Levantó la taza y, a regañadientes, introdujo su larga nariz por encima del borde, arrugando el gesto al percibir el empalagoso olor. Dejó que el líquido oscuro le tocara la punta de la lengua e hizo una mueca.

—Me hará vomitar.

—Te hará dormir.

—Me provoca unos sueños espantosos.

—Mientras no caces conejos mientras duermes, no tiene la menor importancia —le aseguré.

Soltó una carcajada a su pesar, pero lo intentó por última vez.

—Sabe como esa cosa que se raspa de los cascos de los caballos.

—¿Cuándo lamiste el casco de un caballo por última vez? —le pregunté con las manos en las caderas. Le lancé una mirada de intensidad media, muy útil para intimidar a burócratas de medio pelo y a oficiales del ejército de bajo rango.

Suspiró.

—Va en serio, ¿verdad?

—Sí.

—Entonces, no tengo más remedio. —Con una mirada de reproche que denotaba una sufrida resignación, echó la cabeza hacia atrás y engulló el contenido de la taza de un único trago.

Se estremeció convulsivamente y emitió unos ruiditos de asfixia.

—Te he dicho que te lo tomaras a sorbitos —observé con suavidad—. Como vomites, te lo haré chupar del suelo.

Dada la tremenda suciedad y la hierba machacada que teníamos bajo los pies, se trataba, desde luego, de una amenaza inútil, pero apretó los labios y cerró los ojos con fuerza y volvió a tumbarse con la cabeza en la almohada, respirando a duras penas y tragando saliva de manera espasmódica durante varios segundos. Acerqué un taburete bajo y me senté junto al catre a esperar.

—¿Cómo te encuentras? —inquirí minutos después.

—Me da vueltas la cabeza —respondió. Abrió el ojo un poco y me miró a través de la estrecha hendidura azul, gimió y volvió a cerrarlo—. Como si estuviera cayendo por un acantilado. Es una sensación muy desagradable, Sassenach.

—Intenta pensar un minuto en otra cosa —sugerí—. Algo agradable, para quitártelo de la cabeza.

Frunció el ceño por unos instantes y se relajó.

—Levántate un momento, ¿quieres? —dijo.

Me puse en pie, complaciente, preguntándome qué querría. Abrió los ojos, alargó la mano buena y me dio un buen apretón en las nalgas.

—Ya está —dijo—. Es lo mejor que se me ocurre. Apretarte el culo con fuerza siempre me tranquiliza.

Me eché a reír y me acerqué a él unos centímetros más, de modo que su frente se apoyaba contra mis muslos.

—Bueno, por lo menos es un remedio portátil.

Entonces, cerró los ojos y los mantuvo bien cerrados, respirando profundamente y despacio. Las crueles señales del dolor y del agotamiento comenzaron a borrarse de su rostro a medida que la droga hacía efecto.

—Jamie —dije en voz baja al cabo de un minuto—. Lo siento.

Abrió los ojos, miró hacia arriba y sonrió, dándome un suave pellizco.

—Sí, vale —replicó.

Sus pupilas habían empezado a contraerse. Sus ojos parecían insondables y profundos como el mar, como si estuvieran mirando muy lejos.

—Dime, Sassenach —dijo unos instantes después—. Si alguien te trajera a un hombre y te dijera que si te cortabas un dedo el hombre viviría, y que, si no lo hacías, moriría... ¿te lo cortarías?

—No lo sé —respondí, algo desconcertada—. Si ésa fuera la única opción y no hubiera duda al respecto, y si fuera un buen hombre... sí, supongo que sí. Pero no me haría ninguna gracia —añadí, pragmática, y su boca se curvó en una sonrisa.

—No —dijo. Su expresión se estaba volviendo suave y soñadora—. ¿Sabes que un coronel ha venido a verme mientras estabas atendiendo a los heridos? —dijo un momento más tarde—. Coronel Johnson. Micah Johnson, se llamaba.

—No, ¿que te ha dicho?

La mano de Jamie que me agarraba el trasero había empezado a aflojarse. Le puse mi propia mano sobre la suya para mantenerla en su sitio.

—Se trataba de su compañía... durante el combate. Parte de la de Morgan y el resto de su regimiento estaban justo en lo alto de la colina, en la trayectoria de los británicos. Si la carga hubiera proseguido, habrían perdido con toda seguridad la compañía, dijo, y sabe Dios qué habría sido del resto. —Su suave acento de las Highlands era cada vez más marcado, y tenía los ojos fijos en mi falda.

—Así que tú los has salvado —intervine con suavidad—. ¿Cuántos hombres hay en una compañía?

—Cincuenta —respondió—. Aunque no los habrían matado a todos, supongo.

Su mano resbaló. La recogió y volvió a agarrarme el culo con más fuerza, dejando escapar una leve risita. Podía sentir su aliento a través de mi falda, caliente sobre mis muslos.

—Estaba pensando que era como en la Biblia, ¿sabes?

—¿Sí? —Le apreté la mano contra la curva de mi cadera, manteniéndola en su lugar.

—Como en esa parte donde Abraham está negociando con el Señor por las ciudades de la llanura. «¿No perdonarías a la ciudad si hubiere en ella cincuenta hombres justos?» —citó—. Y, entonces, Abraham comienza a bajar el número, poco a poco, de cincuenta a cuarenta, y luego a treinta, y a veinte y a diez.

Tenía los ojos medio cerrados, y su voz parecía serena y despreocupada.

—No he tenido tiempo de preguntar por la moralidad de ninguno de los hombres de aquella compañía. Pero ¿crees que podría haber diez hombres justos entre ellos... hombres buenos?

—Estoy segura de que sí.

La mano le pesaba, el brazo casi estaba muerto.

—O cinco. O uno siquiera. Bastaría con uno.

—Estoy segura de que hay uno.

—El muchacho con cara de manzana que te ayudaba con los heridos... ¿lo es?

—Sí, lo es.

Suspiró profundamente, con los ojos casi cerrados.

—Entonces, dile que no le envidio el dedo —dijo.

Sostuve su mano buena entre las mías, oprimiéndola con fuerza durante un minuto. Respiraba despacio, con la boca floja, relajado por completo. Lo hice rodar con suavidad sobre la espalda y le coloqué la mano sobre el pecho.

—Maldito seas —susurré—. Sabía que me harías llorar.

Fuera, el campamento estaba tranquilo, en los últimos momentos de sueño antes de que, al amanecer, el sol pusiera a los hombres en marcha. Oí los gritos ocasionales de algún piquete y el murmullo de la conversación cuando dos forrajeadores pasaron cerca de mi tienda camino de los bosques a cazar. De las hogueras no quedaban más que las brasas, pero yo había colocado tres linternas de modo que dieran luz sin hacer sombra.

Me puse en el regazo un delgado tablero cuadrado de madera de pino que utilizaría como superficie de trabajo. Jamie estaba tumbado boca abajo en el jergón con la cara vuelta hacia mí, de modo que podía ir comprobando su color. Estaba profundamente dormido. Respiraba despacio y ni se inmutó cuando presioné el afilado extremo de una sonda contra el dorso de su mano. Todo estaba listo.

Tenía la mano hinchada, inflamada y descolorida, y la herida que le había causado la espada describía una gruesa línea negra sobre la piel tostada por el sol. Cerré un instante los ojos, sujetándole la muñeca mientras le tomaba el pulso. «Uno-y-dos-y-tres-y-cuatro...»

Muy rara vez rezaba de forma consciente cuando me preparaba para operar, aunque sí buscaba algo, algo que no podía describir, pero que siempre reconocía: cierta tranquilidad de espíritu, un distanciamiento de la mente en el que me mantenía en equilibrio sobre ese filo de cuchillo que separa la crueldad de la compasión, comprometida al instante en extrema intimidad con el cuerpo que tenía entre las manos y capaz de destruir lo que tocaba en nombre de la sanación.

«Uno-y-dos-y-tres-y-cuatro...»

Me di cuenta con un sobresalto de que mi propio corazón latía más despacio. El pulso de la punta de mis dedos coincidía con el de la muñeca de Jamie, latido a latido, lento y fuerte. Si estaba esperando una señal, supuse que eso serviría. «Preparada, lista, ya», pensé, y cogí el bisturí.

Una breve incisión horizontal sobre el cuarto y el quinto nudillo, luego hacia abajo, cortando la piel cerca de la muñeca. Socavé la piel con cuidado con la punta de las tijeras, luego sujeté en su sitio el colgajo con una de las largas sondas de acero, clavándola en la blanda madera del tablero.

Tenía un pequeño atomizador lleno de una solución de agua destilada y alcohol. Como esterilizar era imposible, lo utilicé para extender una fina bruma sobre el campo operatorio y eliminar el primer brote de sangre. No sangraba gran cosa. El vasoconstrictor que le había administrado funcionaba, pero el efecto no duraría mucho.

Aparté con suavidad las fibras musculares, las que todavía estaban enteras, para descubrir el hueso y el tendón que había sobre él, que brillaba plateado entre los vivos colores del cuerpo. La espada prácticamente había seccionado el tendón un par de centímetros por encima de los huesos carpianos. Corté las escasas fibras que quedaban y la mano se crispó por reflejo de manera desconcertante.

Me mordí el labio, pero todo iba bien. Aparte de la mano, Jamie no se había movido. Lo notaba distinto. Su carne estaba más llena de vida que la de un hombre bajo los efectos del éter o del pentotal. No estaba anestesiado por completo, sólo drogado hasta el amodorramiento. Su piel era elástica al tacto, no tenía la dócil flacidez a la que estaba acostumbrada en la época en que había trabajado en el hospital en mi propio tiempo. Sin embargo, no tenía nada que ver con las convulsiones conscientes y aterrorizadas que había sentido bajo las manos en la tienda hospital.

Aparté el tendón cortado con los fórceps. Ahí estaba la profunda rama del nervio cubital, un delicado hilo de mielina, con sus pequeñas ramificaciones que se extendían hasta perderse de vista en la profundidad de los tejidos. Perfecto, estaba lo bastante lejos del meñique como para que pudiera trabajar sin dañar el tronco del nervio principal.

Nunca se sabía. Las ilustraciones de los libros eran una cosa, pero lo primero que aprendía cualquier médico es que los cuerpos resultan desconcertantemente únicos. Un estómago estaría más o menos donde uno esperaba encontrarlo, pero los nervios y los vasos sanguíneos que lo alimentaban podrían estar en cualquier punto de las proximidades, y con bastante probabilidad diferirían también en forma y número.

Pero ahora conocía los secretos de su mano. Podía ver cómo estaba hecha, las estructuras que le daban forma y movimiento. Ahí estaba el hermoso y fuerte arco del tercer metacarpio, y la delicadeza de la red de vasos sanguíneos que lo abastecían. La sangre fluía, lenta y vívida: rojo intenso en el charquito del campo abierto; escarlata brillante allí donde manchaba el hueso partido; de un azul marino oscuro e intenso en la pequeña vena que latía bajo la articulación; negro costroso en los bordes de la herida original, donde se había coagulado.

Había sabido, sin preguntarme cómo, que el cuarto metacarpio estaba destrozado. Así era. La hoja se había hincado cerca del extremo proximal del hueso y había astillado su pequeña cabeza cerca del centro de la mano.

Tendría que quitárselo también. En cualquier caso, habría que retirar los pedazos de hueso sueltos con el fin de evitar que irritaran los tejidos circundantes. Quitar el metacarpio permitiría que los dedos corazón y meñique estuvieran más juntos, estrechando, de hecho, la mano y eliminando el extraño hueco que dejaba el dedo extirpado.

Tiré del dedo mutilado con fuerza para abrir el espacio articular entre las articulaciones y utilicé la punta del bisturí para seccionar el ligamento. Los cartílagos se separaron con un leve pero audible ¡pop! y Jamie dio un respingo y gruñó, al tiempo que la mano que yo sujetaba se retorcía.

—Chsss —le susurré sujetándola con fuerza—. Chsss, todo va bien. Estoy aquí, todo va bien.

No podía hacer nada por los muchachos que morían en el campo de batalla, pero allí, por él, podía hacer magia y saber que el hechizo surtiría efecto. Jamie me oyó, profundamente sumido en agitados sueños de opio. Frunció el ceño y murmuró algo ininteligible, suspiró y se relajó, y su muñeca volvió a quedar muerta bajo mi mano.

No muy lejos, en algún lugar, cantó un gallo, y miré hacia la pared de la tienda. Había bastante más luz y un débil viento de madrugada se coló por la rendija que había detrás de mí, enfriándome la nuca.

Separé el músculo subyacente causando el menor daño posible. Solté la pequeña arteria digital y otros dos vasos que parecían lo bastante grandes como para tomarse la molestia, corté las últimas fibras y retazos de piel que sujetaban el dedo, y lo liberé. El metacarpio quedó colgando, sorprendentemente blanco y desnudo, como la cola de una rata.

Era un trabajo limpio y perfecto, pero sentí una momentánea tristeza al desechar el pedazo de carne mutilado. Tuve una fugaz visión de Jamie sosteniendo al recién nacido Jemmy, contándole los deditos de las manos y de los pies, con una expresión de maravilla y embeleso en la cara. También su padre le había contado los dedos.

—Todo va bien —susurré, diciéndoselo tanto a él como a mí misma—. Todo va bien. Se curará.

El resto fue rápido. Usé los fórceps para extraer los pedacitos de hueso machacado. Despejé la herida lo mejor que pude, retirando trocitos de hierba y suciedad, incluso un diminuto retazo de tela que había penetrado en la carne. Después, sólo fue cuestión de limpiar el borde desigual de la herida cortando un pequeño exceso de piel y coser las incisiones. Extendí una gruesa capa de pasta de ajo y hojas de roble blanco mezclada con alcohol sobre la mano y le puse una almohadilla de hilas y gasa y una venda de lino apretada y emplastos adhesivos para reducir la hinchazón y facilitar que los dedos corazón y meñique se juntaran.

Casi había amanecido. La linterna que colgaba sobre mi cabeza emitía una luz que parecía tenue y débil. Me ardían los ojos por el trabajo tan meticuloso y el humo de las hogueras. Fuera se oían voces, las de los oficiales que se movían entre los hombres, despertándolos para que le hicieran frente al día... y tal vez también al enemigo.

Coloqué la mano de Jamie sobre el catre, cerca de su rostro. Estaba pálido, pero no en exceso, y sus labios tenían un vivo color rosado, no azul. Dejé caer los instrumentos en un cubo con alcohol y agua, demasiado cansada de repente para limpiarlos como Dios manda. Envolví el dedo extirpado en una venda de lino, sin saber muy bien qué hacer con él, y lo dejé sobre la mesa.

«¡Arriba! ¡Arriba!», sonaban fuera los gritos rítmicos de los sargentos, puntuados de las graciosas variaciones y las groseras respuestas de durmientes reacios.

No me molesté en desnudarme. Si hoy había combate, me despertaría enseguida. Pero Jamie no. No tenía por qué preocuparme. Pasara lo que pasase, hoy no combatiría.

Me quité las horquillas del pelo y lo sacudí dejándolo caer sobre mis hombros, mientras suspiraba de alivio al sentirlo libre. Luego me acosté a su lado en el camastro, pegada a él. Estaba boca abajo. Obedeciendo a un impulso le puse la mano en el trasero y se lo pellizqué.

—Dulces sueños —dije, y dejé que el cansancio me arrastrara.

63

Separado para siempre de mis amigos y parientes

El teniente lord Ellesmere por fin había acabado con la vida de un rebelde. De varios, pensaba él, aunque no podía estar seguro de haber matado a todos aquellos a los que había disparado. Algunos tal vez sólo estuvieran heridos. Estaba seguro de haber matado al hombre que había atacado uno de los cañones británicos con un grupo de otros rebeldes. Lo había atravesado de parte a parte con un sable de caballería y, después, durante varios días, había sentido una extraña insensibilidad en el brazo que empuñaba la espada, lo que le hacía flexionar la mano izquierda cada pocos minutos para asegurarse de que aún podía utilizarla.

La insensibilidad no se limitaba a su brazo.

En el campamento británico, los días posteriores a la batalla se invirtieron, en parte, en la búsqueda ordenada de los heridos, el sepelio de los muertos y el reagrupamiento de las fuerzas. De las que quedaban. La deserción estaba a la orden del día. Había un flujo constante de partidas furtivas. Un día huyó una compañía entera de soldados de Brunswick.

Tuvo a su mando a más de un piquete de entierro, observando con cara impasible cómo daban sepultura a hombres —y niños— a los que había conocido. Durante los dos primeros días, no habían enterrado los cuerpos a profundidad suficiente, por lo que estuvieron oyendo toda la noche los aullidos y gruñidos de los lobos que luchaban por los cadáveres que habían logrado exhumar de las tumbas a ras de tierra. Volvieron a enterrar lo que quedaba de ellos al día siguiente, a mayor profundidad.

Por la noche, encendían hogueras alrededor del campamento cada noventa metros, pues los francotiradores americanos se acercaban en la oscuridad y mataban a los piquetes.

Durante el día hacía un calor insufrible, por las noches un frío espantoso, por lo que nadie podía descansar. Burgoyne había dado orden de que «ningún oficial ni soldado debía dormir jamás sin su uniforme», así que William llevaba sin cambiarse de ropa interior más de una semana. Pero no importaba si olía mal. Su propio hedor era indetectable. Los hombres tenían la obligación de estar en las líneas, con sus armas, una hora antes del amanecer, y debían permanecer allí hasta que el sol hubiera consumido la niebla para tener la seguridad de que entre la bruma no había americanos ocultos listos para atacar.

Se suprimió la ración diaria de pan. El tocino y la harina comenzaban a escasear, y los cantineros no tenían ni tabaco ni coñac, con gran disgusto de las tropas alemanas. La parte positiva era que las defensas británicas estaban en perfecto orden. Habían construido dos grandes reductos y habían mandado a un millar de hombres a cortar árboles para abrir campos de fuego para la artillería. Y Burgoyne había anunciado que esperaban la llegada del general Clinton dentro de diez días, con refuerzos y —era de suponer— comida. Cuanto debían hacer era esperar.

—Esperamos al general Clinton con mayor ansia de la que los judíos esperan al Mesías —bromeó el Ober-Leftenant Gruenwald, que había sobrevivido de milagro a la herida recibida en Bennington.

—Ja, ja —rió William.

El campamento americano estaba de buen humor, más que dispuesto a terminar la tarea que habían empezado. Por desgracia, mientras que en el campamento británico escaseaban las raciones, los americanos andaban cortos de munición y pólvora. Como consecuencia, se vivía un período de inquieta estasis, durante el cual los americanos se acercaban sin cesar a la periferia del campamento británico, pero sin hacer ningún progreso real.

Ian Murray hallaba esa situación extremadamente tediosa y, después de que durante una correría simbólica un compañero poco cuidadoso pisara una bayoneta abandonada y se agujerease el pie, decidió que tenía la excusa adecuada para hacer una visita a la tienda hospital donde Rachel Hunter ayudaba a su hermano.

Sin embargo, esa perspectiva lo ilusionó tanto que no prestó la necesaria atención a dónde ponía los pies en medio de la niebla, se precipitó de cabeza por un barranco y se dio un golpe oblicuo en la cabeza contra una piedra. Así fue como los dos hombres regresaron cojeando al campamento, apoyándose el uno en el otro, e hicieron un alto en la tienda hospital.

En la tienda estaban muy ocupados. No era allí donde se encontraban los heridos en combate, sino donde acudían a recibir tratamiento quienes sufrían achaques menores. Ian no tenía la cabeza rota, pero lo veía todo doble, así que cerró un ojo con la esperanza de que eso lo ayudara a localizar a Rachel.

—*Ho ro* —dijo alguien a su espalda con abierta aprobación—, *mo nighean donn boidheach!*

Por un desconcertante momento, Ian pensó que quien hablaba era su tío, y se preguntó por qué el tío Jamie estaría echándole piropos a su tía mientras trabajaba. Pero la tía Claire no estaba allí, le recordaron sus lentas entendederas, así que, ¿qué...?

Mientras se cubría el ojo con una mano para impedir que se le cayese de la cara, se volvió con cuidado y vio a un hombre en la entrada de la tienda.

El sol de la mañana le arrancaba chispas a su cabello, e Ian se quedó boquiabierto, con la sensación de haber recibido un puñetazo en la boca del estómago. No era el tío Jamie, se dio cuenta en cuanto el hombre entró, ayudando también a un compañero que cojeaba. La cara no era la suya: roja y curtida, con unos rasgos alegres y feos. El cabello era rojo melado, no bermejo, y con grandes entradas en las sienes. Era de constitución sólida, no exageradamente alto, pero su forma de moverse... como un puma, incluso cargado como iba con su amigo... Por algún motivo, Ian no podía librarse de la persistente impresión de que se trataba de Jamie Fraser.

El hombre pelirrojo iba ataviado con un kilt. Ambos lo llevaban. «De las Highlands», pensó, terriblemente confuso. Pero eso lo había sabido en el mismísimo momento en que lo había oído hablar.

—*Có thu?* —inquirió Ian con brusquedad. «¿Quién es usted?»

Al oír hablar gaélico, el hombre lo miró, sorprendido. Examinó a Ian de arriba abajo, fijándose en su indumentaria de mohawk, antes de responder.

—*Is mise Seaumais Mac Choinnich à Boisdale* —contestó, muy cortés—. *Có tha faighneachd?* —«Soy Hamish MacKenzie, de Boisdale. ¿Quién lo pregunta?»

—Ian Murray —respondió, intentando poner en orden sus confusos pensamientos. El nombre le era ligeramente familiar... pero ¿por qué no? Conocía a cientos de MacKenzie—. Mi abuela era una MacKenzie —informó, como solía hacerse para establecer relaciones con extraños—. Ellen MacKenzie, de Leoch.

Los ojos del hombre se abrieron de par en par.

—Ellen, ¿de Leoch? —exclamó, muy excitado—. ¿La hija de ese al que llamaban Jacob Ruaidh?

Con la emoción, Hamish apretó con fuerza la mano que sujetaba a su amigo, quien soltó un alarido. El grito atrajo la atención de la joven —la que Hamish había saludado como «Oh, bonita muchacha color nuez»—, que acudió corriendo a atenderlos.

Sí que era del color de la nuez, observó Ian. Rachel Hunter tenía la piel del mismo tono suave de las nueces a causa del sol, y el cabello que asomaba bajo su pañuelo era del color de una cáscara de nuez. Sonrió al pensarlo. Ella lo vio y lo miró entornando los ojos.

—Bueno, si puedes sonreír como un simio, el daño no puede ser mucho. ¿Por qué...?

Se detuvo, atónita al ver a Murray fundido en un abrazo con un escocés de las Highlands en kilt, que lloraba de alegría.

Ian no lloraba, pero era innegable que estaba muy contento.

—Tiene que ver a mi tío Jamie —manifestó desenredándose con destreza—. «Seaumais Ruaidh», creo que lo llamaban ustedes.

Jamie Fraser tenía los ojos cerrados y exploraba con precaución el dolor de su mano. Era agudo, lo bastante fuerte como para provocarle náuseas, pero con ese agobiante malestar característico de los huesos rotos. Sin embargo, era un malestar que curaba. Claire decía que los huesos se tejían y, a menudo, Jamie pensaba que no se trataba tan sólo de una metáfora. A veces parecía como si alguien estuviera realmente hincándote agujas de acero en el hueso y obligando a los extremos destrozados a reintegrarse en cierto patrón, sin preocuparse de las sensaciones de la carne de alrededor.

Tenía que mirarse la mano, era consciente de ello. A fin de cuentas, debía acostumbrarse a ella. Le había echado un rápido vistazo, que lo había hecho sentirse mareado y a punto de vomitar de pura confusión. No podía reconciliarse con esa nueva imagen, con esa nueva sensación, con el fuerte recuerdo de cómo debería ser su mano.

Pero lo había hecho antes, se recordó. Se había acostumbrado a las cicatrices y a la rigidez. Y, sin embargo... recordaba las sensaciones de su mano joven, su aspecto, tan acomodaticia, ágil y sin dolor, empuñando una azada, blandiendo una espada. Sujetando una pluma... bueno, eso no. Sonrió pesaroso para sí mismo. Para eso nunca había sido ni acomodaticia ni ágil, ni siquiera cuando sus dedos se hallaban en las mejores circunstancias.

¿Podría escribir siquiera ahora con esa mano?, se preguntó de repente, y la dobló un poco por curiosidad. El dolor hizo que gritara, aunque... tenía los ojos abiertos, fijos en su mano. La desconcertante imagen del dedo corazón pegado al meñique le revolvió las tripas, aunque... podía doblar los dedos. Veía las estrellas, pero sólo era dolor. No notaba ningún tirón, el dedo paralizado no suponía ningún obstáculo. La mano... funcionaba.

«Tengo intención de dejarte una mano útil», podía oír la voz de Claire, sin aliento pero firme.

Esbozó una leve sonrisa. Era inútil discutir con ella sobre cualquier cuestión médica.

Entré en la tienda a por mi pequeño cauterio y me encontré a Jamie sentado en el catre, doblando despacio su mano herida y contemplando el dedo que le había cortado, que estaba en una caja junto a él. Yo lo había envuelto a toda prisa en una venda enyesada, por lo que parecía un gusano momificado.

—Eeeh —dije con delicadeza—. ¿Puedo deshacerme de él?

—¿Cómo?

Extendió un vacilante dedo índice, lo tocó, y luego retiró a toda velocidad la mano como si el dedo cortado se hubiera movido de repente. Emitió un ruidito nervioso que no acababa de ser una risa.

—¿Quemándolo? —sugerí.

Ése era el método habitual para deshacerse de los miembros amputados en los campos de batalla, aunque yo nunca lo había hecho personalmente. La idea de construir una pira funeraria para la cremación de un único dedo me pareció de repente absurda, aunque no más que la idea de limitarme a arrojarlo a una de las hogueras en las que se preparaba la comida, con la esperanza de que nadie se diera cuenta.

Jamie produjo un ruido dudoso con la garganta: la idea no le hacía mucha gracia.

—Bueno... supongo que podrías ahumarlo —le dije igual de insegura—. Y guardarlo en tu escarcela como recuerdo. Como hizo Ian con la oreja de Neil Forbes. ¿Sabes si todavía la tiene?

—Sí, la tiene. —Jamie estaba empezando a coger de nuevo el color al tiempo que recuperaba el dominio de sí mismo—. Pero no, no creo que quiera hacer eso.

—Podría conservarlo en espíritu de vino —ofrecí. Eso le arrancó el fantasma de una sonrisa.

—Diez a uno a que alguien se lo bebería antes de que acabara el día, Sassenach.

También yo creía que ésa era una apuesta generosa. Las probabilidades eran más bien de mil a uno. Sólo había logrado mantener la mayor parte de mi alcohol medicinal intacto haciendo que uno de los más feroces conocidos indios de Ian lo vigilara cuando no estaba utilizándolo, y durmiendo junto al barrilito por la noche.

—Bueno, me parece que eso sólo nos deja la opción de enterrarlo.

—Mmfm.

Ese ruido indicaba que estaba de acuerdo, pero con reservas, así que lo miré.

—¿Qué?

—Bueno —respondió como quien no quiere la cosa—. Cuando el pequeño Fergus perdió la mano, nosotros... bueno, fue idea de Jenny, pero celebramos una especie de funeral, ¿sabes?

Me mordí el labio.

—Bueno, ¿por qué no? ¿Algo familiar o quieres que invitemos a todo el mundo?

Antes de que pudiera contestarme, oí fuera la voz de Ian hablando con alguien y, un instante después, su cabeza desgreñada asomó por la entrada de la tienda. Tenía un ojo negro e hinchado y un chichón considerable en la cabeza, pero sonreía de oreja a oreja.

—¿Tío Jamie? —dijo—. Aquí hay alguien que quiere verte.

—¿Cómo es que estás aquí, *a charaid*? —inquirió Jamie algo después de la tercera botella.

Hacía mucho que habíamos cenado y la hoguera ardía sin fuerza. Hamish se limpió la boca y volvió a pasarle la nueva botella.

—Aquí —repitió—. ¿Quieres decir aquí en las tierras vírgenes o aquí luchando contra el rey? —Le lanzó a Jamie una directa mirada azul, tan parecida a las del propio Jamie que él la reconoció y sonrió.

—¿Contesta la segunda de esas preguntas a la primera? —inquirió, y Hamish le respondió con la sombra de una sonrisa.

—Sí, eso es. Siempre has sido rápido como un colibrí, *a Sheaumais*. De cuerpo y de mente.

Al ver en mi expresión que tal vez yo no fuera tan rápida en mis percepciones, se volvió hacia mí.

—Fueron las tropas del rey las que mataron a mi tío, los soldados del rey quienes mataron a los guerreros del clan, quienes destruyeron la tierra, quienes dejaron que las mujeres y los niños se murieran de hambre, quienes arrasaron mi casa y me exiliaron, quienes mataron de frío y de hambre y de las enfermedades de las tierras vírgenes a la mitad de la gente que estaba conmigo. —Hablaba despacio, pero con una pasión que ardía en sus ojos—. Cuando vinieron al castillo y nos echaron, yo tenía once años. Cumplí doce el día que me hicieron jurar fidelidad al rey. Dijeron que ya era un hombre. Para cuando llegamos a Nueva Escocia... lo era.

Se volvió hacia Jamie.

—¿A ti también te hicieron jurar, *a Sheaumais*?

—Sí —respondió él con suavidad—. Pero un juramento forzado no puede vincular a un hombre ni impedir que sepa lo que es justo.

Hamish alargó una mano y Jamie se la estrechó con fuerza, aunque no se miraron.

—No —repuso con seguridad—. No puede.

Tal vez no. Pero yo sabía que ambos estaban pensando, al igual que yo, en la fórmula de dicho juramento: «Que yazga en tierra sin consagrar, separado para siempre de mis amigos y parientes.» Y que ambos estaban pensando, como yo, en lo altas que eran las probabilidades de que ese destino fuera justo el que los esperaba a ellos.

Y a mí.

Me aclaré la garganta.

—Pero ¿y los demás? —dije, movida por el recuerdo de las muchas personas que había conocido en Carolina del Norte, y sabiendo que lo mismo sucedía con muchos en Canadá—. ¿Los escoceses de las Highlands que son lealistas?

—Sí, bueno —replicó Hamish en voz baja, y miró al fuego, cuyo brillo acentuó las arrugas de su rostro—. Lucharon como valientes, pero a los más destacados los mataron. Ahora sólo quieren paz y que los dejen tranquilos. Pero la guerra no deja tranquilo a nadie, ¿verdad?

De repente me miró y, por un asombroso instante, vi asomarse a sus ojos a Dougal MacKenzie, aquel hombre impaciente y violento que estaba sediento de guerra. Sin esperar una respuesta, se encogió de hombros y prosiguió.

—La guerra ha vuelto a encontrarlos. No tienen más remedio que luchar. Pero cualquiera puede darse cuenta de que el ejército continental es, o era, una chusma lamentable. —Levantó la cabeza y asintió levemente, como para sí, mientras contemplaba las hogueras, las tiendas, la vasta nube de niebla iluminada por las estrellas que flotaba sobre nosotros, llena de humo y polvo y del olor de los cañones y de la inmundicia—. Pensaron que aplastarían a los rebeldes, y enseguida. A pesar del juramento, ¿quién sino un tonto se sumaría a una empresa tan arriesgada?

«Un hombre que no hubiera tenido ocasión de combatir antes», pensé. Le dirigió a Jamie una sonrisa torcida.

—Me sorprende que no nos aplastaran —añadió, y parecía, en efecto, un tanto sorprendido—. ¿No te sorprende a ti también, *a Sheaumais*?

—Estoy asombrado —respondió Jamie con una débil sonrisa.

—Aunque me alegro de ello. Y me alegro de que estés aquí... *a Sheaumais*.

Conversaron durante la mayor parte de la noche. Cuando se pusieron a hablar en gaélico, me levanté, le puse a Jamie una mano en el hombro como gesto de buenas noches, y me deslicé entre mis mantas. Exhausta por el trabajo del día, me quedé dormida al instante, apaciguada con el sonido de su charla tranquila, como el zumbido de las abejas en el panal.

Lo último que vi antes de que el sueño se me llevara fue el rostro de Ian al otro lado del fuego, embelesado al oír hablar de la Escocia que se había desvanecido justo cuando él nació.

64

Un caballero me visita

—¿Señora Fraser?

Una agradable voz masculina habló a mi espalda. Me volví y descubrí, en la entrada de mi tienda, a un oficial bajo y fornido de anchos hombros, en mangas de camisa y chaleco, que sujetaba una caja bajo el brazo.

—Sí, soy yo. ¿En qué puedo ayudarlo?

No parecía enfermo. De hecho, parecía más sano que la mayoría de los miembros del ejército, con la cara muy curtida, pero rellenita y sonrosada. Sonrió, con una sonrisa súbita y encantadora que transformó su gran nariz ganchuda y sus gruesas cejas.

—Tenía la esperanza de que pudiéramos hacer un pequeño negocio, señora Fraser. —Arqueó una de sus pobladas cejas y, al ver mi gesto de invitación, entró en la tienda inclinándose sólo un poco.

—Supongo que eso depende de lo que esté buscando —repliqué mientras miraba la caja con curiosidad—. Si es whisky, no puedo dárselo, mucho me temo.

De hecho, en ese preciso momento había un barrilito de esa valiosa sustancia escondido bajo la mesa junto con un barril mayor de mi alcohol puro, y el aire olía intensamente a este último, pues había puesto unas hierbas a remojar en él. Ése no era el primer caballero que acudía atraído por el olor: atraía a soldados de cualquier rango como moscas.

—No, no —me aseguró, aunque echó una mirada de interés a la mesa que había detrás de mí, sobre la que tenía varios frascos grandes en los que estaba cultivando lo que yo esperaba fuera penicilina—. Pero me han dicho que posee usted una buena provisión de quina. ¿Es así?

—Bueno, sí. Por favor, siéntese. —Le indiqué el taburete para los pacientes y yo me senté también, rodilla con rodilla—. ¿Sufre usted de malaria? —No lo creía, pues la esclerótica de sus ojos estaba limpia. No estaba ictérica.

—No, y doy gracias a Dios por su clemencia. Sin embargo, tengo a mi cargo a un caballero, un amigo especial, que sí la padece, muy severamente, y nuestro médico no tiene quina. Esperaba poder tal vez convencerla de hacer un intercambio.

Había dejado la caja sobre la mesa que había junto a nosotros y, tras decir eso, la abrió de golpe. Estaba dividida en pequeños compartimentos y contenía una notable variedad de objetos: puntillas, cinta de seda, un par de peinetas de carey, una bolsita de sal, un pimentero, una cajita de rapé con esmaltes, un broche de estaño en forma de lirio, varias madejas de seda para bordar de brillantes colores, un atadillo de ramitas de canela y varios frasquitos en apariencia llenos de hierbas. Además de una botella de cristal, cuya etiqueta decía...

—¡Láudano! —exclamé mientras me lanzaba a cogerla sin querer.

Me detuve, pero el oficial me indicó con un gesto que podía hacerlo, así que la cogí con cuidado de donde estaba, le quité el tapón de corcho y me la pasé con prudencia por debajo de la nariz. De ella emanó el olor empalagoso y penetrante del opio, como el genio de una botella. Carraspeé y volví a ponerle el tapón.

Él me miró con interés.

—No estaba seguro de qué podía convenirle más —explicó señalando el contenido de la caja—. Antes tenía una tienda, ¿sabe? Vendía bastantes productos de botica, pero también artículos de mercería de lujo en general. En el desarrollo de mi actividad, aprendí que siempre es mejor darles a las señoras mucho donde elegir. Tienden a discriminar mucho más que los caballeros.

Le dirigí una dura mirada, pero lo que había dicho no era ninguna tontería. Volvió a sonreírme, y pensé que se trataba de uno de esos hombres poco corrientes, como Jamie, a los que de verdad les gustaban las mujeres más allá de lo obvio.

—Me imagino que podemos llegar a un acuerdo, entonces —le dije devolviéndole la sonrisa—. Supongo que no debería preguntarlo, no tengo intención de asaltarlo; le daré lo que necesita para su amigo, pero, pensando en un posible intercambio futuro... ¿tiene más láudano?

Aún sonreía, aunque su mirada se volvió más penetrante. Tenía unos ojos bastante poco habituales, de ese color gris pálido que a menudo se describe como «color saliva».

—Bueno, sí —respondió despacio—. Tengo bastante... ¿Lo necesita... regularmente?

Se me pasó por la cabeza que estaba preguntándose si no sería una adicta. No era en absoluto algo extraño en aquellos círculos en los que el láudano podía obtenerse con facilidad.

—No, no es para mí —contesté sin alterarme—. Y se lo administro a quienes lo necesitan con considerable precaución. Pero aliviar el dolor es una de las cosas más importantes que puedo hacer por la gente que acude a mí. Dios sabe que a muchos no puedo ofrecerles una cura.

Arqueó las cejas al oírme.

—Es una observación muy excepcional. La mayoría de las personas de su profesión parecen prometerle una cura a casi todo el mundo.

—¿Qué es lo que dice el dicho? «Si con desear bastara...» —Sonreí, aunque sin mucho humor—. Todo el mundo quiere una cura y, sin lugar a dudas, no hay médico que no desee dársela. Pero hay muchas variables que escapan al poder de cualquier médico, y aunque tal vez no le digas eso a un paciente, es bueno conocer tus propios límites.

—¿Eso cree? —Ladeó la cabeza mirándome con curiosidad—. ¿No le parece que la admisión de tales límites, a priori, y no me refiero sólo al ámbito médico, sino a cualquier tipo de esfuerzo, que tal admisión establece límites en sí misma? Es decir, ¿podría semejante expectativa impedir que uno haga todo lo posible porque asume que algo no es posible y, en consecuencia, no lucha con todas sus fuerzas para conseguirlo?

Lo miré parpadeando, bastante asombrada.

—Bueno... sí —repliqué despacio—. Dicho de ese modo, creo que estoy más bien de acuerdo con usted. Al fin y al cabo —señalé con la mano la entrada de la tienda, indicando el ejército que nos rodeaba—, si no creyera, si no *creyéramos*, que podemos lograr cosas que están más allá de lo que razonablemente cabe esperar, ¿estaríamos mi marido y yo aquí?

Él se echó a reír.

—¡Muy bien, señora! Sí, creo que un observador imparcial calificaría esta empresa de absoluta locura. Y tal vez estuviera en lo cierto —añadió con una triste inclinación de la cabeza—. Sin embargo, tendrán que vencernos. No tiraremos la toalla.

Oí voces fuera: Jamie, que hablaba despreocupadamente con alguien y que, al cabo de un instante, entraba en la tienda, agachándose.

—Sassenach —comenzó—, ¿puedes venir y...? —Se detuvo en seco al ver a mi visitante, y se incorporó un poco con una inclinación formal—. Señor.

Volví a mirar al visitante, sorprendida. El comportamiento de Jamie dejaba bien claro que se trataba de un oficial superior de algún tipo. Yo había pensado que tal vez fuera un capitán o un mayor. En cuanto al oficial, hizo un gesto con la cabeza, amistoso pero reservado.

—Coronel. Su mujer y yo hemos estado discutiendo la filosofía del esfuerzo. ¿Qué dice usted? ¿Un hombre prudente conoce sus propios límites o uno atrevido los niega? ¿Y cómo se declararía a sí mismo?

Jamie parecía ligeramente asombrado y me miró. Yo levanté un hombro unos centímetros.

—Ah, bueno —dijo trasladando su atención a mi visitante—. He oído decir que un hombre debe aspirar a más de lo que tiene a su alcance... de lo contrario, ¿para qué está el cielo?

El oficial se lo quedó mirando unos instantes, boquiabierto, y, acto seguido, se echó a reír encantado y se palmeó la rodilla.

—¡Su mujer y usted son tal para cual, señor! Son ustedes mi tipo. Es magnífico. ¿Recuerda dónde oyó decir eso?

Jamie sí lo recordaba. Me lo había oído decir más de una vez a mí a lo largo de los años. Pero sólo sonrió y se encogió de hombros.

—Creo que lo dijo un poeta, pero he olvidado su nombre.

—Bueno, en cualquier caso, es un sentimiento expresado a la perfección, y tengo intención de ir a comprobarlo directamente con Granny, aunque me imagino que se limitará a mirarme como un estúpido a través de sus lentes y gimoteará por las provisiones. Ése sí que es un hombre que conoce sus límites —me comentó, aún de buen humor, pero con una clara irritación en el tono de voz—. Conoce sus propios límites, que son condenadamente estrechos, y no deja que nadie más los rebase. El cielo no es para los de su especie.

Esa última observación la hizo más que irritado. La sonrisa había desaparecido de su rostro y vislumbré una intensa ira en el fondo de sus pálidos ojos. Me sentí nerviosa por unos instantes. «Granny» no podía ser más que el general Gates, y era obvio que ese hombre era un miembro resentido del alto mando. Esperé de corazón que Robert Browning y yo no acabáramos de meter a Jamie en un lío.

—Bueno —traté de quitarle hierro al asunto—, no pueden vencerlo si usted no tira la toalla.

La sombra que se había posado en su frente desapareció y me sonrió con los ojos de nuevo alegres.

—Oh, no me vencerán nunca, señora Fraser. ¡Confíe en mí!

—Lo haré —le aseguré mientras volvía a abrir una de mis cajas—. Deje que le busque la quina... eeh... —titubeé, al no conocer su rango.

Él se dio cuenta y se golpeó la frente en ademán de disculpa.

—¡Perdóneme, señora Fraser! ¿Qué pensará usted de un hombre que irrumpe en su presencia y le pide groseramente medicinas sin presentarse siquiera como es debido?

Tomó el paquetito de quina molida de mi mano, reteniéndola, y me hizo una exagerada reverencia al tiempo que me besaba con suavidad los nudillos.

—General Benedict Arnold. Su seguro servidor, señora.

Jamie observó marcharse al general con expresión algo enfurruñada. Luego volvió a mirarme y el gesto desapareció al instante.

—¿Estás bien, Sassenach? Tienes pinta de que vayas a caerte de un momento a otro.

—Tal vez sí, ahora que lo dices —repuse en un tono bastante débil, y busqué mi taburete.

Me senté en él y vi la nueva botella de láudano sobre la mesilla que había junto a mí. La cogí y su sólido peso me confirmó que no me había imaginado al caballero que acababa de dejarnos.

—Estaba mentalmente preparada para toparme en algún instante con George Washington o Benjamin Franklin en persona —observé—. Incluso con John Adams. Pero a él, realmente no me lo esperaba... y me ha gustado —añadí a mi pesar.

Las cejas de Jamie seguían arqueadas, y miró la botella que tenía en mi regazo como si se preguntara si había tomado un trago.

—¿Por qué no habría de gustarte?... Ah. —Se demudó—. ¿Sabes algo de él?

—Sí. Y es algo que no quisiera saber. —Tragué saliva, algo mareada—. Todavía no es un traidor, pero lo será.

Jamie volvió a mirar por encima de su hombro para asegurarse de que nadie nos oía, y luego se acercó y se sentó en el taburete de los pacientes, mientras tomaba mis manos entre las suyas.

—Cuéntame —me pidió en voz baja.

Lo que podía contarle era limitado y, lamenté, como otras veces, no haber prestado mayor atención a los deberes de historia de Bree, pues constituían el núcleo de mis conocimientos específicos acerca de la revolución americana.

—Luchó en nuestro... en el bando americano durante algún tiempo y fue un soldado brillante, aunque no conozco los detalles. Sin embargo, en un momento dado se desilusionó, decidió cambiar de bando y empezó a hacerles propuestas a los británicos utilizando a un hombre llamado John André como mediador. A André lo capturaron y lo colgaron, no sé más. Pero Arnold escapó a Inglaterra. Que un general americano cambie de chaqueta... Fue un acto de traición tan espectacular que el nombre de «Benedict Arnold» se convirtió en sinónimo de traidor. Se convertirá, quiero decir. Cuando alguien comete algún horrible acto de traición, se lo llama «un Benedict Arnold».

La sensación de mareo no había desaparecido. En algún lugar, en ese preciso momento, un tal mayor John André estaba ocupándose tan tranquilo de sus asuntos sin tener, presumiblemente, la más mínima idea de lo que le deparaba el futuro.

—¿Cuándo?

La presión de los dedos de Jamie sobre los míos apartó mi atención del destino inminente del mayor André, y me hizo concentrarme en la cuestión más urgente.

—Ése es el problema —contesté, impotente—. No lo sé. Todavía no... creo que todavía no.

Jamie reflexionó unos instantes, ahora con las cejas bajas.

—Entonces, lo vigilaré —dijo con calma.

—No lo hagas —repliqué de forma mecánica.

Nos quedamos mirando el uno al otro durante largo rato, recordando a Carlos Estuardo. No se nos escapaba a ninguno de los dos que interferir en la historia, si es que se podía interferir de algún modo, podía tener consecuencias serias e indeseadas. No teníamos ni idea de qué era lo que haría que Arnold dejase de ser un patriota —cosa que era, sin lugar a dudas, en esos momentos— para convertirse en el traidor que sería más adelante. ¿Era su disputa con Gates el molesto grano de arena que daría lugar al núcleo de una perla traidora?

—No es posible saber qué minucia puede afectar a la mente de una persona —señalé—. Fíjate en Roberto I Bruce y aquella araña.[16]

Eso hizo que sonriera.

—Tendré cuidado cuando me junte con él, Sassenach —dijo—. Pero lo vigilaré.

65

El truco del sombrero

7 de octubre de 1777

> «... Bueno, pues, ordénele a Morgan
> que comience el juego.»
> General Horatio Gates

Una tranquila mañana de otoño, fresca y dorada, un desertor británico entró en el campamento americano. Burgoyne iba a mandar a un grupo de reconocimiento, dijo. Dos mil hombres, para verificar la fuerza del ala derecha americana.

—A Granny Gates casi se le saltaron los ojos a través de las gafas —me contó Jamie, volviendo a llenar a toda prisa su caja de cartuchos—. Y no me extraña.

El general Arnold, presente cuando llegó la noticia, le insistió a Gates en que mandara a su vez a un grupo potente para hacer frente a esa incursión. Gates, como era de esperar, había actuado con prudencia y, cuando Arnold pidió autorización para salir y ver por sí mismo qué estaban haciendo los británicos, le

---

[16] Cuenta la leyenda que este rey de Escocia, tras ser derrotado en una batalla por el ejército inglés, se refugió en una cueva. Deprimido y meditabundo, fijó su atención en una araña que tejía su tela. El viento rompía lo que el animal había tejido una y otra vez, pero la araña no se rendía y seguía trabajando hasta que, al final, consiguió tejerla. Bruce consideró que él también debía perseverar en sus intentos a pesar de que las circunstancias parecían desaconsejarlo. *(N. de la t.)*

había lanzado a su subordinado una fría mirada y había dicho: «Tengo miedo de confiar en usted, Arnold.»

—A partir de entonces, las cosas fueron más bien cuesta abajo —explicó Jamie haciendo una ligera mueca—. Todo terminó cuando Gates le dijo, y te lo cito literalmente, Sassenach: «General Arnold, no tengo trabajo para usted. No tiene nada que hacer aquí.»

Sentí un escalofrío que no tenía nada que ver con la temperatura del aire matutino. ¿Sería ése el momento? ¿El hecho que había vuelto, o que volvería, a Benedict Arnold contra la causa por la que había luchado?

Jamie se dio cuenta de lo que estaba pensando, pues levantó un hombro y me dijo tan sólo:

—Por lo menos, esta vez no tiene nada que ver con nosotros.

—Es un alivio —repuse, y lo dije en serio—. Cuídate, por favor.

—Lo haré —replicó cogiendo su rifle.

Esta vez pudo despedirse de mí en persona con un beso.

El reconocimiento de los británicos tenía un doble propósito: no sólo ver con exactitud dónde se encontraban los americanos —pues en realidad el general Burgoyne no tenía ni idea; los desertores americanos habían dejado de llegar al campamento hacía tiempo—, sino también hacerse con el forraje que tanto necesitaban los animales que aún les quedaban. En consecuencia, las compañías que iban en primer lugar se detuvieron en un prometedor campo de trigo.

William mandó a sus infantes que se sentaran en doble fila entre el cereal mientras los forrajeadores comenzaban a cortar las espigas y a cargarlas sobre los caballos. Un teniente de dragones, un galés de cabellos negros llamado Absolute, le hizo un gesto desde el otro lado del campo y lo llamó para que acudiera a su tienda por la noche a jugar a un juego de azar. Acababa de tomar aliento para contestarle a voces cuando el hombre que tenía a su lado soltó un grito y cayó desplomado al suelo. William no había oído la bala, pero se arrojó a tierra mientras alertaba a gritos a sus hombres.

Aun así, no sucedió nada más, y al cabo de unos instantes volvieron a ponerse en pie y regresaron a su tarea. Sin embargo, comenzaron a ver grupitos de rebeldes moviéndose con sigilo entre los árboles, de modo que William tomó conciencia, con creciente convicción, de que los estaban rodeando. Pero cuando se lo comentó a otro oficial, éste le aseguró que los rebeldes habían decidido esperar tras sus defensas a que los atacaran.

Pronto salieron de dudas: a media tarde, un gran grupo de americanos apareció en los bosques de su izquierda y un pesado cañón disparó balas de tres y cinco kilos, que habrían causado graves daños de no haber sido por los árboles que hallaron en su camino.

Los soldados de infantería se dispersaron como perdices a pesar de los gritos de sus oficiales. William divisó a Absolute cruzando el campo a toda velocidad entre el trigo tras un grupo de hombres de su compañía y, tras darse media vuelta, agarró a un cabo de sus propias compañías.

—¡Reúnalos! —ordenó y, sin esperar ninguna respuesta, asió las riendas de uno de los caballos de los forrajeadores, un bayo de aspecto sorprendido. Quería correr al campo principal a buscar refuerzos, ya que los americanos estaban en clara desventaja.

Nunca logró llegar hasta allí, pues en el preciso momento en que le hacía volver la cabeza al caballo, el brigadier irrumpió en el campo.

Jamie Fraser se agazapó en el boscaje que poblaba la base del campo de trigo con un grupo de hombres de Morgan, apuntando como podía. Se trataba de una de las batallas más encarnizadas que hubiera visto nunca, y el humo del cañón del bosque flotaba por el campo formando nubes densas y sofocantes. Vio al hombre del caballo, un oficial británico de alto rango, a juzgar por sus galones. Otros dos o tres oficiales, de menor graduación, iban junto a él, también a caballo, pero él no tenía ojos más que para el primero.

Los saltamontes salían volando del campo como el granizo, asustados por los pies que pisoteaban la hierba. Uno se estampó contra su mejilla, zumbando, y le propinó un manotazo, con el corazón golpeándole el pecho con fuerza como si se hubiera tratado de una bala de mosquete.

Reconoció a aquel hombre, aunque sólo por su uniforme de general. Había visto a Simon Fraser de Balnain dos o tres veces, pero en las Highlands, cuando ambos eran niños. Simon era unos años más joven, y el vago recuerdo que Jamie guardaba de un crío regordete y alegre que trotaba detrás de los chicos más mayores ondeando un palo de *shinty*[17] más alto que él no tenía nada que ver con el hombre corpulento y fuerte que ahora se erguía sobre los estribos gritando y blandiendo su espada, mientras trataba de reagrupar a sus espantados hombres por pura fuerza de personalidad.

Los edecanes rodeaban la montura del general con las suyas, intentando hacerle de escudo mientras a todas luces lo instaban a que saliera de allí, pero él los ignoraba. Jamie vislumbró una cara pálida que se volvía hacia el bosque y luego miraba hacia otro lado. Era obvio que los árboles estaban, o podían estar, llenos de fusileros, y que los británicos se esforzaban por mantenerse lejos de su alcance.

—¡Ahí está! —Era Arnold, que lanzaba a su pequeña yegua marrón contra los densos arbustos sin pensarlo, con el rostro encendido de una alegría salvaje—. ¡Los generales! —rugió irguiéndose, a su vez, en los estribos y extendiendo un brazo—. ¡Disparen contra los generales, muchachos! ¡Cinco dólares para quien derribe de un tiro a ese gordo cabrón de su silla!

El chasquido aleatorio de los rifles le respondió de inmediato. Jamie vio que Daniel Morgan volvía vertiginosamente la cabeza, mirando con ojos feroces hacia el lugar del que llegaba la voz de Arnold. El fusilero echó a andar hacia él, tan deprisa como se lo permitían sus miembros contrahechos por el reuma.

—¡Otra vez! ¡Inténtenlo otra vez! —Arnold se aporreó el muslo con el puño y sorprendió la mirada de Jamie sobre él—. Usted, ¿no puede dispararle?

Jamie se encogió de hombros y, tras aprestar el rifle, apuntó deliberadamente alto y amplio. Se había levantado viento y el humo del disparo le escoció en los ojos, pero vio que uno de los oficiales jóvenes que se hallaban junto a Simon daba un respingo y se llevaba una mano a la cabeza, retorciéndose en la silla para ver cómo su sombrero se perdía rodando entre el trigo.

Tenía ganas de echarse a reír, aunque se le encogió un poco el estómago al darse cuenta de que casi le había atravesado la cabeza por accidente. El joven —sí, era joven, alto y delgado— se puso de pie en los estribos y agitó un puño hacia el bosque.

—¡Me debe un sombrero, señor! —gritó.

---

[17] Juego originario de las Highlands que se practica con un palo curvo y una bola de cuero. Es similar al *hurling* irlandés. *(N. de la t.)*

La risa fuerte y aguda de Arnold resonó por el bosque, clara por encima de los clamores, y los hombres que lo acompañaban soltaron fuertes risotadas y graznaron como cuervos.

—¡Ven aquí, jovenzuelo, y te compraré dos! —le respondió Arnold a gritos. Acto seguido, hizo que su caballo describiera un inquieto círculo mientras hablaba a voces con los fusileros—. Malditos seáis, sois un hatajo de hombres ciegos, ¿es que nadie va a matarme a ese puto general?

Uno o dos disparos partieron de entre las ramas, pero la mayoría de los hombres había visto que Daniel Morgan avanzaba renqueando hacia Arnold como un árbol dotado de vida, nudoso e implacable, y se abstuvieron de abrir fuego.

Arnold también debía de haberlo visto, pero lo ignoró. Se sacó una pistola del cinturón y disparó a Fraser de través por encima de su cuerpo, aunque desde esa distancia no podía esperar acertarle a nada, y su caballo dio un brinco al oír el ruido, con las orejas hacia atrás. Morgan, que casi había llegado hasta él, se vio obligado a retroceder de un salto para evitar que lo pisoteara. Tropezó y cayó de bruces.

Sin el más mínimo titubeo, Arnold desmontó de un salto y se agachó para ayudar al hombre de mayor edad a levantarse, disculpándose con una solicitud sincera, que, como Jamie pudo observar, Morgan no apreció. Pensó que el viejo Dan tal vez fuera a tirar a Arnold al suelo, a pesar del rango y del reumatismo.

La montura del general estaba adiestrada para esperar quieta, pero el inesperado disparo por encima de sus orejas la había espantado. Se agitaba nerviosa, golpeando el suelo con los cascos entre los montones de hojas muertas y mostrando el blanco de los ojos.

Jamie agarró las riendas e hizo que la yegua bajara el morro, mientras le soplaba en los ollares para distraerla. El animal resopló y sacudió la cabeza, pero dejó de bailotear. Le acarició el cuello haciendo chasquear la lengua y ella irguió levemente las orejas. Vio que volvía a sangrarle la mano, pero la sangre se filtraba muy despacio a través del vendaje. No tenía importancia.

Por encima de la poderosa curva del cuello de la yegua pudo ver a Morgan, ahora de pie, rechazando con violencia los esfuerzos de Arnold por sacudirle el moho de las hojas de la ropa.

—¡Está usted relevado del mando, señor! ¿Cómo se atreve a darles órdenes a mis hombres?

—¡Basta ya de majaderías! —exclamó Arnold, impaciente—. Soy un general. Él es un general —señaló enérgicamente con la cabeza a la distante figura montada a caballo—, y lo quiero muerto. Ya habrá tiempo para la política cuando todo haya terminado. ¡Esto es una batalla, maldita sea!

Jamie percibió una repentina vaharada de ron, dulce y penetrante bajo el olor del trigo pisoteado. Bueno, sí, tal vez eso explicara en parte su actitud, aunque, por lo que sabía de Arnold, había muy poca diferencia entre cuando estaba completamente sobrio y cuando estaba borracho como una cuba.

El viento soplaba a ráfagas y pasaba, caliente, junto a sus oídos, denso de humo y de ruidos ocasionales: el traqueteo de los mosquetes, puntuado por el estruendo de la artillería a la izquierda y, atravesándolo, los gritos de Simon Fraser y sus oficiales de menor graduación, que llamaban a los alemanes y a los ingleses para que se reagruparan, los gruñidos provocados por los impactos y los gritos de dolor, que llegaban de más lejos, donde los alemanes luchaban para interceptar el avance de los hombres del general Enoch Poor.

La columna del general Ebenezer Learned presionaba a los alemanes desde arriba. Jamie podía ver el nudo de uniformes verdes alemanes que luchaban entre una oleada de continentales, pero que estaban siendo rechazados desde el borde del campo. Algunos intentaban escapar de allí para dirigirse campo abajo hacia el general Fraser. Un ligero movimiento atrajo su atención. El joven al que había privado de sombrero galopaba campo arriba, tumbado sobre el cuello de su montura, con el sable desenvainado.

El general se había desplazado ligeramente, alejándose del bosque. Estaba casi fuera del alcance de la mayoría de los hombres de Morgan, pero Jamie estaba bien situado. Desde allí, el disparo sería certero. Miró al suelo. Había dejado caer el rifle al coger el caballo, pero el arma estaba cargada. Había vuelto a cargarla de manera automática después del primer disparo. Aún tenía el cartucho medio vacío en la mano que sujetaba las riendas. Cebar el rifle le llevaría tan sólo un instante.

—*Sheas, a nighean* —le murmuró al animal, y respiró hondo, intentando calmarse, transmitirle esa calma a la yegua, aunque la mano le daba punzadas de dolor con cada latido de su corazón—. *Cha chluinn thu an còrr a chuireas eagal ort* —dijo en voz baja. «Ya está. No oirás nada más que te asuste.»

Ni siquiera había pensado en ello cuando había disparado con intención de no darle a Fraser. Habría matado a cualquier hombre de los que había en el campo, pero a ése no. Entonces vio al joven soldado, cuya casaca color rojo intenso destacaba entre la agitación del mar de verde y azul y de paño casero, atacando a diestro y siniestro con su sable, y sintió que se le crispaba la boca. Tampoco a ése.

Parecía que el joven estaba teniendo un día de suerte. Había atravesado al galope la columna de Learned, cogiendo desprevenidos a la mayoría de los continentales, y los que lo habían visto estaban demasiado ocupados luchando o no podían dispararle porque habían descargado sus armas y estaban calando bayonetas.

Jamie acarició al caballo con gesto distraído, silbando con suavidad entre dientes y observando. El joven oficial había alcanzado a los alemanes, había llamado la atención de algunos, y ahora luchaba por regresar al campo, con un río de chaquetas verdes tras él, alemanes al trote que se dirigían a la cada vez más estrecha abertura mientras los hombres de Poor irrumpían por la izquierda.

Jamie estaba tan ocupado con ese entretenido espectáculo que había ignorado el concurso de gritos entre Dan Morgan y el general Arnold. Un chillido de alegría procedente de más arriba los interrumpió a ambos.

—¡Le he dado, Jesús!

Jamie miró hacia arriba, sobresaltado, y vio a Tim Murphy encaramado a las ramas de un roble, sonriendo como un trasgo, con el cañón del rifle sujeto en una horca. Luego volvió rápidamente la cabeza y vio a Simon Fraser, derrumbado y tambaleándose en su silla, rodeándose el cuerpo con los brazos.

Arnold soltó un grito a juego y Morgan miró a Murphy, mientras hacía, a regañadientes, un gesto de aprobación con la cabeza.

—Buen tiro —gritó.

Simon Fraser se bamboleaba, a punto de caer. Uno de sus edecanes se precipitó a sujetarlo pidiendo desesperadamente ayuda, otro tiró de las riendas de su caballo de un lado a otro sin saber adónde ir, qué hacer. Jamie apretó el puño, sintió una oleada de dolor en la mano mutilada y se detuvo con la palma plana sobre la silla. ¿Estaría muerto Simon?

No lo sabía. Los edecanes habían superado el pánico. Dos de ellos avanzaban a caballo junto a su montura, uno a cada lado, sosteniendo a la figura caída, luchando por mantenerlo en la silla, ignorando los vítores que sonaban en el bosque.

Dirigió la mirada a la parte superior del campo en busca del joven del sable. No pudo encontrarlo y sintió una pequeña punzada de tristeza; y entonces dio con él, ocupado en un mano a mano con un capitán de la milicia a caballo. En ese tipo de combate no había ningún refinamiento; entraba en juego tanto el animal como el hombre y, mientras Jamie observaba, la aglomeración de cuerpos a su alrededor forzó una distancia entre ambos caballos. El soldado británico no obligó a su montura a volver. Tenía en mente un objetivo y gritaba y gesticulaba, apremiando a la pequeña compañía de alemanes que había arrancado de la melé de más arriba. Jamie se giró hacia el bosque y vio lo que estaba pasando. Se estaban llevando rápidamente al caballo del general Fraser, y el cuerpo oscilante del general parecía una mancha roja sobre el trigo pisoteado.

El joven se irguió en los estribos por unos instantes, se dejó caer y espoleó al caballo hacia el general, dejando que los alemanes lo siguieran como pudieran.

Jamie se encontraba lo bastante cerca como para ver el rojo más oscuro de la sangre que empapaba el centro del cuerpo de Simon Fraser. Si no estaba ya muerto, pensó, no tardaría mucho en estarlo. El dolor y la furia por lo innecesario de esa muerte le quemaban la garganta. Las lágrimas provocadas por el humo se deslizaban ya por sus mejillas. Parpadeó y sacudió la cabeza con violencia para despejarse los ojos.

Una mano le arrancó sin ceremonias las riendas de los dedos y el cuerpo robusto de Arnold lo apartó de la yegua envuelto en un tufo a ron. Arnold montó de un salto, con el rostro rojo como las hojas escarlata del arce por la excitación y el sentimiento de triunfo.

—¡Síganme, muchachos! —gritó, y Jamie vio que el bosque hormigueaba de hombres de la milicia, compañías que Arnold había ido reuniendo en su frenética carrera hacia el campo de batalla—. ¡Al reducto!

Los hombres prorrumpieron en ovaciones y se precipitaron tras él, rompiendo ramas y dando traspiés en su entusiasmo.

—Siga a ese maldito loco —espetó Morgan, y Jamie lo miró con asombro. Morgan observó alejarse a Arnold con el ceño fruncido—. Le harán un consejo de guerra, recuerde mis palabras —declaró el viejo fusilero—. Le irá bien tener un buen testigo. Usted lo será, James. ¡Vaya!

Sin decir ni una palabra, Jamie recogió su rifle del suelo y partió a la carrera, abandonando el bosque con su suave lluvia de oro y marrón. Tras la vitoreante figura de anchas espaldas de Arnold, su ondeante sombrero. Entre el trigo.

• • •

Lo seguían. Una horda rugiente, una multitud ruidosa y armada. Arnold iba a caballo, pero a su montura le costaba avanzar y los hombres no estaban apurados por mantener el ritmo. Jamie vio la espalda del abrigo azul de Arnold negra de sudor, mohosa como una cáscara de fruta hasta los fornidos hombros. Un disparo desde atrás, la confusión de la batalla... Pero no fue más que un pensamiento pasajero, que desapareció en un instante.

También Arnold había desaparecido con un grito de júbilo, espoleando a su yegua hasta el reducto y alrededor de éste. Jamie supuso que debía de tener la intención de atacar desde la retaguardia, un suicidio, pues el lugar hervía de granaderos británicos. Veía sobresalir sus altos sombreros por encima de los muros del reducto. Tal vez Arnold quisiera suicidarse, tal vez sólo para crear una distracción y ayudar, así, a los hombres que atacaran el reducto desde el frente, considerando su propia muerte como un precio aceptable a pagar por ello.

El reducto tenía cuatro metros y medio de altura y un compacto muro de tierra con una empalizada de troncos encima y, entre la tierra y la empalizada, había parapetos de troncos terminados en punta y clavados en tierra apuntando hacia arriba.

Las balas salpicaban el campo frente al reducto, y Jamie echó a correr, esquivando proyectiles que no podía ver.

Escarbó con los pies intentando aferrarse a los troncos de los parapetos, logró meter una mano por un agujero y agarrarse a un tronco, pero se le escurrieron los dedos sobre la corteza que se descascaraba y cayó de espaldas, aterrizando con un violento golpe sobre el rifle y quedándose sin aliento. El hombre que se encontraba a su lado disparó a través del agujero y una nubecilla de humo blanco se extendió sobre él, ocultándolo por un instante del alemán que había entrevisto más arriba. Rodó sobre sí mismo y se alejó deprisa arrastrándose antes de que el humo se disipara o de que aquel tipo decidiera arrojar una granada a través de él.

—¡Fuera de aquí! —gritó por encima del hombro, pero el hombre que había disparado ya estaba probando suerte con un salto con carrerilla.

La granada cayó por el agujero justo cuando el hombre saltaba hacia arriba. Lo alcanzó en el pecho y estalló.

Jamie se restregó la mano contra la camisa. La piel de la palma le ardía, arañada y llena de astillas de corteza. Fragmentos de metal y pedazos de madera habían salido disparados. Algo lo había alcanzado en el rostro y notó que el sudor le escocía y que la sangre se deslizaba por su mejilla. Vislumbró al granadero, un atisbo de abrigo verde a través del agujero del parapeto. Deprisa, antes de que se moviera.

Sacó un cartucho de su bolsa y lo rompió con los dientes, contando. Podía cargar un rifle en doce segundos, lo sabía, lo había cronometrado.

«Nueve... ocho...» ¿Qué era aquello que Bree les había enseñado a los críos para contar segundos? Hipopótamos, sí. «Seis hipopótamos... cinco hipopótamos...» Tenía unas ganas disparatadas de reír, mientras se imaginaba a un grupo de hipopótamos mirándolo con aire solemne y criticando lo que tenía entre manos. «Dos hipopótamos...» Todavía no estaba muerto, así que se apretujó cuanto pudo bajo el parapeto, apuntó el cañón de su rifle a través del agujero y le disparó a la mancha verde que tal vez fuera un abeto, pero que no lo era, pues lanzó un grito.

Se echó el rifle a la espalda y saltó una vez más, clavando a la desesperada los dedos en el tronco sin pelar. Sus dedos resbalaron, al tiempo que se le hincaban astillas bajo las uñas y el dolor se le extendía como un rayo por la mano, pero ya tenía la otra en alto. Se agarró la muñeca derecha con la mano izquierda sana y afianzó los dedos en torno al tronco. Sus pies resbalaron sobre la tierra suelta y, por unos instantes, quedó columpiándose, como una ardilla colgando de la rama de un árbol. Impulsó su peso hacia arriba y sintió que algo se le desgarraba en el hombro, pero no podía pararse a ver qué le había sucedido. Un pie, ahora tenía el pie contra la parte inferior del tronco. Un violento lanzamiento de su pierna libre y ya estaba trepando como un oso perezoso. Algo se clavó en el tronco al que se agarraba. Sintió la vibración a través de la madera.

—¡Aguanta, Rojo! —gritó alguien por debajo de él, y Jamie se quedó inmóvil.

Otro sonido de algo que se hincaba en la madera y algo se abatió sobre el tronco a un par de centímetros de sus dedos (¿un hacha?). No tuvo tiempo de asustarse. El hombre que le hablaba desde abajo disparó junto a su hombro. Oyó silbar la bala al pasar, zumbando como un mosquito furioso, y avanzó hacia la base del tronco impulsándose ora con una mano, ora con la otra, tan rápido como podía, serpenteando entre los troncos, desgarrándose la ropa y también las articulaciones.

Dos alemanes yacían justo encima de su agujero, muertos o heridos. Otro, unos tres metros más allá, vio que asomaba la cabeza por el hueco y buscó en su macuto, mostrando los dientes bajo un bigote encerado. Pero sonó un grito que helaba la sangre detrás del alemán y uno de los hombres de Morgan lo golpeó en el cráneo con un tomahawk.

Jamie oyó un ruido y se volvió justo para ver cómo un cabo pisaba uno de los cadáveres alemanes, que volvió de pronto a la vida, incorporándose con un mosquete en la mano. El alemán asestó un golpe hacia arriba con todas sus fuerzas y la hoja de la bayoneta penetró en dirección ascendente a través de los pantalones del cabo al tiempo que éste trastabillaba, liberándose en medio de un surtidor de sangre.

En un acto reflejo, Jamie agarró su rifle por el cañón y lo blandió, haciendo crujir con el movimiento sus hombros, los brazos y las muñecas mientras intentaba dirigir la culata contra la cabeza del alemán. La sacudida del impacto le torció los brazos y sintió que los huesos del cuello se le desencajaban y que se le nublaba la vista. Agitó la cabeza para que se despejara y se limpió el sudor y la sangre de las órbitas de los ojos con la base de la palma de la mano. Mierda. Había doblado el rifle.

El alemán estaba muerto, y bien muerto, con una expresión de sorpresa en lo que le quedaba de cara. El cabo herido se alejaba a rastras, con una de las perneras de sus pantalones empapada en sangre, el mosquete a la espalda y su propia hoja de bayoneta en la mano. Echó una ojeada por encima de su hombro y, al ver a Jamie, gritó:

—¡Fusilero! ¡A su espalda!

No se volvió a ver de qué se trataba, sino que se arrojó al suelo de cabeza y hacia un lado, rodando entre las hojas y la tierra pisoteada. Varios cuerpos se abalanzaron sobre él en una rugiente maraña y se estrellaron contra la empalizada. Se puso en pie despacio, se sacó una de las pistolas del cinturón, la cebó y le saltó la tapa de los sesos a un granadero que estaba haciendo equilibrios para lanzar una de sus granadas por encima del borde.

Unos cuantos disparos, gemidos y golpes más, y, en un abrir y cerrar de ojos, el combate se extinguió. El reducto estaba lleno de cadáveres, la mayoría vestidos de verde. Divisó la pequeña yegua de Arnold, cojeando y con los ojos en blanco, sin jinete. Arnold estaba en tierra, esforzándose por tenerse en pie.

El propio Jamie se sentía casi incapaz de mantenerse sobre sus piernas. Tenía las rodillas de mantequilla y la mano derecha paralizada, pero se acercó a Arnold tambaleándose y medio se desplomó a su lado. El general estaba herido. Tenía toda la pierna ensangrentada y su rostro estaba pálido y cubierto de un sudor frío, con los ojos medio cerrados por la conmoción. Jamie alargó el brazo y agarró a Arnold de la mano, mientras gritaba su nombre para hacer que volviera en sí, y en el preciso momento en que lo hacía pensó que aquello era una locura, que debería hundirle su puñal en las costillas y ahorrarse problemas a sí mismo y a las víctimas de su traición. Pero la decisión estaba tomada antes de que tuviera tiempo de pensarlo. La mano de Arnold apretó la suya.

—¿Dónde? —susurró Arnold. Tenía los labios blancos—. ¿Dónde me han herido?

—En la pierna, señor —respondió Jamie—. En la misma donde lo habían hecho antes.

Los ojos de Arnold se abrieron y lo miraron fijamente.

—Ojalá hubiera sido en el corazón —murmuró, y volvió a cerrarlos.

66

En el lecho de muerte

Un alférez británico llegó justo después del anochecer bajo bandera blanca. El general Gates lo mandó a nuestra tienda. El brigadier Simon Fraser se había enterado de que Jamie estaba allí y deseaba verlo.

—Antes de que sea demasiado tarde, señor —dijo el alférez en voz baja. Era muy joven y parecía deshecho—. ¿Irá usted?

Jamie ya se estaba levantando, aunque le costó dos tentativas ponerse en pie. No estaba herido, aparte de unos cuantos cardenales espectaculares y un esguince en el hombro, pero no había tenido fuerzas para comer siquiera cuando regresó tambaleándose después de la batalla. Le había lavado la cara y le había dado un vaso de cerveza. Aún lo tenía en las manos, intacto, y ahora lo dejó sobre la mesa.

—Mi esposa y yo lo acompañaremos —dijo con voz áspera.

Fui a coger el abrigo y el botiquín, por si acaso.

No habría sido preciso que me molestara en coger el botiquín. El general Fraser yacía sobre una larga mesa de comedor en la habitación principal de una gran cabaña de troncos —la casa de la baronesa Von Riedesel, había musitado el pequeño alférez—, y resultaba evidente a simple vista que ninguna ayuda que yo pudiera prestarle le serviría. Su ancho rostro se hallaba casi exangüe a la luz de las velas y su cuerpo estaba envuelto en vendas empapadas de sangre. También de sangre reciente. Vi que las manchas húmedas se extendían despacio, más oscuras que las anteriores, de sangre seca.

Absorta en el hombre agonizante, apenas si había advertido de pasada en la presencia de otras personas en la habitación, y sólo me había fijado de manera consciente en dos de ellas: los médicos que se encontraban junto a su cama, manchados de sangre y pálidos de cansancio. Uno de ellos me lanzó una mirada y luego se puso algo tenso. Entornó los ojos y le dio un codazo a su compañero, que apartó por un momento la vista del general, al tiempo que fruncía el ceño. Me miró sin comprender y volvió a sumirse en su infructuosa meditación.

Le dirigí al primer cirujano una mirada directa, pero sin ningún vestigio de rivalidad. No tenía intención de inmiscuirme en su territorio. Nada podía hacer allí, nadie podía hacer nada, como dejaba bien claro la actitud de los agotados médicos. El segundo no se había dado por vencido y lo admiré por ello, pero el olor a putrefacción que flotaba en el aire resultaba inconfundible y, además, oía la respiración del general, unos suspiros largos, estertóreos, con un enervante silencio entre unos y otros.

No había nada que pudiera hacer como médico por el general Fraser, y allí había gente que podía ofrecerle mejor consuelo que yo. Jamie, tal vez, entre ellos.

—No le queda mucho —le susurré—. Si hay algo que quieras decirle...

Él asintió, tragando saliva, y se adelantó. Un coronel británico que se hallaba junto al improvisado lecho de muerte entornó los ojos, pero otro oficial le murmuró algo y retrocedió un poco para que Jamie pudiera acercarse.

La habitación era pequeña y estaba abarrotada de gente. Me quedé atrás, procurando no estorbar.

Jamie y el oficial británico conversaron unos instantes en susurros. Un joven oficial, sin lugar a dudas el asistente del general, se arrodilló en las sombras al otro lado de la mesa, con la cabeza baja de obvia aflicción. Me descubrí, echándome el manto hacia atrás por encima de los hombros. A pesar de que fuera hacía mucho frío, dentro de la casa hacía un calor brutal, insalubre y sofocante, como si la fiebre que estaba devorando al general

Fraser ante nuestros ojos se hubiera desprendido de la cama y se hubiera extendido por la cabaña, insatisfecha con su magra presa. Era un miasma, con un denso olor a intestinos en descomposición, sudor rancio y el sabor a pólvora negra que impregnaba la ropa de los hombres.

Jamie se inclinó, luego se arrodilló y se acercó al oído de Fraser. El general tenía los párpados cerrados, pero estaba consciente. Vi que su rostro se crispaba al oír la voz de Jamie. Volvió la cabeza y abrió los ojos, cuya opacidad se iluminó por un instante al reconocerlo.

—*Ciamar a tha thu, a charaid?* —le preguntó Jamie con afecto. «¿Cómo estás, primo?»

La boca del general se torció apenas.

—*Tha ana-cnàmhadh an Diabhail orm* —contestó con voz ronca—. *Feumaidh gun do dh'ìth mi rudegin nach robh dol leam.* —«Tengo una indigestión del demonio. Debo de haber comido algo que me ha sentado mal.»

Los oficiales británicos se agitaron levemente al oír hablar gaélico y el joven oficial del otro lado del lecho levantó la vista, estupefacto.

Ni la mitad de estupefacto de lo que estaba yo.

Tenía la impresión de que el cuarto en penumbra giraba a mi alrededor, por lo que medio caí contra el muro, apretando las manos contra la madera con la esperanza de encontrar algo sólido a lo que agarrarme.

La falta de sueño y el dolor marcaban su cara, y estaba aún tiznado de humo y sangre, con la frente y las mejillas manchadas como las de un mapache por culpa de una manga descuidada. Mas nada de eso negaba lo evidente. Tenía el cabello oscuro, la cara más fina, pero habría reconocido esa nariz larga y recta y esos ojos azules rasgados de gato en cualquier parte. Jamie y él estaban arrodillados uno a cada lado del lecho de muerte del general, a no más de metro y medio de distancia. Sin duda, nadie podría no darse cuenta del parecido si...

—Ellesmere. —Un capitán de infantería dio un paso adelante y tocó al joven en el hombro antes de murmurar una palabra y hacer un leve gesto con la cabeza, indicándole claramente que abandonara la cabecera del general con el fin de concederle al general Fraser unos instantes de privacidad, si así lo deseaba.

«¡No levante la vista! —le dije mentalmente a Jamie con toda la ferocidad que pude—. ¡Por el amor de Dios, no levante la vista!»

No lo hizo. Ya fuera porque había reconocido el nombre, ya porque había entrevisto aquella cara manchada de hollín al otro lado de la cama, mantuvo la cabeza baja, ocultando sus facciones en la oscuridad, y se inclinó para estar más cerca, hablándole en voz muy baja a su primo Simon.

El joven se puso en pie, tan despacio como Dan Morgan en una mañana fría. Su sombra ondeó sobre los troncos mal cortados que había a su espalda, alta y larguirucha. No le prestó a Jamie la más mínima atención. Todas y cada una de las fibras de su ser estaban concentradas en el general moribundo.

—Estoy muy feliz de verte una vez más en la tierra, *Seaumais mac Brian* —musitó Fraser, alargando ambas manos en un esfuerzo por tomar entre ellas las de Jamie—. Me alegro de morir entre mis compañeros, a quienes amo. Pero ¿se lo dirás a los de nuestra sangre en Escocia? Diles...

Uno de los otros oficiales le dijo algo a William y éste se apartó de mala gana del lecho del general, mientras respondía en voz baja. Tenía los dedos empapados en sudor y sentía las gotas de transpiración deslizarse por mi cuello. Deseaba con todas mis fuerzas quitarme el manto, pero temía hacer cualquier movimiento que pudiera atraer la atención de William hacia mí y, en consecuencia, hacia Jamie.

Jamie estaba tan quieto como un conejo bajo un arbusto. Podía ver sus hombros tensos bajo el manto oscuro por la humedad, sus manos, que aferraban las del general, y sólo el pálpito de la luz del fuego sobre la coronilla rojiza de su cabeza daba alguna ilusión de movimiento.

—Será como tú dices, *Shimi mac Shimi* —apenas si pude oírlo susurrar—. Confíame tu deseo. Yo lo trasladaré.

Oí un fuerte sollozo a mi lado. Miré y descubrí a una mujer menuda, delicada como una muñeca de porcelana a pesar de la hora y de las circunstancias. Sus ojos brillaban de lágrimas no derramadas. Volvió la cabeza para enjugárselas, me vio observarla y me dirigió una trémula tentativa de sonrisa.

—Estoy muy contenta de que su marido haya venido, señora —me susurró con un suave acento alemán—. Es... un consuelo que nuestro querido amigo tenga el solaz de un pariente a su lado.

«De dos», pensé mordiéndome la lengua, y evité mirar a William por pura fuerza de voluntad. Se me ocurrió de repente la horrible idea de que William podía reconocerme a mí y quizá acercarse a hablar conmigo, lo que podría muy bien suponer un desastre si...

La baronesa, pues debía de tratarse de la esposa de Von Riedesel, parecía tambalearse un poco, aunque tal vez sólo fuera un efecto del movimiento de la luz de las llamas y de la presión de los cuerpos. Le toqué el brazo.

—Necesito aire —le susurré—. Salga fuera conmigo.

Los médicos volvían a deslizarse hacia la cama, resueltos como buitres, y los murmullos en gaélico se vieron interrumpidos de pronto por un terrible gemido de Simon Fraser.

—¡Traigan una vela! —ordenó de pronto uno de los médicos mientras se acercaba con rapidez al general.

La baronesa cerró los ojos con fuerza y vi cómo se movía su garganta al tragar saliva. La cogí de la mano y me la llevé apresuradamente al exterior.

No transcurrió mucho tiempo, pero pareció que pasara un año antes de que los hombres salieran, con la cabeza gacha.

En el exterior de la cabaña estalló una breve e intensa disputa que se desarrolló en voz baja por respeto a los muertos, pero acalorada a pesar de todo. Jamie se mantuvo apartado, con el sombrero puesto, bien calado, aunque uno de los oficiales británicos se volvía de cuando en cuando hacia él, a todas luces pidiéndole su opinión.

El teniente William Ransom, también conocido como lord Ellesmere, guardaba, asimismo, silencio, tal como requería su rango relativamente bajo en esa compañía. No se sumó a la discusión, y parecía muy afectado por la muerte del general. Me pregunté si habría visto morir a algún otro conocido con anterioridad, y entonces me apercibí de lo estúpido de ese pensamiento.

Sin embargo, las muertes acaecidas en el campo de batalla, por violentas que sean, no son lo mismo que la muerte de un amigo. Y, por la expresión del joven William, Simon Fraser había sido para él un amigo, además de un comandante.

Ocupada en esas observaciones furtivas, no había prestado más que una atención muy somera al punto principal de la disputa —la disposición inmediata del cuerpo del general—, y ninguna en absoluto a los dos médicos, que habían salido de la cabaña y que ahora se mantenían algo apartados mientras hablaban en murmullos entre sí. Con el rabillo del ojo vi que uno de ellos se metía la mano en el bolsillo y le ofrecía al otro un poco de tabaco, le indicaba con un gesto que no había nada que agradecer, y a continuación se volvía hacia otro lado. No obstante, lo que dijo me llamó tan poderosamente la atención como si se le hubiera incendiado la cabeza.

«Nos vemos un poco más tarde, entonces, doctor Rawlings», dijo.

—¿Doctor Rawlings? —repetí por reflejo, y el segundo médico se volvió.

—¿Sí, señora? —dijo, cortés, pero con el aspecto de un hombre exhausto que lucha contra el abrumador deseo de mandar al mundo al infierno.

Reconocí ese impulso y me solidaricé con él, aunque, ahora que había hablado, no tenía más remedio que continuar.

—Le ruego que me disculpe —afirmé con un leve sonrojo—. Acabo de oír su nombre y me ha sorprendido. Conocí hace tiempo a un doctor Rawlings.

Esa observación informal tuvo un efecto inesperado. De repente el doctor echó los hombros hacia atrás y su mirada opaca traslució un vivo interés.

—¿Ah, sí? ¿Dónde?

—Eeh... —titubeé con torpeza por unos instantes, pues, en realidad, yo no había conocido a Daniel Rawlings, aunque, sin lugar a dudas, tenía la impresión de conocerlo, y traté de ganar tiempo diciendo—: Se llamaba Daniel Rawlings. ¿Era tal vez pariente suyo?

Su rostro se iluminó y me cogió del brazo.

—¡Sí! Sí, es mi hermano. Dígame, señora, se lo ruego, ¿sabe usted dónde se encuentra?

Experimenté una horrible sensación de vuelco en la boca del estómago. De hecho, sabía con exactitud dónde se encontraba Daniel Rawlings, aunque su hermano no iba a acoger bien la noticia. Pero no había más remedio. Tenía que decírselo.

—Siento terriblemente tener que decirle que está muerto —le dije con toda la suavidad de que fui capaz. Le puse a mi vez una mano sobre la suya y se la oprimí, mientras se me encogía de nuevo la garganta al ver morir la luz en sus ojos.

Se quedó inmóvil por espacio de unos instantes, con los ojos fijos en algún lugar a mi espalda. Despacio, volvió a mirarme, de nuevo respiró hondo y afirmó la boca.

—Entiendo. Yo... me lo temía. ¿Cómo... cómo sucedió? ¿Lo sabe usted?

—Sí —respondí a toda prisa al ver que el coronel Grant cambiaba de posición de un modo que indicaba su partida inminente—. Pero es... una larga historia.

—Ah.

Observó la dirección de mi mirada y volvió la cabeza. Ahora todos los hombres se movían: se arreglaban los abrigos y se ponían los sombreros mientras intercambiaban unas últimas palabras.

—La buscaré —dijo de pronto volviéndose de nuevo hacia mí—. Su marido... es el rebelde escocés alto, creo que dijeron que es pariente del general, ¿verdad?

Vi que su mirada se desplazaba un instante hacia algo que había detrás de mí y la alarma me punzó la piel como si de agujas se tratara. Rawlings tenía las cejas ligeramente fruncidas y me di cuenta, con tanta claridad como si lo hubiera expresado con palabras, de que el término «pariente» había desencadenado cierta conexión en su cabeza y que estaba mirando a William.

—Sí. El coronel Fraser —repuse a toda prisa, agarrándolo de la manga antes de que pudiera mirar a Jamie y completar el pensamiento que estaba cobrando forma en su mente.

Mientras hablábamos, había estado buscando en mi botiquín y, en ese preciso momento, hallé el papel doblado que buscaba. Lo saqué y, tras desdoblarlo con rapidez, se lo tendí. Siempre había lugar para la duda, al fin y al cabo.

—¿Es ésta la caligrafía de su hermano?

Cogió la hoja de papel de mi mano y devoró con los ojos la escritura pequeña y cuidada con una expresión en la que se mezclaban el ansia, la esperanza y la desesperación. Cerró los ojos por unos instantes, los volvió a abrir y leyó y releyó aquel recibo por el tratamiento de una obstrucción intestinal como si fueran las Sagradas Escrituras.

—La hoja está quemada —observó tocando el borde chamuscado. Tenía la voz ronca—. ¿Murió Daniel... en un incendio?

—No —contesté. No había tiempo. Uno de los oficiales británicos se puso en pie con gesto impaciente a su espalda, esperando. Le toqué la mano que sostenía la hoja de papel—. Quédeselo, por favor. Y, si se las arregla para cruzar las líneas, supongo que ahora puede hacerlo, me encontrará con toda facilidad en mi tienda, cerca del parque de artillería. Me... eeh... me llaman la Bruja Blanca —añadí como quien no quiere la cosa—. Pregunte a cualquiera.

Sus ojos inyectados en sangre se dilataron al oír eso, luego volvieron a estrecharse mientras me examinaba con atención. Pero no había tiempo para más preguntas. El oficial se acercó y le murmuró algo a Rawlings al oído, sin dirigirme más que un vistazo.

—Sí —respondió Rawlings—. Sí, claro. —Me hizo una profunda reverencia—. Su más seguro servidor, señora. ¿Puedo...? —Levantó el papel, y yo asentí.

—Claro, por supuesto, consérvelo.

El oficial se había dado la vuelta, obviamente dispuesto a perseguir a otro miembro errante de su grupo, y con una breve mirada a su espalda, el doctor Rawlings se acercó a mí y me tocó la mano.

—Iré —dijo en voz baja—. Tan pronto como pueda. Gracias.

Levantó entonces la vista para mirar a alguien que se encontraba detrás de mí y me di cuenta de que Jamie había concluido sus asuntos y había venido a buscarme. Dio un paso adelante y, con un breve gesto al doctor a modo de saludo, me cogió de la mano.

—¿Dónde está su sombrero, teniente Ransom? —decía el coronel detrás de mí, reprobándolo sin armar ruido, y, por segunda vez en cinco minutos, sentí que se me erizaban los pelos de la nuca. No por las palabras del coronel, sino por la respuesta pronunciada en un murmullo.

—... rebelde hijo de puta me lo voló de la cabeza —dijo una voz.

Era una voz inglesa, joven, áspera de dolor contenido y también teñida de rabia. Aparte de eso... era la voz de Jamie, y la mano de Jamie apretó con tanta fuerza la mía que casi me aplastó los dedos.

Nos encontrábamos en la boca del sendero que subía desde el río. Dos pasos más y estaríamos a salvo en el refugio de los árboles velados por la niebla. En lugar de dar esos dos pasos, Jamie se detuvo en seco, permaneció inmóvil lo que dura un latido, me soltó la mano, dio media vuelta y, tras quitarse el sombrero de la cabeza, se acercó al teniente Ransom y se lo arrojó a las manos.

—Creo que le debo un sombrero, señor —manifestó, cortés.

Luego se giró de inmediato y dejó al joven parpadeando asombrado ante el maltrecho tricornio que sostenía.

Al volver la vista atrás, vislumbré el rostro confuso de William, que miraba a Jamie, pero éste me empujaba camino arriba como si los pieles rojas nos estuvieran pisando los talones, y un grupo de abetos jóvenes ocultó al teniente en cuestión de segundos.

Sentía vibrar a Jamie como la cuerda pulsada de un violín, y tenía la respiración agitada.

—¿Es que has perdido por completo el juicio? —le pregunté en tono familiar.

—Es muy probable.

—¿Qué demonios...? —comencé, pero él simplemente negó con la cabeza y continuó tirando de mí hasta que nos encontramos fuera de la vista y del alcance de los oídos de quienes se hallaban en la cabaña.

Un tronco caído que había escapado hasta el momento de los leñadores estaba en mitad del camino, y Jamie se sentó de golpe sobre él y se llevó a la cara una mano temblorosa.

—¿Seguro que estás bien? ¿Qué demonios te pasa? —Me senté a su lado y le puse una mano en la espalda; empezaba a preocuparme.

—No sé si reír o llorar, Sassenach —replicó.

Apartó la mano de la cara y vi que, en efecto, parecía estar haciendo ambas cosas. Tenía las pestañas húmedas, pero las comisuras de su boca se curvaban.

—He perdido a un familiar y he encontrado a otro, todo en el mismo instante, y un momento después me he dado cuenta de que, por segunda vez en su vida, he estado a punto de matar a mi hijo. —Me miró y agitó la cabeza, bastante impotente, entre la risa y la consternación—. No debería haberlo hecho, lo sé. Es sólo que... lo pensé todo a la vez, ¿qué pasaría si no yerro el tiro en una tercera ocasión? Y... y pensé que quizá podía sencillamente... hablarle. Como a un hombre. Por si fuera la única vez, ¿entiendes?

El coronel Grant lanzó una mirada curiosa en dirección al pie de la senda, donde una rama temblorosa señalaba el paso del rebelde y de su mujer, y luego volvió la vista hacia el sombrero que William sostenía entre las manos.

—¿De qué demonios iba eso?

William se aclaró la garganta.

—Evidentemente, el coronel Fraser fue el, hum, rebelde hijo de puta que me privó ayer de mi sombrero durante la batalla —dijo, confiando en hablar con un tono de seca indiferencia—. Me ha... compensado.

Una pincelada de buen humor brotó en el rostro exhausto de Grant.

—¿De verdad? Muy decente por su parte. —Miró dubitativo el objeto en cuestión—. ¿Cree usted que tendrá piojos?

En otro hombre, en otros tiempos, eso podría haberse interpretado como una infamia. Pero Grant, aunque estaba más que dispuesto a denigrar el valor, las capacidades y la disposición de los coloniales, lo preguntaba tan sólo como una posibilidad práctica que se le acababa de ocurrir. La mayor parte de las tropas inglesas y alemanas estaban infestadas de piojos, y los oficiales también.

William ladeó el sombrero, examinándolo lo mejor que pudo dada la escasa luz. Notaba el objeto caliente en las manos, pero no había nada que se moviera en las costuras.

—No lo creo.

—Bueno, póngaselo entonces, capitán Ransom. Debemos dar buen ejemplo a los hombres, ya me entiende.

De hecho, William se había puesto el sombrero, sintiéndose levemente extraño al notar su calor en la cabeza, antes de oír realmente lo que había dicho Grant.

—¿Capitán...? —dijo con languidez.

—Enhorabuena —lo felicitó Grant mientras el fantasma de una sonrisa aligeraba el agotamiento que se reflejaba en su rostro—. El brigadier... —Volvió la vista hacia la cabaña hedionda y silenciosa, y la sonrisa se desvaneció—. Quería que le hicieran capitán después de Ticonderoga... Debería haberse hecho entonces, pero... bueno. —Apretó los labios, y después se relajó—. El general Burgoyne firmó la orden la noche pasada, después de escuchar varios informes de la batalla. Deduzco que se distinguió usted.

William agachó incómodo la cabeza. Tenía un nudo en la garganta y le ardían los ojos. No recordaba qué había hecho, sólo que no había logrado salvar al brigadier.

—Gracias —consiguió articular, y no pudo evitar mirar atrás a su vez. Habían dejado la puerta abierta—. ¿Sabe usted si... si él lo...? No, no importa.

—¿Si lo sabía? —concluyó Grant con amabilidad—. Se lo dije yo. Yo traje la orden.

Incapaz de hablar, William meneó la cabeza. Parecía mentira, pero el sombrero le quedaba bien y se mantuvo en su sitio.

—Dios, qué frío hace —exclamó Grant en voz baja. Se arrebujó en su abrigo, contemplando los árboles que goteaban a su alrededor y la niebla que se extendía, densa, entre ellos. Los demás habían vuelto a sus obligaciones y los habían dejado solos—. Qué lugar tan dejado de la mano de Dios. Y qué hora del día tan espantosa.

—Sí.

William sintió un alivio momentáneo por poder admitir su propio sentimiento de desolación, aunque la hora y el lugar tenían poco que ver con él. Tragó saliva, mientras miraba de nuevo a la cabaña. La puerta abierta lo incomodaba. Aun cuando la niebla se cernía sobre el bosque pesada como un lecho de plumas, en las proximidades de la cabaña la bruma se estaba levantando, arremolinándose en torno a las ventanas, y William tenía la desagradable sensación de que, en cierto modo... venía a llevarse al brigadier.

—Quisiera... quisiera cerrar esa puerta, ¿puedo?

Echó a andar hacia la cabaña, pero Grant lo detuvo con un gesto.

—No, no la cierre.

William lo miró sorprendido y el capitán se encogió de hombros e intentó arrojar luz sobre la cuestión.

—El donante de su sombrero dijo que debíamos dejarla abierta. Se trata de una costumbre de las Highlands... Algo acerca de... eeh... de que el alma necesita una salida —explicó con delicadeza—. Menos mal que hace un frío de mil demonios para las moscas —añadió con crudeza.

A William se le revolvió el encogido estómago y tragó la bilis que ascendía por su garganta al imaginar enjambres de gusanos hormigueantes.

—Pero no podemos de ningún modo... ¿Cuánto tiempo? —inquirió.

—No mucho —le aseguró Grant—. Sólo estamos esperando un destacamento para el entierro.

William contuvo la protesta que había ascendido a sus labios. Por supuesto. ¿Qué otra cosa podía hacerse? Y, sin embargo, el recuerdo de las trincheras que habían cavado en los altos, la tierra salpicando las mejillas redondas de su cabo... Después de los últimos diez días, habría esperado ser menos sensible a esas cosas. Pero el aullido de los lobos que acudían a comerse a los moribundos y a los muertos resonaba de improviso en la boca hueca de su estómago.

Murmurando una excusa, se retiró, se ocultó entre los arbustos mojados y vomitó haciendo el menor ruido posible. Lloró un poco, en silencio, se limpió la cara con un puñado de hojas húmedas y regresó.

Grant, con mucho tacto, fingió creer que William simplemente había ido a aliviarse, y no hizo preguntas.

—Un hombre impresionante —observó en tono desenfadado—. Me refiero al pariente del general. A simple vista, uno no habría imaginado el parentesco, ¿verdad?

Atrapado entre su moribunda esperanza y un dolor desgarrador, William casi no le había prestado atención al coronel Fraser antes de que este último le hubiera regalado de forma tan inesperada el sombrero, y se había quedado demasiado sorprendido como para fijarse mucho en él. Pero meneó la cabeza en señal de asentimiento, con el vago recuerdo de una figura alta arrodillada junto a la cama mientras la luz de las llamas le prestaba brevemente a su coronilla un toque de rojo.

—Se parece más a usted que al brigadier —añadió Grant de modo informal. Acto seguido, se echó a reír con una dolorosa carcajada—. ¿Está seguro de que su familia no tiene una rama escocesa?

—No, mis antepasados eran todos de Yorkshire por ambos lados desde la época de las inundaciones, salvo una bisabuela francesa —contestó William, agradecido por la distracción momentánea que suponía esa conversación intrascendente—. La madre de mi padrastro es medio escocesa, ¿cree usted que eso cuenta?

Lo que fuera que Grant podría haber respondido se perdió cuando un lúgubre lamento llegó hasta ellos a través de la penumbra. Ambos hombres se quedaron inmóviles, escuchando. Llegaba el gaitero del brigadier, con Balcarres y algunos de sus exploradores. El destacamento para el entierro.

Había salido el sol, pero no se veía, oculto por las nubes y las copas de los árboles. La cara de Grant tenía el mismo color de la bruma, pálida, brillante de humedad.

El sonido parecía venir de gran distancia, no del mismísimo bosque. Entonces, unos gemidos y alaridos se unieron al lamento de la gaita: Balcarres y sus indios. A pesar de aquellos espeluznantes sonidos, William se sintió algo reconfortado. No iba a ser tan sólo un entierro precipitado en el campo, llevado a cabo sin consideración ni respeto.

—Parecen lobos aullando ¿verdad? —musitó Grant. Se pasó una mano por la cara y después se limpió con aire molesto la palma mojada en el muslo.

—Sí, así es —respondió William.

Adoptó una actitud firme y esperó para recibir a los asistentes al entierro, consciente todo el tiempo de la cabaña a su espalda, con la puerta silenciosa abierta a la bruma.

67

Más graso que la grasa

Siempre había supuesto que la rendición era algo muy fácil. Entregas la espada, estrechas manos y en marcha... en libertad bajo palabra, a la cárcel o a la próxima batalla. Me quitó esta idea tan ingenua de la cabeza el doctor Rawlings, que, en efecto, cruzó las líneas dos días después para hablarme de su hermano. Le conté cuanto pude, manifestándole mi particular apego al registro casuístico de su hermano, a través del cual tenía la impresión de haber conocido a Daniel Rawlings. El segundo doctor Rawlings —dijo que se llamaba David— era una persona con quien resultaba fácil conversar, de modo que permaneció conmigo un rato durante el que hablamos de otros temas.

—Válgame Dios, no —repuso cuando le mencioné mi sorpresa por el hecho de que la ceremonia de rendición no se hubiera celebrado de inmediato—. Primero hay que negociar los términos de la rendición, ¿sabe? Y es un asunto peliagudo.

—¿Negociar? —inquirí—. ¿Tiene elección el general Burgoyne?

Se diría que el doctor lo encontró gracioso.

—Claro que sí —me aseguró—. Da la casualidad de que he visto las propuestas que el mayor Kingston ha traído esta mañana para que el general Gates las estudiara. Comienzan con la firme declaración de que, tras luchar contra Gates en dos ocasiones, el general Burgoyne está más que dispuesto a hacerlo una tercera. Desde luego, no lo está —añadió el doctor—, pero el documento lo deja en buen lugar permitiéndole observar que, por supuesto, se ha percatado de la superioridad numérica de los rebeldes y que, por consiguiente, considera justificado aceptar una rendición con el fin de salvar las vidas de hombres valientes en términos honorables. A propósito, la batalla todavía no ha terminado oficialmente —añadió con un ligero aire de disculpa—. El general Burgoyne propone un cese de las hostilidades mientras las negociaciones estén en curso.

—¿De verdad? —inquirí, divertida—. Me pregunto si el general Gates estará dispuesto a aceptarlo sin más.

—No, no lo está —manifestó una seca voz escocesa, y Jamie asomó la cabeza y entró en la tienda, seguido de su primo Hamish—. Ha leído la propuesta de Burgoyne y luego se ha metido la mano en el bolsillo y ha sacado la suya. Exige una rendición incondicional y requiere que tanto las tropas británicas como las alemanas depongan sus armas en el campo y salgan de aquí como prisioneros. La tregua durará hasta el anochecer, cuando Burgoyne debe contestar. Creía que al mayor Kingston iba a darle un ataque de apoplejía allí mismo.

—¿Crees que estará marcándose un farol? —le pregunté.

Jamie profirió un ruidito típicamente escocés con la garganta y dirigió una mirada al doctor Rawlings, indicándome que no consideraba adecuado discutir el asunto delante del enemigo. Y, dado que era evidente que el doctor Rawlings tenía acceso al alto mando británico, tal vez tuviera razón.

David Rawlings cambió de tema con mucho tacto, abriendo la tapa de la caja que había traído consigo.

—¿Es la misma caja que tenía usted, señora Fraser?

—Sí, lo es.

Lo había advertido de inmediato, pero no me había parecido correcto mirarla. Estaba un poco más estropeada que la mía y tenía una plaquita de bronce con el nombre, pero, aparte de eso, era justo igual.

—Bueno, no es que tuviera auténticas dudas acerca del destino de mi hermano —señaló con un pequeño suspiro—, pero esto deja totalmente zanjada la cuestión. Las cajas nos las regaló mi padre, que también era médico, cuando empezamos a ejercer.

Lo miré, asombrada.

—No irá a decirme... ¿eran ustedes gemelos?

—Sí, lo éramos. —Parecía sorprendido de que yo no lo supiera.

—¿Idénticos?

Sonrió.

—Nuestra madre siempre sabía quién era quién, pero muy poca gente lograba distinguirnos.

Me lo quedé mirando con una desacostumbrada calidez, casi vergüenza. Como es lógico, me había formado una imagen mental de Daniel Rawlings mientras leía las entradas de su libro de registros médicos. Encontrármelo cara a cara de repente, por así decirlo, me había dejado algo aturdida.

Jamie me miraba sorprendido, con las cejas arqueadas. Solté una tosecilla, ruborizándome, y él negó apenas con la cabeza y, con otro ruidito escocés, cogió la baraja de cartas que había venido a buscar y salió seguido de Hamish.

—Me pregunto... ¿necesita usted algo en particular en términos médicos? —dijo David Rawlings, ruborizándose a su vez—. Ando bastante escaso de medicinas, pero tengo duplicados de algunos instrumentos y una selección bastante buena de bisturíes. Me sentiría muy honrado si usted...

—Oh. —Era una oferta muy galante, por lo que mi azoramiento se vio arrollado al instante por una oleada de codicia—. ¿Tendría usted por casualidad un par de pinzas de sobra? Fórceps pequeños, quiero decir.

—Sí, claro.

Abrió el cajón inferior y apartó un montón desordenado de pequeños instrumentos para buscar las pinzas. Mientras lo hacía, me fijé en un objeto inusual y lo señalé.

—¿Qué diablos es eso?

—Se llama *jugum penis* —me explicó el doctor Rawlings al tiempo que se ponía visiblemente colorado.

—Parece una trampa para osos. ¿Qué es?... No es posible que sirva para circuncidar. —Cogí el instrumento, lo que hizo que Rawlings soltara un grito, y lo miré con curiosidad.

—Es... eeh, por favor, querida señora... —Casi me arrancó aquella cosa de las manos y volvió a echarla en su baúl.

—¿Para qué demonios sirve? —pregunté, más divertida que ofendida por su reacción—. Por el nombre, obviamente...

—Evita la... eeeh... la tumescencia nocturna. —Ahora su rostro había adquirido un color rojo oscuro y malsano, y evitaba mirarme a los ojos.

—Sí, me imagino que debe de evitarla.

El objeto en cuestión consistía en dos círculos concéntricos de metal, de los cuales el externo era flexible, con los extremos superpuestos y una especie de mecanismo de llaves que permitía apretarlo. El círculo interno era dentado, muy parecido a una trampa para osos, tal como había dicho. Era obvio que estaba pensado para ajustarlo en torno a un pene flácido, el cual permanecería en ese estado si sabía lo que le convenía.

Tosí.

—Hum... vaya, ¿y eso es deseable?

Su azoramiento se aplacó un tanto y se convirtió en asombro.

—Bueno... eso... la... la pérdida de esencia masculina es muy debilitante. Mengua la vitalidad y expone al hombre a todo tipo de enfermedades, además de afectar gravemente a sus facultades mentales y espirituales.

—Menos mal que nadie ha pensado en mencionárselo a mi marido —observé.

Rawlings me dirigió una mirada absolutamente escandalizada, pero, por fortuna, antes de que la conversación pudiera alcanzar proporciones aún más inconvenientes, un alboroto procedente del exterior nos interrumpió, y él aprovechó la ocasión para cerrar la caja y metérsela a toda prisa bajo el brazo antes de ir a reunirse conmigo en la entrada de la tienda.

Un pequeño desfile atravesaba el campo a unos treinta metros de distancia. Un mayor británico en uniforme de gala, con los ojos vendados y el rostro tan colorado que pensé que iba a reventar. Lo conducían dos soldados continentales, y los seguía a discreta distancia otro soldado con un pífano, tocando *Yankee Doodle*. Al recordar lo que Jamie había dicho de una apoplejía, no me cupo la menor duda de que se trataba del mayor Kingston, elegido para entregar las propuestas de rendición de Burgoyne.

—Dios mío —murmuró el doctor Rawlings meneando la cabeza ante el espectáculo—. Me temo que este proceso podría llevar algún tiempo.

Así fue. Una semana después, aún estábamos allí plantados mientras las cartas iban y venían con mucha pompa entre los dos campamentos una o dos veces al día. En el campamento americano se respiraba un ambiente general de relajación. En mi opinión, las cosas seguían algo tensas en el otro lado, pero el doctor Rawlings no había vuelto, de modo que los chismorreos generales eran la única manera de juzgar si las negociaciones de rendición progresaban o no. Evidentemente, el general Gates había estado, en efecto, baladroneando, y Burgoyne había sido lo bastante listo como para darse cuenta de ello.

Me alegraba de pasar en un mismo lugar el tiempo suficiente para lavarme la ropa sin correr el riesgo de que me dispararan, me arrancaran la cabellera o me molestaran de cualquier otro modo. Por otra parte, había muchos heridos de las dos batallas que aún necesitaban atención.

De manera algo vaga, me había fijado en un hombre que rondaba los márgenes de nuestro campamento. Lo había visto varias veces, pero nunca se había acercado tanto como para hablar conmigo, y yo le había restado importancia suponiendo que debía de sufrir alguna enfermedad embarazosa como gonorrea o hemorroides. A esos hombres a menudo les costaba bastante reunir o el valor o la desesperación para pedir ayuda y, una vez lo hacían, seguían esperando para hablar conmigo en privado.

La tercera o la cuarta vez que lo vi, intenté llamar su atención con el fin de que se acercara lo suficiente para que pudiera examinarlo a solas, pero siempre se escabullía con los ojos bajos y desaparecía en el hormiguero de bullentes milicianos, continentales y seguidores del campamento.

Volvió a aparecer sin previo aviso al día siguiente hacia el anochecer, mientras yo estaba preparando una especie de potaje con un hueso —de animal no identificado, pero razonablemente fresco y con pedazos de carne aún adheridos— que me había regalado un paciente, dos boniatos marchitos, un puñado de cereales, otro puñado de judías y un poco de pan pasado.

—¿Es usted la señora Fraser? —inquirió con un acento escocés de las Lowlands sorprendentemente educado.

«Edimburgo», pensé, y sentí una leve punzada al recordar que Tom Christie hablaba de manera similar. Él siempre había insistido en llamarme «señora Fraser», pronunciado con idéntica formalidad.

Sin embargo, los pensamientos acerca de Tom Christie desaparecieron de inmediato.

—La llaman la Bruja Blanca, ¿no es así? —preguntó el hombre, y sonrió. No era en modo alguno una expresión agradable.

—Así me llaman algunos. ¿Qué pasa? —inquirí, agarrando con fuerza el cucharón de madera y mirándolo fijamente hasta hacerle bajar la vista. Era alto y delgado, de cara fina y morena, vestido con el uniforme continental.

¿Por qué no habría acudido al médico de su regimiento y había preferido a una bruja?, me pregunté. ¿Querría un filtro de amor? No parecía de ésos.

Echó una breve risa y me saludó con una inclinación.

—Sólo quería asegurarme de haber venido al lugar adecuado, señora —respondió—. No pretendía ofenderla.

—No me ha ofendido.

No había nada abiertamente amenazador en su comportamiento aparte, quizá, de que estaba demasiado cerca de mí, pero no me gustaba. Y el corazón me latía más deprisa de lo normal.

—Es evidente que conoce mi nombre —declaré luchando por mantener la calma—. En cambio, yo no conozco el suyo.

Volvió a sonreírme, mirándome de arriba abajo con tal atención que me pareció poco menos que insolente, muy poco menos, la verdad.

—Mi nombre no tiene importancia. ¿Su marido es James Fraser?

Sentí un intenso y repentino desco de arrearle con el cucharón, pero no lo hice. Aquello tal vez le enfadase, aunque no me libraría de él. No quería admitir el nombre de Jamie, y no me molesté en preguntarme por qué. Simplemente contesté:

—Discúlpeme. —Y, tras retirar la olla del fuego, la dejé en el suelo y me marché.

Él no se lo esperaba y no fue tras de mí. Me alejé deprisa, rodeé con rapidez una pequeña tienda que pertenecía a la milicia de New Hampshire y me deslicé entre un grupo de personas reunidas alrededor de otra hoguera. Eran gente de la milicia, algunos con sus esposas. Uno o dos parecieron sorprenderse de mi brusca aparición, pero todos me conocían y me hicieron cordialmente un sitio, al tiempo que me dirigían gestos con la cabeza y murmuraban saludos.

Desde ese refugio, miré hacia atrás y vi al hombre, cuya silueta se recortaba contra el sol poniente, de pie junto a mi propio fuego abandonado mientras el aire de la noche le revolvía el cabello. Sin duda, era mi imaginación lo que me hacía pensar que tenía un aspecto siniestro.

—¿Quién es ése, tía? ¿Uno de tus pretendientes rechazados? —me dijo el joven Ian al oído con una sonrisa.

—Rechazado sin lugar a dudas —respondí sin apartar los ojos del hombre. Había pensado que quizá me seguiría, pero se había quedado donde estaba, con la cara vuelta hacia mí. Su rostro era un óvalo negro, aunque sabía que me estaba mirando—. ¿Sabes dónde está tu tío?

—Ah, sí. Él y el primo Hamish están desplumando al coronel en una partida de *lanterloo*, allí. —Apuntó con la barbilla al campamento de la milicia de Vermont, donde se erguía la tienda del coronel Martin, reconocible por un gran desgarrón en la parte superior reparado con un parche de percal amarillo.

—¿Hamish juega bien a las cartas? —pregunté con curiosidad mirando hacia a la tienda.

—No, pero el tío Jamie sí, y sabe cuándo Hamish va a equivocarse, lo que es casi tan bueno como hacer lo correcto, ¿verdad?

—Te tomo la palabra. ¿Sabes quién es ese hombre? ¿El que está junto a mi hoguera?

Ian entornó los ojos para protegerse del sol, que estaba bajo, y frunció el ceño de repente.

—No, pero acaba de escupir en tu sopa.

—¿Que ha hecho qué? —Me volví a toda velocidad, justo a tiempo de ver al anónimo caballero marcharse airado con la espalda muy erguida—. Vaya, ¡maldito gilipollas de mierda!

Ian carraspeó y me dio con el codo, indicándome a una de las esposas de la milicia, que me estaba observando con considerable desaprobación. Carraspeé a mi vez, me tragué mis últimas observaciones sobre el tema y le dirigí lo que esperé fuera una sonrisa de disculpas. Al fin y al cabo, probablemente íbamos a tener que rogarle su hospitalidad si queríamos que nos dieran de cenar.

Cuando volví a mirar hacia nuestra hoguera, el hombre había desaparecido.

—¿Puedo decirte algo, tía? —preguntó Ian mirando con el ceño fruncido las sombras que se alargaban bajo los árboles—. Volverá.

Jamie y Hamish no volvieron para cenar, lo que me hizo suponer que la partida de cartas no debía de irles mal. Las cosas también iban razonablemente bien para mí. La señora Kebbits, la esposa de la milicia, nos dio de comer a Ian y a mí y, con gran hospitalidad, nos sirvió pan de maíz recién hecho y estofado de conejo con cebolla. Y, lo mejor de todo, mi siniestro visitante no regresó.

Ian había ido a ocuparse de sus asuntos, con *Rollo* pisándole los talones, así que cubrí el fuego y me dispuse a marcharme a las tiendas del hospital para efectuar mis visitas nocturnas. La mayoría de los heridos graves habían fallecido en los dos o tres días posteriores a la batalla. Del resto, aquellos que tenían mujer, amigos o parientes que cuidaran de ellos se habían marchado a sus propios campamentos. Quedaban más o menos tres docenas, hombres solos, con heridas o enfermedades difíciles de curar, pero que no suponían un riesgo inmediato para sus vidas.

Me puse un segundo par de medias, me envolví en mi grueso manto de lana y le di gracias a Dios por el frío. A finales de septiembre había caído una helada que había inflamado los bosques y los había vestido con esplendor de rojo y oro, pero que también había acabado amablemente con los insectos. El alivio de la vida de campamento sin moscas era una maravilla en sí mismo. No me sorprendía en absoluto que las moscas hubieran sido una de las diez plagas de Egipto. Los piojos, por desgracia, seguían con nosotros, pero sin moscas, pulgas y mosquitos, la amenaza de enfermedades epidémicas había disminuido una barbaridad.

Aun así, cada vez que me acercaba a la tienda hospital, me sorprendía olisqueando el aire, alerta al revelador tufo a heces que podía presagiar una inesperada irrupción de cólera, tifus o un brote de los males menores de la salmonela. Esa noche no olí nada más allá del habitual hedor a pozo negro de las letrinas, al que se solapaba el fuerte olor a cuerpos sin lavar, sábanas sucias y un persistente olor a sangre. Tranquilizadoramente familiar.

Tres enfermeros estaban jugando a las cartas bajo un cobertizo de lona cerca de la mayor de las tiendas mientras una vela de juncos cuya llama subía y bailaba al aire de la noche iluminaba su juego. Sus sombras crecían y menguaban sobre la pálida lona, y oí el ruido de sus risas al pasar. Eso significaba que ninguno de los médicos del regimiento estaba por allí. Mucho mejor.

La mayoría de ellos se limitaban a agradecer cualquier tipo de ayuda que se les ofreciera y, por tanto, me dejaban hacer. Pero siempre había uno o dos que se aferraban a su dignidad e insistían en su autoridad. Por lo general, eso no suponía más que un pequeño inconveniente, pero era muy peligroso en caso de emergencia.

Esa noche no las había, gracias a Dios. Fuera de la tienda, en un cuenco, había unos cuantos candeleros y cabos de vela de distinta longitud. Prendí una vela en la hoguera y, tras agacharme para entrar, recorrí las dos grandes tiendas comprobando constantes vitales, charlando con los hombres que estaban despiertos y evaluando su estado.

Nada inquietante, aunque me preocupaba un poco el cabo Jebediah Shoreditch, que había sufrido tres heridas de bayoneta durante el ataque al gran reducto. Milagrosamente, ninguna de ellas había afectado a ningún órgano vital y, aunque el cabo estaba bastante incómodo —uno de los bayonetazos había atravesado en trayectoria ascendente su nalga izquierda—, no presentaba señales importantes de fiebre. Pero sí había algún indicativo de infección en la herida de la nalga.

—Voy a irrigársela —le dije echándole una ojeada a mi botella medio llena de tintura de genciana. Era casi lo último que me quedaba, pero con un poco de suerte no volvería a hacerme mucha falta hasta que estuviera en situación de preparar más—. Se la lavaré, quiero decir, para quitarle el pus. ¿Cómo sucedió?

La irrigación no iba a ser agradable. Sería mejor si lograba distraerse un poco contándome los detalles.

—No me estaba retirando, señora, no vaya a pensar —me aseguró, y se agarró con fuerza al borde de su camastro cuando levanté la manta y comencé a retirar los pedazos costrosos de un vendaje de brea y trementina—. Uno de aquellos escurridizos hijos de puta alemanes estaba haciéndose el muerto y, cuando fui a pasar por encima de él, cobró vida y se levantó como una víbora cobriza, bayoneta en mano.

—Con la bayoneta en tu mano, querrás decir, Jeb —bromeó un amigo que yacía allí cerca.

—Nooo, ése fue otro. —Shoreditch ignoró la broma con una mirada despreocupada a su mano derecha, envuelta en vendas.

Uno de los alemanes le había clavado la mano en el suelo con una hoja de bayoneta, me contó, tras lo cual Shoreditch había agarrado el cuchillo que se le había caído con la mano izquierda y se lo había hundido al alemán en las pantorrillas, lo había derribado y luego le había cortado la garganta, ignorando a un tercer atacante cuyo bayonetazo sólo le había cortado la parte superior de la oreja izquierda.

—Alguien lo mató, gracias a Dios, antes de que pudiera apuntar mejor. Y, hablando de manos, señora, ¿qué tal va la mano del coronel? —La frente le brillaba de sudor a la luz de la linterna y los tendones de sus antebrazos sobresalían bajo la piel, pero hablaba con cortesía.

—Creo que va bien —repuse presionando despacio el émbolo de mi jeringa de irrigar—. Lleva desde por la tarde jugando a las cartas con el coronel Martin, y si la mano no fuera bien, a estas horas ya habría vuelto.

Tanto Shoreditch como su amigo soltaron una risita ante ese pobre juego de palabras, pero el cabo emitió un largo suspiro cuando retiré las manos del nuevo apósito, y descansó la frente en el lecho por unos instantes antes de rodar con esfuerzo sobre su costado sano.

—Muchísimas gracias, señora —dijo. Sus ojos se pasearon con aparente indiferencia sobre las figuras que se movían de un lado a otro en la penumbra—. Si ve por casualidad al amigo Hunter o al doctor Tolliver, ¿podría pedirles que se pasaran un momento por aquí?

Arqueé una ceja al oírlo, pero asentí y le serví una taza de cerveza. Teníamos mucha ahora que las líneas de abastecimiento procedentes del sur nos habían alcanzado y, además, no iba a hacerle ningún mal.

Hice lo mismo por su amigo, un hombre de Pensilvania llamado Neph Brewster, que padecía disentería, aunque, antes de darle la taza, a él le añadí un puñadito de la mezcla del doctor Rawlings para tratar las obstrucciones intestinales.

—Jeb no quiere hacerle ningún feo, señora —susurró Neph, aproximándose con gesto confidencial mientras cogía la bebida—. Es sólo que no puede cagar sin ayuda, y eso no es algo que quiera pedirle a una dama. Pero si el señor Denzell o el doctor no vienen pronto, lo ayudaré yo.

—¿Quiere que vaya a buscar a uno de los enfermeros? —pregunté, sorprendida—. Están ahí mismo, fuera.

—Oh, no, señora. Una vez se pone el sol se comportan como si no estuvieran de servicio. No volverán a menos que haya una pelea o que se incendie la tienda.

—Mmm —dije. Estaba claro que la actitud de los enfermeros no era muy distinta de una época a otra—. Iré a buscar a uno de los médicos —le aseguré.

El señor Brewster estaba flaco y amarillo, y le temblaba tanto la mano que tuve que rodearle los dedos con los míos para ayudarlo a beber. Dudé que pudiera permanecer en pie el tiempo suficiente para hacer sus necesidades, y menos aún para ayudar al cabo Shoreditch con las suyas. Sin embargo, el señor Brewster tenía buen ánimo.

—A estas alturas, puedo afirmar que cagar es algo para lo que tengo cierta habilidad —declaró, sonriéndome. Se limpió la cara con una mano temblorosa y dejó un momento de beber para respirar con dificultad—. Ah... ¿No tendría a mano un poco de grasa para cocinar, señora? Tengo el culo como un conejo recién despellejado. Puedo ponérmela yo mismo... a menos que usted quiera echarme una mano, claro.

—Se lo mencionaré al doctor Hunter —contesté con sequedad—. Estoy segura de que a él le encantará.

Terminé mi ronda con rapidez, pues la mayoría de los hombres dormía, y me marché en busca de Denny Hunter, a quien encontré en el exterior de su tienda, con el cuello envuelto en una bufanda para protegerse del frío, escuchando con expresión soñadora una balada que alguien cantaba en una hoguera próxima.

—¿Quién? —Salió del trance al verme aparecer, aunque tardó un poco en bajar por completo de las nubes—. Ah, el amigo Jebediah, sin duda. Claro, iré enseguida.

—¿Tienes un poco de grasa de ganso o de oso?

Denny se afianzó las gafas sobre la nariz al tiempo que me dirigía una mirada interrogativa.

—¿Es que el amigo Jebediah está estreñido? Creía que sus problemas eran más de ingeniería que de fisiología.

Me eché a reír y se lo expliqué.

—Ah. Bueno. Tengo un ungüento —replicó, dubitativo—. Pero es mentolado, para el tratamiento de la gripe y de la pleuresía, ya sabes. Me temo que no le hará ningún favor al culo del amigo Brewster.

—Me temo que no —admití—. ¿Por qué no vas a ayudar al señor Shoreditch mientras yo busco un poco de grasa pura y se la llevo?

La grasa —cualquier tipo de grasa— era imprescindible para cocinar, así que sólo tuve que preguntar un par de veces en las hogueras para conseguir una taza. Se trataba, según me informó la donante, de grasa de zarigüeya derretida. «Más grasa que la grasa —me aseguró la señora—. Y también sabrosa.» Esta última característica probablemente no sería de gran interés para el señor Brewster —o al menos eso esperaba yo—, pero le di las gracias efusivamente y regresé en medio de la oscuridad a la pequeña tienda hospital.

Por lo menos, ésa era la dirección que pretendía tomar. Sin embargo, la luna aún estaba baja en el cielo, por lo que al cabo de escasos minutos me encontré en una pendiente densamente arbolada que no recordaba, dando traspiés sobre las raíces y las ramas caídas.

Murmurando entre dientes para mí, torcí a la izquierda. Sin lugar a dudas, eso era... No, no lo era. Me detuve, maldiciendo en silencio. No era posible que me hubiese perdido. Estaba en medio de una zona que contenía al menos la mitad del ejército continental, por no mencionar a docenas de compañías de la milicia. Pero dónde me encontraba exactamente dentro de esa zona... Distinguí el resplandor de varias hogueras entre los árboles, aunque su configuración no me pareció familiar. Desorientada, giré en sentido contrario, forzando la vista mientras buscaba el techo parcheado de la gran tienda del coronel Martin, pues era el mayor punto de referencia que probablemente se vería en la oscuridad.

Algo corrió sobre mi pie y di un respingo involuntario, derramándome grasa licuada de zarigüeya sobre la mano. Apreté los dientes y me la limpié con cuidado en el delantal. La grasa de zarigüeya es grasa hasta decir basta, y la principal razón por la que no se utiliza como lubricante multiusos es porque huele a zarigüeya muerta.

El corazón me latía deprisa a causa del susto y di un salto convulsivo cuando del boscaje que se extendía a mi derecha salió un búho, como un pedazo de noche, alzando sigilosamente el vuelo sin previo aviso a escasa distancia de mi rostro. Entonces, una rama crujió de repente y oí el movimiento de varios hombres que hablaban en murmullos entre sí mientras avanzaban entre los matorrales vecinos.

Me quedé muy quieta, mordiéndome el labio inferior, y sentí una súbita oleada de terror irracional.

«¡No pasa nada! —me dije, furiosa—. No son más que unos soldados que buscan un atajo. No son ninguna amenaza, ¡ninguna amenaza en absoluto!»

«Diles eso a los marines», me contestó mi sistema nervioso al oír una maldición sofocada, el ruido de una refriega y el crujido de hojas secas y de ramas que se rompían y el repentino sonido de un objeto sólido que golpeaba a alguien en la cabeza, como cuando uno le da una patada a un melón. Un grito, el ruido de un cuerpo al caer y un rumor precipitado mientras los ladrones saqueaban los bolsillos de sus víctimas.

No podía moverme. Tenía unas ganas desesperadas de salir corriendo, pero estaba clavada en el suelo. Mis piernas simplemente no respondían. Era justo como una pesadilla, algo terrible se cruzaba en mi camino, pero era incapaz de moverme.

Tenía la boca abierta y estaba ejerciendo toda mi voluntad para no gritar, aunque al mismo tiempo estaba aterrorizada por no poder hacerlo. Oía mi propia respiración, fuerte, resonando en mi cabeza, y, de golpe, tuve una sensación desagradable en la garganta al tragar sangre, me costaba respirar, tenía la nariz bloqueada. Y sentí un peso encima de mí, grande, amorfo, que me arrojaba al suelo, un suelo irregular, lleno de piedras y de piñas caídas. Sentí el aliento caliente de alguien en la oreja.

«Así, muy bien. Lo siento, Martha, pero tienes que aceptarlo. Tengo que follarte. Sí, muy bien... oh, Dios, así... así...»

No recordaba haber caído al suelo. Estaba acurrucada hecha un ovillo con la cara contra las rodillas, temblando de rabia y de terror. Embistiendo contra los matorrales próximos, varios hombres pasaron a escasa distancia, riendo y bromeando.

Y, entonces, algún pequeño fragmento de mi cordura se hizo oír en los recovecos de mi cerebro con una frialdad increíble, observando sin pasión: «Vaya, así que esto es un *flashback*. Qué interesante.»

—Ya te daré yo interesante —musité, o eso pensé.

Dudo que hiciera ningún ruido. Estaba completamente vestida —bien envuelta para protegerme del frío—, sentía el frío en la cara, pero daba igual. Estaba desnuda, sentía el aire frío en los pechos, en los muslos, entre los muslos...

Junté las piernas con tanta fuerza como fui capaz y me mordí el labio con tantas ganas como pude. Ahora sí percibí el sabor de la sangre. Pero lo siguiente no sucedió. Lo recordaba vívidamente. Pero sólo era un recuerdo. No había vuelto a suceder.

Muy despacio, volví en mí. El labio me dolía y goteaba sangre. Notaba el tajo, un pedazo suelto de carne en la parte interior del labio y un sabor a plata y a cobre, como si tuviera la boca llena de peniques.

Respiraba como si hubiera corrido más de un kilómetro, pero podía respirar. Tenía la nariz libre, la garganta suave y abierta, ni magullada ni irritada. Estaba empapada en sudor y me dolían los músculos de haber apretado tanto.

Oí unos gemidos en el arbusto de mi izquierda. «Entonces, no lo han matado», pensé vagamente. Supuse que debía ir a ver, ayudarlo. Pero no quería, no quería tocar a un hombre, ver a un hombre, estar cerca de un hombre. Aunque no importaba. No podía moverme.

No era ya presa del terror. Sabía dónde me encontraba, que estaba a salvo... bastante a salvo. Pero no podía moverme. Permanecí agazapada, sudando y temblando, y escuché.

El hombre gimió varias veces y luego rodó despacio sobre sí mismo, haciendo crujir las ramas.

—Mierda —murmuró. Permaneció inmóvil en el suelo con la respiración agitada, y, de repente, se incorporó y exclamó—: ¡Mierda! —No sé si porque sentía dolor al moverse o por el recuerdo del robo.

Lo oí maldecir en voz baja, un suspiro, silencio... y, acto seguido, sonó un grito de puro terror que me sacudió la columna vertebral como una descarga eléctrica.

Unos sonidos frenéticos y confusos mientras el hombre se ponía en pie (¿por qué, por qué?, ¿qué estaba pasando?). El estrépito y el traqueteo de alguien que huía. El terror era contagioso. También yo quería correr, estaba de pie, con el alma en vilo, pero no sabía adónde ir. Sólo podía oír el ruido que hacía aquel imbécil. ¿Qué demonios había allí fuera?

Un débil rumor de hojas secas me hizo volver la cabeza de golpe y evitó por cuestión de segundos que me diera un ataque al corazón cuando *Rollo* arremetió con su húmedo hocico en el hueco de mi mano.

—¡Por los clavos de Roosevelt! —exclamé, aliviada al oír mi propia voz.

El ruido susurrante de unos pasos avanzó hacia mí a través de las hojas.

—Vaya, estás aquí, tía. —Una alta figura, nada más que una sombra en la oscuridad, se cernió sobre mí en la penumbra y el joven Ian me tocó el brazo—. ¿Estás bien? —Había un matiz de ansiedad en su voz, bendito sea.

—Sí —contesté con escasa energía, y después añadí con mayor convicción—: Sí. Estoy bien. Me he desorientado en la oscuridad.

—Ah. —La alta figura se relajó—. Pensé que debías de haberte perdido. Denny Hunter vino y me dijo que habías ido a buscar un poco de grasa, pero que no habías vuelto, y estaba preocupado por ti. Así que *Rollo* y yo hemos venido a buscarte. ¿Quién era ese tipo al que *Rollo* le ha dado un susto de muerte?

—No lo sé.

La mención de la grasa me hizo buscar la taza de grasa de zarigüeya. Estaba en el suelo, vacía y limpia. Por el chapaleo, deduje que *Rollo*, después de terminarse lo que quedaba en la taza, estaba ahora lamiendo meticulosamente las hojas muertas en las que la grasa se había derramado cuando la había dejado caer. Dadas las circunstancias, tenía la impresión de que no podía quejarme.

Ian se agachó y recogió la taza.

—Vuelve junto al fuego, tía. Iré a buscar más grasa.

No puse ninguna objeción y lo seguí colina abajo, sin prestar realmente atención a lo que me rodeaba. Estaba demasiado ocupada en reorganizar mi estado mental, serenar mis sentimientos e intentar recuperar cierto equilibrio.

Había oído la palabra *flashback* muy pocas veces, en Boston, en los sesenta. Antes no lo llamábamos así, pero había oído hablar de ello. Y lo había visto. Neurosis de guerra, decían en la Primera Guerra Mundial. Trastorno mental postraumático provocado por el combate militar, en la Segunda. Es lo que sucede cuando sobrevives a cosas a las que no deberías haber sobrevivido y no puedes reconciliar el hecho de saberlo con el hecho de haber sobrevivido.

«Bueno, yo lo hice —me dije, desafiante—. Así que tendrás que acostumbrarte.» Me pregunté por unos instantes con quién estaba hablando, y me planteé —bastante seriamente— si no estaría perdiendo el juicio.

Recordaba, claro está, lo que me había sucedido durante mi secuestro años antes. Habría preferido no recordarlo, pero sabía lo suficiente de psicología como para no intentar reprimir los recuerdos. Cuando aparecían, los miraba con cautela, haciendo ejercicios de respiración profunda y, después, volvía a meterlos allí de donde habían salido, e iba en busca de Jamie. Al cabo de un tiempo descubrí que sólo ciertos detalles se me presentaban con nitidez: la concavidad de una oreja muerta, púrpura a la luz del amanecer, con aspecto de hongo exótico; el brillante estallido de luz que había visto cuando Harley Boble me rompió la nariz; el olor a maíz en el aliento del idiota adolescente que había intentado violarme. La masa blanda y pesada del hombre que lo había hecho. El resto estaba envuelto en una neblina piadosa.

También tenía pesadillas, aunque, por lo general, Jamie se despertaba enseguida cuando yo empezaba a gimotear y me agarraba con fuerza suficiente como para destruir el sueño, estrechándome contra sí y acariciándome el pelo, la espalda, cantándome, medio dormido a su vez, hasta que me sumía de nuevo en su paz y volvía a dormirme.

Esto era distinto.

Ian fue de hoguera en hoguera en busca de grasa y al final consiguió una latita que contenía poco más de un centímetro de grasa de ganso mezclada con consuelda. Estaba algo más que un poquito rancia, pero Denny Hunter le había dicho para qué era, y supuso que su estado no tendría mucha importancia.

El estado de su tía le preocupaba mucho más. Sabía perfectamente por qué temblaba a veces como un grillo o gemía en sueños. Había visto cómo se encontraba cuando la trajeron después de estar con aquellos malnacidos, y sabía el tipo de cosas que le habían hecho. Se le encendió la sangre y se le hincharon las venas de las sienes al recordar la lucha cuando habían ido a liberarla.

Cuando la rescataron, ella no había querido vengarse. Ian pensaba que eso tal vez hubiera sido un error, aunque comprendía que Claire era una sanadora y que había jurado no matar. Pero algunos hombres necesitaban matar. La Iglesia no lo admitía, salvo en caso de guerra. Los mohawk lo entendían muy bien. También el tío Jamie.

Y los cuáqueros... Gimió.

«De la sartén, a las brasas.» Nada más conseguir la grasa, había vuelto sobre sus pasos no hacia la tienda hospital donde Denny se encontraba casi con seguridad, sino hacia la tienda de los Hunter.

Podía fingir que se dirigía a la tienda hospital. Las dos estaban bastante próximas. Pero siempre le había parecido absurdo mentirse a sí mismo.

No era la primera vez que echaba de menos a Brianna. A ella podía contarle cualquier cosa, y ella a él. Más de lo que a veces podía contarle a Roger Mac, pensó.

Se santiguó en un acto reflejo al tiempo que murmuraba: «Gum biodh iad sabhailte, a Dhìa.» «Que estén a salvo, oh, Dios.»

Se preguntó, de hecho, qué le habría aconsejado Roger Mac si hubiese estado allí. Era un hombre tranquilo y una buena persona, aunque era presbiteriano. Sin embargo, los acompañó en el viaje de aquella noche y participó en la tarea, y no dijo ni una palabra al respecto después.

Ian dedicó un momento a pensar en la futura congregación de Roger Mac y en lo que ésta pensaría de aquella imagen de su pastor, pero sacudió la cabeza y continuó su camino. Todas esas preguntas eran sólo un modo de evitar pensar en lo que iba a decirle cuando la viera, aunque era inútil. Sólo quería decirle una cosa, y era la única cosa que no podría decirle, nunca.

La entrada de la tienda estaba cerrada, pero dentro había una vela encendida. Tosió cortésmente sin entrar, y *Rollo*, al ver dónde se encontraban, meneó la cola y soltó un amistoso «¡*guau!*».

La lona que cubría la entrada de la tienda se levantó de inmediato y apareció Rachel, con la costura en una mano, entornando los ojos en la oscuridad y ya con una sonrisa en los labios. Había oído al perro. Se había quitado la cofia y tenía el cabello desordenado, con algunos mechones sueltos que se habían desprendido de las horquillas.

—¡Rollo! —exclamó inclinándose para rascarle las orejas—. Y veo que te has traído también a un amigo.

Ian sonrió, mostrando la latita.

—He traído un poco de grasa. Mi tía me ha dicho que su hermano la necesitaba para su culo. —Un instante demasiado tarde, lo recordó—. Quiero decir, para *un* culo.

Le ardía el pecho de vergüenza, pero estaba hablando con quizá la única mujer del campamento que podía considerar el culo como un tema corriente de conversación. Bueno, la única aparte de su tía, corrigió. O de las prostitutas, tal vez.

—Ah, se alegrará mucho. Gracias.

Alargó el brazo para coger la lata de sus manos y sus dedos rozaron los de él. La cajita de hojalata estaba manchada de grasa, resbaladiza. Se cayó y ambos se agacharon a cogerla. Ella se irguió primero. Su cabello acarició la mejilla de Ian, cálido e impregnado de su olor.

Sin pensarlo siquiera, Ian tomó su rostro entre ambas manos y se inclinó hacia ella. Vio sus ojos centellear y oscurecerse, experimentó uno o dos segundos de cálida y perfecta felicidad, y sus labios se posaron en los de Rachel mientras su corazón descansaba en las manos de ella. Entonces, una de aquellas manos se estrelló contra su mejilla y él retrocedió como un borracho bruscamente arrancado del sueño.

—¿Qué estás haciendo? —susurró ella. Había dado unos pasos atrás, con los ojos abiertos como platos, y estaba pegada a la pared de la tienda como si fuera a caerse a través de ella—. ¡No debes hacerlo!

Ian no pudo encontrar nada que decir. Los idiomas que conocía hervían en su cabeza como un estofado y, no obstante, se había quedado mudo. Pero lo primero que emergió de su confusión mental fue el *gàidhlig*.

—*Mo chridhe* —dijo, y respiró por primera vez desde que la tocó. A continuación afloró el mohawk, profundo y visceral: «Te necesito.» Y, a la cola, con retraso, el inglés, el más adecuado para disculparse—: Yo... lo siento.

Ella asintió con la cabeza, vacilando como una marioneta.

—Sí. Yo... sí.

Tenía que irse. Ella tenía miedo. Pero Ian también sabía algo. No era a él a quien temía. Despacio, muy despacio, extendió una mano en su dirección, moviendo los dedos de forma involuntaria, como si quisiera atraer a una trucha.

Y por un milagro inesperado, pero milagro al fin y al cabo, la mano de ella se acercó muy despacio a la suya, temblando. Ian le tocó las puntas de los dedos, los encontró fríos. Los suyos estaban calientes, él se los calentaría... Se estremeció mentalmente al sentir la carne de ella contra la suya, vio sus pezones, duros contra la tela de su vestido, y sintió el pequeño bulto redondo de sus pechos, fresco en sus manos, la presión de sus muslos, fríos y duros contra su ardor.

Le cogió la mano, la atrajo hacia sí. Y ella se dejó arrastrar, blanda, impotente, atraída por su corazón.

—No debes —musitó, audible apenas—. No debemos.

Ian pensó vagamente que, por supuesto, no podía abrazarla, dejarse caer al suelo, apartarle la ropa de en medio y poseerla por las buenas, aunque todas y cada una de las fibras de su cuerpo le pedían que hiciera justo eso. Un débil recuerdo de civilización cobró fuerza y se agarró a él. Al mismo tiempo, con terrible desgana, le soltó la mano.

—No, claro que no —replicó en un perfecto inglés—. Claro que no debemos.

—Yo... tú... —Tragó saliva y se pasó el dorso de la mano por los labios. No como para limpiarse su beso, sino llena de asombro, pensó Ian—. ¿Sabes...? —Calló en seco, y lo miró.

—No estoy preocupado por si no me amas —le dijo, y supo que estaba diciendo la verdad—. Ahora ya no. Estoy preocupado por si pudieras morir porque me amas.

—¡Qué cara tienes! Yo no he dicho que te ame.

Entonces, él la miró y algo se agitó en su pecho. Tal vez fuera risa, tal vez no.

—Mucho mejor si no lo haces —repuso con suavidad—. Yo no soy tonto, y tú tampoco.

Ella hizo un gesto impulsivo en su dirección, e Ian se apartó, sólo un pelo.

—Creo que es mejor que no me toques, muchacha —dijo mirándola aún intensamente a los ojos, del color de los berros en el arroyo—. Porque, si lo haces, te tomaré aquí y ahora. Y entonces será demasiado tarde para los dos, ¿verdad?

La mano de Rachel quedó suspendida en el aire, y aunque él se dio cuenta de que quería retirarla, no pudo hacerlo.

Entonces, Ian se apartó de ella y se alejó en la noche, con la piel tan caliente que el aire nocturno se convertía en vapor al tocarla.

Rachel permaneció inmóvil durante unos instantes, escuchando el fuerte latido de su corazón. Otro sonido regular empezó a interferir, como un suave chapaleteo, así que miró al suelo, parpadeando, y vio que *Rollo* había limpiado escrupulosamente el resto de la grasa de ganso de la caja que ella había dejado caer y que ahora estaba lamiendo la lata vacía.

—Oh, Dios mío —exclamó, y se cubrió la boca con la mano temiendo que, si se echaba a reír, su risa se convirtiera en histeria.

El perro la miró, con los ojos amarillos a la luz de la vela, y se relamió mientras balanceaba el rabo.

—¿Qué voy a hacer? —le preguntó—. ¡Qué suerte tienes! Tú puedes ir todo el día detrás de él y compartir su cama por la noche, y nadie dice una palabra.

Se sentó en el taburete, con las piernas flaqueándole, y agarró al perro por la gruesa piel que recubría su cuello.

—¿Qué quiere decir? —le preguntó—. ¿Cuando dice que está preocupado por si pudiera morir porque lo amo? ¿Acaso piensa que soy una de esas tontas que se desmayan y palidecen de amor, como Abigail Miller? No es que ella pensara morirse de verdad por alguien, y mucho menos por su pobre marido. —Miró al perro y le sacudió el pelaje del cuello—. ¿Y qué significa eso de besar a esa fresca (perdona mi falta de caridad, Señor, pero ignorar la verdad no conduce a nada bueno) y besarme a mí menos de tres horas después? ¡Dímelo! ¿Qué significa eso?

Entonces soltó al perro. Éste le lamió cortésmente la mano y desapareció después sin hacer ruido por la abertura de la tienda, sin duda para trasladar su pregunta al pesado de su amo.

Debería estar poniendo café a hervir y preparando algo de cenar. Denny pronto volvería de la tienda hospital, hambriento y muerto de frío. Pero siguió sentada, mirando la llama de la vela, preguntándose si la sentiría si la atravesara con la mano.

Lo dudaba. Se le había inflamado todo el cuerpo cuando él la tocó, tan de golpe como una antorcha empapada en trementina, y aún no había dejado de arder. Lo extraño era que no se le hubiese prendido fuego a su camisa.

Sabía lo que hacía Ian. Él no lo llevaba en secreto. Era un hombre que vivía en la violencia, que la llevaba consigo.

—Y yo lo utilicé cuando me convino, ¿verdad? —le preguntó a la vela. Eso no era propio de un cuáquero. No se había contentado con confiar en la piedad de Dios, no estaba deseando aceptar Su voluntad. No sólo había estado de acuerdo en utilizar la violencia y la había alentado, sino que había puesto a Ian Murray en grave peligro tanto para su alma como para su cuerpo. No, no, ignorar la verdad no conducía a nada bueno.

—Aunque si de lo que estamos hablando es de la verdad —le dijo a la vela, sintiéndose aún desafiante—, soy testigo de que lo hizo por Denny, tanto como por mí.

—¿Quién hizo qué? —Su hermano asomó la cabeza al interior de la tienda y luego se incorporó, parpadeando mientras la miraba.

—¿Rezarás por mí —le preguntó Rachel con brusquedad— si estoy en grave peligro?

Su hermano se la quedó mirando sin parpadear detrás de las gafas.

866

—Claro que sí —contestó despacio—. Aunque dudo que los rezos te sirvan de mucho.

—¿Qué pasa? ¿Es que ya no tienes fe en Dios? —Habló en tono cortante, más angustiada aún por la idea de que su hermano pudiera haberse visto superado por las cosas que había presenciado en el último mes. Mucho se temía que habían debilitado considerablemente su propia fe, pero se apoyaba en la fe de su hermano como si se tratara de un escudo y una defensa. Si eso desapareciera...

—No, mi fe en Dios es infinita —respondió él, y sonrió—. ¿Mi fe en ti? No tanto. —Se quitó el sombrero y lo colgó de la alcayata que había clavado en el mástil de la tienda, y se aseguró de que la entrada estaba cerrada y la lona bien sujeta detrás de él—. He oído aullar a los lobos mientras volvía —la informó—. Más cerca de lo que cabría desear.

Se sentó y la miró directamente.

—¿Ian Murray? —inquirió sin rodeos.

—¿Cómo lo sabes? —Le temblaban las manos, por lo que se las restregó con gesto irritado en el delantal.

—Acabo de encontrarme a su perro. —La observó con interés—. ¿Qué te ha dicho?

—Yo... nada.

Denny arqueó una ceja, incrédulo, y ella cedió.

—No gran cosa. Dijo... que yo estaba enamorada de él.

—¿Lo estás? —preguntó Denny, sin parecer en absoluto sorprendido.

—¿Cómo puedo estar enamorada de un hombre así?

—Si no lo estuvieras, supongo que no me pedirías que rezara por ti —indicó él con buena lógica—. Tan sólo le habrías dicho que se marchara. «¿Cómo?» es probablemente una pregunta que yo no estoy cualificado para contestar, aunque imagino que lo dices de manera retórica, en cualquier caso.

Ella se echó a reír, a pesar de lo nerviosa que estaba.

—No —replicó, alisándose el delantal sobre las rodillas—. No lo digo de manera retórica. Más... bueno, ¿tú dirías que Job hablaba de manera retórica cuando le preguntó al Señor qué estaba pensando? Lo digo de ese mismo modo.

—Preguntarle al Señor es problemático —le contestó su hermano en tono reflexivo—. Obtienes respuestas, pero tiende a llevarte a situaciones extrañas. —Volvió a sonreírle, aunque con afecto y con una compasión tan profunda en los ojos que le hizo apartar la mirada.

Rachel permaneció sentada plisando la tela del delantal entre los dedos, mientras oía los gritos y los cantos de los borrachos que caracterizaban todas las noches en el campamento. Le entraron ganas de decir que no podía haber situaciones mucho más extrañas que ésa —dos cuáqueros en medio de un ejército, formando parte de él—, pero, en realidad, lo que los había llevado hasta allí había sido el hecho de que Denny le preguntara al Señor, por lo que no quiso hacerle pensar que lo culpaba por ello.

En cambio, lo miró y le preguntó con vehemencia:

—¿Has estado enamorado alguna vez, Denny?

—Vaya —respondió él, y se miró las manos, que tenía apoyadas en las rodillas. Aún sonreía, pero estaba distinto, absorto, como si estuviera viendo algo dentro de su cabeza—. Sí, supongo que sí.

—¿En Inglaterra?

Él asintió.

—Sí. Pero... pero no salió bien.

—¿Ella... no era una amiga?

—No —respondió él en voz baja—. No lo era.

En cierto modo, eso resultaba un alivio. Había temido que se hubiera enamorado de una mujer que no hubiera querido abandonar Inglaterra, y que se hubiera sentido obligado a regresar a América por ella. Sin embargo, en lo tocante a sus propios sentimientos hacia Ian Murray, aquello no auguraba nada bueno.

—Lo siento por la grasa —dijo de golpe.

Él parpadeó.

—¿La grasa?

—Para el culo de alguien, dijo el amigo Murray. El perro se la ha comido.

—El perro se ha comido... ah, el perro se ha comido la grasa. —Su boca se curvó, y se pasó despacio el pulgar de la mano derecha por encima de los dedos—. No pasa nada. He encontrado un poco.

—¿Tienes hambre? —preguntó ella de repente, y se puso en pie—. Lávate las manos y pondré el café al fuego.

—Eso estaría bien. Gracias, Rachel. Rachel... —Vaciló, pero no era un hombre que evitara las cosas—. ¿El amigo Murray ha dicho que tú lo amas, pero no que él te ame a ti? Parece... una forma de expresión particular, ¿no crees?

—Sí —respondió ella en un tono que indicaba que no quería hablar de las rarezas de Ian Murray.

No iba a explicarle a Denny que Ian no se le había declarado en palabras porque no había tenido necesidad. El aire que la rodeaba temblaba con el calor de su declaración. Pero...

—Tal vez sí lo ha hecho —dijo despacio—. Me ha dicho *algo*, pero no en inglés, así que no lo he entendido. ¿Sabes qué puede significar *mo cree-ga*?

Denny frunció el ceño por unos instantes, luego su frente se relajó.

—Debe de ser la lengua de las Highlands, la llaman *gàidhlig*, creo. No, no sé lo que significa, pero he oído al amigo Jamie decírselo a su mujer en circunstancias que dejaban bien claro que es una expresión de profundo... afecto. —Soltó una tosecilla—. Rachel... ¿quieres que hable con él?

A ella aún le quemaba la piel y tenía la sensación de que la cara le ardía como si tuviera fiebre, pero, al oír eso, tuvo la impresión de que un afilado pedazo de hielo le perforaba el corazón.

—Hablar con él —repitió, y tragó saliva—. Y decirle... ¿qué?

Había ido a por la olla del café y la bolsa de bellotas asadas y achicoria. Echó un puñado de la mezcla ennegrecida en el mortero y se puso a machacarla como si el cuenco estuviera lleno de serpientes.

Denny se encogió de hombros, mientras la observaba con interés.

—Vas a romper el mortero —le advirtió—. En cuanto a qué voy a decirle, eso debes decírmelo tú, Rachel. —Seguía mirándola fijamente, pero ahora con seriedad, sin un ápice de humor—. Le diré que no se te acerque y que no vuelva a hablarte, si así lo deseas. O, si lo prefieres, puedo asegurarle que tu afecto por él es sólo el de una amiga y que debe abstenerse de hacerte más declaraciones molestas.

Rachel vertió la mezcla molida en la olla y le añadió agua de una cantimplora que tenía colgada en el mástil de la tienda.

—¿Son ésas las únicas alternativas que ves? —inquirió, intentando que no le temblara la voz.

—Sissy —dijo él con gran ternura—, no puedes casarte con un hombre así y seguir siendo una amiga. Ninguna reunión aceptaría una unión semejante. Lo sabes. —Esperó unos segundos y añadió—: Me has pedido que rezara por ti.

Ella ni contestó ni lo miró, sino que desató la lona que cerraba la entrada de la tienda y salió fuera a poner la olla entre las ascuas, haciendo una pausa para atizar el fuego y añadir más madera. El aire brillaba cerca de las llamas, iluminado por el humo y la neblina ardiente de miles de pequeñas hogueras como la suya. Pero, arriba, la noche se extendía negra y limpia, infinita, y las estrellas resplandecían con su propio y frío fuego.

Cuando volvió a entrar, Denny tenía medio cuerpo metido bajo la cama y murmuraba.

—¿Qué? —preguntó Rachel, y él salió marcha atrás con la cajita de madera que contenía su comida en la mano, salvo porque no había nada de comida en ella. Sólo quedaban unas cuantas bellotas crudas esparcidas y una manzana, medio roída por los ratones—. ¿Qué? —repitió ella, estupefacta—. ¿Qué le ha pasado a la comida?

Denny estaba rojo como un pimiento y claramente enfadado, de manera que se restregó con fuerza la boca con los nudillos antes de contestar.

—Algún malnacido hijo de... de Belial... ha rajado la tienda y se la ha llevado.

La oleada de rabia que esa noticia provocó fue casi bienvenida por la distracción que suponía.

—Vaya, eso... eso...

—Sin duda tenía hambre —dijo Denny, respirando hondo e intentando recuperar el control de sí mismo—. Pobrecillo —añadió sin el más mínimo matiz caritativo en la voz.

—Si así era, debería haber pedido que le diesen de comer —masculló ella—. Es un ladrón, y punto. —Golpeó el suelo con el pie, echando chispas—. Bueno, iré yo a mendigar algo de comida. Vigila el café.

—No tienes que ir por mí —protestó él, aunque era una protesta poco entusiasta.

Ella sabía que llevaba sin probar bocado desde por la mañana y que estaba muerto de hambre, y así se lo dijo, mirándolo con los ojos muy abiertos.

—Los lobos... —dijo él, pero Rachel ya estaba envolviéndose en su manto y poniéndose la cofia.

—Me llevaré una antorcha —lo tranquilizó—. Y, con el humor que tengo, el lobo que se cruce en mi camino será un lobo muy desafortunado, ¡te lo aseguro!

Cogió su bolsa de las reuniones y salió a toda prisa antes de que él pudiera preguntarle adónde pensaba ir.

Podría haber acudido a una docena de tiendas distintas en las proximidades. La extrañeza y la desconfianza frente a los Hunter se había desvanecido tras las aventuras de Denny como desertor, y la propia Rachel mantenía relaciones cordiales con muchas esposas de la milicia que acampaban cerca de ellos.

Podría haberse dicho a sí misma que no quería molestar a aquellas respetables mujeres tan tarde. O que quería oír las últimas noticias acerca de la rendición; el amigo Jamie estaba siempre al tanto de las negociaciones y le contaría lo que pudiera. O que quería consultar a Claire Fraser sobre una pequeña, pero dolorosa verruga que le había salido en el dedo gordo del pie, y que podía muy bien hacerlo mientras buscaba comida, para ganar tiempo.

Pero era una mujer honesta y no se dijo ninguna de esas cosas. Se dirigía adonde estaban acampados los Fraser como atraída por un imán, y el imán se llamaba Ian Murray. Lo tenía clarísimo, aunque consideraba su comportamiento descabellado, pero evitarlo estaba tan en su mano como lo estaba cambiar el color de sus ojos.

No tenía ni idea de lo que quería hacer, decir o pensar siquiera, si es que lo veía, pero seguía caminando a pesar de todo, sin vacilar, como si fuera al mercado, mientras la luz de su antorcha se proyectaba sobre la tierra pisoteada del camino y, tras ella, su propia sombra, enorme y extraña contra la lona de las tiendas junto a las que pasaba.

68

El chantajista

Estaba atizando el fuego cuando oí el sonido de unos pasos lentos que se acercaban. Me volví y vi una forma inmensa que avanzaba deprisa entre la luna y yo. Intenté correr, pero no pude hacer que las piernas me obedecieran. Como en las mejores pesadillas, intenté gritar, pero el grito quedó atrapado en mi garganta. Me ahogué, y salió en forma de un tenue y estrangulado «iiiip».

La monstruosa figura —masculina, pero jorobada y sin cabeza, que emitía gruñidos— se detuvo delante de mí y oí un breve «psshh» y el fuerte golpe de algo que caía al suelo y me lanzaba una andanada de aire frío por debajo de la falda.

—Te he traído un regalo, Sassenach —anunció Jamie, sonriendo y limpiándose el sudor de la barbilla.

—Un... regalo —susurré mirando el enorme montón de... ¿qué? Jamie lo había dejado caer en el suelo, a mis pies. Entonces, percibí el olor—. ¡Un manto de piel de búfalo! —exclamé—. ¡Oh, Jamie! ¿Un manto de piel de búfalo de verdad?

No había lugar a dudas. No estaba recién confeccionado —gracias a Dios—, pero el olor de su propietario original aún era perceptible, incluso con tanto frío. Caí de rodillas, acariciándolo con las manos. Estaba bien curtido, era flexible, y estaba razonablemente limpio. El pelaje tenía un tacto áspero, pero estaba libre de barro, semillas llenas de pinchos, pegotes de excrementos y demás impedimenta que suele concurrir en los búfalos vivos. Era enorme. Y cálido. Maravillosamente cálido.

Hundí mis manos heladas en sus profundidades, que todavía conservaban el calor del cuerpo de Jamie.

—Ah —dije—. ¿Lo has ganado?

—Sí —repuso con orgullo—. Se lo he ganado a uno de los oficiales británicos. Bastante bueno jugando a las cartas, pero sin suerte —añadió, imparcial.

—¿Has estado jugando a las cartas con los oficiales británicos? —Lancé una mirada inquieta en dirección al campamento británico, aunque desde allí no se veía.

—Sólo con uno. Un tal capitán Mansel. Ha venido a traer la última respuesta de Burgoyne y se ha visto obligado a esperar mientras Granny la digiere. Tendrá suerte si no lo dejan pelado hasta los huesos antes de regresar —añadió con dureza—. Jamás he visto peor suerte con las cartas.

No le presté atención, absorta en examinar el manto.

—¡Es maravilloso, Jamie! ¡Es enorme!

Lo era. Tendría más de dos metros y medio y era lo bastante ancho como para que dos personas pudieran acostarse envueltas en su calor, siempre que no les importara dormir la una pegada a la otra. La idea de deslizarme bajo aquel envolvente refugio, caliente y acogedor, después de temblar durante tantas noches bajo unas mantas finas y gastadas...

Jamie parecía haber estado albergando pensamientos similares.

—Es lo bastante grande para los dos —señaló, y me tocó el pecho con delicadeza.

—¿De verdad?

Se acercó más a mí, y percibí su olor por encima del tufo a carne manida de la piel de búfalo, un olor a hojas secas y el aroma amargo del café de bellota combinados con el perfume dulce del coñac, notas que se añadían al fuerte olor a hombre de su piel.

—Podría encontrarte entre una docena de hombres en una habitación sin luz —declaré cerrando los ojos e inhalando con placer.

—Yo diría que sí. Llevo sin bañarme una semana.

Me puso las manos sobre los hombros e inclinó la cabeza hasta que nuestras frentes se tocaron.

—Quiero desabrocharte el cuello de la camisa —susurró— y chuparte los pechos hasta que te acurruques como un camarón con las rodillas en mis cojones. Luego te tomaré deprisa y con fuerza, y me quedaré dormido mientras descanso la cabeza en tus pechos desnudos —añadió incorporándose.

—Oh —repuse—. ¡Qué buena idea!

Por muy a favor que estuviera con el programa sugerido, me daba cuenta de que Jamie necesitaba alimentarse antes de ejecutar cualquier acto de carácter más fatigoso. Podía oír el rugido de su estómago a un kilómetro de distancia.

—Jugar a las cartas te da muchísima hambre, ¿verdad? —señalé mientras devoraba tres manzanas en seis bocados.

—Sí —respondió con concisión—. ¿No tenemos pan?

—No, pero hay cerveza.

Como si la palabra «cerveza» lo hubiera conjurado, el joven Ian se materializó surgiendo de la penumbra.

—¿Cerveza? —inquirió, esperanzado.

—¿Pan? —preguntamos Jamie y yo al unísono, husmeando como perros.

De la ropa de Ian emanaba una fragancia a pan medio quemado y levadura que procedía de dos pequeñas hogazas que llevaba en los bolsillos.

—¿Dónde las has conseguido, Ian? —inquirí, pasándole una cantimplora con cerveza.

Tomó un buen trago, bajó la cantimplora y se quedó mirándome, ausente, por unos instantes.

—¿Eh? —dijo, distraído.

—¿Estás bien, Ian? —Lo miré atentamente con cierta preocupación, pero él parpadeó, y la inteligencia regresó por un momento a su rostro.

—Sí, tía, muy bien. Yo sólo... ah... oh, muchas gracias por la cerveza.

Me tendió la cantimplora vacía, me sonrió como si no me conociera y desapareció en la oscuridad.

—¿Has visto eso? —Me volví y descubrí a Jamie concentrado en recoger migas de pan de su regazo con un dedo húmedo.

—No, ¿el qué? Toma, Sassenach —me ofreció la segunda hogaza.

—Ian actuando como un tonto. Toma, cómete tú la mitad. Lo necesitas más que yo.

No discutió.

—No sangraba ni se tambaleaba, ¿no? Bueno, entonces supongo que se ha enamorado de alguna pobre muchacha.

—¿Ah, sí? Bueno, eso encaja con los síntomas. Pero... —Mordisqueé el pan despacio, para que me durara más. Estaba crujiente y recién hecho, estaba claro que acababan de sacarlo de las cenizas. Había visto a muchachos enamorados, claro, y el comportamiento de Ian se ajustaba a la sintomatología, pero no lo había visto en él desde...—. Me pregunto quién será...

—Sabe Dios. Espero que no sea una de las prostitutas. —Suspiró Jamie, y se restregó la cara con la mano—. Aunque eso quizá sería mejor que la mujer de otro.

—Oh, él no haría... —comencé, pero entonces vi la expresión irónica de su cara—. Vaya, ¿lo ha hecho?

—No, no lo ha hecho —respondió Jamie—, pero ha estado cerca, y no fue mérito de la dama implicada.

—¿Quién?

—La dama del coronel Miller.

—Válgame Dios. —Abigail Miller era una garbosa rubia de unos veinte años de edad y unos veinte años más joven que su bastante gordo (y absolutamente falto de sentido del humor) marido—. ¿Cómo de cerca?

—Mucho —dijo Jamie, muy serio—. Lo tenía contra un árbol y se le restregaba como una gata en celo. Aunque imagino que su marido ya habrá puesto fin a sus payasadas.

—¿Los ha visto?

—Sí. Él y yo estábamos dando una vuelta juntos, rodeamos un arbusto, y allí estaban. Para mí era evidente que no había sido idea del muchacho, pero tampoco es que ofreciera mucha resistencia.

El coronel se había quedado pasmado por unos instantes. Luego, se había dirigido hacia ellos, había agarrado a su asustada mujer del brazo y, tras murmurarle a Jamie un «Buenos días, señor», se la había llevado de allí a rastras, chillando, en dirección a su tienda.

—Por los clavos de... ¿Cuándo ha sido eso? —pregunté.

Jamie miró la luna que ascendía por el cielo, haciendo cálculos.

—Oh, hará quizá cinco o seis horas.

—¿Y ya ha conseguido enamorarse de otra persona?

Me sonrió.

—¿No has oído hablar nunca del *coup de foudre*, Sassenach? A mí no me costó más que echarte una buena ojeada.

—Mmm —respondí, complacida.

Con un poco de esfuerzo, eché el pesado manto de piel de búfalo sobre la pila de ramas de abeto cortadas que formaban la base de nuestra cama, extendí dos mantas por encima del manto y lo doblé todo por la mitad como una empanada, creando un gran bolsillo acogedor y a prueba de las inclemencias del tiempo en el que me introduje, estremeciéndome bajo la camisa.

Dejé abierta la lona que cubría la entrada de la tienda y observé a Jamie mientras se tomaba el café y hablaba con dos hombres de la milicia que se habían acercado a cotillear.

Mientras se me descongelaban los pies por primera vez en un mes, me relajé, sumiéndome en un gozo sin límites. Como la mayoría de la gente que se veía obligada a vivir al aire libre en otoño, solía dormir vestida con toda la ropa que poseía. Las mujeres que acompañaban al ejército se quitaban de cuando en cuando el corsé —si no estaba lloviendo, los veías a veces, por la mañana, colgados de las ramas de los árboles para ventilarlos, como enormes pájaros malolientes balanceándose antes de emprender el vuelo—, pero la mayoría simplemente se desataba los cordones y se acostaba con ellos a pesar de todo. Los corsés son bastante cómodos de llevar si una está de pie, pero dejan mucho que desear como ropa de dormir.

Esa noche, con la perspectiva de un refugio caliente e impermeable a mano, había llegado incluso al extremo de quitarme no sólo el corsé —que me había colocado enrollado bajo la cabeza a modo de almohada—, sino también la falda, la blusa, la chaqueta y el pañuelo, y me había deslizado en la cama sin más que la camisa y las medias. Me sentía absolutamente depravada.

Me abracé lujuriosamente y me acaricié todo el cuerpo. Luego, pensativa, me cogí los pechos con las manos, considerando el plan de acción que se había propuesto Jamie.

El calor del manto de piel de búfalo me estaba provocando una somnolencia deliciosa. Pensé que no era preciso que luchara por permanecer despierta. Sabía que Jamie, dado su estado de ánimo, no iba a dejar de despertarme lleno de caballerosa consideración por mi descanso.

¿Lo habría inspirado la fortuita obtención del manto de piel de búfalo?, me pregunté, ensimismada, trazando círculos con el pulgar alrededor de uno de mis pezones. ¿O era que la desesperación sexual le había sugerido hacer una apuesta para conseguir el manto? A causa de su mano herida, habían sido... ¿cuántos días? Estaba contabilizando mentalmente el total, distraída, cuando oí el suave murmullo de una nueva voz junto al fuego y suspiré.

Ian. No era que no me alegrase de verlo, pero... bueno. Por lo menos no se había presentado justo cuando estábamos...

Se hallaba sentado en una de las piedras que había junto al fuego, con la cabeza baja. Sacó algo de su faltriquera y lo hizo girar entre los dedos con gesto pensativo mientras hablaba. Su cara larga y agradable expresaba preocupación, pero tenía una especie de brillo extraño.

«Qué raro», pensé. Esa expresión la había visto antes. Una especie de concentración profunda en algo extraordinario, un secreto maravilloso que guardaba para sí.

Era una chica, pensé, divertida y conmovida a la vez. Así había mirado a Mary, la joven prostituta con quien se había iniciado. ¿Y a Emily?

Bueno, sí... me parecía que sí, aunque en ese caso el hecho de saber que pronto tendría que separarse de todas las demás personas y cosas que amaba había empañado terriblemente su alegría por estar con ella.

Cruimnich, le había dicho Jamie mientras le colocaba a Ian su propia capa escocesa sobre los hombros como despedida. «Recuerda.» Creí que iba a rompérseme el corazón por separarme de él. Sabía que a Jamie se le había roto.

Llevaba aún la misma capa escocesa raída, prendida en el hombro de su camisa de piel de ante.

—¿Rachel *Hunter*? —inquirió Jamie en voz lo bastante alta como para que yo lo oyera, y me incorporé de un salto, asombrada.

—¿Rachel *Hunter*? —pregunté como un eco—. ¿Estás enamorado de Rachel?

Ian me miró, sobresaltado porque había aparecido de repente como el muñeco de una caja de sorpresas.

—Ah, si estás aquí, tía. Me preguntaba adónde habrías ido —dijo con suavidad.

—¿Rachel Hunter? —repetí con intención de no permitirle eludir la pregunta.

—Bueno... sí. Por lo menos, yo... bueno, sí. Lo estoy. —Esa admisión hizo que la sangre se agolpara en sus mejillas. Pude verlo incluso a la luz del fuego.

—El muchacho piensa que tal vez podríamos tener unas palabras con Denzell, Sassenach —explicó Jamie. Parecía divertido, pero también ligeramente preocupado.

—¿Unas palabras? ¿Para qué?

Ian levantó la vista y paseó la mirada del uno al otro.

—Es sólo que... a Denny Hunter no le va a gustar. Pero tiene a la tía Claire en un pedestal y, por supuesto, a ti te respeta, tío Jamie.

—¿Y por qué no habría de gustarle? —pregunté.

Me había escurrido fuera de la piel de búfalo y, tras envolverme los hombros con un chal, me senté a su lado en una piedra. Mi mente pensaba a toda velocidad. Rachel Hunter me gustaba mucho. Y estaba muy contenta, por no decir que me sentía aliviada por el hecho de que Ian hubiera encontrado por fin a una mujer decente a quien amar. Pero...

Él me lanzó una mirada.

—¿Es que no te has dado cuenta de que son cuáqueros, tía?

—Sí, claro —repuse devolviéndole la mirada—. Pero...

—Y yo no lo soy.

—Sí, también me he dado cuenta de eso, pero...

—Si se casa conmigo, la echarían de la reunión. Probablemente los echarían a los dos. Ya los echaron una vez porque Denny se había unido al ejército, y aquello fue muy duro para ella.

—Ah. —Jamie hizo una pausa mientras partía un poco de pan. Se quedó con él en la mano unos instantes, frunciendo el ceño—. Sí, supongo que los echarían. —Se metió el pan en la boca y masticó despacio, pensando.

—¿Crees que ella también te quiere, Ian? —le pregunté con el mayor tacto posible.

Su rostro era un poema, dividido entre preocupación, alarma y aquel brillo interior que seguía filtrándose entre las nubes de angustia.

—Yo... bueno... creo que sí. Espero que sí.

—¿No se lo has preguntado?

—Yo... no exactamente, quiero decir. En realidad, no es que hayamos hablado, ¿sabes?

Jamie se tragó el pan y carraspeó.

—Ian —dijo—. Dime que no te has acostado con Rachel Hunter.

Él le dirigió una mirada ofendida. Jamie lo miró, con las cejas arqueadas. Ian volvió a bajar la vista hasta el objeto que tenía en las manos y lo hizo rodar entre sus palmas como una bola de masa.

—No —musitó—. Pero ojalá lo hubiera hecho.

—¿Qué?

—Bueno... si lo hubiera hecho, tendría que casarse conmigo, ¿no? Ojalá hubiera pensado en eso... pero no, no he podido hacerlo. Ella me ha dicho que parara y lo he hecho. —Tragó saliva, con fuerza.

—Muy caballeroso por tu parte —murmuré, aunque comprendía su punto de vista—. Y muy inteligente por la suya.

Él suspiró.

—¿Qué he de hacer, tío Jamie?

—¿Y no podrías hacerte cuáquero tú también? —inquirí en tono dubitativo.

Tanto Jamie como Ian se me quedaron mirando. No se parecían lo más mínimo entre sí, pero la expresión de irónico regocijo en ambos rostros era idéntica.

—No sé gran cosa de mí mismo, tía —respondió Ian con una media sonrisa—, pero creo que no nací para ser cuáquero.

—E imagino que no podrías... no, por supuesto que no.

Estaba claro que la idea de profesar una conversión que no deseaba no se le había pasado nunca por la cabeza.

De pronto me di cuenta de que Ian era precisamente quien mejor podía comprender cuál sería el coste para Rachel si su amor por él la separara de su gente. No era de extrañar que vacilase ante la idea de que ella tuviera que pagar semejante precio.

Siempre suponiendo, me recordé a mí misma, que ella lo amara. Sería mejor que primero tuviera una charla con Rachel.

Ian seguía dándole vueltas a algo entre las manos. Al mirarlo con mayor atención, vi que se trataba de un objeto pequeño, oscurecido, que parecía de cuero. No podía ser...

—No será la oreja de Neil Forbes, ¿verdad? —espeté.

—¿Señor Fraser?

La voz me hizo levantarme, con los pelos de la nuca erizados. Maldición, no podía ser otra vez él. Sin lugar a dudas, era el soldado continental, el que nos había dejado sin sopa. Se adentró despacio en el círculo de luz de la hoguera, con los hundidos ojos fijos en Jamie.

—Sí, soy James Fraser —respondió él mientras se quitaba el sombrero e indicaba cortésmente una piedra libre con un gesto—. ¿Le apetece una taza de café, señor? ¿O de lo que pasa por tal?

El hombre negó con la cabeza, sin hablar. Miraba a Jamie de arriba abajo, evaluándolo, como quien va a comprar un caballo y no está seguro de su carácter.

—¿Tal vez preferiría una taza de escupitajo caliente? —le preguntó Ian en tono poco amistoso.

Jamie lo miró, atónito.

—*Seo mac na muice a thàinig na bu thràithe gad shiubhal* —añadió Ian. No le quitaba al forastero los ojos de encima—. *Chan eil e ag iarraidh math dhut idir,* tío. —«Éste es el hijo de puta que ha venido antes a buscarte. No trae buenas intenciones.»

—*Tapadh leat, Iain. Cha robh fios air a bhith agam* —contestó Jamie en el mismo idioma, manteniendo la voz relajada. «Gracias, Ian. Nunca lo habría adivinado»—. ¿Tiene algún asunto que tratar conmigo, señor? —inquirió pasando al inglés.

—Querría hablar con usted, sí. En privado —añadió el hombre con una mirada irrespetuosa a Ian. Al parecer, yo no contaba.

—Es mi sobrino —replicó Jamie, aún cortés pero cauteloso—. Puede hablar en su presencia.

—Me temo que tal vez piense usted de otro modo cuando haya oído lo que tengo que decirle, señor Fraser. Y una vez dichas, ese tipo de cosas dichas quedan. Márchese, joven —dijo sin molestarse en mirar a Ian—. O ambos lo lamentarán.

Tanto Jamie como Ian se tensaron claramente. Luego se movieron, casi en el mismo instante, sus cuerpos se agitaron apenas, juntaron los pies, enderezaron los hombros. Jamie se quedó mirando al hombre un momento con expresión pensativa. Acto seguido inclinó la cabeza unos centímetros en dirección a Ian. Él se irguió sin una palabra y desapareció en la penumbra.

El hombre permaneció a la espera, hasta que desapareció el sonido de los pasos de Ian y la noche quedó en silencio alrededor de la pequeña hoguera. Entonces rodeó el fuego y se sentó despacio frente a Jamie, aún con aquel inquietante aire escrutador. Bueno, a mí me puso nerviosa. Jamie se limitó a coger su taza y la apuró, tranquilo, como si estuviera sentado a la mesa de la cocina.

—Si tiene algo que decirme, señor, dígalo. Es tarde, e iba a meterme en la cama.

—Probablemente iba usted a meterse en la cama con su encantadora esposa. Es un hombre con suerte.

Aquel caballero estaba empezando a desagradarme profundamente. Jamie ignoró tanto el comentario como el tono burlón en que lo dijo, y se inclinó hacia delante para servirse el café que quedaba. Olí el tufo amargo, incluso por encima del olor que la piel de búfalo había dejado en mi camisa.

—¿Le dice algo el nombre de Willie Coultèr? —preguntó el hombre con brusquedad.

—He conocido a varios hombres con ese nombre y de esa índole —respondió Jamie—. La mayoría en Escocia.

—Sí, fue en Escocia. El día antes de la gran matanza de Culloden. Pero usted practicó su propia pequeña matanza aquel día, ¿no es así?

Había estado hurgando en mi memoria en busca de algún vestigio de un tal Willie Coulter. Oír hablar de Culloden fue como recibir un puñetazo en el estómago.

Aquel día Jamie se había visto obligado a matar a su tío Dougal MacKenzie. Y otra persona había presenciado el suceso aparte de mí: un hombre del clan de los MacKenzie llamado Willie Coulter. Lo creía muerto hacía largo tiempo, ya en Culloden, ya durante las complicaciones que surgieron después, y estaba segura de que Jamie había pensado lo mismo.

Nuestro visitante se recostó ligeramente en la piedra sonriendo con sarcasmo.

—Hace algún tiempo fui capataz en una plantación de azúcar de considerables dimensiones, ¿sabe?, en la isla de Jamaica. Teníamos una docena de esclavos negros de África, pero los negros de buena calidad eran cada vez más caros. Así que el amo me mandó un día al mercado con una bolsa de plata para que le echara un vistazo a una nueva remesa de trabajadores forzados, criminales desterrados, en su mayoría. De Escocia.

Y, entre las dos docenas de hombres que el capataz había seleccionado de las hileras de individuos escuálidos e infestados de piojos, se hallaba Willie Coulter. Capturado después de la batalla, juzgado, condenado con orden de ejecución inmediata y embarcado rumbo a las Indias en un mes, para no volver a ver Escocia nunca más.

Pude distinguir el perfil de Jamie y vi que un músculo saltaba en su mandíbula. A la mayoría de sus hombres de Ardsmuir los habían desterrado de manera semejante. Sólo el interés de John Grey lo había salvado a él del mismo destino, e incluso después de tantos años tenía sentimientos encontrados al respecto. Pero se limitó a asentir, vagamente interesado, como si estuviera escuchando la historia de algún viajero en una posada.

—Murieron todos en dos semanas —dijo el forastero con la boca crispada—. Y los negros también. Los malditos gilipollas habían traído consigo una fiebre maligna del barco. Me costó el puesto. Pero me llevé una cosa de valor. Las últimas palabras de Willie Coulter.

Jamie no se había movido de forma apreciable desde que el señor X había tomado asiento, pero yo percibía su nerviosismo. Estaba tenso como un arco con la flecha empulgada.

—¿Qué es lo que quiere? —preguntó, sereno, y se inclinó hacia delante para coger la taza de hojalata envuelta en unos trapos que contenía el café.

—Mmfm. —El hombre profirió un sonido complacido y se echó ligeramente hacia atrás, mientras asentía con la cabeza—. Sabía que era usted un caballero sensato. Yo soy un hombre modesto, señor. ¿Digamos cien dólares? En señal de buena fe —añadió con una sonrisa que mostró unos dientes desordenados y manchados por el rapé—. Y ahórrese la molestia de protestar, le mencionaré que sé que los tiene en el bolsillo. Da la casualidad de que he hablado con el hombre a quien se los ha ganado esta tarde, ¿sabe?

Parpadeé al oírlo. Estaba claro que Jamie había tenido una extraordinaria racha de buena suerte. A las cartas, por lo menos.

—En señal de buena fe —repitió Jamie. Miró la taza que tenía entre las manos y luego el rostro sonriente de aquel escocés de las Lowlands, pero, evidentemente, pensó que estaba demasiado lejos para tirársela—. ¿Y para continuar con...?

—Ah, bueno. Eso podemos discutirlo más adelante, tengo entendido que es usted un hombre de posibles, coronel Fraser.

—Y usted se propone exprimirme como una sanguijuela, ¿verdad?

—Bueno, que lo sangren a uno un poco hace bien. Mantiene el equilibrio de los fluidos corporales. —Me echó una mirada lasciva—. Estoy seguro de que su buena mujer sabe que tengo razón.

—¿Y qué quiere decir con *eso*, pequeño gusano asqueroso? —salté poniéndome en pie.

Tal vez Jamie hubiera decidido no arrojarle la taza de café, pero yo estaba dispuesta a intentarlo con la olla.

—Cuide sus modales, mujer —dijo dirigiéndome una mirada de censura antes de volver a poner los ojos sobre Jamie—. ¿No la zurra usted, amigo?

Percibí la tirantez en el cuerpo de Jamie, que se agitaba de manera casi imperceptible. El arco se estaba tensando.

—No... —comencé mientras me volvía hacia Jamie, pero no llegué a terminar. Lo vi demudarse, lo vi saltar hacia el hombre y me volví rápidamente en el preciso momento en que Ian surgía de la oscuridad detrás del chantajista y le ponía un fibroso brazo alrededor del cuello. No vi el cuchillo. No fue necesario. Vi el rostro de Ian, tan absorto que parecía casi inexpresivo, y vi la cara del antiguo capataz. Se le abrió la boca y se le pusieron los ojos en blanco mientras su espalda se arqueaba en un fútil intento de escapar.

Entonces, Ian lo soltó y Jamie atrapó al hombre cuando comenzaba a caer, con el cuerpo repentina y terriblemente flácido.

—¡Dios mío!

La exclamación procedía justo de detrás de mí, por lo que me volví de nuevo a velocidad de vértigo y descubrí en esta ocasión al coronel Martin y a dos de sus asistentes con la boca tan abierta como lo estaba la del señor X un momento antes.

Jamie los miró, sobresaltado. Un segundo después, se volvió y dijo en voz baja por encima del hombro:

—*Ruith.* —«Corre.»

—¡Al asesino! —gritó uno de los asistentes al tiempo que daba un salto al frente—. ¡Detente, villano!

Ian había seguido el consejo de Jamie sin perder un instante. Lo vi dirigirse como un rayo hacia el margen del bosque lejano, pero allí las numerosas hogueras producían luz suficiente como para delatar su huida, y los gritos de Martin y sus asistentes estaban despertando a cuantos se hallaban a distancia suficiente para oírlos. La gente se levantaba de un salto y abandonaba las hogueras, intentando ver en la oscuridad, gritando preguntas. Jamie dejó caer el cuerpo del capataz junto al fuego y corrió tras Ian.

El más joven de los asistentes pasó junto a mí a toda velocidad, agitando las piernas en furiosa persecución. El coronel Martin salió disparado tras él, pero me las arreglé para estirar un pie y ponerle la zancadilla. Cayó por encima del fuego, lanzando un surtidor de chispas y cenizas en medio de las tinieblas.

Tras dejar al segundo asistente ocupado en apagar las llamas, me recogí la camisa y corrí tan rápido como pude en la dirección que Ian y Jamie habían tomado.

El campamento parecía salido del *Inferno* de Dante, lleno de siluetas negras que gritaban recortándose contra el resplandor de las llamas, mientras se empujaban entre el humo y la confusión; gritos de «¡Asesino! ¡Asesino!» que venían de aquí y allá, al tiempo que cada vez más gente los oía y se unía a la búsqueda.

Sentía un penetrante dolor en el costado, pero seguí corriendo, dando traspiés sobre las rocas y oquedades y el terreno irregular. Oí unos gritos más fuertes procedentes de la derecha. Me detuve jadeando con la mano en el costado y vi cómo la alta figura de Jamie se quitaba de encima a un par de perseguidores. Debía de querer atraer a los perseguidores para que Ian pudiera escapar, lo que quería decir... Me volví y corrí en sentido contrario.

Tal como esperaba, vi a Ian, que, con muy buen juicio, había dejado de correr al ver a Jamie, y ahora caminaba a buen ritmo hacia el bosque.

—¡Asesino! – chilló una voz a mi espalda. Era Martin, maldito sea, un poco chamuscado pero impertérrito—. ¡Deténgase, Murray! ¡Que se detenga, le digo!

Al oír que gritaban su nombre, Ian echó a correr de nuevo, zigzagueando en torno a una hoguera. Al pasar frente a ésta, vi la sombra pisándole los talones: *Rollo* estaba con él.

El coronel Martin se había parado al llegar a mi altura y, alarmada, vi que tenía la pistola en la mano.

—No dis... —empecé, pero antes de terminar la palabra, me precipité contra alguien y los tres caímos de bruces.

Era Rachel Hunter, boquiabierta y con unos ojos como platos. Se puso rápidamente en pie y corrió hacia Ian, que se había quedado de piedra al verla. El coronel Martin cebó su pistola y apuntó a Ian con ella. Un segundo después, *Rollo* saltaba por los aires y aferraba el brazo del coronel en sus mandíbulas.

El caos alcanzó aún mayores proporciones. Sonaron los disparos de dos o tres pistolas y *Rollo* cayó al suelo retorciéndose con un gemido. El coronel Martin dio un salto atrás, maldiciendo y agarrándose la muñeca herida, y Jamie retrocedió y le dio un puñetazo en el vientre. Ian ya estaba corriendo hacia *Rollo*. Jamie agarró al perro por dos patas y, entre ambos, lo arrastraron y desaparecieron rápidamente en la oscuridad, seguidos de Rachel y de mí.

Con el corazón acelerado y respirando a trompicones, conseguimos llegar hasta el límite del bosque, y me arrodillé de inmediato junto a *Rollo*, mientras palpaba como loca su peludo corpachón, buscando la herida, los daños sufridos.

—No está muerto —jadeé—. Tiene el hombro... roto.

—Ay, Dios —dijo Ian, y lo vi volverse en la dirección que sin lugar a dudas habrían tomado nuestros perseguidores—. Ay, Jesús. —Oí el llanto en su voz, y se llevó la mano al cinturón buscando su cuchillo.

—¡¿Qué haces?! —exclamé—. ¡Puede curarse!

—Lo matarán —replicó con ferocidad—. ¡Si no estoy aquí para detenerlos, lo matarán! Mejor lo hago yo.

—Yo... —comenzó a decir Jamie, pero Rachel Hunter se anticipó a él, cayendo de rodillas y agarrando a *Rollo* de la piel del cuello.

—Yo cuidaré del perro por ti —dijo sin aliento pero decidida—. ¡Corre!

Ian le dirigió una última mirada de desesperación y luego miró a *Rollo*. Y salió corriendo.

69

Condiciones de rendición

Cuando llegó el mensaje del general Gates por la mañana, Jamie sabía de qué se trataba. Ian había escapado sin dejar rastro, lo que no suscitó mucha sorpresa. Estaría en los bosques, o tal vez en un campamento indio. En cualquier caso, nadie lo encontraría hasta que él quisiese que lo encontraran.

El muchacho estaba en lo cierto. Quisieron matar al perro, en particular el coronel Martin, y evitarlo había requerido no sólo todos los recursos de Jamie, sino también que la joven cuáquera se postrara sobre el cuerpo peludo del animal y declarara que tendrían que matarla a ella primero.

Eso había hecho que Martin se retractara un poco, pero un número considerable de los presentes seguía a favor de arrastrarla lejos de allí y sacrificar al animal. Jamie se disponía a intervenir cuando el hermano de Rachel surgió de la oscuridad como un ángel vengador. Denny se colocó delante de ella y denunció a la multitud, diciendo que eran unos monstruos cobardes, abyectos e inhumanos, que buscaban vengarse en un animal inocente, por no mencionar la condenable injusticia —sí, había dicho «condenable» con tremenda vehemencia, y Jamie sonrió al recordarlo, incluso a pesar de la entrevista inminente— que habían cometido al empujar a un joven al exilio y a la perdición por su propia desconfianza y su propia iniquidad, y que no podrían hallar en sus propias entrañas ni la más mínima chispa de la compasión divina que era la vida que Dios les había otorgado a todos y cada uno de los hombres...

La llegada al cuartel general de Gates puso un fin brusco a esos entretenidos recuerdos, y Jamie adoptó el porte serio que corresponde a las ocasiones difíciles.

El propio Gates parecía haber sufrido una dura prueba, lo que, en justicia, era cierto. Su cara blanda y redonda nunca había dado la impresión de tener huesos, pero ahora estaba hundida como un huevo pasado por agua y, tras las gafas de montura metálica, sus ojillos miraban a Jamie enormes e inyectados en sangre.

—Siéntese, coronel —dijo Gates, y empujó un vaso y una jarra en su dirección.

Jamie se quedó pasmado. Había tenido bastantes entrevistas con adustos oficiales de alto rango como para saber que uno no las empezaba con un trago amistoso. Sin embargo, aceptó la bebida y se la tomó a sorbitos con cautela.

Gates apuró la suya con actitud mucho menos cautelosa, dejó el vaso y suspiró profundamente.

—Querría pedirle un favor, coronel.

—Con mucho gusto, señor —contestó Jamie con mayor cautela aún.

¿Qué podía querer de él aquel pesado gordinflón? Si quería que revelara el paradero de Ian o que le diera detalles del asesinato, podía esperar sentado, y debía de saberlo. Si no...

—Las negociaciones de la rendición ya casi han terminado. —Gates lanzó una mirada sombría a un grueso montón de papeles escritos a mano, tal vez borradores del documento en cuestión—. Las tropas de Burgoyne se marcharán del campamento con honores de guerra y depondrán las armas a orillas del Hudson al mando de sus propios oficiales. Todos los oficiales conservarán sus espadas y su equipo y, los soldados, sus macutos. El ejército marchará hacia Boston, donde darán de comer a las tropas y las albergarán como es debido antes de embarcarlas con rumbo a Inglaterra. La única condición impuesta es que no vuelvan a servir en Norteamérica durante la presente guerra. Unos términos muy generosos, ¿no está de acuerdo, coronel?

—Muy generosos, en efecto, señor.

Sorprendentemente generosos. ¿Por qué motivo un general que, sin la menor duda, tenía la sartén por el mango hasta el punto en que Gates la tenía ofrecía unas condiciones de rendición tan extraordinarias?

Gates sonrió con amargura.

—Veo que está sorprendido, coronel. Tal vez lo esté menos si le digo que sir Henry Clinton avanza hacia el norte.

Gates tenía prisa por concluir la rendición y deshacerse de Burgoyne con el fin de prepararse para plantar cara a un ataque procedente del sur.

—Sí, señor. Entiendo.

—Bueno. —Gates cerró los ojos por un instante y suspiró una vez más, con aspecto exhausto—. Burgoyne pide una cosa más antes de aceptar esas condiciones.

—¿Sí, señor?

Los ojos de Gates volvían a estar abiertos, y pasaron lentamente sobre él.

—Me han dicho que es usted primo del brigadier general Simon Fraser.

—Lo soy.

—Bien. En tal caso, estoy seguro de que no le importará hacerle un pequeño favor a nuestro país.

¿Un pequeño favor en relación con Simon? Sin duda, no...

—En cierta ocasión, el brigadier había manifestado a varios de sus asistentes su voluntad de que lo enterraran enseguida si moría lejos de su país (cosa que, de hecho, hicieron: lo enterraron en el Gran Reducto), pero que deseaba que lo llevaran de vuelta a Escocia cuando fuera posible para poder descansar allí en paz.

—¿Quiere usted que lleve su cuerpo a Escocia? —espetó Jamie.

No se habría quedado más atónito si Gates se hubiera levantado de pronto y se hubiera puesto a bailar sobre su mesa al son de una chirimía. El general asintió, cada vez de mejor humor.

—Las pilla usted al vuelo, coronel. Sí. Ésa es la petición final de Burgoyne. Dice que el brigadier era muy querido por sus hombres, y que saber que su deseo se ha cumplido los reconciliará con el hecho de marcharse, pues no tendrán la impresión de estar abandonando su tumba.

Eso parecía absolutamente romántico y encajaba bien con el tipo de cosas que haría Burgoyne. Tenía fama de dramático. Y quizá no se equivocaba en su estimación de los sentimientos de los hombres que habían servido al mando de Simon. Era un buen tipo, Simon.

Sólo después de unos instantes se apercibió de que como resultado final de esa petición...

—¿Se ha... previsto algo para que pueda llegar a Escocia con el cuerpo, señor? —inquirió con delicadeza—. Hay un bloqueo.

—Viajará en uno de los barcos de Su Majestad, con su mujer y sus sirvientes, si así lo desea, y se le proporcionará una suma para transportar el ataúd una vez esté en tierra escocesa. ¿Acepta usted, coronel Fraser?

Jamie estaba tan asombrado que casi no se dio cuenta de qué contestaba, pero evidentemente, había dicho suficiente, pues Gates sonrió con gesto cansado y le indicó que se retirara. Regresó a su tienda con la cabeza hecha un torbellino, preguntándose si podría disfrazar al joven Ian de doncella de su mujer, al modo de Carlos Estuardo.

El 17 de octubre, como todos los días anteriores, amaneció oscuro y con niebla. En su tienda, el general Burgoyne se vistió con particular cuidado con una preciosa chaqueta escarlata con galones dorados y un sombrero decorado con plumas. William lo vio cuando acudió con los demás oficiales a la tienda de Burgoyne para asistir a la última y angustiosa reunión.

El barón Von Riedesel también les dirigió unas palabras. Había recogido todas las banderas de los distintos regimientos. Iba a dárselas a su mujer, dijo, para que las cosiera dentro de una almohada y llevarlas de vuelta a Brunswick en secreto.

A William todo eso lo traía sin cuidado. Sentía una profunda pena, ya que nunca había abandonado a compañeros en un campo de batalla y se había marchado. También sentía un poco de vergüenza, aunque no mucha; el general tenía razón cuando decía que no podrían haber lanzado otro ataque sin perder a la mayor parte del ejército, pues éste se encontraba en muy malas condiciones.

Las tropas, alineadas en silencio, tenían ahora un aspecto desastroso y, sin embargo, cuando el pífano y los tambores empezaron a tocar, marcharon tras los ondeantes colores, cada regimiento cuando le correspondía, con la cabeza alta, ataviados con sus uniformes hechos jirones o con la indumentaria que pudieron encontrar, fuera la que fuese. El enemigo se había retirado por orden de Gates, había dicho el general. Era un gesto delicado, pensó William con cierta indiferencia. Los americanos no estarían allí para presenciar su humillación.

Los casacas rojas primero, luego los regimientos alemanes: los dragones y granaderos, de azul; la infantería y la artillería de Hesse-Cassel, de verde.

En la ribera del río yacían muertas veintenas de caballos, y su hedor se sumaba al lúgubre horror de la ocasión. La artillería aparcó allí sus cañones, y la infantería, una fila tras otra hasta perderse de vista, vació sus cajas de cartuchos y apiló sus mosquetes. Algunos hombres estaban tan furiosos que destrozaron a golpes las culatas de sus armas antes de arrojarlas a los montones. William vio a un tamborilero atravesar su tambor con el pie antes de alejarse. No estaba furioso, ni horrorizado. Cuanto quería ahora era volver a ver a su padre.

Las tropas continentales y la milicia marcharon hasta la casa de oración de Saratoga y, una vez allí, se alinearon a ambos lados de la carretera que conducía al río. Algunas mujeres se acercaron y se quedaron observando desde lejos. Podría haberme quedado en el campamento para ver la histórica ceremonia de rendición entre los dos generales, pero preferí seguir a las tropas.

Había salido el sol y la niebla se había disipado, como todos los días durante las últimas semanas. Había un olor a humo en el aire y el cielo tenía el infinito color azul de octubre.

La artillería y la infantería estaban formadas en la carretera a espacios regulares, pero esos espacios eran lo único regular en ellos. No llevaban una vestimenta común, y el equipo de cada hombre era claramente el suyo propio, tanto por su forma como por el modo en que lo manejaban, pero cada soldado portaba en la mano su mosquete, o su rifle, o estaba de pie junto a su cañón.

Constituían un grupo variado en todos los sentidos de la palabra, adornados con cuernos de pólvora y bolsas de balas, algunos con extravagantes pelucas pasadas de moda. Y allí estaban en solemne silencio, cada hombre con el pie derecho al frente, la mano derecha en el arma, para despedir al enemigo con los honores de la guerra.

Permanecí en el bosque, un poco por detrás de Jamie, y vi que sus hombros apenas se tensaban. William pasó por delante de nosotros, alto y derecho, con la expresión de un hombre que no está realmente ahí. Jamie no agachó la cabeza ni hizo esfuerzo alguno para que no lo viera, pero vi que la volvía muy levemente siguiendo a William mientras se perdía de vista en compañía de sus hombres. Y entonces sus hombros se relajaron un poco, como si se hubieran librado de una carga.

«Sano y salvo», decía ese gesto, aunque siguió allí de pie, tieso como el rifle que tenía a su lado. «Gracias a Dios. Está sano y salvo.»

70

Amparo

Lallybroch

Roger no sabía muy bien qué lo impulsaba a hacerlo, aparte de la sensación de paz que irradiaba el lugar, pero había comenzado a reconstruir la vieja capilla. A mano y solo, piedra a piedra. Había intentado explicárselo a Bree. Ella se lo había preguntado.

—Son ellos —había respondido al fin sin saber muy bien qué decir—. Es una especie de... tengo la sensación de que necesito conectar con ellos, en el pasado.

Ella le tomó una mano entre las suyas, le extendió los dedos y acarició suavemente sus nudillos con la yema del pulgar, recorrió sus dedos de arriba abajo, deteniéndose a tocar las costras y los rasguños, la uña negra allí donde una piedra había resbalado y le había causado un hematoma.

—Ellos... —repitió con prudencia—. Te refieres a mis padres.

—Sí, entre otras cosas.

No sólo a Jamie y Claire, sino a la vida que su familia había construido. A la propia impresión que tenía de sí mismo como hombre, protector, proveedor. Y, sin embargo, había sido la necesidad de proteger, profunda hasta la médula de los huesos, lo que lo había llevado a abandonar sus principios cristianos —en la víspera de su ordenación, nada menos— y salir en persecución de Stephen Bonnet.

—Supongo que espero poder entender... ciertas cosas —dijo con una sonrisa irónica—. Cómo reconciliar lo que creía saber entonces y lo que creo que soy ahora.

—¿No es cristiano querer evitar que violen a tu mujer y que la vendan como esclava? —inquirió Brianna con una clara irritación en la voz—. Porque, si no lo es, me llevo a los niños y me convierto al judaísmo, al sintoísmo o a algo.

Su sonrisa se había vuelto más genuina.

—Aquí he encontrado algo —dijo buscando las palabras.

—También has perdido unas cuantas cosas —susurró ella.

Sin apartar sus ojos de los de él, alargó la mano y le tocó la garganta con la punta fría de los dedos. La cicatriz de la soga se había desvanecido un tanto, pero seguía bien visible. No hacía

889

ningún esfuerzo por ocultarla. A veces, cuando hablaba con la gente, se daba cuenta de que tenía los ojos fijos en ella. Como era tan alto, no resultaba extraño que diera la impresión de que los hombres le hablaban directamente a la cicatriz en lugar de a él.

Le había encontrado un sentido a su propia existencia como hombre, había encontrado lo que creía que era su vocación. Y eso, suponía, era lo que estaba buscando bajo los montones de piedras caídas, bajo los ojos de una santa ciega.

¿Estaría Dios abriéndole una puerta, indicándole que ahora debía hacerse maestro? ¿Era eso, el asunto del gaélico, su cometido? Tenía mucho espacio para hacer preguntas, espacio y silencio. Las respuestas eran escasas. Había estado trabajando la mayor parte de la tarde. Tenía calor, estaba exhausto y le apetecía muchísimo una cerveza.

Sus ojos captaron ahora una leve sombra en el umbral, de modo que se volvió; debía de ser Jem, o tal vez Brianna, que iban a buscarlo para que fuera a casa a tomar el té. Pero no era ninguno de los dos.

Por unos momentos, se quedó mirando al recién llegado, rebuscando en su memoria. Unos vaqueros ajados y una sudadera, un cabello rubio sucio muy corto y alborotado. Conocía a aquel hombre, sin lugar a dudas. Su rostro atractivo y de huesos anchos le resultaba familiar, incluso bajo la gruesa capa de barba castaño claro.

—¿Puedo ayudarlo en algo? —le preguntó Roger mientras asía la pala que había estado utilizando.

El hombre no tenía un aspecto amenazador, pero iba mal vestido y sucio —tal vez fuera un vagabundo—, y tenía algo indefinible que a Roger lo ponía nervioso.

—Esto es una iglesia, ¿verdad? —inquirió el desconocido, aunque sin el más mínimo vestigio de calor en los ojos—. En tal caso, imagino que he venido a pedir amparo.

Se colocó de repente bajo la luz y Roger pudo verle los ojos con mayor claridad. Fríos y de un impactante y profundo color verde.

—Amparo —repitió William Buccleigh MacKenzie—. Y, en tal caso, querido pastor, quiero que me diga quién es usted, quién soy yo, y qué, en nombre de Dios todopoderoso, somos.

SEXTA PARTE

La vuelta a casa

71

Un estado de conflicto

10 de septiembre de 1777

John Grey se sorprendió preguntándose cuántos cuernos podía tener un dilema. Creía que dos era el número estándar, pero imaginaba que teóricamente era posible encontrar un tipo de dilema más exótico, algo así como la oveja de cuatro cuernos que había visto una vez en España. El más acuciante de los cuernos que estaba considerando en esos momentos tenía que ver con Henry.

Le había escrito a Jamie Fraser hablándole del estado de Henry y preguntándole si era posible que la señora Fraser se pusiera en camino. Le había asegurado, con la mayor delicadeza posible, que estaba dispuesto a correr con todos los gastos del viaje, a tramitar el viaje en barco en ambas direcciones (protegida de los rigores de la guerra en la medida en que la marina real pudiera proporcionarle protección), y suministrarle todo el material y el instrumental que pudiera necesitar. Había llegado incluso a conseguir cierta cantidad de vitriolo, pues recordaba que ella lo necesitaba para fabricar éter.

Se había pasado una buena cantidad de tiempo con la pluma suspendida sobre el papel, preguntándose si debía añadir algo en relación con Fergus Fraser, el impresor, y la increíble historia que Percy le había contado. Por una parte, tal vez eso hiciera que Jamie Fraser acudiese rápidamente desde Carolina del Norte para ocuparse del asunto, aumentando de este modo las probabilidades de que la señora Fraser viniera también. Por otra... era más que reacio a exponerle a Jamie Fraser cualquier asunto que tuviera que ver con Percy Beauchamp, por multitud de razones, tanto personales como profesionales. Al final, no dijo nada del tema y formuló su petición sólo en nombre de Henry.

Grey había estado esperando con ansia todo un mes, mientras veía a su sobrino sufrir tanto por la fiebre como por el hambre. Y, al final de dicho mes, el correo que había mandado para que llevara su carta a Carolina del Norte regresó, empapado en sudor, lleno de barro seco y con dos agujeros de bala en el abrigo, y le informó de que los Fraser se habían marchado del Cerro con el propósito declarado de trasladarse a Escocia, aunque añadió, queriendo ayudar, que se presumía que dicho traslado tenía sólo el carácter de una visita y no el de una emigración permanente.

Por supuesto, había ido a buscar a un médico para que visitara a Henry sin esperar la respuesta de la señora Fraser. Había logrado presentarse a Benjamin Rush y había hecho que ese caballero examinara a su sobrino. El doctor Rush se había mostrado circunspecto pero alentador, diciendo que creía que por lo menos una de las balas había cicatrizado, obstruyendo en parte los intestinos de Henry y favoreciendo así la formación de una bolsa localizada de infección, que era lo que le provocaba aquella fiebre persistente. Había sangrado a Henry y le había recetado un febrífugo, pero le hizo constar enérgicamente a Grey que la situación era delicada y que podía empeorar sin previo aviso. Sólo una intervención quirúrgica lograría curarlo.

Al mismo tiempo, manifestó su convicción de que Henry era lo bastante fuerte como para sobrevivir a dicha cirugía, aunque, claro está, no podía garantizar un resultado satisfactorio. Grey le había dado las gracias al doctor Rush, pero había decidido esperar un poco con la esperanza de recibir una respuesta de la señora Fraser.

Miró por la ventana de la casa que había alquilado en la calle Chestnut, contemplando el revolotear de las hojas marrones y amarillas de un lado a otro sobre los adoquines, impulsadas por un viento racheado.

Estaban a mediados de septiembre. Los últimos barcos partirían rumbo a Inglaterra a finales de octubre, justo antes de los temporales atlánticos. ¿Debía intentar embarcar a Henry en uno de ellos?

Había trabado conocimiento con el oficial norteamericano que estaba a cargo de los prisioneros de guerra acuartelados en Filadelfia y había presentado una solicitud de libertad bajo palabra. Se la habían concedido sin problemas. Por lo general, a los oficiales capturados los dejaban en libertad bajo palabra, a menos que algo los hiciera sospechosos o peligrosos, y estaba claro que no era probable que Henry intentara escapar, fomentar la rebelión o apoyar la insurrección en su actual estado.

Pero no había conseguido aún que intercambiaran a Henry, condición que permitiría a Grey trasladarlo a Inglaterra. Siempre suponiendo que la salud de Henry soportara el viaje y que el propio Henry estuviera dispuesto a ello, cosas ambas poco probables, puesto que su sobrino andaba muy encariñado con la señora Woodcock. Grey estaba totalmente dispuesto a llevársela también a ella a Inglaterra, pero ella no quería marcharse, pues había oído que su esposo estaba prisionero en Nueva York.

Grey se frotó el entrecejo con dos dedos, suspirando. ¿Podía obligar a Henry a subirse a un barco de la marina en contra de su voluntad, drogado tal vez? ¿Violando, por consiguiente, su libertad bajo palabra, arruinando su carrera y poniendo en peligro su vida con la suposición de que en Inglaterra podría encontrar a un médico que fuera más capaz de abordar la situación que el doctor Rush? Lo mejor que cabría esperarse de tal proceder era que Henry sobreviviese al viaje el tiempo suficiente como para despedirse de sus padres.

Pero si no daba ese drástico paso, no le quedaba más alternativa que obligar a Henry a someterse a una terrible operación que temía con todas sus fuerzas y que muy probablemente lo mataría, o bien contemplar cómo el muchacho se moría por segundos. Porque se estaba muriendo. Grey lo veía con toda claridad. Se mantenía con vida sólo por pura tozudez y gracias a los cuidados de la señora Woodcock.

La idea de tener que escribir a Hal y a Minnie y decirles... No. Se puso bruscamente en pie, incapaz de soportar más indecisión. Llamaría al doctor Rush de inmediato y haría las disposiciones oportunas...

La puerta principal se abrió de pronto dejando paso a una ráfaga de viento, hojas muertas y a su sobrina, con la cara pálida y unos ojos como platos.

—¡Dottie!

Su primer temor, que casi hizo que le diera un infarto, fue que había corrido a casa a decirle que su sobrino Henry había muerto, pues había ido a visitar a su hermano como solía hacer todas las tardes.

—¡Soldados! —gritó agarrándolo con fuerza del brazo—. Hay soldados en la calle. Jinetes. ¡Alguien ha dicho que se acerca el ejército de Howe! ¡Avanzan sobre Filadelfia!

• • •

Howe alcanzó al ejército de Washington el 11 de septiembre en Brandywine Creek, a cierta distancia al sur de la ciudad. Las tropas de Washington se vieron forzadas a retroceder, pero se reagruparon para lanzar un ataque algunos días después. Sin embargo, una tremenda tormenta se desató en plena batalla, poniendo fin a las hostilidades y permitiendo que el ejército de Washington escapara a Reading Furnace, dejando atrás, en Paoli, a un pequeño grupo de tropas al mando del general Anthony Wayne.

Uno de los comandantes de Howe, el teniente general lord Charles Grey —un primo lejano de Grey—, atacó a los norteamericanos en Paoli por la noche y dio orden a sus tropas de retirar el pedernal de los mosquetes. Eso evitaría que los descubrieran si se disparaba accidentalmente un arma, pero también obligaba a los hombres a utilizar las bayonetas. Muchos norteamericanos murieron a bayonetazos en sus camas, y sus tiendas fueron quemadas, aproximadamente un centenar fueron hechos prisioneros, y Howe entró marchando en la ciudad de Filadelfia, triunfante, el 21 de septiembre.

Grey los observó pasar desde el porche de la casa de la señora Woodcock, una fila de casacas rojas tras otra, marchando al son de los tambores.

Dottie había temido que los rebeldes, obligados a abandonar la ciudad, incendiaran las casas o mataran a sus prisioneros británicos en el acto.

—Tonterías —le dijo Grey cuando manifestó su preocupación—. Son rebeldes ingleses, no bárbaros.

No obstante, se había puesto el uniforme y ceñido la espada, se había metido dos pistolas en el cinturón y se había pasado veinticuatro horas sentado en el porche de la casa de la señora Woodcock —por la noche, con una linterna—, bajando de vez en cuando a hablar con todos los oficiales que conocía que pasaban por allí, tanto para obtener noticias acerca de la situación como para asegurarse de que la casa seguía a salvo.

Al día siguiente regresó a su propia casa atravesando calles de contraventanas cerradas. Filadelfia era hostil, y también el campo de los alrededores. Sin embargo, la ocupación de la ciudad había sido pacífica, o, por lo menos, tan pacífica como puede serlo una ocupación militar. El Congreso había huido al aproximarse Howe, así como muchos de los rebeldes más destacados, incluido el doctor Benjamin Rush.

Del mismo modo que Percy Beauchamp.

72

El día de
Todos los Santos

Lallybroch
20 de octubre de 1980

Brianna presionó la carta contra su nariz e inhaló con fuerza. Tanto tiempo después, estaba segura de que eran imaginaciones suyas y no un verdadero olor, pero, a pesar de todo, percibía el débil aroma del humo en las páginas. Tal vez se tratara tanto de un recuerdo como de su propia imaginación. Sabía cómo era el ambiente en una fonda, lleno de olor a chimenea, a carne asada y a tabaco, con un suave olor a cerveza que subyacía a todos ellos.

Se sentía tonta olisqueando las cartas delante de Roger, pero había desarrollado la costumbre de hacerlo sin nadie delante, cuando volvía a leerlas a solas. Habían abierto ésa la noche anterior y la habían leído varias veces juntos, discutiéndola, pero ahora había vuelto a sacarla con el deseo de leerla en privado y estar a solas un rato con sus padres.

Quizá el olor estuviera realmente ahí. Se había dado cuenta de que, en realidad, uno no recuerda los olores, no del mismo modo que recuerda algo que ha visto. Sólo cuando vuelves a sentir ese olor, sabes lo que es, y a menudo trae consigo muchos otros recuerdos. Y estaba allí sentada un día de otoño, rodeada de un intenso aroma a manzanas y a chimenea, al polvo de la madera que revestía las paredes, y un débil olor a piedra húmeda —Annie MacDonald acababa de fregar el vestíbulo—, pero veía ante sí la sala de estar de una fonda del siglo XVIII, y olía a humo.

1 de noviembre de 1777
Nueva York

Querida Bree, y compañía:
    ¿Recuerdas la excursión que hiciste en la escuela superior, cuando los alumnos de economía fuisteis a Wall Street? En estos momentos estoy sentada en una fonda a los pies de Wall Street, y sin toro ni oso a la vista, por no hablar de tele-

tipos. Tampoco hay ningún muro.[18] Pero sí unas cuantas cabras y un grupito de hombres bajo un gran sicomoro sin hojas, fumando en pipa y conferenciando cabeza con cabeza. No sé si son lealistas que se quejan, rebeldes que conspiran en público (lo cual es, dicho sea de paso, mucho más seguro que hacerlo en privado, aunque espero que no tengas necesidad de utilizar esta información especial) o si son sólo mercaderes y comerciantes. Me doy cuenta de que están haciendo negocios. Se estrechan las manos, garabatean en pedazos de papel que intercambian. Es asombroso cómo prosperan los negocios en tiempos de guerra. Creo que se debe a que las reglas normales, sean las que sean habitualmente, están suspendidas.

Eso sucede con la mayoría de las transacciones humanas, por cierto. De ahí que en época de guerra florezcan amores y que a consecuencia de una guerra surjan grandes fortunas. Parece bastante paradójico, aunque tal vez sea lógico (pregúntale a Roger si existen las paradojas lógicas, por favor) que un proceso en el que se desperdician tantas vidas y tanta sustancia dé lugar a una explosión de niños y negocios.

Ya que hablo de la guerra, estamos todos vivos y prácticamente intactos. Tu padre resultó levemente herido durante la primera batalla de Saratoga (hubo dos, ambas muy sangrientas), y me vi obligada a extirparle el dedo anular de la mano derecha, el rígido, ¿recuerdas? Fue algo traumático, por supuesto (tanto para mí como para él, creo), pero no del todo desastroso. Se ha curado muy bien, y aunque la mano aún le duele bastante, es mucho más flexible y me parece que, en términos generales, le resultará más útil.

Estamos a punto de zarpar hacia Escocia, con retraso, en condiciones bastante particulares. Nos hacemos a la mar mañana, en el buque de guerra *Ariadne,* acompañando el cuerpo del brigadier general Simon Fraser. Conocí al brigadier muy brevemente antes de morir —estaba agonizando en esos momentos—, pero está claro que fue un gran soldado muy querido por sus hombres. El comandante británico de Saratoga, John Burgoyne, solicitó como una especie de pie de página al acuerdo de rendición que tu padre (dado que era pariente del

---

[18] El toro y el oso son animales simbólicos de las finanzas, y, en cuanto al muro, Wall Street constituía en el siglo XVII el límite norte de Nueva Ámsterdam, por lo que los colonos holandeses construyeron allí en 1652 una pared de madera y lodo para protegerse de posibles ataques. *(N. de la t.)*

brigadier y sabe dónde vive su familia en las Highlands) llevara el cuerpo a Escocia, de acuerdo con los deseos del brigadier. Fue algo inesperado, pero bastante fortuito, por no decir otra cosa. No sé cómo podríamos haber viajado a Escocia de otro modo, aunque tu padre dice que algo se le habría ocurrido.

La logística de esta expedición es un poco delicada, como puedes suponer. El señor Kościuszko (conocido como «Kos» por sus íntimos, entre los que se incluye tu padre, bueno, en realidad, todo el mundo lo conoce como «Kos» porque nadie, aparte de tu padre, sabe pronunciar su nombre, o se molesta en intentarlo; tu padre le tiene mucho aprecio y viceversa) ofreció sus servicios, y con la ayuda del mayordomo del general Burgoyne (¿acaso no se lleva todo el mundo al mayordomo a la guerra?), que le proporcionó una gran cantidad de lámina de plomo procedente de botellas de vino (uno no puede culpar realmente al general Burgoyne si se ha aficionado a la bebida, dadas las circunstancias, aunque tengo la impresión de que en ambos bandos todos beben todo el tiempo como cosacos, al margen de la situación militar del momento), ha creado un milagro de la ingeniería: un ataúd forrado de plomo (muy necesario) sobre ruedas desmontables (también muy necesarias, pues el invento debe de pesar cerca de una tonelada; dice tu padre que no, que sólo pesa trescientos cincuenta o cuatrocientos kilos, pero como no ha intentado levantarlo, no sé cómo lo sabe).

El general Fraser llevaba enterrado cerca de una semana y tuvieron que exhumarlo para trasladarlo. No fue agradable, pero podría haber sido peor. Tenía varios exploradores indios, muchos de los cuales también lo apreciaban. Algunos de ellos vinieron al desentierro con un curandero (creo que era un hombre, pero no estoy segura: era bajo y redondo y llevaba una máscara en forma de cabeza de pájaro), que perfumó en abundancia los restos (no es que fuera de gran ayuda con respecto al olor, pero el humo sí extendió un amable velo sobre los aspectos más horrorosos de la situación), y lo acompañaron con cantos durante un buen rato. Me habría gustado preguntarle a Ian qué era lo que cantaban, pero, debido a una desagradable serie de circunstancias en las que no voy a entrar ahora, no se encontraba presente.

Os lo contaré todo en otra carta. Es muy complicado, y debo terminar ésta antes de partir. Lo importante, en relación con Ian, es que está enamorado de Rachel Hunter (que es una joven encantadora, y una cuáquera) y que es técnicamente un asesino y, por consiguiente, no puede aparecer en público en las proximidades del ejército continental. Como resultado secundario del asesinato técnico (era una persona desagradable), dispararon e hirieron a *Rollo* (aparte de la herida superficial, tiene una escápula rota. Se recuperará, pero es difícil de trasladar. Rachel se lo cuida a Ian mientras vamos a Escocia).

Como el brigadier era famoso por el respeto que le profesaban sus socios indios, el capitán del *Ariadne* se sorprendió, aunque no se mostró muy molesto, cuando le informaron de que el cuerpo no sólo va acompañado de su pariente próximo (con su esposa), sino también de un mohawk que habla poco inglés (estaría más que sorprendida si alguien en la marina real pudiera distinguir el gaélico del mohawk, si vamos a eso).

Espero que esta tentativa sea bastante menos azarosa que nuestro primer viaje. De ser así, la próxima carta la escribiremos en Escocia. Mantened los dedos cruzados.

Con todo mi amor,

Mamá

P. S.: Tu padre insiste en añadir unas cuantas palabras. Ésta será la primera vez que intenta escribir con su mano modificada, y me gustaría ver cómo funciona, pero me dice, rotundo, que necesita intimidad. No sé si eso tiene que ver con lo que quiere contarte o simplemente con el hecho de que no quiere que nadie lo vea batallar. Probablemente, con ambas cosas.

La tercera página de la carta era distinta. La letra era mucho mayor de lo habitual, y más aplastada. Bree aún podía identificarla como la caligrafía de su padre, pero las letras parecían más sueltas. Le dio un vuelco el corazón, no sólo al imaginar la mano de su padre, trazando despacio cada letra, sino por lo que éste había considerado que merecía tanto esfuerzo escribir:

Queridísima:

Tu hermano está vivo, e ileso. Lo vi partir de Saratoga con sus tropas, con destino a Boston y finalmente a Inglaterra. No volverá a luchar en esta guerra. *Deo gratias.*

Tu padre amantísimo,

J. F.

Post scriptum: Es el día de Todos los Santos. Reza por mí.

Las monjas se lo habían dicho siempre y ella se lo había dicho a él. Rezando un padrenuestro, una avemaría y un gloria el día de Todos los Santos, puedes obtener la liberación de un alma del purgatorio.

—Maldito seas —murmuró mientras sorbía ferozmente por la nariz y revolvía en su escritorio en busca de un pañuelo de papel—. Sabía que me harías llorar. Otra vez.

—¿Brianna?

La voz de Roger llegó desde la cocina, y la pilló por sorpresa. No esperaba que bajara de las ruinas de la capilla por lo menos en otra hora o dos. Se sonó a toda prisa la nariz y gritó: «¡Voy!», esperando que no se le notara en la voz que acababa de llorar. Hasta que llegó al pasillo y lo vio sosteniendo medio abierta la puerta verde acolchada que conducía a la cocina no se dio cuenta de que también en su voz había algo extraño.

—¿Qué pasa? —inquirió apretando el paso—. ¿Los niños...?

—Están estupendamente —la interrumpió Roger—. Le he dicho a Annie que se los llevara a la estafeta del pueblo a tomar un helado.

Entonces, se apartó de la puerta y le indicó por señas que entrara.

Se quedó paralizada, sin pasar del umbral. En la cocina había un hombre, con la espalda apoyada en la vieja pila de piedra y los brazos cruzados. Se irguió al verla y la saludó con una reverencia de un modo que a ella le pareció muy extraño y, sin embargo, muy familiar. Antes de que pudiera pararse a pensar por qué, él volvió a enderezarse y le dijo: «Su seguro servidor, señora», con una suave voz escocesa.

Brianna lo miró directamente a unos ojos que eran gemelos de los de Roger, luego miró frenética a Roger, sólo para asegurarse. Sí, lo eran.

—¿Quién...?

—Permíteme que te presente a William Buccleigh MacKenzie —respondió Roger con una clara irritación en la voz—. También conocido como el Nuckelavee.

Por un instante no comprendió nada en absoluto. Luego, los sentimientos —una mezcla de asombro, furia, incredulidad— inundaron su mente a tal velocidad que ninguno de ellos lograba aflorar a su boca, por lo que se limitó a mirar al hombre con la boca abierta.

—Le pido que me perdone por asustar a sus pequeños, señora —dijo él—. No tenía ni idea de que fueran suyos, para empezar. Pero sé cómo son los críos y no quería que me descubrieran antes de llegar a comprender un poco todo lo que sucedía.

—Todo... ¿Qué? —Brianna logró por fin encontrar un par de palabras.

El hombre sonrió, muy levemente.

—Sí, bueno. Ya que hablamos de eso, creo que su esposo y usted tal vez lo sepan mejor que yo.

Brianna sacó una silla y se sentó con bastante brusquedad, indicándole al hombre con un gesto que hiciera lo mismo. Cuando se acercó y la luz que entraba por la ventana incidió sobre él, vio que tenía un rasguño en el pómulo; un pómulo prominente, un pómulo que, con la forma de la sien y de la cuenca del ojo, parecía del todo familiar. El hombre en sí mismo le resultaba familiar. Pero cómo iba a ser de otro modo, pensó, aturdida.

—¿Sabe quién es? —preguntó mientras se volvía hacia Roger, quien, ahora que se daba cuenta, se estaba examinando la mano derecha, que parecía tener sangre en los nudillos.

Él asintió.

—Se lo he dicho. Pero no estoy seguro de que me crea.

La cocina se encontraba en el lugar firme y familiar de siempre, lleno de paz con el sol otoñal que entraba por la ventana y los paños de cocina de cuadros azules colgados sobre los fogones. Pero ahora parecía la otra cara de Júpiter, de modo que, al ir a coger el azucarero, a Brianna no le habría extrañado en absoluto ver que su mano pasaba a través de él.

—Me inclino a creer bastante más hoy de lo que habría creído hace tres meses —manifestó el hombre en un tono seco que contenía un débil eco de la voz de Jamie.

Ella sacudió violentamente la cabeza, con la esperanza de despejársela, y dijo:

—¿Le apetecería un poco de café? —Usó un tono educado que podría haber pertenecido al ama de casa de una comedia de situación.

A él se le iluminó la cara al oírla y sonrió. Tenía los dientes manchados y un poco torcidos. «Bueno, claro que lo están —pensó Bree con considerable lucidez—. No había nada parecido a los dentistas en el siglo XVIII.» Esta idea hizo que se pusiera en pie de un salto.

—¡Usted! —exclamó—. ¡Usted hizo que colgaran a Roger!

—Así es —replicó sin parecer muy alterado—. Pero no era mi intención. Y, si él quiere volver a pegarme por ello, le dejaré hacerlo. Pero...

—Eso fue por asustar a los niños —repuso Roger con idéntica sequedad—. En cuanto al ahorcamiento... quizá podríamos hablar de ello un poco más tarde.

—Son las palabras perfectas para un pastor —dijo el hombre con aire levemente divertido—. Aunque no es que la mayoría de los pastores vayan por ahí interfiriendo con la mujer de otro hombre.

—Yo... —comenzó Roger, pero ella lo interrumpió.

—Seré *yo* quien le arree —dijo Brianna fulminándolo con la mirada y, para su sorpresa, el hombre cerró los ojos con fuerza y presentó la cara apretando los músculos.

—Muy bien —dijo a través de los labios apretados—. Adelante.

—En la cara, no —le advirtió Roger examinándose un nudillo magullado—. Haz que se ponga de pie y apúntale a los cojones.

Los ojos de William Buccleigh se abrieron de golpe, y miró a Roger con reproche.

—¿Cree que su mujer necesita consejo?

—Creo que usted necesita que le hinchen las narices —contestó ella, pero volvió a sentarse despacio, mirándolo. Respiró tan profundamente que el aire le llegó a las uñas de los pies y luego lo soltó—. Bueno —dijo, más o menos serena—. Empiece.

Él asintió con recelo y se tocó la herida de la mejilla con una ligera mueca.

«Hijo de bruja —pensó ella de repente—. ¿Lo sabrá?»

—¿No ha dicho usted algo de un café? —preguntó en tono un tanto nostálgico—. No he tomado un café de verdad en años.

Estaba fascinado con la cocina Aga, por lo que apretó el trasero contra ella, estremeciéndose un tanto de puro deleite.

—Oh, Virgen santísima —jadeó con los ojos cerrados, como si estuviera gozando con el calor—. ¿No es algo extraordinario?

Dijo que, en su opinión, el café estaba bueno, pero algo flojo. Era lógico, pensó Brianna, pues sabía que el café al que él estaba acostumbrado se dejaba hervir al fuego, a menudo durante varias horas, en lugar de darle un pequeño hervor. Él se disculpó por sus modales, que en realidad eran buenos, diciendo que llevaba sin comer algún tiempo.

—¿Cómo se ha alimentado? —inquirió Roger mientras observaba cómo el montón de bocadillos de mantequilla de cacahuete y mermelada disminuía sin cesar.

—Al principio, robaba en las casas que encontraba en el campo —admitió Buccleigh con franqueza—. Al cabo de cierto tiempo, llegué a Inverness, y me senté en el bordillo de la acera, bastante aturdido con aquellas enormes cosas rugientes que pasaban por delante de mí. Había visto los coches en la carretera que hay al norte, por supuesto, pero es distinto cuando pasan zumbando junto a tus piernas. Bueno, me senté delante de la iglesia de la calle High, pues ese lugar por lo menos lo conocía, y pensé en ir a pedirle al pastor un pedazo de pan cuando me sintiera algo más confiado. Estaba un poco nervioso, ¿sabe? —explicó inclinándose hacia Brianna con gesto confidencial.

—Me lo imagino —murmuró ella, y arqueó una ceja en dirección a Roger—. ¿Old High St. Stephen?

—Sí, se llamaba High —contestó éste, refiriéndose a la iglesia de esa calle, no a la Iglesia anglicana—,[19] antes de que pasara a llamarse Old, o de que su congregación se uniera con la de St. Stephen. —Trasladó su atención a William Buccleigh—. ¿Llegó a hablar usted con el pastor? ¿Con el doctor Weatherspoon?

Buccleigh asintió, con la boca llena.

—Me vio allí sentado y se acercó a mí, muy amable, el hombre. Me preguntó si estaba necesitado y, cuando le aseguré que así era, me dijo adónde ir para que me diesen comida y una cama, y allí fui. Una sociedad de ayuda a los necesitados, lo llamaban, una sociedad benéfica, y sin lugar a dudas lo era.

La gente que estaba al cargo le había dado ropa —«Pues lo que llevaba no eran más que andrajos»— y lo había ayudado a encontrar un empleo haciendo el trabajo duro en una granja lechera fuera de la ciudad.

—¿Y por qué no está usted ahora en la granja lechera? —inquirió Roger en el mismo momento en que Brianna preguntaba: «¿Cómo llegó usted a Escocia?»

Sus palabras entrechocaron, ellos callaron, indicándose con un gesto el uno al otro que prosiguiera, pero William Buccleigh

---

[19] A la Iglesia anglicana o *Anglican Church* se la llama también *High Anglican Church. (N. de la t.)*

les hizo a ambos un ademán con la mano, tragó varias veces y tomó otro gran sorbo de café.

—Virgen santa, qué bueno está esto, pero no hay quien se lo trague. Sí, quieren saber por qué estoy aquí en su cocina comiéndome su comida en lugar de muerto en un arroyo en Carolina del Norte.

—Ya que lo dice, sí —repuso Roger apoyándose en el respaldo de su silla—. ¿Por qué no empieza por Carolina del Norte?

Buccleigh volvió a asentir, se acomodó, a su vez, en la silla con las manos cómodamente cruzadas sobre el estómago y empezó.

El hambre lo había empujado a marcharse de Escocia, como a tantos después de Culloden, y había juntado con esfuerzo el dinero necesario para emigrar con su esposa y su hijo de pocos meses.

—Lo sé —le dijo Roger—. Fue a mí a quien pidió que los salvara, en el barco. La noche que el capitán echó a los enfermos por la borda.

Buccleigh lo miró, sobresaltado, con los verdes ojos abiertos de par en par.

—¿Era usted? Ni siquiera lo vi, en la oscuridad y desesperado como estaba. Si lo hubiera sabido... —Dejó la frase inacabada—. Bueno, lo hecho hecho está.

—Es cierto —contestó Roger—. Yo tampoco lo vi en la oscuridad. Pero lo reconocí más tarde, por su mujer y su hijo, cuando volví a verlos en *Alaman-k.* —Con gran irritación por su parte, el final de la última palabra se le había enganchado en la garganta con un sonido glótico. Carraspeó y repitió con voz tranquila—: En Alamance.

Buccleigh asintió despacio, escrutando el cuello de Roger con interés. ¿Había arrepentimiento en sus ojos? Probablemente no, se dijo. Tampoco le había agradecido que salvara a su mujer y a su hijo.

—Sí. Bueno, tenía intención de conseguir tierras y construir una granja, pero... bueno, en resumidas cuentas lo cierto es que no era gran cosa como granjero. Ni tampoco como albañil. No sabía nada de nada de las tierras vírgenes, ni mucho más sobre cultivos. Tampoco era un buen cazador. Sin lugar a dudas, nos habríamos muerto de hambre si no me hubiera llevado a Morag y a Jem (también mi hijo se llama Jem, ¿no es curioso?) de vuelta a la llanura y hubiera buscado algo de trabajo en una pequeña plantación de trementina.

—Es más curioso de lo que piensa —repuso Bree casi en voz baja. Y, un poco más fuerte, preguntó—: ¿Y?

—Y el tipo para el que trabajaba se enroló en la guerra de la Regulación, de modo que los que estábamos allí fuimos también. Debería haber dejado a Morag en la plantación, pero había un tipo en el lugar que le tenía echado el ojo. Era herrero y sólo tenía una pierna, así que no iba a venir a luchar con nosotros. No podía dejarla a sus expensas, de modo que ella y el pequeño me acompañaron. Y, una vez allí, el siguiente tipo al que se encuentra es usted —señaló sin rodeos.

—¿No le dijo ella quién era yo? —preguntó Roger de mal humor.

—Bueno, sí —admitió Buccleigh—. Me habló del barco y todo, y me dijo que había sido usted. Aun así —añadió lanzándole a Roger una dura mirada—, ¿tiene usted costumbre de ir por ahí haciéndoles el amor a las esposas de otros hombres o fue sólo que Morag le hizo tilín?

—Morag es mi bisabuela en quinto o tal vez en cuarto grado —manifestó Roger sin perder la calma. Le lanzó a Buccleigh una mirada igual a la suya—. Y ya que me ha preguntado quién es usted, le diré que es usted mi abuelo. En quinto o sexto grado. Mi hijo se llama Jeremiah por mi padre, que se llamaba así por su abuelo... que se llamaba a su vez Jeremiah por su hijo. Creo —añadió—. Tal vez me haya dejado uno o dos Jeremiah por el camino.

Buccleigh lo miró, con el hirsuto rostro de repente sin expresión. Parpadeó un par de veces, miró a Brianna, que le hizo un gesto afirmativo con la cabeza, y volvió a poner los ojos en Roger, escudriñando con atención su cara.

—Mire sus ojos —dijo Brianna, amable—. ¿Le traigo un espejo?

La boca de Buccleigh se abrió como si fuera a contestar, pero no encontró palabras, de modo que sacudió la cabeza como si quisiera espantarse las moscas. Cogió la taza, miró en su interior unos instantes, como sorprendido de hallarla vacía, y volvió a dejarla en el plato.

Entonces, miró a Brianna.

—¿No tendrá en casa algo más fuerte que el café, *a bhanamhaighstir*?

• • •

Roger tuvo que rebuscar un poco en su despacho para encontrar el árbol genealógico que el reverendo había dibujado años atrás. Antes de que Roger saliera de la cocina, Bree fue a por la botella de Oban y le sirvió a William Buccleigh un generoso vaso. Sin titubear, sirvió otros dos vasos de whisky para Roger y para ella y dejó una jarrita de agua sobre la mesa.

—¿Lo quiere con un poco de agua? —preguntó, cortés—. ¿O le gusta solo?

Con gran sorpresa por su parte, él alargó de inmediato la mano para coger el agua y se echó un poco en el whisky. Se apercibió de la expresión de ella y sonrió.

—Si fuera un matarratas, me lo bebería de un trago tal cual. Si es un whisky que vale la pena beber, un poco de agua le abre el sabor. Pero eso ya lo sabe, ¿verdad? Aunque usted no es escocesa.

—Sí, lo soy —respondió ella—. Por parte de padre. Se llamaba... se llama... James Fraser, de Lallybroch. Lo llamaban el Gorropardo.

William Buccleigh parpadeó, miró a su alrededor y la miró de nuevo a ella.

—Entonces, ¿es usted... otra más? —inquirió—. Como su marido y como yo. ¿Otra de esos... lo que sea?

—Lo que sea —admitió—. Sí. ¿Conoció usted a mi padre?

Él negó con la cabeza y cerró los ojos mientras tomaba un sorbo. Tardó un poco en responder conforme el whisky bajaba por su garganta.

—Dios mío, qué bueno está —respiró y abrió los ojos—. No, nací sólo un año antes de Culloden, más o menos. Pero sí oí hablar del Gorropardo, cuando era un chiquillo.

—Dijo usted que no era un buen granjero —observó Bree con curiosidad—. ¿Qué hacía en Escocia antes de marcharse?

Buccleigh respiró hondo y soltó el aire por la nariz, justo como hacía el padre de Brianna. «Un gesto MacKenzie», pensó, divertida.

—Era abogado —respondió él con brusquedad, y cogió su vaso.

—Bueno, ésa sí que es una profesión útil —intervino Roger, que entró justo a tiempo de oírselo decir. Observó a Buccleigh con atención, negó con la cabeza y extendió el árbol de la familia MacKenzie encima de la mesa—. Aquí está usted —dijo poniendo un dedo sobre la entrada en cuestión. Luego deslizó otro dedo hacia abajo sobre el papel—. Y aquí estoy yo.

Buccleigh parpadeó al ver el gráfico, y se acercó un poco más para estudiarlo en silencio. Brianna vio moverse su garganta al tragar saliva una o dos veces. Cuando levantó la vista, tenía la tez pálida bajo la barba incipiente.

—Sí, éstos son mis padres, mis abuelos. Y aquí está el pequeño Jem, mi Jem, justo donde tiene que estar. Pero tengo otro hijo —observó de repente volviéndose hacia Bree—. O creo que lo tengo. Morag estaba embarazada cuando yo... cuando yo... me marché.

Roger tomó asiento. Su rostro había perdido algo de la expresión de enojado recelo y consideraba a William Buccleigh con lo que podía ser compasión.

—Cuéntenos un poco —sugirió—. Cómo se marchó.

Buccleigh empujó su vaso de whisky vacío sobre la mesa, pero no esperó a que volvieran a llenárselo.

El propietario de la plantación donde trabajaba se había arruinado como consecuencia de Alamance, lo encarcelaron por haber tomado parte en la guerra de la Regulación y le confiscaron las tierras. Los MacKenzie habían estado vagando de un lado para otro durante un tiempo, pues no tenían ni dinero, ni casa, ni parientes próximos que pudieran ayudarlos.

Brianna intercambió una rápida mirada con Roger. De haberlo sabido, Buccleigh no se encontraba lejos de unos parientes próximos, y ricos, dicho sea de paso. Yocasta Cameron era la hermana de Dougal MacKenzie, su tía. De haberlo sabido.

Arqueó las cejas interrogando a Roger en silencio, pero éste meneó ligeramente la cabeza: «Eso puede esperar.»

Al final, dijo Buccleigh, decidieron regresar a Escocia. Morag tenía familia allí, un hermano en Inverness a quien las cosas le habían ido bien y que era un próspero vendedor de trigo. Morag le había escrito y él había insistido en que volvieran, diciendo que encontraría un puesto para William en su empresa.

—En aquellos momentos me habría contentado con trabajar sacando estiércol de las bodegas de los barcos de ganado —admitió Buccleigh con un suspiro—. Pero Ephraim, el hermano de Morag, Ephraim Gunn, dijo que creía que podía trabajar como tendero. Además, sé escribir con buena letra y sumar.

El atractivo del trabajo —de un trabajo que podía hacer bien— y de un lugar donde vivir fue lo bastante poderoso como para que la pequeña familia estuviera dispuesta a volver a embarcarse en el peligroso viaje por el Atlántico. Ephraim les había mandado un giro bancario para pagar su pasaje, de modo que habían regresado, habían desembarcado en Edimburgo y, desde allí, se habían dirigido lentamente hacia el norte.

—En carro, la mayor parte.

Buccleigh iba por el tercer vaso de whisky; Brianna y Roger, no muy a la zaga. Echó un poco de agua en su vaso vacío y se lo paseó por la boca antes de tragarlo con el fin de aclararse la garganta, luego tosió y continuó.

—El carro volvió a averiarse en las proximidades de un lugar que llaman Craigh na Dun. Estoy pensando que ustedes dos tal vez lo conozcan. —Paseó la mirada del uno al otro, y ellos asintieron—. Sí. Bueno, Morag no se encontraba muy bien y el niño también estaba pachucho, así que se tumbaron en la hierba para dormir un poco mientras arreglaban la rueda. El conductor tenía un compañero y no necesitaban mi ayuda, así que fui a estirar un poco las piernas.

—Y se encaminó colina arriba, hacia las piedras —intervino Brianna mientras sentía una opresión en el pecho al pensar en ello.

—¿Sabe qué fecha era? —irrumpió Roger.

—Verano —respondió William Buccleigh despacio—. Cerca del día de san Juan, pero no podría asegurarlo con exactitud. ¿Por qué?

—El solsticio de verano —contestó Brianna, e hipó ligeramente—. Es... creemos que está abierto. El... lo que sea... en las fiestas solares y las fiestas del fuego.

Oyeron el débil sonido de un coche que se aproximaba por el camino y los tres se miraron como si los hubieran sorprendido haciendo algo sospechoso.

—Annie y los niños. ¿Qué vamos a hacer con él? —le preguntó Brianna a Roger.

Éste miró a Buccleigh por unos instantes con los ojos entornados y tomó una decisión.

—Necesitamos pensar cómo explicar su presencia —dijo poniéndose en pie—. Pero sólo de momento. Acompáñeme, por favor.

Buccleigh se levantó de inmediato y siguió a Roger a la antecocina. Oyó que Buccleigh alzaba momentáneamente la voz con asombro, un breve murmullo explicativo de Roger y, después, el ruido de un roce mientras arrastraban el banco que ocultaba el panel de acceso al hoyo del cura.

Moviéndose como si estuviera en trance, Brianna se levantó a toda prisa para despejar la mesa y lavar los tres vasos y guardar el whisky y el agua en su sitio. Al oír la aldaba golpear la puerta principal, dio un pequeño respingo. Así que no eran los críos. ¿Quién podía ser?

Retiró apresuradamente el árbol genealógico de la mesa y cruzó con rapidez el vestíbulo, deteniéndose a lanzar el documento familiar sobre la mesa de Roger mientras iba a abrir la puerta. «¿Cuántos años tendrá? —pensó de pronto—. Parece tener casi cuarenta, quizá, pero...»

—Hola —la saludó Rob Cameron, adoptando una expresión un tanto alarmada al ver su rostro—. ¿He venido en mal momento?

Rob había ido a devolverle a Roger un libro que éste le había prestado y a llevar una invitación: ¿le gustaría a Jem ir al cine con Bobby el viernes y cenar después un buen pescado y quedarse a dormir?

—Estoy segura de que le encantaría —respondió Brianna—. Pero no está... Ah, ya ha llegado.

Annie acababa de llegar con el coche, rascando el cambio de marchas de tal modo que el automóvil se caló en el sendero. Brianna se encogió ligeramente de hombros, contenta de que Annie no se hubiera llevado su coche.

Para cuando los chiquillos hubieron salido del vehículo, se hubieron limpiado un poco y hubieron estrechado cortésmente la mano del señor Cameron, Roger ya había salido de la parte posterior de la casa y se había enfrascado enseguida en una conversación acerca de los esfuerzos que estaba realizando en la capilla. La charla se extendió tanto que se hizo evidente que era ya la hora de cenar y que habría sido una grosería no pedirle que se quedara...

Así que Brianna se vio haciendo huevos revueltos y calentando judías y friendo patatas en medio de una especie de aturdimiento, pensando en el huésped no invitado que esperaba bajo el suelo de la antecocina y que debía de estar oliendo la comida y muriéndose de hambre. Además, ¿qué demonios iban a hacer con él?

Durante la cena, mientras conversaba agradablemente, acostaba a los niños y Roger y Rob hablaban de piedras pictas y de excavaciones arqueológicas en las islas Órcadas, observó con sorpresa que su mente no dejaba de pensar en ningún momento en William Buccleigh MacKenzie.

910

«Las Órcadas —pensó. Roger había dicho que el Nuckelavee era un monstruo de las Órcadas—. ¿Habrá estado en las Órcadas? ¿Cuándo? ¿Y por qué diantre ha estado merodeando todo este tiempo cerca de nuestra torre? ¿Por qué no se limitó a regresar al descubrir lo que había sucedido? ¿Qué está haciendo aquí?»

Cuando Rob se despidió —con otro libro—, dando profusamente las gracias por la cena y recordándoles la cita para ir al cine el viernes, Brianna estaba dispuesta a sacar a rastras a William Buccleigh del hoyo del cura por el pescuezo, llevarlo directamente ella misma a Craigh na Dun y meterlo a la fuerza en un círculo de piedras.

Pero cuando Buccleigh salió por fin del agujero, trepando con movimientos lentos, pálido y a todas luces hambriento, sintió que su nerviosismo se aplacaba. Aunque sólo un poco. Le preparó velozmente unos huevos y se sentó con él mientras Roger recorría la casa comprobando puertas y ventanas.

—Aunque no creo que tengamos que preocuparnos mucho por eso —observó, cáustico—, pues ahora está usted dentro.

Él lo miró, cansado pero cauteloso.

—Ya le dije que lo sentía —manifestó en voz baja—. ¿Quiere que me vaya?

—¿Y adónde iría si le dijera que sí? —inquirió ella con aspereza.

Él volvió el rostro hacia la ventana que había sobre la pila de la cocina. A la luz del día, se abría a la paz, al huerto con su gastada puerta de madera y los pastos al otro lado. Ahora, allí fuera no había más que la oscuridad de una noche sin luna en las Highlands. Una de esas noches en las que los cristianos se quedaban dentro de las casas y ponían agua bendita en las puertas, porque las cosas que vagaban por los páramos y los sitios altos no siempre eran santas.

No dijo ni una palabra, pero tragó saliva, y Brianna observó que se le erizaba el claro vello de los antebrazos.

—No tiene que marcharse —manifestó con brusquedad—. Le encontraremos una cama, pero mañana...

Él meneó la cabeza, sin mirarla, e hizo ademán de levantarse. Ella lo detuvo poniéndole una mano en el brazo y él la miró, sorprendido, con los ojos oscuros bajo la serena luz.

—Sólo dígame una cosa —pidió—. ¿Quiere regresar?

—Dios mío, sí —repuso él, y volvió la cabeza hacia otro lado, pero su voz estaba llena de congoja—. Quiero a Morag. Quiero a mi hijito.

Bree le soltó la muñeca y se puso en pie, aunque la asaltó otro pensamiento.

—¿Qué edad tiene? —inquirió de repente, y él se encogió de hombros frotándose los ojos con el dorso de la muñeca.

—Treinta y ocho —contestó—. ¿Por qué?

—Sólo... por curiosidad —repuso Brianna, y se dio media vuelta para apagar la cocina hasta el día siguiente—. Venga conmigo. Le haré una cama en el salón. Mañana... ya veremos.

Lo condujo al otro lado del vestíbulo, pasando por delante del despacho de Roger, con una bola de hielo en el estómago. La luz estaba encendida y el árbol genealógico que Roger había sacado para mostrarle a William Buccleigh estaba aún donde ella lo había arrojado, sobre la mesa. ¿Habría visto Buccleigh la fecha? No lo creía... o, si la había visto, no se había percatado. En aquel árbol no figuraban las fechas del nacimiento y de la muerte de cada uno, pero las suyas sí. Según el gráfico, William Buccleigh MacKenzie había muerto a los treinta y ocho años de edad.

«No volverá», pensó, y el hielo creció, rodeándole el corazón.

El lago Errochty se extendía gris como el peltre bajo un cielo nuboso. Se encontraban en el puente peatonal que atravesaba Alt Ruighe nan Saorach, el río que lo nutría, mirando hacia donde el lago artificial se perdía entre suaves colinas. Buck —había dicho que así lo llamaban los amigos en América y que se había acostumbrado a ello— no dejaba de mirar, con el rostro hecho un poema de asombro y consternación.

—Ahí abajo —señaló en un susurro apuntando con el dedo—. ¿Ve ese pequeño arroyo que baja hasta el lago? Allí es donde estaba la casa de mi tía Ross. A unos treinta metros por debajo del arroyo.

Ahora, unos nueve metros por debajo de la superficie del lago.

—Me imagino que es desolador —declaró Brianna, no sin compasión—. Verlo todo tan cambiado.

—Así es. —La miró, con aquellos ojos tan inquietantemente parecidos a los de Roger, vivos en su rostro—. Es tal vez más bien todo lo que no ha cambiado. Allí arriba, ¿ve? —Señaló con la barbilla las distantes montañas—. Están justo como siempre. Y los pajaritos en la hierba, y los salmones que saltan en el río. Podría poner los pies en esa orilla —hizo un gesto en dirección al extremo del puente— y sentirme como si fuera ayer cuando paseaba por allí. ¡Ayer estuve paseando por allí! Y, sin embargo... ya no queda nadie. Nadie —concluyó en voz baja—. Morag. Mis hijos. Están todos muertos. Todos. A menos que pueda regresar.

Brianna no tenía intención de preguntarle nada. Mejor esperar a que Roger y ella pudieran hablar por la noche después de acostar a los niños. Pero la oportunidad se presentó de improviso. Roger había llevado a Buck a dar una vuelta en coche por las Highlands, por los alrededores de Lallybroch, habían bajado hasta el Great Glen, cerca del lago Ness, y, al final, lo había dejado en la presa del lago Errochty, donde ella estaba trabajando ese día. Brianna lo llevaría consigo de vuelta a casa para cenar.

La noche anterior habían estado hablando, en susurros. No acerca de lo que dirían sobre él —sería un pariente de papá que había ido a hacerles una breve visita; al fin y al cabo, era la verdad—, sino acerca de si debían llevarlo al túnel. Roger estaba a favor de ello, ella muy en contra, recordando el trauma sufrido cuando la... ¿línea del tiempo?... la atravesó como un alambre afilado. Aún no estaba decidida.

Sin embargo, ahora él había sacado el tema.

—Cuando volvió en sí después de... cruzar y se dio cuenta de lo que había sucedido, ¿por qué no volvió enseguida al círculo?

Él se encogió de hombros.

—Lo hice. Aunque lo cierto es que no me di cuenta enseguida de lo que había ocurrido en realidad. Tardé unos días. Sin embargo, sabía que había pasado algo terrible y que las piedras tenían que ver con ello. Así que desconfiaba de ellas, como supongo que entenderá. —Le hizo un expresivo gesto a Brianna con la ceja y ella asintió de mala gana.

Claro que lo entendía. Tampoco ella se acercaría a un monolito ni a un kilómetro de distancia, a menos que de ese modo fuera a salvar a algún miembro de su familia de un horrible destino. Y, aun así, tendría que pensárselo dos veces. Alejó ese pensamiento de su mente y volvió a su interrogatorio.

—Pero ha dicho que volvió donde las piedras. ¿Qué pasó?

Él la miró sin saber qué decir, extendiendo las manos.

—No sé cómo describírselo. Nunca me había sucedido nada parecido.

—Inténtelo —sugirió ella endureciendo el tono, y él suspiró.

—Sí. Bueno, me acerqué al círculo, y esta vez las oí... a las piedras. Parecía que hablaban entre sí, zumbando como un panal de abejas, con un ruido que me puso la carne de gallina.

Le habían entrado ganas de dar media vuelta y salir corriendo, pero había resuelto seguir adelante, por Morag y Jemmy. Había avanzado hasta el centro del círculo, donde el ruido lo embistió desde todas partes.

—Pensé que iba a volverme loco —declaró con franqueza—. Taparme los oídos con los dedos no servía de nada. Lo tenía dentro de mí como si viniera de mis propios huesos. ¿Sintió usted lo mismo? —inquirió de repente, mirándola sin parpadear con curiosidad.

—Sí —respondió ella de inmediato—. O algo muy parecido. Siga. ¿Qué hizo entonces?

Había visto la gran piedra hendida que había atravesado la primera vez y, tomando tanto aliento como pudo, se había abalanzado a través de ella.

—Y puede usted desollarme por mentiroso si quiere —le aseguró—. Por mi vida, no sabría decirle lo que pasó a continuación, pero, después de hacerlo, me encontré tendido en la hierba en medio de las piedras, envuelto en llamas.

Ella lo miró, sobrecogida.

—¿Literalmente? Quiero decir, ¿le ardía la ropa, o era sólo...?

—Sí, sé lo que significa *literalmente* —respondió en tono irritado—. Tal vez no sea tan listo como usted, pero recibí una educación.

—Lo siento. —Hizo un pequeño ademán de disculpa y le indicó con un gesto que continuara.

—Bueno, sí, estaba literalmente ardiendo. Tenía la camisa en llamas. Mire...

Se bajó la cremallera de la cazadora, manoseó con torpeza los botones de la camisa de batista azul de Roger y se la abrió para mostrarle la marca rojiza desparramada de una quemadura que cicatrizaba en su pecho. Iba a volver a abrochársela enseguida, pero ella le hizo un gesto para que se detuviera y se acercó a mirar con mayor atención. Parecía centrada en su corazón. ¿Sería un detalle importante?, se preguntó Brianna.

—Gracias. —Se enderezó—. ¿En qué... en qué pensaba mientras atravesaba la piedra?

Él la miró.

—Pensaba que quería volver, ¿qué si no?

—Sí, claro. Pero ¿pensaba usted en algo en particular? ¿En Morag, quiero decir, o en su Jem?

Una expresión de lo más insólito cruzó su rostro, ¿vergüenza?, ¿pudor?, y apartó la mirada.

—Sí —dijo, conciso, y Brianna se dio cuenta de que mentía, pero no se le ocurría por qué.

Buccleigh tosió y continuó con su historia a toda prisa.

—Bueno, pues. Rodé sobre la hierba para apagar el fuego y después me sentí mal. Me quedé allí tumbado un buen rato, sin fuerzas para ponerme en pie. No sé cuánto tiempo, pero bastante. Ya sabe lo que pasa aquí cerca del día de san Juan, ¿no? Esa luz lechosa, cuando no puedes ver el sol, pero no es que el sol se haya puesto realmente.

—La media luz estival —murmuró—. Sí... quiero decir, sí, lo sé. Y ¿volvió a intentarlo?

Ahora *sí* sentía vergüenza. El sol estaba bajo y las nubes tenían un brillo naranja opaco que bañaba el lago, las colinas y el puente en un sonrojo triste, pero aún era posible distinguir el sonrojo más oscuro que cubrió sus amplios pómulos.

—No —musitó—. Tenía miedo.

A pesar de que desconfiaba de él y del persistente despecho que sentía por lo que le había hecho a Roger, Brianna sintió un involuntario brote de compasión al oír que lo admitía. Al fin y al cabo, tanto ella como Roger sabían en qué se metían cuando lo hicieron. Él no se esperaba en absoluto lo que le había sucedido, y no sabía aún casi nada al respecto.

—Yo también lo habría tenido —le aseguró—. Y...

Un grito procedente de abajo la interrumpió. Se volvió y descubrió a Rob, que se acercaba saltando por la orilla del río. La saludó con la mano y subió al puente, jadeando ligeramente por la carrera.

—Hola, jefa —dijo con una sonrisa—. Te he visto al salir. He pensado que, si habías terminado, tal vez te apeteciera tomar algo de camino a casa. Y tu amigo también, por supuesto —añadió con un gesto amistoso hacia William Buccleigh.

Luego, claro, no le quedó otra que presentarlos, haciendo pasar a Buck por lo que habían acordado: un pariente de Roger que se alojaba en su casa durante una breve estancia en la ciudad. Declinó cortésmente la invitación, diciendo que tenía que irse a casa a darles de cenar a los niños.

—En otra ocasión, entonces —repuso Rob alegremente—. Encantado de conocerlo, amigo. —Y volvió a marcharse a la carrera, ligero como una gacela.

Ella se volvió y descubrió a William Buccleigh, que observaba con los ojos entornados cómo se alejaba Rob.

—¿Qué pasa? —preguntó.

—Ese hombre le tiene echado el ojo —respondió bruscamente, al tiempo que se volvía hacia ella—. ¿Lo sabe su marido?

—No sea ridículo —dijo Bree, con idéntica brusquedad. Se le había acelerado el corazón al oír sus palabras y no le había gustado—. Trabajo con él. Está en la logia con Roger y hablan de viejas canciones. Eso es todo.

William Buccleigh emitió uno de aquellos ruiditos típicamente escoceses que pueden trasladar todo tipo de significados poco delicados y negó con la cabeza.

—Tal vez yo no sea tan listo como usted —repitió con una desagradable sonrisa—. Pero tampoco soy tonto.

73

Un cordero regresa al redil

24 de noviembre de 1777
Filadelfia

Lord John Grey necesitaba desesperadamente un criado. Había contratado a una persona descrita como tal, pero era peor que inútil y, para colmo, un ladrón. Había descubierto al antiguo criado deslizando cucharillas de té en el interior de sus pantalones y, después de recuperar las cucharas por la fuerza, lo había despedido. Imaginaba que debería haber hecho que lo arrestaran, pero no tenía claro qué habría hecho el alguacil de ser requerido por un oficial británico.

A medida que el ejército de Howe avanzaba, a la mayoría de los prisioneros de guerra británicos los habían llevado fuera de la ciudad, pues los norteamericanos querían conservarlos para futuros intercambios. A Henry no lo habían trasladado.

Se pasó las manos por el uniforme mientras pensaba con gesto serio. Ahora lo llevaba todos los días, como protección para Dottie y para Henry. Llevaba años fuera del servicio activo, pero, a diferencia de la mayor parte de los hombres que se hallaban en esa situación, tampoco había renunciado a su rango de teniente coronel. No sabía qué habría hecho Hal si hubiera intentado dimitir, pero, dado que se trataba de un puesto en el regimiento del propio Hal y que Grey no tenía necesidad de venderlo, la cuestión era discutible.

Uno de los botones estaba suelto. Sacó la bolsa de costura de su equipo, enhebró una aguja sin guiñar los ojos y cosió fuertemente el botón al abrigo. Eso le produjo un pequeño sentimiento de satisfacción, aunque reconocerlo le hacía admitir las pocas cosas que tenía la impresión de controlar en aquellos tiempos, tan pocas que coser un botón le parecía motivo de satisfacción.

Se miró al espejo con el ceño fruncido e hizo una mueca de irritación al contemplar los galones dorados de su abrigo, que estaban deslustrados en algunos lugares. No sabía qué hacer para remediarlo, pero no iba a sentarse a darles brillo con miga de pan empapada en orines ni en broma. Conociendo al general sir William Howe como lo conocía, dudaba que su aspecto afectara al modo en que iba a recibirlo, aunque llegase a la tienda de Howe sentado en una silla de manos con la cabeza envuelta en un turbante turco. A menudo, Howe no se bañaba ni se cambiaba de ropa en un mes o más, y no sólo cuando estaba en el campo de batalla.

En fin. Tendría que ser un médico del ejército, y Grey quería al mejor. Hizo una mueca al pensarlo. Había conocido a demasiados médicos militares, algunos de ellos a una distancia desagradablemente corta. Pero el ejército de Howe había llegado a la ciudad a finales de septiembre. Ahora estaban a mediados de noviembre, la ocupación estaba bien establecida y, con ella, también una animosidad general entre la ciudadanía.

Los médicos de inclinaciones rebeldes o se habían marchado de la ciudad o no querrían tener nada que ver con un oficial británico. Los simpatizantes de los lealistas habrían estado la mar de contentos de complacerlo —lo habían invitado a muchas de las fiestas celebradas por los lealistas ricos de la ciudad y le habían presentado a dos o tres médicos—, pero no había encontrado a ninguno que tuviera reputación de buen cirujano. Uno de ellos trataba sobre todo a pacientes con enfermedades venéreas, otro era *accoucheur* y, el tercero, era a todas luces un impostor de la peor calaña.

Así que se dirigía al cuartel general de Howe a suplicar ayuda. No podía esperar más. Henry había resistido e incluso parecía que se había fortalecido un tanto al refrescar el tiempo. Más valía hacerlo ahora para darle la oportunidad de cicatrizar un poco antes de que llegara el invierno con el frío y la fétida suciedad de las casas cerradas.

Listo. Se ciñó la espada y salió a la calle. Un soldado medio encorvado bajo una pesada mochila caminaba despacio en su dirección, mirando las casas. Apenas se había fijado en aquel hombre mientras bajaba la escalera. Sin embargo, un simple vistazo le bastó. Volvió a mirarlo, incrédulo, y, acto seguido, echó a correr calle abajo sin importarle su sombrero, sus galones, su espada ni su dignidad, y tomó al alto y joven soldado entre sus brazos.

—¡Willie!

—¡Papá!

El corazón se le salía del pecho. Pocas veces había sido tan feliz, pero hizo cuanto pudo para contener sus sentimientos, pues no quería avergonzar a Willie con excesos de emoción poco viriles. No soltó a su hijo, aunque sí retrocedió un poco mientras lo miraba de arriba abajo.

—Estás... sucio —dijo, incapaz de reprimir una amplia y alelada sonrisa—. De hecho, estás muy sucio.

Lo estaba, en efecto. Y su ropa también estaba gastada y hecha jirones. Aún llevaba puesta su gorguera de oficial, pero le faltaba la corbata, además de varios botones, y uno de los puños de su casaca estaba prácticamente arrancado.

—También tengo piojos —le aseguró Willie, rascándose—. ¿Tienes algo de comer?

—Sí, claro. Entra, entra. —Cogió la mochila del hombro de Willie y le hizo señas de que lo siguiera—. ¡Dottie! —gritó mientras subía la escalera y abría la puerta de un empujón—. ¡Dottie! ¡Baja!

—Estoy abajo —dijo su sobrina a su espalda, saliendo de la sala de estar, donde tenía costumbre de tomar el desayuno. Tenía un pedazo de tostada con mantequilla en la mano—. ¿Qué quie...? Oh, ¡Willie!

Ignorando la mugre y los piojos, William la tomó en sus brazos y ella dejó caer la tostada sobre la alfombra y abrazó su cuerpo, riendo y llorando, hasta que él protestó diciendo que le había roto todas las costillas y que nunca podría volver a respirar con normalidad.

Grey los observó con benevolencia, a pesar de que habían pisoteado toda la tostada sobre la alfombra de alquiler. De verdad parecía que se querían el uno al otro, reflexionó. Tal vez se hubiera equivocado. Tosió, cortés, lo que no hizo que se desenredaran, pero sí, por lo menos, que Dottie lo mirara sin comprender por encima del hombro.

—¿Te parece que vaya a pedir algo para que William desayune? —inquirió—. ¿Quieres hacerlo pasar al salón, querida, y darle una taza de té?

—Té —suspiró Willie mientras su rostro adquiría la expresión beatífica de quien contempla, o a quien le cuentan, un milagro prodigioso—. No he tomado té desde hace semanas. ¡Meses!

Grey se dirigió a la cocina móvil, que estaba instalada a cierta distancia, detrás de la casa, con el fin de que esta última no quedara destruida cuando —no «si»— algo ardiera y quemara la cocina hasta reducirla a cenizas. Un apetitoso olor a carne frita, fruta cocida y pan recién hecho emanaba de la destartalada estructura.

Había contratado como cocinera a la señora Figg, una mujer de color casi esférica, porque supuso que no podía haber adquirido semejante figura sin tener tanto aprecio por la buena comida como habilidad para prepararla. Había resultado estar en lo cierto, y ni siquiera el temperamento variable de aquella señora y su gusto por el lenguaje soez le habían hecho lamentar su decisión, aunque sí hacían que la abordase con cautela. Sin embargo, al oír sus noticias, la señora Figg dejó atentamente a un lado el pastel de carne de caza que estaba haciendo para preparar una bandeja de té.

Grey esperó para llevársela él mismo, con la intención de darles a William y a Dottie algo más de tiempo para estar juntos a solas. Quería que William se lo contara todo, pues, como es lógico, todos en Filadelfia sabían de la desastrosa reunión con Burgoyne que se había celebrado en Saratoga, pero quería saber por William qué era lo que John Burgoyne sabía o había entendido de antemano. Según algunos de sus conocidos militares, sir George Germain le había asegurado a Burgoyne que habían aceptado su plan y que Howe marcharía hacia el norte para reunirse con él, dividiendo en dos las colonias americanas. Al decir de otros —entre ellos, varios miembros del Estado Mayor de Howe—, Howe jamás había estado siquiera al corriente de ese plan, y mucho menos había accedido a él.

¿Se trataba de arrogancia y presunción por parte de Burgoyne, de obstinación y orgullo por la de Howe, de idiotez e incompetencia por la de Germain, o una combinación de las tres cosas? Si lo apuraban, apostaría por esa última, pero sentía curiosidad por saber hasta qué punto habían estado implicados quienes trabajaban para Germain. Ahora que Percy Beauchamp había desaparecido de Filadelfia sin dejar rastro, otra persona habría de vigilar sus movimientos en lo sucesivo, y probablemente Arthur Norrington comunicaría sus hallazgos antes a Germain que a Grey.

Llevó con cuidado la bandeja cargada a la casa y encontró a William sentado en el sofá en mangas de camisa, con el cabello suelto sobre los hombros.

Dottie estaba sentada en el sillón de orejas delante del fuego, con su peine de plata sobre la rodilla y una expresión que casi hizo que Grey soltara la bandeja. Cuando entró, Dottie volvió hacia él un rostro sorprendido, tan perpleja que estaba claro que prácticamente no lo veía. Luego, algo cambió y su rostro se alteró, como quien vuelve en un abrir y cejar de ojos de algún lugar a varias leguas de distancia.

—Trae —dijo levantándose al instante y alargando las manos para coger la bandeja—. Dámela.

Grey se la dio, mientras observaba con disimulo a los dos jóvenes. Era indudable que Willie también estaba raro. ¿Por qué?, se preguntó. Minutos antes estaban emocionados, entusiasmados, exuberantemente afectuosos el uno con el otro. Ahora, ella estaba pálida pero temblorosa, con un nerviosismo interno que hizo tintinear las tazas en sus platos cuando se puso a servir el té. William estaba sonrojado mientras que ella estaba pálida, pero no porque estuviera excitado sexualmente, Grey estaba casi seguro. Tenía el aspecto de un hombre que... bueno, no. Sí era excitación sexual, pensó, intrigado. Al fin y al cabo, la había visto a menudo y era un agudo observador de aquélla en los hombres, pero no tenía que ver con Dottie. En absoluto.

«¿Qué demonios se traerán entre manos?», se preguntó. Sin embargo, fingió ignorar la actitud de disimulo de ambos jóvenes y se sentó a tomar té y a escuchar las experiencias de Willie.

William se tranquilizó un poco relatando sus vivencias. Grey observó que su rostro iba cambiando a medida que hablaba, titubeando a veces, y sintió una profunda punzada al verlo. Era orgullo, sí, sentía un enorme orgullo. Ahora William era un hombre, un soldado, y uno bueno, además. Pero Grey sentía también una acechante tristeza por la desaparición de los últimos vestigios de la inocencia de Willie. Una brevísima mirada a sus ojos le confirmó que ésta había desaparecido.

Las historias sobre la batalla, la política y los indios obraron en Dottie el efecto contrario, observó Grey. En lugar de estar tranquila o contenta, era obvio que se iba poniendo más nerviosa por momentos.

—Iba a ir a visitar a sir William, pero creo que iré a ver a Henry primero —señaló Grey, por fin, mientras se ponía en pie y se sacudía las migas de tostada de las faldas de su abrigo—. ¿Quieres acompañarme, Willie? ¿O queréis venir los dos? ¿O prefieres descansar?

Los dos jóvenes intercambiaron una mirada en la que la complicidad y la conspiración eran tan evidentes que Grey parpadeó. Willie carraspeó y se levantó a su vez.

—Sí, papá. Claro que quiero ver a Henry. Pero Dottie acaba de contarme que se encuentra muy grave y que intentabas conseguir a un cirujano del ejército para que lo opere. Estaba... pensando... que conozco a un cirujano del ejército. Un tipo excelente. Muy cualificado y extraordinariamente agradable, pero rápido como una serpiente con el bisturí —se apresuró a añadir.

Se había puesto muy colorado al decir eso, por lo que Grey lo miró fascinado.

—¿De verdad? —repuso despacio—. Parece una respuesta a mis oraciones. ¿Cómo se llama? Podría pedirle a sir William...

—Ah, es que no está con sir William —lo interrumpió Willie precipitadamente.

—Ah, ¿entonces es uno de los hombres de Burgoyne? —Los soldados en libertad bajo palabra del ejército vencido de Burgoyne, con algunas excepciones como William, se habían marchado a Boston para embarcarse allí rumbo a Inglaterra—. Bueno, me gustaría contar con él, claro, pero dudo que pueda mandarlo a buscar a Boston y tenerlo aquí en el momento oportuno, dada la época del año y la probabilidad...

—No, no está en Boston —Willie intercambió otra de aquellas miradas con Dottie.

En esta ocasión, ella pilló a Grey observándolos y se puso colorada como las rosas de las tazas de té, y se miró con insistencia la punta de los pies. Willie se aclaró la garganta.

—De hecho, es un cirujano del ejército continental. Pero las tropas de Washington se han trasladado a los cuarteles de invierno de Valley Forge, que no está a más de un día de viaje a caballo. Si voy a pedírselo personalmente, vendrá. Estoy seguro.

—Entiendo —repuso Grey mientras pensaba con rapidez.

Tenía claro que no entendía ni la mitad del asunto —fuera cual fuese «el asunto»— pero, tal como estaban las cosas, aquello parecía de veras la respuesta a sus oraciones. Sería sencillo pedirle a Howe que dispusiera una escolta y una bandera blanca para Willie, así como una garantía de salvoconducto para el médico.

—Muy bien —concluyó tomando la decisión en el momento—. Hablaré de ello con sir William esta tarde.

Dottie y Willie soltaron idénticos suspiros... ¿de alivio? «¿Qué diantre...?», se preguntó de nuevo Grey.

—Bueno, pues —dijo con energía—. Ahora que lo pienso, querrás lavarte y cambiarte de ropa, Willie. Iré ahora al cuartel general de Howe y veremos a Henry esta tarde. Dime cómo se llama ese famoso médico continental para que sir William redacte un pase para él.

—Hunter —contestó Willie, y su tez morena pareció encenderse—. Denzell Hunter. Asegúrate de decirle a sir William que haga el pase para dos. La hermana del doctor Hunter es su enfermera; necesitará que ella lo acompañe y lo ayude.

74

Agudeza visual

20 de diciembre de 1777
Edimburgo

Las letras impresas en el papel se enfocaron de repente, limpias y negras, por lo que solté una exclamación de asombro.

—Ah, ¿nos vamos acercando? —El señor Lewis, fabricante de gafas, me guiñó un ojo por encima de sus propias lentes—. Pruebe con éstas.

Me quitó cuidadosamente las gafas de prueba de la nariz y me tendió otro par. Me las puse, examiné la hoja del libro que tenía delante y levanté la vista.

—No tenía ni idea —dije, asombrada y encantada. Era como volver a nacer. Todo era fresco, nuevo, intenso y vívido. Había vuelto a entrar de pronto en el mundo medio olvidado de la letra pequeña.

Jamie estaba junto al escaparate de la tienda con un libro en la mano y un bonito par de gafas con montura de acero sobre su larga nariz. Le daban un aspecto académico absolutamente desacostumbrado, de modo que, por un momento, me pareció que se trataba de un extraño distinguido, hasta que se volvió a mirarme, con los ojos un tanto más grandes tras las lentes. Miró por encima de su borde superior y sonrió al verme.

—Me gustan ésas —declaró con aprobación—. Las redondas le sientan muy bien a tu cara, Sassenach.

Estaba tan absorta en el nuevo detalle del mundo que me rodeaba que no se me había ocurrido preguntarme qué aspecto tenía. Curiosa, me puse en pie y me acerqué a mirarme a un espejito colgado en la pared.

—Dios mío — exclamé retrocediendo ligeramente.

Jamie se echó a reír y el señor Lewis sonrió con indulgencia.

—Le favorecen mucho, señora —señaló.

—Bueno, es posible —repuse, examinando con recelo el reflejo de la extraña que veía en el espejo—. Estoy más bien asombrada.

En realidad, no es que me hubiese olvidado de mi aspecto; es sólo que llevaba meses sin pensar en él, aparte del hecho de que me había puesto ropa limpia y no iba vestida de gris, un tono que solía darme el aspecto de estar mal embalsamada.

Ese día iba de marrón, llevaba una chaqueta de terciopelo del color de las espadañas maduras ribeteada con una estrecha cinta dorada sobre mi vestido nuevo de gruesa seda color café con un cuerpo muy ceñido y tres enaguas rematadas con encaje que asomaban a la altura del tobillo. Entre la necesidad de llevar al brigadier a su lugar de descanso definitivo y la impaciencia de Jamie por marcharse a las Highlands, no íbamos a quedarnos mucho tiempo en Edimburgo, pero teníamos algunos asuntos que resolver allí. Jamie había dicho que no quería que nos presentáramos como unos pordioseros, de modo que había mandado a por una modista y un sastre en cuanto llegamos a nuestro alojamiento.

Di unos pasos atrás, mientras me acicalaba. Para ser sincera, me sorprendió ver lo guapa que estaba. Durante los largos meses de viaje, de retirada y de combate con el ejército continental, me había visto reducida a mi esencia básica: la supervivencia y la funcionalidad. Mi aspecto habría sido del todo irrelevante, incluso si hubiera tenido un espejo.

De hecho, en mi subconsciente esperaba encontrar a una bruja en el espejo, una mujer estropeada con desordenados cabellos grises y expresión feroz. Posiblemente con uno o dos largos pelos brotando de la barbilla.

En cambio... bueno, aún se me reconocía. Llevaba el cabello sin cofia, pero cubierto con un sombrerito de paja adornado con un delicado ramillete de margaritas de tela en la parte de atrás. Unos favorecedores mechones formaban rizos alrededor de mis sienes y mis ojos presentaban un brillante y límpido color ámbar tras las nuevas gafas, lo que me confería una sorprendente expresión de cándida expectación.

Tenía las arrugas propias de mi edad, por supuesto, pero, en conjunto, mi rostro se asentaba con serenidad sobre mis huesos, en lugar de colgar cuello abajo de mis mejillas y de la barbilla formando una papada. Y el pecho, con apenas una discreta sombra que mostraba el bulto de mis senos, pues la marina real nos había alimentado a cuerpo de rey durante el viaje, con lo que había recuperado parte del peso perdido durante la larga retirada de Ticonderoga.

—Bueno, lo cierto es que no está nada mal —dije en un tono tan asombrado que tanto Jamie como el señor Lewis se echaron a reír.

Me quité las gafas con considerable pesar —las de Jamie eran unas simples gafas de leer con montura de acero, por lo que podía llevárselas en el momento, pero las mías, rematadas con una montura de oro, estarían listas al día siguiente por la tarde, prometió el señor Lewis—, y salimos de la tienda para ocuparnos del recado siguiente: la prensa de Jamie.

—¿Adónde ha ido Ian esta mañana? —pregunté mientras nos dirigíamos a la calle Princes. Cuando me levanté se había ido ya sin dejar ni rastro, y menos aún una palabra, sobre su paradero—. ¿Crees que ha decidido escaparse en lugar de ir a casa?

—Si es así, le seguiré la pista hasta encontrarlo y lo haré puré, y lo sabe muy bien —respondió Jamie con aire ausente, mientras miraba la gran mole del castillo que se alzaba en su roca al otro lado del parque y se ponía, acto seguido, las gafas, con aire melindroso, para ver si notaba alguna diferencia—. No, creo que probablemente se habrá ido al burdel.

—¿A las once de la mañana? —mascullé.

—Bueno, no hay ninguna norma al respecto —repuso Jamie con suavidad al tiempo que se quitaba las gafas, las envolvía en su pañuelo y las guardaba en la faltriquera—. Yo solía hacerlo por la mañana de vez en cuando. Aunque no creo que esté teniendo conocimiento carnal en este preciso momento —añadió—. Le pedí que fuera a ver si madame Jeanne sigue siendo la propietaria, pues, de ser así, podría decirnos más que cualquiera en Edimburgo en menos tiempo. Si sigue ahí, iré a verla por la tarde.

—Ah —dije. No es que me hiciese ninguna gracia la idea de que fuera a tener un agradable *tête-à-tête* con la elegante francesa que había sido en el pasado socia suya en el asunto de contrabando de whisky, pero admitía la economía de la propuesta—. ¿Y dónde crees que puede estar Andy Bell a las diez de la mañana?

—En la cama —respondió Jamie de inmediato—. Durmiendo —añadió con una sonrisa al ver la expresión de mi cara—. Los impresores son por lo general criaturas sociables y, por la noche, suelen reunirse en las tabernas. Nunca he conocido a ninguno que se levantara con el gallo, salvo que tuviera hijos pequeños con cólico y diarrea.

—¿Te propones sacarlo de la cama? —inquirí, alargando el paso para mantenerme a su lado.

—No, lo encontraremos en Mowbray's a la hora de comer —contestó—. Es grabador, necesita algo de luz para trabajar, así que se levanta a mediodía. Y come en Mowbray's casi a diario. Sólo quiero ver si se le ha quemado la tienda o no. Y si el puñetero ha estado usando mi prensa.

—Lo dices como si hubiera estado usando a tu mujer —repuse, divertida por el tono lúgubre en que había dicho eso último.

Profirió un gruñido típicamente escocés, reconociendo la supuesta gracia de esa observación y declinando al mismo tiempo participar en ella. No me había dado cuenta de que le tuviera tanto apego a su prensa, pero, al fin y al cabo, llevaba separado de ella casi doce años. No era de extrañar que su amante corazón estuviera empezando a latir ante la idea de reunirse con ella por fin, pensé divertida.

Por otra parte, tal vez temiera que a Andy Bell se le hubiese quemado la tienda. No era un temor infundado. Su propia imprenta se había quemado doce años antes. Ese tipo de establecimientos era particularmente vulnerable al fuego debido tanto a la presencia de una pequeña forja abierta para fundir y volver a fabricar los tipos como a las cantidades de papel, tinta y sustancias inflamables por el estilo que se guardaban en su interior.

Me rugió suavemente el estómago al pensar en comer en Mowbray's a mediodía. Tenía recuerdos muy agradables de la última —y única— vez que habíamos estado allí, los cuales incluían un excelente estofado de ostras y un vino blanco helado aún mejor, entre otros placeres de la carne.

Sin embargo, faltaba aún un poco para la hora de comer. Los obreros tal vez abriesen sus fiambreras a mediodía, pero la Edimburgo elegante comía a la civilizada hora de las tres en punto. Posiblemente podríamos comprarle un *bridie*[20] recién hecho a un vendedor callejero, pensé caminando deprisa detrás de Jamie. Para matar el gusanillo.

Por fortuna, la imprenta de Andrew Bell seguía en pie. La puerta estaba cerrada para evitar la corriente de aire, pero una campanilla sonó sobre ella para advertir de nuestra presencia y un hombre de mediana edad en mangas de camisa y delantal levantó la vista de una cesta de pedacitos de metal que estaba clasificando y nos miró.

—Buenos días tenga usted, señora —dijo en tono cordial mientras nos saludaba con la cabeza, y me di cuenta al instante de que no era escocés. O, mejor dicho, que no había nacido en Escocia, pues tenía el acento suave y el leve arrastrar de las palabras del inglés de las colonias del sur.

Jamie lo oyó y sonrió.

—¿El señor Richard Bell? —preguntó.

—Soy yo —respondió el hombre con aire sorprendido.

—James Fraser, su seguro servidor, señor —se presentó Jamie, cortés, haciéndole una reverencia—. Y, si me lo permite, le presento a mi esposa, Claire.

—Su seguro servidor, señor. —El señor Bell se inclinó también en respuesta, con aspecto bastante confuso, pero con perfectos modales.

Jamie rebuscó en la pechera de su abrigo y sacó un pequeño fajo de cartas atado con una cinta rosa.

—Le traigo noticias de su mujer y de sus hijas —se limitó a decir según se las entregaba—. He venido para ocuparme de mandarlo a casa con ellas.

La cara del señor Bell adoptó una expresión perpleja y, después, se quedó sin sangre. Por unos segundos creí que iba a desmayarse, pero conservó el conocimiento, agarrándose simplemente al borde del mostrador para no caer.

—Usted... usted... ¿a casa? —gritó. Había estrechado las cartas contra su pecho y ahora las apartó, mirándolas, al tiempo que los ojos se le llenaban de lágrimas—. ¿Cómo... cómo...? Mi mujer ¿está bien? —inquirió de pronto, al tiempo que alzaba de golpe la cabeza para mirar a Jamie, con un repentino temor en los ojos—. ¿Están todas bien?

---

[20] Bollo de carne picada y cebolla típico sobre todo del este y del centro de Escocia. *(N. de la t.)*

—Estaban vivitas y coleando cuando las vi en Wilmington —le aseguró Jamie—. Muy tristes por no tenerlo con ellas, pero bien aparte de eso.

El señor Bell intentaba con todas sus fuerzas controlar su rostro y su voz, y el esfuerzo lo dejó sin habla. Jamie se inclinó por encima del mostrador y le tocó afectuosamente el brazo.

—Vaya a leer sus cartas, hombre —sugirió—. Nuestro otro asunto puede esperar.

El señor Bell abrió la boca una o dos veces, asintió de repente y, tras dar media vuelta, salió dando tumbos por la puerta que conducía a la trastienda.

Suspiré y Jamie me miró, sonriendo.

—Qué estupendo cuando algo acaba bien, ¿verdad? —dije.

—Todavía no ha acabado bien —repuso—. Pero lo hará.

Entonces, sacó sus gafas nuevas de la faltriquera y, tras colocárselas sobre la nariz, levantó la hoja abatible del mostrador y pasó con decisión al otro lado.

—¡Si es mi prensa! —exclamó en tono acusador, rodeando el enorme objeto como un halcón que se cierne sobre su presa.

—Me lo creo, pero ¿cómo lo sabes? —le seguí con precaución, sujetándome las faldas para que no rozaran la prensa manchada de tinta.

—Bueno, para empezar, lleva mi nombre —dijo encorvándose y señalando algo que había debajo—. Bueno, parte de él.

Tras ponerme boca abajo y entornar un poco los ojos, distinguí «Alex. Malcolm», grabado en la parte inferior de un pequeño travesaño.

—A primera vista aún funciona bien —observé mientras me erguía y miraba los carteles, baladas y demás ejemplos del arte de la imprenta y el grabado que se exhibían en la habitación.

—Mmfm.

—Jamie probó las partes móviles y examinó minuciosamente la prensa antes de admitir, de mala gana, que, en efecto, parecía en buenas condiciones. Pero aún echaba chispas.

—¡Y pensar que le he estado pagando a ese gilipollas todos estos años para que me la guardara! —murmuró. Se enderezó, mirando la prensa con expresión funesta.

Entretanto, yo había estado revolviendo en las mesas próximas a la pared delantera, sobre las que había libros y folletos en venta, y había cogido uno de estos últimos, que llevaba en la parte superior el título de *Encyclopedia Britannica*, y debajo, «Láudano».

La tintura de opio, o láudano líquido, también llamado extracto tebaico, se prepara como sigue: tomar dos onzas de opio, una dracma de canela y otra de clavo, una pinta de vino blanco, dejarlos en infusión durante una semana sin calentar y filtrar después con papel.

En la actualidad, el opio es muy apreciado y es uno de los más valiosos de los medicamentos simples. Aplicado externamente, es emoliente, relajante y resolutivo, y favorece la supuración. Si se mantiene sobre la piel durante largo tiempo, elimina el pelo y siempre causa picor. En ocasiones, si es aplicado en una parte sensible, la ulcera y provoca pequeñas ampollas. A veces, aplicado externamente, calma el dolor e incluso ocasiona sueño, pero no debe aplicarse en modo alguno en la cabeza, en especial en las suturas del cráneo, pues es sabido que tiene gravísimos efectos y puede incluso provocar la muerte. Administrado internamente, aplaca la melancolía, alivia el dolor y produce sueño. En muchos casos, detiene las hemorragias y provoca sudoración.

Una dosis moderada es, por lo general, inferior a un grano...

—¿Sabes qué significa *resolutivo*? —le pregunté a Jamie, que estaba leyendo el tipo montado en la prensa con el ceño fruncido.

—Sí. Significa que lo que sea de lo que estás hablando puede disolver algo. ¿Por qué?

—Ah. Tal vez sea por eso que aplicar láudano a las suturas del cráneo es una mala idea.

Me dirigió una mirada perpleja.

—¿Por qué habrías de aplicarles láudano a las suturas del cráneo?

—No tengo ni la más mínima idea.

Volví a los folletos, fascinada. Uno de ellos, titulado «El útero», mostraba unos grabados buenísimos de una pelvis y unos órganos internos femeninos disecados realizados desde varios ángulos, así como dibujos del feto en varias fases de desarrollo. Si eso era obra del señor Bell, pensé, era tanto un artesano extraordinario como un diligente observador.

—¿Tienes un penique? Me gustaría comprar esto.

Jamie buscó en su faltriquera y dejó un penique sobre el mostrador, miró el folleto que yo tenía en la mano y retrocedió.

—Madre de Dios —dijo santiguándose.

—Bueno, probablemente no —repuse con suavidad—. Aunque *una* madre sí es, sin duda.

Antes de que pudiera responderme, Richard Bell salió de la trastienda con los ojos enrojecidos, pero dueño de sí mismo, y cogió a Jamie de la mano.

—No puede imaginarse lo que ha hecho por mí, señor Fraser —manifestó con gran sentimiento—. Si de verdad puede ayudarme a volver con mi familia, yo... yo... bueno, de hecho, no sé qué podría hacer para mostrarle mi gratitud, pero ¡tenga la seguridad de que bendeciré su alma por siempre!

—Le agradezco mucho que piense así, señor —le sonrió Jamie—. Es posible que pueda hacerme un pequeño favor, pero de no ser así, le agradeceré muchísimo sus bendiciones.

—Si hay algo que yo pueda hacer, señor, dígamelo, ¡lo que sea! —le aseguró Bell fervientemente. Entonces, un débil titubeo se reflejó en su rostro, quizá el recuerdo de algo que su esposa habría dicho sobre Jamie en su carta—. Cualquier cosa que no sea... que no sea una traición, debo decir.

—Uf, no. No es ni mucho menos una traición —le aseguró Jamie, y nos despedimos.

Cogí una cucharada de estofado de ostras y cerré los ojos extasiada. Habíamos llegado un poco pronto con el fin de conseguir una mesa cerca de la ventana que daba a la calle, pero Mowbray's se había llenado con rapidez, y el alboroto de los cubiertos y la conversación era casi ensordecedor.

—¿Estás seguro de que no se encuentra aquí? —inquirí estirándome por encima de la mesa para que me oyera.

Jamie negó con la cabeza, paladeando un sorbo de vino de Moselle frío con una expresión de deleite.

—Cuando llegue, te darás perfecta cuenta —observó después de tragarlo.

—Muy bien. ¿Qué cosa que no sea una traición piensas obligarle a hacer al pobre señor Bell a cambio de un pasaje de vuelta a casa?

—Tengo intención de mandarlo a casa al cuidado de mi prensa —contestó.

—¿Qué? ¿Vas a confiar a tu amor a prácticamente un desconocido? —pregunté, divertida.

Me dirigió una mirada algo asesina como respuesta, pero se terminó su pedazo de panecillo con mantequilla antes de responder.

—No creo que vaya a tratarla mal. Al fin y al cabo, no va a hacer que ella imprima mil ejemplares de *Clarissa* seguidos mientras esté a bordo.

—Ah, así que es «ella», ¿no? —dije, divertida—. Y ¿puedo preguntar cómo se llama?

Se sonrojó un poco y apartó la mirada, mientras ponía particular cuidado en hacer subir una ostra especialmente suculenta a su cuchara, aunque, al final, musitó «*Bonnie*» antes de engullirla.

Solté una carcajada, pero antes de que pudiera seguir preguntando, un nuevo ruido irrumpió en el barullo y la gente comenzó a dejar las cucharas y a ponerse en pie, estirándose para mirar por las ventanas.

—*Eso* debe de ser Andy —me dijo Jamie.

Miré a la calle y vi a un grupito de chiquillos y obreros que aplaudían y aclamaban. Al mirar a lo alto de la calle para ver qué era lo que se aproximaba, divisé uno de los mayores caballos que había visto en mi vida. No era un caballo de tiro, sino una montura inmensamente alta, de cerca de un metro setenta de alto de los cascos delanteros a la cruz, hasta donde mi inexperta mirada alcanzaba a juzgar.

Sobre él cabalgaba un hombre muy pequeño, sentado muy erguido e ignorando regiamente los vítores de la multitud. Se detuvo justo debajo de nosotros y, tras darse la vuelta, retiró un cuadrado de madera de la parte posterior de la silla. Lo sacudió, revelando una escala de madera plegable, y uno de los críos de la calle corrió a sujetarla mientras el señor Bell —pues no podía ser otro— bajaba entre los aplausos de los transeúntes. Le lanzó una moneda al chiquillo que sostenía la escala, otra al muchacho que le había sujetado la cabeza al animal, y se perdió de vista.

Instantes después, entró por la puerta al comedor principal, quitándose el sombrero chambergo y respondiendo con una graciosa reverencia a los gritos de los comensales que lo saludaban. Jamie levantó una mano y gritó «¡Andy Bell!» con una voz resonante que perforó el rumor de la charla, y el hombrecillo volvió al instante la cabeza en nuestra dirección, sorprendido. Lo observé fascinada mientras avanzaba hacia nosotros al tiempo que una lenta sonrisa se extendía por su rostro.

No supe si padecía alguna forma de enanismo o si simplemente habría sufrido escoliosis y una grave malnutrición en su juventud, pero tenía las piernas cortas en relación con el tronco y los hombros torcidos. Apenas si media un metro veinte y, mientras avanzaba entre las mesas, sólo se le veía la coronilla, cubierta con una peluca muy a la moda.

Sin embargo, esos detalles de su aspecto perdieron toda relevancia conforme se fue acercando, y percibí su característica más sorprendente. Andrew Bell tenía la nariz más grande que hubiera visto jamás, y a lo largo de mi azarosa vida había visto muchos especímenes de premio. Nacía entre sus cejas y se curvaba con suavidad hacia abajo un breve trecho, como si la naturaleza hubiera querido que tuviera el perfil de un emperador romano. Pero algo había interferido en el proceso y a ese prometedor comienzo se le había añadido algo parecido a una pequeña patata. Bulbosa y roja, llamaba la atención.

La nariz atrajo bastantes miradas. Mientras el impresor se aproximaba a nosotros, una joven sentada a una mesa próxima lo vio, soltó una fuerte exclamación y luego se cubrió la boca con la mano, precaución muy insuficiente para acallar sus risas.

El señor Bell la oyó y, sin interrumpir su paseo, se metió la mano en el bolsillo, sacó una inmensa nariz de papel maché decorada con estrellas moradas que se colocó sobre la suya propia y, tras echarle a la joven una mirada de hielo, pasó de largo.

—Querida —me dijo Jamie sonriendo mientras se ponía en pie y le tendía la mano al pequeño grabador—, te presento a mi amigo, el señor Andrew Bell. Mi esposa, Andy. Se llama Claire.

—Encantado, señora —dijo quitándose la nariz falsa y haciéndome una reverencia al tiempo que me besaba la mano—. ¿Cuándo adquiriste a esta rara criatura, Jamie? ¿Y qué querría tan preciosa muchacha con un patán grande y vulgar como tú?

—La atraje al matrimonio describiéndole las bellezas de mi prensa —repuso Jamie, muy seco, mientras se sentaba y le indicaba a Andy con un gesto que se uniera a nosotros.

—Ah —dijo Andy con una penetrante mirada a Jamie, quien arqueó las cejas y abrió mucho los ojos—. Hum. Ya veo que has estado en la tienda —añadió señalando con un gesto mi bolsito, del que asomaba la parte superior del folleto que había comprado.

—Así es —intervine a toda prisa, sacando el folleto. No creía que Jamie tuviera intención de aplastar a Andy Bell como a una cucaracha por haber usado la prensa como si fuera suya, pero su relación con *Bonnie* era una novedad para mí, de modo que no estaba muy segura de hasta dónde llegaba su sentimiento de propietario agraviado—. Es un trabajo muy bueno —le dije al señor Bell con total sinceridad—. Dígame, ¿cuántos especímenes distintos utilizó?

Se quedó algo sorprendido, pero me contestó enseguida y mantuvimos una agradable —aunque bastante macabra— conversación acerca de las dificultades de hacer una disección cuando hacía calor y las ventajas de utilizar solución salina versus alcohol como conservante. Eso hizo que la gente de la mesa contigua se apresurara a poner fin a su comida, y nos dirigiese veladas miradas de horror al marcharse. Jamie se apoyó en el respaldo de la silla con expresión agradable, pero sin apartar los ojos de Andy Bell.

El pequeño grabador no dejó traslucir ninguna incomodidad especial bajo aquella mirada de basilisco, y siguió hablándome de la respuesta que había recibido al publicar la edición encuadernada de la *Encyclopedia* —el rey había visto por casualidad, no sabía cómo, las ilustraciones de la sección dedicada al útero y había ordenado que arrancaran aquellas páginas del libro, «¡Ignorante fanfarrón alemán!»—, pero cuando llegó el camarero a tomarle nota, pidió un vino muy caro y una botella de buen whisky.

—¿Qué? ¿Va a tomar whisky con el estofado? —espetó el camarero, atónito.

—No —repuso Bell con un suspiro al tiempo que se echaba la peluca hacia atrás—. Concubinato. Si es así como lo llaman cuando uno emplea los servicios de la amada esposa de otro hombre.

El camarero trasladó a mí su mirada de asombro, se sonrojó a más no poder y, atragantándose un poco, se alejó caminando hacia atrás.

Jamie miró fijamente y con los ojos entornados a su amigo, que ahora untaba de mantequilla un panecillo con gran aplomo.

—Te costará algo más que whisky, Andy.

Andy Bell suspiró y se rascó la nariz.

—Bueno, qué le vamos a hacer —dijo—. Cuéntame.

Encontramos a Ian esperándonos en el hotelito, charlando en la calle con un par de carreteros. Al vernos, se despidió de ellos —cogiendo un pequeño paquete, que deslizó a escondidas bajo su abrigo— y entró con nosotros. Era la hora del té, y Jamie pidió que nos lo subieran a nuestras habitaciones por discreción.

Habíamos tirado la casa por la ventana en materia de alojamiento y habíamos tomado una suite de habitaciones. Nos sirvieron el té en el salón. Una apetitosa selección de merluza ahumada a la parrilla, huevos a la flamenca, tostadas con mermelada y panecillos con confitura y nata espesa, acompañando a un enorme puchero de fuerte té negro. Inhalé el fragante aroma procedente de la mesa y suspiré con placer.

—Va a ser bastante duro no volver a probar el té —observé mientras servía una taza a todo el mundo—. Supongo que en América será imposible conseguirlo hasta dentro de... ¿qué?, ¿tres o cuatro años?

—Bueno, yo no diría eso —repuso Jamie con sensatez—. Depende de adónde volvamos, ¿no? Es posible encontrar té en lugares como Filadelfia o Charleston. Sólo tienes que conocer a un par de buenos contrabandistas y, si no han hundido o colgado al capitán Hickman para cuando volvamos...

Dejé la taza y me quedé mirándolo.

—¿No querrás decir que no piensas volver a ca... volver al Cerro?

Experimenté una repentina sensación de vacío en la boca del estómago al recordar nuestros planes para la Casa Nueva, el olor del abeto balsámico y la quietud de las montañas. ¿De verdad tenía intención de trasladarse a Boston o a Filadelfia?

—No —respondió, sorprendido—. Por supuesto que volveremos allí. Pero si quiero dedicarme al negocio de la imprenta, Sassenach, tendremos que pasar algún tiempo en una ciudad, ¿no? Sólo hasta que termine la guerra —añadió, alentador.

—Ah —dije con un hilo de voz—. Sí. Claro.

Tomé un sorbo de té, sin notar el sabor. ¿Cómo podía haber sido tan estúpida? No se me había ocurrido ni una sola vez que una prensa no tendría ninguna utilidad en el Cerro de Fraser. En parte, supuse, sencillamente no había llegado a creerme que pudiera recuperar su prensa, y no había pensado, ni mucho menos, en la conclusión lógica si lo conseguía.

Pero ahora Jamie volvía a tener a su *Bonnie*, y el futuro había adquirido de repente una desagradable solidez. No es que las ciudades no tuvieran ventajas considerables, me dije con decisión. Por fin podría adquirir un juego de instrumental médico decente, comprar los medicamentos que me hacían falta. ¡Si podría incluso volver a elaborar éter y penicilina!

Con algo más de apetito, me serví un huevo a la flamenca.

—Hablando de contrabandistas —le estaba diciendo Jamie a Ian—, ¿qué es lo que llevas dentro del abrigo? ¿Un obsequio de alguna de las damas del establecimiento de madame Jeanne?

Ian le dirigió a su tío una mirada gélida y se sacó el paquetito del bolsillo.

—Un poco de encaje francés. Para mi madre.

—Buen chico —dijo Jamie con aprobación.

—Qué detalle tan bonito, Ian —observé—. ¿Has... quiero decir, seguía madame Jeanne *in situ*?

Él asintió, mientras volvía a meterse el paquete en el bolsillo del abrigo.

—Sí. Y tiene muchas ganas de retomar el contacto contigo, tío —añadió con una sonrisa ligeramente maliciosa—. Me preguntó un par de veces si te pasarías por allí esta noche para divertirte un poco.

Jamie torció la nariz al tiempo que me miraba.

—Oh, no lo creo, Ian. Le mandaré una nota diciendo que iremos a visitarla mañana por la mañana a las once. Aunque tú eres libre de aceptar su invitación, por supuesto.

Era obvio que sólo estaba tomándole el pelo, pero Ian negó con la cabeza.

—No, no quiero ir con una prostituta. No hasta que todo esté claro entre Rachel y yo —añadió, muy serio—. En un sentido u otro. Pero no meteré a otra mujer en mi cama hasta que ella me diga que debo hacerlo.

Ambos lo miramos con cierta sorpresa por encima de las tazas de té.

—Entonces, vas en serio —dije—. ¿Te sientes... eeh... comprometido con ella?

—Pues claro que sí, Sassenach —intervino Jamie estirando el brazo para coger otra tostada—. Le dejó a su perro.

A la mañana siguiente me levanté tarde y sin prisas, y dado que Jamie e Ian iban a estar probablemente ocupados con sus asuntos, me vestí y me fui de compras. Como Edimburgo era una ciudad de comercio, Jamie había podido convertir nuestra reserva de oro —aún nos quedaba bastante— en cheques y dinero en efectivo, además de tomar disposiciones para dejar en el banco los pagarés que habíamos ido acumulando desde el Fuerte Ticonderoga. Me había dejado una bolsa bien provista para mi uso personal, de modo que me proponía pasarme el día de compras, además de ir a recoger mis gafas nuevas.

Luciendo estas últimas con orgullo sobre la nariz y con una bolsa llena de una selección de las mejores hierbas y medicamentos que se podían comprar en la botica de Haugh, volví al hotel Howard's a la hora del té con un apetito insólito.

Sin embargo, mi apetito recibió un pequeño jaque cuando el encargado del hotel salió de su santuario con una expresión un tanto afligida y me preguntó si podía hablar conmigo.

— No es que no apreciemos el honor de contar con la... presencia del general Fraser —dijo, a modo de disculpa, mientras me conducía a una escalera pequeña y estrecha que llevaba al sótano—. Era un gran hombre, y un gran guerrero, y por supuesto somos conscientes de la forma heroica en que... ech... se produjo su muerte. Es sólo que... bueno, no sé si decírselo, señora, pero esta mañana un carbonero mencionó un... olor.

Pronunció esa palabra de manera tan discreta que prácticamente me la susurró al oído mientras abandonábamos la escalera y me introducía en la carbonera, donde habíamos dispuesto todo para que el general reposara con dignidad hasta que partiéramos a las Highlands. El olor en sí no era ni la mitad de discreto, por lo que me saqué a toda prisa un pañuelo del bolsillo y me lo llevé a la nariz. En lo alto de una de las paredes había un ventanuco a través del cual una luz tenue y sucia se colaba en el sótano. Debajo, había una amplia rampa de caída al pie de la cual se amontonaba una pequeña pila de carbón.

Con solitaria dignidad, envuelta en una lona, la caja del general estaba de pie, a un lado, iluminada por un solemne rayo de luz procedente de la diminuta ventana. Un rayo que se reflejaba en el charquito que se estaba formando bajo el ataúd. El general tenía una pérdida.

—«Y veía el cráneo bajo la piel —cité atándome un trapo empapado en trementina a la cabeza, justo por debajo de la nariz—, y criaturas sin pechos bajo tierra se echaban atrás con sonrisas sin labios».

—Muy adecuado —dijo Andy Bell mirándome de reojo—. Es suyo, ¿verdad?

—No, de un caballero llamado Eliot —le respondí—. Pero, como usted dice, muy adecuado.

Dado el nerviosismo del personal del hotel, pensé que sería mejor tomar algunas medidas sin esperar a que Jamie e Ian regresaran, y, tras reflexionar un momento, mandé corriendo al botones a preguntarle al señor Bell si le gustaría venir y observar algo interesante en el ámbito médico.

—La luz es fatal —señaló Bell, mientras se ponía de puntillas para mirar al interior del ataúd.

—He pedido que me traigan un par de linternas —le aseguré—. Y cubos.

—Sí, cubos —coincidió con aire pensativo—. Pero ¿qué tiene pensado para lo que podríamos llamar el largo plazo? Tardarán días en llegar a las Highlands, tal vez semanas en esta época del año.

—Si limpiamos todo esto un poco, pensé que tal vez usted conocería a un herrero discreto que pudiera venir y ponerle un parche al forro.

Una junta del recubrimiento de plomo del ataúd se había despegado, probablemente a causa del ajetreo que había supuesto sacarlo del barco, pero parecía una reparación bastante sencilla, siempre y cuando el herrero tuviera un buen estómago y no fuera muy supersticioso en relación con los cadáveres.

—Hum. —Bell había sacado un cuaderno de dibujo y estaba haciendo algunos bocetos preliminares, a pesar de la luz. Se rascó la nariz de patata con el extremo de su lápiz de plata, pensativo—. Sí, podría hacerlo. Pero hay otros sistemas.

—Bueno, podríamos hervirlo hasta dejar los huesos pelados, sí —repuse, un poco de mal humor—. Aunque detesto pensar en lo que diría el hotel si les pidiéramos que nos prestaran los calderos de la lavandería.

El señor Bell se echó a reír al oírme decir eso, con indisimulado horror por parte del criado que había aparecido en la escalera con dos linternas en la mano.

—Ah, no te preocupes, hijo —le dijo Andy Bell, según cogía las linternas—. Aquí no hay nadie salvo estos dos espíritus malignos.

Sonrió abiertamente al oír al criado subir los escalones de tres en tres, pero después se volvió y me miró con aire especulativo.

—Es una idea, ¿de acuerdo? Podría llevármelo a mi tienda. Quitárselo a ustedes de las manos, y nadie se daría cuenta, con lo que pesa la caja. Quiero decir que nadie va a querer ver la cara del querido difunto una vez lo lleven adonde va, ¿no es así?

No me ofendí por la sugerencia, pero negué con la cabeza.

—Dejando de lado la posibilidad de que a alguno de nosotros dos nos tomen por ladrones de cuerpos, el pobre hombre es pariente de mi marido. Y él no quería estar aquí, para empezar.

—Bueno, nadie quiere, sin duda —replicó Bell, parpadeando—. Aunque es inevitable. «El cráneo bajo la piel», como su Eliot tan emotivamente expresa.

—Me refiero a Edimburgo, no al ataúd —aclaré.

Por suerte, las compras que había hecho en la botica de Haugh incluían una gran botella de alcohol desnaturalizado que había bajado al sótano, discretamente envuelta en un tosco delantal que me había procurado una de las criadas.

—Él quería que lo enterraran en América.

—¿De verdad? —murmuró Bell—. Curiosa idea. Bueno, en tal caso, se me ocurren dos cosas. Reparar la pérdida, y llenar la caja hasta arriba con unos nueve litros de ginebra barata. Cuesta menos que lo que tiene usted aquí —protestó al ver mi expresión—. O... ¿cuánto tiempo cree usted que podrían quedarse en Edimburgo?

—No teníamos pensado quedarnos más de una semana... pero tal vez lo alarguemos uno o dos días —respondí con cautela, mientras desliaba el fardo de trapos que el encargado del hotel me había facilitado—. ¿Por qué?

Inclinó la cabeza de un lado a otro, contemplando los restos a la luz de la linterna. Una palabra muy adecuada, *restos*.

—Gusanos —dijo sin más—. Harían un buen trabajo, pero tardan un poco. Sin embargo, si pudiéramos quitarle la mayor parte de la carne... eeehh... ¿Tiene algún cuchillo? —inquirió.

Asentí y me metí la mano en el bolsillo. Al fin y al cabo, Jamie me lo había regalado porque pensaba que lo necesitaría.

—¿Tiene gusanos? —pregunté.

Dejé caer la deforme bala de plomo en un plato. Tintineó y rodó hasta detenerse, y todos la miramos en silencio.

—Eso fue lo que lo mató —declaré por fin. Jamie se persignó y murmuró algo en gaélico, e Ian asintió con seriedad—. Que en paz descanse.

No había comido mucho del excelente té. Seguía teniendo el olor a podredumbre en el fondo de la garganta, a pesar de la trementina y del virtual baño de alcohol que me había dado, seguido de un baño de verdad en la bañera del hotel con jabón y agua tan caliente como pude soportar.

—Bueno —me aclaré la garganta—. ¿Cómo estaba madame Jeanne?

Jamie apartó los ojos de la bala y se le iluminó la cara.

—Oh, muy guapa —contestó con una sonrisa—. Tenía bastante que decir acerca de la situación en Francia. Y unas cuantas cosas que decir sobre un tal Percival Beauchamp.

Me senté un poco más erguida.

—¿Lo conoce?

—En efecto. Visita su establecimiento de vez en cuando, aunque no por negocios. O mejor dicho —añadió mirando de reojo a Ian—, no en el sentido de sus negocios habituales.

—¿Contrabando? —inquirí—. ¿O espionaje?

—Posiblemente ambos, pero si se trata de esto último, no me dirá nada. Sin embargo, Beauchamp introduce bastantes cosas de Francia. Estaba pensando que tal vez Ian y yo podríamos cruzar al otro lado mientras el general está haciendo lo que sea que esté haciendo... ¿Cuánto tiempo pensaba el pequeño Andy que tardaría en quedar decente?

—Entre tres o cuatro días y una semana, según lo activos que sean los gusanos. —Tanto Ian como Jamie se estremecieron con aire pensativo—. Es exactamente lo mismo que sucede bajo tierra —señalé—. Acabará pasándonos a todos.

—Bueno, sí, así es —admitió Jamie mientras cogía otro bollo y le echaba una gran cantidad de nata encima con un cucharón—. Pero es algo que, por lo general, se hace en decente privacidad, así que no tienes que pensar en ello.

—El general tiene mucha privacidad —le aseguré con un leve deje mordaz—. Está cubierto con una buena capa de salvado. Nadie verá nada, a menos que se pongan a revolver.

—Bueno, no sería de extrañar, ¿no? —intervino Ian metiendo un dedo en la mermelada—. Estamos en Edimburgo. Esta ciudad tiene una reputación horrible en relación con el robo de cadáveres porque todos los médicos los quieren para cortarlos en pedazos y estudiarlos. ¿No sería mejor ponerle al general un guarda, sólo para asegurarse de que llega entero a las Highlands?

—Se metió el dedo en la boca y me miró, arqueando las cejas.

—Bueno, de hecho, hay un guarda —admití—. Andy Bell lo sugirió precisamente por ese motivo.

No añadí que el propio Andy me había hecho una oferta por el cuerpo del general ni que yo le había dicho al señor Bell en términos muy claros lo que le sucedería si el general desapareciera.

—¿Has dicho que Andy te ha ayudado con la tarea? —preguntó Jamie con curiosidad.

—Así es. Nos entendimos a las mil maravillas. De hecho...

—No pensaba mencionar el tema de la conversación que había tenido con Andy Bell hasta que Jamie se hubiera tomado más o menos una pinta de whisky, pero el momento parecía oportuno, así que me lancé—. Mientras trabajábamos, le estuve describiendo varias cosas: intervenciones quirúrgicas interesantes y trivialidades médicas, ya sabéis a lo que me refiero.

Ian murmuró algo como «Dios los cría» en voz baja, pero lo ignoré.

—Sí, ¿y? —Jamie parecía receloso. Sabía que iba a decirle algo, pero no qué.

—Bueno —proseguí, tomando aliento—, en pocas palabras, sugirió que escribiera un libro. Un libro de medicina.

Jamie elevó las cejas despacio, pero me indicó con un gesto que siguiera adelante.

—Una especie de manual para la gente corriente, no para médicos. Con los principios para una higiene y una nutrición correctas, una guía de las enfermedades más comunes, cómo preparar medicinas sencillas, qué hacer en caso de heridas y dientes cariados, un libro de ese tipo.

Las cejas seguían arriba, pero Jamie continuó asintiendo mientras se terminaba el último bocado de bollo. Se lo tragó.

—Sí, bueno, parece un buen libro, y estoy seguro de que serías la persona adecuada para escribirlo. ¿Ha «sugerido» por casualidad cuánto pensaba que costaría imprimir y encuadernar algo así?

—Ah. —Solté el aliento que había estado conteniendo—. Andy haría trescientos ejemplares con un máximo de ciento cincuenta páginas, encuadernadas con tela engomada, y las expondría en su tienda a cambio de los doce años de alquiler que te debe por utilizar tu prensa.

A Jamie se le salieron los ojos de las órbitas y se le enrojeció la cara.

—Y nos ha proporcionado los gusanos gratis. Y el guarda —me apresuré a añadir, poniéndole una copa de oporto delante antes de que pudiera abrir la boca.

Cogió la copa y se la bebió de un trago.

—¡Maldito oportunista! —exclamó cuando pudo hablar—. No has firmado nada, ¿verdad? —me preguntó, nervioso.

Negué con la cabeza.

—Le dije que pensaba que tal vez querrías negociarlo con él —adelanté, sumisa.

—Bueno. —Su color empezó a volver a sus niveles normales.

—Quiero hacerlo —dije mirándome las manos, entrelazadas con fuerza en mi regazo.

—Nunca habías dicho que quisieras escribir un libro, tía —señaló Ian, curioso.

—Bueno, no me había parado a pensarlo realmente —repuse a la defensiva—. Además, habría sido muy difícil y caro hacerlo mientras vivíamos en el Cerro.

Jamie murmuró «caro» y se sirvió otra copa de oporto, que se tomó más despacio esta vez, haciendo muecas de cuando en cuando por el sabor mientras pensaba.

—¿De verdad lo deseas, Sassenach? —inquirió por fin y, cuando yo asentí, dejó la copa sobre la mesa con un suspiro—. Muy bien —dijo resignado—. Pero te hará también una edición especial encuadernada en cuero con el borde de las páginas dorado. Y quinientos ejemplares. Quiero decir que querrás llevarte algunos a América, ¿no es así? —añadió al ver mi expresión de asombro.

—Ah. Sí, me gustaría.

—Muy bien, pues. —Cogió la campanilla y llamó a la criada—. Dile a la muchacha que se lleve esta cosa imbebible y que traiga un whisky decente. Brindaremos por tu libro. Y luego iré a hablar con ese hombrecillo perverso.

Tenía una mano nueva de papel de buena calidad, media docena de fuertes plumas de ganso, un cortaplumas de plata para afilarlas y un tintero que me había suministrado el hotel, bastante usado, pero lleno de la mejor tinta ferrogálica, según me aseguró el encargado. Jamie e Ian se habían ido a Francia durante una semana para investigar varias pistas interesantes que les había proporcionado madame Jeanne, y yo me quedé a cuidar del general y empezar el libro. Tenía todo el tiempo y la tranquilidad que necesitaba.

Cogí una hoja de papel, prístina, de color crema, me la coloqué delante con cuidado y mojé la pluma con la emoción hormigueando en los dedos.

Cerré los ojos de forma refleja y los volví a abrir. ¿Por dónde debía comenzar?

«Empieza por el principio y sigue hasta llegar al final; allí te paras.» Esa frase de *Alicia en el País de las Maravillas* pasó por mi cabeza y sonreí. Buen consejo, pensé, pero sólo si sabías dónde estaba el principio, y yo no tenía ni idea.

Jugueteé un poco con la pluma, pensando.

¿Tal vez debería hacerme un esquema? Parecía una idea sensata, y algo menos intimidatoria que ponerse a escribir de inmediato. Levanté la pluma y la sostuve en equilibrio unos instantes sobre el papel, luego volví a empuñarla. Un esquema también debía tener un principio, ¿no?

La tinta estaba empezando a secarse en la punta de la pluma. La limpié, bastante irritada, y me disponía a volver a mojarla cuando la sirvienta llamó discretamente a la puerta.

—¿Señora Fraser? Abajo hay un caballero que quiere verla —dijo.

Por su actitud respetuosa, deduje que no podía ser Andy Bell. Además, si hubiera sido él, la criada me lo habría dicho. Todo el mundo en Edimburgo conocía a Andy Bell.

—Ahora bajo —respondí mientras me ponía en pie.

Tal vez mi subconsciente llegaría a algún tipo de conclusión sobre los comienzos mientras me ocupaba de aquel caballero, fuera quien fuese.

Fuera quien fuese, *era* un caballero, me di cuenta enseguida. También era Percival Beauchamp.

—Señora Fraser —dijo, y una sonrisa le iluminó la cara cuando se volvió al oír mis pasos—. Su seguro servidor, madame.

—Señor Beauchamp —lo saludé, permitiéndole cogerme la mano y llevársela a los labios.

Una persona elegante de la época habría dicho sin duda algo como «Me temo que me coge usted por sorpresa, señor» en un tono entre altivo y seductor. Pero, como yo no era una persona elegante de la época, le dije sin más:

—¿Qué está haciendo usted aquí?

El señor Beauchamp, por su parte, era infinitamente elegante.

—Buscarla, querida señora —respondió, y me oprimió apenas la mano antes de soltarla. Reprimí un apremiante impulso de limpiármela en el vestido y señalé con la cabeza un par de sillones dispuestos junto a la ventana.

—No es que no me sienta halagada —manifesté arreglándome las faldas—, pero ¿no querría usted hablar con mi marido? ¡Ah! —exclamé al ocurrírseme otra cosa—. ¿O tal vez quería usted consultarme como médico?

Curvó los labios como si pensara que era una idea graciosa, pero negó con la cabeza respetuosamente.

—Su marido está en Francia, al menos eso me ha dicho Jeanne LeGrand. He venido a hablar con usted.

—¿Por qué?

Alzó sus lisas cejas oscuras al oír mi pregunta, aunque no respondió de inmediato; en cambio, le hizo un gesto al empleado del hotel con el dedo para pedirle que trajera un tentempié.

No supe si lo hacía simplemente por educación o si quería ganar tiempo para formular lo que tenía que decir ahora que había vuelto a verme. En cualquier caso, se lo tomó con calma.

—Tengo una propuesta para su marido, madame. Habría hablado con él —dijo anticipándose a mi pregunta—, pero ya se había marchado a Francia cuando yo me enteré de que estaba en Edimburgo, y, por desgracia, también yo tengo que marcharme antes de que vuelva. Aun así, pensé que sería mejor hablar directamente con usted, en lugar de explicarme en una carta. Hay cosas que es más prudente no poner por escrito, ya sabe —añadió con una súbita sonrisa que le dio un aire muy atractivo.

—Muy bien —repuse, acomodándome—. Lo escucho.

Tomé la copa de coñac y bebí un sorbo, luego la levanté y miré a través de ella con aire crítico.

—No, es sólo coñac —manifesté—. No es opio.

—¿Perdón? —Miró involuntariamente el interior de su propia copa, por si acaso, y yo me eché a reír.

—Quiero decir —aclaré— que, por muy bueno que sea, no es lo bastante bueno como para hacerme creer una historia semejante.

Él no se ofendió, pero ladeó la cabeza.

—¿Se le ocurre alguna razón por la que habría de inventarme un cuento así?

—No —admití—, aunque eso no significa que no lo sea, ¿verdad?

—Lo que le he contado no es imposible, ¿no?

Me detuve a pensarlo un instante.

—No es *técnicamente* imposible —concedí—, pero sí, de hecho implausible.

—¿Ha visto alguna vez un avestruz? —me preguntó y, sin consultarme, sirvió más coñac en mi copa.

—Sí. ¿Por qué?

—Tendrá que admitir que los avestruces son francamente implausibles —dijo—, pero claramente no imposibles.

—Usted gana —concedí—. Aunque sigo pensando que el hecho de que Fergus sea el heredero perdido de la fortuna del conde St. Germain es ligeramente más implausible que un avestruz. En particular, si consideramos la parte del contrato matrimonial. Quiero decir... ¿un heredero legítimo perdido? Estamos hablando de Francia, ¿verdad?

Se echó a reír al oírme. Tenía el rostro sonrojado por el coñac y la risa, y me di cuenta de lo atractivo que debía de haber sido en su juventud. Ahora mismo no era nada feo, dicho sea de paso.

—¿Puedo preguntarle a qué se dedica? —inquirí con curiosidad.

Mi pregunta lo desconcertó y se pasó una mano por la mandíbula antes de responder, pero me miró a los ojos.

—Me acuesto con mujeres ricas —contestó, y su voz tenía un débil, pero perturbador deje de amargura.

—Bueno, espero que no esté pensando en mí como una oportunidad para hacer negocios. A pesar de las gafas con montura de oro, lo cierto es que no tengo dinero.

Beauchamp sonrió y ocultó su sonrisa en su copa de coñac.

—No, pero sería usted mucho más entretenida que el tipo de mujer que suele tenerlo.

—Me halaga usted —dije, cortés.

Permanecimos un rato tomando el coñac a sorbitos en silencio, ambos pensando cómo proceder. Estaba lloviendo, para variar, y el tamborileo de la lluvia afuera en la calle y el silbido del fuego junto a nosotros eran relajantes en extremo. Me sentía extrañamente a gusto con él, pero, en cualquier caso, no podía pasarme allí todo el día. Tenía un libro que escribir.

—Muy bien —comenté—. ¿Por qué me ha contado esa historia? Espere... la pregunta tiene dos partes. Una, ¿por qué me lo cuenta a mí en lugar de contárselo al propio Fergus? Y dos, ¿qué interés personal tiene usted en la situación, suponiendo que sea verdad?

—Intenté contárselo al señor Fraser, es decir, a Fergus Fraser —replicó despacio—. No quiso hablar conmigo.

—¡Vaya! —dije mientras recordaba algo—. ¿Fue usted quien intentó secuestrarlo en Carolina del Norte?

—No, no fui yo —respondió al instante y a todas luces con sinceridad—. Oí hablar de ello, pero no sé quién lo asaltó. Es más que probable que se tratara de alguien a quien había molestado con su trabajo. —Dio por zanjado el tema encogiéndose de hombros y continuó—: En cuanto a mi interés personal... tiene que ver con el motivo por el que quería contárselo a su marido... porque se lo cuento a usted sólo porque su marido no está aquí.

—¿Y cuál sería?

Lanzó una rápida mirada a su alrededor para asegurarse de que nadie nos estaba escuchando. No había nadie cerca, pero a pesar de todo bajó la voz.

—Yo, y los intereses que represento en Francia, deseamos que triunfe la rebelión en América.

Yo no sabía qué esperar, pero no era eso, así que me quedé mirándolo con cara de boba.

—¿Espera que me crea que es usted un patriota americano?

—En absoluto —respondió—. No me importa lo más mínimo la política. Soy un hombre de negocios. —Me miró con aire escrutador—. ¿Ha oído hablar alguna vez de una empresa llamada Hortalez et Cie.?

—No.

—Se trata, en apariencia, de un negocio de importación y exportación con sede en España. Pero en realidad es una tapadera para canalizar dinero hacia los norteamericanos sin implicar de manera evidente al gobierno francés. Hasta ahora, hemos movido muchos miles a través de ella, en su mayor parte para comprar armas y munición. Madame LeGrand le mencionó la empresa a su marido, pero sin decirle de qué se trataba. Me dejó a mí la decisión de revelarle la verdadera naturaleza de Hortalez.

—¿Es usted un espía francés? ¿Es eso lo que me está diciendo? —le pregunté al caer por fin en la cuenta.

Inclinó la cabeza.

—Pero usted no es francés, no creo que lo sea —añadí mirándolo con dureza—. Es inglés.

—Lo era. —Apartó la mirada—. Ahora soy ciudadano francés.

Calló y yo me acomodé ligeramente en la silla, observándolo y reflexionando sobre lo que me había dicho, mientras me preguntaba cuánto de todo aquello era verdad y, de manera más vaga, si cabía la posibilidad de que fuera uno de mis antepasados. Beauchamp era un apellido bastante corriente, y no había gran parecido físico entre nosotros. Tenía unas manos de dedos largos y gráciles, como los míos, pero su forma era distinta. ¿Las orejas? Las suyas eran algo grandes, aunque de contorno delicado. En realidad, no tenía ni idea de cómo eran mis propias orejas, pero supuse que si hubieran sido lo bastante grandes como para llamar la atención, Jamie me lo habría mencionado en algún momento.

—¿Qué es lo que quiere? —le pregunté por fin con tranquilidad, y él levantó la vista.

—Cuéntele a su marido lo que le he dicho, por favor, madame —repuso, muy serio por una vez—. Y sugiérale que no sólo debe colaborar en este asunto por el bien de su hijo adoptivo, sino en gran medida por el bien de América.

—¿Y eso por qué?

Alzó un hombro, delgado y elegante.

—El conde St. Germain tenía extensos latifundios en una parte de América que en la actualidad se encuentra bajo el poder de Gran Bretaña. La parte francesa de sus tierras, que ahora están reclamando numerosos derechohabientes, es extremadamente valiosa. Si podemos demostrar que Fergus Fraser es Claudel Rakoczy (Rakoczy es el apellido de la familia, ¿entiende?) y el heredero de su fortuna, podría utilizarla para financiar la revolución. Por lo que sé de él y de sus actividades (y a estas alturas sé bastante), creo que podría ser receptivo a esos propósitos. Si triunfa la revolución, quienes la hayan respaldado tendrán una gran influencia sobre cualquier gobierno que se forme.

—¿Y usted podrá dejar de acostarse con mujeres ricas por dinero?

Una sonrisa irónica apareció en su rostro.

—Precisamente. —Se puso en pie y me dirigió una profunda reverencia—. Ha sido un gran placer hablar con usted, madame.

Casi había llegado a la puerta cuando lo llamé.

—¡Monsieur Beauchamp!

—¿Sí? —Se volvió y miró hacia atrás. Era un hombre esbelto cuyo rostro traslucía sentido del humor, y sufrimiento, pensé.

—¿Tiene usted hijos?

Pareció absolutamente asombrado al oír mi pregunta.

—No lo creo.

—Vaya —repuse—. Sólo me lo preguntaba. Que tenga un buen día, señor.

75

Sic transit gloria mundi

Las Highlands

Había una larga distancia a pie desde la granja de Balnain. Como estábamos en Escocia y a principios de enero, también hacía frío y humedad. Mucha humedad. Y *mucho* frío. No había nieve —yo más bien deseaba que la hubiera habido, pues ello quizá habría disuadido a Hugh Fraser de su descabellada idea—, pero llevaba días lloviendo de ese modo deprimente que hace humear las chimeneas y que incluso la ropa que no ha estado afuera se moje, y que te mete tanto el frío en los huesos que tienes la impresión de que nunca volverás a entrar en calor.

Yo misma había llegado a esa convicción hacía algunas horas, pero la única alternativa a seguir avanzando con dificultad bajo la lluvia y el barro era tumbarse en el suelo y morir, y no había llegado a ese extremo. Todavía.

El crujido de las ruedas cesó de golpe, con ese sonido de chapoteo que indicaba que habían vuelto a hundirse en el fango. Jamie dijo en voz baja algo tremendamente inapropiado para un funeral, e Ian disimuló una carcajada con una tos que se convirtió en una tos de verdad y que se prolongó, áspera, durante un buen rato, como el ladrido de un perro grande y cansado.

Me saqué la botellita de whisky de debajo del manto —no creía que algo con un contenido tan alto en alcohol fuera a helarse, pero no iba a correr el riesgo— y se la pasé a Ian. Éste tomó un buen trago, resolló como si lo hubiera atropellado un camión, tosió un poco más y luego me devolvió la botella respirando con fuerza y me dio las gracias con un gesto. Tenía la nariz roja, y moqueaba.

Todas las narices que había a mi alrededor moqueaban. Algunas posiblemente de pena, aunque yo sospechaba que el clima o el catarro eran responsables de la mayoría de ellas. Los hombres se habían reunido alrededor del ataúd sin hacer comentarios —tenían práctica— y, tomando impulso todos a una, lograron sacarlo de los surcos y llevarlo a una sección más firme de la carretera, cubierta en su mayor parte con piedras.

—¿Cuánto tiempo crees que ha transcurrido desde la última vez que Simon Fraser estuvo en casa? —le susurré a Jamie cuando vino a ocupar su puesto junto a mí hacia el final de la procesión funeraria.

Él se encogió de hombros y se limpió la nariz con un pañuelo empapado.

—Años. En realidad, no tenía ningún motivo para venir, ¿verdad?

Supuse que no. A raíz del velatorio celebrado la noche anterior delante de la granja —un lugar algo más pequeño que Lallybroch, pero de construcción muy similar—, ahora sabía bastante más que antes sobre la carrera y los logros militares de Simon Fraser, pero el panegírico no incluía un calendario. No obstante, si hubiera luchado en todos los lugares que mencionaron, prácticamente no habría tenido tiempo ni de cambiarse de calcetines entre una campaña y otra, y menos aún de volver a su casa en Escocia. Además, la tierra no era suya, al fin y al cabo. Él era el octavo de nueve hijos. Deduje que su mujer, la menuda *bainisq* que avanzaba dando traspiés a la cabeza de la procesión del brazo de su cuñado Hugh, no contaba con casa propia y vivía con la familia de Hugh, pues no tenía ningún hijo vivo, o que por lo menos viviera cerca, que cuidara de ella.

Me pregunté si se alegraría de que lo hubiéramos traído de vuelta a casa. ¿No habría sido mejor saber tan sólo que había muerto en el extranjero, cumpliendo con su deber y haciéndolo bien, que recibir los penosos restos de su esposo, por muy profesionalmente empaquetados que estuvieran?

Pero, si no feliz, parecía por lo menos algo complacida de ser el centro de tanto jaleo. Su rostro arrugado se había sonrojado y había dado la impresión de relajarse un poco durante las celebraciones nocturnas, y ahora caminaba sin dar muestras de flaqueza, pasando sobre los surcos practicados por el ataúd de su marido.

Era culpa de Hugh. El hermano de Simon, mucho mayor que él y propietario de Balnain, era un viejecillo larguirucho, apenas más alto que su cuñada viuda y lleno de ideas románticas. Suya había sido la idea de que, en lugar de plantar a Simon de manera decente en el cementerio familiar, el guerrero más valiente de la familia había de ser enterrado en un lugar más acorde con ese honor y con la reverencia que se le debía.

Bainisq, pronunciado «bann-iishg», significaba «viejecita»; ¿un viejecillo sería sólo un «iishg»?, me pregunté mirando la espalda de Hugh. Pensé que no lo preguntaría hasta volver a la casa, suponiendo que lográramos llegar antes de que cayera la noche.

Al cabo de un buen rato, Corrimony apareció ante nuestra vista. Según Jamie, el nombre significaba «un hueco en el páramo» y eso es justo lo que era. Dentro del hueco en forma de copa excavado entre la hierba y el brezo se erguía una cúpula baja. Al acercarnos, vi que estaba hecha con miles y miles de pequeñas piedras de río, la mayoría del tamaño de un puño, algunas del tamaño de la cabeza de una persona. Y alrededor de aquel *cairn*[21]

---

[21] Pila de piedras. En la antigüedad se erigían como monumentos sepulcrales o se utilizaban para fines prácticos y astronómicos. *(N. de la t.)*

gris oscuro, resbaladizo a causa de la lluvia, se levantaba un círculo de monolitos.

Agarré en un gesto reflejo el brazo de Jamie. Él me miró sorprendido, se apercibió de lo que estaba mirando y frunció el ceño.

—¿Oyes algo, Sassenach? —murmuró.

—Sólo el viento.

Éste había acompañado todo el tiempo la procesión funeraria con sus aullidos, prácticamente sofocando la voz del anciano que entonaba el *coronach* delante del ataúd, pero a medida que nos aproximábamos al hueco abierto, cobró velocidad y elevó su timbre en varios tonos, haciendo ondear mantos y abrigos y faldas como alas de cuervo.

Mantuve una mirada cautelosa sobre las piedras, pero no observé nada particular mientras nos deteníamos delante del *cairn*. Se trataba de una tumba de corredor, del tipo general que llamaban Clava Cairns. No tenía ni idea de lo que eso significaba, pero el tío Lamb tenía fotografías de sitios así. El corredor debía alinearse con algún objeto astronómico en una fecha significativa. Miré al cielo, encapotado y lluvioso, y decidí que, en cualquier caso, ése probablemente no era el día.

—No sabemos quién estuvo enterrado allí —nos había explicado Hugh el día anterior—. Pero está claro que se trataba de algún gran cacique. ¡Debió de ser un esfuerzo terrible construir un *cairn* como ése!

—Sí, sin lugar a dudas —había contestado Jamie, y luego había añadido con delicadeza—: ¿El gran cacique ya no está enterrado allí?

—Oh, no —nos había asegurado Hugh—. La tierra se lo llevó hace tiempo. Allí no queda ya más que una pequeña mancha donde estuvieron sus huesos. Y tampoco tienes por qué preocuparte por si pesa una maldición sobre el lugar.

—Bueno, menos mal —había murmurado yo, pero él no me prestó atención.

—Un fisgón abrió la tumba hace cien años o más, de modo que si hubiera habido alguna maldición sobre ella, sin duda cayó sobre él y desapareció.

Eso era un alivio y, de hecho, la proximidad del *cairn* no parecía asustar ni incomodar a ninguno de los que se hallaban ahora reunidos a su alrededor. Aunque tal vez sencillamente llevaban tanto tiempo viviendo en sus proximidades que se había convertido en un simple elemento del paisaje.

Hubo cierto debate al respecto de los detalles prácticos mientras los hombres miraban el *cairn* y negaban con la cabeza con aire dubitativo, haciendo gestos ora hacia el corredor abierto que conducía a la cámara funeraria, ora hacia la cima del *cairn*, donde o bien habían retirado las piedras o éstas se habían hundido sin más y habían despejado el terreno más abajo. Las mujeres se apiñaron, a la espera. Habíamos llegado muertos de fatiga el día anterior y, aunque me las habían presentado a todas, me costaba relacionar el nombre de cada una con la cara correspondiente. A decir verdad, sus caras eran todas parecidas, delgadas, curtidas y pálidas, y traslucían un agotamiento crónico, un cansancio mucho más profundo del que justificaría haber velado al difunto.

Me acordé de repente del funeral de la señora Bug. Improvisado y hecho a toda prisa, y aun así celebrado con dignidad y dolor sincero por parte de los asistentes. Pensé que aquellas personas apenas habían conocido a Simon Fraser. Cuánto mejor no habría sido haber tenido en cuenta su último deseo y haberlo dejado en el campo de batalla con sus camaradas caídos, pensé. Pero quien fuera que dijo que los funerales se celebraban en beneficio de los vivos tenía toda la razón.

La sensación de fracaso y de inutilidad que había sucedido a la derrota de Saratoga había resuelto a sus oficiales a hacer algo, a tener un auténtico gesto para con un hombre al que habían amado y un guerrero al que respetaban. Tal vez también habrían querido mandar a Simon a casa a causa de su propio deseo de estar en casa.

La misma sensación de fracaso —además de un tremendo arrebato de romanticismo— había hecho, sin duda, que el general Burgoyne insistiera en ello. Pensé que probablemente habría tenido la impresión de que su propio honor lo requería. Y, después, Hugh Fraser, reducido a una existencia precaria tras Culloden y enfrentado al inesperado regreso de su hermano menor, incapaz de organizar un gran funeral, pero a su vez profundamente romántico... y, al final de todo, aquella extraña procesión que llevaba a Simon Fraser a un hogar que ya no era el suyo y a una esposa que era una extraña para él.

«Y su tierra ya no lo conocerá.» El verso acudió a mi mente en el preciso instante en que los hombres se decidían y comenzaban a desarmar el ataúd de las ruedas. Me había ido acercando junto con las demás mujeres y me di cuenta de que ahora me encontraba a no más de medio metro de una de las piedras verticales que rodeaban el *cairn*. Eran más pequeñas que los monolitos de Craigh na Dun, pues medirían entre sesenta y noventa centímetros de altura. Movida por un impulso repentino, estiré el brazo y la toqué.

No esperaba que sucediera nada y, por suerte, no sucedió. Pero si me hubiera volatilizado en medio del entierro, eso sí que habría animado de manera considerable el acto.

Ni zumbidos, ni gritos, ni sensación alguna. No era más que una piedra. Al fin y al cabo, pensé, no había ningún motivo para suponer que todos los monolitos fueran portales en el tiempo. Presumiblemente, los antiguos constructores habían utilizado piedras para marcar cualquier lugar de importancia, y un *cairn* como ése debía de haber sido, sin duda, importante. Me pregunté qué tipo de hombre —¿o de mujer, tal vez?— habría yacido allí, sin dejar más que un eco de sus huesos, tantísimo más frágiles que las duras rocas que los habían cobijado.

Dejaron el ataúd en el suelo y, entre gruñidos y resoplidos, lo empujaron por el corredor hasta la cámara funeraria situada en el centro de la tumba. Había una gran losa de piedra plana apoyada contra el *cairn*, con unas extrañas incisiones en forma de copa practicadas por los constructores originales, era de suponer. Cuatro de los hombres más fuertes la agarraron y la colocaron despacio sobre la parte superior del *cairn*, sellando así la abertura que había por encima de la cámara.

La losa cayó con un golpe sofocado que hizo salir rodando unas cuantas piedrecitas por los costados del *cairn*. Acto seguido, los hombres bajaron y todos permanecimos de pie alrededor de la tumba, incómodos, preguntándonos qué hacer a continuación.

No había ningún sacerdote. La misa de cuerpo presente por Simon se había celebrado con antelación, en una pequeña iglesia de piedra, antes de partir en procesión hacia esa sepultura totalmente pagana. Por descontado, las investigaciones de Hugh no habían descubierto nada acerca de los ritos relacionados con tales cosas.

Justo cuando parecía que nos veíamos obligados a dar media vuelta, sin más, y recorrer con cansancio el camino de regreso a la granja, Ian soltó una tos explosiva y dio un paso al frente.

La procesión funeraria era deslucida en extremo, sin ninguna de las brillantes tartanas que adornaban las ceremonias de las Highlands en el pasado. Incluso Jamie tenía un aspecto muy poco vistoso, envuelto en su manto y con el cabello cubierto con un sombrero flexible de color negro. La única excepción a la seriedad general era Ian.

Esa mañana, cuando bajaba la escalera, había atraído numerosas miradas, y aún no habían dejado de mirarlo. Con motivo. Se había afeitado la mayor parte de la cabeza y se había engrasado la franja de cabello restante formando una rígida cresta en mitad de su cuero cabelludo, en la que se había colocado un adorno colgante de plumas de pavo con una moneda de seis peniques agujereada. Llevaba un manto, pero debajo se había puesto su gastada vestimenta de ante, con el brazalete de cuentas de concha azul y blanco que le había hecho su mujer, Emily.

Al verlo aparecer, Jamie lo había mirado despacio de arriba abajo y había asentido, al tiempo que una de las comisuras de su boca se curvaba hacia arriba.

—No va a cambiar nada, ¿sabes? —le había dicho a Ian en voz baja cuando nos dirigíamos hacia la puerta—. Aún te conocen como quien eres.

—¿Tú crees? —había contestado Ian, pero luego había salido corriendo encorvado bajo el chaparrón sin esperar respuesta.

Sin lugar a dudas, Jamie tenía toda la razón. Las galas indias eran un ensayo de indumentaria en preparación de su llegada a Lallybroch, pues teníamos pensado dirigirnos directamente hacia allí una vez nos hubiéramos deshecho como Dios manda del cuerpo de Simon y nos hubiéramos tomado el whisky de despedida.

Aunque ahora resultaba útil. Ian se quitó muy despacio el manto y se lo tendió a Jamie, luego avanzó hacia la entrada del corredor y se volvió para colocarse frente a los asistentes al funeral, que observaban esa aparición con unos ojos como platos. Extendió las manos con las palmas hacia arriba, cerró los ojos, echó la cabeza hacia atrás de manera que la lluvia se deslizara por su rostro y comenzó a cantar algo en mohawk. No cantaba bien y su voz sonaba tan áspera a causa del frío que muchas de las palabras se quebraban o desaparecían, pero distinguí el nombre de Simon al principio. La canción de la muerte del general. No duró mucho, pero, cuando bajó las manos, la congregación dejó escapar un profundo suspiro colectivo.

Ian se alejó sin mirar atrás y, sin pronunciar palabra, los allí reunidos lo siguieron. Había terminado.

76

Azotados por el viento

El tiempo seguía siendo espantoso. Ahora, a la lluvia se sumaban rachas de nieve, por lo que Hugh insistió en que nos quedáramos al menos unos cuantos días más, hasta que el cielo se hubiera despejado.

—Eso podría muy bien no suceder hasta san Miguel —le dijo Jamie sonriendo—. No, primo, nos vamos.

Y nos fuimos, envueltos en toda la ropa que poseíamos. Tardamos más de dos días en llegar a Lallybroch, por lo que nos vimos obligados a buscar cobijo durante la noche en una pequeña granja abandonada, tras dejar a los caballos en la vaquería de al lado. No había muebles ni turba para la chimenea y la mitad del tejado había desaparecido, pero los muros de piedra paraban el viento.

—Echo de menos a mi perro —rezongó Ian arrebujándose bajo el manto y echándose una manta por encima de la cabeza con la carne de gallina.

—¿Se sentaría sobre tu cabeza? —inquirió Jamie, abrazándome con más fuerza mientras el viento rugía alrededor de nuestro refugio y amenazaba con arrancar el resto del gastado tejado de paja que cubría la casa—. Deberías haber pensado que estábamos en enero antes de afeitarte la cabeza.

—Tú tienes suerte —le contestó Ian atisbando, ceñudo, desde debajo de la manta—. Tienes a la tía Claire para mantenerte caliente.

—Bueno, tal vez tengas una esposa un día de estos. ¿Dormirá *Rollo* con vosotros cuando la tengas? —preguntó Jamie.

—Mmfm —replicó Ian, y volvió a cubrirse la cara con la manta, temblando.

También yo temblaba, a pesar del calor de Jamie, de nuestros dos mantos, tres enaguas de lana y dos pares de medias. Había estado en muchos sitios fríos en mi vida, pero el frío escocés es particularmente penetrante. Sin embargo, pese a anhelar el calor de un fuego y la calidez de Lallybroch que recordaba, estaba casi tan nerviosa por nuestra inminente vuelta a casa como Ian, y él se había ido inquietando cada vez más conforme nos internábamos en las Highlands. Ahora se agitaba y murmuraba para sí, revolviéndose entre las mantas en los oscuros confines de la cabaña.

Al llegar a Edimburgo, me había estado preguntando si no deberíamos anunciar nuestra llegada a Lallybroch. Pero cuando lo sugerí, Jamie se echó a reír.

—¿Crees que tenemos la menor posibilidad de acercarnos a quince kilómetros de allí sin que nadie se entere? No temas, Sassenach —me aseguró—, en cuanto pongamos los pies en las Highlands, todos, desde el lago Lomond hasta Inverness, sabrán que Jamie Fraser vuelve a casa con su bruja inglesa y, para colmo, trayendo consigo a un piel roja.

—¿Bruja inglesa? —repetí sin saber si tomármelo a broma u ofenderme—. ¿Me llamaban bruja inglesa? ¿Cuando estábamos en Lallybroch?

—A menudo en tu propia cara, Sassenach —repuso con sequedad—. Pero entonces no sabías el suficiente gaélico para darte cuenta. No lo decían como insulto, *a nighean* —añadió en tono suave—. Ni lo harán ahora. Es sólo que en las Highlands llamamos a las cosas tal como las vemos.

—Hum —repliqué, algo sorprendida.

—Aunque no se equivocarán, ¿verdad? —preguntó sonriente.

—¿Estás insinuando que parezco una bruja?

—Bueno, digamos que ahora no mucho —respondió entornando un ojo, apreciativo—. A primera hora de la mañana, tal vez. Sí, ésa es una perspectiva más temible.

No tenía espejo, pues no se me había ocurrido comprarme uno en Edimburgo, pero aún tenía un peine y, ahora, mientras acomodaba la cabeza bajo la barbilla de Jamie, decidí hacer un alto poco antes de llegar a Lallybroch y emplearlo a conciencia, con lluvia o sin ella. No es que el hecho de que llegara con el aspecto de la reina de Inglaterra o de un diente de león a punto de echar la semilla fuese a tener la menor importancia, pensé. Lo importante era que Ian volvía a casa.

Por otra parte... no estaba segura de cómo iban a recibirme a mí. Entre Jenny Murray y yo había algunos asuntos por resolver, por decirlo con delicadeza.

Habíamos sido buenas amigas en el pasado, y esperaba que volviéramos a serlo. Pero ella había sido la principal artífice de la boda de Jamie con Laoghaire MacKenzie. Con la mejor de las intenciones, sin duda. Se había preocupado por él, que estaba solo y desarraigado al regresar de su cautiverio en Inglaterra. Además, para ser justos, me había dado por muerta.

¿Qué debía de haber pensado cuando volví a aparecer de repente?, me pregunté. ¿Que había abandonado a Jamie antes de Culloden y luego lo había pensado mejor? No había habido tiempo para explicaciones ni reconciliación, y se había producido aquella situación tan incómoda cuando Laoghaire, instada por Jenny, se había presentado en Lallybroch acompañada de sus hijas y nos había pillado a Jamie y a mí completamente por sorpresa.

Una burbuja de risa brotó en mi pecho al pensar en aquel encuentro, aunque en su momento no me había parecido nada gracioso. Bueno, tal vez tendríamos tiempo de hablar ahora, una vez que Jenny e Ian se hubieran recobrado de la conmoción del regreso de su hijo menor.

Por los ligeros movimientos que noté detrás de mí, supe que —aunque los caballos respiraban profunda y tranquilamente en su vaquería, e Ian se había entregado por fin a unos ruidosos ronquidos provocados por las flemas— yo no era la única que estaba despierta pensando en lo que nos esperaba.

—Tú tampoco duermes, ¿verdad? —le susurré a Jamie.

—No —contestó en voz baja, y volvió a cambiar de postura, apretándome más contra su cuerpo—. Pensaba en la última vez que volví a casa. Tenía mucho miedo y muy poca esperanza. Me imagino que ahora el muchacho tal vez lo ve así.

—Y tú, ¿cómo lo ves ahora? —pregunté mientras cruzaba las manos por encima del brazo que me rodeaba, y palpaba los huesos sólidos y gráciles de su antebrazo, tocándole suavemente la mano derecha mutilada.

Dejó escapar un profundo suspiro.

—No lo sé —respondió—. Pero todo irá bien. Esta vez estás conmigo.

El viento amainó en algún momento durante la noche y el día amaneció, milagrosamente, limpio y brillante. Frío aún como el culo de un oso polar, pero sin lluvia. Lo consideré un buen augurio.

Nadie abrió la boca mientras franqueábamos el último puerto de montaña que conducía a Lallybroch y divisábamos la casa abajo. Sentí que algo se me aflojaba en el pecho y sólo entonces me di cuenta del tiempo que llevaba conteniendo el aliento.

—Está igual, ¿verdad? —dije, y mi aliento brotó blanco en medio del frío.

—El palomar tiene un tejado nuevo —observó Ian—. Y el redil de mamá es mayor. —Hacía cuanto podía para parecer despreocupado, pero era imposible ignorar el ansia que temblaba en su voz.

Acicateó a su caballo con las rodillas y se nos adelantó un poco mientras la brisa hacía ondear las plumas de pavo de su cabello.

Era un poco más de mediodía y el lugar guardaba silencio. Las tareas matutinas ya estaban hechas, el ordeño nocturno y la preparación de la cena aún no habían empezado. No vi a nadie fuera, aparte de un par de vacas de las Highland grandes y peludas que comían heno haciendo mucho ruido en una pradera cercana, pero las chimeneas humeaban y la gran casa revocada de blanco tenía el aspecto hospitalario y tranquilo de siempre.

¿Volverían Bree y Roger allí alguna vez?, me pregunté de repente. Brianna lo había mencionado cuando la idea de marcharse se había convertido en un hecho y habían empezado a hacer planes.

—Está deshabitada —había dicho con los ojos fijos en la camisa al estilo del siglo XX que estaba cosiendo—. En venta. O al menos lo estaba cuando Roger estuvo allí... ¿hace unos años? —Levantó la vista con una sonrisa irónica. No había posibilidad alguna de hablar del tiempo de la manera convencional—. Me gustaría que los niños vivieran allí, quizá. Pero tenemos que ver cómo... salen las cosas.

Entonces, había mirado a Mandy, dormida en su cuna, con la piel de alrededor de los labios ligeramente azul.

—Saldrán bien —le había contestado con firmeza—. Todo saldrá a la perfección.

«Señor —recé ahora en silencio—, ¡que estén a salvo!»

Ian había saltado del caballo y nos esperaba impaciente. Mientras desmontábamos, se dirigió hacia la puerta, pero ya habían advertido nuestra llegada, de modo que ésta se abrió de golpe de par en par antes de que pudiera tocarla.

Jenny se detuvo en seco en el umbral. Parpadeó una vez e inclinó la cabeza un poco hacia atrás mientras sus ojos recorrían el largo cuerpo cubierto de ante, con sus músculos como cuerdas y sus pequeñas cicatrices, hasta la cabeza emplumada y con cresta, con su rostro tatuado, tan cuidadosamente inexpresivo a excepción de los ojos, cuya esperanza y temor no podía ocultar, mohawk o no.

La boca de Jenny se torció. Una... dos veces... luego su rostro se quebró y comenzó a emitir pequeños gritos histéricos que se convirtieron en algo que era risa, sin lugar a dudas. Tragó saliva, soltó otro chillido y estalló en tales carcajadas que regresó tambaleándose al interior de la casa y tuvo que sentarse en el banco del vestíbulo, donde se dobló por la mitad abrazándose el vientre con los brazos y siguió riéndose hasta que el sonido cesó y, sin resuello, respiró con débiles y sibilantes jadeos.

—Ian —dijo por fin, mientras negaba con la cabeza—. Oh, Dios mío, Ian. Mi niño.

Ian parecía completamente desconcertado. Miró a Jamie, que se encogió de hombros, mientras también a él se le crispaba la boca, y luego volvió a mirar a su madre.

Ella tomó una bocanada de aire, hinchando el pecho, se acercó a él, lo abrazó y le hundió en el costado su rostro surcado de lágrimas. Él la rodeó despacio y con cuidado con los brazos y la estrechó contra su cuerpo como algo frágil, de inmenso valor.

—Ian —repitió ella, y vi ceder de repente sus pequeños y tensos hombros—. Oh, Ian. Gracias a Dios que has llegado a tiempo.

Estaba más menuda de lo que yo recordaba, y más delgada, con el cabello algo más gris, aunque aún de un color oscuro intenso, pero los ojos de gata azul profundo eran exactamente los mismos, al igual que el aire natural de autoridad que compartía con su hermano.

—Dejad los caballos —dijo con brío mientras se secaba los ojos con la punta del delantal—. Haré que un mozo se ocupe de ellos. Debéis de estar helados y muertos de hambre. Dejad las cosas y venid al salón.

Me examinó con una breve mirada de curiosidad y algo más que no supe interpretar, pero no me miró directamente a los ojos ni dijo más que «Ven», al tiempo que nos conducía al salón.

La casa tenía un olor familiar pero extraño, impregnado de humo de turba y de olor a comida. Alguien acababa de hornear pan, y el olor a levadura llegaba flotando al vestíbulo desde la cocina. En el vestíbulo hacía casi tanto frío como fuera. Todas las habitaciones tenían la puerta bien cerrada para conservar el calor de sus chimeneas, de modo que una agradecida tibieza brotó del salón cuando ella abrió la puerta, volviéndose para hacer entrar a Ian primero.

—Ian —dijo en un tono que yo nunca le había oído utilizar antes—. Ian, han venido. Tu hijo ha vuelto a casa.

El viejo Ian estaba sentado en un gran sillón cerca de la chimenea con una gruesa manta sobre las rodillas. Se levantó al instante, algo inestable sobre la pata de palo que llevaba en sustitución de una pierna perdida en combate, y avanzó unos pasos hacia nosotros.

—Ian —dijo Jamie con la voz blanda por la emoción—. Dios mío, Ian.

—Ah, sí —repuso él con voz rara a su vez—. No te preocupes. Aún soy yo.

«Tisis», lo llamaba la gente. O por lo menos los médicos. Significaba «debilitamiento» en griego. Los profanos lo denominaban «consunción» y el porqué era evidente. Consumía a sus víctimas, se las comía vivas. Era una enfermedad consuntiva y, en efecto, devastaba. Se comía la carne y echaba la vida a perder, derrochadora y caníbal.

La había visto muchas veces en Inglaterra en los años treinta y cuarenta, y aquí mucho más, en el pasado. Pero nunca había visto arrancarle la carne de los huesos a un ser querido, por lo que ahora se me encogió el corazón y se me cayó el alma a los pies.

Ian había sido siempre flaco como una tralla, incluso en tiempos de abundancia. Nervudo y fuerte, con los huesos siempre próximos a la superficie de la piel, idénticos a los de su hijo. Pero ahora...

—Puede que tosa, pero no me romperé —le aseguró a Jamie, avanzó unos pasos y le rodeó el cuello con los brazos.

Jamie lo abrazó con mucha suavidad. Su abrazo se fue volviendo más firme a medida que se daba cuenta de que Ian no se quebraba, y cerró los ojos para impedir que brotasen las lágrimas que estaba refrenando. Sus brazos se tensaron, en el intento reflejo de evitar que Ian cayera en el abismo que tan claramente se abría a sus pies.

«Yo puedo contar todos mis huesos.» La cita de la Biblia acudió espontánea a mi memoria. Podía contárselos literalmente. La tela de su camisa reposaba sobre sus costillas, tan marcadas que podía ver las articulaciones donde cada una de ellas se unía a los protuberantes nudos de su columna vertebral.

—¿Cuánto? —espeté volviéndome hacia Jenny, que estaba observando a los hombres, a su vez con los ojos brillantes de lágrimas no derramadas—. ¿Cuánto hace que la tiene?

Ella parpadeó una vez y tragó saliva.

—Años —contestó, bastante serena—. Volvió con la tos de la cárcel de Tolbooth, en Edimburgo, y nunca se curó. Pero supongo que fue empeorando a lo largo del año pasado.

Asentí. Se trataba, pues, de un caso crónico. Eso lo explicaba. La forma aguda, llamada «consunción galopante», se lo habría llevado en cuestión de meses.

Ella me preguntó lo mismo, pero con un sentido diferente.

—¿Cuánto? —inquirió en voz tan baja que casi no la oí.

—No lo sé exactamente —respondí en voz también baja—. Pero... no mucho.

Hizo un gesto afirmativo. Hacía mucho que lo sabía.

—Qué suerte que hayáis llegado a tiempo, entonces —declaró, pragmática.

Los ojos del joven Ian estaban fijos en su padre desde el mismísimo momento en que había entrado en la habitación. La sorpresa se reflejaba a las claras en su rostro, pero mantuvo el control de sí mismo.

—Papá —dijo, y habló con voz tan ronca que la palabra brotó como un graznido estrangulado. Se aclaró brutalmente la garganta y, mientras avanzaba hacia él, repitió—: Papá.

El viejo Ian miró a su hijo y se le iluminó la cara con una alegría tan profunda que eclipsó las marcas de la enfermedad y el sufrimiento.

—Ian —dijo extendiendo los brazos—. ¡Muchachito mío!

Aquello eran las Highlands. Y aquéllos eran Ian y Jenny. Lo que significaba que ciertas cuestiones que podrían haberse evitado por confusión o delicadeza se abordaron, por el contrario, de inmediato.

—Tal vez muera mañana o tal vez viva otro año —manifestó Ian con franqueza frente a una rebanada de pan con mermelada y una taza de té, llegados de la cocina por arte de magia para que los cansados viajeros aguantaran hasta que la cena estuviera lista—. Yo apuesto a que serán tres meses. Cinco a dos, si a alguien le apetece apostar. Aunque no sé cómo voy a hacer para recoger mis ganancias. —Sonrió, el viejo Ian trasluciéndose de repente en su rostro cadavérico.

Entre los adultos sonó un murmullo que no era risa. El salón estaba atiborrado de gente, pues el anuncio que había hecho venir el pan y la mermelada también había logrado que todos los habitantes de Lallybroch salieran hormigueando de sus habitaciones y escondrijos, y bajaran las escaleras con estrépito llenos de ansia por saludar y reclamar a su hijo pródigo. Las demostraciones de afecto de su familia casi habían derribado al joven Ian al suelo y lo habían pisoteado. Después de la conmoción de ver a su padre, eso lo había aturdido hasta tal punto que se había quedado sin habla, aunque seguía sonriendo del todo impotente ante un sinfín de preguntas y exclamaciones.

Al final, Jenny lo había rescatado del torbellino, cogiéndolo de la mano y empujándolo con firmeza al interior del salón con el viejo Ian, y volviendo a salir de inmediato para disolver el alboroto con una mirada severa y unas palabras firmes antes de hacerlos desfilar a todos de manera ordenada.

El joven Jamie —el hijo mayor de Ian y Jenny, tocayo de Jamie— vivía ahora en Lallybroch con su mujer y sus hijos, al igual que su hermana Maggie y sus dos hijos, pues el marido de ésta era soldado. El joven Jamie estaba fuera, en la finca, pero las mujeres vinieron a sentarse conmigo. Los niños se apiñaban alrededor del joven Ian, mirándolo y haciéndole tantas preguntas que hablaban todos al mismo tiempo, empujándose y rechazándose unos a otros, discutiendo quién había preguntado qué y a quién debía contestar primero.

Los chiquillos no habían prestado atención al comentario del viejo Ian. Ya sabían que el abuelo se estaba muriendo, y tal cosa no tenía ningún interés en comparación con su fascinante nuevo tío. Una niñita con el cabello recogido en gruesas trenzas se sentó en el regazo del joven Ian y recorrió con los dedos las líneas de sus tatuajes, metiéndole de vez en cuando un dedo en la boca sin querer, mientras él sonreía y respondía vacilante a sus curiosos sobrinos y sobrinas.

—Podrías habérnoslo escrito —le dijo Jamie a Jenny con un deje de reproche en la voz.

—Lo hice —contestó ella, a su vez con retintín—. Hace un año, cuando comenzó a deshacérsele la carne y se dio cuenta de que era algo más que una tos. Te pedí que mandaras entonces al joven Ian, si podías.

—Ah —repuso Jamie, confundido—. Debimos de marcharnos del Cerro antes de que llegara la carta. Pero ¿no te escribí en abril pasado para decirte que veníamos? Mandé la carta desde New Bern.

—Si lo hiciste, nunca llegó. No es de extrañar, con el bloqueo. De lo que nos mandan de América, no recibimos más que la mitad de lo que solíamos. Pero, si os marchasteis en marzo pasado, el viaje ha sido muy largo, ¿no?

—Un poco más largo de lo que esperábamos, sí —contestó Jamie con sequedad—. Han sucedido cosas por el camino.

—Ya veo.

Sin la menor vacilación, le cogió la mano derecha y le examinó la cicatriz y los dedos juntos con interés. Me miró arqueando una ceja y yo asentí.

—Eso... lo hirieron en Saratoga —señalé poniéndome extrañamente a la defensiva—. Tuve que hacerlo.

—Es un buen trabajo —replicó doblándole con cuidado los dedos—. ¿Te duele mucho, Jamie?

—Me duele con el frío. Pero, aparte de eso, no me molesta.

—¡Whisky! —exclamó en ese momento, sentándose muy derecha—. Estáis helados hasta los huesos y no se me ha ocurrido... ¡Robbie! Corre a buscar la botella especial de la estantería de encima de los calderos.

Un muchacho larguirucho que había estado revoloteando en torno a la multitud que rodeaba al joven Ian miró a su abuela algo reacio, pero, al observar la carga de profundidad de su mirada, salió disparado de la habitación a cumplir su orden.

El salón estaba más que caldeado. Con un fuego de turba ardiendo en la chimenea y tanta gente hablando, riendo y exudando calor corporal, la temperatura era casi tropical. Sin embargo, cada vez que miraba a Ian, sentía un frío profundo en el corazón.

Ahora estaba recostado en la silla, aún sonriente. Aun así, su agotamiento saltaba a la vista en la caída de sus hombros huesudos, en la flacidez de sus párpados, en el claro esfuerzo que le costaba mantener la sonrisa.

Aparté la mirada y descubrí que Jenny me estaba observando. Desvió la vista al instante, pero yo había advertido en sus ojos que estaba sacando conjeturas y que tenía dudas. Sí, tendríamos que hablar.

Esa primera noche durmieron calentitos, tan cansados que casi no se tenían en pie, muy juntos y abrazados por Lallybroch. Pero Jamie oyó el viento cuando estaba a punto de despertarse. Había vuelto a arreciar durante la noche, un frío gemido en torno a los aleros de la casa.

Se sentó a oscuras en la cama, con las manos en las rodillas, escuchando. Se avecinaba una tormenta. Oía la nieve en el viento.

Claire yacía a su lado medio acurrucada mientras dormía, con el oscuro cabello desparramado como una mancha sobre la almohada blanca. La escuchó respirar, mientras daba gracias a Dios por aquel sonido, sintiéndose culpable al oírlo fluir suave y sin trabas. Había estado oyendo toser a Ian y se había quedado dormido con el ruido de su dificultosa respiración en la cabeza, si no en los oídos.

De puro agotamiento, había logrado apartar de su mente el tema de la enfermedad de Ian, pero, cuando despertó, estaba allí, pesada como una piedra en su pecho.

Claire se agitó en sueños, medio volviéndose sobre la espalda, y el deseo de ella lo inundó como si fuera agua. Vaciló, sufriendo por Ian, sintiéndose culpable por lo que Ian había perdido y él aún tenía, reacio a despertarla.

—Me siento tal vez como te sentiste tú —le susurró en voz demasiado baja para que ella se despertara—. Cuando pasaste a través de las piedras. Como si el mundo aún estuviera allí, pero ya no fuera el mundo que tuviste.

Habría jurado que ella seguía durmiendo, pero una mano salió de entre las sábanas, tanteando, y él la cogió. Claire dejó escapar un suspiro largo y soñoliento, hizo que se acostara a su lado. Lo tomó en sus brazos y lo meció sobre sus cálidos y suaves pechos.

—Tú eres mi mundo —murmuró ella y, entonces, su respiración cambió y se lo llevó consigo a un lugar seguro.

77

Memorarae

Habían estado desayunando en la cocina, los dos Ian a solas, pues su padre se había despertado tosiendo antes del amanecer y había vuelto a caer después en un sueño tan profundo que su madre no había querido despertarlo, y él había estado cazando en las colinas con su hermano y sus sobrinos toda la noche. Al volver, se habían detenido en casa de Kitty, y el joven Jamie había declarado que se quedarían allí a dormir un poco, pero Ian estaba inquieto y quería volver a casa, aunque no sabía decir por qué.

Tal vez por eso, pensó mientras observaba a su padre echarle sal a las gachas del mismo modo en que le había visto hacerlo durante quince años antes de marcharse de Escocia. No había pensado en ello ni una sola vez durante todo el tiempo que había estado fuera, pero, ahora que volvía a verlo, era como si no se hubiera ido nunca, como si hubiera pasado todas las mañanas de su vida allí, sentado a aquella mesa, mirando a su padre comer gachas de avena.

Lo poseía un deseo repentino de memorizar ese momento, de saber y sentir cada último detalle de ese instante, desde la madera suave por el uso en la que apoyaba los codos hasta el granito manchado de la encimera de la cocina y la forma en que la luz se filtraba a través de las cortinas hechas jirones de la ventana iluminando el músculo abultado de la mandíbula de su padre mientras masticaba un trozo de salchicha.

El viejo Ian levantó la vista de repente, como si sintiera los ojos de su hijo posados en él.

—¿Salimos al páramo? —preguntó—. Tengo ganas de ver si los venados están pariendo ya.

La fortaleza de su padre lo sorprendió. Caminaron varios kilómetros, hablando de todo y de nada. Sabía que podían volver a estar a gusto el uno con el otro y decirse las cosas que había que decir, pero le daba pánico decirlas.

Se detuvieron por fin bastante arriba, en una extensión alta de páramo desde donde podían ver la silueta de las grandes montañas redondeadas y unos cuantos lagos pequeños que centelleaban como un pez bajo un sol pálido y alto en el cielo. Encontraron un manantial de santo, una pequeña charca con una vieja cruz de piedra, y bebieron de su agua, dijeron la oración de respeto al santo y se sentaron a descansar un poco más allá.

—Fue en un sitio así donde morí la primera vez —dijo su padre en tono despreocupado, pasándose una mano mojada por la cara sudorosa. Parecía sano y sonrojado, pero muy delgado.

Al joven Ian le incomodaba saber que se estaba muriendo y verlo así, en cambio.

—¿Ah, sí? —inquirió—. ¿Y eso cuándo fue?

—Ah, en Francia. Cuando perdí la pierna. —El viejo Ian miró su pata de palo con indiferencia—. Estaba de pie para disparar el mosquete y, en un abrir y cerrar de ojos, me encontré de espaldas en el suelo. Ni siquiera me enteré de que me habían dado. Uno pensaría que se daría cuenta si lo alcanzaran con una bala de hierro de casi tres kilos, ¿verdad?

Su padre le sonrió y él le devolvió la sonrisa a regañadientes.

—Sí. Pero sin duda pensaste que había sucedido algo.

—Oh, sí. Al cabo de unos instantes se me ocurrió que debían de haberme herido. Pero no sentía ningún dolor.

—Bueno, eso está bien —repuso el joven Ian, alentador.

—Entonces supe que me estaba muriendo ¿sabes? —Los ojos de su padre estaban fijos en él, pero miraban más allá, a aquel lejano campo de batalla—. Aunque no es que me importara gran cosa. Y, además, no estaba solo.

Su mirada se centró entonces en su hijo y esbozó una leve sonrisa. Alargando el brazo, tomó la mano de Ian en la suya, consumida hasta los huesos, con las articulaciones hinchadas y nudosas, pero aún con tanta capacidad como la de su hijo.

—Ian —dijo, y calló con los ojos arrugados—. ¿Sabes lo extraño que resulta decir el nombre de alguien cuando también es el tuyo? Ian —repitió con voz más suave—, no te preocupes. No tuve miedo entonces y no lo tengo ahora.

«Yo sí», pensó Ian, pero no podía decirlo.

—Háblame del perro —le pidió entonces su padre con una sonrisa.

Así que le habló de *Rollo*. De la batalla naval, cuando pensó que *Rollo* se había ahogado o había muerto, de cómo habían acabado yendo todos a Ticonderoga y habían estado en las terribles batallas de Saratoga.

Y le habló, sin pensar en ello, pues pensar le habría helado las palabras en la garganta, de Emily. De Iseabaìl. Y de El Más Rápido de los Lagartos.

—Yo... nunca le he hablado a nadie de eso —declaró con repentina timidez—. Del chiquillo, quiero decir.

Su padre respiró hondo, con aspecto feliz. Luego se puso a toser, sacó un pañuelo y siguió tosiendo un poco más, pero la tos acabó aplacándose. Ian intentó no mirar el pañuelo por si estaba manchado de sangre.

—Deberías... —dijo el viejo Ian con voz ronca, se aclaró la garganta y escupió en el pañuelo con un gruñido sofocado—. Deberías contárselo a tu madre —dijo de nuevo con voz clara—. Se alegraría de saber que tienes un hijo, al margen de las circunstancias.

—Sí, bueno. Tal vez se lo cuente.

Era pronto aún para los bichos, pero los pájaros del campo estaban fuera, picoteando, levantando rápidamente el vuelo por encima de sus cabezas y chillando asustados. Escuchó durante un rato los sonidos del hogar y luego dijo:

—Papá, tengo que contarte algo malo.

Y sentado junto a la charca del santo, en la paz de un día de principios de primavera, Ian le contó lo que le había pasado a Murdina Bug.

Su padre lo escuchó con atención, serio, con la cabeza baja. Ian pudo ver las abundantes mechas grises de sus cabellos y las halló a la vez conmovedoras y paradójicamente reconfortantes. «Por lo menos ha vivido una buena vida —pensó—. Aunque quizá también la señora Bug. ¿Me sentiría peor si hubiera sido una jovencita?» Pensó que sí, pero ya se sentía bastante mal tal como eran las cosas. No obstante, notaba una cierta sensación de alivio por haberlo contado.

El viejo Ian se echó hacia atrás sobre sus nalgas, agarrándose la rodilla buena con las manos, pensativo.

—No fue culpa tuya, por supuesto —dijo mirando a su hijo de soslayo—. ¿Estás convencido de ello?

—No —admitió Ian—. Pero lo intento.

Su padre sonrió al oírlo, aunque luego volvió a ponerse serio.

—Lo conseguirás. Si has vivido con ello hasta ahora, al final todo irá bien. Pero está la cuestión del viejo Arch Bug. Debe de ser tan viejo como las colinas, si es el mismo que yo conocí. Era un arrendatario de Malcolm Grant.

—Ése es. No dejo de decirme que es viejo, que se morirá, pero ¿y si se muere y no me entero de que ha muerto? —Hizo un gesto de frustración—. No quiero matarlo, pero ¿cómo no hacerlo si va merodeando por ahí, dispuesto a hacerle daño a Ra... a mi... bueno, si he de casarme algún día?... —Se atascaba, y su padre lo interrumpió agarrándolo del brazo.

—¿Quién es? —inquirió con el rostro resplandeciente de interés—. Háblame de ella.

Así que le habló de Rachel. De hecho, se quedó asombrado de tener tanto que contar, teniendo en cuenta que sólo la había tratado unas cuantas semanas y la había besado una única vez.

Su padre suspiró; siempre suspiraba, era la única manera de poder tener aliento suficiente, pero ése era un suspiro de felicidad.

—Ah, Ian —dijo con cariño—. Me alegro mucho por ti. No puedo decirte lo feliz que me siento. Esto es por lo que tu madre y yo hemos rezado todos estos años, para que encontraras a una buena mujer a la que amar y con la que tener familia.

—Bueno, es muy pronto para hablar de mi familia —señaló el joven Ian—. Teniendo en cuenta que es cuáquera y que probablemente no se casará conmigo. Y considerando que yo estoy en Escocia y ella en América con el ejército continental y que, en este preciso momento, es probable que le estén disparando o que esté contrayendo una enfermedad.

Lo decía en serio, y en cierto modo se ofendió cuando su padre se echó a reír. Pero entonces el viejo Ian se inclinó hacia delante y le dijo con absoluta seriedad:

—No tienes que esperar a que me muera. Tienes que ir a buscar a tu jovencita.

—No puedo...

—Sí, sí puedes. El joven Jamie tiene Lallybroch, las chicas están bien casadas, y Michael... —Sonrió al pensar en él—. Creo que a Michael le irá muy bien. Un hombre necesita una esposa, y una buena esposa es el mejor regalo que Dios puede hacerle a un hombre. Me iré mucho más tranquilo, *a bhailach*, si sé que estás bien arreglado en ese sentido.

—Sí, bueno —murmuró el joven—. Tal vez sí. Pero no me iré todavía.

78

Antiguas deudas

Jamie tragó el último bocado de gachas, respiró hondo y dejó la cuchara sobre la mesa.

—¿Jenny?

—Claro que hay más —contestó ella alargando el brazo para coger el cuenco. Entonces, vio su cara y se detuvo, entornando los ojos—. ¿O no es eso lo que necesitas?

—Yo no lo llamaría precisamente necesidad. Pero... —Miró al techo para evitar sus ojos y encomendó su alma a Dios—. ¿Qué sabes de Laoghaire MacKenzie?

Se arriesgó a lanzarle un vistazo a su hermana y vio que estaba mirándolo de soslayo con los ojos brillantes de interés.

—¿Laoghaire, dices?

Volvió a sentarse y empezó a tamborilear pensativamente sobre la mesa. Sus manos estaban bien para su edad, pensó Jamie: estropeadas por el trabajo, pero con los dedos aún finos y ágiles.

—No se ha casado —respondió Jenny—. Pero eso ya lo sabes, me imagino.

Él asintió brevemente.

—¿Qué quieres saber de ella?

—Bueno... cómo le va, supongo. Y...

—Y ¿con quién se acuesta?

Jamie le lanzó a su hermana una mirada.

—Eres una mujer procaz, Janet Murray.

—¿Ah, sí? Bueno, vete al diablo, entonces, y pregúntale al gato.

Unos ojos azules idénticos a los suyos lo miraron centelleando durante unos instantes y el hoyuelo apareció en su mejilla. Él conocía esa expresión, de modo que cedió con toda la gracia posible.

—¿Lo sabes?

—No —respondió ella de inmediato.

Jamie alzó una ceja con incredulidad.

—Venga. Deja de tomarme el pelo.

Ella meneó la cabeza y recorrió el borde del tarro de miel con el dedo limpiando una gotita dorada.

—Te lo juro por los dedos de los pies de san Fouthad.

Jamie no había oído decir eso desde que tenía diez años, y estalló en carcajadas a pesar de la situación.

—Bueno, en tal caso, no hay más que decir, ¿verdad? —Se recostó en la silla, fingiendo indiferencia.

Ella emitió un resoplido de furia, se levantó y se puso a recoger afanosamente la mesa. Jamie la miraba con los ojos entornados, sin saber si estaba jugando con él sólo por malicia —en cuyo caso, lo dejaría en unos instantes— o si había algo más.

—¿Por qué quieres saberlo? —inquirió Jenny de repente, con los ojos fijos en el montón de cuencos pegajosos.

Eso le llamó al instante la atención.

—No he dicho que quisiera saberlo —señaló—. Pero ya que lo has mencionado, cualquiera tendría curiosidad, ¿no?

—Sí —coincidió ella. Se enderezó y lo contempló con una larga mirada escrutadora que lo hizo preguntarse si se habría lavado detrás de las orejas—. No lo sé —dijo por fin—. Y ésa es la verdad. Sólo supe de ella en aquella ocasión que te mencioné cuando te escribí.

«Sí, ¿y por qué me escribiste contándomelo?», se preguntó Jamie, pero no lo expresó en voz alta.

—Mmfm —replicó—. ¿Y esperas que me crea que el asunto terminó ahí?

• • •

Lo recordaba. De pie, en su vieja habitación de Lallybroch, la misma habitación que tenía de niño, la mañana del día de su boda con Laoghaire.

Llevaba una camisa nueva para la ocasión. No había dinero para gran cosa más que lo esencial, y a veces ni siquiera para eso, pero Jenny se las había ingeniado para que tuviera una camisa. Sospechaba que había sacrificado la mejor de sus dos blusas para hacérsela. Recordaba haberse afeitado mirándose en el reflejo de su palangana, viendo cómo el rostro demacrado y adusto de un extraño aparecía bajo su navaja, y pensando que debía acordarse de sonreír cuando se encontrara con Laoghaire. No quería asustarla, y lo que veía en el agua bastaba para asustarlo a él.

De repente lo había asaltado la idea de compartir la cama de ella. Apartó con decisión de su mente el recuerdo del cuerpo de Claire —en eso tenía mucha práctica—, lo que le hizo pensar de golpe que hacía años que no... sí, ¡años! En los últimos quince años sólo se había acostado con una mujer en dos ocasiones, y hacía cinco, seis, quizá siete años desde la última vez...

Experimentó un momento de pánico al pensar que quizá no fuera capaz y se tocó el miembro con cuidado a través del kilt, pero descubrió que ya había empezado a ponérsele rígido simplemente de pensar en la boda.

Respiró hondo, algo aliviado. Una cosa menos de la que preocuparse.

Un breve sonido procedente de la puerta le hizo volver rápidamente la cabeza y vio a Jenny, allí de pie, con una expresión ilegible en el rostro. Jamie tosió y apartó la mano de su pene.

—No tienes que hacerlo por fuerza, Jamie —le había dicho ella en voz baja mirándolo sin parpadear a los ojos—. Si lo has pensado mejor, dímelo.

Había estado a punto de decirle que lo había pensado mejor. Pero oyó el rumor de la casa. Había en ella una sensación de trajín, un propósito y una felicidad de los que había carecido durante mucho tiempo. No era sólo su propia felicidad la que estaba en juego... nunca había sido así.

—No —le había contestado con brusquedad—. Estoy perfectamente. —Y le había sonreído de modo tranquilizador.

Pero mientras ella bajaba para reunirse con Ian al pie de la escalera, Jamie oyó la lluvia contra las ventanas y lo invadió una repentina sensación de asfixia, el recuerdo inoportuno del día de su primera boda y de cómo se habían abrazado el uno al otro, Claire y él, ambos sangrando, ambos aterrorizados.

—¿Todo bien, entonces? —le había preguntado Ian en voz baja inclinándose para acercarse a él.

—Sí, muy bien —le había contestado, satisfecho de ver lo tranquila que sonaba su voz.

La cara de Jenny había aparecido unos instantes en la puerta del salón. Se la notaba preocupada, pero se relajó al verlo.

—Todo va bien, *mo nighean* —le había asegurado Ian con una sonrisa—. Lo tengo bien agarrado, por si se le pasa por la cabeza salir corriendo.

En efecto, observó con sorpresa que Ian lo estaba agarrando del brazo, pero no protestó.

—Bueno, entonces tráelo —le había dicho su hermana en tono seco—. El sacerdote ha llegado.

Había seguido a Ian y había ocupado su lugar junto a Laoghaire ante el viejo padre McCarthy. Ella lo había mirado unos segundos y luego había apartado los ojos. ¿Tendría miedo? Su mano, entre las de él, estaba fría, pero no temblaba. Jamie le había apretado afectuosamente los dedos y ella había vuelto la cabeza y lo había mirado de frente. No, no tenía miedo, ni tampoco resplandecía como una vela ni brillaba como una estrella. Su mirada expresaba gratitud y confianza.

Aquella confianza había penetrado en su corazón, como un peso pequeño y blando que le daba serenidad, que restauraba por lo menos algunas de las raíces seccionadas que lo habían mantenido unido a su casa. También él se había sentido agradecido.

Ahora se volvió al oír unos pasos y vio que Claire se acercaba por el vestíbulo. Sonrió, apercibiéndose de que había sonreído sin pensar, y ella llegó hasta él y le cogió la mano mientras miraba al interior de la habitación.

—Era la tuya, ¿verdad? Me refiero a la que tenías cuando eras joven.

—Sí, así es.

—Creo que Jenny me lo dijo... cuando estuve aquí la primera vez, quiero decir.

Su boca se crispó un tanto. Ahora Jenny y ella sí hablaban, claro, pero era una forma de hablar forzada, ambas exageradamente prudentes, temerosas de hablar de más o de no decir lo correcto. Sí, bueno, también él temía hablar de más o no decir lo correcto, pero él no era una mujer, maldita sea.

—Tengo que ir a ver a Laoghaire —dijo Jamie de improviso—. ¿Me matarás si lo hago?

Claire pareció sorprendida. Y después divertida, la condenada.

—¿Me estás pidiendo permiso?

—No —repuso él, sintiéndose incómodo y poco natural—. Sólo... bueno, pensé que debía decírtelo, eso es todo.

—Muy considerado por tu parte. —Seguía sonriendo, pero la sonrisa había adquirido cierta dosis de recelo—. ¿Te importaría... decirme por qué quieres ir a verla?

—No he dicho que quiera ir a verla —respondió él con evidente irritación en la voz—. He dicho que tengo que ir.

—Y ¿sería presuntuoso por mi parte preguntar por qué tienes que verla? —Sus ojos estaban apenas un poco más dilatados y algo más amarillos de lo habitual.

Jamie había despertado al halcón que había en ella. No había querido hacerlo, en absoluto, pero vaciló unos instantes, deseando de pronto refugiarse de su propia confusión en una todopoderosa pelea. Aunque, en conciencia, no podía hacerlo. Y menos aún explicar el recuerdo de la cara de Laoghaire el día de su boda, la mirada de confianza en sus ojos y la persistente sensación de que había traicionado esa confianza.

—Puedes preguntarme lo que quieras, Sassenach, y ya lo has hecho —añadió, mordaz—. Te contestaría si pensara que puedo explicártelo.

Ella soltó un ruidito nasal, no exactamente un «¡pffff!», pero él entendió a la perfección lo que quería decir.

—Si quieres saber con quién se acuesta, probablemente haya maneras menos directas de averiguarlo —dijo. Procuraba no alzar la voz, pero tenía las pupilas dilatadas.

—¡No me importa con quién se acueste!

—Oh, sí, claro que te importa —replicó ella al instante.

—¡No!

—Mentiroso, mentiroso, cara de oso —espetó Claire y, aunque estaba a punto de explotar, Jamie estalló en carcajadas.

Al principio, ella pareció sorprenderse, aunque se unió a él enseguida, resoplando de risa, y se le puso roja la nariz.

Dejaron de reír en cuestión de segundos, avergonzados de reírse en una casa que hacía demasiado tiempo que no conocía una risa sincera, pero sonriéndose aún el uno al otro.

—Ven aquí —dijo Jamie en voz baja y suave y le tendió una mano.

Ella la tomó de inmediato, oprimiéndosela con fuerza entre sus dedos cálidos, y lo abrazó. Su cabello olía distinto. Fresco, como siempre, e impregnado del aroma de las cosas verdes vivas, pero distinto. Olía a las Highlands, a brezo, tal vez.

—Sí que quieres saber con quién duerme, ¿sabes? —señaló ella con una voz cálida que le hizo cosquillas a través de la tela de la camisa—. ¿Quieres que te diga por qué?

—Sí y no —respondió él abrazándola con más fuerza—. Sé muy bien por qué, y estoy seguro de que Jenny y tú y todas las mujeres en ochenta kilómetros a la redonda pensáis también que lo sabéis. Pero no es por eso por lo que tengo que verla.

Entonces, ella se retiró un poco y se apartó la cascada de rizos de los ojos para mirarlo. Escudriñó con detenimiento su rostro y asintió.

—Bueno, en tal caso, dale recuerdos de mi parte, ¿de acuerdo?

—Pero qué criatura tan vengativa eres. ¡Jamás lo habría pensado de ti!

—¿De verdad? —repuso ella, seca como la mojama.

Él le sonrió y le acarició tiernamente la mejilla con el pulgar.

—No —dijo—. Jamás lo habría pensado. Tú no eres rencorosa, Sassenach. No lo has sido nunca.

—Bueno, no soy escocesa —señaló echándose el pelo hacia atrás—. Quiero decir que no es una cuestión de orgullo nacional.

—Se puso la mano sobre el pecho antes de que él pudiera responder y dijo, muy seria—: Ella nunca te hizo reír, ¿verdad?

—Quizá sonriera un par de veces —contestó él con gravedad—. Pero no, no me hizo reír.

—Bueno, entonces, recuérdalo —dijo ella, y se marchó con un revuelo de faldas.

Jamie sonrió como un tonto y la siguió.

Cuando llegó a la escalera, ella estaba esperándolo a medio camino.

—Una cosa —le dijo apuntándolo con el dedo.

—¿Sí?

—Si averiguas quién se acuesta con ella y no me lo dices, te mataré.

Balriggan era un lugar pequeño, poco más de cuatro hectáreas, además de la casa y los edificios anexos. Sin embargo, era una casa de piedra gris grande y bonita oculta en la curva de una colina, con un pequeño lago que brillaba como un espejo a sus pies. Los ingleses habían quemado los campos y el granero durante el Alzamiento, pero los campos volvieron a ser lo que eran; mucho más fácilmente que los hombres que los cultivaban.

Cabalgó despacio por delante del lago pensando que esa visita era un error. Era posible dejar las cosas atrás —lugares, gente, recuerdos—, al menos por algún tiempo. Pero los lugares se aferraban a las cosas que habían sucedido en ellos, y regresar a un sitio en el que has vivido suponía enfrentarse cara a cara con lo que habías hecho allí y con quien habías sido.

Pero Balriggan... no había sido un mal sitio. Cuando vivía allí, le encantaba el pequeño lago y la manera en que reflejaba el cielo, tan calmado algunas mañanas que tenías la impresión de poder caminar entre las nubes que veías reflejadas en él, sintiendo su fría niebla acercarse a ti, envolverte en la paz que las rodeaba. O en las noches de verano, cuando el agua centelleaba en los cientos de anillos que se superponían unos a otros cuando los peces subían a la superficie a comer insectos y su ritmo se veía roto de vez en cuando por el chapoteo de un salmón que saltaba.

La carretera lo acercó al agua y pudo ver las zonas poco profundas y llenas de piedras donde les había enseñado a las pequeñas Joan y Marsali a coger peces con las manos, los tres tan concentrados en su tarea que habían ignorado los picotazos de los mosquitos y habían vuelto a casa empapados hasta la cintura y rojos por las picaduras y las quemaduras del sol, mientras las chiquillas saltaban y se columpiaban colgando de sus manos, alegres bajo el sol poniente. Esbozó una leve sonrisa e hizo que su caballo torciera y se dirigiera colina arriba hacia la casa.

El lugar estaba deteriorado, aunque en condiciones no del todo malas, observó a regañadientes. Había una mula de silla curioseando en el prado que se extendía detrás de la casa, vieja pero de aspecto robusto. Bueno, por lo menos Laoghaire no estaba gastándose su dinero en tonterías o en un coche de cuatro caballos.

Puso la mano en la puerta de la cerca y tuvo una extraña sensación en el vientre. El tacto de la madera le era inquietantemente familiar. Al deslizar la puerta sobre el punto donde siempre solía arrastrar por el sendero, la había levantado de modo inconsciente. Esa sensación se abrió paso como un sacacorchos hasta su boca mientras recordaba su última entrevista con Ned Gowan, el abogado de Laoghaire. «¿Qué diablos quiere esa maldita mujer?», le había preguntado, exasperado. A lo que Ned había contestado alegremente: «Su cabeza en una pica junto a su portón.»

Con un breve bufido, entró, cerró la puerta con algo más de fuerza de la necesaria y miró en dirección a la casa.

Sus ojos percibieron un movimiento. Había un hombre sentado en el banco que había en el exterior de la vivienda, mirándolo por encima del pedazo de arnés roto que tenía sobre las rodillas.

Un mozo poco agraciado, pensó Jamie, escuálido y de cara fina como un hurón, con un ojo bizco y una boca que colgaba abierta como si estuviera alelado. A pesar de todo, Jamie lo saludó de manera agradable y le preguntó si su señora se encontraba en casa.

El mozo —visto más de cerca, debía de tener unos treinta y tantos años— lo miró parpadeando y volvió la cabeza para presentarle su ojo bueno.

—¿Y usted quién es? —le preguntó en tono hostil.

—Fraser de Broch Tuarach —respondió Jamie. Al fin y al cabo, se trataba de una ocasión formal—. ¿Está la señora...?

Titubeó, sin saber cómo referirse a Laoghaire. Su hermana le había dicho que seguía llamándose a sí misma «señora Fraser», a pesar del escándalo. Entonces, no le había parecido que pudiera oponerse, pues había sido culpa suya y, en cualquier caso, se encontraba en América, pero maldita sea si iba a referirse a ella con ese nombre, ni siquiera tratándose de su criado.

—Vaya a buscar a su señora, por favor —le dijo simplemente.

—¿Qué quiere de ella? —El ojo sano se cerró ligeramente, con recelo.

Jamie no esperaba hallar obstáculos de ningún tipo, por lo que se sintió tentado de contestar de malos modos, pero se contuvo. Estaba claro que el hombre había oído hablar de él, y no estaba mal que el criado de Laoghaire se preocupara por su bienestar, a pesar de que sus modales fueran pésimos.

—Me gustaría hablar con ella, si no tiene nada que objetar —dijo con extrema cortesía—. ¿Cree que podría ir a decírselo?

El hombre gruñó de un modo grosero, pero dejó a un lado el arnés y se puso en pie. Jamie se dio cuenta, demasiado tarde, de que tenía la columna vertebral retorcida y una pierna más corta que la otra. Sin embargo, no había ningún modo de disculparse que no fuera a empeorar las cosas, así que se limitó a asentir brevemente con la cabeza y dejó que el hombre se marchara y entrara con esfuerzo en la casa, pensando que era muy propio de Laoghaire tener un criado lisiado con el expreso propósito de hacer que él se sintiera incómodo.

Acto seguido se sacudió de encima la irritación, avergonzado de haber pensado algo semejante. ¿Qué le pasaba, que una mujer desventurada como Laoghaire MacKenzie hacía que afloraran todos sus rasgos vergonzosos y desagradables? No era que su hermana no pudiera hacer lo mismo, reflexionó con pesar. Pero Jenny le provocaría un poco de mal humor o haría que utilizara alguna palabra malsonante, atizaría las llamas hasta hacerlo rugir y luego lo apagaría limpiamente con una palabra, como si lo hubiera rociado con agua fría. «Ve a verla», le había dicho.

—Muy bien, pues —dijo, en tono beligerante—. Aquí estoy.

—Eso ya lo veo —repuso una voz clara y seca—. ¿Por qué?

Dio media vuelta y se encontró frente a Laoghaire, que estaba de pie en el umbral de la puerta, escoba en mano, mirándolo con frialdad.

Se descubrió a toda prisa y le hizo una reverencia.

—Buenos días. Espero que hayas amanecido bien.

A primera vista, así era. Su rostro estaba ligeramente sonrojado bajo una pañoleta blanca almidonada; sus ojos, azules, limpios.

Lo miró de arriba abajo, inexpresiva salvo por las cejas, muy arqueadas.

—Oí que habías vuelto. ¿Por qué has venido?

—He venido a ver cómo te va.

Sus cejas se alzaron un poquito más.

—No me va mal. ¿Qué quieres?

Le había dado vueltas a la situación un centenar de veces, pero debería haber imaginado que era malgastar esfuerzos. Había cosas que podían planearse, pero ninguna de ellas incluía a las mujeres.

—He venido a pedirte perdón —repuso sin rodeos—. En el pasado ya lo hice y me disparaste un tiro. ¿Quieres escucharme esta vez?

Ella bajó las cejas. Su mirada se desplazó de él a la escoba que tenía en la mano, como si estuviera considerando la posibilidad de que pudiera serle útil como arma; luego volvió a mirarle y se encogió de hombros.

—Como quieras. ¿Vas a entrar? —Hizo un movimiento con la cabeza en dirección a la casa.

—Hace un buen día. ¿Por qué no damos un paseo por el jardín? —No quería entrar en la casa, con sus recuerdos de lágrimas y silencios.

Laoghaire se lo quedó mirando unos instantes, asintió y se encaminó al sendero que conducía al jardín, dejando que él la siguiera si quería. Jamie observó que aun así continuaba llevando la escoba bien agarrada, y no supo si tomárselo a risa u ofenderse.

Caminaron en silencio por el pequeño huerto y cruzaron la puerta del jardín. Era un terreno sembrado para autoabastecerse de hortalizas, pero, al fondo, había, en efecto, un pequeño jardín, y flores plantadas entre las matas de guisantes y los lechos de cebollas. Lo recordó y sintió que le daba un leve vuelco el corazón.

Ella se había echado la escoba al hombro como un soldado que lleva su rifle y caminaba a su lado, sin prisas, pero sin darle tampoco pie para hablar. Jamie se aclaró la garganta.

—He dicho que había venido a pedirte perdón.

—Eso has dicho.

No se volvió a mirarlo, pero se detuvo y le dio un puntapié a una ondulada mata de patatas.

—Cuando nos... casamos... —comenzó Jamie intentando recordar el cuidado discurso que había pensado—, no debería habértelo propuesto. Tenía el corazón frío. No tenía derecho a ofrecerte una cosa muerta.

Las aletas de su nariz temblaron por un instante, pero no levantó los ojos. Simplemente siguió mirando la mata de patatas con el ceño fruncido, como si sospechara que tenía bichos.

—Lo sabía —repuso por fin—. Pero esperaba... —se interrumpió, apretando fuertemente los labios mientras tragaba saliva—. Pero esperaba poder serte de ayuda. Todo el mundo se daba cuenta de que necesitabas una mujer. Pero no a mí, supongo —añadió con amargura.

Dolido, Jamie dijo lo primero que se le pasó por la cabeza.

—Yo creía que tú me necesitabas a mí.

Entonces, ella lo miró con los ojos brillantes. Dios santo, iba a echarse a llorar, lo sabía. Pero no lloró.

—Tenía a mis pequeñas que alimentar. —Habló con voz dura e inexpresiva, lo que a él le escoció como un bofetón en la mejilla.

—Es cierto —replicó, refrenando su genio. Por lo menos, era honesta—. Ahora ya son mayores.

Además, Jamie había aportado una dote tanto para Marsali como para Joan, aunque no esperaba obtener ningún reconocimiento por ello.

—Así que se trata de eso —espetó ella, y su voz se tornó más fría—. No creerás que vas a convencerme para no tener que pagarme, ¿verdad?

—No, no es eso, ¡por el amor de Dios!

—Porque no puedes —prosiguió, ignorando su negativa y dando media vuelta para encararse con él con los ojos centelleantes—. Me avergonzaste delante de toda la parroquia, Jamie Fraser, atrayéndomc a una unión pecaminosa contigo y traicionándome después, ¡riéndote de mí a escondidas con tu puta *sassenach*!

—Yo no...

—Y ahora regresas de América, engalanado como un dandi inglés —dijo, y sonrió con desprecio ante su buena camisa de volantes, que se había puesto para mostrarle respeto, «¡maldita sea!»—, haciendo ostentación de tu riqueza y jugando al gran hombre con tu antigua pclandusca del brazo, espumeando con sus sedas y satenes, ¿no? Bueno, pues te diré algo. —Se quitó enérgicamente la escoba del hombro y lanzó con violencia el mango contra el suelo—. Tú nunca entendiste nada sobre mí, ¡y te crees que puedes impresionarme y hacer que me aleje arrastrándome como un perro moribundo y no te moleste más! Recapacita, es cuanto tengo que decirte... ¡Recapacita!

Jamie sacó de golpe la bolsa del bolsillo y la lanzó contra la puerta del cobertizo del jardín, donde impactó con un *bumm* y rebotó. Apenas si tuvo tiempo para lamentar haber traído un pedazo de oro en lugar de monedas, que habrían tintineado, antes de perder los estribos.

—¡Sí, por lo menos en eso tienes razón! ¡Nunca te entendí, por mucho que lo intenté!

—Ya, por mucho que lo intentaste, ¿verdad? —gritó ella, ignorando la bolsa—. ¡No lo intentaste nunca, ni por un momento, Jamie Fraser! De hecho... —Su rostro se apretó como un puño mientras luchaba por mantener la voz bajo control—. Nunca me miraste de verdad. Nunca... bueno, no, supongo que me miraste una vez. Cuando tenía dieciséis años. —Le tembló la voz al pronunciar esa palabra y apartó los ojos, apretando los dientes con fuerza.

Luego volvió a mirarlo, con los ojos brillantes y sin lágrimas.

—Te llevaste una paliza por mí. En Leoch. ¿Te acuerdas?

Al principio, no lo recordó. Luego se detuvo, con la respiración agitada. Se llevó instintivamente la mano a la mandíbula y, contra su voluntad, sintió que el fantasma de una sonrisa brotaba frente al enfado.

—Ah, sí. Sí, lo recuerdo.

Angus Mhor no se lo había hecho pasar tan mal como hubiera podido, pero había sido una zurra con todas las de la ley, a pesar de todo. Las costillas le habían dolido durante días.

Ella asintió, observándolo. Tenía las mejillas manchadas de rojo, pero estaba más tranquila.

—Pensé que lo habías hecho porque me querías. Seguí pensándolo hasta mucho después de casarnos, ¿sabes? Pero me equivocaba, ¿verdad?

La contrariedad debió de notársele en la cara, pues ella soltó un pequeño bufido que indicaba que se había ofendido. La conocía lo bastante bien como para al menos saber eso.

—Te di lástima —dijo con rotundidad—. Entonces no me di cuenta. Te di lástima en Leoch, no sólo más adelante, cuando me tomaste como esposa. Yo pensé que me querías —repitió espaciando las palabras como si estuviera hablando con un tonto—. Cuando Dougal hizo que te casaras con la puta inglesa, creí que iba a morirme. Pero pensé que quizá también tú te sentías como si fueras a morirte. Y no era en absoluto así, ¿no?

—Bueno... no —respondió sintiéndose estúpido e incómodo.

Entonces no se había apercibido para nada de sus sentimientos. No veía más que a Claire. Pero Laoghaire había creído que la quería a ella, claro. Tenía dieciséis años y se habría enterado de que lo obligaban a casarse con Claire, sin percatarse jamás de que, en realidad, él deseaba aquel matrimonio. Ella había pensado, cómo no, que eran unos enamorados que tenían la suerte de espaldas. Salvo que Jamie nunca había vuelto a poner los ojos en ella. Se pasó la mano por la cara, sin saber en absoluto qué decir.

—Nunca me lo dijiste —observó por fin, dejando caer la mano.

—¿De qué habría servido? —repuso ella.

Así que era eso. Cuando se casó con ella, Laoghaire sabía la verdad, tenía que saberla. Pero, a pesar de todo, debía de tener la esperanza... Incapaz de encontrar algo que decir como respuesta, su mente se refugió en lo irrelevante.

—¿Quién era? —preguntó.

—¿Quién? —Ella frunció el ceño, asombrada.

—El muchacho. Tu padre quería castigarte por fresca, ¿no? ¿Con quién tonteabas entonces, cuando me peleé por ti? Nunca pensé en preguntártelo.

Las manchas rojas de sus mejillas se volvieron más intensas.

—No, nunca lo preguntaste, ¿verdad?

Un incisivo silencio acusador cayó entre ambos. En su momento, no se lo había preguntado. Le daba igual.

—Lo siento —dijo Jamie por fin en voz baja—. Pero dímelo. ¿Quién era?

En aquella época no le había importado lo más mínimo, pero ahora sentía curiosidad, aunque sólo como manera de no pensar en otras cosas, o de no decirlas. No habían tenido el pasado que ella creía, aunque el pasado se interponía aún entre ambos, formando una tenue conexión.

Laoghaire apretó los labios y Jamie pensó que no iba a decírselo, pero luego los separó de mala gana.

—John Robert MacLeod.

Él frunció el ceño, desconcertado por un instante, pero, después, el nombre encajó en el lugar que le correspondía en su memoria y la miró.

—¿John Robert? ¿El tipo de Killiecrankie?

—Sí —repuso ella—. Ése. —Su boca se cerró en seco tras la palabra.

Jamie casi no lo había tratado, pero la reputación de John Robert MacLeod entre las mujeres jóvenes había sido tema de abundante conversación entre los hombres de armas de Leoch durante la breve temporada que había pasado allí. Se trataba de un hombre guapo y astuto, atractivo y de cara chupada, y el hecho de tener mujer e hijos pequeños en casa no parecía suponer ningún impedimento en absoluto para él.

—¡Jesús! —exclamó, incapaz de contenerse—. ¡Tuviste suerte de haber conservado la virginidad!

Un feo e intenso sonrojo la cubrió desde el corsé hasta la cofia, y se le abrió la boca.

—¡Laoghaire MacKenzie! ¿No serías tan rematadamente estúpida como para dejar que te llevara virgen a su cama?

—¡No sabía que estaba casado! —chilló ella golpeando el suelo con el pie—. Además, fue después de tu boda con la inglesa. Me entregué a él buscando consuelo.

—Ya, y él te lo dio, ¡estoy seguro!

—¡Calla la boca! —bramó y, tras coger un cacharro de piedra para regar de encima del banco que había junto al cobertizo, se lo arrojó a la cabeza.

Jamie no se lo esperaba —Claire solía tirarle cosas, pero Laoghaire no lo había hecho nunca—, por lo que casi le abrió la cabeza. Le dio en el hombro en el preciso momento en que se hacía a un lado para esquivarla.

Al cacharro le siguió una retahíla de objetos que se encontraban sobre el banco y un bombardeo de lenguaje incoherente, todo tipo de insultos impropios de una mujer, puntuados de chillidos semejantes al silbido de una tetera. Un cazo de suero de leche voló hacia él. Erró su objetivo, pero lo dejó cubierto de grumos y de suero desde el pecho hasta las rodillas.

Jamie estaba riéndose —de la sorpresa— cuando, de improviso, ella agarró un azadón de la pared del cobertizo y lo apuntó con él. Seriamente alarmado, se agachó y la agarró de la muñeca, doblándosela y haciéndole soltar la pesada herramienta, que cayó al suelo con un golpe. Ella lanzó un grito como el de una *banshee* y le golpeó la cara con la otra mano, casi cegándolo con las uñas. Jamie le apresó también esa muñeca y la empujó contra el muro del cobertizo mientras ella seguía propinándole patadas en las espinillas, forcejeando y retorciéndose contra él como una serpiente.

—¡Lo siento! —le gritaba al oído para que lo oyera por encima del ruido que estaba metiendo—. ¡Perdóname! ¿Me oyes? ¡Lo siento!

El barullo le impedía oír nada a su espalda, así que nada en absoluto le advirtió cuando algo monstruoso lo golpeó detrás de la oreja e hizo que se tambaleara al tiempo que su cabeza se llenaba de destellos de luz.

Siguió agarrándola de las muñecas mientras daba un traspié y caía, arrastrándola al suelo encima de él. La rodeó fuertemente con los brazos, para evitar que volviera a arañarle, y parpadeó intentando aclararse los ojos llenos de lágrimas.

—¡Suéltala, MacIfrinn! —Con un sonido metálico, el azadón se hincó en la tierra junto a su cabeza.

Se arrojó a un lado, con Laoghaire aún aferrada a él, rodando frenéticamente entre las matas. Oyó unos jadeos y unos pasos vacilantes y el azadón cayó de nuevo, clavándole la manga al suelo y arañándole la piel del brazo.

Jamie se liberó de un tirón, ignorando la piel y la tela que se desgarraban, se alejó rodando de Laoghaire y se puso en pie de un salto. Luego se lanzó sin pausa contra la figura marchita del criado de Laoghaire, que levantaba el azadón por encima de la cabeza, con el estrecho rostro desfigurado por el esfuerzo.

Le asestó un golpe al hombre en la cara con un crujido y lo derribó, dándole un puñetazo en el vientre antes de que alcanzara el suelo. Se encaramó sobre él y siguió dándole puñetazos, mientras hallaba cierto alivio en la violencia. El hombre gruñía, gemía y balbuceaba, y Jamie acababa de retirar la rodilla para darle un buen porrazo en las pelotas y zanjar el asunto cuando tomó vagamente conciencia de Laoghaire, que chillaba y le golpeaba la cabeza.

—¡Déjalo en paz! —gritaba llorando y pegándole con las manos—. ¡Déjalo, déjalo por el amor de Brígida, no le hagas daño! Entonces se detuvo, jadeando y sintiéndose terriblemente estúpido de pronto. Había vapuleado a un lisiado raquítico que sólo quería proteger a su señora de un ataque evidente, había maltratado a una mujer como un rufián de la calle... Dios santo, ¿qué le pasaba? Se apartó del hombre, mientras reprimía una disculpa, y se levantó torpemente con la intención de ayudar al pobre tipo a ponerse en pie por lo menos.

Pero antes de que pudiera hacerlo, Laoghaire cayó de rodillas junto al hombre, deshecha en llanto y abrazándolo, y consiguió por fin incorporarlo en parte, apretando su estrecha cabeza contra su pecho blando y redondo sin importarle la sangre que manaba de su nariz rota, y sin dejar de acariciarle y darle suaves palmaditas al tiempo que murmuraba su nombre. Joey, al parecer.

Jamie se puso de pie, tambaleándose un tanto, mientras contemplaba la escena. La sangre goteaba de sus dedos y el brazo comenzaba a arderle allí donde la azada le había arrancado la piel. Sintió que algo que le escocía le entraba en los ojos y, al limpiárselo con la mano, descubrió que le sangraba la frente. Estaba claro que el boquiabierto Joey le había mordido sin querer mientras lo golpeaba. Hizo un gesto de repugnancia, conforme se palpaba las marcas de los dientes en la frente, y buscó un pañuelo con el que enjugarse la sangre.

Entretanto, a pesar de lo confusa que tenía la cabeza, todo cuanto sucedía en el suelo delante de él iba aclarándose por momentos. Una buena ama tal vez intentaría reconfortar a un criado herido, pero aún no había oído nunca a una mujer llamar a un criado *mo chridhe*. Y menos aún besarlo apasionadamente en la boca, manchándose la cara de sangre y de mocos al hacerlo.

—Mmphm —gruñó.

Sobresaltada, Laoghaire volvió hacia él una cara manchada de sangre y llena de lágrimas. Nunca había estado más hermosa.

—¿Él? —interrogó Jamie con incredulidad, mientras señalaba con la cabeza al acurrucado Joey—. ¿Por qué, por el amor de Dios?

Laoghaire lo miró con los ojos reducidos a una ranura, encogida como un gato a punto de saltar. Se lo quedó mirando unos instantes y luego, despacio, irguió la espalda, mientras volvía a estrechar la cabeza de Joey contra su pecho.

—Porque me necesita —respondió sin alterar la voz—. Y tú, tú, cabrón, nunca me necesitaste.

· · ·

Dejó al caballo paciendo junto a la orilla del lago y, tras desnudarse, se metió en el agua. El cielo estaba encapotado, y el lago estaba lleno de nubes.

El fondo rocoso se hizo más profundo y Jamie dejó que el agua fría y gris se lo llevara, arrastrando sus piernas lacias tras de sí mientras el frío aplacaba el dolor de sus pequeñas heridas. Sumergió la cara en el agua, con los ojos cerrados, para limpiar el corte que tenía en la cabeza, y notó que las burbujas de su respiración le acariciaban, suaves y cosquilleantes, los hombros.

Levantó la cabeza y se puso a nadar, despacio, sin pensar absolutamente en nada.

Hizo el muerto entre las nubes, con los cabellos flotando como algas marinas, y levantó la vista para mirar al cielo. Una rociada de lluvia salpicó el agua de hoyuelos a su alrededor y luego arreció.

Pero era una lluvia suave. No sentía las gotas que caían sobre su piel, sólo el lago y sus nubes que le bañaban la cara, el cuerpo, llevándose la sangre y los nervios que acababa de pasar.

¿Volvería alguna vez a ese lugar?, se preguntó.

El agua le llenó las orejas con su ímpetu y se sintió reconfortado al darse cuenta de que, en realidad, nunca se había ido de allí.

Se volvió por fin y echó a nadar hacia la orilla, hendiendo el agua sin levantar salpicaduras. Seguía lloviendo, ahora con mayor intensidad, y, mientras nadaba, las gotas de lluvia no cesaban de tamborilear en sus hombros desnudos. Sin embargo, el sol poniente brillaba bajo las nubes e iluminaba Balriggan y su colina con un suave resplandor.

Notó que el fondo se elevaba y puso los pies en el suelo. Permaneció allí de pie unos instantes con el agua hasta la cintura, contemplándolo.

—No —dijo en voz baja, y sintió que sus remordimientos se suavizaban hasta convertirse en lástima y que, por fin, le llegaba el perdón de la resignación—. Tienes razón. Nunca te necesité. Lo siento.

Entonces salió del agua y, tras llamar al caballo con un silbido, se envolvió los hombros en la húmeda capa escocesa y volvió el rostro hacia Lallybroch.

79

La cueva

«Hierbas útiles», escribí y, como siempre, me detuve a pensar. Utilizar una pluma de ave te forzaba a redactar tanto con mayor cuidado como con mayor economía que si empleabas un bolígrafo o una máquina de escribir. No obstante, pensé, en ese apartado simplemente elaboraría una lista e iría añadiendo notas acerca de cada una de las hierbas según se me fueran ocurriendo. Luego, cuando lo tuviera todo claro, redactaría un borrador en limpio y me aseguraría de no olvidar nada, en lugar de intentar hacerlo todo de un tirón.

«Lavanda, menta piperita, consuelda —escribí sin vacilar—. Caléndula, matricaria, dedalera, reina de los prados.» Volví atrás en mi lista para añadir un gran asterisco junto a «dedalera» con el fin de recordar añadir fuertes recomendaciones de emplearla con precaución, ya que había pequeñas partes de la planta que eran extremadamente venenosas a menos que se utilizaran en dosis muy reducidas. Jugueteé con la pluma entre los dedos y me mordí el labio, indecisa. ¿Debía mencionarla siquiera, habida cuenta de que el libro iba a ser una guía médica útil para el público general y no para médicos con experiencia en el empleo de medicamentos varios? Porque, de hecho, uno no debería tratar a nadie con dedalera a menos que tuviera una formación... Mejor no. La taché, aunque después lo pensé mejor. Tal vez sería mejor que la mencionara acompañándola de un dibujo, pero también con la severa advertencia de que sólo un médico debería utilizarla, por si a alguien se le ocurría la brillante idea de ponerle remedio definitivo a la hidropesía del tío Tophiger...

Una sombra se proyectó en el suelo delante de mí y levanté la vista. Jamie estaba allí de pie, con una expresión muy extraña.

—¿Qué pasa? —inquirí, asustada—. ¿Ha sucedido algo?

—No —respondió y, tras entrar en el estudio, se inclinó y puso las manos sobre el escritorio, acercando su rostro a poco más de un palmo del mío—. ¿Has tenido jamás la más mínima duda de que te necesito? —preguntó.

No tardé ni medio segundo en pensar la respuesta.

—No —contesté de inmediato—. A mi entender, me necesitabas con urgencia en el preciso momento en que te vi. Y no he tenido jamás razón alguna para pensar que te hayas vuelto ni un ápice más autosuficiente desde entonces. ¿Qué demonios te ha pasado en la frente? Parecen marcas de dientes...

Se estiró por encima de la escribanía y me besó antes de que pudiera terminar mi observación.

—Gracias —dijo con ardor y, sin dilación, se apresuró a dar media vuelta y se marchó, evidentemente de muy buen humor.

—¿Qué le pasa al tío Jamie? —inquirió Ian, que entró tras él. Volvió la vista hacia la puerta abierta sobre el vestíbulo, de cuyas profundidades llegaba un canturreo desafinado, como el de un abejorro atrapado en algún lugar—. ¿Está borracho?

—No lo creo —dije, dubitativa, pasándome la lengua por los labios—. No sabía a nada que contuviera alcohol.

—Bueno. —Ian alzó un hombro, sin dar mayor importancia a las excentricidades de su tío—. He estado al otro lado de Broch Mordha y el señor MacAllister me ha dicho que la madre de su mujer se puso mala por la noche, y si podrías pasarte por allí si no era molestia.

—No es molestia en absoluto —le aseguré mientras me ponía rápidamente en pie—. Deja tan sólo que coja mi bolsa.

A pesar de que estábamos en primavera, una estación fría y traicionera, los arrendatarios y los vecinos parecían bastante sanos. Había reanudado con cierta cautela el ejercicio de mi profesión, ofreciendo, a modo de tentativa, consejo y ayuda médica a quien quisiera aceptarlos. Al fin y al cabo, ya no era la señora de Lallybroch, y muchas de las personas que conocía de antes habían muerto. Por lo general, los que aún vivían parecían alegrarse de verme, aunque había en sus ojos una cautela que no estaba antes allí. Me entristecía verlo, pero lo entendía de sobra.

Había abandonado Lallybroch, lo había abandonado a él. Los había abandonado a ellos. Y aunque fingían creerse la historia que Jamie les había contado acerca de que yo lo había creído muerto y había huido a Francia, no podían evitar sentir que los había traicionado al marcharme. Yo misma sentía que los había traicionado.

La familiaridad que había habido entre nosotros en el pasado ya no existía y, por tanto, ya no iba a visitarlos de manera rutinaria como solía hacer. Esperaba que me llamaran. Y, entretanto, cuando necesitaba salir de la casa, me iba a buscar hierbas por mi cuenta o me iba a dar un paseo con Jamie, que también necesitaba salir de la casa de vez en cuando.

Un día que hacía buen tiempo aunque soplaba viento, me llevó más lejos de lo habitual y me dijo que, si quería, me enseñaría su cueva.

—Claro que me gustaría, mucho —contesté. Me cubrí los ojos con la mano para protegerlos del sol mientras miraba a la cima de una escarpada colina—. ¿Está allí arriba?

—Sí. ¿La ves?

Negué con la cabeza. De no ser por la gran roca blanca que la gente llamaba el «Salto del Tonel», podría haberse tratado de cualquier colina de las Highlands, llena de aliagas y de brezos entre los que tan sólo se divisaban piedras.

—Vamos, entonces —dijo Jamie y, poniendo los pies en un punto de apoyo invisible, me sonrió y me tendió una mano para ayudarme a subir.

Era un duro ascenso, de modo que, cuando por fin apartó una pantalla de aliagas para mostrarme la estrecha boca de la cueva, yo estaba jadeando y empapada en sudor.

—Quiero entrar.

—No, no quieres entrar —le aseguró él—. Hace frío y está sucia.

Ella le dirigió una extraña mirada y una media sonrisa.

—Nunca lo habría adivinado —repuso, muy seca—. Aun así, quiero entrar.

Era inútil discutir con ella. Se encogió de hombros, se quitó el abrigo para que no se le ensuciara y lo colgó de un serbal joven que había brotado cerca de la entrada. Apoyó las manos sobre las piedras a ambos lados de la boca de la gruta, pero entonces dudó. ¿Era allí donde se agarraba siempre a la piedra, o no? «Dios santo, pero ¿qué importancia tiene?», se reprendió a sí mismo, y, asiéndose firmemente a la roca, entró y se dejó caer.

Hacía tanto frío como él sabía que haría. Al menos encontraba a resguardo del viento, así que no era un frío cortante, sino una gélida sensación de humedad que penetraba a través de la piel y te roía los huesos.

Se volvió y le tendió las manos, y ella se inclinó hacia él, intentó bajar apoyando los pies, pero perdió apoyo y medio cayó, aterrizando en sus brazos con gran agitación de ropas y cabellos sueltos. Jamie se echó a reír e hizo que ella se volviera a mirar, aunque mantuvo los brazos en torno a ella. Era reacio a rendirse al calor de su cuerpo y la abrazó como si fuera un escudo contra los fríos recuerdos.

Ella permaneció quieta, apoyándose en él, moviendo únicamente la cabeza mientras miraba de un extremo de la caverna al otro. Medía apenas dos metros y medio de largo, pero el extremo más lejano se perdía en las sombras. Alzó la barbilla y vio las suaves manchas negras que recubrían la piedra a un lado de la entrada.

—Ahí es donde yo encendía el fuego, cuando me atrevía a encenderlo. —Su voz sonaba rara, fina y sofocada, así que se aclaró la garganta.

—¿Dónde estaba tu cama?

—Justo ahí, junto a tu pie izquierdo.

—¿Dormías con la cabeza en este extremo? —Golpeó ligeramente con el pie la gravilla del suelo.

—Sí. Si la noche era clara, podía ver las estrellas. Si llovía, me volvía del otro lado.

Ella percibió la sonrisa en su voz y le acarició el muslo con la mano, pellizcándoselo.

—Eso era lo que yo esperaba —manifestó con voz algo sofocada a su vez—. Cuando oí hablar del Gorropardo, y de la cueva... pensaba en ti, solo aquí arriba... y esperaba que por la noche pudieras ver las estrellas.

—Podía verlas —susurró él, y bajó la cabeza para posar los labios en su pelo.

Se le había caído el chal con el que se había envuelto la cabeza y su cabello olía a bálsamo de limón y a lo que, según había dicho, era hierba gatera.

Claire dejó escapar un gruñido y dobló los brazos sobre los de él, calentándole el cuerpo a través de la camisa.

—Tengo la sensación de haberla visto antes —declaró en tono ligeramente sorprendido—. Aunque me imagino que quizá todas las cuevas se parecen mucho unas a otras, a menos que tengan estalactitas colgando en el techo o mamuts pintados en las paredes.

—Nunca tuve talento para la decoración —contestó él, y ella volvió a gruñir, divertida—. En cuanto a estar aquí... has pasado aquí muchas noches conmigo, Sassenach. Tú y la chiquilla, las dos.

«Aunque entonces no sabía que era una niñita», añadió para sí, recordando con una pequeña punzada que de vez en cuando se había sentado en la roca plana de la entrada, imaginando a veces la tibieza de una hija en los brazos, pero soñando también en ocasiones que tenía un hijito en sus rodillas y le señalaba las estrellas para viajar guiándose por ellas, y le explicaba cómo cazar y la oración que había que rezar cuando uno mataba para comer. Pero esas cosas se las enseñó a Brianna más adelante, y a Jem. Los conocimientos no se habían perdido. Sin embargo, ¿servirían para algo?, se preguntó de pronto.

—¿La gente caza todavía? —preguntó—. ¿En el futuro?

—Claro —le aseguró ella—. Todos los años, en otoño, llega al hospital una avalancha de cazadores, en su mayor parte idiotas que se emborracharon y se dispararon unos a otros por error, aunque una vez atendí a un caballero al que un ciervo que había dado por muerto había pisoteado con ganas.

Jamie se echó a reír, sorprendido y reconfortado a la vez. La idea de cazar borracho... aunque había visto hacerlo a algunos estúpidos. Pero al menos los hombres aún cazaban. Jem cazaría.

—Estoy seguro de que Roger Mac no dejaría que Jem bebiese mucho antes de salir de caza —señaló—. Aunque los demás muchachos lo hagan.

Ella movió apenas la cabeza de un lado a otro, como solía hacer cuando se preguntaba si debía decirle una cosa o no, y él estrechó un poco su abrazo.

—¿Qué?

—Estaba imaginándome precisamente a un grupo de críos de segundo grado tomándose un trago de whisky todos juntos antes de volver a casa después del colegio en medio de la lluvia —dijo soltando un breve bufido—. En el siglo XX, los niños no beben nada de alcohol. Nunca. O al menos se supone que no deben hacerlo, de modo que permitírselo se considera un caso escandaloso de negligencia.

—¿Ah, sí? —Eso le parecía extraño. A él le habían dado cerveza con la comida desde... bueno, desde que tenía uso de razón. Y, sin duda, un trago de whisky para entrar en calor o si tenía el hígado helado o dolor de oídos o... Sin embargo, era cierto que Brianna le daba leche a Jem, incluso después de que dejara de usar babero.

El ruido de unas piedras que se desprendían más abajo, en la ladera de la colina, lo sobresaltó y soltó a Claire, mientras se volvía hacia la entrada. No creía que fuera a suponer un problema, pero, a pesar de todo, le indicó por gestos que se quedara allí, al tiempo que se encaramaba por encima de la boca de la cueva y cogía el abrigo y la navaja que llevaba en el bolsillo antes incluso de mirar quién había venido.

Algo más abajo había una mujer, una figura alta envuelta en un manto y un chal, junto a la gran roca donde Fergus había perdido la mano. Pero miraba hacia arriba, por lo que lo vio salir de la cueva. Ella lo saludó con la mano y lo llamó por señas, así que, tras lanzar una rápida mirada a su alrededor para cerciorarse de que estaba sola, Jamie avanzó medio deslizándose cuesta abajo hasta el camino donde ella se encontraba.

—*Feasgar math* —la saludó arrebujándose en su abrigo.

La mujer era bastante joven, tal vez de veintipocos años de edad, pero no la conocía. O creía no conocerla, hasta que habló.

—*Ciamar a tha thu, mo athair* —dijo en tono formal. «¿Cómo estás, padre?»

Él parpadeó, asombrado, pero enseguida se inclinó hacia delante, y la examinó con atención.

—¿Joanie? —preguntó, incrédulo—. ¿Eres la pequeña Joanie?

Su rostro alargado y bastante solemne rompió en una sonrisa, aunque breve, al oírlo.

—Entonces, ¿me reconoces?

—Sí, te reconozco, ahora que me doy cuenta... —Extendió una mano queriendo abrazarla, pero ella se mantuvo algo apartada de él, tensa, de modo que dejó caer la mano al tiempo que se aclaraba la garganta para capear el momento—. Ha pasado mucho tiempo, muchacha. Has crecido —añadió sin convicción.

—Como la mayoría de los críos —replicó ella, seca—. ¿Es tu mujer la que está contigo? La primera, quiero decir.

—Sí —contestó sustituyendo el asombro que su aparición le había causado por la cautela.

La miró rápidamente de arriba abajo, por si iba armada, pero no supo decir si era así. Se había envuelto en su manto para protegerse del viento.

—Quizá podrías pedirle que bajara —sugirió Joan—. Me gustaría conocerla.

Jamie lo dudaba. No obstante, parecía tranquila y no podía impedir que conociera a Claire, si así lo deseaba. Claire debía de estar observando. Se volvió, hizo un gesto en dirección a la cueva, llamándola por señas, y después se volvió de nuevo hacia Joan.

—¿Cómo es que has venido, muchacha? —le preguntó. De allí a Balriggan había sus buenos doce kilómetros, y en las proximidades de la gruta no había nada que pudiera atraer a nadie.

—Me dirigía a Lallybroch para verte. Me perdí tu visita cuando fuiste a la casa —añadió con un breve destello de lo que podría haber sido regocijo—. Pero os he visto a ti y a tu... mujer... paseando, así que os he seguido.

Pensar que ella deseara verlo lo reconfortó, pero al mismo tiempo desconfiaba. Habían pasado doce años, y ella era una chiquilla cuando él se marchó. Además, había vivido todos esos años con Laoghaire, escuchando, sin duda alguna, comentarios pésimos sobre él durante todo ese tiempo.

Miró su rostro, escrutador, sin distinguir más que una vaguísima impresión de las facciones infantiles que recordaba. No era hermosa, ni bonita siquiera, pero había en ella cierta dignidad que resultaba atractiva. Joan lo miró directamente a los ojos, en apariencia sin importarle lo que él pudiera ver o pensar. Sus ojos y su nariz tenían la forma de los de Laoghaire, aunque no tenía mucho más de su madre, pues era alta, morena y huesuda, con unas gruesas cejas, una cara alargada y fina y una boca que no tenía mucha costumbre de sonreír, pensó Jamie.

Oyó que Claire avanzaba colina abajo por detrás de él y se volvió a ayudarla, aunque sin perder de vista a Joanie, por si acaso.

—No te preocupes —dijo la joven con voz tranquila a su espalda—. No tengo intención de matarla de un tiro.

—¿No? Bueno, eso está bien.

Desconcertado, Jamie intentó recordar. ¿Se encontraba ella en la casa cuando Laoghaire le había disparado? Creía que no, aunque en esos momentos no se hallaba en condiciones de darse cuenta. Pero no cabía la menor duda de que se lo habían contado.

Claire tomó su mano y saltó al camino y, sin detenerse a descansar, se acercó enseguida a coger las manos de Joan entre las suyas, sonriendo.

—Me alegro mucho de conocerte —manifestó en tono sincero—. Marsali me dijo que debía darte esto. —E, inclinándose, besó a Joan en la mejilla.

Por primera vez, Jamie vio sorprenderse a la muchacha. Joanie se sonrojó y retiró las manos, mientras se volvía hacia un lado y se restregaba debajo de la nariz con un pliegue del manto, como si le hubiera entrado picor, para que nadie viera que se le habían llenado los ojos de lágrimas.

—Yo... gracias —dijo lanzándole una mirada rápida y penetrante a los ojos—. Usted... mi hermana me ha escrito hablándome de usted.

Carraspeó y parpadeó con fuerza, luego miró a Claire con indisimulado interés, un interés absolutamente recíproco.

—Félicité se parece a ti —observó Claire—. También Henri-Christian, un poquito... pero Félicité muchísimo.

—Pobrecita —murmuró Joan, pero, al oírselo decir, no pudo evitar una sonrisa que le iluminó la cara.

Jamie tosió.

—¿No quieres venir a casa, Joanie? Serías bienvenida.

Ella negó con la cabeza.

—Más adelante, quizá. Quería hablar contigo, *mo athair*, donde nadie pudiera oírnos. Salvo tu mujer —añadió con una ojeada a Claire—, pues sin lugar a dudas ella tiene algo que decir sobre el asunto. —Aquello sonó un tanto siniestro, mas luego añadió—: Es acerca de mi dote.

—¿Ah, sí? Bueno, resguardémonos del viento, por lo menos.

Jamie las condujo bajo la protección de la gran roca, mientras se preguntaba qué estaría tramando. ¿Acaso la muchacha quería casarse con alguien inapropiado y su madre se negaba a darle la dote? ¿Habría sucedido algo con el dinero? Lo dudaba. El viejo Ned Gowan había redactado los documentos y el dinero estaba a salvo en un banco de Inverness. Y, al margen de lo que pensara de Laoghaire, estaba seguro de que nunca haría nada que perjudicara a sus hijas.

Una tremenda ráfaga de viento subió por el camino, arremolinando las enaguas de las mujeres como hojas voladoras y arrojándoles a todos nubes de polvo y brezo seco. Se apresuraron a refugiarse bajo la protección que les ofrecía la roca y permanecieron allí sonriendo y riendo brevemente bajo el efecto del tiempo, mientras se sacudían el polvo y se arreglaban la ropa.

—Bueno —comenzó Jamie antes de que el buen humor tuviera ocasión de agriarse—, ¿con quién quieres casarte?

—Con Jesucristo —contestó Joan al instante.

Jamie se la quedó mirando unos segundos hasta que se dio cuenta de que tenía la boca abierta de par en par y la cerró.

—¿Quieres hacerte monja? —Las cejas de Claire estaban arqueadas en señal de interés—. ¿De verdad?

—Sí. Hace mucho tiempo que sé que tengo vocación, pero... —vaciló— es... complicado.

—No me cabe la menor duda —repuso Jamie recuperándose un poco de la impresión—. ¿Has hablado de ello con alguien, muchacha? ¿Con el cura? ¿Con tu madre?

Los labios de Joan se comprimieron hasta formar una fina línea.

—Con ambos —dijo brevemente.

—¿Y qué han dicho? —inquirió Claire. Era obvio que estaba fascinada, apoyada contra la roca mientras se peinaba el pelo hacia atrás con los dedos.

Joan resopló.

—Mi madre dice —respondió con precisión— que he perdido la cabeza de leer tantos libros, y que todo es culpa tuya —añadió sin rodeos dirigiéndose a Jamie— por haberme transmitido el gusto por la lectura. Quiere que me case con el viejo Geordie McCann, pero le dije que prefería estar muerta en la cuneta.

—¿Cuántos años tiene el viejo Geordie McCann? —preguntó Claire, y Joan la miró parpadeando.

—Veinticinco o así —respondió—. ¿Qué tiene que ver?

—Simple curiosidad —murmuró Claire con aire divertido—. ¿Es que hay un joven Geordie McCann?

—Sí, su sobrino. Tiene tres años —añadió Joan en aras de una estricta precisión—. Tampoco quiero casarme con él.

—¿Y el cura? —intervino Jamie antes de que Claire pudiera hacer descarrilar por entero la conversación.

Joan respiró hondo y pareció volverse más alta y seria al hacerlo.

—Él dice que tengo la obligación de quedarme a atender la casa y cuidar de mi vieja madre.

—Que se cepilla a Joey, el mozo, en la cabrería —añadió Jamie en tono amable—. Me imagino que lo sabes, ¿no?

Con el rabillo del ojo vio el rostro de Claire, y le hizo tanta gracia que tuvo que volverse para no mirarla. Levantó una mano por detrás de su espalda indicándole que se lo contaría más tarde.

—No lo hace mientras yo estoy en casa —repuso Joan con frialdad—. Y me parece que es el único motivo por el que aún sigo allí. ¿Crees que mi conciencia me permitiría marcharme, sabiendo lo que van a hacer? Ésta es la primera vez en tres meses que me alejo más allá del huerto, y si apostar no fuera pecaminoso, me jugaría mis mejores enaguas a que están en ello ahora mismo, condenando sus almas a los infiernos.

Jamie carraspeó, intentando —sin conseguirlo— no pensar en Joey y Laoghaire entrelazados en un apasionado abrazo en la cama de ella, con su colcha azul y gris de retazos.

—Sí, bueno. —Sentía los ojos de Claire taladrándole la nuca, y notó cómo la sangre se precipitaba hacia allí—. En resumidas cuentas, quieres hacerte monja, pero el cura dice que no debes, tu madre no quiere darte la dote para ello, y tu conciencia no te dejaría hacerlo en cualquier caso. ¿Es ésa es la situación, según tú?

—Sí —respondió Joan, satisfecha con su conciso resumen.

—Y, eeeh, ¿qué es lo que quieres que Jamie haga al respecto? —inquirió Claire colocándose junto a él—. ¿Matar a Joey?

—Le lanzó a Jamie una mirada de soslayo con sus ojos amarillos, llena de perverso regocijo por lo incómodo de su situación.

Él la miró con los ojos entornados y ella le sonrió.

—¡Por supuesto que no! —las gruesas cejas de Joan se aproximaron—. Quiero que se casen. Así no estarían en pecado mortal cada vez que yo volviera la espalda y el cura no podría decir que tengo que quedarme en casa, pues mi madre tendría un marido que cuidaría de ella.

Jamie recorrió despacio con un dedo, arriba y abajo, el puente de su nariz, intentando pensar cómo iba a hacer para inducir a dos réprobos de mediana edad a casarse. ¿Por la fuerza? ¿Amenazándolos con una escopeta? Imaginaba que podía hacerlo, pero... bueno, cuanto más pensaba en ello, más le gustaba la idea...

—¿Crees que él quiere casarse con ella? —le sorprendió Claire.

A Jamie no se le había ocurrido formularse esa pregunta.

—Sí, sí que quiere —respondió Joan con obvia desaprobación—. Siempre me habla de ello gimoteando, me dice cuantííiiiiisimo la quiere... —Puso los ojos en blanco—. No es que piense que no debería quererla —se apresuró a añadir al ver la expresión de Jamie—. Pero no debería hablarme de ello a mí, ¿no crees?

—Eeeh... no —repuso él, ligeramente aturdido.

El viento rugía alrededor de la roca, y aquel estruendo en los oídos lo consumía, y hacía que se sintiera como cuando estaba en la cueva, viviendo en soledad durante semanas, sin oír voz alguna salvo el viento. Sacudió la cabeza con violencia para despejársela, y se obligó a centrar la atención en la cara de Joan y a oír sus palabras por encima del vendaval.

—Me parece que ella está dispuesta a casarse con él —decía Joan, aún frunciendo el ceño—. Aunque no me habla de ello, gracias a Brígida. Pero le tiene cariño. Le da de comer las mejores tajadas y todo eso.

—Bueno, en tal caso... —Se apartó un mechón de cabello de la boca, sintiéndose mareado—. ¿Por qué no se casan?

—Por ti —contestó Claire en un tono algo menos divertido—. Y aquí es donde entro yo, me imagino, ¿verdad?

—Y eso por...

—Por el acuerdo al que llegaste con Laoghaire cuando yo... regresé. —Su atención estaba centrada en Joan, pero se acercó más a Jamie y le tocó ligeramente la mano, sin mirarlo—. Prometiste mantenerla y aportar una dote para Joan y Marsali, pero la ayuda se acabaría si volvía a casarse. Eso es todo, ¿no? —le preguntó a Joan, quien asintió.

—Joey y ella podrían arreglárselas para ir tirando, pero... ya has visto a Joey. Si tú dejaras de mandarle dinero, es probable que tuviera que vender Balriggan para poder vivir, y eso le rompería el corazón —añadió con voz queda bajando los ojos por primera vez.

Un extraño dolor se apoderó del corazón de Jamie, un dolor extraño porque no era suyo, pero lo reconocía. En cierto momento, en las primeras semanas de su matrimonio, un día que habían estado cavando para plantar nuevas matas en el jardín, Laoghaire le había llevado una jarra de cerveza fría y había permanecido allí de pie mientras él se la bebía; luego le había dado las gracias por cavar. Sorprendido, Jamie se había echado a reír y le había preguntado por qué motivo había de agradecérselo. «Porque cuidas de mi hogar —se limitó a contestar ella—, pero no intentas quitármelo.» Acto seguido, había cogido la jarra vacía de sus manos y había vuelto a entrar en la casa.

Y en una ocasión, en la cama —y Jamie se sonrojaba al recordarlo estando Claire justo a su lado—, él le había preguntado por qué le gustaba tanto Balriggan. Al fin y al cabo, no era una casa que hubiera heredado de su familia, ni era especial en ningún sentido. Ella había soltado un ligero suspiro, se había subido la colcha hasta la barbilla y le había contestado: «Es el primer lugar en el que me he sentido segura.» Cuando le preguntó por qué, no había querido seguir hablando del tema, sino que se había dado la vuelta y había fingido que se quedaba dormida.

—Preferiría perder a Joey que perder Balriggan —le estaba diciendo Joan a Claire—. Pero tampoco quiere perderlo a él. Así que ya entiende cuál es el problema, ¿no?

—Sí, lo entiendo.

Claire hablaba en tono comprensivo, pero le lanzó a Jamie una mirada indicándole que aquello era, como es natural, problema suyo. Claro que lo era, pensó él, exasperado.

—Ya... haré algo —intervino sin tener la más mínima idea de qué, pero ¿cómo podía negarse? Dios probablemente lo mataría por interferir en la vocación de Joan, si su propio sentimiento de culpa no acababa con él primero.

—¡Oh, papá! ¡Gracias!

Joan esgrimió una repentina y desconcertante sonrisa y se abalanzó sobre él. Jamie apenas si levantó los brazos a tiempo de cogerla. Era una joven muy robusta. Pero la envolvió en el abrazo que había querido darle al encontrarse y sintió que aquel extraño dolor se aplacaba al tiempo que aquella hija extraña encajaba limpiamente en un lugar vacío de su corazón cuya existencia desconocía.

El viento seguía azotando a su alrededor, por lo que tal vez fuera una mota de polvo lo que hizo relucir los ojos de Claire mientras lo miraba sonriente.

—Una única cosa —observó él con severidad cuando Joan lo soltó y retrocedió unos pasos.

—Lo que sea —replicó ella con ardor.

—¿Rezarás por mí? ¿Cuando seas monja?

—Todos los días —le aseguró ella—, y los domingos, dos veces.

Ahora el sol empezaba a descender en el cielo, pero todavía faltaba algún tiempo para cenar. Supuse que debería haber estado en casa y ofrecerme a ayudar con los preparativos de la comida, enormes y laboriosos a la vez, con tanta gente yendo y viniendo, y Lallybroch no podía permitirse ya el lujo de un cocinero. Sin embargo, aunque Jenny estuviera absorta mimando a Ian, Maggie y sus jóvenes hijas y las dos criadas eran más que capaces de arreglárselas. Yo no haría más que estorbar. O eso me dije, muy consciente de que siempre había trabajo para un par de manos extra.

No obstante, bajé con esfuerzo detrás de Jamie por la ladera de la colina y no dije nada cuando él se desvió del camino que conducía a Lallybroch. Caminamos hacia el laguito, muy satisfechos.

—Tal vez sí tenga algo que ver con la decisión de Joan a causa de los libros, ¿no crees? —dijo él al cabo de un rato—. Quiero decir que les leía a las chiquillas por la noche de vez en cuando. Se sentaban conmigo en el banco, una a cada lado, apoyando la cabeza en mí, y era... —Hizo una pausa, mirándome, y tosió, a todas luces preocupado por si la idea de que hubiera disfrutado de algún momento en casa de Laoghaire pudiera resultarme de algún modo ofensiva.

Le sonreí y me agarré a su brazo.

—Estoy segura de que les encantaba. Pero dudo mucho que le leyeras a Joan nada que le hiciera querer meterse a monja.

—Bueno —replicó, titubeando—. Sí les leí fragmentos de las *Vidas de los santos*. Ah, y también de *El libro de los mártires* de Fox, aunque buena parte de él tiene que ver con los protestantes, y Laoghaire decía que los protestantes no podían ser mártires porque eran unos herejes perversos, y yo decía que ser hereje no te impedía ser mártir, y... —De repente sonrió—. Creo que eso tal vez fuera lo más parecido a una conversación decente que tuvimos nunca.

—¡Pobre Laoghaire! —exclamé—. Pero, cambiando de tema, y vamos a cambiar, ¿qué piensas del problema de Joan?

Jamie meneó la cabeza, dubitativo.

—Bueno, tal vez pueda untarle la mano a Laoghaire para que se case con ese pequeño lisiado, pero costaría mucho dinero, pues querría más de lo que le doy ahora. Y no me queda gran cosa del oro que trajimos, de modo que el asunto tendría que esperar hasta que pueda regresar al Cerro y sacar un poco más, llevarlo a un banco, disponer que le giraran el dinero... Detesto pensar que Joan tendría que pasarse un año en casa intentando mantener separadas a esas dos comadrejas enloquecidas por la lujuria.

—¿Comadrejas enloquecidas por la lujuria? —inquirí, divertida—. ¿No me digas? ¿Los has pillado haciéndolo?

—No exactamente —respondió Jamie, con un carraspeo—. Pero era obvio que había una atracción entre ellos. Venga, paseemos por la orilla. El otro día vi un nido de zarapitos.

El viento se había calmado y el sol era cálido y brillante, por ahora. Veía unas nubes asomando por el horizonte y no me cabía la menor duda de que al caer la noche volvería a llover, pero, por el momento, hacía un día de primavera precioso y ambos estábamos dispuestos a disfrutarlo. De tácito acuerdo, apartamos de nuestra mente todas las cuestiones desagradables y no hablamos de nada en especial, gozando tan sólo el uno de la compañía del otro, hasta que llegamos a un montículo cubierto de hierba rasa donde pudimos sentarnos y disfrutar del sol.

Sin embargo, la mente de Jamie parecía volver de vez en cuando a Laoghaire; supuse que no podía evitarlo. No es que me importase, porque yo salía muy bien parada en todas las comparaciones que hacía.

—Si ella hubiera sido mi primera mujer —dijo en tono reflexivo en un momento dado—, creo que tendría probablemente una opinión muy distinta de las mujeres en general.

—Bueno, no puedes definir a todas las mujeres en términos de cómo son (o de lo que una de ellas es) en la cama —objeté—. He conocido a hombres que, bueno...

—¿Hombres? ¿Frank no fue el primero? —me interrogó, sorprendido.

Me llevé una mano detrás de la cabeza y lo miré.

—¿Te importaría que no lo hubiera sido?

—Bueno... —Claramente asombrado por la posibilidad, buscó una respuesta—. Supongo... —Se interrumpió y me dirigió una mirada mientras se pasaba con aire meditativo un dedo por el puente de la nariz. Una comisura de su boca se curvó hacia arriba—. No lo sé.

Yo tampoco lo sabía. Por una parte, me pareció bastante gracioso que la idea lo sorprendiera y, a mi edad, no era del todo adversa a sentirme algo licenciosa, aunque sólo en retrospectiva. Por otra...

—Bueno, en cualquier caso, ¿adónde quieres ir a parar lanzando piedras?

—En mi caso, tú fuiste la primera —señaló con considerable aspereza.

—Eso dijiste —le tomé el pelo. Divertida, observé que se sonrojaba como la aurora.

—¿No me creíste? —inquirió, levantando la voz a su pesar.

—Bueno, para ser un joven presuntamente virgen, parecías bastante bien informado. Por no decir... imaginativo.

—¡Por el amor de Dios, Sassenach, me crié en una granja! Al fin y al cabo, es una cosa muy sencilla. —Me miró de arriba abajo con atención, entreteniendo la mirada en ciertos puntos de particular interés—. Y en cuanto a imaginar cosas... Señor, me pasé meses, ¡años... imaginando!

Una cierta luz llenó sus ojos y tuve la clara impresión de que no había dejado de imaginar en los años transcurridos desde entonces, en absoluto.

—¿Qué estás pensando? —pregunté, intrigada.

—Estoy pensando que el agua del lago está un poquito helada, pero si no se me encogiera enseguida el miembro, la sensación de calor al penetrar en ti... Por supuesto —añadió, pragmático, mirándome como si estuviera estimando el esfuerzo que supondría meterme en el lago a la fuerza—, no sería necesario que lo hiciéramos dentro del agua, a menos que tú quisieras. Podría simplemente remojarte unas cuantas veces, arrastrarte hasta la orilla y... Dios mío, tienes un culo precioso, con la ropa

mojada adherida. Se vuelve toda transparente y percibo el bulto
de tus nalgas, como melones redondos, grandes y suaves...

—Calla. ¡No quiero saber lo que estás pensando!

—Me lo has preguntado —señaló con toda la razón—. Y también puedo verte la encantadora rajita del culo. Y una vez te tengo
clavada, debajo de mi cuerpo, no puedes escapar... ¿Quieres que
te lo haga tumbada de espaldas, Sassenach, o de rodillas, conmigo detrás? Podría tener un buen apoyo de las dos maneras, y...

—¡No voy a meterme en un lago helado para satisfacer tus
pervertidos deseos!

—Muy bien —repuso con una sonrisa. Tumbándose a mi
lado, alargó la mano y tomó un generoso puñado de hierba—.
Podemos satisfacerlos aquí, si quieres, donde se está caliente.

80

Enomancia

Lallybroch era una granja de labranza. Nada en una granja puede estar parado mucho tiempo, ni siquiera para llorar a un ser
querido. Por ello, cuando la puerta se abrió a media tarde, yo era
la única persona en la parte delantera de la casa.

Oí el ruido y asomé la cabeza por la puerta del estudio de
Ian para ver quién había entrado. Un joven extraño estaba de pie
en el vestíbulo, mirando a su alrededor con aire apreciativo. Oyó
mis pasos y se volvió, mirándome con curiosidad.

—¿Quién es usted? —preguntamos a la vez, y nos echamos
a reír.

—Soy Michael —se presentó con voz suave y ronca y con
un ligero acento francés—. Y tú debes de ser la maga del tío
Jamie, supongo.

Me estaba examinando con franco interés, de modo que me
sentí libre de hacer lo mismo.

—¿Es así como me llama la familia? —inquirí mirándolo de
arriba abajo. Era un hombre pequeño que no tenía ni la corpulencia y la fuerza de Jamie ni la altura fibrosa del joven Ian. Michael
era el gemelo de Janet, pero tampoco se parecía en absoluto a ella.
Era el hijo que se había marchado a Francia para convertirse en

socio menor en el negocio de vinos de Jared Fraser, Fraser et Cie. Cuando se quitó el manto de viaje, vi que iba vestido muy a la moda para las Highlands, aunque su traje era de color y corte sobrios y llevaba una banda de crespón negro en el brazo.

—Así, o la bruja —respondió con una leve sonrisa—. Según hable papá o mamá.

—Por supuesto —repuse con irritación, pero sin poder evitar devolverle la sonrisa. Era un joven tranquilo pero atractivo. Bueno, era relativamente joven. Debía de estar próximo a los treinta, pensé—. Siento tu... pérdida —manifesté señalando con un gesto la banda de crespón—. ¿Te importa si te pregunto...?

—Mi esposa —respondió con sencillez—. Murió hace dos semanas. De no ser así, habría venido antes.

Eso me sorprendió de manera notable.

—Ah. Yo... entiendo. Pero tus padres, tus hermanos y hermanas, ¿no lo saben aún?

Negó con la cabeza y se aproximó un poco, de modo que la luz que entraba por la ventana en forma de abanico que había sobre la puerta incidió sobre su rostro, y distinguí las oscuras ojeras bajo los ojos y las señales del profundo agotamiento que constituye el único consuelo de semejante aflicción.

—Lo siento mucho —dije, y lo abracé, movida por un impulso.

Se apoyó en mí, bajo un impulso idéntico. Su cuerpo respondió por un instante a mi contacto, y hubo un momento extraordinario en el que sentí la profunda insensibilidad que lo embargaba, la guerra inconsciente entre la toma de conciencia y el rechazo. Michael sabía lo que había sucedido, lo que estaba sucediendo, pero no lo sentía. Aún no.

—Válgame Dios —dije apartándome de él tras el breve abrazo. Le toqué suavemente la mejilla y él me miró, parpadeando.

—Iré al infierno —observó en tono afable—. Tienen razón.

Una puerta se abrió y se cerró en el piso superior, oí unos pasos en la escalera y, un instante después, Lallybroch despertó al conocimiento de que el último hijo había llegado.

El torbellino de mujeres y niños nos arrastró a la cocina, donde los hombres aparecieron solos y a pares por la puerta trasera para abrazar a Michael o darle palmaditas en el hombro.

Hubo efusiones de simpatía, las mismas preguntas y respuestas repetidas varias veces: ¿cómo había muerto Lillie, la mujer de Michael? Había muerto de gripe. Su abuela también. No, él no se había contagiado. El padre de ella se interesaba por el padre de Michael y mandaba decir que rezaba por él, y por fin comenzaron los preparativos para lavarse y cenar y acostar a los niños, y Michael se zafó de la vorágine.

Cuando salí de la cocina para ir a buscar el chal al estudio, vi a Michael al pie de la escalera con Jenny, charlando tranquilamente. Ella le tocó la cara, tal como había hecho yo, y le preguntó algo en voz baja. Él esbozó una media sonrisa, negó con la cabeza y, enderezando los hombros, subió al piso superior para ver a Ian, que se encontraba demasiado mal para bajar a cenar.

De los Murray, Michael era el único que había heredado el gen recesivo del cabello rojo, de modo que llameaba entre sus hermanos de cabello más oscuro como un ascua. Sin embargo, había heredado también una copia idéntica de los afables ojos castaños de su padre. «Y vino bien —me dijo Jenny en privado—, ya que, de lo contrario, su padre probablemente estaría seguro de que lo hice con el cabrero, pues sabe Dios que no se parece a nadie de la familia.»

Le mencioné ese comentario a Jamie, que pareció sorprendido, pero luego sonrió.

—Sí. Es probable que ella no lo sepa, pues nunca vio a Colum MacKenzie cara a cara.

—¿A Colum? ¿Estás seguro? —Miré por encima de mi hombro.

—Oh, sí. La coloración de la piel es distinta, pero, teniendo en cuenta su edad y que goza de buena salud... En Leoch había un retrato de Colum cuando tenía quizá quince años, antes de su primera caída. Lo recuerdas, ¿verdad? Estaba colgado en el salón del tercer piso.

Cerré los ojos con el ceño fruncido por la concentración, intentando reconstruir la distribución de los pisos del castillo.

—Guíame —le pedí.

Él dejó escapar un gruñido de regocijo, pero me cogió la mano y trazó una delicada línea en la palma.

—Bueno, aquí está la entrada, con la gran puerta de doble batiente. Una vez dentro, cruzas el patio y entonces...

Me condujo sin titubear hasta el lugar exacto de mi mente, y allí había, sin duda, un retrato de un joven de rostro fino e inteligente con una expresión abierta en los ojos.

—Sí, creo que tienes razón —repuse abriendo un poco los ojos—. Si es tan inteligente como Colum, entonces... tengo que decírselo.

Los ojos de Jamie, pensativos, escudriñaron mi rostro.

—No pudimos cambiar las cosas antes —manifestó con una nota de advertencia en la voz—. Probablemente no puedas cambiar lo que va a suceder en Francia.

—Tal vez no —respondí—. Sin embargo, lo que sabía, lo que te conté antes de Culloden, no detuvo a Carlos Estuardo, pero tú saliste con vida.

—No fue a propósito —repuso con sequedad.

—No, pero también tus hombres sobrevivieron, y eso sí fue a propósito. De modo que quizá, sólo quizá, podría ser de ayuda. Además, me lo recriminaré toda la vida si no lo hago.

Asintió, serio.

—Bueno, pues. Los llamaré.

El corcho se liberó con un suave *¡pop!*, y el rostro de Michael se relajó. Olió el corcho ennegrecido y se pasó delicadamente la botella por debajo de la nariz con los ojos entornados, apreciando el aroma.

—Bueno, ¿qué dices, muchacho? —inquirió su padre—. ¿Nos envenenaremos o no?

Él abrió los ojos y le lanzó a su padre una mirada un tanto matadora.

—Has dicho que era importante, ¿no? Entonces tomaremos el negroamaro. De Apulia —añadió con una nota de satisfacción en la voz, y se volvió hacia mí—. ¿Te parece bien, tía?

—Eeeh... claro —respondí, algo desconcertada—. ¿Por qué me lo preguntas a mí? El experto en vinos eres tú.

Michael me miró, sorprendido.

—Ian dijo... —comenzó, pero se detuvo y me sonrió—. Te pido disculpas, tía. Debí de entenderlo mal.

Todos se volvieron a mirar al joven Ian, quien se sonrojó bajo aquel escrutinio.

—¿Qué dijiste exactamente, Ian? —preguntó el joven Jamie.

El joven Ian miró con los ojos entornados a su hermano, que parecía encontrarle algo de gracioso a la situación.

—Dije —repuso el joven Ian, irguiéndose con gesto desafiante— que la tía Claire tenía algo importante que decirle a Michael y que debía escucharla porque ella es una... una...

—Dijo que era una *banshee* —terminó Michael, afable. No me sonrió, pero sus ojos brillaron con profundo regocijo, y yo entendí por vez primera lo que Jamie había querido decir al compararlo con Colum MacKenzie—. No estaba seguro de que lo dijera en serio, tía, o si simplemente eres una hechicera, o una bruja.

Jenny dejó escapar un grito sofocado al oír esa palabra, e incluso el viejo Ian parpadeó. Ambos se volvieron a mirar al joven Ian, que encorvó los hombros, a la defensiva.

—Bueno, no sabía exactamente lo que es —replicó—. Pero es del Pueblo Antiguo, ¿verdad, tío Jamie?

Algo extraño pareció surcar el aire de la habitación. Una repentina y viva ráfaga de viento fresco bajó gimiendo por la chimenea, hizo estallar el fuego que ardía en ella y salpicó chispas y brasas sobre el hogar. Jenny se puso en pie con una leve exclamación y las apagó con la escoba.

Jamie estaba sentado junto a mí. Me cogió la mano y le dirigió a Michael una firme mirada.

—No existe una palabra que defina lo que es, pero tiene conocimiento de cosas que acabarán pasando. Escuchadla.

Eso hizo que todos prestaran atención y yo me aclaré la garganta, profundamente incómoda por mi papel de profeta, pero obligada a hablar a pesar de todo. Por primera vez, experimenté un repentino sentimiento de parentesco con algunos de los profetas más renuentes del Viejo Testamento. Pensé que sabía con exactitud lo que había sentido Jeremías cuando le mandaron ir a profetizar la destrucción de Nínive. Sólo esperé tener una acogida mejor, pues me parecía recordar que los habitantes de Nínive lo habían arrojado a un pozo.

—Tú sabrás más que yo de la andadura política en Francia —manifesté mirando directamente a Michael—. No puedo decirte nada en términos de acontecimientos específicos que sucederán en los próximos diez o quince años. Pero después... las cosas empeorarán deprisa. Habrá una revolución. Inspirada en la que ahora está teniendo lugar en América, pero no igual. Al rey y a la reina los meterán en la cárcel con su familia, y ambos morirán decapitados.

Un grito general surgió de la mesa, y Michael parpadeó asombrado.

—Habrá un movimiento llamado el Terror y a la gente la sacarán de sus casas y la denunciarán. A los aristócratas, o los matarán o tendrán que abandonar el país, y no será bueno para la gente rica en general. Jared tal vez esté muerto para entonces, pero tú no. Y si eres la mitad de inteligente de lo que pienso, serás rico.

Michael soltó un ligero bufido al oírme decir eso y sonaron algunas carcajadas en la habitación, aunque no duraron mucho.

—Construirán una máquina que se llamará guillotina, tal vez exista ya, no lo sé. En un principio la construyeron como un método humano de ejecución, me parece, pero se utilizará con tanta frecuencia que se convertirá en un símbolo del Terror y de la revolución en general. No deberías estar en Francia cuando eso suceda.

—Yo... ¿Cómo sabes todo eso? —preguntó Michael. Estaba pálido y se mostraba un poco agresivo.

Bueno, ahí estaba el problema. Agarré con fuerza la mano de Jamie y les conté por qué lo sabía.

Se produjo un silencio de muerte. Sólo el joven Ian no parecía haberse quedado pasmado, pero él ya lo sabía, y más o menos me creía. Me daba cuenta de que ése no era el caso de la mayoría de los reunidos en torno a la mesa. Al mismo tiempo, no podían llamarme mentirosa.

—Eso es lo que sé —declaré dirigiéndome directamente a Michael—. Y ése es el motivo por el que lo sé. Todavía tienes algunos años para prepararte. Traslada el negocio a España o Portugal. Véndelo y emigra a América. Haz lo que quieras, pero no te quedes en Francia diez años más. Eso es todo —dije con brusquedad.

Me levanté y salí de la habitación, dejando un silencio absoluto detrás de mí.

No debería haberme sorprendido, pero me sorprendí. Estaba en el gallinero, recogiendo huevos, cuando oí en el exterior el cacareo y el revoloteo de las aves que anunciaba que alguien había entrado en su corral. Miré fijamente la última gallina con ojos de acero, desafiándola a picotearme, le arrebaté un huevo de debajo y salí a ver quién estaba allí.

Era Jenny, con un montón de maíz recogido en el delantal. Era extraño. Sabía que ya les habían dado de comer a las gallinas, pues había visto a una de las hijas de Maggie hacerlo una hora antes.

Me saludó con la cabeza y comenzó a lanzar el maíz a puñados. Metí a toda prisa el último huevo en mi cesto y esperé. Era obvio que quería hablar conmigo y que había inventado una excusa para hacerlo en privado. Tenía un fuerte presentimiento. Y motivos de sobra, pues arrojó el último puñado de maíz machacado y, con él, todo fingimiento.

—Quiero pedirte un favor —me dijo, pero evitó mi mirada y pude ver latir el pulso en sus sienes como un reloj.

—Jenny —repliqué, tan incapaz de detenerla como de contestarle—. Sé...

—¿Curarás a Ian? —escupió, mientras alzaba los ojos hasta los míos.

No me había equivocado respecto de lo que quería pedirme, pero sí en lo relativo a sus sentimientos. En sus ojos había miedo y preocupación, pero no timidez ni vergüenza. Tenía los ojos de un halcón, y sabía que me arrancaría la piel si se lo negaba.

—Jenny —repetí—. No puedo.

—¿No puedes o no quieres? —dijo en tono agrio.

—No puedo. Por el amor de Dios, ¿crees que no lo habría hecho ya, si estuviera en mis manos?

—Tal vez no, por el rencor que me guardas. Si es por eso... te diré que lo siento, y lo digo con sinceridad, aunque lo que hice lo hice con buena fe.

—Tú... ¿qué? —Estaba sinceramente confusa, pero eso pareció irritarla.

—¡No finjas que no tienes ni idea de a qué me refiero! ¡Cuando volviste la otra vez y mandé a buscar a Laoghaire!

—Ah. —No era en absoluto que lo hubiese olvidado, aunque eso no me había parecido importante, a la luz de todo lo demás—. No pasa nada... No estoy resentida contigo. Pero ¿por qué la hiciste venir? —pregunté tanto por curiosidad como con la esperanza de aplacar un poco la intensidad de sus emociones. Había visto a muchas personas al mismísimo borde del agotamiento, la pena y el terror, y ella era presa de las tres cosas.

Realizó un movimiento brusco e impaciente y pareció ir a dar media vuelta y marcharse, pero no lo hizo.

—Jamie no te había hablado de ella, ni a ella de ti. Tal vez entendiera el porqué, pero sabía que, si la traía aquí, él no tendría más remedio que coger el toro por los cuernos y acabar con el problema.

—Ella casi acabó con él —repuse, empezando a calentarme un poco también—. ¡Le disparó, por el amor de Dios!

—Bueno, yo no le di el arma, ¿verdad? —espetó—. Yo no quería que él le dijera lo que le dijo, fuera lo que fuese, ni que ella sacara una pistola y le metiera una bala en el cuerpo.

—¡No, pero me dijiste que me marchara!

—¿Por qué no había de decírtelo? ¡Ya le habías roto el corazón una vez, y creí que volverías a hacerlo! Y tuviste la cara dura de volver aquí, pavoneándote, estupenda y lozana, cuando nosotros habíamos estado... habíamos estado... ¡fue eso lo que le provocó a Ian la tos!

—Eso...

—Cuando se lo llevaron y lo metieron en Tolbooth. ¡Pero tú no estabas aquí cuando sucedió! ¡Tú no estabas aquí cuando nos moríamos de hambre y de frío y temíamos por la vida de nuestros hombres y de nuestros niños! ¡Tú no viviste nada de eso! ¡Estabas en Francia, caliente y a salvo!

—Estaba en Boston, a doscientos años de distancia, convencida de que Jamie había muerto —respondí con frialdad—. Además, no puedo ayudar a Ian.

Luché por doblegar mis propios sentimientos, que brotaban como la espuma liberados al arrancar las costras del pasado, y sentí compasión al ver su aspecto, con el huesudo rostro demacrado y atormentado por la preocupación, las manos apretadas con tanta fuerza que las uñas se le hincaban en la carne.

—Jenny —le dije, más tranquila—. Por favor, créeme. Si pudiera hacer algo por Ian, daría mi alma por hacerlo. Pero no soy maga. No tengo ningún poder. Sólo unos cuantos conocimientos, y no los suficientes. Daría mi alma por hacerlo —repetí con mayor firmeza, mientras me acercaba a ella—. Pero no puedo. Jenny... no puedo.

Se quedó mirándome en silencio. Un silencio demasiado largo para soportarlo, así que la rodeé y me dirigí hacia la casa. Ella no se volvió y yo no miré atrás. Pero, a mis espaldas, la oí susurrar:

—Tú no tienes alma.

81

Purgatorio, II

Cuando Ian se sintió lo bastante bien, comenzó a salir a pasear con Jamie. A veces sólo hasta el corral o el granero, para apoyarse en la cerca y hacerles comentarios a las ovejas de Jenny. A veces, se sentía lo bastante bien como para caminar kilómetros, lo que asombraba, y alarmaba, a Jamie. Sin embargo, pensaba, era agradable caminar el uno junto al otro por los páramos y por el bosque y bajar a la orilla del lago, sin hablar gran cosa, pero el uno junto al otro. No importaba si caminaban despacio. Siempre caminaban despacio desde que Ian había vuelto de Francia con una pierna de madera.

—Tengo muchas ganas de recuperar la pierna —le había comentado despreocupadamente en una ocasión, cuando se sentaron al amparo de la gran roca donde Fergus había perdido la mano, contemplando el riachuelo que discurría al pie de la colina mientras buscaban el destello aislado de una trucha al saltar.

—Sí, no estaría mal —le había contestado Jamie con una leve sonrisa y también un poco incómodo, recordando cuando se había despertado tras la batalla de Culloden y había pensado que le faltaba una pierna.

Se había sentido fatal y había intentado consolarse pensando que, si conseguía salir del purgatorio e ir al cielo, acabaría recuperándola. Por supuesto, también había pensado que estaba muerto, pero eso no le había parecido ni la mitad de espantoso que la pérdida imaginaria de la pierna.

—No creo que tengas que esperar mucho —le dijo con desenfado, e Ian parpadeó.

—¿Esperar a qué?

—Tu pierna.

Se dio cuenta de repente de que Ian no tenía ni idea de lo que había estado pensando, por lo que se apresuró a explicárselo.

—Simplemente estaba pensando que no pasarás mucho tiempo en el purgatorio, si es que vas allí, así que la recuperarás pronto.

Ian le sonrió.

—¿Qué te hace estar tan seguro de que no me pasaré mil años en el purgatorio? Podría ser un pecador terrible, ¿no?

—Bueno, sí, podrías —admitió Jamie—. Aunque, si es así, debes de tener la mar de malos pensamientos porque, si hubieras estado haciendo algo, yo lo sabría.

—Ah, ¿eso crees? —Ian pareció encontrarlo gracioso—. Llevas muchos años sin verme. ¡Podría haber estado haciendo cualquier cosa y no lo habrías sabido nunca!

—Claro que sí —repuso Jamie, con razón—. Jenny me lo diría. ¿No me estarás insinuando que si tuvieras una amante y seis hijos bastardos, o si te hubieras echado a las carreteras y hubieras estado robándole a la gente con el rostro cubierto tras una máscara de seda negra, ella no se habría dado cuenta?

—Bueno, posiblemente lo sabría —admitió Ian—. Pero venga, hombre, no hay nada que pueda llamarse carretera en ciento cincuenta kilómetros. Y, además, me moriría congelado mucho antes de encontrarme con alguien a quien valiera la pena robar en uno de los puertos.

Hizo una pausa entornando los ojos para protegerlos del viento mientras contemplaba las posibilidades criminales que se le ofrecían.

—Podría haber estado robando ganado —aventuró—. Aunque hay tan pocos animales estos días que, si faltara uno, toda la parroquia lo sabría al instante. Y dudo que pudiera esconderlo entre las ovejas de Jenny con alguna esperanza de que nadie lo descubriera. —Siguió pensando en ello con la barbilla apoyada en la mano, y sacudió la cabeza de mala gana—. La triste verdad es, Jamie, que nadie en las Highlands ha tenido nada que valiera la pena robar durante estos últimos veinte años. No, el robo está descartado, mucho me temo. Al igual que la fornicación, porque Jenny ya me habría matado. ¿Qué queda? No hay realmente nada que codiciar... Supongo que mentir y matar es lo único que queda, y aunque conocí al hombre estrafalario al que habría querido matar, nunca lo hice. —Meneó la cabeza con pesar y Jamie se echó a reír.

—¿Ah, sí? Me dijiste que habías matado a varios hombres en Francia.

—Bueno, sí, lo hice, pero fue una cuestión de guerra, o de negocios —añadió con justicia—. Me pagaban para matarlos. No lo hice por despecho.

—Bueno, entonces tengo razón —señaló él—. Cruzarás directamente el purgatorio como un cúmulo, pues no recuerdo que me hayas dicho nunca ni una sola mentira.

Ian le sonrió con gran afecto.

—Sí, bueno, puede que haya dicho alguna que otra mentira, Jamie... pero no, a ti no. —Miró la gastada pata de palo estirada frente a él y se rascó la rodilla correspondiente—. Me pregunto si tendré una sensación distinta.

—¿Cómo podría ser de otro modo?

—Bueno, la verdad es que todavía puedo sentir el pie que me falta —señaló Ian, agitando de un lado a otro su pie sano—. Siempre ha sido así, desde que lo perdí. No continuamente, pero sí que lo siento. Es una cosa muy extraña. ¿Tú sientes el dedo? —inquirió con curiosidad, señalando con la barbilla la mano derecha de Jamie.

—Bueno... sí. No constantemente, pero sí de vez en cuando, y lo peor de todo es que, aunque ya no lo tengo, sigue doliéndome horrores, el condenado, lo que no me parece nada justo.

Podría haberse mordido la lengua antes de decirlo, pues allí estaba Ian, muriéndose, y él se quejaba de que haber perdido un dedo no era justo. Sin embargo, Ian jadeó, divertido, y se echó hacia atrás meneando la cabeza.

—Y si la vida fuera justa, ¿qué?

Siguieron allí sentados un rato en amistoso silencio observando cómo el viento se movía entre los pinos que crecían en la ladera de la colina que tenían enfrente. Entonces, Jamie metió la mano en su faltriquera y sacó el paquetito blanco. Estaba un poco sucio de estar en la faltriquera, pero estaba bien embalsamado y fuertemente envuelto. Ian contempló el pequeño lío que Jamie le mostraba en la palma de la mano.

—¿Qué es esto?

—Mi dedo —respondió él—. Yo... bueno... Me preguntaba si te importaría que lo enterraran contigo.

Ian se quedó mirándolo unos instantes. Luego sus hombros empezaron a temblar.

—¡Por el amor de Dios, no te rías! —exclamó Jamie, alarmado—. ¡No quería hacerte reír! Dios mío, ¡Jenny me matará si te pones a toser, echas un pulmón y te mueres aquí fuera!

Ian tosía, y los accesos de tos se intercalaban con largos jadeos de risa. Tenía los ojos llenos de lágrimas de tanto reír, y se apretaba el pecho con ambos puños, luchando por respirar. Sin embargo, al final paró de toser y se enderezó despacio, emitiendo un sonido similar al de un fuelle. Respiró profundamente y, con aire despreocupado, escupió sobre las piedras un salivazo de un espeluznante color escarlata.

—Prefiero morirme aquí fuera riéndome de ti que en mi cama con seis curas recitando oraciones —declaró—. Pero dudo que tenga la oportunidad. —Alargó una mano con la palma hacia arriba—. Sí, pónmelo aquí.

Jamie le puso el pequeño cilindro envuelto en tela blanca en la mano, e Ian se metió el dedo en su propia faltriquera con gesto despreocupado.

—Lo mantendré a salvo hasta que te reúnas conmigo.

· · ·

Bajó entre los árboles y se dirigió hacia el margen del páramo que se extendía por debajo de la cueva. Hacía un frío penetrante, con una brisa gélida, y la luz cambiaba sobre la tierra como el batir de las alas de un pájaro mientras, arriba, las nubes se deslizaban largas y fugaces. Esa misma mañana más temprano, había seguido un rastro dejado por los ciervos a través de los brezos, pero éste había desaparecido en una cascada rocosa cerca de una pendiente y ahora iba de vuelta a casa. Se encontraba en la parte posterior de la colina donde se erguía la torre, una ladera densamente arbolada con un bosquecillo de hayas y pinos. Esa mañana no había visto ningún ciervo, ni siquiera un conejo, pero no le importaba.

Con tantos en casa, estaba claro que un ciervo no les habría venido mal, pero se alegraba de estar al aire libre, incluso si volvía sin nada.

No podía posar sus ojos en Ian sin querer mirarlo atentamente a la cara para grabarlo en su memoria, para imprimir aquellos últimos pedazos de su cuñado en su mente del mismo modo que recordaba con vividez momentos especiales, para poder sacarlos y revivirlos cuando hiciera falta. Pero, al mismo tiempo, no quería recordar a Ian en su actual estado. Era mucho mejor conservar lo que tenía de él: su perfil a la luz de la hoguera, riendo hasta reventar mientras le echaba un pulso a Jamie y lo forzaba a doblar el brazo, ambos sorprendidos de su nervuda fuerza. Las largas y nudosas manos de Ian empuñando el cuchillo de *gralloch*, la torsión y el olor a metal caliente de la sangre que manchaba sus dedos, el aspecto de su cabello castaño agitado por el viento del lago, su estrecha espalda, curva y elástica como un arco cuando se agachaba para coger del suelo a uno de sus hijos o nietos de corta edad y los lanzaba por los aires mientras ellos reían a carcajadas.

Había sido buena cosa ir allí, pensó. Y mejor aún que hubieran llevado al muchacho a tiempo de hablar con su padre como un hombre para tranquilizar la mente de Ian y despedirse de él como era debido. Pero vivir en la misma casa que un hermano querido que se muere por momentos delante de tus propias narices le resultaba tristemente irritante.

Con tantas mujeres en la casa, las riñas resultaban inevitables. Dado que muchas de ellas eran Fraser, era como caminar por una fábrica de pólvora con una vela encendida. Todas intentaban hacer lo posible, contenerse, adaptarse, pero eso no hacía más que empeorar las cosas cuando, al final, alguna chispa hacía estallar el polvorín. No había salido de caza sólo porque necesitaban comida.

Le dedicó un pensamiento comprensivo a Claire. Tras el angustiado ruego de Jenny, Claire había tomado la costumbre de refugiarse en el dormitorio de ambos o en el estudio de Ian —éste la había invitado a utilizarlo, y Jamie pensaba que eso molestaba a Jenny más aún—, y escribía con afán, redactando el libro que Andy Bell le había metido en la cabeza. Tenía una gran capacidad de concentración y podía permanecer encerrada en su mente durante horas, pero debía salir para comer. Y la idea de que Ian se estaba muriendo estaba siempre ahí, moliendo como un molinillo, lento pero implacable, haciendo polvo los nervios de todos.

También los de Ian.

Dos días antes, Ian y él estaban paseando despacio por la orilla del lago cuando Ian se había detenido de golpe, doblándose sobre sí mismo como una hoja de otoño. Jamie había corrido a cogerlo del brazo antes de que cayera y lo había acomodado en el suelo; había buscado una piedra grande en la que pudiera apoyar la espalda, y le había envuelto bien los hombros consumidos en el chal, mientras se preguntaba qué más podía hacer, lo que fuera.

—¿Qué tienes, *a charaid*? —le había preguntado lleno de angustia según se acuclillaba junto a su cuñado, su amigo.

Ian tosía casi en silencio y su cuerpo se agitaba con la violencia de la tos. Por fin, el espasmo cedió y pudo respirar, con el rostro sonrosado a causa del rubor de la consunción, con aquella terrible ilusión de salud.

—Me duele, Jamie. —Había pronunciado aquellas palabras con simplicidad, pero tenía los párpados cerrados, como si no quisiera mirarlo mientras hablaba.

—Te llevaré a casa en brazos. Tal vez te demos un poco de láudano y...

Ian agitó una mano, sofocando sus angustiadas promesas. Respiró jadeando unos instantes antes de negar con la cabeza.

—Sí, es como si tuviera un cuchillo clavado en el pecho —había dicho por fin—. Pero no es a eso a lo que me refiero. Morir no me preocupa mucho, pero, Dios mío, la lentitud con que me muero me resulta insoportable. —Entonces, abrió los ojos y encontró los de Jamie, y se rió tan silenciosamente como había tosido, con la mínima expresión de sonido, mientras su cuerpo se agitaba al reír.

«Morir me duele, Dougal, y quiero que termine.» Las palabras acudieron a su mente con tanta claridad como si las hubieran pronunciando delante de él en ese preciso momento y no treinta años antes en una iglesia oscura, medio en ruinas por el fuego de artillería. Las había pronunciado Rupert mientras moría despacio. «Tú eres mi jefe, amigo —le había dicho a Dougal—, y es tu deber.» Y Dougal MacKenzie había hecho lo que le dictaban el amor y el deber.

Jamie había estado sosteniéndole la mano a Ian, apretándosela con fuerza, en un intento de hacer penetrar en su piel gris alguna sensación de bienestar desde su propia palma encallecida. Ahora, su pulgar se deslizó hacia arriba, presionándole la muñeca allí donde había visto hacerlo a Claire, buscando la verdad de la salud de un paciente.

Sintió ceder la piel, que resbaló entre los huesos de la muñeca de Ian. Pensó de repente en el voto de sangre hecho con ocasión de su matrimonio, el escozor del corte y la muñeca fría de Claire contra la suya y la sangre deslizándose entre ellas. También la muñeca de Ian estaba fría, pero no de miedo.

Se miró su propia muñeca, pero no había en ella ni rastro de cicatrices, ni de votos ni de grilletes. Esas heridas eran pasajeras y habían sanado hacía largo tiempo.

—¿Recuerdas cuando intercambiamos nuestra sangre?

Ian tenía los ojos cerrados, pero sonreía. La mano de Jamie le oprimió con más fuerza la descarnada muñeca, algo extrañado, pero no del todo sorprendido de que Ian hubiera buscado en su mente y recogido el eco de sus pensamientos.

—Sí, claro. —No pudo evitar esbozar también una leve sonrisa, una sonrisa dolorosa.

Por aquel entonces, tenían los dos ocho años. La madre de Jamie y su bebé habían muerto el día anterior. La casa estaba llena de personas que los lloraban y su padre estaba aturdido por la conmoción. Se habían escabullido fuera, Ian y él, y habían subido medio a gatas la colina que se levantaba detrás de la casa, procurando no mirar la tumba recién excavada junto a la torre. Se habían internado en el bosque, bajo la protección de los árboles.

Entonces, habían aminorado el paso, vagando sin rumbo hasta detenerse por fin en la cima de la alta colina, allí donde un edificio antiguo de piedra que ellos llamaban «el fuerte» se había desmoronado largo tiempo atrás. Se sentaron sobre los cascotes, arrebujados en sus mantas para protegerse del viento, sin hablar gran cosa.

—Pensé que iba a tener un nuevo hermano —había dicho Jamie de repente—. Pero no lo tengo. Seguimos siendo sólo Jenny y yo.

En los años transcurridos desde entonces, había logrado olvidar aquel pequeño dolor, la pérdida de aquel hermano deseado, el niño que tal vez le habría devuelto algo del amor que sentía por su hermano mayor, Willie, muerto de viruela. Durante cierto tiempo, había acariciado aquel dolor, un tenue escudo contra la enormidad de saber que su madre se había ido para siempre.

Ian había permanecido un rato sentado pensando y, acto seguido, había metido la mano en su faltriquera y había sacado de ella el cuchillito que su padre le había regalado por su último cumpleaños.

—Yo seré tu hermano —le había dicho en tono pragmático, y se había hecho un corte en el pulgar, siseando levemente entre dientes.

A continuación, le había tendido el cuchillo a Jamie, quien se había cortado a su vez, sorprendido de que doliera tanto, y después habían puesto en contacto ambos pulgares y habían jurado ser hermanos para siempre. Y lo habían sido.

Respiró hondo, preparándose ante la proximidad de la muerte, la irreversibilidad negra.

—Ian, ¿quieres que...?

Los párpados de Ian se levantaron y el castaño claro de su mirada se intensificó al comprender lo que había percibido en la voz cargada de emoción de Jamie. Este último se aclaró la garganta con fuerza y apartó la mirada, pero volvió a mirarlo, con la oscura sensación de que mirar hacia otro lado era una cobardía.

—¿Quieres que acelere tu muerte? —le había preguntado en voz muy suave.

Mientras hablaba, la parte fría de su mente buscaba la manera. No, a cuchillo no. Era rápido y limpio, una forma digna de abandonar el mundo para un hombre, pero les causaría tristeza a su hermana y a los pequeños. Ni Ian ni él tenían derecho a dejar un último recuerdo manchado de sangre.

La mano de Ian no soltó la suya ni se agarró a ella, pero, de repente, Jamie percibió el pulso que había estado buscando sin encontrarlo, un latido tenue y regular contra la palma de su mano.

No había apartado la mirada, aunque se le nublaron los ojos y agachó la cabeza para ocultar las lágrimas.

Claire... Ella sabría cómo, pero no podía pedirle que lo hiciera. Su juramento se lo impedía.

—No —había respondido Ian—. Aún no, en todo caso.

—Luego había sonreído, con los ojos llenos de gratitud—. Pero me alegra saber que lo harás si lo necesito, *mo brathair.*

El parpadeo de un movimiento lo detuvo en seco y lo arrancó al instante de sus pensamientos.

El animal no lo había percibido pese a estar a la vista. Sin embargo, tenía el viento a favor y el ciervo estaba distraído, mordisqueando entre los parches de brezo seco en busca de briznas de hierba que hubieran crecido bajo su protección o plantas del páramo menos ásperas. Aguardó, escuchando el viento. Sólo la cabeza y los hombros del ciervo eran visibles tras unas aliagas, aunque, por el tamaño de la cabeza, pensó que debía de tratarse de un macho.

Esperó, sintiendo que el gusanillo volvía a penetrar en él. Cazar venados en el páramo no tenía nada que ver con cazar en los bosques de Carolina del Norte. Era un proceso muchísimo más lento. El ciervo se desplazó ligeramente de detrás del arbusto, absorto en alimentarse, y Jamie comenzó a levantar el rifle tan despacio que resultaba imperceptible. Había hecho que un armero de Edimburgo le enderezara el cañón del arma, pero no la había utilizado aún. Confiaba en que apuntara bien.

Llevaba sin usarla desde que golpeó con él al alemán en el reducto. De improviso, recordó vívidamente cómo Claire dejaba caer la malhadada bala que había matado a Simon en el platito de porcelana, y sintió en la sangre el tintineo y el rumor que produjo al rodar.

Un paso más, dos. El ciervo había encontrado algo sabroso y tiraba de ello y masticaba con gran concentración. Como cerrando el círculo, la boca del rifle apuntó despacio a su objetivo. Un gran macho de ciervo, y a no más de noventa metros. Podía sentir su corazón, grande y poderoso, bombeando bajo sus propias costillas, latiendo en las puntas de los dedos en contacto con el metal. La culata encajó con fuerza en el hueco de su hombro.

Estaba empezando a apretar el gatillo cuando oyó unos gritos procedentes del bosque que tenía a su espalda. El arma se disparó, el tiro partió sin control, el ciervo desapareció con un ruido de brezos aplastados, y los gritos cesaron.

Jamie se volvió y se internó deprisa en el bosque en la dirección de la que habían venido los gritos, con el corazón golpeándole con fuerza en el pecho. ¿Quién podía ser? Una mujer, pero ¿quién?

No le costó mucho localizar a Jenny, inmóvil en el pequeño claro en el que ellos dos e Ian se reunían cuando eran jóvenes para compartir golosinas robadas y jugar a soldados y caballeros. Jenny habría sido un buen soldado.

Tal vez estuviera esperándolo, pues debía de haber oído su rifle. Tal vez no pudiera moverse. Estaba quieta, con la espalda muy recta, pero con la mirada vacía, y lo observaba acercarse, envuelta en sus chales, como si de una armadura oxidada se tratara.

—¿Te encuentras bien, muchacha? —le preguntó mientras dejaba el rifle junto al gran pino donde solía leerles a ella y a Ian en las largas noches de verano, cuando apenas si se ponía el sol entre el anochecer y el alba.

—Sí, muy bien —contestó Jenny sin expresión en la voz.

—Menos mal —repuso él, suspirando. Tras acercarse a ella, insistió en tomarle las manos entre las suyas. Ella no se las dio, pero tampoco se resistió—. He oído el grito.

—No quería que nadie me oyera.

—Claro que no.

Vaciló, y quiso volver a preguntarle si se encontraba bien, pero era una tontería. Sabía de sobra cuál era el problema y por qué ella necesitaba ir a gritar al bosque, donde nadie pudiera oírla ni preguntarle estúpidamente si se encontraba bien.

—¿Quieres que me marche? —le preguntó, en su lugar, y ella compuso una mueca e hizo ademán de retirar la mano, pero él no la soltó.

—No. Da igual. Todo da igual.

Jamie percibió la nota de histeria en su voz.

—Por lo menos... hemos traído al muchacho a tiempo —dijo a falta de nada más que ofrecerle.

—Sí, lo has traído a tiempo —repuso ella, mientras hacía un esfuerzo de autocontrol que se rasgaba como la seda vieja—. Y también has traído a tu mujer.

—¿Me culpas por traer a mi mujer? —inquirió Jamie, asombrado—. ¿Por qué, por el amor de Dios? ¿No deberías alegrarte de que haya vuelto? ¿O...? —refrenó a toda prisa las palabras siguientes.

Había estado a punto de preguntarle si estaba resentida con él porque todavía tenía una esposa cuando ella estaba a punto de perder a su marido, y no podía decirle eso.

Pero no era eso en absoluto lo que Jenny había querido decir.

—Sí, ha vuelto. Pero ¿para qué? —gritó—. ¿Para qué sirve una maga que es demasiado inmisericorde como para levantar un dedo y salvar a Ian?

Él se quedó tan pasmado al oírla decir eso que no pudo sino repetir, aturdido:

—¿Inmisericorde? ¿Claire?

—Se lo pedí y me lo negó. —Los ojos de su hermana estaban secos, desesperados de dolor y de impaciencia—. ¿No puedes hacer que me ayude, Jamie?

La vida que había en Jenny, siempre alegre y vibrante, tronaba ahora bajo sus dedos como un rayo encadenado. Mejor sería que lo descargara sobre él, pensó. A él no podía hacerle daño.

—*Mo pìuthar*, lo curaría si pudiera —le dijo tan suavemente como pudo, sin soltarla—. Me dijo que se lo habías pedido y me lo contó llorando. Quiere a Ian tanto como...

—¡No te atrevas a decirme que quiere a mi marido tanto como yo! —gritó ella, arrancando las manos de las suyas con tanta violencia que él creyó que quería pegarle.

Lo hizo, golpeándole en la cara con tanta fuerza que el ojo de ese lado se le humedeció.

—No iba a decirte eso ni mucho menos —señaló Jamie, mientras procuraba no perder los estribos. Se tocó el lado de la cara con cuidado—. Iba a decir que lo quiere tanto como...

Quería decir «como me quiere a mí», pero no logró terminar. Ella le propinó un puntapié tan fuerte en la espinilla que le hizo doblar la pierna y Jamie dio un traspié y perdió el equilibrio, lo que le dio a ella la oportunidad de volverse y volar colina abajo como una bruja sobre su escoba, con las faldas y los chales arremolinándose a su alrededor como una tormenta.

82

Disposiciones

«Limpieza de heridas», escribí con esmero, e hice una pausa para poner en orden mis pensamientos. Agua hirviendo, trapos limpios, retirada de materia extraña. Empleo de gusanos en carne muerta (¿con una nota de precaución acerca de las moscardas y las larvas de gusano barrenador? No, sería inútil. Nadie sería capaz de diferenciarlos sin una lupa). Cataplasmas útiles. ¿Debía añadir una sección aparte sobre la producción y los usos de la penicilina?

Golpeé suavemente la pluma sobre el papel secante, dejando pequeñas estrellas de tinta, pero al final decidí no hacerlo. Ésa iba a ser una guía útil para gente corriente. La gente corriente no contaba con el equipo necesario para el difícil proceso de fabricar penicilina, ni tampoco era probable que dispusiera de un instrumento para inyectarla, aunque pensé por unos segundos en la jeringa para el pene que me había enseñado el doctor Fentiman, con una leve sensación de regocijo.

Eso me hizo pensar a su vez, breve pero vívidamente, en David Rawlings y su *jugum penis*. ¿Lo usaría de verdad él mismo?, me pregunté, pero aparté de mi mente a toda prisa la imagen que ese pensamiento había conjurado y revolví unas cuantas hojas buscando mi lista de temas principales.

«Masturbación», escribí, pensativa. Si algunos médicos hablaban de ella desde un punto de vista negativo, y la mayoría desde luego lo hacían, supuse que no había ningún motivo por el que yo no debiera dar, de manera discreta, la visión opuesta.

Unos momentos después seguía haciendo estrellitas de tinta, desconcertada por completo con el problema de hablar discretamente de los beneficios de la masturbación. Dios mío, ¿qué pasaría si publicaba que las mujeres lo hacían?

—Quemarían toda la tirada y quizá también la tienda de Andy Bell —dije en voz alta.

Oí respirar profundamente a alguien, levanté la vista y vi a una mujer de pie en la puerta del estudio.

—Oh, ¿busca a Ian Murray? —pregunté mientras me retiraba del escritorio—. Está...

—No, a quien busco es a usted. —Hablaba en un tono muy raro, por lo que me levanté de la silla y me puse de repente a la defensiva sin saber por qué.

—Ah —repliqué—. ¿Y usted es...?

Salió de las sombras del vestíbulo y quedó expuesta a la luz.

—Entonces, ¿no me reconoce? —Su boca se torció en una irritada media sonrisa—. Laoghaire MacKenzie... Fraser —añadió, casi a regañadientes.

—Ah —repuse.

La habría reconocido al instante, pensé, salvo por lo incongruente del contexto. Ése era el último lugar donde habría esperado encontrármela, y el hecho era que allí estaba... El recuerdo de lo que había sucedido la última vez que ella había venido a Lallybroch me hizo coger, con toda la discreción del mundo, el abrecartas que había sobre la mesa.

—Me busca a mí —repetí con cautela—. ¿No a Jamie?

Hizo un gesto despectivo, apartando a Jamie de su pensamiento; luego se metió la mano en el bolsillo de la cintura y sacó una carta doblada.

—He venido a pedirle un favor —dijo, y por primera vez percibí el temblor de su voz—. Léala. Por favor —añadió, y apretó con fuerza los labios. Miré su bolsillo con recelo, pero estaba plano. Si había traído una pistola, no la llevaba allí. Cogí la carta y le indiqué con un gesto la silla que había al otro lado del escritorio. Así, si se le había metido en la cabeza atacarme, tendría una pequeña advertencia.

Sin embargo, no le tenía ningún miedo. Estaba alterada, de ello no cabía la menor duda, pero tenía un buen control de sí misma.

Abrí la carta y, dirigiéndole una mirada de vez en cuando para tener la seguridad de que no se había movido de donde estaba, comencé a leer.

15 de febrero de 1778
Filadelfia

—¿Filadelfia? —inquirí, sobresaltada, y miré a Laoghaire. Ella asintió.

—Se marcharon allí el verano pasado, pues él pensaba que sería más seguro. —Sus labios se crisparon un tanto—. Dos meses después, el ejército británico entró marchando en la ciudad, y allí han estado desde entonces.

«Él», supuse, era Fergus. Observé la expresión con interés. Evidentemente, Laoghaire se había reconciliado con el marido de su hija mayor, pues había utilizado la palabra sin ironía.

Querida mamá:
    He de pedirte que hagas una cosa por amor a mí y a mis hijos. Tenemos un problema con Henri-Christian. A causa de su malformación, siempre ha tenido cierta dificultad para respirar, en particular cuando tiene catarro, por lo que desde que nació ha roncado como un delfín. Ahora, ha empezado a dejar de respirar por completo cuando duerme

a menos que se lo mantenga en una postura concreta con la ayuda de unos cojines. Madre Claire le examinó la garganta cuando ella y papá vinieron a vernos a New Bern y dijo entonces que sus vegetaciones —que son algo que tiene en la garganta— eran excesivamente grandes y que podían plantearle problemas en el futuro. (Germain también las tiene y respira una buena parte del tiempo con la boca abierta, pero eso no supone un peligro para él como lo supone para Henri-Christian.)

Vivo con un terror de muerte de que Henri-Christian deje de respirar una noche y nadie se dé cuenta a tiempo para salvarlo. Nos turnamos para quedarnos despiertos a su lado con el fin de mantenerle la cabeza en la posición adecuada y despertarlo cuando deja de respirar, pero no sé cuánto podremos seguir así. Fergus está agotado por el trabajo en la tienda y yo por el trabajo de la casa (ayudo también en la imprenta y, por supuesto, también lo hace Germain. Las chiquillas son una gran ayuda para mí en la casa, que Dios las bendiga, y están muy dispuestas a cuidar de su hermanito, pero no podemos dejar que lo velen solas por la noche).

He hecho que un médico examine a Henri-Christian. Está de acuerdo en que las vegetaciones son probablemente responsables de la obstrucción respiratoria, por lo que sangró al pequeño y me dio una medicina para que encogieran, pero no sirvió de nada y sólo hizo que Henri-Christian llorara y vomitara. Madre Claire —perdona que te hable de ella, pues conozco tus sentimientos, pero debo hacerlo— dijo que tal vez fuera necesario extirparle a Henri-Christian las vegetaciones y las amígdalas en algún momento para que respirara libremente, y está claro que el momento ha llegado. Ya se lo hizo a los gemelos Beardsley en el Cerro hace algún tiempo, y no confío en nadie más para practicarle tal operación a Henri-Christian.

¿Podrías ir a verla, mamá? Creo que ahora debe de estar en Lallybroch, así que le escribiré allí y le rogaré que venga a Filadelfia cuanto antes. Pero me da miedo no ser capaz de comunicar el horror de nuestra situación.

Por el amor que me tienes, mamá, por favor, ve a verla y pídele que venga lo más rápidamente que pueda.

Tu hija afectísima,

Marsali

Dejé la carta sobre la mesa. «Me da miedo no ser capaz de comunicar el horror de nuestra situación.» No, lo había comunicado a la perfección.

Lo llamaban apnea del sueño, la tendencia a dejar de respirar de pronto mientras se duerme. Era una afección común —y mucho más común en ciertos tipos de enanismo, en los que las vías respiratorias están constreñidas por las anomalías esqueléticas. La mayor parte de la gente que la padecía se despertaba por sí sola, resoplando y retorciéndose, al tiempo que volvía a respirar. Pero las grandes vegetaciones y amígdalas que obstruían su garganta —quizá un problema hereditario, pensé distraída, pues lo había observado también en Germain y en menor medida en las niñas— agravaban la dificultad, pues, aunque el reflejo que hacía que una persona falta de oxígeno respirara se desencadenara tardíamente, era probable que Henri-Christian no pudiera tomar la bocanada de aire inmediata y profunda que lo despertaría.

La imagen de Marsali y Fergus —y tal vez Germain— turnándose para permanecer despiertos en una casa a oscuras, observando dormir al chiquillo, dando quizá cabezadas en medio del frío y del silencio, despertándose de golpe con el terror de que se hubiera movido mientras dormía y hubiera dejado de respirar... Un desagradable nudo de miedo se me había formado bajo las costillas mientras leía la carta.

Laoghaire me observaba, sus ojos azules directos bajo la cofia. Por una vez, la ira, la histeria y la sospecha con que siempre me había considerado habían desaparecido.

—Si va —dijo, y tragó saliva—, renunciaré al dinero.

Me la quedé mirando.

—¿Cree usted que yo...? —comencé, incrédula, pero me detuve.

Bueno, sí, estaba claro que creía que sería preciso comprarme. Pensaba que había abandonado a Jamie después de Culloden y que había regresado sólo después de que volvió a ser rico. Luché contra la necesidad imperiosa de intentar explicarle... pero habría sido inútil y, además, ahora tampoco venía demasiado al caso. La situación era clara y cortante como un cristal roto.

Se inclinó de improviso hacia delante, apoyando con tanta fuerza las manos sobre el escritorio que las uñas se le pusieron blancas.

—Por favor —rogó—. Por favor...

Me di cuenta de que sentía unos fuertes impulsos contradictorios: por un lado, el de propinarle un bofetón y, por otro, el de ponerle una mano comprensiva sobre las suyas. Me esforcé por vencer ambos y me obligué a pensar con calma unos instantes. Iría, por supuesto. Tendría que ir. No tenía nada que ver con Laoghaire ni con lo que se interponía entre nosotras. Si no iba y Henri-Christian moría —lo que podía muy bien suceder—, nunca me lo perdonaría. Si llegaba a tiempo, lo salvaría. Nadie más podía hacerlo. Era así de sencillo.

Se me cayó el alma a los pies al pensar en marcharme de Lallybroch ahora. Qué horrible. ¿Cómo podía marcharme sabiendo que dejaba a Ian por última vez, que quizá los dejara a todos y al propio Lallybroch por última vez? Sin embargo, incluso mientras pensaba esas cosas, la parte de mi ser que era médico había decidido ya que era necesario, y estaba planeando la manera más rápida de llegar a Filadelfia, considerando cómo podía adquirir todo lo que necesitaba una vez allí, los posibles obstáculos y complicaciones que podrían surgir, todo el análisis práctico de cómo debía hacer lo que tan de improviso se me había requerido.

Y, al tiempo que mi mente iba pasando revista a todas esas cosas, mientras la despiadada lógica se sobreponía a la consternación, se imponía a las emociones, fui cayendo en la cuenta de que ese desastre imprevisto podía tener otros aspectos.

Laoghaire esperaba, con los ojos fijos en mí, la boca firme, deseando con todas sus fuerzas que lo hiciera.

—Muy bien —dije arrellanándome en la silla y dirigiéndole a mi vez una mirada serena—. Entonces, lleguemos a un acuerdo, si le parece.

—Así que hicimos un trato —expliqué con los ojos fijos en el vuelo de una garza real que cruzaba el lago—. Yo iré a Filadelfia cuanto antes para cuidar de Henri-Christian. Ella se casará con Joey y renunciará a la pensión y le dará a Joan su autorización para entrar en el convento. Aunque me imagino que será mejor que nos lo ponga por escrito, por si acaso.

Jamie se me quedó mirando, sin habla. Estábamos sentados en la alta hierba áspera que crecía a la orilla del lago, donde yo lo había llevado para contarle lo sucedido y lo que iba a suceder.

—Ella, Laoghaire, no ha tocado la dote de Joan. Podrá disponer de ella para el viaje y para ingresar en el convento —añadí. Respiré hondo, esperando que no me temblara la voz—. Estoy pensando que... bueno, Michael se marchará dentro de unos días. Joan y yo podríamos marcharnos a Francia con él. Yo podría zarpar desde allí en un barco francés y ella podría llegar a su convento sana y salva.

—Tú... —comenzó, y yo alargué la mano para pellizcar la suya y que callase.

—Tú no puedes irte ahora, Jamie —dije con suavidad—. Sé que no puedes.

Él cerró los ojos, arrugando la cara, y su mano apretó la mía en instintiva negación de lo obvio. Le agarré los dedos con idéntica fuerza, a pesar de que la que oprimía era su mano convaleciente. La idea de separarme de él durante un espacio de tiempo cualquiera, y aún más la idea de tener que cruzar el Atlántico y de los meses que podrían transcurrir antes de que volviéramos a vernos, me causaba retortijones y me llenaba de desolación y de una sensación de vago terror.

Iría conmigo si se lo pedía, si daba cabida a la más mínima duda siquiera acerca de lo que tenía que hacer. No debía hacerlo.

Jamie necesitaba muchísimo esos momentos. Necesitaba todo el tiempo que le quedara con Ian, por poco que fuera. Y necesitaba aún más estar allí para sostener a Jenny cuando Ian muriera, pues él podía aportarle consuelo de un modo en que ni siquiera sus hijos podían hacerlo. Y si había tenido que ir a ver a Laoghaire porque se sentía culpable del fracaso de su matrimonio, cuánto más profundo sería su sentimiento de culpa si abandonaba a su hermana, una vez más y en sus más desesperados momentos de necesidad.

—No puedes marcharte —le susurré en tono apremiante—. Lo sé, Jamie.

Entonces, él abrió los ojos y me dirigió una sombría mirada de angustia.

—No puedo dejar que vayas. No sin mí.

—No... no será mucho tiempo —repuse, obligando a las palabras a salvar el nudo que tenía en la garganta, un nudo que reconocía tanto mi dolor por separarme de él como la pena, aún mayor, a causa del motivo por el que nuestra separación no iba a ser larga—. Al fin y al cabo, he ido más lejos sola —añadí, intentando sonreír.

Su boca se movió, queriendo responder, pero la preocupación que expresaban sus ojos no cambió.

Me llevé su mano lisiada a los labios y se la besé, la estreché contra mi mejilla con la cabeza vuelta hacia otro lado, pero una lágrima se deslizó por mi rostro. Supe que él había notado la humedad en la palma, pues su otra mano llegó hasta mí y me atrajo hacia él, y permanecimos sentados muy juntos durante un tiempo larguísimo, escuchando el viento que removía la hierba y acariciaba el agua. La garza se había posado en el otro extremo del lago y estaba de pie sobre una pata, esperando con paciencia entre las pequeñas olas.

—Necesitaremos un abogado —le dije por fin, sin moverme—. ¿Ned Gowan vive todavía?

Con gran asombro por mi parte, Ned Gowan aún vivía. ¿Cuántos años tendría?, me pregunté, mirándolo. ¿Ochenta y cinco? Estaba desdentado y arrugado como una bolsa de papel estrujada, pero seguía alegre como un grillo, y con su sed de sangre de abogado prácticamente intacta.

Había sido él quien había redactado el acuerdo de anulación matrimonial entre Jamie y Laoghaire, concertando con entusiasmo los pagos anuales para Laoghaire y las dotes para Marsali y Joan. Ahora se disponía a deshacerlo con idéntico entusiasmo.

—Bueno, vamos con la cuestión de la dote de la señorita Joan —dijo chupando con aire pensativo la punta de su pluma—. Usted, señor, especificó en el documento original que esa cantidad (si me lo permite, esa generosísima cantidad) había de ser entregada a la joven con ocasión de su matrimonio y que, a partir de entonces, había de ser únicamente de su propiedad, sin pasar a su marido.

—Sí, así es —repuso Jamie sin mucha paciencia. Me había dicho en privado que preferiría que lo amarraran desnudo sobre un hormiguero a tener que tratar con un abogado durante más de cinco minutos, y llevábamos ya más de una hora discutiendo las complicaciones de ese acuerdo—. ¿Y?

—Y no se casa —explicó el señor Gowan con la indulgencia debida a alguien que no es muy inteligente, pero que, a pesar de todo, es digno de respeto porque es quien paga la factura del abogado—. La cuestión de si puede recibir la dote bajo este contrato...

—Sí se casa —repuso Jamie—. Va a convertirse en esposa de Cristo, protestante ignorante.

Miré a Ned con cierta sorpresa, pues no había llegado a mis oídos que fuera protestante, pero no hizo ningún comentario. El señor Gowan, agudo como siempre, se apercibió de mi sorpresa y me sonrió con los ojos centelleantes.

—Yo no tengo más religión que la ley, señora —declaró—. La observancia de una forma de ritual sobre otra es irrelevante.

Para mí, Dios es la personificación de la Justicia y yo le sirvo de esta manera.

Jamie profirió un gruñido como respuesta a ese sentimiento.

—Sí, flaco favor les haría a usted y a sus clientes que se supiera que no es papista.

Los ojillos oscuros del señor Gowan no cesaron de cintilar mientras los volvía hacia Jamie.

—Estoy seguro de que no está usted sugiriendo algo tan rastrero como el chantaje, señor. Bueno, no me atrevo siquiera a nombrar esa honorable institución escocesa, conociendo como conozco la nobleza de su carácter y sabiendo que no va a conseguir este maldito contrato sin mí.

Jamie soltó un profundo suspiro y se acomodó en la silla.

—Venga, siga. ¿Qué pasa con la dote, entonces?

—Ah. —El señor Gowan volvió con celeridad a lo que tenía entre manos—. He hablado con la joven acerca de sus deseos en relación con el asunto. Usted, como signatario original del contrato, con el consentimiento de la otra parte, que según tengo entendido le ha sido dado —soltó una tosecilla seca ante esa única mención oblicua de Laoghaire—, puede alterar los términos del documento original. Dado que, como digo, la señorita Joan no tiene intención de casarse, ¿quiere usted rescindir por completo la dote, mantener los términos existentes, o alterarlos de algún modo?

—Quiero darle el dinero a Joan —respondió Jamie con un aire de alivio cuando le preguntó algo concreto.

—¿En absoluto? —preguntó el señor Gowan con la pluma suspendida en el aire—. La expresión «en absoluto» tiene en derecho un significado distinto a...

—Dijo usted que había hablado con Joan. ¿Qué demonios quiere esa chica, entonces?

El señor Gowan parecía contento, lo que solía suceder siempre que percibía una nueva complicación.

—Quiere aceptar sólo una pequeña parte de la dote original, que se utilizará para que sea recibida en un convento. Esa donación es habitual, según creo.

—¿Sí? —arqueó una ceja—. ¿Y el resto?

—Desea que la parte restante se entregue a su madre, Laoghaire MacKenzie Fraser, pero no en absoluto; con condiciones.

Jamie y yo intercambiamos una mirada.

—¿Qué condiciones? —inquirió Jamie con cautela.

El señor Gowan alzó una mano descolorida, y fue doblando los dedos uno a uno mientras iba enumerando las condiciones.

—Uno, que el dinero no sea entregado hasta que el matrimonio entre Laoghaire MacKenzie Fraser y Joseph Boswell Murray haya sido anotado en el registro de la parroquia de Broch Mordha, firmado y legalizado por un sacerdote. Dos, que se firme un contrato que reserve y garantice que la finca de Balriggan y todos los bienes que contiene son de la exclusiva propiedad de Laoghaire MacKenzie Fraser hasta su muerte, y que después de ésta pasarán a quien la mencionada Laoghaire MacKenzie Fraser haya dispuesto en un testamento legal. Tres, el dinero no se entregará sin condiciones, sino que será retenido por un albacea y desembolsado a razón de veinte libras anuales, pagadas conjuntamente a los arriba mencionados Laoghaire MacKenzie Fraser y Joseph Boswell Murray. Cuatro, que tales pagos anuales se utilizarán únicamente para cuestiones relativas al mantenimiento y la mejora de la finca de Balriggan. Cinco, que el pago del desembolso de cada año será contingente a la entrega de la documentación relativa al empleo del desembolso del año anterior. —Dobló el pulgar, bajó el puño cerrado y levantó un dedo de la otra mano—. Seis, y último, que James Alexander Gordon Fraser Murray, de Lallybroch, sea el albacea de dichos fondos. ¿Está usted conforme con estas condiciones, señor?

—Lo estoy —respondió Jamie con firmeza, poniéndose en pie—. Proceda, por favor, señor Gowan. Y, ahora, si nadie tiene inconveniente, voy a tomarme un trago. A ser posible, dos.

El señor Gowan tapó el tintero, ordenó sus notas en un pulcro montón y se puso asimismo en pie, aunque más despacio.

—Lo acompañaré a tomar ese trago, Jamie. Quiero que me hable de esa guerra suya de América. ¡Parece una aventura extraordinaria!

83

Contando ovejas

A medida que transcurría el tiempo, a Ian acabó resultándole imposible dormir. La necesidad de irse, de reunirse con Rachel, hervía en él de tal modo que se sentía constantemente como si tuviera ascuas encendidas en la boca del estómago. La tía Claire lo llamaba ardor de estómago y, en efecto, ardía. Pero ella le había dicho que se debía a que comía demasiado deprisa, y no era eso. Apenas si podía comer.

Pasaba tanto tiempo como le era posible con su padre todos los días. Sentado en la esquina del despacho mientras observaba cómo él y su hermano mayor se ocupaban de los asuntos de Lallybroch, no comprendía cómo haría para levantarse y marcharse, dejarlos atrás. Dejar a su padre para siempre.

Durante el día, había cosas que hacer, gente a la que visitar, con la que hablar, y la tierra para pasear, su extrema belleza que lo consolaba cuando sus sentimientos eran demasiado intensos para poder soportarlo. Pero por la noche, la casa estaba tranquila, y la tos distante de su padre y la profunda respiración de sus dos jóvenes sobrinos, que dormían en la habitación que había junto a la suya, puntuaban el silencio lleno de crujidos. Empezó a notar que la propia casa respiraba a su alrededor, inhalando una bocanada de aire desigual y dificultosa tras otra, y a sentir su peso en su propio pecho, de modo que se sentaba en la cama, respirando sólo para estar seguro de que podía hacerlo. Y, al final, se deslizaba fuera de la cama, bajaba la escalera sin hacer ruido con las botas en la mano y salía por la puerta de la cocina para dar una vuelta en medio de la noche bajo las nubes o las estrellas, mientras el viento limpio atizaba las brasas de su corazón y las convertía en llamas, hasta que hallaba las lágrimas y la paz en que verterlas.

Una noche encontró la puerta ya desatrancada. Salió con precaución, mirando a su alrededor, pero no vio a nadie. Era probable que el joven Jamie hubiera ido al granero. Una de las dos vacas estaba a punto de parir. Tal vez debería ir y echar una mano... pero el ardor que sentía bajo las costillas era doloroso, necesitaba dar un pequeño paseo primero. Jamie habría ido a buscarlo en cualquier caso, si hubiera necesitado ayuda.

Se alejó de la casa y de los edificios anexos y se encaminó colina arriba, pasó por delante del redil, donde las ovejas yacían en somnolientos montones, pálidas bajo la luna, lanzando de vez en cuando repentinos «¡*beee!*», como asustadas por algún sueño ovejuno.

Dicho sueño cobró forma de golpe frente a él, una silueta oscura que se movía contra la cerca, e Ian soltó un breve grito que hizo que las ovejas más próximas se sobresaltaran y estallaran en un coro de graves balidos.

—Silencio, *a bhailach* —dijo su madre en voz baja—. Haz que este hatajo de animales comiencen a balar y despertarán a los muertos.

Ahora distinguía su figura pequeña y delgada, con la suave mata de su cabello suelto recortándose sobre la blancura de su camisa.

—Hablando de muertos —terció él, bastante irritado, mientras forzaba a su corazón a desalojar su garganta—. Pensaba que eras un fantasma. ¿Qué estás haciendo aquí, mamá?

—Contando ovejas —respondió ella con un deje de risa en la voz—. Se supone que eso es lo que uno hace cuando no puede dormir, ¿no?

—Sí. —Se acercó a ella y se detuvo a su lado, apoyándose en la cerca—. ¿Funciona?

—A veces.

Permanecieron inmóviles durante un rato, observando cómo las ovejas se agitaban y se volvían a acomodar. Desprendían un dulce olor a polvo, hierba masticada, excrementos y lana grasienta, e Ian descubrió que le resultaba curiosamente reconfortante estar con ellas.

—¿Funciona contarlas cuando ya sabes cuántas hay? —inquirió tras un breve silencio.

Su madre negó con la cabeza.

—No, repito sus nombres. Es como rezar el rosario, sólo que no tienes necesidad de ir preguntando. Te agota preguntar.

«Especialmente cuando sabes que la respuesta va a ser no», pensó Ian y, movido por un repentino impulso, le rodeó los hombros con el brazo. Ella emitió un ruidito de divertida sorpresa, pero luego se relajó y apoyó la cabeza en él. Ian notaba sus pequeños huesos, ligeros como los de un pájaro, y pensó que tal vez se le rompería el corazón.

Permanecieron así durante un rato y luego ella se soltó con suavidad, separándose ligeramente y volviéndose hacia él.

—¿Aún no tienes sueño?

—No.

—Bueno. Vamos, entonces. —Sin esperar una respuesta, se dio la vuelta y anduvo en medio de la oscuridad alejándose de la casa.

Había luna, media luna, e Ian llevaba fuera tiempo más que suficiente para que sus ojos se hubieran adaptado. Era sencillo seguirla, incluso entre la hierba enmarañada y las piedras y el brezo que crecían en la colina que había detrás de la casa.

¿Adónde lo llevaba? O, mejor dicho, ¿por qué? Pues se dirigían colina arriba, hacia la vieja torre y el cementerio cercano. Sintió frío alrededor del corazón. ¿Acaso querría mostrarle el lugar donde iban a enterrar a su padre?

Pero su madre se detuvo de improviso y se agachó, de modo que Ian casi tropezó con ella. Ella se irguió, se volvió hacia él y le puso una piedra en la mano.

—Por aquí —dijo en voz baja, y lo llevó hasta un pequeño cuadrado de piedra hundido en la tierra.

Él pensó que se trataba de la tumba de Caitlin —la hija anterior a la joven Jenny, la hermana que no había vivido más que un día—, pero entonces vio que la lápida de Caitlin se encontraba unos metros más allá. Ésta era del mismo tamaño y tenía la misma forma, pero... Se puso en cuclillas junto a ella y, pasando los dedos por las sombras de la inscripción, descifró el nombre.

«Yeksa'a.»

—Mamá —dijo, y su voz sonó extraña a sus propios oídos.

—¿Está bien, Ian? —preguntó ella, algo nerviosa—. Tu padre dijo que no estaba seguro de cómo se escribía el nombre indio. Pero hice que el grabador los pusiera los dos. Pensé que era lo correcto.

—¿Los dos? —pero su mano ya se había desplazado hacia abajo y había encontrado el otro nombre.

«Iseabail.»

Tragó saliva con fuerza.

—Era lo correcto —dijo en voz muy queda. Su mano descansó plana sobre la piedra fría bajo su palma.

Su madre se agachó junto a él y, alargando la mano, dejó su piedra sobre la lápida. Eso era lo que hacías cuando ibas a visitar a los muertos, pensó él, aturdido. Dejabas una piedra para indicar que habías estado allí, que no habías olvidado. Aún tenía su piedra en la otra mano. No podía dejarla sobre la lápida. Las lágrimas se deslizaban por su rostro y la mano de su madre estaba posada en su brazo.

—No pasa nada, *mo duine* —dijo con suavidad—. Ve a buscar a tu muchacha. Siempre estarás aquí con nosotros.

El río de lágrimas brotó de su corazón como el humo de incienso, y dejó con cuidado la piedra sobre la tumba de su hija. A salvo entre su familia.

No fue hasta muchos días después, en medio del océano, cuando se dio cuenta de que su madre lo había llamado «hombre».

84

Toda la razón

Ian murió justo después del amanecer. La noche había sido infernal. Había estado a punto de perecer ahogado en su propia sangre una docena de veces, asfixiándose, con los ojos saliéndosele de las órbitas, e incorporándose preso de convulsiones, escupiendo pedacitos de sus pulmones. Parecía como si en su cama se hubiera cometido un asesinato, y la habitación apestaba al sudor de una lucha desesperada e inútil, el olor de la presencia de la muerte.

Sin embargo, al final, se había quedado tumbado tranquilo, con el enjuto pecho casi inmóvil, y el sonido de su respiración reducido a un débil estertor similar al arañar de las espinas de un rosal contra una ventana.

Jamie se había mantenido apartado con el fin de dejar al joven Jamie el sitio junto a Ian, como hijo mayor que era. Jenny había estado velándolo toda la noche al otro lado, limpiando la sangre, el sudor maligno y los líquidos hediondos que manaban de Ian mientras disolvían su cuerpo ante sus ojos. Pero, cerca del fin, en la oscuridad, Ian había alzado su mano derecha y había susurrado «Jamie». No había abierto los ojos para mirar, pero todos sabían a qué Jamie quería, y el joven Jamie se había apartado, tambaleándose, para que su tío pudiera acercarse y coger aquella mano que lo buscaba.

Los dedos huesudos de Ian se habían cerrado en torno a los suyos con una fuerza sorprendente. Ian había murmurado algo en voz demasiado baja para oírlo y luego lo había soltado. Pero no con la relajación involuntaria de la muerte. Simplemente lo había soltado una vez dicho lo que quería decir y había vuelto a dejar caer la mano, abierta, tendida hacia sus hijos.

No volvió a hablar, aunque pareció serenarse mientras su cuerpo se reducía al tiempo que la vida y el aliento escapaban de él. Cuando exhaló su último suspiro, esperaron llenos de tristeza a que hubiera otro, y sólo al cabo de un minuto entero de silencio comenzaron a mirarse disimuladamente los unos a los otros, a lanzar miradas furtivas a la cama estragada, a observar la inmovilidad del rostro de Ian, y a comprender, despacio, que todo había terminado por fin.

· · ·

¿Le habría importado a Jenny que las últimas palabras de Ian hubieran sido para él?, se preguntó. Creía que no. La única merced de abandonar el mundo como lo había hecho su cuñado era que había tiempo para despedirse. Jamie sabía que Ian había dedicado un tiempo a hablar a solas con cada uno de sus hijos; para consolarlos como podía, tal vez darles algún consejo, por lo menos la seguridad de que los quería.

Se encontraba junto a Jenny cuando Ian expiró. Ella había lanzado un suspiro y había dado la impresión de que se derrumbaba a su lado, como si de repente le hubieran retirado por la cabeza la vara de acero que había llevado insertada a lo largo de la espalda durante el último año. Su rostro no había expresado ningún dolor, aunque Jamie sabía que el dolor estaba ahí. Sin embargo, en ese momento, Jenny sólo había sentido alivio por el hecho de que todo hubiera terminado, por el bien de Ian. Por el bien de todos.

De modo que, sin lugar a dudas, durante los meses transcurridos desde que supieron que iba a morir, Ian y ella habían encontrado tiempo para decirse lo que tuvieran que decirse.

¿Qué le diría él a Claire en las mismas circunstancias?, se preguntó de pronto. Probablemente lo que le había dicho al separarse: «Te quiero. Volveremos a vernos.» En cualquier caso, no sabía cómo expresar mejor sus sentimientos.

No podía estar en la casa. Las mujeres habían lavado a Ian y lo habían colocado en el salón, y ahora se habían embarcado en una orgía de cocina y limpieza furiosas, pues la noticia se había extendido y la gente estaba comenzando a acudir para el velatorio.

El día había amanecido escupiendo lluvia, pero por el momento había cesado. Salió cruzando el huerto y ascendió la pequeña pendiente hasta llegar a la pérgola. Jenny estaba allí sentada y Jamie vaciló durante unos instantes, pero al final se acercó y se sentó junto a ella. Si quería estar sola, podía decirle que se marchara.

No lo hizo. Levantó la mano, esperando la suya, y él se la cogió, engulléndola, mientras pensaba en lo delgada que era, en lo frágil que era.

—Quiero marcharme —dijo con serenidad.

—No te culpo —repuso él lanzando una mirada a la casa. La pérgola estaba cubierta de hojas nuevas, de un verde fresco y suave a causa de la lluvia, pero pronto los encontraría alguien—. ¿Quieres que paseemos un ratito junto al lago?

—No, me refiero a que quiero marcharme de este lugar. De Lallybroch. Para siempre.

Eso lo sorprendió bastante.

—Mc parece que no lo dices en serio —replicó por fin, prudente—. Al fin y al cabo, estás conmocionada. No deberías...

Ella negó con la cabeza y se llevó una mano al pecho.

—Algo se ha roto en mí, Jamie —dijo con suavidad—. Fuera lo que fuese lo que me unía a ese lugar... ya no me une en absoluto a él.

Jamie no supo qué decir. Al salir de la casa había evitado mirar a la torre y al camposanto que había a sus pies, incapaz de soportar el parche de tierra oscura y húmeda que había allí, pero ahora volvió deliberadamente la cabeza en esa dirección y levantó la barbilla para señalarlo.

—¿Y dejarías a Ian? —inquirió.

Ella profirió un leve ruido con la garganta. Seguía con la mano en el pecho y, al oírlo decir eso, la apretó con fuerza, con ardor, contra su corazón.

—Ian está conmigo —dijo, y su espalda se enderezó en ademán desafiante a la tumba recién excavada—. Él nunca me dejará, ni yo a él. —Volvió la cabeza y luego lo miró. Tenía los ojos rojos, pero sin lágrimas—. Tampoco te dejará nunca a ti, Jamie —declaró—. Lo sabes tan bien como yo.

Los ojos de Jamie se llenaron entonces de lágrimas inesperadas y volvió la cabeza hacia otro lado.

—Sí, lo sé —musitó, y esperó que fuera verdad.

En esos momentos, el lugar donde solía encontrar a Ian en su interior estaba vacío, hueco y resonante como un *bodhran*. ¿Volvería?, se preguntó. ¿O acaso Ian sólo se había desplazado un poquito, a otro lugar de su corazón, a un lugar donde todavía no había mirado? Esperaba que fuera así, pero aún no había ido a mirar, y sabía que era por miedo a no encontrar nada.

Quería cambiar de tema, darle a su hermana tiempo y espacio para pensar. Pero era difícil encontrar nada que decir que no tuviera que ver con el hecho de que Ian estaba muerto. O con la muerte en general. Toda muerte es una sola, y una sola muerte se convierte en todas, pues cada muerte es la llave de la puerta que bloquea el recuerdo.

—Cuando murió papá —dijo de repente, sorprendiéndose a sí mismo tanto como a ella—. Cuéntame lo que ocurrió.

Notó que ella se volvía a mirarlo, pero él mantuvo los ojos fijos en sus manos, mientras recorría lentamente con los dedos de su mano izquierda la cicatriz roja que discurría por el dorso de su mano derecha.

—Lo trajeron a casa —respondió ella por fin—. Tumbado en una carreta. Dougal MacKenzie estaba con ellos. Me dijo que papá había visto que te azotaban y que se había caído al suelo de repente, y que cuando lo recogieron tenía un lado de la cara contraído de angustia, pero que el otro estaba flácido. No podía ni hablar ni andar, así que se lo llevaron de allí y lo trajeron a casa.

Hizo una pausa y tragó saliva, con los ojos fijos en la torre y en el cementerio.

—Hice que un médico lo examinara. Sangró a papá más de una vez, quemó cosas en un pequeño quemador y le hizo inhalar el humo. Intentó darle una medicina, pero papá no podía tragar. Yo le puse unas gotas de agua en la lengua, pero eso fue todo. —Dejó escapar un profundo suspiro—. Murió al día siguiente, cerca del mediodía.

—Ya. ¿No... llegó a hablar?

Ella negó con la cabeza.

—No podía hablar en absoluto. Sólo movía la boca de vez en cuando y profería unos ruiditos como de gorgoteo. —Frunció levemente la barbilla al recordarlo, pero controló el temblor de los labios—. Sin embargo, cerca del fin, vi que estaba intentando hablar. Su boca intentaba formar las palabras y tenía los ojos puestos en los míos, tratando de hacerme comprender. —Lo miró—. Lo único que dijo fue «Jamie». Lo sé con toda seguridad, porque creí que trataba de preguntar por ti y le dije que Dougal había dicho que estabas vivo y que había prometido que no te pasaría nada. Eso pareció reconfortarlo de algún modo, y murió poco después.

Jamie tragó saliva con dificultad y el ruido que produjo sonó con fuerza en sus oídos. Había empezado a llover de nuevo, levemente, y las gotas tamborileaban en las hojas sobre sus cabezas.

—*Taing* —dijo por fin con voz queda—. Me lo preguntaba. Ojalá hubiese podido decirle «perdón».

—No era necesario —repuso ella en voz igualmente baja—. Él lo sabía.

Jamie asintió, incapaz de hablar por unos instantes. Sin embargo, recuperando el control de sí mismo, la cogió de nuevo de la mano y se volvió hacia ella.

—Pero puedo decirte «perdón» a ti, *a piuthar*, y lo hago.

—¿Por qué? —preguntó, sorprendida.

1028

—Por creer a Dougal cuando me dijo... bueno, cuando me dijo que te habías convertido en la puta de un soldado inglés. Fui un imbécil. —Se miró la mano mutilada, pues no quería encontrar sus ojos.

—Bueno —repuso ella, y apoyó su mano sobre la de él, ligera y fría como las hojas nuevas que se agitaban a su alrededor—. Tú lo necesitabas. Yo no.

Permanecieron sentados un rato más, tranquilos, cogidos de la mano.

—¿Dónde crees que estará ahora? —preguntó Jenny de repente—. Me refiero a Ian.

Jamie miró la casa y luego la nueva tumba que esperaba, pero, por supuesto, aquello ya no era Ian. Sintió un pánico momentáneo cuando volvió a experimentar el vacío anterior, aunque entonces se le ocurrió y supo qué era lo que le había dicho Ian.

«A tu derecha, amigo.» A su derecha. Protegiendo su lado débil.

—Está justo aquí —le dijo a Jenny, señalando con la cabeza el espacio que había entre ambos—. Donde le corresponde.

SÉPTIMA PARTE

Cosecha tempestades

85

Hijo de bruja

Cuando Roger y Buccleigh llegaron en coche a la casa, Amanda salió corriendo a recibirlos y volvió con su madre agitando un molinete de plástico azul en un palito.

—¡Mamá! ¡Mira qué tengo, mira qué tengo!

—¡Oh, qué bonito! —Brianna se inclinó para admirarlo y, de un soplido, hizo girar el juguete.

—¡Quiero hacerlo yo, quiero hacerlo yo! —Amanda volvió a coger el molinete, jadeando y soplando con gran determinación, pero sin lograr gran cosa.

—De lado, *a leannan*, de lado. —William Buccleigh rodeó el coche, levantó a Amanda en brazos y le hizo girar suavemente la mano de modo que el molinete quedó perpendicular a su rostro—. Sopla ahora.

Acercó su cara a la de ella y la ayudó a soplar, y el molinete zumbó como un melolonta.

—Así, estupendo, ¿verdad? Ahora prueba tú sola.

Le dirigió a Bree un gesto medio de disculpas encogiendo los hombros y se llevó a Amanda camino arriba mientras ella jadeaba y soplaba con ahínco. Pasaron junto a Jem, que hizo una pausa para admirar el molinete. Roger salió del coche con un par de bolsas de la compra y se detuvo a hablar unas palabras en privado con Brianna.

—Me pregunto si también le gustaría al perro, si lo tuviéramos —murmuró ella señalando con la cabeza a su invitado, en animada charla con ambos niños.

—Un hombre puede sonreír y sonreír y ser un canalla —contestó Roger, observando con los ojos entornados—. Y advertencias del instinto aparte, tampoco creo que los perros y los niños tengan necesariamente buen ojo para juzgar a la gente.

—Mmm. ¿Te ha contado algo más mientras estabais fuera?

Roger había llevado a William Buccleigh a Inverness para ampliar su guardarropa, pues no poseía más que los vaqueros, la camiseta y la chaqueta de la tienda benéfica que llevaba cuando había llegado.

—Unas cuantas cosas. Le pregunté cómo había venido hasta aquí, a Lallybroch, quiero decir, y qué hacía merodeando. Dijo que me había visto en Inverness por la calle y me había reconocido, pero que me subí al coche y me marché antes de que pudiera decidirse a hablar conmigo. Sin embargo, me vio una o dos veces más y preguntó con cautela por ahí para averiguar dónde vivía. Él... —Se interrumpió y la miró con una media sonrisa—. Ten presente lo que es y de qué época viene. Pensó, y no creo que me esté contando un cuento, que yo debía de ser alguien del Pueblo Antiguo.

—¿De verdad?

—Sí, de verdad. Y a simple vista... bueno, sobreviví cuando me colgaron, lo que no le sucede a la mayoría de la gente. —Su boca se torció un tanto mientras se tocaba la cicatriz de la garganta—. Además, yo... nosotros... es obvio que pasamos a través de las piedras y llegamos sanos y salvos. Quiero decir que... entiendo que llegara a esa conclusión.

Pese a su desasosiego, Brianna aspiró profundamente por la nariz con regocijo.

—Bueno, vale. ¿Quieres decir que te tenía miedo?

Roger se encogió de hombros, sin saber qué contestar.

—Sí. Y me parece que lo creo. Aunque yo diría que, si ése es el caso, no lo aparenta.

—Si tú fueras a enfrentarte a un poderoso ser sobrenatural, ¿actuarías como si tuvieras miedo o intentarías tomártelo con calma? Como un macho de la especie, como dice mamá. O como un hombre de verdad, como dice papá. Cuando algo os huele a chamusquina, papá y tú os comportáis como John Wayne, y ese tío está emparentado con los dos.

—Bien pensado —repuso él, aunque torció la boca al oír lo de «poderoso ser sobrenatural». O posiblemente la parte de «John Wayne»—. Y, además, admitió que estaba un poco aturdido con la conmoción por todo lo sucedido. Eso lo entendí.

—Mmm. Además, nosotros sabíamos lo que estábamos haciendo. Más o menos. Me ha contado lo que había sucedido cuando cruzó, ¿te lo ha contado también a ti?

Habían estado caminando despacio, pero ya casi habían llegado a la puerta. Brianna oía la voz de Annie en el vestíbulo, preguntando algo, exclamando entre el parloteo de los niños, y el rumor más grave de la voz de William Buccleigh como respuesta.

—Sí, me lo ha contado. Quería... quiere, y lo quiere con todas sus fuerzas, volver a su propio tiempo. Está claro que pensó que yo sabía cómo volver y que tenía que venir a hablar conmigo para averiguarlo. Pero sólo un tonto se presentaría sin más a la puerta de un extraño, y menos aún a la de un extraño al que estuvo a punto de matar, y mucho menos a la de un extraño que podría dejarte muerto de un golpe en el acto o convertirte en un cuervo. —Volvió a encogerse de hombros—. Así que dejó su empleo y se dedicó a vagar por aquí, observando. Para ver si estábamos arrojando huesos humanos por la puerta trasera, supongo. Jem se topó con él un día junto a la torre, y él le dijo que era el Nuckelavee; en parte para asustarlo y hacer que se marchara, pero también porque si volvía a casa y me contaba que había un Nuckelavee en la cima de la colina, tal vez yo saldría y haría algo mágico al respecto. Y si lo hacía... —Levantó las manos, con las palmas hacia arriba.

—Si lo hacías, quizá fueras peligroso, pero también sabría que tenías el poder de mandarlo de regreso. Como el mago de Oz.

Él la miró unos momentos.

—Nadie se parece menos que él a Judy Garland —comenzó, pero Annie MacDonald lo interrumpió preguntando por qué estaban allí fuera mientras se los comían los mosquitos cuando la cena estaba en la mesa. Se disculparon y entraron en la casa.

Brianna cenó sin darse realmente cuenta de qué tenía en el plato. Jem iba a pasar otra vez la noche con Bobby, e iría a pescar el sábado con Rob a la finca Rothiemurchus. Sintió una ligera punzada de tristeza. Recordaba a su padre enseñándole con mucha paciencia a Jem a lanzar la caña de confección casera, con la línea de hilo, que era cuanto tenían. ¿Se acordaría Jem?

Sin embargo, era buena cosa que no estuviera en casa. Roger y ella iban a tener que sentarse con William Buccleigh y decidir el modo más adecuado de hacer que volviera a su tiempo, y sería mejor no tener a Jem merodeando alrededor con la antena puesta mientras mantenían esa conversación. ¿Debería consultar a Fiona?, se preguntó de repente.

Fiona Graham era la nieta de la vieja señora Graham, que había cuidado de la casa del padre adoptivo de Roger, el reverendo Wakefield. La correcta y anciana señora Graham había sido el ama de llaves y también la *caller*, la depositaria de una tradición realmente antigua. Con ocasión de la fiesta del fuego de

Beltane, aquellas mujeres cuyas familias les habían pasado la tradición se reunían al amanecer y, vestidas de blanco, representaban una danza que, según decía Roger, era una antigua danza circular escandinava. Al final, la *caller* cantaba unas palabras que ninguna de ellas comprendía, y hacía que el sol saliera de tal modo que, cuando ascendía por encima del horizonte, el rayo de luz pasaba directamente a través de la hendidura de la piedra partida.

La señora Graham había muerto serenamente hacía años mientras dormía, pero le había dejado sus conocimientos, y su papel de *caller*, a su nieta Fiona.

Fiona había ayudado a Roger a encontrar a Brianna cuando llegó a través de las piedras, e incluso le había donado su propio anillo de compromiso para ayudarlo cuando su primera tentativa terminó de manera muy parecida a como William Buccleigh había descrito la suya: envuelto en llamas en medio del círculo.

Podían conseguir una gema sin muchos problemas, pensó pasándole la ensaladera a Roger con gesto mecánico. Por cuanto sabían hasta el momento, no era preciso que se tratase de una piedra terriblemente cara ni muy grande siquiera. Al parecer, los granates del medallón de la madre de Roger habían bastado para evitar que muriera durante su primer y fallido intento.

De pronto, pensó en la marca de la quemadura que William Buccleigh tenía en el pecho y, al hacerlo, se dio cuenta de que lo estaba mirando y de que él la estaba mirando a ella. Se atragantó con un trozo de pepino y el consiguiente jaleo de golpes en la espalda, brazos que se levantaban, toses y gente que iba a por agua, explicó, por suerte, su sonrojo.

Todos volvieron a concentrarse en la comida, pero Brianna era consciente de que Roger la miraba de reojo. Le dirigió una breve mirada por debajo de las pestañas, con una leve inclinación de cabeza que decía «Después. Arriba», y él se relajó, reanudando una conversación a tres bandas con el «tío Buck» y Jemmy sobre los señuelos de la pesca a mosca.

Bree quería hablar con él acerca de lo que había dicho Buccleigh y decidir qué hacer con él cuanto antes. Pero no iba a contarle lo que William Buccleigh había dicho de Rob Cameron.

Roger estaba tumbado en la cama, contemplando la luz de la luna sobre el rostro dormido de Brianna. Era bastante tarde, pero no podía dormir. Era extraño, pues después de hacerle el amor solía caer dormido en cuestión de segundos. Por fortuna, ella también. Esa noche, se había quedado rápidamente dormida, acurrucándose contra él como un gran y cariñoso camarón antes de quedar inerte, desnuda y caliente, en sus brazos.

Había sido maravilloso, pero un poco distinto. Ella estaba casi siempre dispuesta, incluso impaciente, y eso no había cambiado, aunque había insistido particularmente en echarle el pestillo a la puerta de la habitación. Roger había instalado el pestillo porque, a los siete años, Jem había aprendido a forzar las cerraduras. De hecho, aún estaba puesto y, al verlo, Roger se deslizó con cuidado de debajo de las mantas para ir a retirarlo. Jem se había quedado a dormir en casa de su nuevo amigo, Bobby, pero si Mandy los necesitaba por la noche, no quería que la puerta tuviera el pestillo echado.

En la habitación hacía fresco, pero era agradable. Habían instalado calefactores, claramente insuficientes para las temperaturas invernales de las Highlands, pero estupendos para finales de otoño.

Bree solía tener calor mientras dormía. Roger habría jurado que la temperatura corporal de su mujer aumentaba dos o tres grados durante el sueño, y ella a menudo se desarropaba. Ahora estaba tumbada, desnuda hasta la cintura, con los brazos extendidos por encima de la cabeza, y roncaba ligeramente. Él se llevó con gesto distraído una mano a los testículos, preguntándose perezosamente si podían volver a hacerlo. Pensó que a ella no le importaría, pero...

Pero tal vez no debiera. Cuando le hacía el amor, solía tomarse su tiempo y al final se sentía invadido de un placer bárbaro cuando ella le entregaba su sexo tapizado de rojo, con ganas, sin duda, pero siempre con un instante de vacilación, con un soplo final de algo que no acababa de ser resistencia. Roger pensaba que se trataba de una manera de asegurarse a sí misma, si no a él, que tenía derecho a negarse. Una fortaleza, una vez rota y reparada, tenía mejores defensas. No creía que lo hiciera de forma consciente. Nunca se lo había mencionado, pues no quería que ningún fantasma se interpusiera entre ellos.

Esa noche había sido distinto. Había peleado de manera más evidente y después había cedido con algo similar a la ferocidad, atrayéndolo a su interior y clavándole las uñas a lo largo de la espalda. Y él...

Se había detenido un único instante, pero una vez montado en ella había tenido el desquiciado impulso de avasallarla sin piedad para demostrarse a sí mismo, si no a ella, que era suya, que no se pertenecía a sí misma, que no era inviolable.

Y ella lo había incitado.

Se dio cuenta de que seguía con la mano en la entrepierna y de que ahora contemplaba a su mujer como un soldado romano que considera el peso y la portabilidad de una de las sabinas. *Raptio* era la palabra latina, habitualmente traducida como «violación», aunque, en realidad, significaba secuestro o apresamiento. *Raptio*, raptor, la captura de una presa. Lo entendía de ambos modos. Se dio cuenta en ese momento de que, de hecho, aún no había retirado la mano de sus genitales, los cuales habían decidido unilateralmente entretanto que no, que a ella no le importaría en absoluto.

Su córtex cerebral, al que se estaba imponiendo algo mucho más viejo y que se encontraba mucho más abajo, aventuró la rápida y leve observación de que aquello tenía que ver con el hecho de que hubiera un extraño en la casa, especialmente uno como William Buccleigh MacKenzie.

—Bueno, para Samhain se habrá marchado ya —murmuró Roger aproximándose a la cama.

Entonces, el portal de las piedras estaría abierto de par en par y, con una piedra preciosa cualquiera en la mano, aquel tipo volvería con su esposa en...

Se introdujo bajo las sábanas, agarró a su mujer poniéndole una mano firme en el calentísimo trasero, y le susurró al oído «Te atraparé, y a tu perrito también».

El cuerpo de ella se estremeció con una silenciosa risa subterránea y, con los ojos cerrados, alargó la mano y acarició con una delicada uña su carne sensibilísima.

—Me estoy derritieeeeennnnndo —murmuró.

Después de aquello, sí se quedó dormido. Pero volvió a despertarse en algún momento después del amanecer y descubrió que estaba irritantemente desvelado.

«Debe de ser él —pensó mientras volvía a levantarse de la cama—. No dormiré tranquilo hasta que nos deshagamos de él.» No se molestó en no hacer ruido. Por el suave rumor del ronquido de Brianna, sabía que estaba muerta para el mundo. Cubrió su desnudez con el pijama y salió al pasillo del piso superior, escuchando.

Por la noche, Lallybroch hablaba consigo misma, como todas las casas viejas. Estaba acostumbrado a los repentinos e inesperados chasquidos de las vigas de la habitación al enfriarse por la noche, e incluso al crujido del distribuidor del segundo piso, como si alguien anduviera por él con pasos rápidos arriba y abajo; al traqueteo de las ventanas cuando soplaba viento del oeste, que le recordaba agradablemente el ronquido irregular de Brianna. Pero, ahora, la casa estaba bastante tranquila, envuelta en la somnolencia de la noche profunda.

Habían acomodado a William Buccleigh al otro extremo del distribuidor tras decidir, sin hablar de ello, que no lo querían arriba, en el mismo piso que los niños. Querían tenerlo cerca; para no perderlo de vista.

Roger anduvo por el descansillo con sigilo, aguzando el oído. La rendija bajo la puerta de Buccleigh estaba oscura, y oyó un ronquido profundo y regular procedente del interior de su dormitorio, que se interrumpió en una ocasión cuando el durmiente se dio la vuelta en la cama, murmuró algo incomprensible y volvió a quedarse como un tronco.

—Muy bien —murmuró Roger para sí, y se alejó.

Su córtex cerebral, interrumpido con anterioridad, retomó ahora pacientemente su línea de pensamiento. Por supuesto que tenía que ver con el hecho de acoger a un extraño en casa, y a ese extraño en particular. Tanto Brianna como él sentían la oscura amenaza de su presencia.

En su caso, bajo el recelo había también un firme sustrato de enojo, al igual que una buena dosis de confusión. Por pura necesidad, así como por convicción religiosa, había perdonado a William Buccleigh por el papel que había desempeñado en el ahorcamiento que le había arrebatado la voz. Al fin y al cabo, no había intentado matarlo él mismo y no podía saber lo que iba a suceder.

Pero era condenadamente mucho más fácil perdonar a alguien que sabes muerto desde hace doscientos años que mantener ese perdón cuando el hijo de puta vive delante de tus narices, comiéndose tu comida y mostrándose encantador con tu mujer y tus hijos.

«Y no olvidemos que además es un bastardo», pensó Roger con crueldad mientras bajaba la escalera a oscuras. El árbol genealógico que le había enseñado a William Buccleigh MacKenzie lo representaba como si todo fuera correcto, prendido en el papel con un alfiler, pulcramente colocado junto a sus padres y a su hijo. Pero el gráfico mentía. William Buccleigh MacKenzie era un error: el hijo ilegítimo de Dougal MacKenzie, jefe guerrero del clan MacKenzie, y Geillis Duncan, una bruja. Y Roger creía que William Buccleigh no lo sabía.

Una vez al pie de la escalera, sin novedad, encendió la luz del vestíbulo de la planta baja y entró en la cocina para comprobar que la puerta de atrás estaba cerrada con llave. Brianna y él habían discutido ese tema, pero aún no habían llegado a un acuerdo. Él se inclinaba por no volver a tocar el tema. ¿En qué podía beneficiarlo conocer la verdad acerca de su origen? Las Highlands que habían engendrado a aquellas dos almas indómitas ya no existían, ni ahora, ni en el verdadero tiempo de William Buccleigh.

Bree había insistido en que Buccleigh tenía cierto derecho a conocer la verdad, pero, cuando la cuestionó, no supo decir cuál era ese derecho.

—Tú eres quien crees ser, y siempre lo has sido —le había dicho por fin, frustrada, pero intentando explicarse—. Yo no. ¿Crees que habría sido mejor si nunca hubiera sabido quién era mi verdadero padre?

Para ser sinceros, tal vez hubiera sido mejor, pensó él. Una vez revelada su identidad, eso había destrozado sus vidas, los había expuesto a ambos a cosas terribles. Le había quitado la voz. Casi le había quitado la vida. La había puesto a ella en peligro, había hecho que la violaran, era la causa de que ella hubiera matado a un hombre. No había hablado con ella de ese asunto. Debería hacerlo. A veces, veía aquella carga en sus ojos y sabía por qué. Él llevaba la misma carga.

Y, sin embargo... ¿habría preferido no saber lo que ahora sabía? ¿No haber vivido nunca en el pasado, no haber conocido a Jamie Fraser, no haber visto el lado de Claire que existía sólo en compañía de Jamie?

El árbol del jardín del Edén no era, después de todo, el árbol del bien y del mal. Era el árbol del *conocimiento* del bien y del mal. El conocimiento podía ser un regalo envenenado, pero seguía siendo un regalo, y muy poca gente estaría dispuesta a devolverlo. Menos mal, supuso, porque ellos no podían devolverlo. Y eso era lo que él había defendido en la discusión.

—No sabemos si podría hacer algún bien —había sostenido—. Pero tampoco sabemos que no pueda causar daño, y un daño serio. ¿En qué iba a beneficiar a ese hombre saber que su madre estaba loca, que era una bruja, o ambas cosas, una asesina múltiple, sin lugar a dudas, y que su padre era un adúltero y un asesino fallido, por lo menos? Ya fue bastante impactante para mí cuando tu madre me habló de Geillis Duncan, y eso que ella dista de mí ocho generaciones. Y antes de que me lo preguntes, sí, podría haber vivido sin saber eso.

Ella se había mordido el labio y había asentido, a regañadientes.

—Es sólo que... sigo pensando en Willie —había explicado Bree por fin, cediendo—. No, no me refiero a William Buccleigh... me refiero a mi hermano. —Se ruborizó levemente, como le sucedía siempre, cohibida al pronunciar esa palabra—. Deseaba de verdad que lo supiera. Pero papá y lord John... no querían en modo alguno que así fuese, y quizá tuvieran razón. William tiene una vida, una buena vida, y ellos dijeron que no podría seguir teniéndola si se lo decía.

—Tenían razón —había respondido Roger con franqueza—. El hecho de decírselo, si es que se lo creía, lo habría obligado a vivir engañando y negando, lo que se lo habría comido vivo, o a reconocer abiertamente que es el hijo bastardo de un criminal escocés. Lo que no es admisible. No en la cultura del siglo XVIII.

—No le habrían retirado el título —había protestado Bree—. Papá dijo que, según la ley inglesa, un niño nacido dentro del matrimonio es hijo legal del marido, al margen de que el marido sea el padre biológico o no.

—No, pero imagínate lo que debe de ser vivir con un título al que crees que no tienes derecho, sabiendo que la sangre que corre por tus venas no es la sangre azul que siempre creíste que era. Que la gente te llame «lord Fulanito» y saber lo que te llamarían si supieran la verdad. —La había sacudido suavemente, intentando hacerle comprender—. De un modo u otro, destruiría la vida que tiene ahora, tan seguro como si lo colocaras sobre un barril de pólvora y encendieras la mecha. No sabrías cuándo, pero explotar, explotaría.

—Hum —había repuesto ella, y la riña había terminado ahí. Pero no había sido un sonido de conformidad, y Roger sabía que la disputa no estaba zanjada.

Encendió la luz y entró en la habitación. Estaba completamente despierto, con los nervios de punta. «¿Por qué?», se preguntó. ¿Estaría la casa intentando decirle algo?

Soltó un pequeño bufido. Era difícil no imaginarse cosas raras en una casa vieja, en medio de la noche, con el viento azotando los cristales de las ventanas. Sin embargo, de costumbre, se sentía muy cómodo en ese cuarto, tenía la impresión de que era su sitio. ¿Qué pasaba? Lanzó una rápida ojeada por encima del escritorio, el ancho alféizar de la ventana con la pequeña maceta de crisantemos amarillos que Bree había colocado allí, las estanterías... Se detuvo en seco con el corazón aporreándole el pecho. La serpiente no estaba allí. No, sí que estaba. Sus ojos errantes se detuvieron en ella. Pero estaba en el sitio equivocado. No estaba delante de la caja de madera que contenía las cartas de Claire y Jamie, sino delante de los libros, dos estantes más abajo.

La cogió, acariciando con gesto mecánico la vieja madera de cerezo pulida con el pulgar. ¿Tal vez Annie MacDonald la había cambiado de lugar? No. Annie quitaba el polvo y fregaba el estudio, pero nunca cambiaba nada de sitio. Es más, nunca cambiaba nada de sitio en ningún lugar. La había visto recoger un par de botas impermeables que alguien había dejado tiradas en medio del cuarto donde dejaban los zapatos y ropa de abrigo al llegar a casa, limpiar cuidadosamente debajo y volver a dejarlas en el mismo lugar, con salpicaduras de barro y todo. Jamás habría cambiado de sitio la serpiente.

Y Brianna menos aún. Sabía —lo sabía sin saber cómo— que ella sentía lo mismo que él al respecto. La serpiente de Willie Fraser guardaba el tesoro de su hermano.

Antes de que su línea de pensamiento consciente hubiera llegado a su conclusión lógica, estaba ya bajando la caja.

Campanas de alarma sonaban a derecha e izquierda. Alguien había estado revolviendo el contenido de la caja. Los libritos estaban encima de las cartas, a un extremo de la caja, no debajo. Sacó las cartas maldiciéndose a sí mismo por no haberlas contado. ¿Cómo iba a saber si faltaba alguna?

Las clasificó a toda velocidad, leídas y sin leer, y le pareció que el montón de cartas sin leer era el mismo. Quienquiera que hubiera estado toqueteando dentro de la caja no las había abierto, que ya era algo. Pero quienquiera que fuera probablemente había querido evitar que lo descubrieran.

Ojeó a toda prisa, una por una, las cartas abiertas y se dio cuenta en el acto de que faltaba una: la que estaba escrita en el papel hecho a mano de Brianna con las flores incrustadas. La primera. Jesús, ¿qué decía? «Estamos vivos.» Era lo único que recordaba. Y luego Claire les hablaba de la explosión y les contaba que la Casa Grande se había quemado. ¿Decía en ella que se iban a Escocia? Quizá sí. Pero ¿por qué demonios debería...?

Dos pisos más arriba, Mandy se incorporó en la cama y comenzó a gritar como una *banshee*.

• • •

Llegó a la habitación de Amanda medio paso antes que Brianna y sacó rápidamente a la niña de la cama para acunarla contra su corazón acelerado.

—¡Jemmy, Jemmy! —sollozó—. Se ha ido, se ha ido. ¡¡¡Se ha *ido*!!!

Chilló eso último al tiempo que se ponía rígida en brazos de Roger, clavándole los pies en la barriga.

—Venga, venga —la tranquilizó él, intentando cambiarla de posición y acariciarla para que se calmase—. No pasa nada, Jemmy está bien. Está bien, sólo se ha ido a pasar la noche a casa de Bobby. Volverá mañana.

—¡Se ha *ido*! —Se retorció como una anguila, no intentando escapar, sino meramente poseída de un paroxismo de frenético desconsuelo—. ¡No está aquí, no está aquí!

—Sí, como te he dicho, está en casa de Bobby, vol...

—No está *aquí* —repuso ella, apremiante, y se golpeó una y otra vez la cabeza con la palma de la mano—. ¡No está aquí commigo!

—Ven, cariño, ven aquí —la urgió Brianna, cogiendo a la chiquilla, deshecha en lágrimas, de sus brazos.

—¡Mamá, mamá! ¡Jemmy se ha *ido*! —Se aferró a Bree mirando con ojos desesperados, aún golpeándose la cabeza—. ¡No está commigo!

Bree miró a Mandy con el ceño fruncido, extrañada, mientras recorría su cuerpo con la mano, para comprobar que no tuviera fiebre, los ganglios hinchados, la barriguita dolorida...

—No está contigo —repitió hablando con firmeza, en un intento de sacar a la pequeña del pánico—. Dile a mami qué quieres decir, cielo.

—¡No está *aquí*! —Absolutamente desesperada, Mandy bajó la cabeza y embistió a su madre en el pecho.

—¡Uf!

La puerta del final del distribuidor se abrió y apareció William Buccleigh, ataviado con el batín de lana de Roger.

—¿Qué es este alboroto, en nombre de la Santísima Virgen? —inquirió.

—¡Se lo ha llevado, se lo ha llevado! —chilló Mandy, y enterró la cabeza en el hombro de Brianna.

A su pesar, Roger se estaba contagiando del miedo de Amanda, irracionalmente convencido de que había sucedido algo terrible.

—¿Sabes dónde está Jem? —le espetó a Buccleigh.

—No. —Lo miró frunciendo el entrecejo—. ¿No está en su cama?

—¡No, no está en su cama! —espetó Brianna—. Usted lo vio marcharse, por el amor del cielo. —Se abrió paso entre los hombres—. ¡Dejadlo ya, los dos! Roger, coge a Mandy. Voy a llamar a Martina Hurragh. —Le lanzó a los brazos a Amanda, que gemía alrededor del pulgar que se había metido en la boca, y corrió hacia la escalera, con la ropa de dormir que se había puesto a toda prisa agitándose como las hojas.

Roger meció a Amanda, ausente, alarmado, casi superado por la sensación de pánico. La niña emitía miedo y desolación como un repetidor de radio, e incluso su propia respiración se volvió jadeante y se le humedecieron las manos de sudor allí donde aferraba el camisón de Winnie-the-Pooh de la chiquilla.

—Chsss, *a chuisle* —dijo hablando en el tono más sereno posible—. Chsss, venga. Lo arreglaremos. Dile a papi qué es lo que te ha despertado y lo arreglaré, te lo prometo.

Ella intentó, obediente, aplacar sus sollozos, al tiempo que se frotaba los ojos con sus puños gordezuelos.

—Jemmy —gimió—. Quiero a Jemmy.

—Haremos que vuelva enseguida —prometió Roger—. Dime, ¿qué te ha despertado? ¿Has tenido una pesadilla?

—Síiiii. —Se agarró a él más con más fuerza, el miedo pintado en la cara—. Había grandes *piedas*, grandes *piedas*. ¡Me gritaban!

Un agua helada corrió directamente por sus venas. «Jesús, oh, Jesús.»

Quizá sí se acordara de su viaje a través de las piedras.

—Sí, entiendo —replicó dándole palmaditas del modo más tranquilizador en que fue capaz para calmar la agitación de su propio pecho.

Claro que lo entendía. En su memoria, veía aquellas piedras, las sentía y las oía de nuevo, y, al volverse ligeramente, observó la palidez del rostro de William Buccleigh y supo que también él oía el timbre de la verdad en la voz de Mandy.

—¿Qué ha pasado después, *a leannan*? ¿Te has acercado a esas grandes piedras?

—Yo, no. ¡Jem! ¡Aquel hombre lo cogió y las piedras se lo comieron! —Dicho esto, volvió a estallar en llanto, sollozando de un modo inconsolable.

—Aquel hombre —dijo Roger, despacio, y se volvió un poco más, de modo que William Buccleigh quedaba en el campo de visión de la niña—. ¿Te refieres a este hombre, cariño? ¿Al tío Buck?

—No, nononononono, ¡otro hombre! — Se enderezó, mirándolo a la cara con unos grandes ojos llenos de lágrimas, esforzándose por hacerle comprender—. ¡El papá de Bobby!

Oyó a Brianna subir la escalera, deprisa, pero de modo irregular. Sonaba como si estuviera golpeándose contra las paredes del hueco de la escalera, perdiendo el equilibrio mientras corría.

Apareció en lo alto de la escalera dando traspiés y, al ver su cara pálida y su mirada fija en él, Roger sintió que se le ponían de punta todos los pelos del cuerpo.

—Se ha ido —dijo con voz ronca—. Martina dice que no está con Bobby, no lo esperaba para nada esta noche. La he hecho salir afuera a mirar. Rob vive tres casas más abajo. Dice que su camioneta no está.

Roger tenía las manos entumecidas del frío y el volante estaba resbaladizo de su sudor. Al salir de la carretera, tomó la curva a tal velocidad que las ruedas del lado del conductor se levantaron un poco del suelo y el coche se ladeó. La cabeza de William Buccleigh golpeó la ventana.

—Lo siento —musitó Roger mecánicamente, y recibió un gruñido de aceptación como respuesta.

—Ten cuidado —repuso Buccleigh frotándose la sien—. Nos vas a precipitar a la cuneta, y ¿entonces, qué?

En efecto, ¿entonces, qué? Con gran esfuerzo, Roger levantó el pie que pisaba el acelerador. Faltaba poco para que la luna se ocultara por el horizonte, y el pálido cuarto apenas si iluminaba el paisaje que los rodeaba, oscuro como boca de lobo. Los faros del pequeño Morris no hacían prácticamente mella en la oscuridad, y los débiles rayos oscilaban de un lado a otro mientras saltaban como locos por el camino sin asfaltar que conducía cerca de Craigh na Dun.

—¿Por qué diablos habría de llevarse a tu hijo ese *trusdair*? —Buccleigh bajó su ventanilla y asomó la cabeza, intentando en vano ver más allá de lo que veía a través del parabrisas cubierto de polvo—. Y ¿por qué, por lo más sagrado, habría de traerlo aquí?

—¿Cómo voy a saberlo? —respondió Roger entre dientes—. Quizá piense que necesita sangre para abrir las piedras. Dios mío, ¿por qué escribiría eso? —Descargó el puño contra el volante, lleno de frustración.

Buccleigh parpadeó, muy sorprendido, pero su mirada se aguzó de inmediato.

—¿Es así? —inquirió, imperativo—. ¿Es así como se hace? ¿Con sangre?

—¡No, maldita sea! —contestó Roger—. Ha de ser el momento del año oportuno, y hay que utilizar piedras preciosas. Eso creemos.

—Pero tú escribiste «sangre», con un signo de interrogación al lado.

—Sí, pero... ¿qué quieres decir? ¿También tú leíste mi cuaderno, cabrón?

—Cuida tu lenguaje, hijo —repuso Buccleigh, serio pero tranquilo—. Claro que sí. Leí todo lo que había en tu estudio sobre lo que pude poner las manos, y tú también lo habrías hecho en mi lugar.

Roger reprimió el pánico que lo atenazaba, lo suficiente para lograr asentir sin más con la cabeza.

—Sí, tal vez lo hubiera hecho. Y si te hubieras llevado a Jem... te habría matado después de encontrarte, pero quizá habría entendido por qué. ¡Pero ese hijo de puta! ¿Qué se cree que está haciendo, por el amor de Dios?

—Cálmate —le aconsejó Buccleigh, escueto—. Si pierdes la cabeza, no le harás ningún favor a tu chico. Ese Cameron... ¿es como nosotros?

—No lo sé. No tengo ni puñetera idea.

—Pero ¿hay otros? ¿No es de familia?

—No lo sé. Creo que hay otros, pero no lo sé a ciencia cierta.

Roger se esforzó por pensar, y por mantener el coche a una velocidad lo bastante baja como para poder tomar sin peligro las curvas del camino, medio invadido por las aliagas.

Intentaba rezar, aunque no conseguía decir más que «¡Por favor, Dios mío!», de un modo incoherente y aterrado. Deseaba que Bree estuviera con él, pero no podían llevar a Mandy a ningún lugar cercano a las piedras, y si llegaban a tiempo de alcanzar a Cameron... si Cameron estuviera allí... Buccleigh lo ayudaría, estaba bastante seguro de ello.

En lo más profundo de su mente albergaba la desesperada esperanza de que todo fuera un malentendido, de que Cameron se hubiera equivocado de noche y que, al darse cuenta, estuviera llevando a Jem de regreso a casa en el mismísimo momento en que Roger y su bisabuelo en quinto grado atravesaban un páramo rocoso en medio de la oscuridad y se dirigían directamente hacia la cosa más terrible que ambos hubieran conocido nunca.

—Cameron... también leyó el cuaderno —masculló Roger, incapaz de soportar sus propios pensamientos—. Por accidente. Fingió que pensaba que todo era una... una... ficción, algo que yo estaba inventando para divertirme. Jesús, ¿qué he hecho?

—¡Cuidado!

Buccleigh se cubrió la cara con los brazos y Roger pisó con fuerza el freno, derrapando fuera de la carretera y chocando contra una gran piedra, tras esquivar por los pelos la vieja furgoneta azul detenida en mitad del camino, oscura y vacía.

Se lanzó medio gateando colina arriba, arañando en busca de asideros en la oscuridad mientras las piedras rodaban bajo sus pies y las espinas de las aliagas le perforaban las palmas de las manos y se hincaban de vez en cuando bajo sus uñas, arrancándole maldiciones. Mucho más abajo, oyó a William Buccleigh, que lo seguía; despacio, pero lo seguía.

Comenzó a oírlas mucho antes de alcanzar la cresta. Faltaban tres días para Samhain, y las piedras lo sabían. El sonido, que no era un sonido en absoluto, vibraba a través de la médula de sus huesos, resonaba en su cráneo, y le provocaba dolor en los dientes. Los apretó y siguió adelante. Cuando llegó adonde se encontraban las piedras, estaba a cuatro patas, incapaz de mantenerse en pie.

«Dios mío —pensó—, Dios, ¡protégeme! ¡Mantenme con vida el tiempo suficiente para encontrarlo!»

Apenas si podía pensar, pero recordó la linterna. La había cogido del coche y ahora se la sacó del bolsillo y se le cayó y tuvo que buscarla a tientas, desesperado, entre la hierba corta que poblaba el círculo. La encontró por fin y pulsó el botón con un dedo, que resbaló cuatro veces antes de lograr reunir la fuerza necesaria para conectarla.

El rayo de luz brotó de pronto y oyó a su espalda una sofocada exclamación de asombro procedente de las tinieblas. Por supuesto, pensó, confuso, William Buccleigh aún no había visto una linterna. El rayo tembloroso recorrió el círculo despacio y regresó. ¿Qué buscaba? ¿Huellas de pies? ¿Algo que Jem hubiera tirado al suelo, que le indicara el camino que había seguido?

No había nada.

Nada más que las piedras. Era cada vez peor, por lo que dejó caer la linterna y se cogió la cabeza con ambas manos. Tenía que marcharse de allí... tenía que ir... a buscar a Jem...

Se estaba arrastrando sobre la hierba, ciego de dolor y casi inconsciente, cuando unas manos fuertes lo agarraron de los tobillos y tiraron de él hacia atrás. Le pareció oír una voz, pero se perdió en el grito insoportable que resonaba dentro de su cabeza, dentro de su alma, y Roger gritó el nombre de su hijo tan alto como pudo para oír algo que no fuera ese ruido, sintió que se le desgarraba la garganta del esfuerzo, pero no oyó nada.

Entonces, la tierra se movió bajo sus pies y el mundo desapareció.

Desapareció de manera prácticamente literal. Cuando recobró el sentido, algún tiempo después, descubrió que William Buccleigh y él estaban descansando en un declive poco profundo en la ladera de la montaña, a unos doce metros por debajo del círculo de piedras. Habían caído y rodado por tierra. Lo sabía por cómo se sentía y por el aspecto de Buccleigh. Había un atisbo de amanecer en el cielo, de modo que pudo ver a Buccleigh, lleno de desgarrones y arañazos, sentado todo encorvado junto a él, encogido como si le doliera la barriga.

—¿Qué...? —susurró Roger.

Se aclaró la garganta e intentó volver a preguntar qué había sucedido, pero no logró producir más que un murmullo, e incluso eso hizo que la garganta le escociera como si la tuviera en carne viva.

William Buccleigh murmuraba algo en voz baja y Roger se apercibió de que estaba rezando. Intentó sentarse y lo hizo, aunque la cabeza le daba vueltas.

—¿Me liberaste sacándome a rastras? —le preguntó con su áspero susurro.

Los ojos de Buccleigh estaban cerrados, y siguieron cerrados hasta que hubo terminado de rezar. Entonces, los abrió y paseó su mirada de Roger a la cima de la colina, donde las piedras, ocultas a la vista, seguían entonando su espantosa e inacabada canción del tiempo, que, desde donde se encontraban, gracias a Dios, no era más que un quejido sobrecogedor que le daba dentera.

—Sí —respondió Buccleigh—. No creí que fueras a conseguirlo tú solo.

—No lo habría logrado. —Roger volvió a tumbarse en el suelo, mareado y dolorido—. Gracias —añadió poco después.

Sentía un gran vacío en su interior, vasto como aquel cielo cada vez más claro.

—Bueno. Quizá esto contribuya a compensarte por haber hecho que te colgaran —repuso Buccleigh en tono despreocupado—. Y ¿ahora, qué?

Roger miró al cielo, mientras rotaba despacio la cabeza. Se sentía más mareado aún, así que cerró los ojos y extendió una mano.

— Ahora nos vamos a casa —gruñó—. Y nos pondremos de nuevo a pensar. Ayúdame a levantarme.

86

Valley Forge

William se había puesto el uniforme. Era necesario, le dijo a su padre.

—Denzell Hunter es un hombre de elevada conciencia y principios. No puedo intentar sacarlo del campamento americano sin tener un permiso como es debido de su oficial. De no ser así, no creo que viniese. Pero si puedo obtener una autorización, y creo que puedo hacerlo, estoy seguro de que vendrá.

Sin embargo, como es obvio, para conseguir un permiso formal con el fin de emplear los servicios de un médico del ejército continental, tenía que hacer una petición formal. Lo que suponía presentarse en los nuevos cuarteles generales de invierno de Washington en Valley Forge con la casaca roja, pasara lo que pasase después.

Lord John había cerrado los ojos unos instantes, claramente considerando qué era lo que podía suceder después, pero luego los abrió y dijo de pronto:

—Muy bien, pues. ¿Te llevarás a tu criado?

—No —contestó William, sorprendido—. ¿Por qué habría de necesitar uno?

—Para cuidar de los caballos, ocuparse de tus enseres... y ser los ojos de tu nuca —repuso su padre dirigiéndole una mirada que indicaba que debería haber pensado ya en algunas de esas cosas.

Por consiguiente, él no preguntó «¿Caballos?» ni «¿Qué enseres?», sino que simplemente asintió y dijo: «Gracias, papá. ¿Podrías encontrarme uno adecuado?»

«Adecuado» resultó ser un tal Colenso Baragwanath, un joven esmirriado de Cornualles que había llegado con las tropas de Howe como mozo de cuadra. De caballos sí sabía, William tenía que admitirlo.

Había cuatro caballos y una mula, esta última cargada con varias mitades de cerdo, cuatro o cinco pavos de buen tamaño, un saco de patatas de piel rugosa, otro de nabos y un gran barril de sidra.

—Si allí las condiciones son la mitad de malas de lo que pienso que son —le había dicho su padre mientras supervisaba el proceso de cargar la mula—, el comandante te concedería los servicios de medio batallón a cambio de esto, y más aún los de un médico.

—Gracias, papá —había repetido William antes de impulsarse hasta su silla con su nueva gorguera de capitán en torno al cuello y una bandera blanca de paz pulcramente doblada dentro de sus alforjas.

Valley Forge parecía un campamento gigantesco de carboneros malditos. El lugar era esencialmente una parcela de bosque, o lo había sido antes de que los soldados de Washington comenzaran a talar cuanto había a la vista. Había tocones cortados por doquier, y el suelo estaba cubierto de ramas rotas. Enormes hogueras ardían aquí y allá, y había montones de troncos por todos lados. Estaban construyendo cabañas a toda velocidad, y justo a tiempo, pues la nieve había comenzado a caer tres o cuatro horas antes, y el campamento estaba ya cubierto de un manto blanco.

William esperaba que pudieran ver la bandera blanca.

—Bueno, aquí tienes, y ve delante de mí —le dijo a Colenso, entregándole al muchacho la larga vara a la que había atado la bandera.

Los ojos del joven se dilataron de horror.

—¿Quién?, ¿yo?

—Sí, tú —repuso Willie con impaciencia—. Venga, o te daré una patada en el culo.

Mientras entraban en el campamento, William sentía un hormigueo entre los omóplatos, y Colenso iba agazapado como un mono a lomos de su caballo con la bandera tan baja como se atrevía, murmurando extrañas maldiciones en córnico. También le picaba la mano izquierda, y deseaba coger la empuñadura de su espada, la cacha de su pistola. Pero habían ido desarmados. Si tenían intención de pegarle un tiro, se lo pegarían, con armas o sin ellas, y acudir desarmado era señal de buena fe. Así que se echó el manto hacia atrás a pesar de la nieve con el fin de mostrar que no llevaba armas y avanzó despacio en medio de la tormenta.

Los preliminares transcurrieron sin novedad. Nadie le disparó, y lo llevaron ante un tal coronel Preston, un hombre alto y harapiento, vestido con lo que quedaba de un uniforme continental, que lo había mirado con desconfianza, pero que había escuchado su solicitud con sorprendente cortesía. Le concedió el permiso aunque, dado que se trataba del ejército americano, dicho permiso no era una licencia para llevarse al médico, sino más bien para preguntarle si quería ir.

Willie dejó a Colenso con los caballos y la mula con instrucciones estrictas de mantener los ojos bien abiertos y subió la pequeña colina donde le habían dicho que probablemente encontraría a Denzell Hunter. El corazón le latía deprisa, y no a causa del ejercicio. En Filadelfia, estaba seguro de que Hunter acudiría si se lo pedía. Ahora no lo tenía tan claro.

Había luchado contra los americanos, conocía a muchos de ellos que no se distinguían en absoluto de los ingleses con los que había estado dos años antes. Pero nunca había atravesado antes un campamento americano.

Parecía un caos, si bien todos los campamentos lo parecían en sus primeras fases, y observó el orden rudimentario que de hecho existía entre los montones de escombros y los muñones de árboles masacrados. Aunque ese campamento producía una sensación muy distinta, algo casi exuberante. Los hombres con los que se cruzaba iban andrajosos en extremo. Ni siquiera uno de cada diez llevaba zapatos a pesar del tiempo, y algunos de ellos formaban corrillos alrededor de las hogueras como si fueran mendigos, envueltos en mantas, chales, restos de lonas de las tiendas y costales. Y no estaban apiñados en triste silencio. Charlaban.

Conversaban amistosamente contando chistes, discutiendo, levantándose para ir a orinar en la nieve, para caminar en círculos con el fin de hacer circular la sangre. Había visto campamentos desmoralizados en otras ocasiones, pero ése no lo estaba. Lo que, dadas las circunstancias, era asombroso. Supuso que Denzell Hunter debía de participar del mismo ánimo. Siendo esto así, ¿consentiría en dejar a sus compañeros? No había forma de saberlo salvo preguntándoselo.

No había puerta a la que llamar. William bordeó un grupito de robles jóvenes sin hojas que, por el momento, habían escapado al hacha y encontró a Hunter en cuclillas cosiendo una brecha en la pierna de un hombre tumbado en una manta frente a él. Rachel Hunter le sujetaba los hombros, inclinada sobre él con la cabeza cubierta con una cofia mientras le hablaba para infundirle ánimos.

—¿No te dije que mi hermano era rápido? —le decía—. No más de treinta segundos, te dije, y así ha sido. Los he contado, ¿verdad?

—Cuentas muy despacio, Rachel —dijo el doctor, sonriendo mientras alargaba la mano para coger las tijeras y cortaba el hilo—. Un hombre podría dar tres vueltas andando alrededor de la catedral de St. Paul en uno de tus minutos.

—Tonterías —repuso ella con suavidad—. En cualquier caso, ya está. Venga, incorpórate y bebe un poco de agua.

Se volvió hacia el cubo que tenía a su lado y, al hacerlo, vio a William. Abrió la boca de sorpresa y, en un abrir y cerrar de ojos, se puso en pie y corrió a abrazarlo.

William no se esperaba eso, pero le encantó y le devolvió el abrazo con gran sentimiento. Olía a sí misma y a humo, y ello hizo que la sangre le corriera más deprisa por las venas.

—¡Amigo William! Creí que no volvería a verte nunca más —dijo separándose de él con el rostro resplandeciente—. ¿Qué estás haciendo aquí? Porque me parece que no has venido a alistarte —añadió mirándolo de arriba abajo.

—No —replicó él con bastante brusquedad—. He venido a pedir un favor. A su hermano —añadió con un poco de retraso.

—¿Ah, sí? Entonces, ven conmigo, ya casi ha terminado.

Lo condujo hasta Denny, mirándolo aún con gran interés.

—Así que eres realmente un soldado británico —señaló—. Pensábamos que probablemente lo fueses, pero temíamos que fueras un desertor. Me alegro de que no sea así.

—¿Se alegra? —inquirió él, sonriendo—. Pero, con toda seguridad, preferiría que abjurara de mi servicio militar y buscara la paz, ¿verdad?

—Claro que preferiría que buscaras la paz, y también que la encontraras —dijo ella, pragmática—. Pero uno no puede ha-

1052

llar la paz quebrantando un juramento y huyendo ilegalmente, sabiendo que tiene el alma empapada de engaño y temiendo por su vida. Denny, ¡mira quién ha venido!

—Sí, ya lo he visto. Amigo William, ¡bienvenido! —El doctor Hunter ayudó a su paciente recién vendado a ponerse en pie y se dirigió hacia William con una sonrisa—. ¿He oído que querías pedirme un favor? Si está en mi mano concedértelo, tuyo es.

—No le tomaré la palabra —repuso William con una sonrisa mientras sentía que se relajaba un nudo en la base de su nuca—. Pero escúcheme, y espero que considere apropiado venir.

Tal y como había esperado, al principio Hunter no se decidía a abandonar el campamento. No había muchos médicos, y con tanta enfermedad a causa del frío y del hacinamiento... pasaría una semana o más antes de que pudiera regresar. No obstante, William se mantuvo sabiamente en silencio, y sólo miró a Rachel una vez y buscó los ojos de Denzell después.

«¿Va a hacer que pase aquí todo el invierno?»

—¿Quieres que Rachel venga conmigo? —preguntó Hunter al instante, comprendiendo lo que quería decir.

—Iré contigo lo quiera él o no —señaló Rachel—. Y lo sabéis perfectamente los dos.

—Sí —replicó Denzell con suavidad—, pero parecía de buena educación preguntarlo. Además, el problema no es sólo que vengas tú. El...

William no oyó el final de la frase, pues un objeto de grandes dimensiones se arrojó de repente entre sus piernas desde atrás. Lanzó un grito afeminado y saltó hacia delante, antes de apresurarse a darse la vuelta para ver quién lo había asaltado de manera tan cobarde.

—Sí, me olvidaba del perro —admitió Rachel, aún tranquila—. Ahora ya puede andar, pero dudo que pueda soportar el viaje a Filadelfia a pie. ¿Crees que podrías arreglártelas para transportarlo, amigo William?

William reconoció al perro de inmediato. No podía haber dos como él.

—Pero ¿no es el perro de Ian Murray? —preguntó, alargando un tímido puño para que la enorme bestia lo olfateara—. ¿Dónde está su amo?

Los Hunter intercambiaron una breve mirada, aunque Rachel respondió con considerable prontitud.

—En Escocia. Se ha ido a Escocia a solucionar un asunto urgente, con su tío, James Fraser. ¿Conoces al señor Fraser?

A William le pareció que los Hunter lo miraban con mucha atención, pero asintió y dijo:

—Lo vi una vez, hace muchos años. ¿Por qué no se fue el perro a Escocia con su amo?

Intercambiaron de nuevo una mirada.

¿Qué pasaba con Murray?, se preguntó él.

—El perro se lastimó justo antes de que embarcaran. El amigo Ian tuvo la amabilidad de dejar a su compañero a mi cuidado —contestó Rachel con serenidad—. ¿Podrías tal vez facilitarnos una carreta? Creo que al caballo podría no gustarle *Rollo*.

Lord John encajó el pedazo de cuero entre los dientes de Henry. El muchacho estaba medio inconsciente tras la dosis de láudano que le habían administrado, pero aún reconocía lo suficiente cuanto lo rodeaba como para dirigirle a su tío una débil tentativa de sonrisa. Grey percibía el miedo que latía a través de Henry, y lo compartía. Tenía un nudo de serpientes venenosas en el estómago, una sensación constante de serpenteo salpicada de esporádicas punzadas de pánico.

Hunter había insistido en atarle a Henry los brazos y los pies a la cama para que no se moviera durante la operación. Hacía un día precioso. El sol se reflejaba en la nieve helada que ribeteaba las ventanas, y habían corrido la cama para aprovechar lo mejor posible la luz.

Le habían hablado del zahorí al doctor Hunter, pero éste había declinado cortésmente volver a llamarlo diciendo que aquello tenía un regustillo de adivinación y que, si tenía que pedir a Dios que lo ayudara en ese cometido, creía que no podría hacerlo con tanta sinceridad si intervenía algo de brujería en el proceso. Eso había ofendido de manera considerable a Mercy Woodcock, que resopló un poco al oírlo, pero guardó silencio, demasiado contenta, y también angustiada, para discutir.

Grey no era supersticioso, aunque tenía una mentalidad práctica, y había tomado cuidadosa nota del emplazamiento de la bala que el zahorí había encontrado. Lo explicó y, con el reacio consentimiento de Hunter, sacó una pequeña regla, trianguló el punto en la barriga hinchada de Henry y marcó el lugar donde presuntamente se encontraba la bala con un poco de hollín de la mecha de una vela.

—Creo que estamos listos —observó Denzell y, tras acercarse a la cama, colocó las manos sobre la cabeza de Henry y rezó un instante pidiendo ayuda y apoyo para sí, y resistencia y curación para Henry, y terminó reconociendo la presencia de Dios entre ellos.

A pesar de sus sentimientos puramente racionales, Grey sintió que se aligeraba un tanto la tensión que había en el dormitorio, con lo que las serpientes de su estómago se calmaron por el momento. Tomó la mano floja de su sobrino en la suya y le dijo con calma:

—Aguanta, Henry. No te soltaré.

Fue rápido. Grey había visto trabajar a otros médicos del ejército y conocía su celeridad, pero, incluso para esos estándares, la velocidad y la destreza de Denzell Hunter eran extraordinarias. Grey había perdido todo sentido del tiempo, absorto en la errática presión de los dedos de Henry, sus gritos agudos y penetrantes a través de la mordaza de cuero, y los movimientos del doctor, brutales y rápidos, y después meticulosos mientras unía los tejidos con delicadeza, los limpiaba con una gasa y los cosía.

Cuando Denzell dio la última puntada, Grey respiró en lo que le pareció la primera vez en varias horas, y vio en el reloj de mesa de la repisa de la chimenea que apenas había transcurrido un cuarto de hora. William y Rachel Hunter se hallaban junto al hogar, apartados, y observó con cierto interés que se habían cogido de las manos, y que tenían los nudillos tan blancos como sus rostros.

Hunter controló la respiración de Henry, le levantó los párpados para examinarle las pupilas, le limpió las lágrimas y los mocos de la cara y le tomó el pulso bajo la barbilla; Grey pudo verlo, débil e irregular, pero latiendo aún, un hilillo azul bajo la piel cérea.

—Muy bien, muy bien, y gracias a Dios, que me ha dado fuerzas —murmuraba Hunter—. Rachel, ¿podrías traerme los vendajes?

Ella se separó al instante de William y fue a buscar el pulcro montón de gasas dobladas y de tiras de tela rasgadas, junto con una especie de masa pegajosa de color verde que impregnaba el trapo que lo envolvía.

—¿Qué es eso? —inquirió Grey, señalándolo.

—Una cataplasma que me recomendó una compañera de profesión, una tal señora Fraser. He observado que tiene efectos beneficiosos en heridas de todo tipo —le aseguró el doctor.

—¿La señora Fraser? —dijo Grey, sorprendido—. ¿La señora de James Fraser? ¿Dónde demo...? Quiero decir, ¿dónde encontró usted a esa señora?

—En el Fuerte Ticonderoga —fue la sorprendente respuesta—. Ella y su marido estaban con el ejército continental durante las batallas de Saratoga.

Las salvajes serpientes en el estómago de Grey se despertaron de inmediato.

—¿Me está diciendo que la señora Fraser se encuentra ahora en Valley Forge?

—Oh, no. —Hunter negó con la cabeza, concentrado en su vendaje—. ¿Podrías levantarlo un poquito, por favor, amigo Grey? Necesito pasar este vendaje por debajo. Ah, muy bien, perfecto, gracias. No. —Continuó, enderezándose y secándose la frente, pues en la habitación, con tanta gente y el fuego llameante que ardía en la chimenea, hacía mucho calor—. No, los Fraser se han marchado a Escocia. Aunque el sobrino del señor Fraser fue tan amable que nos dejó a su perro —añadió al tiempo que *Rollo*, al que se le había despertado la curiosidad por el olor de la sangre, se levantaba de su sitio en el rincón e introducía su nariz por debajo del codo de Grey.

El perro olisqueó con interés las sábanas manchadas y el cuerpo desnudo de Henry, de arriba abajo. Luego estornudó de manera explosiva, sacudió la cabeza y volvió a echarse al suelo, donde se tumbó y pronto rodó sobre sí mismo, hasta quedar boca arriba con las patas suspendidas en el aire.

—Alguien debería quedarse con él durante uno o dos días —estaba diciendo Hunter mientras se limpiaba las manos en un trapo—. No deberían dejarlo solo, por si deja de respirar. Amigo William —dijo volviéndose hacia Willie—, ¿sería posible encontrar un sitio donde alojarnos? Debería estar cerca durante unos días, para poder visitarlo con regularidad y ver cómo progresa.

William le aseguró que ya se habían encargado de ello: una posada muy respetable, y —miró a Rachel al decir esto— muy cercana. ¿Podía llevar a los Hunter hasta allí? ¿O acompañar a la señorita Rachel, si su hermano no había terminado?

Para Grey, era bastante evidente que nada le habría gustado más a Willie que ir a caballo a solas con aquella atractiva cuáquera por la ciudad destellante bajo la nieve, pero la señora Woodcock le arruinó los planes al observar que, de hecho, era Navidad. No había tenido ocasión de preparar una gran comida, pero ¿no querrían los caballeros y la señora honrar su casa y el día tomando una copa de vino, para brindar por la recuperación de Grey?

Esa propuesta fue acogida, en general, como una estupenda idea, y Grey se ofreció voluntario para velar a su sobrino mientras iban a por el vino y las copas.

Ahora que se había marchado tanta gente de golpe, se estaba mucho más fresco en la habitación. De hecho, casi hacía frío, de modo que Grey le cubrió a Henry el vientre vendado con la sábana y también con la colcha.

—Te pondrás bien, Henry —susurró, a pesar de que su sobrino tenía los ojos cerrados y de que creía que el joven quizá estuviera dormido; esperaba que lo estuviera.

Pero no lo estaba. Henry abrió muy despacio los ojos, con los efectos del opio reflejados en las pupilas. Sus párpados entreabiertos indicaban el dolor que el opio no podía aplacar.

—No, no me pondré bien —dijo con voz débil y clara—. Sólo sacó una. La segunda bala me matará.

Sus ojos volvieron a cerrarse mientras el sonido de la alegría navideña se acercaba por la escalera. El perro suspiró.

Rachel Hunter se llevó una mano al estómago, otra a la boca, y reprimió un eructo que le subía por la garganta.

—La glotonería es un pecado —observó—. Pero es un pecado que conlleva su propio castigo. Creo que voy a vomitar.

—Todos los pecados conllevan su propio castigo —replicó su hermano, distraído, mientras mojaba la pluma en el tintero—. Pero tú no eres glotona. Te he visto comer.

—¡Estoy como si fuera a reventar! —protestó ella—. Y, además, no puedo evitar pensar en la pobre Navidad que tendrán los que dejamos en Valley Forge, en comparación con la... la... opulencia de lo que hemos comido esta noche.

—Bueno, eso es sentimiento de culpa, no glotonería, y falso sentimiento de culpa, además. No has comido más de lo que sería una comida normal. Lo único que pasa es que no has hecho una comida normal en varios meses. Además, me parece que el ganso asado tal vez no sea la última palabra en opulencia, ni siquiera relleno de ostras y castañas. Ahora bien, si hubiera sido faisán relleno de trufas, o un jabalí con una manzana caramelizada en la boca... —Le sonrió por encima de sus papeles.

—¿Tú has visto alguna vez cosas semejantes? —inquirió, llena de curiosidad.

—Sí, las he visto. Cuando trabajaba en Londres con John Hunter. Él hacía mucha vida social y me llevaba consigo de vez en cuando para atender algún caso, y en ocasiones los acompañaba a él y a su mujer a algún gran evento, muy amable por su parte. Pero no debemos juzgar, ¿sabes?, en particular por las apariencias. Incluso alguien que parece muy frívolo, derrochador o superficial tiene una alma y es valioso ante Dios.

—Sí —repuso ella, distraída, sin prestar realmente atención.

Abrió las cortinas de la ventana y vio la calle, fuera, como una mancha blanca. Junto a la puerta de la posada había colgada una linterna que arrojaba un pequeño círculo de luz, pero la nieve seguía cayendo. Su rostro flotaba en el oscuro cristal de la ventana, delgado y con unos ojos enormes, y lo miró con el ceño fruncido, mientras se remetía un mechón de cabello oscuro bajo la cofia.

—¿Crees que lo sabe? —preguntó de golpe—. El amigo William.

—¿Que sabe qué?

—Lo extraordinario de su parecido con James Fraser —respondió mientras dejaba caer la cortina—. Sin duda no creerá que es pura coincidencia.

—Creo que eso no es asunto nuestro. —Denny comenzó a rascar de nuevo con la pluma.

Rachel soltó un suspiro de exasperación. Su hermano tenía razón, pero eso no quería decir que estuviera prohibido observar y preguntarse cosas. Se había alegrado mucho —más que alegrado— de ver de nuevo a William y, aunque el hecho de que fuera un soldado británico no era menos de lo que sospechaba, le había sorprendido en extremo descubrir que era un oficial de alto rango. Y más aún enterarse por su feísimo ayudante de Cornualles de que era un lord, aunque la pobre criatura no estaba seguro de cuál era su título.

Sin embargo, estaba claro que dos hombres no podían parecerse tanto sin compartir sangre en un grado relativamente próximo. Había visto muchas veces a Jamie Fraser y lo había admirado por su porte digno, alto y derecho, algo asustada por la ferocidad de su rostro, y siempre había tenido al verlo aquella leve sensación de que lo conocía, aunque hasta que William apareció ante ella en el campamento no se había dado cuenta de por qué. Pero ¿cómo era posible que un lord inglés estuviera emparentado con un jacobita escocés, con un criminal indultado? Pues Ian le había contado un poco de la historia de su familia, aunque no lo suficiente. Ni mucho menos.

—Estás pensando otra vez en Ian Murray —observó su hermano sin levantar la vista del papel. Parecía resignado.

—Pensaba que rechazabas la brujería —dijo ella con aspereza —. ¿O no incluyes leer la mente entre las artes de la adivinación?

—Veo que no lo niegas. —Entonces, la miró, empujándose las gafas nariz arriba con un dedo para verla mejor.

—No, no lo niego —repuso Rachel levantando la barbilla—. ¿Cómo lo has sabido?

—Mirabas al perro y has suspirado de un modo que denotaba una emoción que una mujer y un perro no suelen compartir.

—¡Buf! —exclamó, desconcertada—. Bueno, ¿y qué si pienso en él? ¿O es que eso tampoco es asunto mío? ¿No puedo preguntarme qué tal le va, cómo lo ha acogido su familia en Escocia? ¿Si tiene la impresión de haber vuelto a su hogar?

—¿Si volverá? —Denny se quitó las gafas y se restregó la cara con la mano.

Rachel podía ver en sus facciones que había tenido un día difícil.

—Volverá —respondió con voz tranquila—. No abandonaría a su perro.

Eso hizo reír a su hermano, lo que la molestó muchísimo.

—Sí, probablemente volverá a por el perro —coincidió—. Y ¿si vuelve con una esposa, Sissy? —Ahora su tono era cariñoso, y ella se giró de nuevo hacia la ventana para evitar que viera que la pregunta la perturbaba. No tenía por qué saberlo—. Tal vez sería mejor para ambos que así fuera, Rachel. —La voz de Denny seguía siendo amable, pero contenía un deje de advertencia—. Sabes que es un hombre manchado de sangre.

—¿Qué quieres que haga, entonces? —espetó sin volverse—. ¿Casarme con William?

Hubo un breve silencio procedente del escritorio.

—¿Con William? —preguntó Denny en un tono ligeramente sorprendido—. ¿Sientes algo por él?

—Yo... claro que siento amistad por él. Y gratitud —se apresuró a añadir.

—También yo —observó su hermano—, pero la idea de que te casaras con él no se me había pasado por la cabeza.

—Eres una persona muy molesta —replicó ella enfadada, volviéndose a mirarlo—. ¿No puedes dejar de burlarte de mí un día por lo menos?

Él abrió la boca para responder, pero un ruido procedente del exterior llamó la atención de Rachel, por lo que se volvió de nuevo hacia la ventana y abrió la gruesa cortina. Su aliento empañó el oscuro cristal, lo frotó con impaciencia con la manga y vio abajo una silla de manos. La puerta de esta última se abrió y, en medio del torbellino de nieve, salió una mujer. Iba cubierta de pieles y tenía prisa. Le tendió una bolsa a uno de los porteadores y entró a la carrera en la posada.

—Vaya, qué extraño —dijo Rachel, mientras se daba la vuelta a mirar a su hermano y después al pequeño reloj que adornaba sus aposentos—. ¿Quién va de visita a las nueve de la noche el día de Navidad? Sin duda no puede ser un amigo.

Pues, aunque los Amigos no celebraban la Navidad y para ellos esa festividad no habría sido ningún impedimento para viajar, los Hunter no tenían —aún— relación con los Amigos de ninguna reunión de Filadelfia.

Un ruido de pasos en la escalera le impidió a Denzell responder y, un instante después, la puerta se abrió de par en par. La mujer envuelta en pieles estaba en el umbral, tan blanca como su abrigo.

—¿Denny? —dijo con voz estrangulada.

Su hermano se puso en pie como si alguien le hubiera puesto carbones encendidos en la culera de los pantalones y volcó la tinta.

—¡Dorothea! —exclamó, y en un abrir y cerrar de ojos cruzó la habitación y se fundió en un apasionado abrazo con la mujer de las pieles.

Rachel se quedó pasmada. La tinta goteaba de la mesa sobre la alfombra de lona pintada, y pensó que debería hacer algo al respecto, pero no lo hizo. Tenía la boca completamente abierta. Pensó que debería cerrarla, y la cerró.

De golpe, comprendió el impulso que hacía blasfemar a los hombres de vez en cuando.

Rachel recogió las gafas de Denzell del suelo y se quedó con ellas en la mano, esperando a que se liberara del abrazo. «Dorothea —pensó para sí—. Así que ésta es la mujer, pero ¿se trata de la prima de William?» Él le había hablado de su prima mientras se dirigían hacia allí desde Valley Forge. De hecho, ella se encontraba en la casa cuando Denny le practicó la operación a... pero entonces, ¡Henry Grey debía de ser el hermano de esa mujer! Cuando Rachel y Denny llegaron a la casa aquella tarde, se había escondido en la cocina. ¿Por qué...? Claro: no por aprensión ni por miedo, sino porque no deseaba encontrarse cara a cara con Denny cuando iba a realizar una operación peligrosa.

La mujer le mereció por ello una mejor opinión, aunque aún no estaba dispuesta a estrecharla contra su pecho y a llamarla hermana. Dudaba que Dorothea sintiera cariño hacia ella tampoco, aunque, de hecho, quizá ni siquiera se hubiera percatado de su presencia, y menos aún sacado conclusiones acerca de ella.

Denny soltó a la mujer y retrocedió un poco, aunque por la expresión radiante de su rostro, apenas si podía soportar no tocarla.

—Dorothea —dijo—. ¿Qué...?

Pero ella se le adelantó. La joven —Rachel se dio cuenta ahora de que era muy guapa— dio unos pasos atrás y dejó caer al suelo su elegante manto de armiño con un suave rumor. Rachel parpadeó. La joven iba vestida con un saco; no había otra palabra para definirlo, aunque ahora que lo miraba con mayor detenimiento, cayó en la cuenta de que tenía mangas. Sin embargo, estaba confeccionado con una basta tela gris y colgaba de sus hombros, sin apenas tocar su cuerpo en ningún otro lugar.

—Voy a hacerme cuáquera, Denny —dijo levantando un poco la barbilla—. Lo he decidido.

El rostro de Denny se contrajo y Rachel pensó que su hermano no sabía si reír, llorar, o volver a cubrir a su amada con el manto. Como no le gustaba ver la bonita prenda abandonada en el suelo, se agachó y la recogió.

—Tú... Dorothea... —repitió sin saber qué decir—. ¿Estás segura? No sabes nada de los Amigos.

—Claro que sí. Vosotros, los cuáqueros quiero decir, veis a Dios en todos los hombres, buscáis la paz en Dios, rechazáis la violencia y lleváis ropa poco llamativa para no distraer vuestra mente con las cosas vanas del mundo. ¿No es así? —inquirió Dorothea, inquieta.

«Lady Dorothea», se corrigió Rachel. William le había dicho que su tío era duque.

—Bueno... más o menos, sí —contestó Denny con labios temblorosos mientras la miraba de arriba abajo—. ¿Ese vestido... te lo has hecho tú?

—Sí, claro. ¿Le pasa algo?

—No, no —respondió él con voz algo entrecortada.

Dorothea lo miró con extrañeza, luego miró a Rachel, y pareció apercibirse de repente de que estaba allí.

—¿Qué tiene de malo? —preguntó dirigiéndose a Rachel, y ésta vio latir el pulso en su garganta blanca y torneada.

—Nada —le respondió mientras contenía sus propias ganas de echarse a reír—. Pero los cuáqueros sí podemos llevar ropa de nuestra talla. No tiene que afearse a propósito, quiero decir.

—Ah, entiendo.

Lady Dorothea miró, pensativa, la pulcra falda y la chaqueta de Rachel, que tal vez estuvieran hechas de paño casero marrón, pero que eran, sin duda, de su talla, y que, a decir verdad, también le sentaban bien.

—Bueno, no hay problema, entonces —manifestó lady Dorothea—. Le meteré un poquito aquí y allá. —Dando el asunto por zanjado, volvió a acercarse a Denny y le tomó una mano entre las suyas—. Denny —dijo suavemente—. Ay, Denny, pensé que no volvería a verte nunca más.

—Yo también —repuso él, y Rachel vio ahora en su rostro que libraba una nueva lucha, una lucha entre el deber y el deseo, y le dolió el corazón por él—. Dorothea... no puedes quedarte aquí. Tu tío...

—No sabe que he salido. Volveré. Una vez se hayan aclarado las cosas entre nosotros.

—Aclarado las cosas —repitió y, con evidente esfuerzo, retiró sus manos de entre las de ella—. ¿Te refieres...?

—¿Te gustaría tomar un poco de vino? —interrumpió Rachel al tiempo que cogía la licorera que el criado les había llevado.

—Sí, gracias. Él también tomará un poco —sonrió Dorothea.

—Creo que lo necesitará —murmuró Rachel con una mirada a su hermano.

—Dorothea... —dijo Denny, sin saber muy bien qué decir y pasándose una mano por el cabello—. Sé a lo que te refieres. Pero no es sólo cuestión de que tú te hagas amiga, siempre suponiendo que ello fuera... fuera... posible.

Ella se enderezó, orgullosa como una duquesa.

—¿Dudas de mi convicción, Denzell Hunter?

—Eeeh... no exactamente. Sólo pienso que tal vez no lo hayas pensado lo suficiente.

—¡Eso es lo que crees! —Las mejillas de lady Dorothea se cubrieron de rubor, y miró a Denny—. Quiero que sepas que no he hecho más que pensar desde que te marchaste de Londres. ¿Cómo demonios crees que ha llegado aquí, maldita sea?

—¿Conspiraste para que le dispararan a tu hermano en el abdomen? —inquirió Denny—. Eso parece un poco cruel, y con dudosas garantías de éxito.

Lady Dorothea respiró hondo dos o tres veces por la nariz, sin quitarle la vista de encima.

—Mira —dijo en un tono de voz razonable—, si no fueras una cuáquera perfecta, te habría dado un puñetazo. Pero no lo he hecho, ¿verdad? Gracias, querida —le dijo a Rachel al tiempo que cogía la copa de vino—. Deduzco que eres su hermana.

—No, no lo has hecho —admitió Denny con cautela, ignorando a Rachel—. Pero incluso concediendo, por decir algo —añadió con un tenue destello de su yo habitual—, que Dios te haya hablado de verdad y te haya dicho que debes unirte a nosotros, sigue habiendo el problemita de tu familia.

—En tus principios de fe no hay nada que requiera el permiso de mi padre para que nos casemos —espetó ella—. Lo he preguntado.

Denny pestañeó.

—¿A quién?

—A Priscilla Unwin. Es una cuáquera que conozco en Londres. Creo que tú también la conoces. Dijo que tú... No puede ser verdad... que tú le abriste a su hermano pequeño un forúnculo que tenía en el culo.

En ese momento, Denny se dio cuenta —quizá porque los ojos se le salían de las órbitas al mirar a lady Dorothea, pensó Rachel, no del todo divertida— de que no llevaba puestas las gafas. Extendió un dedo para subírselas más arriba y luego se detuvo y miró a su alrededor, con los ojos entornados. Con un suspiro, Rachel se acercó a él y se las puso sobre la nariz. Entonces, Dorothea cogió la segunda copa de vino y se la dio.

—Tu hermana tiene razón —le dijo—. Lo necesitas.

—Resulta evidente —dijo lady Dorothea— que no estamos llegando a ninguna parte.

No parecía una mujer acostumbrada a no llegar a ninguna parte, pensó Rachel, pero tenía su genio bien controlado. Por otro lado, no estaba ni mucho menos dispuesta a ceder a la insistencia de Denny de que debía regresar a casa de su tío.

—No voy a volver —declaró en un tono de voz razonable—, porque, si vuelvo, te escabullirás al ejército continental, en Valley Forge, adonde crees que no te seguiría.

—A buen seguro no lo harías, ¿verdad? —dijo Denny, y Rachel creyó detectar un rayo de esperanza en la pregunta, pero no estaba segura de qué tipo de esperanza se trataba.

Lady Dorothea le clavó una mirada con sus grandes ojos azules.

—Te he seguido a través de todo un maldito océano. ¿Crees que un condenado ejército puede detenerme?

Denny se pasó un nudillo por el puente de la nariz.

—No —admitió—. No lo creo. Por eso no me he marchado. No quiero que me sigas.

Lady Dorothea tragó saliva con fuerza, pero mantuvo la barbilla alta con valentía.

—¿Por qué? —inquirió, y la voz le tembló sólo un poco—. ¿Por qué no quieres que te siga?

—Dorothea —dijo él, lo más suavemente posible—. Dejando de lado el hecho de que venir conmigo haría que te rebelaras y te enfrentaras a tu familia, se trata de un ejército. Además, es un ejército muy pobre, que carece de todas las comodidades concebibles, incluyendo ropa, sábanas, zapatos y comida. Y encima es un ejército al borde del desastre y de la derrota. No es un lugar adecuado para ti.

—¿Y es un lugar adecuado para tu hermana?

—En realidad, no —respondió—. Pero... —Se detuvo en seco; obviamente se había dado cuenta de que estaba a punto de caer en una trampa.

—Pero no puedes impedirme que vaya contigo —intervino Rachel de improviso, con dulzura.

No estaba segura de si debería ayudar a aquella extraña mujer, pero admiraba el espíritu de lady Dorothea.

—Y tampoco puedes impedírmelo a mí —dijo Dorothea, tajante.

Denny se restregó fuertemente el entrecejo con tres dedos, y cerró los ojos como si le doliera.

—Dorothea —dijo mientras dejaba caer la mano y se enderezaba—. Estoy llamado a hacer lo que hago, y eso es asunto mío y de Dios. Rachel viene conmigo no sólo porque es muy testaruda, sino también porque soy responsable de ella. No tiene otro sitio adonde ir.

—¡Sí lo tengo! —intervino Rachel con vehemencia—. Dijiste que me encontrarías un lugar seguro con Amigos si quería. No quise, y no quiero.

Antes de que Denny pudiera responder otra cosa, lady Dorothea alargó la mano en un dramático gesto de autoridad, y lo hizo callar en el acto.

—Tengo una idea —anunció.

—Tengo mucho miedo de preguntar cuál es —replicó Denny, y parecía absolutamente sincero.

—Yo no —dijo Rachel—. ¿Cuál?

Dorothea miró alternativamente a uno y a otro.

—He estado en una reunión cuáquera. De hecho, en dos. Sé cómo se hace. Celebremos una reunión y pidámosle al Señor que nos guíe.

Denny se quedó con la boca abierta, con gran regocijo de Rachel, que rara vez lograba dejar sin palabras a su hermano, pero que estaba comenzando a disfrutar al vérselo hacer a Dorothea.

—Eso... —comenzó él, con aire de estupefacción.

—Es una idea excelente —manifestó Rachel, conforme arrastraba ya otra silla junto al fuego.

Denny a duras penas podría rebatirlo. Se sentó, con aspecto bastante aturdido, aunque Rachel se dio cuenta de que la había colocado a ella entre Dorothea y él. No estaba segura de si lo había hecho porque temía estar demasiado cerca de la joven, por si el poder de su presencia lo abrumaba, o simplemente porque al sentarse al otro lado de la chimenea podía verla mejor.

Tomaron asiento despacio, moviéndose un poco para ponerse cómodos, y guardaron silencio. Rachel cerró los ojos y contempló la cálida rojez del fuego en el interior de sus párpados, mientras sentía su agradable calor en las manos y en los pies. Lo agradeció para sí, al recordar la mordedura constante del frío en el campamento, las uñas de los dedos de sus manos y de sus pies en llamas por tal motivo, y el temblor continuo que disminuía pero no cesaba cuando se arrebujaba entre las mantas por la noche y sentía los músculos cansados y doloridos. No era de extrañar que Denny no quisiera que Dorothea los acompañara. Ella misma no quería volver, habría dado cualquier cosa por no ir, cualquier cosa menos el bienestar de Denny. Odiaba pasar hambre y frío, pero sería mucho peor estar caliente y bien alimentada y saber que él sufría solo.

¿Tenía lady Dorothea la menor idea de lo que tendría que soportar?, se preguntó, y abrió los ojos. Dorothea estaba sentada, inmóvil pero erguida, con sus gráciles manos cruzadas en el regazo. Supuso que Denny se estaba imaginando, al igual que Rachel, aquellas manos enrojecidas y estropeadas por los sabañones, aquel precioso rostro demacrado por el hambre y lleno de manchas por el frío y la suciedad.

Los ojos de Dorothea quedaban ocultos por sus pestañas, pero Rachel estaba segura de que estaba mirando a Denny. Era una apuesta importante por parte de Dorothea, pensó. Porque, ¿qué sucedería si el Señor hablaba con Denny y le decía que era imposible y que debía rechazarla? ¿Y si el Señor hablaba ahora con Dorothea, pensó de repente, o si ya lo había hecho? Rachel se quedó perpleja al pensarlo. No era que los Amigos pensasen que el Señor sólo les hablaba a ellos. Era sólo que no estaban seguros de que la demás gente escuchara muy a menudo.

¿Había escuchado ella misma? Con toda honestidad, se vio obligada a admitir que no. Y sabía por qué: porque no quería oír lo que temía oír, que debía renunciar a Ian Murray y abandonar esos pensamientos acerca de él que le calentaban el cuerpo y entibiaban sus sueños en el bosque helado hasta tal punto que a veces se despertaba con la convicción de que, si alargaba la mano bajo la nieve que caía, ésta empezaría a sisear y se evaporaría.

Tragó saliva con fuerza y cerró los ojos, intentando abrirse a la verdad, pero temblando por el miedo a oírla.

No obstante, cuanto oyó fue el sonido regular de unos jadeos y, un instante después, la nariz húmeda de *Rollo* le golpeó la mano. Desconcertada, le rascó las orejas. Sin duda, no era correcto hacerlo durante la reunión, pero *Rollo* no iba a dejar de insistir hasta que ella hubiera cumplido, lo sabía. El perro entornó sus ojos amarillos de placer y descansó su pesada cabeza en su rodilla.

«El perro lo quiere —pensó Rachel, mientras lo frotaba con suavidad a través del pelaje denso y áspero—. Siendo así, ¿puede ser un hombre malo?» No fue Dios quien le contestó, sino su hermano, quien ciertamente le diría: «Como los perros son criaturas mundanas, no creo que tengan ojo para juzgar a la gente.»

«Pero yo sí lo tengo —pensó para sí—. Sé lo que es, y también sé lo que podría ser.» Miró a Dorothea, inmóvil con su vestido de saco gris. Lady Dorothea Grey estaba dispuesta a abandonar su vida anterior y muy probablemente a su familia para convertirse en una amiga por amor a Denny. ¿Y no podría ser, se preguntó, que Ian Murray pudiera abandonar la violencia por amor a ella?

«Bueno, ése es un pensamiento orgulloso —se reprendió a sí misma—. ¿Qué poder te has creído que tienes, Rachel Mary Hunter? Nadie tiene ese poder, salvo el Señor.»

Pero el Señor sí lo tenía. Y si al Señor le parecía bien, todo era posible. *Rollo* meneó con suavidad la cola, golpeando tres veces el suelo.

Denzell Hunter se enderezó ligeramente en su taburete. Fue la mínima expresión de movimiento, pero, al producirse en medio de una inmovilidad absoluta, sobresaltó a ambas mujeres, que levantaron la cabeza como pájaros asustados.

—Te amo, Dorothea —dijo. Hablaba con mucha serenidad, pero sus afables ojos ardían detrás de las gafas y Rachel sintió un dolor en el pecho—. ¿Quieres casarte conmigo?

87

Separación y reunión

20 de abril de 1778

Habida cuenta de cómo transcurrían los viajes transatlánticos y de que tras nuestras aventuras con los capitanes Roberts, Hickman y Stebbings me consideraba algo así como una experta en desastres en alta mar, el viaje a América fue bastante aburrido. Tuvimos un ligero roce con un barco de guerra inglés, aunque por fortuna lo dejamos atrás; nos topamos con dos borrascas y una tormenta importante, pero por suerte no nos hundimos; y, aunque la comida era execrable, estaba demasiado distraída para hacer nada salvo sacudir los gorgojos de la galleta antes de comérmela.

La mitad de mi mente estaba concentrada en el futuro: la precaria situación de Marsali y Fergus, el peligro que suponía el estado de Henri-Christian y la logística de ponerle remedio. La otra mitad, bueno, para ser justos, los siete octavos, seguían en Lallybroch con Jamie.

Me sentía dolorida y en carne viva. Como si una parte vital de mí hubiera sido seccionada, como siempre que me separaba de Jamie por mucho tiempo, pero también como si me hubieran expulsado violentamente de mi hogar, como una lapa arrancada de su roca y arrojada sin más a una olla de agua hirviendo.

Eso se debía, sobre todo, pensé, a la muerte inminente de Ian. Él había sido una parte tan importante de Lallybroch, su presencia allí había sido hasta tal punto una constante y un alivio para Jamie durante todos esos años, que perderlo era, en cierto modo, como perder el mismísimo Lallybroch. Por extraño que pareciera, las palabras de Jenny, pese a ser hirientes, no me habían afectado de verdad. Conocía de sobra el dolor frenético, la desesperación que uno convertía en rabia porque era la única manera de seguir vivo. Y, a decir verdad, también comprendía sus sentimientos, porque los compartía: irracional o no, tenía la sensación de que debería haber podido ayudar a Ian. ¿De qué servían todos mis conocimientos, toda mi preparación, si no podía ayudar cuando esto era absolutamente vital?

Con todo, sentía un dolor aún mayor, y aún mayor era el punzante sentimiento de culpa, por el hecho de no poder estar allí cuando Ian muriera, por haber tenido que separarme de él por última vez sabiendo que no volvería a verlo nunca más, sin poder ofrecerle consuelo, ni estar con Jamie y su familia cuando recibieran el golpe ni ser simplemente testigo de su muerte.

También el joven Ian lo sentía, e incluso en mayor medida. A menudo lo hallaba sentado cerca de la popa, mirando la estela del barco con ojos atormentados.

—¿Crees que se habrá ido ya? —me preguntó de golpe en una ocasión en que había ido a sentarme junto a él—. Me refiero a papá.

—No lo sé —le respondí con franqueza—. Creo que sí, por lo enfermo que estaba, pero es asombroso lo que resiste la gente a veces. ¿Sabes cuándo es su cumpleaños?

Me miró, confuso.

—Es algún día de mayo, cerca del del tío Jamie. ¿Por qué?

Me encogí de hombros y me envolví mejor en el chal para protegerme del helor del viento.

—A menudo, la gente que está muy grave, pero cuyo cumpleaños se acerca parece esperar a que haya pasado antes de morir. Por algún motivo, es más probable que sea así si la persona es famosa o conocida.

Eso lo hizo reír, aunque sin alegría.

—Papá nunca lo ha sido. —Suspiró—. En estos momentos, preferiría haberme quedado por él. Ya sé que dijo que me fuera, y que yo deseaba irme —añadió con sinceridad—. Pero ahora me siento mal por haberme ido.

Suspiré a mi vez.

—Yo también.

—Pero tú tenías que marcharte —protestó—. No podías dejar que el pobrecito Henri-Christian se asfixiara. Papá lo entendía. Sé que lo entendía.

Sonreí ante su fervoroso intento de hacerme sentir mejor.

—También entendía por qué tenías que marcharte tú.

—Sí, lo sé. —Permaneció unos instantes en silencio, contemplando el surco de la estela. Era un día fresco y el barco navegaba a buen ritmo, aunque el mar estaba picado, punteado de crestas blancas—. Ojalá —dijo de improviso, se interrumpió y tragó saliva—. Ojalá papá hubiera conocido a Rachel —continuó en voz baja—. Ojalá ella lo hubiera conocido a él.

Hice un ruidito: lo comprendía. Recordaba con gran vividez aquellos años en que había visto crecer a Brianna lamentándose porque nunca conocería a su padre. Y luego se había producido un milagro, pero eso, en el caso de Ian, no iba a suceder.

—Sé que le hablaste a tu padre de Rachel. Me lo dijo, y estaba muy contento de saber de ella. —Eso le hizo esbozar una leve sonrisa—. ¿Le has hablado a Rachel de tu padre? ¿De tu familia?

—No. —Parecía sobresaltado—. No, nunca le he hablado de ellos.

—Bueno, tendrás que hacerlo... ¿Qué pasa? —Había fruncido el ceño y tenía la boca curvada hacia abajo.

—Yo... nada, en realidad. Es sólo que estaba pensando... que nunca le he contado nada. Quiero decir que nosotros... no hablamos realmente, ¿sabes? Me refiero a que le he contado cosas de vez en cuando, y ella a mí, pero sólo en circunstancias normales. Y después nos... yo la besé y... bueno, eso es todo. —Hizo un gesto de impotencia—. Pero nunca se lo he preguntado. Simplemente estaba seguro.

—¿Y ahora no?

Negó con la cabeza, su cabello castaño volando al viento.

—No, no, no es eso, tía. Estoy tan seguro de lo que hay entre nosotros como lo estoy de... de... —Miró a su alrededor buscando algún símbolo de solidez en el puente que subía y bajaba, pero luego lo dejó correr—. Bueno, estoy más seguro de lo que siento que de que el sol saldrá mañana.

—Estoy segura de que ella lo sabe.

—Sí, lo sabe —repuso en voz más suave—. Sé que lo sabe.

Seguimos sentados un rato en silencio. Luego me puse en pie y dije:

—Bueno, en tal caso... tal vez deberías rezar por tu padre y luego ir a sentarte cerca de la proa.

Había estado en Filadelfia una o dos veces en el siglo XX con ocasión de unas conferencias de medicina. Entonces la ciudad no me había gustado, pues me había parecido muy sucia y poco acogedora. Ahora estaba distinta, pero no mucho más atractiva. Las calzadas que no estaban adoquinadas eran mares de barro, y las calles que, con el tiempo, estarían flanqueadas de casas destartaladas con jardines llenos de basura, juguetes de plástico rotos y piezas de motocicleta, estaban ahora bordeadas de barracas desvencijadas, jardines llenos de desperdicios, conchas de ostras desechadas y cabras atadas a sendas estacas. No había, claro está, salvajes policías vestidos de negro a la vista, pero aun así los criminales de poca monta eran igual de abundantes, y seguían visibles, a pesar de la obvia presencia del ejército británico. Los casacas rojas hormigueaban cerca de las tabernas, y columnas de soldados pasaban marchando junto a la carreta con los mosquetes al hombro.

Era primavera. Que ya era algo. Había árboles por todas partes, gracias al dictamen de William Penn de que la media de cada dos hectáreas debía estar arbolada —ni siquiera los avariciosos políticos del siglo XX habían logrado deforestar el lugar, aunque probablemente sólo porque no sabían cómo obtener un beneficio de ello sin que los pillaran—, y muchos de los árboles estaban floridos, un confeti de pétalos blancos que caían arrastrados por el aire sobre los lomos de los caballos mientras la carreta entraba en la ciudad propiamente dicha.

Había una patrulla del ejército apostada en la carretera principal que conducía a la ciudad. Nos habían detenido y le habían pedido los pases al conductor y a sus dos pasajeros varones. Yo me había puesto una cofia como Dios manda, no miré a nadie a los ojos, y murmuré que venía del campo para atender a mi hija, que estaba a punto de dar a luz. Los soldados echaron una breve mirada a la cesta de comida que llevaba en el regazo, pero ni siquiera me miraron a la cara antes de indicar con un gesto que la carreta podía proseguir su camino. La respetabilidad tenía sus ventajas. Me pregunté de pasada cuántos espías habrían pensado en emplear a viejecitas para sus fines. No se oía hablar de mujeres mayores que actuaran como espías, pero, por otra parte, era posible que eso fuese un mero indicativo de lo buenas que eran.

La imprenta de Fergus no se encontraba en el distrito más moderno, pero no estaba muy lejos de él, y me alegré de ver que era un edificio considerable de ladrillo rojo que se erguía en una hilera de casas sólidas y de aspecto igualmente agradable. No les habíamos escrito de antemano para anunciarles que iba para allá; habría llegado yo antes que la carta. Con el corazón alterado, abrí la puerta.

Marsali estaba tras el mostrador, ordenando montones de papel. Levantó la vista al sonar la campana que había sobre la puerta, parpadeó y luego se me quedó mirando con la boca abierta.

—¿Cómo estás, querida? —la saludé, y, tras dejar el cesto en el suelo, corrí a levantar la tabla del mostrador y a darle un abrazo.

Tenía muy mala cara, aunque sus ojos se iluminaron con apasionado alivio al verme. Casi cayó en mis brazos y estalló en sollozos nada propios de ella.

Por mi parte, le di unas palmaditas en la espalda entre sonidos tranquilizadores y me alarmé bastante. La ropa le colgaba floja sobre los huesos y olía a rancio, pues hacía demasiado tiempo que no se lavaba el pelo.

—Todo se arreglará —repetí con firmeza por duodécima vez, y ella dejó de sollozar y retrocedió un poco, mientras hundía la mano en el bolsillo y sacaba un mugriento pañuelo. Con consternación, vi que volvía a estar encinta.

—¿Dónde está Fergus? —pregunté.

—No lo sé.

—¿Te ha dejado? —espeté, horrorizada—. Vaya, ese miserable...

—No, no —se apresuró a decir, casi riendo entre las lágrimas—. No me ha dejado, en absoluto. Es sólo que está escondido, cambia de sitio cada pocos días, y no sé dónde se encuentra ahora. Los niños darán con él.

—¿Por qué está escondido? No debería preguntarlo, supongo —dije con una mirada a la maciza prensa negra que había detrás del mostrador—. Pero ¿es por algo en concreto?

—Sí, un pequeño panfleto para el señor Paine. Tiene una serie de ellos circulando por ahí, ¿sabes?, titulados «La crisis norteamericana».

—El señor Paine... ¿el de *Sentido común*?

—Sí, ése —respondió sorbiendo por la nariz—. Es un hombre agradable, pero uno no debe beber con él, dice Fergus. Algunos hombres son encantadores y cariñosos cuando están borrachos, pero otros se ponen tontos y empiezan a cantar «Arriba con los gorros de Bonnie Dundee»,[22] y ni siquiera tienen la excusa de ser escoceses, ¿sabes?

---

[22] Frase de la canción tradicional escocesa *Bonnie Dundee* dedicada a John Graham, primer vizconde de Dundee, héroe del primer alzamiento jacobita. *(N. de la t.)*

—Ah, ésos. Sí, los conozco bien. ¿De cuántos meses estás? —inquirí cambiando de tema y pasando a otro de interés general—. ¿No deberías sentarte? No deberías pasar mucho tiempo de pie.

—¿Cuántos meses...? —Pareció sorprendida y se llevó involuntariamente una mano allí donde yo estaba mirando, a su vientre algo hinchado. Luego se echó a reír—. Ah, esto. —Hurgó debajo del delantal y sacó un abultado saco de cuero que se había atado alrededor de la cintura—. Para escapar —explicó—. Por si prenden fuego a la casa y tengo que salir por piernas con los críos.

Cuando lo cogí de sus manos, me llevé una sorpresa al ver lo mucho que pesaba el saco y oí un chasquido ahogado en el fondo, debajo de la capa de papeles y pequeños juguetes infantiles.

—¿La Caslon Italic 24? —pregunté, y ella sonrió, quitándose al instante de encima al menos diez años.

—Todas excepto la «X». Tuve que volver a convertirla en una bola de metal a martillazos y vendérsela a un orfebre con el fin de conseguir dinero suficiente para poder comer después de que Fergus se fuera. Pero todavía queda una «X» aquí —dijo volviendo a coger el saco—, aunque ésa sí es de plomo.

—¿Tuviste que vender la Goudy Bold 10?

Jamie y Fergus habían fundido dos juegos completos de tipos de oro, los habían rebozado en hollín y los habían cubierto de tinta hasta que no fue posible distinguirlos de los muchos juegos de tipos de plomo genuino que había en la caja de tipos discretamente colocada contra la pared detrás de la prensa.

Marsali negó con la cabeza y alargó la mano para volver a coger la bolsa.

—Fergus se la llevó. Quería enterrarla en un lugar seguro, por si acaso. Pareces bastante cansada del viaje, madre Claire —prosiguió inclinándose hacia delante para examinarme con atención—. ¿Mando a Joanie a la taberna a por una jarra de sidra?

—Eso sería estupendo —repliqué, aún recuperándome de las revelaciones de los últimos minutos—. Pero ¿y Henri-Christian? ¿Cómo está? ¿Está aquí?

—Está fuera con su amigo, creo. —Se levantó—. Voy a llamarlo. Está un poco cansado de no dormir bien, pobrecito, y tiene una garganta que parece una rana mugidora estreñida. Pero he de decirte que eso no lo desalienta demasiado. —Sonrió, a pesar de lo cansada que estaba, y salió por la puerta para entrar en la vivienda, al tiempo que gritaba—: ¡Henri-Christian!

«Por si prenden fuego a la casa.» ¿Quiénes?, me pregunté con un escalofrío. ¿El ejército británico? ¿Los lealistas? Y, a pesar de todo, ¿se las apañaba, ocupándose de un negocio y de una familia ella sola, con un marido oculto y un hijo enfermo al que no podían dejar solo mientras dormía? «El horror de nuestra situación», decía en su carta a Laoghaire. Y eso había sido meses atrás, cuando Fergus aún estaba en casa.

Bueno, ahora ya no estaba sola. Por primera vez desde que había dejado a Jamie en Escocia, sentí algo más que la fuerza de la inexorable necesidad en mi situación. Le escribiría esa misma noche, decidí. Tal vez se hubiera marchado de Lallybroch antes de que le llegara mi carta —esperaba que así fuera—, pero, en ese caso, Jenny y el resto de la familia se alegrarían de saber lo que estaba sucediendo aquí. Y si, por casualidad, Ian vivía aún... Pero no quería pensar en eso. Saber que su muerte suponía que Jamie quedaba libre para venir a reunirse conmigo me hacía sentir como un monstruo, como si quisiera que su muerte se precipitara. Sin embargo, siendo honesta, pensaba que el propio Ian tal vez deseara morir más pronto que tarde.

El regreso de Marsali con Henri-Christian trotando junto a ella interrumpió estos morbosos pensamientos.

—Grandmère! —gritó al verme, y saltó a mis brazos y a punto estuvo de tirarme al suelo. Era un muchachito muy fuerte.

Me acarició afectuosamente con la nariz y sentí una intensa oleada de cálida alegría al verlo. Lo besé y lo abracé con entusiasmo, con la impresión de que el vacío que Mandy y Jem habían dejado en mi corazón al marcharse se rellenaba un poquito. En Escocia, lejos de la familia de Marsali, casi había olvidado que todavía me quedaban otros cuatro nietos maravillosos, y agradecía que me lo recordaran.

—¿Quieres ver un truco, grandmère? —chilló Henri-Christian, impaciente.

Marsali tenía razón: parecía una rana mugidora estreñida. Sin embargo, asentí y, tras saltar de mi regazo, sacó de su bolsillo tres bolsitas de cuero llenas de salvado y comenzó enseguida a hacer malabarismos con ellas con una destreza sorprendente.

—Su papá le enseñó —señaló Marsali con cierta dosis de orgullo.

—¡Cuando sea mayor como Germain, papá me enseñará también a robar carteras!

Marsali soltó un grito y le cubrió de golpe la boca con la mano.

—Henri-Christian, eso no se dice jamás —le dijo, severa—. A nadie. ¿Me oyes?

Él me miró, desconcertado, pero asintió obedientemente.

Volví a sentir el escalofrío que había sentido antes. ¿Se dedicaría Germain a robar carteras profesionalmente, por así decirlo? Miré a Marsali, pero ella negó apenas con la cabeza. Hablaríamos de ello más tarde.

—Abre la boca y saca la lengua, cariño —le sugerí a Henri-Christian—. Deja que la abuelita te vea la garganta irritada, me parece que debe de hacerte mucha pupa.

—Aug-aug-aug —repuso él con una enorme sonrisa, pero, dócil, abrió la boca.

Un débil olor pútrido brotó de su boca abierta de par en par y, pese a no poder iluminar la zona, vi que las amígdalas inflamadas casi le obstruían la garganta por completo.

—Madre mía —dije volviendo su cabeza a uno y otro lado para verlo mejor—. Me sorprende que pueda comer, y aún más que pueda dormir.

—A veces no puede —intervino Marsali, y percibí la tensión en su voz—. Muy a menudo, no logra tragar nada más que un poco de leche, e incluso eso es como clavarle cuchillos en la garganta, pobre niñito. —Se agachó a mi lado y le apartó a Henri-Christian el bonito cabello oscuro de la sonrojada cara—. ¿Crees que puedes ayudarlo, madre Claire?

—Claro que sí —respondí con mucha más confianza de la que realmente sentía—. Desde luego.

Noté que la tensión fluía fuera de ella como si fuese agua y, como si se tratara literalmente de un drenaje, las lágrimas comenzaron a deslizarse en silencio por su rostro. Atrajo la cabeza de Henri-Christian contra su pecho para que no pudiera verla llorar y yo alargué los brazos para abrazarlos a ambos, mientras apoyaba la mejilla en la cabeza cubierta con la cofia y percibía el olor fuerte y rancio de su terror y su agotamiento.

—Ahora todo irá bien —dije en voz baja, acariciándole la flaca espalda—. Estoy aquí. Ya puedes dormir.

Marsali durmió el resto del día y toda la noche de un tirón. Yo estaba cansada del viaje, pero me las arreglé para dormitar en la gran silla que había junto al fuego de la cocina, con Henri-Christian acurrucado en mi regazo roncando bien fuerte. Dejó de respirar un par de veces durante la noche y, aunque hice que volviera a empezar sin problemas, me di cuenta de que había que hacer algo de inmediato. En consecuencia, me eché un breve sueñecito por la mañana y, después de lavarme la cara y comer un poco, salí a buscar lo que necesitaba.

Tenía conmigo unos instrumentos de lo más rudimentarios, pero el hecho era que una amigdalectomía y una adenoidectomía no precisaban en realidad nada complejo en ese sentido.

Habría querido que Ian me acompañase a la ciudad; me habría ido bien su ayuda, y a Marsali también. Pero era peligroso para un hombre de su edad. No podía entrar en la ciudad abiertamente sin que las patrullas británicas lo detuvieran y lo interrogaran, y quizá lo arrestaran como personaje sospechoso, cosa que era sin lugar a dudas. Aparte de eso... estaba que ardía por ir a buscar a Rachel Hunter.

La tarea de encontrar a dos personas —y a un perro— que podían estar casi en cualquier sitio entre Canadá y Charleston sin más medios de comunicación que los pies y la palabra hablada habría desalentado a cualquiera menos tozudo que alguien con la sangre de los Fraser. Pero, a pesar de que podía ser muy complaciente, Ian era tan capaz como Jamie de hacer lo que se proponía contra viento y marea, y por encima de toda sugerencia razonable.

Sin embargo, tal como él señaló, tenía una ventaja. Cabía presumir que Denny Hunter seguía siendo médico del ejército. Si así era, se encontraba obviamente con el ejército continental, con alguna parte del ejército continental. De modo que la idea de Ian era descubrir dónde podía estar ahora mismo la parte más próxima del ejército y comenzar allí sus pesquisas. Con este fin, se proponía moverse a hurtadillas por los alrededores de Filadelfia, deslizándose sin hacer ruido en las tabernas y los bares clandestinos de las afueras y descubrir gracias a los chismosos locales dónde había en esos momentos alguna fracción del ejército.

De lo máximo que pude convencerlo fue de que mandara un mensaje a la imprenta de Fergus diciéndonos adónde se dirigía una vez hubiera descubierto algo que le indicara un posible destino.

Mientras tanto, cuanto podía hacer yo era rezarle una rápida oración a su ángel de la guarda —un ser abrumadísimo de trabajo— y tener después unas palabras con el mío (al que imaginaba como una especie de figura melindrosa con expresión preocupada) y proceder a lo que había ido a hacer allí.

Ahora caminaba por las calles enfangadas mientras consideraba el procedimiento. En los últimos diez años sólo había extirpado unas amígdalas en una ocasión (bueno, en dos, si contábamos a los gemelos Beardsley por separado). Por lo general, se trataba de una operación fácil y rápida. Practicársela a un enano con las vías respiratorias obstruidas, sinusitis y un absceso periamigdalino en una lóbrega imprenta no era lo habitual.

Sin embargo, no era obligatorio hacerlo en la imprenta si lograba encontrar un sitio mejor iluminado. ¿Dónde podría ser?, me pregunté. Con toda probabilidad, en casa de una persona rica. Una casa donde la cera para velas se derrochara a manos llenas. Había estado en muchas de esas casas, en particular mientras estuvimos en París, pero no conocía a nadie moderadamente acomodado siquiera en Filadelfia. Ni Marsali tampoco. Ya se lo había preguntado.

Bueno, cada cosa a su tiempo. Antes de seguir preocupándome por el quirófano, tenía que encontrar a un herrero capaz de hacer un buen trabajo para que me fabricara el instrumento de alambre que necesitaba. Si era preciso, podía cortar las amígdalas con un bisturí, pero sería más que difícil extirpar de ese modo las vegetaciones, situadas por encima del paladar blando. Y lo último que quería era andar cortando y pinchando a oscuras en el interior de la garganta severamente inflamada de Henri-Christian con un instrumento afilado. Un lazo de alambre sería lo bastante afilado, pero era más probable que no dañara nada contra lo que chocase. Sólo cortaría el lado que rodeaba el tejido que debía extirpar, y sólo cuando yo realizara el necesario movimiento de costado que seccionaría limpiamente una amígdala o una vegetación.

Me pregunté, intranquila, si el chiquillo tendría una infección por estreptococos. Tenía la garganta al rojo vivo, pero eso también podía deberse a otros tipos de infección.

No, tendríamos que arriesgarnos con el estreptococo, pensé. Había puesto a cultivar varios cuencos de penicilina casi en el mismo momento en que llegué. No había forma de saber si el extracto que podía sacar de ellos en unos pocos días sería o no activo ni, en caso de serlo, cuán activo sería. Pero era mejor que nada, al igual que yo.

Lo que sí tenía era algo innegablemente útil, o lo tendría si la búsqueda de esa tarde era fructífera. Casi cinco años antes, lord John Grey me había mandado una botella de cristal llena de vitriolo y el alambique de cristal necesario para destilar éter a partir de él. Creía que esos artículos se los había proporcionado un boticario de Filadelfia, aunque no recordaba el nombre. Pero no podía haber muchos boticarios en Filadelfia, así que me propuse visitarlos todos hasta encontrar el que estaba buscando.

Marsali me había dicho que había dos grandes boticas en la ciudad, y sólo un establecimiento grande tendría lo que yo necesitaba para fabricar éter. ¿Cómo se llamaba el caballero a quien lord John Grey le había comprado mi alambique? ¿Había sido en Filadelfia o en otro lugar? Tenía la mente completamente en blanco, tanto a causa del cansancio como por simple olvido. La época en que había fabricado éter en mi consulta del Cerro de Fraser me parecía tan lejana y mítica como el diluvio universal.

Encontré al primer boticario y le compré algunos artículos de utilidad, entre ellos un frasco de sanguijuelas, aunque me horripilaba un poco la idea de ponerle una en la boca a Henri-Christian. ¿Y si se la tragaba?

Por otra parte, reflexioné, era un niño de cuatro años con un hermano mayor muy imaginativo. Probablemente se había tragado cosas mucho peores que una sanguijuela. Pero con un poco de suerte no las necesitaría. También adquirí dos cauterios, muy pequeños. Era una forma primitiva y dolorosa de detener las hemorragias, aunque, de hecho, resultaba muy efectiva.

El boticario no tenía vitriolo. Se había disculpado por ello, diciendo que ese tipo de cosas había que importarlas de Inglaterra, y con la guerra... Le di las gracias y me dirigí a la segunda botica, donde me informaron de que habían tenido vitriolo, pero lo habían vendido hacía algún tiempo, a un lord inglés, aunque el hombre de detrás del mostrador no tenía ni idea de lo que quería hacer con semejante producto.

—¿Un lord inglés? —dije, sorprendida.

Sin duda no podía ser lord John. Aunque no podía decirse que la aristocracia inglesa estuviera acudiendo en tropel a Filadelfia esos días, a excepción de aquellos miembros que eran soldados. Y aquel hombre había dicho un «lord», no un mayor o un capitán.

Por probar nada se pierde. Pregunté y me contestaron amablemente que se trataba de un tal lord John Grey, que había pedido que le llevaran el vitriolo a su casa de la calle Chestnut.

Sintiéndome un poco como Alicia al caer en la madriguera del conejo —me encontraba aún algo mareada por la falta de sueño y las fatigas del viaje desde Escocia—, pregunté cómo se iba a la calle Chestnut.

Me abrió la puerta una joven extraordinariamente hermosa vestida de un modo que dejaba bien claro que no era una criada.

Nos miramos la una a la otra con sorpresa. Era evidente que ella tampoco me esperaba, pero, cuando pregunté por lord John y dije que era una vieja conocida suya, me invitó a pasar al instante, mientras aseguraba que su tío regresaría enseguida, pues sólo había ido a llevar un caballo a herrar.

—Cualquiera pensaría que habría mandado al mozo —dijo a modo de disculpa la joven, que se presentó como lady Dorothea Grey—. O a mi primo. Pero el tío John es muy especial con sus caballos.

—¿Su primo? —inquirí mientras mi lenta mente rastreaba las posibles relaciones familiares—. No se referirá usted a William Ransom, ¿verdad?

—Ellesmere, sí —respondió con aire sorprendido, pero complacida—. ¿Lo conoce?

—Hemos coincidido una o dos veces —contesté—. Si no le importa que le pregunte... ¿cómo es que se encuentra en Filadelfia? Yo... eeh... tenía entendido que estaba en libertad bajo palabra con el resto del ejército de Burgoyne y que se había marchado a Boston con el fin de embarcarse de vuelta a Inglaterra.

—¡Oh, sí, lo está! —replicó—. En libertad bajo palabra, quiero decir. Pero vino aquí primero para ver a su padre, es decir, al tío John, y a mi hermano. —Sus grandes ojos azules se enturbiaron un poco al mencionar esto último—. Henry está muy enfermo. Mucho, me temo.

—Lo siento mucho —dije sincera pero brevemente. Me interesaba mucho más la presencia de William en la ciudad, pero antes de que pudiera seguir preguntando, sonaron unos pasos rápidos y ligeros en el porche y se abrió la puerta principal.

—¿Dottie? —dijo una voz familiar—. ¿Tienes idea de dónde...? Oh, le ruego que me disculpe.

Lord John Grey había entrado en el salón y se había detenido al verme. Entonces, cayó en la cuenta de quién era y se quedó con la boca abierta.

—Qué agradable volver a verte —le dije en tono amable—. Pero siento oír que tu sobrino está enfermo.

—Gracias —respondió y, mirándome con bastante cautela, se inclinó profundamente sobre mi mano y la besó con elegancia—. Estoy encantado de volverte a ver —añadió de un modo que parecía de verdad sincero. Vaciló unos instantes, pero, por supuesto, no pudo evitar preguntar—: ¿Tu marido...?

—Está en Escocia —respondí, sintiéndome bastante mal por decepcionarlo.

El sentimiento se reflejó un instante en su rostro, pero se desvaneció enseguida; era un caballero, y un soldado. De hecho, llevaba un uniforme del ejército, lo que me sorprendió bastante.

—¿Es que has vuelto al servicio activo? —inquirí, arqueando las cejas.

—No exactamente. Dottie, ¿no has llamado aún a la señora Figg? Estoy segura de que a la señora Fraser le apetecería tomar un refrigerio.

—Acababa de llegar —me apresuré a decir mientras Dottie se ponía en pie de un salto y salía de la habitación.

—En efecto —repuso él, reprimiendo cortésmente el «¿por qué?» que se reflejaba a las claras en su rostro. Me indicó una silla con un gesto y se sentó a su vez con una expresión bastante extraña en el rostro, como intentando pensar cómo decir algo complicado—. Estoy encantado de verte —dijo, despacio—. ¿Has venido...? No quiero parecer en modo alguno maleducado, Claire, debes perdonarme... pero... ¿has venido tal vez a traerme un mensaje de tu marido? —No pudo evitar la lucecita que se encendió en sus ojos, y casi lo sentí mientras negaba con la cabeza.

—Lo siento —repuse, y me sorprendió descubrir que lo sentía de veras—. He venido a pedirte un favor. No para mí... sino para mi nieto.

Me miró parpadeando.

—Tu nieto —repitió, sin comprender—. Pensé que tu hija... ¡Ah!, por supuesto, olvidaba que el hijo adoptivo de tu marido... ¿Está su familia aquí? ¿Se trata de uno de sus hijos?

—Sí, eso es.

Sin más rodeos, expliqué la situación, describiendo el estado de Henri-Christian y recordándole su generosidad al enviarme el vitriolo y el recipiente de cristal más de cuatro años antes.

—El señor Sholto... el boticario de la calle Walnut, ¿recuerdas? Me ha dicho que te ha vendido una gran botella de vitriolo hace algunos meses. Me preguntaba... ¿no la tendrás aún por casualidad? —No hice ningún esfuerzo por disimular el ansia de mi voz, y su expresión se suavizó.

—Sí, aún la tengo —contestó y, para mi sorpresa, sonrió como el sol al salir de detrás de una nube—. La compré para ti, Claire.

• • •

Hicimos un trato al instante. No sólo iba a darme el vitriolo, sino que también compraría cualquier otro artículo médico que pudiera necesitar si consentía en intervenir a su sobrino.

—El doctor Hunter le sacó una de las balas en Navidad, y esto hizo que mejorara un poco el estado de Henry. Pero la otra sigue incrustada, y...

—¿El doctor Hunter? —lo interrumpí—. ¿No te estarás refiriendo a Denzell Hunter?

—Sí, me refiero a él —respondió, sorprendido y frunciendo levemente el entrecejo—. ¿No irás a decirme que lo conoces?

—En efecto —contesté con una sonrisa—. Trabajamos juntos a menudo, tanto en Ticonderoga como en Saratoga con el ejército de Gates. Pero ¿qué está haciendo en Filadelfia?

—Él... —comenzó, pero unos pasos ligeros que bajaban la escalera lo interrumpieron.

Había sido vagamente consciente del sonido de unos pasos en el techo mientras hablábamos, pero no le había prestado atención. Ahora miré hacia la puerta y el corazón me dio un salto al ver a Rachel Hunter, de pie en el umbral, mirándome mientras su boca formaba una «O» perfecta de estupefacción.

En un abrir y cerrar de ojos estaba en mis brazos, abrazándome hasta romperme las costillas.

—¡Amiga Claire! —exclamó soltándome por fin—. No esperaba verte... es decir, estoy tan contenta... ¡Oh, Claire! Ian. ¿Ha vuelto contigo? —Su rostro estaba vivo de ansia y de miedo, de esperanza y de cautela, que se perseguían la una a la otra sobre sus facciones como nubes a la carrera.

—Sí —le aseguré—. Pero no está aquí.

Se demudó.

—Oh —repuso con un hilo de voz—. ¿Dónde...?

—Se ha ido a buscarte a ti —le dije con delicadeza, tomándole las manos.

La felicidad prendió en sus ojos como un fuego forestal.

—¡Oh! —exclamó en un tono completamente distinto—. ¡Oh!

Lord John tosió, atento.

—Tal vez no fuese mala idea que yo supiera exactamente dónde se encuentra tu sobrino, Claire —observó—. Compartirá los principios de tu marido, supongo. Ya. Bueno, si me disculpan, iré a decirle a Henry que has llegado. Me imagino que querrás examinarlo.

—Ah —repliqué, recordando de repente lo que teníamos entre manos—. Sí, claro. Si no te importa...

Él sonrió al mirar a Rachel, cuyo rostro se había puesto blanco al verme, pero que ahora parecía una manzana roja a causa de la emoción.

—En absoluto —replicó—. Sube cuando quieras, Claire. Te esperaré allí.

88

Bastante sucio

Echaba de menos a Brianna a todas horas, en mayor o menor medida según las circunstancias. Pero sobre todo la echaba de menos ahora. Estaba segura de que ella habría solucionado el problema de iluminar el interior de la garganta de Henri-Christian.

Lo había colocado sobre una mesa en la parte delantera de la imprenta, aprovechando toda la luz que entraba en ella. Pero aquello era Filadelfia, no New Bern. Si el cielo no estaba nuboso, estaba lleno de humo de las chimeneas de la ciudad. Además, la calle era estrecha, y los edificios del otro lado bloqueaban gran parte de la luz.

No es que eso tuviera mucha importancia, me dije. Aunque la habitación hubiera estado inundada de sol, habría seguido sin poder ver nada dentro de la garganta del chiquillo. Marsali tenía un espejito con el que dirigir la luz, lo que tal vez sería de ayuda con las amígdalas. Las vegetaciones habría que hacerlas a tientas.

Noté el borde elástico y esponjoso de una de las vegetaciones, justo debajo del paladar blando. La imaginé mentalmente mientras colocaba con cuidado el lazo de alambre a su alrededor, manejándolo con gran delicadeza con el fin de evitar que el filo me cortara los dedos o seccionara el cuerpo de la vegetación hinchada. Cuando lo hiciera, brotaría un gran chorro de sangre.

Había dispuesto a Henri-Christian inclinado, y Marsali sujetaba su cuerpo inerte casi de costado. Denzell Hunter le mantenía inmóvil la cabeza, cubriéndole con mano firme la nariz con una gasa empapada en éter. No tenía más medio de succión que mi propia boca. Tendría que apresurarme a darle la vuelta después de practicar el corte y dejar que la sangre manara fuera de su boca antes de que le corriera garganta abajo y lo ahogara. El pequeño cauterio se estaba calentando, con la punta en forma de pala metida en una sartén llena de brasas. Ésa quizá fuera la parte más difícil, pensé, mientras hacía una pausa para serenarme y tranquilizar a Marsali con un gesto. No quería quemarle la lengua ni el interior de la boca, y estaría resbaladizo...

Torcí el asa en un gesto brusco y el cuerpecito dio una sacudida bajo mi mano.

—Sujétalo fuerte —dije con calma—. Un poco más de éter, por favor.

Marsali estaba casi jadeando y tenía los nudillos tan blancos como su rostro. Noté que la vegetación se desprendía limpiamente y caía, la recogí entre los dedos y se la saqué de la garganta antes de que pudiera deslizarse al interior de su esófago. Le ladeé a toda prisa la cabeza percibiendo el olor metálico de la sangre caliente. Dejé caer el pedacito de tejido seccionado en un recipiente y le hice un gesto a Rachel, quien retiró el cauterio de los carbones y me lo puso con cuidado en la mano.

Tenía aún la otra mano en el interior de su boca, manteniendo apartadas la lengua y la úvula, con un dedo en el lugar donde antes estaba la vegetación, señalando el punto que debía cauterizar. Cuando se lo introduje en la garganta, el cauterio me quemó el dedo, dejando una línea blanca de dolor, y yo lancé un leve silbido, pero mantuve el dedo en su sitio. El olor a chamusquina de la sangre y del tejido quemado brotó, caliente y penetrante, y Marsali profirió un pequeño gemido de angustia, aunque no soltó el cuerpo de su hijo.

—Todo va bien, amiga Marsali —le susurró Rachel agarrándola del hombro—. Respira bien. No siente dolor. Está bien iluminado, se pondrá bien.

—Sí, se pondrá bien —intervine yo—. ¿Podrías coger el cauterio, Rachel? Sumerge el lazo en el whisky, por favor, y dámelo otra vez. Uno ya está, quedan tres.

—Nunca había visto nada semejante —dijo Denzell Hunter quizá por quinta vez. Trasladó la mirada del pedazo de gasa que tenía en la mano a Henri-Christian, que empezaba a agitarse en brazos de su madre—. Si no lo hubiera visto con mis propios ojos, no me lo habría creído, Claire.

—Bueno, pensé que sería mejor que lo vieras —repuse mientras me limpiaba el sudor de la cara con un pañuelo.

Me invadía una sensación de profundo bienestar. La operación había sido rápida, no había durado más de cinco minutos, y Henri-Christian ya estaba tosiendo y llorando, despertando del sopor del éter. Germain, Joanie y Félicité habían estado mirando los tres desde la puerta que daba a la cocina, mientras Germain mantenía cogidas con fuerza las manos a sus hermanas.

—Te enseñaré a hacerlo si quieres.

Su rostro, que ya resplandecía de felicidad por el éxito de la operación, se iluminó al oírlo.

—¡Oh, Claire! ¡Qué don! Ser capaz de cortar sin causar dolor, de tener a un paciente tan quieto sin atarlo. Es... es inimaginable.

—Bueno, dista mucho de ser perfecto —le advertí—. Y es muy peligroso, tanto fabricarlo como utilizarlo.

Había destilado el éter el día anterior, fuera, en la leñera. Se trataba de un compuesto muy volátil, por lo que la probabilidad de que explotara y quemara el cobertizo hasta los cimientos, matándome a mí, era muy alta. Todo había salido bien, aunque la idea de repetirlo me hacía sentir bastante desinflada y hacía que me sudasen las palmas de las manos.

Levanté el gotero y lo sacudí con delicadeza. Quedaban más de tres cuartos y tenía también otra botella ligeramente mayor.

—¿Crees que bastará? —inquirió Denny, al darse cuenta de lo que estaba pensando.

—Depende de con qué nos encontremos.

La operación de Henri-Christian, a pesar de las dificultades técnicas, había sido muy simple. La de Henry Grey no lo sería. Lo había examinado, con Denzell a mi lado para que me explicara lo que había visto y hecho durante la intervención anterior, en la que había extraído la bala alojada justo debajo del páncreas. El proyectil había causado una irritación y lesiones locales, pero no había dañado de gravedad ningún órgano vital. No había logrado encontrar la otra bala, pues estaba profundamente incrustada en su cuerpo, en algún lugar por debajo del hígado. Temía que se encontrara cerca de la vena porta hepática y, por ello, no se había atrevido a hurgar mucho para buscarla, pues una hemorragia habría resultado fatal casi de necesidad.

No obstante, yo estaba razonablemente segura de que la bala no había dañado la vesícula ni el conducto biliar y, dado el estado general y la sintomatología de Henry, sospechaba que la bala habría perforado el intestino delgado, pero habría dejado cerrada tras de sí la herida de entrada. De lo contrario, el muchacho habría muerto casi con seguridad de peritonitis al cabo de pocos días.

Cabía la posibilidad de que se hubiera enquistado en la pared del intestino. Ésa sería la mejor situación. Podría estar alojada incluso dentro del propio intestino, lo que no sería nada bueno, pero no podría decir hasta qué punto era malo hasta que hubiese llegado allí.

Sin embargo, teníamos éter. Y el bisturí más afilado que el dinero de lord John había podido comprar.

Después de lo que a John Grey le pareció una conversación terriblemente prolongada entre los dos médicos, la ventana permaneció entornada. El doctor Hunter insistía en los beneficios del aire fresco, y la señora Fraser estaba de acuerdo en ello a causa de los gases del éter, pero siguió hablando de algo llamado gérmenes, preocupándose por si entraban por la ventana y contaminaban su «campo quirúrgico». «Habla como si lo viera como un campo de batalla», pensó. La miró con mayor atención y se dio cuenta de que en verdad era así.

No había visto nunca a una mujer con ese aspecto, pensó, fascinado a pesar de su preocupación por Henry. Claire se había recogido el escandaloso cabello y se había envuelto cuidadosamente la cabeza como una esclava negra. Con el rostro tan despejado, los delicados huesos, que adoptaban así un aire más severo, la intensidad de su expresión, y aquellos ojos amarillos, que, igual que los de un halcón, pasaban como una centella de una cosa a otra, era lo menos femenino que había visto en su vida. Tenía el aspecto de un general que pone en orden a sus tropas para la batalla y, al verlo, sintió que el nudo de serpientes que tenía en el estómago se relajaba un tanto.

«Sabe lo que hace», pensó.

En ese preciso momento, ella lo miró, y lord John enderezó los hombros, esperando órdenes de manera instintiva, absolutamente asombrado.

—¿Quiere quedarse? —preguntó ella.

—Sí, por supuesto. —Sintió que le faltaba un poco el aliento, pero su voz no expresaba la menor duda.

Le había hablado con franqueza de las probabilidades de Henry —no eran buenas, pero había una posibilidad—, y él estaba resuelto a permanecer junto a su sobrino, pasara lo que pasase. Si Henry moría, al menos moriría con alguien que lo quería a su vera. Aunque, de hecho, estaba muy decidido a que Henry no muriera. Grey no lo dejaría morir.

—Entonces, siéntese ahí. —Claire le indicó con la cabeza un taburete situado al otro extremo de la cama y él se sentó, dirigiéndole a Henry una sonrisa tranquilizadora mientras tomaba asiento.

Henry parecía aterrorizado pero convencido.

«No puedo seguir viviendo así —le había dicho la noche anterior, decidiéndose por fin a permitir la operación—. Simplemente, no puedo.»

La señora Woodcock había insistido en estar también presente y, tras darle rigurosas instrucciones, la señora Fraser había declarado que tal vez ella pudiera administrar el éter. La misteriosa sustancia se encontraba en un gotero, sobre la cómoda, y despedía un olor algo empalagoso.

La señora Fraser le entregó al doctor Hunter algo que parecía un pañuelo y se llevó otro a la cara. *Era* un pañuelo, observó Grey, pero tenía cosidos unos cordelitos en las puntas. La señora Fraser se los ató detrás de la cabeza de modo que la tela le cubría la nariz y la boca, y Hunter, obedientemente, siguió su ejemplo.

Como estaba habituado a la veloz brutalidad de los médicos militares, los preparativos de la señora Fraser le parecieron a Grey en extremo laboriosos: restregó varias veces el vientre de Henry con una solución de alcohol que ella misma había preparado, mientras le hablaba a través de su máscara de salteador de caminos en voz baja y tranquilizadora. Se lavó las manos —e hizo que Hunter y la señora Woodcock la imitasen— y lavó su instrumental, de modo que toda la habitación olía como una destilería de baja calidad.

En realidad, sus movimientos eran muy rápidos, se apercibió Grey al cabo de cierto tiempo. Pero sus manos se movían con tal seguridad y... sí, gracia, ésa era la palabra... que daban la impresión de planear en el aire como un par de gaviotas. No se trataba de una agitación frenética, sino de un movimiento seguro, sereno y casi místico. Descubrió que se iba tranquilizando mientras las miraba, que se quedaba extasiado y medio olvidaba el propósito final de aquel silencioso baile de manos.

Ella se acercó a la cabecera de la cama, se inclinó mucho para hablar con Henry y le apartó el cabello de la frente, y Grey se fijó en que los ojos de halcón se suavizaban por el momento y se convertían en oro. El cuerpo de Henry se relajó poco a poco bajo su tacto. Grey vio distenderse sus manos apretadas y rígidas. Ella tenía otra máscara más, observó, un objeto duro, hecho con cañas de las que se usaban para hacer cestos recubiertas con varias capas de suave tela de algodón. La colocó con cuidado sobre la cara de Henry y, tras decirle algo que Grey no pudo oír, cogió el gotero.

El aire se llenó al instante de un aroma fuerte y dulce que se adhirió al fondo de la garganta de Grey y lo hizo sentirse un tanto mareado. Parpadeó y agitó la cabeza para disipar el mareo y cayó en la cuenta de que la señora Fraser le había dicho algo.

—¿Perdón? —La miró.

Parecía un gran pájaro blanco con ojos amarillos, y una garra brillante brotó de repente de su mano.

—Decía —repitió con voz tranquila desde detrás de su mascarilla— que tal vez quieras sentarte un poco más lejos. Va a ser bastante sucio.

William, Rachel y Dorothea estaban sentados al borde del porche como pájaros sobre una cerca con *Rollo* echado a sus pies sobre el muro de ladrillo, disfrutando del sol primaveral.

—Están condenadamente silenciosos ahí dentro —observó William mientras miraba intranquilo la ventana del piso superior donde se encontraba Henry—. ¿Creéis que habrán empezado ya?

Pensaba, aunque no lo dijo, que, de haber empezado, lo lógico sería que Henry hubiera metido bastante ruido, a pesar de la descripción que había hecho Rachel del relato de su hermano acerca de las maravillas del éter de la señora Fraser. ¿Un hombre que permanecía tranquilamente dormido mientras alguien le abría la barriga con un cuchillo? «Tonterías», habría dicho. Pero Denzell Hunter no era una persona a la que fuera posible deslumbrar así como así; aunque se imaginaba que Dottie en cierto modo lo había logrado. Le dirigió a su prima una mirada de soslayo.

—¿Le has escrito ya al tío Hal? ¿Sobre Denny y tú, quiero decir?

Sabía que no lo había hecho. Por fuerza, se lo había contado a lord John, pero lo había convencido de que dejara que ella misma le diera a su padre la noticia. Sin embargo, William quería distraerla, si podía. Estaba blanca hasta los labios, y sus manos habían plegado la tela que cubría sus rodillas formando montones de arrugas. Todavía no se había acostumbrado a verla vestida de gris y crema en lugar de su habitual plumaje de vivos colores, aunque pensaba que, en realidad, los colores suaves le sentaban bien, sobre todo teniendo en cuenta que Rachel le había asegurado que, si quería, podía seguir llevando seda y muselina en lugar de tela de saco.

—No —respondió Dottie dirigiéndole una mirada que le agradecía la distracción, aunque al mismo tiempo le decía que sabía lo que intentaba hacer—. Mejor dicho, sí, pero todavía no la he enviado. Si todo sale bien con Henry, le escribiré enseguida dándole la noticia y añadiré unas líneas sobre mí y Denny al final, como posdata. Estarán tan entusiasmados con lo de Henry que tal vez no caigan en la cuenta, o al menos no se disgustarán tanto por ello.

—Me parece que sí caerán en la cuenta —repuso William en tono pensativo—. Papá lo hizo.

Lord John se había quedado peligrosamente callado cuando se lo contaron, y le había lanzado a Denzell Hunter una mirada que sugería que cruzarían espadas al alba. Pero el hecho era que Denny le había salvado la vida a Henry en una ocasión y que ahora estaba ayudando —con suerte y la contribución de la señora Fraser— a salvársela otra vez. Y lord John era, por encima de todo, un hombre de honor. Además, William pensaba que su padre se sentía aliviado en realidad de saber por fin lo que Dottie se había estado trayendo entre manos. Todavía no le había dicho nada directamente a William acerca de su propio papel en la aventura de su prima. Pero lo haría.

—Que Dios ayude a tu hermano —dijo Rachel ignorando el comentario de William—. Y al mío, y también a la señora Fraser. Pero ¿qué pasará si las cosas no salen como deseamos? Tendrás que decírselo igualmente a tus padres, y podrían considerar la noticia del inminente matrimonio como un insulto o un agravio.

—Es usted una persona muy falta de tacto —le dijo William, bastante irritado, al ver cómo Dottie se ponía aún más pálida al recordarle que Henry podía morir en los próximos minutos, horas o días—. Henry saldrá bien de ésta. Lo sé. Denny es un gran médico, y la señora Fraser... es... eeh... —A decir verdad, no estaba seguro de lo que era la señora Fraser, pero le daba un poco de miedo—. Denny sabe que ella sabe lo que se hace —concluyó sin gran convencimiento.

—Si Henry muere, nada tendrá ya importancia —intervino Dottie en voz baja, mirándose la puntera de los zapatos—. Para ninguno de nosotros.

Rachel emitió un pequeño sonido de compasión y alargó el brazo para rodear los hombros de Dottie. William se aclaró a su vez la garganta con un ruido áspero y, por un instante, tuvo la impresión de que el perro había hecho lo mismo.

Sin embargo, el sonido de *Rollo* no era de compasión. Había levantado de golpe la cabeza y tenía el pelo del cuello medio erizado, al tiempo que un prolongado gruñido resonaba en su pecho. William miró de forma automática hacia adonde el perro estaba mirando y sintió que los músculos se le tensaban de repente.

—Señorita Hunter —dijo en tono desenfadado—. ¿Conoce usted a ese hombre? Ese que está ahí abajo, cerca del final de la calle, el que está hablando con la mujer que vende mantequilla y huevos.

Rachel se colocó una mano sobre los ojos para protegérselos del sol y de inmediato miró hacia donde él le señalaba, pero negó con la cabeza.

—No. ¿Por qué? ¿Crees que es él quien preocupa al perro? —Le dio un golpecito a *Rollo* con el costado del pie—. ¿Qué pasa, pues, amigo *Rollo*?

—No lo sé —contestó William con franqueza—. Tal vez haya sido el gato. Uno ha cruzado la carretera corriendo justo por detrás de la mujer. Pero a ese hombre lo he visto antes. Estoy seguro. Lo vi junto a la carretera, en algún lugar de Nueva Jersey. Me preguntó si conocía a Ian Murray... y dónde podía estar.

Al oírlo, Rachel soltó un grito sofocado, que hizo que William la mirara de reojo, sorprendido.

—¿Qué pasa? —inquirió—. ¿Sabe usted dónde se encuentra Murray?

—No —respondió Rachel, tajante—. Llevo sin verlo desde el otoño pasado, en Saratoga, y no tengo ni idea de dónde está. ¿Sabes cómo se llama ese hombre? —añadió frunciendo el ceño. Ahora, el hombre había desaparecido, al torcer por una calle perpendicular—. Y ya puestos ¿estás seguro de que es el mismo?

—No —admitió William—. Pero creo que sí. Llevaba un cayado, y ese hombre también lo lleva. Y hay algo en su postura... un poco encorvada. El hombre que vi en Nueva Jersey era muy viejo, y éste anda del mismo modo.

No mencionó que le faltaban varios dedos. No era preciso hablarle a Dottie de violencia y mutilación en ese preciso momento y, por otro lado, no había podido ver la mano del hombre a tanta distancia.

Rollo había dejado de gruñir y se había tumbado con un breve gemido, pero sus ojos amarillos seguían vigilantes.

—¿Cuándo pensáis casaros, Dottie? —preguntó William con la intención de mantener la mente de su prima ocupada.

De la ventana que había sobre ellos llegaba un olor extraño. El perro arrugaba la nariz, meneando la cabeza con aire confundido, y William no lo culpó. Era un olor empalagoso y desagradable, pero percibía también con claridad el olor de la sangre y el débil hedor de los excrementos. Era el olor del campo de batalla, y hacía que las vísceras se le removieran con desasosiego.

—Quiero casarme antes de que la lucha vuelva a comenzar en serio —le contestó Dottie con solemnidad, mientras volvía la cara hacia él—, para poder irme con Denny. Y Rachel —añadió cogiendo de la mano a su futura cuñada con una sonrisa.

Ella le devolvió la sonrisa, aunque brevemente.

—Qué extraño —les dijo a ambos, pero sus ojos color avellana estaban fijos en William, afectuosos y preocupados—. Dentro de poquísimo tiempo volveremos a ser enemigos.

—Yo nunca me he sentido enemigo suyo, señorita Hunter —repuso él en el mismo tono afectuoso—. Y siempre seré su amigo.

Una sonrisa tocó los labios de Rachel, pero la preocupación no desapareció de su mirada.

—Ya sabes lo que quiero decir.

Sus ojos se deslizaron de William a Dottie, que se encontraba junto a ella, al otro lado, y William se dio cuenta, con un sobresalto, de que su prima estaba a punto de casarse con un rebelde. De que, en realidad, estaba a punto de convertirse ella misma en una rebelde. De que, a decir verdad, pronto combatiría contra una parte de su propia familia. El hecho de que Denny Hunter no empuñara armas no iba a protegerlo, ni a Dottie. Ni a Rachel. Los tres eran culpables de traición. A cualquiera de ellos podían matarlo, capturarlo, encarcelarlo. ¿Qué haría, se preguntó de pronto, anonadado, si un buen día tuviera que presenciar cómo colgaban a Denny? ¿O incluso a Dottie?

—Sé lo que quiere decir —respondió con voz queda.

Tomó la mano de Rachel y ella se la dio, y los tres permanecieron sentados en silencio, unidos, esperando el veredicto del futuro.

89

Un pobre desgraciado manchado de tinta

Me dirigí a la imprenta, con un cansancio de muerte y en ese estado mental en que uno se siente como ebrio, eufórico y descoordinado. En realidad, estaba también algo ebria físicamente. Lord John había insistido en hacernos beber su mejor coñac tanto a Denzell Hunter como a mí al ver lo exhaustos que estábamos después de la operación. Yo no había dicho que no.

Había sido una de las intervenciones más espeluznantes que hubiera practicado en el siglo XVIII. Sólo había realizado otras dos operaciones abdominales: una exitosa extirpación de apéndice a Aidan McCallum, anestesiado con éter, y la muy infructuosa cesárea que le había practicado con un cuchillo de jardinería al cuerpo asesinado de Malva Christie. Ese recuerdo me provocó la habitual punzada de tristeza y de pesar, pero, esta vez, fue curiosamente suave. Lo que recordaba ahora, mientras volvía caminando a casa esa fría noche, era la sensación de la vida que había tenido en mis manos, tan breve, tan palpitante, pero al mismo tiempo inconfundible e intoxicante, una breve llama azul.

Había tenido la vida de Henry Grey en mis manos dos horas antes, y había vuelto a sentir ese fuego. Una vez más, había puesto toda mi energía en hacer que aquella llama siguiera ardiendo pero, en esta ocasión, la había sentido estabilizarse y crecer en mis manos, como una vela que coge fuerza.

La bala había penetrado en el intestino, aunque no se había enquistado, sino que seguía encajada pero móvil, sin poder desprenderse del cuerpo y aun así con juego suficiente como para irritar el recubrimiento intestinal, severamente ulcerado. Tras una rápida conversación con Denzell Hunter —que estaba tan fascinado con la novedad de examinar las vísceras en funcionamiento de una persona inconsciente que apenas si podía concentrarse en el asunto que teníamos entre manos y no dejaba de lanzar exclamaciones, impresionado por los brillantes colores y el latido de los órganos vivos—, decidí que la ulceración era demasiado extensa. Extirparla habría estrechado de modo drástico el intestino y habríamos corrido el riesgo de que le quedara una gran cicatriz, lo que lo habría reducido más aún y tal vez lo habría obstruido por completo.

En su lugar, habíamos practicado una modesta resección, y sentí algo entre la risa y la consternación al recordar la cara de lord John cuando corté el pedazo ulcerado de intestino y lo dejé caer al suelo a sus pies con un *plof*. No lo había hecho a propósito: simplemente necesitaba las dos manos y las de Denzell para controlar la hemorragia y nos faltaba una enfermera que nos ayudase.

El muchacho no estaba, ni mucho menos, fuera de peligro. No sabía si mi penicilina sería efectiva ni si era posible que desarrollara alguna espantosa infección a pesar de ella. Pero estaba consciente, y sus constantes vitales eran sorprendentemente fuertes; tal vez, pensé, gracias a la señora Woodcock, que le había cogido la mano con fuerza y le había dado unas palmaditas en la cara, apremiándolo para que se despertara con una ternura feroz que no había dejado lugar a dudas acerca de sus sentimientos hacia él.

Me pregunté durante unos instantes qué le tendría reservado el futuro a esa mujer. Sorprendida por su apellido poco habitual —literalmente «polla de madera»—, le pregunté con tacto por su marido, y tuve la seguridad de que era a él a quien había atendido de una pierna amputada durante la retirada de Ticonderoga. Pensé que era muy probable que estuviera muerto. De ser así, ¿qué sucedería entre Mercy Woodcock y Henry Grey? Ella era una mujer libre, no una esclava. El matrimonio no era impensable, ni siquiera tan impensable como lo sería una relación semejante en Estados Unidos doscientos años después: en las Indias, los matrimonios entre mujeres negras y mulatas y hombres blancos de buena familia no es que fueran corrientes, pero tampoco eran motivo de escándalo, y por lo que Dottie me había contado de su padre...

Me encontraba sencillamente demasiado cansada para pensar en ello, y no tenía por qué; Denny Hunter se había ofrecido voluntario para quedarse con Henry toda la noche. Aparté de mi mente a aquella extraña pareja mientras caminaba calle abajo haciendo algunas eses. No había comido nada desde el desayuno y ya era casi de noche. El coñac había penetrado directamente a través de las paredes de mi estómago vacío y había entrado en mi torrente sanguíneo, de modo que iba caminando y canturreando en voz baja para mí. Era esa hora del crepúsculo en que las cosas flotan en el aire, en que los curvos adoquines parecen inmateriales y las hojas de los árboles cuelgan pesadas como esmeraldas, con un resplandor verde cuya fragancia penetra en la sangre.

Debía caminar más deprisa. Había toque de queda. Pero ¿quién iba a arrestarme? Era demasiado vieja para que los soldados de las patrullas me acosaran como habrían hecho con una chica joven, y era de sexo femenino, por lo que no resultaba sospechosa. Si me topaba con una patrulla, no harían más que llenarme de improperios y decirme que me fuera a casa, cosa que estaba haciendo en cualquier caso.

Se me ocurrió de golpe que podía ocuparme de lo que Marsali describía discretamente como «el trabajo del señor Smith»: las cartas escritas a mano que los Hijos de la Libertad hacían circular entre los pueblos, entre las ciudades, y que daban vueltas por las colonias como hojas arrastradas por una tormenta primaveral, se copiaban y se volvían a enviar, y a veces se imprimían y se distribuían en las urbes si se encontraba a un impresor atrevido que hiciera el trabajo.

Existía una red imprecisa a través de la cual se ponían en movimiento esas cosas, pero sus miembros tendían a ser descubiertos, arrestados y encarcelados con frecuencia. Germain transportaba a menudo papeles de ese tipo, y cuando pensaba en ello se me encogía el corazón. Un ágil chiquillo llamaba menos la atención que un hombre joven o que un comerciante que se ocupa de sus negocios, pero los ingleses no eran tontos, y si les parecía mínimamente sospechoso, lo detendrían. Mientras que yo...

Dando vueltas a las distintas posibilidades, llegué a la tienda y entré. Me acogieron el olor de una sabrosa cena, los saludos de unos niños entusiasmados y algo que me quitó de la cabeza todo pensamiento en relación con mi potencial nueva carrera como espía: dos cartas de Jamie.

20 de marzo de 1778
Lallybroch

Mi queridísima Claire:

Ian ha muerto. Han pasado ya diez días desde que sucedió, y he pensado que ahora debería poder escribir con más tranquilidad. Sin embargo, ver estas palabras que acabo de anotar en el papel me produce un dolor muy inesperado. Las lágrimas se deslizan por ambos lados de mi nariz, y he tenido que parar para secarme la cara con un pañuelo antes de continuar. No fue una muerte fácil, y debería sentir alivio por que Ian esté ahora en paz y alegrarme por que haya subido al cielo. Me alegro. Pero también estoy desolado como no lo he estado nunca. Sólo la idea de poder confiar en ti, mi alma, me consuela.

El joven Jamie ha heredado la finca, como debe ser. Se ha leído el testamento de Ian y el señor Gowan hará que se ejecute. No hay gran cosa aparte de la tierra y de los edificios. A los demás hijos sólo les han correspondido legados muy pequeños, objetos personales en su mayor parte. Me ha confiado el cuidado de mi hermana (me preguntó antes de morir si estaba dispuesto a ocuparme de ella. Le contesté que él sabía que no tenía ni que preguntarlo; respondió que sí, pero que había pensado que era mejor consultarme si me consideraba apto para la tarea, tras lo cual se echó a reír como un loco. Dios mío, cuánto lo echaré de menos).

Hay algunas pequeñas deudas que pagar. Me he hecho cargo de ellas, tal como acordamos.

Jenny me preocupa. Sé que siente la muerte de Ian con todo su corazón, pero no llora mucho; lo único que hace es permanecer sentada durante largos períodos de tiempo, mirando algo que sólo ella ve. Muestra una serenidad casi sobrenatural, como si su alma se hubiera marchado con Ian dejando atrás tan sólo el caparazón de su cuerpo. Aunque ya que hablo de caparazones, se me ocurre que tal vez sea como un nautilo, como el que Lawrence Stern nos mostró en las Indias. Un caparazón grande y hermoso, hecho de muchas cámaras, pero todas vacías a excepción de la más interna, en la que se oculta el animal para mantenerse a salvo.

Pero, ya que hablo de ella, me pide que te diga que tiene remordimientos por las cosas que te dijo. Le aseguré que habíamos hablado de ello y que no le guardabas rencor, pues te dabas cuenta de las circunstancias desesperadas en que te lo había dicho.

La mañana del día en que Ian murió, me habló con aparente racionalidad, y me dijo que quería marcharse de Lallybroch, que, con la muerte de Ian, ya nada la ata aquí. Como puedes suponer, me quedé asombrado al oírla decir eso, pero no intenté cuestionarlo ni disuadirla, imaginando que se trataba sólo del consejo de una mente alterada por la falta de sueño y por el dolor.

Sin embargo, desde entonces me ha reiterado ese deseo, asegurándome firmemente que se encuentra en su sano juicio. Me voy a Francia por poco tiempo para llevar a cabo ciertas transacciones privadas de las que no escribiré aquí y asegurarme, antes de partir para América, de que tanto Michael como Joan están bien instalados, pues se marcharon el día después del entierro de Ian. Le he dicho a Jenny que debe pensarlo con detenimiento mientras estoy fuera, pero que si está, en efecto, convencida de que eso es lo que quiere, la traeré a América. No para que viva con nosotros (sonrío al imaginar tu cara, que es transparente, incluso en mi imaginación).

Tendrá su casa, con Fergus y Marsali, donde será útil y nada le recordará a diario su pérdida, y donde estará en situación de ayudar y apoyar al joven Ian si lo necesita (o al menos podrá saber cómo está, si no precisa tal ayuda). (También se me ha ocurrido, como seguramente se le ha ocurrido a ella, que la esposa del joven Jamie será ahora la señora de Lallybroch, y que no hay espacio para dos. Es lo bastante lista para saber que esa situación causaría problemas, y lo bastante amable como para querer evitarlos, por el bien de su hijo y de su mujer.)

En cualquier caso, me propongo partir hacia América a finales de este mes, o lo más cerca posible de esa fecha que me permita la obtención del pasaje. La perspectiva de estar juntos aligera mi corazón.

Tu esposo amantísimo por siempre,

Jamie

París
1 de abril

Mi queridísima esposa:

Esta noche he vuelto muy tarde a mi nuevo alojamiento en París. De hecho, al llegar me he encontrado con que le habían echado el cerrojo a la puerta para que no pudiera entrar, y me he visto obligado a gritar para que la casera, algo malhumorada por haber hecho que se levantara de la cama, viniera a abrirme. Me he enfadado muchísimo a mi vez al descubrir que ni el fuego estaba encendido, ni había cena preparada, ni nada sobre la estructura de la cama aparte de un cutí mohoso y una manta tan gastada que no habría servido para cobijar ni al más mísero de los mendigos.

He seguido gritando, pero no he obtenido más que insultos (desde detrás de una puerta bien cerrada con llave), así que, por orgullo, no le untaría la mano aunque la bolsa me lo permitiera. De modo que sigo en mi pelada buhardilla, helado y muerto de hambre (te hago esta penosa descripción con el cobarde propósito de suscitar tu compasión y convencerte de lo mal que me las arreglo sin ti).

Estoy decidido a marcharme de este lugar en cuanto amanezca y averiguar si puedo encontrar un alojamiento mejor sin excesivo perjuicio para mi bolsillo. Entretanto, intentaré olvidar tanto el frío como el hambre mientras converso agradablemente contigo, con la esperanza de que el esfuerzo de escribir haga aparecer tu imagen ante mí y me preste la ilusión de tu compañía. (Me he hecho con una iluminación adecuada deslizándome con sigilo escaleras abajo y apoderándome de dos palmatorias de plata del salón principal, cuyo engañoso esplendor me indujo a tomar residencia aquí. Devolveré las palmatorias mañana, cuando madame me restituya la exorbitada suma que me cobró por estas míseras habitaciones.)

Pasemos a temas más agradables: he visto a Joan, ya instalada en su convento y en apariencia feliz (bueno, ya que lo preguntas, no; no asistí a la boda de su madre con Joseph Murray, quien resulta ser primo segundo de Ian. Les mandé un bonito regalo y mis mejores deseos, que son sinceros). Iré a visitar a Michael mañana. Tengo muchas ganas de volver a ver a Jared, y le daré recuerdos de tu parte.

Mientras tanto, esta mañana he buscado sustento en un café de Montmartre, y he tenido la fortuna de encontrarme al señor Lyle, a quien conocí en Edimburgo. Me ha saludado con mucha amabilidad, me ha preguntado qué tal me iba y, después de charlar de temas personales, me ha invitado a asistir a la reunión de cierta sociedad, cuyos miembros incluyen a Voltaire, Diderot y otros cuyas opiniones se escuchan en los círculos en los que busco influencia.

Así que me ha citado a las dos en punto en una casa, donde me han hecho pasar, y cuyo interior estaba suntuosamente amueblado, pues se trataba de la residencia en París de monsieur Beaumarchais.

La gente allí reunida era muy diversa. La gama comprendía desde los más desarrapados de los filósofos de los cafés hasta los adornos más elegantes de la sociedad parisina, que no tenían en común más que su amor por la conversación. Ha habido algunas pretensiones de razón e intelecto, claro está, pero no se ha insistido en ellas. No podría haber pedido mejor viento para mi viaje inaugural como provocador político, y comprenderás que la imagen del viento es muy adecuada a la vista de los acontecimientos del día.

Tras parlotear sobre cosas sin importancia alrededor de las mesas donde se había dispuesto el refrigerio (si me hubieran advertido de cuáles eran las condiciones en este lugar, me habría preocupado de llenarme furtivamente los bolsillos, tal como vi hacer a más de uno de los otros invitados), todos los reunidos nos trasladamos a una gran habitación y tomamos asiento con el fin de presenciar un debate formal entre dos grupos.

El tema que se debatía era esa popular tesis, resuelta: que la pluma puede ser más poderosa que la espada, con el señor Lyle y sus adeptos a favor de la propuesta, y monsieur Beaumarchais y sus amigos defendiendo enérgicamente lo contrario. La conversación fue muy animada, con muchas alusiones a las obras de Rousseau y Montaigne (y ni la más mínima crítica personal a este último por sus opiniones inmorales acerca del matrimonio), pero, al final, el grupo del señor Lyle se impuso en sus argumentos. Pensé en mostrarle a los reunidos mi mano derecha, como prueba a favor de la propuesta contraria (una muestra de mi escritura habría probado el caso para satisfacción de todos), mas me contuve, pues no era sino un observador.

Tuve más tarde ocasión de conversar con monsieur Beaumarchais y le hice esa observación, bromeando con el fin de obtener su atención. Se quedó muy impresionado al ver que me faltaba un dedo, y una vez informado de lo que había sucedido (o más bien de lo que yo quise contarle), me insistió mucho, lleno de entusiasmo, en que acompañara a su grupo a casa de la duquesa de Chaulnes, adonde tenía que ir a cenar, pues el duque es bien conocido por su interés por las cuestiones relativas a los habitantes aborígenes de las colonias.

Sin duda te preguntarás cuál es la relación entre los salvajes aborígenes y tu elegantísima cirugía. Conserva la paciencia durante unas cuantas líneas más.

La residencia de los duques se encuentra en una calle con una amplia entrada para coches en la que observé varios bonitos carruajes delante del de monsieur Beaumarchais. Imagínate mi satisfacción cuando me informaron de que el caballero que había bajado justo antes que nosotros no era otro que monsieur Vergennes, el ministro de Asuntos Exteriores.

Me felicité por mi buena fortuna al encontrar tan pronto a tantas personas adecuadas para mis propósitos, e hice cuanto pude para atraerme sus simpatías, relatando, con este fin, algunas historias de mis viajes por América y, de paso, no pocas historias de nuestro buen amigo Myers.

Los presentes se quedaron gratamente asombrados y prestaron particular atención a la anécdota de nuestro encuentro con el oso y Nacognaweto y sus compañeros. Conté con todo lujo de detalles nuestros esfuerzos con el pez, lo que divirtió a todos, aunque las señoras parecieron muy sorprendidas al oír mi descripción de tu atuendo indio. El señor Lyle, por el contrario, se mostró ansioso de oír más acerca de tu aparición en pantalones de cuero; lo consideré por ello un crápula redomado y un pervertido, juicio que me corroboró más tarde, aquella misma noche, una escena que observé en el vestíbulo entre el señor Lyle y mademoiselle Erlande, cuya conducta me parece, asimismo, muy ligera.

En cualquier caso, esta anécdota hizo que el señor Lyle llamase la atención de los presentes sobre mi mano, y que insistiera en que les contara la historia que yo le había confiado por la tarde acerca de cómo había perdido el dedo.

Al ver que mi público —bien lubricado con champán, ginebra holandesa y grandes cantidades de vino del Rhin— estaba pendiente de mis palabras, no escatimé esfuerzos para urdir un cuento de horror que los hiciera temblar en la cama.

Los terribles iroqueses me habían hecho prisionero (eso les dije) mientras viajaba de Trenton a Albany. Describí con mucho detalle el pavoroso aspecto y las sanguinarias costumbres de esos salvajes —lo que, sin duda, no requirió mucha exageración—, y me extendí ampliamente sobre las espantosas torturas que los iroqueses tienen costumbre de infligir a sus desventuradas víctimas. La comtesse Poutoude se desmayó cuando narré la truculenta muerte del padre Alexandre, y el resto del grupo se mostró muy afectado.

Les hablé de Dos Lanzas, a quien, espero, no le importará que haya calumniado a su personaje por una buena causa, y más aún cuando nunca lo sabrá. Ese jefe, dije, decidido a someterme a tortura, me hizo desnudar y me azotó cruelmente. Tras acordarme de nuestro buen amigo Daniel, que utilizaba esa misma desgracia en su provecho, me levanté la camisa y les mostré mis cicatrices (me sentí un poco como una puta, pero siempre he dicho que la mayoría de las putas desempeñan su profesión por necesidad, y me consolé diciéndome que era prácticamente lo mismo). La reacción de mi público fue justo la que era de esperar, por lo que proseguí mi relato con la seguridad de que, a partir de ese momento, se creerían cualquier cosa.

Después (dije), dos de los guerreros me llevaron medio desvanecido en presencia del jefe y me sujetaron tumbado sobre una gran piedra cuya superficie presentaba siniestros testimonios de previos sacrificios realizados en ella.

Entonces, un sacerdote pagano o chamán se acercó a mí lanzando espeluznantes gritos y agitando un bastón decorado con muchas cabelleras ondeantes que me hicieron temer que el color poco frecuente de mi propio cabello le causara la misma atracción, y que lo añadiera en breve a su colección (no me había empolvado el pelo, pero por falta de polvos, no a propósito). Mi temor fue aún mayor cuando el chamán sacó un enorme cuchillo y avanzó hacia mí con los ojos centelleantes de maldad.

Ahora, los ojos de mis oyentes centelleaban también, además de haberse dilatado hasta alcanzar el tamaño de platos por la atención que prestaban a mi historia. Muchas de las señoras lloraban de pena por mi desesperada situación, y los caballeros abominaban ferozmente de los espantosos salvajes responsables de mi suplicio.

Les conté entonces cómo el chamán me había atravesado la mano de parte a parte, haciéndome perder el sentido por el miedo y el dolor. Me desperté (proseguí) y descubrí que tenía el dedo anular seccionado por completo y que la sangre manaba de mi mano herida.

Pero lo más horripilante de todo fue ver al jefe iroqués, sentado sobre el tronco hueco de un árbol gigante, arrancando la carne cruda de mi dedo cortado con los dientes, del mismo modo que uno podría engullir la carne de un muslo de pollo.

Al llegar a este punto de mi narración, la comtesse volvió a desmayarse y la honorable señorita Elliott —para no ser menos— se arrancó con un auténtico ataque de histeria que, por fortuna, me salvó de tener que inventar la forma en que escapé de los salvajes. Manifestando estar agotado por el recuerdo de mis duras experiencias, acepté una copa de vino (a esas alturas estaba sudando abundantemente) y huí del grupo, asaltado de invitaciones que me llovían de todas partes.

Estoy muy complacido con los efectos de mi primera incursión. Me siento, además, muy animado al pensar que, si por la edad o por una lesión no pudiera ganarme la vida con la espada, el arado o la prensa, tal vez podría encontrar un empleo útil como escritor de novelas.

Imagino que Marsali querrá saber con detalle cómo eran los vestidos que lucían las señoras presentes, pero debo rogarle que espere por el momento. No fingiré no haber prestado atención (aunque tal vez protestaría si creyera que con ello alivio tu mente de aprensiones en relación con cualquier presunta vulnerabilidad por mi parte a las artimañas de las féminas; conociendo tu naturaleza desconfiada e irracional, Sassenach mía, no haré tales protestas), pero mi mano no soportará el esfuerzo de hacer tales descripciones ahora. Por el momento, baste decir que los vestidos estaban confeccionados con materiales muy lujosos y que su estilo realzaba el encanto de las señoras que había dentro.

Mis velas robadas se están apagando y tengo los ojos tan cansados que me cuesta descifrar mis propias palabras, y más aún formarlas. Sólo puedo esperar que consigas leer la última parte de esta epístola ilegible. Sin embargo, me retiro a mi cama hostil muy contento, animado por los sucesos del día.

Así que te deseo buenas noches y te garantizo mis más tiernos pensamientos, confiando en que tendrás paciencia y eterno cariño por tu pobre desgraciado manchado de tinta y amantísimo marido,

James Fraser

Post scriptum: Soy, en efecto, un pobre desgraciado manchado de tinta, pues he logrado llenar tanto el papel como mi persona de feas manchas. Quiero pensar que es el papel el que está más impresentable.

Post scriptum 2: He estado tan absorto en la redacción que he olvidado la que era mi intención fundamental al escribir: decirte que he reservado pasaje en el *Euterpe*, que zarpará de Brest dentro de dos semanas. Si surgiera algo que lo impidiese, volvería a escribirte.

Post scriptum 3: Ansío acostarme de nuevo a tu lado y saber que tu cuerpo es cómplice del mío.

90

Armados de diamantes y acero

Brianna partió el broche con mano firme y un par de tijeras de cocina. Era antiguo, pero no valioso, un feo objeto victoriano con la forma de una desgarbada flor rodeada de retorcidas hojas de vid. Su único valor residía en los pequeños diamantes desparramados que adornaban las hojas como si fueran gotas de rocío.

—Espero que sean lo bastante grandes —dijo, y se sorprendió de lo tranquila que sonaba su propia voz. Había estado gritando dentro de su mente durante las últimas treinta y seis horas, que era lo que habían tardado en hacer planes y preparativos.

—Creo que irán bien —repuso Roger, y Bree percibió la tensión bajo la aparente serenidad de sus palabras. Estaba de pie detrás de ella, con la mano en su hombro, y su calor era a la vez un alivio y un tormento. Una hora más y se habría ido. Quizá para siempre.

Pero no había elección, así que procedió a hacer lo necesario, con los ojos secos y con calma.

Amanda, curiosamente, se había quedado dormida bastante rápido después de que Roger y William Buccleigh se marcharan en persecución de Rob Cameron. Brianna la había acostado en su cama y se había quedado allí sentada, viéndola dormir y preocupándose hasta que los hombres habían regresado cerca del amanecer con sus horripilantes noticias. Pero Amanda se había despertado, como de costumbre, alegre como el día, y sin ningún recuerdo aparente del sueño de las piedras que gritaban. Tampoco estaba inquieta por la ausencia de Jem. Había preguntado una vez, en tono despreocupado, cuándo volvería a casa, y tras recibir un esquivo «pronto» como respuesta, había reanudado sus juegos, satisfecha, al parecer.

Ahora estaba con Annie. Se habían ido a Inverness a hacer la compra con la promesa de un juguete. No volverían hasta media tarde y, entonces, los hombres ya se habrían marchado.

—¿Por qué? —había preguntado William Buccleigh—. ¿Por qué habría de llevarse a vuestro hijo?

Era la misma pregunta que Roger y ella habían estado formulándose desde el momento en que descubrieron la desaparición de Jem, pero la respuesta probablemente no sería de ninguna ayuda.

—Sólo puede ser por dos cosas —había contestado Roger con la voz ronca, llena de tristeza—. Para viajar en el tiempo... o por oro.

—¿Oro? —Los ojos verde oscuro de Buccleigh se habían vuelto hacia Brianna, asombrados—. ¿Qué oro?

—La carta que faltaba —explicó ella, demasiado cansada para preocuparse de si contárselo suponía algún peligro. Nada era ya seguro, nada importaba—. La posdata que mi padre escribió. Roger dijo que usted había leído las cartas. «Los bienes propiedad de un caballero italiano...», ¿lo recuerda?

—No le di mucha importancia —admitió Buccleigh—. Se trata de oro, ¿verdad? ¿Y quién es el caballero italiano?

—Carlos Estuardo.

Entonces, de manera inconexa, le hablaron del oro desembarcado durante los últimos días del Alzamiento jacobita —el propio Buccleigh tendría por aquel entonces la edad de Mandy, pensó Brianna, sorprendida— para que fuera dividido, por motivos de seguridad, entre tres caballeros escoceses, arrendatarios de sus clanes: Dougal MacKenzie, Hector Cameron y Arch Bug, de los Grant de Leoch. Bree observó cuidadosamente a Buccleigh, pero éste no dio muestras de reconocer el nombre de Dougal MacKenzie. «No —pensó—, no lo sabe.» Pero eso, ahora, tampoco era importante.

Nadie sabía qué había sido de los dos tercios del oro francés que guardaban los MacKenzie o los Grant, pero Hector Cameron había huido de Escocia en los últimos días del Alzamiento con el cofre de oro bajo el asiento de su carruaje y se lo había llevado consigo al Nuevo Mundo, donde parte de él había comprado su plantación, River Run. El resto...

—¿Lo guarda el español? —inquirió Buccleigh con las gruesas cejas claras muy juntas—. ¿Y qué demonios significa eso?

—No lo sabemos —contestó Roger. Estaba sentado a la mesa, con la cabeza hundida entre las manos, mirando la madera—. Sólo Jem lo sabe.

Entonces, levantó de golpe la cabeza, mirando a Brianna.

—Las Órcadas —dijo—. Callahan.

—¿Qué?

—Rob Cameron —intervino en tono apremiante—. ¿Cuántos años crees que tendrá?

—No lo sé —respondió ella, confusa—. Treinta y pico, casi cuarenta, tal vez. ¿Por qué?

—Callahan dijo que Cameron había estado con él en unos yacimientos arqueológicos a los veintipocos. Si hace mucho de eso... quiero decir, se me acaba de ocurrir... —Roger tuvo que detenerse para aclararse la garganta, y lo hizo con aire enojado antes de continuar—. Si se interesaba por la historia antigua hace quince, dieciocho años, ¿no sería posible que hubiera conocido a Geilie Duncan? ¿O a Gillian Edgars? Supongo que entonces aún vivía.

—Oh, no —dijo Brianna, y no por incredulidad sino a modo de rechazo—. Oh, no. ¡Otro chalado jacobita no!

Roger sonrió casi al instante.

—Lo dudo —repuso con sequedad—. No creo que esté loco, y menos aún que sea un idealista político. Pero pertenece al SNP. Tampoco ellos están locos. Aunque ¿cuáles son las probabilidades de que Gillian Edgars estuviera relacionada con ellos?

No había forma de saberlo, no sin hurgar en las relaciones y la historia de Cameron, y no había tiempo para eso. Pero era posible. Gillian —que más adelante había adoptado el nombre de una famosa bruja escocesa— había estado, de seguro, profundamente interesada tanto en la historia antigua de Escocia como en la política escocesa. Su camino podría haberse cruzado fácilmente con el de Rob Cameron. Y, de ser así...

—De ser así —dijo Roger en tono lúgubre—, sólo Dios sabe qué podría haberle dicho, qué podría haberle dejado. —En su estudio había unos cuantos de los cuadernos de Geillis. Si Rob la hubiera tratado, los habría reconocido—. Y tenemos la maldita seguridad de que leyó la posdata de tu padre —añadió. Se restregó la frente, tenía un cardenal oscuro a lo largo del nacimiento del cabello, y suspiró—. Pero eso no importa, ¿verdad? Lo único que importa ahora es Jem.

Entonces, Brianna les dio a cada uno de ellos un trozo de plata con pequeños diamantes incrustados y dos bocadillos de mantequilla de cacahuete.

—Para el viaje —dijo en una débil tentativa de ser graciosa.

Ropa de abrigo y calzado resistente. Le tendió a Roger su propio cuchillo del ejército suizo. Buccleigh cogió uno de carne de acero inoxidable de la cocina y admiró la sierra de su filo. No hubo tiempo para mucho más.

El sol seguía alto cuando el Mustang azul avanzó dando saltos por el camino sin asfaltar que conducía cerca de la base de Craigh na Dun. Brianna tenía que estar en casa antes de que volviera Mandy. La furgoneta azul de Rob Cameron seguía allí. Se estremeció al verla.

—Ve delante —le dijo Roger a Buccleigh con voz áspera cuando se detuvieron—. Me reuniré contigo enseguida.

William Buccleigh le dirigió a Brianna una rápida mirada, directa y desconcertante, con aquellos ojos tan parecidos a los de Roger, le tocó la mano un segundo y salió. Roger no vaciló. Había tenido tiempo de decidir lo que quería decirle por el camino y, en cualquier caso, había una única cosa que decir.

—Te quiero —dijo en voz baja, la tomó por los hombros y la estrechó contra su cuerpo el tiempo suficiente para decir el resto—. Lo traeré de vuelta. Créeme, Bree... Volveré a verte. En *este* mundo.

—Te quiero —repuso ella, o lo intentó.

Las palabras brotaron como un susurro silencioso contra la boca de él, pero él lo recogió, junto con su aliento, sonrió, le apretó los hombros con tanta fuerza que después le saldrían morados y abrió la puerta.

Brianna se quedó mirándolos —no podía evitar mirarlos— mientras subían hacia la cima de la colina, hacia las piedras invisibles, hasta que desaparecieron de su vista. Tal vez fueran imaginaciones suyas. Tal vez realmente oyera las piedras allá arriba: el zumbido de una extraña canción que vivía en sus huesos, un recuerdo que viviría en ellos para siempre. Temblando y ciega por las lágrimas, condujo de vuelta a casa. Con cuidado, con mucho cuidado. Porque, ahora, ella era todo lo que Mandy tenía.

91

Pasos

Esa misma noche, tarde, fue al estudio de Roger. Se sentía torpe y pesada, el horror del día mitigado por el cansancio. Se sentó a su escritorio intentando sentir su presencia, pero la habitación estaba vacía.

Mandy estaba dormida, sin preocuparse, sorprendentemente, del caos de los sentimientos de sus padres. Por supuesto, estaba acostumbrada a que Roger se ausentara de vez en cuando para ir a Londres o a Oxford, para sus noches de logia en Inverness. ¿Se acordaría de él si jamás regresaba?, se preguntó Brianna con una punzada de dolor.

Incapaz de soportar ese pensamiento, se levantó y deambuló inquieta por el despacho, buscando lo inencontrable. No había podido comer nada y se sentía mareada y frágil.

Cogió la pequeña serpiente, y halló un alivio mínimo en su suave sinuosidad, en su cara agradable. Miró la caja y se preguntó si debía buscar consuelo en la compañía de sus padres, pero la idea de leer unas cartas que Roger quizá nunca pudiera leer con ella... Dejó la serpiente en la estantería y miró sin ver los libros de los estantes inferiores.

Aparte de los volúmenes sobre la revolución americana que Roger había encargado, estaban los libros de su padre, los de su viejo despacho. «Franklin W. Randall», decían los pulcros lomos. Sacó uno de ellos y se sentó, apretándolo contra su pecho.

Le había pedido ayuda una vez en el pasado, para que cuidase a la hija perdida de Ian. Sin duda, cuidaría de Jem.

Hojeó las páginas, sintiéndose algo aliviada con la fricción del papel.

«Papá», pensó sin encontrar más palabras que ésa, y sin necesitar otras. La hoja de papel que cayó de entre las páginas no supuso ninguna sorpresa para ella. La carta era un borrador, lo supo enseguida por los tachones, los añadidos al margen, las palabras que había rodeado con un círculo y junto a las que había escrito un signo de interrogación. Como era un borrador, no llevaba ni fecha ni encabezamiento, pero estaba claro que la había escrito para ella.

Acabas de dejarme, queridísima Deadeye, después de la maravillosa tarde que hemos pasado en Sherman's (el lugar de la paloma de arcilla, ¿se acordará del nombre?). Todavía me resuenan los oídos. Siempre que vamos a disparar, me siento dividido entre un inmenso orgullo por tu habilidad, envidia y miedo.

No estoy seguro de cuándo leerás esta carta, ni de si la leerás. Quizá tenga el valor de decírtelo antes de morir (o haré algo tan imperdonable que tu madre... no, no lo hará. No he conocido nunca a nadie tan honesto como Claire, a pesar de todo. Mantendrá su palabra).

Qué sensación tan extraña escribir esto. Sé que acabarás por enterarte de quién —y tal vez de qué— eres. Pero no tengo ni idea de cómo.

Estoy a punto de revelarte a ti misma, ¿o lo sabrás ya cuando encuentres la carta? Sólo puedo esperar haberte salvado la vida, de un modo u otro. Y que encuentres esta carta, tarde o temprano.

Lo siento, cariño, esto es terriblemente melodramático. Y lo último que quisiera es alarmarte. Tengo toda la confianza del mundo en ti. Pero soy tu padre y, por tanto, soy presa del temor que aflige a todo padre de que a su retoño le ocurra algo espantoso e imprevisible y que no esté en su mano protegerlo. Y lo cierto es que, aunque no es culpa tuya, eres...

Aquí había cambiado de opinión varias veces, y había escrito «una persona peligrosa», lo había corregido y escrito «estás siempre en peligro», lo había tachado después y había rodeado con un círculo «una persona peligrosa», aunque con un signo de interrogación.

—Entiendo lo que quieres decir, papá —musitó—. ¿De qué estás hablando? Yo...

Un sonido le heló las palabras en la garganta. Unos pasos se acercaban cruzando el vestíbulo. Unos pasos lentos y confiados. Los pasos de un hombre. Se le pusieron de punta todos los pelos del cuerpo. La luz del vestíbulo estaba encendida. Se oscureció brevemente cuando una forma cobró cuerpo en la puerta del estudio.

Se quedó mirándolo, muda.

—¿Qué haces tú aquí?

Mientras hablaba, se puso en pie, buscando algo que pudiera utilizar como arma, con la mente muy retrasada respecto de su cuerpo, incapaz aún de penetrar la niebla de horror que la atenazaba.

—He venido a por ti, gallinita —respondió, sonriendo—. Y a por el oro. —Dejó algo sobre el escritorio: la primera carta de sus padres—. «Decidle a Jem que el español los está guardando» —citó Rob Cameron, dándole unos golpecitos—. Pensé que sería mejor que tú se lo dijeras a Jem. Y que le dijeras que me muestre dónde está ese español. Si quieres que siga con vida, quiero decir. Pero tú decides. —La sonrisa se volvió más amplia—. Jefa.

92

El día de la Independencia, II

Brest

Ver a Jenny lidiar con todo estaba alterando considerablemente su propia presencia de ánimo. Se dio cuenta de lo aprensiva que se sentía la primera vez que habló en francés con un francés de verdad. Su pulso se agitaba en el hoyo de su cuello como un colibrí atrapado. Aun así el panadero la entendió, pues Brest estaba lleno de extranjeros, por lo que su peculiar acento no suscitaba ningún interés en especial, y la expresión de absoluto deleite que se reflejó en su rostro cuando el hombre tomó el penique que ella le daba y le entregó una *baguette* rellena de queso y aceitunas hizo que a Jamie le entraran ganas de reír y de llorar al mismo tiempo.

—¡Me ha entendido! —exclamó ella agarrándolo con fuerza del brazo al salir del establecimiento—. ¡Jamie, me ha entendido! Le he hablado en francés y ha comprendido lo que le decía, ¡claro como el agua!

—Mucho más claro que si le hubieras hablado en *gàidhlig* —le aseguró. Al verla tan emocionada, le sonrió y le dio unas palmaditas en la mano—. Bien hecho, *a nighean*.

Ella no lo escuchaba. Su cabeza giraba de un lado a otro, asumiendo la enorme variedad de tiendas y vendedores que llenaban la sinuosa calle, considerando las posibilidades que se le abrían. Mantequilla, queso, alubias, salchichas, telas, zapatos, botones... Sus dedos se le clavaron en el brazo.

—¡Jamie! ¡Puedo comprar cualquier cosa! ¡Yo sola!

Él no pudo evitar compartir su alegría al redescubrir de ese modo su independencia, a pesar de que ello le produjo una ligera tristeza. Había estado disfrutando de la sensación nueva de que ella se apoyara en él.

—Bueno, así es —concedió, cogiendo la *baguette* de sus manos—. Pero será mejor que no compres una ardilla amaestrada ni un reloj de pie. Serían difíciles de llevar en el barco.

—El barco —repitió ella, y tragó saliva. El pulso de su garganta, que se había calmado por el momento, volvió a latir con fuerza—. ¿Cuándo subiremos... al barco?

—Todavía no, *a nighean* —le respondió él con cariño—. Primero iremos a tomar un bocado, ¿qué te parece?

••

El *Euterpe* tenía previsto zarpar con la marea nocturna, por lo que bajaron a los muelles a media tarde con el fin de embarcar y colocar sus cosas. Pero el lugar del muelle donde flotaba la embarcación el día anterior estaba vacío.

—¿Dónde demonios está el barco que estaba ayer aquí? —preguntó agarrando del brazo a un muchacho que pasaba.

—¿Cuál?, ¿el *Euterpe*? —El chico miró como de pasada el lugar que él señalaba y se encogió de hombros—. Ha zarpado, supongo.

—¿Supones?

El tono de su voz alarmó al muchacho, que liberó el brazo de un tirón y retrocedió, poniéndose a la defensiva.

—¿Cómo quiere que lo sepa, monsieur? —Al ver la expresión de Jamie, se apresuró a añadir—: Su patrón se ha marchado al barrio chino hace unas horas. Probablemente siga allí.

Jamie vio que la barbilla de su hermana temblaba ligeramente, y se dio cuenta de que estaba a punto de sufrir un ataque de pánico. Tampoco él andaba muy lejos, pensó.

—¿Ah, sí? —replicó, tranquilo—. Sí, bueno, en tal caso iremos a buscarlo. ¿A qué casa suele ir?

El muchacho se encogió de hombros sin saber qué contestar.

—A todas, monsieur.

Dejó a Jenny en el muelle vigilando su equipaje y regresó a las calles próximas al muelle. Una ancha moneda de cobre de medio penique le procuró los servicios de uno de los pilluelos que merodeaban alrededor de los tenderetes con la esperanza de hacerse con una manzana medio podrida o una bolsa desprotegida, y Jamie siguió a cara de perro a su guía por los sucios callejones, con una mano en la bolsa y la otra en la empuñadura de su cuchillo.

Brest era una ciudad portuaria y, dicho sea de paso, se trataba de un puerto con una actividad febril, lo que suponía, calculó, que aproximadamente uno de cada tres de sus ciudadanos de sexo femenino era una prostituta. Varias de ellas, de las que trabajaban por su cuenta, lo saludaron al pasar.

Le llevó tres horas y varios chelines, pero por fin encontró al patrón del *Euterpe*, borracho como una cuba. Empujó a un lado sin ceremonias a la puta que dormía con él y lo despertó sin contemplaciones, haciéndole recobrar parcialmente el sentido a bofetadas.

1107

—¿El barco? —El hombre lo miró con ojos cansinos, restregándose con una mano la cara sin afeitar—. Joder. ¿Y a quién le importa?

—A mí —contestó Jamie entre dientes—. Y a usted también, pequeño mamón. ¿Dónde está y por qué no está usted en él?

—El capitán me echó —respondió el hombre, hosco—. Tuvimos una discusión. ¿Dónde está? De camino a Boston, supongo. —Sonrió de modo desagradable—. Si nada lo bastante deprisa, tal vez pueda alcanzarlo.

Le costó todo el oro que le quedaba y una mezcla bien calculada de amenazas y persuasión, pero encontró otro barco. Éste se dirigía hacia el sur, a Charleston, aunque, por el momento, se contentaría con estar en el continente adecuado. Una vez en América, ya pensaría qué hacer.

Su sentimiento de malhumorada furia comenzó a aplacarse por fin cuando el *Philomene* alcanzó mar abierto. Jenny estaba de pie junto a él, menuda y silenciosa, con las manos agarradas a la barandilla.

—¿Qué pasa, *a piuthar*? —Le puso la mano en la parte inferior de la espalda, y se la frotó suavemente con los nudillos—. ¿Estás triste por Ian?

Ella cerró los ojos unos instantes respondiendo a su contacto, luego los abrió y volvió la cara hacia él, con el ceño fruncido.

—No, estoy preocupada pensando en tu mujer. Estará resentida conmigo... por Laoghaire.

Jamie no pudo evitar una sonrisa de incomodidad al pensar en Laoghaire.

—¿Laoghaire? ¿Por qué?

—Por lo que hice... cuando volviste a traer a Claire a Lallybroch desde Edimburgo. Nunca le he pedido perdón por eso —añadió mirándolo a la cara con gran sentimiento.

Él se echó a reír.

—Yo nunca te he pedido perdón a ti, ¿verdad? Por llevar a Claire a casa y ser lo bastante cobarde como para no hablarle de Laoghaire antes de llegar.

Las arrugas de la frente de Jenny desaparecieron y un destello de luz volvió a sus ojos.

—Bueno, no —repuso—. No me has pedido perdón. Entonces, estamos empatados, ¿no?

No la había oído decirle eso desde que él se había marchado de casa a los catorce años para irse a vivir a Leoch.

—Estamos empatados —replicó.

Le rodeó los hombros con el brazo y ella deslizó el suyo en torno a su cintura, y permanecieron así muy juntos, contemplando cómo los últimos vestigios de Francia se hundían en el mar.

93

Una serie de breves y grandes sobresaltos

Me encontraba en la cocina de Marsali, trenzándole el cabello a Félicité sin perder de vista las gachas que estaban al fuego cuando sonó la campanilla de encima de la puerta de la imprenta. Até a toda prisa una cinta alrededor del extremo de la trenza y, con una rápida advertencia a las chicas para que vigilaran las gachas, me fui a atender al cliente.

Con gran sorpresa, vi que se trataba de lord John. Pero de un lord John que nunca había visto antes. No estaba tanto desaliñado como hecho pedazos, todo en orden salvo su cara.

—¿Qué sucede? —inquirí, muy alarmada—. ¿Qué ha pasado? ¿Está Henry...?

—No, no tiene que ver con Henry —contestó con voz ronca. Puso una mano plana sobre el mostrador, como si intentara serenarse—. Tengo... malas noticias.

—Ya lo veo —repliqué, un poco irritada—. Siéntate, por el amor de Dios, antes de que te caigas.

Sacudió la cabeza como un caballo que se espanta las moscas y me miró. Su rostro estaba cadavérico, consternado y pálido, y tenía el borde de los ojos enrojecido. Pero si no se trataba de Henry...

—Oh, Dios mío —dije mientras se me encogía el corazón—. Dottie. ¿Qué le ha pasado?

—El *Euterpe* —espetó, y yo me detuve en seco, helada hasta la médula.

—¿Qué? —susurré—. ¿Qué?

—Se ha hundido —contestó con una voz que no era la suya—. Se ha hundido. Con todos sus hombres.

—No —dije, intentando razonar—. No es verdad.

Entonces, me miró a los ojos por primera vez y me agarró del antebrazo.

—Escúchame —intervino, y la presión de sus dedos me aterrorizó. Intenté liberarme de un tirón, pero no pude—. Escúchame —repitió—. Me lo ha dicho esta mañana un capitán de la marina que conozco. Me lo he encontrado en un café, y estaba narrando la tragedia. Él lo vio. —Le temblaba la voz, de modo que calló un momento para afirmar la mandíbula—. Hubo una tormenta. Había estado persiguiendo al barco con la intención de detenerlo y abordarlo cuando la tormenta se desató sobre ambos. Su barco sobrevivió y consiguió llegar a tierra, severamente dañado, pero vio cómo una ola encapillaba al *Euterpe*, así lo expresó él (no tengo ni idea qué quiere decir eso), y lo engullía. Se hundió ante sus ojos. El *Roberts*, su barco, se quedó en la zona con la esperanza de rescatar a los supervivientes. —Tragó saliva—. No hubo ninguno.

—Ninguno —dije sin expresión. Oí lo que había dicho, pero no entendí las palabras.

—Ha muerto —dijo lord John con voz suave, y me soltó el brazo—. Se ha ido.

Desde la cocina, llegó el olor de las gachas quemadas.

John Grey se detuvo porque había llegado al final de la calle. Había estado caminando arriba y abajo a lo largo de la calle State desde algo antes del amanecer. Ahora el sol estaba alto y una arenilla empapada de sudor le irritaba la nuca, el barro y los excrementos le salpicaban las medias, y cada paso que daba parecía hincarle los clavos de los zapatos en la planta de los pies. No le importaba.

El río Delaware fluía ante sus ojos, fangoso y con olor a pescado, y la gente lo empujaba al pasar junto a él, apiñándose al final del muelle con la esperanza de subir al ferri que avanzaba lentamente hacia ellos desde el otro lado. Unas pequeñas olas se levantaron y fueron a morir contra el amarradero con un sonido agitado que pareció provocar a quienes esperaban, pues empezaron a empujar y a dar empellones, y uno de los soldados apostados en el muelle se bajó el mosquete del hombro y lo utilizó para hacer retroceder a una mujer.

Ella dio un traspié, entre gritos, y su esposo, un gallo de pelea de hombre, dio un salto hacia delante con los puños apretados. El soldado dijo algo, enseñó los dientes y realizó un gesto como si disparara con el arma. Su compañero, atraído por el alboroto, se volvió a mirar y, sin más incitación que ésa, al final del muelle estalló de repente una pelea y las voces y los chillidos se extendieron entre el resto de la multitud mientras la gente del extremo más lejano se esforzaba por escapar de la violencia, algunos hombres de entre el gentío intentaban empujar hacia ella, y alguien acababa en el agua.

Grey retrocedió tres pasos y observó mientras a dos chiquillos que se escabullían de entre la chusma con gesto asustado y salían corriendo calle arriba. De algún sitio entre la gente, brotó de pronto el grito fuerte y alterado de una mujer: «¡Ethan! ¡Johnny! ¡Jooooooohnnny!»

Un leve instinto le dijo que debería adelantarse, alzar la voz, hacer valer su autoridad, poner orden. Dio media vuelta y se marchó.

No llevaba uniforme, se dijo. No lo escucharían, se quedarían desconcertados, tal vez hiciera más mal que bien. Pero no tenía costumbre de mentirse a sí mismo, de manera que abandonó de inmediato esa línea argumental.

Ya había sufrido antes la pérdida de otras personas. Algunas muy queridas, más que la vida misma. Pero, ahora, se había perdido a sí mismo.

Anduvo despacio de vuelta a su casa, aturdido. Llevaba sin dormir desde que recibió la noticia, salvo en los momentos en que había caído de total agotamiento físico, derrumbado en una silla en el porche de Mercy Woodcock, despertándose desorientado, pegajoso a causa de la savia de los sicomoros de su jardín y cubierto de pequeñas orugas verdes de las que se balanceaban colgadas de las hojas, pendientes de invisibles hebras de seda.

—Lord John.

Reparó en una voz insistente y, con ella, se dio cuenta de que quienquiera que le estuviera hablando lo había llamado ya varias veces. Se detuvo, se volvió y se encontró ante el capitán Richardson. Se le quedó la mente en blanco. Probablemente también tuviera la cara sin expresión, pues Richardson lo cogió del brazo con gesto de gran familiaridad y se lo llevó a una taberna.

—Venga conmigo —le dijo en voz baja, soltándole el brazo, y con un gesto de cabeza en dirección a la escalera.

Una débil sensación de curiosidad y prudencia se hizo sentir entre la neblina que lo envolvía, pero siguió el sonido de sus zapatos, que sonaba hueco en la escalera de madera.

Richardson cerró la puerta de la habitación tras de sí y empezó a hablar antes de que Grey pudiera concentrarse y comenzar a hacerle preguntas acerca de las peculiarísimas circunstancias que William le había relatado.

—La señora Fraser —dijo Richardson sin preámbulos—. ¿La conoce bien?

Grey se quedó tan desconcertado por su pregunta que contestó.

—Es la esposa... la viuda —se corrigió, mientras se sentía como si se hubiera clavado una aguja en una herida abierta— de un buen amigo.

—Un buen amigo —repitió Richardson sin particular énfasis.

Ese hombre apenas si podía ser más anodino, pensó Grey, y le asaltó una repentina y sigilosa visión de Hubert Bowles. Los espías más peligrosos eran hombres a los que uno no miraría dos veces.

—Un buen amigo —repitió con firmeza—. Sus lealtades políticas ya no son un problema, ¿verdad?

—No, no si de verdad está muerto —admitió Richardson—. ¿Cree que lo está?

—Estoy absolutamente seguro de ello. ¿Qué es lo que quiere saber, señor? Tengo cosas que hacer.

Richardson esbozó una leve sonrisa ante esa declaración a todas luces falsa.

—Me propongo arrestar a esa señora por espía, lord John, y quería estar seguro de que no había... ninguna relación personal por su parte antes de hacerlo.

Grey se sentó, bastante de golpe, y colocó sobre la mesa sus manos entrelazadas.

—Yo... ella... ¿por qué demonios? —inquirió.

Richardson se sentó educadamente frente a él.

—Ha estado pasando materiales sediciosos por toda Filadelfia durante los últimos tres meses, puede que más. Y, antes de que me lo pregunte, sí, estoy seguro. Uno de mis hombres interceptó parte del material. Échele un vistazo, si quiere. —Se metió una mano en el abrigo y sacó un montón arrugado de papeles que parecían haber pasado por varias manos.

Grey no creía que Richardson lo estuviera poniendo a prueba, pero se tomó su tiempo para examinarlos bien. Dejó los documentos sobre la mesa, anonadado.

—Me han dicho que había recibido usted a esa señora en su casa y que visita a menudo la casa donde vive su sobrino —dijo

Richardson. Sus ojos miraron fijamente a Grey a la cara—. Pero ¿no es una... amiga?

—Es médico —explicó Grey, y experimentó la pequeña satisfacción de ver alzarse de golpe las cejas de Richardson—. Nos ha sido de... de enorme ayuda a mi sobrino y a mí. —Pensó que era probablemente mejor que Richardson no supiera cuánto estimaba a la señora Fraser, pues si Richardson creía que Grey tenía algún interés personal en ella, dejaría de darle información al instante—. Pero ya no necesitamos sus servicios —añadió, en un tono lo más despreocupado posible—. Siento gran respeto por esa señora, por supuesto, pero no, no tenemos ningún tipo de relación.

Acto seguido se puso en pie, de manera decidida, y se marchó, pues hacer más preguntas habría comprometido la impresión de indiferencia.

Echó a andar hacia la calle Walnut, ya despejado. Volvía a sentirse él mismo, fuerte y resuelto. Después de todo, aún podía hacerle otro favor a Jamie Fraser.

—Tienes que casarte conmigo —repitió.

Ya lo había oído la primera vez, pero no por el hecho de repetírmelo lo entendí mejor. Me metí un dejo en la oreja y lo agité, luego repetí el proceso con la otra.

—No es posible que hayas dicho lo que creo que has dicho.

—De hecho, sí —replicó Grey, y su habitual tono seco regresó a su voz.

La insensibilidad del trauma estaba empezando a desvanecerse, y algo terrible estaba comenzando a brotar de un pequeño orificio en mi corazón. No podía detenerme a pensar en ello, por lo que me refugié en mirar a lord John.

—Sé que he sufrido un *shock* —le dije—, pero estoy segura de que ni tengo alucinaciones ni oigo cosas raras. ¿Por qué demonios, maldita sea, me dices eso? ¡Por el amor de Dios!

Me levanté de repente con la intención de golpearlo. Él se apercibió de ello y dio un inteligente paso atrás.

—Vas a casarte conmigo —insistió con un deje de ferocidad—. ¿Eres consciente de que están a punto de arrestarte por espía?

—Yo... no. —Volví a sentarme, tan de golpe como me había puesto en pie—. ¿Qué...? ¿Por qué?

—Lo sabes mejor que yo —repuso con frialdad.

De hecho, así era. Reprimí la repentina sensación de pánico que amenazaba con rebasarme, mientras pensaba en los papeles que había pasado furtivamente de un par de manos a otras en la tapa de mi cesto, nutriendo la red secreta de los Hijos de la Libertad.

—Aun suponiendo que fuera verdad —manifesté luchando por no levantar la voz—, ¿por qué demonios tendría que casarme contigo? Es más, ¿por qué querrías casarte conmigo, cosa que no me creo ni por un instante?

—Créelo —me aconsejó en una palabra—. Lo haré porque es el último favor que puedo hacerle a Jamie Fraser. Puedo protegerte. Siendo mi esposa, nadie puede tocarte. Y tú te casarás conmigo porque...

Dirigió una mirada sombría detrás de mí, alzando la barbilla, y yo me volví y descubrí a los cuatro hijos de Fergus apiñados en el umbral de la puerta. Las niñas y Henri-Christian me observaban con unos ojos enormes y redondos, y Germain miraba directamente a lord John con el miedo y la desconfianza bien claros en su bello y largo rostro.

—¿A ellos también? —inquirí respirando hondo y volviéndome para mirarlo a los ojos—. ¿También puedes protegerlos a ellos?

—Sí.

—Yo... sí. Muy bien. —Planté las dos manos planas sobre el mostrador, como si con ello pudiera evitar de algún modo que despegara dando vueltas hacia el espacio—. ¿Cuándo?

—Ahora —dijo, y me cogió del codo—. No hay tiempo que perder.

No tenía recuerdo alguno de la breve ceremonia, que se celebró en el salón de la casa de lord John. El único recuerdo que conservaba de todo el día era la imagen de William, de pie con aire sobrio junto a su padre —su padrastro—, haciendo de padrino. Alto, derecho, narigudo, con sus rasgados ojos de gato posados en mí con indecisa compasión.

«No puede estar muerto —recordaba haber pensado con inusual lucidez—. Está ahí.»

Repetí lo que me dijeron que dijera y luego me acompañaron escaleras arriba para que me acostara. Me quedé dormida de inmediato y no me desperté hasta la tarde siguiente.

Por desgracia, cuando desperté, seguía siendo verdad.

····

Dorothea estaba allí, rondando cerca de mí con aire preocupado. Se quedó conmigo todo el día, intentando convencerme para que comiera algo, ofreciéndome sorbitos de whisky y de coñac. Su presencia no era lo que se dice un consuelo —nada podía serlo—, pero era, por lo menos, una distracción inocua, por lo que la dejé hablar mientras las palabras resbalaban sobre mí como el sonido del agua al correr con fuerza.

Hacia la noche, los hombres regresaron: lord John y Willie. Los oí abajo. Dottie bajó y la oí hablar con ellos, alzando ligeramente la voz con interés, y luego sus pasos sonaron en la escalera, rápidos y ligeros.

—Tía —dijo sin aliento—. ¿Cree que se siente lo bastante bien para bajar?

—Yo... sí, supongo que sí.

Algo sorprendida de que me llamara «tía», me levanté e intenté arreglarme con unos vagos movimientos. Dottie me cogió el cepillo de la mano, me recogió el cabello y, sacando una cofia con lazos, me la puso y me remetió el pelo debajo con ternura. La dejé hacer y permití que me llevara con gentileza al piso de abajo, donde encontré a lord John y a William en el salón, ambos algo sonrojados.

—Madre Claire. —Willie me cogió la mano y me la besó con delicadeza—. Venga a ver. Papá ha encontrado una cosa que cree que le gustará. Venga a verla —repitió atrayéndome con cuidado hacia la mesa.

La «cosa» era un gran cofre confeccionado con alguna madera cara, con remates de oro. Lo miré asombrada y extendí una mano para tocarlo. Parecía una caja para guardar cubiertos, pero mucho mayor.

—¿Qué...?

Levanté la vista y descubrí a lord John de pie a mi lado, con aspecto ligeramente avergonzado.

—Es un, eeeh, regalo —dijo, privado por una vez de sus elegantes modales—. He pensado... quiero decir, me he dado cuenta de que andabas un poco escasa de... equipo. No deseo que abandones tu profesión —añadió con amabilidad.

—Mi profesión.

Un escalofrío empezaba a extenderse por mi columna vertebral, por los bordes de mi mandíbula. Tanteando un poco, intenté levantar la tapa del cofre, pero tenía los dedos sudorosos;

resbalaron, dejando una marca brillante de humedad sobre la madera.

—No, no, así.

Lord John se inclinó para mostrarme cómo se abría, volviendo el cofre hacia él. Corrió la manecilla oculta, levantó la tapa, abrió de par en par las puertas montadas en sendas bisagras y, acto seguido, se apartó con un aire como de mago.

El cuero cabelludo se me llenó de gotitas de sudor frío y comencé a ver puntos negros parpadeantes en las esquinas de los ojos.

Dos docenas de botellas vacías con tapón de oro. Debajo, dos cajones poco profundos. Y, encima, centelleando en su lecho de terciopelo, las piezas de un microscopio con bandas de cobre. Un cofre para el instrumental médico.

Mis piernas cedieron y me desmayé, agradeciendo el frescor de la madera del suelo contra la mejilla.

94

Los caminos de la muerte

Por la noche, acostada en el enmarañado infierno de mi cama, busqué el camino que conducía a la muerte. Deseaba con todo mi ser abandonar este mundo. Al margen de que lo que había al otro lado de la vida fuera una gloria jamás soñada o tan sólo un olvido piadoso, el misterio era infinitamente preferible a mi actual estado de ineludible tristeza.

No sabría decir qué era lo que me impedía escapar de forma simple y violenta. Al fin y al cabo, los medios estaban siempre a mano. Podía elegir entre la pistola o el cuchillo, entre unos venenos que mataban rápidamente y otros que te sumían en un sueño del que nunca despertabas.

Rebusqué entre los frascos y las botellas del botiquín como una loca, dejando los cajoncitos sin cerrar, las puertas abiertas de par en par, buscando, revolviéndolo todo con mis prisas, saqueando conocimientos y recuerdos del mismo modo que saqueaba el botiquín, tirando al suelo frascos y botellas y pedazos del pasado en un revoltijo.

Al final, pensé que ya los tenía todos y, con mano temblorosa, los coloqué uno a uno sobre la mesa delante de mí.

Acónito. Arsénico...

Tantos tipos de muerte donde elegir. ¿Cómo, entonces? El éter. Eso sería lo más fácil, aunque no lo más seguro. Tumbarme, empapar un trapo grueso con la sustancia, colocarme la mascarilla sobre la boca y la nariz y marcharme sin dolor. Pero siempre cabía la posibilidad de que alguien me encontrara. O de que, tras perder el conocimiento, la cabeza se me ladeara o sufriera convulsiones y el trapo se desplazara y volviera a despertarme sin más a esa dolorosa y vacía existencia.

Permanecí sentada, inmóvil, por unos instantes y, acto seguido, sintiéndome como en un sueño, alargué la mano para coger el cuchillo que había sobre la mesa, donde yo lo había dejado descuidadamente tras utilizarlo para cortar unos tallos de lino. El cuchillo que Jamie me había regalado. Estaba afilado. El filo brillaba, tosco y plateado.

Sería seguro, y sería rápido.

Jamie Fraser se encontraba de pie en la cubierta del *Philomene*, observando cómo el agua se alejaba deslizándose sin cesar, mientras pensaba en la muerte. Por lo menos había dejado de pensar en ella de modo personal, puesto que el mareo —después de mucho, mucho tiempo— había cesado. Sus pensamientos eran ahora más abstractos.

Para Claire, pensó, la muerte era siempre el enemigo. Algo contra lo que había que luchar, a lo que nunca había que ceder. Él estaba tan familiarizado con la muerte como su esposa, pero a la fuerza había hecho las paces con ella. O eso pensaba. Al igual que perdonar, no era algo que se aprendía y luego se dejaba de lado sin más problema, sino una cuestión de práctica constante; aceptar la idea de la propia mortalidad y, sin embargo, vivir intensamente era una paradoja digna de Sócrates. Y el respetable ateniense había abrazado justo esa paradoja, reflexionó con un amago de sonrisa.

Se había topado cara a cara con la muerte muy a menudo, y recordaba aquellos encuentros de modo lo bastante vívido como para darse cuenta de que, en efecto, había cosas peores. Era mucho mejor morir que tener que llorar a un ser querido.

Seguía teniendo la terrible sensación de algo peor que la pena cuando miraba a su hermana, pequeña y solitaria, y oía en su mente la palabra «viuda». Era un error. No podía ser viuda, no se la podía seccionar de esa forma brutal. Era como ver que la cortaban en pedazos y no poder hacer nada.

Abandonó esos pensamientos para volcarse en los recuerdos de Claire, en lo mucho que la echaba de menos, pues su llama era la luz que lo alumbraba en la oscuridad. Su contacto, un consuelo y un calor más allá del corporal. Recordaba la última noche antes de que ella se marchara, sentados en el banco que había junto a la torre, cogidos de la mano, sintiendo el pulso de ella en sus dedos mientras el suyo se tranquilizaba al notar aquel latido cálido y rápido.

Era extraño cómo la presencia de la muerte parecía traer consigo tantos acompañantes, sombras largo tiempo olvidadas, entrevistas brevemente en las tinieblas cada vez más profundas. Pensar en Claire y en cómo había jurado protegerla desde la primera vez que la tuvo en sus brazos le trajo el recuerdo de la niña sin nombre.

Había muerto en Francia, al otro lado del vacío que había provocado en su cabeza el golpe de un hacha. Llevaba años sin pensar en ella, pero ahí estaba de nuevo de pronto. La había tenido presente cuando había abrazado a Claire en Leoch, y había pensado que su matrimonio tal vez fuera una pequeña reparación. Había aprendido —poco a poco— a perdonarse por algo que no había sido culpa suya y esperaba que, amando a Claire, le habría dado un poco de paz a la sombra de la muchacha.

Había tenido la oscura sensación de que le debía a Dios una vida y que había pagado esa deuda al tomar a Claire por esposa, aunque Dios sabía que la habría desposado en cualquier caso, pensó, y sonrió irónicamente. Pero se había mantenido fiel a la promesa de protegerla. «La protección de mi nombre, de mi clan... y la protección de mi cuerpo», había dicho. «La protección de mi cuerpo.» Había en ello una ironía que hizo que se agitara incómodo mientras vislumbraba otra cara entre las sombras. Delgada, burlona, de grandes ojos... muy joven.

«Geneva.» Otra joven muerta a consecuencia de su lujuria. No había sido exactamente culpa suya —había combatido esa idea durante las largas noches transcurridas después de su muerte, solo, en su cama fría encima de los establos, obteniendo el consuelo que podía de la presencia sólida y silenciosa de los caballos que se agitaban y comían abajo, en sus pesebres—. Pero si no se hubiera acostado con ella, no habría muerto. Eso era innegable.

¿Le debía a Dios otra vida?, se preguntó. Había pensado que Willie era la vida que le había sido dada para proteger con la suya a cambio de la de Geneva. Pero había tenido que traspasar esa confianza a otra persona.

Bueno, ahora tenía a su hermana, y le aseguró a Ian en silencio que la mantendría a salvo. «Mientras viva», pensó. Y eso suponía bastante tiempo aún. Se dijo que sólo había utilizado cinco de las muertes que la adivina de París le había prometido.

«Morirás nueve veces antes de descansar en la tumba», le había dicho. ¿Tanto costaba acertar?, se preguntó.

Hice que mi mano cayera hacia atrás, dejando mi muñeca al descubierto, y coloqué la punta del cuchillo en medio de mi antebrazo. Había visto muchos suicidios fallidos, los de quienes se cortaban las muñecas de un lado a otro, causándose heridas que eran como bocas que gritaban pidiendo ayuda. Había visto los de aquellos que de verdad lo deseaban. El modo correcto de hacerlo era practicándome unos cortes longitudinales en las venas, unos cortes seguros que me dejarían sin sangre en cuestión de minutos, me garantizarían la inconsciencia en cuestión de segundos.

La señal seguía visible en el montículo de la base de mi pulgar. Una tenue «J», la marca que él me había dejado la víspera de Culloden, cuando nos enfrentamos por primera vez al lúgubre conocimiento de la muerte y la separación.

Reseguí la fina línea blanca con la punta del cuchillo y sentí el seductor susurro del metal sobre mi piel. Entonces había deseado morir con él, pero él me había hecho marchar con mano firme. Estaba encinta de su hija. No podía morir.

Ya no la llevaba en mi seno, pero seguía ahí. Tal vez accesible. Continué sentada inmóvil durante lo que me pareció mucho tiempo, luego suspiré y volví a dejar con cuidado el cuchillo sobre la mesa.

Tal vez fuera la costumbre de los años, una mentalidad que consideraba la vida sagrada por sí misma, o un temor supersticioso a apagar una chispa encendida por una mano que no era la mía. Tal vez fuera obligación. Había gente que me necesitaba... o, por lo menos, gente a la que podía ser útil. Tal vez fuera la tozudez del cuerpo, con su inexorable insistencia en un proceso interminable.

Podía hacer que mi corazón palpitara más despacio, lo bastante despacio como para contar los latidos... hacer que mi sangre fluyera con mayor lentitud hasta que mi corazón resonara en mis oídos con el funesto presagio de tambores lejanos. Había caminos en la oscuridad. Lo sabía. Había visto morir a mucha gente. A pesar de la decadencia física, uno no moría hasta encontrar el camino. Yo no había encontrado el mío, aún.

95

Insensibilidad

El nuevo cofre para el instrumental médico se encontraba sobre la mesa de mi habitación, brillando suavemente a la luz de las velas. Junto a él estaban las bolsas de gasa con hierbas secas que había comprado por la mañana, las botellas de tinturas que había elaborado por la tarde, con gran disgusto de la señora Figg por haber corrompido de ese modo la pureza de su cocina. Sus ojos rasgados decían que sabía que era una rebelde y que pensaba que probablemente fuera una bruja. Se había retirado al umbral de la cocinilla móvil mientras yo trabajaba, pero no me había dejado a solas; por el contrario, no había cesado de vigilarnos en silencio y llena de sospecha a mí y a mi caldero.

Una gran licorera llena de licor de cerezas me hacía compañía. Durante la última semana había descubierto que una copita de licor de cerezas por la noche me ayudaba a encontrar alivio en el sueño, al menos durante un rato. Pero esa noche no surtía efecto. Oí el sonido quedo del reloj de la repisa de la chimenea de abajo, una vez.

Me agaché para recoger una caja de manzanilla seca que se había volcado y devolví con tiento a su recipiente las hojas desparramadas. Una botella de jarabe de amapolas se había derramado también y estaba caída de lado, con el aromático líquido rezumando alrededor del tapón de corcho. La enderecé, limpié las gotitas doradas del cuello de la botella con mi pañuelo y enjugué el charquito del suelo. Una raíz, una piedra, una hoja. Una a una, las recogí, las puse en orden, las guardé, los avíos de mi invocación, los pedazos de mi destino.

El cristal frío me parecía algo remoto; la madera brillante, una ilusión. Con el corazón latiendo despacio, de modo errático, puse una mano plana sobre la caja intentando tranquilizarme, fijarme a mí misma en el tiempo y en el espacio. Se estaba volviendo cada vez más difícil día a día.

Recordé, con repentina y dolorosa vividez, un día durante la retirada de Ticonderoga. Habíamos llegado a un pueblo y hallado refugio en un granero. Después, había estado trabajando todo el día, haciendo lo posible sin medios, sin medicinas, sin instrumental, sin más vendas que las que había hecho con la ropa sucia y empapada en sudor de los heridos. Con la sensación de que el mundo se alejaba cada vez más mientras trabajaba, oyendo mi voz como si perteneciera a otra persona. Viendo los cuerpos bajo mis manos, sólo cuerpos. Miembros. Heridas. Perdiendo pie.

Todo quedó oscuro. Alguien vino, me levantó y me mandó al granero, a la pequeña taberna. Estaba llena, atiborrada de gente. Alguien... ¿Ian, tal vez?, dijo que Jamie tenía comida para mí afuera.

Estaba allí solo, en la leñera vacía, apenas iluminado por una linterna lejana.

Me detuve en el umbral, tambaleándome. O quizá fuera la habitación la que se movía.

Vi mis dedos hincarse en la madera de la jamba de la puerta, cuyos clavos habían perdido el color.

Un movimiento en la oscuridad. Se puso rápidamente en pie al verme, vino hacia mí. ¿Cómo se...?

—Jamie. —Experimenté una vaga sensación de alivio al encontrar su nombre.

Él me cogió, me arrastró al interior del cobertizo, y me pregunté por unos instantes si estaba andando o si él me llevaba en brazos. Oía el chirrido del suelo de tierra bajo mis pies, pero no sentía mi peso ni el movimiento de mi cuerpo.

Jamie me hablaba y el sonido de su voz me resultaba reconfortante. Distinguir las palabras me parecía un esfuerzo espantoso. Pero sabía lo que debía de estar diciéndome, así que logré decir:

—Todo va bien. Sólo... estoy cansada —mientras me preguntaba en el mismo momento en que las pronunciaba si aquellos sonidos eran de verdad palabras, y más aún si serían las oportunas.

—¿Quieres dormir entonces, muchacha? —inquirió mirándome fijamente con ojos preocupados—. ¿O puedes comer un poco primero?

Me soltó para alargar el brazo y coger el pan y yo apoyé una mano en la pared para sujetarme, sorprendida de encontrarlo firme.

La sensación de frío entumecimiento regresó.

—A la cama —respondí. Notaba los labios azules y exangües—. Contigo. Enseguida.

Me había puesto una mano en la mejilla, con la palma callosa caliente contra mi piel. Una mano grande. Sólida. Sobre todo, sólida.

—¿Estás segura, *a nighean*? —me había preguntado con una nota de sorpresa en la voz—. Parece como si fueras a...

Yo le había puesto una mano en el brazo, medio temiendo que le atravesara la carne.

—Con dureza —le había susurrado—. Hazme daño.

Mi copa estaba vacía; la licorera, medio llena. Me serví otra copa y la cogí con cuidado, pues no quería derramarla, resuelta a olvidar, aunque fuera por poquísimo tiempo.

¿Podía dividirme por completo?, me pregunté. ¿Podía mi alma abandonar mi cuerpo sin que yo muriera primero? ¿O lo había hecho ya?

Me bebí la copa despacio, sorbo a sorbo.

Otra. Sorbo a sorbo.

Debí de oír algún sonido que me hizo mirar, pero era consciente de haber levantado la cabeza. John Grey estaba en pie en el umbral de mi habitación. No llevaba corbata y la camisa le colgaba flácida sobre los hombros, con la pechera manchada de vino. Llevaba el cabello suelto y enmarañado y sus ojos estaban tan enrojecidos como los míos.

Me levanté, muy despacio, como si me encontrara bajo el agua.

—Esta noche no voy a llorarle solo —dijo con voz áspera, y cerró la puerta.

Me sorprendió despertar. Lo cierto es que no lo esperaba, y me quedé un rato tumbada intentando que la realidad que me rodeaba encajara en su sitio. Tenía sólo un ligero dolor de cabeza, lo que era casi más asombroso que estar aún viva. Pero la importancia de ambas cosas palideció frente al hecho de que había un hombre junto a mí en la cama.

—¿Cuánto tiempo hacía que no dormías con una mujer, si no te importa que te lo pregunte?

No pareció importarle. Frunció el ceño ligeramente y se rascó el pecho con aire pensativo.

—Oh... ¿quince años, tal vez? Al menos quince. —Me miró y adoptó una expresión preocupada—. Ah. Te pido disculpas.

—¿Sí? ¿Por qué? —Arqueé una ceja. Se me ocurrían muchas cosas por las que podría disculparse, pero quizá ninguna de ellas fuera lo que él tenía en mente.

—Tengo miedo de no haber sido tal vez... —vaciló—. Muy caballeroso.

—Oh, no lo fuiste —repuse con bastante brusquedad—. Pero te aseguro que tampoco yo me comporté en absoluto como una señora.

Me miró y movió apenas la boca, como si tratara de articular una respuesta a mi comentario, aunque, al cabo de unos instantes, meneó la cabeza y lo dejó correr.

—Además, no era conmigo con quien hacías el amor —añadí—, y ambos lo sabemos.

Levantó la vista, sorprendido, con los ojos muy azules. Entonces, algo parecido a una sonrisa cruzó su rostro y se puso a mirar la colcha de retazos.

—No —contestó en voz baja—. Ni tú tampoco me estabas haciendo el amor a mí, creo. ¿Me equivoco?

—No —respondí.

El dolor de la noche pasada se había suavizado, pero su peso seguía ahí. Tenía la voz ronca y áspera, porque tenía la garganta parcialmente cerrada allí donde la mano de la tristeza me apretaba de improviso.

John se sentó y estiró el brazo en dirección a la mesa, donde había una garrafa junto a una botella y un vaso. Sirvió algo de la botella y me tendió el vaso.

—Gracias —dije, y me lo llevé a los labios—. Caramba, ¿es cerveza?

—Sí, y muy buena —repuso inclinando la botella hacia atrás. Tomó varios tragos grandes con los ojos medio cerrados y luego la bajó con un suspiro de satisfacción—. Limpia el paladar, refresca el aliento y prepara el estómago para la digestión.

A mi pesar, me hacía gracia, y me desconcertaba.

—¿No me estarás diciendo que tienes costumbre de tomar cerveza para desayunar todos los días?

—Por supuesto que no. La acompaño con comida.

—Me asombra que te quede algún diente en la boca —le dije con severidad, pero, sin embargo, me arriesgué a tomar un traguito. Era una buena cerveza: con cuerpo y dulce, con el punto justo de amargor.

En ese preciso momento, reparé en cierta tensión en su postura que el tema de nuestra conversación no justificaba. Como estaba algo aturdida, tardé un poco en darme cuenta de lo que sucedía.

—Ah. Si necesitas tirarte un pedo —dije—, no te preocupes por mí. Adelante.

Se quedó tan sorprendido por mi observación que lo hizo.

—¡Mis disculpas, señora! —exclamó al tiempo que su piel clara se sonrojaba hasta la raíz del pelo.

Intenté no echarme a reír, pero la risa contenida sacudió la cama y él se ruborizó aún más.

—¿Vacilarías lo más mínimo si estuvieras en la cama con un hombre? —le pregunté por pura curiosidad.

Se restregó la boca con los nudillos y el color se desvaneció ligeramente de sus mejillas.

—Ah. Bueno, depende del hombre. Pero, en general, no.

«El hombre.» Sabía que el hombre que estaba en su mente era Jamie, del mismo modo que estaba en la mía. Por ahora, no estaba dispuesta a sentir resentimiento.

Él también sabía lo que yo estaba pensando.

—Una vez me ofreció su cuerpo, ¿lo sabías? —habló con sequedad.

—Supongo que no aceptaste. —Sabía que no lo había hecho, pero sentía algo más que curiosidad por oír su versión de aquel encuentro.

—No. No era eso lo que quería de él... o no por entero —añadió con honestidad—. Yo lo quería todo y era lo bastante joven y orgulloso para pensar que, si no podía tenerlo todo, no iba a aceptar menos. Y, por supuesto, todo no me lo podía dar.

Me quedé un rato en silencio, pensando. La ventana estaba abierta y las largas cortinas de muselina se agitaban con la brisa.

—¿Lo lamentaste? —inquirí—. Me refiero a no haberte acostado con él cuando se ofreció.

—Diez mil veces, como mínimo —me aseguró esbozando una sonrisa triste—. Al mismo tiempo... rechazarlo es uno de los pocos actos de auténtica nobleza que me atribuyo. Es cierto, ¿sabes? —añadió—, que la ausencia de egoísmo lleva consigo su propia recompensa, pues si lo hubiera tomado, habría destruido para siempre lo que existió entre nosotros.

»En cambio, haberle hecho el regalo de mi comprensión, por duro que fuera —añadió con ironía—, me dejó su amistad. Me quedé con un momentáneo pesar, por una parte, pero con satisfacción, por otra. Y, al final, lo que más valoré fue la amistad.

Al cabo de un momento de silencio, se volvió hacia mí.

—¿Puedo...? Pensarás que soy raro.

—Bueno, eres un poco raro, ¿no? —repuse, tolerante—. Pero no es que me importe. ¿Qué quieres?

Me dirigió una mirada que sugería con toda claridad que, si uno de nosotros era realmente raro, no creía que fuera justo él. Sin embargo, sus instintos caballerescos reprimieron toda observación a esos efectos.

—¿Me permitirías verte? Eeeh... ¿desnuda?

—Sin duda no es ésta la primera vez que duermes... quiero decir que *duermes* con... una mujer, ¿verdad? —le pregunté.

Había estado casado, aunque me parecía recordar que había vivido gran parte de su vida matrimonial separado de su esposa.

Frunció los labios, pensativo, como intentando recordar.

—Bueno, no. Pero sí creo que es la primera vez que lo hago de manera totalmente voluntaria.

—Oh, ¡me halagas!

Me miró, con una leve sonrisa.

—Debes sentirte halagada —dijo en voz baja.

Al fin y al cabo, yo ya tenía una edad en que... Bueno, por otro lado, cabía presumir que él no tenía las mismas reacciones instintivas que la mayoría de los hombres, en términos de atractivos femeninos, lo que dejaba bastante abierta la cuestión...

—¿Por qué?

Una tímida sonrisa tocó la comisura de su boca y se apretujó contra la almohada.

—Yo... no estoy seguro, para serte sincero. Tal vez sólo sea un esfuerzo por reconciliar mis recuerdos de la noche pasada con la... eeh... ¿realidad de la experiencia?

Sentí una fuerte sacudida, como si me hubiera golpeado en el pecho. No era posible que supiese cuáles habían sido mis primeros pensamientos al despertarme y verlo, aquel *flash* intenso, desconcertante, cuando había pensado que era Jamie, recordando con tanta precisión la carne y el peso y el ardor de Jamie y deseando con tanta vehemencia que fuera él que, por un instante, había logrado pensar que en efecto lo era. Sin embargo, comprender que no lo era me había aplastado como a una avispa y me había hecho polvo.

¿Habría sentido o pensado él lo mismo al despertar y encontrarme a su lado?

—O tal vez sea curiosidad —dijo con una sonrisa más amplia—. No he visto a una mujer desnuda desde hace algún tiempo, aparte de las esclavas negras en los muelles de Charleston.

—¿Cuánto es algún tiempo? ¿Quince años, has dicho?

—Oh, bastante más. Isobel... —Se detuvo en seco y su sonrisa desapareció. Nunca antes había mencionado a su esposa muerta.

—¿Nunca la viste desnuda? —inquirí con más que pura curiosidad.

Volvió levemente la cara, los ojos bajos.

—Eeh... no. No era... Ella no... No. —Se aclaró la garganta y luego levantó la vista, y me miró a los ojos con una honestidad lo bastante cruda como para que me entraran ganas de apartar la mirada—. Me muestro desnudo ante ti —dijo con sencillez, y retiró la sábana.

Así invitada, apenas si podía no mirarlo. Y, para ser del todo sincera, quería mirarlo, por simple curiosidad. Era delgado, de constitución ligera, pero musculoso y fuerte. Tenía la cintura algo blanda aunque sin grasa, y estaba cubierto de un suave y vigoroso vello rubio, que se oscurecía hasta alcanzar un tono castaño en la entrepierna. Era un cuerpo de guerrero. Estaba muy familiarizada con ellos. Uno de los lados de su cuerpo estaba profusamente señalado de cicatrices entrecruzadas, y tenía otras más, una profunda que le surcaba la parte superior de uno de los muslos y una cosa dentada como un relámpago que corría por su antebrazo izquierdo.

Por lo menos, mis cicatrices no eran visibles, pensé, y antes de tener tiempo de dudar, retiré la sábana y descubrí mi propio cuerpo. Él lo miró con profunda curiosidad, sonriendo apenas.

—Eres muy hermosa —dijo, atento.

—¿Para una mujer de mi edad?

Paseó su mirada sobre mí sin pasión, sin juzgarme, más bien con el aire de un hombre de gustos refinados que evalúa lo que ve a la luz de años de observación.

—No —respondió por fin—. Para una mujer de tu edad, no. En absoluto para una mujer, me parece.

—¿Como qué, entonces? —inquirí, fascinada—. ¿Como objeto?, ¿como escultura?

En cierto modo, lo entendía. Algo así como las esculturas de los museos, tal vez: estatuas gastadas, fragmentos de culturas desaparecidas que conservan cierto remanente de la inspiración original, remanente magnífico en un sentido extraño bajo la lente del tiempo, santificado por la antigüedad. Nunca me había visto a mí misma bajo ese prisma, pero no se me ocurría qué podía querer decir si no.

—Como amiga —se limitó a decir.

—Oh —repuse, conmovida—. Gracias.

Esperé y luego tiré de la sábana por encima de ambos.

—Ya que somos amigos... —dije, algo envalentonada.

—¿Sí?

—Sólo me preguntaba... ¿has... estado completamente solo durante todo este tiempo? ¿Desde que murió tu mujer?

Él suspiró, pero sonrió para indicarme que la pregunta no le molestaba.

—Si de verdad quieres saberlo, he disfrutado durante muchos años de una relación física con mi cocinero.

—¿Con... tu cocinero?

—No, con la señora Figg, no —se apresuró a contestar al percibir el horror en mi voz—. Me refería a mi cocinero de Monte Josiah, en Virginia. Se llama Manoke.

—Ma... ¡ah! —Recordé que Bobby Higgins me había contado que lord John había contratado a un indio para que cocinara para él.

—No se trata meramente de aliviar los apetitos necesarios —añadió, mordaz, volviendo la cabeza para mirarme a los ojos—. Nos gustamos de verdad.

—Me alegro de saberlo —murmuré—. Él... eh... es...

—No tengo ni idea de si tiene preferencia sólo por los hombres. Más bien lo dudo... Me quedé bastante sorprendido cuando me dio a conocer sus deseos en relación conmigo, pero no estoy en situación de quejarme, sean cuales sean sus gustos.

Me pasé un nudillo por los labios, sin querer parecer vulgarmente curiosa, pero siéndolo, a pesar de todo.

—¿No te importa si... se acuesta con otros? ¿O, ya que estamos, a él no le importa si lo haces tú?

Sentí una repentina e incómoda aprensión. No tenía intención de que lo que había sucedido la noche anterior volviera a suceder nunca. De hecho, aún estaba intentando convencerme a mí misma de que no había ocurrido. Tampoco tenía intención de irme a Virginia con él. Pero ¿y si tenía que hacerlo y el criado de lord John daba por sentado...? Me imaginé a un cocinero indio celoso envenenándome la sopa o esperando al acecho detrás del aseo con un tomahawk.

El propio John parecía estar considerando el asunto, con los labios fruncidos. Vi que tenía una densa barba. El pelo rubio le suavizaba las facciones y, al mismo tiempo, me causaba una rara sensación de extrañeza, pues lo había visto prácticamente siempre afeitado y acicalado a la perfección.

—No. En lo nuestro no hay... ningún sentimiento de posesión —respondió por fin.

Le dirigí una mirada de patente incredulidad.

—Te lo aseguro —dijo con una leve sonrisa—. Es... bueno. Tal vez pueda describírtelo mejor con una analogía. En mi plantación... pertenece a William, por supuesto; me refiero a ella como mía sólo en el sentido de residencia...

Proferí un gruñido cortés con la garganta, indicando que podía reprimir su tendencia a la precisión total en interés de seguir adelante con el tema.

—En la plantación —prosiguió, ignorándome—, hay un gran espacio abierto en la parte de atrás de la casa. Al principio era un pequeño descampado, y, con los años, lo agrandé y acabé convirtiéndolo en un prado, pero el borde de éste llega hasta los árboles. Por las noches, bastante a menudo, los ciervos salen del bosque para alimentarse en los márgenes del prado. Sin embargo, de vez en cuando, veo a un ciervo especial. Es blanco, supongo, pero parece como si estuviera hecho de plata. No sé si sólo sale cuando hay luna o es que sólo puedo verlo cuando la hay, pero lo cierto es que se trata de una imagen de una belleza fuera de lo común.

Sus ojos se habían suavizado y me di cuenta de que no miraba a la escayola del techo, sino al ciervo blanco cuyo pelaje brillaba a la luz de la luna.

—Viene un par de noches, tres, rara vez cuatro, y luego desaparece y no vuelvo a verlo durante semanas, en ocasiones meses. Y, entonces, vuelve a aparecer y me hechiza de nuevo.

Rodó sobre el costado haciendo susurrar las sábanas y se me quedó mirando.

—¿Entiendes? No poseo a esa criatura, no lo haría aunque pudiera. Su venida es un regalo que acepto con gratitud, pero, cuando desaparece, no experimento ningún sentimiento de abandono ni de privación. Sólo me siento feliz de haber disfrutado de su presencia mientras quiso quedarse.

—Y me estás diciendo que tu relación con Manoke es igual. ¿Crees que él siente lo mismo respecto a ti? —le pregunté, fascinada.

Él me miró, claramente sorprendido.

—No tengo ni idea.

—¿Vosotros, eeeh, no... habláis en la cama? —inquirí, esforzándome por ser delicada.

Torció la boca y apartó la mirada.

—No.

Permanecimos tumbados en silencio unos momentos, mirando al techo.

—¿Has tenido alguno alguna vez? —espeté.

—¿Si he tenido qué?

—Si has tenido algún amante con el que hablaras.

Me dirigió una mirada zafia.

—Sí. Tal vez no con tanta franqueza como estoy hablando contigo, aunque sí.

Abrió la boca como si fuera a decir o a preguntar algo más, pero, en lugar de eso, tomó aliento, selló la boca y soltó despacio el aire por la nariz.

Sabía —no podía no saberlo— que él tenía enormes deseos de conocer cómo era Jamie en la cama, más allá de lo que yo le había mostrado sin querer la noche anterior. Y me vi obligada a reconocerme a mí misma que sentía grandes tentaciones de decírselo, sólo para devolver a Jamie a la vida durante los breves momentos que durara nuestra conversación. Sin embargo, era consciente de que tales revelaciones tendrían un precio: no sólo una sensación posterior de traición a Jamie, sino también una sensación de vergüenza por haber utilizado a John, deseara él que lo utilizase o no. Pero aunque los recuerdos de lo que había habido entre Jamie y yo en nuestra intimidad no eran ya recuerdos compartidos, seguían perteneciendo tan sólo a esa intimidad, y como no eran míos no podía darlos a conocer.

Se me ocurrió —tarde, como tantas cosas en esos días— que los recuerdos íntimos de John también le pertenecían a él.

—No pretendía fisgonear —le dije en tono de disculpa.

Esbozó una débil sonrisa, pero con auténtico buen humor.

—Me siento halagado, señora, de que sientas interés por mí. Conozco matrimonios mucho más... convencionales en los que los cónyuges prefieren ignorar por completo el uno los pensamientos y la vida del otro.

Me di cuenta, con asombro considerable, de que ahora, entre John y yo, había una intimidad inesperada, que ninguno de los dos había favorecido, pero... la había.

Darme cuenta de ello me hizo sentirme tímida, y con la comprensión de ese hecho llegó otra más práctica; a saber, que una persona cuyos riñones funcionan no puede quedarse tumbada en la cama bebiendo cerveza para siempre.

John se apercibió de mi leve agitación y se levantó de inmediato a su vez, tendiéndome su batín antes de ir a buscar mi bata, que, como observé, incómoda, alguna mano amable había colocado sobre una silla delante del fuego para que se calentara.

—¿De dónde ha salido eso? —pregunté señalando con la cabeza la bata de seda que me ofrecía.

—De tu dormitorio, me imagino. —Me miró con el ceño fruncido por unos instantes antes de entender lo que yo quería decir—. Ah, la señora Figg la trajo cuando encendió el fuego.

—Ah —repuse débilmente.

La idea de que la señora Figg me hubiera visto en la cama de lord John, sin duda dormida como un tronco, desaliñada y roncando, si es que, de hecho, no me había visto babeando, me resultaba terriblemente humillante. Para el caso, el mero hecho de estar en su cama era de lo más embarazoso, fuera cual fuese mi aspecto.

—Estamos casados —señaló él con una ligera irritación en la voz.

—Eeeh... sí. Pero...

Se me pasó algo más por la cabeza: tal vez aquello no fuera tan extraño para la señora Figg como yo creía... ¿Habría metido John a otras mujeres en su cama de vez en cuando?

—¿Duermes con mujeres? Eeeh... no me refiero a dormir, sino...

Él se quedó mirando, haciendo un alto en la tarea de desenredarse el pelo.

—No de buen grado —respondió. Hizo una pausa y luego dejó sobre la cómoda su peine de plata—. ¿Hay algo más que quieras preguntarme antes de dejar entrar al limpiabotas? —inquirió con exquisitos modales.

A pesar del fuego, la habitación estaba helada, pero mis mejillas estaban sonrojadas de calor. Me ceñí la bata de seda en torno al cuerpo.

—Ya que lo dices... Sé que Brianna te comentó lo que... lo que somos. ¿Te lo crees?

Se quedó contemplándome durante un rato sin hablar. No tenía la habilidad de Jamie para disimular sus sentimientos, de modo que pude ver cómo la ligera irritación que le había causado mi pregunta anterior se disolvía y se convertía en regocijo. Me hizo una pequeña reverencia.

—No —contestó—, pero te doy mi palabra de que, por supuesto, me comportaré en todos los sentidos como si lo creyera.

Me lo quedé mirando hasta que me di cuenta de que tenía la boca abierta de una manera muy poco atractiva. La cerré.

—Muy bien —dije.

La extraña burbujita de intimidad en la que habíamos pasado la última media hora había estallado y, a pesar de haber sido yo quien había estado haciendo preguntas indiscretas, me sentía como un caracol de pronto privado de su concha, no tan sólo desnuda, sino fatalmente desprotegida, tanto emocional como físicamente. Aturdida a más no poder, musité una despedida y me dirigí hacia la puerta.

—¿Claire? —repuso en tono interrogativo.

Me detuve con una mano en el picaporte, sintiéndome bastante rara. Nunca me había llamado antes por mi nombre. Me costó un pequeño esfuerzo mirarlo por encima de mi hombro pero, al hacerlo, descubrí que sonreía.

—Piensa en el ciervo —me dijo con gentileza—. Querida.

Asentí, sin palabras, y me marché. Sólo más tarde, una vez me hube lavado —con ganas—, vestido y tomado una restauradora taza de té con coñac, entendí esa última observación.

«Su venida es un regalo que acepto con gratitud», había dicho del ciervo blanco.

Aspiré el fragante vapor y contemplé cómo las pequeñas espirales de hojas de té descendían hasta posarse en el fondo de la taza. Por primera vez en semanas, me pregunté qué me tendría reservado el futuro.

—Muy bien —susurré, y apuré la taza, sintiendo los pedacitos de hoja de té fuertes y amargos en la lengua.

96

La luciérnaga

Estaba oscuro. Más oscuro que en ningún otro lugar donde él hubiera estado. Fuera, la noche nunca era realmente oscura, ni siquiera cuando el cielo estaba nublado, pero allí, la oscuridad era mayor que en el fondo del armario de Mandy cuando jugaban al escondite. Había una grieta entre las puertas, podía notarla con los dedos, aunque por ella no entraba ni el más mínimo vestigio de luz. Debía de ser aún de noche. Tal vez entraría luz por la rendija cuando se hiciera de día.

Pero quizá también el señor Cameron volvería cuando se hiciera de día. Jem se apartó un poco de la puerta al pensarlo. No creía que el señor Cameron quisiera hacerle daño exactamente —al menos había dicho que no quería hacérselo—, pero tal vez intentara volver a llevarlo donde las piedras, y Jem no quería ir allí por nada del mundo.

Pensar en las piedras dolía. No tanto como cuando el señor Cameron lo empujó hacia una de ellas y esa cosa... empezó, pero dolía. Tenía un rasguño en el codo con el que la había rechazado, devolviéndole el golpe, y ahora se lo frotó, porque era muchísimo mejor sentir ese escozor que pensar en las piedras. No, se dijo, el señor Cameron no iba a hacerle daño, porque lo había arrastrado fuera del alcance de la piedra cuando ésta intentó... Tragó saliva con fuerza y se esforzó en pensar en otra cosa.

Tenía la impresión de saber dónde se encontraba, sólo porque recordaba que mamá le había contado a papá la broma que le había gastado el señor Cameron cuando la encerró en el túnel y que ella había dicho que las ruedas que cerraban las puertas sonaban como cuando masticas un hueso, y eso era justo lo que había oído cuando el señor Cameron lo había empujado allí dentro y había cerrado las puertas.

Estaba temblando un poco. Allí dentro hacía frío, incluso con la chaqueta puesta. No tanto frío como cuando el abuelo y él se levantaban antes del amanecer y esperaban en medio de la nieve a que los ciervos bajaran a beber, pero bastante frío.

Había algo raro en el aire. Olfateó, intentando oler lo que pasaba, como hacían el abuelo y el tío Ian. Percibía el olor de la piedra, pero no era más que una vieja piedra normal y corriente, no... como aquéllas. También notaba un olor a metal y una especie de olor aceitoso, como el de una gasolinera. Una especie de olor caliente que creyó que era electricidad. Había algo en el aire que no era en absoluto un olor, sino una especie de zumbido. Era energía eléctrica, lo reconocía. No igual que en la cámara grande que mamá les había enseñado a él y a Jimmy Glasscock donde vivían las turbinas, sino algo parecido. Es decir, máquinas. Se sintió algo mejor. Las máquinas le parecían amistosas.

Al pensar en las máquinas recordó que mamá había dicho que allí había un tren, un tren pequeño, y eso hizo que se sintiera muchísimo mejor. Si había un tren, no todo era tan sólo un espacio vacío y oscuro. El zumbido ese tal vez fuera del tren.

Extendió las manos y caminó arrastrando los pies hasta dar contra un muro. Entonces, tanteó a su alrededor y avanzó tocando la pared con una mano, descubrió que iba en dirección contraria cuando chocó de cara contra las puertas y soltó: «¡Ay!»

Su propia voz lo hizo reír, pero la risa sonó extraña en aquel gran espacio, así que calló y dio media vuelta para caminar en sentido contrario, apoyando la otra mano en el muro para orientarse.

¿Dónde estaría ahora el señor Cameron? No había mencionado adónde iba. Sólo le había dicho a Jem que esperara y que volvería con algo de comer.

Sus manos tocaron algo redondo y suave y tiró de ello. Pero aquello no se movió, así que puso la mano encima. Cables eléctricos que discurrían sobre el muro. De los grandes. Sintió un leve zumbido en su interior, del mismo modo que cuando papá apagaba el motor del coche. Eso hizo que pensara en Mandy. Ella emitía una especie de zumbido suave cuando dormía, y otro más fuerte cuando estaba despierta.

Se preguntó de pronto si el señor Cameron habría ido a coger a Mandy, y la idea lo asustó. El señor Cameron quería saber cómo se pasaba a través de las piedras, y Jem no había podido decírselo. Pero seguro que Mandy no podía decirle nada: sólo era un bebé. El pensamiento hizo que se sintiera vacío y alargó los brazos, aterrado.

Sin embargo, allí estaba. Algo parecido a una lucecita cálida en su cabeza, así que respiró hondo. Mandy estaba bien, entonces. Le pareció curioso saberlo estando lejos. Nunca antes se le había ocurrido probar. Por lo general, estaba siempre ahí mismo, incordiando, y cuando sus amigos y él se marchaban sin ella, no pensaba para nada en su hermana.

Su pie golpeó contra algo y Jem se detuvo, tanteando con una mano. No encontró nada. Un minuto después reunió valor para apartar la mano del muro y probar algo más allá y extender después el brazo hacia la oscuridad. Su corazón latía con fuerza, y comenzó a sudar pese a que aún tenía frío. Sus dedos golpearon algo metálico y el corazón le saltó en el pecho. ¡El tren!

Encontró la abertura y entró a tientas sobre manos y rodillas y, al levantarse, se golpeó la cabeza contra la cosa donde estaban los mandos. Eso le hizo ver las estrellas y dijo «Ifrinn», en voz alta. Sonó extraño, aunque no resonaba tanto ahora que estaba dentro del tren, y soltó una carcajada.

Palpó por encima de los controles. Eran como había dicho mamá, sólo un interruptor y una pequeña palanca, y pulsó el primero. Una luz roja cobró vida y le hizo dar un respingo. Pero sólo de verla se sentía muchísimo mejor. Notó cómo circulaba la electricidad a través del tren, y también eso hizo que se sintiera mejor. Empujó la palanca, sólo un poco, y le encantó observar que el tren se movía.

¿Hacia dónde? Empujó un poco más la palanca y sintió que el aire le acariciaba el rostro. Lo olisqueó, pero no le sugirió nada. Sin embargo, se alejaba de las grandes puertas... lo llevaba lejos del señor Cameron.

¿Tal vez el señor Cameron intentaría averiguar lo de las piedras por papá o mamá? Eso esperaba. Papá le daría una buena paliza, estaba seguro, y la idea lo reconfortó. Entonces irían a buscarlo y lo encontrarían y todo iría bien. Se preguntó si Mandy podría decirles dónde estaba. Ella lo conocía a él del mismo modo que él la conocía a ella. Miró la lucecita roja del tren. Brillaba como Mandy, firme y cálida, y se sintió bien al observarla. Empujó la palanca un poco más y el tren avanzó más deprisa en las tinieblas.

97

Nexo

Rachel palpó con recelo la punta de una barra de pan. La vendedora, al verla, se volvió hacia ella con un gruñido.

—Eh, usted, ¡no toque! Si lo quiere, cuesta un penique. Si no lo quiere, márchese.

—¿Me podrías decir de cuándo es este pan? —preguntó ella, ignorando la mirada furiosa de la joven—. Huele a rancio y, si está tan rancio como parece, no te daré más de medio penique por una barra.

—¡Es de hace tan sólo un día! —La joven retiró la bandeja de barras de pan, indignada—. No coceremos pan hasta el miércoles. Mi jefe no puede conseguir harina hasta entonces. Bueno, ¿quiere pan o no?

—Hummm —dijo Rachel, fingiendo escepticismo.

A Denny le daría un ataque si pensara que estaba intentando engañar a la mujer, pero había una diferencia entre pagar un precio justo y que le robaran a una, y dejar que la mujer la engañara a ella no era mejor que al revés.

¿Aquello que había en la bandeja eran migas? ¿Y lo que había en el extremo de aquella barra eran marcas de dientes? Se inclinó para ver mejor, con el ceño fruncido, y *Rollo* gimió de pronto.

—¿Crees que los ratones han estado mordisqueando este pan, perro? —le preguntó—. Yo también.

Pero a *Rollo* no le interesaban los ratones. Ignorando tanto la pregunta de Rachel como la respuesta indignada de la vendedora, olisqueaba el suelo con mucho afán, emitiendo un extraño gemido agudo.

—¿Qué te pasa, perro? —inquirió Rachel observando perpleja su comportamiento. Le puso una mano en la piel del cuello y se quedó asombrada al notar la vibración que recorría el gran cuerpo peludo.

Rollo ignoró su contacto y su voz. Se movía —casi corría— describiendo pequeños círculos, gimiendo, con la nariz pegada al suelo.

—Ese perro no se habrá vuelto loco, ¿verdad? —preguntó la vendedora, observándolo.

—Claro que no —respondió Rachel en tono ausente—. *Rollo... ¡Rollo!*

El perro había salido disparado de golpe de la tienda, sin separar la nariz del suelo, y avanzaba calle abajo medio trotando de entusiasmo.

Murmurando en voz baja, Rachel agarró su cesta de la compra y salió tras él.

Alarmada, observó que había llegado ya a la calle siguiente y lo vio desaparecer al doblar la esquina. Corrió, llamándolo, golpeándose la pierna con el cesto mientras corría y amenazando con desparramar todos los artículos que había comprado. ¿Qué le pasaba? Nunca jamás había actuado así. Corrió más deprisa, intentando no perderlo de vista.

—Perro malo —jadeó—. ¡Te estaría bien empleado si te dejara marchar!

Y, sin embargo, corrió tras él, gritando. Una cosa era que *Rollo* se marchara de la posada en sus expediciones de caza. Siempre regresaba. Pero Rachel se encontraba bastante lejos de la posada, y temía que se perdiera.

—¡Aunque si tu sentido del olfato es tan agudo como parece, sin duda podrías seguirme de vuelta! —dijo respirando con esfuerzo, y luego se detuvo en seco, asaltada por un pensamiento.

Rollo estaba siguiendo un rastro, estaba clarísimo. Pero ¿qué rastro haría que el perro se comportara así? Sin duda, no el de un gato, ni el de una ardilla...

—Ian —musitó para sí—. Ian.

Se recogió la falda y salió corriendo a toda velocidad en persecución del perro, con el corazón martilleando en sus oídos, mientras intentaba contener la frenética esperanza que sentía. El animal seguía a la vista, con la nariz adherida al suelo y la cola baja, concentrado en su rastro. Se metió por un callejón estrecho y ella fue tras él sin vacilar, saltando y tambaleándose en un esfuerzo por evitar pisar las varias cosas blandas y repugnantes que encontró en su camino.

En circunstancias normales, todas ellas habrían fascinado a cualquier perro, incluido a *Rollo*, y, sin embargo, las ignoró, siguiendo su rastro.

Al verlo actuar así, Rachel se dio cuenta de repente de lo que significaba la palabra *emperrado*, y sonrió interiormente al pensarlo.

¿Era posible que se tratara de Ian? Sin duda era una locura pensarlo. Sus esperanzas sufrirían un duro golpe y, sin embargo, no podía vencer la convicción que había brotado de repente en su pecho ante la posibilidad de que así fuera. La cola de *Rollo* torció la esquina y Rachel se precipitó tras él, sin aliento.

Si se trataba de Ian, ¿qué podía estar haciendo? El rastro los llevaba hacia las afueras de la ciudad, no a lo largo de la carretera principal, sino bastante lejos de la parte acomodada y próspera de la ciudad, y se internaba en un área llena de casas destartaladas y de campamentos informales de seguidores del ejército británico. Una bandada de gallinas cacareó y se desperdigó al acercarse *Rollo*, pero el perro no se detuvo. Ahora describía un círculo, volviendo hacia atrás, dobló al otro lado de un cobertizo y desapareció en una calle repleta de suciedad que serpenteaba como una lengua entre hileras de casas muy juntas y mal construidas.

Rachel sentía un dolor en el costado y el sudor se deslizaba por su rostro, pero también ella conocía el significado de *emperrado*, así que siguió adelante. Sin embargo, el perro estaba cada vez más lejos de ella. Lo perdería de vista de un momento a otro, pues el zapato derecho le había hecho una rozadura en el talón y tenía la impresión de que el calzado se le estaba llenando de sangre, aunque probablemente fueran imaginaciones suyas. Había visto hombres con los zapatos llenos de sangre...

Rollo desapareció al final de la calle y Rachel se lanzó como una loca tras él al tiempo que se le caían las medias y se le bajaban las enaguas, de modo que se pisó el bajo de estas últimas y las rompió. Si en efecto encontraba a Ian, tendrían unas palabras, pensó, si es que para entonces era capaz de hablar.

No había ni rastro del perro al final de la calle. Miró frenéticamente a su alrededor. Se encontraba en la parte de atrás de una taberna. Percibió el olor del lúpulo de las cubas de fermentación y el hedor de los podrideros y oyó unas voces procedentes de la calle, al otro lado del edificio. Voces de soldados —la forma de hablar de los soldados era inconfundible, a pesar de que no podía distinguir las palabras—, así que se detuvo, aprensiva.

Pero no habían pillado a nadie; era sólo la forma habitual de hablar de los hombres, despreocupados, preparándose para hacer algo. Percibió el tintineo y el cascabeleo del equipo, el sonido de las botas sobre la calzada...

Entonces, una mano la agarró del brazo y ella contuvo un chillido antes de que pudiera desgarrarle la garganta, aterrorizada ante la idea de delatar a Ian. Pero no era Ian quien la retenía. Unos dedos duros se hundieron en su brazo y un viejo alto con el cabello blanco la miró con ojos ardientes.

Ian estaba muerto de hambre. Llevaba más de veinticuatro horas sin probar bocado, pues no estaba dispuesto a malgastar tiempo en cazar o encontrar una granja donde pudieran darle de comer. Había recorrido los más de treinta kilómetros desde Valley Forge aturdido, sin apenas darse cuenta de la distancia.

Rachel estaba allí. Milagrosamente allí, en Filadelfia. Había tardado un poco en vencer el recelo de los soldados de Washington, pero, al final, un oficial alemán bastante corpulento con una gran nariz y un talante abierto y amistoso se había acercado a él y había manifestado curiosidad por su arco. Una breve demostración de tiro con arco y una conversación en francés —pues el oficial alemán hablaba un inglés muy rudimentario— y pudo por fin preguntar por el paradero de un médico llamado Hunter.

De entrada, no obtuvo con ello más que una mirada perpleja, pero a Von Steuben le había caído bien Ian, y envió a alguien a preguntar, mientras él se hacía con un poco de pan. El enviado tardó, pero regresó por fin y dijo que, en efecto, había un médico llamado Hunter que solía estar en el campamento, pero que iba de vez en cuando a Filadelfia a atender a un paciente particular. ¿Y la hermana de Hunter? El tipo se había encogido de hombros.

Sin embargo, Ian conocía a los Hunter: donde iba Denzell, iba Rachel. Por supuesto, nadie sabía en qué lugar de Filadelfia podía vivir el paciente particular del doctor Hunter —había ciertas reservas al respecto, cierta hostilidad que Ian no comprendió, pero cuyo motivo estaba demasiado impaciente para averiguar—, aunque por lo menos estaban en Filadelfia.

Y ahora también Ian estaba allí. Se había colado furtivamente en la ciudad justo antes del amanecer, recorriendo su camino sin hacer ruido entre los campamentos que la rodeaban, dejando atrás las durmientes formas envueltas en mantas y las hogueras apagadas y malolientes.

En la ciudad había comida en abundancia, por lo que se detuvo unos instantes a deleitarse anticipadamente al borde de la plaza del mercado, mientras se debatía entre pescado frito rebozado o un pastelito. Acababa de dar un paso en dirección al puesto de la vendedora de pasteles, dinero en mano, cuando vio que la mujer miraba por encima de su hombro y que su rostro adoptaba una expresión de horror.

Dio media vuelta a toda prisa y algo lo tiró al suelo. Se oyeron gritos y chillidos, pero se perdieron entre el ruido de los frenéticos lametazos de *Rollo*, que le lamía cada centímetro de la cara, incluido el interior de la nariz.

Ian gritó de alegría y medio se incorporó, rechazando al extasiado perro.

—*¡A cú!* —exclamó, y abrazó a la enorme criatura, que se retorcía encantada. Luego agarró al animal con ambas manos por la piel del cuello, riendo ante aquella lengua colgante—. Sí, yo también me alegro de verte —le dijo—. Pero ¿qué has hecho con Rachel?

A Fergus le picaba la mano que no tenía. Hacía tiempo que no le sucedía, y en esos momentos, deseaba que no le picase. Llevaba un guante relleno de salvado sujeto con alfileres en lugar de su útil garfio —así llamaba mucho menos la atención—, y le era imposible rascarse el muñón para aliviarse.

Buscando distracción, salió del granero donde había estado durmiendo y se dirigió con los hombros caídos y andares despreocupados hacia una hoguera próxima. La señora Hempstead lo saludó con la cabeza, cogió un tazón de hojalata en el que sirvió unas gachas ligeras y se lo tendió. Sí, bueno, pensó, el guante tenía alguna que otra ventaja, al fin y al cabo. No podía coger el tazón con él, pero podía utilizarlo para sujetar el recipiente caliente contra su pecho sin quemarse. Y le alegró descubrir que el calor mataba el picor.

—*Bonjour, madame* —saludó con una cortés reverencia, y la señora Hempstead sonrió, a pesar de lo cansada y desaliñada que estaba.

A su marido lo habían matado en Paoli y ella se ganaba a duras penas la vida para sacar adelante a sus tres hijos haciendo la colada para varios oficiales ingleses. Fergus aumentaba sus ingresos a cambio de comida y refugio. El hermano de su marido se había quedado con la casa, pero permitía gentilmente que ella y su familia durmieran en el granero, uno de los tres o cuatro escondites que Fergus utilizaba a su vez.

—Un hombre ha estado preguntando por usted, señor —le dijo ella en voz baja mientras se acercaba a darle una taza de agua.

—¿Ah, sí? —Se abstuvo de mirar a su alrededor. Si el hombre hubiera estado aún allí, ella se lo habría dicho—. ¿Vio usted a ese hombre?

Ella negó con la cabeza.

—No, señor. Con quien habló fue con el señor Jessop, y Jessop se lo dijo al hijo menor de la señora Wilkins, quien se acercó a decírselo a mi Mary. Jessop dijo que era escocés, muy alto, un hombre distinguido. Aunque quizá fuera alguna vez soldado.

La emoción estalló en el pecho de Fergus, caliente como las gachas.

—¿Tenía el pelo rojo? —inquirió, y la señora Hempstead pareció sorprendida.

—Bueno, no sé lo que dijo el pequeño. Pero deje que le pregunte a Mary.

—No se moleste, madame. Se lo preguntaré yo mismo. —Engulló el resto de las gachas, casi escaldándose la garganta, y le devolvió el tazón.

La pequeña Mary, a quien preguntó meticulosamente, no sabía si el escocés alto tenía el pelo rojo. Ella no lo había visto, y Tommy Wilkins no lo había mencionado. Sin embargo, sí le había dicho dónde había visto a aquel hombre el señor Jessop, así que Fergus, tras darle las gracias a Mary con sus mejores modales galeses —lo que la hizo sonrojarse—, se dirigió a la ciudad con el corazón acelerado.

• • •

Rachel tiró de su brazo, pero el viejo se limitó a agarrarla con más fuerza, clavándole profundamente el pulgar en el músculo debajo del hombro.

—Suéltame, amigo —dijo ella con voz tranquila—. Me has confundido con otra persona.

—Oh, no lo creo —contestó él, cortés, y Rachel se dio cuenta de que era escocés—. Ese perro es suyo, ¿verdad?

—No —contestó, sorprendida y empezando a sentirse ligeramente alarmada—. Sólo se lo estoy cuidando a un amigo. ¿Por qué? ¿Se ha comido a una de tus gallinas? No tengo problema en pagártela...

Se inclinó apartándose de él, mientras buscaba su monedero con la mano libre, y evaluaba las posibilidades de escapar.

—Su amigo se llama Ian Murray —dijo él, y Rachel se asustó de verdad al ver que el hombre no había formulado la frase como una pregunta.

—Suéltame —dijo con mayor firmeza—. No tienes ningún derecho a retenerme.

Él ignoró sus palabras, aunque la miró fijamente a la cara. Sus ojos eran viejos, húmedos, y tenían los bordes rojos, pero eran penetrantes como cuchillas.

—¿Dónde está?

—En Escocia —le contestó, y vio que parpadeaba asombrado.

El viejo se agachó un poco para mirarla directamente a los ojos.

—¿Lo ama usted? —preguntó con voz suave, pero el tono en que lo hizo no tenía nada de suave.

—¡Suéltame!

Le propinó un puntapié en la espinilla, pero él se hizo a un lado con una agilidad que la sorprendió. Su manto se abrió al moverse y Rachel vislumbró un brillo de metal en su cinturón. Era un hacha pequeña, por lo que, recordando de pronto la horrible casa de Nueva Jersey, dio un salto hacia atrás y gritó a pleno pulmón.

—¡Cállese! —espetó el viejo—. Venga conmigo, muchacha.

Le puso una gran mano sucia sobre la boca e intentó levantarla del suelo, pero ella forcejeó y le dio patadas y liberó su boca el tiempo suficiente para volver a gritar, tan fuerte como pudo.

Unas exclamaciones de sorpresa, así como el ruido de unas botas pesadas, se acercaban rápidamente en su dirección.

—¡Rachel!

Un grito familiar llegó a sus oídos y su corazón dio un salto al oírlo.

—¡William! ¡Ayúdame!

William corría hacia ella, seguido a cierta distancia de tres o cuatro soldados británicos, mosquete en mano. El viejo dijo algo en gaélico en un tono de absoluto asombro y la soltó tan de repente que ella retrocedió tambaleándose, tropezó con el bajo rasgado de sus enaguas y cayó sentada en la calzada.

El viejo se alejaba retrocediendo, pero William estaba furioso. Embistió contra él, agachando el hombro, con la clara intención de hacer que cayera al suelo. Sin embargo, el anciano estaba empuñando el hacha, y Rachel chilló «¡William!» con toda la fuerza de sus pulmones. No obstante, no sirvió de nada. Hubo un destello de luz sobre el metal y un ruido muy desagradable y William se tambaleó de un lado a otro, dio dos pasos desgarbados y cayó.

—¡William, William! Oh, Dios mío, oh, Dios mío...

Rachel no fue capaz de ponerse en pie, sino que reptó hacia él lo más rápidamente que pudo, gimiendo. Los soldados gritaban, bramaban, mientras corrían detrás del viejo, pero no le quedaba atención para ellos. Cuanto veía era la cara de William, pálida como un espectro, con los ojos en blanco, y la sangre que manaba oscura, empapándole el cabello.

Le remetí a William las sábanas de la cama, a pesar de sus protestas, y le ordené que se quedara allí. Tenía motivos para pensar que las protestas eran por Rachel, pues en cuanto la hice salir por la puerta, me permitió que lo ayudara a volver a apoyarse en la almohada, con el rostro pálido y húmedo bajo las vendas que le envolvían la frente.

—Duerma —le dije—. Se sentirá fatal por la mañana, pero no va a morirse.

—Gracias, madre Claire —murmuró él con una levísima sonrisa—. Es usted siempre un gran consuelo. Pero, antes de que se vaya...

A pesar de que era evidente que se sentía muy mal, la mano que puso sobre mi brazo era fuerte y firme.

—¿Qué? —pregunté con cautela.

—El hombre que atacó a Rachel. ¿Tiene usted idea de quién podría ser?

—Sí —contesté de mala gana—. Por su descripción, es un hombre llamado Arch Bug. Vivía cerca de nosotros en Carolina del Norte.

—Ah. —Su rostro estaba blanco y sudoroso, pero los profundos ojos azules centellearon ligeramente con interés—. ¿Está loco?

—Sí, eso creo. Él... perdió a su mujer en circunstancias muy trágicas, y me parece que eso le hizo perder en parte el juicio.

De hecho, creía que eso último era cierto, y que los meses y meses transcurridos desde aquella noche de invierno en el Cerro, solo en los bosques, recorriendo a pie caminos interminables, intentando oír la voz desaparecida de su mujer muerta... Si es que no estaba loco desde el principio, ahora lo estaría. Sin embargo, no iba a contarle a William toda la historia. Ahora no, y posiblemente nunca.

—Hablaré con alguien —dijo, y de golpe abrió la boca en un tremendo bostezo—. Lo siento. Tengo... un sueño espantoso.

—Tiene una conmoción —le expliqué—. Vendré a despertarlo cada hora. ¿Con quién va a hablar?

—Con un oficial —barboteó, cerrando ya los ojos—. Haré que los hombres lo busquen. No puedo dejarlo... Rachel... —pronunció su nombre en un suspiro mientras su cuerpo joven y grande se relajaba despacio hasta quedar laxo.

Lo observé durante unos momentos para asegurarme de que estaba profundamente dormido. Luego lo besé con suavidad en la frente, pensando, con el mismo dolor en el corazón con que había besado a su hermana a la misma edad: «Dios mío, cuánto te pareces a él.»

Rachel esperaba en el rellano, preocupada y desarreglada, aunque había hecho cierto esfuerzo para adecentarse el cabello y la cofia.

—¿Se pondrá bien?

—Sí, eso creo. Tiene una ligera conmoción... ¿sabes lo que es? Sí, claro que lo sabes. Eso, y le he dado tres puntos en la cabeza. Mañana tendrá una jaqueca atroz, pero era una herida oblicua, nada serio.

Ella suspiró y sus delgados hombros cayeron de repente al mismo tiempo que la tensión los abandonaba.

—Gracias a Dios —dijo, luego me miró y sonrió—. Y también a ti, amiga Claire.

—Es un placer —repuse con sinceridad—. ¿Estás segura de que tú estás bien? Deberías sentarte y beber algo.

No estaba herida, pero era evidente que el trauma de la experiencia la había marcado. Sabía que no querría tomar té, pero un poco de coñac, o incluso agua...

—Estoy bien. Mejor que bien. —Aliviada de su preocupación por William, me miró ahora resplandeciente—. Claire... ¡Está aquí! ¡Ian!

—¿Qué? ¿Dónde?

—¡No lo sé! —Miró la puerta de la habitación de William y se alejó un poco, bajando la voz—. El perro... *Rollo* olió algo y salió corriendo como un rayo. Yo corrí tras él, y así fue como me topé con el pobre loco. Lo sé, vas a decirme que tal vez saliera en persecución de cualquier cosa, y quizá sea así... pero, Claire, ¡*Rollo* no ha vuelto! Si no hubiera encontrado a Ian, habría regresado.

Me dejé llevar por su excitación, aunque tenía tanto miedo de alimentar la esperanza como ella. Había otras cosas que podían impedirle al perro volver, y ninguna de ellas era buena. Una de ellas, Arch Bug.

La descripción que Rachel acababa de hacerme de él me había sorprendido y, sin embargo, me percaté de que ella tenía razón. Desde el funeral de la señora Bug en el Cerro de Fraser, había considerado a Arch Bug sólo como una amenaza para Ian y, sin embargo, con las palabras de Rachel, vi también aquellas manos mutiladas y artríticas que se esforzaban torpemente por prender en la mortaja de su amada esposa un broche en forma de pájaro. Era, en verdad, un pobre loco.

Y también un loco tremendamente peligroso.

—Ven abajo —le dije a Rachel, lanzándole otra mirada a la puerta de William—. Tengo que hablarte del señor Bug.

—Oh, Ian —suspiró cuando hube terminado mi relato—. Oh, pobre hombre.

No supe si eso último se refería al señor Bug o a Ian, pero, en cualquier caso, tenía razón. No lloraba, aunque tenía el rostro pálido e inmóvil.

—Ambos —admití—. Los tres, si contamos a la señora Bug.

Ella meneó la cabeza de desaliento, no en desacuerdo.

—Entonces, ésa es la razón... —dijo, pero no terminó.

—¿La razón de qué?

Hizo una pequeña mueca, aunque me miró y se encogió ligeramente de hombros.

—La razón por la que me dijo que temía que pudiera morir porque lo amaba.

—Sí, supongo que sí.

Permanecimos sentadas un rato ante nuestras tazas humeantes de té con limón, contemplando la situación. Al final, ella levantó la vista y tragó saliva.

—¿Crees que Ian tiene intención de matarlo?

—Yo... bueno, no lo sé —respondí—. Sin duda, no sin un motivo. Se sintió fatal por lo sucedido con la señora Bug...

—Por el hecho de haberla matado, quieres decir. —Me lanzó una mirada directa. Rachel Hunter no era de las que se conformaban con evasivas.

—Sí. Pero si se entera de que Arch Bug sabe quién eres, de que sabe qué significas para Ian, y que quiere hacerte daño... y no te equivoques, Rachel, Arch Bug quiere hacerte daño... —Tomé un traguito de té caliente y respiré hondo—. Sí, creo que Ian intentaría matarlo.

Ella se quedó inmóvil por completo. Lo único que se movía era el humo de su taza de té.

—No debe hacerlo —replicó.

—¿Y cómo piensas impedírselo? —inquirí por curiosidad.

Ella soltó el aliento despacio, con los ojos fijos en las débiles ondulaciones de la superficie del té.

—Rezando —respondió.

98

Mischianza

18 de mayo de 1778
Walnut Grove, Pensilvania

Había pasado largo tiempo desde que había visto un pavo real asado y caramelizado, y no esperaba volver a ver uno. Sin duda, no en Filadelfia. No es que debiera sorprenderme, pensé inclinándome un poco para verlo mejor: sí, los ojos estaban, en efecto, hechos con diamantes. No después de la regata en el Delaware, con las tres bandas de música transportadas en barcazas y el saludo de los diecisiete cañones de los barcos de guerra atracados en el río. La velada había sido anunciada como «mischianza». La palabra significaba «mezcla» en italiano —según me dijeron—, y en el caso presente parecía haber sido interpretada de modo que permitiera que los miembros más creativos del ejército británico y de la comunidad lealista dieran rienda suelta a la organización de una celebración de gala en honor del general Howe, que había dimitido como comandante en jefe e iba a ser sustituido por sir Henry Clinton.

—Lo siento, querida —murmuró John a mi lado.

—¿Por qué? —pregunté, sorprendida.

Él se sorprendió a su vez. Arqueó sus claras cejas.

—Bueno, conociendo tus lealtades, supongo que será doloroso para ti ver semejante... —Realizó un movimiento discreto indicando la profusa ostentación que nos rodeaba, que ciertamente no se limitaba al pavo real—. Tanta pompa y tal extravagancia de gastos dedicados a... a...

—¿Zampar? —terminé en tono seco—. Podría ser... pero no es así. Sé lo que va a pasar.

Me miró parpadeando, muy asombrado.

—¿Lo que va a pasar? ¿A quién?

El tipo de profecía que yo poseía rara vez era un regalo agradecido. Sin embargo, en esas circunstancias, sentí un placer bastante macabro al contárselo.

—A ti. Al ejército británico, quiero decir, no a ti personalmente. Perderéis la guerra dentro de tres años. Qué caros os habrán salido los pavos reales entonces, ¿eh?

Encogió la cara y ocultó una sonrisa.

—En efecto.

—Sí, en efecto —repuse, afable—. *Fuirich agus chi thu.*

—¿Qué? —me miró.

—Es gaélico —respondí con una leve, pero profunda punzada de dolor—. Significa «Espera y verás».

—Oh, lo haré —me aseguró—. Mientras tanto, permíteme que te presente al teniente coronel Banastre Tarleton, de la legión británica. —Le dirigió una reverencia a un joven caballero bajo y fibroso que se había acercado a nosotros, un oficial de dragones ataviado con un uniforme color verde botella—. Coronel Tarleton, mi esposa.

—Lady John. —El joven me hizo una profunda reverencia sobre la mano, rozándomela con unos labios muy rojos y sensuales. Me entraron ganas de limpiarme la mano en la falda, pero me contuve—. ¿Está disfrutando de la fiesta?

—Espero con impaciencia los fuegos artificiales.

Tenía unos inteligentes ojos de zorro a los que nada pasaba desapercibido y, al oírme, torció su boca roja y madura, pero sonrió y lo dejó correr, volviéndose hacia lord John.

—Mi primo Richard me pide que le dé recuerdos, señor.

El aire de agradable cordialidad de John se transformó en genuina alegría al oírlo decir eso.

—Richard Tarleton fue mi alférez en Crefeld —me explicó antes de devolver su atención al dragón verde—. ¿Qué tal le va, señor?

Se sumieron de inmediato en una detallada conversación acerca de designaciones, promociones, campañas, movimientos de tropas y política parlamentaria, y yo me alejé. No por aburrimiento, sino más bien por tacto. No le había prometido a John que fuera a abstenerme de pasar información útil. No me lo había pedido. Pero la delicadeza y cierto sentido de la obligación requerían que, por lo menos, no adquiriera tal información a través de él, ni directamente delante de sus narices.

Avancé despacio entre la multitud que llenaba la sala de baile admirando los vestidos de las señoras, muchos de ellos importados de Europa, la mayoría de los demás copiados de tales importaciones con los materiales que podían obtenerse en el lugar. Las brillantes sedas y los centelleantes bordados contrastaban de tal modo con el paño y la muselina caseros a los que estaba acostumbrada que me parecían surrealistas, como si me hubiera encontrado de golpe en un sueño. Esa impresión se vio incrementada por la presencia entre los invitados de cierto número de caballeros ataviados con chalecos y tabardos, algunos de los cuales llevaban yelmos bajo el brazo —las diversiones de la tarde incluían un torneo de justas simulado—, y de varias personas con máscaras fantásticas y vestimenta extravagante, que supuse participarían más tarde en alguna representación teatral.

Mi atención regresó a la mesa donde estaban expuestas las viandas más llamativas: el pavo, con las plumas de la cola extendidas formando un enorme abanico, ocupaba el lugar de honor en medio de la mesa, pero estaba flanqueado por un jabalí asado entero sobre un lecho de coles —que despedían un olor que me hizo rugir el estómago— y tres enormes pasteles de carne, decorados con pájaros cantores rellenos. Estos últimos me recordaron de repente la cena del rey de Francia con los ruiseñores rellenos, y un brote de náusea y el recuerdo de la pena sufrida me quitaron al instante el apetito.

Volví a trasladar rápidamente la mirada al pavo real, tragando saliva. Me pregunté por pasar el rato si sería muy difícil sustraer aquellos ojos de diamante, y si habría alguien vigilándolos. Casi con seguridad así sería, de modo que miré a mi alrededor para ver si lo localizaba. Sí, allí estaba, un soldado de uniforme de pie en el hueco que había entre la mesa y la enorme chimenea, con los ojos bien atentos.

Pero yo no necesitaba robar diamantes, pensé, y el estómago se me arrugó apenas. Los tenía. John me había regalado un par de pendientes de diamantes. Cuando llegara la hora de marcharme...

—¡Madre Claire!

Me había estado sintiendo agradablemente invisible y, arrancada de golpe de esa ilusión, miré ahora a través de la sala y descubrí a Willie, que asomaba su despeinada cabeza por el tabardo adornado con una cruz roja de un caballero templario, al tiempo que me saludaba con la mano con entusiasmo.

—Me gustaría que pensara en otra forma de llamarme —dije acercándome a él—. Me siento como si tuviera que andar sigilosamente por ahí con un hábito y un rosario a la cintura.

Él se echó a reír al oír mi comentario, me presentó a la joven que lo miraba con ojos de cordero degollado como la señorita Chew, y se ofreció a traernos a ambas un helado. La temperatura del salón de baile era por lo menos de veintiséis grados, y el sudor oscurecía no pocas de las brillantes sedas.

—Qué vestido tan elegante —alabó la señorita Chew, muy educada—. ¿Es de Inglaterra?

—Oh —repliqué, bastante sorprendida—. No lo sé. Pero gracias —añadí, examinándome por vez primera a mí misma. No me había fijado realmente en el vestido más allá de las necesidades mecánicas de introducirme en él. Vestirme no era para mí más que un fastidio cotidiano y, mientras no me apretara demasiado o me rozara, me daba igual ir vestida de una manera que de otra.

John se había presentado con el vestido esa mañana, además de llamar a un peluquero para que se ocupara de mí de cuello para arriba. Había cerrado los ojos, bastante asombrada de lo agradable que me parecía el contacto de los dedos del hombre en mi cabello, pero me sentí más asombrada aún cuando me ofreció un espejo y vi el imponente tocado de rizos y polvos, con un pequeño barco en lo alto completamente pertrechado.

Esperé a que se hubiera marchado y luego me lo cepillé a toda prisa y me lo recogí de la manera más simple que pude. John me había lanzado una mirada, pero no había dicho nada. Sin embargo, preocupada con mi cabeza, no me había molestado en mirarme de cuello para abajo, y ahora me sentía vagamente complacida al ver lo bien que me sentaba la seda color cacao. Lo bastante oscura como para que no se vieran las manchas de sudor, pensé.

La señorita Chew estaba mirando a William como un gato que observa a un bonito y gordo ratón, y frunció levemente el ceño cuando él se detuvo a flirtear con otras dos jóvenes.

—¿Se quedará lord Ellesmere mucho tiempo en Filadelfia? —preguntó sin quitarle los ojos de encima—. Creo que alguien me dijo que no iba a marcharse con el general Howe. ¡Espero que sea cierto!

—Lo es —repliqué—. Se rindió con el general Burgoyne. Esas tropas están todas en libertad bajo palabra, y tienen intención de regresar a Inglaterra. Pero hay alguna razón administrativa por la que no pueden embarcar aún. —Sabía que William tenía la esperanza de que lo intercambiaran para poder volver a la lucha, pero no lo mencioné.

—¿De verdad? —dijo, resplandeciente—. ¡Qué fantástica noticia! Tal vez esté aquí para el baile que celebraré el mes que viene. Naturalmente, no será tan maravilloso como éste —arqueó un poco el cuello, inclinando la cabeza en dirección a los músicos que habían empezado a tocar en el otro extremo de la habitación—, pero el mayor André dice que prestará su talento para pintar los telones de fondo y que podamos tener cuadros, de modo que será...

—Lo siento —la interrumpí—, ¿ha dicho usted el mayor André? ¿El mayor... John André?

Me miró llena de sorpresa, medio molesta por mi interrupción.

—Claro. Él diseñó los trajes para la justa de hoy, y ha escrito la obra de teatro que se representará más tarde. Mire, ahí está, hablando con lady Clinton.

Miré adonde ella señalaba con su abanico, mientras sentía que, a pesar del calor de la habitación, me atravesaba un repentino escalofrío.

El mayor André se encontraba en medio de un grupo de hombres y mujeres, riendo y gesticulando, y era claramente el centro de la atención de todo el mundo. Se trataba de un apuesto joven de casi treinta años de edad, con un uniforme hecho a medida que le sentaba como un guante y el rostro vivo, colorado de calor y de placer.

—Parece... muy encantador —murmuré, queriendo apartar la mirada de él, pero incapaz de hacerlo.

—¡Oh, sí! —corroboró la señorita Chew con entusiasmo—. Peggy Shippen y él hicieron juntos casi todo el trabajo para la *mischianza*. Él es estupendo, tiene siempre unas ideas magníficas, y toca la flauta de maravilla. Ha sido una pena que el padre de Peggy no la dejara venir esta noche, ¡qué injusto!

Sin embargo, me pareció percibir en su voz un tono subyacente de satisfacción. Estaba muy contenta de no tener que compartir protagonismo con su amiga.

—Permítame presentárselo —dijo de pronto y, plegando su abanico, deslizó su brazo por debajo del mío.

Me cogió desprevenida del todo, y no se me ocurrió ningún modo de liberarme antes de verme arrastrada entre el grupo que rodeaba a André, mientras la señorita Chew parloteaba animadamente con él, riéndose y colocándole una mano en el brazo con familiaridad.

—Encantado, lady John —dijo él con voz suave y ronca—. Su seguro servidor, madame.

—Yo... sí —repuse con brusquedad, olvidando por completo las formas habituales—. Es usted... sí. ¡Encantada de conocerlo! —Retiré la mano de la suya antes de que pudiera besármela, y me alejé dejándolo desconcertado.

Él parpadeó asombrado, pero la señorita Chew reclamó enseguida su atención y yo me di media vuelta y fui a colocarme cerca de la puerta, donde por lo menos corría un poco de aire. Estaba bañada en sudor y me temblaba todo el cuerpo.

—¡Ah, aquí está usted, madre Claire! —Willie apareció a mi lado, con dos helados medio derretidos en las manos, sudando abundantemente—. Aquí tiene.

—Gracias —cogí uno, observando distraída que tenía los dedos casi tan fríos como la empañada copa de plata.

—¿Está usted bien, madre Claire? —se inclinó para mirarme, preocupado—. Está pálida. Como si hubiera visto un fantasma.

Hizo una mueca como breve gesto de disculpa por esa torpe referencia a la muerte, pero me esforcé por devolverle la sonrisa. No fue un esfuerzo muy logrado, porque William tenía razón: acababa de ver un fantasma.

El mayor John André era el oficial británico con quien Benedict Arnold —héroe de Saratoga y aún patriota legendario—

acabaría conspirando. Y el hombre que iría a la horca por tomar parte en esa conspiración en algún momento en los tres años siguientes.

—¿No sería mejor que se sentara? —Willie fruncía el ceño, preocupado, de modo que hice un esfuerzo por sacudirme de encima el frío horror.

No quería que se ofreciera a abandonar el baile y llevarme a casa; era evidente que estaba pasando un buen rato. Le sonreí, sin sentir los labios apenas.

—No, estoy bien —repuse—. Creo... que saldré fuera a tomar un poco el aire.

99

Una mariposa en el patio de un carnicero

Rollo estaba tumbado bajo un arbusto devorando ruidosamente los restos de una ardilla que había cazado. Ian se hallaba sentado en una piedra, contemplándolo.

La ciudad de Filadelfia estaba fuera del alcance de la vista. Podía oler el humo del fuego, el hedor de miles de personas que vivían en estrecho contacto. Podía oír el murmullo de la gente que se dirigía hacia allí, en la carretera que se encontraba a tan sólo unos cientos de metros de distancia. Y en algún lugar, a poco menos de un kilómetro y medio respecto de donde él se encontraba, oculta entre aquella masa de edificios y personas, se hallaba Rachel Hunter.

Tenía ganas de salir a la carretera, avanzar por ella hasta el corazón de la ciudad y comenzar a desmontarla, ladrillo a ladrillo, hasta dar con ella.

—¿Por dónde empezamos, *a cú*? —le dijo a *Rollo*—. Por la imprenta, supongo.

No había estado nunca allí, pero imaginaba que no le costaría localizarla. Fergus y Marsali le darían cobijo. Y comida, pensó, sintiendo rugir su estómago. Y tal vez Germain y las niñas podrían ayudarlo a buscar a Rachel. Quizá la tía Claire podría... Bueno, sabía que no era una bruja ni un hada, pero no le cabía la menor duda de que era algo, así que tal vez pudiera encontrarle a Rachel.

Esperó a que *Rollo* se terminara la comida y luego se puso en pie, inundado de una extraordinaria sensación de calor, a pesar de que estaba nublado y hacía fresco. ¿Podría dar con ella de ese modo?, se preguntó. ¿Caminando por las calles, jugando al juego infantil del «caliente, frío», sintiendo paulatinamente más calor a medida que se acercaba a ella, alcanzándola, por fin, justo antes de incendiarse?

—Podrías ayudarme, ¿sabes? —le dijo a *Rollo* en tono de reproche.

Había intentado hacer que *Rollo* siguiera su pista en sentido contrario justo después de que el perro lo encontrase a él, pero el animal estaba tan enloquecido de alegría por el regreso de Ian que no había habido forma de hacer que lo escuchara. Sin embargo, ésa era una posibilidad: si daban de algún modo con su rastro, *Rollo* podía seguirlo, ahora que estaba más tranquilo.

Esbozó una sonrisa torcida al pensarlo. El grueso del ejército británico estaba acampado en Germantown, pero había miles de soldados acuartelados en la misma Filadelfia. Era como pedirle al perro que siguiera el rastro de una mariposa en el patio de un carnicero.

—Bueno, no la encontraremos quedándonos aquí sentados —le dijo a *Rollo*, y se puso en pie—. ¡Vamos, perro!

100

Una dama a la espera

Estaba esperando a que las cosas cobraran sentido, pero no lo hacían. Llevaba viviendo en casa de John Grey, con su bonita escalera y su araña de cristal, sus alfombras turcas y su porcelana fina casi un mes y, sin embargo, seguía despertándome todas las mañanas sin tener ni idea de dónde me encontraba, estirando el brazo en la cama vacía en busca de Jamie.

No podía creer que hubiera muerto. Simplemente no podía. Por la noche, cerraba los ojos y oía su respiración lenta y suave a mi lado en la oscuridad. Sentía sus ojos sobre mí, divertidos, llenos de deseo, contrariados, ardiendo de amor. Me volvía media docena de veces al día imaginando que había oído sus pasos a mi espalda. Abría la boca para decirle algo, y más de una vez le había hablado de veras, apercibiéndome que no estaba allí sólo al oír las palabras apagarse en el aire vacío.

Cada una de esas constataciones volvía a hacerme añicos. Y, sin embargo, ninguna de ellas me reconciliaba con su pérdida. Con el corazón en un puño, había imaginado su muerte. Debía de haber odiado ahogarse. ¡Con la de maneras de morir que había! Sólo podía esperar que el hundimiento del barco hubiera sido violento y que hubiese caído inconsciente al agua. Porque de lo contrario... Él no podía rendirse, no se habría rendido. Habría nadado y nadado, a un número infinito de kilómetros de distancia de cualquier costa, solo en las vacías profundidades; habría nadado con terquedad porque no podía bajar los brazos y dejarse hundir. Habría nadado hasta que su poderoso cuerpo estuviera exhausto, hasta no poder volver a levantar una mano, y entonces...

Rodé sobre mí misma y hundí con fuerza la cara en la almohada, con el corazón encogido de horror.

—¡Qué terrible desperdicio! —dije con la boca contra las plumas, apretando la almohada entre mis puños cerrados con tanta fuerza como pude. Si hubiera muerto en combate, al menos... Volví a rodar sobre mí misma y cerré los ojos, mordiéndome el labio hasta que me salió sangre.

Por fin mi respiración se calmó, volví a abrir los ojos en las tinieblas y reanudé la espera. Esperando a Jamie.

Algún tiempo después se abrió la puerta y un resquicio de luz procedente del vestíbulo se coló en la habitación. Lord John entró, dejó una vela sobre la mesa que había junto a la puerta y se acercó a la cama. No lo miré, pero sabía que él me estaba mirando a mí.

Permanecí tumbada en la cama mirando al techo. O, mejor dicho, mirando al cielo a través de él. Oscuro, lleno de estrellas y de vacío. No me había molestado en encender una vela, pero tampoco maldecía a la oscuridad. Sólo miraba a través de ella. Esperando.

—Te sientes muy sola, querida —dijo con gran dulzura—, y lo sé. ¿Me dejas que te haga compañía, un ratito por lo menos?

No respondí, pero le hice un poco de sitio y no me resistí cuando él se acostó a mi lado y me tomó cuidadosamente entre sus brazos.

Descansé la cabeza en su hombro, agradecida por el consuelo del simple contacto y del calor humano, aunque no llegó a las profundidades de mi desolación.

«Intenta no pensar. Acepta lo que tienes. No pienses en lo que no tienes.»

Permanecí inmóvil, escuchando respirar a John. Respiraba de un modo distinto de Jamie, más superficial, más rápido. Levemente entrecortado.

Me di cuenta, despacio, de que no estaba sola en mi desolación ni en mi soledad. Y que sabía perfectamente lo que había sucedido la última vez que esa situación había sido obvia para ambos. No estábamos borrachos, por supuesto, pero pensé que él no podía evitar recordarlo también.

—¿Quieres... quieres que te... consuele? —preguntó en voz baja—. Sé cómo hacerlo, ¿sabes?

Y, alargando la mano, deslizó un dedo, muy despacio, en un lugar y con una delicadeza tan exquisita que solté un grito y me aparté de golpe.

—Sé que sabes hacerlo. —Sentí una momentánea curiosidad acerca de cómo había aprendido exactamente, pero no estaba dispuesta a preguntarlo—. No es que no aprecie tu intención... la aprecio —le aseguré, y sentí que se me encendían las mejillas—. Es... es sólo...

—¿Que te sentirías infiel? —aventuró. Sonrió con aire algo triste—. Lo entiendo.

Se produjo entonces un largo silencio. Y poco a poco comprendí.

—¿Tú no? —pregunté.

Estaba tumbado muy quieto, como si estuviera dormido, pero no lo estaba.

—Una polla en erección es prácticamente ciega, querida —respondió por fin con los ojos aún cerrados—. Sin duda lo sabes, siendo como eres médico.

—Sí —repuse—, lo sé.

Y me hice cargo de él con mano suave pero firme, en tierno silencio, evitando pensar en modo alguno en la persona a quien él tal vez estuviera viendo en su imaginación.

Colenso Baragwanath corrió como si tuviera los tacones de las botas en llamas. Irrumpió en la taberna Fox, cerca de la boca de la calle State, cruzó el bar a toda velocidad y entró en la sala de juego que había en la parte de atrás.

—Lo han encontrado —jadeó—. Al viejo. El hacha. Al del hacha.

El capitán lord Ellesmere estaba ya poniéndose en pie. A Colenso le parecía que debía de medir unos dos metros y medio y que tenía un aspecto terrible. El lugar donde la médica le había cosido en la cabeza estaba todo erizado de cabello nuevo, pero los puntos negros aún se veían. Sus ojos debían de estar echando chispas, pero a Colenso le daba miedo mirar con mucha atención. Su pecho subía y bajaba de tanto correr y le faltaba el aliento, aunque no se le habría ocurrido nada que decir, en cualquier caso.

—¿Dónde? —inquirió el capitán. Hablaba en voz muy baja, pero Colenso lo oyó y retrocedió hacia la puerta, señalando.

El capitán cogió el par de pistolas que había dejado a un lado y, poniéndoselas en el cinturón, avanzó hacia él.

—Enséñamelo —dijo.

Rachel estaba sentada en el alto taburete que había tras el mostrador de la imprenta, con la cabeza apoyada en la mano. Se había despertado con una sensación de presión en la cabeza, probablemente a causa de la tormenta que se avecinaba, y dicha sensación había empeorado hasta convertirse en un dolor pulsante. Habría preferido volver a casa del amigo John para ver si Claire tenía alguna hierba para infusión que pudiera ayudarla, pero le había prometido a Marsali que iría a ocuparse de la tienda mientras su amiga llevaba a los niños al zapatero para que les arreglara los zapatos y le tomara las medidas a Henri-Christian para hacerle un par de botas, pues tenía los pies demasiado cortos y anchos para aprovechar los zapatos que se les habían quedado pequeños a sus hermanas.

Por lo menos, la tienda estaba en silencio. Sólo habían entrado una o dos personas, y sólo una de ellas le había dirigido la palabra para preguntarle cómo ir a Slip Alley. Con un suspiro, se frotó el rígido cuello y dejó que se le cerraran los ojos. Marsali no tardaría en volver. Entonces podría ir a tumbarse con un paño mojado en la cabeza y...

La campanilla de encima de la puerta de la imprenta prorrumpió en un ¡ting! y Rachel se enderezó, con una cálida sonrisa en la cara. Vio al visitante y la sonrisa murió en sus labios.

—Márchate —dijo saltando del taburete, midiendo la distancia entre ella y la puerta de la vivienda—. Márchate ahora mismo.

Si pudiera cruzar la tienda y salir por detrás...

—No se mueva —ordenó Arch Bug con una voz como hierro oxidado.

—Sé lo que quieres hacer— dijo ella retrocediendo un paso—. Y no te culpo por tu dolor, por tu rabia. Pero debes saber que lo que tienes intención de hacer no está bien, el Señor no quiere que tú...

—Calle, muchacha —espetó él, y sus ojos se posaron en ella con una especie de extraña dulzura—. Aún no. Lo esperaremos a él.

—¿A... él?

—Sí, a él. —Tras decir eso, se estiró por encima del mostrador y la agarró del brazo.

Rachel chilló y forcejeó, pero no consiguió soltarse, y él levantó el trozo móvil del mostrador y la arrastró fuera, empujándola con tal fuerza contra la mesa llena de libros que los montones se tambalearon y cayeron golpeando el suelo con crujidos de papel.

—No puedes esperar que...

—Yo no tengo esperanza —la interrumpió Arch Bug, muy tranquilo. Llevaba el hacha en el cinturón. Rachel la vio, desnuda y plateada—. No la necesito.

—Morirás sin duda —replicó ella, y no hizo esfuerzo alguno para evitar que le temblara la voz—. Los soldados te cogerán.

—Oh, sí, me cogerán. —Entonces, su rostro se suavizó un poco, sorprendentemente—. Volveré a ver a mi esposa.

—Yo no podría aconsejarte que te suicidaras —dijo ella, alejándose tanto como pudo—. Pero si quieres morir en cualquier caso, ¿por qué insistes en... en manchar tu muerte, tu alma, con la violencia?

—¿Cree que la venganza es una mancha? —Las protuberantes cejas blancas se arquearon—. Es gloria, muchacha. Mi gloria, mi deber para con mi esposa.

—Bueno, sin duda no son los míos —repuso ella con vehemencia—. ¿Por qué habría de estar obligada a participar en tu horrible venganza? ¡Yo no os he hecho nada ni a ti ni a ella!

Él no escuchaba. No a ella, por lo menos. Se había vuelto ligeramente, se estaba llevando la mano al hacha, y sonrió al oír unos pies que corrían.

—¡Ian! —chilló—. ¡¡¡No entres!!!

Ian entró, por supuesto. Rachel agarró un libro y se lo lanzó al viejo a la cabeza, pero él lo esquivó con facilidad y volvió a aferrarla de la muñeca, con el hacha en la mano.

—Suéltela —dijo Ian con la voz ronca a causa de la carrera. Jadeaba y el sudor se deslizaba por su rostro.

Rachel podía olerlo, incluso por encima del hedor a humedad del viejo. Desprendió su mano de la de Arch Bug, sin poder hablar, horrorizada.

—No os matéis —los instó a ambos. Ninguno de los dos la escuchó.

—Te lo dije, ¿no es así? —le dijo Arch a Ian. Hablaba en tono razonable, como un maestro que explica la prueba de un teorema. *Quod erat demonstrandum. Q. E. D.*

—Apártese de ella —ordenó Ian.

Su mano planeó sobre su cuchillo y Rachel, atragantándose con las palabras, dijo:

—¡Ian! No lo hagas. No debes. ¡Por favor!

Él la miró con furiosa confusión, pero ella sostuvo su mirada y él dejó caer la mano. Respiró hondo y se apartó con rapidez. Bug se volvió a toda velocidad para seguir teniéndolo al alcance del hacha, e Ian se deslizó enseguida delante de Rachel, protegiéndola con su cuerpo.

—Máteme a mí —le dijo a Bug con voz pausada—. Hágalo.

—¡No! —gritó Rachel—. Eso no es lo que yo... ¡no!

—Venga aquí, muchacha —dijo Arch, y estiró su mano sana, haciéndole señas—. No tema. Lo haré deprisa.

Ian le dio a Rachel un fuerte empujón, de modo que se estrelló contra la pared y se golpeó en la cabeza, y después se colocó delante de ella, rodeándola con los brazos, agachado y esperando. Desarmado, porque ella se lo había pedido.

—Tendrá que matarme a mí primero, joder —dijo en tono coloquial.

—No —repuso Arch Bug—. Esperarás a que te toque. —Los viejos ojos lo consideraron, fríos y astutos, y el hacha se movió un poco, impaciente.

Rachel cerró los ojos y rezó, sin encontrar palabras, pero rezando de todos modos, con el frenesí del miedo. Oyó un ruido y los abrió.

Una larga mancha gris hendió el aire y, en un instante, Arch Bug estaba en el suelo, con *Rollo* encima gruñendo e intentando morderle la garganta. Arch tal vez fuera viejo, pero era aún robusto y tenía la fuerza de la desesperación. Su mano sana agarró el cuello del perro y lo empujó hacia atrás, rechazando las babosas mandíbulas; alargó un brazo largo y fibroso que asía el hacha en su puño mutilado y lo levantó.

—¡No! —Ian se lanzó hacia delante desplazando a *Rollo* de un golpe, mientras intentaba sujetar la mano que sostenía el hacha, pero era demasiado tarde.

La hoja bajó con un *¡clang!*, haciendo que a Rachel se le nublara la vista, e Ian gritó.

Ella se movió antes incluso de ver y lanzó un chillido cuando una mano la agarró de repente por el hombro y la arrojó violentamente hacia atrás. Dio contra el muro y resbaló a lo largo de él, tras lo cual aterrizó sin aliento con la boca abierta. Ante ella, en el suelo, se agitaba una bola de miembros, pelo, ropa y sangre. Un zapato la golpeó por casualidad en el tobillo y Rachel se apartó a toda velocidad como un cangrejo, observando.

Parecía haber sangre por todas partes. Salpicada contra el mostrador, la pared y manchando el suelo, y la espalda de la camisa de Ian estaba empapada de rojo y adherida a su cuerpo, de modo que ella veía sus músculos tensarse bajo la tela. Estaba de rodillas, medio encaramado a un Arch Bug que se debatía, luchando por coger el hacha con una mano mientras su brazo izquierdo colgaba laxo. Arch le golpeaba la cara con los dedos rígidos, intentando cegarlo, al tiempo que *Rollo* se lanzaba como una anguila con el pelo erizado contra la masa de miembros que luchaban, gruñendo y atacando. Absorta en ese espectáculo, Rachel apenas era consciente de que había alguien detrás de ella, pero levantó la vista, sin comprender, cuando el pie de él le dio en el trasero.

—¿Qué hay en usted que atrae a los hombres con hachas? —preguntó William en tono enojado.

Apuntó cuidadosamente el cañón de su pistola y disparó.

101

Redivivus

Me estaba recogiendo el cabello con unas horquillas para bajar a tomar el té cuando oí rascar en la puerta del dormitorio.

—Entre —dijo John, que se estaba poniendo las botas.

La puerta se abrió con cuidado, mostrando al extraño muchachito de Cornualles que en ocasiones hacía las veces de asistente de William. Le dijo algo a John, en un idioma que supuse sería inglés, y le entregó una nota. Él asintió con amabilidad y lo despidió.

—¿Has entendido lo que ha dicho? —inquirí con curiosidad mientras él rompía el sello con el pulgar.

—¿Quién? Ah, ¿Colenso? No, ni una palabra —dijo distraídamente, y frunció los labios en un silbido insonoro por lo que estaba leyendo.

—¿Qué es? —pregunté.

—Una nota del coronel Graves —respondió volviendo a doblarla con cuidado—. Me pregunto si...

Volvieron a llamar a la puerta y John frunció el ceño.

—Ahora no —dijo—. Vuelva más tarde.

—Bueno, volvería más tarde —repuso una educada voz con acento escocés—. Pero es algo urgente, ¿sabe?

La puerta se abrió y entró Jamie, que cerró la puerta tras de sí. Me vio, se quedó paralizado por un segundo y me tomó al punto en sus brazos, al tiempo que su calor y su tamaño tremendos ocultaban en un instante cuanto me rodeaba.

No sabía adónde había ido a parar mi sangre. En la cabeza no me quedaba ni una gota, y unas luces titilantes bailoteaban delante de mis ojos, pero tampoco me llegaba nada de sangre a las piernas, que se habían disuelto de golpe debajo de mí.

Jamie me abrazaba y me besaba, con sabor a cerveza, y me raspaba la cara con la barba sin afeitar, enterrando sus dedos en mi cabello mientras mis senos se encendían y se hinchaban contra su pecho.

—Ah, ahí está —murmuré.

—¿El qué? —inquirió, deteniéndose por un momento.

—Mi sangre. —Me toqué los labios hormigueantes—. Vuelve a hacerlo.

—Oh, lo haré —me aseguró—. Pero hay muchos soldados ingleses en el vecindario, y creo...

Desde abajo llegó un ruido de pisadas, y la realidad volvió a encajar en su sitio como una goma elástica. Me lo quedé mirando y me senté de golpe, con el corazón redoblando como un tambor.

—¿Por qué demonios no estás muerto?

Jamie alzó un hombro en un breve gesto de ignorancia, al tiempo que la comisura de su boca se curvaba hacia arriba.

Estaba muy delgado, con la tez morena, y muy sucio. Olía su sudor y la mugre de la ropa que no se había cambiado en mucho tiempo, así como un débil tufo a vómito. No hacía mucho que había desembarcado.

—Quédese unos cuantos segundos más, señor Fraser, y tal vez vuelva a estar muerto.

John se había acercado a la ventana y miraba ahora a la calle. Se dio la vuelta y vi que su rostro estaba pálido, pero resplandecía como una vela.

—¿Sí? En tal caso, han sido un poco más rápidos de lo que yo creía —dijo Jamie con amargura, mientras iba a mirar. Se apartó de la ventana y sonrió—. Me alegro de verte, John, aunque sólo por el momento.

La sonrisa con la que John le respondió le iluminó los ojos. Extendió una mano y tocó a Jamie en el brazo, muy brevemente, como si quisiera asegurarse de que era de verdad sólido.

—Sí —repuso dirigiéndose hacia la puerta—. Pero ven. Por la escalera de detrás. También hay una trampilla en el desván, si puedes subirte al tejado.

Jamie me miró con el corazón en los ojos.

—Volveré —dijo—. Cuando pueda.

Levantó una mano hacia mí, pero se detuvo con una mueca, se volvió de repente para seguir a John y ambos se marcharon mientras los ruidos procedentes de abajo casi ahogaban el sonido de sus pasos. Oí abrirse la puerta en el piso inferior y una ronca voz masculina que pedía permiso para entrar. La señora Figg, Dios bendiga su intransigente corazoncito, no se lo consintió.

Había permanecido sentada como la mujer de Lot, reducida a la inmovilidad por la impresión, pero los expresivos improperios de la señora Figg me impulsaron a la acción.

Mi mente estaba tan asombrada por los acontecimientos de los últimos cinco minutos que, de manera paradójica, estaba bastante lúcida. En ella simplemente no había lugar para pensamientos, especulaciones, alivio, alegría, ni siquiera preocupación. Por lo visto, la única facultad mental que aún poseía era la capacidad de responder a una emergencia. Agarré mi cofia, me la encasqueté en la cabeza y eché a andar hacia la puerta, embutiéndome el cabello dentro mientras salía. Juntas, la señora Figg y yo seguramente podríamos retrasar lo bastante a los soldados...

Es probable que este esquema hubiera funcionado, salvo que, al salir corriendo al rellano, me topé con Willie, de forma literal, pues él llegaba saltando por la escalera y chocó con fuerza conmigo.

—¡Madre Claire! ¿Dónde está papá? Hay... —Me había cogido de los brazos, pues yo me tambaleé hacia atrás, pero su preocupación por mí se vio desbancada por un sonido procedente del vestíbulo al otro lado del rellano.

Miró en dirección al ruido y entonces me soltó, con los ojos saliéndosele de las órbitas.

Jamie estaba al final del vestíbulo, a unos tres metros de distancia. John se encontraba junto a él, blanco como una sábana, con los ojos tan afuera de las órbitas como los de Willie. Ese parecido con Willie, pese a ser tan sorprendente, era ampliamente superado por el parecido de Jamie con el noveno conde de Ellesmere. Las facciones de William se habían vuelto más duras y habían madurado, perdiendo todo rastro de suavidad infantil, por lo que, desde ambos lados del breve vestíbulo, unos profundos ojos azules de gato Fraser miraban desde los huesos marcados y fuertes de los MacKenzie. Y Willie era lo bastante mayor como para afeitarse a diario. Conocía bien su aspecto.

Su boca se movió sin emitir sonido alguno por el asombro. Me dirigió a mí una mirada frenética, luego a Jamie, y de nuevo a mí, y vio la verdad en mi rostro.

—¿Quién es usted? —preguntó con voz ronca conforme se volvía hacia Jamie.

Vi a Jamie erguirse lentamente, ignorando el ruido que llegaba de abajo.

—James Fraser —contestó. Sus ojos estaban fijos en William con ardiente intensidad, como si quisiera absorber cada detalle de una imagen que no volvería a ver—. Me conoció hace años como Alex MacKenzie. En Helwater.

William parpadeó, volvió a parpadear, y su mirada se trasladó por un segundo a John.

—¿Y quién... quién demonios soy yo? —preguntó con un gallo.

John abrió la boca, pero fue Jamie quien contestó.

—Es usted un papista apestoso —respondió con gran precisión—, y su nombre de pila es James. —El fantasma del arrepentimiento surcó su cara por un instante y luego desapareció—. Era el único nombre que tenía derecho a darle —dijo con serenidad, con los ojos puestos en su hijo—. Lo siento.

La mano izquierda de Willie golpeó su cadera buscando en un gesto reflejo una espada. Al no encontrar nada, se dio una palmada en el pecho. Las manos le temblaban hasta tal punto que no podía desabrocharse los botones. Simplemente agarró la tela y se desgarró la camisa, metió la mano debajo y buscó algo a tientas. Se lo sacó por encima de la cabeza y, en el mismo movimiento, le arrojó el objeto a Jamie.

Los reflejos de Jamie le hicieron levantar automáticamente la mano y el rosario de madera se estampó en ella, con las cuentas oscilando enredadas en sus dedos.

—Que Dios lo maldiga, señor —dijo con voz temblorosa—. ¡Que Dios lo condene al infierno! —Medio se volvió a ciegas y se dio la vuelta de nuevo de inmediato para hacer frente a John—. ¡Y tú! Tú lo sabías, ¿verdad? ¡Que Dios te maldiga a ti también!

—William... —John alargó una mano hacia él, impotente, pero, antes de que pudiera seguir hablando, se oyó un sonido de voces en el vestíbulo de abajo y unos fuertes pasos en la escalera.

—Sassenach... ¡retenlo! —La voz de Jamie me llegó a través del alboroto, fuerte y clara.

Por puro reflejo, obedecí y agarré a William del brazo.

Él me miró, boquiabierto, absolutamente perplejo.

—¿Qué...?

Pero su voz quedó sofocada por el estruendo de pies en la escalera y un grito triunfante del casaca roja que los encabezaba.

—¡Ahí está!

De repente, el rellano se vio inundado de cuerpos que empujaban y daban empellones intentando cruzar hasta el pasillo por delante de Willie y de mí. Me aferré a él como si la vida me fuera en ello, a pesar del forcejeo y de los tardíos esfuerzos de William por liberarse.

De golpe, los gritos cesaron y la presión de los cuerpos se relajó un tanto. Durante la lucha habían hecho que la cofia me cayera sobre los ojos, de modo que solté el brazo de Willie con una mano con el fin de quitármela. La dejé caer al suelo. Tenía la sensación de que mi condición de mujer respetable carecería en breve de importancia.

Apartándome de los ojos los mechones de cabello caídos con el antebrazo, volví a agarrar a Willie, aunque eso casi había dejado de ser necesario, pues parecía haberse convertido en piedra. Los casacas rojas se agitaban, claramente dispuestos a cargar, pero inhibidos por algo. Me volví apenas y vi a Jamie, que rodeaba la garganta de John Grey con un brazo y le apuntaba a la sien con la pistola.

—Un paso más —dijo en voz tranquila, pero lo bastante alta como para que lo oyeran sin dificultad—, y le meto una bala en el cerebro. ¿Creen que tengo algo que perder?

De hecho, dado que Willie y yo nos encontrábamos justo delante de él, pensé más bien que sí lo tenía, pero los soldados no lo sabían y, a juzgar por la expresión de su cara, Willie se habría arrancado la lengua de cuajo antes que decir la verdad. También pensé que, en esos momentos, no le importaba en particular si Jamie mataba realmente a John y moría después en medio de una lluvia de balas. El brazo que yo tenía agarrado parecía de hierro. Si hubiera podido, los habría matado él mismo a los dos.

Brotó un murmullo de amenaza entre los hombres que me rodeaban y hubo un movimiento de cuerpos cuando los soldados se prepararon, pero nadie se movió.

Jamie me miró una vez con expresión impenetrable y, acto seguido, avanzó hacia la escalera de servicio, medio arrastrando consigo a John. Desaparecieron de nuestra vista, y el cabo que se encontraba junto a mí entró en acción, volviéndose y haciéndoles gestos a los hombres que se hallaban en la escalera.

—¡Por el otro lado! ¡Deprisa!

—¡Esperen! —Willie había cobrado vida de improviso. Liberando su brazo, ahora que yo lo sujetaba con menor firmeza, se volvió hacia el cabo—. ¿Tiene hombres apostados en la parte trasera de la casa?

El cabo, que observaba por primera vez el uniforme de Willie, se puso firme a su vez y saludó.

—No, señor. No creí...

—Idiota —dijo Willie, escueto.

—Sí, señor. Pero podemos atraparlos si nos damos prisa.
—Se balanceaba sobre los dedos de los pies mientras hablaba, muriéndose de ganas de irse.

Willie tenía los puños apretados, así como los dientes. Me apercibí de los pensamientos que se reflejaban en su rostro, con tanta claridad como si los llevara impresos en la frente en tipos móviles.

William no creía que Jamie fuera a dispararle a lord John, pero no las tenía todas consigo. Si el cabo mandaba a unos hombres tras ellos, había una probabilidad razonable de que los soldados les dieran alcance, lo que suponía, a su vez, cierta probabilidad de que uno o ambos murieran. Y, si ninguno de los dos moría, pero capturaban a Jamie, no habría forma de saber qué diría ni a quién se lo diría. Demasiado riesgo.

Con una tenue sensación de *déjà vu*, lo vi hacer esos cálculos y volverse después hacia el cabo.

—Regrese con su comandante —le dijo con voz tranquila—. Hágale saber que el coronel Grey ha sido tomado como rehén por... por los rebeldes, y pídale que lo notifique a todos los puestos de guardia. Quiero que se me informe de inmediato de cualquier noticia.

Un murmullo contrariado surgió de entre los soldados del rellano, pero en realidad no fue nada que pudiera llamarse insubordinación, e incluso esa reacción se extinguió ante la mirada de William.

El cabo se mordió un instante el labio, pero saludó.

—Sí, señor.

Dio elegantemente media vuelta, con un gesto perentorio que mandó a los soldados escaleras abajo pisando fuerte.

Willie los observó marcharse. Luego, como si se hubiera fijado en ella de repente, recogió mi cofia del suelo. Arrugándola entre las manos, me dirigió una mirada larga y especulativa. Me di cuenta de que los próximos minutos iban a ser interesantes.

No me importaba. Aunque estaba completamente segura de que Jamie no iba a dispararle a John bajo ninguna circunstancia, no me engañaba respecto del peligro que ambos corrían. Podía olerlo. El olor a sudor y a pólvora flotaba denso en el aire del rellano, y las plantas de mis pies vibraban aún con el golpe con el que habían cerrado la puerta en el piso inferior. Nada de ello tenía importancia.

Estaba vivo.

Y yo también.

Grey seguía en mangas de camisa. La lluvia había atravesado la tela y la había empapado hasta llegar a la carne.

Jamie se acercó a la pared del cobertizo y aplicó un ojo a una grieta que había entre las tablas. Levantó una mano, rogando encarecidamente silencio, y John se quedó quieto, a la espera y temblando, mientras el sonido de cascos y voces pasaba de largo. ¿Quiénes podían ser? Soldados no eran. No se oía ruido de metal, ni espuelas ni armas que tintineasen. Los ruidos se alejaron y Jamie se volvió. Frunció el ceño y observó por vez primera que Grey estaba empapado, de modo que se quitó el manto de los hombros y lo envolvió en él.

También el manto estaba mojado, pero era de lana y conservaba el calor del cuerpo de Jamie. Grey cerró un instante los ojos, sintiéndose abrazado.

—¿Puedo saber qué has estado haciendo? —inquirió conforme los abría.

—¿Cuándo? —Jamie le dirigió una media sonrisa—. ¿Ahora mismo, o desde que te vi por última vez?

—Ahora mismo.

—Ah.

Jamie se sentó sobre un barril y se echó hacia atrás, con cuidado, apoyándose contra la pared.

Grey observó con interés que el sonido había sido casi un «ach», por lo que dedujo que Fraser había pasado la mayor parte de su tiempo con escoceses. También observó que tenía los labios fruncidos con gesto pensativo. Los rasgados ojos azules miraban en su dirección.

—¿Estás seguro de que quieres saberlo? Probablemente sea mejor que no lo sepas.

—Tengo una confianza considerable en tu juicio y en tu discreción, Jamie Fraser —repuso Grey con educación—, pero confío un poco más en los míos. Estoy seguro de que me perdonarás.

Jamie pareció encontrar el comentario gracioso. Torció su boca ancha, pero asintió, y se sacó del interior de la camisa un paquetito envuelto en hule.

—Me vieron mientras recibía esto de mi hijo adoptivo —explicó—. La persona que me vio me siguió hasta una taberna y luego fue a buscar a la compañía de soldados más próxima mientras yo tomaba un refrigerio. O eso supongo. Los vi venir calle abajo, imaginé que era a mí a quien buscaban y... me marché.

—Supongo que conocerás esa imagen acerca del culpable que huye cuando nadie lo persigue. ¿Cómo sabes que iban a por ti desde el principio y que no les llamó simplemente la atención que te marcharas tan de repente?

La media sonrisa volvió a aparecer, esta vez teñida de amargura.

—Llámalo instinto del perseguido.

—En efecto. Me sorprende que te dejaras acorralar de ese modo, teniendo en cuenta tus instintos.

—Sí, bueno, incluso los zorros envejecen, ¿no? —repuso Fraser con sequedad.

—¿Por qué demonios has venido a mi casa? —inquirió Grey, súbitamente irritable—. ¿Por qué no has corrido a las afueras de la ciudad?

Fraser parecía sorprendido.

—Mi esposa —dijo simplemente, y Grey se dio cuenta, con sobresalto, de que no había sido la falta de precaución o el descuido lo que había impulsado a Jamie Fraser a acudir a su casa, incluso con los soldados pisándole los talones. Había ido a buscarla a ella. A Claire.

«Dios santo —pensó, aterrado de repente—. ¡Claire!»

Pero, aunque se le hubiera ocurrido qué decir, no había tiempo para decir nada. Jamie se puso en pie y, sacándose la pistola del cinturón, le hizo señas de que lo acompañara.

Recorrieron un callejón y luego cruzaron el patio de una taberna, apretándose para pasar junto a las tinas de fermentación, cuya superficie salpicaba la lluvia al caer. Oliendo levemente a lúpulo, emergieron en una calle y aminoraron el paso. Jamie lo había llevado cogido de la muñeca todo el camino, por lo que lord John tenía la sensación de que comenzaba a dormírsele la mano, pero no dijo nada. Se cruzaron con dos o tres grupos de soldados, pero siguió caminando junto a Jamie, adaptando su paso al de él, sin dejar de mirar al frente. No había allí conflicto entre el deber y la obligación: gritar pidiendo ayuda tendría como consecuencia la muerte de Jamie. Casi con seguridad ocasionaría la muerte de, al menos, un soldado.

Jamie mantenía oculta su pistola, medio escondida en el interior de su abrigo, pero en la mano, y no volvió a metérsela en el cinturón hasta que llegaron al lugar donde había dejado el caballo. Era una casa particular. Dejó a Grey solo en el porche un momento y le susurró un «Quédate aquí» mientras él desaparecía en el interior.

Un fuerte sentido de autoconservación instó a lord John a escapar, pero no lo hizo, y se sintió recompensado cuando Jamie volvió a salir y le dirigió una leve sonrisa al verlo. «¿Así que no estabas seguro de que fuera a quedarme? Estupendo», pensó Grey. Tampoco él había estado seguro de que fuera a quedarse.

—Venga, entra —dijo Jamie, y le indicó a Grey con un gesto de la cabeza que lo siguiera hasta los establos, donde ensilló y embridó a toda velocidad a un segundo caballo.

Le tendió a Grey las riendas antes de montar el suyo.

—Es una mera formalidad —le dijo educadamente y, tras sacar la pistola, lo apuntó con ella—. Por si alguien te pregunta después, has venido conmigo, y yo te he amenazado con dispararte si hacías cualquier movimiento que pudiera traicionarme antes de salir de la ciudad. ¿Está claro?

—Lo está —contestó Grey con brevedad, y subió a la silla de un salto. Avanzó algo por delante de Jamie, consciente del pequeño espacio redondo entre sus omóplatos. Formalidad o no, iba en serio.

Se preguntó si Jamie le dispararía en el pecho o si simplemente le rompería el cuello cuando lo averiguara. Probablemente con sus propias manos, se dijo. El sexo era una cosa visceral.

No se había planteado en serio la idea de ocultar la verdad. No conocía a Claire Fraser ni mucho menos tan bien como Jamie, pero sabía más allá de toda duda que no podía tener secretos. Para nadie. Y ciertamente no para Jamie, que le había sido devuelto de entre los muertos.

Por supuesto, tal vez transcurriera algún tiempo antes de que Jamie pudiera volver a hablar con ella. Pero conocía a Jamie Fraser infinitamente mejor de lo que conocía a Claire, y si de una cosa estaba seguro era de que nada en absoluto podría interponerse por mucho tiempo entre él y su mujer.

Había cesado de llover y el sol brillaba sobre los adoquines mientras recorrían las calles levantando salpicaduras. Había una sensación de movimiento por todas partes, una agitación en el aire. El ejército estaba acuartelado en Germantown, pero en Filadelfia siempre había soldados, y el hecho de que supieran que su partida era inminente, la anticipación del regreso a las campañas militares infestaba la ciudad como la peste, una fiebre que pasaba sin ser vista de hombre a hombre.

Una patrulla apostada en la carretera que salía de la ciudad los detuvo, pero los dejó pasar cuando Grey les dio su nombre y su rango. Presentó a su compañero como el señor Alexander MacKenzie, y creyó sentir una vibración de risa por parte de dicho compañero. Alex MacKenzie era el nombre que Jamie utilizaba en Helwater, cuando era prisionero de Grey.

«Oh, Dios mío —pensó Grey de repente mientras abría camino fuera de la vista de la patrulla—. William.» En medio de la conmoción del enfrentamiento y su abrupta partida, no había tenido tiempo de pensar. Si él muriera, ¿qué haría William?

Sus pensamientos zumbaban como un enjambre de abejas, atropellándose unos a otros en una masa bullente. Imposible concentrarse en uno de ellos más de un instante antes de que se perdiera en el ensordecedor bordoneo. Denys Randall-Isaacs. Richardson. Una vez desaparecido Grey, Richardson tomaría medidas casi con seguridad para arrestar a Claire. William intentaría detenerlo si lo supiera. Pero William no sabía lo que

Richardson... Grey tampoco lo sabía, no con seguridad. Henry y su amante negra —ahora Grey sabía que eran amantes, se lo había visto a ambos en la cara—, Dottie y su cuáquero: si esos sustos gemelos no mataban a Hal, éste se embarcaría en una nave con destino a América en menos que canta un gallo, y *eso* sí lo mataría. Percy. «Oh, Señor, Percy.»

Jamie iba ahora por delante de él, abriendo camino. Había pequeños grupos de gente en la carretera, la mayor parte granjeros que acudían a la ciudad con carretas cargadas de provisiones para el ejército. Miraron a Jamie con curiosidad, y más aún a Grey. Pero nadie se detuvo ni los cuestionó y, una hora después, Jamie lo condujo por un sendero que partía de la carretera principal y se internaba en una pequeña parcela de bosque que goteaba y humeaba tras la lluvia reciente. Había un arroyo. Jamie desmontó de un salto y le dio de beber a su caballo, y Grey hizo otro tanto con una curiosa sensación de irrealidad, como si el cuero de la silla y de las riendas fueran extraños a su piel, como si el aire frío por la lluvia lo atravesara, atravesara su cuerpo y sus huesos, en lugar de rodearlo.

Jamie se agachó junto al riachuelo y bebió, luego se echó agua sobre la cabeza y la cara y se puso en pie, mientras se sacudía como un perro.

—Gracias, John —dijo—. No he tenido tiempo de decírtelo antes. Te lo agradezco mucho.

—¿Me agradeces? No fue decisión mía. Me secuestraste a punta de pistola.

Jamie sonrió. La tensión de la última hora se había desvanecido y, con ella, las arrugas de su rostro.

—No me refiero a eso. Por hacerte cargo de Claire, quiero decir.

—Claire —repitió Grey—. Ah, sí. Eso.

—Sí, eso —repuso Jamie con paciencia, y se inclinó ligeramente para escudriñarlo con aire preocupado—. ¿Te encuentras bien, John? Estás algo pálido.

—Pálido —murmuró Grey.

El corazón le latía de manera muy errática. Tal vez fuera conveniente que se parara. Esperó unos instantes para permitirle hacerlo si quería, pero siguió aporreando alegremente. No había nada que hacer, entonces. Jamie seguía mirándolo con aire interrogativo. Sería mejor pasar el mal trago cuanto antes.

Respiró hondo, cerró los ojos y encomendó su alma a Dios.

—He tenido conocimiento carnal de su esposa —le soltó.

Esperaba morir más o menos al instante tras hacer esa declaración, pero todo continuó como siempre. Los pájaros siguieron gorjeando en los árboles y el ruido de los caballos que arrancaban la hierba y babeaban mientras pacían era el único sonido que se superponía al de la corriente de agua. Abrió un ojo y vio a Jamie Fraser de pie, mirándolo con la cabeza ladeada.

—¿Ah, sí? —dijo Jamie con curiosidad—. ¿Por qué?

102

En la sangre

—Yo... eeh... si me disculpa un momento... —retrocedí despacio hasta la puerta de mi habitación y, tras agarrar el picaporte, entré a toda prisa y cerré, dejando que Willie se recuperara en púdica privacidad. Y no sólo Willie.

Me apreté contra la puerta como si me persiguieran hombres lobo, con la sangre tronando en mis oídos.

—Por los clavos de Roosevelt —susurré.

Algo parecido a un géiser subió por mi interior, me estalló en la cabeza y sus salpicaduras brillaron con sol y diamantes. Era vagamente consciente de que fuera se había puesto a llover, y que un agua de un color gris sucio se estrellaba contra los cristales de las ventanas, pero eso no le importaba un comino a la efervescencia que bullía dentro de mí.

Permanecí varios minutos inmóvil, con los ojos cerrados, sin pensar en nada, sólo murmurando «Gracias, Dios mío», una y otra vez, sin hablar.

Un tímido golpe en la puerta me arrancó de ese trance y me volví para abrirla. William estaba en el rellano.

Su camisa colgaba aún abierta allí donde él la había desgarrado, y observé que el pulso latía con rapidez en el hueco de su garganta. Me hizo una extraña reverencia, intentando sonreír, pero sin lograrlo apenas. Lo dejó correr.

—No estoy seguro de cómo llamarla —observó—. Dadas las... circunstancias.

—Oh —repuse, desconcertada—. Bueno, no creo... al menos espero que la relación entre usted y yo no haya cambiado.

Me di cuenta, con un repentino bajón de mi euforia, de que ahora tal vez sí cambiaría, y esa idea me produjo una profunda punzada de dolor. Le tenía mucho cariño, tanto por él como por su padre, o por sus padres, para el caso.

—¿Cree que podría seguir llamándome madre Claire? Sólo hasta que se nos ocurra algo más... apropiado —me apresuré a añadir, al ver que la renuencia le hacía entornar los ojos—. Al fin y al cabo, me imagino que sigo siendo su madrastra. Al margen de... eeh... la situación.

Se paró a pensarlo un momento y, acto seguido, asintió con un breve gesto.

—¿Puedo entrar? Me gustaría hablar con usted.

—Sí, supongo que sí.

Si no hubiera conocido a sus dos padres, me habría maravillado de su capacidad de reprimir la rabia y la confusión que tan claramente había mostrado un cuarto de hora antes. Jamie lo hacía por instinto; John, por su larga experiencia, pero ambos tenían una voluntad de hierro, y William, ya fuera porque la llevaba en la sangre, ya por el ejemplo recibido, la tenía también, sin lugar a dudas.

—¿Quiere que pida que nos traigan algo? —le pregunté—. ¿Un poco de coñac? Es bueno para los sustos.

Negó con la cabeza. No se había sentado —no creí que pudiera—, pero se apoyó contra la pared.

—Me imagino que usted lo sabía. Supongo que no podía evitar observar el parecido —añadió con amargura.

—Es, en efecto, bastante chocante —admití con cautela—. Sí, lo sabía. Mi marido me contó —busqué una manera delicada de decirlo— las, eeh, circunstancias de su nacimiento hace algunos años.

¿Y cómo demonios iba yo a describir dichas circunstancias? No es que se me hubiera escapado que había unas cuantas explicaciones incómodas que dar, pero, atrapada en la alarma de la súbita reaparición y huida de Jamie, además del vértigo de mi propia euforia posterior, de algún modo no se me había pasado por la cabeza que iba a ser yo quien tendría que darlas.

Había visto el pequeño altar que tenía William en su habitación, con el doble retrato de sus dos madres, ambas tan dolorosamente jóvenes. Si la edad era buena para algo, me habría dado sin duda la sabiduría para lidiar con eso.

¿Cómo podía decirle que su nacimiento había sido consecuencia del chantaje impulsivo y obstinado de una joven muchacha? Y menos aún que él había sido la causa de la muerte de sus dos progenitores legales. Y si alguien tenía que decirle lo que su nacimiento había significado para Jamie, ése tendría que ser Jamie.

—Su madre... —comencé, y vacilé.

Jamie habría cargado con toda la culpa antes que mancillar el recuerdo que su hijo guardaba de Geneva. Yo no iba a consentirlo.

—Era una imprudente —dijo William observándome con atención—. Todo el mundo dice que era una imprudente. ¿Fue... supongo que sólo quiero saberlo, fue una violación?

—¡Por Dios, no! —exclamé, horrorizada, y vi que relajaba ligeramente los puños.

—Menos mal —arguyó, y soltó el aliento que había estado conteniendo—. ¿Está segura de que él no le mintió?

—Estoy segura.

Tal vez su padre y él fueran capaces de ocultar sus sentimientos. Yo ciertamente no podía y, aunque nunca sería capaz de ganarme la vida jugando a las cartas, tener una cara como un espejo era de vez en cuando una buena cosa. Permanecí en silencio y le dejé ver que le decía la verdad.

—¿Cree que...? ¿Dijo él si...? —Se detuvo y tragó saliva con fuerza—. ¿Cree que se querían?

—Tanto como podían, creo —dije con suavidad—. No tuvieron mucho tiempo, sólo aquella única noche.

Me dolió por él, y me habría encantado tomarlo en mis brazos y consolarlo. Pero era un hombre, un hombre joven además, que sentía intensamente su dolor. Lidiaría con él como pudiera, y pensé que pasarían algunos años antes de que aprendiera a compartirlo, si es que aprendía alguna vez.

—Sí —repuso, y apretó los labios, como si hubiera estado a punto de añadir algo y luego lo hubiera pensado mejor—. Sí, yo... entiendo.

Por el tono de su voz, estaba claro que no lo entendía, pero, aturdido por el impacto de lo que estaba procesando, no tenía ni idea de qué más preguntar, y mucho menos de qué hacer con la información de que disponía.

—Nací casi exactamente nueve meses después de la boda de mis padres —dijo dirigiéndome una dura mirada—. ¿Engañaron a mi padre? ¿O es que mi madre estuvo puteando con su pretendiente antes de casarse?

—Eso sería un poco fuerte —comencé.

—No, no lo es —espetó—. ¿Cuál de las dos cosas?

—Su pa... Jamie nunca andaría con la mujer de otro hombre.

«Excepto en el caso de Frank», pensé de un modo algo descabellado. Pero, por supuesto, al principio Jamie no sabía que lo estaba haciendo...

—Mi padre —dijo con brusquedad—. Pa... lord John, quiero decir, ¿sabía...?, ¿lo sabe?

—Sí. —De nuevo hielo frágil. No creía que William tuviera ni idea de que lord John se había casado con Isobel principalmente por amor a él, y a Jamie, pero no quería que tuviera siquiera ocasión de preguntar acerca de los motivos de lord John—. Todos ellos —afirmé con firmeza—, los cuatro. Querían lo mejor para usted.

—Lo mejor para mí —repitió, sombrío—. Claro.

Los nudillos habían vuelto a ponérsele blancos, y me lanzó a través de los ojos entornados una mirada que yo conocía a la perfección: un Fraser a punto de explotar con gran estruendo. Sabía también que no había manera de evitar que uno de ellos estallara, pero lo intenté en cualquier caso, tendiendo una mano hacia él.

—William —comencé—. Créame...

—La creo —replicó—. No me cuente ni una puta cosa más. ¡Maldita sea!

Y, tras dar media vuelta, atravesó el panel de madera de la pared con el puño con un golpe sordo que hizo vibrar la habitación, arrancó la mano del agujero que había hecho y luego salió como una exhalación. Oí unos crujidos y el ruido de cosas que se hacían trizas cuando se detuvo a patear varios de los balaustres y a arrancar un pedazo de pasamanos de la barandilla de la escalera, y me acerqué a la puerta justo a tiempo de verlo tirar de un taco de madera de más de un metro de longitud por encima de su hombro, balancearlo y asestarle un golpe a la araña de cristal que colgaba sobre el hueco de la escalera, lo que provocó una explosión de esquirlas de vidrio. Por un momento, quedó columpiándose sobre el borde abierto del rellano y creí que se iba a caer, pero retrocedió tambaleándose y, a modo de jabalina, le arrojó el trozo de madera a lo que quedaba de la araña con una sonora expulsión de aliento que tal vez fuera un gruñido o un sollozo.

A continuación, se lanzó precipitadamente escaleras abajo, golpeando a intervalos la pared con el puño herido y dejando manchas de sangre. Embistió la puerta principal con el hombro, rebotó, la abrió de un tirón y salió como una locomotora.

Me quedé paralizada en el rellano en medio del caos y la destrucción, agarrándome al borde de la balaustrada rota. Pequeños arcoíris bailaban en las paredes y el techo como libélulas multicolores, brotando del cristal hecho añicos que cubría el suelo.

Algo se movió. Una sombra se proyectó en el suelo del vestíbulo de abajo. Una figura pequeña y oscura entró despacio por la puerta abierta. Mientras se bajaba la capucha del manto, Jenny Fraser Murray contempló la devastación que la rodeaba. Luego me miro a mí, con el óvalo pálido de su cara resplandeciendo de risa.

—De tal palo, tal astilla, ya veo —observó—. Que Dios nos coja confesados.

103

La hora del lobo

El ejército británico abandonaba Filadelfia. El Delaware estaba atestado de barcos, y los transbordadores recorrían sin cesar el trayecto entre el final de la calle State y Cooper's Point. Tres mil *tories* iban a marcharse también de la ciudad, temerosos de quedarse sin la protección del ejército. El general Clinton les había prometido pasaje, aunque su equipaje —amontonado en los muelles, embutido en los transbordadores— había creado un tremendo desorden y ocupaba buena parte del espacio a bordo de los barcos. Ian y Rachel estaban sentados en la orilla del río, más abajo de Filadelfia, a la sombra de un sicomoro torcido, y observaban desmontar un emplazamiento de la artillería, unos cien metros más allá.

Los artilleros trabajaban en mangas de camisa, tras haber dejado sus chaquetas azules dobladas sobre la hierba en las proximidades, y estaban desarmando los cañones que habían defendido la ciudad, preparándolos para embarcar. No tenían prisa y no prestaron especial atención a los espectadores. Ahora ya no importaba.

—¿Sabes adónde van? —preguntó Rachel.

—Sí. Fergus dice que se van al norte, a reforzar Nueva York.

—¿Lo has visto? —volvió la cabeza, interesada, y las sombras de las hojas parpadearon sobre su rostro.

—Sí, vino a casa anoche. Ahora que los *tories* y el ejército se han ido, está a salvo.

—A salvo —replicó ella en tono escéptico—. Tan a salvo como pueda estarlo cualquiera en tiempos como éstos, querrás decir. —Se había quitado la cofia, por el calor, y se apartó el húmedo cabello oscuro de las mejillas.

Ian sonrió, pero no dijo nada. Ella sabía tan bien como él qué eran las ilusiones de seguridad.

—Fergus dice que los británicos quieren cortar las colonias por la mitad —observó—. Separar el norte del sur y gobernarlos de manera independiente.

—¿Eso dice? ¿Y cómo lo sabe? —preguntó Rachel, sorprendida.

—Por un oficial llamado Randall-Isaacs; habla con Fergus.

—¿Quieres decir que es un espía? ¿Para qué lado trabaja? —Sus labios se apretaron levemente.

Ian no estaba seguro de cómo encajaba espiar en términos de filosofía cuáquera, pero no se molestó en preguntarlo entonces. La filosofía cuáquera era un tema delicado.

—No me gustaría tener que adivinarlo —contestó—. Se hace pasar por agente americano, pero podría ser todo mentira. Uno no puede fiarse de nadie en tiempos de guerra, ¿verdad?

Ella se volvió para mirarlo al oír eso, llevándose las manos a la espalda mientras se apoyaba contra el sicomoro.

—¿No?

—Yo confío en ti —dijo Ian—. Y en tu hermano.

—Y en tu perro —añadió ella mirando a *Rollo*, que se retorcía en el suelo para rascarse la espalda—. Y también en tu tía y en tu tío, y en Fergus y su mujer. Parece un número considerable de amigos. —Se inclinó hacia él entornando los ojos con preocupación—. ¿Te duele el brazo?

—Bueeeno, no me duele mucho. —Encogió el hombro sano, sonriendo.

El brazo le dolía, pero el cabestrillo lo aliviaba. El hachazo casi le había seccionado el brazo izquierdo, penetrando en la carne y rompiendo el hueso. Su tía había dicho que había tenido suerte porque no había dañado los tendones. «El cuerpo es plástico», le había dicho. El músculo se curaría, y el hueso también.

El de *Rollo* había sanado. No le había quedado ni el más mínimo problema de movilidad como consecuencia de la herida de bala y, aunque el hocico se le estaba poniendo blanco, se escurría entre los arbustos como una anguila, olfateando con afán.

Rachel suspiró y le miró de hito en hito desde debajo de sus cejas oscuras, sin arquearlas.

—Ian, estás pensando algo doloroso, y preferiría que me dijeras qué es. ¿Ha sucedido algo?

Muchísimas cosas habían pasado, estaban pasando en todas partes a su alrededor, seguirían pasando. ¿Cómo podía decirle...? Y, sin embargo, no podía dejar de decírselo.

—El mundo se está volviendo del revés —espetó—. Y tú eres lo único constante. Lo único que yo... que me une a la tierra.

Los ojos de Rachel se enternecieron.

—¿De verdad?

—Sabes perfectamente que sí —repuso él con brusquedad.

Miró hacia otro lado con el corazón latiendo con fuerza. «Demasiado tarde», pensó con una mezcla de consternación y euforia. Había empezado a hablar, ahora no podía detenerse, fueran cuales fuesen las posibles consecuencias.

—Sé lo que soy —dijo, incómodo pero resuelto—. Me haría cuáquero por ti, Rachel, pero sé que no soy cuáquero de corazón. Creo que no podría serlo nunca. Y creo que tú no querrías que dijera palabras que no siento ni que fingiera que soy algo que no puedo ser.

—No —replicó ella en voz baja—. No querría.

Ian abrió la boca, pero no encontró nada más que decir. Tragó saliva, con la boca seca, esperando. Ella también tragó saliva. Él vio el ligero movimiento de su garganta, suave y morena. El sol había comenzado a broncearla de nuevo, y la muchacha color avellana maduraba de la pálida floración invernal.

Los artilleros cargaron el último cañón en una carreta, uncieron sus armones a varios grupos de bueyes y, riendo y hablando con gran alboroto, tomaron el camino que conducía al embarcadero del transbordador. Cuando por fin se hubieron marchado, se hizo el silencio. Seguían oyéndose ruidos, el sonido del río, el susurro del sicomoro y, más lejos, los gritos y los golpes de un ejército en movimiento, el sonido de la violencia inminente. Pero, entre ellos, había silencio.

«He perdido —pensó, pero ella seguía teniendo la cabeza baja, con gesto pensativo—. ¿Estará quizá rezando? ¿O sólo intentando pensar cómo rechazarme?»

Fuera lo que fuese, Rachel levantó la cabeza y se puso en pie para alejarse del árbol. Señaló a *Rollo*, que ahora estaba tumbado, inmóvil pero alerta, siguiendo con sus ojos amarillos cada movimiento de un petirrojo gordezuelo que buscaba alimento entre la hierba.

—Ese perro es un lobo, ¿no?

—Sí, bueno, más o menos.

Un pequeño destello avellana le dijo que era mejor no discutir.

—Y, sin embargo, es para ti un gran compañero, una criatura de raro valor con una capacidad de profesar afecto fuera de lo común, y un ser absolutamente respetable, ¿verdad?

—Oh, sí —repuso él con mayor confianza—. Lo es.

Ella lo miró con serenidad.

—Tú también eres un lobo, y yo lo sé. Pero eres mi lobo, y será mejor que tú lo sepas.

Ian había comenzado a arder ante las palabras de ella, encendiéndose con tanta rapidez e intensidad como una de las cerillas de su prima. Le tendió la mano con la palma hacia arriba, aún cauteloso por si también ella estallaba en llamas.

—Lo que te dije hace algún tiempo... que sabía que me querías...

Rachel se acercó a Ian y apretó la palma de su mano contra la de él, aferrándola con sus dedos pequeños y fríos.

—Lo que te estoy diciendo ahora es que te amo de verdad. Y que, si sales a cazar por la noche, volverás a casa.

Bajo el sicomoro, el perro bostezó y apoyó la cabeza sobre las patas delanteras.

—Y dormiré a tus pies —murmuró Ian, y la atrajo contra su cuerpo con su brazo sano, mientras ambos resplandecían como el sol.

NOTAS DE LA AUTORA

El general de brigada Simon Fraser
Como cualquiera que haya leído mis libros habrá notado, hay muchos Simon Fraser rondando por el siglo XVIII. El brigadier que luchó valientemente y resultó muerto en Saratoga no es uno de los Fraser de Lovat, sino un Fraser de Balnain. Es decir, no es descendiente directo del Viejo Zorro, pero sí un pariente de la familia. Desarrolló una ilustre carrera militar, incluida la famosa toma de Quebec con James Wolfe en 1759.

No obstante, la razón por la que menciono al brigadier de forma particular es la interesante cuestión de su tumba. La mayoría de los relatos acerca de Saratoga que mencionan a Fraser de Balnain informan de que, por deseo propio, recibió sepultura la misma noche del día en que murió en los alrededores del Gran Reducto (no del reducto de Breymann, que Jamie atacó con Benedict Arnold, sino el otro, más grande, que había en el campo de batalla). Algunos informes añaden detalles tales como el de la asistencia de los *rangers* de Balcarres o el hecho de que los americanos dispararon un minuto de cañonazos en honor a Fraser cuando fueron conscientes de lo que estaba celebrándose, mientras que otros consideran estos hechos como detalles románticos, pero probablemente apócrifos, y dicen que sólo asistieron al sepelio los miembros más próximos de su Estado Mayor.

No siempre es posible trasladarse en persona a un lugar sobre el que estás escribiendo, ni tampoco es siempre necesario. Pero suele ser conveniente y, por suerte, Saratoga es bastante accesible, y el campo de batalla está bien conservado y preservado. Durante los años transcurridos desde que decidí que quería utilizar aquella batalla concreta como pieza central de un libro, he recorrido a pie el campo de batalla tres veces. En una de esas ocasiones me encontraba allí sola, pues no había más turistas, y entablé conversación con uno de los empleados del parque (vestido con traje de época y apostado en la reconstrucción de la granja Bemis). Después de responder con paciencia a muchísimas preguntas indiscretas (una de las cuales fue «¿Lleva ropa interior?», a lo que él respondió «No», y explicó posteriormente que uno evita escocerse con los pantalones de paño casero usando «largos faldones»), permitirme manipular su mosquete Brown Bess y explicarme cómo cargarlo y disparar, comenzamos a charlar acerca de la batalla y de los personajes que intervinieron en ella, puesto que por aquel entonces yo ya sabía bastante acerca del tema.

En aquella época, la tumba del general Fraser estaba señalada en el mapa del Servicio del Parque, pero no en el Gran Reducto. Estaba situada cerca del río. Yo había estado allí y no había visto ninguna indicación, de modo que le pregunté dónde se hallaba y por qué no se encontraba en el Gran Reducto. Me informó de que el Servicio del Parque había llevado a cabo en cierto momento una excavación arqueológica en el Gran Reducto, incluido el lugar donde presuntamente se encontraba la tumba. Con gran sorpresa de todos, el general Fraser no estaba enterrado allí. Ni el general ni nadie. Había indicios de que se había cavado una tumba en algún momento, y se encontró un botón de uniforme, pero no había rastro alguno de un cuerpo. Había —me dijo el empleado— un informe que decía que la tumba del general Fraser había sido trasladada a un lugar próximo al río, y que ése era el motivo por el que estaba indicada allí, pero que nadie sabía cuál era el lugar concreto ni tampoco si el general estaba realmente allí, de modo que no se había colocado ninguna indicación.

Bueno, los escritores son un hatajo de gente sin conciencia. Los que tratamos con la historia tendemos a ser muy respetuosos con los hechos tal como fueron registrados. Pero déjennos un hueco por el que escurrirnos, una omisión en los archivos históricos, una de esas misteriosas lagunas que se producen incluso en la vida mejor documentada... Así que, en definitiva, pensé que tal vez al general Fraser lo hubieran mandado de vuelta a Escocia. (Sí, en el siglo XVIII enviaban cuerpos de un sitio a otro de manera ocasional. Alguien exhumó al pobre Tom Paine de su tumba en Francia con la intención de embarcarlo de vuelta a América para que pudieran enterrarlo allí con los honores debidos a un profeta de la revolución. Su cuerpo se perdió por el camino y nadie lo encontró jamás. Hablando de lagunas interesantes...)

En cualquier caso, resulta que el año pasado estuve en Escocia y, mientras paseaba por el campo en busca de un lugar lógico en las cercanías de Balnain donde plantar al general Fraser, me tropecé, literalmente, con el gran *cairn* compuesto de varias cámaras y, cuando leí en el letrero que en la cámara central había habido un cuerpo en el pasado, pero que, como es evidente, se había descompuesto y que el suelo lo había absorbido (quedaban restos de huesos en la tierra, incluso después de un millar de años o más) y que la tumba había sido profanada en el siglo XIX... pues... (La gente siempre les pregunta a los escritores de dónde sacan la inspiración. ¡De todas partes!)

Saratoga
Un libro como éste supone una investigación histórica de tremenda envergadura (a menudo me desconciertan las cartas de la gente diciéndome que visitaron un museo, vieron unos artefactos del siglo XVIII, ¡y se quedaron pasmados al descubrir que no me lo había inventado todo!), y aunque no hay espacio para mencionar o hacer siquiera un listado de una mínima parte de las fuentes consultadas, sí quería mencionar un libro en concreto.

Las dos batallas de Saratoga fueron importantes desde un punto de vista histórico, bastante dramáticas y muy complejas, tanto por lo que respecta a la logística de las batallas como a los movimientos de tropas y el trasfondo político que las desencadenó. Tuve la gran fortuna de encontrar al principio de mi investigación el volumen *Saratoga*, de Richard M. Ketchum, que es un retrato asombrosamente bien elaborado de las batallas, los antecedentes y la plétora de pintorescos personajes que tomaron parte en ellas. Simplemente quería recomendarles este libro a aquellos de ustedes que tengan un interés más profundo en los aspectos históricos, pues éstos sólo pueden abordarse de forma superficial en el contexto de una novela.

El lago Errochty y los tigres del túnel
Durante las décadas de los cincuenta y los sesenta se puso en marcha en las Highlands un gran proyecto hidroeléctrico. El trabajo de muchísimos «tigres del túnel» (también conocidos como los «chicos de la Hidro»), muchos de ellos llegados de Irlanda y de Polonia, consistió en perforar túneles a través de las montañas y construir presas para crear lagos artificiales. El lago Errochty es uno de esos lagos creados por el hombre. El túnel que he descrito asociado a él (con su tren en miniatura) es como los que se construían como parte del plan hidroeléctrico, pero no sé si realmente hay uno en el lago Errochty. No obstante, la presa, la cámara de las turbinas y la cámara para la observación de peces en Pitlochry sí están allí. Al igual que los pescadores de caña.

Agradecimientos

Escribir uno de estos libros suele llevarme unos buenos tres años. Durante ese tiempo no dejo de preguntarle cosas a la gente, y siempre encuentro a personas muy serviciales que me proporcionan datos fascinantes que a mí no se me ocurrió pedir. Nunca podré acordarme de todos ellos, pero los recuerdo con enorme gratitud.

Querría, asimismo, expresar mi más profundo agradecimiento a:

John Flicker y Bill Massey, mis editores, ambos caballeros de rompe y rasga, que se enfrentaron con nobleza a un libro escrito a pedazos (muchos pedazos) y a una autora que vive peligrosamente.

Danny Baror y Russell Galen, mis agentes literarios, dos señores que valen literalmente su peso en oro, que es mucho decir en estos tiempos de recesión.

Kathy Lord, heroica correctora de estilo, y Virginia Norey, diseñadora de libros (también conocida como «la diosa de los libros»), que son conjuntamente responsables de la belleza y la fluidez de este volumen.

Vincent La Scala y los demás miembros del equipo de producción tiránicamente utilizados, que consiguieron hacer que este libro llegara a la imprenta a tiempo contra toooodo pronóstico.

Steven Lopata, por su vívido relato de cómo una mocasín de agua perseguiría a alguien por tierra, así como por su poética descripción del olor de las víboras cobrizas («Una combinación del tufo del terrario del zoo y el hedor a pepinos podridos»).

Catherine MacGregor y Catherine-Ann MacPhee por sus traducciones del *gàidhlig* y su ayuda con las sutilezas del uso de esa lengua, así como Katie Beggs y varios miembros poco conocidos, pero muy apreciados de la International Gaelic Mafia.

La enfermera Tess, el doctor Amarilis Iscold, Sarah Meir (enfermera especializada en obstetricia), y muchos otros amables profesionales del sector de la medicina por su asesoramiento en relación con temas médicos, enfermedades pintorescas y horripilantes detalles quirúrgicos.

Janet McConnaughey por las entradas del OEDILF (Omnificant English Dictionary in Limerick Form), que fue la Musa de las Hachas Sangrientas y que llamó mi atención sobre los cipreses que explotan.

Larry Tuohy (y otros) por decirme el aspecto que tiene el chaquetón de vuelo de un piloto de Spitfire.

Ron Parker, Helen, Esmé y Lesley, por su *ashuda* con el mico *pelúo*.

Beth y Matthew Shope y Jo Bourne, por la útil información que me proporcionaron en relación con la Sociedad Religiosa de los Amigos. Cualquier imprecisión es, sin duda alguna, culpa mía.

Jari Backman, por sus detallados cronogramas y sus listados de extractos, además de por su ayuda con el cielo nocturno y las estrellas que se pueden ver en Inverness y el Cerro de Fraser.

Katrina Stibohar, por sus listas exquisitamente detalladas de quién nació cuándo y qué le sucedió a cada cual entonces. También a las hordas de bichos raros amablemente triviales que están siempre a mano para decirme cuántos años tiene alguien, o si lord John conoció a Fergus cuando tenía el sarampión.

Pamela Patchet Hamilton (y Buddy), por su descripción apestosamente vívida de cómo recibe uno a bocajarro la rociada de una mofeta.

Karen Henry, zarina de Traffic, que mantiene organizada mi carpeta de la Compuserve Books and Writers Community y a sus habitantes diplomáticamente agrupados (http://community.compuserve.com/n/pfx/forum.aspx?nav=start&webtag=ws-books).

Nikki Rowe y su hija Caitlin, por el maravilloso canal de YouTube que crearon para mí (http://www.youtube.com/user/voyagesoftheartemis; para quienes deseen ver si realmente parezco el Pato Donald cuando hablo).

Rosana Madrid Gatti, la creadora de mi página web, por sus rápidas y fieles actualizaciones y su imaginativo diseño.

Susan Butler, por su constante apoyo logístico, cuidar de mis perros por las noches, mantenerme bien provista de cartuchos de tinta negra, y por su brillante sugerencia acerca de Jem.

Allene Edwards, Catherine MacGregor y Susan Butler, por la corrección de las pruebas y su ayuda en la localización de erratas, utilísima (aunque agotadora para la vista).

Shirley Williams, por las galletas moravas y las imágenes de New Bern.

Becky Morgan, por los libros de cocina históricos.

Mi bisabuelo, Stanley Sykes, por la frase de Jamie sobre la buena puntería.

Bev LaFrance, Carol Krenz y muchas otras personas, por su ayuda con el francés. También Florence, la traductora, Peter Berndt y Gilbert Sureau por las bonitas distinciones entre el padrenuestro francés de 1966 (*accorde-lui*) versus la versión anterior y más formal (*accordez-lui*).

John S. Kruszka, por la ortografía y la pronunciación correctas de «Kościuszko» (es «kohs-chúsh-koh», por si les interesa; nadie durante la revolución era capaz de pronunciarlo tampoco, en realidad todos lo llamaban «Kos»).

Las damas de Lallybroch, por su continuo apoyo y sus atractivos regalos.

Mi marido, porque sabe muy bien para qué sirve un hombre, entre otras cosas.

Alex Krislov, Janet McConnaughey y Margaret Campbell, moderadores de la Compuserve Books and Writers Community, y las muchas, muchas, muchísimas personas que visitan diariamente el sitio aportando observaciones, información y entretenimiento en general.

Alfred Publishing por permitirnos citar parte de la letra de *Tighten Up*, de Archie Bell & the Drells.

Finalmente, hemos reproducido «El cisne blanco», tomado del *Carmina Gadelica*, con la amable autorización de Floris Books.

Sobre la autora

Diana Gabaldon nació en Arizona, en cuya universidad se licenció en Zoología. Antes de dedicarse a la literatura, fue profesora de biología marina y zoología en la Universidad del Norte de Arizona. Este trabajo le permitió tener a su alcance una vasta biblioteca, donde descubrió su afición por la literatura. Tras varios años escribiendo artículos científicos y cuentos para Walt Disney, Diana comenzó a publicar en internet los capítulos iniciales de su primera novela, *Forastera*. En poco tiempo, el libro se convirtió en un gran éxito de ventas; un éxito que no hizo más que aumentar con las demás novelas de la saga: *Atrapada en el tiempo, Viajera, Tambores de otoño, La cruz ardiente, Viento y ceniza, Ecos del pasado* y *Escrito con la sangre de mi corazón*.